소설보다 재미있는

이야기 고사성어

서울대 명예교수 장기근 / 감수

명문당

장기근(張基槿)

문학박사(중국문학)
호는 현옥(玄玉), 서울 출생.
서울대학교 중문과 및 동 대학원을 졸업하고
오랜 동안 서울대학교 교수를 역임하였으며,
그 후에 성심여자대학교 교수를 지냈다.
현재는 동양고전 학술연구회 회장

• 저서로는

《중국의 신화》《이태백 평전》《유교사상과 도덕정치》
《삼황오제의 덕치》등.

• 역서로는

《도연명》《이태백》《백낙천》《두보》《논어》
《맹자》등 다수.

책머리에

이 책에서 가장 많이 인용된 출전(出典) 가운데 하나인 《사기(史記)》의 저자 사마천(司馬遷)은, 한 패장(敗將)을 변호했다는 이유로, 남자로서 가장 치욕적인 궁형(宮刑)에 처해진 뒤 중국 역사상 최고의 역사서인 《사기》를 저술했다. 그는 저서에서 이렇게 말하고 있다.

「백이 숙제가 어질며 곧은 행실을 했던 인물임은 세상이 다 아는 일이다. 그런데 그들은 수양산에 들어가 먹을 것이 없어 끝내는 굶어죽고 말았다. 공자의 70제자 중에서 공자가 가장 아꼈던 안연(顏淵)은 항상 가난에 쪼들려 쌀겨조차 배불리 먹지 못하다가 결국 젊은 나이에 죽고 말았다. 이런데도 하늘이 선인의 편이었다고 할 수 있는가? 한편 도척(盜跖)은 무고한 백성을 죽이고, 온갖 잔인한 짓을 저질렀건만, 풍족하게 살면서 장수하고 편안하게 죽었다. 그가 무슨 덕을 쌓았기에 이런 복을 누린 것인가?」

이렇게 역사 속에서 억울하게 죽어간 사람들의 이야기를 하고 나서 사마천은 그 처절한 마지막 질문을 던진다.

「과연 천도(天道)는 시(是)인가, 비(非)인가?(天道是耶非耶)」

여기서 「천도시비(天道是非)」라는 유명한 성구(成句)가 나온다.

이렇듯 이 책에 등장하는 모든 고사성어들 대부분이 중국의 고전에서 인용한 것으로서, 역사적인 사실에 연유하고 있다.

《논어(論語)》《맹자》를 위시한 유가(儒家)에서부터 《노자》《장자》의 도가(道家), 《관자(管子)》《한비자(韓非子)》의 법가(法家), 《손자(孫子)》《오자(吳子)》의 병가(兵家) 사상, 국제외교에 이른바 합종연횡(合縱連衡)의 소진(蘇秦)·장의(張儀)의 자유무애 사상 등 춘추전국시대만 일별

해도 중국의 고전은 이루 헤아릴 수 없을 만큼 많다.

이들 고전 속에는 자연·인간·인생·가정·사회·도덕·정치·경제·학문·교육·처세술 등 실로 광대무변하다.

「옛 것을 익히고 새 것을 안다(溫故知新)」는 진실을 우리는 잘 알고 있다. 방대한 중국의 고전을 모두 다 섭렵할 수는 없다. 그래서 우리는 「고사성어」를 매개로 해서 주옥같은 고전들을 주마간산(走馬看山) 격이나마 두루 섭렵해 볼 수 있을 것이다.

이 책은 그 많은 성어들 가운데 고사가 역사적으로 의의가 있고 재미가 있으며, 오늘날 사회적으로도 흔히 통용되는, 그리고 성인으로서 또는 학생으로서 꼭 알아두어야 할 것들은 거의 총망라하여 수록하였다.

특히 고사성어의 선정 작업에서부터 고사성어와 관계있는 인물의 일러스트나 유적 등 관계 자료들을 수집하는 데 2년여의 긴 시간을 할애함으로써 독자들로 하여금 생생한 현장감과 흥미진진함을 느낄 수 있도록 최선을 다한 편집을 해준 명문당에 감사를 드린다.

많은 항목을 수록하고 상세하고 재미있게 꾸몄다고는 하지만 지면관계로 아직도 완전하다고는 할 수 없다. 그러나 이 책에 게재하지 않은 것들은 실제 그 의미에 있어서 비교적 중요하다고 생각지 않기 때문인데, 나름대로 시중의 많은 고사성어에 관한 서적들 가운데서는 가히 으뜸이라고 감히 말할 수 있을 것이다.

2005년 초여름, 서울대학교 명예교수 장기근

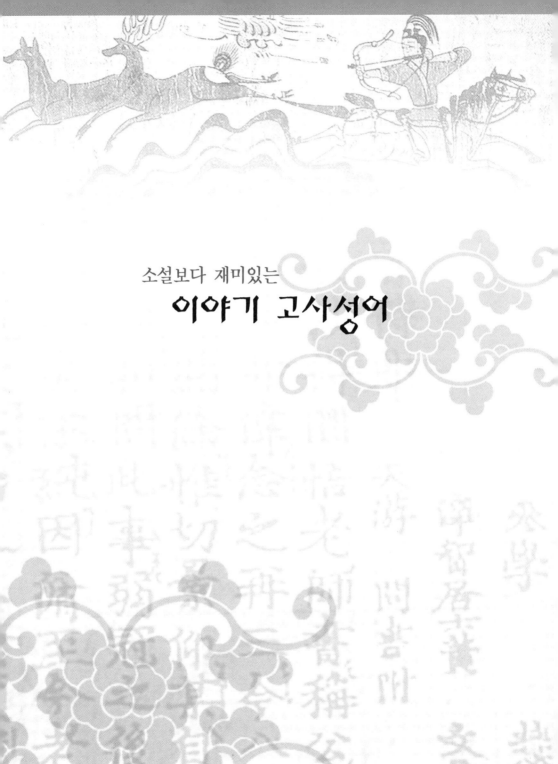

소설보다 재미있는
이야기 고사성어

소설보다 재미있는

이야기 고사성어

차례 | 색인

책머리에 · 3

9

11

13

15

출전약해 出典略解

【일러두기】

1. 이 책은 모두 530여 항에 이르는 고사성어를 가나다순으로 편집함을 원칙으로 했으나, 독자가 보기에 편리하고 편집기술상 일부 성구의 차례를 바꾸어 수록하기도 했다.

2. 중국의 책명이나 인명·지명은 모두 우리말 음으로 표기했다.

3. 이 책에 쓰인 약물기호는 아래와 같다.
   - 책명 : 《 》
   - 작품명·대화·인용구·강조 : 「 」
   - 참고하기 : ☞

4. 이 책의 「차례」는 색인을 가름한다. 그리고 말미에 부록으로 이 책에 게재된 고사성어의 출전(出典)에 대한 소개로 「출전약해」를 수록했다.

5. 한자 표기는 정자(正字) 사용을 원칙으로 했다. 이 책은 새로운 한자교육 시책에 따라서 한글로만 표기하기에는 완전하지 않다고 생각되는 단어에는 될 수 있는 한 많은 단어에 괄호 안 한자를 병기함으로써 한자교육 활성화에 일조를 하고 있다.

6. 이 책은 국내 최대의 고사성어를 수록함으로써 가히 고사성어의 사전이라고 감히 말할 수 있겠다. 또한 국내 최초로 300여 점의 화보와 사진자료를 게재함으로써 한층 현장감 있고 내용의 이해에 도움을 주었다.

소설보다 재미있는

이야기 고사성어

The Origin and History

가

가인박명 佳人薄命

아름다울 佳 사람 人 얕을 薄 목숨 命

재주가 많고 출중한 사람의 운명이 의외로 평탄치 않음을 이르는 말

— 소식(蘇軾) 『박명가인』

얼굴이 예쁜 사람은 운명이 가혹하다. 재주가 많고 출중한 사람의 운명이 평탄치 않을 때 쓰는 말이다. 보통 미인이 그 미모에 걸맞게 행복한 생애를 보내지 못하고 기구한 처지에 빠져 있을 때 흔히 사용한다.

가인(佳人)이란 말의 뜻 가운데는 임금과 같은 귀한 사람을 가리키는 경우도 있다. 그러나 보통 가인이라 하면 얼굴이 예쁜 여자를 가리켜 말하게 된다. 특히 「가인박명」이니 「미인박명(美人薄命)」이니 하고 「박명(薄命)」이란 두 글자가 붙어 있을 경우는 더욱 그렇다.

「미인박명」이란 말은 누가 언제 만들어 낸 것도 아닌데, 역사적 교훈이 사람들로 하여금 그런 말을 낳게 한 것 같다. 동서고금을 통해 세상을 놀라게 했던 무수한 미인들이 파란만장한 삶 끝에 결국은 비명에 죽어 갔다. 클레오파트라가 독사에 물려 마지못해 자살을 했는가 하면, 양귀비 같은 절세미인도 안녹산(安祿山)의 난에 쫓겨 파촉(巴蜀)으로 가던 도중 마외(馬嵬)란 곳에서 반란군의 손에 넘어가 뭇 사내들의 진흙 발에 짓밟혀서 사지가 찢겨 죽는 비참한 최후를 마쳤다.

마외파에 있는 양귀비의 묘

식부인(息夫人)은, 작은 나라이기는 하지만 그래도 일국의 후비로서 행복한 일생을 영위할 수 있었던 착한 부인이었는데도 강대한 초나라 성왕(成王)의 눈에 뛰어 남편과 자신과 나라까지 송두리째 폭군의 희생이 되고 말

았다. 마음씨 고운 그녀는 자살도 하지 못하고, 평생 웃음을 잃고 묻는 말에 대답하는 일 외에는 입을 열어 말하는 일이 없었다 한다. 사랑하는 남편을 따라 죽지 못하고 모진 목숨을 이어가며 살아야만 했던 그녀의 마음속은 얼마나 차가운 안개로 덮여 있었을까?

소식

이렇게 하나하나 들기로 하면 끝이 없다. 여기 소식(蘇軾 : 자는 동파, 1036~1101)이 지은 「박명가인」이란 칠언율시를 소개해 보기로 하자.

두 뺨은 굳은 젖빛, 머리털은 옻칠을 한 듯한데,
눈빛은 발 사이로 들어와 구슬처럼 영롱하구나.
원래 흰 깁으로 선녀의 옷을 만들고
붉은 연지로 타고난 바탕을 더럽히지 못한다.
오나라 말소리는 귀엽고 부드러워 아직 어린데,
한없는 인간의 근심은 전연 알지 못한다.
예부터 가인은 흔히 박명하다 하지만,
문을 닫은 채 봄이 다하면 버들 꽃도 지고 말겠지.

雙頰凝酥髮抹漆	眼光入簾珠的皪	쌍협응소발말칠	안광입렴주적력
故將白練作仙衣	不許紅膏汗天質	고장백련작선의	불허홍고한천질
吳音嬌軟帶兒痴	無限間愁總未知	오음교연대아치	무한간수총미지
自古佳人多薄命	閉門春盡楊花落	자고가인다박명	폐문춘진양화락

이 시는 저자가 항주·양주의 지방장관으로 부임했을 때 우연히 절간에서 나이 80이 이미 넘었다는 어여쁜 여승을 보고, 그녀의 아리따웠을 어린 소녀시절을 회상하며 미인의 박명함을 읊은 것이라고 한다.

가정맹어호 苛政猛於虎

가혹할 苛 정사 政 사나울 猛 어조사 於 호랑이 虎

가혹한 정치는 호랑이보다 무섭다.

— 《예기(禮記)》

정치가 잘못 되어 사람을 해치는 것은 호랑이가 사람을 잡아먹는 것보다 더욱 견디기 힘들다는 뜻으로, 그릇된 정치의 폐해를 지적하는 성구다. 《예기》에 나오는 공자의 말씀에 「가혹한 정치(苛政)는 범보다 무섭다」고 한 말이 있다.

하루는 공자(B.C. 551~479)가 제자들과 함께 태산(泰山) 부근을 지나가고 있었다. 그곳은 사람들이 그리 많이 다니는 길 같지는 않았다. 그때 어디선가 여인의 울음소리가 들려왔다. 이상하게 여긴 제자들이 울음소리를 따라가 보았다. 그곳에는 한 부인이 세 개의 무덤 앞에서 슬피 울고 있는 것이었다. 공자는 수레에 조용히 앉아 있다가 제자인 자로(子路)를 보내 연유를 물어 보라고 했다.

「부인의 울음소리를 가만히 들으니, 아무래도 여러 번 슬픈 일을 당한 것 같은데, 무슨 사연이라도 있습니까?」

부인은 울음을 그치고 대답했다.

「네, 이곳은 범의 피해가 아주 심한 곳입니다. 오래 전에는 제 시아버지께서 범에게 물려 돌아가셨고, 얼마 전에는 제 남편 또한 범에게 물려 죽었는데, 이번엔 제 자식이 또 범에게 물려 죽고 말았습니다」

공자는 부인의 말을 듣자,

「그러면 어째서 이 무서운 고장을 떠나지 못하는 거요?」

하고 반문했다. 그러자 부인이 대답했다.

「그래도 이 고장에는 가혹한 정사(政事)가 없기 때문이지요」

공자는 자못 느낀 바가 있어 제자들을 유심히 둘러본 뒤 말했다.

「너희들은 명심해 두어라. 가혹한 정치는 백성들이 범보다도 더 무서워한다는 것을」

가혹한 정치란, 백성들을 달달 볶아 못 견디게 하는 정치를 말한다.

자로

「가렴주구(苛斂誅求)」란 바로 「가정(苛政)」의 구체적인 설명이라 하겠다. 낼 힘도 없는데 시도 때도 없이 거둬들이는 것이 「가렴」이고, 정당한 법적 근거도 없이 강제성을 띤 요구가 「주구」다.

범에게 물려 죽을 때는 죽더라도 우선 아침저녁으로 시달릴 걱정을 않게 되니 순진하고 선량한 백성들은 첫째 마음이 편한 것이다.

이 이야기의 배경은 춘추시대 말엽이다. 이때 노(魯)나라에서는 대부 계손씨(季孫氏)가 조정의 실권을 쥐고 흔들며 혹독한 정치를 하고 있었다. 이렇다 보니 자연 백성들은 덜 가혹한 지방을 찾아 이곳저곳으로 내몰리게 되고 말았다.

위정자를 잘못 만나면 도무지 피해나갈 구멍도 없이 수탈을 당하는 일이 예사였다. 범이야 조심하면 되지만 가렴주구는 조심해서 될 일이 아니기 때문이다.

이 같은 이야기의 당나라 판이라고도 할 문장이 있다. 그것은 당송팔대가의 한 사람인 유종원(柳宗元, 773~819)의 《포사자설(捕蛇者說)》이다. 이것은 사나운 뱀의 이야기로서 공자의 말을 인용하고 나서 「아아, 누가 가렴주구의 해독이 이 사나운 뱀보다 더 심하다는 것을 알랴」 하고 끝을 맺고 있다.

가화만사성 家和萬事成

집 家 화목할 和 온갖 萬 일 事 이룰 成

집안이 화목하면 모든 일이 잘 풀린다.

— 《대학(大學)》

우리의 입에 오르내리는 한자성어 중에는 한문시에서 유래한 것이 많다. 「소문만복래(笑門萬福來)」니 「가화만사성」이니 하는 것도 한문시 중의 한 구절이다.

「입은 화의 문(口是禍之門)이요, 혀는 몸을 베는 칼(舌是斬身刀)」이라고 하는 데서 「화는 입으로부터 나오고 병은 입으로부터 들어간다(禍自口出 病自口入)」라는 문자가 생겼다.

그런데 그 입에서 웃음이 나올 때는 모든 어려움은 웃음과 함께 사라지고 그 대신 기쁜 일이 찾아오게 된다. 그야말로 웃음은 화를 돌려 복을 만드는 전화위복의 좋은 약이라고 볼 수 있다.

「가화만사성」도 같은 내용을 달리 표현한 말이라고 할 수 있다. 가정이 화목하지 않고서는 어찌 그 집에 웃음꽃이 필 수 있겠는가? 가정이 화목함으로써 남편은 집 걱정을 하지 않고 자기 일에 열중할 수 있고, 아내는 남편을 믿고 즐거운 마음으로 집안일을 보살피고 아이들을 돌보게 된다.

몸을 닦아 집을 가지런히 한다(修身齊家)란 결국 집안을 평화롭게 하여 항상 웃음꽃이 집 밖까지 활짝 피게 하는 일일 것이다. 내 집이 화평하면 이웃과도 사이가 좋게 되고, 이웃도 내 집을 본받아 함께 화목해질 수 있다. 집을 가지런히 한 뒤에라야 나라도 다스리고 천하도 편하게 한다는 치국평천하(治國平天下)의 길도 결국 이 「가화만사성」다섯 글자에 집약되어 있다 할 것이다.

각주구검 刻舟求劍

새길 刻 배 舟 구할 求 칼 劍

사람이 미련해서 융통성이 없음의 비유.

— 《여씨춘추(呂氏春秋)》 찰금편(察今篇)

《여씨춘추》 찰금편에 나오는 이야기로, 눈앞에 보이는 하나만을 알 뿐, 그 밖의 시세 변동 같은 것은 전연 모르는 고집불통인 처사를 비유해서 한 이야기다. 초(楚)나라 사람이 배를 타고 강을 건너게 되었는데, 들고 있던 칼을 그만 물 속에 빠뜨리고 말았다. 그러자 그는 얼른 칼을 빠뜨린 뱃전에다 표시를 해두고, 「내가 칼을 빠뜨린 곳은 바로 여기다」하고 자못 영리한 체하며 주위 사람을 둘러보았다.

이윽고 배가 언덕에 와 닿자, 그는 아까 표시를 해 놓은 그 자리에서 물로 뛰어들었다. 그는 그 자리에 칼이 있을 거라고 믿었던 것이다. 배는 이미 그 동안에 칼을 빠뜨린 곳으로부터 멀어져 갔는데도 그걸 미처 깨닫지 못하고 그런 식으로 칼을 찾겠다니 얼마나 한심스런 이야기인가.

또 하나, 《한비자》에 「수주대토(守株待兔)」라는 비슷한 이야기가 있다. 송나라 사람이 어느 때 부지런히 밭을 갈고 있었다. 밭 옆에 큰 나무 그루터기가 있었다. 그런데 그곳에 갑자기 뛰어나오던 토끼가 그 그루터기에 부딪쳐 목뼈가 부러져 죽었다. 덕택으로 농부는 힘 안 들이고 저녁 반찬을 얻었다. 그 후 사나이는 농사일을 집 어치우고 날마다 밭두둑에 앉아 토끼를 기다렸다. 그러나 토끼는 두 번 다시 그 곳에 나타나지 않았다.

여씨춘추

간담상조 肝膽相照

간 肝 쓸개 膽 서로 相 비출 照

진심을 터놓는 허물없는 우정, 마음이 잘 맞는 절친한 사이.

— 한유(韓愈) 『유자후묘지명(柳子厚墓誌銘)』

「간담상조」는 간과 쓸개를 서로 꺼내 보인다는 말로서, 친구 사이의 진정한 우정을 비유하는 말이다. 이 말은 당송팔대가(唐宋八大家) 중 한 사람인 한유(자는 퇴지)가 그의 친구인 유종원(柳宗元 : 자는 자후)의 우정을 칭송해서 쓴 「유자후묘지명」에서 비롯된 말이다.

한유와 유종원은 당대(唐代)를 대표하는 대문장가이다. 이들은 모두 당시 유행하던 화려한 문장을 천시하고 고문(古文)을 부흥시키고자 노력했던 사람들로서, 오랜 세월 두터운 우정을 나눈 절친한 친구였다.

헌종(憲宗) 때 유종원은 정쟁에서 밀려나 두 번째로 유주자사(柳州刺史)로 좌천되었다가 죽고 말았다.

한유는 유종원을 위해서 묘지명을 썼는데, 그 가운데 「간담상조」가 나오는 1절을 소개해 보자.

유종원이 조정의 부름을 받아 유주자사로 임명되었을 때 중산(中山) 사람인 유몽득(柳夢得 : 이름은 우석) 또한 파주(播州) 자사로 임명될 예정이었다. 그 말을 들은 유종원은 울면서 말했다.

「파주는 척박한 변방의 땅으로 도저히 몽득 같은 사람이 살 곳이 못 된다. 노령인 모친을 모시고 부임할 수도 없을 테고 또 그

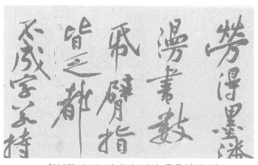

황산곡이 쓴 당대의 시인 유우석의 시

사실을 어떻게 모친에게 알릴 수 있겠는가! 난처해 할 것을 차마 볼 수가 없다. 내가 몽득 대신 파주 행을 지원해야겠다. 물론 무거운 책망을 듣겠지만 그것은 각오한 바이다」

한유는 이에 이어,

「사람이 어려운 지경에 처했을 때야 비로소 진정한 절의(節義)가 드러나는 법이다. 아무 걱정 없이 살아갈 때는 서로 아껴 주며 술자리나 잔치자리에 부르곤 한다. 때로는 농담도 하고

한유

서로 사양하고 손을 맞잡기도 한다. 그뿐이겠는가. 죽어도 배신하지 말자고 『쓸개와 간을 서로 내보이며(肝膽相照)』 맹세한다. 하지만 조금이라도 이해관계가 엇갈리면 눈길을 돌리며 마치 모르는 사람 대하듯 한다. 함정에 빠진 사람을 구해 주기는커녕 오히려 구덩이 속으로 밀어 넣고 돌을 던지는 사람이 이 세상에는 널려 있다」

이렇게 본다면 「간담상조」라는 말도 그 발생의 근원에 있어 이미 허위나 배반의 요소를 내포하고 있는 것이 아닐까. 진정한 간담상조하는 우정이란 세상에 드문 일이니만큼 더욱 더 높은 가치를 갖는다고나 할까?

한유가 유종원의 우정을 참된 우정으로 높이 평가한 데는 유우석이 파주자사로 임명되었을 때, 파주는 변방인 데다 70 노경에 있는 어머니를 모시고 갈 일이 걱정이었다. 이런 사실을 안 유종원은 자기가 대신 파주로 가겠다고 자청해 나섰던 것이다.

이것이 참된 친구요 「간담상조」 할 수 있는 우정이라고 한유는 묘지명에 썼던 것이다.

간장막야 干將莫耶

방패 干 장수 將 아닐 莫 어조사 耶

천하에 둘도 없는 명검의 비유.

— 《오월춘추(吳越春秋)》 합려내전(闔閭內傳)

간장과 막야가 만든 칼이란 말로, 천하에 둘도 없는 명검이나 보검을 비유하여 이르는 말이다. 《오월춘추(吳越春秋)》 합려내전에 있는 이야기다.

오(吳)나라에는 유명한 대장장이 간장(干將)이 그의 아내 막야(莫耶)와 오순도순 살고 있었다. 그 당시 오나라 왕 합려(闔閭)는 간장을 불러 명검 두 자루를 만들도록 명령했다. 간장은 나라에서 제일가는 대장장이라는 것을 공식적으로 인정받아 최선을 다해 칼을 만들기로 했다.

간장은 정선된 청동만으로 칼을 주조하기 시작했는데, 이 청동이 3년이 지나도 녹지 않았다. 왕의 독촉은 하루가 멀게 계속되고, 청동은 녹을 생각조차 하지 않았으므로 그의 걱정은 이만저만이 아니었다.

오왕 합려의 묘

간장은 어떻게 하면 이 청동을 하루 속히 녹여 칼을 만들 수 있을까 하는 걱정에 뜬눈으로 밤을 지새우는 날이 많았다.

그러던 중 그의 아내 막야가 청동을 녹일 방법을 알아냈다. 그것은 부부의 머리카락과 손톱을 잘라 용광로에 넣고 소녀 300명이 풀무질을 하는 것이었다.

막야의 말대로 하자 과연 청동은
서서히 녹기 시작했다. 그래서 칼도
명검으로서 손색이 없을 만큼 제 형
체를 드러내기 시작했다. 간장은 칼
이 완성되자, 한 자루에는 막야라는
이름을 새겼고, 또 다른 한 자루에는
간장이라고 새겨 넣었다.

이 칼은 그 어느 칼보다 단단하고
예리했으므로 높이 평가받게 되었고,
이로부터 「간장막야」는 명검을 가
리키는 말이 되었다.

《순자(荀子)》 성악편(性惡篇)에
보면 사람의 성품이 악한 것을 논증
하면서 이런 이야기를 하고 있다.

「중국 역대의 명검으로 제(齊)나

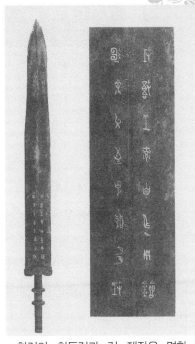

합려의 청동검과 검 제작을 명한
명문(銘文)

라 환공(桓公)의 총(蔥), 강태공(姜太公)의 궐(闕), 주문왕의 녹(錄), 초장
왕의 홀(忽), 그리고 오왕 합려의 간장과 막야, 거궐(鉅闕)과 벽려(辟閭)
를 손꼽을 수 있다. 그러나 명검도 숫돌에 갈지 않으면 예리해지지 않으
며, 사람의 힘이 가해지지 않으면 아무것도 자를 수 없다」

病可以保身
병 가 이 보 신

병이 있음으로써 몸을 보전한다.
병이라는 것이 있기 때문에 사람은 오히려 보건 위생에 주의하여 신체의
건강을 보전한다고도 말할 수 있다. 모든 것은 생각하기에 달렸다.
— 《논어》 공야장—

갈불음도천수 渴不飮盜泉水

목마를 渴 아니 不 마실 飮 훔칠 盜 샘 泉 물 水

아무리 곤궁해도 불의(不義)의 재산은 탐내지 않는다.

— 《설원(說苑)》 설총편(說叢篇)

「갈불음도천수」는 「목이 말라도 도천(盜泉)의 물은 마시지 않는다」라는 뜻이다. 《설원》 설총편에 이런 이야기가 있다.

공자가 어느 날 승모(勝母)라는 마을에 갔을 때, 마침 날이 저물었으나 그 마을에서는 머물지를 않았다. 또 도천(盜泉)의 옆을 지나쳤을 때 목이 말랐으나 그곳의 샘물을 떠먹지 않았다. 그 까닭은 마을 이름이 「어미를 이긴다(勝母)」는 뜻으로, 이것은 자식으로서의 도에서 벗어난 일이며, 그와 같은 이름의 마을에 머문다는 그 자체가 이미 어머니에 대한 부도덕으로 여겼던 까닭이다. 또 도천이란 천한 이름을 가진 샘물을 마신다는 것은 고결한 마음을 다듬고 있는 선비에게 있어서는 매우 불명예스러운 수치로 여겼던 까닭이라고 말하고 있다.

도천은 산동성 사수현(泗水縣) 동북쪽에 있어 예부터 이러한 고사로 인해 이름이 알려져 있어 도천이라는 용어는 수치스러운 행위의 비유로도 쓰인다. 《문선(文選)》에 있는 육사형(陸士衡)의 「맹호행(猛虎行)」이란 시를 소개해 보기로 하자.

목이 말라도 도천의 물을 마시지 않고
더워도 악목의 그늘에 쉬지 않는다.
악목인들 나뭇가지가 없겠는가.
선비의 뜻을 품고 고심이 많도다.
……

渴不飮盜泉水　熱不息惡木陰　갈불음도천수　열불식악목음

惡木豈無枝　　志士多苦心　　악목개무지　　지사다고심
……

아무리 목이 말라도 도
천의 물은 마시지 않고,
아무리 더워도 악목의 그
늘에서는 쉬지 않는다는
것은 올바른 정신을 관철
하기 위해서인 것이다.

육사형의　이름은　기
(機), 사형은 자다. 할아
버지인 육손은 삼국의 오
(吳)나라 손권에게 벼슬

공자가 사용한 우물

하여 용명을 떨쳤으며, 아버지 육항도 오의 명신이었다.

유학을 깊이 준봉하여 시문에도 뛰어나 오의 흥망을 논한《변망론
(辯亡論)》이나《육평원집(陸平原集)》이 있다.

나중에 진(晉)에 벼슬하고자 아우인 육운과 낙양에 있었을 때 사람
들로 하여금 「오를 정벌한 덕택에 이준(二俊)을 얻었다」는 칭송을 받
기도 했다.

대장군, 하북 대도독이 되었으나 모함에 빠져 「화정(華亭)의 학려
(鶴唳) 어찌 듣겠는가」 하는 말을 남기고 죽었다.

화정은 강소성 송강현의 서쪽 평원촌에 있고 할아버지 육손이 화정
후에 책봉된 후부터 대대로 지내던 곳으로 감회 깊은 심정에 넘칠 것이
다. 아우 육운도 이어 죽음을 당했다.

학려는 학의 울음소리를 말한다.

강노지말 强弩之末

강할 强 쇠노 弩 어조사 之 끝 末

강한 것도 시간이 지나면 힘을 잃고 쇠해진다.

— 《한서(漢書)》 한안국전(韓安國傳)

시위를 떠난 강한 화살도 먼 데까지 날아가다 보면 그 끝에 가서는 힘이 다해 떨어져 버리고 만다는 말이다. 즉 아무리 강한 것이라 할지라도 시간이 지나면 힘을 잃고 쇠약해진다는 뜻이다.

《한서》 한안국전에 있는 이야기다.

한(漢)의 고조 때 북쪽 흉노족이 변방을 침범하여 골머리를 앓고 있었다. 고조는 중원의 통일을 이루기는 했지만 아직 나라의 기반이 다져지지 않은 형편이라 오랑캐를 평정함으로써 그 기틀을 완전히 갖추려고 직접 대군을 인솔하고 흉노를 치러 출병했다.

그러나 흉노의 기병(騎兵)들이 워낙 강해서 오히려 고조는 그들로부터 포위를 당해 위급한 지경에 빠지고 말았다. 이때 군사(軍師)인 진평(陳平)이 흉노의 왕비에게 값진 보물을 보내 그들을 회유하고 고조는 간신히 포위망을 뚫고 도망칠 수 있었다.

혼이 난 고조는 힘으로써 흉노를 다스리려는 마음을 고쳐먹고 흉노와 화친정책을 펴면서 왕가의 처녀를 흉노의 왕에게 시집보내고 거기다 많은 예물까지 딸려 보냈다.

덕택에 한동안 한나라와 흉노 사이는 평화로웠다. 그러나 그 평화는 오래 지속되지 않았다. 흉노는 다시 변경을 시끄럽게 했다.

그러는 동안 무제(武帝)가 즉위하면서 한나라는 이전과는 비교할 수 없을 정도로 군사력이 강대해졌다.

무제는 강력한 힘을 바탕으로 골칫거리인 흉노를 정벌하기로 결심하

고 중신회의를 열었다. 그
러나 어사대부(御使大夫)
한안국이 나서서 반대했
다.

「아무리 강한 화살이
라도 멀리 날아가면 끝에
가서는 힘이 약해져 노나
라의 얇은 비단폭도 뚫지
못합니다(强弩之末力不能
入魯縞). 우리 군사들이 비

흉노땅으로 시집가는 왕소군

록 강하다고 하지만, 멀리 북방까지 원정을 나간다면 그 결과는 장담할
수가 없습니다. 후일을 기약해서 도모하는 것이 옳을 줄로 아옵니다」

그러자 강경파인 왕회(王恢)가 나서서 말했다.

「그렇다면 역으로 흉노로 하여금 우리나라를 치게 만들어 우리가
맞아 싸우는 계책을 쓰는 것이 좋을 줄로 생각하옵니다」

무제는 왕회의 계책을 좇아 마읍(馬邑)이란 곳에 30만 대군을 몰래 숨겨
놓고 흉노의 10만 대군을 유인했으나 흉노의 맹장 선우는 이를 눈치 채고
퇴각해버림으로써 한나라의 계책은 실패로 돌아가고 말았다.

이 「강노지말」은 《사기》 한장유열전에도 나와 있고 《삼국지》 촉지
제갈양전에도 나온다.

豫之齒者 去其角
예 지 치 자 거 기 각

하늘은 두 가지를 다 주지 않는다. 이빨을 준 자에게는 뿔은 주지 않았
다. 날개를 준 자에게는 발은 두 개만 주었다.

— 《한서》 동중서전 —

개관사정 蓋棺事定

덮을 蓋 널 棺 일 事 정할 定

사람은 죽은 후에야 그 사람의 살아 있을 때의 가치를 알 수 있다.

— 두보(杜甫) 『군불견(君不見)』

사람의 일을 두고 흔히 하는 말이다. 오늘의 충신이 내일에는 역적 소리를 듣게도 되고, 어제까지 천덕꾸러기 노릇을 하며 이 집 저 집 얻어먹으며 다니던 사람이 하루아침에 벼락부자가 되고 벼락감투를 쓰게 된 예는 얼마든지 있다. 말하자면 관 뚜껑을 닫고 나서야 비로소 일은 정해진다는 말이다.

부귀와 성쇠(盛衰) 같은 것은 원래가 그런 것이기도 하지만, 세상이 다 변해도 그 사람만은 틀림이 없다고 철석같이 믿었던 사람이 시간이 흐르고 환경이 변하는 데 따라 전연 딴판으로 달라지는 수도 적지 않다.

하기야 관 뚜껑을 닫고 난 뒤에도, 죽은 사람이 살았을 때 저질렀던 일로 인해, 이른바 부관참시(剖棺斬屍 : 관을 깨뜨려 시체를 벰)의 추형(推刑)을 가하는 일도 때로는 있으므로 엄격한 의미에서는 「관 뚜껑을 닫은 뒤에도 알 수 없는 것이 사람의 일」이라 할 수 있다.

그러나 그것은 역사적인 인물이나 역사적인 사건에서나 있었던 일이므로 논외로 하고, 역시 사람은 숨을 거두면 그것으로 모든 게 끝난다고 보는 것이 정당할 것이다. 여기서 두보(杜甫, 712~770)의 시 한 편을 소개해 보자.

그대는 보지 못했는가, 길가에 버려진 못을.
그대는 보지 못했는가, 앞서 꺾여 넘어진 오동나무를.
백 년 뒤, 죽은 나무가 거문고로 쓰이게 되고,
한 섬 오랜 물은 교룡(蛟龍)을 품기도 했다.

장부는 관을 덮어야 일이 비로소 결정된다.
그대는 다행히 아직 늙지 않았거늘,
어찌 원망하리요, 초췌히 산 속에 있는 것을.
심산궁곡은 살 곳이 못되는 곳.
벼락과 도깨비와 미친바람까지 겸했구나.

君不見道邊廢棄池　君不見前者催折桐　군불견도변폐기지　군불견전자최절동

百年死樹中琴瑟　　一斛舊水藏蛟龍　　백년사수중금슬　일곡구수장교룡

丈夫蓋棺事始定　　君今幸未成老翁　　장부개관사시정　군금행미성로옹

何恨憔悴在山中　　深山窮谷不可處　　하한초췌재산중　심산궁곡불가처

霹靂魍魎兼狂風　벽력망량겸광풍

이 시는 두보가 사천성 동쪽 기주(夔州)의 깊은 산골로 낙백해 들어와 가난하게 살고 있을 때, 역시 거기에 와서 살며 실의에 찬 나날을 보내고 있는 친구의 아들 소계(蘇溪)에게 편지 대신 보내준 시다.

두보의 초당

시 제목은 「군불견(君不見)」이라 하는데, 첫머리에 이 같은 가락을 넣는 것을 악부체(樂府體)라 한다. 시의 내용은 이렇다.

길가의 오래된 못도 옛날엔 그 속에 용이 살았고, 오래 전에 썩어 넘어진 오동나무도 백 년 뒤에 그것이 값비싼 거문고 재료로 쓰이게 되듯이, 사람은 죽어 땅에 묻힌 뒤가 아니면 어떻게 될지 아무도 알 수 없다. 다행히 아직 젊지 않은가. 굳이 이런 산중에서 초라하게 살며 세상을 원망할 거야 없지 않은가. 이런 심산궁곡은 사람이 살 곳이 못된다. 언제 벼락이 떨어질지 요귀가 나타날지 미친바람이 몰아칠지 모른다.

개관사정 蓋棺事定 37

거안제미 擧案齊眉

들 擧 책상, 밥상 案 가지런히 할 齊 눈썹 眉

남편을 깍듯이 공경함.

— 《후한서(後漢書)》 양홍전(梁鴻傳)

「거안제미(擧案齊眉)」는 밥상을 눈썹과 가지런하도록 공손히 들어 남편 앞에 가지고 간다는 뜻으로, 곧 남편을 깍듯이 공경함을 이르는 말이다.

《후한서》 양홍전에 있는 이야기다.

동한(東漢)의 양홍(梁鴻)은 젊어서 집안살림이 몹시 궁색했지만 열심히 학문에 매진해 나중에 유명한 학자가 되었다. 그러나 그는 벼슬에는 뜻이 없고 아내와 함께 손수 밭일과 집안일을 하며 검소한 생활을 영위하는 것을 낙으로 삼았다.

그의 아내 맹광(孟光)은 피부가 검고 살이 쪄 몸이 뚱뚱했으며, 처녀시절 그녀의 부모는 딸의 혼사로 골머리를 앓았다고 한다. 그것은 사윗감들이 맹광을 못생겼다고 나무라서가 아니라, 오히려 제 주제에 선을 본 신랑감들을 못마땅하게 생각했기 때문이었다.

그리하여 나이 서른이 되었는데도 양홍 같은 사람이 아니면 시집을 가지 않겠다고 완강하게 버티는 것이었다. 이에 맹광의 부모는 하는 수 없이 되지도 않을 줄 알면서도 혹시나 하고 양홍에게 청혼을 해보았다. 그런데 맹광의 성격을 잘 알고 있는 양홍은 두말 않고 선선히 응낙을 하는 것이었다, 그리하여 마침내 맹광과 양홍은 결혼식을 올리게 되었다.

두 사람이 결혼식을 올리는 날 맹광은 결혼 예복을 곱게 차려 입었다. 그런데 양홍은 도리어 그것을 못마땅하게 여겨 한 주일 동안이나 신부의 얼굴을 거들떠보지도 않았다고 한다. 여드레째 되는 날 신부가 예복을 벗고 무명옷으로 갈아입었다 그제야 양홍은 기뻐하면서,

「이제야말로 양홍의 아내답구려」

하고 말했다는 것이다.

이로부터 그들은 서로 돕고 아끼며 살았는데, 양홍이 일을 마치고 돌아오면 아내는 밥과 반찬을 차린「밥상을 눈썹 높이까지 치켜들고 남편에게 바쳤다(擧案齊眉)」고 한다.

欲知來者察往　欲知古者察今
욕 지 내 자 왕　욕 지 고 자 찰 금

미래를 알려면 과거를 고찰하라.
미래의 일을 알려면 과거의 일을 고찰하라. 옛것을 연구하여 새로운 도리를 알아야 한다.

― 《할관자》 ―

거자불추내자불거 去者不追來者不拒

갈 去 사람 者 아니 不 쫓을 追 올 來 막을 拒

가는 사람 붙들지 말고 오는 사람을 뿌리치지 말라.

— 《맹자(孟子)》 진심하(盡心下)

「가는 사람 붙들지 말고 오는 사람을 뿌리치지 말라」

이 말은 우리의 일상 교훈처럼 널리 쓰이고 있는 말이다. 또 이를 문자화해서 「거자불추 내자불거」라고 말하기도 한다. 공자의 말에도 이와 비슷한 이야기가 있지만, 역시 《맹자》에 있는 말이 쉬운 글자로 바뀌었다고 보아야 할 것 같다.

《맹자》 진심편 하에는 거(去) 대신 왕(往)으로 되어 있다. 이 「往」에는 시간이 지나가버린 것을 말하는 예가 많기 때문에 「去」로 바뀌어 통속화된 것 같다. 이런 예는 자주 볼 수 있다.

한편 《순자》 법행편(法行篇)에는 공자의 제자 자공이 「군자는 몸을 바르게 하여 기다릴 뿐이다. 오고 싶어 하는 사람은 거절하지 아니하고 가고 싶어 하는 사람은 붙들지 않는다(君子 正身以俟 欲來者不拒 欲去者不止)」라고 했다.

《맹자》에 있는 이야기의 유래를 소개해 보기로 하자.

맹자가 등(藤)나라로 가서 상궁(上宮)에 숙소를 정하고 있을 때 일이다. 등나라는 맹자가 태어난 추(鄒)나라와 가까운 나라로 등나라 임금 문공(文公)은 세자로 있을 때부터 맹자를 찾아가 가르침을 청한 일이 있었고, 그가 임금이 되었을 때는 맹자의 가르침에 따라 토지개혁을 단행한 일도 있었다.

맹자는 당시 가는 곳마다 환영이 대단했고, 언제나 수십 대의 수레에 수백 명의 수행원이 호송을 하고 다녔다 한다. 또 맹자가 가 있는

곳이면 많은 사람들이 찾아와 가르침을 청하기도 했고 의견을 묻기도
했다. 이 때도 맹자가 있는 상궁에는 온통 사람들의 출입으로 몹시
혼잡했다. 그런데 공교롭게도 여관에서 일하는 사람이 미투리를 반쯤
삼다가 창문 위에 올려놓았다. 맹자의 일행이 각각 방을 차지하고, 따라
왔던 사람들도 다 돌아가고 난 다음, 신을 마저 삼으려고 가 보았을
때는 신이 보이지 않았다.

　다른 일 보는 사람이 보기가 흉해서 어디로 치웠는지도 모를 일이었
지만, 신 임자는 누가 훔쳐간 걸로 단정을 했다. 조금만 더 손을 대면
완전한 신이 될 텐데, 이제까지 애쓴 보람도 없이 남의 좋은 일만 해준
것을 생각하니 그만 화가 치밀어 올랐다. 그는 자기도 모르게 어떤
놈이 남의 삼다 둔 미투리를 훔쳐갔다고 떠들어댔다.

　사람들은 차츰 맹자를 따라왔던 사람들 중에 누가 한 짓일 거라는
생각을 하게 되었다. 똑똑한 체하는 사람은 어느 곳에나 있는 법이어서,
한 사람이 맹자를 찾아가 항의를 했다.

　「세상에 이럴 수가 있습니까! 선생님을 따라다니는 사람이 신을 훔
쳐가다니 말입니다」

　맹자도 경솔한 그의 말투에 약간 노여운 생각이 들었을 것이다.

　「그대는 나를 따라온 사람이 그 신을 훔치기 위해 여기에 왔다는
말인가?」 하는 맹자의 반문을 받고 난 그는 약간 당황할 수밖에 없었다.
그러나 그는,

　「천만에 그럴 리가 있습니까. 선생님께서 사람들을 대하는 법은, 가
는 사람을 붙들지도 않고(往者不追), 오는 사람을 물리치지도 않으며(來
者不拒), 진실로 배우겠다는 마음을 가지고 이르면, 곧 받을 뿐이옵니
다」 라고 대답했다.

거자일소 去者日疎

갈 去 사람 者 날 日 트일 疎

한번 떠난 사람과는 시간이 지날수록 사이가 점점 멀어진다.

— 《문선(文選)》

《문선》 잡시(雜詩)에 있는 고시(古詩) 19수 중 제14수 첫머리에 나오는 구절이다. 「한번 떠난 사람과는 시간이 지날수록 사이가 멀어지며, 이미 죽은 사람에 대한 기억도 세월이 흐르면 점차 잊혀진다」는 뜻이다.

떠나버린 사람과는 날로 뜨악해지고
산 사람과는 날로 친해진다.
곽문을 나서 바라보면
오직 보이는 것은 언덕과 무덤
옛 무덤은 갈아엎어져 논밭이 되고
소나무와 잣나무는 잘리어 땔감이 된다.
백양나무에는 구슬픈 바람이 일고
소연하게 내 마음을 죽이는구나.
옛 고향으로 돌아가고 싶어도
돌아갈 길 막막하니 어찌할거나.

去者日以疎	生者日以親	거자일이소	생자일이진
出郭門直視	但見丘與墳	출곽문직시	단견구여분
古墓犁爲田	松柏摧爲薪	고묘리위전	송백최위신
白楊多悲風	蕭蕭愁殺人	백양다비풍	소소수살인
思還故里閭	欲歸道無因	사환고리려	욕귀도무인

죽은 사람은 잊혀져 갈 뿐, 하지만 살아 있는 사람은 나날이 친해져 간다. 고을의 성문을 나서 교외로 눈을 돌리면 저편 언덕과 그 아래에는 옛 무덤이 보인다. 게다가 낡은 무덤은 경작되어 밭이 되고 무덤의 흔적도 남기지 않는다. 무덤 주위에 심어진 송백은 잘리어 땔나무가 되어 버렸겠지.

백양의 잎을 스쳐가는 구슬픈 바람소리는 옷깃을 여미게 하고 마음 속 깊이 파고든다. 그럴 때마다 고향으로 돌아가고 싶으나 정처 없이 떠돌아다니고 영락한 몸이라 돌아갈 수가 없다.

고시 19수 중 남녀 간의 정을 노래한 것으로 보이는 12수를 제외한 나머지 6수는 전부 이와 같은 인생의 고통과 무상을 노래한 것이다. 다시 말해서,

「인생천지간에 홀연히 멀리 떠나가는 나그네와 같다」(제3수)

「인생 한 세상이란 홀연히 흩어지는 티끌과 같다」(제4수)

「인생은 금석(金石)이 아니다. 어찌 장수할 것을 기대하겠는가」(제11수)

「우주 천지간에 음양은 바뀌고 나이란 아침 이슬과 같다」(제13수)

「인생 백을 살지 못하면서 천 년 살 것을 걱정한다」(제15수) 등을 들 수 있다.

여기 보이는 것은 적구(摘句)에 지나지 않으나, 어느 것이나 감정의 발현(發現)이란 점에서 볼 때 다시없으리만큼 아름답다.

鬼神無常亨 亨于克誠
귀신무상형   형우극성

귀신은 어느 특정한 사람의 제사를 받는 것이 아니다. 정성을 들인 제사라면 누구의 제사라도 받아들인다.

— 《시경》 태갑(太甲) 하 —

건곤일척 乾坤一擲

하늘 乾 땅 坤 한 一 던질 擲

승패와 흥망을 걸고 단판걸이로 승부나 성패를 겨룸.

— 한유(韓愈) 『과홍구(過鴻溝)』

「건곤(乾坤)」은 하늘과 땅이란 뜻이고, 「일척(一擲)」은 한 번 던진 다는 뜻이다. 다시 말해서, 이기면 하늘과 땅이 다 내 것이 되고, 지면 하늘과 땅을 다 잃게 되는 도박을 한다는 뜻이다.

당나라 때 문장으로 첫손을 꼽는 한유의 칠언절구에 「과홍구」라는 제목으로 다음과 같은 시가 있다.

용은 지치고 범도 고달파 강과 들을 나누었다.
억만창생의 목숨이 살아남게 되었네.
누가 임금을 권해 말머리를 돌리게 하여
참으로 한번 던져 하늘 땅을 걸게 만들었던고!

龍疲虎困割川原　億萬蒼生性命存　　용피호곤할천원　억만창생성명존
誰勸君王回馬首　眞成一擲睹乾坤　　수권군왕회마수　진성일척도건곤

한유가 홍구라는 지방을 지나가다가 초·한(楚漢) 싸움 때의 옛 일이 생각나 지은 시다. 진시황(秦始皇)이 죽자 폭력에 의한 독재체제는 모래성 무너지듯 무너지고, 몸을 피해서 숨어 칼을 갈고 있던 무수한 영웅호걸들은 벌떼처럼 들고 일어났다.

마침내 천하는 항우와 유방 두 세력에 의해 양분되었는데, 그 경계선이 바로 이 홍구였다. 홍구는 지금 가로하(賈魯河)로 불리며 하남성 개봉(開封) 서쪽을 흐르고 있다. 항우와 유방은 이 홍구를 경계로 해서 동쪽을 항우의 초나라로 하고, 서쪽을 유방의 한나라로 하기로 결정을

보았던 것이다. 이리하여 일단 싸움은 중단이 되고 억만창생들도 숨을 돌리게 되었는가 했는데, 유방의 부하들은 서쪽으로 돌아가려는 유방의 말머리를 돌려, 항우와 천하를 놓고 최후의 승부를 결정짓는 도박을 하게 되었던 것이다.

유방

진나라 말 실정(失政) 때, 진섭(陳涉) 등이 기원 전 209년 먼저 반기를 들고 이에 호응하여 각지에서 거병하는 자가 꼬리를 물고 일어났으나, 그 중 풍운을 타고 가장 두각을 나타낸 사람이 항우였다.

3년간의 전쟁 끝에 마침내 진을 멸망시키고 스스로 서초(西楚)의 패왕이 되어 아홉 군을 점령했으며, 팽성(彭城)에 도읍을 정하고 유방을 비롯한 공이 많았던 사람들을 각각 왕후로 봉하여 한때 천하를 호령하는 듯싶었다. 그러나 어쨌든 명목상의 군주인 초의 의제(義帝)를 이듬해 시해한 것과 논공행상이 고르게 이루어지지 않았던 까닭으로 다시 천하는 혼란 속에 빠지고 말았다.

즉, 전영(田榮), 진여(陳余), 팽월(彭越) 등이 계속 제(齊)·조(趙)·양(梁)에서 반란을 일으키고 더구나 항우가 이들을 토벌하고 있는 틈에 한왕 유방이 군사를 일으켜 관중 땅을 병합해 버렸던 것이다.

무릇 항우가 가장 두려워하고 있던 것은 유방이고, 유방이 적으로 여기고 있던 것은 항우였다. 최초로 관중을 평정한 자가 관중의 왕이 된다는 의제의 공약이 무시되고, 관중에 누구보다 먼저 들어갔음에도 불구하고 항우에 의해 파촉(巴蜀)의 왕으로 봉해진 점이 항우에 대한 유방의 최

항우

대 원한이었으나, 바야흐로 관중을 수중에 넣은 유방은 우선 항우에게 다른 마음이 없음을 인식시켜 놓고 나서, 착착 힘을 길러 후일 관외로 진출할 기회를 노리고 있었다.

이듬해 봄, 항우는 제(齊)나라와 싸우고 있었으나, 아직 제를 항복시키지 못하고 있었다. 때는 바야흐로 지금이라고 생각한 유방은 초의 의제를 위해 상(喪)을 치르고 역적 항우를 토벌할 것을 제후들에게 알림과 동시에 66만의 군사를 이끌고 초나라로 공격해 들어가 도읍인 팽성을 함락시켰다.

항우는 이 소식을 듣고 재빨리 회군하여 팽성 주변에서 유방의 한나라 군사를 여지없이 평정해 버렸다. 유방은 간신히 목숨만 건져 영양(榮陽)까지 도망쳤으나 적군 수중에 그 아버지와 부인을 남겨 놓는 등 비참한 결과를 가져왔고, 영양에서 다소의 기세를 회복했으나, 재차 포위당해 거기서도 겨우 탈출하는 꼴이 되고 말았다.

그 후 유방은 한신(韓信)이 제(齊)나라를 손에 넣음에 이르러 겨우 세력을 증가시키고, 또 관중에서 병력을 보급받아 여러 차례 초나라 군사를 격파시켰으며, 팽월도 양(梁)에서 초군을 괴롭혀, 항우는 각지로 전전하게 되었고, 게다가 팽월에게 식량 보급로까지 끊겨 군사는 줄고 식량은 떨어져 진퇴양난의 궁지에 몰리자, 마침내 항우는 유방과 화평을 맺기에 이르고 천하를 양분해서 홍구에서 서쪽을 한(漢)으로, 동쪽을 초(楚)로 하기로 하고 유방의 아버지와 부인을 돌려보내기로 했다.

때는 한(漢)나라 4년, 기원 전 203년이었다. 항우는 약속이 되었으므로 군사를 이끌고 귀국했으며, 유방도 철수키로 하였으나 마침 그것을 본 장양(張良)과 진평(陳平)이 유방에게 진언했다.

해하 유지

「한나라는 천하의 태반을 차지하고 제후도 따르고 있으나, 초나라는 군사가 피로하고 식량도 부족합니다. 이것이야말로 하늘이 초를 멸망시키려는 것으로, 굶주리고 있을 때 처 없애버려야 합니다. 지금 공격하지 않으면 호랑이를 길러 후환을 남기는 결과가 됩니다」

그래서 유방은 결심을 하고 이듬해 한신과 팽월 등의 군과 함께 초나라 군사를 추격하여 드디어 항우를 해하(垓下)에서 포위하기에 이르렀다. 한유는 이 장양과 진평이 한왕을 도왔던 공업을 홍구 땅에서 회상하며 이 싸움이야말로 천하를 건 큰 도박이라고 보았던 것이다.

일척(一擲)이란 모든 것을 한 번에 내던진다는 것으로 일척천금(一擲千金)이니 일척백만이니 하는 말들이 많이 쓰인다. 건곤(乾坤)은 천지(天地)로「일척건곤을 건다」다시 말해서「건곤일척」은 천하를 얻느냐 잃느냐, 죽느냐 사느냐 하는 대 모험을 할 때 곧잘 쓰이는 말이다.

유방이 걸고 한 것은 사실 글자 그대로 하늘과 땅이었지만, 지금 우리들이 쓰고 있는 뜻은, 무엇이든 자기의 운명을 걸고 흥망 간에 최후의 모험 같은 것을 하는 것을「건곤일척」이라 한다.

또 원문은 하늘과 땅을 걸고 한 번 던진다는 뜻이었는데, 하늘과 땅을 직접 내던지는 것 같은 강한 뜻을 풍기기도 한다.

걸견폐요 桀犬吠堯

임금 桀 개 犬 짖을 吠 임금 堯

개는 선악을 불문하고 저마다 그 주인에게만 충성을 한다.

— 《사기(史記)》 회음후열전(淮陰侯列傳)

「걸(桀)의 개가 요(堯)임금을 보고도 짖는다」즉 「걸견폐요」란 말은 후세에 와서 바뀌게 된 것으로, 《사기》열전(列傳)에는 도척의 개가 요임금을 보고 짖는다(跖之狗吠堯)로 되어 있다. 결국 개는 주인만을 알고 그 이외의 사람에게는 사정을 두지 않는다는 뜻이다.

《사기》회음후열전에 보면, 괴통이란 책사(策士)가 한신에게 이렇게 권유했다.

「지금 항우는 남쪽을 차지하고 유방은 서쪽을 차지하고 있습니다. 지금 동쪽인 제나라를 차지하고 있는 대왕이 어느 쪽에 가담하느냐에 따라 천하대세가 좌우됩니다. 한왕이 대왕을 제나라 왕으로 봉한 것은 남쪽으로 초나라 항우를 치기 위한 부득이한 조처로 실은 대왕을 속으로 몹시 꺼리고 있습니다. 항우가 망하게 되는 날 대왕의 신변은 위태롭게 됩니다. 지금 항우가 바라고 있듯이 이 기회에 천하를 셋으로 나누어 동쪽을 대왕이 차지하고 대세를 관망하는 것이 가장 현명한 길입니다」

한신은 며칠을 두고 고민하던 끝에 결국은 괴통의 꾀를 받아들이지 못하고 말았다. 천하가 통일되자 유방은 괴통의 말대로 한신을 없애려는 생각으로 꽉 차 있었다. 초나라 왕으로 봉해졌던 한신은 역적의 누명을 쓰고 장안으로 잡혀오게 되었고, 이렇다 할 증거를 잡을 수 없자, 그를 초왕에서 회음후로 작을 깎았다.

그 뒤 정말 역적으로 몰려 여후(呂后)의 손에 죽게 되자 한신은, 「나는 괴통의 꾀를 듣지 않고 아녀자의 속인 바가 된 것을 후회한다. 어찌 운명이 아니었는가」하는 말을 남겼다.

한신의 말을 전해들은 한고조 유방은 곧 괴통을 잡아들이게 했다.

「네가 회음후에게 반역하라고 시킨 일이 있느냐?」

고조의 물음에 괴통은 태연히 대답했다.

「그렇습니다. 신이 반역하라고 일러 주었습니다. 그 철부지가 신의 꾀를 쓰지 않았기 때문에 스스로 몸을 망치고 만 것

한신

입니다. 만일 그 철부지가 신의 계책을 썼던들 폐하께서 어떻게 그를 죽일 수 있었겠습니까?」

화가 치민 고조는 괴통을 기름 가마에 넣으라고 명령했다.

「슬프고 원통하다! 내가 삶겨 죽다니!」

괴통은 하늘이 원망스럽다는 듯이 부르짖었다.

「네가 한신을 반하라 시켰다면서 뭐가 원통하단 말이냐?」

「진(秦)나라가 그 사슴(鹿 : 정권)을 잃은지라 온 천하가 다 함께 이를 쫓았습니다. 그 결과 솜씨가 뛰어나고 발이 빠른 사람이 먼저 얻게 된 것입니다. 도척 같은 도둑놈의 개도 요임금을 보면 짖습니다(跖之狗 吠堯). 요임금이 어질지 않아서가 아니라, 개는 원래 그 주인이 아니면 짖기 때문입니다. 당시 신은 다만 한신을 알고 있을 뿐, 폐하는 알지 못했습니다. 또 천하에는 폐하가 한 것과 같은 일을 하고 싶어 하는 사람이 많지만, 힘이 모자라 못할 뿐입니다. 그들을 또 다 잡아 삶을 작정이십니까?」

말 한 마디로 천 냥 빚을 갚는다는 말처럼, 화가 치밀었던 고조도 괴통의 말이 과연 옳다 생각되어 그를 곱게 놓아 보냈다.

걸해골 | 乞骸骨

빌 乞 뼈 骸 뼈 骨

임금에게 신하가 사직을 주청하는 것을 이르는 말.

— 《사기》 항우본기(項羽本紀)

옛날 관료는 관직에 임명되면 자신의 몸을 임금에게 바친 것으로 여겼다. 때문에 사직을 원하거나 은퇴하고자 할 때 이를 주청하는 것을 일러 「해골을 돌려달라(乞骸骨)」고 하여 늙은 관리가 사직을 원할 때 주로 쓰게 되었다. 《사기》 항우본기에 이런 이야기가 있다.

한왕 유방은 천하를 통일하는 데 많은 고초를 겪어야 했다. 뭐니 뭐니 해도 초의 항우는 강적이었다. 몇 차례나 궁지에 몰렸던 적이 있었다.

한나라 3년(B.C. 204년)의 일이었다. 한왕은 영양(滎陽)에 진을 치고 항우와 대항하고 있었다. 지난해에 북상하는 초나라 군대를 이곳에서 방어한 후 한왕은 지구전을 꾀하기로 했다. 그렇게 하기 위해서는 무엇보다도 중요한 식량을 확보해 두어야 한다. 그래서 수송로를 만드는 데 심혈을 기울여 우선 길 양쪽을 담으로 둘러쌓고 그 길을 황하로 잇게 하여 영양의 서북쪽 강기슭에 있는 쌀 창고에서 운반해 오도록 했다.

그러나 이 수송로는 항우의 공격 목표가 되어 한왕 3년에는 몇 번이나 습격을 당해 강탈되었다. 한군은 식량이 부족해서 중대한 위기에 빠져 한왕은 하는 수 없이 강화하기를 청하여 영양 서쪽을 한나라의 땅으로 인정해 주기를 원했다. 항우도 이 정도에서 화목하고 싶다고 생각하고, 그 뜻을 아부(亞父)로 모시고 있는 범증에게 의논했다. 그러나 범증은 반대했다.

「그건 안되오 지금이야말로 한나라를 휘어잡을 때인데, 여기서 유방을 없애지 않으면 반드시 후회하게 될 거요」

　반대에 부딪친 항우는 마음이 변해 갑자기 영양을 포위하고 말았다. 난처해진 것은 한왕이었다. 그러나 그 때 진평(陳平)이라는 인물이 계책을 냈다. 진평은 전에 항우의 신하였으나 유방에게로 온 사람으로 지략이 뛰어났다. 그는 항우의 급한 성미와 지레짐작을 잘하는 기질을 몸소 겪은 바 있기 때문에 항우와 범증 사이를 갈라놓으면 된다고 생각했다. 우선 부하를 보내 초나라 군사 속에서「범증은 논공행상에 불만을 품고 항우 몰래 한나라와 내통하고 있다」는 소문을 퍼뜨렸다.

　단순한 항우는 소문을 그대로 믿고 범증에게는 알리지도 않고 강화 사신을 한왕에게 보냈다. 진평은 장양(張良) 등 한의 수뇌와 함께 정중하게 사신을 맞이했다. 그리고 소·양·돼지 등 맛있는 음식을 내놓고 대접했다. 그리고는 슬며시,

　「아부께선 안녕하십니까?」하고 물었다.

　사신은 먼저 범증에 대한 문안을 하므로 다소 기분이 언짢아서,

　「나는 항왕(項王)의 사신으로 온 것이오」하고 쏘아붙였다. 그러자 진평은 일부러 깜짝 놀라는 표정을 지으며,

　「아니 뭐라고, 한왕의 사신이라고? 난 아부의 사신인 줄로만 알았지」하면서 극히 냉정한 태도로 돌변, 한번 내놓았던 음식마저 도로 물리고 대신 보잘것없는 식사로 바꾸어 놓고는 나가 버렸다.

　이 말을 듣고 발끈한 항우는 그 화풀이를 범증에게로 돌려 한나라와 내통하고 있음이 틀림없다고 판단, 범증에게 주어졌던 권력을 모두 빼앗아버리고 말았다. 범증은 격노했다.

　「천하의 대세는 이미 결정된 거나 다름없으니 왕께서 스스로 마무리를 지으시오. 나는 걸해골(乞骸骨)하여 초야에 묻히기로 하겠소」

　범증은 팽성으로 돌아가는 길에 화가 지나쳤음인지 등에 종기가 생겨 75세를 일기로 세상을 떠났다.

격물치지 格物致知

궁구할 格 만물 物 이를 致 알 知

사물의 이치를 연구하여 후천적인 지식을 명확히 함.

— 《대학(大學)》

「사서삼경」하면, 옛날은 글공부하는 사람이면 당연히 읽어야 했고, 그 중에서도「사서」즉 《대학》《논어》《맹자》《중용》네 경전 가운데서도 특히 《대학》은 유교의 교의를 간결하게 체계적으로 논술한 명저로서, 그 내용은 3강령(綱領), 8조목(條目)으로 요약되어 있다.

3강령이라 함은「명명덕(明明德)·신민(新民)·지어지선(至於至善)」의 3항, 8조목이라 함은「격물(格物)·치지(致知)」의 2항과「성의(誠意)·정심(正心)·수신(修身)·제가(齊家)·치국(治國)·평천하(平天下)」의 6항을 합한 8항목으로, 이것들은 전체로서 유교사상의 체계를 교묘하게 논리적으로 풀어나가고 있다. 그러나 8조목 가운데서 6항목에 대해서는 《대학》에서 상세한 해설을 하고 있지만,「격물·치지」두 항에 대해서는 일언반구도 설명이 가해져 있지 않다.

「격물치지」를 모르면 단계를 밟아 엮여진 팔조목의 사상이 출발점부터 애매해진다. 그래서 송대(宋代) 이후 유학자 사이에 이 해석을 둘러싸고 이설(異說)이 백출하여 유교 철학의 근본문제로서 논쟁의 과녁이 되어 왔다. 그 중에서도 대표적인 학설을 부르짖은 것이 주자와 왕양명이다. 이른바 정주학파(程朱學派)와 육왕학파(陸王學派)가 그것이다.

《대학》과 《중용》은 원래 오경 중의 하나인 《예기》속의 한 편명이었는데, 이것을 따로 뽑아서 《논어》《맹자》와 함께「사서」라는 이름을 붙여 초학자가 꼭 읽어야 할 경전으로 만든 것이 주자(朱子, 1130~1200)였다. 주자는 격물치지를 다음과 같은 내용으로 풀이하고 있다.

「격물은 천하 만물의 이치를 끝까지 캐 들어가는 것이다. ……노력을 거듭한 끝에 하루아침에 훤히 통하면 사물의 이치를 다 알게 된다. 이것이 치지다」

왕양명의 묘

주자는 격(格)을 이른 다(至)는 뜻으로 풀이하여 모든 사물의 이치를 끝까지 파고 들어가는 것이라고 했다. 그러므로 앎을 가져온다는 치지(致知)는 우리가 말하는 지식의 획득을 뜻하게 된다.

그런데 주자의 견해와는 달리 격을 물리친다는 뜻으로 풀이하고 물을 물욕(物欲)의 외물(外物)로 주장한 학자에 주자와 같은 시대의 육상산(陸象山)이 있다. 그는 참다운 지혜(良知)를 얻기 위해서는 사람의 마음을 어둡게 하는 물욕을 먼저 물리쳐야만 한다고 주장했다. 육상산의 이 같은 학설을 이어받아 이를 대성한 것이 명(明)나라의 유명한 학자 왕양명(王陽明, 1472~1529)이다.

양명의 그 같은 견해는 그의 어록인 《전습록(傳習錄)》 가운데 도처에서 볼 수 있다. 그는 「격물치지」의 「격(格)」을 바르게 한다고 풀이했다. 이 경우 「물(物)」은 외부 세계의 사물이 아니라 사람의 마음이 향하고 있는 대상을 가리키게 되고, 「지(知)」는 지식이 아니라, 사람이 날 때부터 지니고 있는 자연스럽고 영묘한 마음의 기능, 즉 맹자가 말한 양지(良知)를 가리키게 된다.

주자의 「격물치지」가 지식 위주인 데 반해 양명은 도덕적 실천을 중하게 여기고 있다. 주자학을 이학(理學)이라고 부르고 양명학을 심학(心學)이라고 부르는 것은 이 때문이다.

거재두량　車載斗量

수레 車 실을 載 말 斗 잴 量

인재가 아주 많음의 비유.

— 《삼국지》 오지(吳志)

오주 손권

「수레에 싣고 말로 잰다」라는 뜻으로, 인재가 아주 많음을 비유하여 이르는 말이다. 삼국시대 촉의 장수 관우(關羽)가 오나라 장수 여몽(呂蒙)의 술책에 빠져 전사하고 뒤이어 장비(張飛)마저 죽자 유비(劉備)는 70만 대군을 이끌고 수륙 양 방향에서 오나라를 공격하였다. 이에 손권은 대경실색(大驚失色)해서 중대부 조자(趙咨)를 위(魏)나라에 보내 원군을 청하게 되었다. 손권은 조자를 떠나보낼 때 원조를 청하기는 하지만 절대로 나라의 자존심이 손상당하는 일이 없도록 하라고 당부하였다.

조자가 위의 수도 허도에 가서 위문제를 알현하자, 과연 위문제 조비(曹丕)는 언사가 불손하기 그지없었고, 태도 역시 오만불손하기 이를 데 없었다. 그러나 조자는 예의를 깍듯이 하면서, 또한 조비의 모욕적인 언사에 대해서도 눈 하나 깜짝하지 않고 조목조목 논리정연하게 반박했다. 이에 조비는 속으로 감탄해 마지않으면서 태도를 바꾸어 공손한 어조로 물었다.

「오나라에는 그대와 같은 인재가 얼마나 있는가?」

조자는 기회를 놓칠세라 대답하기를,

「총명이 남다른 사람은 8, 90명쯤 되고, 나와 같은 사람은 수레로 실어내고 말로 잴 정도로 많습니다」하였다고 한다.

검려기궁 黔驢技窮

검을 黔 나귀 驢 재주 技 궁할 窮

쥐꼬리만한 재주마저 바닥이 남.

―유종원《귀주 나귀》

당의 유명한 문장가인 유종원(柳宗元)은 일찍이 유명한 우화(寓話) 세 편을 지었는데 이를 「삼계(三戒)」라고 부른다. 그 가운데 한 편인 《귀주 나귀(黔驢)》의 내용을 소개한다.

옛날에 어떤 사람이 나귀가 나지 않는 귀주 지방에 나귀 한 마리를 배로 실어 갔다가 쓸모가 없어 산기슭에 그대로 방치해 두었다. 이때 호랑이 한 마리가 숲속에 숨어 있다가 처음 보는 그 나귀를 찬찬히 살펴 보았다. 그 웅장한 체구에 기가 죽어 그저 멀리서 바라다보기만 하고 있었다. 그런데 갑자기 나귀가 큰 소리로 우는 바람에 호랑이는 어찌나 놀랐든지 넋이 달아날 지경이었다.

호랑이는 이튿날도, 또 그 다음날도 여전히 숲속에 숨어서 나귀를 찬 찬히 관찰했다. 그렇게 며칠이 지나도 호랑이는 나귀에게서 별다르게 대단한 그 무엇을 발견하지 못했다. 그래서 마침내 호랑이는 나귀의 몸 가까이까지 다가가서 이리저리 건드려 보았다. 자기 몸을 건드리는 호랑이에게 약이 오른 나귀는 노하여 뒷발질을 해댔다. 이에 호랑이는 나귀의 재주가 고작 그것뿐일 줄 알고 졸지에 나귀를 덮쳐 잡아먹고 말았다.

이 이야기는 아무 능력도 없이 큰소리만 치다가는 그 결과가 참담하 다는 것을 우리에게 말해주고 있다. 쥐꼬리만한 재주를 가리켜 「검려 지기(黔驢之技)」라고 하며, 그런 재주마저 바닥이 드러났음을 일컬어 「검려기궁」이라고 한다.

격화소양 隔靴搔癢

사이 뜰 隔 신 靴 긁을 搔 가려울 癢

애써 노력해 보지만 얻는 성과는 별로 없음.
일이 철저하지 못해 성에 차지 않음.

— 《시화총구(詩話總龜)》

이 말은 불가(佛家)에서 주로 쓰이는 말이다.

《무문관(無門關)》 서문에 보면,「몽둥이를 들어 달을 치고, 가죽신을 신고서 가려운 곳을 긁는다(捧棒打月 隔靴爬癢)」라는 말이 있고,《속전등록(續傳燈錄)》에도,「영릉의 안복의 아들 등장이 말하기를, 당(堂)에 오르니 어떤 사람이 빗자루를 들고 상을 두드리니 정말 가죽신을 신고서 가려운 곳을 긁는 것과 같다(寧陵安福子藤章曰 上堂更或拈帚鼓床 大似隔靴)」라는 구절도 있다.

또 《시화총구(詩話總龜)》에는,

「시(詩)에 제목이 드러나지 않는 것은 가죽신을 신고 가려운 곳을 긁는 것과 다름이 없다(詩不著題 如隔靴搔癢)」라는 말이 나온다. 모두 적절하지 못하게 대처하는 태도를 비유한 것이다.

知者不惑 勇者不懼
지자불혹　용자불구

지자(知者)는 미혹(迷惑)하지 않고, 용자(勇者)는 두려워하지 않는다.

지혜가 있는 사람은 도리를 알고 사물을 꿰뚫어보는 힘이 있으므로 사물에 대하여 미혹하는 일이 없고, 용기 있는 사람은 과감하게 행동하므로 어떠한 사태에도 기가 죽지 않는다는 것. 지덕(知德)·인덕(仁德)·용기 그 각각의 덕의 의의를 간명하게 서술한 말의 한 구절이다.

— 《논어》 자한(子罕) —

견토지쟁 犬兎之爭

개 犬 토끼 兎 의 之 다툴 爭

쓸데없는 다툼, 양자의 싸움에서 제삼자가 이익을 봄.

— 《전국책(戰國策)》제책(齊策)

개와 토끼의 다툼, 만만한 둘이 싸우다 지치는 바람에 제삼자가 이득을 보는 것을 말한다. 또는 쓸데없는 다툼을 비유하기도 한다. 「어부지리(漁父之利)」와 같은 말이다.

전국시대 제나라에 순우곤(淳于髡)이라는 사람이 있었다. 그는 해학이 남다르고 재치있는 변론으로 유명했다. 그가 제나라 선왕에게 중용되었을 때의 이야기다. 제선왕이 위(魏)나라를 공격하려는 뜻을 비치자, 순우곤이 나서서 이런 이야기를 했다.

「옛날에 한자로(韓子盧)라는 날랜 사냥개와 동곽준(東郭逡)이라는 발 빠른 토끼가 있었습니다. 하루는 한자로가 동곽준을 잡으려고 뒤쫓았습니다. 두 놈은 수십 리 달리며 산자락을 세 바퀴나 돌았고, 높은 산을 다섯 번이나 오르내리면서 한 치의 양보도 없이 내달렸습니다. 그러더니 결국 두 놈 다 지칠 대로 지쳐 개도 토끼도 나자빠져 죽고 말았습니다. 때마침 그곳을 지나던 농부가 운 좋게 힘 안들이고 횡재를 하게 된 것입니다. 지금 제나라와 위나라는 오랜 동안 대치하고 있어서 그 세가 지칠 대로 지쳐 쇠약해져 있습니다. 그런데 만약 이런 형세에 위나라를 공격한다면 얼마 가지 않아 두 나라는 다 힘에 부쳐 나가떨어지고 말 것입니다. 그러면 저 서쪽의 진(秦)나라가 농부가 되지 않을까 심히 염려됩니다」

이 말을 들은 선왕은 그의 말이 옳다고 여기고 위나라 공격을 포기하고 부국강병에 힘을 쏟았다.

결초보은 結草報恩

맺을 結 풀 草 갚을 報 은혜 恩

죽어 혼령이 되어도 은혜를 잊지 않고 갚음.

— 《춘추좌씨전(春秋左氏傳)》

「결초보은」이란 말을 쓰는 노인들을 더러 보게 된다. 죽어서 은혜를 갚겠다는 뜻이다. 「결초보은」의 이야기에 나오는 장본인인 위과(魏顆)가 한 말이 「효자는 종치명(從治命)이요 부종난명(不從亂命)이다」라는 것이었다.

춘추시대 5패의 한 사람인 진문공의 부하 장군에 위주라는 용사가 있었다. 그는 전장에 나갈 때면 위과와 위기(魏錡) 두 아들을 불러 놓고, 자기가 죽거든 자기가 사랑하는 첩 조희(祖姬)를 양반집 좋은 사람을 골라 시집을 보내 주라고 유언을 하고 떠났다.

그런데 막상 병들어 죽을 임시에는 조희를 자기와 함께 묻어달라고 유언을 했다. 당시는 귀인이 죽으면 그의 사랑하던 첩들을 순장하는 관습이 있었기 때문이다. 그러나 위과는 아버지의 유언을 따르려 하지 않았다. 아우인 위기가 유언을 고집하자, 위과는,

「아버지께서는 평상시에는 이 여자를 시집보내 주라고 유언을 했었다. 임종 때 말씀은 정신이 혼미해서 하신 것이다. 효자는 정신이 맑을 때 명령을 따르고 어지러울 때 명령을 따르지 않는다고 했다」하고, 장사를 마치자 그녀를 양가에 시집보내 주었다. 그리고 얼마 후, 두 형제는 두회라는 진(秦)나라 대장을 맞아 싸우게 되었다. 두회는 하루에 호랑이를 주먹으로 쳐서 다섯 마리나 잡은 기록이 있고, 키가 열 자에 손에는 120근이나 되는 큰 도끼를 휘두르며 싸우는데, 온 몸의 피부가 구리처럼 단단해서 칼과 창이 잘 들어가지 않는 그런 용장이었다.

위과와 위기는 첫 싸움에 크게 패하고 그날 밤을 뜬눈으로 새우다시 피 했다. 그런데 꿈인 듯 생시인 듯 위과의 귓전에서 「청초파(靑草坡)」라고 속삭이는 소리가 들렸다. 위기에게 물어도 위기는 아무 소리도 듣지 못했다고 했다. 그래서 청초파란 지명이 있다는 것을 알고 그리로 진지를 옮겨 싸우기로 했다.

이날 싸움에서 적장 두회는 여전히 용맹을 떨치고 있었다. 그런데 위과가 멀리서 바라보니 웬 노인이 풀을 잡아매어 두회가 탄 말의 발을 자꾸만 걸리게 만들었다. 말이 자꾸만 무릎을 꿇자, 두회는 말에서 내려와 싸웠다. 그러나 역시 발이 풀에 걸려 자꾸만 넘어지는 바람에 마침내는 사로잡혀 포로가 되고 말았다.

그날 밤, 꿈에 그 노인이 위과에게 나타나 말했다.

「나는 조희의 아비 되는 사람입니다. 장군이 선친의 치명(治命)을 따라 내 딸을 좋은 곳으로 시집보내 준 은혜를 갚기 위해 미약한 힘으로 잠시 장군을 도와드렸을 뿐입니다」하고 낮에 있었던 일을 설명하고, 다시 장군의 그 같은 음덕(陰德)으로 훗날 자손이 왕이 될 것까지 일러주었다.

「결초함환(結草銜環)」이라는 성어가 있는데, 「결초(結草)」와 「함환(銜環)」 두 이야기에서 나온 성구로서, 「함환」에 관해서는 남북조시대 양(梁)나라의 오균(吳均)이 지은 《속제해기(續齊諧記)》에 다음과 같은 전설이 실려 있다.

후한 때 사람 양보(梁甫)가 아홉 살 때 산 아래서 올빼미에게 물려 다친 꾀꼬리를 발견하고 집으로 가져다 치료해 주었더니, 백여 일이 지나자 상처가 아물어 죽음을 면하게 되었다. 이에 양보가 즉시 꾀꼬리를 놓아주었더니 그날 밤 노란 옷을 입은 동자가 꿈에 나타나 옥환 네개를 예물로 주면서 목숨을 구해준 은혜를 갚는다고 하고는 꾀꼬리로 변하여 날아갔다는 이야기다.

경국지색 傾國之色

기울 傾 나라 國 의 之 색 色

나라가 뒤집혀도 모를 만큼 뛰어난 미인으로, 나라 안의 으뜸가는 미인

— 《한서(漢書)》 외척전(外戚傳)

「경국지색」은 글자 그대로 나라를 기울어지게 하는 미인이란 뜻이다. 여자의 미모에 반해 정치를 돌보지 않은 나머지 마침내 나라를 망하게 하거나 위태롭게 한 예는 너무도 많다.

춘추시대의 오왕 부차(夫差)는 월왕 구천(句踐)이 구해 보낸 서시(西施)라는 미인에게 빠져 마침내 나라를 잃고 몸을 망치는 결과를 가져왔고, 당명황(唐明皇) 같은 영웅도 양귀비로 인해 하마터면 나라를 망칠 뻔했다.

그러나 원래 경국이란 말을 처음 쓰게 된 것은 여자에 대한 표현이 아니었다. 《사기》 항우본기에 보면, 한왕 유방과 초패왕 항우가 서로 천하를 놓고 다툴 때, 어느 한 기간 한왕의 부모처자들이 항우에게 사로잡혀 있었다. 이때 후공(侯公)이라는 변사가 항우를 설득시켜 한왕과의 화의를 성립시키고, 항우가 인질로 잡고 있던 한왕의 부모처자들을 돌려보냈다. 이 소문을 들은 세상 사람들은 후공을 이렇게 평했다.

「그는 참으로 천하의 변사다. 그가 있는 곳이면 그의 변설로 인해 나라를 기울어지게 만든다(此天下辯士 所居傾國)」

이 말을 들은 유방은 후공의 공로를 포상하여 경국의 반대인 평국이란 글자를 따서 그에게 평국군(平國君)이란 칭호를 주었다고 한다. 즉 항우의 입장에서 보자면 나라를 위태롭게 한 경국(傾國)이 되지만, 유방의 입장에서 보자면 나라를 태평하게 만든 평국(平國)이 되기 때문이다.

그런데 그 뒤 경국이니, 경성(傾城)이니, 절세(絶世)니 하는 형용사들이 아름다운 여자에게 쓰이게 된 것은 이연년(李延年)이 지은 다음의 시에서부터 시작된 것이라 한다.

북쪽에 어여쁜 사람이 있어
세상에 떨어져 홀로 서 있네.
한 번 돌아보면 남의 성을 기울이고
두 번 돌아보면 남의 나라를 기울인다.
어찌 경성과 경국을 모르리오
어여쁜 사람은 다시 얻기 어렵다.

北方有佳人　　　絶世而獨立
　북방유가인　　　절세이독립
　一顧傾人城　　　再顧傾人國
　일고경인성　　　재고경인국
　寧不知傾城與傾國　佳人難再得
　영부지경성여경국　　가인난재득

한무제 이부인

이연년은 한무제(漢武帝, B.C. 141~86) 때 협률도위(協律都尉 : 음악을 맡은 벼슬)로 있던 사람으로 음악적인 재능이 풍부한 사람이었다. 그에게 한 누이동생이 있었는데 그야말로 절세미인이었다. 앞의 노래는 바로 그의 누이동생의 아름다움을 칭찬하여 무제 앞에서 부른 것이었다. 무제는 이때 이미 50 고개를 넘어 있었고, 사랑하는 여인도 없는 쓸쓸한 생활을 보내고 있던 중이었으므로 당장 그녀를 불러들이게 했다.

무제는 그녀의 아리따운 자태와 날아갈 듯이 춤추는 솜씨에 그만 반해 버리고 말았다. 이 이연년의 누이야말로 무제의 만년의 총애를 한 몸에 독차지하고 있던 바로 이부인(李夫人) 그 사람이었다.

이 이야기는 《한서》 외척전에 실려 있다.

공경할 敬 멀리할 遠

존경하기는 하되 가까이하지는 아니함.

— 《논어(論語)》 옹야편(雍也篇)

　이 말은 여러 가지 의미로 쓰이고 있다. 존경은 하면서도 가까이하기를 꺼리는 그런 뜻으로도 쓰이고, 겉으로는 존경하는 체하면서 속으로는 못마땅해 하는 뜻으로도 쓰인다.

　또 「그 사람은 경원해야 할 사람이야」 했을 경우, 그는 겉 다르고 속 다른 엉큼한 성격의 소유자라는 것을 암시하게 된다. 이 경원이란 말은 《논어》 옹야편에 있는 공자의 말이다.

　공자의 제자 번지(樊遲)가 「지(知)」란 무엇인가고 묻자, 공자는,

　「백성의 도리(義)를 힘쓰고, 귀신을 공경하고 멀리하면 지(知)라 말할 수 있다(務民之義 敬鬼神而遠之 可謂知矣)」라고 대답했다.

　백성의 도리란 곧 사람의 도리를 말하는 것이다. 공자는 똑같은 물음에 대해서도 상대방에 따라 각각 다른 대답을 하는 것이 보통이었는데, 대개는 상대방의 잘못을 시정하기 위한 처방과 같은 것이었다.

　「지(知)」는 지혜도 될 수 있고, 지식도 될 수 있고, 지각도 될 수 있다. 그러나 여기서는 역시 우리말의 「앎」 즉 옳게 알고 옳게 깨달은 참다운 앎이란 어떤 것입니까? 하고 물은 것으로 생각된다.

　그런데 세상에는 흔히 보통 사람들이 이해할 수 있는 올바른 지식보다는 잘 믿어지지 않는 미묘한 존재나 이치 같은 것을 앎의 대상으로 삼는 경우가 많다. 공자 당시에도 그런 폐단이 많았고, 번지 역시 그런 데 관심을 가지고 물은 질문이었을지 모른다.

　그래서 공자는 「사람이 마땅히 해야 할 도리를 실천하는 데 힘을 기울

이고 귀신의 힘을 빌려 복을 구하고 화를 물리치는 어리석은 짓은 하지 않는 것이 아는 사람의 올바른 삶의 자세다」하고 대답했던 것이다.

어느 나라든 안정된 기반을 다지기 위해서는 반드시 정신적인 통일이 있어야만 한다. 그래서 나라마다 국교(國敎)라는 것을 정하게 되었다. 그러나 불교로 정신통일을 가져왔던 나라는 불교로 인해 망하고, 유교로 정신통일을 이룩한 시대는 유교로 인해 세상이 침체하게 되는 결과를 가져오곤 했다.

종교의 기반을 이루는 건전한 철학이나 사상이 차츰 그것과는 반대되는 교리나 행사로 변질되어 사람이 해야 할 도리는 하지 않고, 지나치게 신에 매달리려는 어리석은 인간으로 타락해 버리기 때문이다.

《논어》팔일편(八佾篇)에 보면, 공자는 조상의 제사를 지낼 때면 정말 조상이 앞에 있는 것처럼 했고, 조상 이외의 신에게 제사를 드릴 때는 정말 신이 있는 것처럼 했다고 했다.

그러나 공자는 감사의 제사는 드렸어도 복을 빌기 위한 제사는 드리지 않았다. 그것은 귀신을 공경하는 것이 아니라 보채는 것이 되기 때문이다. 귀신을 멀리하라는 것은 잘 되게 해달라고 빌지 말라는 것이다.

《논어》술이편에 보면, 공자가 오랫동안 병으로 누워 있자, 제자 자로(子路)가 신명에게 기도를 드리고 싶다면서 허락해 줄 것을 간청했다. 그러자 공자는, 「내가 기도한 지 이미 오래다(丘之禱久矣)」라고 대답하며 이를 못하게 했다. 예수도 말했듯이, 하나님은 이미 우리가 기도하기 전에 우리가 바라는 것을 알고 계시기 때문에 새삼 중언부언 매달리는 것은 하나님을 인간이나 똑같이 대하는 불손한 행동이다.

사람의 할 일을 묵묵히 실천하면 하늘을 원망하지 않고 사람을 허물하지 않는 것이 가장 하나님을 기쁘게 하는 길인 것이다.

공자가 말한 기도한 지 오래란 뜻은, 성자의 일상생활 그 자체가 하나의 기도가 된다는 것을 말한 것이다.

계구우후 鷄口牛後

닭鷄 입口 소牛 뒤後

큰 단체의 꼴찌가 되어 붙좇기보다는 작은 단체의 우두머리가 돼라.

— 《사기》 소진열전(蘇秦列傳)

「차라리 닭의 머리가 될지언정 소 엉덩이는 되지 말라」하는 것이 「영위계구(寧爲鷄口)언정 무위우후(無爲牛後)하라」는 말이다. 예부터 내려오는 속담을 소진(蘇秦)이 인용한 말로 《사기》 소진열전에 나와 있다.

주(周)의 연왕(燕王) 35년(B.C. 334), 소진은 6국이 연합해서 진나라에 대항해야 한다는 합종(合縱)의 외교정책을 들고 연나라와 조나라 임금을 설득시킨 다음, 조나라 숙후(肅侯)의 후원을 얻어 한나라로 가게 되었다.

소진은 한나라 선혜왕(宣惠王)을 먼저 이렇게 달랬다.

「한나라는 지형이 천연적인 요새로 되어 있고 훌륭한 무기들을 생산하고 있으며, 군사들은 용감하기로 이름나 있습니다. 이러한 유리한 조건과 대왕의 현명한 자질로써 공연히 진나라의 비위만 맞추려 한다면 천하의 웃음거리밖에 될 것이 없습니다」

선혜왕은 소진의 말에 다소 자신감이 생겼다. 그런 기미를 본 소진은 끝에 가서,

「대왕께서 서쪽으로 진나라를 섬기면 진나라는 한나라에 땅을 요구하게 될 것입니다. 금년에 요구를 들어 주면 명년에 또 요구를 하게 될 것입니다. 이렇게 주다 보면 나중에는 줄 땅이 없게 되고, 주지 않으면 지금까지 준 것이 아무 소용이 없이 화를 입게 될 것이 아닙니까? 또 대왕의 땅은 끝이 있지만, 진나라의 요구는 끝이 없습니다. 끝이

있는 땅을 가지고 끝이 없는 요구를 들어 주지 못하면 이것이 이른바 『원한을 사서 화를 맺는다』는 것으로, 싸우기도 전에 땅부터 먼저 주게 되는 것입니다. 신이 듣건대, 속담에 이르기를 『차라리 닭의 주둥이가 될지언정 소 엉덩이는 되지 말라(寧爲鷄口 無爲牛後)』고 했습니다. 대왕의 현명하심으로 강한 한 나라의 군사를 가지고 계시면서 소 엉덩이의 이름을 갖는다는 것은, 대왕을 위해 부끄러운 일이 아닐 수 없습니다」

소진의 묘

이 말에 선혜왕은 소진이 예기했던 대로 분연히 안색을 변하며, 발끈 성이 나서 눈을 부릅뜨고 손을 뻗어 칼을 어루만지며 하늘을 우러러보고 탄식하여 말했다.

「과인이 아무리 못났지만 진나라를 섬기는 일은 하늘이 무너져도 있을 수 없다」 했다.

어쨌든 간에 이와 같이 하여 이해가 상반되는 6국을 일시적이나마 결합시킨 것은 소진의 꿈이라 아니할 수 없다. 그러나 이것이 도리어 진의 책동을 초래하여 「합종」 성립의 이듬해에 제나라와 위나라가 진나라의 사주를 받아 조를 쳐 파탄을 가져오게 했다.

「계구우후(鷄口牛後)」의 계구는 닭의 머리, 우후는 소의 꼬리를 말하는데, 「닭의 머리는 작으나 존귀하고, 소의 꼬리는 크나 비천하다」 즉 「작은 것의 머리가 될지언정 큰 것의 꼬리가 되지 말라」 라는 뜻이다.

계군일학　鷄群一鶴

닭 鷄 무리 群 한 一 학 鶴

많은 범인 속에 한 사람의 뛰어난 인물이 섞여 있음의 비유.

— 《진서(晋書)》

「군계일학(群鷄一鶴)」이라고도 한다. 「학립계군(鶴立鷄群)」도 같은 뜻으로, 뭇사람보다 뛰어나 있는 것, 많은 범인 속에 한 사람의 뛰어난 인물이 섞여 있는 것을 비유하는 말이다.

혜소(嵇紹, ?~304)의 자(字)는 연조(延祖)라 하고 죽림칠현의 한 사람으로서 유명한 위(魏)의 중산대부(中散大夫) 혜강(嵇康)의 아들이다.

소(紹)는 열 살 때, 아버지가 무고한 죄로 형장의 이슬로 사라진 이래, 어머니를 모시고 근신하고 있었으나, 망부(亡父)의 친우이며 칠현(七賢)의 한 사람인 산도(山濤, 혜강은 소에게 산도 아저씨가 계시니까 너는 고아가 아니라는 말을 하고 나서 죽었다)가 당시 이부(吏部)에 있을 때 무제에게,

「『강고(康誥 : 《서경》의 편명)』에 부자의 죄는 서로 미치지 않는다고 적혀 있습니다. 혜소는 혜강의 아들이기는 하나 그 영특함이 춘추시대의 진(晋)나라 대부인 극결(郤缺)보다 더하면 더했지 못하지는 않습니다. 부디 부르셔서 비서랑을 시키십시오」하고 상주를 했는데, 황제는,

「경이 추천하는 사람 같으면 승(丞)이라도 족하겠지. 반드시 낭(郎)이 아니라도 좋지 않겠는가」하고 비서랑보다 한 등급 위인 비서승(秘書丞)이란 관직에 오르게 했다.

소(紹)가 처음으로 낙양에 들어갔을 무렵, 어떤 사람이 칠현(七賢)의 한 사람인 왕융(王戎)에게,

「어제 많은 사람들 틈에서 처음으로 혜소를 보았는데, 의기도 높은 것이 아주 늠름하며 독립불기(獨立不羈)한 들학이 닭무리 속으로 내려 앉은 것 같았네(昂昂然 野鶴如在鷄群)」하고 말하자 왕융은,

「자넨 아직 그의 아버지를 본 적이 없어서야」하고 대답했다. 여기 서 「계군의 일학」이라는 말이 나왔다. 그것은 어쨌든 이것으로 보더 라도 역시 그 아버지만큼의 기량은 없었는지 모른다. 나중에 여음(汝陰) 의 태수가 되었는데 상서좌복야(尚書左僕射)에 있던 배외(裴頠)도 크게 소를 아껴,

「연조를 이부상서(吏部尚書)로 삼는다면 천하에 버려질 영재는 없 으련만」하고 언제나 입에 올리곤 했었다.

소는 그 때문에 산기상시(散騎常侍)에서 시중(侍中)이 되고, 혜제(惠 帝)의 곁에 있어 바른 말을 올리고 있었다.

제왕(齊王) 경(冏)이 위세를 떨치고 있을 때 소(紹)가 의론할 일이 있 어 왕에게로 가자, 왕은 두세 명의 신하와 함께 술을 마시고 있었는데 그 중 한 사람이 혜시중(嵇侍中)은 사죽(糸竹 : 관현)에 능하다는 말을 했다. 그 말을 들은 왕은 거문고를 가지고 오게 해서 소에게 타 보라고 했다. 소는 왕에게,

「전하께서는 국가를 바로 잡아, 백성의 모범이 되셔야 할 분이 아니 십니까. 소도 미숙하지만 전하의 곁에 있어 조복(朝服)을 입고 궁중에 드나드는 몸입니다. 사죽을 들고 영인(伶人 : 악공과 광대)의 흉내를 낼 수 있겠습니까. 평복을 입은 사적인 연석이라면 거절을 하지 않겠습니 다」라고 하여 왕을 멋쩍게 한 일도 있었다.

영흥(永興) 원년 팔왕(八王)의 난이 한창일 무렵, 황제는 하간왕 순(河 間王顒)을 토벌하기 위해 군사를 일으켰으나, 불리하게 되어 몽진(蒙塵 : 임금이 난을 피해 안전한 곳으로 옮아감)하고, 소가 명령을 받고 행재 소(行在所)로 달려간 것은 황제의 군사가 탕음(蕩陰)에서 패했을 때였

다.

소는 백관시위(百官侍衛)가 모조리 도망친 뒤 혼자 의관을 정제하고, 병인(兵刃)이 수레 앞에서 불꽃을 튀기는 속에서 몸소 황제를 지키다가, 마침내 우박같이 쏟아지는 화살을 맞고 쓰러졌으며 선혈이 황제의 옷을 물들게 했다.

황제는 크게 슬퍼하여 사건이 낙착된 후 근시(近侍)들이 옷을 빨려고 하자,

「이것은 혜시중의 충의의 선혈이다. 빨아서는 안된다」하며 빨지 못하게 했다.

처음 혜소가 출발하려고 할 때, 같은 시중인 진준(秦準)이,

「이번 전쟁터로 가시는데 좋은 말이 있는가?」하고 묻자, 소는 정색을 하며

「폐하의 친정(親征)은 정(正)으로써 역(逆)을 치는 것이므로, 어디까지나 정(征)이지 전쟁이 아니다. 그 신변 경호에 실패를 한다면 신절(臣節)이 어디 있겠는가. 준마(駿馬)가 무슨 소용이 있는가」하고 말했다.

그 말을 듣고 탄식하지 않는 자가 없었다.

上德不德 是以有德
상 덕 부 덕   시 이 유 덕

상덕(上德)은 덕이 아니다. 그 덕을 쌓고도 이를 의식하지 않는 것이 참된 덕이다.

사소한 덕행(德行)을 하고 덕을 행하였다고 생각하는 것은 참된 덕이 아니다. 최상의 덕이란, 덕을 실행했어도 스스로는 그것을 의식하지 않는 것이 진정한 덕인 것이다.

― 《노자》 38장 ―

계포일낙 季布一諾

끝 季 베 布 한 一 승낙 諾

절대로 틀림없는 승낙.

— 《사기》 계포전(季布傳)

《사기》 계포전에 있는 이야기다.

초(楚)나라 사람인 계포는 젊었을 적부터 협객(俠客)으로 알려져 한 번 약속을 한 이상은 그 약속을 반드시 지켰다. 뒷날 서초(西楚)의 패왕 항우가 한(漢)나라의 유방과 천하를 걸고 싸웠을 때, 초나라 대장으로서 유방을 여러 차례에 걸쳐 괴롭혔으나, 항우가 망하고 유방이 천하를 통일하자 목에 천금의 현상금이 걸려 쫓기는 몸이 되었다.

그러나 그를 아는 자는 감히 그를 팔려고 하지 않았으며, 도리어 그를 고조(高祖 : 유방)에게 천거해 주었다. 덕택으로 사면이 되어 낭중(郞中 : 중앙관청의 과장급)의 벼슬에 있다가 이듬해 혜제(惠帝) 때에는 중랑장(中郞將 : 근위여단장)이 되었다.

권모술수가 소용돌이치는 궁중의 사람이어도 그는 시(是)를 시(是)라 하고 비(非)를 비(非)라 주장하는 성심(誠心)을 흐리게 하는 일이 없어, 더욱 더 사람들로부터 존중받았다. 그러한 그의 에피소드를 하나 소개하겠다.

흉노의 추장 선우(單于)가 권력을 한손에 쥐고 있던 여태후(呂太后)를 깔보는 불손하기 짝이 없는 편지를 조정에 보내온 적이 있었다.

「버릇없는 고약한 놈, 어떻게 처리를 해 줄까!」하고 격노한 여후(呂后)는 곧 장군들을 불러모아 어전회의를 소집했다. 먼저 나선 것은 상장군 번쾌(樊噲)였다.

「제가 10만 병력을 이끌고 나가 흉노적들을 단숨에 무찔러 버리겠

여후

습니다」

여씨 일문(呂氏一門)이 아니면 숨도 크게 못 쉬는 시절이었지만, 번쾌는 이 일문의 딸과 결혼까지 해서 여태후의 총애를 한 몸에 받고 있는 장군이었다. 여태후의 안색만을 살피고 있는 겁쟁이 무장들이 모두 한목소리로,

「그게 좋을 줄로 생각됩니다」 하고 맞장구를 친 것도 무리는 아니다. 그 때였다.

「번쾌의 목을 자르라!」 하고 대갈하는 자가 있었다.

모두가 돌아보니 계포였다.

「고조 황제께서도 40만이란 대군을 거느리시고서도, 평성(平城)에서 그들에게 포위당하신 적이 있지 않았는가. 그런데 지금 번쾌가 말하기를, 10만으로 요절을 내겠다고? 이거 정말 호언장담도 이만저만이 아니로구나. 모두들 눈먼 장님인 줄 아는가. 도대체 진(秦)이 망한 것은 오랑캐와 시비를 벌인 데서 진승(陳勝) 등이 그 허점을 노리고 일어섰기 때문이다. 그들에게서 입은 상처는 오늘까지도 아직 다 아물지 않고 있는데, 번쾌는 위에 아첨을 하여 천하의 동요를 초래하려 한다고 밖에는 볼 수 없다」

일동의 얼굴은 새파랗게 질렸다. 계포의 목숨도 이제 끝장났다고 생각했다. 허나 여태후는 화를 내지 않았다. 폐회를 명하자, 그 후 다시는 흉노 토벌을 입에 담지 않았다.

당시 초나라 사람으로 조구(曹丘)라는 자가 있었다.

대단히 아첨을 잘하는 사람이었는데, 권세욕과 금전욕이 강한 사나이로 조정에서 은연중 세력을 잡고 있는 내시 조담(趙談)과도 줄을 대고 또 경제(景帝)의 외가 쪽 숙부인 두장군(寶將軍)의 집에도 연신 드나들고 있었다. 이 말을 들은 계포는 두장군에게 편지를 써서,

「조구는 하찮은 인간이라고 듣고 있습니다. 교제를 끊으십시오」하고 친절히 충고해 주었다.

때마침 조구는 타처에 나가 있었으나, 귀경하자 두장군에게 계포를 만나려고 하는데 소개장을 써 달라고 말했다. 두장군이,

「계장군은 자네를 좋아하지 않는 모양이야. 가지 않는 편이 좋지 않을까.」라고 말했으나 그는 억지로 졸라 소개장을 얻은 다음 우선 편지로 찾아가 뵙겠다는 점을 알려 놓고 방문했다.

계포는 화가 잔뜩 나서 기다리고 있을 때, 찾아간 조구는 인사가 끝나자 입을 열었다.

「초(楚)나라 사람들은 『황금 백 근을 얻는 것은 계포의 일낙(一諾)을 얻는 것만 못하다』고 떠들며, 그 말이 이미 전설처럼 되어 있는데, 도대체 어떻게 해서 그렇게 유명하게 되셨습니까. 어디 그것을 말씀해 주시지 않겠습니까. 원래 우리는 동향인이기도 하므로 제가 장군의 일을 천하에 선전하고 다니면 어떻게 될지 아십니까. 지금은 겨우 양(梁)과 초(楚)나라 정도밖에 알려지지 않고 있습니다만, 제가 한바퀴 돌면, 아마도 당신의 이름은 천하에 울려 퍼질 것입니다」

그렇듯 못된 사람으로 취급하던 계포도 아주 좋아서 조구를 빈객으로서 자기 집에 수개월 동안이나 머물게 하고 있는 힘을 다하여 극진히 대접을 했다. 이 조구의 혀로 인해 계포의 이름은 더욱 더 천하에 알려지게 되었다.

「계포일낙(季布一諾)」은 오늘날 틀림없이 승낙한다는 뜻으로 쓰이고 있다. 또는 「금낙(金諾)」이라고도 한다.

계록 鷄肋

닭 鷄 갈빗대 肋

그다지 가치는 없으나 버리기도 아까운 사물을 일컫는 말.

— 《후한서(後漢書)》 양수전(揚修傳)

《삼국지연의》로서 유명한 삼국 정립시대가 나타나기 1년 전, 즉 후한 헌제(獻帝) 건안 24년의 일이다. 「비육지탄(髀肉之嘆)」을 노래삼은 보람이 있어 익주(益州)를 영유한 유비는, 한중(漢中)을 평정시킨 다음, 유비 토벌의 군을 일으킨 위(魏)의 조조를 맞아 역사적인 한중 쟁탈전을 시작하고 있었다.

유비는 익주를 근거지로 한중을 대충 평정하고 있었으므로 군대 배치도 이미 되어 있었던 데다 병참(兵站)도 그런 대로 확보하고 있었다. 그러나 조조에게는 그만한 준비가 없었기 때문에 전투를 하는 데 많은 어려움이 있었다. 더 나아갈 수도 없고 지키고 있기도 어려운 상태였다.

조조가 앞일을 결정짓지 못하고 있는 동안, 진중에는 이미 보급이 달린다는 보고가 들어오고 있었다. 막료들도 조조의 의중을 몰라 갈팡질팡했다. 한 막료가 밤늦게 조조를 찾아와 내일 진군에 필요한 명령을 내려달라고 요구하자, 조조는 마침 닭의 갈비를 뜯고 있던 참이었는데, 「계록계록(鷄肋鷄肋)」할 뿐 아무 말이 없다.

얼마를 기다리던 막료는 그대로 돌아와 계록이 무슨 뜻인지를 놓고 막료들끼리 의견이 설왕설래했다. 아무도 무슨 뜻인지를 몰랐는데, 주부(主簿) 벼슬에 있는 양수(楊修)만이 조조의 속마음을 알아차리고, 내일로 군대를 철수하게 될 테니 준비를 해두라는 것이었다.

그의 해석은, 「닭의 갈비는 먹을 만한 살은 없지만, 그래도 그대로 버리기는 아까운 것이다. 이 말은 결국, 한중 땅은 버리기는 아깝지만 대단한 곳은 아니라는 뜻이니, 버리고 돌아가기로 결정을 내린 것이다」라는 것이었다.

조조

양수는 조조의 속마음을 간파하고 그 때마다 그것이 적중하곤 해서 조조의 주시를 받은 사람이었는데, 이번에도 역시 그것이 적중했다.

이튿날 조조가 정식 철수를 명령하기가 바쁘게 군대는 기다린 듯이 행동을 개시했다. 조조가 놀라 까닭을 물으니, 양수의 예언이 하도 잘 맞기에 미리 준비를 해두었다는 것이었다.

「계륵」이란 「무미(無味)」의 비유, 「그리 도움도 되지 못하나, 그렇다고 버리기는 아까운 사물」에 비유한다. 송대(宋代)에도 이 뜻을 따서 「계륵편」이란 서명(書名)에도 쓰이고 있다.

「계륵」즉 「닭의 갈비」란 말은 양수가 풀이한 그런 뜻으로 쓰이고 있지만, 이런 의미와는 달리 사람의 몸이 작고 비쩍 마른 것을 비유해서 쓴 예가 《진서》 유령전(劉伶傳)에 나온다.

이른바 「죽림칠현(竹林七賢)」 가운데 술로 유명한 유령이, 언젠가 술에 취해 세속 사람들과 시비가 붙게 되었다. 상대가 화가 나서 소매를 걷어붙이고 주먹을 휘두르려 하자, 유령은 조용히 입을 열었다.

「나 같은 닭갈비가 어떻게 귀하신 주먹을 모셔 들일 수 있겠습니까?」

상대도 그만 어이가 없어 껄껄 웃고는 돌아섰다고 한다. 우리말에도 몸이 비쩍 말라 허약한 사람을 가리켜 새갈비라고 하는데, 다 같은 비유다.

계명구도 鷄鳴狗盜

닭鷄 울鳴 개狗 도적盜

아무리 천한 재주라도 쓰일 데가 있다.
행세하는 사람이 배워서는 안될 천한 기능.

— 《사기》 맹상군전(孟嘗君傳)

전국시대 말기에는 집도 절도 없이 떠돌아다니는 유랑객들이 판을 치던 시대이기도 하다. 그들은 그들대로의 조직과 의리라는 것을 가지고 있어서 모든 정보를 서로 알려 주는 한편, 한번 남의 신세를 지면 목숨도 아끼지 않는 의기를 보여 주곤 했다. 그들은 보통 식객(食客)이란 이름으로 세도 있고 돈 많은 귀족 집에 얹혀살고 있었는데, 당시 식객이 3천 명을 넘은 귀족이 넷이었다 해서 사군시대(四君時代)라 불리기까지 했다. 이 4군 중에서도 가장 유명한 사람이 맹상군(孟嘗君) 전문(田文)이었다. 맹상군은 비록 죄를 짓고 도망쳐온 사람이라도 그가 무엇이든 남다른 재주가 있기만 하면 반겨 식객으로 맞이했다. 말하자면 전과자들의 지상낙원과도 같은 것이었다.

맹상군이 아버지의 뒤를 이어 제나라 재상으로 있을 때, 진(秦)나라 소왕(昭王)이 그를 국빈으로 초청한 일이 있었다. 소왕은 맹상군이 하도 훌륭하다니까 그를 재상으로 임명할 생각을 혼자 품고 있었다.

소왕의 초청을 받아들이느냐 거절하느냐 하는 문제로 조정은 조정대로 식객은 식객대로 설왕설래가 많았지만, 결국 남의 호의를 거절하기가 거북하다 해서 그대로 길을 떠나게 되었다.

맹상군이 진나라에 이르자, 진나라 서울 함양(咸陽) 성중이 발칵 뒤집히는 소동이 일어났다. 맹상군이 무슨 하늘나라 사람이라도 되는 줄로 알고 남녀노소 할 것 없이 사람들이 몽땅 거리로 쏟아져 나왔다. 그런데 실상 맹상군은 키도 작달막하고 얼굴도 남다를 게 없는 평범한 인물이었다. 사람들은 실망한 듯 지나가는 그의 모습을 바라보았다. 개중에는 가벼운 입을 놀려, 「저게 맹상군이야? 정말 볼품없군!」 하고 모욕에 가까운 말을 던지기도 했다.

맹상군

이 날 낮 맹상군에게 더러운 입을 놀린 사람들은 그날 밤 쥐도 새도 모르게 목이 떨어져 달아났다. 그것은 구경꾼을 가장하고 맹상군을 호위하며 따라가던 식객들이 하나하나 그들의 뒤를 지키고 있다가 주인의 복수를 한 것이었다. 맹상군의 식객이 한 짓인 줄 짐작은 하고 있었지만, 감히 이를 밝힐 수 없는 것이 진나라의 입장이었다. 오히려 맹상군의 위대한 일면을 피부로 느끼는 그런 느낌이었다.

맹상군을 재상으로 임명할 생각이었던 진의 소왕은, 맹상군이 아무래도 진나라보다는 제나라를 먼저 생각하지 않겠느냐는 어느 사람의 말에 끌려, 이왕 내가 못 쓸 바엔 돌려보내지 않으리라 마음먹고, 맹상군 일행을 연금 상태에 두게 했다. 맹상군은 식객들과 상의 끝에 소왕의 총희(寵姬)에게 도움을 청하기로 했다. 그러자 총희는, 「나에게 호백구(狐白裘)를 주신다면 어떻게 힘써 보겠습니다」 라고 하는 것이었다.

맹상군은 진나라에 들어왔을 때 왕에게 선물로서 호백구 하나를 선사한 일이 있었다. 이 호백구는 여우의 겨드랑이 밑털로, 곱고 길고 부드럽고 흰, 사방 한 치 남짓한 곳을 끊어 이어 붙여서 만든 것으로 그 값이 천금에 해당한다고 한다. 왕은 그것을 입고 총희의 방에 들어가 한바탕 자랑을 했기 때문에 총희는 이 기회에 그것을 얻고 싶어 했던 것이다. 그러나 호백구는 진왕에게 준 그 하나밖에는 없었다. 어디서 어떻게 구해야 한단 말인가?

「누구 호백구를 구해 올 사람 없소?」 하고 식객들의 얼굴을 살폈으나 아무도 대답하는 사람이 없었다.

그러자 맨 아랫자리에 있던 한 사람이 「제가 호백구를 구해 올 수 있습니다」 하고 얼굴을 내밀었다. 그는 그 전부터 개 껍질을 쓰고 개 흉내를 내며 남의 집에 숨어 들어가 있다가 적당한 틈을 보아 물건을 훔쳐내 오기로 유명한 사람이었다.

그는 그날 밤 개로 둔갑을 한 다음 진나라 대궐 창고 속으로 들어가 드디어 호백구를 훔쳐내는 데 성공했다.

호백구를 받은 총희는 진왕의 앞에서 눈물을 흘리며 맹상군을 놓아 보내 줄 것을 호소했다. 천하에 어질기로 이름이 높은 맹상군을 임금의 이름으로 초청을 해놓고는 아무 이유 없이 그를 붙들어 두고 돌려 보내지 않는다면, 앞으로 인재라는 인재는 다 진나라를 등지게 될 것이며, 진나라를 등진 그들이 힘을 합쳐 진나라에 적대해 온다면 장차 이 나라 운명이 어떻게 될지 아마 첩이 임금을 모실 날도 오래지 못할 것 같다면서 울먹였던 것이다.

듣고 보니 과연 그럴 것 같았다. 소왕은 그 날로 당장 맹상군 주위를 지키던 사람들을 모두 철수시켰다. 맹상군은 여권을 위조하여 성명을 고쳐 쓴 다음 부랴부랴 성문을 빠져 나갔다.

말을 채찍질해 전속력으로 함곡관(函谷關)까지 왔을 때는 마침 한밤중이었다. 함곡관을 빨리 벗어나야만 살아날 수 있었다. 뒤에는 곧 추병이 달려오는 것만 같았다. 그러나 관문이 열리려면 아직도 멀었다. 첫닭이 울기 전에는 관문은 굳게 닫혀져 있어 행인의 왕래가 철저히 금지되어 있었다.

그 때, 돌연 식객들 가운데서 닭의 울음소리가 낭랑하게 들려왔다. 닭울음소리를 흉내 내는 식객이 있었던 것이다. 그러자 주위에 있는 모든 닭들이 따라 울었다.

관문지기는 여권을 한 번 보고 는 문을 활짝 열어 주었다.

소왕은 맹상군을 놓아 준 것을 곧 후회하고, 군대를 보내 그의 뒤를 쫓게 했다. 그러나 함곡관 에 다다랐을 때는 닭이 아닌 사 람의 소리에 의해 이미 문이 활 짝 열린 뒤였다. 이미 멀리 갔을 거라는 관문지기의 말에 되돌아 오고 말았다.

함곡관

처음 맹상군이 이 개 도둑질하고 닭 울음 우는 사람을 식객으로 맞아 들였을 때는, 다른 식객들은 그들 두 사람과 한자리에 있게 된 것을 몹시 수치스럽게 여겼다. 그러나 그들도 진나라에서의 어려운 고비를 이들 두 사람에 의해 벗어나게 되자, 비로소 맹상군의 혜안에 탄복하게 되었다.

이「계명구도」란 말은 아무리 천한 재주라도 다 쓰일 데가 있다는 뜻으로 쓰이지만, 역시 천한 재주임에는 틀림이 없다.

맹상군이 진나라에서의 어려움을 벗어나게 된 것도 다 손님을 차별 없이 대우한 덕이라고 좋게 평가하고 있었는데, 이에 대해 송(宋)나라 왕안석(王安石)은 반대로 혹평을 내리고 있다.

3천 명이나 되는 식객 가운데 한 사람도 주인을 위험한 곳으로 들어 가지 못하도록 말린 사람이 없고, 겨우 죽게 된 마당에 개 도둑질이나 하고 닭 울음이나 우는 그런 무리들에 의해 목숨을 건지게 되었으니 맹상군은 다만「계명구도」의 영웅일 뿐이라는 것이다.

지금은 왕안석의 해석을 기발하고 옳은 평으로 보고 있다.

계명구도 鷄鳴狗盜 77

고복격양 鼓腹擊壤

두드릴 鼓 배 腹 칠 擊 흙덩이 壤

태평 무사함을 즐김.

— 《십팔사략(十八史略)》

공자가 《서경》이란 역사책을 편찬할 때, 많은 전설의 임금들을 다 빼버리고 제일 첫머리에 제요(帝堯)를 두었다. 천황씨(天皇氏)·지황씨(地皇氏)·인황씨(人皇氏)는 물론 복희·신농 황제에 관한 전설적인 이야기는 전혀 비치지 않았다.

요임금이 순임금에게 천하를 전하고 순임금이 우(禹)에게 천하를 전해 준 것만을 크게 취급했다. 그리고 공자와 맹자는 이 요와 순 두 임금을 가장 이상적인 인물로 떠받들었다.

공자는 제자 자공(子貢)이,

「만일 널리 백성에게 베풀고 대중을 사랑하면 어질다고 말할 수 있겠습니까?」하고 물었을 때,

「어찌 어질다 뿐이겠느냐. 요순도 오히려 그렇게 못한 것을 안타까워했느니라(何事於仁 堯舜 其猶病諸)」라고 대답하여 요임금과 순임금처럼 백성에게 널리 베풀고 대중을 사랑한 사람이 없다는 것을 간접적으로 암시했다.

그 요임금이 천하를 다스린 지 50년이 되었을 때, 아직도 그는 천하가 과연 잘 다스려지고 있는지, 자신이 없었다. 맹자가 말했듯이, 닭이 울면 잠이 깨어 착한 일 하는 데만 마음을 쓰고 있었던 만큼 만족할 줄을 몰랐을 것이다. 그래서 하루는 요임금이 아무도 모르게 평민 차림으로 거리에 나가 직접 민정을 살펴보기로 마음먹었다.

강구(康衢)라는 넓은 거리에 이르렀을 때, 한 젊은이가 노래를 부르며

놀고 있었다. 예나 지금이나 노래란 것은 마음속
에 있는 감정을 그대로 표현하는 것이므로, 그때
그때 유행하는 노래를 들어 보면 세상이 어떻게
돌아가고 정치를 어떻게 하는지 알 수 있는 것
이다. 요임금은 걸음을 멈추고 젊은이가 부르는
노래를 유심히 들었다.

요임금

> 우리 뭇 백성들을 살게 하는 것은
> 그대의 지극함 아닌 것이 없다.
> 느끼지도 못하고 알지도 못하면서
> 임금의 법에 따르고 있다.

| 立我蒸民　莫非爾極 | 입아증민　막비이극 |
| 不識不知　順帝之則 | 불식부지　순제지칙 |

우리 모든 백성들이 안정된 생활을 해나가고 있는 것은, 어느 것 하나
임금님의 알뜰한 보살핌과 사랑 아닌 것이 없다. 임금님은 인간의 본성
에 따라 우리를 도리에 벗어나지 않게 인도하기 때문에 우리는 법이니
정치니 하는 것을 염두에 두거나 배워 알거나 하지 않아도 자연 임금님
의 가르침에 따르게 된다는 뜻이다. 아이들의 이 노래에 요임금은 자못
마음이 놓였다. 과연 그럴까 하고 가슴이 뿌듯하기도 했다.

요임금은 다시 발길을 옮겼다. 그러자 저쪽 길가에 한 노인이 두 다리
를 쭉 뻗고, 한쪽 손으로는 배를 두드리며 한쪽 손으로는 흙덩이를 치며
장단에 맞추어 노래를 부르고 있었다.

배를 두드린다는 고복(鼓腹)과 흙덩이를 친다는 격양(擊壤)을 한데 붙
여 태평을 즐기는 대명사로 쓰이기도 하고, 또 「강구동자(康衢童子)」
니 「격양노인(擊壤老人)」이니 하여 함께 태평의 예로 들기도 한다. 그
노인이 부른 노래는 이런 것이었다.

해가 뜨면 일하고

해가 지면 쉬며

우물 파서 마시고

밭을 갈아먹으니

임금 덕이 내게 뭣이 있으랴.

日出而作　日入而息	일출이작　일입이식
鑿井而飲　耕田而食	착정이음　경전이식
帝力何有於我	제력하유어아

　시의 내용을 풀어 보면, 해가 뜨면 일하고 밤이 되면 편히 쉰다. 내 손으로 우물을 파서 물을 마시고 내 손으로 밭을 갈아 배불리 먹고 사는 데, 임금이 내게 무슨 소용이 있으며, 정치가 다 무슨 필요가 있느냐는 뜻이다. 공기와 태양의 고마움을 모르는 농촌 사람이 사실은 더 행복한 것이다. 정치의 고마움을 알게 하는 정치보다는 그것을 느끼지 못하는 정치가 정말 위대한 정치인 것이다.

　《십팔사략(十八史略)》제1권 제요편(帝堯篇)에 있는 이야기다.

居視其所親　富視其所與
거시기소친　　부시기소여

　사람의 인물됨을 볼 때 평소 어떤 사람과 친한지를 관찰한다. 그 사람이 부자인 경우 어떤 사람에게 주는지를 관찰한다. 그 사람이 지위가 높을 경우, 어떤 사람을 채용해서 쓰는지를 관찰한다. 그 사람이 곤궁할 경우, 나쁜 짓을 하는지 하지 않는지를 관찰한다. 가난할 경우, 부정한 짓을 해서 물건을 취하는지 않는지를 관찰한다. 이렇게 해보면 사람을 감정하는 데 있어서 틀림이 없다.

— 《십팔사략》위(魏)의 이극(李克)이 말한 「인물관찰의 다섯 가지 조건」

고분지통 叩盆之痛

두드릴 叩 동이 盆 갈 之 아플 痛

동이를 두들기는 근심, 곧 아내의 죽음을 말한다.

— 《장자》지락편(至樂篇)

《장자》지락편에 다음과 같은 이야기가 있다.

장자의 아내가 죽자 혜자(惠子)가 문상을 갔다. 몹시 슬퍼하고 있을 거라고 생각하고 한껏 슬픈 표정을 짓고 장자의 집을 방문해 보니, 장자는 동이를 두들기며 노래를 부르고 있었다(叩盆而歌).

혜자가 기가 막혀 놀라 물었다.

「자넨 부인과 살면서 자식도 낳고 함께 늙었지 않았는가. 아내가 죽어 곡을 하지 않는다는 것은 그럴 수도 있는 일이겠지만, 아니 동이를 두들기며 노래를 부르다니 좀 과한 게 아닌가?」

그러자 장자가 이렇게 말했다.

「그렇지 않네. 아내가 죽었을 때 처음에는 나도 몹시 슬펐지. 하지만 아내가 태어나기 이전을 살펴보면 원래 생명이란 건 없었네. 생명이 없었을 뿐만 아니라 형체조차도 없었지. 형체는 고사하고 기(氣)마저도 없었네. 흐릿하고 아득한 사이에 섞여 있다가 변해서 기가 생기고, 또 기가 변해서 생명을 갖추었네. 그것이 지금 또 바뀌어 죽음으로 간 것일세. 이것은 봄·여름·가을·겨울이 번갈아 운행하는 것과도 같다네. 아내는 지금 천지 사이의 큰 방에서 편안히 자고 있을 걸세. 그런데 내가 큰 소리로 운다면 나 자신이 천명에 통하지 못하는 듯해서 울음을 그쳤다네」

혜자는 이마를 탁 치고는 집으로 돌아가고 말았다. 장자의 이 이야기에서 아내의 죽음을 「고분지통」이라고 말한다.

고식지계 姑息之計

시어미 姑 숨쉴 息 갈 之 꾀 計

아녀자나 어린아이가 꾸미는 것 같은 계책, 곧 유치한 꾀.

—《예기》단궁편(檀弓篇)

생각이 단순하거나 당장에 편한 것만 찾는 미봉책(彌縫策)을 비유하여 이르는 말이다. 정현(鄭玄)은 이를 풀이해서 고(姑)는 차(且)이고, 식(息)은 휴(休)라고 해서 「구차하게 편안한 것만을 취하는 자세」라고 보았다. 우리 속담에 「언 발에 오줌 누기(凍足放尿)」와 비슷한 뜻이라 할 수 있다.

《예기》단궁 상편에 보면,

「증자가 말하기를, 『군자가 사람을 사랑할 때는 덕으로 하고, 소인배가 사람을 사랑할 때는 고식으로 한다(君子之愛人也以德 細人之愛人也以姑息)』고 하였다」는 구절이 있다. 또 양자(楊子)는 「망령된 언동은 풍속을 해치고, 망령된 즐김은 원칙을 해치며, 눈앞의 이익밖에 모르는 계책은 덕을 해친다. 따라서 군자는 언동을 삼가고 즐김을 조심하며, 때가 오면 서둘러 한다」고 하였다.

《시자(尸子)》에는 「은나라의 주(紂)는 노련한 사람의 말은 버리고 아녀자나 어린아이들의 말만 썼다(紂棄黎老之言而用姑息之語)」는 말이 있는데, 주석에서는 고(姑)는 부녀자이고 식(息)은 어린아이라고 하였다.

자기 눈앞에 떨어진 이익이나 손해밖에 볼 줄 모르는 사람의 말을 들으면 당장은 이로울 듯하지만 결국 큰 화를 불러오기 십상이다. 바둑에서 수를 읽듯이 몇 수 앞을 내다보는 안목이 있어야 무엇을 하든 성공할 수 있는 것이다.

곡돌사신 曲突徙薪

굽을 曲 굴뚝 突 옮길 徙 땔나무 薪

화근을 미리 방지함.

—《설원(說苑)》권모편(權謀篇)

굴뚝을 구불구불하게 만들고 굴뚝 옆의 땔나무를 옮기라는 말로, 화근을 미연에 방지하라는 말이다.

유향(劉向)이 편찬한 《설원》권모편에 이런 이야기가 있다.

옛날에 어떤 사람이 자기 집 굴뚝을 곧게 세우고 굴뚝 옆에 땔나무까지 갈무리해 놓은 것을 보고 화제가 일어나기 쉬우니 굴뚝을 구부리고 섶단을 옮겨 놓으라고 충고했다. 그러나 집주인은 들은 척도 하지 않았다.

그런데 며칠 뒤 과연 그 집에 불이 난 것이다. 마을 사람들이 달려와 겨우 불을 끄긴 했지만 적지 않은 사람이 부상을 당하고 화상까지 입었다. 그래서 집주인은 마을 사람들에게 신세를 갚기 위해 술상을 차리고 소를 잡아 대접했다. 그런데 이 자리에서 처음에 굴뚝을 고치고 땔나무를 옮기라고 충고한 사람을 기억하는 사람은 아무도 없었다.

이에 한 사람이 시를 한 수 지었는데, 그 시에,

「굴뚝을 구부리고 땔나무를 옮기라고 충고한 사람의 은혜는 모르고 불에 덴 사람만 상빈 대접을 하는구나(曲突徙薪無恩澤 焦頭爛額是上賓)」라는 두 구절이 들어 있었다.

이 말은 화재의 예방책을 말한 사람은 상을 받지 못하고 불난 뒤에 불을 끈 사람이 상을 받는다는 뜻으로, 본말이 전도되었음을 지적한 것이다.

이 이야기는 《한서(漢書)》곽광전(霍光傳)에도 인용되고 있는데, 이야기의 초점은 일의 근본을 잊지 말라는 것이다.

공자천주 孔子穿珠

구멍 孔 아들 子 뚫을 穿 구슬 珠

자기보다 못한 사람에게 묻는 것이 부끄러운 일이 아니다.

— 《조정사원(祖庭事苑)》

공자가 구슬을 꿴다는 말로, 자기보다 못한 사람에게 모르는 것을 묻는 것이 부끄러운 일이 아님을 말한 것이다. 곧 불치하문(不恥下問)과 같은 말이다.

공자가 진(陳)나라를 지나갈 때의 일이다. 공자는 어떤 사람에게 진귀한 구슬을 얻었는데, 그 구슬에 실을 꿰려고 했지만 아홉 구비나 구부러진 구멍 속으로는 도저히 실이 꿰어지지가 않았다. 그래서 공자는 문득 아낙네라면 어렵지 않게 꿸 수 있을 거라는 생각에 근처에서 뽕을 따고 있던 한 아낙에게 그 방법을 물었다. 그러자 아낙은 이렇게 말했다.

「곰곰이 생각해 보십시오 생각을 곰곰이 해보세요(密爾思之 思之密爾)」

공자는 그 말대로 조용히 차분하게 생각한 끝에 그 뜻을 깨닫고는 무릎을 탁 쳤다. 그리고는 나무 밑에서 분주히 왔다 갔다 하는 개미 한 마리를 붙잡아 그 허리에 실을 잡아맸다. 그런 다음 개미를 구슬 한쪽 구멍으로 밀어 넣고 반대편 구멍에는 꿀을 발라 놓았다. 개미는 꿀을 찾아 이쪽 구멍에서 저쪽 구멍으로 나왔다. 실이 꿰어진 것이다.

공자는 특히 배우는 일을 매우 중요시했으며, 배움에 있어서는 나이의 많고 적음이나 신분의 높고 낮음에 관계하지 않았다. 그래서 상대가 누구든 가리지 않고 나의 생각과 행동을 다듬는 스승으로 삼은 것이다.

「세 사람이 길을 가면 반드시 나의 스승이 있다(三人行必有我師)」라는 유명한 말 역시 그의 학문 하는 태도를 잘 나타낸 말이다.

공중누각 空中樓閣

하늘 空 가운데 中 다락 樓 누각 閣

공중에 누각을 짓는 것처럼 근거가 없는 가공(架空)의 사물.

— 《몽계필담(夢溪筆談)》

송대의 학자이며 정치가인 심괄(沈括)이 기이한 일들을 모아 지은 《몽계필담》이란 책에 다음과 같은 기록이 있다.

등주(登州 : 산동성 봉래현)는 삼면이 바다로 둘러싸여 있는데, 늦은 봄에서 여름에 걸쳐 멀리 수평선 위로 누각들이 줄을 이은 도시가 보인다. 지방 사람들은 이를 「해시(海市)」라고 부른다.

그 뒤 청(淸)나라 적호(翟灝)는 그가 지은 《통속편》 속에 심괄의 이 글을 수록한 다음,

「지금 말과 행동이 허황된 사람을 가리켜 공중누각이라고 하는 것은 이것을 말하는 것이다(今稱言行虛構者曰空中樓閣 用此事)」

참된 무엇이 없거나 혹은 비현실적인 이야기나 문장을 「공중누각과 같다」고 하는 말은 청나라 시대에 이미 있었음을 이 기록으로 알 수 있다. 물론 심괄이 말한 바다의 도시(海市)란 것은 수평선 멀리 나타나는 신기루(蜃氣樓)를 보고 한 말인데, 신기루에 대해서는 이미 오래 전 기록에 나타나 있다. 즉 《사기》에 이 신기루에 대한 기록이 있다.

《사기》 천관서(天官書)에, 「신기(蜃氣)는 누대(樓臺)의 모양을 하고 있는데, 넓은 들의 기운이 흡사 궁궐을 이룩하고 있다」라고 적혀 있다. 「공중누각」이란 이같이 자연현상을 두고 기록한 것인데, 이를 이해하지 못한 사람들이 실제로 있을 수 없는 일이라고 보고 실현 가능성 없는 일을 비유해 쓰이고 있다.

고성낙일 孤城落日

외로울 孤 성 城 떨어질 落 날 日

여명이 얼마 남지 않아 대단히 외로운 정상을 비유한 말.

— 왕유(王維) 『송위평사(送韋評事)』

「고성낙일(孤城落日)」은 「외로운 성에 지는 해」라는 뜻으로, 구원군이 오지 않는 고립된 성과 기울어 떨어지는 저녁의 낙조, 기운도 떨어지고 재기할 힘도 없는데, 도와주는 사람도 없어 처량한 신세로 전락한 것을 비유하는 말이다.

이 고사의 유래는 왕유(王維)의 칠언절구 「송위평사(送韋評事)」에서 비롯된다.

장군을 좇아 우현을 잡고자
모래 마당에 말을 달려 거연으로 향한다.
멀리 아노라, 한나라 사신이 소관 밖에서
외로운 성, 지는 해 언저리를 수심으로 바라보리란 것을.

欲逐將軍取右賢　沙場走馬向居延　욕수장군취우현　사장주마향거연
遙知漢使蕭關外　愁見孤城落日邊　요지한사소관외　수견고성낙일변

왕유는 이백(李白), 두보(杜甫)와 나란히 중국의 대표적인 시인이다. 그는 동양화와 같은 고요한 맛과 그윽한 정을 풍기는 자연시를 많이 썼다. 여기서는 국경 밖의 땅을 배경으로 한 이국적인 정서가 시를 한층 재미있게 만들고 있다.

글 제목에 나오는 평사는 법을 맡아 죄인을 다스리는 벼슬 이름으로, 위평사가 장군을 따라 서북 국경 밖으로 떠나면서 심경을 적은 시다.

한(漢)대에 흉노에 좌현왕(左賢王)과 우현왕이 있었는데, 우현왕이 한

때 한나라 군대에 포위를 당해 간신히 도망쳐 달아난 일이 있었다. 첫 구절의 우현을 잡는다는 것은, 그 사실을 근거로 자신도 장군을 따라 변방으로 나가 적의 대장을 포로로 잡을 생각으로 사막을 힘차게 말을 달리게 되리라는 뜻이다.

여기에 나오는 거연이란 곳은 신강성 접경지대에 있는 주천(酒泉)을 말하는데, 남쪽에는 해발 6,455 미터의 기련산(祁連山)이 솟아 있고, 북쪽은 만리장성의 서쪽 끝을 넘어 사막지대가 계속된다.

소관(蕭關)은 진(秦)의 북관(北關)으로도 불리는 곳으로 외곽지대의 본토 방면으로 통하는 출입구였던 것 같다.

시의 뜻은, 지금은 우현왕을 사로잡으려는 꿈을 안고 의기도 양양하게 사막을 말을 달려 거연의 요새지로 향하게 되겠지만, 먼 저쪽 소관 밖으로 한나라 사신인 당신이 나가버리면 당신의 눈앞에는 어떤 광경이 벌어질 것인가. 아득히 백사장에 둘러싸인 외로운 성과 다시 그 저쪽에 기울어 가는 저녁 해, 그것을 당신은 수심에 잠긴 눈으로 바라보지 않으면 안될 것이다. 나는 몸은 비록 이곳에 있지만 당신이 장차 겪게 될 외롭고 쓸쓸한 심정을 알고도 남음이 있다는 뜻이다.

여기서는 한갓 쓸쓸한 풍경과 외로운 심경을 노래한 데 지나지 않지만, 「고성낙일」은 보통 멸망의 그날을 초조히 기다리는 그런 심정을 말한다.

忠臣去國　不潔其名
충신거국　불결기명

충신은 그 나라를 떠나도 자신의 행위를 변명하지 않는다.
충신은 무슨 까닭이 있어 그 나라를 떠났더라도 자신의 올바름을 나타내는 변명을 하지 않는다. 만약 그렇게 하면 군주의 체면을 손상시키는 결과가 되기 때문이다.

— 《사기》 악의전 —

고좌우이언타 顧左右而言他

돌아볼 顧 왼 左 오른쪽 右 말이을 而 말씀 言 다를 他

묻는 말에 엉뚱하게 다른 대답을 함을 일컫는 말.

— 《맹자(孟子)》 양혜왕편(梁惠王篇)

《맹자》 양혜왕편에 나오는 이야기다.

맹자가 제선왕(齊宣王)을 찾아가 일러 말했다.

「왕의 신하가 그의 처자를 친구에게 맡기고 초나라로 놀러갔다 돌아와 보니, 그 친구가 처자를 굶주리고 추위에 떨게 만들었습니다. 왕께서는 그 사람을 어떻게 하시겠습니까?」

「믿고 맡긴 처자를 굶주리게 한 친구는 당장 절교해야 합니다」

「사사(士師 : 지금의 법무장관)가 그 부하를 제대로 거느리지 못하면 어떻게 하시겠습니까?」

「당장 그만두게 하겠습니다」

「그렇다면 사경(四境) 안이 제대로 다스려지지 않을 때는 어떻게 하시겠습니까?」

왕은 좌우를 돌아보며 다른 말을 했다(王顧左右而言他).

설마 맹자가 그런 유도 질문을 해올 줄 몰랐던 임금은, 미처 대답할 마음의 여유를 갖지 못하고 그만 우물쭈물 넘기고 만 것이다.

미리 알고 있었다면 「그것은 과인의 잘못이다」 하고 솔직한 대답을 할 수 있었던 제선왕이었지만, 먼저 한 대답이 「버리겠소」, 「그만두게 하겠소」 한 끝이라서 「내가 임금 자리를 그만두어야지요」 하고 대답하지 않으면 안되었던 것이다. 지금도 역시 이 제선왕과 같은 입장에서 솔직히 시인해야 할 일을 시인하지 못하고 엉뚱한 딴 이야기로 현장을 얼버무리는 그런 것을 가리켜 「고좌우이언타」 라고 한다.

이에 대해 우리나라 조선시대에 전해 오는 재미있는 이야기가 있다.

옛날 과거제도에 강급제(講及第)란 것이 있었는데, 이것은 시를 짓는 것이 아니라, 사서삼경을 외게 한 다음 그 뜻을 물어 틀리지 않으면 급제를 시키는 제도였다. 당시는 과거에 급제하는 것이 평생소원인 세상이었으므로 어지간한 선비면 사서삼경 정도는 원문은 물론이요, 주석까지 횅하니 외는 판이었다. 그러므로 거의가 만점의 합격 성적을 보여 주고 있었다. 그러나 급제에는 몇 명이란 정원이 있다. 어떻게 떨어뜨리느냐 하는 것이 시험관들의 큰 골칫거리가 아닐 수 없다. 그래서 가끔 대답할 수 없는 질문을 해서 모조리 떨어뜨리는 수법을 쓰곤 했다. 그 한 가지로 등장한 문제가 바로 이「고좌우이언타」였다.

「좌우를 돌아보며 다른 것을 말했다는데, 도대체 그 다른 말이 무엇이냐」하고 시험관이 구두시험을 하는 것이다.

그래서 백 명이고 2백 명이고 모조리 낙제를 시켜 내려가는데, 한 젊은 경상도 선비 차례가 되었다.

젊은 선비는 시험관의 질문은 들은 척도 않고,

「서생이 과거를 보러 서울로 올라오는데, 낙동강 나루에 닿았을 때 오리란 놈이 지나가며 강물 위에 알을 쑥 빠뜨리지 않겠습니까……」

어쩌고 하며 천연덕스럽게 딴청을 부렸다.

시험관은 그만 짜증을 내며,「아니, 묻는 말에는 대답하지 않고 무슨 엉뚱한 이야기냐」하고 쏘아붙였다.

그러자 그 선비는,「『고좌우이언타』란 바로 이런 것입니다」하고 정중히 대답을 했다.

시험관들은 그제야 그 선비의 수단에 넘어간 것을 알고 마주보며 껄껄 웃었다.

결과는 물론 합격이었다. 과거의 문이 너무 좁다 보니 이런 우스꽝스럽지만 재치 있는 현상까지 있었던 것이다.

고희 古稀

옛 古 드물 稀

일흔 살.

— 두보(杜甫) 『곡강이수(曲江二首)』

　나이 일흔을 고희(古稀 또는 古希)라고 하는데, 그 유래는 두보의 「인생칠십고래희(人生七十古來稀)」라는 시구에서 비롯된 것으로 본다. 즉 사람이 일흔을 산 것은 예로부터 드물었기 때문이다.

　두보의 이 구절이 나오는 「곡강이수」라는 제목의 둘째 시를 소개하면 이렇다.

　　조회에서 돌아와 날이면 날마다 봄옷을 전당잡히고
　　매일 강 머리에서 마냥 취해 돌아온다.
　　술값 빚은 보통으로 가는 곳마다 있지만
　　사람이 칠십을 산 것은 예부터 드물다.
　　꽃을 해치는 호랑나비는 깊숙이 나타나 보이고
　　물을 적시는 잠자리는 힘차게 날고 있다.
　　풍광에 전해 말하니 함께 흘러 구르면서
　　잠시 서로 즐기며 서로 떨어지지 말자꾸나.

　　朝回日日典春衣　每日江頭盡醉歸　조회일일전춘의　매일강두진취귀
　　酒債尋常行處有　人生七十古來稀　주채심상행처유　인생칠십고래희
　　穿花蛺蝶深深見　點水蜻蛉款款飛　천화협접심심견　점수청령관관비
　　傳語風光共流轉　暫時相賞莫相違　전어풍광공류전　잠시상상막상위

　이 시는 두보가 마흔 일곱 살 때 지은 것이다. 그 무렵 그는 좌습유(左拾遺 : 諫官)란 벼슬자리에 있었으나, 조정 내부의 부패는 그를 너무도

실망시켰다. 그는 답답한 가슴을 달래기 위해 매일을 술이나 마시며 아름다운 자연을 상대로 세월을 보냈다.

곡강(曲江)은 장안(長安) 중심지에 있는 못 이름으로 풍광이 아름답기로 유명했으며, 특히 봄이면 꽃놀이하는 사람들로 붐볐다고 한다. 시를 풀어 보면 이렇다.

요즘은 조정에서 돌아오면 매일 곡강 가에 가서 옷을 잡히고 마냥 술에 취해 돌아오곤 한다. 술꾼이 술빚을 지는 것은 너무나 당연한 일로, 내가 가는 술집마다 외상값이 밀려 있다. 하지만 내가 살면 몇 해나 더 살겠는가. 예부터 말하기를, 사람은 70을 살기가 어렵다고 하지 않았던가. 꽃밭 사이를 깊숙이 누비며 날아다니는 호랑나비도 제 철을 만난 듯 즐겁게만 보이고, 날개를 물에 적시며 날아다니는 잠자리도 제 세상을 만난 듯 기운차 보이기만 한다. 나는 이 약동하는 대자연의 풍광과 소리 없는 대화를 주고받는다. 우리 함께 자연과 더불어 흘러가면서 잠시나마 서로 위로하며 즐겨 보자꾸나.

「인생칠십고래희」란 말은 항간에 전해 내려오는 말을 그대로 두보가 시에 옮긴 것이라고도 한다. 어쨌든 이 말은 두보의 시로 인해 깊은 의미를 지니게 되었다고 볼 수 있다. 한편 이 「고희」란 말과 함께 사람의 나이를 다음과 같이 표현한다.

스무 살을 약관(弱冠), 마흔 살을 불혹(不惑), 쉰 살을 지명(知命), 예순 살을 이순(耳順), 또 일흔 일곱 살을 희수(喜壽 : 喜자의 초서가 七七이기 때문), 여든 여덟 살을 미수(米壽 : 米자를 파자하면 八八이기 때문), 아흔 아홉 살을 백수(白壽 : 百에서 한 획이 없으므로)라고 한다.

이 가운데 불혹·지명·이순은 《논어》에 있는 공자의 말 중 「나는 마흔 살에 의심하지 않았고(四十而不惑), 쉰 살에 천명을 알았고(五十而知天命), 예순 살에 귀가 순하고(六十而耳順)……」라고 한 데서 나온 말이다.

곡학아세 曲學阿世

굽힐 曲 배울 學 아부할 阿 세상 世

자기가 배운 것을 올바로 펴 볼 생각은 않고, 자기의 배움을
굽혀 가면서 세상의 비위에 맞추어 출세하려는 그런 태도나 행동.

— 《사기》 유림열전(儒林列傳)

이 말의 유래를 알아보기로 하자.

원고(轅固)란 사람은 한경제(漢景帝, B.C. 157~141) 때 학자로 《시
경》에 능통해 박사(博士)가 되었다.

원고는 성품이 강직한 사람으로, 옳다고 생각하면 목에 칼이 들어와
도 두려워하지 않고 할 말을 했다. 경제의 어머니 두태후(竇太后)는 노
자(老子)의 숭배자였다. 언젠가 원고가 박식이란 얘기를 전해들은 두태
후는 그를 궁중으로 불러들여 《노자》의 내용에 대해 물었다.

「그댄 노자를 어떻게 생각하는가?」

「노자는 머슴이나 노예와 같은 보잘것없는 사나이입니다. 그러니까
그가 말하는 것은 다 멋대로 떠들어대는 말에 지나지 않습니다. 적어도
천하 국가를 논하는 인물이 문제시할 가치가 있는 자가 되지 못합니
다.」하고 조금도 거리낌 없이 말했다. 과연 태후는 크게 노했다.

「이 발칙한 놈, 노자를 가짜 취급하다니, 이놈을 곧 하옥시켜라」

옥에 갇힌 원고는 벌로서 매일 돼지를 잡는 일을 하게 되었다. 태후
로서는 90이 넘는 노인에게 돼지 잡기란 어려울 것이다, 못하면 못하는
대로 다시 다른 벌을 줄 구실이 된다, 라는 생각에서였다. 심술궂은 늙
은이의 생각이란 이제나 옛날이나 변함이 없는 것 같다.

그런데 딱하다고 생각한 것은 황제였다. 예리한 칼을 옥중에 있는 원
고에게 주어 돼지를 찌르게 했던 바, 단 한번에 용하게도 돼지의 심장을

찔러 돼지는 쿵 하고 쓰러졌다. 이 말을 들은 태후는 원고의 울상도 보기가 민망한데다가 자기 아들이라고는 하나 황제가 그를 두둔하는 데는 더 이상 원고를 괴롭힐 수 없다고 마지못해 원고를 옥에서 풀어주었다.

이 겁 없고, 권력을 두려워하지 않고 직언하는 태도에 탄복한 황제는 원고를 삼공(三公)의 하나인 청하왕(淸河王)의 태부(太傅)로 임명했다.

한경제

원고는 오랫동안 태부의 자리에 있다가 병으로 그 자리를 물러났다.

경제의 다음 황제인 무제(武帝, B.C. 147~87)가 즉위하자, 원고를 현량(賢良)으로 발탁하여 조정으로 불러올렸다.

그러나 아첨을 일삼는 무리들은 원고의 입바른 소리가 무서워 그를 어떻게든지 밀어내려 했다. 그때 원고의 나이 벌써 아흔이 넘어 있었기 때문에 그들은 일제히,

「원고는 이제 너무 늙어서 아무 일도 볼 수가 없습니다」 하며 맞장구를 쳐가며 그를 헐뜯었다. 무제는 그를 파면시켜 집으로 돌려보내고 말았다. 원고가 조정으로 불려 올라왔을 때, 음흉한 공손홍(公孫弘)도 함께 불려 올라오게 되었는데, 공손홍은 원고의 바른 말이 무서워 그를 몹시 꺼려했다. 그 공손홍을 보고 원고는 이렇게 말했다.

「……배운 것을 올바로 말하기를 힘쓰고, 배운 것을 굽혀 세상에 아부하는 일이 없도록 하게(務正學以言 無曲學以阿世)」

《사기》 유림열전에 나오는 이야기다.

공명수죽백 功名垂竹帛

공 功 이름 名 드리울 垂 대나무 竹 비단 帛

이름을 천추에 전함(名傳千秋).

─《후한서》등우전(鄧禹傳)

「죽백(竹帛)」은 대나무와 비단이란 뜻이지만, 옛날에는 기록을 대나무쪽이나 비단 폭에 해두었기 때문에 그것은 곧 기록이란 말이 된다.

그러므로 공명을 죽백에 드리운다는 말은 공을 세워 이름을 역사에 남긴다는 뜻이다.《후한서》등우전에 나오는 이야기다.

등우는 후한 광무제(光武帝, 25∼57)를 섬긴 어진 신하로서 그는 광무제가 후한 왕조를 다시 세우는 데 크게 이바지한 공신이었다. 등우는 소년 시절 장안으로 가서 공부를 했는데, 그 때 유수(劉受 : 뒤의 광무)도 장안에 와서 공부하고 있었다.

등우는 아직 나이가 어려서 사람들과 상종하는 일도 별로 없었지만, 유수를 만나자 그가 비범한 사람이란 것을 알고 친교를 청했다. 이리하여 서로 다정하게 지내던 두 사람은 몇 년 후 각자 자기 고향으로 돌아갔다.

새로 신(新)이란 나라를 세운 왕망(王莽, B.C. 45∼A.D. 23)의 폭정에 견디다 못한 백성들은 도처에서 반기를 들고 한나라 왕실을 다시 일으키려는 호걸들 밑으로 모여들었다. 이리하여 한나라 왕실의 후예로 반란군 대장에 추대된 유현(劉玄)이 왕망을 쳐서 죽이고, 갱시장군(更始將軍)에서 다시 황제로 추대되어 장안에 도읍을 정했다.

이 유현이 바로 갱시제(更始帝)였는데, 이때 많은 호걸들은 등우를 갱시제에게 천거했다. 그러나 등우는 끝내 사양하고 갱시제를 섬기지 않았다. 등우는 갱시제를 하찮은 인물로 보았기 때문이다.

그러나 그동안 유수가 황하(黃河) 이북 땅을 평정하러 떠났다는 말이 들려오자, 등우는 즉시 북으로 황하를 건너가 업(業)이란 곳에서 유수를 만났다. 유수는 뜻하지 않게 다시 만난 그를 몹시 반갑게는 대했지만, 속으로는 벼슬을 부탁하러 왔으려니 했다. 그러나 며칠이 지나도 그런 눈치가 전연 보이지 않았으므로, 유수는 등우에게 멀리 여기까지 자기를 만나러 온 까닭을 조용히 물었다. 등우는 분명히 말했다.

「다만 명공의 위덕이 사해에 더해지기를 바랄 뿐입니다. 나는 미력이나마 바쳐 공명을 죽백에 드리울 뿐입니다(但願明公威德加於四海 禹得效其尺寸 垂功名於竹帛矣)」

이 말을 듣자, 유수는 마음속으로 회심의 미소를 지었다. 그리고는 등우를 군영에 머무르게 하고 등장군이란 칭호를 주었다. 이때부터 두 사람의 뜻을 합친 새로운 경영이 시작된 것이다.

그 뒤 두 사람은 왕낭(王郎)의 군사를 토벌하기 시작, 먼저 낙양을 함락시켰다. 이 때 유수는 지도를 펴 놓고 등우에게 보이며,

「천하에는 이렇게 많은 고을과 나라들이 있는데, 이제 나는 겨우 그 하나를 손에 넣었을 뿐이오」 하고 탄식을 했다. 그러자 등우는,

「지금 천하가 어지러워 사람들의 고생이 극도에 달한지라, 마치 어린아이가 사랑하는 어머니를 그리워하듯 명군(明君)의 출현을 바라고 있습니다. 예부터 천하를 손에 넣는 데는 덕(德)의 후박(厚薄)이 중요하지 영토의 크고 작음은 문제가 아니었습니다」

유수는 이 말에 크게 감동을 받았다. 등우는 언제나 옆에서 유수를 이렇게 격려했다. 또 많은 인재들을 추천했는데, 그가 사람을 보는 눈은 조금도 틀리는 데가 없었다. 그 뒤 오래지 않아 유수는 광무제로서 천자의 위에 올랐는데, 거기에는 등우의 힘이 컸다. 그의 말대로 광무제의 위덕은 사해에 널리 퍼지고, 등우의 공명은 죽백에 드리워졌다.

공휴일궤 功虧一簣

공 功 이지러질 虧 한 一 삼태기 簣

거의 成就하여 가는 일을 그만 中斷했기 때문에 모두 허사가 되고 말다.

— 《서경(書經)》 여오편(旅獒篇)

「공이 한 삼태기로 허물어졌다」는 뜻이다.

《서경》 여오편에,

「……아홉 길 산을 만드는 데 일(功)이 한 삼태기(簣)로 무너진다」
라고 한 데서 비롯된다.

여오편은, 주(周)나라 무왕이 은(殷)나라 주왕(紂王)을 무찌르고 새 왕
조를 열어, 그 위력이 사방의 이민족에게까지 미치게 되었을 때, 서쪽에
있는 여(旅)라는 오랑캐 나라에서 오(獒)라는 진기한 개를 선물로 보내
왔다.

오는 키가 넉 자나 되는 큰 개로 사람의 말을 잘 알아듣고, 또 사람이
나 짐승을 잘 덮친다 해서 무왕은 몹시 기뻐하며 그 개를 아주 소중히
길렀다. 그래서 무왕의 아우인 소공(召公) 석(奭)이 무왕이 혹시 그런
진기한 것들에 마음이 끌려 정치를 등한히 하지나 않을까 하는 염려에
서 일깨워 말한 것이다.

그 앞부분서부터 한 말을 소개하면,

「슬프다, 임금 된 사람은 아침부터 저녁까지 잠시라도 게으름을 피
워서는 안된다. 아무리 사소한 일이라도 이를 조심하지 않으면 마침내
큰 덕(德)을 해치기에 이르게 된다. 예를 들어 흙을 가져다가 산을 만드
는데, 이제 조금만 일을 계속하면 아홉 길 높이에 이르게 되었을 때,
이제는 다 되었다 하고 한 삼태기의 흙 운반하기를 게을리 하게 되면
지금까지의 애써 해 온 일이 모두 허사가 되어버리고 만다」라고 했다

는 것이었다.

이와 비슷한 말은 공자도 하고 있다. 《논어》 자한편(子罕篇)에 보면,

「비유하자면 그것은 마치 산을 만드는 것과 같다. 비록 한 삼태기로 이루지 못했더라도 그만둔 것은 내가 그만둔 것이 아니겠는가」 라고 나와 있다.

그런데 아홉 길 산이 한 삼태기 흙으로 못 쓰게 된다는 비유는 적절하지 못하다는 평도 있다. 그것에 비해 맹자가

주무왕

말한 아홉 길 우물의 비유는 훨씬 실감을 준다 하겠다.

《맹자》 진심편 상(盡心篇上)에서 맹자는 이렇게 말하고 있다.

「어떤 일을 하는 것은, 비유하면 우물을 파는 것과 같다. 우물을 아홉 길을 파 들어가다가 샘에까지 이르지 못하고 그만두면 그것은 우물을 버린 것과 같다」

한 삼태기의 흙만 더 파내면 샘이 솟아나게 되어 있다 하더라도, 거기까지 계속해 파내려가지 못하고 도중에 그만두어 버리면 아홉 길을 파내려간 지금까지의 노력을 포기한 거나 다름이 없으니, 그야말로 「공휴일궤」 가 아닐 수 없다. 무슨 일이든 끝을 내지 못하면 아무 소용이 없는 것이다.

皇天無親　惟德是輔
황천무친　유덕시보

하늘은 특별히 사람을 골라서 친하지는 않는다. 단지 덕이 있는 사람이면 누구나 구별 없이 돕는다.

— 《서경》 「채중지명(蔡仲之命)」편 주공(周公)의 말 —

과유불급 過猶不及

지나칠 過 오히려 猶 못할 不 미칠 及

지나침은 미치지 못함과 같다.

— 《논어》 선진편(先進篇)

　　여러 가지 면에서 깊은 뜻이 있는 말이다. 경우에 따라서는 지나침이 미치지 못함만 못할 수도 있다. 배부름이 배고픔보다 물론 좋지만, 배가 너무 부르면 병이 나게 된다. 《논어》 옹야편에 나오는 이야기다.

　　어느 날, 제자 자장(子張)이 공자에게 이렇게 물었다.

　　「선비로서 어떻게 하면 『달(達)』이라고 말할 수 있습니까?」

　　그러자 공자는 반대로 자장에게 물었다.

　　「네가 말하는 『달』이란 것은 무엇을 말하는 것이냐?」

　　「제후를 섬겨도 반드시 그 이름이 나고, 경대부(卿大夫)의 사신(私臣)이 되어도 또한 그 이름이 나는 것을 말합니다」

　　「그것은 『문(聞)』이지 『달』은 아니다. 본성이 곧고 의(義)를 좋아하며, 말과 안색으로 상대편의 마음을 들여다보고 신중히 생각하여 타인에게 공손하며, 그 결과 제후를 섬기든, 경대부의 사신이 되든 그르치는 일이 없어야 『달』이라고 말할 수 있다. 그런데 인덕 있는 체하면서 도에 어긋나는 짓을 하고, 그리고서도 그에 만족하고 의심치 않는다면, 제후를 섬기든 경대부의 사신이 되든 군자라고까지 불리어진다. 이것을 『문』이라고 하는 것이다」

　　공자는 자장의 허영심을 꺾으려 했던 것이다. 그러자 이번에는 자공(子貢)이 공자에게 물었다.

　　「사(師 : 子張의 이름)와 상(商 : 子夏의 이름)은 누가 어집니까?」

　　「사는 지나치고 상은 미치지 못한다」하고 공자가 대답했다.

「그럼 사가 낫단 말씀입니까?」 하고 반문하자, 공자는,

「지나침은 미치지 못함과 같다(過猶不及)」고 말했다.

《논어》 선진편(先進篇)에 나오는 말이다.

자장과 자하는 《논어》의 기록을 통해 볼 때 퍽 대조적인 인물이었다. 자장은 기상이 활달하고 생각이 진보적이었는 데 반해 자하는 만사에 조심을 하며 모든 일을 현실적으로만 생각했다.

친구를 사귀는 데 있어서도, 자장은 천하 사람이 다 형제라는 주의로 모든 사람을 동등하게 대했는데, 자하는 「나만 못한 사람을 친구로 삼지 말라」고 제자들에게 가르쳤다.

그러나 공자가 말한 「과유불급」은, 굳이 두 사람에게 국한된 것이 아니고 일반적인 원칙을 말한 것이다. 그러면 그 지나치다, 혹은 미치지 못한다 하는 표준은 어디에 두어야 할 것인가. 그것은 한 마디로 중용(中庸)인 것이다. 미치지 못하지도 않고 지나치지도 않은 중용이란 말은 다시 시중(時中)이란 말로 표현된다. 시중은 그때그때 맞게 한다는 뜻이다.

어제의 중용이 오늘에도 중용일 수는 없다. 이것이 꼭 옳다, 이렇게 하는 것이 영원불변의 진리다 하는 것은 있을 수 없는 것이다. 그것은 손으로 만져 쥐어 보일 수도 없는 것이다. 모든 것을 환히 통해 아는 성인이 아니고서는 이 시중을 행할 수 없는 것이다. 그러기에 공자는 말하기를, 천하도 바로잡을 수 있고, 벼슬도 사양할 수 있고, 칼날도 밟을 수 있지만, 중용만은 할 수 없다고 했다.

「과유불급」이란 말과 중용이란 말을 누구나 입으로 말하고 있지만, 공자의 이 참뜻을 안 사람은 드물다. 공자를 하늘처럼 받들어 온 선비란 사람들이 고루(古陋)한 형식주의와 전통주의에 빠져 시대를 그릇 인도하고 나라를 망치게 한 것도 이 과유불급과 중용의 참뜻을 이해하지 못한 때문이었다.

과전불납리 瓜田不納履

외 瓜 밭 田 아니 不 들일 納 신 履

남에게 혹시라도 의심받을 만한 행동은 하지 않는 것이 좋다.

— 《문선(文選)》 『군자행(君子行)』

《문선》 악부 고사(古辭) 네 수 중의 「군자행」에 있는 말이다. 악부는 시체(詩體)의 한 가지로, 원래는 한나라 때 있던, 음악을 보존하고 연주하는 관청의 이름이었는데, 나중에는 악부에서 취급하는 노래를 가리켜 말하게 되었고, 다시 나아가서 관청과는 상관없이 음악에 실려 불리는 가사를 그렇게 부르게 되었고, 혹은 원래 있던 제목을 빌어 새로운 가사를 짓기도 하고, 음악과는 직접 관계없는 시로써 창작되기도 했다. 그러나 그 제작 방법과 내용과 분위기에 어딘가 가곡적인 경향을 지니고 있는 것이 보통이다.

고사(古辭)란, 작자가 알려져 있지 않은 민간의 가곡을 말하는데, 여기에 나오는 「군자행」은 민간의 가곡으로서는 그 내용이 적당치 않은 것 같다. 아무튼 「군자행」은 군자가 세상을 살아가는 태도를 말한 노래다.

군자는 미연을 막아
혐의 사이에 처하지 않는다.
외밭에서 신을 고쳐 신지 않고
오얏나무 밑에서 갓을 바로잡지 않는다.
형수와 시아주버니는 손수 주고받지 않고
어른과 아이는 어깨를 나란히 하지 않는다.
공로에 겸손하여 그 바탕을 얻고
한데 어울리기는 심히 홀로 어렵다.

주공은 천한 집 사람에게도 몸을 낮추고
입에 든 것을 토해 내며 제대로 밥을 먹지 못했다.
한 번 머리 감을 때 세 번 머리를 감아줘어
뒷세상이 성현이라 일컬었다.

君子防未然	不處嫌疑間	군자방미연	불처혐의간
瓜田不納履	李下不整冠	과전불납리	이하부정관
嫂叔不親援	長幼不比肩	수숙불친원	장유불비견
勞謙得其柄	和光甚獨難	노겸득기병	화광심독난
周公下白屋	吐哺不及餐	주공하백옥	토포불급찬
一沐三握髮	後世稱聖賢	일목삼악발	후세칭성현

시의 앞부분 반은 남의 혐의를 받을 만한 일을 하지 말라는 것을 말했
고, 뒤의 반은 공로를 자랑하지 말고 세상 사람들을 겸허하게 대하라는
것을 말하고 있어 시의 내용이 통일되어 있지 않다.

시의 내용을 순서에 따라 설명하면,

군자는 사건이 생기기 전에 미리 이를 막아야 한다. 남이 의심할 만한
그런 상태에 몸을 두어서는 안된다. 참외밭 가에서 신을 고쳐 신는 것은
참외를 따러 들어가려는 것으로 오인을 받기 쉽다.

또 오얏나무 밑에서 손을 올려 갓을 바로 쓰거나 하면 멀리서 보면
흡사 오얏을 따는 것으로 보이기 쉽다. 형수 제수와 시숙 사이에는 물건
을 직접 주고받고 하는 일이 없어야 하고, 어른과 손아래 사람이 어깨를
나란히 하고 걸어가면 예의를 모른다는 평을 듣게 된다.

자기의 수고를 내세우지 말고, 항상 겸손한 태도를 취하는 것이 군자
의 본바탕을 지키는 일이며, 가장 어려운 일은 자기의 지혜나 지식을
자랑하지 말고, 세속과 함께 하여 표 없이 지나는 일이다.

옛날 주공(周公)은 재상의 몸으로 아무 꾸밈이 없고 보잘것없는 집에

주공

사는 천한 사람에게도 몸을 낮추었고, 밥을 먹을 때 손님이 찾아오면 입에 넣었던 밥을 얼른 뱉고 나아가 맞았으며, 머리를 감을 때 손님이 찾아와서 세 번이나 미처 머리를 다 감지 못하고 머리를 손으로 감아 쥔 채 손님을 맞은 일이 있었다. 그러기에 후세 사람들은 주공을 특히 성현으로 높이 우러러보게 된 것이다, 라는 뜻이 된다.〔☞ 토포악발(吐哺握發)〕

옛날 천자문을 다 떼고, 처음 시를 배울 때 읽는 책으로, 《천고당음(天高唐音)》이란 것이 있었다. 첫머리에 「하늘이 높으니 해와 달이 밝고(天高日月明), 땅이 두터우니 풀과 나무가 난다(地厚草木生)」는 글귀가 나오기 때문에 붙은 이름이다.

이 책에는 「외밭에서 신을 고쳐 신지 않고」는 그대로인데, 「오얏나무 밑에서 갓을 바로잡지 않는다」는 글귀는 「않는다」 대신 「말 막(莫)」으로 되어 있다. 즉 부정관(不整冠)이 아닌 「막정관(莫整冠)」으로 되어 있는 것이다. 不를 나란히 쓰는 것을 피하기 위해서 그런 것 같다.

또 《당서(唐書)》 유공권전에 다음과 같은 이야기가 있다.

당나라 문종황제가 곽민이라는 사람을 빈영지방의 지방장관에 임명했다. 당시 적지 않은 사람들이 이것은 곽민이 딸 둘을 대궐에 들여보냈기 때문이라고 수군댔다. 이에 황제는 유공권에게,

「곽민의 두 딸은 태후를 뵙기 위해서 입궐한 것이지, 짐과는 아무런 상관도 없노라」라고 말했다. 그러자 유공권은,

「참외밭이나 오얏나무 밑에서의 혐의를 어찌 집집마다 다 알릴 수 있겠습니까(瓜李之嫌 何以戶曉?)」라고 대답했다.

과즉물탄개 過則勿憚改

허물 過 곧 則 말 勿 꺼릴 憚 고칠 改

잘못이 있으면 즉시 고치기를 꺼리지 말라.

— 《논어》 학이편(學而篇)

《논어》 학이편에 나오는 말로, 잘못을 고친다는 개과(改過)도 여기서 나온 것이다. 잘못을 저질렀다고 후회만 하지 말고 그것을 빨리 바로 잡아야만 다시는 같은 잘못을 저지르지 않는다는 뜻이다. 남의 이목을 두려워해서 이것을 얼버무린다든가 감추려고 한다면 다시 과오를 저지르는 잘못을 범한다는 말이다.

공자는 군자의 수양에 대해 이렇게 말한 적이 있다.

「군자는 진중하지 않으면 위엄이 없고, 학문을 익혀도 견고하지 못하며, 오직 충성과 믿음으로 중심을 삼되 자기만 못한 사람은 사귀지 않으며, 허물이 있으면 이를 고치기를 주저하지 않는다(君子不重則不威 學則不固 主忠信 無友不如己者 過則勿憚改)」

과실에 대한 이러한 자기반성은 유교에서 「천선(遷善 : 선으로 옮겨감)」, 「진덕(進德 : 덕으로 나아감)」의 자기수양으로 중시되어 왔다. 자기의 잘못을 잘 아는 것도 어려운 일이지만, 그것을 곧 깨닫고 고쳐나가는(改過) 과단과 솔직은 한층 더 어려운 일이다.

그러므로 공자는 허물 고치기를 꺼려하지 말라고 곳곳에서 강조하고 있는 것이다. 특히 왕수인(王守仁) 같은 유학자는,

「현자(賢者)라 하더라도 잘못이 없을 수 없지만, 그가 현자가 될 수 있는 까닭은 바로 능히 잘못을 고치는 데 있다」 라고까지 개과를 강조하고 있다.

대롱 管 볼 見

좁은 소견, 넓지 못한 식견, 자기 소견의 겸사말.

— 《장자(莊子)》추수편(秋水篇)

「관견(管見)」은 붓대롱 속으로 내다본다는 뜻으로, 역시 바늘구멍 같은 좁은 소견을 말한다. 자기가 보는 것만을 전부인 줄로 알고 있는 사람을 가리켜 「우물 안 개구리」라고 하는데, 우물 안 개구리에 대해서는 「정중지와(井中之蛙)」에 가서 다시 설명하겠지만, 다 비슷한 의미로 쓰이는 말이다. 붓대롱 속으로 하늘을 내다보면 그 시야가 좁을 것은 말할 것도 없다. 그래서 흔히 겸사하는 말로 자신의 의견을 가리켜 「관견」이라 한다. 「나의 관견으로는」 하고 말하는 것이다.

《장자》추수편에 나오는 위모(魏牟)와 공손룡(公孫龍)의 문답 가운데서,

「그는 아래로는 땅 속 깊이 발을 넣고, 위로는 허공에까지 높이 올라 있어 남·북쪽도 없이 사방 만물 속에 꽉 차 있다. 또 헤아릴 수 없이 넓고 큰 경지에 잠겨 있어, 동·서도 없이 현명(玄冥)에 비롯해서 대통(大通)에 이르러 있다. 그런데 그대는 허둥대며 좁은 지혜로 이를 찾으려 하고, 서툰 구변으로 이를 밝히려 한다. 이는 곧 붓대롱을 가지고 하늘을 바라보고, 송곳을 가지고 땅을 가리키는 것이니 또한 작다 아니하겠는가(是直用管窺天 用錐指地也 不亦小乎)」 하는 위모의 말이 있다.

여기에 나오는 「그」는 장자(莊子)를 말한다. 이 「용관규천(用管窺天)」 즉 붓대롱을 통해서 하늘을 바라본다는 말에서 「관견」이란 말이 생겨난 것이다. 한 부분만을 보고 전체를 보지 못하는 좁은 시야와 지식

등을 말한 것이다.

또 「관중규표(管中窺豹)」라는 말이 있다. 「대나무 대롱을 통해서 표범을 본다」는 말이다.

진(晋)왕조 때의 유명한 서예가 왕희지(王羲之)의 아들 왕헌지(王獻之)가 아홉 살 나던 해의 일이었다.

어느 날, 왕희지의 제자들이 모여앉아 지금의 카드놀이와 비슷한 유희를 즐기고 있었다. 왕헌지는 그 유희에 대해서

장자

잘 알지 못하면서도 곁에서 제법 훈수를 두는 것이었다. 이에 왕희지의 제자들은 「도련님이 참나무 대롱으로 표범을 보는 식으로 표범의 전신은 보지 못하고 하나의 반점만 본다(管中窺豹 時見一斑)」고 말하면서 나무랐다고 한다.

여기서 성구 「관중규표(管中窺豹)」는 두 가지 뜻으로 쓰인다.

하나는 식견이 좁다는 뜻으로, 다른 하나는 자기의 견해가 전반적이지 못하다는 것을 겸손하게 표시하는 말로 관견(管見)이라고도 한다.

그리고 그 어떤 일반적인 사례를 통해 사람들로 하여금 다른 것을 추리하여 전체를 알게 하는 것을 가리켜 일반(一斑), 약견일반(略見一斑), 또는 가견일반(可見一斑)이라고도 한다.

無有所將 無有所迎
　무유소장　　무유소영

　과거에 집착하지 않고, 장래를 걱정하지 않는다.

　과거의 모든 일에 집착하지 않는다. 즉 과거에 구애되지 않고 또한 아직 닥치지도 않은 장래에 관해서 미리 걱정하지도 않는다.

　　　　　　　　　　── 장자》 외편 「지북유(知北遊)」 ──

관포지교 管鮑之交

대롱 管 절인어물 鮑 의 之 사귈 交

친구 사이의 매우 다정하고 허물없는 교제.

—《사기》 관안열전(管晏列傳)

「막역지우(莫逆之友)」란 말과도 같은데, 약간 다른 점이 있다. 「막역지우」를 참고로 비교해 보면 알 수 있다. 관포(管鮑)는 춘추시대 제나라의 관중(管仲)과 포숙아(鮑叔牙) 두 사람의 성을 따서 한 말인데, 이 두 사람의 우정은 우리가 본받아야 할 위대한 점을 지니고 있다.

관중과 포숙아는 젊었을 때부터 친구였다. 처음에는 둘이서 장사를 했다. 포숙아는 자본을 대고, 관중은 경영을 담당했다. 포숙아는 모든 것을 관중에게 일임하고 일체 간섭하는 일이 없었다. 기말 결산에 이익 배당을 할 때면 관중은 언제나 훨씬 많은 액수를 자기 몫으로 차지하곤 했다. 포숙아는 많다 적다 한 마디 말하는 법이 없었다.

그 당시의 관례로서는 자본주가 더 많이 차지하거나, 아니면 똑같이 분배하는 것이 보통이었다. 그런데 관중은 월급은 월급대로 받고, 용돈은 용돈대로 써 가며 이익 배당은 자기 앞으로 더 큰 몫을 돌려놓는 것이었다. 밑에 일 보는 사람들이 속으로 불평을 하는 것도 당연했다. 그들은 포숙아의 너무도 무관심한 태도가 안타까웠다. 그래서 간부 몇 사람이 포숙아를 찾아가 관중의 처사가 틀렸다는 것을 흥분해 가며 늘어놓았다. 그러나 포숙아는 아무렇지도 않게,

「그 사람은 나보다 가족이 많다. 그리고 어머님이 계신다. 그만한 돈이 꼭 필요해서 그러는 것이 아니겠는가. 내가 일일이 신경을 써 가며 보살피기보다는 그가 필요한 대로 알아서 쓰는 것이 얼마나 서로 편리한 일인가. 그 사람이 만일 돈에 욕심이 있어서 그런다면 내가 트

집을 잡으려고 해도 잡을 수 없게끔 얼마든지 돈을 가로챌 수 있을 것이다」

포숙아의 관중에 대한 이해와 아량도 놀라운 일이지만, 포숙아의 그 같은 속마음을 환히 들여다보며 이렇다 할 말 한 마디 없이 제 돈 쓰듯 하는 관중의 태도도 보통 사람으로서는 할 수 없는 일이다. 그 뒤 관중은 독립해서 여러 가지 일을 시작해 보았으나 번번이 실패를 거듭할 뿐이었다. 사람들은 관중의 무능함을 비웃었다. 그러나 그때마다 포숙아는 관중을 이렇게 변명해 주었다.

「그것은 관중이 지혜가 모자라서 그런 것이 아니다. 아직 운이 없어서 그런 것이다」

그 뒤 관중은 포숙아와 함께 벼슬길로 들어가게 되었다. 그러나 관중은 그때마다 사고를 저지르고 그 자리에서 물러나지 않으면 안되었다. 사람들이 관중을 모자라는 사람으로 수군거리면 포숙아는 또 이렇게 변명을 해 주었다.

「관중이 무능해서 그런 사고를 저지르는 것이 아닐세. 아직도 때를 만나지 못한 때문이야」

그 뒤 관중은 포숙아와 함께 장수로서 전쟁터에 자주 나가곤 했다. 그런데 관중은 진격할 때면 언제나 뒤에 처지고, 패해 달아날 때면 누구보다 앞장서곤 했다. 사람들이 관중을 겁쟁이라고 손가락질을 하면 포숙아는 또 이렇게 그를 변명해 주었다.

「관중이 겁이 많아 그런 게 아닐세. 늙은 어머님이 계시기 때문이야」

그 뒤 제나라는, 양공(襄公)의 문란한 정치로 언제 무슨 일이 일어날지 알 수 없는 상태로 변해 갔다. 관중은 포숙아에게 「제나라에 변이 일어났을 때 뒤를 이어 임금이 될 만한 인물은 공자(公子) 규(糾)와 공자 소백(小白)뿐이다. 우리 각각 한 사람씩 맡아 외국으로 망명해 있으면서 기회를 기다리도록 하자」 하고 말했다.

관중

이리하여 관중은 공자 규를 데리고 노나라로 피했고, 포숙아는 공자 소백을 데리고 거(莒)나라로 가 피해 있었다. 그 뒤 제나라에 내란이 일어나 임금이 계속 둘이나 비명에 죽고, 그 뒤를 이을 마땅한 공자를 물색하게 되었다. 이리하여 관중과 포숙아는 각각 자기가 모시고 있는 공자를 데리고 제나라를 향해 앞 다투어 길을 재촉했다.

관중은 포숙아가 앞에 갔다는 말을 듣자, 단신 말을 달려 밤을 새워 추격을 했다. 포숙아 일행이 막 점심을 먹고 있는데, 관중이 단신 나타나 활로 공자 소백을 쏘았다. 가슴을 맞은 소백은 피를 흘리며 수레에서 넘어졌다. 소백이 피를 쏟으며 넘어지는 것을 본 관중은 유유히 돌아와 공자 규와 함께 마음놓고 제나라로 향해 떠났다.

그러나 소백은 죽지 않았다. 천명으로 관중의 화살이 그의 띠갈구리에 와 맞는 순간, 관중의 다음 화살이 두려워 얼른 혀를 깨물어 피를 뿜어 보이며 죽은 듯이 넘어져 있었던 것이다. 먼저 들어가 임금이 된 소백은 곧 제나라 군대를 보내 관중 일행을 막았다. 관중은 싸움에 패해 노나라로 다시 도망을 쳤다가 거기서 포로가 되어 제나라로 끌려오게 되었다. 임금이 된 소백은 관중을 손수 목을 치려고 벼르고 있었다.

그러나 포숙아의 설득으로 관중의 죄를 용서하고 그를 스승으로 맞아들이는 한편 임금의 권한을 대행하는 재상으로 임명했다. 포숙아가 자기가 차지할 재상의 자리를 굳이 사양하고 관중에게 넘겨 준 것이다. 관중은 마침내 환공을 도와 천하의 패자가 되게 하고, 그의 품은 포부를 실천

에 옮겨 위대한 정치가·
경제가·외교가·군략
가로서 역사에 이름을 남
기게 되었다.

제환공과 관중

그 뒤 관중이 병으로
죽게 되었을 때 환공은
그의 후계자로 포숙아를
썼으면 하고 말했다. 그
러나 관중은,

「포숙아는 천성이 착한 사람을 좋아하고 악한 사람을 미워합니다.
착한 사람을 좋아하는 것은 좋은 일이지만, 악한 사람을 너무 미워하면
큰일을 하는 데 많은 방해를 받게 됩니다」 하고 대신 습붕(濕朋)을 추천
했다.

이 내막을 아는 행신(幸臣)들이 포숙아에게 잘 보일 생각으로 관중의
배은망덕한 처사를 일러바쳤다.

그러나 포숙아는 섭섭해 하기는커녕 오히려 당연한 것처럼,

「관중이 아니면 어찌 그런 말을 할 수 있겠느냐. 관중의 말대로 내가
재상이 되면 너희 같은 소인들부터 모조리 조정에서 몰아내고 말 것이
다. 너희 같은 무리들이 그동안 부귀를 누린 것은 모두 관중의 너그러운
덕 때문인 줄 알아라」 하고 고자질하는 그들을 꾸짖었다. 그러기에 관
중도 일찍이 말하기를,

「나를 낳은 이는 부모지만, 나를 아는 이는 오직 포숙아다(生我者父
母 知我者鮑子也)」 라고 말했다고 한다.

이 관포의 우정을 어찌 한낱 우정으로만 말할 수 있겠는가. 개인의
영달보다도 국가와 천하를 더 소중히 아는 대인군자가 아니고서는 한
갓 우정만으로 이 같은 사귐을 가질 수는 없는 것이다.

교언영색 巧言令色

교묘할 巧 말씀 言 좋을 令 얼굴 色

남의 환심을 사려고 아첨하는 교묘한 말과 보기 좋게 꾸미는 얼굴빛

— 《논어》 학이편

《논어》 학이편과 양화편(陽貨篇)에 똑같은 공자의 말이 거듭 나온다.

「공교로운 말과 좋은 얼굴을 하는 사람은 착한 사람이 적다(巧言令色 鮮矣仁)」

쉽게 말해서, 말을 그럴 듯하게 잘 꾸며대거나 남의 비위를 잘 맞추는 사람 쳐놓고 마음씨가 착하고 진실 된 사람이 적다는 말이다.

여기에 나오는 인(仁)에 대해서는 한 마디 말로 설명하기 어렵다. 공자처럼 이 인에 대해 많은 말을 한 사람이 없지만, 공자의 설명도 때에 따라 각각 다르다.

그러나 여기에 말한 인은 우리가 흔히 말하는 어질다는 뜻으로 알면 될 것 같다. 어질다는 말은 거짓이 없고 참되며, 남을 해칠 생각이 없는 고운 마음씨 정도로 풀이한다.

말을 잘한다는 것과 교묘하게 한다는 것과는 상당한 차이가 있다. 교묘하다는 것은 꾸며서 그럴 듯하게 만든다는 뜻이 있으므로, 자연 그의 말과 속마음이 일치될 리 없다. 말과 마음이 일치하지 않는다는 것은 곧 진실되지 않음을 말한다.

좋은 얼굴과 좋게 보이는 얼굴과는 비슷하면서도 거리가 멀다. 좋게 보이는 얼굴은 곧 좋게 보이려는 생각에서 오는 얼굴로, 겉에 나타난 표정이 자연 그대로일 수는 없다.

인격과 수양과 마음씨에서 오는 얼굴이 아닌, 억지로 꾸민 얼굴이 좋

은 얼굴일 수는 없다. 결국 「교언(巧言)」과 「영색(令色)」은 꾸민 말과 꾸민 얼굴을 말한 것이 된다. 꾸미기를 좋아하는 사람의 마음이

제자들을 가르치는 공자

참되고 어질 수는 없다. 적다고 한 말은 차마 박절하게 없다고 할 수가 없어서 한 말일 것이다.

우리 다 같이 한번 반성해 보자.

우리들이 매일같이 하고 듣고 하는 말이 「교언」이 아닌 것이 과연 얼마나 될는지?

우리들이 매일 남을 대할 때 서로 짓는 얼굴이 「영색」 아닌 것이 있을지?

그리고 우리의 일거일동이 어느 정도로 참되고 어진지를 돌이켜 보는 것이 어떨까?

《논어》 자로편에는 이를 반대편에서 한 말이 있다. 역시 공자의 말이다.

「강과 의와 목과 눌은 인에 가깝다(剛毅木訥近仁)」

「강(剛)」은 강직, 「의(毅)」는 과감, 「목(木)」은 순박, 「눌(訥)」은 어둔(語鈍)을 말한다. 강직하고 과감하고 순박하고 어둔한 사람은 자기 본심 그대로를 지니고 있는 사람이다. 꾸미거나 다듬거나 하는 것이 비위에 맞지 않는 안팎이 없는 사람이다. 그런 사람이 남을 속이거나 하는 일은 없다. 있어도 그것은 자기 본심에서가 아니다. 그러므로 그 자체가 「인(仁)」일 수는 없지만, 역시 「인(仁)」에 가깝다고 볼 수 있다.

교주고슬 膠柱鼓瑟

아교 膠 기둥 柱 두드릴 鼓 큰거문고 瑟

규칙에 얽매여 융통성이 없음. 고집불통.

— 《사기》 염파인상여(廉頗藺相如) 열전

고집불통인 사람을 보고 「교주고슬(膠柱鼓瑟)」이라고 한다. 거문고 줄을 가락에 맞추어 타려면 줄을 받치고 있는 기둥을 이리저리 옮겨야만 된다. 그런 것을 한 번 가락에 맞추었다 해서 아예 기둥을 아교풀로 꽉 붙여버리면 다시는 가락에 맞는 소리를 낼 수가 없다.

아무리 혼자 「틀림없이 가락에 맞추어 두었는데……틀림없이 제대로 소리가 날 텐데……」하고 중얼거려 보았자, 제 소리가 날 리 만무다.

이와 같이 한번 무슨 일에 성공했다고 해서 언제나 그 방법이 성공하는 길인 줄 알고, 때와 장소에 따라 뜯어고칠 줄을 모르면 영영 다시는 성공의 가망이 없는 것이다. 그거야말로 기둥을 풀로 붙여 놓고 거문고를 타는 격이다. 고(鼓)는 북이란 뜻이 아니고 여기서는 탄다는 뜻이 된다.

이 말은 《사기》 염파인상여열전에 나오는 말인데, 그 대목을 소개하면 다음과 같다.

조나라 명장 조사(趙奢)의 아들에 괄(括)이 있었다. 그는 어릴 때부터 병서(兵書)에 밝아 가끔 아버지와 용병(用兵)에 관해 토론을 하면 아버지가 이론이 몰리곤 했다. 조사의 부인이 아들이 그같이 총명한 것을 보고 장군의 집에 장군이 났다면서 기뻐하자, 조사는 부인에게 이렇게 타일렀다.

「전쟁이란 죽고 사는 마당이다. 이론만으로 승부가 결정되는 것은 아니다. 그런 것을 철없이 이론만 가지고 가볍게 이러니저러니 하는 것은 장수로서 가장 삼가야 할 일이다. 앞으로 괄이 대장이 되는 날 조나라는 망하는 변을 당하게 될 것이다. 부디 대장이 되는 일이 없도록 하시오」

그 뒤 진나라가 조나라를 침략해 왔다. 명장 염파가 나아가 싸웠으나 자주 싸움이 불리했다. 염파는 힘이 모자라는 것을 알자 진지를 굳게 다지고 방어에만 힘을 썼다. 진나라는 어떻게 해볼 도리가 없어 간첩을 들여보내 헛소문을 퍼뜨렸다.

「진나라 사람은 조사의 아들 조괄이 조나라 대장이 되면 어쩌나 하고 겁을 먹고 있다. 염파는 이제 늙어서 싸움을 회피만 하고 있기 때문에 조금도 두렵지가 않다」

이 간첩의 헛소문에 귀가 솔깃해진 조나라 왕은 염파 대신 조괄을 대장에 임명하려 했다. 그때 인상여가 이렇게 반대했다.

「임금께서 이름만 듣고 조괄을 쓰려 하시는 것은 마치 기둥을 아교로 붙여 두고 거문고를 타는 것과 같습니다(王以名使括 若膠柱而鼓瑟耳). 괄은 한갓 그의 아비가 전해준 책을 읽었을 뿐 때에 맞추어 변통할 줄을 알지 못합니다」

그러나 임금은 인상여의 말을 듣지 않고 조괄을 대장에 임명했다.

조괄은 대장이 되는 그날로 자기가 배워 알고 있는 병서의 가르침에 따라서 전부터 내려오는 군령들을 모조리 뜯어고쳤다. 그리고 참모들이 말하는 작전 의견을 하나하나 병법을 들어 반박하고 자기주장대로 밀고 나갔다.

이리하여 실전 경험이 전혀 없는 조괄은 이론만의 작전을 감행한 끝에 40만이란 대군을 몽땅 죽여버리는 중국 역사상 최악의 참패를 가져오고 말았다. 학벌이나 지식을 뽐내는 애송이 상관을 모시는 실제 경험자들의 고충이 바로 이런 것일 게다.

교칠지교 膠漆之交

아교 膠 옻 漆 의 之 사귈 交

아주 친밀하여 서로 떨어질 수 없는 교분.

백낙천(白樂天) 『고시(古詩)』

우리말에 「정이 찰떡같다」는 말이 있다. 서로 착 달라붙어 떨어질 줄 모른다는 뜻이다. 보통 부부의 정을 비유해서 말하는데, 친구의 경우에도 쓰인다.

교칠(膠漆)은 아교와 옻을 말하나, 아교로 붙이면 서로 떨어지지 않고, 옻으로 칠을 하면 벗겨지지를 않는다. 그렇게 서로 딱 붙어 떨어질 수 없는 그리운 마음을 교칠지심(膠漆之心)이라 하고, 그런 두 친구의 교분을 가리켜 「교칠지교」라 한다.

이 말은 당나라 시인 백낙천에게서 나온 말이다.

백낙천은 당 헌종 원화(元和) 12년(817 년) 봄, 좌찬선대부라는, 천자를 측근에서 모시는 벼슬에서 강주(江州) 사마(司馬)라는 한직으로 물러나 있던 때, 여가를 틈타 여산 향로봉 기슭에 조그만 암자를 세웠다. 이 때 백낙천은 실의에 차 있을 때였다. 재상을 암살한 도둑을 빨리 체포하라고 상소문을 올린 것이 화근이 되었다. 재상 무원형(武元衡)을 미워해 자객을 시켜 살해한 자들의 지탄을 받은 것이다.

처음에는 강주자사라는 지방장관으로 내려와 있다가 다시 부지사 격인 사마라는 한직으로 내려앉게 되었으니 그의 답답한 심징이야 알고도 남을 것이다. 이 해 여름 낙천은 지기(知己)였던 원미지(元微之)에게 보낸 편지를 이 암자에서 썼다. 원미지도 그 때 통주(通州) 사마로 좌천되어 있을 때였다.

백낙천과 원미지는 일찍부터 친구였는데, 헌종 원화 원년, 천자가 직접 치르는 과거에 똑같이 장원급제하여, 낙천은 장안 근처의 위(尉 : 검찰관)에 임명되고, 미지는 문하성(門下省)의 간관(諫官)인 좌습유(左拾遺)에 임명되었다.

이리하여 두 사람은 다 같이 나라와 백성을 건져 보겠

백낙천의 시 「비파행」으로 유명한 심양강 하구

다는 불타는 열의 속에 그 첫발을 내딛게 되었다. 이것만으로도 두 사람 사이가 얼마나 친밀했는지 알 수 있는 일이지만, 그 밖에 두 사람은 시문학(詩文學)의 혁신에도 뜻을 같이했다.

백낙천이 중심이 되어 완성한 새로운 시체(詩體)를 신악부(新樂府)라고 한다. 그것은 한대(漢代)의 민요를 바탕으로 만들어진 악부라는 가요 형식에 시폐(詩幣)에 대한 분노와 인민들의 고통과 번민을 응축시킨 것으로, 거기에는 유교적인 민본사상(民本思想)이 약동하고 있었다. 이리하여 두 사람은 시를 통해 뜻을 같이한 사이이기도 했다. 그들은 그러한 강경 사상이 화근이 되어 결국 미지는 원화 9년에 통주사마로 좌천되고, 낙천은 이듬해에 강주사마로 내려앉게 되었던 것이다.

이해 4월 10일 밤, 백낙천이 원미지에게 보냈다는 편지에,

「미지여, 미지여, 그대의 얼굴을 보지 못한 지 벌써 3년이구나. 그대의 편지를 받지 못한 지도 2년이 가깝구나. 사람이 살면 얼마나 살기에 이토록 멀리 떨어져 있단 말인가. 더구나 교칠 같은 마음으로(況以膠漆之心) 몸을 호월(胡越)에 둔단 말인가. 나아가도 서로 만날 수 없고, 물러나도 서로 잊을 수가 없다. 서로 잡아끌리면서도 본의 아니게 떨어져 있어, 이대로 각각 백발이 되려 하고 있다. 어쩌면 좋은가, 어쩌면 좋은가. 실상 하늘이 하는 일이니, 이를 어쩌면 좋단 말인가?」

교칠지교 膠漆之交 115

교학상장 教學相長

가르칠 敎 배울 學 서로 相 나아갈 長

가르치고 배우면서 서로 성장함.

— 《예기(禮記)》 학기(學記)

중국에서 「예(禮)」의 본질과 의미에 대해서 상세하게 기록한 《예기》 학기편에 보면 이런 내용이 있다.

「좋은 안주가 있더라도 먹어 보아야만 그 맛을 알 수 있다. 또한 지극한 진리가 있다 하더라도 배우지 않으면 그것이 왜 좋은지 알지 못한다. 따라서 배워 본 이후에 자기의 부족함을 알 수 있으며, 가르친 이후에야 비로소 어려움을 알게 된다. ……그러기에 가르치고 배우면서 성장한다(敎學相長)고 하는 것이다」

스승과 제자는 한쪽은 가르치기만 하고 다른 한쪽은 배우기만 하는 상하관계가 아니라, 스승은 제자에게 가르침으로써 성장하고 제자 역시 배움으로써 나아진다는 것이다.

벼는 익을수록 고개를 숙인다. 이 말은 배움이 깊을수록 겸손해진다는 뜻이다. 학문이 아무리 깊다고 해도 직접 가르쳐 보면 자신이 미처 알지 못하는 부분이 적지 않다는 것을 알 수 있다. 그렇게 되면 스승은 부족한 것을 더 공부하여 제자에게 익히게 하며, 제자는 스승의 가르침을 받아 훌륭한 인재로 성장한다.

공자는 일찍이 「후생가외(後生可畏)」라는 말을 했다. 곧 나중에 태어난 사람은 두려워할 만하다는 말로, 그만큼 젊은 사람들의 가능성은 무궁무진하다는 의미이다 공자의 이 말은 공자보다 서른 살이 아래인 안자(顔子)의 재주와 덕을 칭찬해서 한 말이라고도 한다. 그러나 역시 이것은 하나의 진리가 아닐 수 없다. 〔☞ 후생가외〕

구맹주산 狗猛酒酸

개 狗 사나울 猛 술 酒 실 酸

**한 나라에 간신이 있으면 현량한 신하가
국사에 참여하지 못해 나라가 쇠퇴해진다.**

— 《한비자》 외저설(外儲說)

개가 사나우면 술이 시다는 말로, 한 나라에 간신배가 설치면 현량한 선비가 국사에 참여하지 못해 나라가 쇠퇴해진다는 말이다.

한비자는 군주가 간신배에게 가림을 당하면 현량한 인물이 등용되지 못한다고 생각했다. 그는 그런 까닭을 그럴 듯한 비유를 들어 설명했다.

송나라 사람으로 술을 파는 사람이 있었다. 그는 파는 술의 양에 대해서 매우 양심적이었고, 손님을 공손하게 대했으며, 술을 만드는 재주도 매우 뛰어났다. 그러나 술을 판다는 깃발을 아주 높이 내걸었지만 왠지 술이 팔리지 않아 남은 술이 곧잘 시곤 했다.

그 이유를 이상히 여겨 평소 알고 지내던 마을의 어른인 양천(楊倩)에게 물었다.

「당신 집 개가 사납소?」

술집 주인이 말했다.

「개가 사납다고 해서 술이 팔리지 않는 것은 무슨 이유입니까?」

양천이 말했다.

「사람들이 무서워하기 때문이라네. 어떤 사람이 어린 자식을 시켜 돈을 가지고 호리병에 술을 받아오게 했다. 그런데 개가 달려나와 그 아이를 물었다네. 이것이 술이 팔리지 않아 시어지는 이유지」

한비자는 나라를 다스리는 방법을 알고 있는 선비가 책략을 군주에게 알려주려고 해도 사나운 개 같은 무리가 있으면 불가능함을 강조했다.

구밀복검 口蜜腹劍

입 口 꿀 蜜 배 腹 칼 劍

겉으로는 좋은 말만 하지만 속으로는 엉큼한 생각을 하고 있음.

— 《십팔사략(十八史略)》

입으로는 꿀처럼 달콤한 말을 하면서 마음속에는 무서운 칼날을 품고 있다는 뜻이다. 세상을 뒤흔들고 나라를 어지럽게 만든 역사적 인물들 가운데는 이런 사람이 적지 않다.

세상물정을 모르는 어리석은 임금 밑에 사사건건 대의명분을 들고 나오던 고지식하기만 한 선비들이 떼죽음을 당하게 된 사화(士禍) 같은 것도 다 이런 구밀복검(口蜜腹劍)의 간신들의 음모에 의해 일어났던 것이다. 이「구밀복검」이란 말은 중국 역대의 간신 중에서도 이름 높던 이임보(李林甫)를 가리켜 한 말이다.

이임보는 당나라 현종(玄宗) 때, 현종황제가 사랑하고 있는 후궁에 잘 보임으로써 출세를 하기 시작, 개원 22년(734년)에 부총리격인 중서성문하(中書省門下)가 되고 2년 후에 재상인 중서령(中書令)이 된 다음, 천보 11년(752년) 그가 병으로 죽을 때까지 19년 동안 항상 현종 측근에 있으면서 인사권을 한 손에 쥐고 나라의 정치를 자기 마음대로 했다. 그 결과 흥왕했던 당나라를 한때 멸망의 위기로까지 몰고 갔던 안녹산(安祿山)의 난을 불러일으키게 되었었다.

그는 자기보다 잘난 사람을 가만히 두고 보지 못하는 질투의 화신 같은 그런 인간이었다. 혹시나 자기 자리를 그 사람에게 빼앗기지나 않을까, 혹시 그로 인해 자기의 하는 일이 방해나 받지 않을까 그저 그 생각뿐이었다. 이리하여 기회 있는 대로 교묘한 수법으로 그들을 하나하나 중앙에서 지방으로 멀리 몰아내곤 했다. 그런데도 자신은 표면에 나타나지 않고, 가장 충성과 의리에 불타고 있는 것 같은 얼굴로 천자에게 그를 추천하여 높은 자리에 오르게 해놓고는 적당한 구실을 만들어 넘어뜨리곤 했다. 한 가지 예를 들면 그가 재상으로 있던 천보 원년, 현종황제가 문득 생각난 듯이 이임보에게 이렇게 물었다.

안녹산

「엄정지(嚴挺之)는 지금 어디 있지? 그를 다시 썼으면 하는데」

엄정지는 강직한 인물로서, 이임보의 전임자였던 명재상으로 이름이 높던 장구령(張九齡)에게 발탁되어 요직에 있었으나 이임보가 집권한 뒤로 그의 시기를 받아 지방으로 쫓겨났었고, 이때는 강군(絳郡 : 산서성) 태수로 있었다. 엄정지는 물론 그것이 이임보에 의한 것인지 전연 모르고 있었다. 이임보는 엄정지가 중앙으로 다시 돌아오게 될까봐 겁이 났다. 그는 그날 집으로 돌아오자 서울에 있는 엄정지의 아우 손지(損之)를 불러들여 웃는 얼굴로 이렇게 말했다.

「폐하께서 당신 형님을 대단히 좋게 생각하고 계십니다. 그러니 한 번 폐하를 배알할 기회를 만드는 것이 어떻겠소 폐하께서 반드시 높은 벼슬을 내리실 것입니다. 그러니 우선 신병을 치료할 겸 서울로 돌아가고 싶다는 상소문을 올리는 것이 좋지 않을까 하는데……」

손지가 이임보의 호의에 감사하고, 그런 내막을 그의 형인 엄정지에게 연락했던 것은 물론이다. 엄정지는 즉시 이임보가 시킨 대로 휴양차 서울로 돌아갔으면 하는 상소문을 올렸다. 이것을 받아 든 이임보는 현종에게 말했다.

「앞서 폐하께서 물으신 바 있는 엄정지에게서 이 같은 상소문이 올라왔습니다. 아무래도 나이도 늙고 몸도 약하고 해서 직책을 수행하기가 힘이 드는 모양입니다. 서울로 불러올려 한가한 직책을 맡기는 것이 좋을 줄로 아옵니다」

현종은 멋도 모르고,

「그래. 안됐지만 하는 수 없지」

엄정지는 이임보의 술책에 넘어가 태수의 직책마저 빼앗기고 서울로 올라와 있게 되었다. 그제야 이임보의 농간인 줄을 깨달은 엄정지는 쌓이고 쌓인 울분이 한꺼번에 치밀어 올라 그만 병이 들어 곧 죽고 말았다.

당나라 중흥 임금으로 이름 높던 현종이 사치와 오락에 빠져 정치를 돌볼 수 없게 된 것도 이임보의 이 같은 음험한 술책 때문인 걸로 평하고 있다. 우리말에「나무에 오르라 해놓고 흔든다」는 말이 있다. 이것을 문자로 권상요목(勸上搖木)이라고 한다. 다 비슷한 성질의 말이다.

《십팔사략》에는 이임보를 평하여 이렇게 말하고 있다.

「……어진 사람을 미워하고 재주 있는 사람을 시기하며, 자기보다 나은 사람을 밀어내고 내리눌렀다. 성질이 음험(陰險)해서 사람들이 말하기를『입에는 꿀이 있고 배에는 칼이 있다(口有蜜腹有劍)』라고 했다……」

이임보가 죽자, 양귀비(楊貴妃)의 오라비뻘 되는 양국충(楊國忠)이 재상이 되었다. 그도 이임보에게 갖은 고초를 겪어 왔기 때문에, 실권을 쥐게 되는 즉시 그의 지난날의 죄악을 낱낱이 들추어 현종황제에게 보여 주었다. 그래서 화가 난 현종의 어명에 의해 그의 생진의 모든 벼슬을 박탈하여 서인으로 내려앉히는 한편, 그의 무덤을 파헤치고 시체를 다시 평민들이 쓰는 허술한 널 속에 넣어 묻게 했다.

안녹산도 이임보가 있는 동안은 그를 무서워해서 난을 일으키지 못하고 있다가 그가 죽은 3년 뒤에야 난을 일으켰다고 한다.

구사일생 九死一生

아홉 九 죽을 死 한 一 날 生

여러 차례 죽을 고비를 가까스로 넘기고 살아남.

— 《사기》 굴원가생열전(屈原賈生列傳)

전국시대 초(楚)나라의 시인이자 정치가인 굴원은 학식과 재주가 뛰어났으나, 그만큼 주위의 모략 또한 만만치 않았다.

《사기》 굴원가생열전에,「굴원은 임금이 신하의 말을 가려 분간하지 못하고, 참언과 아첨하는 말이 임금의 지혜를 가리고, 간사하고 왜곡된 언사가 임금의 공명정대함에 상처를 내서 행실이 방정한 선비들이 용납되지 못하는 것을 미워하였다. 그래서 그 근심스런 마음을 담아『이소(離騷)』한 편을 지었다」이렇게 지어진「이소」에 있는 구절이다.

「긴 한숨을 쉬며 눈물을 감춤이여, 백성들 힘든 삶이 서럽기 때문이지. 내 비록 고결하고 조심하려 했지만, 아침에 바른 말 하여 저녁에 쫓겨났네. 혜초(蕙草)를 둘렀다고 나를 버리셨는가. 나는 구리 띠까지 두르고 있었네. 그래도 내게는 아름다운 것이기에, 비록 아홉 번 죽어도 후회하지 않으리라(雖九死其猶未悔)」

여기서「구사(九死)」에 대해서 유양(劉良)은 다음과 같은 해설을 달고 있다.

「아홉은 수의 끝이다. 충성과 신의와 정숙과 고결함이 내 마음이 착하고자 하는 바이니, 이런 재앙을 만남으로써 아홉 번 죽어 한 번도 살아남지 못한다 해도 아직 후회하고 원한을 품기에 족한 것은 아니다」

「구사일생」은「아홉 번 죽어 한 번도 살아남지 못한다」는 말에서 유래된 말로서, 지금은 유양의 해설과는 달리「죽을 고비를 여러 차례 넘기고 간신히 살아난다」는 뜻으로 쓰이고 있다.

구상유취 口尙乳臭

입 口 아직 尙 젖 乳 냄새 臭

입에서 아직 젖내가 난다, 즉 언어와 행동이 유치함.

— 《사기》 고조본기(高祖本紀)

한고조가 반란을 일으킨 위(魏)의 장수 백직(柏直)을 가리켜 한 말인데, 흔히 하는 말을 한고조(漢高祖)가 말한 것이 기록으로 남은 것뿐이다. 그러나 상대를 얕보고 하는 말 치고는 어딘가 품위가 있고 애교가 느껴진다.

《사기》 고조본기에 다음과 같은 이야기가 있다.

유방이 한신을 보내 위왕 표(豹)를 공격할 때였다. 한창 기세를 올리고 있던 한나라였지만, 신중을 기해 공격할 필요를 느낀 유방은 위나라 사정에 정통한 역이기(酈食其)를 불러 그쪽 사정이 어떤지 물어보았다.

「한(漢)의 군대를 지휘하고 있는 장군은 누군가?」

역이기가 대답했다.

「백직(柏直)이라는 자입니다」

이 말을 들은 유방은 근심스런 표정을 이내 거두면서 말했다.

「그래, 그자라면 나도 좀 알지. 입에서 아직 젖내가 나는(口尙乳臭) 애송이 아닌가? 위를 공격해서 차지하는 건 시간문제로군」

그리고 곧바로 한신을 시켜 위군을 공격하게 하였다.

이조시대 때 김삿갓(金笠)에 관한 이야기 가운데 다음과 같은 재미있는 이야기가 있다.

어느 더운 여름철, 한 곳을 지나노라니 젊은 선비들이 개를 잡아 놓고 술잔을 권커니 자커니 하며 시문을 짓는다고 저마다 떠들어대고 있었다. 술이라면 만사를 제쳐놓을 김삿갓인지라 회가 동하지 않을 수 없었다. 점잖게 말석에 자리를 잡고 앉아 한 순배 돌아오기를 기다리고 있는데, 행색이 초라해서인지 본 체도 않는 것이었다. 김삿갓은 슬그머니 아니꼬운 생각이 들어,

「구상유취로군!」 하고 벌떡 일어나 가버렸다.

「그 사람 지금 뭐라고 했지?」

「구상유취라고 하는 것 같더군」

「뭣이, 고연 놈 같으니!」

이리하여 김삿갓은 뒤쫓아 온 하인들에게 끌려 다시 선비들 앞으로 불려갔다.

「방금 뭐라고 그랬나? 양반이 글을 읊고 있는데, 감히 구상유취라니?」 하면서 매를 칠 기세를 보였다. 김삿갓은 태연히,

「내가 뭐 잘못 말했습니까?」 하고 반문했다.

「뭐라고, 무얼 잘못 말했냐고? 어른들을 보고 입에서 젖내가 난다니, 그런 불경한 말이 어디 또 있단 말이냐?」

「그건 오햅니다. 내가 말한 것은 입에서 젖내가 난다는 구상유취(口尙乳臭)가 아니라, 개 초상에 선비가 모였으니, 『구상유취(狗喪儒聚)』가 아닙니까?」

한문의 묘미라고나 할까. 선비들은 그만 무릎을 치고 크게 웃으면서,

「우리가 선비를 몰라보았소 자아, 이리로 와서 같이 술이나 들며 시라도 한 수 나눕시다」 하고 오히려 사과를 한 끝에 술을 권했다는 것이다.

비슷한 이야기로 이런 것도 있다. 회갑잔치 집에 가서 푸대접을 받은 김삿갓이 축시(祝詩)라는 것을 이렇게 써 던지고 간 일이 있다.

시아버지 자리로 걸어가서
잔을 드리고 공손히 뵙는다.

步之舅席　納爵恭謁　　보지구석　납작공알

구시화지문 口是禍之門

입 口 이것 是 재화 禍 의 之 문 門

입은 화(禍)의 문이다.

— 《전당시(全唐詩)》

우리말에 「화는 입으로부터 나오고 병은 입으로부터 들어간다(禍自口出 病自口入)」는 말이 있다. 이 말은 흔히 들을 수 있는 말이다. 그것이 진리인 만큼 특별나게 누가 한 말이라고 그 출전을 캔다는 것조차 무의미한 일일지도 모른다. 《태평어람》 인사편에 보면,

「병은 입을 좇아 들어가고(病從口入), 화는 입을 좇아 나온다(禍從口出)」는 말이 있고, 또 《석씨요람(釋氏要覽)》에는, 「모든 중생은 화가 입을 좇아 생긴다(一切衆生禍從口生)」고 했다. 모두 음식으로 인해 병이 생기고, 말로 인해 화를 입게 되니 입을 조심하라는 뜻이다.

또 《전당시(全唐詩)》에 수록되어 있는 풍도(馮道, 822~954)의 「설시(舌詩)」란 시에는 입과 혀를 두고 이렇게 말했다.

입은 이 화의 문이요	口是禍之門	구시화지문
혀는 이 몸을 베는 칼이다	舌是斬身刀	설시참신도
입을 닫고 혀를 깊이 간직하면	閉口深藏舌	폐구심장설
몸 편안히 간 곳마다 튼튼하다	安身處處牢	안신처처뢰

풍도는 당 말기에 태어난 사람으로 당나라가 망한 뒤에도, 진(晋)·글안(契丹)·후한(後漢)·후주(後周) 등 여러 왕조에 벼슬을 하며, 이어지럽고 위험한 시기에 처해서도 73세라는 장수를 누린 사람이다. 과연 이런 시를 지은 사람다운 처세를 실행에 옮겼구나 하는 느낌을 준다.

구우일모 九牛一毛

아홉 九 소 牛 한 一 터럭 毛

다수 속의 극소수.

— 《문통(文通)》, 《한서(漢書)》

사마천이 이능(李陵)을 변호했다는 일로 해서 궁형(宮刑 : 거세형)을 받게 된 데는 다음과 같은 사정이 있었다.

천한(天漢) 2년(B.C. 99), 이능은 이사장군(二師將軍) 이광리(李廣利) 의 별동대가 되어 흉노를 정벌하게 되었다. 그는 변방 여러 나라에 이 름을 날린 이광(李廣)의 손자다.

이능은 겨우 5천의 군사를 이끌고 게다가 기마(騎馬)는 무제(武帝) 가 내주지 않았다. 그럼에도 불구하고 적의 주력과 맞붙어 몇 십 배가 되는 적군과 10여 일에 걸쳐 연전(連戰)했다. 이능으로부터 싸움에 이 기고 있다는 사자가 오면 도읍에서는 천자를 비롯하여 모두들 축배를 들며 기뻐했다. 그러나 그가 패배했다는 소식은 천자나 대신들을 더 없이 슬프게 했다.

그 이듬해의 일이다. 죽은 줄 알았던 이능이 흉노에게 항복하고 두 터운 대우를 받고 있다는 것이 뚜렷해졌다. 한무제는 이 소식을 듣자 노발대발 이능의 일족을 몰살하려고 했다. 군신(君臣)은 일신의 안전 과 이익을 위해 무제의 안색을 살피며 아무도 이능을 위해 말하는 자 가 없었다.

만년(晚年)의 무제의 조정에는 점차 암운이 드리우기 시작하고 있었 다. 이 때 단 한 사람, 이능을 변호한 사람이 사마천이다. 사마천은 전 부터 「이능이란 사나이는 생명을 돌보지 않고 국난과 맞서는 국사(國 士)다」라고 생각하고 있었다. 그는 역사가로서의 엄한 눈으로 일의

사마천

진상을 꿰뚫어 보고 대담하고 솔직하게 말하지 않고는 배기지 못하는 성격이었다,

「감히 말씀드리겠습니다. 이능은 얼마 안되는 군사로 억만의 적과 싸워 오랑캐의 왕을 떨게 했습니다. 그러나 원군은 오지 않고 아군에는 배반자가 나와 부득이했다고 생각합니다. 그렇지만 이능은 병졸들과 신고를 같이하고 인간으로서 극한의 힘을 발휘한 명장이라고 해도 과언은 아닙니다. 그가 흉노에게 항복한 것도 어쩌면 뒷날 한나라에 보답할 의도가 있었기 때문일 것입니다. 이 때를 기해 이능의 공을 크게 천하에 나타내게 해 주십시오」

이 말을 들은 무제는 분연히 「천(遷)은 이광리의 공을 가로막고 이능을 위한다」고 사추(邪推)하고 사마천을 투옥했을 뿐 아니라 나중에는 궁형에 처하고 말았다. 궁형이란 남자를 거세시켜 수염이 떨어지고 얼굴이 희멀개지며 성격까지 변한다는 형벌이다. 사마천 자신도「최하등의 치욕」이라고 말하고 있다.

또 그는 세인(世人)은 「내가 형을 받은 것쯤은 구우(九牛)가 일모(一毛)를 잃은 정도로밖에 느끼지 않을 것이다」라고 말하고 있다.

그러나 사마천은 어째서 그 수모를 무릅쓰고 살아야 했을까? 하물며 노비라 해도 자해(自害)하는 수가 있는데, 어째서 목숨을 끊지 않았는가?

그것은 《사기》를 완성하기 위해서였다. 그의 아버지 사마담(司馬談)은 원수(元狩) 원년(B.C. 122) 태산에서 거행되는 봉선(封禪 : 천자가 하늘에 제사 지내는 의식)에 태사령이란 직책(제사를 관장함)에 있음에도 병으로 말미암아 참석하지 못한 것을 자책하여 죽었다고 하는데, 그때, 「통사(通史)를 기록하라」

이능과 흉노추장 선우의 싸움

하고 아들인 천(遷)에게 유언했다.

사마천으로서는 《사기》를 완성하지 않고서는 죽으려고 해도 죽지도 못했다. 아버지의 노여움과 아들의 노여움이 결합해서 사마천의 집념이 되었다. 그는 설사 세인의 조소 대상이 될지라도, 혹은 「하루에도 창자가 아홉 번씩 뒤틀리는」 것 같은 괴로움을 맛보면서도 쓰고 또 썼다. 속배(俗輩)들이 이해 못할 고즙(苦汁)을 맛보면서 《사기》120권을 완성시켰던 것이다.

이상은 사마천의 「임안(任安)에게 보(報)하는 서(書)」(《문통》과 《한서》에 있다)에 의하나, 「구우일모(九牛一毛)」는 글자 그대로, 아홉 마리의 쇠털 중의 한 올로 「다수 속의 극소수」를 말한다. 또 같은 책에서 「죽음을 무겁게 보고 가벼이 죽을 수 없는 때도 있고 가볍게 보고 한 목숨을 버리는 때도 있다. 어떤 때 죽는가 하는 것이 문제다」라고 말하고 있다.

人生如朝露
인 생 여 조 로

인생은 아침이슬과 같다.
인생이란 해가 뜨면 곧 스러지는 아침이슬과 같이 덧없는 것이다.
— 《한서》 소무전(蘇武傳) 「소무에게 한 이능의 말」 —

구우일모 九牛一毛 127

국사무쌍 國士無雙

나라 國 선비 士 없을 無 쌍 雙

한 나라에 둘도 없는 훌륭한 인물, 천하제일의 인물.

— 《사기》 회음후열전(淮陰侯列傳)

「국사(國士)」란 나라의 선비, 즉 전국을 통한 훌륭한 인물을 말한다. 이 말은 소하(蕭何)가 한신을 가리켜 말한 데서 비롯된 것이다. 한신은 회음(淮陰 : 강소성) 사람으로 젊었을 때는 집이 몹시 가난한데다가 농사일이나 글공부 같은 데는 별로 관심이 없이 하늘을 날고 싶은 큰 뜻만을 품고 다녔기 때문에 생활이 말이 아니었다.

언젠가는 한신이 강가에서 낚시를 하고 있는데, 한신의 배고픈 기색을 본 한 빨래하는 노파가 자기가 먹으려고 싸가지고 온 점심을 그에게 주었다. 그 노파는 빨래를 하러 나올 때마다 수십여 일을 두고 매일같이 한신에게 점심밥을 나눠 주었다. 한신이 감격한 나머지, 「언젠가는 이 은혜를 후하게 갚을 날이 반드시 있을 겁니다」라고 말하자, 노파는 성난 얼굴로, 「대장부가 스스로의 힘으로 밥을 먹지 못하는 것이 딱해서 그랬을 뿐, 뒷날 덕을 보려고 그런 것은 아니니, 아예 그런 말은 마시게」하고 핀잔하듯 말했다.

언젠가는 또 한신이 회음 읍내를 거닐고 있는데, 읍내 푸줏간의 한 젊은이가 갑자기 그의 앞을 가로막으며 이렇게 말했다.

「이봐, 자넨 덩치도 크고 제법 칼까지 차고 다니지만, 실상은 겁이 많은 녀석일 게야. 죽는 게 두렵지 않거든, 어디 그 칼로 나를 찔러봐. 만일 그럴 용기가 없거든 내 바지가랑이 밑을 기어서 지나가야 해」

한신은 난처했다. 한참 바라보던 끝에 엎드려 철부지 녀석의 다리 밑으로 슬슬 기어 나갔다. 온 장바닥 사람들이 한신의 겁 많은 행동을 보고

크게 웃었다. 뒷날, 한신은 초나라 왕이
되어 돌아왔을 때, 빨래하던 노파에게
는 천금을 주어 옛 정에 감사하고, 옛날
의 그 젊은이에게는 중위(中尉)라는 수
도경비관 벼슬을 내리고는, 여러 장수
들을 보며 이렇게 말했다.

소하

「이 사람은 장사(壯士)다. 그 때 나
를 모욕했을 때, 내가 어찌 죽일 수 없
었겠는가. 다만 죽일 만한 명분이 없
었기 때문에 참고 따랐을 뿐이다」

이것은 한신이 지난 날 자기에게 설
움을 준 사람들의 불안한 마음을 없애 주기 위한 하나의 계책일 수도
있었을 것이다. 또 일단은 무슨 조치가 있어야만 할 일이었기 때문에
이왕이면 자신의 아량을 보여 주는 길을 택했던 것이리라. 실상 천하를
상대하는 한신으로서는 그런 철부지 소년의 탈선행위가 깜찍스럽게도
보였을 것이다.

이것은 뒷날 이야기이고, 한신이 처음 벼슬을 한 것은 항우 밑에서였
다. 기회 있을 때마다 항우에게 의견을 말해 보았으나, 전연 상대조차
하려 하지 않았다. 항우는 자기 힘만 믿고 인재를 구할 생각이 없었으
며, 또 그만한 눈도 없었다.

한신은 항우 밑에서 도망쳐, 멀리 유방을 찾아 한나라로 들어갔다.
한나라 장군 하후영(夏侯嬰)에게 인정을 받아 군량을 관리하는 치속도
위(治粟都尉)에 임명되었는데, 이 때 승상인 소하와 알게 되었다. 소하
는 한신을 한고조 유방에게 여러 번 추천했으나 써 주지 않았다. 역시
사람 보는 눈이 없었던 것이다. 이윽고 항우의 세에 밀려 유방이 남정
(南鄭)으로 떠나게 되자, 군대와 장수들이 실망 끝에 자꾸만 빠져 달아

한신을 따라가는 소하

났다. 이에 한신도 더 바랄 것이 없어 그들 뒤를 따랐다.

승상 소하는 한신이 도망갔다는 말을 듣자, 한고조에게 미처 말할 사이도 없이 허둥지둥 한신의 뒤를 쫓았다. 소하까지 도망쳤다는 소문이 한고조의 귀에 들어갔다. 고조는 두 팔을 잃은 기분으로 어쩔 줄 몰랐다. 소하를 누구보다도 신뢰하고 있었기 때문이다. 이틀 뒤 소하가 한신을 데리고 돌아왔다. 고조는 한편 반갑고 한편 노여웠다.

「어찌하여 도망을 했는가?」

「도망친 것이 아니라, 도망친 사람을 붙들러 갔던 겁니다」

「누구를 말인가?」

「한신입니다」

「거짓말. 수십 명의 장수가 달아나도 뒤쫓지 않던 그대가, 한신을 뒤쫓을 리가 있는가?」

그러자 소하는 이렇게 대답했다.

「다른 장수라면 얼마든지 보충할 수 있습니다. 그러나 한신만은 국사로서 둘도 없는 사람입니다(至如信者 國士無雙). 임금께서 한중(漢中)의 왕으로 영영 계실 생각이라면 한신 같은 사람은 필요가 없습니다. 그러나 천하를 놓고 겨룰 생각이시면 한신을 빼고는 상의할 사람이 없습니다」

이리하여 한신은 소하의 강력한 추천으로 대장군에 임명되어 마침내 항우를 무찌르고 천하를 통일하는 공을 세웠던 것이다.

금성탕지 金城湯池

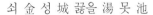

쇠 金 성 城 끓을 湯 못 池

철벽의 수비를 자랑하는 성.

— 《한서(漢書)》 괴통전(蒯通傳)

전국의 난세를 통일해서 공전의 대제국이 된 진(秦)도 시황제가 죽고 암우한 2세 황제가 즉위하자, 점차 토대가 흔들리기 시작하여 각지에 잠복하고 있던 전국시대의 여섯 강국의 종실·유신(遺臣)들이 하나 둘씩 고개를 들고 진 타도를 위해 일어섰다.

그리하여 제각기 왕을 자처하고 군사를 일으켜 군현(郡縣 : 진은 봉건제가 아니고 군현을 두는 중앙집권제를 택했다)의 장을 죽이고, 성시(城市)를 점령하고 기세를 올려 진실(秦室)의 위령(威令)은 완전히 땅에 떨어지고 말았다.

《한서》 괴통전에 있는 이야기다.

진나라 말기 농민군의 수령 진승(陳勝)의 수하에서 부장으로 있던 무신이란 사람이 조(趙)의 구 영지인 산서성을 평정해서 무신군(武信君)이라 칭하고 범양(范陽 : 하북성)을 위협하고 있을 때였다. 이때 구변이 좋아 변사라고 불리던 괴통(蒯通)이란 범양의 논객이 현령인 서공(徐公)을 찾아가 이런저런 변설로 회유해서 서공으로 하여금 아무런 항거도 하지 않고 범양을 내놓게 해서 그의 목숨을 건지게 한 일이 있었다.

괴통은 아군이 도착하기 전에 먼저 서공을 찾아가 말했다.

「당신은 지금 극히 위험한 상태에 처해 있어 딱하기 짝이 없습니다. 그러나 내 말을 듣는다면 전화위복(轉禍爲福)이 될 것입니다. 아주 경사스러운 일입니다」

「어째서 위험한가?」

「생각해 보십시오. 당신이 현령이 된 지 10여 년, 그동안 진(秦)의 형벌이 지나치게 엄했던 관계로 아비를 살해당한 자, 다리를 잘린 자, 문신을 당한 자 등 많이 있습니다. 내심으로는 모두 진나라에 적대적이기보다는 오히려 당신을 원망하고 있으나, 누구도 감히 당신에게 위해를 가하려고는 하지 않았습니다. 그것은 진이 무서웠기 때문입니다. 그러나 지금은 천하가 어지러워 진의 위령은 시행되고 있지 않으므로 사람들은 이제야말로 당신을 죽여 원한을 풀고 이름을 날리려고 합니다. 정말 딱하기 그지없는 일입니다」

「그럼, 그대의 말을 들으면 어떻게 된다는 것인가.」

괴통은 앞으로 바짝 다가앉아 이렇게 말했다.

「저는 당신을 대신해서 무신군과 만나 이렇게 말을 하겠습니다.

『싸움에 승리를 얻어 땅을 빼앗고 공격해서 성을 함락시키는 것은 너무나도 희생이 크다. 나의 계략을 채택해서 싸우지 않고 땅과 성을 손에 넣는 방법을 취하면 어떻겠는가』라고

무신군은 틀림없이

『그건 어떤 방법인가?』하고 물을 것입니다. 그때 나는 이렇게 대답합니다.

『만약 당신이 범양을 공격해서 현령이 힘이 다해 항복했을 경우, 현령을 푸대접한다면 죽음을 겁내고 부귀를 탐내고 있는 여러 곳의 현령들은 모처럼 항복을 했는데 저런 꼴을 당한다면 우리만 손해다 하고 더욱더 군비를 충실하게 해서 펄펄 끓는 열탕의 못에 둘러싸인 강철의 성(金城湯池)과 같이 철벽의 수비를 굳혀 당신의 군대를 기다릴 것이다. 이래서는 일이 어려워진다. 나는 감히 충고한다. 부디 범양의 현령을 두텁게 맞아 각처로 사신을 보내시오. 각처의 현령은 그것을 보고, 범양의 현령은 재빨리 항복을 했기 때문에 살해되기는커녕 도리어 저처럼 대접을 받고 있다. 그럼 어디 나도……하고 생각하게 되어 다들 싸우지 않고 항

복할 것입니다. 이것이 천리나 되는 저쪽까지 손쉽게 평정하는 방법이다』

이렇게 말하면 무신군도 별 수 없이 들어줄 것입니다」

서공(徐公)은 기뻐했다. 곧 괴통을 무신군에게 보냈다. 무신군도 괴통의 말을 듣고「그럴 듯하다」고 탄복하고 범양의 현령을 따뜻하게 맞아서 각지로 사신을 보냈다.

범양의 백성들은 전화(戰禍)를 면하자 서공의 덕이라 칭송하고, 싸우지 않고 무신군에게 항복한 자가 화북에서만도 30여 성(城)이나 되었다고 한다.

또한《사기》에는「시황제도 관중(關中)의 땅을 금성천리(金城千里)의 땅이라 생각했다」는 말이 있다.

또《한서》에는「석성십인(石城十仞 : 1仞은 한 발), 탕지백보(湯池百步)」그리고《후한서》에도「금탕(金湯)의 험(險)을 잃다」라는 말이 나온다.

예부터 방어가 견고한 것을 일컫는 말로서 쓰여 왔다. 대포나 비행물체가 없었던 시대의 방비는「금성탕지」로 견뎠을 것이다.

久而敬之
구 이 경 지

친구와 사귀는 일은 서로 익숙하게 되면 예의를 잃게 되기 쉽다. 오래되어도 서로 상대방을 존경하는 사이가 되어야 한다.

— 《논어》 공야장—

국 척 　 跼 蹐

구부릴 跼 살살걸을 蹐

겁이 많아 몸 둘 바를 모름.

— 《시경(詩經)》 소아(小雅) 정월편

　조심스러워 몸을 굽히고 걸음을 곱게 걸어가는 것을 「국척」이라고 한다. 「국천척지(跼天蹐地)」란 말에서 나온 것인데, 국천척지의 뜻은 「하늘이 비록 높다고 하지만 감히 머리를 숙이지 않을 수 없고, 땅이 비록 두텁다고 하지만 감히 발을 조심해 딛지 않을 수 없다」는 말이다. 결국 너무도 두려워 몸 둘 곳을 몰라 하는 모습을 형용해서 하는 말이다.

　《시경》 소아 정월편은 「정월에 심한 서리가 내려 내 마음이 걱정되고 아프다(正月繁霜我心憂傷)」(여기 나오는 정월은 지금의 4월을 말한다)라는 말로 시작되는, 모진 정치를 원망해서 부른 시인데, 13절로 된 이 시의 제6절에 이렇게 말하고 있다.

　하늘이 대개 높다고 하지만
　감히 굽히지 않을 수 없고
　땅이 대개 두텁다고 하지만
　감히 조심해 걷지 않을 수 없다.
　이 말을 부르짖는 것은
　도리도 있고 이치도 있다.
　슬프다, 지금 사람은
　어찌하여 독사요 도마뱀인가.

　謂天蓋高　不敢不跼　　위천개고　불감불국
　謂地蓋厚　不敢不蹐　　위지개후　불감불척

134

| 維號斯言 | 有倫有脊 | 유호사언 | 유륜유척 |
| 哀今之人 | 胡爲虺蜴 | 애금지인 | 호위훼척 |

이것을 쉽게 풀이하면,

「하늘이 아무리 높다지만 허리를 굽혀 걸어야만 하고, 땅이 아무리 두텁다지만 발을 조심해 디뎌야만 한다. 이런 말을 외치는 것은 도리에 벗어난 것도 이치에 어긋난 것도 아니다. 슬프다, 오늘의 정치하는 사람은 어찌하여 모두가 독사나 도마뱀처럼 독을 품고 있단 말인가. 어째서 이 넓으나 넓은 천지에 걸음마저 마음 놓고 걸을 수 없게 만든단 말인가?」 하는 뜻이 된다.

또 같은 정월편 제5장에 「수지오지자웅(誰知烏之雌雄)」이라는 구가 나오는데, 딴 구가 《시경》의 통례인 4자로 되어 있는데, 이 구만은 6자로 되어 있다. 〔☞ 수지오지자웅〕

산을 내게 낮다고 하지 마라
뫼가 되고 언덕이 된다.
백성의 거짓된 말을
어찌하여 막지 못하는가.
저 옛날 늙은이를 불러
꿈을 점쳐 묻는다.
모두 내가 성인이라지만
누가 까마귀의 암수를 알리.

謂山蓋卑	爲岡爲陵	위산개비	위강위릉
民之訛言	寧莫之懲	민지와언	영막지징
召彼故老	訊之占夢	소피고로	신지점몽
具曰予聖	誰知烏之雌雄	구왈여성	수지오지자웅

국파산하재 國破山河在

나라 國 깨질 破 뫼 山 강 河 있을 在

인간사의 극심한 변화에도 아랑곳하지 않고 순리에 따라
존재하는 자연의 모습을 대비적으로 일컫는 말.

— 두보(杜甫)『춘망(春望)』

두보의「춘망」이란 시에 나오는 유명한 글귀다.

「나라는 망했어도 산과 물은 그대로 있다」는 흔히 하는 말이기는
하지만 이 같은 말을 남기지 않을 수 없었던 두보의 처지를 이해함으로
써 한결 이 말의 무게를 느끼게 된다. 당현종 천보(天寶) 15년(756년)
6월에 안녹산(安祿山)의 반란으로 현종황제는 멀리 파촉으로 난을 피해
떠나고 수도 장안은 반란군의 수중에 떨어졌다.

두보(712~770년)는 그 전 달 장안에서 고향인 봉선현(奉先縣)으로 돌
아가서 가족들을 데리고 서북쪽에 있는 부주(鄜州)로 피난을 갔다. 그리
고 거기서 태자 형(亨)이 7월에 영무(靈武 : 영하성)에서 즉위했다는 소
식을 듣자, 혼자 새 황제 밑으로 달려가려 했다.

그때까지 10년 동안이나 벼슬길에 오르려 해도 뜻을 이루지 못했던
그가 벼슬도 지위도 없는 몸으로, 만리장성이 눈앞에 보이는 변방에까
지 새 황제를 찾아가려 했던 것은 무슨 뜻에서였을까. 그는 자신과 처자
를 포함한 겨레가 오랑캐의 말발굽에 짓밟히고 있는 민족문화의 앞날
을, 새 천자가 있는 그 곳에밖에 의탁할 곳이 없었기 때문이있을 것이
다. 그러나 두보는 가던 도중 반란군에게 잡혀 다시 장안에 갇힌 포로의
몸이 되었다.

여기서 두보가 앞에 말한 시를 읊게 된 것은 이듬해 봄의 일이었다.
포로의 신세를 한탄한 그의 심정이 뼈에 사무치게 잘 묘사되어 있다.

나라는 깨지고 산과 물만 남았구나.
성안은 봄이 되어 초목만 무성하고
때를 생각하니 꽃에도 눈물을 뿌리고
이별을 한하니 새도 마음을 놀래준다.
봉화가 석 달을 계속하니
집에 편지가 만금에 해당한다.
흰 머리를 긁으니 다시 짧아져서
온통 비녀를 이겨내지 못할 것 같다.

國破山河在	城春草木深	국파산하재	성춘초목심
感時花濺淚	恨別馬驚心	감시화천루	한별마경심
烽火連三月	家書抵萬金	봉화연삼월	가서저만금
白頭搔更短	渾欲不勝簪	백두소경단	혼욕불승잠

「도성은 파괴되었어도 산과 강은 옛 모습 그대로다. 성안에는 봄은 여전히 찾아들어 거칠 대로 거칠어진 거리거리에는 풀과 나무만이 무성해 있다. 시국을 생각하니 꽃도 한결 슬프게만 느껴져 눈물을 자아낼 뿐 처자와의 이별을 생각하니 새 울음소리도 가슴을 놀라게만 한다. 전세가 불리함을 알리는 봉화가 석 달을 계속 오르고 있으니 만금을 주더라도 집소식이 궁금하구나. 안타까이 흰 머리를 긁으니 머리털이 더욱 짧아진 것만 같다. 이 모양으로는 앞으로 갓을 쓰고 비녀를 꽂을 상투마저 제대로 틀지 못할 것 같다」는 뜻이다.

두보는 이 시를 읊고 나서 얼마 안된 4월에 장안을 탈출하여 봉상(鳳翔)까지 와 있는 숙종의 행궁으로 가게 되었고, 다음달 5월에는 좌습유라는 간관(諫官)의 벼슬에 오르게 되었다. 두보로서는 그렇게 원하던 벼슬길에 처음 오르게 된 것이다.

군맹상평 群盲象評

무리 群 소경 盲 코끼리 象 평론할 評

모든 사물을 자기 주관과 좁은 소견으로 그릇 판단한다는 뜻.

— 《불경(佛經)》

뭇 소경이 코끼리를 평한다는 말은 널리 알려진 이야기다. 전체를 보지 못하고 일부분만 아는 사람이 자기가 알고 있는 그 일부분을 전체라고 고집하는 어리석음을 가리켜 「뭇 소경의 코끼리 평하듯 한다」고 한다. 《불경》에 나오는 이야기로, 그 내용을 소개하면 다음과 같다.

어느 나라에 왕이 하루는 한 대신을 불러 이렇게 명했다.

「코끼를 끌어내어 소경들에게 보여주라」

대신은 많은 소경들을 모아 놓고 그들 앞에 코끼리를 끌어냈다. 소경들은 보이지 않는지라 각각 손으로 코끼리를 만져 보았다. 대신이 왕에게,

「임금님의 명령대로 코끼리를 소경들에게 보여주었습니다」 하고 보고하자, 왕은 그 소경들을 불러내어 물었다.

「그대들은 코끼리를 알았는가?」

소경들은 입을 모아, 「네, 알았습니다」 하고 대답했다. 왕은 다시 소경들에게 이렇게 물었다.

「코끼리는 무엇과 비슷하게 생겼다고 생각되는가?」

그러자 맨 먼저 코끼리 이빨을 만져 본 소경이 대답했다.

「코끼리는 큰 무처럼 생겼습니다」

다음에는 귀를 만져 본 소경이 대답했다.

「아닙니다, 코끼리는 키처럼 생겼습니다」

이번에는 머리를 만진 소경이 대답했다.

「아닙니다, 코끼리는 돌처럼 생겼습니다」

그러자 코를 만진 소경이 대답했다.

「아닙니다, 코끼리는 절구공이처럼 생겼습니다」

이번에는 다리를 만진 소경이 대답했다.

「아닙니다, 코끼리는 절구통처럼 생겼습니다」

주대(周代)의 코끼리상

다음에는 등을 만진 소경이 대답했다.

「아닙니다, 코끼리는 평상처럼 생겼습니다」

그러자 배를 만진 소경은, 「코끼리는 독처럼 생겼습니다」 하고 대답하고, 끝으로 꼬리를 만진 소경은, 「아닙니다, 코끼리는 꼭 밧줄처럼 생겼습니다」 하고 대답했다.

이렇게 예를 든 후, 다음과 같이 끝을 맺고 있다.

「선남자(善男子)들이여, 이 소경들은 코끼리의 몸뚱이를 제대로 말하고는 있지 않지만, 그렇다고 말하고 있지 않는 것도 아니다. 그들이 말하고 있는 코끼리는 아니지만, 이것을 떠나서 또 달리 코끼리가 있는 것도 아니다」

이 이야기에 나오는 코끼리는 불성(佛性)을 비유해서 말한 것으로, 소경은 모든 어리석은 중생을 비유해 말한 것이다. 그리고 이 이야기는 중생이 불성을 부분적으로 이해하고 있다는 점, 즉 모든 중생에게는 다 불성이 있다는 것을 보여 주고 있다.

「군맹상평」 혹은 「군맹평상」 이란 문자는 《불경》 에서 나온 말인데, 현재 쓰이고 있는 뜻과 불경의 원 뜻과는 상당한 거리가 있다. 「군맹무상(群盲撫象)」 이라고도 한다. 우리가 쓰고 있는 뜻은, 못나고 어리석은 범인들이 위대한 인물이나 사업을 비판한다 해도 그것은 한갓 일부분에 지나지 않는 평으로 전체에 대한 올바른 평이 될 수 없다는 뜻이다.

군자·소인 君子·小人

임금 君 아들 子 작을 小 사람 人

학식과 덕행이 높은 사람, 높은 벼슬에 있는 사람,
또는 아내가 남편을 가리킴. 소인은 군자와 정반대의 사람.

— 《논어》 이인편(里仁篇)

글자대로 하면 임금의 아들이란 뜻이므로, 상대를 높여서 부른 것이 그런 여러 가지 방면으로 쓰이게 된 것이리라. 상대방을 높여서 공자(公子)니 하는 말이 쓰인 것도 같은 성질의 것이라 말할 수 있다. 여기서는 학식과 덕행이 높은 사람을 가리켜 군자라 말한다. 적어도 마음가짐이 올바른 성실한 사람이 군자의 테두리 속에 들 수 있다.

소인은 군자와 정반대의 뜻으로 쓰인다고 보면 된다. 학식이 부족하고 덕이 없는 사람, 벼슬을 못한 천한 사람, 그리고 자신을 낮추어 말할 때 소인이란 말을 쓴다. 중국 사람들이 대인(大人)이라고 부르는 것도 소인의 반대인 군자란 말이 변한 것으로 볼 수 있다. 옛날 경전에는 군자와 소인이 자주 대조적으로 쓰이고 있다. 그래서 여기서는 흔히 쓰이는 군자와 소인에 대한 짤막한 말들을 추려 보았다. 모두 공자의 말이다.

《논어》 이인편(里仁篇)에는,

「군자는 덕을 생각하고, 소인은 땅을 생각하며, 군자는 형벌을 생각하고, 소인은 은혜를 생각한다」 라고 했는데, 쉽게 풀어서 말하면,

「군자는 자기 인격과 수양에 힘쓰고, 소인은 편하게 살 수 있는 곳만을 찾으며, 군자는 혹시라도 법에 저촉되지나 않을까 조심을 하는데, 소인은 누가 내게 특별한 호의를 보여주지나 않나 하고 기대를 한다」는 뜻이다. 같은 이인편에는,

「군자는 의리에 밝고, 소인은 이해에 밝다」 고 했다. 군자와 소인의

차이는 결국 크게 나누어서 의리관계와 이해관계로 구별될 수 있다. 군자는 정의를 위해서는 목숨마저 아까워하지 않는다. 소인은 자기 개인의 영달을 위해서는 생명을 건 모험도 서슴지 않는다.

공자 강학도(講學圖)

또 술이편(述而篇)에는,

「군자는 어느 경우나 태연자약한데, 소인은 언제나 근심 걱정으로 지낸다」고 했다.

군자는 자기 할 일만을 힘써 할 뿐 그 밖의 것은 자연과 운명에 맡기고 있기 때문에 어느 경우나 태연자약할 수밖에 없다. 그러나 소인은 한 가지 욕심을 이루면 또 다른 것을 탐내고, 애써 얻은 다음에는 혹시 잃을까 조바심을 하기 때문에 하루도 마음 편할 때가 없다.

안연편(顏淵篇)에는,

「군자는 사람의 아름다운 것을 이룩해 주고, 반면 사람의 악한 것을 이룩하지 않으며, 소인은 이와 정반대다」라고 했다.

군자는 남의 좋은 일, 착한 일을 도와 성공하게 해주는 한편 착하지 못하고 바르지 못한 일은 이를 돕는 일이 없다. 그러나 소인은 정반대로, 남의 착한 일에는 협력 대신 방해를 하고, 남의 옳지 못한 일에는 지혜와 힘을 빌리려 하고 있다.

또 자로편(子路篇)에는,

「군자는 태연하고 교만하지 않으며, 소인은 교만하고 태연하지 못하다」고 했다. 태(泰)는 거만하다는 뜻도 된다. 비록 가난하게 살아도 부귀한 사람 앞에 기가 죽지 않는 의젓한 태도를 말한다. 그것은 인격에서 풍기는 자연스런 태도다. 교만은 까불거리는 것과 같은 의미를 가지고 있다. 철난 사람의 까부는 모습이 교만인 것이다. 부귀와 권세를 믿고 남을 얕잡아 보는 소인의 태도는 거만이 아니라 까불거리는 교만인 것이다. 권세와 부귀가 떨어지는 날, 그 교만은 아부와 방정맞은 태도로 바뀌게 된다. 또 위령공편(衛靈公篇)에는,

「군자는 자기에게 구하고, 소인은 남에게 구한다」고 했다.

군자는 뜻대로 안되는 일을 모두 자기 탓으로 돌리고 스스로 반성과 노력을 거듭한다. 그런데 소인은 자기 실력과 노력보다는 남의 힘과 도움에 의해 자기의 목적을 달성하려고 노력한다. 그래서 자연 간교한 술책과 아첨과 원망과 조바심으로 밤낮을 보내게 된다. 또 같은 위령공편에 말하기를,

「군자는 작은 일은 알지 못해도 큰 것을 받을 수 있고, 소인은 큰 것을 받을 수 없어도 작은 일은 알 수 있다」고 했다.

군자는 세부적인 것은 잘 알지 못한다. 그러므로 지엽적인 사무 같은 것에는 어둡다. 그러나 중대한 사명이나 전체적인 통솔 같은 어려운 일은 누구보다 잘 해낼 수 있다. 소인은 반대로 자잘한 일을 해내는 재주는 대부분 가지고 있다. 그러나 높은 자리나 책임 있는 일을 맡기면 이를 감당해 내지 못하고 공연한 마찰이나 알력(軋轢)만을 일으키게 된다는 것이다.

또 《중용》 14장에는,

「군자는 쉬운 것에 처하면서 명을 기다리고, 소인은 위험한 일을 행하며 요행을 바란다」고 했다. 군자는 당연히 해야 할 일에 충실하면서 성공은 자연에 맡기고 있다. 소인은 반대로 권모술수 등 갖은 위험한 짓을 서슴지 않으면서 그것이 요행으로 성공하기만을 기다리고 있다. 대개 이런 정도로 군자와 소인의 질이 어떤 것인지를 알 수 있을 것이다.

굴묘편시 掘墓鞭屍

팔 掘 무덤 墓 채찍 鞭 주검 屍

가혹한 복수를 가리킴.

— 《사기》 오자서(伍子胥) 전기

오자서의 전기에 나오는 말이다. 간신의 농간으로 충신을 역적으로 몰아 오자서의 아버지와 형을 죽인 초나라 평왕(平王)이 죽은 뒤 오자서에 의해 그의 무덤이 파헤쳐지고 시체가 채찍을 받게 되었다.

「굴묘편시」란 통쾌한 복수의 뜻으로도 쓰이지만, 좀 지나친 행동의 경우를 말할 때도 쓰인다. 아무튼 신하로서 임금의 무덤을 파서 그 시체에 매질을 했다는 것은 놀라운 사실이 아닐 수 없다.

오자서는 이름을 원(員)이라 했다. 자서는 그의 자(字)다. 오자서의 아버지 오사(伍奢)는 초평왕의 태자 건(建)의 태부로 충신이었는데, 같은 태자 건의 소부(少傅)였던 비무기의 음모에 의해 억울한 죽음을 당하게 되었다.

오사를 죽이는 데 성공한 비무기(費無忌)는 다시 평왕을 시켜 오사의 아들 오상(伍尙)과 자서를 죽일 음모를 꾸민다. 그러나 오상만이 아버지를 따라 죽고 자서는 그 음모를 미리 알아차리고 망명길을 떠나게 된다.

왕은 오자서를 잡기 위해 전국에 영을 내려 길목을 지키게 하고, 거리마다 오자서의 화상을 그려 붙이고 많은 현상금과 무시무시한 형벌로 아무도 오자서를 숨겨주지 못하게 했다. 오자서는 키가 열 자에 허리가 두 아름이나 되었고, 쟁반만한 얼굴에 두 눈은 샛별처럼 빛나고 있었기 때문에 변장으로 사람의 눈을 피할 수는 없었다. 그는 낮에는 산 속에 숨고 밤에만 오솔길을 찾아 도망을 해야 했다.

오자서

이렇게 천신만고 끝에 오나라로 망명한 오자서는 마침내 뜻을 이루어 오나라의 강한 군사를 거느리고 초나라로 쳐들어가게 되었다. 초나라는 여지없이 패해 수도가 오나라 군사 손에 떨어지고, 평왕은 이미 죽고 그의 아들 소왕(昭王)은 태후와 왕비마저 버린 채 간신히 난을 피해 도망을 치게 된다.

소왕을 놓쳐버린 오자서는 평왕의 무덤을 찾았다. 그러나 평왕은 오자서의 복수가 두려워 그의 무덤을 깊은 못 속에 만들고, 일을 다 끝낸 뒤 일에 동원된 석공 5백 명을 모조리 물 속에 수장시켜 버렸다. 수십 리에 걸친 못에는 물만 출렁거릴 뿐 어느 곳에 묻혀 있는지 위치마저 짐작할 길이 없었다.

오자서는 죽은 아버지와 형, 그리고 자신이 망명해 나올 때 겪은 고초 등을 회상하며 땅이 꺼질 듯한 한숨을 내쉬며 몇몇 날을 두고 못 둑을 오르내렸다. 그렇게 애쓰며 전전긍긍하던 어느 날 저녁 무렵, 백발이 성성한 한 늙은이가 오자서의 앞으로 다가오며 이렇게 물었다.

「장군은 선왕의 충신 오태부의 아들 자서가 아닙니까?」

「그렇습니다만, 노인은 누구시오?」

노인은 묻는 말에는 대답을 않고,

「장군은 지금 죽은 평왕의 시체가 묻힌 곳을 찾고 있지 않습니까?」

하고 물었다. 반가워서 다그쳐 묻는 자서의 말에 노인이 대답했다.

「시체가 묻힌 곳은 내가 알고 있습니다. 나는 무덤을 만들기 위해 징발되어 온 5백 명의 석공 중 한 사람입니다. 5백 명이 다 물 속에서 죽고 나만이 어떻게 살아남게 되었습니다. 장군의 복수도 복수지만, 나도 장군의 힘을 빌려 억울하게 죽은 내 동지들의 원수를 갚으려는 것입니다」

이리하여 이튿날, 노인의 지시에 따라 장롱 같은 돌로 만들어진 물속의 무덤을 하나하나 뜯어내기 시작했다. 못 바닥 몇 길 밑에 들어 있는 돌무덤을 열고 엄청나게 무거운 석곽을 들어올렸다. 그러나 그 속에서 평왕의 시체는 볼 수 없었다.

그것은 사람의 눈을 속이기 위한 가짜 널이었다. 다시 한 길을 파내려가니 진짜 널이 나왔다. 수은으로 채워진 널 속에 들어 있는 평왕의 시체는 살아 있을 때 모습 그대로였다. 순간 오자서의 복수심은 화약처럼 폭발했다. 왼손으로 평왕의 목을 조르고 무릎으로 그의 배를 누른 다음 오른 손가락으로 그의 눈을 잡아 뽑으며,

「충신과 간신을 구별 못하는 네놈의 눈을 뽑아 버리겠다……」하고 욕을 했다. 그리고는 그의 아홉 마디 철장(鐵杖)으로 시체를 옆에 뉘어 놓고 3백 대를 쳤다. 뼈와 살이 흙과 함께 뒤범벅이 되었다.

《사기》 오자서열전에도,

「이에 초평왕의 무덤을 파고 그의 시체를 꺼내 3백 대를 내리친 뒤에야 그만두었다」라고 했다.

오자서의 둘도 없는 친구 신포서(申包胥)는 이 소식을 듣자, 사람을 보내 오자서에게 이렇게 일렀다.

「그대의 그런 복수 방법은 너무 지나치지 않을까……」

그 말에 오자서도 할 말이 없었든지 이렇게 전해 보냈다.

「나는 날이 저물고 길이 멀어서, 그렇기 때문에 거꾸로 걸으며 거꾸로 일을 했다(吾日暮塗遠 吾故倒行而逆施之)」

여기서 또 「일모도원(日暮途遠)」이란 말과 「도행역시(倒行逆施)」란 말이 생겨났다.

군자원포주 君子遠庖廚

임금 君 아들 子 멀리할 遠 푸줏간 庖 부엌 廚

군자는 푸줏간과 부엌을 멀리한다.

—《맹자》 양혜왕편

《맹자》에 나오는 말이다. 포주(庖廚)는 짐승을 잡는 도살장을 가리켜 말한 것이다. 짐승들의 비명소리를 차마 들을 수 없어 도살장을 가까이 두지 않는다는 뜻이다. 맹자가 제(齊)나라 선왕(宣王)을 만나, 그의 착한 마음씨가 천하를 통일할 수 있다는 것을 증명해 주려는 이야기 가운데 나오는 말이다.

맹자가 제선왕을 만났을 때 왕은,

「덕이 어떠해야만 왕도정치를 할 수 있습니까?」하고 물었다. 여기서 말하는 왕은 천하를 통일하는 것을 말한다.

「백성을 보전하여 왕 노릇하면 아무도 막을 사람이 없습니다」

여기서 보전한다는 것은 사랑하고 보호한다는 뜻이다.

「과인도 백성을 보전할 수 있겠습니까?」

「있다 뿐이겠습니까?」

「어떻게 그것을 아십니까?」

「신이 호흘(胡齕)이란 왕의 신하에게서 들은 바에 의하면, 어느 날 왕께서 대청 위에 앉아 계시는데 그 아래로 소를 몰고 가는 사람이 있었습니다. 왕께서 어디로 가는 소냐고 물으시니, 장차 소를 잡아 그 피로써 새로 만든 종을 바르려 한다고 대답했습니다. 왕은 말하기를, 그만두어라. 죄 없이 죽으려 끌려가며 부들부들 떨고 있는 모습을 차마 볼 수 없다고 하셨습니다. 『그럼 종에 피 칠을 하는 것은 그만두오리까?』하고 물었을 때, 왕께서는 말하기를, 어찌 그만둘 수 있겠느냐,

양으로 대신하라고 하셨다는데, 그것이 사실입니까?」

「그런 일이 있었습니다」

「그런 마음이면 충분히 왕이 될 수 있습니다. 백성들은 왕께서 소가 아까워서 그랬다고 하지만, 신은 왕께서 차마 죽이지 못한 것을 알고 있습니다」

「제나라가 아무리 작지만 내가 소 한 마리를 아끼겠습니까. 실상 그 부들부들 떠는 모습이 죄 없이 죽으러 가는 것만 같은지라, 그래서 양과 바꾼 것입니다」

「왕께서는 백성들의 그 같은 평을 이상하게 생각지 마십시오. 작은 것으로 큰 것을 바꾸었으니 그들이 어찌 그 까닭을 알 수 있겠습니까. 그런데 왕께서 만일 죄 없이 죽는 것이 불쌍해서 그러셨다면 소와 양이 다를 것이 무엇입니까?」왕은 어이가 없어 웃었다.

「정말 내가 무슨 생각으로 그랬을까요. 내가 재물을 아껴서 그런 것은 아니었지만, 백성들이 날 보고 소가 아까워서 그랬다고 말하는 것이 당연하다 하겠습니다」

맹자는 왕이 자신도 모르고 한 일을 분석해서 설명해 주었다.

「조금도 이상할 것이 없습니다. 그것이 어진 마음이란 것입니다. 소는 직접 부들부들 떨고 있는 것을 보셨고, 양은 직접 보시지 않았기 때문입니다. 군자는 짐승에 대해서, 그 사는 것을 보고 차마 그 죽는 것을 보지 못하며, 그 소리를 듣고 차마 그 고기를 먹지 못합니다. 이런 까닭에 군자는 포주를 멀리하는 것입니다」

왕은 맹자의 이 같은 설명에 기쁨을 감추지 못하면서,

「내가 행해 놓고도 내 마음을 알 수가 없었더니, 선생께서 말씀해 주시니 참으로 감격스럽습니다」하며 맹자를 새삼 반가워했다.

맹자는 이렇게 사람의 마음을 착한 방향으로 유도하는 뛰어난 솜씨를 가지고 있었다.

권토중래 捲土重來

말 捲 땅 土 거듭 重 올 來

한번 패했다가 세력을 회복하여 땅을 휘말아 들어오듯 다시 쳐들어옴.

— 두목(杜牧) 『오강정시(烏江亭詩)』

만당(晩唐)의 대표적 시인이며, 두보에 대하여 소두(小杜)라고 불리던 두목(杜牧)의 칠언절구 「오강정시」에 나오는 말이다.

승패는 병가도 기약할 수 없다.
부끄러움을 안고 참는 이것이 사나이.
강동의 자제는 호걸이 많다.
땅을 말아 거듭 오면 알 수도 없었을 것을.

勝敗兵家不可期　包羞忍恥是男兒　　승패병가불가기　포수인치시남아
江東子弟多豪傑　捲土重來未可知　　강동자제다호걸　권토중래미가지

오강은 지금의 안휘성 화현 동북쪽, 양자강 오른쪽 언덕에 있다. 이 시는 이 곳을 지나가던 두목이, 옛날 여기에서 스스로 목을 쳐 죽은 초패왕 항우를 생각하며 읊은 것이다. 항우를 모신 사당이 있어 「오강묘(烏江廟)의 시」라고도 한다.

항우는 해하(垓下)에서 한고조 유방과 최후의 접전에서 패해 이 곳으로 혼자 도망쳐 왔다. 이 때 오강을 지키던 정장(亭長)은 배를 기슭에 대 놓고 항우가 오기를 기다리다가 항우가 나타나자 이렇게 말했다. 정장은 파출소장과 비슷한 소임이다.

「강동 땅이 비록 작기는 하지만, 그래도 수십만 인구가 살고 있으므로 충분히 나라를 이룰 수 있습니다. 어서 배를 타십시오 소인이 모시고 건너겠습니다」

강동은 양자강 하류로 강남이라고
도 하는데, 항우가 처음 군사를 일으
킨 곳이기도 하다. 정장은 항우를 옛
고장으로 되돌아가도록 권한 것이다.
그러나 항우는,

「옛날 내가 강동의 8천 젊은이들
을 데리고 강을 건너 서쪽으로 향했
는데, 지금 한 사람도 남아 있지 않다.
내 무슨 면목으로 그들 부형을 대한
단 말인가?」 했다.

항우

항우는 타고 온 말에서 내리자, 그
말은 죽일 수 없다면서 이를 정장에게 주었다. 그리고는 뒤쫓아 온 한나
라 군사를 맞아 잠시 그의 용맹을 보여준 뒤 스스로 목을 쳐 죽었다.

이 때 항우의 나이 겨우 서른, 그가 처음 일어난 것이 스물넷이었으니
까, 7년을 천하를 휩쓸고 다니던 그의 최후가 너무도 덧없고 비참했다.
두목은 그의 덧없이 죽어간 젊음과 비참한 최후가 안타까워 이 시를
읊었던 것이다.

「항우여, 그대가 비록 패하기는 했지만, 승패라는 것은 아무도 얘기
할 수 없는 것이다. 한때의 치욕을 참고 견디는 것, 그것이 사나이가
아니겠는가. 더구나 강동의 젊은이들에게는 호걸이 많다. 왜 이왕이면
강동으로 건너가 힘을 기른 다음 다시 한 번 땅을 휘말 듯한 기세로
유방을 반격하지 않았던가. 그랬으면 승패는 아직도 알 수 없었을 터인
데……」 하는 뜻이다.

극기복례 克己復禮

이길 克 자기 己 돌아갈 復 예의 禮

과도한 욕망을 누르고 예절을 좇음.

—《논어》안연편(顔淵篇)

「극기(克己)」는 이 「극기복례」에서 나온 말이다.《논어》안연편에 나오는 말로, 공자가 가장 사랑하고 아끼며 자기의 도통(道統)을 이을 사람으로 믿고 있던 안연이 인(仁)에 대해 물었을 때 대답한 말이다.

「나를 이기고『예(禮)』로 돌아가는 것이『인(仁)』이다. 하루만 나를 이기고『예』로 돌아가면 천하가『인』으로 돌아온다.『인』을 하는 것은 나에게 있다. 남에게 있는 것이 아니다」

이 「극기」와 「복례」에 대해서는 여러 가지 학설이 있다. 그러나 대개 자신을 이긴다는 것은 이성(理性)으로 인간의 육체적인 욕망을 극복하는 것으로 풀이될 수 있고, 「복례」의 「예」는 천지 만물의 자연을 말하는 것으로, 무아(無我)의 경지를 말한 것이라 볼 수 있다.

《대학》에 나오는 격물치지(格物致知)란 것도 결국 이 「극기복례」와 같은 뜻으로 풀이할 수 있다. 특히 뒤이어 하루만 극기복례를 하면 천하가 다 「인(仁)」으로 돌아온다고 한 말은, 육신으로 인한 모든 욕망이 완전히 사라지고 무아의 경지가 하루만 계속되게 되면 그 때는 천하의 모든 진리를 다 깨달아 알게 된다는 이른바 성도(成道)를 말한 것이라 볼 수 있다.

공자는 「인」이란 말을 「도(道)」란 말과 같은 뜻으로 사용해 왔다고 볼 수 있는데, 많은 제자들이 이 「인」에 대해 질문을 해 왔지만, 그 때마다 공자는 그들 각각의 정도에 따라 다른 대답을 했다. 안연에 대한 이 대답이 가장 「인」의 최고의 경지를 지적한 것으로 생각된다.

공자는 또 다른 곳에서 제자들을 놓고 이렇게 평했다.

「회(回 : 안연의 이름)는 석 달을『인』에서 벗어나지 않았고, 그 나머지 사람들은 혹 하루에 한 번, 한 달에 한 번 잠시 인에 이를 뿐이다」

하루를 계속 무아의 경지에 있을 수 있는 사람이면 한 달도 석 달도 계속될 수 있는 일이다. 석 달을 계속 무아의 경지에 있은 안연이라면 그것은 아주 성도(成道)한 성자의 지위에 오른 것을 말한 것이라 볼 수 있다.

공자의 이와 같은 대답에 안연은 다시 그 구체적인 것을 말해 달라고 청했다. 여기서 공자는,

「『예(禮)』가 아니면 보지도 말고, 예가 아니면 듣지도 말고, 예가 아니면 말도 하지 말고, 예가 아니면 움직이지도 말라」고 했다.

불경에 있는 문자를 빌린다면 인간의 모든 감가인 육식(六識)을 떠남으로써 참다운 진리를 깨달을 수 있다는 말일 것이다.

안연의 성도(成道)의 경지를 말한 것으로 보이는 데에 이런 것이 있다. 자한편(子罕篇)에 보면 안연이 혼자 이렇게 탄식해 말하고 있다.

「바라볼수록 높고, 뚫을수록 여물다. 앞에 있는 것만 같던 것이 홀연 뒤에 가 있다. ……그만두려 해도 그만둘 수가 없어 내 있는 재주를 다한다. 무엇이 앞에 우뚝 솟아 있는 것만 같아 아무리 잡으려 해도 잡히지를 않는다」

이 말을 풀이한 주석에 이렇게 적혀 있다.

「극기복례의 공부를 시작한 뒤, 석 달을『인』에 벗어나지 않던 그 때의 일이다」라고 이 말은 보리수 밑에 가부좌를 틀고 앉은 석가모니의 성도(成道)의 과정도 바로 이런 것이 아니었던가 하는 생각이 든다.

그러나 오늘 우리가 쓰고 있는 「극기(克己)」는 극히 초보적이고 또 극히 넓은 의미로 쓰이고 있다.

근화일조몽 槿花一朝夢

무궁화 槿 꽃 花 한 一 아침 朝 꿈 夢

하루아침만의 영화, 인간의 덧없는 영화의 비유.

— 백낙천 「방언(放言)」

근화(槿花)는 무궁화를 말한다. 우리나라 국화인 무궁화(無窮花)란 이름은 꽃이 한번 피기 시작하면 초여름에서 늦가을까지 계속 끊임없이 핀다 해서 생겨난 이름이다. 그러나 나무 전체를 놓고 바라보면 그 꽃이 무궁으로 계속되고 있지만, 실상 그 꽃 하나를 놓고 보면, 꽃은 아침에 일찍 피었다가 저녁이면 그만 시들고 만다.

「근화일조몽」이란 말은 곧 이 무궁화의 겨우 하루아침만의 영화를 덧없는 인간의 영화에 비유해서 쓰는 말이다.

「인생이 아침 이슬과 같다(人生朝露)」고 한 말은 이능(李陵)이 소무 (蘇武)를 두고 한 말인데, 이와 같은 뜻으로 쓰이고 있다.

이 말은 백낙천의 칠언율시 「방언(放言)」이란 제목의 다섯 수 중 한 수에 있는 말로 하루아침 꿈이 아닌 하루의 영화로 되어 있다. 즉 「근화일조몽」이 아니라 「근화일일영(槿花一日榮)」이었던 것이, 영화란 말보다는 꿈이란 말이 더 실감이 나서인지 꿈으로 변해 버린 것이다. 백낙천의 시를 소개하면 다음과 같다.

대산은 털끝만큼도 업신여기기를 필요로 않고
안자는 노팽을 부러워하는 마음이 없다.
소나무는 천 년이라도 끝내는 썩고말고
무궁화는 하루라도 스스로 영화로 삼는다.
어찌 모름지기 세상을 그리워하며, 항상 죽음을 근심하리오
또한 몸을 싫어하고 함부로 삶을 싫어하지 말라.

삶이 가고 죽음이 오는 것이 다 이것이 헛것이다.
헛된 사람의 슬퍼하고 즐겨하는 것에 무슨 정을 매리요

泰山不要欺毫末	顔子無心羨老彭	태산불요기호말	안자무심선노팽
松樹千年終是朽	槿花一日自爲榮	송수천년종시후	근화일일자위영
何須戀世常憂死	亦莫厭身漫厭生	하수련세상우사	역막염신만염생
生去死來都是幻	幻人哀樂繫何情	생거사래도시환	환인애락계하정

이 시는 백낙천이 집권층의 미움을 받아 강주(江州) 사마(司馬)로 좌천되어 가던 도중 배 안에서 지은 것이라 한다. 그때 낙천의 나이 마흔셋이었다. 글 뜻을 풀어 보면 다음과 같다.

태산이 아무리 크지만, 털끝같이 작은 것이라 해서 업신여길 까닭은 없다. 공자의 제자 안자는 겨우 서른두 살로 요절했지만, 그는 8백 년을 살았다는 팽조(彭祖)를 부러워하지 않았다.

소나무가 천 년을 산다 해도 결국에 가서는 썩고말고, 무궁화는 하루밖에 피어 있지 못하지만, 오히려 스스로 영화로 알고 있다. 그런데 굳이 세상일에 애착을 버리지 못하여 늘 죽음을 걱정할 필요가 무엇이겠는가. 그리고 또 육신을 미워하며 삶을 싫어할 이유도 없다. 태어나 사는 거나 다시 죽음이 오는 거나 모두가 헛것에 불과하다.

인생이란 바로 헛것이다. 그 헛된 인생의 슬픔이니 즐거움이니 하는 것에 무슨 애착을 가지려 한단 말인가.

백낙천은 원래 시를 누구나 알기 쉽게 쓰는 것을 원칙으로 하고 있었다지만, 그야말로 대단히 알기 쉽게 쓴 시다. 그러나 백낙천이 여기서 말한 무궁화의 하루 영화란, 영화의 덧없음을 한탄한 것이 아니고, 하루의 영화로 만족해하라는 뜻이다.

우리가 현재 쓰고 있는 하루아침 꿈이란 뜻과는 상당한 거리가 있는 말이다.

비단 錦 위 上 더할 添 꽃 花

좋은 일에 좋은 일을 더함.

— 왕안석(王安石) 「즉사(卽事)」

비단만 해도 아름다운데, 그 위에 꽃까지 얹어 놓았으니 더욱 아름다울 밖에. 당송팔대 문장의 한 사람인 왕안석(王安石)의 칠언율시 「즉사(卽事)」에 나오는 글귀다. 즉사란 즉흥시를 말한다.

강은 남원을 흘러 언덕 서쪽으로 기우는데
바람엔 맑은 빛이 있고 이슬에는 꽃이 있다.
문 앞의 버들은 옛사람 도령의 집이요
우물가의 오동은 전날 총지의 집이다.
좋은 모임에 잔속의 술을 비우려 하는데
고운 노래는 비단 위에 꽃을 더한다.
문득 무릉의 술과 안주를 즐기는 손이 되어
내 근원엔 응당 붉은 노을이 적지 않으리라.

河流南苑岸西斜	風有品光露有華	하류남원안서사	풍유품광로유화
門柳故人陶令宅	井桐前日總持家	문류고인도령댁	정동전일총지가
嘉招欲覆盃中淥	麗唱仍添錦上花	가초욕복배중록	여창잉첨금상화
便作武陵樽俎客	川源應未少紅霞	편작무릉준조객	천원응미소홍하

왕안석은 군비 조달을 위해 파탄에 이른 송나라 경제를 재건하기 위해 획기적인 신법(新法)을 실시한 대경제가인 동시에, 산문에 있어서는 한유(韓愈)와 더불어 당송팔대가의 한 사람으로, 또 시에 있어서도 송의 대표 시인의 한 사람이었다.

언덕을 따라 남원으로 흐르는 강물을 배를 타고 거슬러 올라가는 중, 아마 아침이었던 것 같다. 바람이 맑은 빛을 띠고 이슬이 꽃처럼 맺혀 있었으니, 멀리 문 앞에 버들이 있는 것을 보자, 그는 그것이 옛날 진나라 팽택령을 지낸 적이 있는 도연명의 집으로 생각되었다.

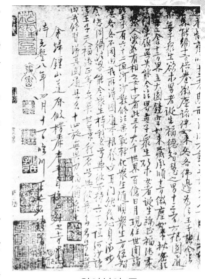

왕안석의 글

집 앞에는 큰 버드나무가 다섯 그루 심겨져 있어 오류선생(五柳先生)이란 별명을 가지고 있었다. 또 우물가 오동나무가 서 있는 곳도 옛날 세상을 피해 숨어 살던 사람의 집으로 생각되었다.

그는 도연명과 같은 은사들이 모인 곳에 초청을 받아 술을 실컷 마시고 싶은 상상을 한다. 그 자리에 고운 목소리로 노래까지 부른다면 그야말로 비단 위에 꽃을 더하는 격이다.

배는 자꾸 상류로 거슬러 올라간다. 이대로 가면 무릉도원이 분명히 나타날 것도 같다. 자신은 잠시 무릉도원을 찾아간 고기잡이가 되어 좋은 술과 안주로 극진한 대우를 받는다. 그리고 아직도 시냇물 저 위로 무수한 복숭아꽃이 흐드러지게 피어 붉은 노을을 이루고 있는 것을 상상한다.

도연명 은거도

시의 내용은 대충 이런 뜻이다. 붉은 노을은 석양을 말한 것으로 보기도 한다. 아직 시간이 있다는 뜻이다.

금슬상화 琴瑟相和

거문고 琴 큰 거문고 瑟 서로 相 고를 和

거문고 가락에 맞추어 타듯 부부의 정이 잘 어우러짐.

— 《시경》 소아(小雅) 관저편(關雎篇)

부부의 정이 좋은 것을 「금슬(琴瑟)」이 좋다고 한다. 금슬은 거문고를 말한다. 거문고가 어떻게 부부의 정이란 뜻이 되는가.

말의 유래는 모두 《시경》에서 비롯하고 있다. 소아 상체편(常棣篇)은 한 집안의 화합을 노래한 8장으로 된 시로, 이 시의 제8장에,

처자의 좋은 화합은
거문고를 타는 것과 같고
형제가 이미 합하여
화락하고 또 즐겁다.

妻子好合　如鼓瑟琴　　처자호합　여고슬금
兄弟歸翕　和樂且湛　　형제귀흡　화락차담

라고 했다. 여기서 「금슬」을 「슬금(瑟琴)」이라고 바꿔 놓은 것은 운(韻)을 맞추기 위한 때문이다. 슬(瑟)은 큰 거문고를 말하고, 금(琴)은 보통 거문고를 말한다. 큰 거문고와 보통 거문고를 가락에 맞추어 치듯, 아내와 뜻이 잘 맞는다는 것을 말한 것이다.

처자는 아내와 자식이란 뜻도 되고, 아내란 뜻도 된다.

이 상체편은 형제 일족을 모아 놓고 먹고 마시는 광경을 읊은 것인데, 주(周) 무왕의 동생 주공단(周公旦)이 그 형제인 관숙선(管叔鮮)과 채숙도(蔡叔度)가 길을 잘못 들어, 주에 반기를 들다가 주살당한 것을 불쌍히 여겨 지은 시라고 한다. 또한 일설에는 주의 여왕(厲王) 때,

종족이 불화하였기 때문에 소목공(召穆公)이 일동을 모아 놓고 그 때 지었다고도 하고, 그 자리에서 주공의 작(作)을 읊었다고도 한다.

주공 제사묘

관숙과 채숙은 주공의 형제로 은(殷)의 주왕(紂王)의 뒤를 이은 무경(武庚)의 대신이었다. 무왕이 죽은 후 주공이 어린 성왕(成王)의 섭정이 되었는데, 주공을 달갑게 보고 있지 않던 관숙과 채숙은 주공이 성왕에 대하여 역심을 품고 있다고 선전을 하여 주공을 왕으로부터 멀리하게 하였다.

그러나 또다시 주공이 소환되는 것을 보고 관숙과 채숙은 위구(危懼)하여 무경을 세워 반란을 일으켰으므로 왕명을 받든 주공에 의하여 무경과 관숙은 주살되고 채숙은 추방되었다. 또 같은 《시경》 국풍 관저편은 다섯 장으로 되어 있는데, 그 제4장에,

요조한 숙녀를
금슬로써 벗한다

窈窕淑女　琴瑟友之　　요조숙녀　금슬우지

고 했다. 조용하고 얌전한 처녀를 아내로 맞아 거문고를 타며 서로 사이 좋게 지낸다는 뜻이다. 여기서 부부간의 정을 금슬로써 표현하게 되었고, 부부간의 금슬이 좋은 것을 「금슬우지」 또는 「금슬상화(琴瑟相和)」란 문자로 표현하기도 한다.

「금슬」이 좋다는 말은 결국 가락이 잘 맞는다는 뜻으로, 듣기 싫은 부부싸움이 일지 않는다는 뜻으로 확대 해석할 수도 있다.

금의야행 錦衣夜行

비단 錦 옷 衣 밤 夜 다닐 行

아무리 내가 잘해도 남이 알아주지 않는다는 뜻.

— 《사기》 항우본기(項羽本紀)

원래는 「의금야행(衣錦夜行)」이었는데, 「금의환향(錦衣還鄕)」의 경우와 마찬가지로 「의금」이 「금의」로 변한 것이다. 이 말은 항우가 한 말로 정사(正史)에도 나와 있다. 《사기》 항우본기에 보면, 항우가 홍문(鴻門) 잔치에서 유방을 죽이려다 시기를 놓치고는, 며칠이 지나 서쪽으로 향해 진나라 수도 함양을 무찔렀다.

그러나 실은 유방이 이미 항복을 받은 뒤였으므로 단지 입성을 한데 불과했다. 젊은 패기만으로 모든 일을 처리하고 있던 항우는, 유방이 백성의 마음을 사기 위해 손도 대지 않고 고스란히 남겨 두었던 진나라의 궁전들을 모조리 불사르고, 이미 항복하고 연금 상태에 있는 진왕(秦王) 자영(子嬰)을 끌어내 죽였다.

유명한 아방궁은 불길이 석 달이 지나도록 계속되었고, 그 밖의 모든 볼 만한 집들도 모두 불에 타 없어졌다. 항우는 그의 할아버지 항연(項燕)이 옛날에 진시황에 의해 죽었다는 사실을 생각하고 복수의 일념에서 이 같은 도에 지나친 짓을 했던 것이다.

항우는 진나라 창고에 쌓인 금은보화와 어여쁜 여인들을 모조리 싣고 불타버린 함양을 떠나 다시 동쪽으로 향했다.

이 때 한생(韓生)이란 사람이 항우에게,

「관중(關中 : 秦나라 땅)은 험한 산천이 사방을 막아 있고 땅이 비옥하기 때문에 여기에 도읍을 정하면 천하를 휘어잡을 수 있습니다」하고 권했다. 그러나 항우의 눈에 비친 함양은 불타버린 궁전, 마구 파괴

된 황량하고 을씨년스런 도
시에 불과했다. 그보다는
하루빨리 고향으로 돌아가
자기의 성공을 과시하고 싶
었다. 항우는 동쪽 하늘을
바라보며 이렇게 말했다.

아방궁 유지

「부귀를 하고 고향에 돌
아가지 않으면 비단옷을 입
고 밤길을 가는 것과 같다. 누가 알아줄 사람이 있겠는가 (富貴不歸故鄕
如衣繡夜行 誰知之者)」

아무리 입신출세를 해도 고향으로 돌아가지 않으면 이 모양을 고구
(故舊)에게 알릴 수가 없다. 그렇게 생각하고 항우는 간언을 듣지 않았
다. 한생은 항우의 면전에서 물러나자 사람들에게 말했다.

「초나라 사람은 원숭이로서 겨우 관을 썼을 뿐이라는 말이 있는데,
실로 틀림없는 말이다」(원숭이는 관이나 띠를 둘러도 오래 참지 못하
는 점에서 초나라 사람의 성질이 광조(狂躁)하고 조포(粗暴)한 것에 비
유하는 것)

이 말이 항우의 귀에 들어가 한생은 즉석에서 끓는 물에 삶겨 죽음을
당하고 말았다. 여기는 의수야행(衣繡夜行)으로 되어 있는데,《한서》
에는 의금야행(衣錦夜行)으로 되어 있다.

항우가 얼마나 단순한 감정의 사나이였는가 하는 것을 알 수 있다.
스물네 살에 맨주먹으로 들고 일어난 그가 3년 만에 천하의 패권을 잡
았으니 고향에 돌아가 한번 크게 뽐내 보고도 싶었을 것은 당연한 일이
다. 그런데 야사(野史)에는 관중에 머물러 있는 항우를 멀리 동쪽으로
떠나보내기 위해, 장양(張良)이 이 같은 말을 동요로 만들어 항우의 귀
에 들어가게 함으로써 항우의 마음을 흔들어 놓았다고 전해 온다.

기왕불구 旣往不咎

이미 旣 갈 往 아니 不 허물 咎

기왕 지난 일은 탓하지 아니함.

—《논어》 팔일편(八佾篇)

이미 지나간 일을 가지고 탓해 보았자 아무 소용이 없다는 뜻으로 쓰이는 말 가운데서 널리 알려져 있는 말이 「기왕불구」란 말이다. 기왕물구(旣往勿咎)라고도 한다. 탓하지 않는다는 것보다는 탓하지 말라는 것이 더 강한 느낌을 준다. 「불념구악(不念舊惡)」이라는 말이 있는데, 「지나간 잘못을 염두에 두지 않는다」는 것이다. 「기왕불구」와 일맥상통하는 점이 있기는 하나 뜻은 다르다. 〔☞ 불념구악〕

《논어》에 나오는 공자의 말이다. 팔일편에 보면,

노나라 애공(哀公)이 공자의 제자 재아(宰我)에게 사(社)에 대해서 물었다.

「사(社)」는 천자나 제후가 나라를 지켜주는 수호신을 제사지내는 제단을 말하는 것으로, 그 제단 주위에는 빙 둘러 나무를 심도록 되어 있었다. 재아는 노나라 임금의 물음에 대충 설명을 하고 나서 이렇게 끝을 맺었다.

「하후씨(夏后氏)는 사에다 소나무를 심고, 은(殷)나라 사람은 사에다 잣나무를 심었는데, 주(周)나라 사람은 사에다 밤나무(栗)를 심었습니다. 그런데 주나라 사람이 밤나무를 심은 까닭은 백성들로 하여금 전율하게 하려는 뜻에서였습니다」

밤나무란 한자어 율(栗)이 전율(戰慄)이란 율과 통용되는 데서 재아가 자기 스스로 착상을 한 것인지, 원래의 뜻이 그러했는지는 알 수 없다.

이 말을 전해 들은 공자는, 재아의 그 같은 말이 가뜩이나 백성을 사랑할 줄 모르는 임금에게 엉뚱한 공포정치를 하게 할 마음

공자와 제자들

의 계기를 만들어 줄까 두려운 생각이 들었다.

그래서 공자는 재아를 보는 순간 이렇게 꾸짖어 말했다. 이 말에 앞서 다른 말이 있었을 것 같은데 그 말은 《논어》에 나와 있지 않다.

「이루어진 일이라 말하지 아니하고, 되어버린 일이라 간하지 않으며, 이미 지나간 일이라 허물하지 않는다(成事不說 遂事不諫 旣往不咎)」

이 세 가지가 다 비슷한 말인데, 가장 알기 쉬운 기왕불구란 말이 널리 쓰이고 있는 것 같다. 공자가 재아에게 한 이 말뜻은 실상 꾸중하는 이상의 꾸중을 뜻하는 말이다. 돌이킬 수 없는 큰 과오를 범했다는 뜻과, 그러기에 말이란 깊이 생각한 뒤에 해야 한다는 깊은 교훈의 뜻이 포함되어 있다. 그러나 현재는 가벼운 뜻으로 쓰이고 있다.

凱風自南　吹彼棘心
개 풍 자 남　취 피 극 심

남으로부터 온 마파람이 가시나무에도 싹을 돋게 한다.

만물을 키우는 부드러운 남풍은 가시나무같이 나쁜 나무에도 새싹을 돋게 하고 생장시킨다. 성질이 사나운 자식도 어머니의 자애(慈愛)는 그를 잘 보살피고 따뜻하게 키워준다는 비유다.

—《시경》 패풍(邶風)편 「개풍(凱風)」—

기 우 杞 憂

나라 杞 근심 憂

장래의 일에 대한 쓸데없는 군걱정.

— 《열자(列子)》 천서편(天瑞篇)

　너무도 잘 알려진 말로, 「기우」는 「기인우천(杞人憂天)」의 준말이다. 《열자》 천서편에 나오는 우화에서 비롯된 말이다.

　기(杞)나라(주대周代에 하남성 개봉 근처에 있던 나라)에 한 사람이 있었다. 그는 하늘이 무너지고 땅이 꺼지면 몸 붙일 곳이 없을 걱정을 한 나머지 침식을 폐하고 말았다.

　여기에 또 그의 그 같은 쓸데없는 걱정을 하는 것을 걱정하는 사람이 있었다. 그가 침식을 폐하고 누워 있는 사람을 찾아가 이렇게 말했다.

　「하늘은 기운이 쌓여서 된 것으로 기운이 없는 곳은 한 곳도 없다. 우리가 몸을 움츠렸다 폈다 하는 것도, 숨을 내쉬고 들이쉬고 하는 것도 다 기운 속에서 하고 있다. 그런데 무슨 무너질 것이 있겠는가?」

　그러자 그 사람은 또,

　「하늘이 과연 기운으로 된 것이라면 하늘에 떠 있는 해와 달과 별들이 떨어질 수 있지 않겠는가?」 하고 물었다.

　「해와 달과 별들 역시 기운이 쌓인 것으로 빛을 가지고 있는 것뿐이다. 설사 떨어진다 해도 그것이 사람을 상하게 하지는 못한다」

　「그건 그렇다 치고 땅이 꺼지면 어떻게 할 것인가?」

　「땅은 쌓이고 쌓인 덩어리로 되어 있다. 사방에 꽉 차 있어서 덩어리로 되어 있지 않은 곳이 없다. 사람이 걸어 다니고 뛰놀고 하는 것도 종일 땅 위에서 하고 있다. 그런데 어떻게 꺼질 수 있겠는가?」

　이 말에 침식을 폐하고 누워 있던 사람은 꿈에서 깨어난 듯 기뻐 어쩔 줄을 몰랐다. 그의 그 같은 모습을 보고 깨우쳐 주러 간 사람도 따라서 크게 기뻐했다는 것이다. 이 이야기 다음에, 열자는 다시 장려자(長廬子)의 말을 덧붙이고 있다. 이들 두 사람의 주고받은 이야기를 전해들은 장려자는 이렇게 말했다.

「하늘이 무너지고 땅이 꺼지지 않을까 우려하는 것은 지나친 걱정이라고 할 수 있다. 그러나 무너지지 않는다고 단언하는 것 또한 옳지 못하다. 파괴되느니 안되느니 하는 것은 우리들로서는 알 수 없는 곳에 있는 것이다. 허나 파괴된다고 하는 자에게도 하나의 도리가 있고 파괴되지 않는다고 말하는 자에게도 하나의 도리는 있다. 그러므로 생(生)은 사(死)를 모르고 사(死)는 생(生)을 모른다. 장래는 과거를 모르고, 과거는 장래를 모른다. 천지가 파괴되느니 안되느니 하는 것을 우리가 어떻게 마음에 넣어 고려하겠는가」

끝으로 열자는 이렇게 결론을 맺고 있다.

「하늘과 땅이 무너지든 무너지지 않든, 그런 것에 마음이 끌리지 않는 무심(無心)의 경지가 중요한 것이다」

「기우」니, 「기인우천」이니 하는 말은 「이것저것 쓸데없는 걱정을 한다」든가 「까닭 없는 걱정을 하는 것」을 비유해서 쓴다. 이백(李白)의 시에 「기국(杞國)은 무사했다. 하늘이 기우는 것을 걱정한다」라는 구가 있는데, 거기에는 위에서 말한 쓸데없는 걱정 같은 무미한 일에 비유하는 것과 비교해서 고대인의 진실함, 허심(虛心)함을 그대로 따뜻하게 긍정하려고 하는 이백의 인간성이 깃들어 있다.

열자(列子)의 이름은 어구(禦寇)라 하고, 전국시대의 정(鄭)나라 사람으로, 노자의 계통을 이어 받았다. 《열자》는 그의 저서라고 하나, 후인의 위작(僞作)이 많이 보태졌다는 것이 정설이다.

기호지세 騎虎之勢

말탈 騎 범 虎 의 之 기세 勢

호랑이를 타고 달리는 듯한 기세, 곧 중도에 포기할 수 없는 형세

— 《수서(隋書)》 후비전(后妃傳)

위·오(吳)·촉(蜀)의 소위 삼국 대립은 위(魏)의 승리로 끝나고, 위는 국호를 진(晉 : 서진)이라 고치고 천하를 통치했으나 새외민족(塞外民族)의 침입으로 불과 50년으로 망하고, 새로이 남방 양자강 지대에 진(동진)이 전의 오나라의 도읍지였던 건업을 도읍으로 정했다.

서진의 옛 땅은 흉노(匈奴)·갈(羯)·선비(鮮卑)·저(氐)·강(羌)의 다섯 이민족, 즉 오호(五胡)에 의해 점령되어 한민족과 대립 항쟁을 계속 약 130년 동안에 16개의 나라가 생겼다가 망했다가 했다. 그 후 동진은 내란으로 망하고, 새로 송(宋 : 남조)이 생기고(420년), 이하 제(齊)·양(梁)·진(陳)이 뒤를 이어 일어나고(이상 남조), 한편 북쪽에서는 선비가 후위(後魏 : 북조)를 세운(440년) 이래, 동위·서위·북제(北齊)·북주(北周)로 계속되었다(이상 북조. 이 시대를 남북조시대라고 한다.

그런데 북조 최후의 왕조인 북주의 선제(宣帝)가 죽자, 외척인 한인 양견(楊堅)은 뒤처리를 하기 위해 궁중으로 들어갔다. 이 사람은 외척인 동시에 인물도 훌륭해서 재상으로서 정치를 총괄하고 있었으나, 언제나 자기 나라가 이민족에게 점령당하고 있는 것을 늘 원통하게 생각하고,「기회만 있으면 다시 한인(漢人)의 천하로 만들겠다」고 은근히 생각하고 있었다.

그러던 차에 선제가 죽은 것이다. 그 아들은 아직 어리고 그리 영리하지도 못했으므로 잘 달래서 제위를 양도시켜 수(隋)나라를 세웠다(581년).

양견은 그로부터 8년 후에 남조의 진(陳)을 멸망시켜 천하를 통일했다. 이것이 수(隋)의 고조 문제(文帝)다. 이 문제의 황후를 독고황후라고 한다. 전부터 남편에게서 그의 대망(大望)을 들어 알고 있었으므로 선제가 사망하고 남편이 마침내 북주(北周)의 천하를 빼앗기 위해 궁중으로 들어가 분주하게 획책하고 있을 때 사람을 보내 말을 전했다.

「큰일은 이미 『기호지세』의 형세가 되고 말았소 이제 내려올 수는 없소 최선을 다하시오(大事已然 騎虎之勢 不得下 勉之)」

양견이 용기를 북돋아 주는 처의 말에 격려된 것은 말할 나위도 없다. 황후 독고씨(獨孤氏)는 북주(北周)의 대사마 하내공(何內公) 신(信)의 일곱째 딸로, 그녀의 맏언니는 북주 명제(明帝)의 황후였다. 아버지 신이 양견을 크게 될 사람으로 보고 사위를 삼았을 때는 그녀의 나이 겨우 열 네 살이었다.

그녀는 굉장히 영리한 여자로서, 남편이 수나라 황제가 된 뒤에도 내시를 통해서 남편의 정치에 일일이 간섭을 하곤 했기 때문에 당시 사람들은 조정에 두 성인(二聖)이 있다고 했다 한다. 두 성인은 두 천자를 뜻한다.

한편 그녀는 결혼 당초 남편에게 첩의 자식을 낳지 않겠다는 맹세를 받았다고 하는데, 어찌나 질투가 심한지 언제나 후궁에 대한 감시의 눈을 늦추지 않았고, 그녀가 쉰 살로 죽을 때까지 후궁의 자식이라곤 한 명도 태어나지 못했다고 한다.

단 한 번, 문제가 미모의 후궁을 건드렸는데, 이를 안 그녀는 문제가 조회에 나간 사이 후궁을 죽여버렸다. 화가 난 문제는 혼자 말을 타고 궁중을 뛰쳐나가 뒤쫓아 온 신하를 보고,

「나는 명색이 천자로서 내가 하고 싶은 일도 할 수 없단 말인가?」하며 울먹이기까지 했다고 한다.

긍경 肯綮

뼈에 붙은 살 肯 힘줄 붙은 곳 (경), 창집 (계) 綮

사물의 급소를 찌름. 요점을 정확하게 포착함.

— 《장자》 양생주편(養生主篇)

《장자》 양생주편에 있는 이야기다.

전국시대 때 양(梁)의 문혜군(文惠君 : 혜왕)의 집에 포정(庖丁)이라는 요리사(庖)가 있었다. 그는 소를 잡아 다루는 솜씨가 아주 능란해서 소의 몸에 왼손을 가볍게 대고, 왼쪽 어깨를 슬며시 갖다 댄다. 그 손을 대고 어깨를 대며 또 한 다리를 버티고 서 있는 품, 무릎을 굽힌 품에 이르기까지 아주 훌륭하기 짝이 없는데다가 칼을 움직이기 시작하면 뼈와 살이 멋지게 떨어져 잘려진 고깃덩이가 털썩 하고 땅에 떨어진다. 이어서 칼의 움직임에 따라 버걱버걱 소리를 내며 살이 벗겨진다. 모든 것이 아주 리드미컬해서, 옛날 무악(舞樂)이었던 「상림지무(桑林之舞)」나 「경수지회(經首之會)」를 생각할 정도였다.

그래서 문혜군도 감탄하며,

「정말 굉장하구나. 재주라고는 하지만 명인이 되면 이 정도까지 된단 말인가」했다.

그러자 포정은 칼을 곁에 놓고 한숨을 쉬면서 말했다.

「아닙니다. 제가 바라는 것은 도(道)이지 한낱 재주가 아닙니다. 물론 저도 처음 소를 잡을 때는 소에게 마음이 끌려 제대로 손도 대지 못했습니다. 그러다가 3년쯤 지나는 동안 소 전체의 육중한 모양은 걱정하지 않게 되었습니다. 본능적인 감각을 움직여서 오관(五官 : 耳·目·口·鼻·形)의 기능이 정지되고, 정신력만 남게 되었습니다. 하면 할수록 소의 몸에 있는 자연의 이치에 따라 커다란 틈새에 칼을 넣고 커다

란 구멍으로 칼을 이
끌어 전혀 무리한 힘
을 쏟지 않게 되는 것
입니다. 그래서 이제
까지 단 한번도 칼날
이 긍경(肯綮)에 닿은
적이 없었습니다. 더
구나 커다란 뼈에 칼

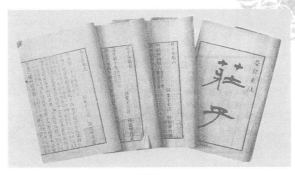

장자

을 맞부딪친다는 것은 생각도 할 수 없는 일입니다」

긍경(肯綮)의 긍(肯)은 뼈에 붙은 살, 경(綮)은 심줄과 뼈가 한데 엉
킨 곳, 그러니 「중긍경(中肯綮)」하면 일의 급소 요소에 닿는다는 뜻
으로 쓰인다.

포정(庖丁)의 경험담은 다시 계속된다.

「솜씨가 좋은 요리사쯤 되면 어쩌다 칼을 부러뜨리는 정도니까 일
년에 칼 한 자루면 충분하지만, 서투른 요리사는 흔히 칼날을 단단한
뼈와 부딪혀 칼을 부러뜨리므로 한 달에 한 자루의 칼이 필요하게 됩
니다. 그러나 저는 이 칼을 쓰기 시작하여 19년 동안 몇 천 마리의 소
를 잡았는지 기억조차 없습니다. 보시는 바와 같이 칼날은 방금 세운
것같이 번쩍이고, 이도 하나 빠지지 않았습니다. 또한 소의 뼈마디에
는 자연적인 틈이 있어 칼을 그 틈에 맞추어 넣으면 조금도 무리 없이
아주 편하게 칼을 쓸 수가 있습니다. 물론 저도 심줄과 뼈가 엉킨 곳에
손을 댈 때에는 이건 어렵구나 하는 생각이 들어 마음을 가다듬고 한
참 들여다보다가 천천히 그리고 조심조심 칼을 움직이죠」

이 말을 듣자 문혜왕은 재삼 감탄하며 말했다.

「아아, 참으로 대단한 솜씨로다! 나는 지금 포정의 말을 듣고, 양생
(養生)하는 길(道)을 깨달을 수가 있었다」

문혜왕이 깨달았다는 「양생의 길」이란 무엇인가. 이것을 써서 전한 철인(哲人) 장자는 이 이야기의 서두에 다음과 같은 것을 쓰고 있다.

「우리들 인간의 생명에는 다함(涯)이 있으나, 그 지욕(知欲)에는 다함이 없다. 다함이 있는 몸으로써 다함이 없는 지식이나 욕망을 추구하는 것은 위험한 일이다, 라는 점을 알고 있으면서도 이에 이끌려가는 것은 더욱 더 위험하다. 그래서 선(善)을 행해도 명리(名利)에 가까이 하지 말고, 악(惡)을 행해도 형륙(刑戮)에 가까이하지 말고, 선(善)에 기울지 말고, 악에 기울지 않는 무심한 경지를 지켜, 자연 그대로를 생활의 기본원리로 삼으면 내 몸을 보존하고 천수를 다 할 수가 있다는 것이다」

인지(人知)의 오만을 버리고, 무심으로 자연에 순응(順應)하는 것이 「양생」의 근본적인 도리며, 포정의 체험담도 또한 이 자연 수순(隨順)을 시사하는 것이다.

功者勞　而知者愚
공자로　　이지자우

너무 재주가 많은 자는 수고가 많고, 너무 영리한 자는 쓸데없는 걱정으로 고생이 많다.

— 《장자》 잡편 「열어구(列禦寇)」 —

기이할 奇 재화 貨

못되게 이용하는 기회.

― 《사기》 여불위전(呂不韋傳)

「기화(奇貨)」란 기이한 보화란 뜻이다. 그러나 지금은 본래의 뜻과는 달리 흔히 죄를 범한 사람이 그 죄를 범할 수 있은 좋은 기회를 말한다.

검찰관이 피의자의 논고에 흔히 쓰는 말로「이를 기화로 하여」란 말이 자주 나온다.

이 말의 유래는 《사기》 여불위전에서 찾아볼 수 있다.

여불위는 한(韓)나라 수도 양적(陽翟)의 큰 장사꾼이었다. 각국을 돌아다니며 물건을 싸게 사다가 비싼 값으로 넘겨 수천 금의 재산을 모았다.

진소왕(秦昭王) 40년에 소왕의 태자가 죽고, 42년에 소왕은 둘째아들 안국군(安國君)을 태자로 책봉했다.

안국군에게는 20여 명의 아들이 있었다. 또 그에게는 대단히 사랑하는 첩이 있어서 그녀를 정부인으로 세우고 화양부인(華陽夫人)이라 부르게 했는데, 그녀에게는 아들이 없었다.

안국군의 많은 아들 중에 자초(子楚)라는 아들이 있었는데, 그의 어머니 하희(夏姬)는 안국군의 사랑을 받지 못하고 있었다. 자초는 전국 말기에 흔히 있던 인질로 조나라에 가 있게 되었다.

인질이란 서로 침략하지 않겠다는 약속의 증거로 서로 교환되는 사람으로, 대개 왕자나 왕손들이 인질로 가 있었다.

그런데 진나라가 약속과는 달리 자꾸만 조나라를 침략해 왔기 때문

여불위

에 자초에 대한 조나라의 대우는 갈수록 나빠져만 갔다. 감시가 심해질 뿐만 아니라 일상생활마저 어려워져 가는 형편이었다.

그럴 무렵, 여불위가 조나라 수도 한단(邯鄲)으로 장사차 들어오게 되었다. 그는 우연히 자초가 있는 집 앞을 지나치다가 자초의 남다른 행색을 보고 주위 사람들에게 그 내력을 물었다.

얘기를 다 듣고 난 여불위는 매우 딱한 생각을 하며, 타고난 장사꾼의 기질로 문득 혼자 이런 말을 던졌다.

「진기한 보물이다. 차지해야 한다(此奇貨 可居)」

여기서 기화는 「기화가거(奇貨可居)」를 줄인 말이다.

이 때, 자초는 이인(異人)이란 이름을 쓰고 있었다.

이리하여 여불위는 자초를 만나 그를 갖은 방법으로 도와주고 위로하고 하여, 마침내는 그와 뒷날을 굳게 약속한 다음, 그를 화양부인의 아들로 입양을 시켜 안국군의 후사를 잇게 하는 데 성공했다.

그가 자초의 환심을 사고 화양부인을 달래기 위한 교제비로 천금의 돈을 물 쓰듯 했다. 그러나 여불위는 약속 외에 무서운 음모를 품고 있었다. 그것은 그가 한단에서 돈을 주고 산, 얼굴이 기막히게 예쁘고 춤과 노래에 뛰어난 조희(趙姬)란 여자를 자초의 아내로 보내 준 것이다.

그녀의 뱃속에는 이미 여불위의 자식의 씨가 들어 있었다. 그것이 요행히 사내아이일 경우 진나라를 자기 자식의 손으로 남모르게 넘겨주겠다는 음모였다.

과연 아들을 낳았고, 조희는 정부인이 되었다. 이 아들이 뒤에 진시황이 된 여정(呂政)이었는데, 결국 여불위는 자기 아들의 손에 의해 목숨을 잃게 된다.

그러나 한 장사꾼으로서 불행 속에 있는 자초를 기화로 삼아 일거에 진나라 승상이 되어 문신후(文信候)란 이름으로 10만 호의 봉록에, 천하에 그의 이름과 세력을 떨쳤으니, 장사꾼의 출세로서는 그가 아마 첫손에 꼽히고도 남을 것이다.

진시황

나

낙 백   능서불택필

落 魄 ▶ 能書不擇筆

낙백 落魄

떨어질 落 혼백 魄

모든 일이 뜻대로 되지 않아 형편이 말이 아닌 상태.

— 《사기》 역생육가열전(酈生陸賈列傳)

「낙백(落魄)」은 글자 그대로 풀이하면 넋이 달아났다는 말이다. 그러나 흔히 쓰이기로는, 모든 일이 뜻대로 되지 않아 형편이 말이 아닌 그런 상태를 말한다. 일정한 직업도 생업도 없이 끼니가 간데 없는 그런 상태를 말한다. 이 말은 《사기》 역생육가열전에 나오는 말이다.

「역생 이기란 사람은 진류 고양 사람으로 글 읽기를 좋아했으나, 집이 가난하고 낙백하여, 입고 먹기 위한 일을 하는 것이 없었다(家貧落魄無以爲衣食業)」

이것이 유명한 역이기의 전기에 나오는 첫머리다. 이 글을 보더라도 집이 가난한 것이 낙백이요, 입고 먹을 벌이마저 할 수 없는 처지가 낙백인 것 같다. 그러나 역시 역이기의 경우는 낙백이란 말이 실의(失意)를 뜻해서, 입고 먹을 벌이를 못한 것이 아니라, 할 생각이 없었던 것 같다. 결국 돈 떨어진 건달의 행색을 낙백이라고 표현할 수 있을 것 같다. 영웅호걸 치고 어느 누가 낙백을 맛보지 않은 사람이 있겠는가.

이런 형편에서 역이기는 마을 문지기 노릇을 하고 있었다. 옛날에는 마을마다 담과 울타리 같은 것으로 마을로 들어가는 문이 있어서 이를 지키곤 했다. 그는 비록 감문(監門)이란 천한 일을 하고 있었지만, 말과 행동만은 그렇게 거만할 수가 없었다. 그래서 사람들은 그를 미치광이라고 불렀다.

그러던 그가 진시황이 죽고 천하가 다시 어지러워지자 출세의 부푼 꿈이 다시 불붙기 시작했다. 호걸들이 의병을 일으켜 서북으로 진격해 올라가느라 고양을 지나게 되면, 혹시나 하고 역이기는 그들 장수들을 만나 보았다. 그러나 한 사람도 마음에 드는 사람이 없었다.

유방

이 때, 뒷날 한고조가 된 패공(沛公) 유방이 땅을 점령해 진류로 들어온다는 소식이 들려왔다. 그런데 다행히도 패공 휘하에 있는 기사(騎士) 한 사람이 역이기와 같은 마을 사람이었는데, 그가 고양 가까이 온 기회에 집에 들르게 되었다.

전부터 패공의 소식을 잘 듣고 있던 역이기는 그 기사를 찾아가 이렇게 말했다.

「내가 듣기에 패공은 거만하고 사람을 업신여기며 뜻이 크다고 하는데, 이런 사람이야말로 내가 같이 한번 따라 일을 해보았으면 하는 사람이다. 그러나 나를 소개해 줄 사람이 없다. 그대가 패공을 보거든 이렇게 말을 해주게. 우리 마을에 역이기란 사람이 있는데, 나이는 60이 넘었고 키가 8척이나 되며, 사람들이 다 그를 미치광이라고 부르고 있지만, 그 자신은 미치광이가 아니라고 한다고 말일세」

「하지만 패공은 선비를 좋아하지 않기 때문에, 손님들 중에 선비의 갓을 쓰고 오는 사람이 있으면 그 갓을 벗겨 그 속에다 오줌을 누기까지 하며, 사람들과 말할 때면 항상 큰 소리로 꾸중을 하는 형편인 만큼 절대로 선비로서 패공을 설득시킬 수는 없을 것이오」

「그런 걱정은 말고 제발 만나게만 해주게」

이리하여 이 기사의 소개로 패공은 고양으로 들어왔을 때 사람을 보내 역이기를 불러들였다.

역이기가 패공을 뵈러 들어가자, 패공은 그때 막 평상에 걸터앉아 두 다리를 쭉 뻗고 두 여자에게 발을 씻기고 있었다.

패공은 발을 씻기며 그대로 역이기를 대했다. 역이기는 두 손을 모아 높이 들어 보일 뿐 절은 하지 않고 목소리를 가다듬어 입을 열었다.

「족하(足下)는 진나라를 도와 제후를 칠 생각이오, 아니면 제후를 거느리고 진나라를 칠 생각이오?」

패공은 큰 소리로 꾸짖어 대답했다.

「이 철부지 선비야, 천하가 다 같이 진나라에 시달린 지 오래다. 그래서 제후가 서로 힘을 합해 진나라를 치려는 것이 아니냐. 진나라를 도와 제후를 치다니, 무슨 그런 뚱딴지같은 소리를 한단 말이냐」

「만일 군대를 모으고 의병을 합쳐 무도한 진나라를 칠 생각이면 그렇게 걸터앉아 늙은이를 대하지는 못할 거요」

이 말에 패공은 얼른 대야를 치우게 하고, 일어나 의관을 갖춘 다음 역생을 상좌로 모셔 올려 그의 의견을 들었다. 이리하여 60 평생을 낙백으로 보낸 역이기는 패공을 도와 동분서주하며 그의 인격과 뛰어난 말재주로 군사 하나 움직이지 않고 제후를 패공의 휘하로 돌아오게 하는 데 비상한 공을 세웠다.

그러나 한신(韓信)이 역이기의 재주를 시기하여, 이미 그가 말로써 항복을 받은 제나라를 무력으로 침공해 들어감으로써 역이기의 술책에 넘어간 줄로 오해를 한 제왕은 역이기를 기름 가마에 넣어 죽이고 말았다.

이 때 제왕(齊王)은 역이기에게, 한신의 침략군을 고이 물러가게 하면 살려 준다는 조건을 내걸었으나, 역이기는 이미 일이 틀린 줄을 알고 큰 소리를 치며 태연히 기름 가마로 뛰어들었다.

난형난제 難兄難弟

어려울 難 맏이 兄 아우 弟

두 사물의 낫고 못함을 분간하기 어려움.

— 《세설신어(世說新語)》숙혜편(夙惠篇)

「난형난제(難兄難弟)」란, 형 노릇하기도 어렵고 동생 노릇하기도 어렵다는 뜻이다. 어느 편이 더 낫다고 말할 수 없는 경우를 가리켜 난형난제라고 한다. 원래는 좋은 의미로만 사용되었는데, 뒤에는 좋지 못한 경우에도 쓰이게 되었고, 요즘은 오히려 좋지 못한 경우에 더 많이 쓰이고 있는 것 같다.

「양상군자(梁上君子)」란 말로 유명한 후한 말기의 진식(陳寔, 140∼187)은 태구(太丘)의 현령이란 말직에 있으면서도, 그의 아들 진기(陳紀 : 자는 원방), 진심(陳諶 : 자는 계방)과 함께 3군(君)이라고 불릴 정도로 덕망이 높았다.

언젠가 손이 진식의 집에서 묵게 되었다. 진식은 진기와 진심 두 형제에게 밥을 짓도록 시켜 놓고 손과 토론에 열중하고 있었다.

두 형제는 쌀을 일어 밥을 지으면서도, 아버지와 손님의 토론에 귀를 기울이는 사이 그만 자신들도 모르게 이야기에 열중하고 말았다. 얼마 후 진식은 아들에게,

「밥은 다 되었느냐?」하고 물었다. 그제야 정신이 들어 솥뚜껑을 열고 보았지만, 솥에는 밥이 아닌 죽이 끓고 있었다. 채반을 놓고 그 위에 쌀을 올려 찌게 되어 있는데, 이야기에 정신이 팔려 채반을 놓지 않고 쌀을 그대로 물 속에 집어넣었기 때문이다.

두 아들은 무릎을 꿇고 사실대로 알린 다음 용서를 빌었다. 그러자 아버지는,

「그럼 너희들은 우리가 한 이야기를 알고 있겠구나」 하고 물었다.
「네, 대강은 알고 있습니다」
「그럼 어디 한번 이야기해 보려무나」

두 아들은 차근차근 조리 있게 대답을 했다. 놀랍게도 하나도 빠뜨리지 않고 요점을 다 알고 있는 것이었다.

「됐다. 그럼 죽이라도 상관없다. 용서는 빌지 않아도 된다」 하고 아버지는 미소를 지었다.

《세설신어》 숙혜편(夙惠篇)에 나오는 이야기인데, 역시 같은 책 방정편(方正篇)에도 진기의 일곱 살 때의 이야기가 다음과 같이 실려 있다.

진식이 친구와 같이 어딘가에 가자는 약속을 한 일이 있었다. 한낮으로 시간을 정해 두었는데, 시간이 지나도록 친구가 나타나지 않자 진식은 먼저 떠나고 말았다. 뒤늦게 찾아온 친구는 문 밖에서 놀고 있는 진기에게, 아버지가 집에 계시느냐고 물었다. 진기가,

「아버님은 손님 오실 때를 오래 기다리시다가 오시지 않자 먼저 떠나셨어요」 하고 대답하자, 친구는 화를 버럭 내며,

「돼먹지 않은 녀석 같으니라고 약속을 해두고 혼자서 먼저 가버리다니, 세상에 그런 법이 있담!」 하고 욕을 했다.

그러자 진기가 이렇게 대꾸를 하는 것이었다.

「손님께서 아버지와 정오에 만나기로 약속하셨지요? 그런데 한낮이 지나도록 오시지 않은 것은 손님께서 신의를 저버린 것이 아닐까요? 그리고 자식을 앞에 두고 그 아버지 욕을 한다는 것은 예의에 벗어난 일이 아닌가요?」

친구는 어린 것에게 책망을 당하는 순간, 깊이 자신의 잘못을 뉘우치고 얼른 수레에서 내려 사과하려 했다. 그러나 진기는 상대를 하지 않고 대문 안으로 들어가 버렸다.

「그 아버지에 그 아들」이란 말이 있듯이 이 진기의 아들 진군(陳群)도 또한 수재여서, 뒤에 위문제 조비(曹丕) 때 사공(司空)과 녹상서사(錄尙書事 : 재상)의 벼슬을 했고, 구품관인법(九品官人法)을 입안한 것으로 알려져 있다.

　이 진군이 어렸을 때의 이야기다. 언젠가 진심의 아들 진충(陳忠)과 사촌끼리 서로 자기 아버지의 공적과 덕행을 자랑하여 서로 훌륭하다고 주장을 했으나 결말이 나지 않았다. 그래서 할아버지 진식에게 판정을 내려 줄 것을 요구했다. 그러자 진식은,

　「원방도 형 되기가 어렵고, 계방도 동생 되기가 어렵다(元方難爲兄 季方難爲弟)」고 대답했다.

　결국, 형도 그런 훌륭한 동생의 형 노릇하기가 어렵고, 동생도 그런 훌륭한 형의 동생 노릇하기가 어려운 형편이니, 누가 보다 훌륭하고, 누가 보다 못한지를 가릴 수 없다는 이야기다. 과연 진식다운 대답이었다.

攻人之惡 毋太嚴 要思其堪受
공인지오　무태엄　요사기감수

　남의 잘못을 꾸짖을 때는 너무 엄하게 마라. 그가 받아서 감당할 수 있는지를 생각해 보아야 한다.

— 《채근담(菜根譚)》 —

낙양지귀 洛陽紙貴

서울이름 洛 볕 陽 종이 紙 귀할 貴

책이 호평을 받아 낙양의 종이 값을 올림.

— 《진서(晋書)》 문원전(文苑傳)

「낙양지귀」는 어느 특정 서적이 대량으로 출판을 거듭하고 있는 것을 표현하는 말이다. 그 책을 베끼느라 낙양에 종이가 달려 값이 뛰게 되었다는 뜻이니, 요즈음 우리가 흔히 말하는 「베스트셀러」정도가 아닐 것이다. 낙양의 지가를 오르게 한 실례를 소개하면 다음과 같다.

진(晋)나라 좌사(左思)는 임치(臨淄) 사람이었다. 아버지 좌옹(左雍)도 하급 관리에서 몸을 일으켜, 그의 학식으로 전중시어사(殿中侍御史 : 검찰총장)란 높은 벼슬로 뛰어오른 사람이다. 좌사는 젊었을 때 글과 음악을 배웠으나 도무지 늘지가 않았다. 그런데 어느 날 그의 아버지가 친구를 보고, 「내가 젊었을 때는 저렇지는 않았었는데……」하는 소리를 들은 뒤부터 나도 하면 된다는 결심을 하고 공부에 열중하기 시작했다.

그는 뛰어난 문장의 소질을 갖고 있었지만, 얼굴이 못생긴데다가 날때부터 말더듬이였기 때문에 사람 대하기를 꺼려해 항상 집안에 들어박혀 창작에만 열중하고 있었다. 이리하여 1년이 걸려, 일찍이 제나라 수도였던 임치의 모습을 운문으로 엮은 「제도부(齊都賦)」를 완성하고, 이에 삼국시대의 촉나라 수도였던 성도와 오나라 수도 건업과 위나라 수도업(業)을 노래한 「삼도부(三都賦)」를 지을 생각을 했다.

이리하여 많은 참고 서적과 선배들을 찾아 기초 지식을 얻는 한편, 구상을 짜내는 데 10년이란 세월을 쏟았다. 그는 이동안 뜰은 물론이요 대문에서 담 밑에까지 곳곳에 붓과 종이를 준비해 두고, 좋은 글귀가 머리에 떠오르면 그 즉석에서 적어 나갔다. 그러는 동안 그는 자신의 지식이 모자라는 것을 절감한 나머지, 자진해서 비서랑(秘書郞)이란 직책을 얻어 많은 재료를 얻어 보기도 했었다.

이리하여 완성한 것이 「삼도부」였으나, 그에 대한 평이 그리 놀라운 것은 아니었다. 그러나 자신의 작품에 대해 크게 자신을 가진 그는, 당시 초야에서 저술에 종사하고 있던 황보밀(皇甫謐)을 찾아갔다.

황보밀은 그의 작품을 한번 읽어 보고는 「이건 굉장한 문장이다」하고 즉석에서 서문을 써 주었다. 다시 여기에 저작랑(著作郞 : 국사편찬관)인 장재(張載)가 「위도부」에, 중서랑 유규(劉逵)가 「오도부」와 「촉도부」에 주석을 붙이고, 위관(衛瓘)이 약해(略解)를 짓는 등 당시 일류 명사들로부터 그 진가를 인정받게 되었다.

그러나 그의 이름을 단번에 결정적으로 유명하게 만든 것은 사공(司空 : 치수와 토목을 맡은 재상) 장화(張華)의 절대적인 찬사 때문이었다.

「반고(班固)와 장형(張衡)에 맞먹는 작품이다. 읽는 사람으로 하여금 읽고 나서도 여운이 남고, 여러 날이 지나도 감명을 새롭게 한다」

이런 찬사가 한번 알려지자, 돈 많고 지위 높은 집 사람들이 앞다투어 베껴 가는 바람에 낙양의 종이값이 오르게 되었다는 것이 《진서》 문원전에 나오는 이야기다. 반고·장형과 맞먹는다는 말은 반고의 「이도부(二都賦)」와 장형의 「이경부(二京賦)」에 견줄 만하다는 이야기다.

한편, 같은 시대의 육기(陸機)도 「삼도부」를 짓고 있었는데, 그가 좌사의 「삼도부」를 보자, 「나로서는 한 자도 더 보탤 것이 없다」하고 자기의 「삼도부」를 중도에 포기하고 말았다. 육기는 당대 제일가는 문호였을 뿐만 아니라, 후세에까지 손꼽히는 대문장가였다.

아무튼 종이가 발명된 지 2백 년밖에 안되는 당시였던 만큼, 이 이야기에는 조금도 과장이 없었던 것 같다.

남가일몽 南柯一夢

남녘 南 가지 柯 한 一 꿈 夢

꿈과 같이 헛된 한때의 부귀와 영화.

— 《태평광기(太平廣記)》

「남가일몽」은 남쪽으로 뻗은 나뭇가지 밑에서의 한 꿈이란 뜻이다. 사람의 덧없는 일생과 부귀 같은 것을 비유해 하는 말이다. 옛날 소설 따위를 보면 생시와 다름없는 역력한 꿈을 말할 때 이 남가일몽이란 문자를 쓰곤 했다. 생시와 다름없는 꿈이란 뜻일 것이다.

장자(莊子)의 나비꿈(胡蝶夢)의 이야기처럼 사람은 과연 생시 같은 꿈을 꾸고 있는 건지, 꿈같은 삶을 살고 있는 건지 모를 일이다.

남가일몽이란 문자의 유래는 다음과 같다. 당나라 덕종(德宗 : 재위 779~805) 때, 강남 양주(揚州) 땅에 순우분이란 사람이 살고 있었다. 그의 집 남쪽에는 몇 아름이나 되는 큰 괴화나무가 넓게 그늘을 드리우고 있었는데, 여름철에는 친구들과 어울려 그 괴화나무 밑에서 술을 마시며 즐기곤 했다.

하루는 밖에서 술에 취한 순우분이 친구의 부축을 받으며 집으로 업혀 들어와서는 처마 밑에서 잠시 바람도 쐴 겸 누워 있었다. 잠이 어렴풋이 들었는가 했는데, 문득 바라보니 뜰 앞에 두 관원이 넙죽 엎드려 있었다. 그들은 머리를 들고, 「괴안국(槐安國) 국왕의 어명을 받잡고 모시러 왔습니다」 하는 것이었다.

순우분은 그들을 따라 문 밖에 대기하고 있는 네 마리 말이 끄는 마차에 올라탔다. 마차는 쏜살같이 달리더니 큰 괴화나무 뿌리 쪽에 있는 나무 굴로 들어갔다. 처음 보는 풍경 속을 수십 리를 지나 화려한 도성에 와 닿았다. 왕궁이 있는 성문에는 금으로 「대괴안국(大槐安國)」이라 씌어 있었다.

국왕을 알현하자, 국왕은 그를 부마로 맞이할 뜻을 비쳤다. 그의 부친은 일찍이 북쪽 변방의 장수로 있었는데, 그가 어릴 때 간 곳을 알 수 없게 되었다. 괴안국 왕의 이야기로는 그의 아버지와 상의가 있어 이혼사를 결정했다는 것이었다.

부마로 궁중에서 살게 된 그에게 세 명의 시종이 따르게 되었는데, 그 중 한 사람은 얼굴이 익은 전자화(田子華)란 사람이었다. 또 조회 때 신하들 속에 술친구였던 주변(周辯)을 발견하게 되었는데, 전자화의 말로는 지금은 출세를 해서 대신이 되어 있다고 했다.

이윽고 남가군(南柯郡)의 태수로 임명되어, 전자화와 주변을 보좌역으로 데리고 부임했다. 그로부터 20년 동안 두 사람의 보좌로 고을이 태평을 누리게 되고, 백성들은 그를 하늘처럼 우러러보았다. 그 사이 다섯 아들과 두 딸을 얻었는데, 아들들은 다 높은 벼슬에 오르고, 딸은 왕가에 시집을 가서, 그 위세와 영광을 덮을 가문이 없었다.

20년이 되던 해, 단라국(檀羅國) 군대가 남가군을 침략해 들어왔다. 주변이 3만의 군대를 이끌고 나가 맞아 싸웠으나 크게 패했다. 주변은 이내 등창을 앓다가 죽고, 뒤이어 순우분의 아내 역시 급병으로 세상을 떠나고 말았다. 그는 벼슬을 사임하고 서울로 돌아왔다. 그러나 그의 명성을 사모하여 찾아오는 귀족과 호걸들이 문턱이 닳도록 드나들었다.

그러자 그가 역적 음모를 꾸민다고 투서를 하는 사람이 있었다. 왕은 겁을 먹고 있던 참이라 그에게 근신을 명령했다. 그는 스스로 죄가 없는지라 심한 불행 속에 나날을 보냈다. 이것을 눈치챈 국왕 내외는 그에게,

「고향을 떠난 지 벌써 오래니, 한번 다녀오는 것이 어떻겠는가? 그동안 손자들은 내가 맡을 터이니 3년 후에 다시 만나기로 하지」 하고 권

했다. 그가 놀라,

「제 집이 여긴데, 어디를 간단 말입니까?」하고 반문하자,

「그대는 원래 속세 사람, 여기는 그대의 집이 아닐세」하며 웃는 것이었다. 순우분은 그제야 옛날 생각이 되살아나 고향으로 돌아가기로 했다.

처음 그를 맞이하러 왔던 사람들에 의해 옛 집으로 돌아오자, 처마 밑에 자고 있는 자기 모습이 보였다. 깜짝 놀라 우뚝 서 있노라니 두 관리가 큰 소리로 그의 이름을 불렀다. 번쩍 눈을 뜨니, 밖은 그가 처음 업혀 올 때와 변한 것이 없고, 하인은 뜰을 쓸고 있고, 두 친구는 발을 씻고 있었다.

그가 친구와 함께 괴화나무 굴로 들어가 살펴보니 성 모양을 한 개미 집이 있는데, 머리가 붉은 큰 개미 주위를 수십 마리의 큰 개미가 지키고 있었다. 그것이 「대괴안국」의 왕궁이었다. 다시 구멍을 더듬어 남쪽으로 뻗은 가지(南柯)를 네 길쯤 올라가자 네모진 곳이 있고 성 모양의 개미집이 있었다. 그가 있던 남가군이었다. 그는 감개가 무량해서 그 구멍들을 본래대로 고쳐 두었는데, 그날 밤 폭풍우가 지나가고 아침에 다시 보니 개미들은 흔적마저 보이지 않았다.

남가군에서 만난 사람들과는 열흘 전에 만난 일이 있었다. 하인을 시켜 알아보니 주변은 급병으로 죽고, 전자화도 병으로 누워 있었다.

그는 이 남가의 한 꿈에 인생의 허무함을 깨닫고 술과 여자를 멀리하며 도술(道術)에 전념하게 되었다. 그런 지 3년 뒤에 집에서 죽었는데, 이것이 남가국에서 약속한 기한이 되는 해였다.

이것은 당나라 이공좌(李公佐)가 지은 이야기로 《이문집(異聞集)》이란 책에 실려 있던 것이 《태평광기(太平廣記)》에 다시 수록되어 지금까지 전해지고 있다.

남산가이 南山可移

남녘 南 뫼 山 옳을 可 옮길 移

이미 내린 결정은 절대로 고칠 수 없다.

— 《구당서(舊唐書)》 이원굉전(李元紘)

남산은 옮길 수 있을지언정 이미 내려진 결정은 절대로 고칠 수 없다는 말이다. 한번 결심한 일은 결코 굽히지 않겠다는 의지를 나타낼 때 「남산가이(南山可移)」라고 한다.

당나라 때 옹주군(雍洲郡)에 호적을 관리하고 민사소송을 판결하는 사호참군(司戶參軍)이라는 벼슬을 하는 이원굉이라는 사람이 있었다. 《구당서》 이원굉전에 보면 이원굉은 사람됨이 정직하고 일을 처리함에 있어 아주 공명정대했다.

어느 날, 한 중이 찾아와 어떤 사람이 절의 돌말(石馬)을 강탈해갔다고 탄원을 했다. 그런데 강탈해간 자는 태평공주(太平公主)라는 자로서 조정의 권세를 등에 업고 갖은 악행을 저지르는 세도가였다. 하지만 이원굉은 조금도 개의치 않고 돌말을 절에 되돌려주라는 판결을 내렸다. 그러자 이원굉의 상관인 두회정(竇懷貞)은 태평공주가 두려워 이원굉에게 판결을 다시 내리라고 압력을 넣었다. 그러나 이원굉은 얼굴빛 하나 바꾸지 않고 판결문 말미에,

「남산은 옮길 수 있어도 판결은 고칠 수 없다(南山可移 判不可搖)」라는 여덟 글자를 덧붙였다.

남산은 장안성 남쪽에 있는 큰 산인데, 이원굉의 이 말은 원래 판결을 움직인다는(可搖) 것은 남산을 옮기기보다 어렵다는 뜻이었다. 여기서 절대로 변경할 수 없는 결정 따위를 비유해서 「남산가이」라고 한다.

남귤북지　南橘北枳

남녘 南 귤나무 橘 북녘 北 탱자나무 枳

사람은 그 처한 환경에 따라서 기질도 변함을 비유하여 이르는 말.

— 《안자춘추(晏子春秋)》

같은 종류의 것이라도 기후와 풍토가 다르면 그 모양과 성질이 달라지기 마련이다. 같은 사람이라도 그가 살고 있는 주위 환경이 달라지면 생각과 행동이 달라지는 법이다. 이 같은 진리를 예로 보여준 것이 바로 여기에 나오는 「강 남쪽에 심은 귤을 강 북쪽에 옮겨 심으면 탱자가 된다」는 말이다.

여기에 따른 재미있는 이야기가 있다. 춘추시대 말, 제(齊)나라에 유명한 안영(晏嬰)이란 재상이 있었다. 공자도 그를 형님처럼 대했다는 이 안영은 지혜와 정략이 뛰어난데다가 구변과 담력 또한 대단했고, 특히 키가 작은 것으로 더욱 이름이 알려져 있었다.

어느 해 초(楚)나라 영왕(靈王)이 안영을 자기 나라로 초청했다. 안영이 하도 유명하다니까 얼굴이라도 한번 보았으면 하는 호기심과 그토록 대단하다는 안영의 코를 납작하게 만들겠다는 심술 때문이었다. 영왕은 간단한 인사말을 끝내기가 바쁘게 이렇게 입을 열었다.

「제나라에는 그렇게 사람이 없소?」

「어찌 그런 말씀을 하십니까? 길가는 사람은 어깨를 마주 비비고 발꿈치를 서로 밟고 지나가는 형편입니다」

「그렇다면 하필 경 같은 사람을 사신으로 보낸 까닭은 뭐요?」

안영의 키 작음을 비웃어 하는 말이었다. 외국 사신에게 이런 실례되는 말이 없겠지만, 초왕은 당시 제나라를 대단치 않게 보았기 때문에 이런 농을 함부로 했다. 안영은 서슴지 않고 태연히 대답했다.

「그 까닭은 이렇습니다. 우리나라에서는 사신을 보낼 때 상대방 나라에 맞게 골라서 보내는 관례가 있습니다. 즉 작은 나라에는 작은 사람을, 큰 나라에는 큰 사람을 보내는데, 신은 그 중에서도 가장 작은 편에 속하기 때문에 뽑혀서 초나라로 오게 된 것입니다」

상대를 놀려주려다가 보기 좋게 한방 먹은 초왕은 얼굴이 화끈거렸다. 첫번째 계획이 실패로 돌아가자 두 번째 계획으로, 궁궐 뜰 아래로 포리들이 죄인을 앞세우고 지나갔다. 왕은 포리를 불러 세웠다.

「여봐라! 죄인은 어느 나라 사람이냐?」

그러자 포리가 대답했다.

「제나라 사람이옵니다」

「죄명이 무엇이냐?」

「절도죄이옵니다」

그러자 초왕은 안영을 바라보며 말했다.

「제나라 사람은 원래 도둑질을 잘하오?」

계획 치고는 참으로 유치했으나, 당하는 안영에게는 이 이상의 모욕은 있을 수 없었다. 그러나 안영은 초연한 태도로 대답했다.

「강 남쪽에 귤이 있는데, 그것을 강 북쪽으로 옮겨 심으면 탱자가 되고 마는 것은 토질 때문입니다. 제나라 사람이 제나라에 있을 때는 원래 도둑질이 뭔지도 모르고 자랐는데, 그가 초나라로 와서 도둑질을 한 것을 보면 역시 초나라의 풍토 때문인 줄로 아옵니다」

며칠을 두고 세운 계획이 번번이 실패로 돌아가게 되자, 초왕은 그제야 그만 안영에게 항복을 하고 말았다.

「애당초 선생을 욕보일 생각이었는데, 결과는 과인이 도리어 욕을 당하는 꼴이 되었구려」 하고 크게 잔치를 벌여 안영을 환대하고, 다시는 제나라를 넘보지 않았다. 안영이 만들어낸 말은 아니지만, 역시 그것은 진리였다. 식물은 풍토가 중요하고 사람은 환경이 중요한 것이다.

남귤북지 南橘北枳 187

남 상   濫 觴

넘칠 濫 담글(술잔) 觴

사물의 시초나 근원을 이르는 말.

— 《순자(荀子)》 자도편(子道篇)

남(濫)은 물이 넘친다는 뜻도 되는데, 여기서는 물 위에 뜬다는 뜻이다. 상(觴)은 술잔을 말한다. 즉 「남상」은 술잔을 띄울 만한 조그만 물이란 뜻이다.

이것은 《순자》 자도편에도 거의 같은 글이 실려 있다. 큰 배를 띄우는 큰 강물도 그 첫 물줄기는 겨우 술잔을 띄울 만한 작은 물이란 뜻에서, 모든 사물의 처음과 출발점을 말하여 남상이라 한다.

《순자》에 나오는 이야기를 소개하면 다음과 같다. 공자의 제자 자로(子路)가 화려한 차림을 하고 공자를 가 뵈었다. 공자는 자로의 그 같은 모습을 보고 말했다.

「유(由 : 자로의 이름)야, 너의 그 거창한 차림은 어찌된 일이냐?」

공자는 자로가 전과는 달리 그런 화려한 차림새를 하고 있는 것을 보자, 그가 혹시 사치와 교만에 빠져드는 것이 아닌가 싶어 걱정이 되었다. 그래서 양자강을 비유로 들어 이야기를 시작한다.

장강(양자강)

「원래   양자강

은 민산에서 시작되는데, 그것이 처음 시작할 때는 그 물이 겨우 술잔을 띄울 만했다(昔者 江出於岷山 其始出也 其源可以濫觴). 그러나 그것이 강나루에 이르렀을 때는 큰 배를 띄우고 바람을 피하지 않고는 건널 수 없다. 그것은 하류의 물이 많기 때문에 사람들이 겁이 나서 그러는 것이다. 지금 너는 화려한 옷을 입고 몹시 만족한 얼굴을 하고 있는

자로

데, 사람들이 너의 그 같은 태도를 보게 될 때 누가 너를 위해 좋은 충고를 해줄 사람이 있겠느냐」 하고 타일렀다.

항상 자기의 허물을 듣기를 좋아하고, 또 그 허물을 고치는 데 과감하기로 유명한 자로는 공자의 꾸중을 듣자 당장 옷을 바꾸어 입고 겸손한 태도로 다시 공자를 뵙게 된다.

공자는 다시 자로에게 긴 교훈의 말을 주게 되는데, 그것은 약하기로 한다.

「남상」을 잔을 담근다고 풀이하기도 한다. 잔을 띄우는 것이 큰 물 위에서도 가능하다고 본다면 잔을 물에 담가도 떠내려가지 않을 정도의 작은 물로 해석하는 것이 정확하다고 본다.

教使之然也
교 사 지 연 야
그 사람의 현재의 모습은 교육이 그렇게 만든 것이다. 바른 모습도 잘못된 모습도 모두 교육의 결과인 것이다.

— 《순자》 권학편 —

남풍불경 南風不競

남녘 南 바람 風 아니 不 겨룰 競

세력이 크게 떨치지 못함.

— 《좌전》 양공편(襄公篇)

《좌전》 양공편에 다음과 같은 이야기가 있다.

춘추시대 말엽, 노양공(魯襄公) 18년(B.C. 555)에 진(晋)을 중심으로 노나라·위(衛)나라·정(鄭)나라의 연합군이 제(齊)나라를 공격했다. 이때 정나라에서는 군대를 출정시키면서 자공(子孔)과 자전(子展)·자장(子張) 등을 남겨 놓아 방비를 하도록 했다.

정(鄭)의 자공은 야심에 불타고 있었다. 그의 야심에 방해자가 되는 여러 대부들을 제거하고 정권을 장악하려고 꾀하고 있던 참이었다.

당시 제후는 진(晋)을 맹주로 삼고, 대두해온 제(齊)에 대한 토벌군을 일으켜 착착 그 포위진을 압축시키고 있었다. 그래서 그 틈을 타 자공은 진(晋)에 반기를 들고 남쪽의 명문인 초(楚)의 영윤(令尹) 자경(子庚)에게 보내 그 뜻을 알렸으나 자경은 들어주지 않았다. 그런데 초강왕(楚康王)이 그 소식을 듣고 자경에게 사람을 보내어,

「내가 사직(社稷)을 맡아서 지킨 지 5년이 되어 가지만, 아직 외국에 군대를 파견한 예가 없소. 국민들은 나를 가리켜 스스로 안일(安逸)에 젖어서 선군(先君)의 유업을 잊었다고 생각할는지 모릅니다. 영윤께서 다시 생각해 주기 바라오」

오로지 국가의 이익만을 걱정하고 있는 자경은 그 말을 듣고 깊이 탄식했으나, 임금의 명령이고 보니 하는 수 없이 군대를 파견하기로 하는데 거기에 단서를 달았다.

「현재 여러 제후들은 진(晋)에게 쏠리고 있습니다만, 여하튼 한번

부딪쳐 보기는 하겠습니다. 잘 된다면 주상께서도 나서 주십시오 잘 되지 않을 때에는 군대를 회군하도록 하십시오 그렇게 하면 손해도 없고 주상의 치욕이 되지도 않을 것입니다」

자경은 군대를 이끌고 정(鄭)으로 출격했다. 그러나 이미 자공의 야심을 눈치 챈 정나라의 자전과 자장이 수비를 강화해 두었기 때문에 목적을 달성할 수가 없었다. 자경의 군대는 각지를 전전해서 침략을 계속했으나 성하(城下)에는 겨우 이틀 동안 주둔했다가 철수해야 할 형편이었다.

어치산(魚齒山) 기슭을 지날 무렵 큰 비를 만나고 추운 겨울이라 인마는 꽁꽁 얼어 군대는 거의 전멸 상태에 빠지고 말았다.

진(晋)나라에서도 초군이 출동했다는 소문은 퍼지고 있었다. 그러나 사광(師曠 : 진나라의 악관樂官)이 말하기를,

「뭐 대단한 일은 없을 것이다. 나는 전부터 남방의 노래, 북방의 노래를 연구했는데 남방의 음조는 미약해서 조금도 생기가 없다. 초군은 반드시 실패할 것이다(不害 吾驟歌北風 又歌南風 南風不競 多死聲 楚 必無功)」라고 했다.

동숙(董叔 : 역수가歷數家)도,

「금년 운수 이 달의 운 역시 서북방에 유리하다. 남군은 때를 얻지 못하고 있다. 반드시 성공을 거두지 못할 것이다」

숙향(叔向 : 정치가)도,

「모든 것은 임금의 덕에 의하는 것이다」

세 사람이 다 같은 예언을 한 셈이다.

「남풍불경」은 남쪽나라의 세력이 떨치지 못한다는 뜻으로, 일반적으로 세력이 크게 떨치지 못할 때 잘 쓰는 말이다.

낭중지추 囊中之錐

주머니 囊 가운데 中 의 之 송곳 錐

재능이 뛰어난 사람은 숨어 있어도 사람에게 알려짐의 비유.

— 《동헌필록(東軒筆錄)》

《동헌필록》에 있는 이야기다.

중국 장산(長山)이라는 동네에 점(占)을 잘 치는 사람이 있었다. 이 사람의 점은 신(神)을 불러내어 그 신으로부터 모든 것을 일러 받는 일이었다. 이 점에 나오는 신은 하선고(何仙姑)라는 이름으로 그 말하는 것이 조리에 들어맞고 학문에 대해서도 조예가 깊었으므로 모든 사람들한테 인기가 높았다.

그 시절에 장산에서 공부하고 있던 학생 중에 이(李)라는 사람이 있었는데 행실이 좋고 두뇌도 문장도 능했으므로 남한테 신망을 받아 왔었다. 허나 웬일인지 이 사람이 과거(科擧)만 보면 반드시 떨어지므로 친한 친구들이 걱정하여 하선고를 불러내어 물어보기로 하였다.

「내 친구 이(李)는 인물이 훌륭한 자로 문장도 능한데 시험만 보면 꼭 떨어지니 도대체 어찌 된 셈일까요?」

하고 묻자 하선고는 대답하였다.

「이상하군. 그럼 그 이군이 쓴 글을 좀 보여주게」

친구들이 이군이 쓴 글을 가져다 보였더니 하선고는 술술 내려 읽으며 말하는 것이었다.

「으음, 이 글은 훌륭한데. 그렇다면 장원급제는 틀림이 없겠는데, 참 이상도 한 노릇인 걸. 잠깐 조사해 보고 올 터이니 기다려 보게나」

얼마 있다가 하선고가 말했다.

「내가 지금 관에 가서 조사를 해보았더니 시험관 책임자는 관내의 사무가 바빠서 채점을 부하에게만 맡기고 있다더군. 그 부하들이라는 것이 누구 하나 똑똑한 자가 없어 아무리 이군이 좋은 글을 썼어도 그 뜻을 못 알아보는 것일세. 한두 사람 학문이 나은 사람이 있으나 답안은 여러 사람이 나누어 보고 있으므로 요행 그런 사람에게 걸리지를 않았네. 아마 이군은 이 다음 시험에도 떨어지게 될 걸세」

친구들은 돌아가 이군에게 이런 이야기를 하였더니 이군은 몹시 낙심을 하였다. 그렇다고 학문을 단념할 수는 없었다. 그래서 이 때 문장의 대가로서 유명한 손(孫)선생에게 가져다가 평을 받기로 하였다.

「이건 잘 됐는걸. 이런 훌륭한 글이 떨어진다는 것은 있을 수 없는 일이야. 군은 반드시 합격할 것이므로 점쟁이가 하는 말을 염려할 필요가 없네」

이 말을 듣고 난 이군도 다시 자신을 얻어 다음 시험을 치렀다.

허나 시험 결과가 발표된 것을 보니 하선고가 말한 대로 이군은 떨어져 버렸다. 이군의 실망은 말할 것도 없고, 손선생도 이 말을 듣고 당장 이군의 답안을 갖다 조사해 보았더니 이렇다 할 결점도 없고 언제나 다름없는 훌륭한 문장이었다.

「이것은 이상한데? 이런 훌륭한 문장을 쓰고서도 합격이 안되다니. 이는 반드시 시험관의 책임자가 바빠서 직접 답안을 조사하지 못하고 부하들에게 채점을 시키고 있는 까닭일 거야」

손선생의 말이 하선고가 말한 이야기와 같았으므로 이군은 또다시 하선고의 말이 옳았음에 감탄하여 다시 한번 하선고를 불러내어 물었다.

「요전 시험 결과는 선생이 말씀하신 대로였습니다. 이 다음 시험에는 기필코 합격해야겠는데 무슨 좋은 도리는 없겠습니까?」

하고 묻자 하선고는 대답하였다.

「별도리는 없어, 단지 참다운 길 하나밖에는. 참다운 일은 반드시 나타난다. 마치 포대 속에 송곳을 넣어 두면 언젠가는 그 끝이 포대를 뚫고 나오듯이 훌륭한 사람은 아무리 운이 나빠서 밑바닥에 눌려 있어도 언젠가는 반드시 세상에 뛰어나는 법이다. 이군은 한두 번의 실패에 낙담 말고 이제부터도 쉬지 말고 학문을 닦아, 쓴 글을 여러 사람에게 보이도록 하게. 그 동안에는 반드시 시험관도 군의 진정한 가치를 알아주게 될 것이네」

이군은 하선고에게 들은 대로 그로부터도 열심히 공부하여 자기가 지은 문장을 계속해서 세상에 발표하였다. 그리하여 이군이 훌륭한 인물이라는 것이 논의가 되어 그 다음 시험에는 장원으로 합격하였던 것이다.

또 《사기》 모수전(毛遂傳)에 이런 이야기가 있다. 〔☞ 모수자천〕

진나라가 조나라 서울 한단(邯鄲)을 포위하자 조나라는 평원군을 초나라로 보내 구원병을 청하게 했다. 평원군은 길을 떠날 때 문무를 겸한 문객 스무 명을 뽑아 데리고 가기로 하고, 인선에 들어갔으나 겨우 열아홉 명밖에 뽑지 못했다. 더 고를 만한 사람이 없었던 것이다. 이에 자청해서 나선 것이 모수였다.

평원군이 모수를 보고 이것저것 물어보니, 그는 식객으로 들어온 지도 3년이나 되었다고 하는데 그의 눈에 들지 않았다는 사실로 보아 별다른 재주가 있는 것 같지 않았다.

「어떤 사람에게 재주가 있다면 마치 주머니 속 송곳처럼 당장 비어져 나왔을 걸세(譬若錐地處囊中 其末立見). 그대는 3년 동안이나 내 집에 있었으면서도 아무런 재주도 보여주지 못했으니 안되겠네」

평원군이 못미덥다는 듯 이렇게 말하자, 모수는 벌떡 일어서며 말했다.

「제가 저를 스스로 천거하려는 것은 바로 군께서 지금 나를 주머니 속에 넣어 달라는 뜻입니다. 일찌감치 저를 주머니 속에 넣었더라면 벌써 비어져 나왔을 게 아니겠습니까?」

평원군은 모수의 말도 그렇겠다 싶어 마침내 그를 20번째 수행원으로 발탁해서 결국 모수의 큰 활약으로 목적을 달성할 수 있었다.

낭패 　狼狽

승냥이 狼 이리 狽

일이 실패로 돌아가 매우 딱하게 됨.

— 이밀(李密)「진정표(陳情表)」

옛날 사람들은 승냥이(狼)와 이리(狽)는 전설상의 동물로 인식하였다. 승냥이 앞다리가 길고 뒷다리가 짧은 모습을 하고 있고, 이리는 앞다리가 짧고 뒷다리가 긴 동물이다. 낭은 패가 없으면 서지 못하고, 패는 낭이 없으면 다니지 못하므로 반드시 함께 행동해야만 한다. 여기서 상황이 곤란하여 이러지도 저러지도 못하는 것을「낭패불감(狼狽不堪)」이라고 한 것이다.

이밀은 본래 촉(蜀)의 관리였다. 촉이 멸망하자 진무제 사마염(司馬炎)은 그를 태자세마(太子洗馬)에 임명하려고 했으나 번번이 사양하였다. 그렇지만 나중에는 더 이상 사양할 방법이 없자 자신의 처지를 글로 써서 올리기로 했다. 그 가운데 일부만을 옮기면 다음과 같다.

「저는 태어난 지 6개월 만에 자애로운 부친을 여의었고, 네 살 때 어머니는 외삼촌의 권유로 개가를 했습니다. 할머니께서는 저를 불쌍히 여겨 직접 기르셨습니다. 저희 집에는 다른 형제가 없으며 큰아버지나 작은아버지도 없어 의지할 곳이 없어 쓸쓸합니다. 저는 어렸을 때 할머니가 아니었다면 오늘날 있지 못했을 것입니다. 그런데 지금은 할머니께서 연로하니 제가 없으면 누가 할머니의 여생을 돌봐 드리겠습니까. 그렇지만 제가 관직을 받지 않으면 이 또한 폐하의 뜻을 어기는 것이 되니, 오늘 저의 처지는 정말로 낭패스럽습니다」

결국 이밀의 간곡한 상소는 받아들여졌다.

늙을 老 날 生 항상 常 이야기 譚

상투적인 말.

— 《위서(魏書)》 관로전(管輅傳)

늙은 서생이 항상 하는 이야기라는 뜻으로, 새롭고 특별한 의견이 아니라 흔히 들어서 알고 있는 상투적인 말을 비유하여 이르는 말이다.

삼국시대 위(魏)나라에 관로라는 사람이 있었다. 그는 어려서부터 보통 아이들과는 달리 천문학에 남다른 관심을 보였다. 그래서 친구들과 놀 때도 땅에 일월성신(日月星辰)을 그리고 해설하는 일에 흥미를 가졌다. 관로는 어른이 되자 다른 사람의 점을 봐주는 데 뛰어난 영험을 보였다.

그 당시 이부상서 하안(何晏)이 관로에게 점을 부탁하러 왔다.

「내가 삼공(三公)이 될 수 있는지 좀 봐주십시오. 요즘 푸른색 파리 열 마리가 내 코에 붙어서 아무리 쫓으려 해도 떨어지지 않는 꿈을 꾸었는데, 이것이 무슨 꿈인지 해몽을 해주십시오」

관로가 대답했다.

「단도직입적으로 말하겠습니다. 옛날 주성왕(周成王)을 보좌하던 주공은 직무에 충실하여 밤을 새는 일이 많았습니다. 그리하여 성왕은 나라를 일으킬 수 있었으며, 각국의 제후들도 그를 추앙하게 되었습니다. 이것은 하늘의 도리를 따르고 지켰기 때문이지 점을 치거나 액땜을 해서 된 것이 아닙니다. 지금 당신의 권세는 높지만 덕행이 부족하여 다른 사람에게 위세를 부리는 경우가 많은데 이것은 좋은 현상이 아닙니다. 《상서(尙書)》에 보면 코는 하늘 가운데 있습니다. 그런데 푸른색 파리가 얼굴에 달라붙는 것은 위험한 징

조입니다. 앞으로 당신이 위로
는 문왕을 좇고 아래로는 공자
를 생각하면 삼공이 될 수 있으
며, 청파리도 쫓을 수 있을 것
입니다」

　곁에서 이 말을 듣고 있던
등양(鄧颺)이 비웃듯이 이렇게
말했다.

　「그런 말은 늙은 서생이 흔
히 하는 얘기요(老生常譚). 나는
너무 많이 들어서 진력이 났소
신기한 것이 뭐가 있소?」

주문왕

　그러자 관로는 아무 말도 못하고 묵묵히 앉아 있었다.

녹 림 綠 林

푸를 綠 수풀 林

도적의 소굴.

— 《한서(漢書)》 왕망전(王莽傳)

「녹림」은 푸른 숲이란 뜻인데, 이것이 녹림의 호걸(豪傑)이라든가, 녹림에 몸을 담는다든가 하면 의미가 달라진다. 녹림과 산림(山林)을 혼동해서 녹림처사(綠林處士)란 말을 쓰는 사람이 간혹 있는데, 새로운 문자로 쓴다면 모르되, 고사에 나오는 문자로 쓴다면 큰 실수로 볼 수밖에 없다. 옛날에는 벼슬도 세속도 마다하여 산 속에 파묻혀 글이나 읽고 지내는 사람을 산림처사라 불렀는데, 특히 이름난 학자에게는 나라에서 산림이란 칭호를 내리기도 했다.

산림과는 달리 녹림에는 처사가 있을 수 없고, 있다면 세상을 등진 호걸이 있을 수 있다. 녹림호걸의 가장 대표적인 작품을 든다면 아마 《수호지(水滸誌)》가 될 것이다. 결국 녹림호걸은 권력을 잡은 사람들이 볼 때는 적에 불과한 것이다. 따라서 녹림은 도적의 소굴을 뜻하게 된다.

《한서》 왕망전에 있는 이야기다.

전한 말 대사마 왕망(王莽)이 마침내 왕위를 찬탈하여 천자가 되고, 국호를 신(新)이라 고치고 나서, 새로운 정책이 눈코 뜰 새 없이 쏟아져 나왔다. 관직도 바뀌고 지명도 바뀌었다. 또 토지의 겸병(兼倂)을 없애고, 노비를 해방한다고 하며 「왕전제도(王田制度)」와 「노비제도」가 정해졌으나 결과는 도리어 반대였다. 난해한 세칙에 걸려 도리어 토지를 잃고 노비가 되는 자가 꼬리를 물게 되었다. 화폐가 8년 동안에 네 차례나 바뀌고, 「오균(五均)」기타 경제정책이 공포 실시됨에 따라 제도의 취지와는 반대로 일반의 생활은 더욱 더 궁핍해졌다. 많은 농민이나 상인이 생업을 잃고 농촌은 황폐해 갔다.

왕망은 당시 세력이 커진 지방 호족과 민중 쌍방으로부터 원한을 샀다. 이 혼란 속에서 천봉(天鳳) 2년(A.D 15) 변경의 농민이 폭동을 일으킨 것을 계기로 대규모 반란이 연달아 폭발했다.

천봉 4년 남방에서는 「녹림병」이 일어났다. 호북(湖北) 서부는 그때까지 수년에 걸쳐 가뭄이 계속되어 굶주린 농민은 들풀을 캐기 위해 다투고 있었다. 이 다툼을 진정시켜 신망을 얻고 있던 것이 신시(新市)의 왕광·왕봉 두 사람이었다. 수백명의 농민은 이 두 사람을 앞세우고 폭동을 일으켰다. 잠시 후에 마무·왕상·성단 등도 가담했다.

수호지

이들은 먹을 것을 찾아 헤매는 궁민(窮民)으로 관에 반항하여 수배된 자들이었다. 그들은 군도(群盜)가 되어 지주의 창고를 습격하고 관원을 공격하고, 나중에는 지금의 호북성에 있는 녹림산에 웅거했다. 동조자는 곧 7, 8천으로 불어 스스로 「녹림병」이라 칭했다. 그 후 4년, 그들은 2만의 관군을 격파하고, 그 총세 5만이 녹림에 웅거하였다. 그래서 이 녹림군의 행동이 각지의 반란을 유도 궐기하게 했다.

녹림의 무리는 후에 산에서 내려와 하강병(下江兵)·신시병(新市兵)이 되는데, 뒷날 후한 광무제가 된 유수·유현이 일어나자 이들은 합세해서 반 왕망의 대군이 된다.

이 역사의 큰 흐름 속에 가담해서 녹림병들도 혹은 영달하고, 혹은 멸망했다. 후에 후한 중흥에 공이 있었던 28숙(宿)이 정해졌을 때, 앞서 말한 두목 중에서는 마무가 이름을 전하고 있다.

여기서 「녹림」이란 말이 생기고, 도적이란 뜻으로 쓰이게 되었다. 틀림없는 군도들이었다. 그러나 유서(由緖)로 보아도 민중에게는 도리어 가까웠던 것이어서, 그 때문인지 「녹림의 호객(豪客)」이란 이야기는 인기가 있는 것 같다.

수호지

知止而後有定
지지이후유정

멈추어야 방침도 정해진다.

인간의 최종 멈추어야 할 목표가 정해지면 그 다음에는 자신의 방침도 일정해진다. 《대학》 3강령(綱領)의 하나로 「지어지선(止於止善 : 至於至善)」이라는 말이 있다. 그것을 받아서 한 설명인데, 무슨 일을 하건 가장 좋은 것을 목표로 하라는 것이다.

— 《대학》 경(經) 1장 —

노이무공 勞而無功

수고할 勞 말이을 而 없을 無 공 功

애만 쓰고 애쓴 보람이 없음.

— 《장자》 천운편(天運篇)

「노이무공」은 굳이 출전을 캘 것까지도 없는 쉬운 말이다. 애만 쓰고 애쓴 보람이 없다는 말이다.

《장자》 천운편에, 공자가 위(衛)나라로 갔을 때, 위나라 사금(師金)이란 사람이 공자의 제자 안연에게 공자를 이렇게 평했다.

「물 위를 가는 데는 배만한 것이 없고, 육지를 가는 데는 수레만한 것이 없다. 만일 물 위를 가는데, 적당한 배를 육지에서 밀고 가려 한다면 평생 걸려도 몇 발자국을 가지 못할 것이다. 옛날과 지금과는 물과 육지처럼 달라져 있고, 주나라와 노나라와는 배와 수레만큼 차이가 있다. 그런데 지금 주나라 때에 행해지고 있던 도를 노나라에서 행하려 하고 있으니, 이것은 배를 육지에서 밀고 있는 것과 같다. 애쓰고 공이 없을 뿐만 아니라 몸에 반드시 화가 미치게 될 것이다. 공자는 아직 사물에 따라 막힘이 없는 무한한 변화를 가진 도가 있다는 것을 모르고 있다」

또는 《순자》 정명편(正名篇)에도,

「어리석은 사람의 말은 막연해서 갈피를 잡을 수 없고, 번잡하고 통일이 없으며, 그리고 시끄럽게 떠들어대기만 한다. 또 명목에 이끌리고, 말에만 현혹되어 참뜻을 캐내지 못하고 있다. 그렇기 때문에 열심히 말은 하지만 요령이 없고, 몹시 애는 쓰지만 공이 없다」고 했다. 또한 《관자》 형세편에도, 「옳지 못한 것에 편들지 말라. 능하지 못한 것을 강제하지 말라. 알지 못하는 사람에게 이르지 말라. 이를 가리켜 수고롭기만 하고 공이 없다고 말한다」고 했다.

노마지지 老馬之智

늙을 老 말 馬 의 之 슬기 智

아무리 하찮은 인간도 나름대로의 장점과 특징을 가지고 있다.

— 《한비자(韓非子)》설림편(說林篇)

《한비자》설림편에 있는 이야기다.

관중(管仲)은 춘추시대 오패(五覇)의 한 사람인 제환공(齊桓公)을 도운 명재상이었는데, 그 관중의 병이 무거워졌을 때, 자기의 후임으로 누가 좋은지 환공으로부터 하문받고 소위「관포지교」를 맺은 포숙아(鮑叔牙) 보다 도리어 적임이라고 추천한 인물은 습붕(隰朋)이었다.

환공이 이 관중·습붕 들을 이끌고 소국인 고죽(孤竹)을 토벌하고자 군사를 일으켰을 때의 일이다. 공격을 시작했을 때는 봄이었으나 싸움이 끝나고 귀로에 오를 때는 계절도 어느덧 겨울이 되어 있었다. 살을 에는 찬바람과 악천후에서의 행군은 갈 때와는 전혀 달라 고생이 대단했다. 산을 넘고 계곡을 건너 진군시키던 중 환공의 군대는 어느새 길을 잃고 말았다. 지독한 추위 속에 덜덜 떨면서 대장(隊長)들은 저쪽인가, 아냐, 이쪽 늪(沼)을 건너야 하지 않나 우왕좌왕하고 있을 때, 관중이 단호하게 말했다.

「이런 때는 늙은 말이 본능적 감각으로 길을 찾아낼 수 있을 것이다(老馬之智 可用)」

그래서 짐말(荷馬) 중에서 한 마리의 노마(老馬)를 골라 수레에서 풀어 주었더니 말은 잠시 두리번거리며 길을 찾는 듯싶더니, 잠시 후 어느 방향으로 걷기 시작했다. 노마를 따라 길 없는 길을 가는 동안에 군대는 마침내 제 길을 찾아 병사들은 무사히 행군을 계속할 수가 있었다. 또 험한 산속 길을 행군했을 때의 일이다.

병사들은
휴대하고 있
던 물은 다
마셔버렸는
데 가도 가
도 샘물은커
녕 냇가도
나타나지 않
았다. 군사들
은 목마름에

제환공과 관중

허덕여 더 이상 한 걸음도 전진할 수가 없게 되었다. 이때 습붕이 말했
다.

　「개미란 것은 겨울에는 산의 남쪽에 집을 짓고 여름에는 산의 북
쪽에 집을 짓는 법인데, 한 치의 개미집이 있으면 그 아래 8척이 되는
곳에 물이 있는 법이다」

　그래서 개미집을 찾아 그 지하를 몇 자 파 들어가자 콸콸 물이 용솟
음쳐 나왔다고 한다. 《한비자》 설림편에서는 이 이야기를 들어, 지금
시대의 사람들은 명민한 머리도 갖고 있지 않으면서 뽐내고 있다고 하
며 다음과 같은 결론을 내리고 있다.

　「관중의 성(聖)과 습붕의 지(智)로써도 그 모르는 곳에 이르러서는
노마나 개미를 스승으로 삼는 것을 꺼려하지 않는다. 지금 사람은 그
어리석은 마음으로도 성인(聖人)의 지(智)를 스승으로 삼을 줄을 모른
다. 이 역시 잘못이 아닌가」

　「노마지지」 란 뭐든지 안다고 제아무리 잘난 체해도 그 지혜가 노
마나 개미만도 못한 때가 있는 법이다. 즉 아무리 하찮은 인간이라도
사람은 각각 장점과 특징을 가지고 있다는 말이 된다.

농 단 　壟 斷

언덕 壟 자를 斷

이익을 혼자 차지함. 독점함.

— 《맹자》 공손추(公孫丑)

《맹자》 공손추에서 비롯된 이야기인데, 원문은 용단(龍斷)으로 되어 있지만, 여기서는 「용(龍)」이 「농(壟)」의 뜻으로 쓰인다. 설(說)이 열(悅)로 쓰이는 것과 같은 이치다. 농(壟)은 언덕, 단(斷)은 낭떠러지, 즉 높직한 낭떠러지를 말한다. 다시 말해 앞과 좌우를 잘 살펴볼 수 있는 지형과 위치를 말하는데, 이곳에 서서 시장 상황을 종합적으로 판단한 뒤에 그 날의 물가 동향을 예측하고 나서 물건이 부족할 만한 것을 도중에서 모조리 사들여 폭리를 취하는 행동에서 생긴 말이다.

《맹자》에 있는 원문의 내용을 소개하면 이렇다. 맹자가 제나라 객경(客卿)의 자리를 사퇴하고 집에 물러나와 있게 되자, 맹자를 굳이 붙들고 싶었던 제선왕(齊宣王)은 시자(時子)라는 사람을 통해 자기 의사를 맹자에게 이렇게 전하게 했다.

「서울 중심지에 큰 저택을 제공하고 다시 만 종(鍾 : 1종은 8곡斛, 1곡은 10두斗)의 녹을 주어 제자들을 양성시킴으로써 모든 대신들과 국민들로 하여금 본보기가 되게 하고 싶다」

이야기를 진진이란 제자를 통해 전해들은 맹자는,

「시자는 그것이 옳지 못한 것인 줄을 알지 못할 것이다. 만 종의 녹으로 나를 붙들고 싶어 하지만, 내가 만일 녹을 탐낸다면 10만 종 녹을 받는 객경의 자리를 굳이 사양하고 만 종의 녹을 받겠느냐? 옛날 계손(季孫)이란 사람이 자숙의(子叔疑)를 이렇게 평했다. 자신이 뜻이 맞지 않아 물러났으면 그만둘 일이지 또 그 제자들로 대신이 되게 하니 이상하지 않은가. 부귀를 마다 할 사람이야 있겠는가. 하지만 부귀 속에 혼자 농단을 해서야 쓰겠는가(人亦孰不欲富貴 而獨於富貴之中 有私壟斷焉)」

이렇게 계손의 말을 인용하고 나서 다시 농단에 대한 설명을 다음과 같이 했다.

「옛날 시장이란 것은 각자가 가지고 있는 것을 서로 바꾸는 곳이었는데, 시장은 그런 거래에서 흔히 일어나는 시비를 가려 주는 소임을 하고 있었다. 그런데 한 못난 사나이가 있어, 반드시 농단을 찾아 그 위로 올라가 좌우를 살핀 다음 시장의 이익을 그물질했다. 사람들이 이를 밉게 보아서 그에게 세금을 물리게 되었는데, 장사꾼에게 세금을 받는 일이 이 못난 사나이에서 비롯된 것이다」

아주 소박한 상행위의 성립과 이에 대한 세금의 징수 등 경제사적인 설명으로서 꽤 흥미있는 이야기다. 그러나 맹자가 이 이야기를 하게 된 본래의 의도는, 「농단」 즉 이익의 독점행위가 정정당당한 일이 될 수 없는 것과 마찬가지로, 부귀를 독점할 생각은 조금도 없다는 것을 밝히려고 한 것뿐이다.

이와 같이 「농단(壟斷)」이란 원래는 우뚝 솟은 언덕을 말하였으나, 바뀌어서 「혼자 차지」 즉 「독점(獨占)」이란 뜻으로 쓰이게 된 것이다.

歸而求之 有餘師
귀 이 구 지　　유 여 사
　물러나서 조용하게 구하면 배울 수 있는 스승은 많다. 사람은 가는 곳마다, 보는 것마다 모두 스승으로서 배울 것이 많은 것이다.
　　　　　　　　　　　　　　　　　　― 《맹자》 고자(告子) 하 ―

능서불택필 能書不擇筆

능할 能 글 書 아니 不 고를 擇 붓 筆

글씨에 아주 능한 사람은 붓을 가리지 않는다.

— 《당서(唐書)》

우리 속담에 「서툰 무당이 장구 탓한다」는 말이 있다. 장구를 잘 치거나 춤을 잘 추는 사람은 장구를 가리지 않고 장단이 필요 없다는 것을 간접적으로 나타내는 말이다.

빌헬름 텔은 대가 굽은 화살로도 아들의 머리 위에 놓인 사과를 쏘아 맞혔다고 한다. 결국 명사수는 활을 가리지 않는다는 것을 말한 것이다.

당나라 초기 3대 명필인 구양순(歐陽詢)·우세남(虞世南)·저수량(褚遂良)은 해서(楷書)의 완성자로서 그 글씨는 오늘날도 후학들에게 최고의 규범이 되어 있다.

세 사람은 다 같이 천하 명필로 알려진 진나라 왕희지(王羲之)의 글씨를 배워, 구양순은 엄정(嚴整), 우세남은 온아(溫雅), 저수량은 완미(婉美). 이렇게 각각 그들 독자의 경지를 개척했고, 왕희지의 글씨를 지나칠 정도로 사랑한 당태종의 글씨를 가르치는 스승이 되었다.

세 사람 중 가장 나이어린 저수량은 당태종의 건국 공신인 위징(魏徵)의 추천에 의해 우세남의 후계자가 된 사람이었는데, 그가 한번은 선배인 우세남에게 글씨에 대해 물은 일이 있다.

「제 글씨는 지영(智永) 선생과 비교하면 어느 정도입니까?」

지영은 우세남이 글씨를 배운 적이 있는 중(僧)이다.

「지영 선생의 글씨는 글자 한 자에 5만 전을 주어도 좋다는 사람이 있었다고 한다. 너로서는 아직 지영 선생에 비교할 수가 없다」

「그럼 구양순 선생과 비교하면 어떻습니까?」

「내가 듣기에, 구양순은 종이와 붓을 가리지 않고, 어떤 종이에 어떤 붓을 가지고 쓰든 다 자기 뜻대로 되었다고 한다. 네가 어떻게 그럴 수 있겠느냐(吾聞 詢不擇之筆 皆得如志 君豈得 此)」

「그럼, 어떻게 해야 합니까?」

「넌 아직 손과 붓이 굳어 있다. 그것만 없애면 크게 성공할 것이다」

요컨대 그림이나 글씨라도 진정한 달인은 종이나 붓 같은 재료나 도구에는 트집을 잡지 않는다. 그런 것에 구애되어서는 진짜라고 볼 수 없

구양순의 글씨

다.《당서(唐書)》198권에 나오는 이야기다. 구양순이 종이와 붓을 가리지 않았다는 불택지필(不擇紙筆)이란 말이 변해서「능서불택필」이란 말이 생겨났다. 그런데 저수량은 너구리털로 심을 넣고 토끼털로 겉을 짠 붓끝에 상아나 코뿔소 뿔로 자루를 한 붓이 아니면 절대로 글씨를 쓰지 않았다. 저수량은 구양순과는 반대로, 글씨를 잘 쓰는 사람은 반드시 붓을 가린다(能書必擇筆)는 전통을 만든 것인지도 모른다.

한편 주현종(周顯宗)의《논서(論書)》에는,

「글씨를 잘 쓰는 자는 붓을 택하지 않는다는 설이 있으나 이것은 통설이라고 볼 수는 없다. 행서(行書)나 초서(草書)를 쓰는 자에 대해서는 이렇게도 말할 수 있을 것이다. 그러나 해서(楷書)·전서(篆書)·예서(隸書)를 쓸 때는 붓에 따라 잘 써지고 못 써지므로 붓을 택하지 않을 수 없다」라고 씌어 있다.

붓을 가리지 않는다는 말은 능력을 자랑한 말일 뿐, 글씨를 쓰는 사람이 붓을 택하지 않을 리가 없다. 무장이 말과 칼을 고르지 않을 수 없는 것처럼.

누란지위 累卵之危

포갤 累 알 卵 의 之 위태로울 危

쌓아올린 새알처럼 몹시 아슬아슬한 위기.

— 《사기》 범수채택열전(范睢蔡澤列傳)

「누란(累卵)」은 높이 쌓아올린 알이란 뜻이다. 조금만 건드리거나 흔들리거나 하면 와르르 무너지고 만다. 이보다 더 무너지기 쉬운 것은 없을 것이다. 그래서 아주 위험한 상태에 있는 것을 「누란지위」라고 한다.

이 말의 출전인 《사기》 범수채택열전에는, 「알을 쌓아올린 것보다 더 위험하다(危於累卵)」고 되어 있다.

「원교근공(遠交近攻)」의 대외정책으로 그 이름이 알려진 범수(范睢)는, 그의 조국 위(魏)나라에서 억울한 죄명으로 자칫 죽을 뻔한 끝에 용케 살아나 장록(張祿)이란 이름으로 행세하며, 마침 위나라를 다녀서 돌아가는 진나라 사신 왕계(王季)의 도움으로 진나라로 망명을 하게 된다.

이때 왕계는 진나라 왕에게 이렇게 보고했다.

「위나라에 장록이란 천하에 뛰어난 변사가 있습니다. 그가 말하기를 『진나라는 지금 알을 쌓아둔 것보다도 더 위험하다. 나를 얻으면 안전하게 될 수 있다. 그러나 이것을 글로는 전할 수 없다』고 하는 터라 신이 데리고 왔습니다(秦王之國 危於累卵 得臣則安 然不可以書傳也 臣故載來)」

그러나 범수가 진왕을 만나 실력을 발휘하게 된 것은 이로부터 다시 1년이 지난 뒤였다.

다

다기망양　　　등태산이소천하

多岐亡羊▶登泰山而小天下

다기망양 多岐亡羊

많을 多 갈림길 岐 잃을 亡 양 羊

학문의 길이 너무 다방면으로 갈리어 진리를 얻기 어려움.

— 《열자(列子)》 설부편(說符篇)

「다기망양」은 갈림길이 많아서 양을 찾지 못하고 말았다는 이야기에서 나온 말이다. 학문이나 어떤 재주를 배우는 데 있어서도 그 배우는 방법이 지나치게 여러 가지가 있거나, 지엽적인 것에 구애를 받게 되면 얻으려던 것을 얻지 못하게 된다. 이런 경우를 비유해서 「다기망양」이란 문자를 쓴다. 《열자》 설부편에 있는 이야기다.

양자(楊子)의 이웃사람이 양을 한 마리 잃어버렸다. 그 집에서는 집사람들은 물론 양자의 집 하인아이까지 빌어 찾아 나서게 했다.

「양 한 마리 달아났는데, 웬 사람이 그렇게 많이 찾아나서는 거지?」하고 양자가 묻자, 이웃 사람은 「갈림길이 많기 때문입니다」하고 대답했다. 얼마 후 그들이 돌아왔기에, 「양은 찾았는가?」하고 물었더니,

「놓치고 말았습니다」하는 것이었다.

「왜 놓쳤지?」

「갈림길에 또 갈림길이 있어, 양이란 놈이 어디로 갔는지 도무지 알 수가 없어 그만 지쳐서 돌아오고 말았습니다」

이 말에 양자는 몹시 우울한 표정을 지으며 종일 웃는 일이 없었다. 제자들이 까닭을 물어도 대답을 하지 않았다. 그래서 맹손양(孟孫陽)이란 제자가 선배인 심도자(心都子)에게 가서 사실을 말했다.

심도자는 맹손양과 함께 양자를 찾아뵙고 이렇게 물었다.

「옛날 세 아들이 유학을 갔다 돌아오자, 그 아버지가 인의(仁義)에 대해 물었습니다. 그러자 큰아들은 『몸을 소중히 하고 이름을 뒤로 미루는

것입니다』라고 대답하고, 둘째아들은 『내 몸을 죽여 이름을 남기는 것입니다』라고 했는데, 셋째아들은 『몸과 마음을 다 온전히 하는 것입니다』라고 대답했습니다. 이 세 가지 방법은 각각 틀리지만, 같은 선생 밑에서 같은 유학(儒學)을 배운 데서 나온 말입니다. 어느 것이 옳고 어느 것이 틀립니까?』 그러자 양자는 이야기를 이렇게 돌렸다.

『어떤 사람이 황하 기슭에 살고 있었는데, 헤엄을 아주 잘 쳐서 배로 사람을 건네주고 많은 돈을 벌며 호화로운 생활을 했다. 그래서 그에게 헤엄치는 법을 배우러 오는 사람이 많았는데, 그 절반에 가까운 사람이 헤엄을 배우다가 물에 빠져 죽었다. 그들은 헤엄을 배우러 왔지 빠지는 것을 배우러 오지는 않았다. 하지만 돈을 버는 사람과 목숨을 잃는 사람과는 너무도 많은 차이가 있다. 그대는 어느 쪽이 좋고 어느 쪽이 나쁘다고 생각하는가?』

심도자도 잠자코 밖으로 나왔다. 그래서 맹손양은,

『당신의 질문은 너무나 간접적이고, 선생님의 대답은 분명치가 않다. 나는 뭐가 뭔지 도무지 알 수가 없다』하고 말했다.

심도자는 이렇게 대답했다.

『큰 도는 갈림길이 많기 때문에 양을 놓쳐 버리고, 학문하는 사람은 방법이 많기 때문에 본성을 잃어버린다(大道以多岐亡羊 學者以多方喪生). 학문이란 원래 근본이 하나였는데, 그 끝에 와서 이같이 달라지고 말았다. 그러므로 그 같고 하나인 근본으로 되돌아가기만 하면 얻을 것도 잃을 것도 없는 것이다. 선생님은 그 말씀을 하고 계신 거다』

너무도 많은 교파와 종파들이 똑같은 근본 문제는 제쳐놓고 하찮은 지엽말단(枝葉末端)의 형식을 놓고 왈가왈부하는 현상도 일종의 「다기망양」이라고 할 수 있다.

다다익선 多多益善

많을 多 더할 益 좋을 善

많으면 많을수록 좋다.

― 《사기》 회음후열전(淮陰侯列傳)

이 말은 아주 흔히 쓰이는 말이다.

이 말을 기록상 가장 먼저 한 사람은 한신(韓信)이다.

《사기》 회음후열전에 보면 한고조와 한신과의 사이에 이런 내용의 이야기가 나온다.

한신이 초왕(楚王)으로 있다가 잡혀와 회음후로 내려앉은 뒤의 이야기다. 어느 날, 조용한 틈을 타서 고조는 여러 장수들의 능력에 대해 한신과 의견을 교환하고 있었다.

이야기가 끝날 무렵 고조는,

「그럼 나는 어느 정도의 군사를 거느릴 수 있다고 보는가?」

「폐하께선 고작 10만 명 정도밖에 거느릴 수 없을 것입니다」

「그럼 그대는 어느 정도인가?」

「신은 많으면 많을수록 더욱 좋습니다(臣多多而益善耳)」

그러자 한고조는 어이없다는 듯이 웃고 나서 이렇게 물었다.

「그렇게 다다익선(多多益善)인 그대가 어떻게 해서 내게 잡혀왔단 말인가?」

「폐하께선 군사를 거느리는 데는 능하지 못하지만, 장수는 잘 거느리십니다. 이것이 신이 폐하에게 사로잡히게 된 까닭입니다. 그리고 폐하의 경우는, 이른바 하늘이 주신 것으로, 사람의 힘은 아닙니다」 하고 말했다.

많을 多 선비 士 많고 성할 濟

여러 선비가 모두 다 뛰어남. 훌륭한 인재가 많음.

―《시경》대아(大雅) 문왕편(文王篇)

《시경》대아 문왕편에 나오는 말이다. 이 시는 문왕의 덕을 찬양한 7장으로 된 시인데, 그 제3장에 이렇게 노래하고 있다.

대대로 나타나지 않았던가
그 꾀하는 일은 조심스러웠다.
그리고 훌륭한 많은 선비들이
이 왕국에 났다.
왕국이 능히 낳았으니
이들이 주나라의 받침대다.
제제한 많은 선비여
문왕이 이로써 편안하도다.

世之不顯	厥猶翼翼	세지불현	궐유익익
思皇多士	生此王國	사황다사	생차왕국
王國克生	維周之楨	왕국극생	유주지정
濟濟多士	文王以寧	제제다사	문왕이녕

쉽게 풀이하면, 문왕의 거룩한 덕이 대대로 후세에까지 빛나고 있어, 그가 계획한 모든 일이 조심스럽게 지켜져 오고 있다. 훌륭한 많은 인재들이 이 왕국에 태어나서 그들이 이 왕국을 떠받드는 기둥이 되어 왔다. 이렇게 「제제(濟濟)」한 많은 인재들이 있기 때문에 문왕의 혼령도 편히 계시게 되었다는 뜻이다. 제제는 많고 성한 모양을 말하는 형용사다.

다반사 茶飯事

차 茶 밥 飯 일 事

일상사, 자주 있는 일.

―《조주어록(趙州語錄)》

「다반사」는 차를 마시거나 밥을 먹는 일이란 뜻으로, 일상사, 자주 있는 일을 말한다.

옛날에 차를 마시거나 밥을 먹는 일은 언제나의 일이기 때문에 이런 말이 나온 것이다. 「항다반사(恒茶飯事)」라고도 한다.

원래 동양에서 차는 일상생활에 있어서 중요한 의미를 가진다. 설이면 일가친척이 모여 차례(茶禮)를 지냈고, 차를 마시며 담소를 하고 정신적 깊이도 운위했다 해서 다도(茶道)가 있었다.

불가(佛家)에서는 다선일여(茶禪一如)라 해서 차를 마시는 가운데서 선(禪)의 경지를 되새겨 보기도 했다. 조선 후기의 스님인 초의(艸衣)는 《다신전(茶神傳)》이라는 책을 집필해 차의 신비한 맛과 운치를 자랑한 바도 있다.

《조주어록》에 있는 이야기다.

조주선사는 차를 즐겨 마셨다. 절을 찾는 사람이면 누구에게나 차를 대접했다. 어느 날 한 사람이 절을 방문하자 스님이 물었다.

「당신은 여기 몇 번째 오는 거요?」

「처음입니다」

「그래요? 차나 한잔 드십시오(喫茶去)」

얼마 뒤 또 한 사람이 왔다.

「당신은 여기 몇 번째 오는 거요?」

「여러번 왔지요」

「그래요? 차나 한잔 드시오」

그러자 곁에서 차 시중을 들던 시봉이 의아해 하며 물었다.

「아니 스님, 스님께서는 처음 온 사람이나 여러번 온 사람이나 모두
『차나 한잔 드시오』 하고 권하시니 무슨 까닭이십니까?」

이 말을 들은 조주가 말했다.

「아, 내가 그랬나? 그럼 자네도 차나 한잔 들게나」

이 이야기는 불가에서 전해오는 공안(公案) 가운데 하나로 유명하다.
그만큼 차 마시는 일은 옛사람들과 밀접한 일상사였던 것이다.

下達上通　至聰之聽也
하 달 상 통　지 총 지 청 야

하달(下達) 상통(上通)은 지상의 총명이다,

윗사람의 뜻을 아랫사람에게 전하는 것과 아랫사람의 의견을 윗사람에
게 전하는 것이야말로 위에 서서 전체를 통괄하는 사람의 지상의 총명이
다.

— 《위료자(尉繚子)》 —

단장　斷腸

끊어질 斷 창자 腸

몹시 슬퍼서 창자가 끊어지는 듯함. 애끊는 듯함.

— 《세설신어(世說新語)》

단장의 슬픔 등, 우리는 「단장(斷腸)」이란 말을 많이 쓴다. 단장은 창자가 끊어진다는 말이다. 우리말에 애가 탄다는 말이 있다. 이 「애」는 옛말로 창자를 뜻한다. 애가 탄다는 것은 물론 탈 것 같다는 말의 과장이다. 그러나 이 창자가 끊어진다는 것이 과장이 아닌 사실의 기록으로 전하고 있다.

《세설신어》에 다음과 같은 이야기가 있다.

환온(桓溫, ?~373)이 촉(蜀)나라로 가는 도중, 삼협(三峽)을 배로 오르고 있을 때, 부대에 있는 사람이 원숭이 새끼를 잡았다.

그러자 어미 원숭이는 새끼를 잃고 슬피 울며 언덕을 따라 백여 리를 뒤쫓아 온 뒤에 마침내는 배 안으로 뛰어들어 그 길로 숨이 끊어지고 말았다.

죽은 어미 원숭이의 배를 가르고 속을 들여다보았더니, 창자가 토막토막 끊어져 있었다.

아마 슬픔의 독소로 창자가 녹아내린 것이리라.

이 이야기를 전해들은 환온은 크게 노하여 새끼를 잡은 사람을 부대에서 내쫓도록 명령했다. 모성애란 이렇게 무서운 것이다. 이 이야기로 보더라도 사람의 범죄 중에서도 가장 잔인한 행동이 어린아이를 유괴하는 일일 것이다.

원문에는 「그 배 속을 가르고 보았더니 창자가 다 마디마디 끊어져 있었다(破視其腹中 腸皆寸寸斷)」라고 되어 있다.

대기만성　大器晩成

큰 大 그릇 器 늦을 晩 이룰 成

크게 될 사람은 늦게 이루어진다.

— 《노자(老子)》

《노자》 제41장에 있는 말이다.

「……크게 모난 것은 귀가 없고, 큰 그릇은 늦게 이루어지며, 큰 소리는 울림이 잘 들리지 않고, 큰 모양은 형체가 없다……」

이것이 「대기만성」이란 말이 나오는 대목만을 딴 것인데, 이보다 앞에 나오는 말을 전부 소개하면 이렇다. 위대한 사람은 도를 들으면 이를 실천하고, 보통 사람은 도를 들으면 반신반의하게 된다. 그리고 가장 못난 사람은 도를 들으면 아예 믿으려 하지 않고 코웃음만 친다. 코웃음을 치지 않으면 참다운 도가 될 수 없다. 그러기에 옛사람의 말에도,

「밝은 길은 어두운 것처럼 보이고, 앞으로 나아가는 길은 뒤로 물러나는 길로 보이며, 평탄한 길은 험하게 보인다. 높은 덕은 낮게 보이고, 참으로 흰 것은 더러운 것으로 보이며, 넓은 덕은 좁은 것처럼 보이고, 견실한 덕은 약한 것처럼 보이며, 변하지 않는 덕은 변하는 것처럼 보인다……」

이 말 다음에 먼저 말한 부분이 계속되는데, 여기에 나와 있는 「대기만성」의 본래의 뜻은 「큰 그릇은 덜 된 것처럼 보인다」는 뜻이다. 말하자면 원래 위대하고 훌륭한 것은, 보통 사람의 눈이나 생각으로는 어딘가 덜 된 것 같고, 그 반대인 것처럼 느껴진다는 것이다.

그러나 보통 「대기만성」은 글자 그대로 더디 이뤄진다는 뜻으로도 풀이되고 있어, 사업에 실패하거나 불운에 빠져 있는 사람을 위로해서 말할 때 흔히 이 「대기만성」이란 문자를 쓴다. 더 큰 성공을 위한 실패란 뜻일 것이다.

당랑지부　螳螂之斧

버마재비 螳 버마재비 螂 의 之 도끼 斧

제 분수도 모르고 강적에게 반항함.

— 《회남자(淮南子)》 인간훈편(人間訓篇)

「당랑(螳螂)」은 버마재비, 혹은 사마귀라고 하는 곤충이다. 「부(斧)」는 도끼로, 버마재비의 칼날처럼 넓적한 앞다리를 말한다. 「당랑지부」 즉 버마재비의 도끼란 말은, 강적 앞에 분수없이 날뜀을 비유하는 말이다.

구체적인 뜻으로는 「당랑거철(螳螂拒轍)」이란 말이 더 많이 쓰인다. 당랑이 수레바퀴 앞을 가로막는다는 말이다. 사실 버마재미는 피할 줄을 모르는 어리석다면 어리석고 용감하다면 용감한 그런 성질의 곤충이다.

《회남자》 인간훈편에 이런 이야기가 있다.

제(齊)나라 장공(莊公)이 사냥을 나갔을 때, 벌레 하나가 장공이 타고 가는 수레바퀴를 발을 들어 치려했다. 장공은 수레를 모는 사람에게 물었다.

「저게 무슨 벌레인가?」

「저놈이 이른바 당랑이란 놈입니다. 저놈은 원래 앞으로 나아갈 줄만 알고 뒤로 물러날 줄을 모르며, 제 힘도 헤아리지 않고 상대를 업신여기는 놈입니다」

「그래, 그놈이 만일 사람이라면 반드시 천하의 용사가 될 것이다」하며 장공은 수레를 돌려 당랑을 피해 갔다는 것이다.

여기에는 당랑의 도끼란 말은 나오지 않는다.

그러나 발을 들어 그 수레바퀴를 치려했으니, 그 발이 곧 도끼 구실을 하고 있었음을 알 수 있고, 또 이른바 당랑이라고 했으니 벌써 당시부터 당랑의 성질에 대한 이야기와 당랑의 도끼란 말 등이 쓰이고 있었음을 알 수 있다.

다음에 《문선(文選)》에 실려 있는 진림(陳琳)의 원소(袁紹)를 위한 예주(豫州) 격문에는 「당랑지부」란 말이 씌어 있다.

「……그렇게 되면 조조의 군사는 겁을 먹고 도망쳐 마침내는 오창을 본거지로 하여 황하로 앞을 막고, 당랑의 도끼로 큰 수레가 가는 길을 막으려 할 것이다」

여기에서 우리는 자기 힘을 헤아리지 않고 강한 적과 맞서 싸우려는 것을 비유해서 「당랑지부」라고 한 것을 볼 수 있다.

또 《장자》 인간세편(人間世篇)에는,

「그대는 당랑을 알지 못하는가. 그 팔을 높이 들어 수레바퀴를 막으려 한다. 그것이 감당할 수 없는 것임을 모르기 때문이다」

《장자》의 천지편에도 똑같은 대목이 나오는데, 여기서 「당랑거철」이란 말이 생겨난 것 같다.

또 「당랑의 위(衛)」라는 말은 큰 적에 대항하는 미약한 병비(兵備)를 가리킨다. 아무튼 타고난 성질은 고치기 어렵다는 것을 당랑을 통해 우리는 배울 수 있을 것 같다. 뻔히 안될 줄 알면서 사나이의 의기를 앞세우는 어리석음을 어쩌지 못하는 것이 인간이니까 말이다.

智貴免禍
지 귀 면 화

지(智)는 화(禍)를 면할 수 있기에 귀하다.
지(智)를 귀하게 여기는 것은 화를 면할 수 있기 때문이다.
— 《촉지(蜀志)》 유봉전(劉封傳) —

대의멸친 | 大義滅親

클 大 옳을 義 멸할 滅 친할 親

국가의 대의를 위해서는 부모 형제도 돌아보지 않음.

— 《춘추좌씨전(春秋左氏傳)》

국가나 사회 전체에 미치는 대의명분을 위해서는 개인적인 친분은 고려되지 않는다는 것이 「대의멸친」이다.

춘추필법(春秋筆法)이란 말이 있다. 공자가 편찬했다는 《춘추(春秋)》에 나오는 역사적 기록은, 그 글자 하나하나에 사회 정의와 관련된 깊은 뜻이 들어 있다고 해서 생긴 말이다.

이 대의멸친은 《춘추좌씨전》에 나오는 말이다.

노나라 은공(隱公) 4년(B.C. 719)에 위(衛)나라 공자 주우(州吁)가 임금 환공(桓公)을 죽이고 스스로 임금 자리에 올랐다. 환공과 주우는 이복형제 사이로, 주우는 첩의 소생이었다. 그는 어릴 때부터 성질이 거칠고 행동이 방자했는데, 아버지 장공(莊公)은 그를 사랑한 나머지 멋대로 하게 버려두고 있었다. 석작이란 대신이 앞일을 걱정하여,

「주우 공자를 태자로 세우실 생각이시면 일찍 결정을 내리십시오 이대로 두면 큰 화를 불러일으키게 될 것입니다」하고 간했으나 장공은 말이 없었다.

석작이 간한 까닭인즉, 장공의 정비인 장강(莊姜)이 주우를 미워하고 있었기 때문이다. 장강은 얼굴도 미인이고 마음씨도 착했으나 아들을 낳지 못했다. 그래서 다른 부인의 몸에서 난 아들을 자기 아들로 길러 뒤를 잇게 한 것이 환공이었다. 그런데 석작의 아들 석후(石厚)는 재주와 용맹이 뛰어났으나, 아버지의 반대를 무릅쓰고 끝내 주우와 한통속이 되어 어울려 다녔다.

석작이 염려한 대로 주우는 석후와 짜고 임금 환공을 죽이고 <u>스스로</u> 임금으로 올라앉았다.

　석작은 전에 이미 벼슬에서 물러나 집에 들어박혀 있었으나 나라를 걱정하는 마음은 누구보다도 강했다. 주우는 자기 지위를 굳히기 위해 무력으로 이웃 나라를 침공하는 등 여러 가지 방법을 써 보았으나 백성들은 여전히 그를 따르지 않았다. 방법에 궁한 석후가 그의 아버지에게, 어떻게 하면 주우의 지위를 안전하게 할 수 있느냐고 물었다.

　석작은 말했다.

　「천자에게 문안을 드리는 것이 좋을 것이다」

　「천자께서 받아들일 것 같지가 않습니다」

　「진(陳)나라 임금은 천자의 신임을 받고 있다. 지금 진나라는 우리나라와 사이가 좋으니, 진나라를 통해서 가면 무난할 것이다」

　이리하여 석후는 주우와 함께 진나라로 떠났다.

　한편 석작은 급히 사신을 진나라로 보내 이렇게 전했다.

　「우리나라는 힘이 없어 역적의 무리를 다스리지 못하고 있으니, 임금을 죽인 이들 두 사람을 귀국에서 처치해 주시기 바랍니다」

　석작의 부탁을 받은 진나라에서는 주우와 석후를 잡아 가두고, 위나라에다 처형에 입회할 사람을 보내달라고 청했다. 이때 석작은, 혹시 자기 체면을 생각해서 자기 아들 석후를 살려 놓지나 않을까 하는 염려에서 자기 심복 가신을 보내 직접 석후를 처형하도록 시켰다.

　이상이 「대의멸친」과 관련된 사건의 줄거리인데,《좌전(左傳)》에는 끝에 가서 군자의 말이라 하여 다음과 같은 평을 덧붙이고 있다.

　「석작은 충성된 신하다. 주우를 미워하여 자식인 후까지 죽였다. 대의를 위해 육친의 정을 버린다는 것은 이를 두고 한 말일 것이다(大義滅親 其是之謂乎)」

대장부 | 大丈夫

큰 大 어른 丈 사내 夫

사내답고 씩씩한 남자.

— 《맹자》 등문공하(藤文公下)

장부(丈夫)는 남자라는 뜻이니,「대장부」는 위대한 남자란 뜻이 된
다. 흔히「사내대장부」라고들 말하는데, 역 앞을 역전 앞이라고 하는
중복된 어감이 있다. 이 대장부란 말이 나오는 기록이 어느 것이 가장
오랜 것인지는 잘 알 수 없으나, 대장부란 말을 놓고 그 정의를 내린
것이 《맹자》에 나온다. 등문공하에 보면 경춘(景春)이란 사람이 맹자
를 찾아와 이런 말을 했다.

「공손연(公孫衍)과 장의(張儀)는 어찌 참으로 대장부가 아니겠는가.
그들이 한번 성을 내면 제후들이 행여나 싫어 겁을 먹고, 그들이 조용히
있으면 온 천하가 다 조용하다」

공손연과 장의는 역사적으로 너무도 유명한 맹자시대의 변사들이다.
경춘의 말처럼 그들이 한번 반감을 가지면 상대는 잠을 편히 자지 못하
고, 그들이 조용히 있으면 천하도 따라 조용한 형편이었다. 출세가 사나
이의 전부라고 한다면 그들이야말로 사나이 중의 사나이라 할 수 있다.
그러나 맹자가 보는 눈은 달랐다.

「이들이 어떻게 대장부일 수 있겠는가. 그대는 예(禮)를 배우지 않았
던가. 장부가 갓을 처음 쓰게 될 때는 아버지가 교훈을 주고, 여자가
시집을 가면 어머니가 교훈을 주는데, 어머니는 대문 앞에서 딸을 보내
며 이렇게 말한다. 『너희 집에 가거든 공경하고 조심하여 남편에게 어
기는 일이 없게 해라』 남에게 순종함으로써 정당함을 삼는 것은 첩이
나 아내가 하는 길이다」

이것은 공손연과 장의가 집권층의 비위에 맞게 갖은 아부와 교묘한 말재주로 상대의 마음을 낚아 자기 목적을 달성하는 것이 마치 교활한 첩이나 영리한 아내가 남편에게 하는 그런 수법과 다를 것이 없다는 것을 통렬히 비난한 것이다. 그리고 맹자는 그가 생각하고 있는 대장부의 정의에 대해서 이렇게 말했다.

맹자

「천하의 넓은 곳에 몸을 두고, 천하의 바른 위치에 서 있으며, 천하의 큰 길을 걷는다. 뜻을 얻었을 때는 백성들과 함께 그 길을 가고, 뜻을 얻지 못했을 때는 혼자 그 길을 간다. 부귀를 가지고도 그의 마음을 어지럽게 만들 수 없고, 가난과 천대로 그의 마음을 바꿔 놓지는 못하며, 위세나 폭력으로도 그의 지조를 꺾지는 못한다. 이런 사람을 가리켜 대장부라고 한다」

범인이 보는 대장부와, 철인이 보는 대장부와는 이처럼 많은 차이가 있다. 과연 어느 쪽이 참다운 「대장부」이겠는가.

居天下之廣居　立天下之正位　行天下之大道
거 천 하 지 광 거　　입 천 하 지 정 위　　행 천 하 지 대 도

인(仁)이라는 넓은 집에 살고, 예(禮)라는 가장 바른 자리에 서고, 의(義)라는 가장 큰 길을 당당하게 걷는다. 이것이야말로 대장부가 살아가는 길이다.

— 《맹자》 등문공 하 —

도리불언 桃李不言

복숭아꽃 桃 오얏 李 아닐 不(불) 말씀 言

어떤 일을 하든지 허장성세를 부리지 않고 꾸준히 힘씀.

— 반고《한서》

「복숭아나무와 오얏나무는 사람을 부르지 않아도 절로 길이 생긴다」 즉 도리불언하자성혜(桃李不言下自成蹊)에서 나온 말이다.

한나라 초기의 장수 이광(李廣)은 말타기와 활쏘기에 출중한 재능을 지닌 사람이었다. 그는 흉노족 침입자들과 70여 차례나 싸워 여러 번 전공을 세운 용장이었지만, 조정에서는 그를 중용하지 않고 배척하고 있었다. 그러던 중 이광은 나이 60여 세 때 흉노족과 싸움을 치르던 중 대장군 위청의 핍박에 못 이겨 자살하고 말았다. 이에 군민들은 비통함을 금치 못하였다. 동한의 사학자 반고(班固, 32~92)는 그의 저서《한서(漢書》에서 다음과 같이 말하고 있다.

「말없이 꾸준히 힘쓰고 정직한 이장군은 보통 사람들과 다름이 없었지만 그가 죽었을 때 모든 사람들이 슬피 울었다. 여기서 우리는 탁상공론이나 아부를 일삼는 그런 사대부들에 비해 이장군이 얼마나 고상

이광

한 인품을 갖췄는가를 엿볼 수 있다. 그야말로 속담과 같이『복숭아나무와 오얏나무는 사람을 부르지 않아도 그 아름다운 꽃과 맛좋은 열매 때문에 늘 사람들이 오고 가 나무 밑에는 절로 길이 생긴다(桃李不言下自成蹊)』는 사실을 몸으로 보여 준 사람이라고 할 수 있다」

도리상영　倒履相迎

거꾸로 倒 신 履 서로 相 맞이할 迎

손님을 반갑게 맞이함을 비유하여 이르는 말.

―《한서》준불의전(雋不疑傳)

가까운 친구나 반가운 손님이 찾아온다는 소식을 듣고 기쁜 나머지 신마저 거꾸로 신고 달려나가 마중하는 것을 「도리상영(倒履相迎)」 이라고 한다.

《한서》준불의전에 다음과 같은 이야기가 있다.

한(漢)나라 때 발해(渤海, 지금의 하북성 창현 일대) 사람으로 준불의라는 사람이 있었다. 그는 《춘추(春秋)》를 깊이 연구해서 명망이 매우 높았다.

어느 날 포승지(暴勝之)가 발해로 왔을 때 준불의가 그의 숙소로 찾아간 적이 있었는데, 포승지는 「준불의의 용모가 근엄하고 의관이 위엄있는 것을 보고 신발을 거꾸로 끌고 황급히 나와 맞았다(望見不疑容 貌莊嚴 衣冠甚偉躧履起迎)」고 하였다. 여기서 사리(躧履)는 신발을 바로 신지 못하고 급히 걷는 모양을 말한다.

후한의 문인 채옹(蔡邕, 132~192)은 벗들과 사귀기를 즐겨서 그의 집에는 언제나 손님이 그칠 새가 없었다. 어느 날 왕찬(王粲, 177~217)이라는 사람이 자기 집으로 온다는 소식을 듣고 그는 기뻐서 어쩔 줄을 몰랐다. 《삼국지》위지 왕찬전에 따르면 「채옹은 왕찬이 자기 집으로 온다는 소식을 듣고 신을 거꾸로 신고 나가 맞이하였다(蔡邕聞粲在門 倒履迎之)」고 한다.

「도리상영」은 이런 이야기들에서 나온 성구인데, 「도사상영(倒屣相迎)」 또는 「도사이영(倒屣而迎)」이라고도 한다.

도불습유　道不拾遺

길 道 아니 不 주울 拾 잃을 遺

선정이 베풀어져 세상이 잘 다스려지고, 백성들의 도덕심이 높음의 형용.

—《사기》공자세가(孔子世家)

「노불습유(路不拾遺)」라고도 한다. 나라가 태평하고 민심이 순박해서 남의 것을 탐내지 않는 사회가 된 것을 단적으로 표현한 말이다.

원래는 선정(善政)의 극치를 표현해서 한 말이었는데, 상앙(商鞅)의 경우와 같이 법이 너무 엄해서 겁을 먹고 길에 떨어진 것을 줍지 못하는 예도 있었다.

《사기》공자세가에 이런 이야기가 있다.

공자가 노나라 정승으로 석 달 동안 정치를 하게 되자, 송아지나 돼지를 팔러 가는 사람이 아침에 물을 먹이는 일이 없고, 길에 떨어진 것을 줍는 사람이 없었다고 전한다. 돼지나 소에게 물을 먹여 팔러 가지 않는다는 것은 오늘의 우리 도축업자들이 곱씹어 봐야 할 말이다.

또 정나라 재상 자산(子産)은 공자가 형처럼 대했다는 훌륭한 정치가였는데, 그는 정승이 되자 급변하는 정세를 잘 파악하여 국내의 낡은 제도를 개혁하는 한편, 계급의 구별 없이 인재를 뽑아 쓰고, 귀족에게 주었던 지나친 특권을 시정하여 위아래가 다 같이 호응할 수 있는 적당한 선에서 모든 정책을 이끌어 나갔기 때문에 나라가 태평을 이루어 도적이 자취를 감추고 백성들이 길에 떨어진 것을 줍지 않게 되었다고 한다.

《한비자》외저설좌상편(外儲說左上篇)에 보면 자산의 정치성과에 대한 이야기가 나온다. 정나라 임금 간공(簡公)은 자기 스스로의 부족함을 자책하는 한편, 새로 재상에 임명된 자산에게 모든 정치를 바로잡는 책임을 지고 과감한 시책을 단행할 것을 당부했다.

그래서 자산은 물러나와 재상으로서 정치를 5년을 계속했는데, 나라에는 도적이 없고(國無盜賊), 길에는 떨어진 것을 줍지 않았으며(道不拾遺), 복숭아와 대추가 거리를 덮고 있어도 이를 따 가는 사람이 없었으며, 송곳이나 칼을 길에 떨어뜨렸을 때도 사흘 후에 가 보면 그 자리에 그대로 있었고, 3년을 흉년이 들어도 백성이 굶주리는 일이 없었다고 했다.

자산

맹자는 말하기를,

「사람은 물과 불이 없으면 못 산다. 그런데 밤에 길 가던 사람이 물과 불을 청하면 안 줄 사람이 없는 것은 너무도 흔하기 때문이다. 만일 먹을 것이 물과 불처럼 흔하다면 어느 누가 착하지 않을 수 있겠는가」라고 했다.

도적을 없애는 근본 문제도, 길에 떨어진 것을 줍지 않게 되는 까닭도 역시 그 바탕은 먹는 문제를 해결해 주는 데 있다.

같은 「도불습유」가 상앙의 준열 가혹한 법치정책과 공자의 온용덕화(溫容德化) 정책과 상반되는 두 개의 정치에서 나온 것이 재미있다. 이 이야기는 나라가 잘 다스려지고 있다는 대명사로 쓰이고 있다.

도원결의 桃園結義

복숭아 桃 뜰 園 맺을 結 맺을 義

의기투합해서 함께 사업이나 일을 추진함의 비유.

— 《삼국지연의(三國志演義)》

소설 치고 《삼국지연의》처럼 많이 읽힌 책은 없을 것이다. 그 《삼국지연의》 맨 첫머리에 나오는 제목이 「도원결의」다.

전한(前漢)은 외척에 의해 망했고, 후한은 환관에 의해 망했다고 한다. 그러나 후한의 직접적인 붕괴를 가져오게 한 것은 황건적의 봉기였다. 어지러워진 국정에 거듭되는 흉년으로 당장 먹을 것이 없어 굶주린 백성들은 태평도(太平道)의 교조 장각(張角)의 깃발 아래로 모여들어 누런 두건을 머리에 두르고 황건적이 되었다. 그래서 삽시간에 그 세력은

장비

50만으로 불어났다. 이를 진압하기 위한 관군은 이들 난민들 앞에서는 너무도 무력했다. 당황한 정부에서는 각 지방장관에게 용병을 모집해서 이를 진압하라는 지시를 내렸다.

유주(幽州) 탁현에 의용군 모집의 게시판이 높이 나붙었을 때의 이야기다. 맨 먼저 이 게시판 앞에 발길을 멈춘 청년은 바로 다른 사람 아닌 현덕 유비였다. 유비는 나라 일을 걱정하며 길게 한숨을 내쉬었다. 이때,

「왜 나라를 위해 싸울 생각은 않고 한숨만 쉬고 있는 거요?」

유비를 책망한 사람은 다름 아닌 익덕(翼德) 장비(張飛)였다. 두 사람은 서로 인사를 교환한 다음 함께 나라 일을 걱정했다. 가까운 술집으로 들어가 이야기를 하고 있는데, 한 거한이 들어왔다. 그가 바로 운장(雲長) 관우(關羽)였다. 이들 셋은 자리를 같이하고 술을 나누며 이야기하는 동안 서로 뜻이 맞아 함께 천하를 위해 손잡고 일하기로 결심을 했다.

관우

이리하여 장비의 제안으로, 그의 집 후원 복숭아밭에서 세 사람이 형제의 의를 맺고, 힘을 합쳐 천하를 위해 일하기로 맹세를 했다. 이때에 맹세한 내용을 원문에 있는 그대로 옮기면 이렇다.

「유비·관우·장비는 비록 성은 다르지만 이미 의를 맺어 형제가 되었으니, 곧 마음을 같이하고 힘을 합해 괴로운 것을 건지고 위태로운 것을 붙들어 위로는 국가에 보답하고 아래로는 만백성을 편안케 하리라. 같은 해 같은 달 같은 날 나기를 구할 수는 없지만, 다만 같은 해 같은 달 같은 날 죽기를 원한다. 천지신명은 실로 이 마음을 굽어 살피소서. 의리를 저버리고 은혜를 잊는 일이 있으면 하늘과 사람이 함께 죽이리라」

이리하여 세 사람은 지방의 3백여 명 젊은이들을 이끌고 황건적 토벌에 가담하게 되었고, 뒤에 제갈공명을 유현덕이 삼고초려(三顧草廬)로 맞아들임으로써 조조(曹操)·손권(孫權)과 함께 천하를 셋으로 나누어 삼국시대를 이루게 된 것은 너무도 잘 알려진 사실이다.

물론 위에 말한 도원결의는 작가의 머리로 만들어낸 이야기다. 그러나 이 소설이 끼친 영향은 너무도 커서, 중국 민중들 사이에는 이 도원결의가 의형제를 맺을 때의 서약의 모범으로 되고 있다.

도주지부 陶朱之富

질그릇 陶 붉을 朱 의 之 부할 富

부자를 가리키는 말.

— 《사기》 식화열전(殖貨列傳)

「와신상담(臥薪嘗膽)」에 나오는 월왕(越王) 구천(句踐)은 오(吳)나라의 포로에서 풀려나온 20년 뒤에, 마침내 오나라를 멸하고 남방의 패자가 되었다.

월왕 구천을 도와 이 날이 있게 한 것은 대부분이 범려(范蠡)의 공로였다. 오나라를 멸하고 상장군이 되어 돌아온 범려는 「나는 새가 죽으면 좋은 활은 광으로 들어가고, 날랜 토끼가 죽으면 사냥개는 삶아 먹힌다」는 옛말의 교훈도 교훈이려니와, 월왕 구천이란 사람이 고생은 같이할 수 있어도 낙은 같이할 수 없는 사람이라는 것을 알기 때문에 보물만을 싣고 월나라를 떠나 바다 건너 멀리 제나라로 갔다. 〔☞ 장경오훼(長頸烏喙)〕

나라를 부강하게 만들 수 있었던 범려는, 그의 뛰어난 경제적 두뇌로 축재(蓄財)에 힘쓴 나머지 얼마 안 가서 수천만의 재산을 모았다. 그러자 제나라에서는 그가 비범한 사람인 것을 알고 그를 재상으로 맞아들였다. 이 때 범려는 치이자피(鴟夷子皮)라는 이름으로 행세를 했던 것이다. 그러나 범려는 사양하며 말했다.,

「집은 천금의 부를 이루고 벼슬은 재상에 올랐으니 이는 평민으로서는 극도에 달한 것이다. 오래 높은 이름을 누린다는 것은 상서롭지 못한 일이다」

범려는 재상의 자리에서 물러나, 있는 재산을 모조리 친구와 고을 사람들에게 나누어 준 다음 값비싼 보물만을 챙겨 가지고는 남몰래 도

(陶 : 산동성 도현)란 곳으로 가 숨어 살며 주공(朱公)이란 이름으로 행세를 했다.

범려

범려는 도란 곳이 천하의 중심에 위치하여, 길이 사방으로 통하고 물자의 유통이 원활한 것을 알고, 재산을 모아 무역에 종사함으로써 남에게 해를 끼치는 일 없이 19년 동안에 세 번이나 천금의 재산을 모을 수가 있었다. 이 중 두 번까지는 모은 재산을 가난한 친구와 먼 친척들에게 다 나누어 주었다. 범려야말로 잘 살게 되면 남에게 덕을 입히기를 좋아하는 사람이었다.

뒤에 그의 나이가 많아지자 모든 일을 자손들에게 맡기게 되었는데, 자손들 역시 그를 닮아 재산을 모으고 불리는 데 남다른 무엇이 있어 억만금의 재산을 모으기에 이르렀다. 그러므로 재산을 놓고 말할 때면 온 세상 사람들이 다 도주공(陶朱公)을 일컫게 되었다.

이야기는 《사기》 식화열전에 나오는 것인데 이 밖에 월세가(越世家)에도 그에 관한 이야기가 나온다.

월세가에 나오는 범려에 관한 재미있는 이야기는 「천금지자 불사어시(千金之者 不死於市)」 항에서 다시 다루기로 한다.

춘추시대 때 노(魯)나라 의돈(猗頓)이란 사람이 있었다. 원래는 궁사(窮士)였으나 소금과 목축으로 부를 쌓아 의씨(猗氏 : 산서성 안택현)에 살며 왕공(王公)을 능가하는 생활을 했다. 그래서 의돈이라 했다. 이런 까닭으로 세상에서 부를 운운하는 자는 도주공을 말하고, 혹은 의돈의 이름을 말한다. 여기서 부자들을 가리켜 「도의(陶猗)」 라 하고 그 부를 「도주의돈의 부(陶朱猗頓之富)」 라는 말이 생겼다.

도청도설 道聽塗說

길 道 들을 聽 진흙 塗 말씀 說

길거리에 퍼져 돌아다니는 뜬소문.

―《논어》 양화편

아무렇게나 듣고 아무렇게나 말하는 것을 가리켜 「도청도설」이라고 한다. 길에서 들은 것을 길에서 이야기한다는 뜻이다. 이것은 《논어》 양화편에 나오는 공자의 말인데, 거기에는,

「길에서 듣고 길에서 이야기하는 것은 덕을 버리는 것이다(道聽而塗說 德之棄也)」라고 했다.

「앞의 길(道)에서 들은 좋은 말(道聽)을 마음에 간직해서 자기 수양의 길잡이로 하지 않고, 후의 길에서 바로 다른 사람에게 말해 버리는(塗說) 것은 스스로 그 덕을 버리는 것과 같은 것이다. 선언(善言)은 전부 마음에 잘 간직해서 자기 것으로 하지 않으면 덕을 쌓을 수 없다」

몸을 닦고(修身), 집안을 정제하고(齊家), 나라를 다스리고(治國), 천하를 평정해서(平天下) 천도(天道)를 지상에 펴는 것을 이상으로 한 공자는 그러기 위해서 사람들이 엄하게 자기를 규율하고, 인덕을 쌓아 실천해 갈 것을 가르쳤다. 그리하여 덕을 쌓기 위해서는 끊임없는 노력이 필요하다는 것을 《논어》에서 가르치고 있다.

후한의 반고(班固)가 지은 《한서》 예문지에는,

「무릇 소설(小說)의 시초는 군주가 일반 서민의 풍속을 알기 위해 하급 관리에게 명해서 서술시킨 데서부터 시작된다. 즉 세상 이야기나 거리의 소문은 도청도설하는 자들이 만들어낸 것이다」라고 씌어 있다.

소설이란 말은 이런 의미로서 원래는 「패관(稗官 : 하급관리)소설」이라고 했으나 후에 그저 소설(小說)이라 부르게 되었다.

또 《순자》 권학편에는,

「소인의 학문은 귀에서 들어와 바로 입으로 빠지며 조금도 마음에 머무르게 하지 않는다. 입과 귀 사이는 약 네 치, 이 정도의 거리를 지나게 될 뿐으로서 어찌 7척의 신체를 미화할 수 있겠는가. 옛날, 학문을 하는 사람은 자기를 연마하기 위해 노력했으나, 지금 사람은 배운 것을 곧 남에게 알려 자기 것으로 하겠다는 생각이 없다. 군자의 학문은 자기 자신을 아름답게 하는 데 반해, 소인들의 학문은 인간을 못쓰게

반고

만들어 버린다. 그래서 묻지도 않은 말을 입 밖에 내고 만다. 이것을 듣기 싫다 하고, 하나를 묻는데 둘을 말하는 것을 수다라고 한다. 어느 것도 좋지 않다. 진정한 군자란 묻지 않으면 대답하지 않고 물으면 묻는 것만을 대답한다」 라고 하여 다언(多言)을 경계하고 있다.

어느 세상이거나 오른쪽에서 들은 말을 왼쪽으로 전하는 수다쟁이와 정보통이 많다. 더구나 입에서 입으로 전해지는 동안에 점점 날개가 달리게 된다.

「이런 인간들은 세상에 도움이 되지 않는다」 라고 공자·순자는 말하고 있다.

또 자기에게 학문이 있다는 것을 선전하는 자, 소위 현학적(衒學的) 행위도 삼가야 한다고 했다. 생각과 실천이 따르지 않는 공부는 곧 길에서 듣고 길에서 말하는 것과 별로 다를 것이 없는 것이다.

도탄지고 塗炭之苦

진흙 塗 숯불 炭 의 之 괴로울 苦

극도로 곤궁한 고통.

—《서경》중회지고(仲虺之誥)

심한 고통 속에 있는 것을 「도탄지고」라고 한다.

「도탄지고에 빠졌다」는 말이 있다. 이 도탄은 한 개인의 고통보다는 많은 대중들의 경우에 쓰인다.

「나는 도탄에 빠져 있다」고 하면 좀 어색하지만, 「우리는 도탄에 빠져 있다」고 하면 실감 있게 들린다. 원래가 이 도탄이란 말이 대중의 고통을 비유해서 한 말이었다.

도(塗)는 진흙이란 뜻이고, 탄(炭)은 숯불을 뜻한다. 몸이 자유롭게 움직일 수 없는 진흙 수렁에 빠져 있고, 이글이글 타오르는 숯불 속에 들어 있다면 그 고통이 얼마나 크겠는가.

《서경》중회지고에,

「……유하의 어두운 덕으로 백성이 도탄에 빠졌다(民墜塗炭)」고 한 구절이 나온다.

은(殷)나라 탕(湯)임금은 걸(桀)을 내쫓고 천자가 되자, 무력혁명에 의해 천하를 얻게 된 것을 부끄러워하며,

「나는 후세 사람이 내가 한 일을 가지고 구실을 삼을까 두렵다」고 말했다.

그러자 좌상(左相) 중훼가 글을 지어 탕임금을 위로한 것이 곧 「중훼지고」다. 글의 내용은 이렇다.

「슬프다, 하늘이 사람을 내었으나, 사람에게는 욕심이 있어 이를 이끌어 줄 지도자가 없으면 곧 혼란을 가져오게 된다. 그러므로 하늘은

총명한 임금을 낳아 이들을 올바로 이끌게 한다. 그런데 하(夏)나라 걸임금은 어둡고 덕이 없어 백성들이 진흙과 숯불 속에 빠지게 되었다. 그래서 하늘은 임금에게 용기와 지혜를 주어, 모든 나라들을 법도로써 바로잡게 하고, 우(寓)임금의 옛 영토를 이어받게 했다. 지금은 우임금의 옛 제도를 따라 천명에 순종하는 것이 마땅할 뿐이다」

즉 중훼는 탕임금의 무력에 의한 혁명을 정당한 것으로 보고, 걸임금의 학

탕임금

정에 신음하는 백성들의 견딜 수 없는 고통을 덜어 주는 것이 위대한 덕을 가진 사람의 당연히 해야 할 책무라는 것을 강조하여 탕임금의 주저하는 마음을 격려했던 것이다.

국민이 도탄의 괴로움에 허덕인 것은 오직 걸왕 때만은 아니다. 은의 주왕이나 고래로 많은 제왕시대에도 그러했다. 극언하면 유사 이래 수천 년의 역사는 민중의 끊임없는 도탄의 괴로움의 반복이었다고 해도 과언이 아니다. 그래서 《서경》에 최초로 보이는 「도탄(塗炭)」이란 말은 그 후 중국의 사서(史書)뿐 아니라 우리나라 문헌에도 빈번하게 쓰였다.

도탄의 도(塗)는 진흙탕, 탄(炭)은 숯불이다. 도탄의 괴로움이란 마치 진흙탕이나 숯불 속에 떨어진 것 같은 수화(水火)의 괴로움이란 뜻이다.

또 도탄의 고(苦)를 도지(塗地)의 고라고도 한다. 도탄의 괴로움에서 해방을 갈망하는 사람들의 소원이 많은 문헌에 도탄이란 글자를 남겨 놓았다고 말할 수 있다.

도남 | 圖南

꾀할 圖 남녘 南

어느 다른 지역으로 가서 큰 사업을 시작하려고 함.

— 《장자(莊子)》

이 「도남」이란 말은 붕새(鵬)가 북쪽 바다에서 남쪽 바다로 옮겨 갈 때의 어마어마한 광경을 이야기한 《장자(莊子)》에서 나온 말이다. 이야기를 풀어서 소개하면 다음과 같다.

「북해에 곤(鯤)이라는 고기가 있다. 그 크기는 몇 천 리가 되는지 알 수 없다. 이 고기가 화해서 붕(鵬)이라는 새가 된다. 붕새의 등은 그 길이가 몇 천 리가 되는지 알 수 없다. 이 새가 한번 날아오르면 그 날개는 하늘을 덮은 구름처럼 보인다. 이 새는 바다에 물결이 일기 시작하면 남쪽 바다로 옮겨간다. 남쪽 바다는 천연의 못이다」

《제해(齊諧)》라는 것은 이상한 것들을 기록한 책이다. 그 책에 이렇게 씌어 있다.

「붕새가 남해로 옮겨가려 할 때는 날개가 물 위를 치는 것이 3천 리에 미치고, 회오리바람을 일으키며 날아오르는 것이 9만 리에 이른다. 이렇게 여섯 달을 계속 난 다음에야 쉰다」고 했다.

여기에서 「도남」이니 「붕정만리(鵬程萬里)」니 「붕익(鵬翼)」이니 하는 말이 나오게 되었다.

天地本寬 而鄙者自隘
천지본관 이비자자애

하늘과 땅은 본래 넓은 것인데, 마음이 천하고 더러운 자는 그 넓은 천지를 스스로 좁게 만들어 자신의 몸 둘 곳을 없애버리고 만다.

— 《채근담》 —

독서백편의자현 讀書百遍義自見

읽을 讀 책 書 일백 百 두루 遍 뜻 義 스스로 自 알 見(현)

무엇이든 하고 또 하고 하는 사이에 진리를 터득하게 된다.

— 《삼국지》위지(魏志)

위(魏)나라 동우(董遇)의 고사에 나오는 말이다. 동우는 후한 말기의 사람으로 당시는 모든 사람들이 자기가 가지고 있는 자그마한 재주를 유력자에게 팔아 바침으로써 출세를 하고 생활을 하고 하는 그런 시대였다. 그러나 동우는 그럴 생각은 조금도 없이 가난한 가운데서 몸소 일을 해 가면서 공부에 열중하고 있었다. 그는 잠시도 손에서 책을 놓는 일이 없었던 것으로 유명하다. 이른바 수불석권(手不釋卷)이란 것이다.

그 뒤 동우는 황문시랑의 벼슬에 올라 헌제의 글공부 상대가 되었는데, 승상이었던 조조의 의심을 받아 한직으로 쫓겨나게 되었다. 그 뒤 위나라 천하가 된 뒤에 시중, 대사농 등 대신의 벼슬에까지 올랐다.

그는 《노자》와 《춘추좌전(春秋左傳)》의 주석을 한 것으로 유명했으나, 지금은 그것이 보이지 않는다.

동우는 글을 배우겠다고 오는 사람이 있으면,

「내게서 배우기보다는 집에서 자네 혼자 읽고 또 읽어 보게. 그러면 자연 뜻을 알게 될 테니」하고 거절했다.

이것을 《삼국지》위지(魏志) 제13권에는 이렇게 표현하고 있다.

「……동우는 가르치기를 즐겨하지 아니하며 말하기를 『반드시 마땅히 먼저 백 번을 읽으라』했고 『글을 백 번 읽으면 뜻이 절로 나타난다』고 말했다」백 번은 여러 번이란 뜻이다. 열 번도 괜찮고, 천 번도 필요할 때가 있을 것이다.

홀로 獨 눈 眼 용 龍

출중하고 용감한 젊은 사람의 비유.

— 《오대사(五代史)》, 《당서(唐書)》

당나라 의종(懿宗) 말년(873) 산동·하남 지방은 대홍수를 만났으나 이듬해인 희종(僖宗)의 건부(乾符) 원년에는 같은 이 지방이 전 년과는 딴판으로 큰 가뭄을 당하는 불행을 만났다. 그런데 주현(州縣)의 세금 징수는 가혹하기 짝이 없어 농민들은 부득이 그 아내를 팔고 자식을 팔아 겨우 가세(苛稅)를 감당하고 있었다. 그러나 그것도 한도가 있었다.

산동의 일각에서 불타오른 농민 봉기의 불길은 드디어 조주(曹州) 출신인 일대의 풍운아 황소(黃巢)를 궐기시켰다. 황소는 그보다 일찍 이미 난을 일으키고 있었다. 같은 산동의 왕선지(王仙之)와 손을 잡고 각지를 전략(轉掠)할 때마다 찾아와 투항하는 자들을 합쳐 급속히 그 병력을 증강시켜 갔다.

얼마 안되어 병력 수십만을 헤아리게 된 황소는 광명(廣明) 원년 11월, 낙양을 무찌르고 노도와 같이 진격을 계속, 드디어 당의 수도 장안을 함락시키고 백성이 환호하는 가운데 장안에 입성하여 스스로 제제(齊帝)라 칭하고서 대제국(大齊國)을 세웠다.

그러나 한편 홍원(興元)에서 성도로 난을 피해 있던 희종(僖宗) 측에서도 착착 반격태세를 굳히고 있었다. 즉 당군(唐軍)의 맹장 이극용(李克用)의 등장이다. 이극용은 6세기 경부터 중국 북부 몽고 고원으로부터 알타이 지방을 지배했던 돌궐(突厥)의 일파인 사타족(沙陀族) 출신이었다.

할아버지 때부터 당나라에 들어와 아버지가 방훈(龐勛)의 난에서 공을 세워 이국창(李國昌)이라는 이름을 하사받아 이후 성씨를 이씨로 하였다.

황소의 난은 일개 소금 밀매업자가 주동이 된 폭동이었지만, 순식간에 폭정과 극빈에 시달리던 농민들의 지지를 얻어 전후 10년간에 걸쳐 천하를 뒤흔들어 놓았다. 당시 세계 최고의 문화를 자랑하던 당나라도 이 반란의 여파에 휩쓸려

자치통감

결국 망하고 말았던 것이다. 누구도 섣불리 황소의 반군을 공격하지 못하고 있었는데 유독 이극용이 이끄는 달단족의 기마부대만 용감하게 그들과 맞붙어 전과를 올렸다. 황소의 반군들은 이들을 아아군(鴉兒軍 : 까마귀 부대)이라 하며 싸우지도 않고 달아났다고 한다. 《자치통감》에는 이극용의 모습을 다음과 같이 기술하고 있다.

「이극용의 나이 그때 28세로 여러 장군들 중에서 가장 나이가 어렸다. 그러나 황소를 격파하고 장안성을 회복하는 데 가장 큰 공을 세웠다. 때문에 당시 장군들은 모두 그를 두려워하였다. 이극용은 한쪽 눈이 아주 작았기 때문에 사람들은 그를 외눈박이 용이라고 불렀다(克用時年二十八 於諸將最少 而破黃巢 復長安功第一 兵勢最彊 諸將皆畏之 克用一目微眇 時人謂之獨眼龍)」

여기서 「독안룡」은 남달리 출중하고 용감한 젊은 사람을 비유할 때 쓰인다.

돈제일주　豚蹄一酒

돼지 豚 발굽 蹄 한 一 술 酒

작은 것으로 많은 것을 구하려고 함.

— 《사기》 골계열전(滑稽列傳)

돼지발과 술 한 잔이라는 뜻으로, 작은 것으로 많은 것을 구하려고 함을 비유하여 이르는 말이다.

제위왕 8년에 초나라에서 군사를 일으켜 제나라로 쳐들어왔다. 제나라 왕은 순우곤(淳于髡)에게 황금 100근, 사두마차 10대를 예물로 가지고 조나라로 가서 구원군을 청하게 했다. 그러자 순우곤이 하늘을 우러러보며 크게 웃으니 갓끈이 모조리 끊어졌다. 왕이 놀라 물었다.

「선생은 이것이 적다고 생각하시오?」

「어찌 감히 그렇다고 하겠습니까」

「그럼 웃는 데는 그만한 이유가 있을 게 아니오?」

순우곤이 말했다.

「지금 저는 동쪽에서 오는 길에 길가에서 풍작을 비는 사람을 보았는데, 돼지의 발 하나와 술 한 잔을 손에 들고 이렇게 빌고 있었습니다. 『높은 밭에서는 광주리에 넘치고, 낮은 밭에서는 수레에 가득 차게 오곡이 풍성하게 익어 우리집에 넘쳐나게 해주십시오』 저는 그가 손에 들고 있는 것은 그처럼 작으면서 원하는 것이 그처럼 큰 것을 보았기 때문에 그걸 생각하고 웃은 것입니다」

위왕은 황금 1,000일, 백벽(白璧) 10쌍, 사두마차 100대로 예물을 늘려 보냈다. 순우곤은 사신으로 조나라에 이르렀다. 조나라 왕은 그에게 정병(精兵) 10만과 전차 1,000대를 내주었다. 초나라는 이 소식을 듣고 밤을 틈타 병사를 철수시켜 돌아갔다.

동가식서가숙 東家食西家宿

동녘 東 집 家 먹을 食 서녘 西 잠잘 宿

한곳에 정착하지 못하고 이곳저곳 떠돌아다님.

— 《태평어람(太平御覽)》

동쪽 집에서 먹고 서쪽 집에서 잠잔다는 뜻으로, 본래는 욕심이 지나친 경우를 가리키는 것이었으나, 지금은 한곳에 정착하지 못하고 이곳저곳 떠돌아다니는 삶을 의미한다.

《태평어람》에 이런 이야기가 있다.

옛날 제나라에 혼기가 찬 한 처녀가 살고 있었다. 그녀에게 동쪽에 사는 집과 서쪽에 사는 집에서 동시에 청혼이 들어왔다.

그러나 동쪽 집 총각은 아주 추남인 반면 집안이 아주 부자였고, 서쪽 집 총각은 매우 가난했으나 출중한 외모를 갖추고 있었다.

이 처녀의 부모는 어느 집으로 딸을 시집보내는 것이 좋을지 결론을 내리지 못했다. 그래서 곰곰이 생각한 끝에 당사자인 딸의 의견에 따르기로 했다.

「두 집 가운데 어느 집으로 시집가기를 원하느냐? 만일 동쪽 집으로 시집을 가고 싶으면 왼쪽 어깨 옷을 내리고, 서쪽 집으로 시집을 가고 싶으면 오른쪽 어깨 옷을 내리도록 하거라」

딸 역시 쉽게 어느 한쪽을 결정짓지 못했다. 그녀는 골똘히 생각하더니, 갑자기 양쪽 어깨를 모두 벗는 것이었다. 부모는 딸의 행동에 깜짝 놀라 그 이유를 물었다. 그러자 딸은 이렇게 말했다.

「낮에는 동쪽 집에 가서 먹고 싶고, 밤에는 서쪽 집에 가서 자고 싶어요」

동공이곡 同工異曲

같을 同 장인 工 다를 異 가락 曲

음악이나 문장이 됨됨은 비슷한데 내용이 다르다거나,
하는 일이나 만들어 놓은 것이 얼른 보면 다른 것 같은데,
실상 조금도 다를 것이 없음.

— 한유(韓愈) 『진학해(進學解)』

원래 이 「동공이곡(同工異曲)」은 상대를 칭찬해서 한 말이었는데, 지금은 오히려 경멸하는 뜻으로 쓰이는 경우가 많다. 즉 똑같은 내용의 사물을 다른 것처럼 보이려 하고 있는 경우를 꼬집어서 말할 때 흔히 쓰인다.

동공이곡이란 말은 한유의 「진학해(進學解)」란 글에 나오는 말이다. 해(解)는 남의 의심을 풀어 주는 글이란 뜻으로, 문장의 한 형태로 되어 있다.

한유는 천하의 문장이면서도 출세에는 뜻을 이루지 못하고, 늦게까지 사문박사(四門博士)라는 관직에 머물러 있었다. 그는 이 「진학해」란 글을 통해 스스로를 위로하고 또 타이르고 있다. 「진학해」를 간단히 소개하면 이런 내용이다.

국자(國子 : 대학) 선생인 한유가 대학에 나가 학생들을 가르치고 있었다. 비록 출세를 못했다 하더라도 나라의 처사에 불평을 하지 말고 자신의 학문이 부족한 것을 책하여 더욱 열심히 노력하라고 했다. 그러자 한 학생이 웃으며,

「선생님께선 모든 학문에 두루 능하시고, 문장에 있어서는 옛날의 대문장가에 필적하며, 인격에 있어서도 부족함이 없으신데, 어찌하여 공적으로는 세상의 신임을 얻지 못하고, 사적으로는 생활마저 하기가 어려운 형편이 아니십니까? 그러면서 왜 우리를 보고는 그런 말씀을

하십니까?」하고 따졌다.

그러자 한유는 이렇게 대답했다.

「공·맹 같은 성인도 세상에 뜻을
얻지 못하고 불행하게 생애를 마쳤다.
나 같은 삶은 그런 성인에 비교할 수조
차 없지만, 그래도 죄를 범한 일 없이
나라의 녹을 먹으며 잘 살고 있지 않은
가. 따라서 세상 사람들이 나를 비난하
는 것이 조금도 이상할 게 없으며, 박
사라는 한직에 있는 것도 당연한 일이
아니겠는가」

한유(문공) 사당

이것이 간단한 줄거리인데, 이깃은
물론 한유가 학생의 입을 빌어 자문자답하고 있는 것이다.

이「진학해」에서 학생은 한유의 문장을 칭찬하여 위로는 순임금과
우임금의 문장, 그리고 《시경》의 바르고 화려함, 아래로는 장자와 굴
원(屈原), 사마천의 《사기》, 양웅(揚雄)과 사마상여(司馬相如)와 더불
어 공(工)을 같이하고 곡(曲)을 달리한다고 말했다.

즉 한유는 문체만 다를 뿐 그 내용에 있어서는 옛날 위대한 문장의
글과 조금도 다를 것이 없다는 말이다. 문자란 이렇게 본래의 뜻과는
달라지는 경우가 많다.

幣美則沒禮
폐 미 즉 몰 례

폐물이 호화로우면 예(禮)를 잃는다.
선물을 호화롭게 하면 오히려 충언을 따르기 위한 예의 본뜻을 잃게 된
다.

— 《의례(儀禮)》 빙례(聘禮) —

동병상련 同病相憐

같을 同 병 病 서로 相 불쌍히 여길 憐

어려운 처지에 있는 사람끼리 서로 동정하고 도움.

— 《오월춘추(吳越春秋)》

같이 앓고 있는 사람은 서로 동정한다. 그것이 「동병상련」이란 말이다. 「과부의 설움은 과부가 안다」는 우리 속담도 다 같은 이치에서 나온 말이다. 이 말은 후한 조엽(趙曄)이 지은 《오월춘추》에 나오는 말이다.

아버지와 형을 역적의 누명을 씌워 죽인 초나라를 등지고 오나라로 망명해 온 오자서(吳子胥)는 오나라 공자 광(光)을 만나 마침내 초나라에 대한 복수를 하게 된다. 이때 오자서를 공자 광에게 추천한 사람은 관상을 잘 보는 피리(被離)란 사람이었다. 피리는 오자서가 거지 행세를 하며 오나라 거리를 돌아다니고 있을 때 오자서가 천하 영웅임을 알아봤던 것이다. 공자 광은 결국 오자서의 힘으로 오나라의 왕이 될 수 있었는데, 이 공자 광은 왕이 된 뒤에 이름을 합려(闔閭)로 고쳤다.

오자서가 합려왕의 심복으로 오나라의 실권을 잡게 되었을 때 초나라에서 백주리(伯州犁)의 아들 백비가 찾아왔다. 백주리도 오자서의 아버지를 죽게 만든 비무기(費無忌)란 간신에 의해 억울하게 죽었기 때문에, 백비는 오자서에게 몸을 의탁하기 위해 찾아온 것이다.

오자서는 원수를 같이하는 그를 동정하여 그를 합려왕에 천거해서 대부의 벼슬에 앉게 했다. 이때 오자서는 이미 대부의 벼슬에 오른 피리의 충고를 받게 된다. 피리는 이렇게 물었다.

「당신은 왜 백비를 겨우 한 번 만나보고 그토록 신임을 하시오?」

「그것은 나와 같은 원한을 품고 있기 때문이오. 강가 사람들이 부르

는 노래를 듣지 못했소 그 노래에 말하기를,

같은 병은 서로 불쌍히 여기고
같은 근심은 서로 구원한다.
놀라 나는 새는
서로 따라 날고
여울 아래 물은
따라 다시 함께 흐른다.

합려의 묘

同病相憐　同憂相救
　동병상련　동우상구

驚翔之鳥　相隨而飛　　경상지조　상수이비

瀨下之水　因復俱流　　뇌하지수　인복구류

고 했소 호마(胡馬)는 북쪽 바람을 향해 서고, 월나라 제비는 햇빛을 찾아 노는 법이오 육친을 사랑하고 슬퍼하지 않는 사람이 어디에 있겠소」

「이유는 정말 그것뿐입니까?」

「그것뿐입니다」

「그렇다면 말씀드리지요 내가 보는 바로는, 그의 눈은 매와 같고, 걸음걸이는 범을 닮았습니다. 그것은 사람 죽이기를 보통으로 아는 잔인한 상입니다. 절대로 마음을 주어서는 안됩니다」

오자서는 피리의 충고를 받아들이지 않고 백비를 끝까지 밀어 태재(太宰)라는 벼슬에까지 오르게 했다. 그러나 백비는 그 뒤 적국인 월나라의 뇌물에 팔려 충신 오자서를 자살하게 만든다.

오자서는 「동병상련」으로 그를 이끌어 주었지만 백비는 그 은공을 원수로 갚고 말았다. 보편적인 원칙도 악한 사람에게는 적용이 되지 않는다는 것을 말해 주고 있다.

동호지필 董狐之筆

동독할 董 여우 狐 의 之 붓 筆

오류나 결함을 조금도 숨기지 않고 있는 그대로 공정하게 기록하다.

— 《춘추좌씨전》 선공 2년

「동호지필(董狐之筆)」은 특히 포폄(褒貶)이 분명한 춘추필법(春秋筆法) 같은 사필(史筆)을 비유할 때 흔히 쓰인다.

춘추시대 진(晋)의 문공이 세상을 떠나고 양공이 즉위한 뒤 조순(趙盾)이 재상으로 있으면서 많은 치적을 쌓았다. 당시 사람들은 조순과 그의 아버지 조최를 진나라의 공신으로 칭찬을 아끼지 않았다. 그러나 두 부자의 성격은 판이하게 달랐다.

《춘추좌씨전》 문공 7년에 어떤 사람이 대부 호사고에게 물었다.

「조최와 조순은 어떤 사람인가?」

호사고가 대답했다.

「조최는 겨울날의 해와 같고, 조순은 여름날의 해와 같다(趙衰 冬日之日也 趙盾 夏日之日也)」

여기서 하일(夏日)과 같은 뜻으로 추상(秋霜)이란 말도 많이 쓰이는데, 모두가 정직하고 인격이 높은 사람을 가리키는 말로서 「하일추상(夏日秋霜)」이라고도 한다.

양공이 죽은 뒤 어린 나이로 즉위한 진영공은 아주 어리석고 포학한 임금이었다. 예컨대 그는 높은 정자 위에서 지나가는 행인을 활로 쏘아 맞히는 놀이를 도락으로 삼았고, 요리사가 국을 맛이 없게 조리했다고 해서 죽여버리기까지 하는 위인이었다.

이에 재상 조순이 여러 차례 간언했지만 왕은 듣지 않을 뿐만 아니라 세 번이나 조순을 죽이려다가 실패하였다. 결국 신변의 위협을 느낀 조순은 외지로 나가 잠시 피신을 하게 되었다.

그러던 중 조순의 사촌 형인 조천(趙穿)이 진영공

영공이 개를 풀어 조순을 위협하고 있다

이 도원에서 술에 만취한 틈을 타서 심복을 시켜 감쪽같이 시해하고 말았다. 이에 조순은 즉시 도성으로 돌아와 진성공을 세우고 계속 재상 직을 맡아보게 되었다.

그 후 사관인 동호가 이 사실을 역사에 기록할 때 「조순이 임금을 시해하였다」고 써넣었다. 그 기록을 본 조순은 깜짝 놀라 급히 동호를 찾아가 일이 그렇게 된 연유를 장황하게 늘어놓았다. 그러자 동호가 질책하는 어조로 조순을 꾸짖었다.

「대인께서는 일개 재상의 몸으로 당시 달아나기는 했지만 국경을 넘어가지 않았으며, 또 돌아와서도 죄인들을 징벌하지 않았으니, 이 죄를 대인께서 지지 않으면 누가 책임져야 하겠습니까?」

《춘추좌씨전》 선공 2년에서는 이 사실을 서술하면서 「동호는 옛날 훌륭한 사관으로 사건의 진실을 왜곡하지 않았다」고 평한 공자의 말을 인용하고 있다. 동시에 공자는 조순에 대해서도 「옛날 훌륭한 대부였던 조선자(즉 조순)는 억울하게 죄명을 뒤집어쓰게 되었는데 안타까운 일이다. 만일 그가 본국을 떠났더라면 아무 책임도 없었을 것이다」라고 말했다는 것이다.

이렇게 해서 나중에 공정한 사관을 칭송할 때면 동호라고 하게 된 것이다.

두각 頭角

머리 頭 뿔 角

뛰어난 학식·재능·기예.

— 한유(韓愈) 『유자후묘지명(柳子厚墓誌銘)』

가지고 있는 재주나 실력이 남보다 한층 뛰어나 보이는 것을 「두각 (頭角)을 나타낸다」고 한다. 결국 머리끝을 쳐들고 우뚝 일어나 서 있게 되므로 사람들이 그 존재를 알게 된다는 뜻이다.

한유의 「유자후묘지명」에 나오는 말인데, 한유가 처음 만들어 낸 말이라고 볼 수는 없을 것 같다.

자후는 유종원의 자(字)다. 한유와 함께 당나라 양대 문장으로 손꼽히며, 한유와는 둘도 없는 지기(知己)인데, 한유가 다섯 살 위였다.

이 글은 유종원의 유언에 의해 씌어진 것이다. 묘지명은 고인의 유덕을 칭찬한 글을 돌에 새겨 널과 함께 땅에 묻는 것이다.

유종원은 스물한 살에 진사가 되고, 스물여섯 살 때 박사굉사과(博士 宏詞科)에 급제했다.

한유는 이 시험을 세 번이나 치렀으나 합격이 되지 못했다. 이 사실은 「일거수일투족(一擧手一投足)」이란 항목에 자세히 나온다.

유종원은 서른세 살 때, 그가 속해 있는 봉당이 밀려남으로써 그도 영주(永州)라는 고을의 사마로 좌천이 된다. 그 뒤로 중앙에 다시 돌아오지 못하고 다시 유주(柳州) 자사로 가 있다가 거기서 마흔 일곱 살의 짧은 생애를 살고 마침내 세상을 마친다.

한유는 불교를 배척하는 상소문을 올린 것이 문제가 되어 조주(潮州)로 귀양을 갔다가 다시 풀려나 원주(袁州) 자사로 부임하는데, 부임 도중 유종원의 부고를 듣는다.

임지에 도착한 한유는 유자후의
제문을 짓고, 또 유종원의 유언에
따라 묘비명을 지었다. 그의 조상에
서 시작해서 그의 부친의 공적을
기록한 다음 유종원에까지 미치고
있다.

이 묘지명에서 한유는,

「……그의 아버지 때에 이르러,
비록 나이 어리나 이미 스스로 성
인이 되어 진사 시험에 능히 합격
하고 높이 두각을 나타냈다」라고
썼다.

유종원

「두각」은 머리 뿔이 아니라, 머리끝을 가리켜 하는 말이다.

樂處樂 非眞樂 苦中樂得來 纔見心體之眞機
낙 처 락　비 진 락　고 중 락 득 래　　재 견 심 체 지 진 기

즐거운 가운데 얻는 즐거움은 참다운 즐거움이 아니다. 고생스런 가운데
얻는 즐거움이야말로 마음에 참기쁨을 얻게 되는 것이다.

— 《채근담》 —

두 찬　　杜 撰

막을 杜 지을 撰

전거(典據)가 확실치 못한 저술이나, 틀린 곳이 많은 작품.

— 《야객총서(夜客叢書)》

전거가 확실치 못한 것을 「두찬」이라고 하지만, 그 두찬이란 말 자체도 실상은 전거가 확실치 못한 점이 없지 않다. 그러나 그 중 송나라 왕무(王楙)가 지은 《야객총서》에 나오는 「두찬」에 관한 설명이 가장 널리 알려져 있다.

두묵(杜默)은 송나라의 시인으로, 그의 시는 당시 구양수와 함께 인기가 있기는 했으나 「율(律)」이 잘 맞지 않았다. 그래서 무엇이고 격식에 맞지 않는 것을 가리켜 두찬이라고 했다는 것이다. 즉 두묵이 지은 글이란 뜻이다.

그 원문을 소개하면 다음과 같다.

「두묵은 시를 짓는 것이 율에 맞지 않는 것이 많았다. 그러므로 일이 격에 맞지 않는 것을 두찬이라 한다(杜默爲詩 多不合律 故言事不合格者爲杜撰)」

두찬을 이렇게 설명한 왕무 자신도 자기의 설명이 「두찬」의 평을 면하기 어렵다는 것을 생각해서인지, 이 말이 두묵의 이야기 이전부터 쓰이고 있었던 예들을 들고 있다.

그는 먼저 「두(杜)」란 글자의 뜻부터 캐고 있다.

민간에서는 좋지 못한 밭이나 농장들을 「두전(杜田)」이니 「두원(杜園)」이니 하고 말한다. 즉 「杜」란 글자는 나쁘다거나, 덜 좋다는 뜻으로 쓰이는 것을 알 수 있다. 또 자기 집에서 빚은 맛없는 술을 두주(杜酒)라고 한다. 임시 대용품으로 때운다는 정도의 뜻이다. 말하자면 엉터리란 뜻이 들어 있는 것이다.

두보(杜甫)가 지은 시 가운데「두주(杜酒)를 옆에 놓고 일에 골몰한
다」는 구절이 있는데, 이것은 술의 별명인 두강(杜康)이란 것을 염두에
둔 것이겠지만, 그것이 좋지 못한 술을 뜻하는「두주」와 우연 일치한
것으로 볼 수 있다는 것이다. 따라서 왕무의 이야기는「두」란 글자가
이렇게 쓰여 온 걸로 보아 덜 된 문장이란 뜻으로「두찬」이란 말을
써도 이상할 것이 없다는 것이다.

일반적으로 도교(道敎)는 중국 고래의 신선설(神仙說)과 노자의 도를
융합한 것으로 알려지고 있는데, 한말(漢末)에 불교가 전해지고부터 이
와 충돌, 이로정연하게 씌어진 불전에 대항하기 위해 그와 비슷한 경전
을 만들고 유교로 윤색하여 불교의 대장경에 대하여「도장(道藏)」이
라고 이름 지었다.

송의 석문형(釋文瑩)이 북송의 잡사(雜事)에 대하여 쓴《상산야록(湘
山野錄)》에는 이「도장」에 관하여 다음과 같이 쓰고 있다.

「도장 5천여 권은《도덕경》2권만이 진본이고, 나머지는 전부 촉의
학자 두광정(杜光庭 : 당 말부터 5대에 걸쳐 살았던 사람이며, 후에 천태
산에 들어가 도사가 되었다)이 저술한 위작(僞作)이다. 그 때부터 하찮
은 위작을『두찬』이라고 부르게 되었다」

「두찬」에 대해서는 이 밖에도 많은 의견들이 있지만, 설득력이 덜
하다.

道在爾 而求諸遠
도 재 이 이 구 제 원

사람의 도(道)는 가까운 일상생활 속에 있다. 그것을 잊고 사람들은 굳
이 고원(高遠)한 곳에서 도를 구하려고 한다. 즉 부모를 친애하고 연장자
를 존경하는 것, 그것이 바로 사람의 길인 것이다.

— 《맹자》이루 상 —

득롱망촉 得隴望蜀

얻을 得 땅이름 隴 바랄 望 땅이름 蜀

욕심은 끝이 없음을 비유하여 이르는 말.

— 《후한서》 잠팽전(岑彭傳)

만족할 줄 모르는 인간의 욕심을 비유해서 「득롱망촉」이라 한다. 이 득롱망촉에 대한 첫 이야기는 《후한서》 잠팽전(岑彭傳)에서 볼 수 있다. 건무 8년(32년), 잠팽은 군사를 거느리고 광무제를 따라 천수(天水)를 점령한 다음, 외효(隗囂)를 서성(西城)에서 포위했다. 이때 공손술(公孫述)은 외효를 구원하기 위해 부장 이육(李育)을 시켜 천수 서쪽 60리 떨어진 상규성을 지키게 했다. 그래서 광무제는 다시 군대를 나누어 이를 포위하게 했으나, 자신은 일단 낙양으로 돌아가기로 하고 떠날 때 잠팽에게 편지를 보내,

「두 성이 만일 함락되거든, 곧 군사를 거느리고 남쪽으로 촉나라 오랑캐를 쳐라. 사람은 만족할 줄을 모르기 때문에 고통스러운 것이다. 이미 농(隴 : 감숙성)을 평정했는데, 다시 촉(蜀)을 바라게 되는구나. 매양 한 번 군사를 출발시킬 때마다 그로 인해 머리털이 희어진다」 하고 명령과 함께 자신의 감회를 말했다.

즉 장래를 위해 적군의 근거지를 완전히 정복해야겠다는 결심을 하고서도 그것이 인간의 만족할 줄 모르는 욕망 때문일지도 모른다는 자기반성을 하며, 그로 인해 많은 군사들의 고통은 물론 마침내는 생명까지 잃게 될 것을 생각하면 그때마다 머리털이 하나하나 희어지는 것만 같다는 절실한 심정을 말한 것이다. 여기서는 득롱망촉이 아닌 평롱망촉(平隴望蜀)으로 되어 있는데, 4년 후 건무 12년에는 성도(成都)의 공손술을 패해 죽게 함으로써 「망촉」을 실현하게 된다.

둘째, 이 말은 조조의 입에서 나온 것이다. 삼국의 대립이 뚜렷해진 헌제(獻帝) 건안 20년(215년)의 일이다. 촉의 유비와 오의 손권이 대립하고 있는 틈을 타서 위의 조조는 한중(漢中)으로 쳐들어갔다.

이때 조조의 부하 사마의가 조조에게, 「이 기회에 익주(益州 : 蜀)의 유비를 치면 틀림없이 우리가 승리를 거두게 될 것입니다」 하고 의견을 말했다.

조조

그러나 조조는 머리를 가로 저으며, 「사람은 만족하는 일이 없기 때문에 괴로운 것이다. 나는 광무제가 아니다. 이미 농을 얻었는데, 다시 촉을 바랄 수야 있겠느냐」 하고는 그의 의견을 듣지 않았다.

그 후 위왕(魏王)이 된 조조는 헌제 23년, 한중에서 유비와 수개월에 걸친 치열한 싸움을 벌이게 된다. 이것은 《후한서》 헌제기에 나오는 이야기인데, 여기에는 득롱망촉으로 되어 있다. 물론 천하의 간웅 조조는 힘이 모자라 감행하지 못하는 것을 큰 도덕군자나 되는 것처럼 가면을 쓰고 말한 것임에 틀림없다. 우리는 여기서 성군인 광무제와 간웅(奸雄)인 조조의, 말과 본심과의 미묘한 상반된 현상을 엿볼 수 있다.

광무제의 웅심(雄心)은 인생이란 족(足)하다는 것을 모른다. 「농을 얻고 또 촉을 탐낸다」고 말하고, 삼국의 조조는 인간은 족함을 모른다. 「농을 얻고 또 촉을 바랄 필요는 없다」고 말하고 있는 것은 재미있는 대조다. 이 말은 전(轉)하여 욕심은 끝이 없다는 뜻으로 쓰인다.

득어망전 得魚忘筌

얻을 得 물고기 魚 잊을 忘 통발 筌

목적 달성을 위해 필요했던 남의 도움을 성공 뒤에는 잊어버린다.

— 《장자》 외물편(外物篇)

「도랑 건너고 지팡이 버린다」는 말이 있다. 물살이 센 도랑을 지팡이 덕으로 간신히 건너가서는 그 지팡이의 고마움을 잊고 집어던지는 인간의 공통된 본성을 예로서 말한 것이다.

우리가 흔히 비 올 때 우산을 받고 나왔다가 날이 개면 우산을 놓고 가는 것을 경험한다. 「득어망전(得魚忘筌)」도 인간의 그 같은 본성을 말한 것이다. 고기를 다 잡고 나면 고기를 잡는 데 절대 필요했던 통발 (筌)은 잊고 그냥 돌아간다는 뜻이다.

어떤 목적을 달성하기 위해 남의 도움이 필요했노라고 말로도 하고 마음으로도 생각한다. 그러나 목적을 달성하고 성공을 거둔 뒤에는 내가 언제 그런 도움이 필요했더냐는 듯이 시치미를 떼거나 까맣게 잊고 만다.

배은망덕(背恩忘德)이란 말이 있다. 배은은 심한 경우이겠지만, 망덕 은 누구나가 범하기 쉬운 인간 본연의 일면이 아닐까 싶다. 깊이 반성할 일이다.

이 「득어망전」은 《장자》 외물편(外物篇)에 있는 말이다.

「가리는 고기를 잡기 위한 것이다. 그러나 고기를 잡으면 가리는 잊 고 만다(筌者所以在魚 得魚而忘筌). 덫은 토끼를 잡기 위한 것이다. 그 러나 토끼를 잡으면 덫은 잊고 만다. 말은 뜻을 나타내기 위한 것이다. 그러나 뜻을 나타낸 뒤에는 말은 잊고 만다. 나는 어떻게 하면 말을 잊는 사람을 만나 함께 이야기할 수 있을까」하고 말을 잊은 사람과

이야기하기를 원하
고 있다.

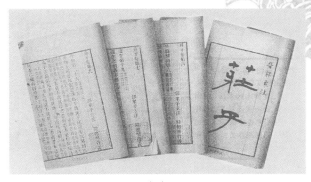

장자

　말을　잊는다는
것은, 말에 구애받
지 않는다는 뜻이
다. 시비와 선악 같
은 것을 초월한 절
대의 경지에 들어
가 있는 사람을, 장자는 말을 잊은 사람으로 보는 것이다.

　여기서는「득어망전」이, 말을 잊은 것과 같은 자연스럽고 모든 것
을 초월한 좋은 뜻으로 쓰이고 있다.

　장자와 같이 반대의 입장에서 세상을 바라보는 사람으로서는 인간의
그러한 일면이 당연하고도 자연스런 것이 될 수도 있다. 그러나 장자가
보는 그 당연한 일면을, 속된 우리들은 인간의 기회주의적인 모순성을
드러내는 것으로 보는 것이다.

　하여간 좋든 나쁘든, 인간이「득어망전」의 공통성을 지니고 있는
것만은 사실이다.

以其能 苦其生
이기능　고기생

　유능한 것은 물론 좋은 것이다. 그러나 그 능력이 오히려 살아가는 데
고통을 가져오는 수도 있다. 쓸모 있는 나무는 벌채되어 죽게 되고, 쓸모
없는 나무는 자연대로 천수(天壽)를 누리게 된다. 능력 없는 자는 세상에
서 기대되는 바도 없으니, 따라서 평온무사하게 인생을 살아갈 수 있는 것
이다.

— 《장자》 내편「인간세(人間世)」—

등용문 登龍門

오를 登 용 龍 문 門

입신출세(立身出世)에 연결되는 어려운 관문.

— 《후한서》 이응전(李膺傳)

「등용문(登龍門)」이란 말은 쉽게 생각할 때, 용이 되어 하늘로 올라가는 문이란 뜻으로 풀이될 수도 있다. 또한 그런 뜻이 없는 것도 아니다.

이 등용문이란 말의 출전은 대개 이런 것이다.

후한(後漢)은 환관에 의해 망했다고들 한다. 이 환관과 맞서 싸운 정의파 관료의 영수로 지목되던 사람이 이응(李膺)이었는데, 그의 자(字)는 원례(元禮)였다. 혼자 퇴폐한 기강을 바로잡으려고 애쓰는 이응은 그의 몸가짐이 또한 고결했다. 이리하여 「천하의 모범은 이원례」라고까지 칭찬을 받게 되었는데, 특히 청년 관료들은 그와 알게 되는 것을 등용문이라고 부르며 몹시 자랑으로 알고 있었다는 것이다.

《후한서》이응전에 보면,

「선비들로 그의 용접(容接)을 받는 사람이 있으면 이름하여 등용문이라고 했다(士有被其容接者 名爲登龍門)」고 나와 있다.

여기 나오는 등용문은 「용문(龍門)에 오른다」는 뜻인데, 여기에 인용된 이응전의 주해에 따르면, 용문이란 것은 황하 상류에 있는 산골짜기 이름으로, 이 근처는 흐름이 가파르고 빨라서 보통 고기들은 올라갈 수가 없었다.

그래서 강과 바다의 큰 고기들이 이 용문 밑으로 모여드는 것이 수천 마리에 달했지만 도저히 올라가지를 못했다. 만일 오르기만 하면 그때는 용이 된다는 것이다.

원문을 소개하면 이렇다.

「하진은 일명 용문인데, 물이 험해 통하지 못한다. 물고기나 자라의 무리는 오를 수가 없었다. 강과 바다의 큰 물고기가 용문 밑으로 모이는 것이 수천이었지만, 오르지는 못한다. 오르면 용이 된다(河律一名龍門 水險不通 魚鼈之屬莫能上 江海大魚薄集龍門下數千 不得上 上則爲龍 也)」

이응의 문하에 모여드는 신진 관료들의 경우는 천하의 명류(名流)와 함께 정의정치에 몸을 바칠 수 있다는 순진한 동기의 감격이 이 말을 생기게 했음에 틀림이 없다. 그러나 좀더 속되게 말하면 모든 출세 가도의 실마리를 잡는 것이 「등용문」이다. 중국에서는 특히 「진사(進士)」 시험에 합격하는 것이 입신출세의 첫걸음이라는 뜻에서 「등용문」이라 불리었다.

즉 등용문은 물고기가 난관을 돌파하고 용이 될 수 있는 기회를 얻게 되는 것으로, 이것을 이응의 지우(知遇)를 얻는 것에 비유해 쓴 것이 처음이었는데, 당대(唐代)에 와서는 오로지 과거에 급제하는 것을 가리켜 말하게 되었다.

그리고 「등용문」의 반대를 의미하는 말에 「점액(點額)」이란 것이 있다. 액(額)이란 이마, 점(點)이란 상처 입힌다는 뜻. 용문으로 올라가려고 급류에 덤벼든 물고기들이 물살에 휘말려 근처에 있는 바위에 이마를 부딪쳐 정신을 잃고 다시 하류로 전락하는 것, 즉 출세 경쟁의 패배자, 낙제한 자를 말하는 것이다.

오늘날 고등고시나 그 밖의 시험에 합격하는 것을 「등용문」이라고 하는 것도 역시 출세의 관문이란 뜻이다.

오를 登 클 泰 뫼 山 말이을 而 작을 小 하늘 天 아래 下

사람은 그가 있는 위치에 따라 보는 눈이 달라진다.

─ 《맹자》 진심상(盡心上)

「태산에 올라가면 천하가 조그맣게 보인다」고 하는 뜻이다.

《맹자》 진심상에 나오는 말이다.

그 원문을 소개하면 이런 내용이다.

「공자께서 노나라 동산(東山)에 올라가서는 노나라를 작게 여기시고, 태산에 올라가서는 천하를 작게 여기셨다. 그렇기 때문에 바다를 구경한 사람에게는 어지간한 큰 강물 따위는 물같이 보이지 않고, 성인(聖人)의 문에서 배운 사람에게는 어지간한 말들은 말같이 들리지가 않는 법이다……」

맹자는 이 말에 이어 물의 성질과 해와 달의 밝음과 진리에 뜻을 둔 사람의 걸어가야 할 길에 대해서 설명하고 있다.

노나라는 조그만 나라다. 그러나 도성이나 시골이나 앞이 막힌 평지에서는 노나라가 큰지 작은지를 볼 수도 알 수도 없다. 설사 간접적인 견문을 통해 노나라가 작은 나라인 것을 알고 있다 해도 그것을 실제로 느끼지 못한다.

그러나 노나라가 어느 정도인 것을 환히 굽어보게 되므로 노나라가 과연 작은 나라로구나 하는 것을 알게 된다.

그러나 노나라가 조그맣게 보이는 동산(東山)에서는 천하가 어느 정도 넓다는 것을 모른다. 다만 넓은 천하에 비해 노나라가 작은 것만을 알 뿐이다. 하지만 높이 솟은 태산 위에 올라 보면 넓은 줄만 알았던 천하마저 조그맣게 보이는 것이다.

이와 마찬가지로, 바다를 구경한 사람은 크게 보이던 강물이 너무도 작게 생각되고, 성인과 같은 위대한 분에게 조석으로 가르침을 받은 사람은, 옛날 좋게 들리고 훌륭하게 느껴졌던 말들이 한갓 말재주나 부린 알맹이 없는 것으로 느껴질 뿐이라는 것이다.

맹자 묘

이상이 맹자가 한 말의 본뜻이었는데, 지금은 이 「태산에 오르면 천하가 작게 보인다」는 말을 좋은 뜻에서보다 사람의 일관성 없는 태도를 비유해서 말하기도 하고, 「개구리가 올챙이 적 생각을 못한다」는 의미로 쓰이기도 한다.

孔子成春秋而亂臣賊子懼
공 자 성 춘 추 이 난 신 적 자 구

공자가 《춘추》를 쓴 이후, 세상의 난신적자들은 모두 두려워했다.
— 《맹자》 등문공 하 공자의 《춘추》를 칭찬하여 맹자가 한 말 —

마

마이동풍 馬耳東風

말 馬 귀 耳 동녘 東 바람 風

남의 비평이나 의견을 조금도 귀담아 듣지 아니하고 곧 흘려버림.

—이백(李白) 『답왕십이 한야독작유회(答王十二寒夜獨酌有懷)』

「마이동풍」은 「말의 귀에 동풍」이란 뜻이다. 우리말로는 「말 귀에 바람 소리」라는 것이 나을 것도 같다. 우리 속담에 「쇠귀에 경 읽기」란 말이 있는데도, 이것을 우이독경(牛耳讀經)이라고 한문 문자로 쓰기도 한다. 마이동풍은 우이독경과 같은 말이다.

원래 이 말은 이백의 「답왕십이 한야독작유회」라는 장편 시 가운데 나오는 말이다. 왕십이란 사람이 이백에게 「차가운 밤에 혼자 술을 마시며 느낀 바 있어서」라는 시를 보내온 데 대한 회답 시로 장 단구를 섞은 아주 긴 시다.

왕십이는 자기의 불우함을 이백에게 호소한 듯하다. 이백은 거기에

이백

대해 달이 휘영청 밝고 추운 밤에 독작을 하고 있는 왕십이의 쓸쓸함을 생각하면서 이 시를 지은 것이다. 그리하여 이백은 술을 마셔 만고의 쓸쓸함을 씻어버릴 것을 권하고 또 그대처럼 고결하고 더구나 뛰어난 인물은 지금 세상에서는 쓰이지 못함이 당연하다고 위로하는 한편, 다시 강개(慷慨)하는 말투로 자기의 당세관(當世觀)을 엮어 간다.

지금 세상은 투계(鬪鷄)—당시 왕

후 귀족 사이에서 즐겨 유행되었던 닭싸움—의 기술에 뛰어난 인간이 천자의 귀여움을 얻어 큰 길을 뽐내고 걷고 있거나, 그렇지 않으면 만적(蠻賊)의 침입을 막아 하찮은 공을 세운 인간이 최고의 충신이라는 듯 거드름을 피우고 있는 세상이다. 자네나 나는 그런 인간들의 흉내는 낼 수 없다.

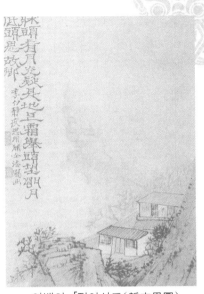

이백의 「정야사도(靜夜思圖)」

우리는 북창(北窓)에 기대어 시를 읊거나 부(賦)를 짓는다. 그러나 어떤 걸작이 나오고 그것이 만방에 미치는 걸작이라도 지금 세상에서는 그런 것이 한 잔의 물만한 가치도 없다. 아니 그뿐 아니고 세인은 그것을 듣고 다 고개를 흔들며 동풍(東風)이 마이(馬耳)를 스치는 정도로밖에 생각지 않는다.

세상 사람은 내 말에 모두 머리를 내두른다.
마치 동풍이 말의 귀를 쏘는 것 같도다.

世人聞此皆掉頭　有如東風射馬耳　세인문차개도두　유여동풍사마이

우리들의 말, 우리들의 걸작(傑作)에는 고개를 흔들어 귀를 기울이려고 하지 않는다. 그것은 동풍이 말의 귀를 스치는 것과 같다고 이백은 비분하고 있는 것이다.

원래 중국은 무(武)보다 문(文)을 중시하는 나라다. 문의 힘이 한 나라를 기울게도 하고, 한 나라를 흥하게도 한다. 그런 자랑스러움과 자신감이 전통적으로 시부(詩賦)를 짓는 자의 가슴 속에 있었다. 더구나 이백 같은 스스로를 자부하는 바가 컸던 시인에게는 그것이 더한층 강했다.

그러나 지금 세상은 시인의 말에 마이동풍이다. 그리하여 계속해서 노래한다.

물고기 눈이 또한 나를 비웃고, 밝은 달과 같아지기를 청한다.

魚目亦笑我　請與明月同

어목역소아　청여명월동

사천성 강유 이태백 고향

생선 눈깔과도 같은 어리석은 자들이 명월이나 주옥과 같은 우리들을 비웃고 명월의 주옥과 같은 귀한 지위를 대신 차지하려고 바라고 있다. 옥석혼효(玉石混淆)하고 현우전도(賢愚顚倒)되어 있는 것이 지금의 세상이다, 라고 이백은 말하고 있다. 그리고 물론 우리들 시인에게는 경상(卿相)의 자리는 없다. 청년 시절부터 우리는 산야를 고답(高踏)하는 것이 소원이 아니었던가, 하고 왕십이를 격려하며 힘을 북돋고 시를 끝맺는다.

大辯若訥
대 변 약 눌

웅변(雄辯)은 눌변(訥辯)과 같다.

위대한 웅변은 눌변, 즉 더듬거리는 말과 같아서 결코 많은 말을 하지 않는다. 많은 말을 하지 않고도 사람들을 심복시키는 것이 최상의 능변(能辯)인 것이다.

— 《노자》 45장 —

막역지우 莫逆之友

말 莫 거스를 逆 의 之 벗 友

더할 나위 없이 허물없는 친한 친구.

— 《장자》 대종사편(大宗師篇)

더할 나위 없이 친한 친구를 「막역지우」라고 하고, 그러한 사이를 「막역한 사이」니 「막역지간」이니 또는 「막역간」이니 하고 말한다. 막역은 「마음에 조금도 거슬리는 것이 없다」는 뜻으로, 이 말이 나오게 된 《장자》 대종사편 원문에는 막역어심(莫逆於心)이라고 되어 있다. 똑같은 형태의 이야기가 한꺼번에 둘이 나와 있는데, 그것을 소개하면 다음과 같다. 하나는,

「자사(子祀)·자여(子輿)·자리(子犁)·자래(子來) 네 사람이 서로 이야기를 했다. 『누가 능히 무(無)로써 머리를 삼고, 삶(生)으로써 등을 삼고, 죽음으로써 엉덩이를 삼겠는가. 누가 죽고 살고, 있고 없는 것이 하나(一體)라는 것을 알겠는가. 내가 그와 더불어 친구가 되리라』 이렇게 말하고는 네 사람이 서로 바라보며 웃었다. 마음에 거슬림이 없어 드디어 서로 더불어 친구가 되었다」라는 것이고, 또 하나는,

「자상호·맹자반·자금장 세 사람이 서로 이야기하며 말하기를, 『누가 능히 서로 사귀지 않는 속에서 사귀고, 서로 하는 일이 없는 가운데 행함이 있겠는가. 누가 능히 하늘에 올라 안개 속에 놀고, 무한한 우주 속을 돌아다니며 삶을 잊고 무한을 즐길 수 있겠는가?』 이렇게 말한 세 사람은 서로 바라보며 웃었다. 마음에 거슬림이 없는지라 드디어 서로 친구가 되었다」라는 것이다. 비슷한 이야기에 똑같은 결론이다. 결국 막역은 서로가 거칠 것이 없는 한마음 한뜻이란 이야기다.

마혁과시 馬革裹尸

말 馬 가죽 革 쌀 裹 시체 尸

말의 가죽으로 시체를 쌈. 곧 전사(戰死)함을 이른다.

—《후한서》마원전(馬援傳)

「마혁과시」는 전쟁터에 나가 적과 싸우다가 죽고 말겠다는 용장의 각오를 가리켜 한 말이다.

《후한서》마원전에 나오는 말이다. 마원은 후한 광무제 때 복파장군(伏波將軍)으로 지금의 월남인 교지(交趾)를 평정하고 돌아온 용맹과 인격이 뛰어난 명장이었다.

교지에서 돌아온 그는 신식후(新息侯)로 3천 호의 영지를 받았으나, 다시 계속해서 남부지방 일대를 평정하고, 건무 20년(44년) 가을 수도 낙양으로 개선해 돌아왔다.

이때 마원을 환영하기 위해 많은 사람들이 성 밖으로 멀리까지 나와 그를 맞이했는데, 그 가운데에는 지모가 뛰어나기로 유명했던 맹익(孟翼)도 있었다. 맹익은 많은 사람들 사이에 판에 박은 축하의 인사만을 건넸다.

그러자 마원은 맹익을 보고 이렇게 말했다.

「나는 그대가 가슴에 사무치는 충고의 말을 해줄 것으로 기대하고 있었다. 겨우 남과 똑같은 인사만을 한단 말인가. 옛날 복파장군 노박덕(路博德 : 한무제 때 사람)은 남월(南越)을 평정하여 일곱 군(郡)을 새로 만드는 큰 공을 세우고도 겨우 수백 호의 작은 영토를 받았다. 그런데 지금 나는 하잘것없는 공을 세우고도 큰 고을을 봉읍으로 받게 되었다. 공에 비해 은상이 너무 크다. 도저히 이대로 오래 영광을 누릴 수는 없을 것 같다. 그대에게 무슨 좋은 생각은 없는가?」

맹익이 좋은 생각이 나지 않는다
고 대답했다.

그러자 마원은 다시 말했다.

「지금 흉노와 오환(烏桓: 동호東
胡의 일종)이 북쪽 변경을 시끄럽게
하고 있다. 이들을 정벌할 것을 청
하리라. 사나이는 마땅히 변경 싸움
터에서 죽어야만 한다. 말가죽으로
시체를 싸서 돌아와 장사를 지낼 뿐
이다(以馬革裹尸 還葬耳). 어찌 침
대 위에 누워 여자의 시중을 받으며
죽을 수 있겠는가?」

마원이 남방에서 개선해 돌아온

광무제

지 한 달 남짓 되어, 때마침 흉노와 오환이 부풍군(扶風郡 : 섬서성)으로
쳐들어왔다. 마원은 기다린 듯이 나가 싸울 것을 청했다.

허락을 받은 그는 9월에 일단 낙양으로 돌아왔다가 3월에 다시 싸움
터로 나가게 되었는데, 이때 광무제는 백관들에게 조서를 내려 마원을
다 같이 환송하도록 명했다고 한다. 이 뒤로 「말가죽에 싸여 돌아와
장사를 지낼 뿐이다」란 말이 싸움터에 나가는 장수의 참뜻을 가리키
는 말이 되었다고 한다.

만 가   挽 歌

수레 끌, 상여꾼 노래 挽 노래 歌

상여(喪輿)를 메고 갈 때 부르는 노래.

―《몽구(蒙求)》

「만가」는 수레를 끌며 부르는 노래인데 그 수레는 바로 상여(喪輿)를 말한다. 그러나 만(挽 : 수레 끌 만, 상여꾼 노래 만, 輓이 원자)은 본래 수레를 앞으로 잡아당긴다는 뜻으로 장례식 때 영구차의 불(紼 : 관을 끄는 줄)을 잡는 자가 서로 화음을 맞추어가며 부르는 노래가 만가다. 그 유래도 비창한 이야기로 아로새겨져 있다.

한나라 유방이 초의 항우를 해하(垓下)에서 격파하고 즉위하여 한고조가 되었을 때의 일이다. 이보다 앞서 유방과 화목하였을 즈음, 한신에게 급습을 당해 화해사절로 온 세객(說客) 역이기(酈食其)를 끓는 물에 삶아죽인 제왕(齊王) 전횡(田橫)은 고조가 즉위하자 주살(誅殺)을 겁내어 부하 5백 명과 함께 섬으로 피신했다.

고조는 전횡이 후일 반란을 일으킬까 겁내어 죄를 용서하고 그를 불렀다. 그러나 전횡은 낙양 못 미쳐 30리까지 왔을 때 포로가 되어 한왕을 섬기는 것을 수치스럽게 생각하고 스스로 목을 찔러 죽었다. 그 목을 고조에게 바친 두 사람의 사신도 뒤이어 전횡의 묘소에서 스스로 목을 베어 순사(殉死)했다. 섬에 남아 있던 5백여 명도 전횡의 높은 절개를 사모해서 모두 순사를 했다.

이렇게 해서 그들은 모두 다 죽고 말았다. 그 무렵 전횡의 문인(門人)이 해로(薤露)·호리(蒿里) 두 장(章)의 상가(喪歌)를 지었는데, 전횡이 자살하자 그 죽음을 애도한 노래다. 그 중의 하나인 해로의 노래,

부추 위에 내린 이슬 쉽게도 마르도다.

268

이슬은 말라도 내일 아침 또 다시 내린다.
사람은 죽어 한번 가면 언제 다시 돌아오나.

薤上朝露何易晞	해상조로하이희
露晞明朝更復落	노희명조갱복락
人死一去何時歸	인사일거하시귀

이윽고 한조(漢朝)
는 「상무(尙武)」
「호문(好文)」의 명
군(名君)으로 불린
무제의 시대가 된다.
무제는 악부라는 국
립 음악원을 만들어
음악 가요의 연구

해하 유지

작성에 힘쓰고, 악인인 이연년(李延年)을 총재에 임명했다. 이연년은
전기 두 장을 나누어 두 곡으로 만들고 전자는 공경귀인(公卿貴人)을,
후자는 사부서인(士夫庶人)을 송장(送葬)하며 관을 끄는 자로 부르게
했다. 사람들은 그것을 보고서 만가라고 부르게 되었다. 죽음을 조상하
는 말을 만(輓=挽)이라고 하는 것은 여기서 유래된다고 한다.

《진서》예지(禮志)에 따르면 만가는 원래 무제 때 노동자가 부르던
노래였으나 가성(歌聲)이 애절해서 구구절절 가슴을 울리므로 마침내
사자(死者)를 운구하는 의식에 쓰이게 되었다고 한다.

그러나 만가의 기원은 전횡보다 더 오래라고 한다.

주경왕 36년(B.C 484) 노애공(魯哀公)은 오왕 부차와 함께 제(齊)를
쳤다. 그 때 요격 준비를 갖춘 제군(齊軍)의 공손하가 종자양(宗子陽)과
여구명(閭丘明) 두 사람을 격려해서 말했다.

궁정의 악인들

「필사적인 각오로 하라」

마침내 싸움이 시작되려고 할 때, 공손하는 부하에게 우빈(虞殯)을 노래하라고 명했다. 우빈이란 장송곡이란 뜻으로 지금의 만가다. 슬프게 가슴을 파고드는 우빈의 노랫가락은 병사들에게 필사 필승을 격려한 것이다.

이 뜻을 깨닫고 두 사람(종자양과 여구명)은 용기백배했을 것이다. 그러나 애능(艾陵)의 싸움에서 제나라 군대는 오·노 연합군에게 대패하고 공손하·여구명 등은 포로가 되어 애공에게 바쳐졌으며 우빈은 불길한 전조(前兆)가 되고 말았다.

桃李雖艶 何如松蒼栢翠之堅貞
도 리 수 염　　하 여 송 창 백 취 지 견 정

복숭아꽃 오얏꽃이 아무리 곱다 한들 저 푸른 소나무와 잣나무의 굳고 곧은 것만 하겠는가. 사람도 일시적인 화려함보다는 항상 변하지 않는 굳은 지조를 지키는 것이 미덕이다.

— 《채근담》 —

만전지책 萬全之策

일만 萬 온전할 全 갈 之 꾀 策

한 치의 실수도 허락지 않는 방안, 가장 안전한 대책.

— 《후한서》 유표전(劉表傳)

여기서의 만(萬)은 숫자라기보다는 한 치의 실수도 허락지 않는 방안을 뜻한다.

《후한서》 유표전에 다음과 같은 이야기가 실려 있다.

건안(建安) 5년(201)에 원소(袁紹)와 조조(曹操)는 관도(官渡)에서 일대 격전을 치렀다. 이 싸움에서 조조의 군사는 10만 대 3만이라는 열세한 병력에도 불구하고 원소의 군대를 격파해서 적잖은 타격을 입혔다. 당시 형주목사였던 유표는 이들의 전투를 관망하면서 대세를 살피고 있는 중이었다. 그는 원소의 지원 요청에 응했지만 실제 병력은 움직이지도 않았을 뿐만 아니라 조조에 대해서도 적대행위는 삼가고 있었다.

휘하의 한숭(韓嵩)과 유선(劉先)이 유표를 보고 말했다.

「이렇게 사태추이를 관망하고만 있으면 후일 양쪽 모두로부터 원망을 사게 될 것입니다. 원소는 조조를 격파한 뒤 분명 우리를 공격할 것입니다. 그러니 조조를 도와 안전을 도모하는 것이 좋겠습니다. 조조는 분명 장군의 은혜를 잊지 않고 우리를 도울 것이니 이것이 가장 안전한 대책(萬全之策)이 될 것입니다」

그러나 우유부단한 유표는 결단을 내리지 못하고 있다가 훗날 큰 변을 당하고 만다. 여기에서 유래한 말이 「만전지책」으로 한 치의 실수도 허락지 않는 방안을 뜻한다.

만사휴의 萬事休矣

일만 萬 일 事 쉴 休 어조사 矣

더 손쓸 수단도 없고 모든 것이 끝장이다. 일이 전혀 가망이 없다.

— 《송사(宋史)》형남고씨세가(荊南高氏世家)

「만사(萬事)」는 모든 것이란 뜻이고,「휴의(休矣)」란「끝장이다」라는 뜻이다.「이젠 끝장이다」라는 말을 흔히 듣는다. 다시 어떻게 해볼 방법도, 행여나 하는 희망도 전연 없게 된 절망과 체념의 뜻을 나타내는 말이다.

「만사휴의」란 문자가 바로 그런 경우에 쓰는 말이다. 어떠한 방책도 강구할 수가 없는 것으로 어떤 사태에 직면해서 그것에 대한 방책이 서지 않을 경우, 뜻하지 않은 실패를 해서 되돌릴 수가 없는 경우에 흔히 쓰인다.

비슷한 말에「만 책이 다하다(萬策盡)」라는 것이 있으나 이것은 한 번 이것저것 수단을 써 본 다음, 어떻게 할 수 없어서 손을 떼는 것이다.「만사휴의」는 처음부터 어떻게도 할 수가 없어서 수단은 준비가 되어 있어도 소용이 없는 것이다.「아차」라든가, 어떻게도 할 수 없을 때 입에 담는 말이다.

《송사》형남고씨세가에 나오는 말이다.

10세기 전반, 당나라가 망하고 난 뒤, 군벌들에 의한 이른바 오대(五代)의 시대가 계속된다. 오대는 후오대(後五代) 혹은 오계(五季)라고도 하는데, 당과 송 사이 53년 동안에 양·당·진·한·주(梁唐晋漢周) 다섯 왕조가 번갈아 일어난다. 이들 나라에는 후(後)자를 붙여 구별하는 것이 보통이다. 이 동안 각 지방에는 당나라 때 절도사였던 군벌의 후예들이 무시 못할 세력을 유지하고, 중앙에 새로 등장한 제국에 추종을 하면서 독립된 왕국을 형성하고 있었다.

형남(荊南 : 호북성 남부)의 고씨집(高家)도 그 하나로, 시조인 고계흥(高季興)이 당나라 말기에 형남 절도사가 된 뒤로 그의 아들 종회(從誨), 종회의 맏아들 보융(保融), 열째아들 보욱(保勗), 보융의 아들 계충(繼仲), 이렇게 4대 다섯 임금이 57년에 걸쳐 이곳을 차지하고 있다가 송태조(宋太祖)에게 귀순하게 된다.

이 형남 고씨 집 4대째 임금인 보욱은 어릴 때부터 몸이 약했고, 자라난 뒤로는 몹시 음란한 짓을 좋아했는데, 매일같이 창녀들을 한방에 모아 넣고, 군인들 속에서 몸이 건장한 사람을 뽑아 함께 난잡한 짓을 하게 만든 다음, 그 광경을 희첩들과 함께 발 뒤에 숨어 구경을 하며 즐기는 절시증(竊視症)의 변태성욕자이기도 했다.

이 고보욱이 아직 어릴 때 일이다. 그는 수많은 아들들 가운데서 아버지 종회의 사랑을 독차지하고 있었는데, 그래서 그가 미워 눈을 흘기며 노려보는 사람이 있어도 보욱은 자기가 귀여워서 그런 줄로 알고 벙글벙글 웃고만 있었다 한다. 이런 것을 보는 사람들은 모든 일은 끝났다(荊人目爲萬事休矣)고 했다는 것이다.

毋以己之長而形人之短　毋因己之掘而忌人之能
무이기지장이형인지단　　무인기지굴이기인지능

자기의 장점만 내세워 남의 단점을 파내지 말고, 내가 모자란다고 해서 남의 장점을 시기하지 말라.

— 《채근담》 —

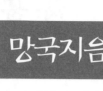

망국지음　亡國之音

망할 亡 나라 國 갈 之 소리, 음악 音

세태와 풍속의 추이에 따라 유행이나 삶의 방식도 달라진다.

― 《예기》 악기(樂記)

망해가는 나라의 음악이라는 뜻으로, 세태와 풍속의 추이에 따라 유행이나 삶의 방식도 달라진다는 말이다.

《예기》 악기에 보면 다음과 같은 구절이 나온다.

무릇 음악이라는 것은 사람의 마음에서 나오는 것이다. 정이 마음에서 울리면 이로 인해 소리로 형성된다. 이 소리가 문채를 갖추면 이를 바로 음악이라고 한다. 이런 이유로 해서 잘 다스려진 시대의 음악은 편안해서 즐거우며 그 정치도 조화를 이루고 있다. 반면에 어지러운 시대의 음악은 원망에 차 있고 노여움으로 떨리며 그 정치도 괴리가 심하다. 더욱이 망해 가는 나라의 음악은 슬프고 근심이 많으며 그 백성들은 피곤하다(亂世之音 怨以怒 其政乖 亡國之音 哀以思 其民困).

위에서 볼 수 있듯이 《예기》는 한 시대의 음악을 크게 세 가지로 나누고 있다. 즉 치세·난세·망국의 음악이 그것이다. 사람의 생각이나 생활 역시 그들이 처한 여러 가지 상황에 따라 달라지기 때문에 음악도 이를 반영한다고 보는 것이다. 이런 분류는 반드시 정치적인 상황만을 가지고 구분지은 것은 아니어서 윤리나 도덕이 피폐한 시대라면 아무리 부강하고 화려한 태평성세가 이어진다 해도 긍정적인 평가를 받기는 어려울 것이다. 《한비자》 십과편(十過篇)에 보면 임금이 정치를 잘못해 나라를 망치는 열 가지 허물을 열거하고 있는데, 여기서도 「나라를 망칠 음악」이라 해서 이와 비슷한 내용을 실례를 들어 설명하고 있다. 「망국지성(亡國之聲)」이라고도 한다.

망매지갈 望梅止渴

바랄, 바라볼 望 매화 梅 그칠 止 목마를 渴

매실은 시기 때문에 이야기만 들어도
입에 침이 돌아 해갈이 된다는 말.

— 《세설신어》 가귤편(假橘篇)

매실(梅實), 즉 매화나무 열매는 맛이 매우 시기 때문에 그 소리만 듣고도 입에 침이 돌아 갈증이 덜어진다는 뜻이다. 공상을 통해 위안거리를 삼거나, 빈말로 남의 욕구를 충족시켜 남에게 희망을 줄 뿐 실제 문제는 해결하지 못한다는 뜻으로도 쓰인다.

이 성구는 「화중지병(畵中之餠 : 그림의 떡)」과도 뜻이 통하는데, 어떤 경우에는 두 성구를 연이어 쓰기도 한다.

조조(曹操)와 관련된 일화에서 나온 것으로 《세설신어(世說新語)》 가귤편에 보면 다음과 같은 이야기가 나온다.

어느 날, 조조가 군사들을 거느리고 행군하는데 날씨는 무덥고 식수는 바닥나 병졸들은 기진맥진하여 걸음조차 제대로 걷지 못할 지경에 이르렀다고 한다.

이때 조조는 문득 기발한 생각이 떠올라 군사들을 향해 이렇게 외쳤다.

「저 산 너머에 매실 밭이 있으니 우리 어서 가서 시큼하고 달콤한 매실 열매를 실컷 따먹고 갈증을 풀기로 하자!」

이에 병졸들은 매실이라는 소리에 자신도 모르게 입에서 침이 돌면서 정신을 차려 계속 진군했다는 것이다.

맥수지탄 麥秀之嘆

보리 麥 펼 秀 의 之 탄식할 嘆

고국의 멸망을 탄식함.

— 기자(箕子) 「맥수가(麥秀歌)」

맥수(麥秀)는 보리가 무성하다는 뜻이다. 옛날에는 영화를 자랑하던 도읍의 궁궐터가 보리밭으로 변해 버린 것을 보고 흥망성쇠의 무상함이 감개무량해서 불렀다는 맥수의 노래에서 나온 말이다.

중국 고대사의 황금기를 대표하는 것이 「요순(堯舜)의 치(治)」라고 한다면 그 반대의 쇠망기의 상징이라고 할 수 있는 것이 「걸주(桀紂)의 폭(暴)」이다. 그 걸주, 즉 하왕조 최후의 폭군 걸왕, 은(殷)왕조 최후의 난왕(亂王) 주왕이 저지른 난폭음학에 대하여는 「주지육림」이나 「포락지형」의 항에서 자세히 설명하기로 하고, 주왕의 비행에 대해서 충간(忠諫)을 다한 사람에, 공자로 하여금 「은나라에 삼인(三仁)이 있다」라고 칭찬을 받은 미자(微子)·기자(箕子)·비간(比干) 셋이 그들이다. 기자의 동래설(東來說)을 놓고 우리나라 고대사에 많은 문제를 남기고 있는 기자는 은(殷)나라 마지막 임금인 주(紂)의 작은아버지뻘 되는 덕이 높은 분이었다.

주가 술과 여자에 빠져 정치를 돌보지 않고, 이를 간하는 충신들을 마구 죽이는 포학한 정치를 하고 있을 때, 기자도 가만히 보고만 앉아 있을 수

번화하던 옛 도성은 피와 기장만 무성하고

없어 주에게 간곡한 충고를 주었다. 그러나 주가 들을 리 만무했다. 나라 일이 그릇되어 가고 임금의 하는 일이 장차 화가 미치리라고 생각된 기자는 몸을 멀리 피해 머리를 풀어 미치광이 행세를 하며, 남의 집 종이 되어 세상을 숨어 살았다.

그 뒤 주(周)나라 무왕에 의해 주는 죽고 은나라는 망한다. 숨어 있던 기자는 무왕의 부름을 받아 무왕을 만나보고 그에게 정치에 대한 원칙을 말해 주기도 했다. 그 뒤 기자는 은나라 옛 도성을 지나게 되었다. 그렇게 번화하던 거리는 흔적마저 없고, 궁궐이 서 있던 자리에도 밭을 만들어 곡식들이 무성하게 자라고 있었다. 기자는 무상한 조국의 흥망에 감개를 이기지 못하여 눈물 대신 맥수지시(麥秀之詩)를 지어 읊었다.

옛 궁궐 자리에는 보리만이 무성해 있고
벼와 기장들도 잎이 기름져 있다.
화려하던 도성이 이 꼴로 변해 버린 것이
그 미친 녀석(紂)이
내 말을 듣지 않았기 때문이다.

麥秀漸漸兮　　禾黍油油
　맥수점점혜　　화서유유
彼狡童兮　不與我好兮
　피교동혜　　불여아호혜

비간

여기에서 망국지탄(亡國之嘆)을 「맥수지탄」이라 말하게 되었고, 고국의 멸망을 탄식한 노래를 맥수가(麥秀歌)니 맥수의 시니 하고 말하게 되었다. 견주어 《시경》 왕풍(王風)의 「서리(黍離)」의 시는 주(周) 유왕(幽王)의 난(亂) 후의 고도(古都)의 황폐를 탄식하며 같은 취지를 노래하고 있다. 여기서 「서리지탄(黍離之嘆)」이라는 성구가 나왔는데, 다 세상의 영고성쇠가 무상한 것에 대해서 탄식하는 것을 뜻한다.

맹모삼천지교 孟母三遷之敎

맏 孟 어미 母 석 三 옮길 遷 의 之 가르칠 敎

교육은 환경의 지배를 받는다.

— 《후한서》 열녀전(烈女傳)

현모양처라는 말이 있지만, 그 현모의 표본이 이 맹모이다. 맹모라 함은 맹자의 어머니, 맹자는 두 말 할 것도 없이 전국시대의「유가(儒家)」─유교학자의 중심인물이며「아성(亞聖)」─성인 공자에 버금가는(亞) 자라고까지 일컬어지는 현철(賢哲), 추(鄒)의 맹가(孟軻, B.C 371∼289)를 말한다.

그 맹자는 어려서 아버지를 잃고 편모슬하에서 자랐다. 그의 어머니는 자기의 정열을 오직 아들 성장에만 걸고 있는 것이었다. 어떻게 해서든지 내 아들을 훌륭한 사람으로 만들어야지 하는 지성(至誠)이 이「삼천지교」라든지「단기지교」라는 훈화를 낳게 한 것이다.

「삼천지교」는 아동의 교육에는 환경의 영향이 심대하며, 교육은 환경의 지배를 받는다는 것을 시사하고 있다.

맹자의 어머니는 처음 공동묘지 근처에서 살고 있었는데, 맹자는 노는 데도 벗이 없어, 우물 파는 인부의 시늉을 하므로 이래서는 안되겠다고 시장 근처로 이사하였더니, 이번에는 장사치의 시늉만 하는 것이었다. 마지막으로 글방 근처로 이사하였더니, 제사 때 쓰는 도구를 늘어놓고 예(禮)를 본받으므로「이런 곳이야말로 아들을 기를 만한 곳이다」라고 기뻐하였다는 것이다.

확실히 아이들이 주위 환경의 영향을 받는다는 것은 하나의 인생행로를 밟게 되는 것이 아닐까! 어찌 되었든 맹자는「제사 때 쓰는 도구를 늘어놓고 예를 본뜨는 것에서 아성(亞聖) 현철(賢哲)의 첫걸음을 내디뎠다.

그 맹자가 성장하여 어머니 곁을 떠나 유학을 하고 있을 때의 이야기다. 어느날 맹자는 오래간만에 집에 돌아와 보니, 어머니는 베를 짜고 있었다. 어머니는 맹자를 반기기는커녕 얼굴에 노기를 띠고,

「네, 학문은 어느 정도 진척되었느냐」 하고 물었다.

맹자 어머니 묘

「그저 그럴 정도입니다」 하고 맹사가 대답했다. 그 말을 들은 어머니는 갑작스레 옆에 있던 장도를 집어 들더니 짜고 있던 베를 뚝 끊어버리며,

「네가 중도에서 학문을 그만두는 것은 내가 짜고 있는 베를 도중에서 끊는 것과 같다」 하고 훈계하였다.

맹자는 그제야 깨닫고 송구스러워 그 때부터는 학문에 전력을 기울여 마침내 공자 다음가는 명유(名儒)로서 알려지게 되었다.

훌륭한 학자의 어머니쯤 되면 어딘지 남과 다른 데가 있는 법이다.

順天者存 逆天者亡
순천자존   역천자망

하늘의 뜻에 따르는 자는 존재할 수가 있으나, 거역하는 자는 망한다.
사람은 자연의 이치에 따르고 지켜야 하는 것이다.

— 《맹자》 이루 상 —

맹모삼천지교 孟母三遷之教 279

밝을 明 거울 鏡 그칠 止 물 水

맑은 거울과 조용한 물. 맑고 고요한 심경.

— 《장자》 덕충부편(德充符篇)

　사람의 마음이 맑고 조용한 것을 비유해서 명경지수와 같다고 한다. 불경에 흔히 사념(邪念)이 없이 맑고 깨끗한 마음을 가리켜서 명경지수라 말한다. 그러나 실상 이 말은 《장자》에서도 그 유래를 찾아볼 수 있다. 《장자》 덕충부에 다음과 같은 지어낸 이야기가 있다.

　신도가(申徒嘉)는 발을 자르는 형을 받은 불구자였는데, 정나라 재상 자산(子産)과 함께 백혼무인(伯昏無人)을 스승으로 모시고 있었다. 하루는 자산이 신도가에게 말했다.

　「내가 그대보다 먼저 선생님을 하직하고 나갈 때는 그대는 잠시 남아 있게. 그대가 먼저 나가게 되었을 때는 내가 잠시 남아 있을 테니」

　이튿날 두 사람은 또 같은 방에 함께 있게 되었다. 자산은 또 어제와 똑같은 말을 하고는,

　「지금 내가 먼저 나가려 하는데, 뒤에 남아 주겠지. 설마 그렇게 못하겠다고 말하지는 않겠지. 그대는 재상인 나를 보고도 조금도 어려워하는 기색이 없는데, 그대는 자신을 재상과 같다고 생각하는가?」

　그러자 신도가가 말했다.

　「선생님 밑에 재상과 같은 것이 있을 수 있겠소 당신은 자신이 재상이란 것을 자랑하여 남을 업신여기고 있는 거요 나는 이런 말을 듣고 있소 『거울이 밝으면 먼지가 앉지 못한다(鑑明則塵垢不止). 먼지가 앉으면 거울은 밝지 못하다. 오래 어진 사람과 같이 있으면 허물이 없다』고 말이오 그런데 지금 당신은 큰 도를 배우기 위해 선생님 밑에 다니

면서 이 같은 세속적인 말을 하니 좀 잘못되지 않았소?」

여기에 나오는 밝은 거울은 어진 사람의 때 묻지 않은 마음을 비유하고 있다.

같은 「덕충부편」에는 또 역시 발이 잘린 왕태(王駘)라는 불구자의 이야기가 공자와 공자의 제자인 상계(常季)와의 문답 형식으로 나온다.

왕태의 문하에서 배우는 사람의 수는 공자의 문하에서 배우는 사람의 수만큼 많았다. 그래서 상계는 속으로 그것을 다소 불만스럽게 생각하고 공자에게 그 까닭을 물었다.

「왕태는 몸을 닦는 데 있어서, 자신의 지혜로써 자신의 마음을 알고, 그것에 의해 자신의 본심을 깨닫는다고 합니다. 이것은 어디까지나 자기 자신만을 위한 공부로서 남을 위하거나 세상을 위한 공부는 아닙니다. 그런데도 어떻게 그토록 많은 사람들이 그에게 모여드는지 알 수 없습니다」

공자는 이렇게 대답했다.

「사람은 흐르는 물을 거울로 삼는 일이 없이 멈추어 있는 물을 거울로 삼는다(人莫鑑於流水而鑑於止水). 왕태의 마음은 멈추어 있는 물처럼 조용하기 때문에 사람들은 그를 거울삼아 모여들고 있는 것이다」

여기서는 왕태의 고요한 마음이 멈추어 있는 물(止水)에 비유되고 있다.

이 「명경지수」란 말은 《장자》의 이 두 가지 이야기에서 나온 말인데, 송(宋)나라 때 선비들이 선가(禪家)의 영향을 받아 즐겨 이 말을 써 왔기 때문에, 뒤에는 이 말이 가진 허(虛)와 무(無)의 본뜻은 없어지고, 다만 고요하고 담담한 심정을 비유해서 쓰이게 되었다.

명모호치 明眸皓齒

밝을 明 눈동자 眸 흴 皓 이빨 齒

미인의 비유.

― 두보「애강두(哀江頭)」

양귀비 궁중생활도

맑은 눈동자와 하얀 치아. 곧 미인을 이르는 말이다. 비슷한 말로 붉은 입술과 하얀 이라는「단순호치(丹脣皓齒)」라는 성어가 있다. 두보(杜甫)의 시「애강두」에서 유래한 말이다.

맑은 눈동자 흰 치아 지금은 어디 있나
피땀으로 얼룩진 떠도는 넋은 돌아가지도 못하네.
맑은 위수는 동쪽으로 흐르고 검각은 깊은데
가고 머문 그대와 나는 서로 소식조차 없구나.
인생은 정든 눈물 가슴을 씻어내리고
강가에 핀 꽃 어찌 나함이 있으랴.
황혼녘 오랑캐 말발굽 풍진은 자욱한데
성남으로 가고자 성 북쪽을 바라보네.

明眸皓齒今何在　血汗遊魂歸不得　명모호치금하재　혈한유혼귀부득
淸渭東流劍閣深　去住彼此無消息　청위동류검각심　거주피차무소식

人生有情淚霑臆　江水江花豈終極
인생유정루점억　　강수강화개종극
黃昏胡騎塵滿城　欲往城南望城北
황혼호기진만성　　욕왕성남망성북

당나라 숙종 지덕(至德) 원년(756) 가을, 두보의 나이 마흔 다섯, 안녹산(安祿山)의 난으로 현종은 양귀비와 함께 달아나고 천자로 즉위한 태자가 있는 영무(靈武)로 가던 중 체포되어 장안에 억류되어 있을 때 쓴 것이다. 〔☞ 국파 산하재〕

안녹산

강두는 곡강지(曲江池)로 당시 왕족 과 귀족들이 모여 놀던 곳이다. 반란군 의 수중에 떨어진 장안에서 봄을 맞은 두보는 이곳 곡강지에 찾아와 옛날의 번화했던 시절을 그리워하면서 이 시를 지었던 것이다.

첫 구절에 나오는 명모호치는 양귀비의 아리따운 자태를 묘사한 말 인데, 지금은 보통 미인의 자태를 비유하는 말로 쓰인다.

盛年不重來　一日難再晨
성 년 부 중 래　　일 일 난 재 신

성년(盛年)은 두 번 다시 오지 않고, 하루에 아침이 두 번 있을 수 없다. 젊고 원기 왕성한 시절은 두 번 다시 오지 않으며, 또한 하루에 아침이 두 번 밝아오지 않는 법이다. 그러므로 그때그때의 공부를 게을리 하지 마라. 세월은 사람을 기다려 주지 않는다.
　　　　　　　　　　— 《고문진보》 오언고풍단편 도연명 「잡시(雜詩)」 —

명철보신 明哲保身

밝을 明 밝을 哲 보전할 保 몸 身

총명하고 사리에 밝아 일을 잘 처리하여 몸을 보전함.

— 《시경》 대아(大雅) 증민편(丞民篇)

「명철보신」은, 세상일을 훤히 내다보는 처세를 잘함으로써 난세를 무사히 살아가게 되는 것을 말한다. 대개 부귀를 탐내지 않고 자기의 재주와 학식을 숨긴 채 평범한 인물로서 표 나지 않게 살아가는 것을 가리켜 말한다.

「성공자퇴(成功者退)」라는 항목에 나오는 채택(蔡澤) 같은 사람은 어느 의미에서 명철보신을 했다고도 볼 수 있다. 그러나 대개 숨어 사는 은일(隱逸)들을 가리켜 말한다. 이 말은 일찍부터 많은 사람의 입에 오르내린 오래된 말이다. 《시경》 대아 증민편에,

숙숙한 왕명을
중산보가 맡고 있다.
나라의 좋고 나쁜 것을
중산보가 밝힌다.
이미 밝고 또 통한지라
이로써 그 몸을 보전한다.
아침이나 밤이나 게으르지 않고
이로써 한 사람(王)을 섬긴다.

肅肅王命　仲山甫將之　　숙숙왕명　중산보장지
邦國若否　仲山甫明之　　방국약부　중산보명지
旣明且哲　以保其身　　　기명차철　이보기신

夙夜匪解　以事一人　　　숙야비해　이사일인

라고 있다. 이 시는 중산보(仲山甫)란 대신이 주왕(周王)의 명령으로 멀리 성을 쌓으러 가는 것을 찬양하여 환송하는 시로, 위 내용은 그 중간 부분이다. 이것을 쉽게 풀면 이렇다.

「황공스런 왕명을 중산보가 받아 현지로 떠나려 한다. 그곳 나라들은 좋은 점과 나쁜 점이 반드시 있겠지만, 중산보는 이를 알아서 잘 처리할 것이다. 이치에 밝고 일에 통한 그는 이같이 함으로써 그의 몸을 무사히 보전할 것이다. 아침 일찍부터 밤늦게까지 잠시도 게으름을 피우는 일이 없이 오직 한 분인 왕을 위해 일한다」

중산보는 주나라 선왕(宣王) 때의 재상으로 그가 임금의 명을 받들어 제나라에 가 성을 쌓을 때 윤길보(尹吉甫)가 이를 전송하면서 지은 것이라고 한다.

주자(朱子)에 따르면 「명(明)」은 「이치에 밝은 것(明於理)」을 말하고 「철(哲)」은 「사물을 잘 살피는 것(察於事)」이다. 「보신(保身)」은 「이치에 순종해서 몸을 지키는 것이지, 이익을 좇고 재앙을 피해서 구차하게 몸을 온전히 하는 것은 아니다」라고 하였다.

《시경》의 본 뜻에도 그런 내용이 전혀 없는 것은 아니지만, 뒤에 와서 쓰이는 이 「명철보신」이란 말 가운데는 자기 위주의 현명한 처세술을 의미하는 정도가 강하다.

이러한 명철보신하는 사람은 고래로 수많이 있었다. 적어도 문장에는 곧잘 이 말이 쓰여 왔다. 하지만 명철이 보신과 병칭되며, 지덕(知德)이 있는 사람이 난세에 즈음하여 몸을 보신하는 것을 겸했다고 해서 칭찬하는 이 말에는 동양적인 은일(隱逸)사상과 유교적인 처세술의 냄새가 풍겨져 낡은 사상이라고 보는 사람도 있을지 모른다.

모수자천 毛遂自薦

터럭 毛 수행할 遂 스스로 自 추천할 薦

스스로 자신을 추천하다. 자진해서 나서다.

— 《사기》 모수전(毛遂傳)

진나라가 조나라 서울 한단(邯鄲)을 포위하자 조나라는 평원군을 초나라로 보내 구원병을 청하게 했다.

평원군은 길을 떠날 때 문무를 겸한 문객 스무 명을 뽑아 데리고 가기로 하고, 인선에 들어갔으나 겨우 열아홉 명밖에 뽑지 못했다. 더 고를 만한 사람이 없었던 것이다. 이에 자청해서 나선 것이 모수였다.

평원군이 모수를 보고 이것저것 물어보니 그는 식객으로 들어온 지도 3년이나 되었다고 하는데 그의 눈에 들지 않았다는 사실로 보아 별다른 재주가 있는 것 같지 않았다.

「어떤 사람에게 재주가 있다면 마치 주머니 속 송곳처럼 당장 비어져 나왔을 걸세(譬若錐地處囊中 其末立見). 그대는 3년 동안이나 내 집에 있었으면서도 아무런 재주도 보여주지 못했으니 안되겠네」

평원군이 못미덥다는 듯 이렇게 말하자, 모수는 벌떡 일어서며 말했다.

「제가 저를 스스로 천거하려는 것은 바로 군께서 지금 나를 주머니 속에 넣어 달라는 뜻입니다. 일찌감치 저를 주머니 속에 넣었더라면 벌써 비어져 나왔을 게 아니겠습니까?」

평원군은 모수의 말도 그렇겠다 싶어 마침내 그를 스무 번째 수행원으로 발탁했다. 평원군은 20명의 문객을 거느리고 초나라 왕과 초나라 궁정에서 회담을 갖게 되었다. 그러나 마음이 착하기만 한 평원군과 진나라가 두렵기만 한 초왕과의 회담은 아침부터 시작해서 대낮이 기울도록 결정을 못보고 있었다.

보다 못한 문객들은 모수를 보고 올라 가라고 했다.

모수는 칼을 한 손으로 어루만지며 성 큼성큼 계단을 올라가 평원군에게 말을 건넸다.

「구원병을 보내는 것이 좋으냐 아니 냐 하는 것은 두 마디로 결정될 일인데 해가 뜰 때부터 시작된 이야기가 한낮이 되도록 결정을 보지 못하는 것은 무엇 때문입니까?」

평원군

그러자 초왕이 평원군을 보고 물었다.

「저 손은 뭐하는 사람입니까?」

「이 사람은 신의 문객입니다」 그러자 초왕은 호통을 쳤다.

「어서 내려가지 못할까. 내가 너의 주인과 말하고 있는데, 네가 무슨 참견이란 말이냐?」

그러자 모수는 칼을 잡고 앞으로 나아갔다.

「왕께서 이 모수를 꾸짖으시는 것은 초나라 군대가 있기 때문입니다. 그러나 지금은 나와 열 걸음 안에 있으므로 초나라 군대가 아무 소용이 없습니다. 왕의 목숨은 이 모수의 손에 달려 있습니다. 우리 주인이 앞에 있는데 나를 꾸짖는 것은 무엇 때문입니까. 그리고 옛날 탕임금은 70리 땅으로 천하를 통일하고, 문왕은 백 리의 땅으로 제후들을 신하로 만들었습니다. …… 지금 초나라는 땅이 사방 5천 리에 무장한 군대가 백만에 이르고 있습니다. ……그런데 백기(白起)란 어린 것이 수만의 군대를 거느리고 초나라와 싸워, 한 번 싸움에 언영(鄢郢)을 함락시키고 두 번 싸움에 이릉(夷陵)을 불사르고 세 번 싸움에 왕의 선인

(先人)을 욕되게 했습니다. 이 백 세의 원한을 조나라도 부끄러워하고 있는데, 왕께서는 미워할 줄을 모르고 계십니다. 두 나라의 연합은 실상 초나라를 위한 것이지 우리 조나라를 위한 것이 아닙니다. 우리 주인이 앞에 있는데 나를 꾸짖는 것은 무엇 때문입니까?」

초왕은 서슬이 시퍼런 모수의 기세에 겁을 먹고, 또 진나라 백기에 당한 지난날의 일을 생각하니 복수의 감정이 치받기도 했다.

「선생의 말을 듣고 보니 과연 그렇소 삼가 나라로써 선생을 따르겠소」

「그럼 출병은 결정된 것이옵니까?」

「그렇소」

그러자 모수는 초왕의 좌우에 있는 사람들을 시켜 맹약에 쓸 피를 가져오게 하고, 피가 담긴 구리쟁반을 자기가 받아 든 다음, 무릎을 꿇고 초왕 앞에 들이밀며 말했다.

「대왕께서 마땅히 먼저 피를 마시고 맹약을 정하십시오 그 다음은 저의 주인이요, 그 다음은 이 모수가 하겠습니다」

이렇게 궁전 위에서 맹약을 끝마치자, 모수는 왼손에 피 쟁반을 들고 오른손으로 열아홉 명을 손짓해 말했다.

「당신들은 함께 이 피를 대청 아래에서 받으시오 당신들은 녹록한 사람들로 이른바 남으로 인해 일을 이룩하는 사람들입니다(公相與歃此血於堂下 公等錄錄 所謂因人成事者也)」〔☞ 인인성사(因人成事)〕

이리하여 초나라로부터 구원병을 얻는 데 성공한 평원군은 모수를 가리켜,

「모선생의 세 치 혀가 백만의 군사보다도 더 강하다(三寸之舌 强于百萬之師)」고 칭찬했다. 〔☞ 삼촌지설〕

모 순 矛 盾

창 矛 방패 盾

앞뒤가 서로 맞지 않는 말이나 행동.

— 《한비자》 난(難)

「모순(矛盾)」은 창과 방패란 말이다. 그런데 그것이 대립이란 뜻으로 쓰이지 않고, 앞뒤가 서로 맞지 않는 말이나 행동을 말한다. 즉 같은 시간에 양립될 수 없는 것을 모순이라고 한다.

초나라 사람으로 방패와 창을 같이 놓고 파는 장사꾼이 있었다. 그는 방패를 들고 사람들에게 선전할 때는,

「자아, 이 방패로 말할 것 같으면 아무리 날카로운 창으로도 뚫을 수 없는 견고한 것입니다」라고 말하고, 또 창을 들고 선전할 때는,

「자아, 이 창으로 말할 것 같으면, 제아무리 여물고 단단한 것이라도 단 한 번에 꿰뚫고 맙니다」하고 자랑을 했다.

그러자 가만히 듣고 있던 한 사람이 앞으로 나와,

「그럼 그 창으로 그 방패를 한번 찔러 보시오 그러면 그 결과가 어떻게 되겠소?」

장사꾼은 대답에 궁했다. 절대로 무엇에도 뚫리지 않는 방패와 절대로 무엇이고 꿰뚫을 수 있는 창은 동시에 있을 수가 없는 것이다. 장사꾼의 말은 그야말로 후세 사람들이 말하는 그런 모순을 지니고 있는 것이다. 「모순」은 창과 방패가 서로 대립된 위치에 있는 것을 말하는 것이 아니고, 이 장사꾼이 말한 그런 상반된, 성립될 수 없는 내용을 말하는 것이다.

이 이야기는 《한비자》 난(難)이란 편 속에 있는 말이다.

목탁 木鐸

나무 木 방울 鐸

세상 사람을 가르쳐 바로 이끌 만한 사람이나 기관.

—《논어》 팔일편(八佾篇)

「목탁」 하면 얼른 생각나는 것이 절간이다. 숲 속에 조용히 자리 잡고 있는 절간은 목탁 소리로 한결 더 고요함을 느낀다.

목탁은 혀가 나무로 된 방울을 말한다. 쇠로 만든 것을 옛날에는 금탁(金鐸)이라고 했다. 지금은 방울이라면 곧 쇠로 만든 것을 떠올리게 된다. 금방울이니, 은방울이니, 말방울, 쥐방울 등 방울이란 말이 많이 쓰이고 있다.

그러나 목탁은 독특한 뜻으로 쓰이는 경우가 있다. 예를 들어 「신문은 사회의 목탁이다」 할 때, 그것은 사회를 올바로 깨우쳐 주고 이끌어 주는 것이란 뜻을 갖게 된다.

이런 의미의 목탁은 오랜 옛날 제도에서 유래한다. 오늘과 같이 홍보 수단이 발달하지 못했던 옛날에는 대중의 관심을 집중시키기 위한 방법으로 금탁과 목탁을 사용했다.

즉 관에서 군사(軍事)와 관련이 있는 일을 백성들에게 주지시킬 때는, 담당 관원이 금탁을 두들기며 관의 지시와 명령을 대중에게 전달했다. 또 군사가 아닌 일반 행정이나 문교(文敎)에 관한 사항을 전달할 때는 목탁을 두들기며 관원이 골목을 돌곤 했다.

즉 「신문은 문교에 관한 일을 사회와 대중에게 전달하는 매개체다」 하는 뜻으로 목탁이란 말을 쓰게 된 것이다.

그런데 이 목탁이란 말과 그것이 지니는 사회적 의의는 《논어》에서 비롯되었다. 팔일편(八佾篇)에 보면,

공자가 모국인 노나라를 떠나 위(衛)나라 국경 가까이에 있는 의(儀)라는 곳에 다다랐을 때, 이곳 관문을 지키는 봉인(封人)이 공자에게 면회를 청하며 제자들에게 이렇게 말했다.

공자가 근무한 곳

「거룩하신 분들이 이곳으로 오시면, 나는 한 분도 빠짐없이 다 만나뵈었습니다」

그래서 제자들은 그를 곧 안내해서 공자를 뵙게 해주었다.

그가 공자를 뵙고 어떤 이야기들을 주고받았는지는 알 수 없다. 그러나 그는 공자에게서 물러나오자 자못 정중한 태도로,

「여러분께서는 조금도 안타까워하실 필요가 없습니다. 천하가 어지러운 지 이미 오래인지라, 하늘이 장차 선생님으로 『목탁』을 삼으실 것입니다(二三子何患於喪乎 天下之無道也久矣 天將以夫子爲木鐸)」하며 제자들을 위로했다는 것이다.

己慾立而立人
기 욕 립 이 입 인

자기가 나서고 싶으면 먼저 남을 내세워 주고, 자기가 발전하고 싶으면 남을 먼저 발전시켜 준다. 이것이 인자(仁者)의 태도다.

— 《논어》 옹야편 —

무가내하 無可奈何

없을 無 옳을 可 어찌 奈 어찌 何

어찌할 수 없다.

─《사기》범수전(范雎傳)

범수가 진(秦)나라 재상이 되었을 때 왕계라는 사람이 있었다. 그는 일찍이 범수를 도와준 적도 있고, 또 범수를 진나라에 데려온 사람이기도 했지만, 벼슬은 한번도 승진을 하지 못해서 아직도 원래의 관직에 머물러 있었다.

이에 왕계는 범수에게 말하기를,

「알 수 없는 일이 세 가지가 있으며, 어찌할 수 없는 일도 세 가지가 있다(事有不可知者三 有不可奈何者亦三). 그 알 수 없는 일 중 하나는 임금이 어느 날 갑자기 붕어하는 것이고, 둘째는 혹시 재상께서 갑자기 세상을 떠나는 것이며, 셋째는 내가 어느 날 산골짜기에서 죽을지 알 수 없는 것이다. 그리고 세 가지 할 수 없는 일이란 임금이 붕어할 때 나를 원망해도 할 수 없고(君雖恨于臣 無可奈何), 재상께서 세상을 떠날 때 나를 원망해도 할 수 없으며, 내가 갑자기 죽게 되어 재상께서 나를 원망해도 그 역시 할 수 없는 일이지요」라고 말했다.

이 말을 듣고 범수는 매우 불쾌해서 진소왕 앞에 나가 왕계의 관직을 올려줄 것을 상주해 왕계는 그제야 비로소 하동수(河東守)로 진급되었다고 한다.

이 말은《사기》이전에《장자》인간세편에도 나온다.

공자가 말하기를,

「어찌할 수 없다는 것을 운명에 결정된 대로 편안히 행하는 것이 지극히 덕스런 품성이다(知其不可奈何而安之若命 德之至也)」라고 했다.

없을 無 병 病 스스로 自 뜸 灸

무익한 일을 고통스럽게 수행하다

— 《장자》 도척편(盜跖篇)

병도 없는데 뜸을 뜬다는 말로, 무익한 일을 고통스럽게 수행한다는 말이다. 《장자》 도척편(盜跖篇)에 이런 이야기가 있다.

공자가 도척을 만나 이야기를 나눈 뒤 노(魯)나라 동쪽 성문 밖으로 돌아오다가 도척의 형인 유하계(柳下季)를 만났다. 유하계가 말했다.

「요즘 며칠 뵙지 못했습니다. 수레 차림새를 보니 어디 여행이라도 다녀오신 모양인데, 혹시 도척을 만나고 오신 것은 아닌지요?」

공자가 하늘을 보며 탄식한 뒤 대답하였다.

「그렇습니다」

유하계가 물었다.

「도척이 선생님의 뜻을 거스른 것이 제가 전날 말씀드린 것과 같지 않았습니까?」

「그랬습니다. 나는 세상에서 말하는 병도 없는데 뜸을 뜬 사람입니다(丘所謂無病自灸也). 급히 달려가 호랑이 머리를 쓰다듬고 수염을 잡아 묶은 것과 같아서, 하마터면 그 아가리에 물려 죽을 뻔했습니다」

공자

무릉도원 武陵桃源

호반 武 언덕 陵 복숭아 桃 근원 源

이 세상과 따로 떨어진 별천지.

— 도연명(陶淵明) 『도화원기(桃花源記)』

이것은 유명한 도연명(陶淵明, 365~427)의 「도화원기」에서 비롯된 말이다. 줄거리만을 소개하면 다음과 같다.

진(晋)나라 태원(太元, 376~396) 연간의 일이다. 무릉(武陵 : 호남성 상덕, 동정호 서쪽 원수沅水가 있는 곳)의 한 어부가 시냇물을 따라 무작정 올라가던 중, 문득 양쪽 언덕이 온통 복숭아 숲으로 덮여 있는 곳에 와 닿았다. 마침 복숭아꽃이 만발해 있을 때라 어부는 노를 저으며 정신 없이 바라보고 있었다. 복숭아 숲은 가도 가도 끝이 없었다. 꽃잎은 푸른 잔디 위로 펄펄 날아 내렸다.

대체 여기가 어디란 말인가, 이 숲은 어디까지 계속되는 걸까? 이렇게 생각하며 노를 저어 가는 동안, 마침내 시냇물은 근원까지 오자 숲도 함께 끝나 있었다. 앞은 산이 가로막혀 있고, 산 밑으로 조그마한 바위 굴이 하나 있었다. 그 굴속으로 뭔가가 빛나고 있는 것 같았다. 가만히 다가가서 보니, 겨우 사람이 통과할 수 있게 뚫린 굴이었다. 어부는 배를 버려둔 채 굴을 더듬어 안으로 들어갔다.

이윽고 앞이 탁 트인 들이 나타났다. 보기 좋게 줄을 지어 서 있는 집들, 잘 가꾸어진 기름진 논밭, 많은 남녀들이 즐거운 표정으로 들일에 바빴다. 이곳을 찾은 어부도, 그를 맞는 사람들도 서로 놀라며 어찌된 영문인지 까닭을 물었다. 마을 사람들은 옛날 진(秦)나라의 학정을 피해 처자를 데리고 이 속세와 멀리 떨어진 곳으로 도망쳐 온 사람들의 후손들이었다. 그들은 조상들이 이리로 찾아온 뒤로 밖에 나가 본 일이 없이

도화원도(桃花園圖)

완전히 외부 세계와는 접촉이 중단되어 있었다. 지금은 도대체 어떤 세상이 되어 있느냐고 마을 사람들은 묻고 또 물었다.

마을 사람들의 환대를 받으며 며칠을 묵은 어부는 처음 왔던 길의 목표물을 기억해 가며 집으로 돌아오자, 곧 이 사실을 태수에게 고했다. 태수는 얘기를 듣고 사람을 보내 보았으나, 어부가 말한 그런 곳을 발견할 수가 없었다. 유자기(劉子驥)라는 고사(高士)가 이 소식을 듣고 찾아나섰으나 뜻을 이루지 못하고 도중에 병으로 죽고 말았다.

그 뒤로 많은 사람들이 복숭아꽃 필 때를 기다려 찾아가 보았으나, 무릉도원 사람들이 속세의 사람들이 찾아오는 것을 막기 위해 다른 골짜기에까지 많은 복숭아나무를 심어 두었기 때문에 끝내 찾을 수가 없었다고 한다. 무릉도원은 조정의 간섭은 물론, 세금도 부역도 없는 별천지였다. 그래서 속세와 떨어져 있는 별천지란 뜻으로 무릉도원이란 말을 쓰게 되었다.

무안 | 無顔

없을 無 얼굴 顔

볼 낯이 없음. 면목이 없음.

— 백낙천(白樂天) 「장한가(長恨歌)」

상대를 대할 면목이 없다는 말이다. 무면목(無面目)이란 말은 항우가 마지막 싸움에서 패한 뒤 고향으로 돌아갈 면목이 없다고 한 데서 비롯된 말이었고, 이 무안이란 말은 백낙천의 유명한 「장한가(長恨歌)」에서 비롯된 말이다.

「장한가」는 백낙천이 36세 때 지은 작품으로 안녹산의 난으로 당 현종이 양귀비를 잃고 만 극적인 사건을 소재로 한 낙천의 대표적 작품이다. 당시(唐詩) 가운데 걸작의 하나로 손꼽히는 이 작품은 120구(句), 840자로 된 장편인데, 양귀비의 아리따운 모습 앞에 궁녀들이 얼굴값을 못하는 대목만을 소개한다.

> 한황이 여색을 중히 여겨 경국(傾國)의 미인을 사모했으나
> 천자로 있는 여러 해 동안 구해도 얻지 못했다.
> 양씨 집에 딸이 있어 이제 겨우 장성했으나
> 깊은 안방에 들어 있어 아는 사람이 없었다.
> 하늘이 고운 바탕을 낳았으니, 스스로 버리기 어려운지라
> 하루아침에 뽑혀 임금의 곁에 있게 되었다.
> 눈동자를 돌려 한 번 웃으면 백 가지 사랑스러움이 생겨서
> 육궁의 분 바르고 눈썹 그린 궁녀들이 얼굴빛이 없다.

漢皇重色思傾國　御宇多年求不得　한황중색사경국　어자다년구부득
楊家有女初長成　養在深閨人未識　양가유녀초장성　양재심규인미식

天生麗質難自棄　一朝選在郡王側　천생려질난자기　일조선재군왕측
廻眸一笑百媚生　六宮粉黛無顏色　회모일소백미생　육궁분대무안색

육궁(六宮)은 여섯 궁전이란 말이고, 분대(粉黛)는 분 바르고 눈썹 그린 것을 말해서, 곱게 화장한 얼굴이란 뜻이다. 여기에 나오는 얼굴빛이 없다는 것은, 양귀비 앞에서는 궁녀들의 고운 얼굴이 무색하게 된다는 뜻으로, 그녀들이 얼굴을 감히 들 생각을 못한다는 심리적인 뜻을 가지고 있는 것은 아니다.

양귀비 관음도

현재도 무색하다는 의미로 무안색(無顏色)이란 말은 쓸 수 있다. 그러나 심리적인 경우는 「무안(無顏)」을, 객관적인 판단에서 오는 경우는 「무색(無色)」을 각각 분리해 쓰고 있다.

무안과 무색이 백낙천의 이 시에서 비롯했다고 하는 것은 너무 기록에만 치우친 생각일지도 모른다. 기록 이전부터 이미 말은 있는 법이니까.

知生之必死　則保生之道　不必過勞
지생지필사　즉보생지도　불필과로

살아 있는 것은 반드시 죽는다는 사실을 알면 삶을 보전하는 길에 결코 과로하지 않을 것이다.

— 《채근담》 —

모야무지 暮夜無知

저녁 暮 밤 夜 없을 無 알 知

뇌물이나 선물을 몰래 줌.

— 《후한서》 양진전(楊震傳)

밤이 깊어 아무도 알지 못한다는 뜻으로 뇌물이나 선물을 몰래 주는
것을 「모야무지」라고 한다.

세상 사람들은 아무도 모르는 비밀이라고 흔히들 말한다. 그러나 당
사자인 두 사람과 천지신명은 이를 알고 있을 것이다. 낮말은 새가 듣고
밤 말은 쥐가 듣는다는 것과 같은 의미의, 차원이 다른 생각이라 말할
수 있다.

후한의 양진(楊震)은 그의 해박한 지식과 청렴결백으로 관서공자(關
西公子)라는 칭호를 들었다고 한다. 그가 동래 태수로 부임할 때의 일이
다. 그는 부임 도중 창읍(昌邑)이란 곳에서 묵게 되었다. 이때 창읍 현령
인 왕밀(王密)이 그를 찾아왔다. 그는 양진이 형주자사로 있을 때 무재
(茂才)로 추천한 사람이었다.

밤이 되자 왕밀은 품속에 간직하고 있던 10금(金)을 양진에게 주었다.
양진이 이를 거절하면서,

「나는 당신을 정직한 사람으로 믿어 왔는데, 당신은 나를 이렇게 대
한단 말인가」하고 좋게 타일렀다. 그러자 왕밀은, 「지금은 밤중이라
아무도 아는 사람이 없습니다(暮夜無知者)」하고 마치 양진이 소문날
까 두려워하는 식으로 말했다. 양진은 그의 말을 받아 이렇게 나무랐다.

「아무도 모르다니, 하늘이 알고 땅이 알고 그대가 알고 내가 아는데,
어째서 아는 사람이 없다고 한단 말인가(天知地知爾知我知怎說無知)」

이에 왕밀은 부끄러워 금을 가지고 돌아갔다. 〔☞ 사지(四知)〕

무양 ┃ 無恙

없을 無 병 恙

몸에 탈이 없음. 병이 없음.

— 《전국책(戰國策)》 제책(齊策)

「무양」은 병이 없다. 탈이 없다는 뜻이다. 그러나 원래 이 말이 쓰였을 때는 걱정이 없다는 정도로 쓰이고 있었던 것 같다. 현재는 무양이란 말을 단독으로는 별로 쓰지 않는 것 같다. 무고하느냐는 말은 많이 쓰지만, 무양하느냐는 말은 별로 쓰이지 않는다. 그러나 모처럼 만난 친구거나 오래 보지 못했던 그럭저럭한 사이끼리 만났을 때, 흔히 「별래 무양한가?」 「별래 무양하시오?」 하는 말을 쓰곤 하는데, 여기에는 어색하고 서먹서먹한 그런 심리가 작용하고 있는 것 같다. 역시 이 말이 생겨난 고사의 그 장면이 그런 분위기를 느끼게 하는 것인지도 모른다.

《전국책》 제책에 보면, 제나라 왕이 조나라 위태후(威太后)에게 사신을 보내 안부를 묻게 한 이야기가 나온다. 위태후가 실권을 쥐고 있을 때다.

위태후는 사신이 올리는 글을 뜯어보기도 전에 먼저 이렇게 물었다.

「해도 무양한가, 백성도 무양한가, 왕도 무양한가?」

해가 무양한가 하는 말은 농사가 순조롭게 잘 되어 가고 있느냐는 뜻이다. 그러자 그 뜻을 모른 사신은 임금의 안부부터 묻지 않고 해와 백성에 대해 먼저 물은 다음, 임금의 안부를 맨 나중에 물은 것은 순서가 바뀐 것이 아니냐고 불평을 말했다. 그러자 태후는,

「풍년이 들고 난 다음이라야 백성은 그 생활을 유지할 수 있고, 백성이 편한 뒤라야 임금은 그 지위를 보존할 수가 있다. 그 근본부터 먼저 묻는 것이 어찌 순서가 바뀐 것이 되겠는가?」 하고 타일렀다는 것이다.

무용지용 無用之用

없을 無 쓸 用 의 之

언뜻 쓸모없는 것으로 간주되고 있는 것이 오히려 큰 구실을 함.

— 《장자》 인간세편(人間世篇)

「무용지물(無用之物)」이란 말이 있다. 아무 짝에도 쓸모없는 물건을 말한다. 그런데 아무 쓸모없는 것처럼 보이는 것이 실제로는 쓸모 있는 것이 되는 것이 「무용지용」이다. 세속 사람들이 생각하고 있는 그 반대편에 항상 진리가 있다고 주장하는 도가(道家)의 생각에서 나온 말이다.

대체 유용(有用)—소용이 된다는 것은 중요한 일임에는 틀림이 없다. 그러나 천박한 인간의 지혜로 요량하는 유용은 진정한 유용인지 어쩐지 모른다. 더 한층 높은 「도(道)」의 입장에서 보면, 범속(凡俗)한 인간들이 말하는 유용이란 아무런 쓸모도 없는 잔꾀, 아니 어리석음에 지나지 않고, 무용으로 보이는 것에 도리어 대용(大用)—참다운 용이 있다고도 말할 수 있지 않은가, 하고 철학자 장자는 무용의 용을 강조하고 있다. 그런 의미에서 장자의 책 중에는 「무용지용」을 많이 쓰고 있는데, 그 가장 대표적인 예의 하나로 《장자》 인간세편(人間世篇)에 이런 말이 씌어 있다.

「산의 나무는 제 스스로를 해치고 있다. 기름불의 기름은 제 스스로 태우고 있다. 계피는 먹을 수 있는 것이기 때문에 사람들이 그 나무를 베게 된다. 옻은 칠로 쓰기 때문에 사람들이 칼로 쪼갠다. 사람은 모두 쓸모 있는 것의 쓸모만을 알고, 쓸모없는 것의 쓸모를 알지 못한다(人皆知有用之用 而莫知無用之用也)」

이것은 공자가 초나라에 갔을 때, 초나라의 은자 광접여(狂接輿)가 공자가 묵고 있는 집 문 앞에서 한 말로 되어 있는 마지막 부분이다.

즉 산의 나무는, 그것이 인간의 소용에 닿기 때문에 결국 사람의 손에 의해 베여지게 되고, 등잔불의 기름으로 쓰이는 기름은 그것이 불을 켜면 환하게 밝아지는 기능 때문에 자신이 뜨거운 불에 타게 된다. 계피는 맛이 좋기 때문에 베임을 당하고, 옻나무는 옻칠을 하는 데 쓰이기 때문에 가지를 찢기고 살을 찢기게 된다. 사람은 모두 이렇게 쓸모 있는 것의 용도만을 알고 있을 뿐, 쓸모없는 것의 용도란 것을 모르고 있다는 것이다.

외물편(外物篇)에는 또 이런 이야기가 실려 있다. 혜자(惠子)가 장자에게 말했다.

「당신의 말은 아무 데도 소용이 닿지 않는 것뿐이다」

그러자 장자는 말했다.

「쓸모가 없는 것을 아는 사람이라야 무엇이 참으로 쓸모가 있는 것인지를 말할 수 있다. 땅이 넓지만 사람이 서는 데는 발을 둘 곳만 있으면 된다. 하지만 발을 둘 곳만을 남기고 그 주위를 깊숙이 파 버린다면 사람이 서 있을 수 있겠는가」

「서 있을 수 없다」

「그렇다면 쓸모없는 것이 쓸모 있는 것이 되는 것 또한 알 수 있지 않는가」

장자는 이 이야기에 계속해서, 무위자연(無爲自然)의 도에 살아야 한다는 것을 말하고 있다. 잘나고 못나고, 쓸모가 있고 없고 하는 것을 초월해야만 하늘(自然)을 온전히 할 수 있다고 말한다. 그러므로 「무용의 용」은 유용에 사로잡힌 세속 사람들에 대한 훈계의 말인 동시에 무위자연을 설명하기 위한 한 단계인 것이다.

무항산무항심 無恒産無恒心

없을 無 항상 恒 낳을 産 마음 心

일정한 재산이나 생업이 없으면 정해 놓고 마음 쓸 데가 없다.

— 《맹자》 등문공・양혜왕편

주(周)의 난왕(赧王) 8년(B.C 307) 경, 맹자는 그 이념인 왕도정치를 위하여 여러 나라를 유세하며 돌아다녔으나, 어느 나라에서도 그 의견이 용납되지 않아 고향인 추(鄒 : 산동성)로 되돌아왔다. 그 무렵 등(滕 : 산동성)이라는 소국에서는 정공(定公)이 죽고 그 아들 문공(文公)이 즉위하였다. 문공은 전부터 맹자에게 사숙하고 있던 까닭에 맹자를 초빙하여 정치의 고문을 삼았다.

문공은 나라를 어떻게 다스리면 좋으냐고 물었다. 맹자도 문공의 정열에 감격하여 당당하게 자기 견해를 말하였는데, 이것이 유명한 정전설(井田說)이다. 그 요지는 이렇다.

《시경》 가운데, 「봄에는 파종으로 바쁘니, 겨울 동안에 가옥의 수리를 서둘러라」 하고 경계한 시가 있는데, 국정도 우선 민중의 경제생활의 안정으로부터 시작된다. 항산(恒産), 즉 일정한 생업과 항심(恒心), 즉 변치 않는 절조와의 관계는, 「항산이 있는 자는 항심이 있고, 항산이 없는 자는 항심이 없다」 라고 말할 수 있다.

항심이 없으면 어떠한 나쁜 짓이라도 하게 된다. 민중이 죄를 범한 후에 처벌하는 것은 법망을 쳐 놓는 것과 마찬가지다. 옛날 하(夏)는 1인당 50무(畝), 은(殷)은 일인당 70무, 주(周)는 백 무의 밭을 주어, 그 10분의 1을 조세로 받아들였다.

하의 법은 공법(貢法)이라 하여, 수년간의 평균 수입을 잡아 가지고, 일정액을 납부시켰기 때문에 풍년이 들면 남아돌아가고, 흉년 들어 부족하여도 납부시키는 결점이 있었다. 은의 법은 조법(助法)이라 하여, 사전(私田)과 공전(公田)으로 나누어 공전에서의 수확을 납부시켰다. 주의 법은 철법(撤法)이라 하지만, 조법을 이어받고 있는 점을 고려한다면, 조법이야말로 모범이라 할 수 있겠다.

이리하여 맹자는「항산」을 구체화한 후, 다음으로「항심」을 기르는 방법으로서 학교에 있어서의 도덕 교육을 강조하고 있다. 이어 문공은 신하인 필전(畢戰)에게 정전법(井田法)에 대하여 질문토록 한 일이 있는데, 여기서 맹자는 조법을 더욱 명확하게 말하고 있다.

국가는 군자(君子 : 치자)와 야인(野人 : 피치자)으로 성립되는데, 그 체제를 유지하자면 먼저 군자의 녹위(祿位)를 세습제로 하여야 한다. 야인은 조법에 의한 9분의 1의 세를 납부토록 한다. 그러기 위하여, 10리 사방의 토지를 우물 정(井)자 형으로 구분하여, 9백 무는 여덟 집이 각각 백 무씩 사유토록 한다. 공전(公田)의 공동작업이 끝난 후 각자의 밭일을 한다. 민중은 상호 부조의 체제가 이루어지기 때문에 토지를 떠나려 하지 않게 된다.

이상에 의하여 분명해진 바와 같이 이 정전법은 원시 공산적인 것이 었으리라는 것이다. 그러나 그 전제로 치자(治者)와 피치자(被治者)를 구별하는 주장은 후세의 지배계급에 의하여 맹자가 존경을 받게 된 최대의 이유가 되었다.

「항산이 없으면 항심이 없다」라는 말은《맹자》등문공편에 보이지만 양혜왕편에도 나온다.

「창고가 찬 연후에 예절을 안다(倉廩實則知禮節)」와 같이 공·맹의 주장이 단순한 수신(修身)만이 아니었던 것을 말해 준다.

묵수성규 墨守成規

먹 墨 지킬 守 이룰 成 규율 規

잘 지켜 조금도 굴하지 않음,
낡은 규칙을 끝까지 고수함, 낡은 틀에 얽매여 있음.

— 《묵자》 공수편(公輸篇)

묵자(墨子)는 《사기》에 의하면 이름은 적(翟)이라 하고, 송(宋)의 대부로 방전술(妨電術)에 능하며, 경제의 절약을 역설하였는데, 공자와 같은 시대의 사람인지 그 후의 사람인지 불명하다고 씌어 있다. 오늘날 남아 있는 《묵자》는 그의 생각을 기술한 것으로 「겸애설(兼愛說)」을 주창하여 자타(自他)의 구별을 세우지 않고 자기를 사랑하는 마음으로 남을 대하라고 주장한다. 분명히 하층계급을 위해 논한 곳이 있으며, 그 사상은 현실적이고 비판적이다.

그런데 그 묵자가 제(齊)나라에서 급히 초(楚)나라로 떠나 밤낮으로 열흘을 걸려 초나라의 수도인 영(郢 : 호북성 강릉현)에 도착했다. 그것은 공수반(公輸盤)이 초나라를 위해 운제계(雲梯械 : 사다리를 성벽에 기대어 높이 올라가는 기구)를 만들어 송나라를 공격하려고 한다는 소리를 들었기 때문이다.

묵자는 공수반을 방문했다.

「북방에 나를 경멸하는 자가 있어 당신의 힘으로 죽여주시기를 바라오만……」

공수반은 불쾌한 낯으로 대답했다.

「나는 의(義)를 생각하는 마음에서 사람을 죽일 수는 없소이다」

묵자는 공손히 절을 하면서 말했다.

「초나라는 땅이 넓은 데 반해서 사람이 모자랄 정도입니다. 그런데 영지가 부족한 송나라를 공격해도 좋습니까? 더구나 아무 죄도 없는 송나라를 말입니다. 한 사람을 죽이지 않는 것이 의(義)라면 송나라의 많은 사람을 죽이는 것이 의라 할 수 있을까요?」

공수반은 묵자에게 공박을 당하자 묵자의 청을 들어 초왕에게 안내했다. 묵자는 다시 예를 들어 말했다.

「아주 화려하게 꾸민 수레의 주인이 옆에 있는 하찮은 수레를 훔치려고 하거

묵자

나, 비단옷을 입은 사람이 옆집의 누더기 옷을 훔치려고 하거나, 진수성찬을 먹는 사람이 옆집의 술지게미를 훔치려고 든다면, 그것을 어떻게 생각하십니까?」

「아마도 도벽이 있는 사람이겠지」

「그럼 5천 리 사방이나 되고 수어(獸魚)가 풍부하고 큰 수목이 많은 초나라가 5백 리 사방밖에 되지 않고 식량이 부족하고 큰 나무도 없는 송나라를 공격하는 것은 이와 같지 않습니까?」

초왕이 이 질문에 궁한 대답을 했다.

「아니, 나보다 공수반의 재주를 살려 볼까 해서 그랬지」

그래서 공수반이 얼마나 머리가 좋은지를 보아야겠다고, 초왕의 면전에서 아주 기묘한 승부를 하게 되었다. 묵자는 허리띠를 풀어 성책(城柵)같이 하고 작은 나뭇조각을 방패 대용의 기계로 만들었다. 공수반은 아홉 번에 걸쳐 임기응변의 장치를 만들어 공격했으나, 묵자는 아홉 번을 다 굳게 지켰다. 공수반의 공격무기는 바닥이 났으나 묵자의 수비에는 아직도 여유가 있었다. 마침내 공수반은 손을 들고 말았다. 이것이 유명한 「묵수(墨守)」 또는 「묵적지수(墨翟之守)」다.

묵자

묵자는 초왕에게 고했다.

「공수반은 나를 죽이려 했고, 나를 죽이면 송을 공격할 수 있다고 생각했을는지 모릅니다. 그러나 내 제자들은 내가 수비했던 기계를 가지고 송으로 가서 초의 침입을 기다리고 있습니다. 나를 죽여도 항복시킬 수는 없습니다」

묵자가 선수를 치는 바람에 초왕은 결국 송을 공격하지 않겠다고 약속했다. 이렇게 해서 묵자는 미연에 초의 침략을 막았던 것이다.

이 이야기는 《묵자》 공수편(公輸篇)에 있고 「묵수(墨守)」란 「잘 지켜 조금도 굴하지 않는 것」 「자설(自說)을 지켜 쉽게 굽히지 않는 것」을 말한다.

《전국책》「제하(齊下)·양왕(襄王)」에는 연나라 군사가 요성(聊城)에서 제나라의 전단(田單)을 막은 것을 「묵적지수」라고 말하고 있다.

문과즉희 聞過則喜

들을 聞 지날, 허물 過 곧 則 기쁠 喜

잘못을 저질렀을 때 비판을 기꺼이 받아들이다.

— 《맹자》 공손추상

맹자는 제자들과 함께 남의 비판을 달갑게 받아들이는 문제에 대해 토론하면서 세 사람, 즉 자로(子路)와 우(禹)임금, 순(舜)임금을 그 전형적인 실례로 들었다. 자로는 춘추시대 노나라 사람으로 이름은 중유(中由)다. 공자의 제자들 중에서 가장 성실하고 강직하며 실천적인 인물, 우임금은 하(夏)나라를 개국한 사람으로 일찍이 홍수라는 재난을 다스렸으며, 요임금, 순임금과 함께 사람들에게 널리 칭송받는 군왕, 그리고 순임금은 대순(大舜)이라고도 불리어지는데, 우임금은 순임금에게서 왕위를 물려받았다.

《맹자》 공손추 상편에서 맹자는 이렇게 말하고 있다.

「자로는 남이 자기의 결함을 지적해 주면 기뻐하고(人告之以有過則喜), 우임금은 남이 자기에게 좋은 말로 충고해 주면 매우 감격해 하였다. 순임금은 더했는데, 그는 자신의 치적을 여러 사람들의 공로로 간주했으며, 자신의 결함은 고치고 남의 장점을 본받고자 노력하였다. 순임금은 일찍이 농사일도 하고 도자기도 굽고, 어부 노릇도 하였으며, 나중에는 임금에까지 올랐는데, 그의 장점은 어느 하나라도 남에게 배우지 않는 것이 없다. 남의 장점을 따라 배워 자기를 제고함으로써 여러 사람들에게 보다 많고 좋은 일을 하게 하는 것, 그것이 바로 남이 잘 되도록 도와주는 것이다.

대우치수상(大禹治水像)

문경지교 刎頸之交

목 벨 刎 목 頸 의 之 사귈 交

생사를 같이하여 목이 떨어져도 두려워 않을 만큼 친한 사이.

— 《사기》 염파인상여전(廉頗藺相如傳)

　문경(刎頸)은 목을 벤다는 뜻이다. 「문경지교」는 곧 서로 죽음을 같이할 수 있는 의기가 상통하는 사이를 말한다. 이 말은 《사기》 염파인상여전에 나오는 말이다. 조나라 혜문왕(惠文王)이 화씨벽(和氏璧)이란 구슬을 얻게 되자, 진나라 소왕(昭王)이 그 화씨벽과 진나라 열다섯 성(城)을 서로 교환하자고 제의해 왔다. 진나라의 청을 거절할 수는 없다. 그러나 진나라가 구슬을 차지한 뒤에 성을 줄 것 같지가 않았다. 결국 제 것 주고 바보 되는 그런 꼴이 될까 걱정이 되었다.

　대신들을 모아 놓고 상의를 해 보았으나 모두 얼굴만 마주 볼 뿐이었다. 이때 환자령(宦者令) 무현(繆賢)이 인상여를 천거했다.

　인상여는 화씨벽을 가지고 진나라로 갔으나, 진나라 왕은 구슬만 받아 들고 성을 줄 눈치는 보이지도 않았다. 인상여는 진나라에 속은 것을 알고 교묘한 말과 재치 있는 행동으로 구슬을 도로 받아낸 다음, 진나라 왕과 다시 만나기로 약속한 날이 미처 오기 전에 구슬을 사람을 시켜 조나라로 되돌려 보내는 데 성공했다. 진왕은 인상여를 죽여 보았자 자기에게 욕밖에 돌아올 것이 없는 것을 알고 그를 후히 대접해 돌려보냈다. 이 대목은 「완벽(完璧)」이란 항목에 자세히 나와 있으므로 여기서는 생략하기로 한다.

　인상여가 돌아오자 조왕은 그를 상대부(上大夫 : 대신급)에 임명했다. 벼락출세를 한 것이다. 진나라는 그 뒤 조나라를 여러 차례 친 끝에 사신을 보내 조나라와 화친을 맺고 싶다면서 양국 국경 가까이 있는 면지에서 만나자고 통고를 해 왔다. 조왕은 어떤 불행이 기다리고 있을 것만 같은 생각에 이를 거절하려 했다. 그러나 장군 염파와 인상여는,

「왕께서 가시지 않으면 조나라가 약하다는 것을 보여 주게 됩니다」 하고 가기를 권했다.

이리하여 인상여가 조왕을 수행하고 염파가 나라를 지키기로 한 다음 염파는 왕을 국경까지 호송하고 작별에 앞서,

「왕복 한 달이면 돌아오실 수 있습니다. 그때까지 돌아오시지 않을 때는 태자를 왕위에 올려 진나라의 야심을 사전에 막았으면 합니다」

왕은 승낙했다. 모두 최악의 사태를 각오하고 떠나는 길이었다. 면지에서 회견이 끝나고 술자리가 베풀어졌을 때, 진왕은 조왕에게 거문고를 한 곡 켜 달라고 청했다. 조왕이 마지못해 한 곡을 마치자, 진나라 어사가 앞으로 나와,

「아무 해, 아무 달, 아무 날 진왕이 조왕과 만나 술을 마시며 조왕에게 거문고를 타게 했다」라고 기록했다. 조왕에게 모욕을 주려는 계획된 행동이었다.

그러자 인상여가 앞으로 나아가,

「서로 주고받는 것이 예의이니, 이번에는 진왕께서 우리 임금을 위해 진나라 음악을 한번 들려주십시오」 하고 부(缶 : 질그릇 악기)를 진왕에게로 내밀었다.

진왕은 얼굴에 노기를 띠고 응하지 않았다. 인상여는 다시 부를 진왕의 코앞에 바짝 들이밀고 청했다. 진왕은 여전히 부를 칠 뜻이 없었다. 인상여는 말했다.

「지금 대왕과 나 사이는 불과 다섯 걸음밖에 안됩니다. 나는 내 목의 피로 대왕의 옷을 물들일까 합니다. 어서 치십시오」

내 손에 죽을 수도 있다는 위협이었다. 진왕을 모시고 있던 시신들이 인상여를 칼로 치려했다. 인상여는 눈을 부릅뜨고 소리쳐 꾸짖었다. 그들

인상여의 기지

은 겁에 질려 옆으로 피했다. 진왕도 기가 꺾여 마지못해 부를 치며 한 곡을 치는 둥 마는 둥 끝냈다. 인상여는 조나라 어사를 불러,

「아무 해, 아무 달, 아무 날, 진왕이 조왕을 위해 부를 쳤다」고 기록하게 했다. 진나라 신하들은 멋쩍은 태도로,「조나라에 열다섯 성을 바치고 진왕의 장수를 베십

시오」하고 말했다. 그러자 인상여는 얼른,「진나라 함양(咸陽 : 수도)을 바치고 조왕의 장수를 베십시오」하고 받아넘겼다.

진왕은 끝내 조나라를 누를 수가 없었다. 무력으로 어떻게 해볼까도 생각했으나, 조나라에서 이미 만일에 대비한 모든 준비가 되어 있는 것을 알자 감히 손을 대지 못했다.

귀국하자 조왕은 인상여가 너무도 고맙고 훌륭하게 보여서 그를 상경(上卿)에 임명했다. 그렇게 되자 염파보다 지위가 위가 되었다. 염파는 화가 치밀었다.

「나는 조나라 장군으로서 성을 치고 들에서 싸운 큰 공이 있는 사람이다. 인상여는 한갓 입과 혀를 놀림으로써 나보다 윗자리에 오르다니 이는 용납할 수 없는 일이다」하고 다시,

「상여를 만나면 반드시 모욕을 주고 말겠다」라고 선언했다.

이 소문을 들은 인상여는 될 수 있으면 염파를 만나지 않으려 했다. 조회 때가 되면 항상 병을 핑계하고 염파와 자리다툼하는 것을 피했다. 언젠가 인상여가 밖으로 나가다가 멀리 염파가 오는 것을 보자 옆 골목

으로 피해 달아나기까지 했다.

이런 광경을 본 인상여의 부하들은 인상여의 태도가 비위에 거슬렸다. 그들은 상의 끝에 인상여를 보고 말했다.

「우리들이 이리로 온 것은 대감의 높으신 의기를 사모해서였습니다. 그런데 염장군이 무서워 피해 숨는다는 것은 못난 사람들도 수치로 아는 일입니다. 저희들은 이만 물러가겠습니다」

인상여는 그들을 달랬다.

「공들은 염장군과 진왕 중 어느 쪽이 더 대단하다고 생각하는가?」

「그야 진왕과 어떻게 비교가 되겠습니까?」

「그 진왕의 위력 앞에서도 이 인상여는 그를 만조백관이 보는 앞에서 꾸짖었소 아무리 내가 우둔하기로 염장군을 무서워할 리가 있소 진나라가 우리 조나라를 함부로 넘보지 못하는 것은 염장군과 내가 있기 때문이오 두 호랑이가 맞서 싸우면 하나는 반드시 죽고 마는 법이오 내가 달아나 숨는 것은 나라 일을 소중히 알고, 사사로운 원한 같은 것은 뒤로 돌려버리기 때문이오」

그 뒤 이 소식을 전해들은 염파는 자신의 못남을 뼈아프게 느꼈다. 웃옷을 벗어 매를 등에 지고 사람을 사이에 넣어 인상여의 집을 찾아가 무릎을 꿇고 사죄했다.〔☞ 부형청죄(負荊請罪)〕

「못난 사람이 장군께서 그토록 관대하신 줄을 미처 몰랐습니다」

이리하여 두 사람은 다시 친한 사이가 되어 죽음을 함께 해도 마음이 변하지 않는 그런 사이가 되었다(卒相與驩 爲刎頸之交)」

인상여도 위대하지만, 자기의 잘못을 뉘우치고 순식간에 새로운 기분으로 돌아가 깨끗이 사과를 하는 염파의 과감하고 솔직한 태도야말로 길이 우리의 모범이 아닐 수 없다.

문일지십 聞一知十

들을 聞 한 一 알 知 열 十

하나를 듣고 열을 미루어 앎. 곧 지극히 총명함.

— 《논어》 공야장편(公冶長篇)

이 말은 《논어》 공야장편에 나오는 말이다.

공자가 자공(子貢)을 불러 물었다.

「너와 안회(顔回) 둘 가운데 누가 낫다고 생각하느냐?」

공자의 제자가 3천 명이나 되었고, 후세에 이름을 남긴 제자가 72명이나 되지만, 당시 재주로는 자공을 첫손에 꼽고 있었다. 실상 안회는 자공보다 월등 나은 편이었지만, 그는 공자가 말했듯이 통 아는 기색을 하지 않는 바보 같은 사람이기도 했다. 공자는 안회와 자공을 다같이 사랑했지만, 안회를 나무란 일은 한 번도 없었다. 항상 꾸중을 듣는 자공이 실상 속으로는 안회를 시기하고 있었을 것으로 보는 사람들도 있다. 그래서 공자는 스스로 재주를 자부하고 있는 자공이 안회를 어떻게 보고 있는가가 궁금하기도 했다. 자공은 서슴지 않고 이렇게 대답했다.

「사(賜 : 자공의 이름)가 어찌 감히 회(안회)를 바랄 수 있습니까. 회는 하나를 들으면 열을 알고, 사는 하나를 들으면 둘을 알 뿐입니다(賜也何敢望回 回也聞一以知十 賜也聞一以知二)」

하나를 들으면 열을 안다는 것은, 한 부분만 들으면 전체를 다 안다는 뜻으로 후세 사람들은 풀이하고 있다. 하나를 들으면 둘을 안다는 것은 반쯤 들으면 결론을 얻게 되는 그런 정도라고나 할까. 공자는 자공의 대답에 만족했다. 역시 자공은 알고 있구나 하는 생각이 들었다. 그래서 「네가 안회만은 못하다. 나도 네 말을 시인한다」고 말했다.

물의 　物 議

일 物 의논할 議

세상 사람들의 평판이나 뒷소문.

— 《남사(南史)》 사기경전(謝幾卿傳)

「물의를 일으키다」라는 식으로 쓰인다.

《남사》 사기경전에 다음과 같은 이야기가 나온다. 사기경은 사령운(謝靈運, 385~433)의 증손으로 남조(南朝) 때 제나라와 양나라에서 관리로 있었다. 그는 어릴 때부터 영민해서 물에 빠진 아버지를 구하는 등 남다른 재주를 보였다.

그가 살았던 시대는 왕조의 몰락이 극심하고 사회적으로 혼란이 극에 달한 때였다. 때문에 그는 진작부터 정치에 뜻을 잃고 그저 술을 마시면서 세상 시름을 잊고 사는 쪽으로 나아갔다.

결국 술로 인해 불미한 일이 자주 벌어지자, 양무제(梁武帝) 보통(普通) 6년(525)에 면직당하고 귀향하였다. 그러나 여전히 교제하기 좋아하는 관리들이 술을 들고 찾아왔기 때문에 집안은 늘 떠들썩했다.

사기경은 특히 유중용(庾仲容)과 친했다. 두 사람은 뜻이 서로 맞아 의기투합하면 기분대로 자유롭게 행동했으며, 때로는 덮개가 없는 수레를 타고 교외 들판을 노닐면서 세상 사람들의 평판에는 조금도 개의치 않았다(二人意相得 竝肆情誕縱 或乘露車 歷游郊野 不屑物議).

이런 고사에서 「물의」라는 성구가 나왔는데, 오늘날에는 부정적인 의미로 더 많이 쓰인다. 이를테면 사람들에게 많이 알려진 사람이 음주운전을 했다든지 해서 신문이나 방송으로 알려지게 되면 「공인으로서 물의를 빚어 죄송하다」하는 식으로 사과하기도 한다.

문전성시 門前成市

문 門 앞 前 이룰 成 저자 市

권세가 있거나 부자가 되어 집문 앞이 방문객으로 저자를 이루다시피 함.

— 《한서》 정숭전(鄭崇傳)

권세를 잡고 있는 사람의 집 앞이 방문객들로 시장처럼 붐비는 것을 말한다.

한나라는 애제(哀帝) 때는 이미 멸망 직전에 있었다. 애제는 스무 살에 천자가 되었는데, 정치적 실권은 외척들의 손아귀에 들어 있고, 그는 다만 황제의 빈 자리만을 지키고 있을 뿐이었다. 그는 7년 만에 갑자기 죽고 말았다.

이 애제를 받들고 정치를 바로잡아 보려고 애쓴 신하 가운데 정숭(鄭崇)이 있었다. 정숭은 명문가 출신으로 그의 집은 대대로 왕가와 인척관계에 있었다. 처음 정숭은 애제에게 발탁되어 상서복야(尚書僕射 : 지금의 국무차관급)에 있었는데, 그 무렵 외척들의 전횡은 그 도가 지나쳐서 눈을 뜨고 볼 수 없을 정도였다.

보다 못한 정숭은 기회 있을 때마다 애제에게 대책을 건의했다. 애제도 정숭의 말에 귀를 기울이기는 했지만, 결국 외척 세력을 이겨내지 못하고 차츰 정숭을 멀리하게 되었다.

그 뒤 애제는 점점 자포자기가 되어 나라 일은 일체 돌보려 하지 않았다. 정숭은 계속 애제에게 간언을 하다가 나중에는 애제로부터 견책까지 받고 몸에 병을 얻기까지 했으나 참고 견뎠다. 이렇게 곤경에 빠져 있는 정숭을 보자, 그를 미워하고 있던 상서령 조창(趙昌)이 애제에게 모함을 넣었다.

「정숭은 왕실의 여러 사람들과 내왕이 빈번한 것으로 보아 아마도 무슨 음모를 꾸미고 있는 것 같습니다. 그를 취조해 보시기 바랍니다」

애제는 조창의 말을 그대로 믿고 정숭을 불러 문책했다.

「그대 집 앞은 사람이 시장바닥 같다는데, 무슨 일로 나를 괴롭히려 하는가?」

그러자 정숭이 대답했다.

「신의 문전은 시장바닥 같아도, 신의 마음은 물처럼 맑습니다」

이 말을 듣자, 애제는 성을 내며 그를 옥에 가두고 철저히 취조토록 명했다. 정숭은 끝내 옥중에서 죽고 말았다.

이 이야기는 《한서》 정숭전에 나온다. 「문전성시(門前成市)」란 말은 「신의 문전은 시장바닥 같습니다(臣門如市)」라고 한 데서 생긴 말로 출입하는 사람이 많다는 뜻으로 쓰인다.

우리말에 「세도 문 열었다」는 말이 있다. 세도를 부리는 집에는 언제나 찾아와서 청을 넣는 사람이 많기 때문에 생긴 말인데, 그것은 문전성시를 뜻하는 말이기도 하다. 문정약시(門庭若市)란 말도 있는데, 이것은 간하는 신하들의 많음을 표현한 《전국책》에 있는 말이다.

같은 뜻을 가진 말에 「문정여시(門庭如市)」가 있다. 《전국책》에 「군신(君臣)이 간(諫)을 일삼아 문정이 저자(市) 같다」라는 말이 있다. 역시 간언과 인연이 있는 셈이다.

「문정여시」도 물론 면회객이 많다는 말이지만, 실인즉, 이 말이 또 뒤에, 높은 자리에 있어 아첨하러 오는 자를 불러들이는 것을 비방하는 데 쓰이고, 전술한 「그대의 문앞은 저자와 같다」와 같이 쓰이게 되었다고 한다.

「문정여시」의 반대가 「문전작라(門前雀羅)」다. 방문객도 없이 대문 앞에 참새를 잡는 그물이 쳐 있을 정도로 쓸쓸한 모양이란 말이다.

미망인 | 未亡人

아닐 未 잃을 亡 사람 人

남편이 죽고 홀로 사는 여인.

— 《춘추좌씨전》 장공(莊公)

과부란 말을 듣기 좋게 말할 때 「미망인」이라고 한다. 미망인은 죽지 못한 사람이란 뜻이다. 남편을 따라 죽어야 마땅할 사람이 죽지 못하고 살아 있다는 뜻이니, 따지고 보면 「미망인」이라는 호칭은 실례가 되는 말 같기도 하다.

그러나 말은 말 자체가 가지고 있는 뜻보다는 일반 사회에서 받아들이는 뜻이 더 중요하기 때문에, 이 실례가 될 것 같은 말이 홀로 된 부인을 가리키는 품위 있는 말로 쓰이고 있는 것이다. 《춘추좌씨전》 장공(莊公) 28년(B.C 866)에 다음과 같은 이야기가 적혀 있다.

초나라 영윤(令尹 : 재상) 자원(子元)이 죽은 문왕(文王)의 부인 문부인(文夫人)을 유혹할 계획으로 부인이 있는 궁전 옆에 자기 관사를 짓고, 거기에서 은(殷)나라 탕(蕩)임금이 처음 만들었다는 만(萬)이란 춤을 추게 하며 음악을 울렸다. 부인은 음악소리를 듣자 눈물을 흘리며 말했다.

「선군께서는 이 춤의 음악을 군대를 조련할 때에 쓰시곤 했다. 그런데 지금 영윤은 이것을 원수들을 치기 위해 쓰지 않고 이 미망인 옆에서 하고 있으니 또한 이상하지 않은가」하고 불쾌한 표정을 지었다.

자원의 야심을 이미 눈치 채고 한 말이었다. 자원은 즉시 춤과 음악을 걷어치웠다. 그녀를 유혹해서 획책하고 있는 반역 음모에 도움을 받으려 했던 것인데, 오히려 역효과를 낼 것만 같은 생각이 들었기 때문이다.

여기서는 분명 과부 된 여자가 자신을 낮추어서, 죽지 못하고 살아 있는 몸이란 뜻으로 쓰고 있다.

316

미봉책 彌縫策

기울 彌 기울 縫 꾀 策

임시로 꾸며대어 눈가림만 하는 일시적인 계책.

—《춘추좌씨전》 환공(桓公)

「미봉(彌縫)」은 타진 곳을 임시로 기워 잇는다는 뜻이다. 이 말에서 임시로 꾸며대어 눈가림만 하는 계책을 「미봉책」이라 하게 되었다. 그러나 이 말의 유래는 꽤 오래다.

주(周)나라 환왕(桓王) 13년(B.C 707), 왕은 정나라를 치기로 결정한다. 이보다 앞서 왕은 정나라 장공(莊公)으로부터 왕실의 경사(卿士)란 직책을 거두어들였고, 이를 못마땅하게 생각한 정장공은 왕실에 대한 조공을 일체 중지해 버렸다. 환왕은 이 기회에 정나라를 쳐서 주나라 왕실의 위신을 회복할 생각이었다. 한왕은 괵·채·진·위 네 나라 군대도 함께 거느리고 위세 당당하게 정나라로 향했다. 이렇게 되자 정장공은,

「내란이 생겨 진(晉)나라 군사는 싸울 경황이 없을 테니, 먼저 이를 치면 곧 달아나게 될 것입니다. 그렇게 되면 다른 나라들도 지탱을 못할 것입니다. 그런 다음 왕이 지휘하는 군사를 집중 공격하면 승리는 우리의 것이 될 것입니다」하는 의견을 받아들여 작전을 짰다. 만백이 우익, 채중족이 좌익이 되어, 원번과 고거미가 중군을 이끌고 장공을 호위하여 어려진(魚麗陣)을 쳤다. 즉 전차부대를 앞세우고 보병을 그 뒤에 세워 전차의 틈 사이를 보병으로 미봉하게 했다. 사람으로 전차 사이사이를 이어 그물처럼 진을 친 것을 미봉이라 했다. 전차가 헝겊조각이라면 사람은 실이 된 셈이다. 미봉은 곧 기워 붙인다는 뜻이다. 여기에서 실패나 결점을 일시 얼버무려 나가는 것을 가리키는 「미봉책」이란 말이 생겨났다.

꼬리 尾 날 生 갈 之 믿을 信

너무 고지식해서 융통성이 없는 신의.

— 《사기》 소진열전(蘇秦列傳)

너무 고지식하기만 한 것을 가리켜 「미생지신」이라고 한다. 미생이란 사람의 옛이야기에서 생긴 말이다. 《사기》 소진열전에 보면, 소진(蘇秦)이 연(燕)나라 왕의 의심을 풀기 위해 하는 이야기 가운데 이런 것이 나온다.

소진은 연왕을 보고 말했다.

「왕께서 나를 믿지 않는 것은 필시 누가 중상하는 사람이 있기 때문일 것입니다. 실상 나는 증삼(曾參) 같은 효도도 없고, 백이 같은 청렴도 없고, 미생(尾生) 같은 신의도 없습니다. 그러나 왕께선 증삼 같은 효도와 백이 같은 청렴과 미생 같은 신의가 있는 사람을 얻어 왕을 섬기도록 하면 어떻겠습니까?」

「만족합니다」

「그렇지 않습니다. 효도가 증삼 같으면 하룻밤도 부모를 떠나 밖에 자지 않을 텐데, 왕께서 어떻게 그를 걸어서 천릿길을 오게 할 수 있겠습니까? 백이는 무왕의 신하가 되는 것이 싫어 수양산에서 굶어 죽고 말았는데 어떻게 그런 사람을 천 리의 제나라 길을 달려가게 할 수 있겠습니까. 신의가 미생 같다면, 그가 여자와 다리 밑에서 만나기로 약속을 해두고 기다렸으나, 여자는 오지 않고 물이 불어 오르는지라 다리 기둥을 안고 죽었으니, 이런 사람을 왕께서 천 리를 달려가 제나라의 강한 군사를 물리치게 할 수 있겠습니까? 나를 불효하고 청렴하지 못하고 신의가 없다고 중상하는 사람이 있지만, 그렇기 때문에 나는 부모를 버리고 여기까지 와서 약한 연나라를 도와 제나라를 달래서 빼앗긴 성을 다시 바치게 한 것이 아니겠습니까?」

소진의 묘

대충 이런 내용으로 연왕의 의심을 풀고 다시 후대를 받게 되었다는 이야기인데, 미생이란 사람은 다리 밑에서 만나기로 약속한 그것만을 지키느라 물이 불어 오르는데도 그대로 자리를 지키다가 죽었으니 얼마나 고지식하고 변통을 모르는 바보 같은 사람인가.

다리 밑이면 어떻고 다리 위면 무슨 상관이 있겠는가. 결국「미생지신」은 하나만 알고 둘은 모르는 바보 같은 신의를 말한다.

貪夫殉財兮 烈士殉名
탐부순재혜   열사순명

탐부(貪夫)는 재물에 목숨을 걸고, 열사(烈士)는 명예에 목숨을 버린다. 탐욕한 사람은 재화 때문에 물불을 가리지 않고, 열사는 명예를 위하여 목숨까지도 버린다.

— 《사기》 가의전(賈誼傳) —

바

반간계 | 反間計

돌이킬 反 사이 間 꾀 計

적의 첩자를 역이용하는 계책.

—《삼국지연의(三國志演義)》

적의 첩자가 아군에 잠입해 정탐을 하다가 발각된 뒤에 그를 역이용해서 반대로 아군을 위해 일하게 하는 계책을「반간계」라고 한다. 말하자면 이중간첩인 셈이다. 일찍이《손자병법》에서도

「반간이란 적의 첩자를 역이용하는 것이다(反間者 因其敵間而用之)」라고 나와 있다.

《삼국지연의》에 나오는 이야기다.

동오(東吳)의 도독 주유(周瑜)는 조조를 공격하려 했지만 조조 군중에 유능한 수군 장령들인 채모와 장윤이 장강 북안을 지키고 있기 때문에 승산이 없었다. 이때 마침 조조의 휘하에 있는 장간(蔣干)이 주유를 만나러 오군 진중에 왔다. 그는 지난날 주유와 교제가 두터웠다는 것을 이용해서 동오의 군사 기밀을 탐지하려는 속셈에서였다.

주유는 장간이 찾아온 속셈을 눈치 채고 채모와 장윤의 이름을 빌려 가짜 항복문을 위조해 놓았다. 그 편지에「미구에 조조의 목을 베어 바치겠다」는 말이 들어 있었다.

장간은 한밤중에 주유가 잠든 틈을 타서 이 항복문서를 발견하고는 즉시 그 편지를 품속에 품고 부랴부랴 돌아가서 조조에게 바쳤다.

이에 크게 노한 조조는 깊이 생각지도 않고 채모와 장윤을 죽여버리고 말았다. 이렇게 해서 주유의 반간계는 성공을 거두었고, 오나라 군사들은 나중의 전투에서 조조 군을 대파하게 되었다.

발본색원 拔本塞源

뽑을 拔 근본 本 막을 색, 변방 새 塞 근원 源

폐단의 근원을 아주 뽑아서 없애버림.

— 《춘추좌씨전》 소공(昭公) 9년

「발본색원」은 뿌리를 뽑고 근원을 막는다는 뜻이다. 뿌리를 뽑아버림으로써 다시 자라나는 것을 막을 수 있고, 근원을 막아버림으로써 다시 넘쳐흐르는 일이 없게 할 수 있다. 무슨 일을 다시금 후환이 생기지 않도록 완전히 처치해 버리는 것을 말한다.

이 말은 《춘추좌씨전》 소공(昭公) 9년에 나오는 주(周)나라 왕이 한 말이다.

「나는 백부(伯父)에게 있어서, 마치 옷에 갓이 있고, 나무와 물에 뿌리와 근원이 있고, 백성들에게 집 주인이 있어야 하는 것과 같다. 백부가 만일 갓을 찢어버리고, 뿌리를 뽑고 근원을 막으며, 집 주인을 아주 버린다면, 비록 저 오랑캐들이라도 나 한 사람을 우습게 볼 것이다(伯父若裂冠毀冕 拔本塞源 專棄謀主 雖戎狄其何有余一人)」

이 「발본색원」은 나중에 왕양명(王陽明)의 제자들이 엮은 《전습록(傳習錄)》 가운데 있는 「발본색원론」이란 장편의 논문에 의해 더욱 유명해졌다. 왕양명의 나이 55세 때 씌어진 이 글은 그의 정치철학을 보여주는 글로서 중시되어 왔다.

이 글의 서두에 이런 말이 있다.

「이 발본색원하는 논의가 천하에 밝혀지지 않는다면 천하에서 성인을 배우는 사람들이 장차 날로 번거로워지고 날로 어렵게 될 것이다. 이 사람들이 금수나 오랑캐와 같은 지경에 빠지고서도 스스로는 성인의 학문을 한다고 여기게 될 것이다」

반근착절 盤根錯節

밑받침 盤 뿌리 根 섞일 錯 마디 節

세력이 단단히 뿌리박혀 흔들리지 아니함.

— 《후한서》 우후전(虞詡傳)

「반근착절」은 뿌리가 많이 내리고 마디가 이리저리 서로 얽혀 있다는 뜻이다. 세력이 뿌리깊이 박혀 있고 당파가 잘 단결이 되어 있어 이를 제거하기가 어려울 때 쓰는 말이다.

이것은 《후한서》 우후전에 나오는 우후의 말이다.

후한의 황실에는 특히 눈을 끄는 대목이 있다. 열네 명의 황제 중 열두 명까지가 20세도 채 되지 않아 즉위했다. 이 사실은 어머니인 태후(太后)가 정치를 하여 측근의 폐해가 강해지는 것을 뜻한다. 이것도 그 무렵의 이야기다. 출생 후 백여 일만에 즉위한 상제(殤帝)가 재위 8개월 만에 죽자, 열세 살인 안제(安帝)가 위에 올랐다. 물론 어머니인 태후가 정사를 맡고 태후의 오빠 등즐(鄧騭)이 대장군이 되었다.

그 무렵 서북 변경에서는 이민족의 세력이 강성하여 병주(幷州)와 양주(涼州)는 때때로 침략당하고 있었다. 등즐은 국비 부족을 염려해서 양주를 포기하고 병주에 주력을 쏟으려고 했다. 이 때 이를 반대한 자가 있었다. 낭중(郎中)직에 있는 우후(虞詡)라는 사람이었다.

「함곡관의 서쪽에서는 장군이 나오고, 동쪽에서는 재상이 나온다고 합니다. 예부터 열사무인(烈士武人)으로서 관서의 양주 출신이 많지 않습니까. 이러한 땅을 강(羌 : 오랑캐)에게 맡긴다는 것은 결코 안 될 말입니다」

좌중은 모두 우후의 의견에 찬성했다. 등즐은 이 사건으로 우후를 심히 미워했다. 때마침 그 해 조가현(朝歌縣)에 수천의 도적떼가 일어나 고을의 장관과 수비병을 살해했다. 그러자 등즐은 우후를 조가현 장관에 임명했다. 자기 의견에 반대했다는 앙심 때문이었다. 친구들은 그의 불행을 위로하러 모였다. 그러나 우후는 웃으며 이렇게 말했다.

지금의 함곡관

「생각은 쉬운 것을 찾지 않고, 일은 어려운 것을 피하지 않는 것이 신하된 사람의 직분이다. 구부러진 뿌리가 엉클어진 마디(節)에 부딪치지 않으면 날카로운 칼날의 진가도 알 도리가 없지 않은가」

우후는 자진하여 고난 속에 뛰어들어 거기서 자기의 힘을 시험해 보려고 한 것이다. 여기서, 「반근착절을 만나 이기(利器)를 안다」 라는 말이 즐겨 쓰이게 되었다. 평화로울 때는 사람의 능력을 알 수 없다. 곤란한 경우를 당해야 비로소 알 수 있다는 것이었다. 「반근착절(盤根錯節)」 이란 말로 곤란을 상징하는 경우도 있다.

우후는 사실 반근착절에 견디어냈다. 그는 조가현에 도착하자 곧 행동을 개시했다. 전과자들을 불러모아 적 속에 잠입시켰으며 그 힘으로 적을 꼬여내서 죽이거나 여러 가지 기책(奇策)을 써서 마침내 적을 사방으로 흩어지게 만들었다고 전해진다. 후에 이민족들과 싸웠을 때도 종횡으로 그 기지(奇智)를 떨쳤다.

그는 그 후에도 여러 차례 공을 세워 높은 벼슬에 오르기는 했으나, 타고난 강직함은 절대로 굽히지 않았다. 그 때문에 궁정의 측근이나 환관들에게 미움을 받아 여러 번 형(刑)을 받았으나, 끝까지 굽히지 않고 권위에 맞서다가 죽었다. 최후까지 「반근착절」 에 도전을 계속했던 것이다. 반근(盤根)은 반근(槃根)으로도 쓴다.

반식재상　**伴食宰相**

의지할 伴 먹을 食 우두머리 宰 서로 相

무위도식으로 자리만 차지하고 있는 무능한 대신.

— 《십팔사략》 현종 3년, 《당서》 노회신전(盧懷愼傳)

　당나라 현종(玄宗)은 즉위한 이듬해(713년) 연호를 개원(開元)이라고 고치고 태평공주 일파의 음모를 제거하자, 다음 개원 2년에는 백관의 주옥금수(珠玉錦繡)를 궁전 안마당에 쌓아 놓고 불을 질렀으며, 백관에서 궁녀에 이르기까지 각각 그 직분에 걸맞은 의복을 규정하고 사치에 흐르는 것을 경계했다.

　국가의 치란흥망(治亂興亡)의 자취를 더듬어 보면, 군주의 사치와 후궁의 문란이 쇠망의 지름길이라는 것을 통감한 현종의 정치에 대한 굳은 결의가 엿보인다. 그 결의로서 현종은 현상(賢相)을 잘 쓰고 나아가서는 그 간언을 들어 정사에 정려했고, 또한 문학과 예술을 장려해서 「개원(開元)의 치(治)」라는 당나라의 최성기를 이루었다.

　현종을 도와 「개원의 치(治)」의 기초를 닦은 재상은 요숭(姚崇)이었다. 현종이 주옥금수를 불태워 사치를 훈계한 것도, 또 형벌을 바로잡고 부역과 조세를 감해서 민중의 부담을 가볍게 하는 한편 병농일치(兵農一致)의 개병(皆兵)제도를 고쳐 모병(募兵)제도로 한 것도 다이 요숭의 건의에 의한 것이었다.

　요숭은 백성을 위해서 꾀하는 것이 나라를 번영시키는 길이라는 원칙을 일관시키는 데 힘쓰고, 적어도 사사(私事)를 위해서는 감정을 겉으로 나타내는 법이 없었으며, 정치의 재결이 신속 정확한 것에 있어서는 그 어떤 재상도 미치는 자가 없었다고 한다. 그 일례로서 「반식재상」이라는 말이 생겼다.

언젠가 요숭은 일이 생겨 정무를 볼 수가 없어 황문감(黃門監)인 노회신(盧懷愼)이 대신 일을 보게 되었다. 노회신은 청렴결백하고 신변을 꾸미는 일이 없이 정무에 노력하는 사람으로서 요숭의 마음에 드는 국상(國相)이었으나, 요숭의 직무를 대행한 10여 년 동안 아무리 노력을 해도 요숭처럼 재결해 갈 수

천하태평을 비는 현종의 태산비명

가 없어 정무를 크게 지체시켰다.

노회신은 자기가 요숭에게 미치지 못함을 피부로 느껴 알고, 그 후부터는 만사에 요숭을 추천하며 사사건건 요숭과 상의하게 되었다. 그 때문에 당시 사람들은 노회신을 상반대신(相伴大臣)이란 뜻으로「반식재상」이라 불렀다.

이 말은 무능한 대신을 혹평하는 말로서 지금도 쓰이고 있으나, 당시의 사람들 마음으로서는 노회신을 냉소한다기보다 요숭에 대한 경의(敬意)에서 시작한 것이었다.

요숭 다음에는 송경(宋璟), 한휴(韓休) 등 현상(賢相)이 계속하여「개원의 치」를 발전시켰으나, 현종은 이 치세 후반에 총희인 무혜비(武惠妃)를 잃고 양귀비를 얻음으로써 정무에 권태를 느끼기 시작한다. 직언하는 자를 물리치고 간신들의 감언을 좋아하며 주색에 빠졌는데, 정무를 후궁의 환락으로 바꾸어 나라를 쇠망으로 이끈 종래의 군주와 같은 길을 걸었다.

발산개세 拔山蓋世

뽑을 拔 뫼 山 덮을 蓋 세상 世

힘이 산이라도 뽑아 던질 만하고 세상을 덮을 정도로 기력이 웅대함.

— 항우(項羽) 「발산기개세지가(拔山氣蓋世之歌)」

이 말은 용력과 패기를 말한 항우의 자기 자랑이었지만, 그 뒤로 이 「발산개세(拔山蓋世)」란 말은 항우를 상징하는 대명사처럼 되었고, 또 힘과 용맹을 표현하는 말로 흔히 인용되곤 한다. 이를테면 「제아무리 발산개세하는 놈이라도……」 하는 식으로 말이다.

항우가 한패공(漢沛公) 유방을 맞이하여 해하(垓下)에서 최후의 결전을 하던 날 밤이었다. 군대는 적고 먹을 것마저 없는데, 적은 겹겹이 둘러싸고 있다. 게다가 항우를 더욱 놀라게 한 것은 포위하고 있는 적군들이 사방에서 초나라 노래를 부르고 있는 것이었다. 〔☞ 사면초가〕

우미인

「이제는 다 틀렸다. 적은 이미 초나라 땅을 다 차지하고 만 모양이다. 그렇지 않고서야 초나라 사람들이 이토록 많이 적에 가담할 수가 없지 않은가」

최후의 결심을 한 항우는 장수들과 함께 결별의 술자리를 베풀었다. 그 자리에는 항우가 항상 진중에 함께 데리고 다니던 사랑하는 우미인(虞美人)도 함께 했다. 항우에게는 우미인처럼 늘 그와 운명을 같이 하다시피 한 오추마(烏騅馬)로 불리는 천리마가 있었다. 오추마를 추(騅)라고 불렀다. 술이 한잔 들어가자 항우는 감개가 더욱 무량했다. 슬픔과 울분이 한꺼번에 치밀어 올라 노래라도 한 수 읊지 않고는 도저히 견딜 수가 없었다.

힘은 산을 뽑고 기상은 세상을 덮었는데
때가 불리하니 추마저 가지 않누나.
추마저 가지 않으니 난들 어찌하리.
우(虞)야, 우야, 너를 어찌하리.

力拔山兮氣蓋世　時不利兮騅不逝　　역발산혜기개세　시불리혜추불서
騅不逝兮可奈何　虞兮虞兮奈若何　　추불서혜가나하　우혜우혜나약하

항우가 노래를 몇 곡 부르는 동안 우미인은 화답을 했다. 항우는 눈물이 몇 번이나 넘쳐흘렀다. 좌우에 있는 사람들은 그의 슬퍼하는 모습을 바로 쳐다보지 못했다. 노래를 마치고 항우는 우미인을 혼자 남아 있으라고 이렇게 위로하며 권했다.

우미인의 묘

「너는 얼굴이 아름다우니 패공의 사랑을 받아 목숨을 부지할 수가 있을 것이다」

그러나 우미인은 항우를 따라가겠다면서 단검을 받아 들고는 자결하고 만다. 남편의 짐이 되지 않기 위해서였다.

이 노래는 「발산기개세지가」라고도 하고, 「우혜가(虞兮歌)」라고도 한다.

「발산개세」는 보통 「역발산기개세(力拔山氣蓋世)」라고 한다.

발 호 　 跋 扈

밟을 跋　뒤따를 扈

함부로 날뛰다.

―《후한서》 양기전(梁冀傳)

　발(跋)은 뛰어넘는다는 뜻이고, 호(扈)는 대나무로 만든 통발을 말한다. 통발을 물에 넣으면 작은 물고기들은 힘이 없어서 그대로 남지만 큰 물고기들은 이를 뛰어넘어 달아난다는 데서 나온 말이다.

　「발호(跋扈)」는 아랫사람 또는 신하가 윗사람 또는 임금을 우습게 보고 권한을 침범하는 경우에 쓰는 말이다.

　《후한서》 양기전에 있는 이야기다.

　후한의 양기는 외모가 아주 특이한 사람이었다. 어깨는 성이라도 난 듯이 늘 들썩거렸고, 눈은 날카롭기 짝이 없었다. 또 눈동자는 남을 꿰뚫을 듯 섬광이 번뜩였고, 말투는 더듬거려 분명하게 알아들을 수가 없었다.

　순제(順帝) 때 그는 대장군에 임명되었다. 그러나 그 기질은 그대로여서 포악함은 극에 달했다. 순제가 죽자 그는 두 살 난 충제(沖帝)를 왕위에 올렸으며, 이듬해 충제가 죽자 이번에는 여덟 살짜리 질제(質帝)를 황제에 등극시켰다.

　질제는 어리지만 총명해서 양기의 교만하고 방자한 성질을 잘 알고 있었다. 일찍이 조회가 있을 때 양기를 평하면서 신하들에게 이렇게 말했다.

　「그는 발호장군이다. 도무지 제멋대로란 말이야」

　이 말을 들은 양기는 황제를 몹시 미워하게 되고 급기야는 임금을 독살해 버리고 말았다. 그런 다음 다시 환제를 세우고, 이고(李固)와 두

교(杜喬)는 죄를 뒤집어씌워 살해해 버렸다.

나라 안은 이런 일련의 일들로 해서 탄식과 두려움으로 가득 차게 되었고 민심 또한 극도로 흉흉해졌다.

그의 권력이 얼마나 대단했는지는, 세시(歲時) 때가 되어 헌상한 물품들이 도성에 도착하면 최상급품은 먼저 양기의 집으로 옮겨졌고, 천자에게는 한 등급 아래의 물품이 보내졌다는 것만 보고도 잘 알 수 있었다.

이후 그의 가문은 크게 번성해서 일곱 명의 제후(諸侯)와 세 명의 황후를 배출했으며, 여섯 명의 귀인(貴人)과 장군도 둘이 나왔다. 그가 재직한 20년 남짓한 세월에 영화는 극에 달했고, 권세는 조정의 안팎에 넘쳐나 모든 관리들이 두려움에 떨며 감히 그의 명령에 거역할 사람이 없었다.

천자는 몸을 삼가고 정치를 아예 그에게 맡겨버려 천자가 직접 정치에 간섭하는 일도 드물게 되었다. 천자는 오래 전부터 이것을 몹시 불만스럽게 여기고 있었다. 그러다가 마침내 견디다 못해 계략을 꾸며 양기를 제거하고 조정의 안팎에 널리 깔려 있는 그의 일족과 친척들을 남녀노소를 가리지 않고 모두 도륙하고 그 시체를 시장바닥에 내걸었다.

그 밖에도 양기에게 빌붙던 벼슬아치와 교위, 자사, 군수 등 처형된 사람이 부지기수였다.

양기가 임명한 관리들 중 면직된 사람만도 3백여 명에 이르러서 조정은 삽시간에 텅 비어버렸다.

천자는 또 양기의 재산 30여만 석을 몰수하여 천자의 창고에 두고 그것을 재정에 충당하자 백성들의 세금이 반으로 줄었다고 한다. 그만큼 양기는 엄청난 권력과 부를 누렸던 것이다.

방약무인 傍若無人

곁 傍 같을 若 없을 無 사람 人

남의 입장을 생각지 않고 거리낌 없이 함부로 행동함.

— 《사기》 자객전(刺客傳)

전국시대도 거의 진(秦)의 통일로 돌아가 시황제의 권위가 군성(群星)을 눌렀을 때의 일이다. 위(衛)나라 사람으로 형가(荊軻)라는 자가 있었다. 선조는 제(齊)나라 사람이었으나, 그는 위(衛)로 옮겨 살며, 거기서 경경(慶卿)이라 불리었다. 책을 읽는 것과 칼을 쓰는 것을 즐겨했다. 국사에도 마음을 쓰고 있었으므로 위의 원군(元君)에게 정치에 대한 의견을 말했으나 채택되지 않았고, 그 후로는 제국을 표박(漂迫)하며 돌아다닌 듯하다. 사람 됨됨이 침착하여 각지에서 현인, 호걸과 사귀었다. 그 유력(遊歷)하는 동안의 이야기로서 다음과 같은 것이 전해진다.

산서(山西)의 북부를 지날 때, 개섭(蓋聶)이라는 자와 칼에 대해 논했다. 개섭이 화를 내고 노려보자, 형가는 곧 일어나 떠나버렸다. 어떤 이가 개섭에게 형가하고 다시 한번 논하면 어떻겠느냐고 하자,

「아니야, 여관에 가 보게나, 벌써 떠나고 없을 테니까」

그래서 사람을 시켜 여관에 가 보니 과연 형가는 떠나버린 뒤였다. 이 말을 들은 개섭은,

「물론 그렇겠지. 방금 내가 노려보아 위협을 주었으니까」

또 형가가 한단(邯鄲)에 갔을 때다 노구천(魯句踐)이란 자와 쌍륙(雙六) 놀이를 하여 승부를 다투었다. 노구천이 화를 내며 소리치자 형가는 말없이 도망쳐 다시는 돌아오지 않았다고 한다.

그는 연(燕)나라로 갔다. 거기서 사귄 것이 전광(田光)과 축(筑)의 명수인 고점리(高漸離)였다. 축은 거문고와 비슷한 악기로서 대나무로 만

든 현을 퉁겨서 소리를 낸다. 이 두 사람과 형가는 날마다 큰 길거리로 나가 술을 마셨다. 취기가 돌면 고점리는 축을 퉁기고 형가는 거기에 맞추어 노래하며 함께 즐겼다. 감상이 극에 달하면 함께 울기도 했다. 마치 곁에 아무도 없는 것 같았다(傍若無人).

역수 가

「방약무인」이란 말은 《사기》 자객전에 나오는 것이 처음이다. 곁에 아무도 없는 것같이 남의 눈도 생각하지 않고 제멋대로 행동하는 것이다. 그 때의 사람들은 대개가 형가의 이 행동을 그렇게 생각하고 있었겠지만, 「방약무인」하면 제 고집만을 주장하는 무례함을 가리키는 수가 많다. 열심히 골몰해서 「방약무인」한 것과 그저 품성에 따라 그런 것과 사람에 따라 각각 다르다.

형가는 나중에 연나라 태자 단(丹)의 부탁을 받고 진왕(秦王)을 쓰러뜨리기 위해 죽음을 다짐한 길을 떠난다. 배웅하는 사람들 틈에 고점리도 있었는데, 그들은 마침내 역수(易水) 가에서 작별하게 되었다. 이때 고점리는 축을 퉁기고 형가는 화답해서 저 「풍소소혜역수한(風簫簫兮易水寒)……」의 노래를 불렀다.

이 두 사람, 형가는 끝내 성사시키지 못한 채 죽고, 고점리는 뒤에 장님이 되면서도 친구의 원수를 갚으려고 진왕을 노리다가 역시 실패하여 형가의 뒤를 따라가게 된다. 그리하여 앞서 말한 노구천은 형가에 대한 자기의 불명(不明)을 부끄럽게 생각했다고 한다. 그러나 이 역수에서 이별할 때, 두 사람은 그와 같은 일을 알 턱이 없었다. 한 사람은 축을 퉁기고 한 사람은 노래하며 마치 곁에 아무도 없는 듯했었을 것이다.

배반낭자　杯盤狼藉

잔 杯　쟁반 盤　어지러울 狼　자리 藉

술 마신 자리의 어지러운 모습.

— 《사기》 골계열전(滑稽列傳)

　「배반이 낭자하다」는 말은 널리 쓰이는 말이다. 술잔과 안주 접시가 질서 없이 뒤섞여 있다는 뜻으로, 술을 진탕 마시며 정신없이 놀고 난 자리의 어지러운 모습을 말한다. 《사기》 골계열전의 순우곤전에 나오는 순우곤(淳于髡)의 이야기 속에 있는 말이다.

　전국시대 초기, 제(齊) 위왕(威王) 때 순우곤(淳于髡)이란 키가 작고 익살스런 사람이 있었다. 때마침 제(齊)가 초(楚)의 공격을 받고 있었기 때문에 조(趙)로 원병을 청하게 되었다. 그 때 순우곤이 제의 사신으로 조나라에 가서 보기 좋게 10만 정병을 얻는 데 성공, 때문에 초는 손을 뗄 수밖에 없게 되었다. 그래서 바야흐로 제나라의 후궁에서는 축하연이 한창이었다.

　위왕은 그 자리의 주인공 순우곤에게 물었다.

　「선생은 어느 정도 마시면 취하는지?」

　「한 말로도 취하고 한 섬으로도 취합니다」

　곤은 수수께끼를 좋아하는 제왕에게 수수께끼 같은 대답을 하였다. 그러자 제왕은 그 설명을 재촉했다.

　「한 말로 취하는 사람이 한 섬을 마실 수야 없지 않겠소 어떻게 하는 말씀이신지?」

　순우곤은 점잔을 빼면서, 술이란 마시는 사람의 기분에 따라 취하는 양이 달라지는 예를 차례로 들어 말하며, 끝으로 한 섬을 마시게 되는 경우를 말했다.

「날이 저물어 술이 얼근해졌을 때, 술통을 한데 모으고 무릎을 맞대며 남자와 여자가 한자리에 앉아, 신발이 서로 엇갈리고, 술잔과 안주 접시가 어지럽게 흩어져 있는데 방에 촛불이 꺼지며(……杯盤狼藉 堂上燭滅), 주인이 나만을 붙들어 두고 다른 손들을 보냅니다. 어둠 속에 더듬어 보면 비단 속옷의 옷깃이 풀어진 채 은은히 향수 냄새가 풍기고 있습니다. 이런 때에는 내 마음이 아주 즐거워서 능히 한 섬 술이라도 마실 수 있습니다. 그러기에 말하기를, 술이 극도에 달하면 어지러워지고, 즐거움이 극도에 달하면 슬퍼진다고 합니다. 술뿐이 아니고 모든 일이 다 그렇습니다」

이것은 순우곤이 위왕을 간하기 위해 꾸며낸 이야기다. 그 뒤로 제위왕은 밤 깊도록 술을 마시는 일을 중지하고 곤을 제후의 주객으로서 연회시에는 반드시 자기 곁에 두었다고 한다.

「골계전」의 골계(滑稽)는 익살이란 뜻이다.

순우곤은 웃기는 가운데 뜻이 있는 말로써 상대의 마음을 돌려놓는 그런 익살꾼이었다.

「배반낭자」는 소식(蘇軾 : 자는 동파)의 명문「전적벽부」에도 나온다. 소식이 친구와 마시고 이야기하며「효핵(肴核 : 술안주)이 이미 떨어져 배반낭자하다」라고 말하고 있다.

時難得而易失
시 난 득 이 이 실

시기는 얻기 어려우나 잃기는 쉽다.
좋은 시기는 얻기가 매우 힘들고 잃기는 너무도 쉬운 것이다.
―《사기》제대공세가(齊大公世家) ―

배수진 背水陣

등 背 물 水 진 陣

죽을 각오로 싸움에 임하는 경우의 비유.

— 《사기》 회음후열전(淮陰侯列傳)

「배수진」은 물을 뒤에 등지고 친 진을 말한다. 「배수진을 쳤다」 하는 말은, 죽을 각오로 마지막 승부에 임하는 것을 말한다. 임진왜란 때 신립(申砬) 장군이 문경 새재(鳥嶺)로 넘어오는 적을 새재에서 막을 생각을 않고 충주에서 배수진을 치고 있다가 여지없이 패해 전사한 이야기는 너무도 유명하다. 이 배수진을 쳐서 최초로 성공한 사람은 한신(韓信)이다. 이때부터 배수진이란 말이 전해지게 되었다. 한신이 조나라를 칠 때 이야기다. 한신은 작전을 짜 놓고 부하 장수들에게,

「우리 주력부대는 퇴각을 한다. 그것을 보면 적은 진지를 비우고 우리를 추격해 올 것이다. 그러면 제군들은 재빨리 조나라 진지로 들어가 조나라 기를 뽑아 버리고 한나라의 붉은 기를 세워라」 하고 이른 다음, 부관들에게 가벼운 식사를 시키고 나서는 또, 「오늘 아침은 조나라를 이기고 난 다음 모여서 잘 먹기로 하자」 하고 모든 장수들에게 전하게 했다.

장수들은 알았다고 대답만 할 뿐 속으로는 코웃음을 쳤다. 한신은 군리(軍吏)들에게 이렇게 말했다.

「조나라 군사는 유리한 곳을 점령하여 진을 치고 있기 때문에 싸움을 서두르지 않을 것이다. 그리고 적은 우리 쪽 대장기를 보기 전에는 나와 싸우려 하지 않을 것이다」

이리하여 한신은 1만의 군사를 먼저 가게 하여 물을 등지고 이른바 배수진을 치게 했다. 조나라 군사들은 이것을 바라보며 병법을 모르는 놈들이라고 크게 웃었다. 날이 밝자, 한신은 대장기를 세우고 산길을 빠져나갔

다. 조나라 군사는 진문을 열고 나와 맞아 싸웠다. 잠시 격전을 계속한 끝에 한신은 거짓 패한 척하며 기를 버리고 강 근처에 배수진을 치고 있는 군사와 합류했다.

조나라 군사는 이를 보는 순간, 과연 진지를 텅 비워 두고 앞다투어 한신의 군사를 쫓았다. 그러나 한신의 군사는 결사적인 반격으로 적을 물리쳤다. 이 사이에 한신이 산속에 매복시켜 놓았던 기

한신이 배수진을 쳤던 미수

마부대가 조나라 진지로 달려가 조나라 기를 뽑고 한나라 기를 세워 두었다.

한신을 추격해서 이기지 못하고 돌아오던 조나라 군사는 붉은 기를 바라보는 순간 이미 진지가 적의 수중에 든 줄 알고 당황하기 시작했다. 여기에 한신의 군사가 뒤를 다시 덮치고 들자 앞뒤로 적을 맞은 조나라 군사는 싸울 용기를 잃고 뿔뿔이 흩어져 버렸다. 그리하여 대장은 죽고 왕은 포로가 되었다.

승리를 축하하는 술자리에서 모든 장수들은 한신에게 물었다.

「병법에는 산을 등지고 물을 앞으로 진을 치라고 했는데, 장군께선 물을 등지고 진을 쳐서 이겼습니다. 그리고 조나라를 이기고 나서 아침을 먹자고 하시더니 과연 말대로 되었습니다. 이것은 무슨 전법입니까?」

그러자 한신은 대답했다.

「이것은 병법에 있는 것이다. 제군들이 미처 몰랐을 뿐이다. 병법에 『죽을 땅에 빠뜨려 두어야 사는 길이 있다』고 하지 않았는가. 그리고 우리 군사는 아직 오합지졸이다. 이들을 결사적으로 싸우게 하려면 죽을 곳을 뒤에 두지 않으면 안된다」

모든 장수들은 탄복했다.

배중사영 杯中蛇影

잔 杯 가운데 中 뱀 蛇 그림자 影

쓸데없는 일을 의심하여 근심을 만듦의 비유.

—《풍속통(風俗通)》

「노루가 제 방귀에 놀란다」는 속담이 있다. 말뚝에 제 옷자락이 박혀 「이놈아 놓아라, 이놈아 놓아라!」 하며 밤을 새웠다는 옛이야기도 있다.

마음이 약한 사람이 엉뚱한 것을 보고 귀신이나 괴물인 줄로 잘못 아는 것을 가리켜 「배중사영(杯中蛇影)」이라고 한다. 「잔속에 비친 뱀의 그림자」란 뜻이다.

벽에 걸린 활이 뱀의 그림자처럼 잔 속에 비치는 바람에 그 술을 마시고 병이 들었다는 이야기에서 나온 말이다.

후한 말기의 학자 응소(應邵)가 지은 《풍속통》에 이런 웃지 못할 얘기가 있다.

「세상에는 이상한 것을 보고 놀라 스스로 병이 되는 사람이 많다. ……우리 할아버지 응빈(應彬)이 급현(汲懸)의 원이 되었을 때의 일이다.

하짓날 문안을 온 주부(主簿 : 수석 사무관) 두선(杜宣)에게 술을 대접했다. 마침 북쪽 벽에 빨간 칠을 한 활이 하나 걸려 있었는데, 그것이 잔에 든 술에 흡사 뱀처럼 비쳤다. 두선은 오싹 놀랐으나 상관의 앞이라서 그냥 아무 말도 못하고 억지로 마셨다.

그런데 그날로 가슴과 배가 몹시 아프기 시작, 음식을 먹지 못하고 설사만 계속했다. 그 후로도 아무리 해도 낫지 않았다. 그 뒤 할아버지께서 볼 일도 있고 해서 두선의 집으로 문병을 가서 병이 나게 된 까닭을 물었더니, 두선은 사실대로 이야기했다.

집으로 돌아온 할아버지는 두선에게서 들은 이야기를 놓고 여러 모로 생각한 끝에 벽에 걸린 활을 돌아보더니, 『저것이 틀림없다』 하고, 사람을 보내 두선을 가마에 태워 곱게 데려오게 했다. 그리고는 자리를 전과 똑같은 위치에 차리고 술을 따라 전과 같이 뱀의 그림자가 비치게 한 다음 그에게 말하기를, 『보게, 이건 벽에 걸린 활의 그림자가 술에 비친 걸세. 괴물이 무슨 괴물이란 말인가』 하고 일러주었다. 그러자 두선은 갑자기 새 정신이 들며 모든 아픈 증세가 다 없어졌다」

이 응빈의 옛이야기에서 공연한 헛것을 보고 놀라 속을 썩이는 것을 가리켜 후세 사람들이 「배중사영」 이라고 한다.

의심을 품으면 아무것도 아닌 것에도 신경을 쓴다는 것으로 이 말이 쓰이게 되었다. 「배중(杯中)의 사영(蛇影)일 뿐」 하면 별로 걱정할 것이 못된다는 말이 된다. 「의심이 암귀를 낳는다(疑心生暗鬼)」 라는 말과 일맥상통되는 말이다. 굳이 요새말로 하면 노이로제라고 할 수 있을 것이다. 〔☞ 의심생암귀〕

응빈은 차분하고 눈이 밝은 사람이었던 모양이다. 또 현 관청에 나타난다는 도깨비를 여우라고 간파한 이야기도 있다. 후에 좌복야(左僕射)까지 올랐으나, 우연히 뜻하지 않은 일에 연좌되어 불행하게 세상을 떠났다.

斷而敢行 鬼神避之
단 이 감 행　귀 신 피 지
단호하게 일을 행하면 귀신도 길을 피해 그 사람의 의지에 따른다.
— 《사기》 이사전(李斯傳) —

백구과극 白駒過隙

흴 白 말 駒 지날 過 틈 隙

세월이 빨리 흐름을 비유하여 이르는 말.

— 《장자》 지북유편(知北遊篇)

「백구과극」은 흰 말이 문틈으로 휙 달려 지나간다는 말이다. 즉 세월이 빨리 흐르는 것을 비유하는 말이다.

《장자》 지북유편에 이런 이야기가 나온다.

사람이 천지 사이에서 사는 것은 흰 말이 빈 틈새를 달려 지나가는 것과 같이 순간일 뿐이다(人生天地之間 若白駒之過隙). 모든 것들은 물이 솟아나듯 문득 생겨났다가 물이 흘러가듯이 아득하게 사라져 간다. 일단 변화해서 생겨났다가 다시 변화해서 죽는 것이다.

생물은 이를 슬퍼하고 사람들도 애달파한다. 죽음이란 화살이 활통을 빠져나가고 칼이 칼집에서 빠져나가는 것처럼 분주하고 완연하니 혼백이 장차 가려고 하면 몸도 이를 따르는 법이다.

이 얼마나 거대한 돌아감인가!

爲大盜賊
위 대 도 적

큰 도적을 위해서 재물(財物)을 쌓는다.

재산을 지키기 위한 연구는 오히려 도둑을 위하여 짐을 싸려 주는 거나 마찬가지다. 자루나 궤짝을 열고 훔치는 것은 좀도둑이며, 큰 도둑에게는 오히려 그 자루나 궤짝에 묵직한 자물통이 채워져 있는 편이 통째로 훔쳐 가기에 수월하다.

— 《장자》 외편 —

백년하청 百年河淸

일백 百 해 年 강 河 맑을 淸

아무리 오래 되어도 사물이 이루어지기 어려움의 비유.

— 《춘추좌씨전(春秋左氏傳)》

「백년하청」이란 말은, 아무리 기다려도 소용이 없다는 뜻으로 쓰인다. 중국의 황하(黃河)는 항상 물이 누렇게 흐려 있기 때문에 백년에 한 번 물이 맑아질 때가 있거나 한다는 말에서 생겨난 말이다. 원래는 백년하청을 기다린다고 하던 것이, 기다린다는 말 없이 백년하청만으로 같은 뜻을 나타내고 있다.

《춘추좌씨전》에 이런 이야기가 있다.

초(楚)나라가 정(鄭)나라로 쳐들어오자, 정나라에서는 항복을 하자는 측과 진(晉)나라의 구원을 기다려 저항을 해야 한다는 측이 맞서 의견의 일치를 보지 못했다. 이때 항복을 주장하는 측의 자사(子駟)가 말했다.

「주나라 시에 말하기를『하수(河水)가 맑기를 기다리고 있으면 사람은 늙어 죽고 만다. 여러 가지를 놓고 점을 치면 그물에 얽힌 듯 갈피를 못 잡는다』고 했다. 우선 급한 대로 초나라 군사를 맞아 그들의 말을 따르기로 하고, 진나라 군사가 오면 또 진나라를 좇으면 그만이다. 우리는 그들을 맞이할 선물이나 준비해 두고 기다리는 것이 마땅하다」

결국 어느 세월에 진나라 구원병 오기를 기다릴 수 있겠느냐 하는 뜻으로, 황하가 맑기를 기다리는 부질없음을 예로 든 것이다.

「부지하세월(不知何歲月)」과 비슷한 말이다.

백룡어복 白龍魚服

흰 白 용 龍 물고기 魚 입을, 옷 服

귀인이 천민 행색을 흉내 냄.

—유향 《설원(說苑)》

귀인(貴人)이 천민 행색을 흉내 내는 것을 비유하여 이르는 말이다.

한나라 유향(劉向)이 편찬한 《설원》에 이런 이야기가 있다.

어느 날 백룡(白龍) 한 마리가 물고기로 변해서 인간 세상에 내려와 놀았다. 백룡이 한창 맑은 강물에서 재미있게 놀고 있을 때였다. 갑자기 어부인 예차(豫且)가 이 거대한 물고기를 발견하고는 곧 활을 쏘았다. 화살에 정통으로 왼쪽 눈을 맞은 백룡은 황급히 하늘로 날아 올라가서 이 일을 천제(天帝)에게 고해바치면서 예차를 징벌해 달라고 하였다.

자초지종(自初至終)을 다 듣고 난 천제가 말하기를,

「어부는 본래 고기잡이를 업으로 하는 사람이니만큼 예차가 쏜 것은 백룡인 네가 아니라 물고기였는데, 그에게 무슨 죄를 물을 수 있겠느냐. 누가 너더러 물고기로 변신을 하라고 했더냐?」하였다.

후한(後漢) 사람 장형(張衡, 78~139)이 쓴 《동경부(東京賦)》에 보면, 「백룡이 물고기로 변해서 예차의 손에 의해 곤욕을 치렀다(白龍魚服見困豫且)」라는 구절이 있는데, 「백룡어복」이라는 말은 여기에서 유래한 것이다.

옛사람들은 귀인이 천민 행색을 차리고 민간으로 출행(出行)하는 것을 이 성구를 빌려 비유했다.

우리나라의 조선시대 숙종 임금이 가끔 평민 복장을 하고 궁궐을 나와 민정을 시찰하곤 했는데, 이 또한 「백룡어복」이라 하겠다.

백면서생 白面書生

흰 白 얼굴 面 글 書 선비, 날 生

글만 읽고 세상일에 경험이 없는 사람.

— 《송서》 심경지전(沈慶之傳)

남북조시대 송(宋)나라 장수로서 무명(武名)을 떨친 심경지가 임금을 설득할 때 인용한 말이다. 《송서》 심경지전에 나오는 말이다.

심경지는 어릴 때부터 무예를 닦아 그 기량이 빼어났는데, 불과 10세의 나이로 반란군 진압에 공을 세웠을 정도다.

남북조시대 북위(北魏)의 태무제는 원가(元嘉) 26년(449년)에 군사를 일으켜 유연(柔然)을 공격했다. 이 틈을 이용해서 송나라의 문제가 북위를 공격하고자 하였다.

그래서 권신들에게 이 문제를 논의하기 위해 회의를 소집했는데, 문신(文臣)들은 모두 출병에 찬성했다.

이때 교위(校尉)로 있던 심경지가 나서서 문제에게 충고했다.

「밭을 가는 일을 알려면 종들에게 물어보고, 베 짜는 일을 알려면 하녀에게 물어보아야 하는 법입니다. 지금 폐하께서는 적국인 북위를 공격하려고 하시는데, 저따위 얼굴이 하얀 샌님들에게 물어 일을 도모하신다면 어떻게 성공하신단 말입니까?」

원래 무가(武家)에서 자란 문제는 이 말을 듣고 문약(文弱)에 빠진 권신들과 서슬이 시퍼런 심경지의 강직함이 묘한 대조를 이루자 웃음을 참지 못하고 가가대소(呵呵大笑)했다고 한다.

그러나 이 같은 심경지의 충고에도 불구하고 문제는 문신들의 건의대로 출병했다가 대패하고 말았다.

백낙일고 伯樂一顧

맏이 伯 음악 樂 즐거울 樂 한 一 돌아볼 顧

자기의 재능을 남이 알아주어 인정을 받는 것을 비유하여 이르는 말

— 《전국책(戰國策)》

백낙(伯樂)은 원래 별의 이름이다. 이 별은 하늘에서 말을 다스리는 일을 맡고 있기 때문에 남의 말의 좋고 나쁜 것을 잘 아는 사람을 「백낙」이라고 부르게 되었다.

하루 천 리를 달릴 수 있는 말도 이를 알아주는 사람이 없으면 짐수레를 끌며 늙고 만다는 뜻이다. 즉 아무리 재주가 뛰어난 사람도 이를 알아주는 사람이 없으면 출세를 하지 못함을 이르는 말이다.

춘추시대 진목공(秦穆公 : 재위 B.C 660~621) 때 손양(孫陽)이란 사람이 말을 잘 알아보았기 때문에 세상 사람들은 그를 백낙이라 불렀다. 언젠가 손양이 천리마가 다른 짐말과 함께 소금수레를 끌고 고갯길을 올라오는 것을 마주치게 되었다. 말은 고갯길로 접어들자 발길을 멈추고 멍에를 맨 채 땅에 무릎을 꿇었다. 그리고는 손양을 쳐다보며 큰 소리로 울었다. 손양은 수레에서 내려,

「너에게 소금수레를 끌리다니!」 하며 말의 목을 잡고 함께 울었다. 말은 고개를 숙여 한숨을 짓고 다시 고개를 들어 울었다. 그 우렁차고 슬픈 소리는 하늘에까지 울렸다.

이 이야기는 《전국책》과 그 밖의 책들에서 볼 수 있는데, 이 손양의 이야기는 「염거지감(鹽車之憾)」 즉 「소금수레의 원」이라고 하여 재주 있는 사람이 때를 만나지 못하고 아까운 재주를 썩히며 고생하는 것에 비유되기도 한다.

백낙과 천리마 이야기는 꽤 오랜 옛날부터 전해오고 있는데, 가장 널

리 알려진 것은 한유(韓愈)의 《잡설(雜說)》에 나와 있다. 잡설은 수필과 비슷한 뜻이다.

「세상에 백낙이 있은 뒤에라야 천리마가 있는 법이다. 천리마는 항상 있지만, 백낙은 항상 있지 못하다……(世有伯樂然後有千里馬 千里馬常有而伯樂不常有……)」

이것은 유명한 말이다. 세상에 인재는 늘 있는 법이다. 다만 그 인재를 알아주는 인물이 없다는 것을 힘주어 말한 데 특색이 있다. 또 천리마는 때로는 한 끼에 곡식 한 섬을 먹는데, 말을 먹이는 사람은 그것이 천리마인 줄을 모르고 먹이는 터라 말은 배가 고파 힘을 낼 수 없어 그 능력을 보여줄 수 없게 된다고 했다.

아무리 재능이 있는 사람일지라도 그 재능을 발휘할 수 있는 여건이 이루어지지 못하면 보통 사람보다 오히려 더 못해 보일 경우도 있다는 것을 비유해 말한 것이다. 한신 같은 재주도 장양(張良)과 소하(蕭何)만이 알았고, 범증 같은 모사도 항우 밑에서는 아무 소용이 없었던 것이다.

《전국책》에 이런 이야기가 있다.

「어떤 사람이 백낙을 만나 말하기를 『제게 준마가 한 필 있어 지난번에 팔려고 했습니다. 그러나 사흘이나 저잣거리에 내놓았지만 누구한 사람 거들떠보지도 않더군요 청컨대 제 말을 한번 살펴보아 주십시오 사례는 충분히 하겠습니다』했습니다. 그래서 백낙이 가서 그 말을 한번 살펴보고는 돌아갔습니다. 그러자 말 값이 갑자기 열 배로 치솟으며 서로 사겠다고 아우성을 쳤다는 것입니다」

이 이야기에서 「백낙이 한번 돌아보았다(伯樂一顧)」는 성구가 나왔는데, 아무리 역량이 탁월한 사람도 뛰어난 사람의 인정을 받아야 그 가치가 드러난다는 뜻으로 사용되고 있다.

백문불여일견 百聞不如一見

일백 百 들을 聞 아니 不 같을 如 볼 見

무엇이든지 실제로 경험해야 확실히 안다.

— 《한서》 조충국전(趙充國傳)

글자 그대로 백 번 듣는 것이 한 번 보는 것만 못하다는 말이다. 우리 속담에 「귀 장사 말고 눈 장사하라」는 말이 있다. 소문만 듣고 쫓아다니지 말고 눈으로 직접 보고 나서 행동하라는 뜻이다.

《한서》 조충국전에 나오는 이야기다. 한나라 선제 신작 원년에 강(羌)이라는 티벳 계통의 유목민족이 반란을 일으켰다. 선제는 어사대부 병길을 후장군 조충국에게 보내, 누가 장군으로 적임자인가를 물었다. 그러자 조충국은,

「내 비록 늙었지만, 나보다 나은 사람은 없습니다」하고 대답했다.

그는 한무제 당시 흉노와 싸워 많은 공을 세운 장수였다. 그 해 이미 그의 나이 벌써 70이 넘었지만 아직 원기 왕성했다. 선제는 병길의 보고를 듣고는 곧 조충국을 불러들여 물었다.

「반란군 진압에 장군은 어떤 군략을 쓸 것인가, 또 병력은 어느 정도 필요하고?」그러자 조충국은 대답했다.

「백 번 듣는 것이 한 번 보는 것만 같지 못합니다. 군사 일이란 멀리 떨어져 있어서는 계획을 짜기 어렵습니다. 신은 급히 금성(金城)으로 달려가 현지 도면을 놓고 방안을 짜기를 바라고 있습니다」

선제는 웃으며 이를 승낙했다. 이리하여 조충국은 금성으로 달려가 현지답사로서 정세를 파악한 다음 둔전책(屯田策)을 세웠다. 즉 보병 약 만 명을 각지에 배치시켜 농사일을 해가면서 군무에 종사하게 했다. 그 자신도 그곳에서 1년을 함께 있으며 마침내 반란을 진압하게 되었다.

백미 白眉

흴 白 눈썹 眉

여럿 가운데 가장 뛰어난 사람이나 물건.

— 《삼국지》 촉지 마량전(馬良傳)

「백미(白眉)」는 흰 눈썹이란 뜻이다. 그런데 그 흰 눈썹이란 것이 여럿 가운데서 가장 뛰어난 것을 의미하게 된다. 이런 말은 정말 그 유래를 알지 못하면 참뜻을 이해하기 어렵다.

《삼국지》 촉지 마량전(馬良傳)에 있는 이야기다.

제갈양과도 남달리 두터운 친교를 맺은 바 있는 마량은 형제가 다섯이었다. 다섯 형제는 자(字)에 모두 상(常)이란 글자가 붙어 있었기 때문에 세상 사람들은 그들 형제를 가리켜 「마씨오상(馬氏五常)」이라 불렀다. 다섯 사람이 다 재주로 이름이 높았으나, 그 중에서도 마량이 가장 뛰어나, 그 고을 사람들은,

「마씨 집 5상은 모두 뛰어나지만, 그 중에서도 흰 눈썹이 가장 훌륭하다(馬氏五常白眉最良)」고 했다.

마량은 어릴 적부터 눈썹에 흰 털이 섞여 있었기 때문에 이렇게 불렀다는 것이다.

이로부터 같은 형제뿐만 아니라, 같은 또래 같은 계통의 많은 사람 가운데 가장 뛰어난 사람을 「백미」라 부르게 되었다. 지금은 사람만이 아니고 어떤 작품 같은 것을 말할 때도 이 백미란 말을 쓰는 경우가 흔히 있는 것 같다.

말이란 그렇게 변질되어 가는 특색을 지니고 있다.

「읍참마속(泣斬馬謖)」의 마속은 마량의 아우다.

백발삼천장 白髮三千丈

흴 白 터럭 髮 석 三 일천 千 길이 丈

표현이 지나치게 과장됨의 비유. 근심 걱정이나 비탄이 쌓여 가는 모양.

— 이백(李白) 『추포가(秋浦歌)』

흰 머리털이 3천 길이나 된다는 뜻이다. 이것은 수심으로 덧없이 늙어 가는 것을 한탄하는 뜻으로도 쓰이지만, 흔히 표현이 지나치게 과장된 예로 들기도 한다.

이백(李白)의 시에는 이런 과장된 표현이 많은 것이 한 특성으로 되어 있지만, 이것은 단순한 과장이기보다는 그의 호탕한 성격의 느낌을 그대로 표현한 데서 오는 결과일 것이다.

이 말은 이백의 「추포가」 열일곱 수 가운데 열 다섯째 수의 첫 글귀에 나오는 말이다. 「추포가」는 이백의 시로서는 보기 드물게 고독과 늙어 가는 슬픔을 조용히 읊고 있는데, 이 열 다섯째 시만은 그의 낙천적인 익살이 약간 엿보이고 있다.

흰 머리털이 삼천길
수심으로 이토록 길었나.
알지 못하겠도다 거울 속
어디서 가을 서리를 얻었던고.

白髮三千丈　綠愁社箇丈　　백발삼천장　녹수사개장
不知明鏡裏　何處得秋霜　　부지명경리　하처득추상

이 「추포가」는 이백의 가장 만년(晩年)의 시로, 실의에 가득 차 있을 당시의 작이다. 백발삼천장은 머리털을 표현한 것이기보다는 한이 없는 근심과 슬픔을 말한 것이리라.

백안시　白眼視

흴 白 눈 眼 볼 視

사람을 업신여기거나 무시하는 태도.

— 《진서(晋書)》 완적전(阮籍傳)

눈을 하얗게 뜨고 바라본다는 말로, 사람을 무시해서 흘겨보거나 냉정한 눈길을 말한다. 삼국시대 이후 위(魏)·진(晋)의 시대는 왕보다 세력이 강한 제후들의 권력투쟁으로 극도로 혼란스러웠다. 그렇다 보니 백성들의 생활은 피폐했고, 현실 초월주의를 근간으로 한 노장사상(老莊思想)이 성했으며, 지식인들은 세상을 등지고 자연 속으로 숨어버렸다.

그들 가운데 유명한 죽림칠현이 있었는데, 일곱 선비 역시 세상을 등지고 고담준론(高談峻論)과 술로 일생을 보냈다. 그 중에서도 완적은 그 역시 처음에는 관료로 진출했지만, 가평(嘉平) 원년(249년)에 사마중달이 반란을 일으켜 위(魏)나라 황실의 조상(曹爽) 등을 죽이고 정권을 잡자 그만 환멸을 느껴 벼슬을 그만두고 산야에 묻혀 살았다.

그는 어머니의 장례 때도 슬픈 기색은커녕 머리를 풀어헤치고 주위의 손가락질을 당하기도 했다. 뿐만 아니라 완적은 예교(禮敎)에 얽매이지 않고 능히 눈동자를 흘겨 하얗게 하거나 푸르게 할 수 있었다.

세속적인 예절에 젖은 선비를 만나거나 하면 흰 눈자위를 드러내며 대했는데, 어느 날 혜강(嵇康)의 아우 혜희(嵇喜)가 찾아오자 그를 보고 흰자위를 드러냈다. 기분이 상한 혜희는 그만 자리를 박차고 나갔다.

혜강이 이 말을 듣고 술을 사서 거문고를 둘러메고 완적을 찾았다. 그러자 완적은 반색을 하며 맞이하여 푸른 눈자위를 보였다고 한다. 당시 이름난 명사 중에는 그의 눈 밖에 나서 망신을 당한 사람이 한둘이 아니었다.

백발백중 百發百中

일백 百 쏠 發 맞을 中

총·활 같은 것이 겨눈 곳에 꼭꼭 맞음. 앞서 생각한 일들이 꼭꼭 들어맞음.

— 《사기》 주기(周紀)

백 번 쏘아 백 번 맞히는 것이 「백발백중」이다. 또 모든 일이 계산대로 다 맞아 들어가는 것을 가리켜 백발백중이라 한다. 이 말은 신전(神箭)이란 별명을 듣고 있던 양유기(養由基)에서 나온 말이다. 《사기》 주기(周紀)에 이런 기록이 있다.

「초나라에 양유기라는 사람이 있었는데, 활을 잘 쏘는 사람이었다. 버드나무 잎을 백 보 떨어진 곳에서 쏘면 백 번 쏘아 백번 맞혔다……」

다른 기록에 보면, 양유기는 활을 잘 쏠 뿐만 아니라 막기도 또한 잘했으며, 힘도 또한 세어 화살이 소리보다 먼저 갔다고 한다.

투월초(鬪越椒)란 초나라 재상이 반란을 일으켰을 때 일이다. 외국으로 초장왕(楚莊王)이 출정나간 틈을 타서 반란을 일으킨 투월초는 장왕이 돌아오는 길을 막았다. 이리하여 양쪽은 강을 끼고 대처하게 되었다. 관군이 가장 무서워하는 것은 투월초의 뛰어난 활솜씨였다.

이때 양유기는 이름 없는 하급 장교였다. 투월초가 강 저쪽에서 활을 높이 들고, 나를 대항할 놈이 누구냐고 외쳤을 때 양유기가 나타났다.

양유기는, 많은 군사를 괴롭히지 말고 단 둘이서 활로 승부를 짓자고 제안했다. 투월초는 약간 겁이 났다. 그러나 먼저 큰소리를 친 끝이라 거절을 못하고, 각각 세 번씩 활을 쏘아 승부를 결정하는데, 자기가 먼저 쏘겠다고 했다.

먼저 쏘아 죽여버리면 제아무리 명사수라도 무슨 소용이 있겠느냐는 생각에서였다. 그래서 먼저 투월초가 양유기를 향해 활을 쏘았다. 양유기는 처음은 활로써 오는 화살을 쳐서 떨어뜨리고, 두 번째는 몸을 옆으로 기울여 화살을 피했다. 투월초는 당황해서,

「대장부가 몸을 피하다니, 비겁하지 않으냐」하고 억지를 부렸다. 그러자 양유기는,

「좋습니다. 그럼 이번은 몸을 피하지 않겠소」하고 오는 화살 끝을 두 이빨로 물어 보였다. 그리고는 투월초에게 큰 소리로 외쳤다.

「세 번으로 약속이 되어 있지만, 나는 단 한 번만으로 승부를 결정하겠소」하고 먼저 빈 줄을 튕겨 소리를 보냈다. 투월초는 줄이 우는 소리에 화살이 오는 줄 알고 몸을 옆으로 기울였다. 그 순간 기울이고 있는 그의 머리를 향해 총알보다 빠른 화살을 쏘아 보냈다. 이리하여 투월초는 죽고 반란은 싱겁게 끝나고 말았다.

그러나 초나라 공왕(共王)은 그가 재주만 믿고 함부로 날뛴다 해서 항상 주의를 주며 활을 함부로 쏘지 못하게 했다. 그 뒤 양유기는 결국 화살에 맞아 죽고 말았다. 나무에 잘 오르는 사람은 나무에서 떨어져 죽는다는 속담처럼.

忠臣去國　不潔其名
충신거국　　불결기명

충신은 그 나라를 떠나도 자신의 행위를 변명하지 않는다.
충신은 무슨 까닭이 있어 그 나라를 떠났더라도 자신의 올바름을 나타내는 변명을 하지 않는다. 만약 그렇게 하면 군주의 체면을 손상시키는 결과가 되기 때문이다.

― 《사기》 악의전 ―

백아절현 伯牙絶絃

맏이 伯 어금니 牙 끊을 絶 악기줄 絃

자기를 알아주는 절친한 친구의 죽음. 또는 그 죽음을 슬퍼함을 일컬음.

— 《열자(列子)》 탕문편(湯問篇)

춘추시대 백아(伯牙)라는 거문고의 명수가 있었다. 그런데 그에게는 그의 연주를 누구보다도 잘 이해해 주는 종자기(種子期)라는 친구가 있었다. 종자기는 백아가 연주를 하면 백아가 그리고 있는 악상을 그대로 이해해내는 친구였다. 백아가 높은 산을 주제로 연주를 하면 곁에서 귀를 기울이고 있던 종자기는 탄성을 질러 말했다.

「아, 마치 높이 치솟은 태산(泰山) 같구나!」

또 백아가 흐르는 강을 주제로 연주를 하면,

「참으로 훌륭하도다, 도도하게 흐르는 황하(黃河)와도 같구나!」

이런 식이라 백아가 마음속으로 생각하고 거문고에 의탁하는 기분을 종자기는 정확하게 들어 판단해서 틀리는 법이 없었다.

어느 때의 일이다. 두 사람은 함께 태산 깊숙이 들어간 일이 있었다. 그 도중에서 갑자기 큰 비를 만나 두 사람은 바위 밑에 은신했는데, 아무리 시간이 흘러도 비는 그치지 않고 물에 씻겨 흐르는 토사 소리는 요란했다.

겁에 질려 덜덜 떨면서도 역시 거문고의 명수인 백아는 거문고를 집어 들고 서서히 타기 시작했다. 처음에는 임우지곡(霖雨之曲), 다음에는 붕산지곡(崩山之曲), 한 곡을 끝낼 때마다 여전히 종자기는 정확하게 그 곡의 취지를 알아맞히고는 칭찬해 주었다.

그것은 언제나의 일이었으나, 그 때는 때가 때인 만큼, 백아는 울음을 터뜨릴 정도의 감격을 느끼고 느닷없이 거문고를 내려놓더니 감탄하며 말했다.

「아아, 이건 굉장하구나! 자네의 듣
는 귀는 정말 굉장하군. 자네 그
마음의 깊이는 내 맘 그대로 아닌가.
자네 앞에서는 거문고 소리를 속일 수
가 없네!」

그러나 그 후 얼마 지나지 않아 불행
하게도 종자기는 병을 얻어 죽고 말았
다.

그러자 백아는 그토록 거문고에 정
혼(精魂)을 기울여 일세의 명인으로 불
리어졌음에도 불구하고 그 애용하던
거문고의 줄을 끊어버리고 죽을 때까

백아의 탄금을 듣고 있는 종자기

지 두 번 다시 거문고를 손에 들지 않았다. 그것은 종자기라는 얻기
어려운 친구, 다시 말해서 자기 거문고 소리를 틀림없이 들어주는 친구
를 잃은 비탄에서였다고 한다.

이 이야기는 참된 예술의 정신이라고 할 만한 것을 시사해 준다. 그러
나 예술의 세계만은 아니다. 어느 시대에도 또 어떤 사회에서도 내가
하는 일, 아니 그 일을 지탱해 나가고 있는 나의 기분을 남김없이 이해
해 주는 참된 우인지기(友人知己)를 갖는다는 것은 무상의 행복이고,
또 그런 우인 지기를 잃는 것은 보상받을 수 없는 불행이라고 하지 않으
면 안된다.

우인 지기의 죽음을 슬퍼할 때 곧잘 사람들은 이「백아절현」을 말
하며 유감의 뜻을 표명하곤 한다. 진실로 백아와 종자기 같은 교정을
맺고 있는 우인 지기는 그리 많을 수가 없다. 또 지기(知己)를「지음(知
音)」이라고 하는 것도 이 고사에서 나왔다.

백중지세 伯仲之勢

맏이 伯 버금 仲 의 之 형세 勢

좀처럼 우열을 가릴 수 없는 형세.

— 조비(曹丕) 「전론(典論)」

맏이를 백씨(伯氏)라 부르고, 둘째를 중씨(仲氏), 끝을 계씨(季氏)라고 부르는 것은 지금도 행해지고 있는 호칭이다. 다만 중씨의 경우 맏형이 아니면 둘째나 셋째나 넷째나 다 중씨로 통하고, 맨 끝이 아니라도 손아래 형제를 계씨라고 하는 것은 관습상 인정되고 있는 실정이다.

따라서 백중(伯仲)은 곧 형과 아우라는 뜻이다. 순서로는 「백(伯)」이 위고 「중(仲)」이 아래지만, 그것은 오로지 나이 순서일 뿐 거기에 무슨 큰 차이가 있을 수는 없다. 또 나이 순서를 놓고 말하더라도, 한 해만 먼저 나면 형이요, 한날한시에 난 쌍둥이도 먼저 나면 형이다.

그래서 좀처럼 우열을 가릴 수 없는 양쪽을 가리켜 「백중지세」니 「백중지간(伯仲之間)」이니 하고 말한다. 또 「힘이 백중하다」는 식으로 형용동사로도 쓰인다. 이 「백중」이란 말을 최초로 쓴 사람은 위나라 문제 조비(曹丕)다. 그는 「전론(典論)」이란 논문 첫머리에,

「글 쓰는 사람끼리 서로 상대를 업신여기는 일은 예부터 그러했다. 예를 들면, 부의(傅毅)와 반고(班固)는 그 역량에 있어 서로 백중한 사이였……」 하고 서로 헐뜯는 내용을 말하고 있다.

또 두보의 시에도, 제갈양을 칭찬하여, 은나라 탕(湯)임금을 도와 천하를 얻게 한 이윤(伊尹)과 주나라 문왕 무왕을 도와 새 왕조를 창건한 여상(呂尙)이 맞먹는다고 하는 것을 백중지간이란 말로 표현한 곳이 있다. 결국 「난형난제」란 말을 약한 듯한 것이 「백중」이란 말이다.

별유천지비인간 別有天地非人間

헤어질 別 있을 有 하늘 天 땅 地 아닐 非 사람 人 사이 間

경험하지 못한 새로운 세계를 체험하거나, 그런 세계에 왔을 때 쓰는 표현.

— 이백 「산중문답」

「별유천지비인간(別有天地非人間)」은 「따로 세상이 있지만 인간 세상은 아니다」라는 말로, 경험해 보지 못한 새로운 세상을 체험하거나 그런 세상이 왔을 때 쓰는 표현이다.

이백(李白, 701~762)의 「산중문답(山中問答)」에 나오는 구절이다.

왜 푸른 산에 사느냐고 묻는다면
그저 웃을 뿐 대답은 안해도 마음은 절로 한가롭네.
복숭아꽃이 물 따라 두둥실 떠가는 곳
따로 세상이 있지만 인간세상은 아니로세.

問余何事栖碧山　문여하사서벽산
笑而不答心自閑　소이부답심자한
桃花流水杳然去　도화유수답연거
別有天地非人間　별유천지비인간

이 작품은 원래 자연에 묻혀 사는 즐거움에 대해 노래한 소박한 자연시다. 그런데 작품이 담고 있는 시상(詩想)이나 심상(心想)이 대단히 선취(仙趣)가 넘쳐흐르면서 도가적(道家的) 풍류가 스며 있어 오랜 기간 음유되어 왔다. 유언(有言)의 물음에 대해 무언(無言)의 대답을 함으로써 마음속에 깃들여 있는 운치를 다 토로하는 것이다. 특히 셋째, 넷째 구절에서 보여주는 독특한 정취는 무릉도원(武陵桃源)의 신비로운 경관을 그대로 재연한 부분으로 색다른 정취를 느끼게 한다.

이백 행음도

백주지조 栢舟之操

잣나무 栢 배 舟 의 之 절개 操

과부가 정절을 지켜 재가하지 않음.

— 《시경(詩經)》 용풍(鄘風)

「백주지조」는 잣나무 배의 굳은 지조라는 뜻으로, 과부가 정절을 지켜 재가하지 않는다는 말이다.

서주(西周)도 말기에 들어서자 세상은 이미 음풍(淫風)이 성행하고, 정풍(正風)은 점차 그 모습을 감추기 시작하고 있었다. 따라서 올바른 예의의 전통을 전하고 의(義)를 지키는 풍습은 온데간데없는 때였으나, 그런 세태 속에서 홀로 정절을 지킨 공강(共姜)이라는 여성이 있었다.

주여왕(周厲王) 때 위국(衛國) 희후(僖侯)에게 여(余)라는 세자가 있었다. 여의 처를 강이라 하며 두 사람 사이는 지극히 화목했으나, 여가 불행하게도 일찍 세상을 떠나버렸다.

젊어서 미망인이 된 강은 평생에 남편이라 부를 사람은 단 한 사람, 이제는 죽고 없는 남편 여(余)에 대한 정절을 다하고자 굳게 결심했다. 여는 공백(共伯)이란 시호를 받았으므로 강도 남편의 시호를 따라 공강이라고 부르게 했다.

공강은 남편의 명복을 빌면서 혼자 조용히 여생을 보내려고 했으나, 어느 세상이고 남의 일에 공연히 참견하는 사람이 많아 주위에서 그냥 내버려두지 않았다. 강의 어머니는 무슨 일이 있든지 딸을 다시 한번 재가시키려고 연방 말을 걸어 왔다.

「너를 처로 삼겠다는 사람이 많은데, 네 맘에 드는 사람은 과연 누구일까?」

「제 남편은 공백님 단 한 분이십니다」

공강은 한결같이 이렇게 대답을 했으나 어머니는 그렇다고 그냥 물러서지 않았다.

「아니, 네 남편이 어디서 금방이라도 돌아온다는 말이냐. 여자는 젊었을 때가 꽃이다. 지금 때를 놓치면 어느 누가 네 뒷바라지를 해준다더냐. 이제 고집 그만 부리고 내 말을 좀 들어 봐라」

어머니는 딸의 앞날을 걱정하며 현실적으로 나가고자 했지만 젊은 강에게는 그런 현실적 득실(得失)을 애정이나 정절과 바꾸려는 것은 도저히 용서할 수가 없었다.

그러나 이 문제에 대한 어머니의 집념은 끈질겼다. 그래서 스스로의 맹세를 써서 보이는 것이었다.

잣나무 배는 하중에 떠 있고
오직 한 사람 그이만이 내 짝이요
죽어도 다른 사람 없는 것을
길러준 어머니의 은혜는 하늘과도 같지만
어찌하여 내 마음을 몰라줄까.

汎彼栢舟　在彼中河　　범피백주　재피중하
髧彼兩髦　實維我儀　　담피양모　실유아의
之死矢靡它　　　　　　지사시미타
母也天只　不諒人只　　모야천지　불량인지

이 시는 《시경》의 용풍에 있는 「백주(栢舟)」라는 시의 일장인데, 「백주지조」는 남편을 잃은 처가 정절을 지켜 재혼하지 않는 것을 말한다.

병사지야 兵死地也

군사 兵 죽을 死 땅 地 어조사 也

전쟁은 죽느냐 사느냐가 걸린 곳이다.

— 《사기》 염파인상여전(廉頗藺相如傳)

병(兵)은 여러 가지 뜻이 있다. 군대란 뜻과 무기란 뜻, 전쟁이란 뜻도 있다. 여기서는 전쟁이란 뜻이 강하다. 그러나 전부를 합친 것으로 보는 것도 좋을 것 같다. 그것이 한자의 특색이다. 즉 군대니 전쟁이니 하는 것은 죽느냐 사느냐 하는 문제가 걸려 있는 곳이란 뜻이다.

전국시대 말기 조(趙)나라에 조사(趙奢)라는 명장이 있었다. 조사는 원래 세무관리였다. 식객을 3천이나 거느린 유명한 사군(四君) 중의 한 사람인 평원군(平原君)이 세금을 내지 않았다. 조사가 독촉을 했으나 아랫사람이 평원군의 세도를 믿고 이를 거부했다. 조사는 법으로 그들을 다스렸다. 국법을 어기고 조세를 횡령했다는 죄목으로 아홉 사람을 처형했다. 왕의 친동생이었고 또 재상이었던 평원군은 조사의 방약무인한 태도에 분노를 참을 수가 없어 당장 조사를 잡아다가 물고를 내려고 했다.

조사는 성난 평원군에게 태연한 모습으로 이렇게 말했다.

「조나라의 공자이신 군께서 나라의 법을 시행치 않는다면 법은 곧 그 권위를 잃게 됩니다. 법이 권위를 잃으면 나라는 곧 약해지고 맙니다. 나라가 약해지면 제후들이 곧 침략해 올 테니 그때는 조나라는 없어져버립니다. 그때 군께서는 오늘의 부귀를 어떻게 누릴 수 있겠습니까?」

원래 도량이 넓기로 유명한 평원군은 곧 잘못을 사과하고, 그를 나라의 세금을 맡아 다스리는 장관으로 추천했다. 조사가 장관이 되는 그 날로 권문세가의 탈세행태가 일소되고, 가난한 백성들에 대한 세금이 훨씬 가벼워지며 국고 수입은 훨씬 늘게 되었다. 그 뒤 진나라가 한나라를 치기 위해 조나라 알여(閼與)로 침입해 왔다. 조왕은 염파를 비롯 많은 대장 대신들을 모아놓고 차례로 알여를 구원할 수 있느냐고 물었다. 모두 길이 멀고 좁고 험해서 구원하기 어렵다고 대답했다. 그러나 조사만은 이렇게 대답했다.

평원군

「길이 멀고 좁고 험하다는 것은 비유하면 두 쥐가 구멍 안에서 싸우는 것과 같은 것으로 용맹한 쪽이 이기기 마련입니다」

그래서 왕은 조사를 대장으로 임명하여 알여를 구원하게 했다. 조사는 여기에서 강한 진나라 군사를 맞아 크게 승리를 거둠으로써 일약 천하에 명성을 떨치게 되었고, 돌아와 재상과 동급인 지위에 오르게 되었다. 그런데 조사에게는 조괄(趙括)이라는 아들이 있었다. 어릴 때부터 병서를 좋아해서 아버지 조사와 병법을 놓고 토론을 하면 조사가 항상 이론에 밀리곤 했다. 그러나 한번도 아들을 칭찬하는 일이 없었다. 그 부인이 까닭을 묻자 조사는 이렇게 말했다.

「전쟁은 죽는 곳이다. 그런데 괄은 그것을 쉽게 말하고 있다(兵死地也 而括易言之). 조나라로 하여금 괄을 대장으로 임명하지 않도록 하면 다행이거니와, 만일 기어코 대장으로 임명한다면 조나라 군사를 패하게 만들 사람은 괄이 될 것이다」

조사가 죽고 진나라가 다시 침략해 왔을 때, 조나라 왕은 조괄의 어머니의 반대 호소를 듣지 않고 그를 대장으로 임명했다. 과연 괄은 조사의 예언대로 크게 패했다. 조나라 군사 40만이 떼죽음을 당하고 조나라는 멸망의 길을 재촉하게 되었다. 책에서 배운 지식을 가지고 아는 체하는 사람 치고 실질적인 사업 면에 어둡지 않은 사람이 없는 것도 이런 이치에서일 것이다. 〔☞ 교주고슬(膠柱鼓瑟)〕

병 病 들 入 명치끝 膏 명치끝 肓

질병이 깊어 더 이상 치료할 수 없게 됨.

— 《춘추좌씨전(春秋左氏傳)》성공(成公) 10년

「병입고황」은 병이 이미 고황(膏肓)에까지 미쳤다는 말이다. 고(膏)는 가슴 밑의 작은 비게, 황(肓)은 가슴 위의 얇은 막으로서 병이 그 속에 들어가면 낫기 어렵다는 부분이다. 결국 병이 깊어 치유할 수 없는 상태를 비유하여 이르는 말이다. 그런데 나중에는 넓은 의미에서 나쁜 사상이나 습관 또는 작풍(作風)이 몸에 배어 도저히 고칠 수 없는 것을 비유하는 말로도 쓰이고 있다.

《좌전》성공 10년에 있는 이야기다. 춘추시대 때 진경공(晋景公)이 하루는 자다가 꿈을 꾸었는데, 머리를 풀어헤친 귀신이 달려들었다.

「네가 내 자손을 모두 죽였으니, 나도 너를 죽여 버리겠다」

경공은 소스라치게 놀라 허둥지둥 도망을 쳤으나 귀신은 계속 쫓아왔다. 이 방 저 방으로 쫓겨 다니던 경공은 마침내 귀신에게 붙들리고 말았다. 귀신은 경공에게 달려들어 목을 조르기 시작했다. 비명을 지르고 식은 땀을 흘리며 잠자리에서 일어난 경공은 곰곰이 생각해 보았다. 10여 년 전 도안고(屠岸賈)라는 자의 무고(誣告)로 몰살당한 조씨 일족의 일이 머리에 떠올랐다.

경공은 무당을 불러 해몽을 해보라고 했다.

「폐하께서는 올봄 햇보리로 지은 밥을 드시지 못할 것이옵니다」

「내가 죽는다는 말인가?」

「황공하옵니다」

낙심한 경공은 그만 병이 나고 말았다. 그래서 사방에 수소문하여 명의를 찾았는데, 진(秦)나라의 고완(高緩)이란 의원이 용하다는 것을 알게 되었다. 그래서 급히 사람을 파견해서 명의를 초빙해 오게 하였다.

한편 병상에 누워 있는 진경공은 또 꿈을 꾸었다. 이번에는 귀신이 아닌 두 아이를 만났는데, 그 중 한 아이가 말했다.

「고완은 유능한 의원이야. 이제 우리는 어디로 달아나야 하지?」

그러자 다른 한 아이가 대답했다.

「걱정할 것 없어. 명치 끝 아래 숨어 있자. 그러면 고완인들 우릴 어쩌지 못할 거야」

경공이 꿈에서 깨어나 곰곰 생각해 보니 그 두 아이가 자기 몸속의 병마일 거라고 생각했다. 명의 고완이 도착해서 경공을 진찰했다. 경공은 의원에게 꿈 이야기를 했다. 진맥을 마친 고완은 놀랍다는 듯이 말했다.

「병이 이미 고황에 들었습니다. 약으로는 치료할 수 없겠습니다」

마침내 경공은 체념하고 말았다. 후하게 사례를 하고 고완을 돌려보낸 다음 경공은 혼자서 가만히 생각했다.

「내 운명이 그렇다면 어쩔 도리가 없는 일이 아니겠는가. 의연하게 죽음을 맞이하리라」

마음을 다잡고 나니 마음은 한결 가벼워졌다. 죽음에 대해서 초연해지니 병도 차츰 낫는 것 같았다. 그리하여 마침내 햇보리를 거둘 무렵이 되었는데 전과 다름없이 건강했다. 햇보리를 수확했을 때 경공은 그것으로 밥을 짓게 하고는 그 무당을 잡아들여 물고를 내도록 명령했다.

「네 이놈, 공연한 헛소리로 짐을 우롱하다니! 햇보리 밥을 먹지 못한다고? 이놈을 당장 끌어내다 물고를 내거라!」

경공은 무당이 죽으며 지르는 단말마의 비명소리를 들으며 수저를 들었다. 바로 그 순간 경공은 갑자기 배를 잡고 뒹굴기 시작하더니 그대로 쓰러져 죽고 말았다. 결국 햇보리 밥은 먹어 보지도 못한 것이다.

갚을 報 원망할 怨 써 以 덕 德

원한을 은덕으로 갚는다.

─《노자(老子)》63장

「보원이덕」은 설명이 필요 없는 말이다.

그리스도의 「오른쪽 뺨을 때리거든 왼쪽 뺨도 내놓으라」 하는 교훈 역시 이 말처럼 원한에 대해 대처해야 할 인간의 태도를 말한 것이라고 생각되지만, 노자(老子) 쪽이 상대에게 덕을 베풀라고 말한 점에서 보다 적극적이다. 또 그리스도의 경우는 인인애(隣人愛)에 대한 비장한 헌신을 느끼는 데 반해 노자의 경우는 그 무언지 흐뭇한 느낌이 든다.

그리스도는 맞아도 채여도 십자가에 매달려도 상대를 미워하지 않고 상대가 하는 대로 내버려두며 죽어간다는 비장한 상태를 상기시켜 주지만, 노자는 집안에 침입한 도둑에게 술대접을 하는 부잣집 영감을 상상케 한다.

《노자》63장에,

「무위하고, 무사를 일삼고, 무미를 맛본다. 소(小)를 대(大)로 하고, 적음을 많다고 한다. 원한을 갚는 데 덕으로써 한다(爲無爲 事無事 味無味 大小多少 報怨以德)」라고 되어 있다.

「무미」란 「무위」나 무(無)를 상징적으로 표현한 말이다. 「무위」도 「무(無)」도 최고의 덕이다. 「도(道)」의 상태나 속성을 나타낸 말로 동이어(同異語)라고 생각해도 좋다.

「도(道)」나 「무(無)」는 무한한 맛을 가지고 있을 것이다. 그렇지 않으면 「도」라고 할 수가 없고 「무」라고도 할 수 없을 것이다. 위스키 맛이나 불고기 맛 같은 것은 아무리 미묘하고 복잡한 맛을 지녔다고 해도,

위스키 이상이 아니고 불고기 이상도 아니다. 단지 한정되어 있는 맛인 것이다.

「소(小)를 대(大)로 하고, 소(少)를 다(多)로 한다」란 노자 일류의 역설적인 표현이다. 「남(他)을 다(多)로 하고 자기(自)를 소(少)로 해서 남을 살피고 남에게서 빼앗으려는 마음을 버리라」라는 뜻일 것이다.

원래 노자류로 말한다면 대니 소니 하는 판단은 절대적인 입장에 설 수가 없는 것이다. 인간의 판단

노자

은 상대적인 것으로, 물(物)에는 소도 대도 없다는 것이 노자의 생각이다. 그러므로 남(他)을 다(多)로 하는 생각은 어리석은 생각이라고 할 수 있다. 이 항을 알기 쉽게 말하면,

「자진해서 무엇을 하려고 하지 말고, 남과 다투지 말고, 남에게서 빼앗지 말고, 무한한 맛을 알고, 자기에게 싸움을 걸고, 자기에게서 빼앗으려고 하는 자에게는 은애(恩愛)를 베풀라」는 처세상의 교훈이다.

노자의 말, 특히 처세에 관한 말은 그 대개가 위정자에게 말하고 있다. 이 말도 그렇다. 그리하여 이것을 실행한 인간은 최고의 위정자이고, 성인이다. 성인이란 이상적인 대군주다. 그래서 은애를 베푸는 상대는 국민이나 또는 정복한 타국의 왕이다. 그리스도교의 「오른쪽 뺨을 맞거든 왼쪽 뺨도 내놓으라」는 것 역시 피치자(被治者)에게 하는 말이 아닌가 본다.

복수불반분　覆水不返盆

엎어질 覆 물 水 아니 不 돌이킬 返 동이 盆

돌이킬 수 없이 저질러진 일.

— 《습유기(拾遺記)》

　한번 엎지른 물은 다시 동이에 담을 수 없다는 말을 「복수불반분」이라고 한다. 우리 속담에 「엎질러진 물」 이란 말은 바로 여기에서 나온 말이다. 민간 설화로 우리나라에도 상당히 보급되어 있는 강태공(姜太公)의 이야기에 있는 말이다.

　강태공에 대한 설화는 우리의 일상용어에 상당한 영향을 미치고 있다. 낚시꾼을 「강태공」 이니 「태공망」 이니 하는 것도 강태공이 출세하기 전 매일 위수(渭水)에서 고기만 잡고 있었다는 전설에서 생긴 말이다.

　이 밖에도 「전팔십 후팔십」 이란 말이, 나이 늙도록 뜻을 이루지 못한 정치인들의 자신을 위로하는 뜻으로 쓰이고 있고 「강태공의 곧은 낚시」 란 말이 옛날 우리 노래 속에 자주 나오곤 한다. 아무튼 늙도록 고생만 하던 끝에 벼락출세로 천하를 뒤흔들게 된 강태공의 이야기들이, 가난과 천대 속에 일생을 보내고 있는 많은 사람들의 한 가닥 위로의 끄나풀이 될 수 있었는지도 모를 일이다.

　《습유기(拾遺記)》는 강태공의 출세 전후에 관한 이야기들을 싣고 있다. 「복수불반분」 이란 말은 이 《습유기》 에 나오는 말이다.

　태공의 첫 아내 마씨(馬氏)는 태공이 공부만 하고 살림을 전연 돌보지 않는 터라 남편을 버리고 친정으로 가버린다. 그 뒤 태공이 제나라 임금이 되어 돌아가자, 마씨는 다시 만나 살았으면 하고 태공 앞에 나타난다. 태공은 동이에 물을 한가득 길어오라 해서 그것을 땅에 들어붓게 한 다음

마씨를 바라보며 그 물을 다시 동이에 담으라고 했다. 마씨는 열심히 엎질러진 물을 동이에 담으려 했으나 진흙만이 손에 잡힐 뿐이었다. 그것을 보고 태공은 말했다.

태공망 여상

「그대는 떨어졌다 다시 합칠 수 있다고 생각하겠지만, 이미 엎지른 물이라 담을 수는 없는 것이다(若能離更合 覆水定難收)」

「복수불반분」이란 말은 원래는 한번 헤어진 부부가 다시 만나 살 수 없다는 것을 말한 것이었지만, 그 뒤로 무엇이고 일단 해버린 것은 다시 원상복구를 한다거나 다시 시작해 볼 수 없다는 뜻으로 쓰이게 되었다. 지금 우리가 쓰고 있는「엎질러진 물」이란 뜻으로 쓰이고 있다.

우리 속담에도「깨진 그릇 맞추기」란 것이 있고, 영어에도, "It is no use crying over spilt milk."(엎질러진 우유를 놓고 울어 봤자 소용없다)라는 속담이 있다.

有一樂境界 就有一不樂的相對待
유 일 락 경 계　취 유 일 불 락 적 상 대 대

하나의 낙경(樂境)이 있으면 다른 하나의 불락(不樂)이 반드시 기다리고 있는 법이다.

한쪽에 즐거운 면이 있으면 반드시 이에 상대되는 불쾌한 일이 기다리고 있다. 인생은 모두 상대적인 것으로서 즐거움만 있는 것도 아니고 괴로운 일만 있는 것도 아니다.

— 《논어》학이편 증자(曾子)의 세 번 반성한 말에서 —

부귀여부운 富貴如浮雲

넉넉할 富 귀할 貴 같을 如 뜰 浮 구름 雲

부귀는 한갓 덧없는 인생이나 세상과 같다.

— 《논어》 술이편(述而篇)

부(富)니 귀(貴)니 하는 것은 떠가는 구름이나 다를 바가 없다는 것이 「부귀여부운」이다.

이 말은 원래 공자가 한 말에서 비롯된다.

《논어》 술이편에 보면 이런 얘기가 나온다.

「나물밥(疏食소사) 먹고 맹물 마시며 팔 베고 자도 즐거움이 또한 그 속에 있다. 옳지 못한 부나 귀는 내게 있어서 뜬구름과 같다」

소사(疏食)는 거친 밥이란 뜻으로 풀이된다. 거친 밥 중에는 아마 나물에 쌀알 몇 개씩 넣은 것이 가장 거친 밥일 수 있을 것이다. 그러나 소(疏)는 채소라는 소(蔬)로도 통할 수 있다. 그래서 그런지 우리나라 노랫가락 속에도 이런 것이 있다.

나물 먹고 물마시고 팔 베고 누웠으니
대장부 살림살이 이만하면 족하구나.

아무튼 진리와 학문을 즐기며 가난을 잊고 자연을 사랑하는 초연한 심정이 약간 낭만적으로 표현된 멋있는 구절이라 아니할 수 없다. 다만 주의할 일은 불의(不義)라는 두 글자가 붙어 있는 점이다. 세상을 건지고 도를 전하려면 역시 비용이 필요하고 권세가 필요하다. 그러나 그것은 어디까지나 정당한 방법으로 얻어진 것이 아니면 안된다. 단순히 부만을 위한 부나, 귀만을 위한 귀는 올바르게 살려는 사람에게는 아무런 의미도 없다. 그야말로 떠가는 구름과 같은 것이다.

불의라는 두 글자 속에는 공자의 세상을 차마 버리지 못하는 구세(救世)의 안타까움이 깃들어 있다.

이 불의라는 두 글자마저 없다면 공자는 세상을 등지고 자연만을 찾아 외롭게 사는 도가(道家)가 되고 말았을

공자묘 입구

것이다. 사실 「부귀여부운」이란 단순한 말 가운데는 세상과는 전연 관련이 없는 은자(隱者)의 심정 같은 것이 풍기고 있다.

傳不習乎
전 불 습 호

「내가 터득하지 못한 것을 남에게 가르치지는 않았는가?」

사람이란 모르면서도 아는 척을 하기 쉬운 법이다. 아직 확실히 습득하거나 체득하지 못한 것을 남에게 전하거나 가르친 일은 없었을까 하고 반성한다.

— 《논어》 학이편 「증자(曾子)의 세 번 반성한 말에서 —

부기미　付驥尾

붙을 付 천리마 驥 꼬리 尾

큰 인물에게 인정을 받은 뒤에야 비로소 참된 가치가 드러남.
큰 인물의 힘을 빌려 출세하거나 능력을 발휘함.

— 《사기》 백이열전(伯夷列傳)

기(驥)는 기(騏)·화(驊)·유(騮)와 같이 어느 것이나 하루에 천리를 달린다는 명마(名馬)를 말한다. 따라서 명마의 꼬리에 붙는다는 것이 「부기미」다.

《사기》 백이열전에 이런 이야기가 있다.

「백이·숙제가 현인이었다고는 하나 공자에게 찬양받았으므로 그 이름이 더욱더 오르고, 안연(顔淵)은 참된 사람으로 학문을 열심히 닦았다고는 하나 공자의 기미(驥尾)에 붙었었기 때문에 그 행위가 더욱더 뚜렷해진 것이다」

대저 어떠한 인물이라도 대인물이 뒤를 받쳐 주지 않으면 후세에 남지 못한다고 말하고 있다.

백이

그래서 후세 사람은 저자인 사마천 자신이 이 《사기》의 가치를 알고 그것을 찬양해 줄 인물을 후세에 기대하고 있는 것이라고 생각하는가 하면, 또 백이를 열전의 처음에 앉힌 것은 백이를 빌미로 삼아 역사적 인물, 나아가서는 인간의 운명이라는 것을 암시하고 싶었던 것이 아

닌가 하고 보는 사람도 있다. 그러나
잘 생각해 보면 사마천 자신이 「기미
(驥尾)」에 붙고 싶었던 것이 아닌가
하고도 말할 수 있을 것 같다.

이와 같이 《사기》에서는 「부기미」
란 성어가 대인물에게 인정되어 참된
가치가 비로소 세상에 밝혀진다는 뜻
으로 쓰였으나, 지금은 도리어 다음의
고사(故事)에서 오는 연상(連想)이 더
살아 있다.

《후한서》에 있는 이야기다.

전한 말의 사람으로 장창(張敞)이
그 편지에,

숙제

「파리는 열 걸음(十步) 거리밖에 날지 못하나 기(騏)나 기(驥)와 같은
발이 빠른 말꼬리에 붙으면 천릿길도 쉽게 갈 수 있다. 그러면서도 말에
는 조금도 폐를 끼치지 않고 파리는 다른 것들을 훨씬 멀리 떼어 놓을
수가 있다」고 했다.

여기서 그저 세상에 알려진다는 뜻 이외에 대인물의 힘을 빌려 출세
한다, 또는 능력을 발휘한다, 라는 뜻이 생겨 「기미(驥尾)에 탁(託)한
다」고도 한다. 그래서 「대선배의 기미에 붙어 저도 열심히 노력하겠
습니다」라고 입사(入社) 인사에 쓰면 선배를 칭찬하고 자기도 노력하
겠다는 장한 마음씨를 나타내게 된다.

부동심 不動心

아니 不·움직일 動·마음 心

마음이 외계의 충동을 받아도 흔들리거나 움직이지 아니함.

—《맹자》공손추상(公孫丑上)

「부동심」은 마음을 움직이지 않는다는 말이다. 마음이 어떤 일이나 외부의 충격으로 인해 동요되는 일이 없는 것을 뜻한다.

《맹자》공손추 상에 보면 제자 공손추와 맹자의 일문일답에 이런 내용이 나온다. 공손추가 물었다.

「선생님께서 제나라의 재상이 되어 도를 행하시게 되면, 패(覇)나왕(王)을 이루시어도 이상할 것은 없습니다. 그러나 그렇게 되면 마음을 움직이게 되십니까, 그렇지 않습니까?」

맹자가 대답했다.

「그렇지 않다. 나는 마흔에 마음을 움직이지 않게 되었다(否 我四十不動心)」

마흔 살 때부터 어떤 것에도 마음이 동요되는 일이 없었다는 말이다. 공자가 「마흔에 의혹을 하지 않았다(四十不惑)」는 말과 같은 내용으로 사람들은 풀이하고 있다. 의혹이 없으면 자연 동요하는 일이 없기 때문이다.

공손추는 다시 물었다.

「그럼 선생님께선 맹분(孟賁)과는 거리가 머시겠습니다」

맹분은 한 손으로 황소의 뿔을 잡아 뽑아 죽게 만들었다는 그 당시의 이름난 장사였다.

「맹분과 같은 그런 부동심은 어려운 것이 아니다. 고자(告子) 같은 사람도 나보다 먼저 부동심이 되었다」

「부동심에도 도(道)가 있습니까?」

이렇게 묻는 말에 맹자는 있다고 대답하고 몇 가지 예를 들어 설명한다. 그리고 끝으로 부동심을 위한 근본적인 수양 방법으로 공자의 말씀을 인용하여 이렇게 말했다.

「옛날 증자(曾子)께서 자양(子襄)을 보고 말씀하

맹자부(孟子府)

셨다. 그대는 용병을 좋아하는가. 내 일찍이 공자로부터 큰 용기에 대해 들었다.『스스로 돌이켜보아 옳지 못하면 비록 천한 사람일지라도 내가 양보를 한다. 스스로 돌이켜보아 옳으면 비록 천만 명일지라도 밀고 나간다』고 하셨다」

즉 양심의 명령에 따라 행동을 하는 곳에 참다운 용기가 생기고, 이러한 용기가 「부동심」의 밑거름이 된다는 이야기다.

惡醉而强酒
오 취 이 강 주

술주정하는 것을 미워하면서 남에게 술을 강제로 먹이는 것은 이치에 맞지 않는다. 이와 마찬가지로 불인(不仁)은 내 몸을 망친다. 내 몸이 망하는 것을 싫어하면서도 불인을 좋아하는 것은 술주정꾼을 미워하면서도 술을 강제로 권하는 것과 같은 모순이다.

— 《맹자》 이루 상 —

駙 馬

곁말 駙 말 馬

임금의 사위.

— 《수신기(搜神記)》

임금의 사위를 「부마」 혹은 부마도위(駙馬都尉)라고 한다.

이 부마도위란 한무제 때 처음 생긴 벼슬 이름이었다. 부마는 원래 천자가 타는 부거(副車 : 예비 수레)에 딸린 말로, 그것을 맡은 벼슬이 부마도위다.

부마도위의 계급과 봉록은 비이천석(比二千石 : 실질 연봉 천 삼백 석)으로 대신과 같은 급이었다. 한무제는 흉노의 왕자로 한나라에 항복해 온 김일선(金日禪)에게 이 벼슬을 처음으로 주었었다.

부마도위는 일정한 정원이 없이 천자가 자기 마음에 드는 사람에게 이 벼슬을 주곤 했었다. 그것이 위진(魏晋) 이후로 공주의 남편 되는 사람에 한해 이 벼슬을 줌으로써 임금의 사위를 부마라고 부르게 되었다. 그런데 진(晉)나라 때 간보(干寶)가 지은 《수신기》란 책 속에는 이 부마의 유래에 관해 다음과 같은 이야기가 실려 있다.

농서의 신도도(辛道度)란 사람이 유학길에 올라 옹(雍)이란 도시의 근처까지 왔을 때 일이다. 옹은 춘추시대 진(秦)나라의 수도였던 곳이다. 큰 집 앞을 지나는데 마침 시녀가 대문 밖에 나타나자, 요기를 시켜 달라고 졸랐다. 시녀는 잠시 들어갔다 다시 나타나 들어오라고 청했다.

안에서 아리따운 여인이 나와 인사를 마친 다음 곧 만반진수를 차려 내왔다. 상을 물린 다음 여자가 말했다.

「저는 진나라 민왕(閔王)의 딸로 조(曹)나라로 시집을 가기로 되어 있었는데, 미처 시집도 가기 전에 죽고 말았습니다. 그 뒤 23년을 여기서 혼자 지내게 되었는데, 오늘 뜻밖에 도련님을 뵙게 되니 모두가 인연인 줄 압니다. 사흘만 저와 부부가 되어 이곳에 묵어가십시오」

그리고 사흘이 지난 날 그녀는,

「당신은 살아 있는 사람, 나는 죽은 몸, 비록 전생의 연분으로 사흘 밤을 함께 지내기는 했지만, 더 이상 오래 있을 수는 없습니다. 그럼 작별의 선물을 드리겠습니다」

하고 시녀를 시켜 침대 밑에 있는 상자를 열게 하고 그 속에서 황금 베개를 꺼내 신도도에게 주었다. 신도도가 작별을 하고 돌아서서 조금 오다가 돌아보니 집은 간데없고 무덤이 하나 있을 뿐이었다. 정신없이 얼마를 달려온 신도도는 꿈인가 하고 품속에 있는 황금 베개를 더듬어 보았다. 베개는 틀림없이 있었다.

그 뒤 옹으로 들어온 신도도는 황금 베개를 팔기 위해 길가에 베개를 놓고 소리 높이 살 사람을 찾았다. 마침 지나가던 왕비가 그것을 사서 들고 이상한 생각이 들어 베개의 내력을 캐물었다.

신도도에게 사실 이야기를 들은 왕비는 슬픔에 잠기지 않을 수 없었다. 한편 그가 거짓말을 하는 것이 아닌가 싶어 사람을 보내 무덤을 열어 보았다. 모든 것은 처음대로 있는데 황금 베개만이 없었다. 옷을 풀어 몸을 살펴보니 정을 나눈 흔적이 완연했다. 왕비는 비로소 신도도의 말을 믿게 되었다.

「죽은 지 스물세 해만에 산 사람과 정을 나누었으니, 내 딸은 분명 신선이 된 것이다. 그대야말로 정말 내 사위다」 하고 그를 부마도위로 봉한 다음, 돈과 비단과 수레와 말을 주어 고향으로 돌아가게 했다.

그 뒤로 후세 사람들은 사위를 가리켜 부마라고 했다. 지금은 나라의 사위도 또한 「부마」 라고 한다. 이것은 물론 지어낸 이야기다.

아니 不 족할 足 매달 懸 이빨 齒 어금니 牙

특별히 말할 정도의 것이 못된다.

― 《사기》 숙손통전(叔孫通傳)

진(秦)의 2세 황제 원년(B.C 209) 기현(蘄縣 : 안휘성)의 대택향(大澤鄕)에서 진승(陳勝) · 오광(吳廣) 등이 반기를 들어 농민군을 이끌고 서진하여 순식간에 진(陳 : 하남성)에 입성해 국호를 장초(張楚)라 하고 진승은 왕을 칭했다.

그 소식을 들은 2세 황제는 박사들을 모아 대책을 꾀했다. 박사 30여 명은 한결같이 진승을 반역자로 규정하고, 곧 출병해서 이를 토벌해야 한다고 주장했다.

그러자 2세 황제는 얼굴에 불쾌한 기색을 나타냈다. 농민병의 봉기를 자기에 대한 반역이라고 한 말이 2세 황제의 자존심을 상하게 한 것이다. 그 때 숙손통이 앞으로 나와 말했다. 숙손통은 설(薛 : 산동성) 사람인데 문학으로 진(秦)나라에 임용되어 박사들 틈에 끼어 황제의 자문(諮問)에 응하고 있었던 것이다.

「박사들의 말은 잘못입니다. 지금은 천하가 통일되어 군현은 다 병비(兵備)를 폐하고 있습니다. 더구나 위로 영명하신 폐하 밑에 법령이 아래로 골고루 포고되어 사람들은 다 편안히 직업에 종사하면서 진(秦)을 섬기고 있습니다. 반역하는 자가 나타날 리가 없습니다. 그들은 한낱 도적의 무리로서 문제삼을 필요가 없습니다(不足懸齒牙). 곧 군(郡)에서 붙잡아 처단할 것입니다. 걱정하실 게 못됩니다」

2세 황제는 그 말에 만족하여 숙손통에게 비단 20필, 옷 한 벌을 하사하고 박사로 승격시켰다. 그리하여 진승을 반역자라고 말하는 사람들은 모두 처벌했다.

그러나 농민군은 도적 떼가 아니고 분명히 진나라에 반기를 든 자들이었다. 숙손통이 감히 이

진승·오광이 이끄는 농민반란(중국 역사박물관)

것을 도적이라고 말한 것은 2세 황제에게 영합하기 위해서가 아니고, 무사히 진에서 도망치기 위한 계략이었다. 그는 이미 진의 멸망을 내다보고 있었던 것이다. 곧 그는 고향인 설로 도망쳤다. 설은 이미 초의 항양(項梁)에게 항복했고, 숙손통은 향양을 섬기게 되었다.

그 후 항양의 조카 항우가 한의 유방과 천하를 다투었으며 한(漢)의 5년, 유방이 마침내 항우를 멸망시키고 천하를 통일하여 즉위해서 한고조가 되었다.

숙손통은 이보다 앞서 유방이 초(楚)의 도읍 팽성(彭城)에 입성했을 때(B.C 199), 유방에게 항복하여 훗날 고조의 유신(儒臣)으로서 한의 모든 제도의 제정에 힘을 다했다.

「부족현치아」란,「치아」는 치(齒)와 아(牙), 즉 말의 끝, 입의 끝이란 뜻이다. 따라서「치아 사이에 둔다」또는「치아에 건다(懸)」는, 일을 논하는 것, 그 반대인「치아 사이에 두기는 부족하다」또는「치아에 걸기에는 부족하다(不足懸齒牙)」하면「특별히 말할 정도의 것이 못된다」라는 뜻이 된다.

부앙불괴 俯仰不愧

구부릴 俯 우러를 仰 아니 不 부끄러울 愧

하늘을 우러러보나 세상을 굽어보나 양심에 부끄러움이 없음.

— 《맹자》 진심상(盡心上)

「부앙불괴」란 말은 글자 그대로 풀면 「굽어보나 우러러보나 부끄럽지 않다」는 뜻이다.

이 말은 《맹자》의 「우러러 하늘에 부끄럽지 않고, 굽어 사람에게 부끄럽지 않다(仰不愧於天 俯下怍於人)」라고 한 데서 나온 말이다. 마음가짐에 있어서나, 행동에 있어서나 양심에 아무 부끄러울 것이 없는 대장부의 공명정대한 심경을 비유해서 한 말이다.

《맹자》진심 상에 있는 원문을 소개하면 다음과 같다.

「군자는 세 가지 즐거움이 있다(君子三樂). 그러나 천하에 왕 노릇하는 것은 이 세 가지 가운데 들어 있지 않다. 부모가 함께 살아 계시고, 형제가 무고한 것이 첫째 즐거운 일이다. 우러러 하늘에 부끄럽지 않고, 굽어 사람에게 부끄럽지 않은 것이 둘째 즐거움이다. 천하의 영재(英才)를 얻어 가르쳐 기르는 것이 셋째 즐거움이다. 이렇게 군자에게는 세 가지 즐거움이 있지만, 이 가운데 천하에 왕 노릇하는 것은 들어 있지 않다」

이상이 전문이다. 설명을 필요로 하지 않는 문장이다. 옳은 사람에게는 부귀라는 것이 사실상 즐거움이 될 수 없다는 것을 강조한 데 특색이 있다. 가정의 행복이 첫째, 그리고 마음의 편안함이 둘째, 끝으로 후배의 양성이 셋째일 뿐, 그 밖의 것은 사람을 즐겁게 하는 것이 될 수 없다는 것이다.

불공대천지수 不共戴天之讎

아니 不 함께 共 일 戴 하늘 天 의 之 원수 讎

이 세상에 같이 살 수 없는 아주 큰 원수.

— 《예기(禮記)》곡례편(曲禮篇)

「불공대천지수」는 글자대로 새기면 「함께 하늘을 이지 못할 원수」란 말이다. 「하늘을 인다」는 것은 「서서 걸어다닌다」는 뜻이다. 죽지 않고서는 한 하늘을 이고 다니지 않을 수 없다. 즉 함께 세상에 살아 있을 수 없는 원수, 상대를 죽이든가 아니면 내가 죽든가 해야 할 원수. 다시 말해 누가 죽든 결판을 내고 말아야 할 원수가 불공대천지수다. 혹 「불공대천지원수」라고 말하는 사람도 있다.

이 말은 《예기》곡례편에 나오는 꽤 오래된 말이다.

「아비의 원수는 더불어 하늘을 이지 않는다. 형제의 원수는 칼을 돌이키지 않는다. 사귀어 온 사람의 원수는 나라를 함께 하지 않는다」

부모와 형제와 친구의 원수를 어떻게 대하느냐 하는 윤리관을 말한 예가 되겠다. 부모를 죽인 원수는 내가 죽는 한이 있더라도 기어이 갚고 말아야 한다는 것을, 함께 하늘을 이지 않는다고 표현한 데 문장의 묘미가 있는 것도 같다.

칼을 돌이키지 않는다는 말은 좀 애매한 데가 없지 않아 해석들이 구구한데, 일단 원수를 만나게 되면 다음날로 미루지 말라는 뜻인 것 같다. 부모의 원수는 찾아다녀서라도 기어이 갚아야 하지만, 형제의 원수는 마주치게 되었을 때 갚는 것에 차이점을 둔 것 같다. 친구의 원수와 나라를 같이하지 않는다는 것은, 죽일 것까지는 없지만 같은 조정에 벼슬을 한다거나, 한마을에서 조석으로 상종할 수 없다는 정도의 이야기인 것 같다.

부형청죄 負荊請罪

질 負 가시나무 荊 청할 請 죄 罪

다른 사람에게 자신의 잘못을 인정하고 처벌을 요청함.

— 《사기》 염파인상여열전

　전국시대 조나라 혜문왕은 당시 천하의 제일가는 보물로 알려져 있던 화씨벽(和氏璧)을 우연히 손에 넣게 되었다. 그러자 이 소문을 전해 들은 진나라 소양왕(昭陽王)이 열다섯 개의 성(城)을 줄 테니 화씨벽과 맞바꾸자고 사신을 보내 청해 왔다. 〔☞ 화씨벽〕

　진나라의 속셈은 뻔했다. 구슬을 먼저 받아 쥐고는 성은 주지 않을 작정이었다. 그러나 조나라로서는 그렇다고 이를 거절하면 거절한다고 진나라에서 트집을 잡을 것이 또한 분명했다.

　이럴 수도 저럴 수도 없어 중신회의에서도 결론을 내리지 못하고 있을 때, 환자령(宦者令) 유현이 그의 식객으로 있는 인상여를 추천했다. 혜문왕은 인상여를 불러 대책을 물었다. 그러자 그는,

　「조나라가 거절하면 책임은 조나라에 있고, 진나라가 속이면 책임은 진나라에 있습니다. 이를 승낙하여 책임을 진나라에 지우는 것이 옳을 줄 아옵니다」하고 대답했다.

　「그럼 어떤 사람을 사신으로 보내면 좋을는지?」

　「마땅한 사람이 없으면 신이 구슬을 가지고 가겠습니다. 성이 조나라로 들어오면 구슬을 진나라에 두고, 성이 들어오지 않으면 신은 구슬을 온전히 하여 조나라로 돌아올 것을 책임지고 말씀드리겠습니다(……城不入 臣請完璧歸趙)」

　이리하여 인상여는 화씨벽을 가지고 진나라로 가게 되었다.

　소양왕은 구슬을 보고 크게 기뻐하며 좌우 시신들과 후궁의 미인들

에게까지 돌려가며 구경을 시켰다. 인상여는 진왕이 성을 줄 생각이 없는 것을 눈치 채자 곧 앞으로 나아가,

「그 구슬에는 티가 있습니다. 신이 그것을 보여 드리겠습니다」 하고 속여, 구슬을 받아 드는 순간 뒤로 물러나 기둥을 의지하고 서서 왕에게 말했다.

인상여의 기지

「조나라에서는 진나라를 의심하고 구슬을 주지 않으려 했었습니다. 그런 것을 신이 굳이 진나라 같은 대국이 신의를 지키지 않을 리 없다고 말하여 구슬을 가져오게 된 것입니다. 구슬을 보내기에 앞서 우리 임금께선 닷새를 재계(齋戒)를 했는데, 그것은 대국을 존경하는 뜻에서였습니다. 그런데 대왕께선 신을 진나라 신하와 같이 대하며 모든 예절이 정중하지 못했을 뿐만 아니라, 구슬을 받아 미인에게까지 보내 구경을 시키며 신을 희롱하셨습니다. 신이 생각하기에, 대왕께선 조나라에 성을 주실 생각이 없으신 것 같습니다. 그러므로 신은 다시 구슬을 가져가겠습니다. 대왕께서 굳이 구슬을 강요하신다면 신의 머리는 이 구슬과 함께 기둥에 부딪치고 말 것입니다」

머리털이 거꾸로 하늘을 가리키며 인상여는 구슬을 들어 기둥을 향해 던질 기세를 취했다. 구슬이 깨어질까 겁이 난 소양왕은 급히 자신의 경솔했음을 사과하고 담당관을 불러 지도를 가리키며 여기서 여기까지 열다섯 성을 조나라에 넘겨주라고 지시했다.

그러나 모두가 연극이란 것을 알고 있는 인상여는 이번에는,

「대왕께서도 우리 임금과 같이 닷새 동안을 목욕재계한 다음 의식을 갖추어 천하의 보물을 받도록 하십시오 그렇지 않으면 신은 감히 구슬을 올리지 못하겠습니다」

이리하여 진왕이 닷새를 기다리는 동안 인상여는 구슬을 심복 부하에게 주어 샛길로 조나라로 돌아가도록 했다.

감쪽같이 속은 진왕은 인상여를 죽이고도 싶었지만, 점점 나쁜 소문만 퍼질 것 같아 인상여를 후히 대접해 돌려보내고 말았다.〔☞ 완벽(完璧)〕

귀국하자 조왕은 인상여가 너무도 고맙고 훌륭하게 보여서 그를 상경(上卿)에 임명했다. 그렇게 되자 염파보다 지위가 위가 되었다. 염파는 화가 치밀었다.

「나는 조나라 장군으로서 성을 치고 들에서 싸운 큰 공이 있는 사람이다. 인상여는 한갓 입과 혀를 놀림으로써 나보다 윗자리에 오르다니 이는 용납할 수 없는 일이다」 하고 다시,

「상여를 만나면 반드시 모욕을 주고 말겠다」 라고 선언했다.

이 소문을 들은 인상여는 될 수 있으면 염파를 만나지 않으려 했다. 조회 때가 되면 항상 병을 핑계하고 염파와 자리다툼하는 것을 피했다. 언젠가 인상여가 밖으로 나가다가 멀리 염파가 오는 것을 보자 옆 골목으로 피해 달아나기까지 했다.

이런 광경을 본 인상여의 부하들은 인상여의 태도가 비위에 거슬렸다. 그들은 상의 끝에 인상여를 보고 말했다.

「우리들이 이리로 온 것은 대감의 높으신 의기를 사모해서였습니다. 그런데 염장군이 무서워 피해 숨는다는 것은 못난 사람들도 수치로 아는 일입니다. 저희들은 이만 물러가겠습니다」

인상여는 그들을 달랬다.

「공들은 염장군과 진왕 중 어느 쪽이 더 대단하다고 생각하는가?」

「그야 진왕과 어떻게 비교가 되겠습니까?」

「그 진왕의 위력 앞에서도 이 인상여는 그를 만조백관이 보는 앞에서 꾸짖었소. 아무리 내가 우둔하기로 염장군을 무서워할 리가 있소. 진나라가 우리 조나라를 함부로 넘보지 못하는 것은 염장군과 내가 있기 때문이오. 두 호랑이가 맞서 싸우면 하나는 반드시 죽고 마는 법이오. 내가 달아나 숨는 것은 나라 일을 소중히 알고, 사사로운 원한 같은 것은 뒤로 돌려버리기 때문이오」

그 뒤 이 소식을 전해들은 염파는 자신의 못남을 뼈아프게 느꼈다. 웃옷을 벗어 매를 등에 지고 사람을 사이에 넣어 인상여의 집을 찾아가 무릎을 꿇고 사죄했다.

「못난 사람이 장군께서 그토록 관대하신 줄을 미처 몰랐습니다」

이리하여 두 사람은 다시 친한 사이가 되어 죽음을 함께 해도 마음이 변하지 않는 그런 사이가 되었다(卒相與驩 爲刎頸之交)〔☞ 문경지교(刎頸之交)〕

인상여도 위대하지만, 자기의 잘못을 뉘우치고 순식간에 새로운 기분으로 돌아가 깨끗이 사과를 하는 염파의 과감하고 솔직한 태도야말로 길이 우리의 모범이 아닐 수 없다.

이 이야기가 서술되는 마지막 부분에서「염파는 웃옷을 벗어 매를 등에 지고 인상여의 집을 찾아가서 사죄하였다. 이에 장군과 국상은 화해하고 문경지교를 맺게 되었다(廉頗肉袒負荊 至藺相如門謝罪 卒相與歡 爲刎頸之交)」라고 쓰고 있다.

「육단부형(肉袒負荊)」이라고도 한다. 그리고 생사를 같이할 수 있는 친구 사이를 가리켜「문경지교(刎頸之交)」라고도 한다.

분서갱유 焚書坑儒

불사를 焚 책 書 구덩이 坑 선비 儒

책을 불사르고 유생(儒生)들을 산 채로 구덩이에 묻어 죽임.
상황을 고려하지 않고 발본색원하는 폭정을 비유하여 일컬음.

— 《사기》 진시황기(秦始皇記)

진시황 34년 시황은 함양궁에서 술자리를 베풀었다. 이때 군현제도를
찬양하는 복야(僕射) 주청신(周靑臣)과 봉건제도의 부활을 주장하는 박
사 순우월(淳于越)이 시황 앞에서 대립된 의견을 놓고 싸웠다. 시황은
이 문제를 신하들에게 토의하게 했다. 승상 이사(李斯)는 순우월의 의견
을 몹시 못마땅하게 생각했다. 진시황의 독재 뒤에는 이사의 이기적인
칼날이 언제나 빛나고 있었다. 이사는 선비들의 그런 태도는 임금의
권위를 떨어뜨리고 당파를 조성하는 결과를 가져오므로 일절 금해야
한다고 주장하고, 구체적으로 이 같은 안을 제시했다.

「사관(史官)이 맡고 있는 진나라 기록 이외의 것은 모두 태워 없앤다.
박사가 직무상 취급하고 있는 것 이외에 감히 시서(詩書)나 백가어(百家

이사

語) 들을 가지고 있는 사람은 모두 고을 수령에
게 바쳐 태워 없앤다. 감히 시서를 말하는 사람
이 있으면 모두 시장바닥에 끌어내다 죽인다. 옛
것을 가지고 지금 것을 비난하는 사람은 일족을
모두 처형시킨다. 관리로서 이를 알고도 검거하
지 않는 사람도 같은 죄로 다스린다. 금령이 내
린 30일 이내에 태워 없애지 않는 사람은 이마에
먹물을 넣고 징역형에 처한다. 태워 없애지 않는
것은 의약(醫藥)·복서(卜筮)·농사(種樹)에 관

한 책들이다. 만일 법령을 배우고자 할
때는 관리에게 배워야 한다」

시황은 이사의 말을 채택하여 실시
케 했다. 이것이 「분서(焚書)」다. 당시
의 책은 오늘날과 같이 종이에 인쇄하
여 대량으로 생산하는 것이 아니고, 대
쪽(竹片)에 붓으로 써 놓은 것이며 한번
잃으면 또다시 복원할 수 없는 것도 많
았다. 여하튼 인간의 문화에 대한 반역
으로서 단연코 용서할 수 없는 일이다.

이듬해인 35년에는, 진시황이 불로

분서갱유

장생을 원한 나머지 신선술을 가진 방사(方士)들을 불러 모았다. 그
중에서도 특히 우대를 한 것이 후생(侯生)과 노생(盧生)이었다. 그런데
그들은 진시황의 처사에 불안을 느꼈는지 시황을 비난하고 자취를 감
추어 버렸다. 격노한 시황에게 정부를 비난하는 수상한 학자가 있다
는 보고가 들어왔다. 시황은 어사를 시켜 학자들을 모조리 잡아다가
심문했다. 사실상 학자들은 비난한 일이 없지도 않은 터라, 서로 책임
전가를 하며 자기만 빠지려 했다.

그 결과 법에 저촉된 사람이 460여 명이나 되었다. 이들은 모두 함양
성 안에 구덩이를 파고 묻게 했다. 널리 천하에 알려 다시는 임금이나
정부가 하는 일을 비판하는 일이 없도록 하기 위해서였다. 이것이 「갱유
(坑儒)」다. 왕정의 기초를 공고히 하려는 시황제의 가법혹정(苛法酷政)
은 「분서」나 「갱유」 같은 사상 드물게 보는 폭거를 저지른 것이다.

그러나 이 「분서갱유」를 대단치 않은 사건으로 보는 학자도 있다. 죽
은 사람은 460명뿐이었고, 책들은 사실상 참고를 위해 몇 벌씩 정부 서고
에 보관되어 있었다. 그것을 불살라 버린 것은 실상 항우였다.

분서갱유 **焚書坑儒** 383

불념구악　不念舊惡

아니 不 생각할 念 예 舊 악할 惡

지나간 잘못을 염두에 두지 않는다.

―《논어》 공야장편(公冶長篇)

지나간 잘못을 염두에 두지 않는다는 것이 「불념구악」이다. 지나간 일을 탓하지 않는 것을 「기왕불구(旣往不咎)」라고 한다. 이 말과 약간 일맥상통하는 점이 있기는 하나 뜻은 다르다.

백이·숙제가 지나치게 결백한 나머지 불의로 천하를 얻은 주나라의 곡식마저 먹을 수 없다 하여 수양산에 들어가 고사리를 캐먹다가 굶주려 죽었다는 이야기는 너무나 유명하다.

그 백이에 대해 맹자가 이런 구체적인 사례를 들고 있다. 즉《맹자》 공손추 상에서 맹자는 이렇게 말하고 있다.

「백이는 그 임금이 아니면 섬기지 않고, 그 벗이 아니면 사귀지 않았으며, 악한 사람의 조정에 서지도 않고, 악한 사람과는 함께 말도 하지 않았다. 악한 사람의 조정에 서거나, 악한 사람과 함께 말하는 것은, 마치 예복을 입고 예모를 쓴 채 시궁창이나 숯검정 위에 앉는 것과 다를 바 없이 여겼다. 이러한 악한 것을 미워하는 마음을 확대시켜 시골 사람들과 같이 섰을 때, 그 사람의 갓이 비뚤어졌으면 뒤도 돌아보지 않고 가버렸다. 마치 더러운 것이라도 묻은 것처럼 생각했다. 그러니 제후들 중에 좋은 말로 그를 모시러 오는 사람이 있어도 백이는 이를 모두 거절했다」

이것으로 보아, 백이가 얼마나 결백하고 남을 포용하는 마음이 좁았는가를 알 수 있다. 그러나 맹자는 그를 성인이라고 했다. 다만 성인 가운데 깨끗한 사람(淸者)이라고 했다. 그런데 그 백이에게도 반대의 일면이 있었던 것이다. 그것이 바로 여기에 나오는 「불념구악」이다.

《논어》공야장편에 보면 공자는 이렇게 말하고 있다.

「백이와 숙제는 옛 악을 생각지 않았다. 그래서 원망이 적었다 (伯夷叔齊 不念舊惡 怨是用希)」

그토록 결백하고 까다로운 백이와 숙제도 지나간 날의 잘못을 염두에 두지 않았기 때문에 사람들

수양산 백이숙제 묘

은 그의 지나친 결백을 그다지 원망스럽게 생각지 않았다는 뜻이다. 어제 아무리 보기 흉한 짓을 한 사람이라도 오늘 좋은 모습으로 나타나면 반갑게 맞아주는 백이 숙제였기 때문에 사람들은 그들을 어려워는 했을망정 미워할 필요는 없었던 것이다.

「기왕불구」가 의식적인 노력에서 나오는 아량이라면, 이「불념구악」은 그야말로「명경지수(明鏡止水)」와 같은 성자의 초연한 심정에 서일 것이다.

지나간 일을 놓고 콩이야 팥이야 따지는 태도도 삼가야겠지만, 한번 밉게 본 사람을 언제나 같은 눈으로 대하는 것은 더욱 삼가야 할 일이다. 〔☞ 기왕불구(既往不咎)〕

富家不用買良田　書中自有千鍾粟
부가불용매양전　서중자유천종속

집을 부유하게 만들기 위해서는 굳이 좋은 논밭을 살 필요가 없다. 책속에 많은 곡식이 저장되어 있지 않은가.

— 《고문진보》 권학문 —

불두착분 佛頭着糞

부처 佛 머리 頭 묻을, 입을 着 똥 糞

고결한 사람이 속세에 때묻거나, 선량한 사람들로부터 수모를 당함.

— 《전등록(傳燈錄)》

송나라 때의 승려 도원(道原)이 편찬한 《전등록》에 나오는 이야기다.

어느 날 최상공이라는 사람이 절간의 뜰을 거닐다가 부처님의 머리 위에 새똥이 떨어져 있는 것을 보고 짐짓 성난 체하면서 중에게 물었다.

「그래, 이놈의 새들에게는 불성(佛性)이라고는 조금도 없단 말입니까?」

중이 얼른 대답했다.

「물론 있지요」

그러자 최상공이 다시 물었다.

「그렇다면 저것들이 어찌해서 부처님의 머리 위에 똥을 싼단 말입니까?」

중이 말했다.

「그렇다면 그것들이 왜 소리개의 머리 위에는 똥을 싸지 않습니까?」

새들이 부처님의 머리 위에는 똥을 쌀 수 있을망정 소리개의 머리 위에는 감히 그럴 수 없다는 이 유머러스한 대답에서 「불두착분」이라는 말이 나오게 되었다. 성스럽고 결백한 것에 오물이 묻거나 착한 사람이 수모를 당하는 경우에도 불두착분이라고 한다. 또한 훌륭한 물건 위에 불순물이 첨가된 경우에도 불두착분이라고 한다.

불변숙맥　不辨菽麥

아니 不 구별할 辨 콩 菽 보리 麥

너무나 아둔해서 상식적인 일마저도 모름.

— 《좌전》 성공 18년

콩과 보리도 구별하지 못한다는 말로, 너무나 아둔해서 상식적인 일마저도 모르는 사람을 일컫는 말이다.

《좌전》 성공(成公) 18년에 이런 이야기가 나온다.

춘추시대 진(晉)나라 귀족들 사이에는 권력 쟁탈전이 치열하게 전개되고 있었다. 진려공(晉厲公)이 서동(胥童)을 편애해서 국권을 그에게 일임하자 난서(欒書), 중행언(中行偃) 등은 우선 서동을 잡아 죽인 다음 진려공마저 죽여 버렸다.

그러고 나서 진양공의 증손인 주자(周子)를 임금으로 내세우고 실권은 자신들이 장악하였다. 그리하여 이제 겨우 열네 살밖에 안된 주자는 명색이 임금이었지 사실은 허수아비에 지나지 않았다.

그럼에도 불구하고 난서와 일부 귀족 대부들은 주자가 특별히 총명하고 재질이 출중하다고 떠벌이는 한편 주자의 형은 아둔해서 임금이 될 수 없다고 소문을 냈다.

《좌전》에는 이에 대해서 「주자에게는 형이 있었지만, 지혜가 없어 콩과 보리도 구분하지 못해 임금으로 세울 수 없었다(周子有兄而無慧 不辨菽麥 故不可立)」라고 쓰고 있는데, 불변숙맥이라는 말은 여기에서 유래한 것이다.

불입호혈부득호자 　不入虎穴不得虎子

아니 不 들 入 범 虎 굴 穴 얻을 得 아들 子

큰 결과를 얻기 위해서는 위험을 무릅써야 한다.

― 《후한서》 반초전(班超傳)

「호랑이 굴에 들어가야 호랑이 새끼를 잡는다」는 말이 바로 「불입
호혈(不入虎穴)이면 부득호자(不得虎子)」다. 큰 공을 세우려면 모험을
해야만 된다는 뜻이다.

이 말은 《후한서》 반초전에 나와 있는 반초의 말이다. 반초가 36명의
장사들을 이끌고 선선국(鄯善國)에 사신으로 갔을 때의 일이다. 국왕인
광(廣)은 반초를 극진히 대우했다. 그러나 며칠이 가지 않아 갑자기 대
우가 달라졌다. 흉노의 사신이 온 때문이었다.

선선은 천산(天山) 남쪽 길과 북쪽 길이 갈라지는 분기점에 있는 교통
의 요지였으므로 흉노도 많은 관심을 가지고 자기 지배 하에 두려 했다.
광왕은 흉노를 한나라 이상으로 무서워하고 있었다.

정세의 변동을 재빨리 알아차린 반초는 광왕의 시종 한 사람을 불러
내어,

「흉노의 사신이 온 지 며칠 된 것 같은데, 그들은 지금 어디에 있는
가?」하고 유도 심문을 했다.

시종이 겁을 먹고 사실을 말하자, 반초는 곧 그를 골방에 가둬 두고
부하들을 모아 잔치를 벌였다. 술이 얼근해 올 무렵, 반초는 그들을 격
분시키는 어조로 말했다.

「……지금 흉노의 사신이 여기에 와 있다. 이곳 왕은 우리를 냉대하
기 시작했다. 우리를 흉노에게 넘겨줄지도 모른다. 그렇게 되면 우리는
만리타국에서 승냥이 밥이 되고 말 것이다. 좋은 방법이 없겠는가?」

부하들은 다 같이 입을 모아,

「무조건 장군의 명령에 따르겠습니다」

그러자 반초가 말했다.

「호랑이 굴에 들어가지 않으면 호랑

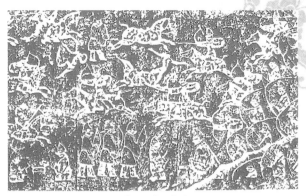
흉노의 전쟁

이 새끼를 얻지 못한다(不入虎穴 不得虎子)고 했다. 지금 우리로서는 밤에 불로 놈들을 공격하는 길밖에 없다……」하고, 36명의 장사를 거느리고 흉노의 사신이 묵고 있는 숙소에 불을 지르는 한편, 급히 습격해 들어가 정신없이 허둥대는 몇 배나 되는 적을 모조리 죽여 버렸다.

물론 선선왕은 한나라에 항복했다. 반초는《한서》의 저자인 반고(班固)의 아우다.

勿謂今日不學而有來日
물 위 금 일 불 학 이 유 내 일

오늘 배우지 않고 내일이 있음을 말하지 마라.

오늘 배우지 않고서 내일도 모레도 있음을 말하지 마라. 그날그날을 등한히 보내서는 안된다.

— 《고문진보》 권학문 —

아니 不 부끄러울 恥 아래 下 물을 問

겸허하고 부끄럼 없이 배움을 즐김.

—《논어》팔일편(八佾篇)

옛날 통치자들은 유가 학설의 창시자인 공자를 가리켜 천성적으로 가장 학문이 있는 성인으로 높이 받들었다. 그러나 공자 자신은 「나는 태어나면서부터 학문이 있었던 것은 아니다. 옛것을 좋아해서 민첩하게 이를 구하려는 사람이다」라고 말했다. (《논어》술이편)

어느 날 공자는 태묘(太廟)에 가서 노나라 임금이 조상에게 제사를 지내는 의식에 참가한 적이 있는데, 매사에 모르는 것이 있으면 사람들에게 물어본 뒤 시행했다는 것이다.

이에 어떤 사람들은 그가 의례(儀禮)를 너무 모른다고 비난하게 되었다. 그 말을 들은 공자는 「내가 모르는 일에 매사 묻는 것이 바로 내가 의례를 알려고 하는 것이 아닌가?」라고 대답했다고 한다.

그 무렵 위나라에는 공어(孔圉)라고 하는 대부가 있었는데, 죽은 뒤에 시호를 문(文)이라 하였다. 때문에 사람들은 그를 공문자(孔文子)라고 불렀다. 이 일을 두고 공자의 제자인 자공(子貢)이 어느 날 공자에게 「공문자는 왜 시호를 문이라고 했습니까?」라고 물었다.

공자는 그가 「총명하고 부지런하며 아랫사람에게 묻는 것을 부끄럽게 여기지 않았기 때문에 시호를 문이라고 한 것이다(敏而好學 不恥下問 是以謂之文)」라고 대답했다. (《논어》공야장편)

「불치하문」은 바로 공자의 이 말에서 유래한 것으로, 오늘날에는 겸허하고 부끄럼 없이 배우기를 즐기고 진심으로 남의 가르침을 받는 태도를 말한다.

불혹지년 不惑之年

아니 不 미혹할 惑 의 之 해 年

불혹의 나이, 즉 마흔 살.

—《논어》위정편(爲政篇)

공자가 말하기를, 「나는 15세에 학문에 뜻을 두고(志學), 30에 확고히 서고(而立), 40에 의심하지 않고(不惑), 50에 천명을 알고(知天命), 60에 귀가 순하고(耳順), 70에 마음에 하고 싶은 바를 좇아 행해도(從心所欲) 법에 벗어나지 않았다」라고 했다.

이것은 공자가 자기 일생을 회고하며 정신적인 성장 과정을 말한 것인데, 여기에 나와 있는 말이 그대로 나이를 가리키는 말로 쓰인다.

15세에 학문에 뜻을 둔다 해서 열다섯 살을 지학지년(志學之年)이라 하고, 30에 확고히 섰다 해서 서른 살을 입년(立年)이라 하며, 마흔 살을 불혹지년(不惑之年), 쉰 살을 명년(命年), 예순 살을 이순지년(耳順之年)이라 하는데, 일흔 살만은 불유지년(不踰之年)이라 말하지 않는다. 지년(之年)이란 말이 붙은 것은 이를 떼어내고, 지학·불혹·이순만을 쓰기도 한다.

또 31세에서 39까지를 입일(立一), 입구(立九)하는 식으로 쓰기도 하고, 51세에서 59까지를 명일(命一), 명구(命九) 하는 식으로 쓰기도 한다.

이와 마찬가지로 스무 살을 약관(弱冠)이라고 한다. 「약(弱)」은 아직 어리다는 뜻이고, 「관(冠)」은 20세면 옛날에는 성인식이라고 할 수 있는 관례(冠禮)라는 의식을 통해 어른이 쓰는 갓을 썼기 때문에 약관이란 말로 20세를 나타내게 된다. 〔☞ 약관(弱冠)〕

또 여자는 옛날 15세만 되면 쪽을 올리고 비녀를 꽂았다. 그래서 계년(笄年)이라면 여자의 나이 15세를 가리키게 된다.

붕새 鵬 한도 程 일만 萬 마을 里

앞길이 매우 멀고도 큼.

—《장자》소요유편(逍遙游篇)

붕(鵬)이란 사전적 의미는 큰 새, 상상상의 큰 새 이름이라고 되어 있다. 말하자면 고대 중국인의 소박한 공상의 소산으로 동물학상 조류의 무슨 과에 속하는 새인지 캘 필요는 없다. 어쨌든 엄청나게 큰 새라고 생각하면 된다. 그 붕에 관해 기록된 가장 대표적인 문장은 《장자》 소요유편 처음에 있는 일절로 거기에는,

「북해(北海) 끝에 곤(鯤)이라는 이름의 고기가 있다. 곤의 크기는 몇천 리인지 모른다. 곤이 변해서 붕(鵬)이란 이름의 새가 된다. 붕의 등허리도 몇 천리인지 모른다. 이 새가 한번 힘을 내서 날면 그 날개는 하늘 전체를 뒤덮는 구름이 아닌가 생각되고, 해면이 한꺼번에 뒤집힐 듯한 대풍이 불면 그 바람을 타고 북해 끝에서 남해 끝까지 날려고 한다」라고 씌어 있다.

제해(齊諧)라는 이 세상의 불가사의를 잘 아는 사람의 말에 의하면,

「붕이 남해로 날아 옮기자면 바닷물에 날갯짓을 3천 리, 회오리바람을 타고 오르기 9만 리, 6개월 동안 계속 난 다음 비로소 그 날개를 쉰다고 한다」라고 씌어 있다.

장자는 이 붕을 빌어 세속의 상식을 초월한 무한히 큰 것, 그 아무것에도 사로잡히지 않는 정신의 자유세계에 소요하는 위대한 자의 존재를 시사하려고 했으나, 그래도 곤〔鯤 : 사전에는 물고기의 알(魚卵)이라고 씌어 있다〕이란 지미지소(至微至小)한 것을 큰 물고기의 이름으로 하고, 그 곤이 새로 변한 것이 붕(鵬)이라고 하니 아주 기발한 착상

이다. 그것은 어쨌든 앞의 《장자》의 문장으로 하여 여러 가지 숙어가 생겨났다.

우선 「붕곤(鵬鯤)」 또는 「곤붕」이라 하면 상상을 초월한 지대한 사물을 비유한 것이고 「붕배(鵬背)」, 「붕익(鵬翼)」 하면 거대한 것의 비유로 쓰이며, 특히 붕익은 콩코드나 보잉 747 같은 거대한 항공기 등의 형용에 흔히 쓰인다.

그것에 준하면 「붕박(鵬搏 : 붕의 날갯짓)」, 「붕비(鵬飛)」, 「붕거(鵬擧)」는 크게 분발해서 일을 하려고 함의 비유이고 「붕도(鵬圖)」, 「붕정(鵬程)」은 범인으로서는 생각도 미치지 않는 원대한 사업·계획을 비유하는 말이란 점도 절로 납득이 갈 것이다.

마지막으로 장자는 이 9만 리를 나는 대붕(大鵬)─속박되는 일이 없는 위대한 존재자와의 대비(對比)로써 상식의 세계에 만족하고 얕은 지혜를 농(弄)하며 스스로 족하다 생각하는 비소(卑小)한 범속배의 천박함을 척안(斥鷃 : 작은 물새)에 비유하여 이렇게 풍자한다.

「9만 리를 나는 대붕을 보고, 척안은 도리어 그것을 비웃으며 『저것 봐라, 저 붕이란 녀석은 도대체 어디로 가려고 하는 거지. 우리들은 힘껏 뛰어올라도 기껏해야 5, 6칸으로 내려와서는 쑥이 무성한 위를 날 뿐이지만, 그래도 충분히 나는 재미는 있거든. 그런데 녀석은 도대체 어디까지 날아갈 작정이지?』 하고 빈정거린다. 결국 왜소(矮小)한 것은 위대한 것의 마음이나 행동을 알 턱이 없다. 대와 소의 차이점이다」

여기서 「붕안(鵬鷃)」이란 말도 쓰인다. 대소의 차가 현격함의 비유로 쓰인다.

「연작안지 홍곡지지(燕雀安知 鴻鵠之志)」도 이와 다소 비슷한 뜻을 지닌 말이다. 〔☞ 연작안지 홍곡지지〕

비방지목 誹謗之木

헐뜯을 誹 헐뜯을 謗 의 之 나무 木

훌륭한 정치의 표본이 되는 물건이나 사건.

— 《회남자(淮南子)》

요(堯)와 순(舜) 두 임금은 고대 중국인의 소박한 이념 속에서 태어난 이상적인 성천자(聖天子)다. 물론 그것은 몇 천 년이나 거슬러 올라간 전설시대의 인물이므로, 그 역사적 실재성을 의심하기로 하면 한이 없다. 요순 말살론은 이미 역사학의 상식이라 해도 과언이 아니다. 그럼에도 불구하고 고전(古傳)이나 고서를 통해서 요순의 존재는 중국인의 가슴속에서 오히려 뚜렷하게 이어오고 있다. 이것 역시 그러한 요순의 이상정치의 일단을 말하는 전설의 하나다.

제요 도당씨(帝堯陶唐氏)는 성이 이기(伊祁), 이름은 방훈(放勛), 제곡(帝嚳)의 아들로 그 인(仁)은 하늘(天)과 같고, 그 지(知)도 신(神)과 같고, 자비심이 지극한 총명한 천자로서, 하늘을 공경하고 사람을 사랑하는 이상정치를 펴서 천하 사람들로부터 추모받고 있었다.

요임금

그의 거처는 갈대 지붕이고 세 층의 흙계단이 딸린 조촐한 집으로, 부유해도 남에게 뽐내지 않고 귀(貴)해도 남을 깔보지 않으며, 오로지 정치가 올바르게 되는 것만을 염두에 두고 있었다.

그는 자기의 정사가 자기 혼자만의 생각이면 혹 잘못이 있지 않을까 하는 생각에서 궁문 입구에 커다란 북을 매달아 놓고 다리 앞에 네 개의 나무로 엮은 기둥을 세웠다.

순임금

북은 「감간지고(敢諫之鼓)」라 이름하여 누구라도 요임금의 정치에 불비한 점을 발견한 자는 그 북을 쳐서 거리낌 없이 자기의 의견을 말하도록 하고, 기둥은 「비방지목」이라 이름하여 누구라도 요의 정치에 불만이 있는 자는 그 기둥에 불평이나 불만을 써 붙여서 자기의 희망을 주장하도록 하기 위해서였다.

「감간(敢諫)」은 감히 간한다, 즉 반대 의견의 상신이고, 「비방(誹謗)」은 「남을 헐뜯어 책망하는 것」이다. 요는 이런 것에 의해 한층 정확하게 민의의 소재와 동향을 알고, 자기반성의 자료로도 삼아 민의를 반영한 정치에 힘썼다는 것이리라.

일설에는 「감간의 북」은 요임금이, 「비방의 나무」는 순임금의 일이라고 하는 얘기도 있다. 또 다른 일설에는 요가 「진선의 깃발(進善之旌)」과 「비방의 나무」를 세웠다고도 한다.

「진선의 깃발」은 큰길가에 세워 선언(善言)—정치에 대한 좋은 의견—이 있는 자로 하여금 그 깃발 밑에서 자유롭게 의견을 발표시켰다고 한다.

아무튼 이것은 국민에 의한 민주주의 단계와는 아주 먼 고대 제왕의 전제정치이기는 하나, 민의에 정치의 근본을 두겠다는 이념을 나타내는 것, 혹은 또 정치에 우리들의 의견도 참작해 달라는 백성들의 의사나 원망을 나타내는 것으로서 흥미롭다.

비방지목 誹謗之木

비육지탄 髀肉之嘆

넓적다리 髀 살 肉 의 之 탄식할 嘆

성공하지 못하고 한갓 세월만 보내는 일을 탄식함.

— 《삼국지(三國志)》 촉지(蜀志)

건안 원년(196), 조조는 천도한 허창으로 헌제(獻帝)를 맞이하여 스스로 대장군이라 칭하고 조정의 실권을 장악했다. 그 무렵, 유비는 점차 다크호스로 주목되고 있었으나, 조조의 사주를 받은 여포와 원술의 협격을 받아 조조에게 몸을 의탁하게 되었다. 스스로 한실의 후예라 하여 한실의 부흥에 뜻을 두고 있는 그는 거기장군(車騎將軍)인 동승(董承)과 결탁, 암암리에 조조를 죽이려던 계획이 탄로가 나자 구사일생으로 탈출하여 기주(冀州)로, 이어 여남(汝南)으로 전전했다. 그 동안 6년이란 세월이 흘러갔다. 그 무렵 조조와 나란히 차츰 진출하기 시작한 것은 강동 땅에 웅거한 손씨(孫氏)였다.

유비는 조조에게 쫓겨 다시 형주에 있는 유표(劉表)에게 의탁하게 되었다. 유비가 유랑하고 있는 사이에 조조는 원술·여포·원소(袁紹)를 격파하고 하북을 제압하고 있었다. 이에 대항하는 것은 손견(孫堅)의 뒤를 이은 오(吳)의 손권 정도였고, 유비가 몸을 의탁하고 있는 유표는 영지를 지킬 뿐, 천하를 도모할 만한 그릇이 못되었으므로 유비는 그저 유표의 객장(客將)으로서 신야(新野)라는 작은 성을 지키는 데 지나지 않았다. 나이는 이미 50 줄에 들어서고 있었다. 관우·장비 같은 호걸은 있으나, 아직 일정한 지반도 실력도 없었다. 언제 가서야 말을 달리며 천하의 패(覇)를 부르짖고, 한실을 부흥시킬 수 있단 말인가!

유비는 자신이 한심스럽기 짝이 없었다. 그래서 그날도 유표와 함께 술을 마시고 있었는데 잠시 소피를 보러 간 그는 자기 허벅지에 살이 더부룩하게 붙어 있는 것을 알았다. 말 위에서 천하를 손아귀에 넣으려고 하는 몸이……. 술자리로 돌아온 그는 개연히 눈물을 흘렸다. 신장 7척 5촌, 팔을 내리면 무릎 아래까지 닿는 거구인 그가 한탄하고 있는 것을 보고 유표가 이상히 여겨 물었다.

유비

「도대체 어떻게 된 일이요?」

「아니올시다. 여직까지 말안장에서 떠난 일이 없어 비육(髀肉 : 넓적다리 살)이 쓸려서 하나도 없었는데, 지금은 말을 타지 않아 허벅지에 살이 붙어버렸습니다. 헛된 세월을 보내 이미 노년이 되려고 하는데 도대체 어느 때가 되어야 공업(功業)을 세울 수 있을지 그걸 생각하니 슬퍼져서 눈물이 나오는군요」 하고 유비가 대답했다.

「비육지탄」은 그 후에도 수년 동안 계속되었으나, 헌제 13년, 그는 적벽(赤壁)의 싸움에서 일약 용명을 날려 형주를 영유했으며, 이어 15년 양자강 중류의 요충인 강릉에 진출했을 때에는 위(魏)의 조조, 오(吳)의 손권과 어깨를 나란히 할 수 있는 촉(蜀)의 유비로서의 소지를 닦아 놓았다.

그가 강릉으로 진출했다는 소식을 듣고 조조는 아연 실색, 마침 글씨를 쓰고 있다가 자기도 모르게 들고 있던 붓을 떨어뜨렸다고 한다. 이어 촉으로 진출한 유비는 촉한제국을 세워 삼국의 하나로서 확고한 지위를 확보했다. 형주에서 「비육지탄」을 말한 십수 년 후의 일이다. 실로 실력을 기르면서 고난에 찬 10년의 세월이었다.

빈자일등 貧者一燈

가난할 貧 사람 者 한 一 등불 燈

물질의 많고 적음보다 정성이 소중함을 일컬음.

— 《현우경(賢愚經)》 빈녀난타품(貧女難陀品)

　석가세존께서 사위국(舍衛國)의 어느 정사(精舍)에 계실 때의 일이다. 사위국에 난타(難陀)라는 한 가난한 여인이 있었는데, 몸을 의지할 곳이 없이 얻어먹으며 다녔다. 그녀는 국왕을 비롯해 많은 사람들이 각각 신분에 맞는 공양을 석가와 그 제자들에게 하고 있는 것을 보자, 스스로 한탄하며 이렇게 말했다.

　「나는 전생에 범한 죄 때문에 가난하고 천한 몸으로 태어나, 모처럼 고마우신 스님을 뵙게 되었는데도 아무 공양도 할 수가 없다」

　이렇게 슬퍼한 나머지, 온종일 거리를 돌아다니며 구걸한 끝에 겨우 돈 한 푼을 얻게 되었다.

　그녀는 그 돈 한 푼을 가지고 기름집으로 갔다. 기름을 사서 등불을 만들려는 것이었다. 그러나 기름집 주인은,

　「아니 겨우 한 푼어치 기름을 사다가 어디에 쓰려는 것인지 모르지만……」하고 기름을 주려고 하지 않았다.

　난타는 마음속에 있는 말을 다 이야기했다. 그러자 기름집 주인은 딱한 생각에 돈 한 푼을 받고 몇 배나 되는 기름을 주었다. 난타는 기뻐 어쩔 줄을 모르며 등을 하나 만들어 석가가 계신 정사로 달려갔다. 이를 석가에게 바치고 불을 밝혀 불단 앞에 있는 무수한 등불 속에 놓아두었다.

　그런데 이상하게도 난타가 바친 등불만이 새벽까지 홀로 밝게 타고 있었다. 손을 저어 바람을 보내도, 옷을 흔들어 바람을 보내도 꺼지지를

않았다. 뒤에 석가가 난타의 정성을
알고 그녀를 비구니(比丘尼)로 받아
들였다는 것이다.

　이 이야기는 《현우경》의 빈녀난
타품에 나오는 이야기다. 여기에서
「빈자일등」이란 말이 생겼고「부
자의 만 등보다 빈자의 한 등이 낫
다」는 말이 생겼다.

　그리스도교 성경에도 예수님의 똑
같은 내용의 말씀이 나온다. 신명은
정신을 받아들이지 물질을 받아들이
지는 않는 것이다.

간다라식 좌불상

惡之顯者禍淺　而隱者禍深

　악지현자화천　이은자화심

　드러난 악은 화(禍)가 크지 않으며, 숨은 악은 화근(禍根)이 깊다.

　악도 탄로가 나서 세상에 나타난 것은 그다지 큰 악이 아니라, 그 화
(禍)도 크지가 않으나, 숨은 악은 그 뿌리가 깊고 무서운 화를 내포하고
있다.

— 《채근담》 —

빙탄간 氷炭間

얼음 氷 숯불 炭 사이 間

서로 조화될 수 없는 사이.

— 《초사(楚辭)》 칠간(七諫)

성질이 정반대여서 도저히 서로 융합될 수 없는 사이를 「빙탄간」이라고 한다.

이 말은 《초사》 칠간의 자비(自悲)에 나오는 말이다. 「칠간」은 한무제 당시의 문장과 해학으로 유명한 동방삭(東方朔)이 초나라 충신 굴원(屈原)을 추모해서 지은 것이다.

《초사》는 굴원의 작품과 뒷사람들의 굴원을 위해 지은 작품들이 수록되어 있는 책이다.

이 빙탄(氷炭)이란 말이 나와 있는 부분의 문장을 소개하면 다음과 같다.

얼음과 숯이 같이할 수 없음이여
내 처음부터 목숨이 길지 못한 것을 알았노라.
홀로 고생하다 죽어 낙이 없음이여
내 나이를 다하지 못함을 안타까워하노라.

氷炭不可以相並兮　吾固知乎命之不長　빙탄불가이상병혜　오고지호명지불장
哀獨苦死之無樂兮　惜予年之未央　애독고사지무락혜　석여년지미앙

우리가 말하는 「빙탄불상용(氷炭不相容)」이란 말은 이 글에는 상병(相並)으로 되어 있다. 서로 같이 있을 수 없다는 말이 무생물의 자연법칙을 말하고 있는 데 반해, 서로 용납하지 않는다는 불상용(不相容)은, 얼음과 숯을 의인화시켜 의식적인 대립을 강조한 느낌이 없지 않다. 그

래서 「불상병」이란 말이 불상용으로 바꾸게 된 것인지도 모른다.

그것이 인간관계를 표현하는 말인 이상 역시 그래야만 실감이 나는 게 아닐까. 그런데 이 글을 구체적으로 풀이하면 다음과 같은 내용이다.

굴원은 간신들의 모함을 받아, 나라와 임금을 섬긴 일편단심을 안은 채 멀리 고향을 떠나 귀양살이 신세가 되었다. 자신을 모함하는 간신들과 나라를 사랑하는 자신은 성질상 얼음과 숯이 함께 있을 수 없는 그런 운명을 지니고 있다.

나는 내 목숨이 날 때부터 길게 타고나지

굴원 상

않은 것을 알고 있다. 그러나 그 길지 않은 일생이나마 낙이란 것을 모르고 고생만 하던 끝에 결국은 그 길지 않은 나이마저 다 살지 못하고 객지에서 죽어갈 것을 생각하면 그저 안타깝기만 하다.

이상과 같은 내용을 읊은 것인데, 이 글 다음에 고향을 그리는 정을 다시 읊은 대목에서는 또 「호사수구(狐死首丘)」란 말을 낳게 된다. 이 말은 여우가 죽을 때는 머리를 제가 살던 굴이 있는 언덕으로 돌린다는 뜻으로, 곧 죽을 때에도 근본을 잊지 않는다는 말이다.

天長地久
천장지구

하늘은 영원하고 땅은 유구(悠久)하다.
하늘에는 영원한 생명이 있고 땅에는 유구한 생명이 있다.

— 《노자》 7장 —

빈계지신 牝鷄之晨

암 牝 닭 鷄 의 之 새벽 晨

여자가 설쳐댐의 비유.

―《서경》목서편(牧誓篇)

「빈계지신」은 글자 그대로 해석하면 암탉의 새벽이라는 뜻이다. 곧 암탉의 새벽 울음이라는 말이다. 이는 「암탉이 울면 집안이 망한다」는 말에서 온 것으로, 여자가 설쳐대는 것을 비유한 말이다.

이 오랜 속설은 《서경》목서편에 「암탉은 새벽에 울지 않기 때문에, 암탉이 새벽에 울면 집안이 망한다」는 데서 나온 말이다.

주(周)의 무왕(武王)이 은(殷)의 무도한 주(紂)왕을 치기 위해 목야(牧野)에서 군사를 모아 놓고 맹세한 말에서 나온 것이다. 무왕이 말한 암탉은 주왕 곁에서 잔인하고 요사스러운 짓을 저지른 주의 비(妃) 달기(妲己)를 지칭하는 것이다. 여자가 지나치게 설쳐대는 바람에 나라꼴을 망쳐 놓은 적이 종종 있었기 때문에 이런 말이 나오게 된 것이다.

이「빈계지신」의 모범적인 경계의 예가 당태종의 황후 장손씨(張孫氏)다. 그녀는 목소리를 낮추고 훌륭하게 내조한 비로 꼽힌다. 태종도 그녀의 인품과 지혜를 잘 알고 있어 신하들의 상벌문제가 생기면 그녀의 의견을 묻곤 했는데, 그때마다 그녀는 「암탉이 울면 집안이 망한다고 합니다. 아녀자인 제가 정치에 참견할 수는 없는 일입니다」라고 하며 입을 다물었다고 한다.

또 태종이 그녀의 오빠 장손무기(張孫無忌)를 재상에 임명하려 하자 그녀는 외척의 전횡을 우려해 극력 반대했다고 한다. 그녀가 서른여섯의 이른 나이로 죽었을 때 태종은 「안으로 훌륭한 보좌관 하나를 잃었구나」하고 통곡했다고 한다.

사

사공명주생중달 死孔明走生仲達

죽을 死 구멍 孔 밝을 明 달아날 走 날 生 버금 仲 도달할 達

헛소문만 듣고 지레 겁을 집어먹음의 비유.

— 《삼국지(三國志)》

공명은 촉나라의 군사(軍師) 제갈양의 자, 중달은 위나라의 장군 사마의(司馬懿)의 자(字). 다 같이 《삼국지》에 나오는 지모(智謀)의 제일인자로서 빼놓을 수 없는 인물이나, 적어도 다음과 같은 점에서는 두 사람이 결정적으로 다른 역사적인 평가를 받는다.

죽은 제갈양이 살아 있는 사마의를 도망치게 한 사실을 놓고, 그 당시 사람들이 만들어 냈다고 전해 오는 말이다. 원문에는 「사공명(死孔明)」이 아니고 「사제갈(死諸葛)」로 되어 있다. 그것을 다음에 있는 「중달」과 맞추기 위해서인지 「사공명」이란 말을 쓰기도 한다. 이 말은 실제와 다른 헛소문만 듣고 미리 겁을 집어먹는 경우를 비유해서 말한다.

사마의

건흥(建興) 12년(234)의 일이다. 제갈공명이 목우유마(木牛流馬)라는 자동 운반차를 고안하여, 촉나라 10만의 대군을 이끌고 나가 사곡구(斜谷口)를 거쳐 오장원(五丈原)에 진을 치는 한편, 군사를 나눠 위수 지역에 둔전(屯田)을 하게 했다. 위나라를 쳐부수기 위한 작전이었다. 위는 사마중달을 대장군으로 하여 촉나라 군사를 맞이하게 했다. 공명은 빨리 승리

를 결정지으려 했지만, 중달은 공명
과 여러 차례 싸우다가 혼이 난 일
이 있는 터라, 수비 위주로 멀리 나
와 있는 촉나라 군사의 지칠 때만을
기다리고 있었다. 공명은 여자가 쓰
는 두건(頭巾)과 목걸이와 옷 등을
보내 그의 사내답지 못한 태도를 조
롱했지만, 중달은 분노와 모욕을 꾹
참으며 끝내 싸움에 응하지 않았다.

이렇게 대치하고 있던 중 공명은
병마에 시달리게 되어 마침내 진중에
서 죽고 말았다. 촉나라 군사는 하는

강유

수 없이 철수를 단행했다. 이 소식을 들은 중달이 가만있을 리 없었다.
그는 재빨리 군사를 거느리고 촉나라 군사를 추격했다. 이때 공명의
신임이 가장 두텁던 강유(姜維)가 공명의 죽기 전 지시에 따라 군기의
방향을 전환시키고 북을 크게 울려 반격으로 나오는 자세를 취했다.

항상 공명에게 속아만 온 중달은 공명이 죽었다는 소문과 철수작전
이 모두 자기를 유인해 내기 위한 술책이었다는 것을 직감하게 되었다.
잘못하다가는 앞뒤로 협공을 당할 염려마저 없지 않았으므로 중달은
허둥지둥 달아나기 바빴다. 이 사실을 안 백성들은 「죽은 제갈이 산
중달을 달아나게 했다」고 말했다(百姓爲之諺曰 死諸葛走生仲達). 이
말을 전해들은 중달은 멋쩍은 웃음을 웃으며,

「산 사람이 하는 일이야 알 수 있지만, 죽은 사람의 하는 일이야 어
떻게 알 수가 있어야지」했다는 것이다. 또한 중달은 공명이 만들어 놓
은 오장원의 진지를 보고 그 교묘함에 감탄했다고 전해지고 있다. 공명이
죽은 후 촉은 위에게 망하고 말았다(263년). 이 이야기는 《삼국지》《십
팔사략》《통감강목(通鑑綱目)》 등에 나온다.

사단 四端

넉 四 끝 端

사람의 본성에서 우러나는 네 가지 마음씨.
곧 인의 실마리인 측은해 하는 마음(惻隱之心),
의의 실마리인 부끄러워하는 마음(羞惡之心),
예의 실마리인 사양하는 마음(辭讓之心),
지의 실마리인 옳고 그르다 하는 마음(是非之心).

— 《맹자》 공손추상(公孫丑上)

「사단(四端)」은 《맹자》에서 나온 말이다. 단(端)은 끝이란 뜻인데, 그것은 처음 시작되는 끝을 말한다.

우리가 어떤 사건을 해결하는 단서를 찾았다고 할 때의 단서와 같은 뜻이다. 우리말의 실마리에 해당한다. 보통 사단이라면 인·의·예·지(仁義禮智) 네 가지를 말한다. 맹자의 이 「사단론(四端論)」은 성선설에 바탕을 둔 정치 이론에서 출발한다.

《맹자》 공손추 상에서 맹자는 이렇게 말하고 있다.

「사람은 누구나 남에게 차마 못하는 마음을 가지고 있다. 옛 성왕(聖王)들은 남에게 차마 못하는 마음을 가지고 남에게 차마 못하는 정치를 했다. 남에게 차마 못하는 마음으로 남에게 차마 못하는 정치를 행하면 천하를 다스리는 것은 손바닥 위에 올려놓고 놀리는 것과 같다.

이른바 사람이 다 남에게 차마 못하는 마음을 가졌다는 것은, 지금 사람들이 어린아이가 우물에 빠진 것을 보면, 그 순간 누구나가 놀라며 슬퍼하고 아파하는 마음을 갖게 된다. 그것은 어린아이 부모에게 잘 보이려는 것도 아니요, 이웃 친구들의 칭찬을 듣기 위해서도 아니며, 흉보는 소리가 싫어서 그런 것도 아니다.

이것을 놓고 보면, 측은해 하는 마음이 없는 것도 사람이 아니며, 부끄러워하는 마음이 없는 것도 사람이 아니며, 사양하는 마음이 없는 것도 사람이 아니며, 옳다 그르다 하는 마음이 없는 것도 사람이 아니다.

측은해 하는 마음은 『인(仁)』의 실마리요, 부끄러워하는 마음은 『의(義)』의 실마리요, 사양하는 마음은 『예(禮)』의 실마리요, 옳다 그르다 하는 마음은 『智』의 실마리다」

「사람이 이 사단을 가진 것은 그가 사체(四體 : 四端)를 가지고 있는 것과 같다. 이 사단을 가지고 있으면서 스스로 못한다고 하는 사람은 자기 자신을 해치는 사람이요, 임금을 보고 못한다고 하는 사람은 임금을 해치는 사람이다.

무릇 사단(四端)이 나에게 있는 것을 모두 키워나가 이를 충실하게 할 줄을 알면, 그것은 불이 처음 타기 시작하는 것과 같고, 샘물이 처음 솟아나는 것과 같다. 참으로 계속 키워 나가게 되면 천하도 능히 다스릴 수 있고, 참으로 키워 나가지 못한다면 부모도 제대로 섬길 수 없다」

이상이 「사단론」의 전부다. 조리 정연한 이론으로 설명이 필요치 않다. 이것은 사람의 성품은 누구나 착하다는 성선설을 바탕으로 하고 있는 것을 알 수 있다.

與民同樂
여 민 동 락

백성과 즐거움을 함께 한다.
정치는 자기 혼자서 즐기려고 해도, 결코 즐길 수 있는 것이 아니다. 그러므로 언제나 백성과 즐거움을 함께 나누려는 마음가짐이 필요하다.
— 《맹자》 양혜왕하 —

사가망처 徙家忘妻

옮길 徙 집 家 잊을 忘 아내 妻

정말 중요한 것이 무엇인지 잊어버림.

— 《공자가어(孔子家語)》

「사가망처(徙家忘妻)」는 이사를 가면서 아내를 잊어버리고 간다는 뜻으로, 정말 중요한 것이 무엇인지 놓쳐버리는 얼빠진 사람을 비유하여 이르는 말이다.

《공자가어》에 있는 이야기다.

일찍이 노애공(魯哀公)은 공자가 말한 것처럼 그렇게 얼빠진 사람이 어찌 있을 수 있겠느냐 하면서 공자에게 물어본 적이 있다고 한다.

그랬더니 공자가 하는 말이·이사할 때 자기 아내마저도 잊는 사람도 있다는 것이었다· 이에 노애공이 한층 더 아리송해하자 다음과 같은 내용의 이야기를 들려주었다고 한다.

「하걸(夏桀)과 상주(商紂)와 같은 폭군은 황음무치(荒淫無恥)하고 부화타락(附和墮落)하여 나라일은 전혀 돌보지 않고 민생을 돌보지 않았을 뿐 아니라, 권세에 아부하고 남을 비방하기 좋아하는 간사한 무리들을 사주해서 더 많은 악행을 저지르게 하였습니다. 이리하여 충성스럽고 정직한 사람들은 추방을 당하게 되었거나 군주에게 간할 기회마저 잃게 되었지요. 그 결과 걸주 같은 폭군들은 나라를 망치고 자신의 운명마저 담보하지 못했으니 그들은 나라와 백성을 망각했을 뿐 아니라 자기 자신마저 깡그리 잊어버리게 되었던 것입니다」

「사택망처(徙宅忘妻)」라고도 한다.

사면초가 四面楚歌

넉 四 쪽 面 초나라 楚 노래 歌

사면이 모두 적에게 둘러싸인 경우나,
도움 없이 고립된 경우를 이름.

― 《사기》 항우본기(項羽本紀)

초한전(楚漢戰) 당시 항우의 고사에서 나오는 너무도 유명한 말이다.
「사면초가」는 사방이 완전히 적으로 둘러싸여 있다는 뜻인데, 그 속
에는 내 편이었던 사람까지 적에 가담하고 있는 비참한 처지란 뜻이
포함되어 있다. 초·한의 7년 풍진도 이제는 조용해지는가 했더니, 한
왕 유방이 약속을 어기고 항우를 해하(垓下)에서 포위했다.

해하에 진을 친 항우는 군사도 적고 식량도 다 떨어져 가고 있었다.
겹겹이 둘러싸고 있는 한나라 군사는, 장양(張良)의 꾀로 초나라 출신
장병들을 항우 진영 가까이에다 배치하고 밤에 초나라 노래를 부르게
했다.

《사기》 항우본기에 보면,

「밤에 한나라 군사가 사면에서 모두 초나라 노래를 부르는 것을
듣자, 초왕은 이에 크게 놀라 말하기를 『한나라가 이미 초나라를 다
얻었단 말인가. 어째서 초나라 사람이 이다지도 많지?』 했다(夜聞漢
軍四面而皆楚歌 項王及大驚曰 漢皆旣得楚乎 是何楚人之多也)」고 나
와 있다.

여기에서 외톨이가 되고 만 것을 가리켜 「사면초가」라 부르게 되었
다. 이 마지막 장면을 계기로 해서 항우는 무수한 말들을 뒷사람들에게
남겨 주고 있다. 「역발산기개세(力拔山氣蓋世)」니, 「무면도강동(無面
渡江東)」이니, 「권토중래(卷土重來)」니 하는 등등.

사문난적 斯文亂賊

이 斯 글 文 어지러울 亂 도적, 해칠 賊

유가(儒家)의 입장에서 본 이단의 학문의 총칭

— 《논어》 자한편(子罕篇)

공자가 광(匡) 지방에서 위태로운 처지에 빠졌을 때 말했다.

「문왕은 이미 세상을 떠나셨지만 그가 남긴 문화는 나에게 있지 않은가. 하늘이 장차 이 문화(斯文)를 없애신다면 후세 사람들이 이 문화를 향유하지 못할 것이다. 하늘이 장차 이 문화를 없애려 하지 않는다면 광지방 사람들이 나를 어떻게 하겠느냐(子畏於匡 曰 文王旣歿 文不在茲乎 天之將喪斯文也 後死者 不得與於斯文也 天之未喪斯文也 匡人其如予何)」

이처럼 사문(斯文)에는 「이 문화」라는 의미가 담겨 있다. 공자가 말한 문화란 유가(儒家)의 이념 아래 계승된 경험의 총화를 가리킨 것이다. 따라서 사문 하면 곧 유가 자체를 일컫는 말이 된다.

그런 문화를 어지럽히고 해친다는 말은 곧 유가에 대한 도전을 뜻하며, 유가의 이념을 수용하지 않으려는 모든 세력이 여기에 해당된다. 그러므로 「사문난적(斯文亂賊)」이라 하면 이단(異端)이란 말과 일치하는 것이다.

그런데 「사문난적」은 꼭 이단에만 국한되는 것은 아니고 같은 유가 내에서도 통용된다. 공자의 적통을 이어받지 않은 유가 학설을 주장하는 것도 곧 이단과 동일한 취급을 했기 때문이다. 이 문제는 유가 사상사와 맞물려 대단히 복잡하게 전개된 상황이기 때문에 여기서 길게 논의할 수는 없지만, 한 가지 예를 들어 대신하기로 한다.

조선조 중기 때의 학자인 윤휴(尹鑴, 1617~1680)는 경학자로서 유가 경전에 해박한 지식을 가진 사람이었다. 그는 《논어》를 읽다가 이상한 구절을 발견하게 되었다. 그것은 향당편(鄕黨篇)에 나오는 한 구절이었다.

마구간에 불이 났다. 공자께서 조정에서 돌아오셔

공자 출생도

서 묻기를 「사람이 다쳤느냐」 하시고 말에 대해서는 묻지 않으셨다.

廏焚 子退朝 曰傷人乎 不問馬.　　구분 자퇴조 왈상인호 불문마.

　　이를 정통 유학자들은 공자의 인본주의(人本主義) 정신이 드러난 구절이라고 해석하였다. 그러나 윤휴의 입장에서 생각할 때 사랑방도 아닌 마구간에 불이 났는데 말의 안위에 대해서 묻지 않았다는 것을 인(仁)을 주장한 공자로서 지닐 태도가 아니라고 판단하였다. 말도 하나의 생명체인데 어찌 말에 대해서 그렇게 냉담할 수 있을 것인가? 그 결과 윤휴는 원문의 구두가 잘못되었다는 결론에 다다랐다.

마구간에 불이 났다. 공자께서 조정에서 돌아오셔서 묻기를 「사람이 다쳤느냐, 아니냐」 하시고 다음에 말에 대해서 물으셨다.

廏焚 子退朝 曰傷人乎不 問馬.　　구분 자퇴조 왈상인호불 문마.

　　이렇게 한 글자를 달리 끊어 읽자 인명을 중시하면서 동시에 인의정신이 미물인 말에까지 미친 공자의 덕성이 요연하게 드러났던 것이다.

　　그러나 이런 해석은 경전을 신성시해서 함부로 변경하지 않았던 고루한 유학자들로부터 큰 물의를 일으켜 한때 그는 사문난적이라는 비난을 듣게 되었던 것이다. 뒷날 윤휴는 사사(賜死)되었는데, 꼭 이 일 때문은 아니었지만 유학의 정통에 도전하는 일을 얼마나 큰 죄악으로 여겼는가를 보여주는 단적인 예라고 할 것이다.

사반공배 事半功倍

일 事 반 半 공 功 곱, 더할 倍

작은 힘을 기울이고도 얻는 성과가 클 때 쓰는 말이다.

— 《맹자》 공손추상

일은 반을 했지만 효과는 곱이 된다. 곧 작은 힘을 기울이고도 얻는 성과는 클 때 쓰는 말이다.

전국시대의 유명한 유학자인 맹자(孟子)가 활동한 시기는 여러 제후국들이 천하를 차지하기 위해 전쟁이 끊이지 않아 백성들은 이 와중에서 깊이 신음하고 있을 무렵이었다.

맹자는 이 같은 상황에서 제나라와 같은 대국에서 왕도(王道)를 실시하고 인정(仁政)을 베푼다면 천하를 통일하기가 주문왕(周文王) 시대보다 쉬울 것이라고 생각하였다. 그래서 맹자는 어느 날 그의 제자인 공손추에게 다음과 같은 말을 한 적이 있다.

「지금 백성들이 폭정에 시달리고 있는 것은 그 어느 때보다도 심하다. 주린 사람들은 먹을 것만 있으면 족하고, 목마른 사람들은 물만 있으면 되는 것이다. 그러므로 일은 옛 성인들보다 절반만 하고서도 얻는 효과는 몇 배가 될 것이니(故事半古之人 功必倍之) 지금이 바로 그러한 때이다」

맹자의 이 말에서 세 개의 성어가 나왔다.

첫째는 「기자이식 갈자이음(飢者易食 渴者易飮)」으로 역경에 처해 고생하던 사람들은 조금만 형편이 나아져도 만족한다는 뜻이고, 둘째는 「해도현(解倒懸)」즉 해도현민(解倒懸民)으로 어려운 처지에 놓인 사람을 구해 준다는 뜻이며, 셋째가 바로 「사반공배」이다. 그리고 사반공배의 반대말로는 「사배공반(事倍功半)」이 있다.

사 지   四 知

넉 四 알 知

세상에 비밀은 없다.

— 《십팔사략(十八史略)》

하늘이 알고, 땅이 알고, 그대가 알고, 내가 안다고 한 고사에서 「사지(四知)」란 말이 생겼다. 세상 사람들은 아무도 모르는 비밀이라고 흔히들 말한다. 그러나 당사자인 두 사람과 천지신명은 이를 알고 있을 것이다. 낮말은 새가 듣고 밤말은 쥐가 듣는다는 것과 같은 의미의 차원이 다른 생각이라 말할 수 있다.

후한의 양진(楊震)은 그의 해박한 지식과 청렴결백으로 관서공자(關西公子)라는 칭호를 들었다고 한다. 그가 동래태수로 부임할 때의 일이다. 그는 부임 도중 창읍(昌邑)이란 곳에서 묵게 되었다. 이때 창읍 현령인 왕밀(王密)이 그를 찾아왔다. 그는 양진이 형주자사로 있을 때 무재(茂才)로 추천한 사람이었다. 밤이 되자 왕밀은 품속에 간직하고 있던 10금(金)을 양진에게 주었다. 양진이 이를 거절하면서,

「나는 당신을 정직한 사람으로 믿어 왔는데, 당신은 나를 이렇게 대한단 말인가」하고 좋게 타일렀다. 그러자 왕밀은, 「지금은 밤중이라 아무도 아는 사람이 없습니다(暮夜無知者)」하고 마치 양진이 소문날까 두려워하는 식으로 말했다. 양진은 그의 말을 받아 이렇게 나무랐다.

「아무도 모르다니, 하늘이 알고 땅이 알고 그대가 알고 내가 아는데, 어째서 아는 사람이 없다고 한단 말인가?」

여기에서 「사지」란 말이 생겨났다. 이 이야기는 《후한서》 양진전에도 나오는데, 여기에는 「땅이 안다」가 「신(神)이 안다」로 되어 있다.

〔☞ 모야무지(暮夜無知)〕

사불급설 駟不及舌

네 마리 말 駟 아니 不 미칠 及 혀 舌

아무리 빠른 수레도 한번 해버린 말을 붙들지는 못한다.
곧 소문이 삽시간에 퍼짐의 비유.

— 《논어》 안연편(顏淵篇)

말을 조심해야 한다는 경계의 말은 예부터 많이 전해지고 있다. 《시경》 대아 억편(抑篇)에 나오는,

흰 구슬의 이지러진 것은 차라리 갈(磨) 수 있지만
이 말의 이지러진 것은 어찌할 수 없다.

白圭之玷尙可磨也　斯言之玷不可爲也 백규지점상가마야　사언지점불가위야

라고 한 것도 한 예다. 공자의 제자 남용(南容)은 이 시를 읽으며, 그 뜻의 깊음에 감탄한 나머지 세 번을 거듭 되풀이했고, 공자는 그것을 보고,

「남용은 나라에 도가 있으면 출세를 할 것이요, 나라에 도가 없어도 욕을 당하지 않을 것이다」하고 그를 조카사위로 삼았다는 이야기가 《논어》에 나온다.

당나라 명재상 풍도(馮道)는 그의 「설시(舌詩)」에서,

「입은 화의 문이요, 혀는 몸을 베는 칼이다(口是禍之門 舌是斬自刀)」라고 했다. 〔☞ 구시화지문〕

우리가 흔히 쓰는 「화자구출(禍自口出)이요, 병자구입(病自口入)」이란 문자도 다 같은 뜻에서 나온 것이다.

여기에 나오는 「사불급설」도 말을 조심해야 한다는 비유로 한 말이다. 사(駟)는 네 마리의 말이 끄는 빠른 수레를 말한다. 아무리 빠른 수레

로도 한번 해버린 말을 붙들지는 못한다는 뜻이다. 즉「네 마리 말도 혀에는 미치지 못한다」는 뜻이다.

네 마리 말이 끄는 어가

이것은 《논어》 안연편에 나오는 자공(子貢)의 말이다.

극자성(棘子成)이란 사람이 자공을 보고 말했다.

「군자는 질(質)만 있으면 그만이다. 문(文)이 무엇 때문에 필요하겠는가?」 그러자 자공은,

「안타깝도다, 사(駟)도 혀를 미치지 못한다. 문이 질과 같고, 질이 문과 같다면 호랑이나 표범의 가죽이 개나 양의 가죽과 같단 말인가」라고 그의 경솔한 말을 반박했다.

「질(質)」은 소박한 인간의 본성을 말하고,「문(文)」은 인간만이 가지고 있는 예의범절 등 외면치레를 극자성은 말하고 있는 것 같다. 실상 그로서는 호랑이 가죽이나 개 가죽을 같이 보았는지도 모른다.

君子多乎哉. 不多也.
군자다호재   불다야
군자는 다재다능한가? 그렇지 않다.
군자는 다재다능하지도 않으며, 소위 박식(博識)하지도 않다. 군자는 어디까지나 도의(道義)를 근본으로 해서 살아가지 않으면 안된다.
— 《논어》 자한 —

사이비 | 似而非

같을 似 말이을 而 아닐 非

겉은 제법 비슷하지만, 속은 다름.

— 《맹자》 진심하(盡心下)

겉으로 보면 같은데, 실상은 그것이 아닌 것이 「사이비(似而非)」다. 비슷한데 아니란 말이다.

「사이비란, 사람은 위선자(僞善者)요 사기꾼이다. 사이비란, 물건은 가짜요 모조품이다. 사이비란, 행동은 위선이요 가면이요 술책이다. 유사 종교니 유사품이니 하는 것도 다 사이비를 말한다. 이 세상을 어지럽게 만드는 것 중에 사이비가 차지하는 비중이 가장 클 것이다」

이것은 맹자의 말이다. 맹자는 제자 만장(萬章)과 이런 문답을 한다. 만장이 물었다.

「온 고을이 다 그를 원인(原人: 점잖은 사람)이라고 하면, 어디를 가나 원인일 터인데, 공자께서 덕(德)의 도적이라고 하신 것은 무슨 까닭입니까?」

「비난을 하려 해도 비난할 것이 없고, 공격을 하려 해도 공격할 것이 없다. 시대의 흐름에 함께 휩쓸리며 더러운 세상과 호흡을 같이하여, 그의 태도는 충실하고 신의 있는 것 같으며, 그의 행동은 청렴하고 결백한 것 같다. 모든 사람들도 다 그를 좋아하고, 그 자신도 스스로 옳다고 생각하고 있다. 그러나 그와는 함께 참다운 성현의 길로는 들어갈 수가 없다. 그래서 덕의 도적이라고 말하는 것이다.

공자는 말씀하시기를,

『나는 같고도 아닌 것을 미워한다(惡似而非者)』고 하였다.

가라지를 미워하는 것은 그것이 곡식을 어지럽게 할까 두려워함이

416

요…… 향원(鄕原)을 미워하는 것은 그것이 덕을 어지럽게 할까 두려워함이다. 군자란 도덕의 근본 이치를 반복 실천할 따름이다. 세상에 아첨하는 법은 없다. 올바른 길을 행하면 민중들도 따라온다. 그렇게 되면 세상의 사악도 없어질 것이다」

공자묘 대성전

이상의 문답은《맹자》진심편 하(下)에 기록되어 있다. 도덕교육을 주장하는 높으신 분이나 선생님들 가운데「사이비한 자」가 없으면 다행이겠다.

가짜가 횡행하게 되면 세상에는 진짜가 행세를 할 수 없게 된다. 가짜는 진짜의 적인 것이다.

《성경》에는 예수께서 가라지의 비유를 말씀하셨고, 예수도 가장 미워한 것이 거짓 예언자였다. 동서고금을 막론하고 이 사이비가 항상 말썽이다.「사이비」를 분간할 수 있는 것은 오직 성자뿐이다.

樂取於人以爲善
낙 취 어 인 이 위 선

남의 선행(善行)을 본받아 자신도 선(善)을 행함을 즐긴다.

남의 좋은 행위를 본받아 그 선을 나도 행하는 것을 즐긴다. 일반적으로 사람은 자칫하면 남의 선을 부러워하고 질투하는 법이지만, 순(舜)은 아주 자연스럽게 타인의 선을 자신의 선으로 만드는 큰 그릇다운 데가 있었다.

— 《맹자》 공손추 상 —

사인선사마 射人先射馬

쏠 射 사람 人 먼저 先 말 馬

상대를 제압하려면 먼저 그 사람이
의지하고 있는 것부터 제거해야 한다.

— 두보(杜甫) 『전출새(前出塞)』

「상대를 쏘아 떨어뜨리자면, 먼저 그가 타고 있는 말을 쏘라」는 것이 말의 뜻이다. 그러면 말은 놀라서 뛰어올라 주인을 떨어뜨리거나 또는 말이 움직이지 못하거나 해서 간단히 그 사람을 잡을 수가 있다는 뜻이다.

어떤 목적을 달성하려면 그것과 가장 관계가 깊은 것을 우선 손에 넣으라. 그러면 길은 열린다는 것을 말한 성어다. 예를 들어 어떤 사람에게 접근하려고 할 때 그 사람이 가장 신뢰하는 친구나 부하와 친해져 정보를 얻어 접근을 꾀하는 것 등은 그 좋은 보기일 것이다.

두보의 「전출새(前出塞)」라는 시에 나오는 말이다. 아홉 수로 된 이 시의 여섯째 수에 이렇게 말하고 있다.

활을 당기려거든 마땅히 센 것을 당기라
화살을 쓰려면 마땅히 긴 것을 써라.
사람을 쏘려거든 먼저 말을 쏘고
적을 사로잡으려거든 먼저 왕을 사로잡으라.
사람을 죽이는 데도 한이 있고
나라를 세우면 저절로 국경이 있다.
진실로 능히 침능을 제압할 수 있다면
어찌 마구 죽일 필요가 있으리오.

挽弓當挽强　用箭當用長　만궁당만강　용전당용장

418

射人先射馬	擒敵先擒王	사인선사마	금적선금왕
殺人亦有限	立國自有疆	살인역유한	입국자유강
苟能制侵陵	豈在多殺傷	구능제침능	개재다살상

황제 현종이 부질없이 영토확장을 꾀하며 서쪽 변경으로 군대를 파견한 것을 요새에서 나와 무용한 싸움에 피를 흘린 병사의 입장에서 비판한 연작 아홉 수 중의 하나다.

두보의 완화초당도

천보(天寶) 말년의 작품이라고 하며 전반은 옛 민요나 속담일 것이라고 한다.

이 시는 별로 설명이 필요 없는 쉬운 시다. 이 시의 주제는 마지막 두 구절에 집약되어 있다. 적의 침략을 막고 제지할 수만 있다면 그것으로 목적은 이미 다 이룬 것이다. 구태여 많은 생명을 희생시킬 필요가 무엇인가.

강한 활, 긴 화살, 무기는 우수한 것을 써야 한다. 사람을 겨누기보다는 사람을 태우고 달리는 말을 쏘는 것이 효과가 빠르고, 또한 적을 다 잡으려 하지 말고 적의 우두머리를 사로잡으면 일은 간단히 끝나는 것이다.

아무리 사람을 죽여도 다 죽일 수는 없는 일이요, 아무리 영토를 확장시켜도 국경은 항상 있는 법이다. 목적은 적의 침략을 막아 평화로운 세상을 만드는 데 있다. 사람을 많이 죽이는 것이 전쟁의 목적일 수는 없다.

사자후 獅子吼

사자 獅 아들 子 울 吼

크게 부르짖어 열변을 토함.

— 《전등록(傳燈錄)》

사자의 부르짖음이 「사자후」다. 사자가 한번 소리를 지르면 그 우렁찬 소리에 짐승이란 짐승은 모두 놀라 피해 숨는다고 한다.

《본초강목》에는,

「사자는 서역 여러 나라에서 사는데, 눈빛이 번개 같고, 부르짖는 소리가 우레 같아, 매양 한번 부르짖으면 모든 짐승이 피해 숨는다」고 했다.

이것을 불가에서는 석가모니의 설법의 뜻으로 적용했다. 석가모니는 처음 나자마자, 한 손으로는 하늘을 가리키고, 한 손으로는 땅을 가리키며 일곱 걸음을 옮겨 돈 다음, 사방을 둘러보고 「하늘 위 하늘 아래 오직 나만이 홀로 높다(天上天下 唯我獨尊)」고 했다는 이야기가 《전등록》에 나오는데, 이 「천상천하 유아독존」이란 말을 「사자후」로 풀이하여 「석가모니 부처께서 도솔천(兜率天 : 미륵보살이 있는 곳)에 태어나 손을 나눠 하늘과 땅을 가리키며 사자후 소리를 질렀다」라고 했다.

석가의 설법이 사자후와 같다고 한 말이 다시 일반에게 전용되어 열변을 토하며 정당한 의론으로 남을 설복한다는, 다시 말해 웅변이란 뜻으로 쓰이게 되었다. 그런데 이 사자후란 말을 아내의 불호령이란 뜻으로 쓴 예가 있다. 즉 소동파가 친구인 오덕인(吳德仁)에게 보낸 시 가운데서, 같은 친구인 진계상(陳季常)의 아내가 남편에게 퍼붓는 욕설을 「사자후」라고 표현하고 있다.

편지로 된 이 장시에 다음과 같은 대목이 있다. 시 속에 나오는 용구 거사는 진계상을 말한다.

용구거사는 역시 가련하다
공(空)과 유(有)를 말하면 밤에도 자지 않는데
문득 하동의 사자후를 듣자
주장(지팡이)이 손에서 떨어지며 마음이 찔해진다.

龍丘居士亦可憐　談空說有夜不眠
　용구거사역가련　　담공설유야불면
忽聞河東獅子吼　拄丈落手心茫然
　홀문하동사자후　　주장낙수심망연

진계상은 열렬한 불교도로 항
상 참선을 하고, 또 친구들을 모
아 불법을 논하며 밤을 새기도
했다. 그의 아내는 하동 유(柳)씨
인데, 질투가 어찌나 심한지 손
님과 노는 자리에 나타나 남편에
게 발악하기를 예사로 했다. 동
파는 《불경》 문자인 「사자후」

돌사자 상

를 인용하여 불교도인 진계상을 야유한 것이다.

이 시에서, 질투심이 강한 아내가 남편에게 불미스러운 욕설을 퍼붓
는 것을 「하동 사자후」 라고 부르게 되었다. 「사자후」 란 말은 과거에
는 위에 말한 여러 가지 뜻으로 사용되었는데, 지금은 웅변과 열변을
토한다는 뜻에만 주로 쓰이고 있다.

사족 蛇足

뱀 蛇 발 足

쓸 데 없는 군일을 하다가 도리어 실패함.

― 《전국책》 제책(齊策)

「사족」은 뱀의 발이란 말이다. 그릴 필요가 없는 뱀의 발을 그리다가 내기에 지고 말았다는 고사에서, 필요 없는 공연한 것을 가리켜 「사족」이라고 말한다. 《전국책》 제책(齊策)에 있는 이야기다.

초나라 회왕(懷王) 6년(B.C 323)의 일이다. 초나라는 영윤(令尹 : 초나라의 관직명으로 재상)인 소양(昭陽)에게 군사를 주어 위(魏)를 치게 했다. 소양은 위를 격파하고 다시 군사를 이동시켜 제(齊)를 공격하려고 했다. 제의 민왕(閔王 : 湣王)은 이것을 우려하여 마침 진(秦)의 사신으로서 내조(來朝)하고 있던 진진(陳軫)에게 어떻게 하면 좋은가 하고 의논했다.

「걱정하실 필요는 없습니다. 제가 가서 초(楚)에게 싸움을 중지시키겠습니다」

진진은 곧 초군으로 달려가 진중에서 소양과 회견하며 말했다.

「초나라에선 전쟁에 크게 승리하면 어떤 벼슬을 줍니까?」

「벼슬은 상주국(上柱國), 작(爵)은 상집규(上執珪)가 되겠지요」

「그보다 더 높은 지위는 무엇입니까?」

「영윤이 있을 뿐입니다」

「그럼 영윤이 된 사람에게는 관작을 높일 수가 없지 않습니까. 제가 장군을 위해 비유 이야기를 하나 하겠습니다」 하고 다음과 같은 이야기를 했다.

여러 사람이 술 한 대접을 놓고 혼자 다 마실 내기를 했다. 내기는 땅바닥에 뱀을 먼저 그리는 것이었다. 한 사람이 뱀을 제일 먼저 그렸다. 그는 술은 내 것이다, 하고 왼쪽 손으로 술잔을 들고 오른손으로는 계속 뱀의 발을 그리면서 「나는 발까지 그릴 수 있다」고 뽐냈다. 그러나 그가 미처 발을 다 그리지 않아서 다른 사람이 뱀 그리기를 마치고 술잔을 빼앗아 들더니,

「뱀은 원래 발이 없다. 그런데 자네는 발까지 그렸으니, 발을 그린 뱀은 뱀이 아니다」하고 술을 쭉 들이켜고 말았다.

이야기를 마친 진진은 이렇게 결론을 내렸다.

「장군은 초나라 영윤으로서 위나라를 쳐서 전쟁에 이기고 장군을 죽이고, 성을 여덟을 점령한 다음 다시 제나라를 치려하고 계십니다. 제나라에서는 장군을 무서워하고 있습니다. 이제 장군의 명성은 더 바랄 것이 없게 되었습니다. 그러나 그로 인해 장군에게 더 돌아갈 것이 무엇이겠습니까. 만일 제나라와의 싸움에서 만에 하나 실수라도 한다면 뱀의 발을 그리려다 전부를 잃게 되는 꼴이 되지 않는다고 누가 장담하겠습니까」

소양은 과연 그렇겠다 싶어 군대를 거두어 철수하고 말았다.

이 이야기에서 아무 도움도 되지 않는 공연한 것을 가리켜 「사족」이라고 하게 되었다.

藏巧於拙
장 교 어 졸

교(巧)를 졸(拙) 속에 감춘다.
재능을 감추고 외면으로는 졸렬함을 나타낸다. 이것이 처세(處世)의 요체(要諦)이다.

— 《채근담》 —

사해형제 四海兄弟

넉 四 바다 海 형 兄 아우 弟

뜻을 같이하고 마음이 일치한다면 누구라도 형제와 같이 지낼 수 있다.

— 《논어》 안연편(顏淵篇)

사해동포라고도 한다. 공자의 제자로 사마우(司馬牛)라는 사람이 있었다. 이 사마우에게는 환퇴라는 대악당인 형이 있었다. 환퇴는 공자를 죽이려고까지 한 적도 있었다.

사마우는 아주 슬퍼하며, 「남에게는 다 형제가 있으나 나만이 형제를 잃고 독신입니다」라고 말했다. 공자의 고제자로 보좌 격이었던 자하는 그것을 위로해서 다음과 같이 말했다.

「『죽고 사는 것이 다 천명이고, 부귀 역시 천운에 의한다』라는 말을 들었다. 군자는 공경해서 잃지 않고 남에게 공손히 해서 예가 있으면 사해(四海) 중 다 형제다. 그러므로 군자라면 형제가 없는 것을 걱정하지 않아도 좋은 것이 아닌가」라고

또 어느 때, 사마우가 「군자란 어떤 인간입니까?」하고 선생에게 물었다. 공자가 대답하기를 「군자는 걱정 근심을 하거나 겁을 내거나 하지 않는 것이다」하자, 사마우는 다시, 「걱정하지 않고 겁내지 않으면 군자라고 할 수 있습니까?」하고 물었다.

공자는 「안으로 반성을 해서 떳떳하다면 무엇을 걱정하고 무엇을 겁내겠는가」하고 대답했다.

「내성불구(內省不疚)」는 많이 쓰이는 말이다. 크게 떳떳치 못하면서도, 얼굴도 잘난 체 자랑하고 그것을 호언(豪言)하는 사람도 있다. 사마우에 대한 논어의 이야기는 환퇴라는 포악무도한 형이 있었다는 것을 모르면 뚜렷해지지 않는다.

살신성인 殺身成仁

죽일 殺 몸 身 이룰 成 어질 仁

제 몸을 희생하고 인도(人道)의 극치를 성취함.

—《논어》위령공편(衛靈公篇)

공자는 말하기를, 「지사와 인인(仁人)은 삶을 찾아 인(仁)을 해치는 일이 없고, 몸을 죽여 인을 이룩하는 일은 있다(志士仁人 無求生以害仁 有殺身成仁)」라고 했다. 「살신성인」은 쉽게 말해서 올바른 일을 위해서는 몸도 희생한다는 뜻이다. 그런데 여기 말한 지사(志士)란 어떤 사람이냐 하는 문제가 있다. 《맹자》에는 공자의 말이라 하여 지사와 용사를 대립시켜 말한 곳이 있다. 그래서 뒷사람들은 이 지사를 의(義)를 지키는 의사의 뜻으로 풀이했다. 우리가 말하는 안중근 의사니 윤봉길 의사니 하는 것도 실상 그분들이 나라와 겨레를 위해 몸을 희생시킨 것이 공자가 말한 「살신성인」에 해당하기 때문에 붙인 이름이다.

때로는 단순한 뜻을 가진 사람을 지사라고도 부르기 때문에 지사라는 이름 대신 살신성인의 「의사」라는 이름을 붙인 것이다.

또 이 지사(志士)를 지사(知士)로 풀이한 사람도 있다. 도의를 지키는 사람이든 지혜로운 사람이든 그것은 그리 문제될 것이 없다. 어떻든 그가 가지고 있는 신념을 살리기 위해서는 하나밖에 없는 생명도 달게 버릴 수 있다는 것을 강조한 말이다.

그러나 그것은 어디까지나 양자택일을 할 마당에서의 이야기다. 덮어놓고 목숨을 바치는 것을 「살신성인」으로 오인한다면 그것은 고작 좋게 보아서 만용(蠻勇)밖에 될 것이 없다. 약간 차원은 다르지만, 「아침에 도를 들으면 저녁에 죽어도 좋다(朝聞道 夕死可矣)」라고 한 달관을 얻은 사람이 아니면 역시 「살신성인」은 어려운 일이다.

삼고초려 三顧草廬

석 三 돌아볼 顧 풀 草 오두막집 廬

신분이나 지위가 높은 사람이 남들이 대단치 않게
보는 사람을 자기 사람으로 만들기 위해 간곡하게 청하는 것

— 제갈양(諸葛亮) 『출사표(出師表)』

「삼고초려」는 세 번이나 보잘것없는 초막으로 찾아갔다는 뜻이다.

삼국시대 때의 유현덕이 와룡강(臥籠崗)에 은둔해 사는 제갈공명을 불러내기 위해 세 번이나 그를 찾아가 있는 정성을 다해 보임으로써 마침내 공명의 마음을 감동시켜 그를 세상 밖으로 끌어낼 수 있었던 것은 유명한 이야기다.

그래서 이「삼고초려」는 신분이나 지위가 높은 사람이 세상 사람들이 대단치 않게 보는 사람을 끌어내어 자기 사람으로 만들려는 겸손한 태도와 간곡한 성의를 뜻하는 말로 쓰이게 되었다.

제갈양

그런데 이 삼고초려란 말이 《삼국지》 제갈양전에는, 「세 번 가서 이에 보게 되었다(三往乃見)」고 나와 있을 뿐이다.

실제 이 말이 나온 것은 제갈양의 유명한 「출사표(出師表)」 속에서다. 여기서 제갈양은 자기가 세상에 나오게 된 경위를 이렇게 말하고 있다.

「신은 본래 포의(布衣 : 평민)로서 몸소 남양(南陽)에서 밭갈이하며

구차히 어지러운 세상에 목숨을 보존하려 했을 뿐, 제후들 사이에 이름이 알리기를 바라지는 않았습니다. 선제(先帝 : 유현덕)께서 신의 천한 몸을 천하다 생각지 않으시고, 황공하게도 스스로 몸을 굽히시어 세 번이나 신을 초막으로 찾아오셔서(三顧臣於草廬之中) 당면한 세상일을 신에게 물으시는지라, 이로 인해 감격하여 선제를 위해 쫓아다닐 것을 결심하게 되었던 것입니다」

《삼국지연의》에는 제갈양이 유비 현덕이 두 번째까지의 방문 때는 고의로 만나주지 않다가 유

삼고초려도

비의 정성이 워낙 간곡했기 때문에 세 번째는 만나서 유비를 돕기로 확답을 했다.

마침내 제갈양은 유비의 군사(軍師)가 되어 수많은 계책을 내고 승전하게 함으로써 촉나라의 기틀을 잡아놓게 되었는데, 유비가 황제의 위에 오르자 그는 승상이 되었다.

유비가 현자를 구하기 위해 그토록 열성적이었다는 데서, 어떤 사람을 여러번 성심성의껏 청하는 것을 「삼고초려」라고 하게 되었다. 동시에 유비가 제갈양을 청하는 일이 그토록 쉽지 않았다는 데서 여러번 청해도 응하지 않는 것을 또한 그렇게 말하기도 한다.

「삼고모려(三顧茅廬)」라고도 한다.

삼십육계 三十六計

석 三 열 十 여섯 六 책 計

불리할 때는 주저하지 말고 도망가는 것이 상책이다.

— 《자치통감(資治通鑑)》제 141권

「삼십육계」는 「삼십육계 주위상책(三十六計 走爲上策)」에서 나온 말이다. 36가지나 되는 많은 꾀 가운데서 도망치는 것이 제일 좋은 꾀가 된다는 말이다.

「삼십육」이란 많다는 것의 표현에 불과하다. 이 말은 남북조시대에 남조인 송(宋)나라 명장 단도제(檀道濟)가 북위(北魏)와 싸울 때, 자신 없는 접전을 회피하여 툭하면 달아나곤 했기 때문에, 당시 사람들이, 「단공의 서른여섯 가지 꾀 중에서는 달아나는 것이 최상의 것이 된다 (檀公三十六計 走爲上策)」고 한 데서 나온 말이라 한다.

사마광의 《자치통감》제 141권에 다음과 같은 이야기가 나온다.

송나라의 뒤를 이어 남조의 제(齊)나라를 세운 고조(高祖) 소도성(蕭道成)은 자손들에게, 자기 손에 비참하게 망해 간 송나라의 전철을 밟지 말도록 유언을 하고 죽었지만, 제나라 역시 겨우 30년으로 망하고 만다. 고조의 조카인 명제(明帝) 소란(蕭鸞)은 갖은 음모와 포학으로 황제의 위를 강탈한 다음 반란과 보복이 두려워 자기를 반대해 온 형제와 조카들을 두 달 동안 14명이나 죽였다.

그런 피바다 위에 용상을 차지한 소란은 황제가 된 지 3년 남짓해서 우연히 병을 얻어 자리에 눕게 되었다. 병상에 있는 그는 아직 살아 있는 고조 소도성의 혈통을 받은 10명의 왕족들이 마음에 걸렸다. 그래서 그는 후환을 없애기 위해 심복을 시켜 그들을 한꺼번에 죽여 없앴다.

이때 고조 소도성의 건국 공신인 왕경칙(王敬則)이, 자기를 제거하기 위해 장괴(張壞)를 평동장군에 임명하여 자기가 태수로 있는 회계(會稽)와 경계를 맞대고 있는 오군(吳郡)으로 파견한 것을 알자 즉시 반기를 들고 일어섰다. 겨우 만여 명밖에 안되는 군사였지만, 행군 도중 몽둥이와 괭이를 든 농민들이 가담해서 얼마 안 가서 10만으로 불어났다. 회계를 출발한 반란군은 10여 일 사이에 벌써 무진(武進)을 넘어 흥성(興盛)에 육박했다. 수도 건강(建康 : 남경)까지의 3분의 2를 지난 것이다.

사마광

　왕경칙의 반란군 소식을 들은 조정은 큰 공포에 휩싸여 있었다. 태자 보권(寶卷)은 정신을 못 차리고 측근을 누대 위로 올려 보내 동정을 살피게 하는 형편이었다. 때마침 도성 북쪽에 있는 정로정(征虜亭)이 화재로 연기를 뿜고 있자 구경차 갔던 사람이 달려와서 황급히,

　「왕경칙이 벌써 정로정까지 쳐들어왔습니다」 하고 보고를 했다.

　보권은 어디로 달아나야 할지를 몰라 허둥대는 추태를 벌였다. 이 소문을 전해들은 왕경칙은 만족한 듯이 웃으며, 「단공의 서른여섯 가지 꾀 중에는 달아나는 것이 상책이 된다고 했다. 짐작에 너희 부자도 다만 달아나는 길만이 있을 뿐이리라」 라고 말했다는 것이다.

　그러나 왕경칙은 흥성을 포위했을 때 관군으로부터 기습을 받는 순간, 무기다운 무기를 갖지 못한 농민군이 혼란에 빠짐으로써 패해 죽고 말았다. 우리말에 「삼십육계 줄행랑」 이란 말도 이 「삼십육계 주위상책」 에서 생겨난 말이다. 줄행랑은 주행(走行)의 음이 변한 것이다. 뺑소니를 친다는 말.

삼인성호 三人成虎

석 三 사람 人 이룰 成 범 虎

근거 없는 말이라도 여러 사람이 말하면 곧이듣는다.

— 《전국책》 위지(魏志)

「삼인성호」는 세 사람이 똑같은 말을 하면 없는 호랑이도 있는 것으로 알게 된다는 뜻이다. 경우는 좀 다르지만, 우리말에 「열 번 찍어 안 넘어가는 나무 없다」는 말이 있다. 이것을 문자로 「십벌지목(十伐之木)」이라 한다.

《전국책》 위지에 나오는 방총의 말이다. 방총은 위나라 태자와 함께 인질로 조나라 수도 한단으로 가게 되었다. 방총은 떠나기에 앞서 혜왕(惠王)에게 말했다.

「지금 누가 『장마당에 호랑이가 나타났다』고 하면 믿으시겠습니까?」

「믿을 수 없지」

「그런데 또 다른 사람이 와서 똑같은 말을 하면 믿으시겠습니까?」

「반신반의하게 되겠지」

「세 번째로 또 다른 사람이 똑같은 말을 하면 어떻겠습니까?」

「그때는 믿게 되겠지」

「대체로 장마당에 호랑이가 나타나지 않는다는 것은 누구나 알고 있는 사실입니다. 그런데도 세 사람이 똑같이 호랑이가 나타났다고 하면 그런 것이 되고 맙니다. 지금 한단은 대량(大梁 : 위魏의 수도)과 멀리 떨어져 있기가 장마당보다 더하고, 신을 모함하는 사람은 세 사람 정도가 아닙니다. 바라건대 왕께선 굽어 살피소서」

「알았소 누가 무슨 소리를 하든 내가 직접 확인하도록 하겠소」

이리하여 왕을 하직하고 한단으로 떠났으나, 방총이 미처 한단에 도착하기도 전에 벌써 그를 모함하는 사람이 나타나기 시작했다. 뒤에 태자가 인질에서 풀려 위나라로 돌아왔을 때, 그는 예상한 대로 간신들의 모함으로 왕을 뵐 수가 없었다.

이와 비슷한 이야기는 호랑이 대신 증자(曾子)를 예로 든 것이 있다. 증자는 효도로, 또 마음씨 착하기로 세상이 다 아는 터였다. 그런데 증자와 똑같은 이름의 증삼(曾參)이란 자가 사람을 죽였다. 이 소문을 들은 마을 사람이 증자의 어머니를 찾아가 소식을 전했다.

베를 짜고 있던 증자의 어머니는,

「내 자식이 사람을 죽일 리가 없다」 하고 베만 계속 짜고 있었다. 조금 뒤 또 한 사람이 달려와 같은 말을 했다. 증자의 어머니는 여전히 베만 짜고 있었다. 그러나 세 번째 사람이 달려와 똑같은 말을 전하자, 그제야 어머니도 베틀에서 일어나 숨었다는 것이다.

착한 아들을 믿는 어머니의 마음도 여러 사람의 말 앞에는 흔들리지 않을 수 없었다는 이야기다. 과연 모함이란 무서운 것, 그것에 속지 않기란 참으로 어려운 것이다.

成大功者不謀於衆
성 대 공 자 불 모 어 중

큰 공을 이루는 자는 여러 사람에게 계획을 말하지 않는다.
큰 사업을 하려는 사람은 독단으로 전행(專行)하지 일일이 남들과 상의하지 않는다.

— 《전국책》 조책(趙策) —

삼종지도 三從之道

석 三 따를 從 의 之 도리 道

봉건시대에 여자가 지켜야 할 세 가지 예의 도덕.
어렸을 때는 어버이를 좇고, 시집가서는 남편을 좇고,
남편이 죽은 뒤에는 아들을 좇음.

— 《예기(禮記)》

봉건사회에 있어서 남녀의 불평등 가운데 가장 말썽이 되어 온 것이 「삼종지도」와 칠거지악(七去之惡)이다.

「삼종지도」는 여자가 평생을 통해 남편을 좇아야 되는 세 가지 길이란 뜻이다. 같은 뜻의 말로 「삼종지덕(三從之德)」, 「삼종지의(三從之義)」, 「삼종지례(三從之禮)」 등 여럿이 있다.

《예기》에 나오는 말로,

「여자는 세 가지 좇는 길이 있으니, 집에서는 아비를 좇고, 시집가서는 남편을 좇고, 남편이 죽으면 아들을 좇는다(女子有三從之道 在家從父 適人從夫 夫死從子)」라고 되어 있다.

즉 여자는 시집을 가기 전 집에 있을 때는 아버지의 명령과 지시에 따라야 하고, 남의 집으로 시집을 가게 되면 남편의 의사와 처리에 순종해야 하고, 남편이 죽은 뒤에는 아들에게 모든 것을 맡겨야 한다는 뜻이다. 결국 여자는 평생 자기 뜻을 고집해서는 안된다는 이야기다.

우리 호적법(戶籍法)을 보면 짐작할 수 있듯이, 말로는 남녀평등을 부르짖고 있지만, 여전히 이 삼종지도의 전통이 뿌리깊이 남아 있다고 볼 수 있다. 「칠거지악」은 「삼종지도」보다 여자에게는 더 가혹한 것이었는데 그 항목에서 설명하기로 한다.

삼촌지설 三寸之舌

석 三 마디 寸 의 之 혀 舌

세 치 길이밖에 안되는 사람의 짧은 혀지만 그 위력은 실로 대단하다.

— 《사기》 평원군열전(平原君列傳)

「세 치의 혀가 백만 명의 군대보다 더 강하다」는 말을 「삼촌지설 (三寸之舌)이 강어백만지사(彊於百萬之師)」라고 한다. 백만 군대의 위력으로도 되지 않을 일을 말로써 상대를 설복시켜 뜻을 이룬다는 뜻이다. 《사기》 평원군열전에 나오는 이야기다.

전국 말기, 조나라가 진나라의 침략을 받아 거의 멸망의 위기를 만나게 되었다. 이때 조나라의 공자요 재상인 평원군(平原君)이 초나라로 구원병을 청하러 가게 된다.

평원군은 맹상군(孟嘗君)과 함께 식객(食客)을 3천 명이나 거느리고 있는 당대의 어진 공자로, 이른바 사군(四君) 중의 한 사람이었다.

그는 초나라로 떠나기에 앞서 함께 갈 사람 20명을 식객 중에서 고르기로 했다. 조건은 문무를 겸한 사람이었는데, 말하자면 언변과 지식과 담략(膽略)이 있는 그런 인물을 고르려 한 것이리라. 그런데 19명까지는 그럭저럭 뽑았으나 나머지 한 사람을 선발하기가 힘들었다. 이때 모수 (毛遂)라는 사람이 자진해 나와 평원군에게 청했다.

「나를 그 20명 속에 넣어 주시지 않겠습니까?」

평원군은 그의 얼굴조차 처음 보는 것 같았다.

「선생께선 내 집에 와 계신 지 몇 해나 되셨습니까?」

「3년쯤 되었습니다」

「대체로 훌륭한 선비가 세상을 살아가는 것은 송곳이 주머니 속에 들어 있는 것과 같아서 반드시 그 끝이 밖으로 나타나기 마련입니다.

그런데 선생은 3년이나 내 집에 있는 동안 이렇다 할 소문 하나 들려준 일이 없으니, 특별히 남다른 재주를 갖고 있지 않다는 증거가 아니겠습니까. 선생은 좀 무리일 것 같습니다」〔☞ 낭중지추(囊中之錐)〕

그러자 모수가 말했다.

「그러니까 저를 오늘 주머니에 넣어 주십사 하는 겁니다. 저를 일찍 주머니 속에 넣어 주셨으면 끝은 고사하고 자루까지 밖으로 내밀어 보였을 것입니다」

여기서 「모수자천(毛遂自薦)」이란 말이 생겼는데, 재주를 품고 있으면서도 남이 추천해 주는 사람이 없어 기다리다 못해 스스로 자청해 나서는 경우를 말한다. 그러나 지금은 다소 염치없이 자기를 내세우는 사람을 비웃어 쓰는 경우가 많다.

아무튼 이리하여 모수를 스무 명 속에 넣어 함께 초나라로 가게 되었다. 그러나 평원군의 끈덕진 설득에도 불구하고 초나라 왕은 속으로 진나라가 겁이 나 구원병 파견에 대해 얼른 결정을 짓지 못하고 있었다. 아침 일찍부터 시작한 회담이 낮이 기울도록 늘 제자리걸음만 하고 있었다. 이때 단하에 있던 모수가 단상으로 올라가 평원군에게 그 까닭을 물었다. 그러자 초왕은 평원군에게,

「이 자는 누구요?」 하고 물었다. 평원군이,

「제가 데리고 온 사람입니다」 하고 대답하자, 왕은 소리를 높여,

「과인이 그대 주인과 이야기를 하고 있는데, 무슨 참견인가. 어서 물러가지 못하겠는가!」 하고 꾸짖었다.

이때 모수는 차고 있던 칼자루에 손을 올려놓은 채 앞으로 나아가 말했다.

「대왕께서 신을 꾸짖는 것은 초나라 군사가 많은 것을 믿기 때문입니다. 그러나 지금 대왕과 신과의 거리는 열 걸음밖에 되지 않습니다. ……지금 초나라는 땅이 넓고 군사가 강한데도 두 번 세 번 진나라에

패해 어쩔 줄을 모르고 있는 실정입니다. ……이런 것을 볼 때 조나라와 초나라가 동맹을 맺는 것은 조나라를 위함이 아니라 초나라를 위한 것입니다」

평원군

이렇게 해서 결국 초왕은 모수의 위엄과 설득에 굴복하여 조나라에 구원병을 보낸다는 맹세까지 하게 되었다. 이 맹세를 위한 의식 절차로 짐승의 피를 서로 마시게 되는데, 모수는 초왕에게 먼저 피를 빨게 하고, 다음에 평원군, 그리고 자기가 피를 빨았다. 그리고는 단하에 있는 19명을 손짓해 부르며,

「……제군들은 이른바 남으로 인해 일을 이룩하는 사람들이니까……」 하고 그들에게 함께 피를 빨도록 시켰다.

그야말로 객(客)이 주인 노릇을 하고 하인이 상전 노릇을 하는 격이었다. 이때 모수가 말한 「남으로 인해 일을 이룬다」는 「인인성사(因人成事)」란 말이 또한 문자로서 쓰이게 된다. 〔☞ 인인성사〕

이렇게 용케 성공을 거두고 조나라로 돌아온 평원군이 말했다.

「나는 앞으로 사람을 평하지 않으리라. 지금까지 수백 명의 선비를 보아 온 나는 아직껏 사람을 잘못 보았다는 생각을 해본 적이 없었다. 그런데 이번은 모선생을 몰라보았다. ……모선생은 세 치 혀로써 백만의 군사보다 더 강한 일을 했다(毛先生 以三寸之舌 彊於百萬之師……)」

평원군 일행이 떠난 즉시 초왕은 20만 대군을 보내 초나라를 구원하고, 진나라는 초나라의 구원병이 온다는 말을 듣자, 미리 군사를 거두어 돌아가 버렸다. 과연 사람을 알기란 어렵다. 그러나 그 사람이 때를 얻기란 더욱 어렵다. 〔☞ 모수자천〕

삼천갑자동방삭 三千甲子東方朔

석 三 일천 千 첫째 甲 아들 子 동녘 東 모 方 초하루 朔

장수자(長壽者)의 대명사로 쓰임.

― 《한서》 동방삭전(東方朔傳)

1700년 전 전한의 무제(武帝)는 씩씩하고 성격이 괄괄한 전형적인 고대 제국의 전제군주였는데, 그 궁정에 유난히 색다른 인물이 섞여 있었다. 그 이름을 동방삭(東方朔)이라 했다.

《한서》 동방삭전에 있는 이야기다.

무제는 즉위하자, 널리 천하에서 유능한 인사를 등용하려 했다. 그때 제(齊: 산동) 사람으로 동방삭이라는 자가 자천(自薦)하기 위하여 상서(上書)를 올렸다. 한 짐 잔뜩 관청에 운반해 온 것은 물경 3천 장의 간독(簡牘: 대나무에 쓴 글)이었다.

무제는 한 장 한 장 읽었다. 글은 당당하고 안하무인격이었다. 두 달을 걸려 겨우 읽어치운 무제는 동방삭을 낭(朗)에 임명했다. 이제부터는 삭(朔)은 무제를 가까이에서 섬기고, 간혹 부름을 받아 이야기를 서로 주고받았는데, 그 입에서 튀어나오는 말은 기발하여 무제를 몹시 흐뭇하게 하였다. 행실 또한 그러했다.

때때로 무제의 앞에서 음식물의 하사가 있으면 먹다 남은 고기를 거리낌 없이 품안에 넣어가지고 돌아가기 때문에 의복은 온통 음식물로 지저분해졌다. 그래서 합사비단(縑帛)을 하사하면 그것을 어깨에 걸치고 돌아가곤 했다. 이런 삭을 정신(廷臣)들은 반미치광이로 취급하였다.

한 여름 삼복에는 무제가 정신들에게 고기를 내리는 것이 상례였는데, 그 날 고기의 준비는 다 되었어도 분배해 주는 관원이 오지를 않았다. 그러자 삭은 칼을 빼어 고기를 베어서는 품안에 넣고 「먼저 실례합

니다」하고 나가버렸다. 물
론 이 일은 무제에게 알려져
동방삭은 무제 앞에 불려가
그 이유를 심문 받았다. 삭은
관을 벗고 절만을 할 뿐, 무
제가 다시 묻자 삭은 대답했
다.

간독

「정말 상명(上命)을 기다
리지 않고 마음대로 고기를
베어가다니, 참으로 무례하
기 이를 데 없습니다. 그러나 칼을 빼어 고기를 베다니 참으로 장렬(壯
烈)하지 않습니까. 벤 고기는 한 조각에 지나지 않으니 얼마나 염직(廉
直)합니까. 게다가 가지고 돌아간 고기는 처에게 주니 얼마나 정다운
일입니까?」

무제는 크게 웃고 술 한 섬과 고기 백 근을 또 내려 「부인에게 갖다
주게나」했다고 한다.

동방삭은 단지 익살맞은 사람만은 아니었다. 그는 널리 책을 읽었으
며, 무제가 못마땅한 일을 하면 서슴지 않고 간하였다. 무제가 엄청난
백성을 동원하여 상림원(上林苑)을 지으려고 했을 때에도 서슴지 않고
반대했다. 그는 공경(公卿)이라 할지라도 꺼리지 않았을 뿐만 아니라
오히려 이것을 번롱(翻弄)하였다. 술에 취하면,

「나는 궁중에서 세상을 피한다. 세상을 피하는 것은 비단 심산(深山)
의 초가집뿐 만은 아니다」라고 노래했다고 한다.

이런 동방삭을 서인(庶人)들도 사랑했던 모양이다. 그래서인지 여러
가지 전설이 만들어진 것 같다. 서왕모(西王母)의 복숭아를 세 개 훔쳐
먹었기 때문에 삼천갑자(三千甲子 : 3000×60)나 장수하였다는 이야기다.

삼천갑자동방삭 三千甲子東方朔

상가지구 喪家之狗

초상 喪 집 家 의 之 개 狗

뜻을 얻지 못하고 이리저리 떠도는 정치인이나
사업가들의 실의에 찬 모습의 비유.

— 《사기》 공자세가(孔子世家)

우리말에 「초상집 개」란 말이 있다. 그것이 바로 「상가지구(喪家之狗)」다. 초상집 개는 주인이 슬픔에 잠겨 미처 개를 돌볼 정신이 없어 배가 고파도 먹지를 못한 채 주인의 얼굴을 찾아 기웃거리기만 한다. 그래서 뜻을 얻지 못하고 이리저리 돌아다니는 정치인이나 사업가들의 실의에 찬 모습을 가리켜 「상가지구」, 즉 「초상집 개」 같다는 말을 하게 된다.

이것은 공자를 보고 어떤 은사(隱士)가 한 말이었는데, 뒤에 그 이야기를 전해들은 공자가 웃으며 「그것만은 올바로 본 표현」이라고 했다는 데서 시작된 말이다.

노(魯)의 정공(定公) 14년, 공자는 노나라에서 선정을 펴고 있었으나 왕족인 삼환씨(三桓氏)와 의견이 맞지 않아, 마침내 노나라를 떠났다. 이리하여 그때부터 공자는 10여 년 동안 위(衛)·조(曹)·송(宋)·정(鄭)·채(蔡) 등 널리 제국 편력에 나날을 보내고 그의 이상을 실현할 곳을 찾았다.

이 이야기는 《사기》 「공자세가(孔子世家)」와 《공자가어》에 나온다. 간단히 줄거리만을 소개하면 이렇다.

공자가 정(鄭)나라로 갔을 때의 일이다. 제자들과 길이 어긋난 공자는 혼자 성곽 동문에 멀거니 서서 제자들이 찾으러 오기를 기다리고 있었으나, 그때 그 모습을 본 어느 정나라 사람이 스승을 찾고 있는 제자들과 만나 자공(子貢)에게 말했다.

「동문 곁에 서 있는 사람은, 그 이마는 요(堯)임금과 비슷하고, 그 목은 고요(皐陶 : 순임금과 우임금을 섬기던 현상賢相)와 같고 그 어깨는 자산(子産 : 공자보다 좀 앞선 시대의 정나라 현상)처럼 전부가 옛날 성현이라 불리던 사람들과 꼭 비슷합니다. 그러나 허리에서 아래는 우(禹)에 미치지 못하기를 세 치, 그 피로하고 뜻(志)을 얻지 못하고 두리번거리는 모양이 흡사 초상난 집 개 같습니다」

결국 공자가 위대한 성인의 덕과 정치인의 자질을 가지고는 있지만, 때를 얻지 못해 처량한 신세를 면치 못한다는 것을 진담 반 농담 반 한 말일 것이다. 자공이 사실대로 공자에게 이 말을 전하자, 공자는 흔연히 웃으며 이렇게 말했다는 것이다.

공자

「형상은 그렇지 못하지만, 초상집 개 같다는 것은 과연 그렇다(形狀未也 而似喪家之狗 然哉然哉)」

「초상집 개」란 여기서 유래하나, 공자는 그 편력하는 동안에 자기를 쓰려는 군주를 만나지 못해, 그 품고 있는 사상을 살리지 못하고 아픈 마음을 안고서 마치 초상집 개 모양 심신이 지칠 대로 지쳐 노나라로 돌아갔다.

상사병 相思病

서로 相 생각 思 병 病

연정(戀情)에 사로잡혀 생기는 병.

— 《수신기(搜神記)》

남녀 사이에 서로 그리워하며 뜻을 이루지 못해 생긴 병을 「상사병」이라고 한다. 글자 그대로 서로 생각하는 병인 것이다.

춘추시대의 큰 나라였던 송(宋)은 전국시대 말기 강왕(康王)의 학정으로 인해 망하고 만다. 강왕은 뛰어난 용병으로 한때 이웃나라를 침략해서 영토를 확장하는 등 대단한 위세를 떨쳤다.

여기에 그는 천하에 무서울 것이 없다는 자신을 가지고 분수에 벗어난 짓을 마구 하게 되었다. 심지어는 가죽부대에 피를 담아 공중 높이 달아매고 화살로 이를 쏘아 피가 흐르면,

「내가 하늘과 싸워 이겼다」라고 하면서 미치광이 같은 호기를 부리기도 했다고 한다.

강왕은 술로 밤을 지새우고, 여자를 많이 거느리는 것을 한 자랑으로 삼았으며, 이를 간하는 신하가 있으면 모조리 사형에 처했다.

이 포악하고 음란하기 비길 데 없는 강왕의 시종으로 한빙(韓憑)이라는 사람이 있었다. 그런데 그의 아내 하씨(河氏)가 절세미인이었다. 우연히 그녀를 본 강왕은 하씨를 강제로 데려와 후궁을 삼고 말았다.

한빙이 왕을 원망하지 않을 리 없었다. 강왕은 한빙에게 없는 죄를 씌워 「성단(城旦)」의 형에 처했다. 변방으로 가서 낮에는 도적을 지키는 군사가 되고 밤에는 성을 쌓는 인부가 되는 고된 형벌이다. 이때 아내 하씨가 강왕 몰래 남편 한빙에게 짤막한 편지를 전했다.

「비는 그칠 줄 모르고, 강은 크고 물은 깊으니 해가 나오면 마음에

맞겠다(其雨淫淫 河大水深 日出當心)」

그러나 염려한 대로 이 편지는 강왕의 손에 들어갔다. 강왕이 시신들에게 물었지만, 뜻을 아는 사람이 없었다. 그러자 소하(蘇賀)란 자가 있다가, 「당신을 그리는 마음을 어찌할 길 없으나, 방해물이 많아 만날 수가 없으니, 죽고 말 것을 하늘에 맹세한다는 뜻입니다」하고 그럴듯한 풀이를 했다.

얼마 후, 한빙이 자살했다는 보고가 들어왔다. 그러자 하씨는 자기 입는 옷을 썩게 만들었다가, 성 위를 구경하던 중 몸을 던졌다. 수행한 사람들이 급히 옷소매를 잡았으나 소매만 끊어지고 사람은 아래로 떨어졌다. 죽은 그녀의 옷 띠에는 유언이 적혀 있었다.

「임금은 사는 것을 다행으로 여기지만, 나는 죽는 것을 다행으로 압니다. 바라건대 시체와 뼈를 한빙과 합장하여 주옵소서」

노한 강왕은 고의로 무덤을 서로 떨어진 곳에 만들게 하고는,

「죽어서도 서로 사랑하겠다는 거냐. 정 그렇다면 두 무덤을 하나로 합쳐 보아라. 나도 그것까지는 방해하지 않겠다」라고 했다.

그러자 밤사이에 두 그루의 나무가 각각 두 무덤 끝에 나더니, 열흘이 채 못 가서 큰 아름드리나무가 되었다. 그리하여 위로는 가지가 서로 얽히고 아래로는 부리가 서로 맞닿았다. 그리고 나무 위에는 한 쌍의 원앙새가 앉아 서로 목을 안고 슬피 울며 듣는 사람을 애처롭게 만들었다.

사람들은 이 새를 한빙 부부의 넋이라 했다.

송나라 사람들은 이를 슬피 여겨, 그 나무를 상사수(相思樹)라고 했는데, 「상사」란 이름이 여기에서 시작되었다.

이것은 진(晉)나라 간보(干寶)가 지은 《수신기》에 나오는 이야기인데, 「상사병」이란 이름이 여기에서 나왔다고 설명하고 있다.

상전벽해 桑田碧海

뽕나무 桑 밭 田 푸를 碧 바다 海

세상 모든 일이 덧없이 변천함이 심함.

— 유정지(劉廷芝) 『대비백두옹(代悲白頭翁)』

「창상지변(滄桑之變)」은 푸른 바다가 뽕나무밭으로 변했다가, 그 뽕나무밭이 다시 푸른 바다로 변한다는 뜻이다. 덧없이 변해 가는 세상 모습을 가리켜 하는 말이다. 우리나라에선 「상전벽해」란 말이 더 많이 쓰이고 있다.

이 말은 당나라 시인 유정지(劉廷芝, 651~608)의 「대비백두옹(代悲白頭翁)」 즉, 백발을 슬퍼하는 노인을 대신해서 읊은 장시에서 나온 말이다. 이 말이 나와 있는 부분을 소개하면 다음과 같다.

낙양성 동쪽의 복숭아 오얏꽃은
날아오고 날아가며 뉘 집에 지는고
낙양의 계집아이는 얼굴빛을 아끼며
가다가 떨어지는 꽃을 만나 길게 탄식한다.
금년에 꽃이 지자 얼굴빛이 바뀌었는데
명년에 꽃이 피면 다시 누가 있을까?
이미 송백이 부러져 땔감 되는 것을 보았는데
다시 뽕밭이 변해 바다가 되는 것을 듣는다.

洛陽城東桃李花	飛來飛去落誰家	낙양성동도리화	비래비거낙수가
洛陽女兒惜顔色	行逢落花長嘆息	낙양여아석안색	행봉낙화장탄식
今年花落顔色改	明年花開復誰在	금년화락안색개	명년화개복수재
已見松柏摧爲薪	更聞桑田變成海	이견송백최위신	갱문상전변성해

마지막 절의 뽕밭이 변해 바다가 된다는 말을 「상전이 벽해가 된다」고도 하고, 또 「벽해가 상전이 된다」고도 하며, 또 「벽해가 상전이 되고 상전이 벽해가 된다」고도 한다.

또 《신선전》에 있는 마고선녀(痲姑仙女)의 이야기에서 유래된 것으로, 옛날 마고라는 겨우 나이 열여덟쯤 되어 보이는 아름다운 선녀가 있었다. 그녀는 도를 통한 왕방평(王方平)에게 물었다.

「제가 옆에 모신 뒤로 벌써 동해바다가 세 번이나 뽕나무밭으로 변하는 것을 보았습니다. 이번에 봉래(蓬萊)로 오는 도중 바다가 또 얕아지기 시작해서 전에 비해 반밖에 되지 않았습니다. 또 육지가 되는 것일까요?」

「성인들이 다들 말하고 있다. 바다 녀석들이 먼지를 일으키고 있다고」

이 대화에서 이런 문자가 생겨난 것이다.

彼富我仁 彼爵我義
피부아인   피작아의

상대가 부(富)하다면 나는 인(仁)으로, 그리고 그가 높은 벼슬을 내세운다면 나는 이에 의(義)로써 맞선다.

상대가 부(富)를 내세워 나에게 자랑한다면 나는 인(仁)을 행하는 것으로써 이에 대항한다. 또한 상대가 고관대작을 자랑으로 내세운다면 나는 의(義)를 행하는 것으로써 나의 자랑으로 삼는다.

— 《채근담》 —

상중 桑中

뽕나무 桑 가운데 中

남녀간의 불의(不義)의 낙(樂).

—《시경》『상중(桑中)』

우리말에 「임도 보고 뽕도 딴다」는 말이 있다.

남녀유별이 철칙으로 되어 있고, 문 밖 출입이 자유롭지 못했던 옛날에는 남녀가 서로 만날 수 있는 기회가 주로 뽕을 따는 사이에 이루어졌던 것은 당연한 일이다.

그래서 역사적 기록이나 남녀의 애정관계를 논하는 이야기들에 항상 등장하는 것이 이 뽕나무, 뽕밭, 뽕따는 일이다.

이들 이야기 중 가장 오랜 기록이 아마 《시경》 용풍에 나오는 「상중(桑中)」이란 시일 것이다.

이 시는 3장으로 되어 있는데, 그 첫 장을 소개하면 다음과 같다.

여기에 풀(唐)을 뜯는다.
매(沬)란 마을에서
누구를 생각하는가.
아름다운 맹강이로다.
나와 뽕밭 속에서 약속하고
나를 다락(上宮)으로 맞아들여
나를 강물 위에서 보내 준다.

采采唐矣　　沬之鄉矣　　채채당의　　매지향의
云誰之思　　美孟姜矣　　운수지사　　미맹강의
期我乎桑中　要我乎上宮　기아호상중　요아호상궁

둘째 장과 셋째 장도 풀 이름과 장소, 사람 이름만 틀릴 뿐 똑같은 말로 되어 있다.

풀을 베러 어느 마을 근처로 한 남자가 간다. 그는 풀을 베러 간 것이 아니라, 아름다운 어느 남의 아내를 생각하고 있는 것이다. 그녀는 그를 뽕나무밭에서 만나기로 약속을 했던 것이

맹강녀의 묘

다. 거기서 사내를 만난 그녀는 그를 데리고 높은 집(上宮 : 다락)으로 맞아들인 다음, 그를 기(淇)라는 냇가에까지 바래다준다는 이야기다.

혹자는 이 시에 나오는 뽕밭과 다락집과 강물을 성애(性愛)의 과정을 암시한다고 의미심장하게 풀이하기도 한다.

아무튼 이 시에서, 남녀 사이의 불륜의 관계, 밀통, 밀약 등을 가리켜 「상중(桑中)」이니, 「상중지약(桑中之約)」이니, 「상중지희(桑中之喜)」니 하고 말한다.

시에 나오는 맹강(孟姜)은 진의 시황제를 위해 만리장성을 쌓는 데 징발된 남편을 찾아갔지만, 남편은 이미 장성을 축조하는 데 제물로 바쳐진 희생이 되었다고 하는 슬픈 이야기의 주인공이다.

새옹지마 塞翁之馬

변방 塞 늙은이 翁 의 之 말 馬

인생의 길·흉·화·복이란 항시 바뀌어 예측할 수 없는 것.

— 《회남자》 인간훈(人間訓)

어느 것이 참다운 복이 되고 화가 되는지 알 수 없는 세상일을 가리켜 「새옹지마」라고 말한다. 새옹은 북쪽 변방에 사는 늙은이 란 뜻이다.

《회남자》의 인간훈(人間訓)에 나오는 이 유명한 이야기의 대략의 줄거리를 여기 인용해 보자.

북방 국경 가까이에 점을 잘 치는 사람이 살고 있었다. 하루는 말이 아무 까닭도 없이 도망쳐 오랑캐들이 사는 국경 너머로 들어가 버렸다. 마을 사람들이 찾아와 동정을 하며 위로를 하자, 이 집 주인 늙은이는,

「이것이 어찌 복이 될 줄 알겠소」하고 조금도 걱정하는 기색이 없 었다.

그럭저럭 몇 달이 지났는데, 하루는 뜻밖에 도망했던 말이 오랑캐의 좋은 말을 한 필 끌고 돌아왔다. 마을 사람들은 모두 몰려와서 횡재를 했다면서 축하를 했다. 그러자 그 영감은 또,

「그게 화가 될지 누가 알겠소」하고 조금도 기뻐하는 기색을 보이 지 않았다.

그런데 집에 좋은 말이 하나 더 생기자, 전부터 말 타기를 좋아하던 주인의 아들이 데리고 온 호마를 타고 들판으로 마구 돌아다니다 그만 말에서 떨어져 넓적다리를 다치고 말았다. 사람들은 또 몰려와서 아들 이 병신이 된 데 대해 안타까워하는 인사를 했다. 그러자 영감은,

「그것이 복이 될지 누가 알겠소」하고 담담한 표정이었다.

그럭저럭 1년이 되자, 오랑캐들이 국경을 넘어 대규모로 침략해 들어왔다. 장정들은 일제히 활을 들고 나가 적과 싸웠다. 그리하여 국경 근처의 사람들이 열에 아홉은 전쟁에 나가 모두 죽었는데, 유독 이 영감의 아들만은 다리병신이라서 부자가 함께 무사할 수 있었다.

　　그러므로 복이 화가 되고, 화가 복이 되어, 변화가 끝이 없고, 그 깊이를 헤아릴 수가 없다고 회남자는 결론을 맺고 있었다.

　　여기에서 예측할 수 없는 길흉화복을 비유해서, 또 눈앞의 이해득실에 웃었다 울었다 할 필요가 없다는 뜻으로「새옹지마」란 말을 쓰게 되었다.

　　또 이것을 가리켜「인간만사 새옹마」라고 하는데, 이것은 원(元)나라의 중 희회기(熙晦機)의 시에,「인간의 모든 일은 새옹의 말이다(人間萬事塞翁馬). 추침헌 가운데 빗소리를 들으며 누워 있다(推枕軒中聽雨眠)」고 한 데서 나온 말이다.

日新一日
일신일일

하루하루 근신(勤愼)을 쌓는다.
　그날 그날 언행을 삼가고 조심하여 오늘은 어제보다, 내일은 오늘보다 더 낫게끔 근신을 쌓아나간다. 그것이 결국은 일생을 통한 수양이 되는 것이다.

── 《회남자》 주술훈(主術訓) ──

생이지지 生而知之

날 生 어조사 而 알 知 갈 之

배우지 않아도 스스로 깨우쳐 앎.

— 《중용(中庸)》 20장

나면서부터 안다는 것이 「생이지지」다. 곧 태어나면서부터 배우지 않고도 스스로 깨우쳐 안다는 성인(聖人)의 경지를 일컫는 말이다. 《중용》 20장에 이런 말이 있다.

「혹은 태어나면서부터 이것(道)을 알고(或生而知之), 혹은 배워서 이것을 알고, 혹은 곤궁하여 이것을 아는데, 그 앎이라는 것에 미쳐서는 똑같다. 혹은 편안히 이것을 행하고, 혹은 이롭게 여겨 이것을 행하고, 혹은 억지로 힘써 이것을 행하지만, 그 성공하는 데 미쳐서는 똑같다」

이 말은 지(知)와 행(行)에 있어서 인물의 차등이 있다는 것을 말한다. 즉 사람에게는 태어나면서부터 세상의 이치를 꿰고 나온 사람이 있기도 하고, 배워서 알게 되는 사람이 있기도 하고, 어렵게 힘쓴 뒤에야 비로소 아는 사람이 있기도 하다는 것이다.

그러나 그 깨달음이라는 것에 도달하고 나면 그때는 다 똑같은 것이다. 각각 다른 도리, 다른 이치를 깨달은 것이 아니라, 모두 한가지로 깨달은 것이다.

《논어》 술이편에서 공자는 이렇게 말했다.

「나는 나면서부터 안 자가 아니라, 옛것을 좋아하여 부지런히 그것을 구한 사람이다(我非生而知之者 好古敏以求之者也)」

공자는 「생이지지」의 성인으로 추앙받는다. 그럼에도 그가 이렇게 말한 것은, 학문의 완성은 자질만으로 되는 것이 아니라 부지런히 배움으로써 이루어진다는 것을 강조하기 위함에서이다.

서제막급 噬臍莫及

씹을(물) 噬 배꼽 臍 아닐 莫 미칠 及

일을 그르친 뒤에는 후회해도 이미 늦다.

— 《춘추좌씨전》 장공(莊公)

「서제막급」은 배꼽을 물려고 해도 입이 미치지 못한다는 뜻으로, 일이 지난 후에는 후회해도 아무 소용이 없음을 비유하는 말이다.

《좌전》 장공(莊公)에 있는 이야기다.

주장왕(周莊王) 때의 일이다. 초나라 문왕이 신(申)나라를 치기 위하여 신나라와 가까이 있는 등(鄧)나라를 지나가게 되었다. 등나라 임금 기후(祁侯)는 조카인 문왕을 반갑게 맞이하고 환대했다. 그 때 추생, 담생, 양생 세 현인이 기후에게 말했다.

「지금 문왕은 약소국 신나라를 치기 위해 가는 길입니다. 우리 역시 약소국인데 저들이 신나라를 친 다음에는 우리나라를 그냥 둘 리가 없지 않습니까? 무슨 대비를 하지 않으면 나중에 아무리 후회해도 때는 늦을 것입니다(噬臍莫及)」

그러나 기후는 펄쩍 뛰면서 귀담아 듣지 않았다. 문왕은 기후의 도움으로 무사히 신나라를 정벌하고 귀국하였다. 그러고 나서 10년이 지난 뒤 초나라는 다시 군사를 일으켜 등나라를 쳐들어왔다. 전혀 대비가 없던 등나라는 순식간에 초나라의 군대에 점령되고 말았다.

일설에는, 사람에게 붙잡힌 궁노루가 자기의 배꼽 향내 때문에 잡힌 줄 알고 제 배꼽을 물어뜯으려고 해도 때는 이미 늦었다는 데서 생긴 말이라고도 한다.

「후회막급(後悔莫及)」과 의미가 비슷하다.

서리지탄 黍離之嘆

기장 黍 떠날 離 의 之 탄식할 嘆

세상의 영고성쇠(榮枯盛衰)가 무상함을 한탄함.

—《시경》『서리(黍離)』

나라가 망하고 옛 도성의 궁궐터가 밭으로 변해 버린 것을 한탄하는 것을 「서리지탄」이라고 한다. 「흥망이 유수하니 만월대(滿月臺)도 추초(秋草)로다」 하는 고려의 유신들이 읊은 망국탄과도 같다고 할까.

이 서리지탄이란 문자가 생겨나게 된 「서리(黍離)」란 말은 《시경》 왕풍(王風)에 나오는 시의 제목이다. 이 시는 3장으로 되어 있는데, 그 첫장만을 소개하면 다음과 같다.

저 기장의 무성함이여
저 피(稷)의 싹이여
가는 걸음의 더딤이여
속마음이 어지럽도다.
나를 아는 사람은
나를 일러 마음이 아프다 하는데
나를 모르는 사람은
나를 일러 무엇을 찾는가 한다.
아득한 푸른 하늘이여
이것이 누구의 탓입니까?

궁궐이 있던 자리는 피와 기장만 무성히 자라고…

被黍離離　被稷之苗　　피서이리　피직지묘
行邁靡靡　中心搖搖　　행매미미　중심요요

知我者	謂我心憂	지아자	위아심우
不知我者	謂我何求	불지아자	위아하구
悠悠蒼天	此何人哉	유유창천	차하인재

이 시에 대한 《모시(毛詩 : 시전詩傳)》의 서(序)에 따르면, 이 시는 주(周)나라 대부가 원래 주나라의 종묘와 궁궐이 서 있던 자리에 기장과 피가 무성하게 자라나 있는 것을 보고, 주나라의 쇠망을 슬퍼하며 차마 그 앞을 그대로 지나치지 못하고 서성거리며 지은 시라고 한다. 「서리」의 「리(離)」는 「이리(離離)」가 약해진 것으로, 무성하다는 뜻이다.

여기에 견주어, 은(殷)의 폭군 주왕(紂王)의 학정을 간하다 쫓겨나 숨어 살다가, 주(周) 무왕이 은을 멸망시키고 무왕의 부름을 받은 기자가 은나라 옛 도성을 지나게 되었다. 그렇게 번화하던 거리는 흔적마저 없고, 궁궐이 서 있던 자리에도 밭을 만들어 곡식들이 무성하게 자라고 있었다. 기자는 무상한 조국의 흥망에 감개를 이기지 못하여 눈물 대신 맥수지시(麥秀之詩)를 지어 읊었다.

옛 궁궐 자리에는 보리만이 무성해 있고
벼와 기장들도 잎이 기름져 있다.
화려하던 도성이 이 꼴로 변해 버린 것이 그
미친 녀석(紂)이
내 말을 듣지 않았기 때문이다.

| 麥秀漸漸兮 | 禾黍油油 | 맥수점점혜 | 화서유유 |
| 彼狡童兮 | 不與我好兮 | 피교동혜 | 불여아호혜 |

기자

여기에서 망국지탄(亡國之嘆)을 「맥수지탄」이라 말하게 되었고, 고국의 멸망을 탄식한 노래를 「맥수가(麥秀歌)」니 맥수의 시니 하고 말하게 되었다.

서시빈목 西施矉目

서녘 西 베풀 施 찡그릴 矉 눈 目

공연히 남의 흉내를 내어 세상 사람의 웃음거리가 됨을 이름.

— 《장자》천운편(天運篇)

「서시빈목」은 서시가 눈살을 찌푸린다는 말이다. 서시라는 미녀를 무조건 흉내 내었던 마을 여자들의 이야기에서 생겨난 말로서, 공연히 남의 흉내만 내는 일을 풍자한 것이다.

서시

춘추시대 말 오(吳)·월(越) 양국의 다툼이 한창일 무렵, 월왕 구천이 오왕 부차의 방심을 유발하기 위해 헌상한 미희 50명 중에서 제일가는 서시(西施)라는 절색(絶色)이 있었다.

이 이야기는 그 서시에 관해서 주변에 나돌았던 이야기로 되어 있으나, 말하는 사람이 우화의 명수인 장자이므로 그 주인공이 서시가 아니라도 좋을 것이다.

《장자》천운편에 있는 이야기는 이렇다.

서시가 어느 때 가슴앓이가 도져 고향으로 돌아갔다. 아픈 가슴을 한손으로 누르며 눈살을 찌푸리고 걸어도 역시 절세의 미인인지라, 다시 보기 드문 풍정(風情)으로 보는 사람들을 황홀케 했다.

그것을 본 것이 마을에서도 추녀로 으뜸가는 여자인데, 자기도 한손으로는 가슴을 누르고 눈살을 찌푸리며 마을길을 흔들흔들 걸어보았으나 마을 사람들은 멋있게 보아주기는커녕 그렇지 않아도 추한 여자의 징글맞은 광경을 보고 진저리가 나서 대문을 쾅

닫아버리고 밖으로 나오려는 사람도 없었다.

그런데 이 이야기로 장자는 공자의 제자인 안연(顏淵)과 도가적(道家的) 현자로서 등장시킨 사금(師金)이란 인물과의 대화 속에서 사금이 말하는 공자 비평의 말에 관련시키고 있다.

요컨대 춘추의 난세에 태어나서 노(魯)나 위(衛)나라에 일찍이 찬란했던 주(周)왕조의 이상정치를 재현시키려는 것은 마치 자기 분수도 모르고 서시의 찡그림을 흉내 내는 추녀 같은 것으로 남들로부터 놀림 받는 황당한 이야기라는 것이다.

「효빈(效矉)」이라고도 한다.

서시

서족이기성명 書足以記姓名

글 書 족할 足 써 以 쓸 記 성 姓 이름 名

학식만을 내세움을 비웃음. 또는 지식보다는 행동이라는 말

— 《사기》 항우본기(項羽本紀)

항우가 어릴 때 했다는 말로 「지식보다는 행동이다」 라는 뜻으로 쓰인다.

《사기》 항우본기 첫머리에 이렇게 나와 있다.

「항적(項籍)이란 사람은 하상(下相) 사람으로 자(字)를 우(羽)라고 했다. 처음 일어났을 때 나이 스물넷이었다. 그의 작은 아버지는 항양(項梁)인데, 양의 아버지는 바로 초나라 장군 항연(項燕)으로, 진나라 장군 왕전(王翦)에게 죽임을 당한 사람이다……」

항적은 어릴 때 글을 배우다가 이루지 못하고 그만두었는데, 칼을 배우다가 또 이루지 못했다. 항양이 화를 내며 그를 꾸짖자, 항적은 이렇게 말했다.

「글은 성명만 기록하면 족하고, 칼은 한 사람을 대적하는 것이니 배울 만한 것이 못됩니다. 만 사람을 대적하는 것을 배우겠습니다(書足以記姓名而己 劍一人敵 不足學 學萬人敵)」

그래서 항양은 그에게 병법을 가르쳤다. 항적은 대단히 기뻐했으나 대강 그 뜻을 알고는 역시 끝까지 배우려 하지 않았다.

이상이 항우본기의 서두에 나와 있는 기록이다. 항우는 어느 의미에서 「돌대

항우

가리」였던 것 같다.
그가 천하를 한때 휩
쓸고 뒤흔들게 된 것
은 단순히 그의 백절
불굴의 투지와 힘과
용맹 때문이었다.

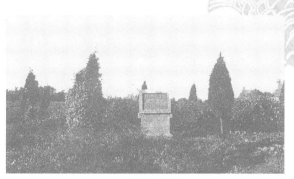
해하 유지

그에게는 글이 사실
상 필요 없었고, 칼도
특별한 기술이 필요치 않았다. 병법도 남을 속이는 교묘한 작전 같은
것은 그에게 필요치 않았다.

그는 자기가 한 말처럼 산을 뽑을 만한 힘을 지니고 있었다. 그는 보
통 사람이 하나만 입어도 귀찮은 갑옷을 일곱 겹이나 껴입었고, 다른
장수들이 고작 30근 철퇴를 드는 정도였는데, 그는 3백 근 철퇴를 나무
지팡이 휘두르듯 했다.

천리마를 타고 달리는 그의 철퇴에서는 칼도 창도 아무 소용이 없었
고, 그의 7층 갑옷에는 아무리 강한 화살도 쓸모가 없었다. 그는 마치
탱크와도 같은 인간이었다. 그러나 그런 그도 결국에 가서는 해하(垓下)
에서 패하고 오강(烏江)에서 자살을 함으로써 31세라는 꽃다운 청춘을
장렬하고 처참한 비극으로 끝내고 만다. 역시 글을 읽지 못하고 병법을
배우지 못한 탓이 아니었을는지.

沐猴而冠耳
목후이관이

원숭이가 의관(衣冠)을 갖추었다.
원숭이가 사람의 의관을 갖추었다. 보잘 것 없는 인간이 겉모양만을 꾸
민다.

— 《사기》 항우기 「항우를 모욕해서 한 말」 —

석권　席卷

자리 席 말 卷

어느 부분을 자신의 손아귀에 넣어 좌지우지함.

— 《사기》위표팽월열전(魏豹彭越列傳)

자리를 만다는 말이 「석권」이다. 자리를 말 듯이 한쪽에서부터 토지를 공격해 전체를 차지하는 것을 말한다.

《사기》위표팽월열전에 있는 이야기다.

초나라의 항우와 한나라 유방이 천하를 두고 다투고 있을 무렵 위표(魏豹)와 팽월(彭越)이라는 사람이 있었다.

위표는 처음에는 항우에게서 위왕(魏王)으로 봉해졌는데, 나중에 항우를 배신하고 유방에게 붙어 팽성(彭城)을 함락시켰다. 그러나 유방이 패배하자 다시 배신을 했는데 화가 난 유방은 한신에게 토벌케 하여 포로로 잡았다가 주가(周苟)에게 명령을 내려 죽이게 하였다.

팽월은 원래 유방의 부하였는데, 유방이 진희(陳豨)의 반란을 평정하기 위해 출병을 마무리했지만 머뭇거리다가 반란의 혐의가 씌워져 오히려 체포를 당하고 말았다. 그 뒤 그도 역시 여후(呂后)의 건의로 죽음을 당했다.

이를 두고 사마천은 이렇게 말했다.

「위표와 팽월은 비천한 집안 출신으로 천리의 땅을 석권한 인물이다.……그 명성이 날로 높아졌지만, 반란을 도모하다가 패하자 스스로 목숨을 끊지 않고 포로가 되어 죽음을 당한 것은 무슨 까닭인가? 그것은 두 사람이 모두 지략이 뛰어나 몸만 무사하면 후일 다시 큰일을 도모할 기회가 올 것이라고 기대해서 포로가 되는 것도 마다하지 않았기 때문이다」

소국과민 小國寡民

작을 小 나라國 적을 寡 백성 民

가장 평화롭고 이상적인 사회.

— 《노자(老子)》 제80장

나라도 작고 백성도 적은 것이 「소국과민」이다. 이른바 약소국가를 가리킨 말 같은데, 실은 그것이 아니고 가장 평화롭고 이상적인 사회를 가리켜 한 말이다. 이것은 노자가 그린 이상사회다.

「나라는 작고 백성은 적으며 여러 가지 기구가 있어도 쓰지 않게 된다. 백성들은 생명이 중한 것을 알아 멀리 떠나가는 일도 없고, 배며 수레가 있어도 타고 갈 곳이 없으며, 무기가 있어도 쓸 곳이 없다. 백성들도 다시 옛날로 돌아가 글자 대신 노끈을 맺어 쓰게 하고, 그들의 먹는 것을 달게 여기고, 그들의 입는 것을 아름답게 여기며, 그들의 삶을 편안히 여기고, 그들의 관습을 즐기게 한다. 이웃 나라끼리 서로 바라보며 닭울음과 개 짖는 소리가 서로 들리지만, 백성들은 늙어 죽도록 서로 가고 오는 일이 없다」

부드럽고 약한 것을 소중히 여기고 무위(無爲)와 무욕(無慾)을 강조하고 있는 노자가, 그의 이상사회를 그려 본 것이 이 「소국과민」이다. 노자의 사상을 많이 띠고 있는 도연명의 《도화원기(桃花源記)》에 나오는 「무릉도원」도 이 노자의 「소국과민」 사상에서 나온 것으로 볼 수 있다.

제1차 세계대전 후로 대두되고 있는 다원적 국가관도 이 「소국과민」의 사상이 다소 깃들어 있다고 보아야 할 것이다. 또 오늘날 중립을 지키며 평화롭게 살아가고 있는 작은 나라들을 볼 때 「소국과민」주의가 세계평화를 가져올 수 있는 유일한 길인 것도 같다.

선시어외 先始於隗

먼저 先 처음 始 어조사 於 험할 隗

너부터 시작하라.

— 《전국책》 연책(燕策)

「선시어외」는 먼저 외(隗)부터 시작하라는 말이다. 여기서 외는 곽외(郭隗)를 말한다.

《전국책》 연책에 있는 이야기다.

전국시대 연(燕)나라의 소왕은 제(齊)나라에 빼앗긴 영토를 되찾고 치욕을 앙갚음하기 위해 세상의 뛰어난 인재를 초빙하고자 하였다. 그래서 이 문제를 재상 곽외와 상의하였다. 곽외가 말했다.

「이런 옛이야기가 있습니다. 어떤 임금이 천리마를 구하려고 천 냥의 돈을 걸고 기다렸습니다. 그러나 3년이 지나도 천리마는 오지 않았습니다.

그러자 궁중의 하인 한 사람이 자신이 구해 오겠다며 나섰습니다. 그는 백방으로 수소문해 천리마가 있는 곳을 알았지만, 아쉽게도 그가 도착하기 전에 천리마는 죽어버리고 말았습니다.

그러나 그는 그 죽은 말의 뼈를 5백 냥을 주고 사가지고 왔습니다(買死馬骨). 그러자 임금은 『죽은 말의 뼈를 5백 냥이나 주고 사오다니?』 하며 화를 냈습니다.

그러자 하인은 『생각해 보십시오 죽은 천리마의 뼈를 5백 냥에 샀다면 산 말이야 이르겠느냐고 생각하지 않겠습니까? 조금만 기다리면 서로 팔겠다며 천리마를 가진 사람이 몰려들 것입니다』

과연 얼마 되지 않아 천리마를 팔겠다는 사람이 셋이나 나타났다고 합니다. 마찬가지로 폐하께서 천하의 영재를 얻고자 하신다면 먼저 가까이 있는 저부터 우대하십시오 그러면 저절로 천하의 영재들이 몰려들 것입니다」

이 말을 수긍한 소왕은 즉각 황금대(黃金臺)를 지어 곽외를 머물게 하고 사부(師父)로서 받들었다. 그러자 과연 얼마 안 가서 명장 악의(樂毅), 음양가의 비조(鼻祖) 추연(鄒衍), 대정치가 극신(劇辛) 등의 걸출한 인재들이 사방에서 연나라로 몰려들었다.

이들의 힘을 빌려 소왕은 제나라에 대한 원수도 갚고 나라를 부강하게 만들 수 있었다.

곽외의 이야기 중에서「죽은 말을 사왔다」는「매사마골(買死馬骨)」은「별 볼일 없는 것을 사서 요긴한 것이 오기를 기다린다」또는「하잘 것 없는 것이라도 소중히 대접하면 긴요한 것은 그에 끌려 자연히 모여든다는 뜻으로 쓰이게 된 말이다.

이것이「외(隗)부터 시작하라(先始於隗)」의 고사이나,「손쉬운 나부터 시작하라」는 뜻에서 바뀌어 지금은「말한 자부터 시작하라」는 뉘앙스로 쓰고 있는 듯하다. 또 노인이 취업을 희망할 때「사마(死馬)의 뼈를 사주시기 바랍니다」라는 말을 쓴다.

「선종외시(先從隗始)」라고도 한다.

濃不勝淡 俗不如雅也
농 불 승 담   속 불 여 아 야

농(濃)은 담(淡)을 능가하지 못하며, 속(俗)은 아(雅)를 따르지 못한다.
농후한 것이 담백한 것을 능가하지 못하며, 또한 비속한 세계는 풍아(風雅)한 경지를 따르지 못한다.

── 《채근담》──

선우후락 先憂後樂

먼저 先 근심 憂 나중 後 즐거울 樂

세상 근심은 남보다 먼저 걱정하고, 즐거움은 남보다 나중 기뻐함.

— 범중엄(范仲淹)『악양루기(岳陽樓記)』

「선천하지우 이후천하지락(先天下之憂 而後天下之樂)」에서 나온 말이다. 천하의 모든 사람이 근심하기에 앞서서 먼저 근심하고, 천하의 모든 사람이 다 즐거워한 뒤에 마지막으로 즐거워한다. 학문하는 사람으로서 또는 관료로서 가져야 할 자세를 말한다.

이것은 송나라 명재상 범중엄(范仲淹 : 문정공)이 한 말이다.

범중엄은 가난한 집에 태어나 재상까지 된 훌륭한 인물이었는데, 그는 이 세상에 불행한 사람을 건지는 것이 어릴 때부터의 소원이었다. 그가 어느 사당(祠堂) 앞을 지나다가, 사람들이 소원을 빌면 뜻대로 된다고 하는지라, 그는 들어가 이렇게 빌었다.

「저는 훌륭한 재상 되기를 원치 않고 훌륭한 의원 되기를 원합니다」

병든 사람을 구해 주는 것이 더욱 어렵고 훌륭하게 느껴졌던 것이다.

그가 한번은 혼자 공부를 하고 있는데, 참외장수가 참외를 한 짐 지고 장으로 팔러 가는 것이 바라다 보였다. 배도 고프고 날씨도 더운 판에 참외 하나만 먹었으면 원이 없을 것만 같았다. 사먹을 돈이 없는 그는 속으로 하나만 굴러 떨어졌으면 하고 바랐다. 귀신이 감동했는지, 참외장수가 몸을 추스르자 참외 하나가 지게에서 굴러 길 아래로 떨어졌다. 참외장수는 지게를 받쳐 놓고 참외를 가지러 내려갈까 망설이더니, 귀찮은 듯이 그대로 가버렸다. 물론 범중엄은 반갑게 주워 먹었다.

그 뒤 재상이 된 범중엄은 그때 생각을 잊을 수 없어 참외가 떨어졌던 곳에 큰 과정(瓜亭)을 짓고 많은 참외를 심어 지나가는 돈 없는 나그네에게 그냥 주게 했다 한다. 주자(朱子)가 편찬한 《명신언행록》에는 그가 좋아하는 글귀라 해서 기록하고 있는데, 실은 범중엄이 지은 「악양루기(岳陽樓記)」에 있는 말이다. 이 글 끝에 이렇게 말하고 있다.

범중엄이 지은 과정

「슬프다, 내가 일찍이 옛날 어진 사람의 마음을 찾아보건대, 부처와 노자(老子)가 다른 점이 무엇이겠는가. 물건으로 기뻐하지 않고 자기로써 슬퍼하지 않는다. 조정에 있어서는 백성을 걱정하고, 강호에 있어서는 임금을 걱정한다. 이것은 나아가도 걱정이요, 물러나도 걱정이다. 그러면 어느 때 즐거워하는가. 그것은 필시 천하의 근심을 먼저 근심하고 천하의 낙을 뒤에 즐긴다고 말할 수 있지 않을까(先天下之憂而憂 後天下之樂而樂乎). 슬프다, 이 사람이 아니면 내가 누구와 함께할 것인가」

이 글은 그가 부총리 격인 참지정사(參知政事)로 있던 경력 6년(1046년) 9월 15일에 지은 것으로 되어 있으므로, 천하를 다스리는 유신(儒臣)으로서의 자부심이 높았을 때였다.

글의 내용은, 관료는 어디에 있든 늘 국가와 백성을 위해 봉사해야 한다는 엄중한 선언을 담고 있다. 백성이 근심하기 전에 먼저 문제점을 발견해서 정정함으로써 백성의 걱정을 덜고, 모든 백성이 다 안락한 생활을 향유할 때 비로소 즐거워하는 태도야말로 가장 이상적인 정치인의 자세라고 할 것이다. 위 문장이 너무 길어서인지 「선우후락」이란 간단한 말로 대신하기도 한다.

먼저 先 곧 則 마를 制 사람 人

선수를 써서 상대를 제압하다.

— 《사기》 항우본기(項羽本紀)

선수를 치면 남을 누를 수 있게 된다는 것이 「선즉제인」이다.

진시황이 죽고 무능한 2세가 천자로 들어앉자, 진승(陳勝)이 맨 먼저 반기를 들고 일어났고, 뒤이어 각지에서 유명무명의 영웅호걸들이 앞다투어 반란을 일으켰다. 이때 항우의 작은 아버지인 항양(項梁)은 항우와 함께 회계(會稽)에 와 있었는데, 회계태수로 와 있던 은통(殷通)이 항양을 보고 이렇게 말했다.

「이제 강서(江西)가 온통 반기를 들고 일어섰으니 이것은 아마 하늘이 진나라를 망하게 할 시기인 것 같습니다. 내가 들으니 『먼저 하면 곧 남을 누르고 뒤에 하면 남의 눌리는 바가 된다(先即制人 後即爲人所制)』고 했는데, 나도 군사를 일으켜 공과 환초(桓楚)로 장군을 삼을까 합니다」

은통은 시기를 놓치지 않기 위하여 초의 귀족이며, 병법에도 능한 실력자인 항양을 이용하려는 속셈이었다. 그러나 그렇게 쉽게는 되지 않았다. 이때 환초는 도망쳐 다른 곳에 가 있었다. 항양은 딴 생각을 품고 은통에게,

「환초가 숨어 있는 곳을 아는 사람은 적(籍 : 항우의 이름)밖에 없습니다」

이렇게 말한 다음 일어나 밖으로 나가 항우에게 귓속말로 무어라 타이르고 칼을 준비하여 밖에서 기다리게 했다.

다시 들어온 항양은 태수와 마주앉아,

「적(籍)을 불러 태수의 명령을 받아 환초를 불러오도록 하시지요」
하고 청했다. 태수가 그러라고 하자 항양은 항우를 데리고 들어왔다.
잠시 후 항양은 항우에게 눈짓을 하며,

「그렇게 해라」 하고 일렀다.

순간 항우는 칼을 빼들고 은통의 목을 쳤다.

이리하여 항양은 자신이 스스로 회계태수가 되고 항우를 비장(裨將)
으로 하여 정병(精兵) 8천을 뽑아 강을 건너 진나라로 향하게 되었던
것이다. 결국 선수를 써야만 남을 누른다고 가르쳐 준 은통의 말을 실제
로 실천한 사람은 은통이 아니라, 항양과 항우였던 것이다.

바둑 격언에 돌을 버리고 선수를 다투라(棄子爭先)라는 말이 있는데,
전쟁이고 사업이고 간에 경쟁자가 있을 때는 선수를 쓰는 것이 결정적
인 승패의 계기가 될 수 있다.

이것은 《사기》 항우본기에 실려 있는데, 《한서》 항적전에는 「선발
(先發)하면 사람을 제압하고, 후발하면 사람에게 제압당한다」 라고 나
와 있으며, 이것은 은통의 말이 아니라 항양의 말이라고 기록되어 있다.

《수서(隋書)》 이밀전(李密傳)에는 「선발하면 사람을 제압한다. 이
기회를 놓쳐서는 안된다」 라는 구절이 있다.

以暴易暴兮　不知其非矣
이 포 이 포 혜　　부 지 기 비 의

포악(暴惡)으로 포악을 몰아내고도 그 잘못을 깨닫지 못한다.
포악한 자를 제거하기 위해서 포악한 행위를 하고도 그것이 도리에 어긋
난 짓임을 깨닫지 못한다.

— 《사기》 백이전(伯夷傳) —

성공자퇴 成功者退

이룰 成 공 功 사람 者 물러날 退

공을 이룬 사람은 때를 알고 물러나야 걱정이 없다.

— 《사기》 범수채택열전(范雎蔡澤列傳)

공을 이룬 사람은 물러나야 한다는 것이 「성공자퇴」다. 보다 구체적인 표현이 「공성신퇴(功成身退)」다. 그러나 이 말의 원 말은 「성공자거(成功者去)」다. 사람만이 아니고 모든 사물은 일단 목적을 달성한 뒤에는 다음 오는 것에게 그 자리를 물려주고 가버린다는 뜻이다.

《사기》 범수채택열전에 나오는 채택의 말이다.

수가의 모함을 받아 거의 죽을 뻔한 범수는 나중에 이름도 장록(張祿)으로 고쳐 진(秦)나라에 가서 신임을 얻어 재상이 되었다. 그는 정치를 훌륭하게 하여 마침내 진나라를 강국으로 만들었다.

그러나 진나라 승상이 된 범수(范雎)도 차츰 실수를 저지르기 시작했다. 게다가 진소왕(秦昭王)의 신임마저 날로 엷어져 가고 있었다. 이 소문을 들은 채택(蔡澤)이 그의 뒤를 물려받을 생각으로 진나라로 향하게 된다. 그는 진나라에 도달하기 전 도중에 도둑을 만나 가지고 있던 여행 도구까지 다 빼앗기고 말았다.

함양에 도착한 채택은 소문을 퍼뜨려 범수의 귀에 들어가게 한다.

「연나라 사람 채택은 천하의 호걸이요 변사다. 그가 한번 진왕을 뵙게 되면 왕은 재상의 자리를 앗아 채택에게 주게 될 것이다」

범수는 채택을 불러들여 불쾌한 태도로 물었다.

「당신이 날 대신해 진나라 승상이 된다고 했다는데, 그게 사실이오?」

「그렇습니다」

「어디 그 이야기를 한번 들어 봅시다」

이리하여 채택은,

「어쩌면 그렇게도 보는 것이 더디십니까. 대저 사시(四時)의 순서는 공을 이룬 것은 가는 법입니다(凡夫四時之序成功者去……)」하고 이론을 전개하기 시작, 마침내 범수를 설득시켜 그로 하여금 그 자리를 물러나야 되겠다는 것을 느끼게 했다.

이리하여 범수의 추천으로 진나라의 재상이 된 채택은 몇 달이 다 가지 않아 자기를 모략하는 사람이 있자, 자기가 범수에게 권했듯이 곧 병을 핑계로 자리를 내놓는다.

그리하여 진나라에서 편안히 여생을 보내며, 가끔 사신으로 외국에 다녀오곤 했다.

狐裘雖敝 不可補以黃狗之皮
호 구 수 폐　불 가 보 이 황 구 지 피

여우가죽의 옷이 해졌더라도 그것을 깁는 데 개가죽을 써서는 안된다. 여우 가죽으로 만든 옷은 아무리 해졌더라도 개 가죽으로 대신 기울 수는 없다. 곧 군자가 지금은 비록 아무리 힘을 못 쓰게 되었더라도 소인으로 그를 대신할 수는 없는 것이다.

— 《사기》 전경중완세가(田敬仲完世家) —

성하지맹 城下之盟

성 城 아래 下 의 之 맹세 盟

핍박에 못 이겨 굴욕적으로 맺은 조약.

— 《춘추좌씨전》 환공(桓公)

성 아래에서의 맹세가 「성하지맹」이다. 적에게 성을 포위당한 끝에 견디다 못해 나가 항복하는 것이 성하지맹이다.

《춘추좌씨전》 환공(桓公) 12년(B.C 700)의 기록에 다음과 같은 이야기가 나온다.

초나라가 교(絞)를 쳐들어가 성 남문에 진을 쳤다. 막오(莫敖)라는 벼슬에 있는 굴하(屈瑕)가 계책을 말했다.

「교 땅의 사람들은 도량이 좁고 경솔합니다. 사람이 경솔하면 또한 생각하고 염려하는 것이 부족합니다. 땔나무를 하는 인부들을 호위병을 딸리지 않은 채 내보내서 이것을 미끼로 삼아 그들을 치는 것이 어떻겠습니까?」

그래서 굴하의 꾀에 따라 나무하는 인부들을 호위병 없이 내보냈다. 교 땅 사람들은 예상한 대로 북문을 열고 나와 산 속에 있는 초나라 인부를 30명이나 잡아갔다.

이튿날은 더 많은 인부를 내보냈다. 교 땅 사람들은 어제 있었던 일에 재미를 붙여, 성문을 열고 서로 앞을 다투어 산 속의 인부를 쫓기에 바빴다. 초나라 군사는 이 틈에 북문을 점령하고, 산기슭에 숨겨 두었던 복병이 일어나 성 밖으로 나온 군사를 습격함으로써 크게 승리를 거두고 성 아래에서의 맹세를 하고 돌아왔다는 것이다.

성 아래에서의 맹세는 압도적인 승리와 패배를 뜻하므로 「성하지맹」을 당하는 쪽의 굴욕은 견디기 어려운 것이 아닐 수 없다. 이를 증명해 주는 예가 선공(宣公) 15년의 기록에 나온다.

초나라가 송나라 성을 포위했을 때 송나라가 끝내 버티고 항복을 하지 않는지라, 초나라는 신숙시(申叔時)의 꾀를 써서 숙사를 짓고 밭을 가는 등 장기전 태세를 보였다.

과연 송나라는 겁을 먹고 사신을 보내 화평을 청해 왔다.

「성 아래에서의 맹세는 나라가 망하는 한이 있어도 맹을 수가 없습니다. 그러니 군대를 30리만 후퇴시켜 주십시오 그러면 어떤 조건이라도 받아들이겠습니다」

이것을 볼 때 「성하지맹」이 얼마나 당하는 쪽에는 견딜 수 없는 굴욕인지를 알 수 있다.

信不繼 盟无益也.
신 불 계   맹 무 익 야

믿음이 끊어지면 맹서도 허사다.
아무리 맹서를 한들, 만약에 신의가 뒤따르지 않는다면 아무런 쓸모가 없는 것이다.

— 《춘추좌씨전》 환공 12년 —

성호사서 城狐社鼠

성 城 여우 狐 묘당 社 쥐 鼠

탐욕스럽고 흉포한 벼슬아치.

— 《진서(晉書)》 사곤전(謝鯤傳)

「성호사서」는 성벽에 숨어 사는 여우나 묘당에 기어든 쥐새끼라는 뜻으로, 탐욕스럽고 흉포한 벼슬아치를 비유하여 이르는 말이다.

《진서》 사곤전에 있는 이야기다

동진 때 대장군 왕돈(王敦)이나 대신인 조부 왕남(王覽), 숙부 왕상(王祥) 등은 모두 힘깨나 쓴다 하는 세력가들이었는데, 그 당시 산동 왕씨는 유명한 귀족들이었다.

동진이 중국 북부에 대한 통치권을 잃고 강남으로 밀려나 건강(建康)으로 서울을 옮겼을 때의 이야기다.

왕씨 집안도 남하해서 여전히 동진의 정권을 좌지우지하였다. 이때 진원제 사마예(司馬睿)의 승상이었던 왕도(王導)는 바로 왕돈의 사촌형이었고, 왕돈의 처는 바로 사마염의 딸 양성공주였다. 그래서 당시 사람들은「왕씨와 사마씨가 함께 천하를 휘두르고 있다(王與馬 共天下)」고 말했다.

그러나 당시 사마씨와 왕씨간의 알력 또한 만만치 않았다. 원제가 등극한 뒤 왕돈은 통수(統帥)로 임명되어 나중에 강주·양주·형주·양주·광주 등 다섯 곳의 군사들을 총지휘하고 강주자사까지 겸하면서 무창(武昌)에 주둔하고 있었다.

이리하여 왕돈은 장강 상류를 장악하고 장강 하류의 도읍지인 건강을 위협할 정도가 되었다. 이에 진원제는 유외와 대연을 진북장군에 임명하여 각기 군사 1만 명을 이끌고 왕돈을 견제하게 했다.

이때 왕돈은 진원제의 속셈을 알아차리고 군사를 움직일 채비를 차렸다. 그러나 만일 군사를 움직여 건강을 공격하게 되면 실제로 반란이 되기 때문에 가볍게 움직일 수도 없었다.

이에 왕돈은,

「유외는 나라를 망치는 간사한 무리니, 나는 임금 신변에 빌붙어 사는 그와 같은 간신을 제거하겠다」라는 명분을 내세워 군사를 일으키게 되었다.

이런 술책은 한나라 초기 오왕 유비(劉濞)의 청군측(淸君側)에서 배워 온 것이다.

이때 왕돈의 휘하에서 장사(長史)로 있던 사곤(謝鯤)은 왕돈에게,

「유외는 간신이지만 성벽에 숨어 사는 여우이며, 묘당에 기어든 쥐새끼(城狐社鼠)입니다」라고 말했다.

여우나 쥐는 사람마다 모두 잡아 죽이려고 하지만, 궁성에 숨어 있고 묘당 안에 도사리고 있기 때문에 궁성이나 묘당을 훼손할까 걱정이 되어 잡아 없애기 어렵다는 말로, 임금의 신변에 있는 탐욕스런 관리들이 바로 그렇다는 말이다.

「직호사서(稷狐社鼠)」라고도 한다.

得新損故　後必寒
득신손고　후필한

새것을 택하고 헌 것을 버리면 나중에 반드시 외롭다.
새로운 것을 얻고 옛것을 모두 버린다면 반드시 뒤에는 쓸쓸한 삶이 올 것이다.

── 《고시원(古詩源)》 의명(衣銘) ──

세월부대인 歲月不待人

해 歲 달 月 아니 不 기다릴 待 사람 人

세월은 사람을 기다려 주지 않는다. 시간을 아껴 열심히 노력하라.

— 도연명(陶淵明) 『잡시(雜詩)』

흘러가는 세월은 사람을 기다리지 않는다는 말이 「세월부대인」이다. 사람을 기다려 주지 않는 것이 세월이니 늙기 전에 부지런히 시간을 아껴 열심히 노력하라는 뜻으로 즐겨 사람의 입에 오르내리는 말이다. 흔히 권학시(勸學詩)로 알고 있는 도연명의 다음 시 속에 있는 말이다.

한창 시절은 오지 않고
하루는 두 번 새기 어렵다.
때에 미쳐 마땅히 힘쓰고 힘쓰라.
세월은 사람을 기다리지 않는다.

盛年不重來　一日難再晨
及時當勉勵　歲月不待人

그러나 실상 이 시는, 늙기 전에 술이나 실컷 마시자는 권주시(勸酒詩)로, 공부를 열심히 하라는 권학시는 아니다. 목적이야 어디에 있든, 그 목적을 위

도연명

해 시간을 아껴 부지런히 노력하라는 것만은 좋은 뜻이 아닐 수 없다. 그리고 문장이 아주 평범하면서도 뜻이 절실하기 때문에 이 부분만을 떼어내어 학문을 권장하는 시로 이용하고 있는 데 또한 묘미가 있다고 할 수 있다. 「세월부대인」 뿐만 아니라, 「성년부중래(盛年不重來 : 한창 때는 다시 오지 않는다)」와 「일일난재신(一日難再晨 : 시간은 한번 지나가면 다시 돌아오지 않는다)」이란 말도 하나의 문자로서 널리 쓰이고 있다.

수어지교 水魚之交

물 水 물고기 魚 의 之 사귈 交

떼려야 뗄 수 없는 썩 가까운 사이.

— 《삼국지》 촉지(蜀志)

물과 고기는 불가분의 관계에 있다. 그렇게 잠시도 떨어져 살 수 없는 친밀한 사이를 「수어지교」니 「어수지친(魚水之親)」이니 하고 말한다. 「어수지락(魚水之樂)」이라고 했을 때는 부부나 남녀 사이의 사랑을 뜻한다.

이 말은 삼국시대 촉한의 유현덕이 제갈양과의 사이를 비유해서 말한 것이 그 시초인 것으로 알려져 있다. 그러나 이 같은 비유는 누구나 할 수 있는 당연한 비유로, 인류 역사와 함께 있었을 것으로 생각된다.

《삼국지》 촉지 제갈양전에 보면, 「삼고초려」의 정성을 다해 제갈양을 자기 사람으로 만든 유현덕은 날이 갈수록 제갈양과의 사이가 친밀해지기만 했다. 이것을 바라보고 있는 관우와 장비 등 무장들은 현덕의 제갈양에 대한 그 같은 태도가 몹시 마음에 불쾌했다. 그들의 불평을 짐작하고 있던 현덕이 장비 등 제장을 조용히 불러 이렇게 타일렀다.

제갈무후 고와도(高臥圖)

「내가 공명을 가졌다는 것은 고기가 물을 가진 것과 같다(孤之有孔明 猶魚之有水也). 제군들은 다시는 아무 말도 하지 말아 주게」

그래서 그 뒤로는 관우와 장비도 다시는 불평을 하지 않았다는 것이다.

소심익익 小心翼翼

작을 小 마음 心 날개 翼

마음을 세심하게 써서 행동을 조심함.

— 《시경》 대아 증민(蒸民)

「소심익익」은 《시경》에 나오는 시로, 이 시는 주선왕(周宣王)이 대부인 중산보(仲山甫)에게 명하여 제(齊)나라 도성을 쌓게 했을 때, 역시 같은 주조(周朝)의 명신 윤길보(尹吉甫)가 그 행사를 빛내기 위해 지어서 보낸 것이라고 한다.

제(齊)의 도성을 쌓을 때, 윤길보가 보냈다고 전해지는 그 사실은 차치하고, 이 시의 전편(全篇)은 재상의 경력을 가진 중산보의 덕을 찬양한 것이다.

사마천의 《사기》에 의하면 선왕은 그 29년(B.C 789년)에 강씨(姜氏)라는 이민족과 천무(千畝)에서 싸워 남방에서 징집한 군을 잃고 말았으므로, 태원(太原)지방의 백성을 호별 점검하여 새로 병사를 징집하고자 했다.

그러자 중산보가 「민(民)을 요(料)하지 마십시오(덮어놓고 징집해서는 안됩니다)」하고 간했으나, 왕은 듣지 않았다는 기사가 보인다. 이것은 선왕이 만년이 되어 점차 폭군화한 사실의 하나를 일례로 삼아 기록한 것이다. 그만큼 선왕을 모시고 공론을 계속 주장한 중산보에게는 자연히 인망(人望)이 모였을 것이다.

「증민(蒸民)」은 주조(周朝)의 정치를 돕기 위해 하늘이 중산보를 낳게 한 것이라 칭송하고 그 중산보의 덕을 이렇게 노래하고 있다.

중산보의 덕이야말로
훌륭하고 법도가 있어

위의와 용모가 아름답구나.
만사를 조심하여 처리하고
옛 가르침을 본받아
위의를 갖추기에도 힘을 썼네.
천자의 어지를 받들어
밝은 명령을 천하에 널리 폈네.

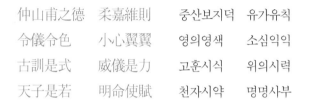

仲山甫之德	柔嘉維則	중산보지덕	유가유칙
令儀令色	小心翼翼	영의영색	소심익익
古訓是式	威儀是力	고훈시식	위의시력
天子是若	明命使賦	천자시약	명명사부

「소심익익」은 따라서 「세심하게 마음을 써서 삼간다」라는 뜻이다. 오늘날에는 바뀌어 소담(小膽), 즉 담력이 적음, 용기가 없음을 형용하는 말로 쓰인다.

不學牆面
불학 장면

불학(不學)이면 담벼락을 면하고 있는 것과 같다.
학문이 없으면 마치 담벼락을 향해 있는 것 같다. 안쪽의 상세한 것은 아무것도 보이지 않는다. 즉 학문을 하지 않으면 근본의 이치를 모르게 되는 것이다.

— 《시경》주관(周官) —

소인한거위불선 小人閑居爲不善

작을 小 사람 人 한가할 閑 머물 居 할 爲 아니 不 착할 善

소인배는 한가롭게 있을 때는 좋지 못한 일을 한다.

— 《대학(大學)》

소인(小人)이란 글자 그대로 작은 사람이란 뜻도 있다. 《걸리버 여행기》에 나오는 소인국의 경우가 그 보기다. 또 어린아이라든지 젊은 사람이란 뜻으로 쓰이는 경우도 있다. 어른(大人)에 대한 소인(小人)이란 경우가 그것이다.

그러나 가장 많이 쓰이는 것은 사려가 없는 인간이라든가, 근성이 뒤틀린 소인물을 가리켜 말한 경우다. 예를 들어 「여자와 소인은 기르기 어렵다」 등으로 불릴 때의 소인은 자제심이 없어 어떻게도 처치 곤란한 인간을 가리켜 한 말이다.

하기야 이 말은 남녀평등인 오늘날에는 여성들의 맹렬한 반대를 받겠지만, 남존여비 시대에는 이 말이 《논어》에 있는 공자의 말로서 무게가 있는 명언이었던 것이다.

《논어》에는 그 밖에 소인을 군자와 대비시켜 폄하하는 말이 빈번하게 나온다. 이를테면 「군자는 의(義)를 깨우치고 소인은 이(利)에 깨우친다」 라든가,

「군자는 화(和)해서 동(同)하지 않고, 소인은 동(同)해서 화(和)하지 않는다」 라든가 부지기수다.

《논어》뿐만 아니라 다른 중국의 경전에도 똑같이 군자와 대비시켜 소인의 어리석음을 비판하는 말이 심심치 않게 나온다.

《대학》에 있는 말이다.

「소인한거위불선(小人閑居爲不善)」은 남이 보지 않는 곳, 혹은 남

이 모르게 하는 경우 소인은 그 본성을 나타내어 좋지 않은 짓을 한다는 말이다.

언행에 표리(表裏)가 있고, 남의 앞에서 좋은 말을 하며, 좋은 사람처럼 행세하고 싶은

사서오경

자는 왕왕 뒤에서 무슨 짓을 할지 모른다.

「공교로운 말과 좋은 얼굴을 하는 사람은 착한 사람이 적다(巧言令色 鮮矣仁)」라든가, 「소인의 과실은 반드시 꾸민다」라든가 하는 공자의 말은 참으로 요점을 찌르고 있다.

「꾸미는」자는 꾸밀 필요가 없을 때, 「한거(閑居)」했을 때, 꾸밈을 버리고 꾸미지 않은 본성을 나타낸다. 따라서 한거했을 때와 남의 앞에 나아갔을 때 표리를 두지 않는 것, 꾸밈을 버리고 언제나 있는 그대로의 자기일 것이 중요하게 된다.

또 그러니만큼 독거(獨居)했을 때야말로 자기에 대해 엄하게 하지 않으면 안된다. 소인이 한거해서 불선을 하는 데 대해 《대학》에서 「군자는 반드시 그 홀로 있음을 삼간다」고 한 것은 그 때문이다. 한거하고 홀로 있을 때, 소인과 군자의 차이가 확실해진다는 이 말에는 인간의 본성에 대한 날카로운 통찰을 엿볼 수가 있다.

하기야 개중에는 《논어》나 《대학》 시대의 군자란 신분이 높은 귀족을 가리키고 소인이란 신분이 천한 평민을 말한 것으로 이런 문구에는 서민을 천시하는 봉건적인 냄새가 짙다고 비판하는 사람도 있으나, 그런 비판을 넘어서 이런 말에 흐르고 있는 인간관의 깊이가 그것을 오늘날까지 사람들의 입에 전하고 있다고 볼 수 있다.

송양지인 宋襄之仁

송나라 宋 오를 襄 의 之 어질 仁

어리석은 사람의 명분론을 비웃어 하는 말.

— 《십팔사략(十八史略)》

송양은 송양공(宋襄公)을 이르는 말이다. 즉 송양공이 내세우는 인 (仁)이란 뜻이다. 덮어놓고 착하기만 할 뿐, 실질적으로 아무런 의미가 없는 대의명분을 가리켜 「송양지인」이라고 한다. 말하자면 어리석은 사람의 잠꼬대 같은 명분론을 비웃어 하는 말이다.

춘추시대는 오패(五霸)의 시대이기도 하다. 오패의 첫 패자가 제환공 (齊桓公)이다. 송양공은 제환공의 비밀 부탁을 받아 제환공이 죽은 뒤 그의 아들 공자소(公子昭)를 제나라 임금으로 세우는 데 공을 세운다. 이것이 계기가 되어 송양공은 환공의 뒤를 이어 자기가 패자가 될 꿈을 버리지 않는다.

그러나 제환공도 그랬듯이, 중원을 넘보는 초나라를 꺾지 않고는 천 하를 호령할 수 없었다. 그래서 송양공은 마침내 신하들의 반대를 물리 치고 초나라와의 결전을 감행하게 된다.

양왕이 인솔하는 송군은 초군과 홍수(泓水) 근처에서 마주쳤다. 송나라 가 먼저 강 건너편에 진을 치고 있었고, 초나라가 뒤에 강을 건너 송나라 와의 결전을 하게 되었다. 이때 송의 장군 중에 한 사람이,

「적이 강을 반쯤 건널 때를 틈타 공격을 가하면 적은 수로 많은 적을 이길 수 있습니다」하고 권했다. 그러나 양공은,

「그건 정정당당한 싸움이 될 수 없다. 정정당당하게 싸워 이기지 못 한다면 어떻게 참다운 패자가 될 수 있겠는가」하며 듣지 않았다.

강을 다 건너온 초나라 군사가 진을 벌이고 있을 때,

「적이 진을 미처 다 벌이기 전에 이를 치면 적을 혼란에 빠뜨릴 수가 있습니다」하고 권했으나, 이때도 양공은,

「군자는 사람이 어려운 때 괴롭히지 않는다」하고 말을 듣지 않았다.

그러나 2년 후 여름, 홍수 싸움에 입은 상처가 원인이 되어 양공은 덧없이 세상을 떠나고 말았다. 이렇게 간한 사람에 대해 《십팔사략》에는 공자 목이(目夷)로 되어 있는데, 공손고(公孫固)로 기록된 곳도 있다.

어쨌든 그 결과 초나라에 크게 패하고 마는데, 이 일을 가리켜 세상 사람들은「송양의 인」이라면서 웃었다는 것이 《십팔사략》에 나와 있다. 차원이 다른 중국식 돈키호테와도 같은 느낌을 주는 것이 이 송양공이다.

다음은 태사공(太史公)의 평이다.

「양공은 홍수 싸움에서 패했으나 그럼에도 불구하고 식자(識者)들 사이에서는 양공을 찬양하는 견해가 있다. 그 까닭은 예의가 무너져 가는 현상을 걱정하기 때문이다. 그런 견해로 보면 양공의 예의심은 찬양받을 가치가 있다」

「송양지인」하면 일반적으로「무익한 정」을 뜻한다. 공리적(公利的)인 생활에 길든 눈에는 송양공은 어리석은 사람으로 비친다. 그러나 사마천의 양공에 대한 평론은 의외로 높다. 그것 없이는 인간 존재의 뜻이 없어져버리는「근원의 것」그것을 사마천은 지적하고 있는 것이 아닌지.

머리 首 쥐 鼠 두 兩 끝 端

머뭇거리며 진퇴·거취를 결정짓지 못하고 관망함.

— 《사기》 위기무안열전(魏其武安列傳)

「수서(首鼠)」는 머리를 구멍으로 내밀고 있는 쥐를 말한다. 양단(兩端)은 반대되는 두 끝을 말한다. 쥐가 구멍에서 머리를 내밀고 밖으로 나올까 안으로 들어갈까 형편을 살피고 있는 것이 「수서양단」이다. 이와 마찬가지로 사람이 양다리를 걸친 채 정세를 살피고 있는 애매한 태도를 가리켜 수서양단이라고 한다.

《사기》 위기무안열전에 나오는 무안후 전분의 말이다.

전한 제4대 효경제부터 제5대 무제에 걸쳐, 서로 호적수가 되어 티격태격하던 위기후 두영(竇嬰)과 무안후 전분(田蚡) 두 사람이 있었다. 위기후는 제3대 효문제의 당질이고, 무안후는 효경제의 처남, 다 같이 한실과는 관계가 깊은 사이였다. 같은 외척인 두영과 전분과의 사이에 세도를 둘러싼 힘겨루기가 오래 계속되던 끝에, 두영의 배경이던 두태후(竇太后)가 죽고 전분의 배경인 왕태후(王太后)가 득세하자, 위기후는 자연 몰락할 수밖에 없었다.

과거에 위기후의 신세를 지던 사람들까지 모두 무안후 쪽으로 붙어 위기후를 찾는 사람이 거의 없는 형편에까지 이르렀다. 그런데 장군인 관부(灌夫)만은 옛 정을 잊지 않고 끝까지 위기후를 감싸고 있었다. 그러던 터에 무안후가 새 장가를 들고 축하의 잔치가 벌어진 자리에서, 무안후와 위기후에 대한 내빈들의 차별 대우에 분개한 관부가 술김에 행패를 부리게 되었다.

전분은 관부를 옥에 가두고 그에게 불경죄와 또 다른 죄를 씌워 관부를 사형에 처하고 가족까지 몰살을 시키려 했다. 그러자 위기후는 관부를 두둔해서 무제에게 상소를 함으로써 이 문제를 조신(朝臣)들의 공론에 붙이게 되었다.

이때 어사대부 한안국(韓安國)은, 위기와 무안의 주장에는 각각 그럴 만한 이유가 있으므로, 이 일은 천자의 밝으신 재단(裁斷)으로 처리하는 것이 마땅하다고 중립적인 의견을 말했다.

무제는 신하들의 애매한 태도에 토론을 중단하고 말았다. 조정에서 물러나온 승상 무안은 어사대부 한안국을 자기 수레에 태우고 돌아오며 이렇게 꾸짖었다.

「그대와 함께 대머리 늙은이를 해치우려 했는데, 어째서 수서양단의 태도를 취한단 말인가(與長孺共一老禿翁 何爲首鼠兩端)」

장유(長孺)는 한안국의 자다.

한안국의 태도를 무안은 「수서양단」으로 보았던 것이다. 이 뒤로 형세는 위기에게 불리하게 되어, 관부는 일족을 멸하는 형을 받고, 위기는 사형에 처해졌다. 그러나 이듬해에 무안도 병을 얻어 위기와 관부에게 용서를 비는 헛소리를 하다가는 곧 죽고 만다. 위기와 관부의 원혼이 그를 괴롭혀 죽게 했다고 한다.

處世不必邀功　無過便是功
처 세 불 필 요 공　　무 과 편 시 공

세상을 살아감에 있어 반드시 공(功)을 세우려 하지 마라. 과오(過誤) 없는 것이 곧 공이니라.

처세를 해나가는 데 있어 반드시 공을 세우려고 할 필요는 없다. 다만 잘못이 없도록 조심해서 처신하는 것, 그것이 즉 공이다.

— 《채근담》 —

수석침류 漱石枕流

양치질할 漱 돌 石 벨 枕 개울 流

남에게 지기 싫어하는 마음이 강함의 비유.

— 《세설신어(世說新語)》

진(晋)나라 초기 손초(孫楚)라는 사나이가 있었다. 자는 자형(子荊)이라 하며 문재(文才)가 뛰어났다. 아버지도 조부도 상당한 고관에 이른 집안에 태어났으나 향리에서는 도무지 시원치가 못했다.

언젠가 인재 등용관이었던 대중정(大中正)이 손초의 친구인 왕제(王濟)에게 손초의 인물에 관해 물어본 일이 있다. 그러자 왕제는 이렇게 대답했다.

「그 사나이는 당신께서 직접 보신다 해도 알아보실 수 없는 인물입니다. 제가 보는 점에서 말한다면 손초란 사나이는 천재영박(天才英博)해서 타인과는 함께 볼 수 없는 인물입니다」

당시에는 노장학(老莊學)이 성해서 은일(隱逸)을 구하는 경향이 강했고 세속적인 도덕명분을 경시하여 노장의 철리를 논하는 것이 중시되었으며, 이것을 「청담(淸談)」이라 칭하면서 사대부간에 유행되었는데, 그 첨단에 완적(阮籍)·혜강(嵇康) 등 소위 죽림칠현이란 그룹이 있었다.

손초도 젊었을 때 그런 풍조를 따라 산림에 은신하려고 했지만 40이 넘어 석포(石苞) 밑에서 참군(參軍) 노릇을 하며 석포를 위해 오(吳)나라 왕 손호(孫皓)에게 보내는 투항권고문 등을 작성했다. 후에 풍익(馮翊)의 태수가 되어 원강(元康) 3년에 죽었다고 하므로 60세가 되었음직하다.

그 손초가 젊었을 때 일이다. 속세를 떠나 산림 속으로 은신하기를 생각하고 친구인 왕제에게 흉중을 털어놓았다. 그 때「돌을 베개 삼고 흐르는 물에 양치한다」즉 돌을 베개 삼아 벌렁 눕고 골짜기에서 흐르는 물로 양치질하는 생활을 하고 싶다는 것을 잘못 알아「돌로 양치질하고, 흐르는 물을 베개 삼는다」라고 해버렸다. 왕제는 그 말을 듣고 따졌다.

칠현이 모였던 죽림

「흐르는 물을 베개로 벨 수 있는가, 그리고 돌로 어떻게 양치질을 한단 말인가?」하고 말하며 웃었다.

그러자 손초는 곧 대답했다.

「흐르는 물을 베개로 한다는 것은 자네 옛날의 은자인 허유(許由)와 같이, 쓸데없는 소리를 들었을 때 귀를 씻으려고 하는 것이고, 돌로 양치질한다는 것은 이를 연마하려는 것일세」

이 이야기는《세설신어》에 나와 있는데, 남에게 지기 싫은 마음이 강함을 비유하거나, 또는 잘못된 주장을 억지로 꿰어 맞추려는 태도를 비꼬는 말로도 쓰인다.

衆鳥欣有託　吾亦愛吾廬
중조흔유탁　　오역애오려

뭇 새는 돌아갈 둥지가 있음을 기뻐하고, 나 또한 내 암자를 사랑한다.
뭇 새들도 저녁이 되면 즐겁게 몸을 맡길 보금자리로 돌아간다. 나 역시 작지만 나의 사랑하는 오두막이 있어 삶의 터전으로 삼아 기뻐하고 있다.
―《고시원》도연명「독산해경(讀山海經)」―

수식변폭 修飾邊幅

닦을 修 꾸밀 飾 가 邊 폭 幅

속빈 강정 같은 사람이 겉만 화려하게 꾸밈.

―《후한서》마원전(馬援傳)

「수식변폭」은 옷깃을 꾸민다는 뜻이다. 곧 속이 빈 사람이 겉만 화려하게 꾸민다는 말이다.

《후한서》마원전에 있는 이야기다.

건무 4년 10월, 마원(馬援)은 서주상장군 외효(隗囂)의 사신으로서 촉(蜀)의 수도 성도로 갔다. 이 무렵, 신(新)의 왕망(王莽) 말년부터 시작된 대동란은 점차 큰 세력에 흡수되고 있었다. 각지에서 일어난 농민의 대폭동이나 호족(豪族)들의 군대가 혹은 합체되고 혹은 망해서 흩어진 가닥들이 지금 커다란 동아줄로 꼬아지고 있었다.

그리하여 중첩한 산악 너머 중원(中原)과 멀리 떨어진 촉에서는 공손술(公孫述)이 황제를 칭하고 있었다. 그는 처음 촉도(蜀都)의 일개 병사였었으나, 유현군(劉玄軍)의 횡포를 분개하는 사람들과 함께 군사를 일으켜 이를 격파하고 파촉(巴蜀)지방을 통일했다. 파촉은 상공업이 성하고 운남, 관동과의 무역도 있어 부(富)는 천하제일이라는 곳이다. 공손술은 여기에 웅거하여 점차 세력을 더해가는 낙양의 유수(劉秀)와 농서(隴西)에 웅거하는 외효가 병립하고 있었다.

그리하여 외효는 유수, 공손술 중 누구와 연합을 해야 할 것인지를 탐색하기 위해 마원을 보낸 것이다.

마원은 원래 공손술과는 동향이고 게다가 오랜 친구 사이였다. 그로서는 공손술이 기꺼이 맞이해서 손을 마주 잡고 이야기할 것을 기대하고 있었다. 그런데 실상은 전혀 달랐다. 공손술은 황제라 칭한 후 이미

4년이 지나 있었다.

면회를 신청 받은 공손술은 곧 만나주지 않았다. 먼저 좌석을 화려하게 꾸미게 하고 백관을 좌우에 벌려 세우고 나서 마원을 안내시켰다. 한참 만에 공손술은 어가를 타고 난기(鸞旗)를 휘날리면서 화려한 군사(軍士)의 호위 아래 등장했다.

공손술은 층계 앞에서 어가를 내리자 점잖게 높은 좌석에 앉았다. 그리고 말했다.

「자네가 내 부하가 된다면 후(侯)로 봉해 대장군의 자리를 주겠네」

마원은 아무 대답도 하지 않고 자리에서 일어났다. 그리하여 자기를 붙잡고 만류하려는 사람들에게 내뱉듯 말했다.

「지금 천하의 자웅은 아직 결정되고 있지 않다. 만약 천하를 취하려거든 선비를 두텁게 대우해야 한다. 먹던 밥을 토해내고 감던 머리카락을 걷어 올리지는 못할망정 소용도 없는 옷깃이나 꾸민다면(修飾邊幅) 이래서야 어찌 천하의 현사들을 머물게 할 수 있겠는가?」〔☞ 토포악발(吐哺握發)〕

변폭이란 포백(布帛)의 가장자리다. 별것도 아닌 포(布)의 가장자리를 꾸민다는 말로 공손술의 외식(外飾)과 내용이 일치하지 않는 것을 꾸짖었던 것이다. 여기서 불필요한 허식을 이 말로 나타낸다.

마원은 그 후 유수를 만나고 그 태도에 감탄, 그에게 시신(侍臣)했다. 그리고 그 후 9년 공손술은 유수가 보낸 대군의 공격을 받아 성도에서 멸망한다.

때에 관계없이 인재를 쓰는 데는 유수 편이 낫다. 그러나 일개 병사에서 황제가 된 공손술이 위의를 갖추어 거드름을 피운 것도 어딘가 손가락질만 할 일은 아니라는 느낌도 든다.

수욕다 | 壽辱多

목숨 壽 욕스러울 辱 많을 多

사람이 오래 살다 보면 별의별 욕을 다 겪게 된다.

—《장자》 천지편(天地篇)

장자는 전국시대의 가장 특이한 사상가 가운데 한 사람이다. 그는 공자를 시조로 하는 유가(儒家)의 사람들이 강조하는 인의도덕(仁義道德)을 잔꾀가 많은 인간의 작위라 하여 배척하고, 있는 그대로 있는 것—「자연」을 사랑하고 그 어떤 것에도 사로잡히지 않는 정신적 자유 경지—「도(道)」의 세계에 동경을 보냈다. 더구나 그는 그 사상을 그의 특이한 풍자와 비웃음과 우화를 빌어 표현했다.

그의 저서《장자》속의 천지편에 나오는 이 이야기도 그러한 우화의 하나로서 지어낸 이야기다.

그 옛날 성천자로서 유명했던 요(堯)가 화라는 지방을 순회했을 때의 일이다. 그 곳의 수비관원이 공손히 요임금 앞으로 나와 인사를 드렸다.

「오, 성인이시여, 삼가 임금님의 장래를 축수하겠습니다. 우선은 임금님께서는 만수무강하시기를」

그러자 요는 손을 내저으며 말했다.

「아니야, 나는 오래 살기를 바라지 않네」

「그러시다면 임금님의 부가 더욱더 풍부해지시기를」

「아니야, 나는 부를 더하고 싶은 생각은 꿈에도 하지 않네」

「그러시다면 임금님의 자손이 번창하시도록」

「아닐세. 그것도 나는 바라지 않는 일이야」

이쯤 되자 관원은 이상하다는 듯 요임금의 얼굴을 바라보며 되물었다.

「수(壽)와 부(富)와 자손의 번창은 누구나가 바라는 일인데, 임금님께서는 그것을 바라시지 않는다니 어찌된 일입니까?」

「요컨대 자식이 많으면 그 중에는 못난 놈도 생겨서 도리어 걱정거리가 된다네. 부해지면 혹여 잃지나 않을까 걱정해야 하며, 오래 살면 욕된 일 또한 많지 않겠는가(壽則多辱). 이 세 가지는 어느 것이나 다 내 몸의 덕을 기르는 데 무용지물이라고 볼 수밖에 없네」

요임금의 말에 관원은 어처구니없다는 표정을 지으며 중얼거렸다.

「체, 싱겁기 짝이 없군. 요임금은 성인이라고 들었는데, 지금 말하는 것으로 미루어 보아 기껏해야 군자 정도밖에는 되지 못하겠구나. 아이들이 많더라도 각기 분에 맞는 적당한 직업을 맡기면 아무 걱정도 없을 것이고, 돈이 많아지면 그만큼 남에게 나누어주면 아무 걱정도 없을 텐데. 진정한 성인이란 메추리같이 둥지를 고르지 않고, 병아리처럼 무심하게 먹고, 새가 날아 뒤흔적이 없는 것같이 자유자재여야 한다. 세상이 올바르면 모든 사람들과 함께 그 번성함을 즐기는 것이 좋고, 올바르지 않으면 몸에 덕을 닦아 은둔하는 것도 좋고, 천 년이나 오래 살아 세상이 싫증이 나면, 그 때는 신선이 되어 저 흰 구름을 타고 옥황상제의 나라로 가서 노는 것도 좋다. 병(病)・노(老)・사(死)의 3환(患)을 걱정할 필요도 없고 몸이 언제나 재앙이 없다면 오래 산다고 해서 아무런 욕될 것이 없잖은가」

이런 소리를 하고 수비관원은 발길을 돌렸다. 보기 좋게 허점을 찔린 꼴이 된 요임금은 순간 정신이 퍼뜩 들어 뒤를 쫓아가,

「기다리게. 조금 더 그대의 말을 듣고 싶네」하고 소리쳤으나 그 사람은 뒤도 돌아보지 않고 어디론지 사라지고 말았다.

장자는 이 우화로써 유가적 성인인 요와 대비시켜 가며 「도(道)」의 세계에서 사는 자유자재인(自由自在人)—도가적 성인의 모습을 시사하려고 했던 것이다.

아이 豎 아들 子 아니 不 족할 足 더불 與 도모할 謀

사람됨이 모자란 자와는 의논할 일이 아니다.

— 《사기》 항우본기(項羽本紀)

수자(豎子)는 어린아이를 말한다. 부족여모(不足與謀)는 함께 일을 할 수 없다는 뜻이다. 나이가 어리고 경험이 부족한 사람과는 함께 큰일을 할 수 없다는 것이 「수자부족여모」 다.

이것은 화가 난 범증(范增)이 항우를 보고 한 소리였는데, 같이 일을 하다가 상대가 시킨 대로 하지 않고 제 주장만 내세워 일을 망치거나 했을 때 흔히 쓰는 문자다. 예를 들어 고참 중역이 창설자의 뒤를 이은 애송이 경영주를 보고 할 수 있는 소리다.

《사기》 항우본기에 나오는 이야기로 항우와 패공(沛公) 유방은 각각 다른 길로 진나라로 쳐들어가서 패공이 먼저 진나라 수도 함양을 점령하고, 항우는 한 달 뒤에 제후들의 군사를 거느리고 함곡관에 이르게 되었다. 패공이 먼저 진나라를 평정했다는 말을 듣자 항우는 함곡관을 깨뜨리고 들어가 홍문(鴻門)에 진을 치게 된다. 이때 항우의 군사는 40만이었고 패상(覇上)에 진을 친 패공의 군사는 10만이었다. 항우는 먼저 진나라를 평정한 패공을 시기한 나머지 그를 쳐 없앨 생각이었다.

이 소식을 전해들은 패공의 모사 장양(張良)이 소식을 전해 준 항우의 숙부 항백(項伯)을 통해 패공과 항우와의 사이를 좋게 만들려 했다. 단순한 항우는 항백의 권고에 의해 곧 이를 승낙하고 패공은 홍문으로 찾아가 사과를 하게 된다. 항우는 패공을 맞아 술자리를 베풀게 되는데, 이것이 중국의 연극 같은 데 곧잘 나오는 홍문연(鴻門宴) 잔치라는 것이다.

전날 범증은 항우에게, 패공을 죽여 없애지 않는 한 천하는 누구의 것이 될지 모른다고 그를 죽이도록 권고해 두었다.

이 날 술자리에서도 범증은 패공을 죽이라고 허리에 차고 있는 구슬을 들어 세 번이나 신호를 보냈다. 항우는 패공이 겸

홍문연이 있었던 곳의 유적

손하게 사과를 해오는 바람에 죽일 생각은 조금도 없었다. 그는 범증이 신호를 보낼 때마다 눈을 내리감고 못 본 체했다. 조급해진 범증은 항장(項莊)을 시켜 칼춤을 추다가 패공을 쳐 죽이라고 시킨다. 그러나 같이 칼춤을 추는 항백이 항장을 가로막아 뜻을 이루지 못하게 된다. 이때 번쾌(樊噲)가 장양의 부탁을 받고 달려 들어와 항우와 극적인 대화를 주고받게 되고, 그 틈에 패공은 짐짓 소피를 보러 가는 척하며 도망치고 말았다.

패공은 술을 이기지 못해 도중에 자리를 뜨게 된 것을 장양을 통해 항우에게 사과를 하고 구슬 한 쌍을 항우에게 선물로 바치고, 옥으로 만든 술잔 한 쌍을 범증에게 선물로 주었다. 항우는 구슬을 받아 자리에 놓았다. 그러나 범증은 잔을 받아 땅에 놓더니 칼을 뽑아 쳐 깨뜨리며,

「에잇, 어린 것과는 일을 같이 할 수 없다. 항왕의 천하를 앗을 사람은 반드시 패공이다. 우리 무리들은 이제 그의 포로가 되고 말 것이다(唉 豎子不足與謀 奪項王天下者 必沛公也 吾屬今爲之虜矣)」라고 말하며 한탄했다. 「수자부족여모」는 항우를 나무랐다는 설과 항장을 나무랐다는 두 가지 설이 있으나, 여기서는 따지지 않기로 하겠다.

수주대토 守株待兎

지킬 守 그루 株 기다릴 待 토끼 兎

착각에 사로잡혀 안될 일을 고집하는 어리석음을 비유한 말

― 《한비자(韓非子)》 오두편(五蠹篇)

주(株)는 나무를 베고 남은 그루터기를 말한다. 그루터기를 지키며 토끼 나오기만을 기다리는 것이 「수주대토」다. 어떤 착각에 사로잡혀서 안될 일을 고집하고 있는 어리석음을 비유해서 하는 말이다.

《한비자》 오두편(五蠹篇)에 나오는 말이다.

한비(韓非)는 요순을 이상으로 하는 왕도정치를 시대에 뒤떨어진 생각이라 주장한다. 그는 시대의 변천은 돌고 도는 것이 아니라 진화하는 것이라 보고 복고주의(復古主義)를 진화에 역행하는 어리석은 착각이라고 주장한다.

그는 이러한 주장 끝에, 그의 주장에 반대하는 사람들을 다음과 같은 이야기로 비유하고 있다.

송(宋)나라에 한 농부가 있었다. 하루는 밭을 가는데, 토끼가 한 마리 달려가더니 밭 가운데 있는 그루터기에 머리를 들이받고 목이 부러져 죽었다. 그것을 본 농부는 토끼가 또 그렇게 달려와 죽을 줄 알고 쟁기를 놓아둔 채 그루터기만을 지켜보고 있었다. 그러나 토끼는 다시 나오지 않았다. 결국 온 나라 사람들에게 웃음거리만 되고 말았다.

한비

이 우화에서 낡은 관습을 지키며 새로운 시대에 순응할 줄 모르는 것을 가리켜 「수주(守株)」니 「수주대토」니 하고 말한다.

수지청즉무어 水至淸則無魚

물 水 이를 至 맑을 淸 곧 則 없을 無 물고기 魚

사람이 너무 엄격하면 따르는 사람이 없다.

― 《공자가어》 입관편(入官篇)

우리말에 「물이 맑으면 고기가 놀지 않는다」는 말이 있다. 그것이 바로 「수지청무어」란 말이다. 다만 지극하다는 지(至)가 하나 더 있는 것뿐이다. 이것은 청렴결백이 좋기는 하지만, 그것이 도에 지나치면 사람이 따르지 않는다는 것을 비유해 하는 말이다. 옛말에 「탐관(貪官) 밑에서는 살 수 있어도 청관(淸官) 밑에서는 살지 못한다」는 말이 있다. 역시 같은 이치에서 나온 말일 것이다.

《공자가어》 입관편에, 자장(子張)의 물음에 대답한 공자의 긴 말 가운데 「물이 지나치게 맑으면 고기가 없고, 사람이 지나치게 맑으면 따르는 사람이 없다」고 하는 말이 나오고, 백성이 작은 허물이 있으면 그의 착한 점을 찾아내어 그의 허물을 용서하라고 했다.

이 말과 비슷한 내용이 《한서》 동방삭전에도 나온다. 그러나 《공자가어》를 후세 사람의 위작(僞作)이라고 하는 학설도 있으므로 동방삭이 공자가어에서 배워 온 것인지, 《공자가어》를 지었다고 지목되는 위(魏)의 왕숙(王肅)이 동방삭의 문장을 따 온 것인지는 알 수 없는 일이다.

또 《후한서》 반초전에는 서역도호(西域都護)로 있던 반초가 그의 후임으로 온 임상(任尙)을 훈계한 말이라 하여, 「그대는 성질이 엄하고 급하다. 물이 맑으면 큰 고기가 없는 법이니 마땅히 탕일하고 간이하게 하라」고 적혀 있다.

과연 반초가 염려한 대로 임상은 성격대로 너무 자세하고 까다로운 정치를 한 탓에 통치에 실패했다고 한다.

수지오지자웅 誰知烏之雌雄

누구 誰 알 知 까마귀 烏 의 之 암컷 雌 수컷 雄

그게 그것 같아 구별할 수가 없음. 시비를 가리기가 힘듦.

— 《시경》 소아 정월(正月)

꿩과 닭을 비롯해서 대부분의 새들은 수컷과 암컷을 구별할 수가 있다. 그러나 까마귀란 놈만은 꼭 같이 새카맣기 때문에 어느 놈이 수컷이고 암컷인지 알 수가 없다. 「수지오지자웅」은 누가 까마귀의 암수를 알 수 있으랴 하는 뜻이다.

결국 서로 잘났다고 하고 서로 잘했다고 하며, 남을 헐뜯고 자기를 내세우는 그러한 사람들을 가리켜 「그놈이 그놈이니 어느 놈이 잘한지 못한지 누가 알 게 뭐야」 하는 정도의 뜻이라고 볼 수 있다.

《시경》 소아 정월(正月)편 제5장에,

산을 내게 낮다고 하지 마라
뫼가 되고 언덕이 된다.
백성의 거짓된 말을
어찌하여 막지 못하는가.
저 옛날 늙은이를 불러
꿈을 점쳐 묻는다.
모두 내가 성인이라지만
누가 까마귀의 암수를 알리.

謂山蓋卑　爲岡爲陵	위산개비　위강위릉
民之訛言　寧莫之懲	민지와언　영막지징
召彼故老　訊之占夢	소피고노　신지점몽

라고 나와 있다. 못된 정치를 원망한 시의 한 대목인데, 그 뜻을 풀이하면 대개 이런 것이다.

「산을 보고 낮다고 억지소리를 하는 사람이 있지만, 뫼와 언덕이 평지보다 높은 것만은 변함이 없는 사실이다. 지금 모든 사람들이 이런 거짓된 말들을 하고 있는데, 그것으로 어째서 못하게 막을 생각을 하지 않는가. 나이 많은 안다는 늙은이들을 불러다가 꿈을 점치게 하며, 서로 제가 위대하다고 자랑을 하고 있지만, 까마귀의 수컷 암컷을 알 수 없듯이 누가 위대한지 알 사람이 누구이겠는가」 하는 뜻이다.

여기에서, 그게 그것 같아 구별할 수 없는 것을 가리켜 「까마귀의 암수」 라고 말하게 되었다. 소인배들이 정권을 잡고 올바르고 정직한 사람들에게 해를 가하는 혼란한 정치를 탄식한 작품이다.《모시(毛詩 : 시전詩傳)》서(序)에 보면 어떤 벼슬아치가 유왕(幽王)의 포악한 정치를 규탄한 시라고 하였다. 그러나 신빙성은 덜하다.

맨 끝 구절에서 유래하여 옳고 그름을 분명하게 가릴 수 없는 난제에 봉착했을 때 이런 표현을 쓰게 되었다.

天無三日晴
천 무 삼 일 청

하늘은 사흘을 계속해서 맑은 날이 없다.
맑은 하늘은 계속해서 사흘을 지속하지 않는다. 좋은 일은 오래 계속되지 않는다.

— 《노자》 7장 —

순망치한 脣亡齒寒

입술 脣 망할 亡 이빨 齒 차가울 寒

가까운 사이의 한편이 망하면 다른 한편도 온전하기 어렵다.

— 《좌전》 희공(僖公)

진(晋) 헌공 하면 후처 여희(驪姬)와 사랑에 빠진 나머지 이복 태자 신생(申生)을 죽이고 중이(重耳 : 뒷날 문공)를 망명케 한 이야기로 유명하지만, 역사적으로 생각하면 패자인 진문공(晋文公 : 중이)을 위한 기초를 쌓아준 사람이라고도 할 수 있다. 《좌전》 희공 5년에 있는 이야기다.

진헌공(晋獻公)이 괵(虢)을 치기 위해 우(虞)나라에 길을 빌려 달라고 청을 넣었다. 우나라를 거쳐야만 괵으로 갈 수 있었기 때문이다. 진헌공은 순식(荀息)을 보내 천하에 이름이 알려져 있는 명마(名馬)와 구슬을 우나라 임금에게 뇌물로 바치고, 진나라와 우나라와의 형제의 우의를 거짓 약속하며 청을 받아 줄 것을 간청하게 했다. 주혜왕(周惠王) 32년(B.C 655)의 일이다.

우나라 임금은 뇌물이 탐이 나는 데다 진나라의 제의 또한 솔깃해서 순순히 청을 받아들이려 했다. 그러나 진나라의 속셈을 빤히 들여다보고 있는 궁지기(宮之奇)란 신하가 이를 말렸다.

「괵나라는 우나라의 울타리입니다. 괵이 망하면 우도 반드시 따라 망하게 됩니다. 진나라를 끌어들여서는 안됩니다. 침략자와 행동을 같이해서는 안됩니다. 전에도 한 번 그런 실수를 했는데, 똑같은 실수를 두 번 다시 되풀이해서 되겠습니까. 속담에 이른바 『덧방나무(輔)와 수레는 서로가 의지하고, 입술이 없어지면 이가 시리다(輔車相依 脣亡齒寒)』고 한 말이 바로 우와 괵을 두고 한 말입니다」

492

「아니오, 진(晉)은 우리의 종국(宗國)이니 해를 가할 리 없소」

우공이 태평스런 소리를 하자 궁지기는 다시 설득했다.

「가계(家系)를 말씀하신다면 곽도 역시 동종(同宗)입니다. 그런데 어떻게 우하고만 친하겠습니까. 거기다 진은 종조(從祖) 형제가 되는 환공(桓公), 장공(莊公)의 일족을 죽이지 않았습니까. 아무리 친하다 해도 이처럼 믿을 수가 없습니다」

「그러나 나는 신(神)을 모시는데, 언제나 훌륭한 희생을 바쳐, 깨끗하게 살고자 애를 쓰고 있으므로 신이 날 보호해 주실 거요」

「신(神)은 아무나 친애하지는 않습니다. 그 사람의 덕을 보아 친애합니다. 덕이 없으면 백성이 편안하지도 못하고, 신도 제사를 받아들이지 않습니다. 신만을 믿어서는 안됩니다」

그러나 우공은 순식의 달콤한 소리와 뇌물에 마음이 팔려 궁지기의 말이 들리지 않았다. 궁지기는 나라가 망할 것을 알고 후환이 두려워 가족을 데리고 다른 나라로 떠나버렸다. 그때 그는 말하기를,

「우나라는 한 해를 넘기지 못할 것이다」라고 했다.

과연 그 해 8월에 진나라는 곽으로 쳐들어가 이를 자기의 땅으로 만들어 버리고 돌아오는 길에 우나라마저 기습해서 자기 것을 만들고 말았다. 미끼로 던져 주었던 명마와 구슬도 땅과 함께 도로 진나라로 돌아갔다.

여기에 나오는 두 나라 관계와 같은 경우를 가리켜「순망치한」이라 한다. 또「보거상의(補車相依)」란 말도 쓰고, 둘을 합친「순치보거(脣齒補車)」란 말을 쓰기도 한다.

또「가도멸괵(假道滅虢)」즉「길을 빌려서 괵을 멸하다」라는 말도 나왔다.

술이부작 述而不作

말할 述 어조사 而 아니 不 지을 作

선인의 업적을 이어 이를 설명하고 서술할 뿐 아무것도 지어내지 않음.

─《논어》술이편(述而篇)

술(述)은 저술이란 뜻이고, 작(作)은 창작이란 뜻이다. 저술은 예부터 내려오는 사상과 문화를 바탕으로 이것을 다시 정리하거나 서술하는 것을 말하고, 창작은 지금까지 일찍이 없었던 새로운 사상과 학설을 처음으로 만들어내는 것을 말한다.

씨족제 봉건사회의 한 사람이었던 공자는「태초에 길(道)이 있고, 길은 하늘과 더불어 있었다」라고 생각하였다. 따라서 공자는 만약 태초에 있었던「길」을 그대로 현실사회에 부활할 수가 있다면 이 세상은 바로「황금시대」가 된다고 확신하여 이「길」의 모습을 알고자 하는데 전심하였던 것이다. 태초의 일이었기 때문에「길」은 당연히 옛날에서 찾지 않으면 안된다.

《논어》술이편에,

「공자가 말하기를, 나는 태어나면서부터 이것을 알고 있는 것은 아니다. 옛 것을 좋아하여 열심히 구하였던 것이다」라는 말이 그간의 소식을 말해 준다고 할 수 있을 것이다.

또 위정편에,

「공자가 말하기를, 옛 것을 배우고 거기에서 새로운 가치를 발견하는 (溫故知新) 사람 같으면 선생으로 섬겨도 좋다」라고 있어, 공자가 여하히 태초에 있던「길」을 중심으로 추구하였던가가 상상된다. 공자는 이 성과를 제자들에게 강술하였을 뿐 아니라,《시경》이나《서경》을 오늘의 형태로 정리하고《춘추》를 편찬하였으며,「예(禮)」나「악(樂)」을 제정하여 후세에 전했다고 되어 있지만, 태초에 있었을 「길」을 있는 그대로 현실사회에 실현하는 것이 목적이었기 때문에 거기에는 공자 자신의 개인적인 자의(恣意)는 가해지지 않았다. 공자는 어떤 경우일지라도 오직 자기 자신이 「일찍이 실재하였다」라고 믿었던 그대로를 조술(祖述)하고 있는 것이다.

《논어》 술이편 첫머리에,

「공자는 말하기를, 전해 말하고 새것을 만들지 않으며, 믿어 옛것을 좋아하는 것을 가만히 우리 노팽(老彭)에게 비교해 본다」고 했다.

여기 나오는 노팽이란 사람은 은(殷)나라의 어진 대신이라고 하는데, 「술이부작」이란 말 자체도 어디까지나 자신을 겸손하게 낮추어서 한 말이었는데, 그것을 다시 노팽이란 사람에게 비교해 본다는 것은 남을 배운다는 똑같은 겸손한 태도에서 나온 말이다.

그리스도교의 성경 《마태복음》 제5장에 나오는 예수의 말 가운데 나오는 「내가 율법이나 선지자를 폐하러 온 줄로 생각지 말라. 폐하러 온 것이 아니요 완전케 하려 함이로다」 한 것도 공자의 이 말과 일맥상통하는 점이 있는 것 같다.

사실상 공자가 이 같은 말을 한 것은 창작을 부정하려는 뜻에서가 아니다. 옛것을 제대로 음미도 못한 채, 옛것의 테두리를 벗어나지도 못한 것을 마치 자기가 새로 창안해 낸 것 같은 착각에 빠져 있는 그런 젊은 후배들을 깨우쳐 주기 위해 한 말일 것이다.

「온고지신(溫故知新)」이란 공자의 말만 보더라도 알 수 있다. 옛것을 완전히 내 것을 만듦으로써 새로운 것을 알게 되는 것이 「온고지신」인 것이다. 거기까지 미치지 않은 사람은 남의 스승이 될 수 없다고 공자는 덧붙여 말하고 있는 것이다.

참다운 창작은 억지로 되는 것이 아니다. 옛것과 남의 것을 거름으로 해서 자연히 피어난 꽃과 맺어진 열매가 창작인 것이다.

술이부작 述而不作 495

이길 勝 질 敗 병사 兵 집 家 항상 常 일 事

이기고 지는 것에 크게 개의치 말고 최선을 다하는 것이 중요하다.

— 《당서(唐書)》 배도전(裴度傳)

상대가 없는 싸움은 없다. 하나가 이기면 하나가 지기 마련이다. 승패는 동시에 성립된다. 승패가 없이 비긴다는 것은 드문 일이요, 또 정상이 되지 못한다. 전쟁을 직업처럼 알고 있는 병가(兵家)로서는 이기고 지고 하는 것을 당연한 일로 알고 있어야 한다.

전쟁이나 경쟁이나 경기나 그 밖의 모든 사회활동에 있어서 성공과 실패는 언제나 따라다니기 마련이다. 그러므로 승리나 성공을 거두었다고 해서 과히 기뻐할 것도 없는 일이며, 또 패배나 실패를 맛보았다고 해서 절망하거나 낙심할 필요도 없는 것이다. 특히 전쟁에 패하고 낙심한 임금이나 장군들을 위로하기 위해 항상 인용되곤 하는 먼 옛날부터 전해진 말인 것 같다.

패배나 실패를 염두에 두지 않는 싸움처럼 무모한 싸움은 없다. 꼭 이긴다, 꼭 성공한다 하고 일을 시작하는 사람처럼 어리석은 사람은 없다. 성공했을 때와 실패했을 때를 똑같이 염두에 두고 그 다음의 대책을 강구해 두지 않는 사람은 비록 성공을 해도 그 성공을 성공으로 끝맺기가 어려운 법이다.

그러나 두 경우를 다 염두에 두고 만일의 경우에 대비한 사람이라면 비록 실패를 했더라도 그 실패는 성공의 밑거름이 되는 것이다. 결국 승패 자체가 문제가 아니라, 그 승패에 임하는 자세와 승패를 맛본 뒤의 마음가짐이 더욱 중요한 것이다. 따라서 「승패병가상사」는 위로와 훈계와 격려와 분발을 모두 포함하는 말이다.

시위소찬 尸位素餐

시동 尸 자리 位 한갓 素 먹을 餐

분수에 걸맞지 않는 높은 자리에 앉아
하는 일 없이 공으로 녹만 받아먹음.

— 《한서》 주운전(朱雲傳)

시위의 시(尸)는 시동(尸童)을 말한다. 옛날 중국에서는 조상의 제사를
지낼 때, 조상의 혈통을 이은 어린아이를 조상의 신위(神位)에 앉혀 놓고
제사를 지냈다는데, 그때 신위에 앉아 있는 아이가 시동이다.

영혼이 아무것도 모르는 어린아이에게 접신(接神)하여 그 아이의 입을
통해 먹고 싶은 것도 먹고 마시고 싶은 것을 마시게 하려는 원시적인
신앙에서 생겨난 관습이었던 것 같다.

「시위」는 그 시동이 앉아 있는 자리다. 그러므로 아무것도 모르면서,
아무 실력도 없으면서 남이 만들어 놓은 높은 자리에 우두커니 앉아 있는
것을 가리켜 「시위」라고 한다. 「소찬」의 소(素)는 맹탕이란 뜻이다.
「소찬(素饌)」이라고 쓰면 고기나 생선 같은 맛있는 반찬이 없는 것을
뜻하고, 「소찬(素餐)」이라고 쓰면 공으로 먹는다는 뜻이 된다.

그러므로 「시위소찬」이라고 하면 분수에 걸맞지 않는 높은 자리에
앉아 아무 하는 일 없이 공으로 녹(祿)만 받아먹는 것을 이르는 말이다.

국가나 단체나, 한 세력이 오랜 기간 계속해서 주권을 장악하게 되면
자연 이 시위소찬의 현상이 나타나기 마련이다. 이것이 부패의 요인이
되고 멸망의 계기가 된다.

이 말은 《한서》 주운전에 나오는 말인데, 이른바 능률화의 운동은 이
「시위소찬」의 요소를 몰아내는 운동이라 할 수 있다.

식마육불음주상인 食馬肉不飮酒傷人

먹을 食 말 馬 고기 肉 아니 不 마실 飮 술 酒 상할 傷 사람 人

말고기를 먹고 술을 마시지 않으면 사람을 해친다.

─《사기》진목공(秦穆公)

이 말은, 말고기를 먹고 술을 마시지 않으면 사람을 해치게 된다는 말이다. 말고기에는 약간의 독이 있다. 그 독을 풀기 위해서는 술을 마셔야 한다. 고기만 먹고 술을 마시지 않으면 식중독에 걸리게 된다는 뜻이다. 그것은 지금도 그렇게 알고 있는 일이다. 그런데 이 말은 이미 3천 년 가까운 옛날의 기록에 나와 있고, 그리고 이 말과 더불어 후세 사람들을 감탄케 하는 색다른 재미있는 이야기가 곁들여 있다.

오패(五覇)의 한 사람인 진목공은 마음이 착하고 너그럽고 도량이 크기로 이름 있는 임금이었다. 그는 이웃하고 있는 진혜공(晋惠公)에게 보통 사람이 하기 어려운 호의를 베풀어 그를 임금 자리에 오를 수 있도록 군대를 후원해 주었고, 흉년이 든 해에는 식량을 빌려주어 기근을 면하게 해주었다.

그런데 그 뒤 이쪽이 흉년이 들어 빌려간 식량을 보내주었으면 하고 청을 하자, 식량을 갚아주기는커녕 흉년이 든 것을 기회로 삼아 군사를 일으켜 진(秦)나라를 치려했다. 화가 난 진목공은 군대를 이끌고 몸소 나가 진혜공과 한원(韓原)에서 결전을 벌이게 되었다.

양군이 다 같이 격전을 벌이는 가운데 서로 상대방 임금을 포위하게 되었다. 진혜공이 포로가 되는가 하면 진목공도 곧 포로가 되는 순간에 처해 있었다. 목공은 하늘을 우러러보며,

「아아, 하늘도 무심하구나!」 하고 마지막 순간만을 기다리고 있는데, 뜻밖에 산비탈로 머리를 풀어헤친 반나체의 수백 명의 사람들이 칼을 휘

두르며 포위해 있는 적군의 옆을 바람처럼 밀고 들어가는 게 아닌가?

이리하여 위기일발에 기적처럼 탈출할 수 있었던 진목공은, 적국의 임금을 포로로 하는 대승리를 거두게 되자, 그들을 불러 크게 상을 주고 원하는 사람에겐 벼슬까지 주겠다고 했다. 그러나 그들은 이를 거절하며,

「저희들은 이미 은상(恩賞)을 받은 지 오래입니다. 다시 또 무엇을 바라겠습니까」 하는 것이었다.

「이미 은상을 받다니? 과인은 그대들을 처음 대하는 것 같은데……」 하고 목공이 의아해 하자, 그들은 일제히 소리를 높여,

「저희들은 옛날 임금의 말을 훔쳐서 잡아먹고 죽을죄를 지은 몸이었는데 임금께서 처형은커녕 좋은 술까지 하사해 주신 도둑놈들이올시다」 하는 것이었다.

이야기는 오래 전에 있었던 일이었다. 목공이 기산(岐山)으로 사냥을 나갔을 때 어느 날 밤 마구간에 매어둔 말이 여러 마리가 없어졌다. 발자국을 밟아 산속으로 찾아 들어가자, 수백 명의 야인(野人)들이 말을 잡아 고기를 먹고 있었다. 그들은 산속에서 원시생활을 하고 있는 야만인들이었다. 군대를 풀어 모조리 잡아들이니 3백 명이 훨씬 넘었다. 군관들은 그들을 법에 의해 모두 사형에 처할 생각으로 임금에게 재가를 올렸다. 그러자 목공은,

「군자는 짐승 때문에 사람을 해치지 않는 법이다. 내가 들으니 말고기를 먹고 술을 마시지 않으면 사람을 상한다고 하더라(君子不以畜産害人 吾聞食善馬肉 不飲酒傷人)」 하고 그들에게 모두 술을 나누어주게 한 다음 곱게 돌려보내 주었다.

이때의 은혜를 잊지 못해 하던 그들은 두 나라가 싸운다는 소문을 듣고 은혜를 갚을 생각으로 급히 달려온 것이 용케도 좋은 시기에 와 닿았던 것이다.

식언 食言

먹을 食 말씀 言

앞서 한 말이나 약속과 다르게 말함.

― 《서경》 탕서(湯誓)

「식언(食言)」이란 말은 흔히 쓰는 말이다. 사람이 신용을 지키지 않고 흰소리만 계속 지껄이는 비유해서 이르는 말이다. 말이란 일단 입 밖에 나오면 도로 담아 넣을 수 없다. 그것은 곧 실천에 옮겨야만 되는 것이다.

실천한다는 천(踐)은 밟는다는 뜻이다. 또 실행한다는 행(行)은 걸어간다는 뜻이다. 자기가 한 말을 그대로 밟고 걸어가는 것이 실천이요, 실행이다. 그런데 밟고 걸어가야 할 말을 다시 먹어버렸으니, 자연 밟고 걸어가는 실천과 실행은 있을 수 없게 된다.

말을 입 밖에 내는 것을 토한다고 한다. 말을 먹는 음식에 비유해서 쓰는 데 소박미와 묘미가 있다. 토해 버린 음식을 다시 주워 먹는다는 것을 상상해 보라. 그 얼마나 모욕적인 표현인가.

제 입으로 뱉어 낸 말을 다시 삼키고 마는 거짓말쟁이도 그에 못지않게 더러운 인간임을 느끼게 한다.

아무튼 간에 이 식언이란 말이 나오는 가장 오래된 기록은 《서경》 탕서(湯誓)다. 「탕서」는 은(殷)나라 탕임금이 하(夏)나라 걸왕(桀王)을 치기 위해 군사를 일으켰을 때 모든 사람들에게 맹세한 말이다. 그 끝부분에서 신상필벌의 군규(軍規)를 강조하고

「너희들은 내 말을 믿으라. 나는 말을 먹지 않는다(爾無不信 朕不食言)……」라고 말하고 있다.

이 식언이란 말은 《춘추좌씨전》에도 몇 군데 나온다. 이 중에서 재

미있는 것은, 애공(哀公) 25년(B.C 470)에 보면 다음과 같은 기록이 있다.

노나라 애공이 월(越)나라에서 돌아왔을 때, 계강자(季康子)와 맹무백(孟武伯) 두 세도 대신이 오오(五悟)란 곳까지 마중을 나와 거기서 축하연을 베풀게 된다.

이에 앞서 애공의 어자(御者)인 곽중(郭重)은 두 대신이 임금의 험담을 하고 있다는 것을 일러바친다. 술자리에서 맹무백이 곽중을 놀리며,

「꽤나 몸이 뚱뚱하군」 하자, 애공은 맹무백의 말을 받아,

「이 사람은 말을 많이 먹으니까 살이 찔 수밖에 없지」 하고 농담을 던졌다. 실은 두 대신들을 꼬집어 하는 말이다.

결국 이것이 계기가 되어 술자리는 흥이 완전히 깨어지고, 두 대신은 임금을 속으로 더욱 못마땅하게 여기게 되었다는 것이다.

아무튼 살이 많이 찐 사람을 보고 「식언」을 많이 해서 그렇다고 표현한 것은 재미있는 농담이라고 볼 수도 있겠다.

그리고 절대 약속을 지키는 것을 가리켜 「결불식언(決不食言)」이라고 한다.

또 어리석을 정도로 요령 없이 약속에 충실한 것을 말할 때 「미생지신(尾生之信)」이라고도 한다. 그리고 요즘 세상에도 뚱뚱한 사람들이 식언을 잘하는 경향이 있다. 어쩌면 그들은 「식언」을 배짱이 두둑한 때문이라고 자부하고 있는지도 모른다. 〔☞ 미생지신〕

樂不必尋　去其苦之者而樂自存
낙 불 필 심　　거 기 고 지 자 이 락 자 존

즐거움을 굳이 찾을 것 없이 괴로움만 버리면 즐거움은 저절로 생기게 될 것이다.

— 《채근담》 —

식자우환 識字憂患

알 識 글자 字 근심 憂 근심 患

서툰 지식이 오히려 근심을 사게 됨을 이름.

— 《삼국지(三國志)》

「식자우환」은 글자를 아는 것이 우환이란 말이다. 아는 것이 근심 거리의 시발점이다. 우리 속담에 「아는 것이 병이고 모르는 것이 약이 다」와 같은 말이다. 《삼국지》에 보면 서서(徐庶)의 어머니 위부인(衛 夫人)이 조조(曹操)의 위조 편지에 속고 한 말에 「여자식자우환(女子識 字憂患)」이란 말이 있다.

유현덕이 제갈양을 얻기 전에는 서서가 제갈양 노릇을 하며 조조를 괴롭혔다. 조조는 서서가 효자라는 것을 알고 그의 어머니 손을 빌어 그를 불러들이려 했다. 그러나 위부인은 학식이 높고 명필인 데다가 의리가 확고한 여장부였기 때문에, 아들을 불러들이기는커녕 오히려 어머니 생각은 말고 끝까지 한 임금을 섬기라고 격려를 하는 형편이 었다.

조조

그래서 하는 수 없이 조조는 사람을 중 간에 넣어 교묘한 수법으로 위부인의 편지 답장을 받아낸 다음, 그 글씨를 모방해서 서서에게 어머니의 위조 편지를 전하게 했 다. 어머니의 편지를 받고 집에 돌아온 아 들을 보자 위부인은 영문을 몰라 어리둥절 했다.

이야기를 듣고 비로소 그것이 자기 글씨 를 모방한 위조 편지 때문이란 것을 안 위

부인은,

「도시 여자가 글자를 안다는 것부터가 걱정을 낳게 한 근본 원인이다」 하고 자식의 앞길을 망치게 된 운명의 장난을 스스로 책하는 이 한 마디로 체념하고 말았다는 것이다.

그래서 여자를 차별대우 하던 옛날에는 위부인의 이 「여자식자우환」 이란 말이

대나무를 구경하는 소식

여자의 설치는 것을 비웃는 문자로 자주 인용되곤 했다.

여자의 경우만이 아니고, 우리는 이른바 필화(筆禍)란 것을 기록을 통해 많이 보게 된다. 이것이 모두 「식자우환」 이 아니고 무엇이겠는가. 여하간 때로 아는 것으로 인해 일을 망치고 재앙을 당하는 경우는 빈번하게 있었던 것이다.

소동파(소식)의 「석창서취묵당시(石蒼舒醉墨堂詩)」에 이런 말이 있다.

인생은 글자를 알 때부터 우환이 시작된다.
성명만 대충 쓸 줄 알면 그만둘 일이다.

人生識字憂患始　姓名粗記可以休　　인생식자우환시　성명조기가이휴

얕은 지식으로 말미암아 겪는 어려움을 토로하고 있다.

무릇 글자뿐이겠는가. 인간이 만들어낸 이기(利器)들이 어느 것 하나 우환의 시초가 아닌 것이 없다. 헤엄을 잘 치는 사람은 물에 빠져 죽기 쉽고, 나무에 잘 오르는 사람은 나무에서 떨어져 죽기 쉬운 법이다.

식지동 | 食指動

먹을 食 손가락 指 움직일 動

구미가 당긴다, 야심을 품다.

— 《춘추좌씨전(春秋左氏傳)》

식지(食指)는 둘째손가락을 말한다. 음식을 그 손가락으로 집어먹는다고 해서 먹는 손가락이란 이름이 붙게 된 것이다.

「식지동」이란 식지가 동(動)한다는 말로서, 먹을 생각이 간절해서 손가락이 절로 음식이 있는 쪽으로 움직이게 된다는 뜻으로 풀이해서 무방하다. 그러나 이 식지가 움직인다는 말은 다음과 같은 역사적 기록에서 비롯된 것인지도 모른다.

《춘추좌씨전》에 있는 이야기다. 선공(宣公) 4년(B.C 605)에 초나라 사람이 정영공(鄭靈公)에게 큰 자라를 바쳤다. 영공은 그 자라로 죽을 끓여 조신들에게 나누어 줄 생각이었다. 그날 아침, 공자 송(宋)이 공자 자가(子家)와 조회에 들어가려는데 공자 송의 둘째손가락이 갑자기 움직이기 시작했다. 공자 송은 그것을 자가에게 보이며,

「오늘은 반드시 뭔가 별미를 먹게 될 거야. 전에도 이 둘째손가락이 공연히 움직이게 되면 그 날은 반드시 별미를 먹게 되었거든」하는 것이었다.

조회에 들어간 두 사람은 한쪽 모퉁이에 요리사가 죽을 끓이고 있는 것을 보자 서로 마주보며 웃었다. 손가락이 움직이던 생각이 났기 때문이다. 못난 임금은 그들에게 웃는 까닭을 캐물었다. 까닭을 듣고 나자 영공은,

「아무리 손가락이 움직여도 과인이 주지 않으면 먹지 못할 것 아닌가」하고 장난기어린 말을 던졌다.

영공은 요리사에게 가만히 타일러 죽 한 그릇이 모자라도록 만들었다. 그런 다음 공자 송에게 맨 나중에 돌리게 하고 결국 한 그릇이 모자라 차지를 못하고 말았다. 영공은 조신들을 바라보며,

「공자 송의 손가락이 맞지 않는군 그래」하고 놀리는 투로 말을 보냈다.

평소부터 임금을 대단치 않게 보아온 공자 송은 많은 사람 앞에서 모욕을 당하게 되자 자리에서 벌떡 일어나 국솥으로 달려가서 솥 가에 붙은 고기를 건져 먹고 나서,

「이렇게 먹었는데 왜 맞지 않는단 말입니까?」하고 밖으로 휑하니 나가버렸다.

그의 방자한 태도에 격한 영공은 말은 하지 않아도 공자 송을 죽일 기색을 내비쳤다. 임금의 그 같은 속마음을 짐작한 공자 송은 자기가 먼저 선수를 쳐서 임금을 갈아치울 결심을 했다.

이리하여 공자 자가를 위협해서 둘이 함께 영공을 죽이고 만다. 음식 차별처럼 상대에게 깊은 원한을 주는 것도 드문 모양이다.

식지가 동한다는 말은, 구미가 당긴다, 야심을 품는다 하는 뜻으로 많이 쓰인다.

耳中常聞逆耳之言
이 중 상 문 역 이 지 언

귀에 항상 거슬리는 말을 듣는다.
언제나 귀에 거슬리는 충언(忠言)과 듣기에 거북한 고언(苦言)을 즐겨 듣는 마음가짐을 잊어서는 안된다.

— 《채근담》 —

실사구시 實事求是

사실 實 일 事 구할 求 옳을 是

사실에 토대하여 진리를 탐구하는 일.

— 《한서》 하간헌왕덕전(河間獻王德傳)

실사(實事)는 진실된 사실을 말한다. 구시(求是)는 올바른 것을 찾는다는 뜻이다. 즉 눈으로 보고 귀로 듣고, 손으로 만져보는 것과 같은 실험과 연구를 거쳐, 누구도 부정하거나 부인할 수 없는 객관적 사실을 통해 정확한 판단, 정확한 해답을 얻는 것이 「실사구시」다.

이것은 《한서》 하간헌왕덕전에 나오는 「학문을 닦아 옛것을 좋아하며, 일을 실상되게 하여 옳은 것을 찾는다(修學好古 實事求是)」는 말의 뒷부분을 따다 새로운 의미를 담은 학문하는 태도로 삼은 것이 실사구시 운동이다.

이 실사구시 운동은 청조(淸朝) 전기의 고증학을 표방하는 학자들에 의해 시작되었고, 그 중심인물은 대진(戴震)이었다. 대진은 말하기를, 「학자는 마땅히 남의 것으로 자신을 가리지 말고, 내 것으로 남을 가리지 말아야 한다」고 했고, 같은 계통의 학자인 능정감(凌廷堪)은 또 말하기를, 「진실된 사실 앞에서는, 내가 옳다고 말하는 것을 남이 억지말로 이를 그르다고 할 수 없고, 내가 옳지 않다고 하는 것을 남이 억지소리로 이를 옳다고 하지 못한다」고 했다.

쉽게 말해서 「실사구시」는 과학적인 학문 태도를 말하는 것이다. 이리하여 이론보다 사실을, 우리의 생활과 거리가 먼 공리공론을 떠나 우리의 실생활을 유익하게 하는 실학(實學)이란 학파를 낳게 된 것이다.

십년마일검 十年磨一劍

열 十 해 年 갈 磨 한 一 칼 劍

어떤 목적을 위해 때를 기다리며 준비를 게을리 하지 않는다.

— 가도(賈島) 『검객(劍客)』

「십년마일검」은 10년을 두고 칼 한 자루를 간다는 뜻으로, 원래는 불의를 무찔러 없애기 위한 원대한 계획과 결심을 뜻하는 말로 쓰이고 있었는데, 지금은 어떤 목적을 위해 때를 기다리며 준비를 게을리 하지 않는다는 뜻으로 널리 쓰이고 있다.

예를 들어 어떤 사람이,

「무슨 계획이라도 있는가?」하고 대수롭지 않게 물었을 때,

「10년을 칼을 갈고 있는 중일세」하고 대답하면, 계획 정도가 아니라 시기가 오기만을 고대하고 있는 중이란 뜻이 된다. 이 문자는 중당(中唐)의 시인 가도(賈島)의 오언고시「검객」에 나오는 말이다.

10년을 두고 한 칼을 갈아 서릿발 칼날을 일찍이 시험하지 못했다. 오늘 가져다 그대에게 보이노니, 누군가 불평의 일이 있는가.

즉 정의를 위해 칼을 한번 옳게 써보겠다는 큰 뜻을 갖는 검객을 대변해 하는 말이다. 나는 10년 동안이나 칼 한 자루를 남몰래 갈고 또 갈아왔다. 그러나 이 서릿발처럼 번쩍이는 칼날을 아직 한 번도 써보지 못한 채 그대로 간직하고 있다. 지금 비로소 자네에게 이 칼을 보여주는 것이니 어느 놈이고 좋지 못한 일을 꾀하는 놈은 없는가. 내가 당장 이 칼로 그놈을 한 칼에 베고 말 것이다 하는 뜻이다.

「백두산 돌을 칼을 갈아 없앤다(白頭山石磨刀盡)」고 한 남이(南怡) 장군의 기개도 아마 이런 것이었으리라.

식소사번 食少事煩

먹을 食 적을 少 일 事 번거로울 煩

자신의 몸은 돌보지 않고 일에 몰두함을 비유하여 이르는 말

— 《삼국지(三國志)》

흔히 생기는 것도 없이 분주하게 뛰어다녀야만 하는 직업이나 생활을 가리켜 가벼운 뜻으로 하는 말이다. 그러나 이 말은 남을 두고 하면 실례가 되고 자신을 두고 말하면 불길한 뜻이 되는 말이다. 하지만 말이란 반드시 유래를 알고 하는 것이 아니므로 쓰이는 그대로 알면 그만이다.

《삼국지》에 나오는 사마의(司馬懿)가 제갈양을 두고 한 말이다.

제갈양이 두 번째 「출사표(出師表)」를 내고 비장한 각오로 힘겨운 위(魏)나라 공략을 시작했을 때의 이야기다. 제갈양은 사마의를 끌어내어 빨리 승패를 결정지으려 했으나, 사마의는 지구전으로 제갈양이 지칠 때만을 기다리고 있었다.

이렇게 서로 대치해 있는 가운데 사자들은 자주 오고 갔다. 그러던 중 사마의가 제갈양이 보낸 사자에게 물었다.

「공명은 하루 식사를 어떻게 하며, 일 처리를 어떻게 하시오?」

그러자 사자는 음식은 아주 적게 들고, 일은 새벽부터 밤중까지 손수 처리한다고 했다. 그러자 사마의는, 「먹는 것은 적고 일은 번거로우니(食少事煩) 어떻게 오래 지탱할 수 있겠소」하고 말했다. 사자가 돌아오자 제갈양은, 「사마의가 무슨 말을 하던가?」하고 물었다. 사자가 들은 그대로 전하자 제갈양도, 「중달(仲達)의 말이 맞다. 나는 아무래도 오래 살 것 같지가 않다」고 말했다는 것이다.

그리하여 결국 그 길로 병이 들어 세상을 떠났으니, 「식소사번」이 그 자체의 뜻이나 유래가 다 좋은 말은 못되는 것 같다.

심원의마 心猿意馬

마음 心 원숭이 猿 뜻 意 말 馬

번뇌로 인해 잠시도 마음과 생각을 가라앉히지 못함.

— 《참동계(參同契)》

「심원의마」는 마음은 원숭이 같고 생각은 말 같다는 말이다.

원숭이는 잠시도 가만히 있지 못하는 성질이다. 마음이 조용히 가라앉지 못하고 이랬다저랬다 하는 것이 심원(心猿)이다. 말은 달리는 성질을 가지고 있다. 생각이 가만히 한 곳에 있지 못하고 먼 곳으로 달아나 버리는 것이 의마(意馬)다.

이 「심원의마」란 말은 불교 경전에서 나온 말이다. 사람이 번뇌로 인해 잠시도 마음과 생각을 가라앉히지 못하는 것을 원숭이와 말에 비유한 것이다. 당나라 석두대사(石頭大師)는 선(禪)의 이치를 말한 《참동계》 주석에서 말하기를,

「마음의 원숭이는 가만히 있지 못하고, 생각의 말은 사방으로 달리며, 신기(神氣)는 밖으로 어지럽게 흩어진다(心猿不定 意馬四馳 神氣散亂於外)」라고 했다.

이것이 뒤에는 불교 관계만이 아니고, 일반적으로 마음과 생각이 흩어져 안정되어 있지 않은 것을 가리켜 쓰이게 되었다. 왕양명(王陽明, 1472~1528)은 「심원의마」에 대해서 이렇게 쓰고 있다.

「처음 배울 때는 마음이 원숭이 같고 생각이 말과 같아 붙들어 매어 안정시킬 수가 없다……(初學時 心猿意馬 全縛不定……)」

왕양명은 학문의 첫 목적이 지식에 있지 않고 마음의 안정에 있다는 것을 강조하여 이와 같이 말하고 있는 것이다.

실언·실인 失言·失人

잃을 失 말씀 言 사람 人

함께 말할 만하지 못한데 함께 말을 하면 그것은 말을 잃는 것이고
함께 말한 만한데 함께 말하지 않으면 그것은 사람을 잃는 것이다.

— 《논어》 위령공편(衛靈公篇)

「실언(失言)」이란 말은 우리가 흔하게 쓰는 말이다. 무심결에 하지
않을 말을 한 것도 실언이고, 상대가 누구인지도 모르고 실례되는 말을
한 것도 실언이다. 결국 말을 안해야 할 것을 해버린 것이 실언이다.

그러나 이 실언에는 사람에 따라서 그 표준과 정도가 각각 다르다고
볼 수 있다.

우리가 스스로 실언이라고 생각지 않는 것도 남이 볼 때는 실언이
될 수 있고, 우리가 실언이라고 생각되는 것도 남은 실언인 줄 모르기도
한다. 각 개인의 개성과 생활관과 인생관에 따라 천차만별(千差萬別)일
수 있다.

그러면 이 「실언」이란 말의 성격을 규정했다고도 볼 수 있는 공자
의 견해가 어떤 것이었던가를 보기로 하자.

《논어》 위령공편에서 공자는 이렇게 말했다.

「함께 말할 만한데 함께 말하지 않으면 그것은 사람을 잃는 것이다.
함께 말할 만하지 못한데 함께 말을 하면 그것은 말을 잃는 것이다.
지자(知者)는 사람을 잃지도 않고, 또 말을 잃지도 않는다(可與言而不與
之言 失人 不可與言而與之言失言. 知者不失人 亦不失言)」

얼마나 말이 중요하고도 어려운가를 알 수 있다. 말을 하지 않음으로
써 아까운 사람을 놓치게 되고, 말을 함으로써 공연한 헛소리를 한 결과
가 되는 일이 없어야만 지혜로운 사람이 된다는 말이다.

노자를 방문한 공자

「실인(失人)」을 하지 않기는 어려운 일이다. 그러나 「실언」만은 조심하면 어느 정도 피할 수 있을 것 같다.

옛 사람의 시조에,

말하기를 좋다 하고 남의 말을 말 것이
남의 말 내가 하면 남도 내 말 하는 것이
말로써 말이 많으니 말 많을까 하노라.

이것이 아마 실언을 예방하는 유일한 길일 것 같다.

不逆詐 不億不信
　불역사　불역불신

속일까봐 걱정하지 말고 불신(不信)을 억측하지 마라.
남을 대할 때, 남이 자기를 속일 거라고 미리 방비하지 말고, 신용을 지키지 않을 거라고 억측하지 마라.

— 《논어》 헌문(憲問) —

십목소시 | 十目所視

열 十 눈 目 바 所 볼 視

세상 사람을 속일 수 없음.

— 《대학》 성의장(誠意章)

십목(十目)은 열 눈이란 말이다. 그러나 열은 많다는 것을 나타내는 말로 많은 사람의 눈이란 뜻이다. 즉 무수한 사람들이 지켜보고 있는 것이「십목소시」고, 여러 사람이 손가락질하고 있는 것이「십수소지(十手所指)」다.

이것은 《대학》 성의장에 나오는 증자의 말이다.

「성중형외(誠中形外)」라는 제목에서 설명한 바 있듯이, 마음속에 있는 것은 자연 밖으로 나타나기 마련이다.

맹자는 말하기를,

「그 눈동자를 보면 사람이 어떻게 속일 수 있으리오(觀其眸者 人焉廋哉 人焉廋哉)」라고 했다. 양심의 거울은 악한 사람의 가슴 속에서도 그의 눈동자를 통해 밖으로 비치기 마련이다.

성의장에는 말하기를,

「악한 소인들이 남이 보지 않는 곳에서는 갖은 못된 짓을 하면서, 착한 사람 앞에서는 악한 것을 숨기고 착한 것을 내보이려 하고 있다. 그러나 사람들이 자기를 보는 것이 자기 마음속 들여다보듯 하고 있는데 무슨 소용이 있겠느냐」라고 했다.

사람이 남의 속을 들여다보기를 자기 마음속 들여다보듯 한다고 한 말에는 많은 의문점이 있다. 그러나 이것은 전체 사람을 말하는 것은 아니다. 크게는 성인이요, 적게는 군자(君子)를 두고 하는 말이다.

그런데 이 성의장에는 신독(愼獨)이란 말이 두 번이나 거듭 나오고 있다. 여러 사람이 있는 앞에서보다 혼자 있을 때를 더 조심하는 것이 「신독」이다. 그것이 군자의 마음가짐이라는 것이다.

이 신독이란 말 다음에 증자의 말을 인용하고 있다. 즉 증자는 말하기를,

「열 눈이 보는 바요, 열 손가락이 가리키는 바니, 참으로 무서운 일이구나(十目所視 十手所指 其嚴乎)」라고 했다.

이것을 보통 우리가 흔히 말하는, 남이 지켜보고 손가락질한다는 뜻으로 풀이해 온 것이 지금까지의 실정이다. 그러나 살았으면 아직 일흔이 다 되지 못했을 신동 강희장(江希張, 1907?~1930?)은 그가 아홉 살때 지은 《사서백화(四書白話)》에서 증자의 이 말을 다음과 같이 풀이하고 있다.

십목은 열 눈이 아닌 십방(十方)의 모든 시선을 말한다. 사람이 무심중에 하는 동작은 주위에 영향을 미치지 않는다. 그러나 마음에서 일어나는 파동(波動)은 하느님을 비롯한 모든 천지신명과 도를 통한 사람에게 그대로 전달된다.

이것을 불교에서는 심통(心通)이라고 말한다. 그러므로 홀로 있을 때의 생각처럼 가장 널리 알려지게 되는 것은 없다. 증자가 한 말은 근거가 있어 한 말이다. 공연히 무섭게 하기 위해 한 말이 아니다.

이 진리를 깨달은 사람이라면 남이 안 본다고 같은 나쁜 짓을 하며 나쁜 생각을 할 수 있겠는가. 천지신명이 항상 지켜보고 있다. 우리가 하는 일을 하나하나 지적하고 있다.

오늘날 심령과학자들은 이렇게 말하고 있다. 사람의 생각은 영파(靈波)로 움직인다. 그것은 전파의 속도와 같다. 그것을 통해 삽시간에 신명은 누가 무슨 생각을 하고 있는지를 알게 된다고

아

아도물 　　　입향순속
阿賭物 ▶ 入鄕循俗

아도물 | 阿賭物

언덕 阿 걸 賭 사물 物

돈.

— 《진서》 왕연전(王衍傳)

「아도물」은 원래는 「이 물건」이라는 말이다. 중국의 옛사람들은 돈이라는 말을 입 밖에 내어 말하는 것을 비천한 일로 꺼려 왔다. 그것은 자신의 청렴함과 당당함을 나타내기 위해 돈을 가리켜 아도물이라고 이르게 되었다. 《진서》 왕연전에 나오는 이야기다.

왕연(王衍)은 죽림칠현의 한 사람인 왕융(王戎)의 종제로서 명문가 출신이었다. 그런데 그는 요직을 두루 거치면서도 정무를 돌보는 일은 뒷전으로 미룬 채 오로지 「청담(淸談)」으로 세월을 보냈는데, 그래도 정무는 순조롭게 돌아갔다고 한다. 그는 세속적인 것들을 혐오했는데, 특히 돈이란 말은 입에 담기조차 꺼려했다. 그래서 아내 곽씨는 온갖 방법을 써서 그의 입에서 돈이라는 말이 나오게 하려고 했지만 한 번도 성공하지 못했다.

어느 날 저녁, 곽씨는 왕연이 깊이 잠든 사이에 하녀에게 시켜 동전을 침상 주변에 가득 쌓아 놓게 했다. 왕연이 깨어 침대에서 내려올 수 없게 되면 반드시 돈이라는 말을 하리라고 생각했던 것이다.

이튿날 아침, 왕연이 잠이 깨어 침상 주변에 빼꼭히 들어차 있는 동전들을 가리키면서 「이것들을 집어치워라!(擧却阿賭物)」라고 했다.

그래서 「아도물」은 본래 이것이라는 말이었는데 이때부터 돈의 별칭이 되었다고 한다. 옛사람들은 「돈이라는 말을 입에 담지 않는다(口不言錢)」는 경구로 자신의 청렴결백을 표시하기도 했는데, 그것은 우리 조선시대 양반들 역시 마찬가지였다.

516

악사천리 惡事千里

악할 惡 일 事 일천 千 거리 里

나쁜 일은 빨리 세상에 퍼진다.

— 《수호지(水滸誌)》

스물 전후의 아름다운 하녀 반금련(潘金蓮)은 돈 많은 주인이 유혹을 했지만 허락하지 않고 남들이 추남이라 싫어하는 무태랑에게 시집을 가게 되었다. 추남에다 몸집도 왜소한 무대가 항상 불만인 반금련은 호랑이를 주먹으로 때려잡은 시동생 무송(武松)에게 마음을 빼앗기고 있었다. 6척 장신에 우람한 체구는 반금련의 호감을 살만 했다.

반금련의 은근한 유혹에 착실한 무송은 말없이 집을 나갔다. 집을 나서면서 무송은 형 무대에게 형수에 대한 충고를 하고 출발했다. 반금련은 무송이 집에 없는 틈을 타서 약방을 하는 서문경과 찻집에서 밀회를 즐겼다.

반 달이 채 안돼서 「호사불출문 악사주천리(好事不出門 惡事走千里)」라는 옛말과 같이 동네에 널리 알려지고, 모르는 것은 남편 무대 뿐이었다.

이것은 《수호지》에 나오는 이야기다.

그런데 이 옛말이 멀리는 송대의 시인 손광헌(孫光憲)이 기록한 《북몽쇄언(北夢瑣言)》에는 옛말로서 인용되고, 또 거의 같은 시대의 선(善)의 수행을 위한 어록집 《전등록》에도 보이는데, 다 같이 주(走)를 행(行)으로 쓰고 있다.

결국 「좋은 일은 좀처럼 남에게 알려지지 않으나」라는 전반을 생략하고 「나쁜 일을 하면 곧 멀리까지 알려진다」라는 후반의 말을 「나쁜 짓을 하지 말라」하고 훈계할 때 흔히 쓰인다.

안보당거 | 安步當車

편안할 安 걸음 步 마땅할 當 수레 車

청렴한 생활을 하다.

— 《전국책(全國策)》 제책(齊策)

《전국책》 제책에 다음과 같은 이야기가 있다.

전국시대 제(齊)나라에 안촉(安蠋)이라는 재주가 많은 사람이 살고 있었는데, 벼슬에는 별 뜻이 없어 은둔생활을 하고 있었다.

안촉이 하루는 제선왕(齊宣王)의 부름을 받고 하는 수 없이 터덜터 덜 입궐했다. 그런데 임금은 오만무례하게도 난데없이,

「촉, 자네 이리 오게!」하고 호령하는 것이었다.

뜻밖에 호령을 들은 안촉은 그 자리에 우뚝 선 채 눈 한번 깜빡하지 도 않고,

「왕, 그대 이리 오너라!」하고 소리쳤다.

그러자 질겁한 만조백관들이 일시에 일어서서 힐책하였다.

「한 나라의 임금 앞에서 이름도 없는 일개 선비가 어찌 그럴 수 있 느냐? 무엄하기 짝이 없구나!」

그러나 안촉은 눈도 꿈쩍 않고 대답하였다.

「바로 그렇기 때문에 내가 그런 것이오. 들어 보시오. 내가 만약 걸어 나가면 임금에게 굽실거리는 것이 되고, 임금이 걸어오면 선비를 존중하는 것이 될 게 아닙니까?」

이 말을 들은 제선왕이 화를 벌컥 내며 물었다.

「도대체 선비가 고귀한가, 아니면 임금이 고귀한가?」

안촉은 선비가 고귀하다고 하면서 이렇게 설명을 덧붙였다.

「전에 진(晉)나라가 제나라를 치려고 노(魯)나라를 지날 때 선비

유하혜(柳下惠)의 무덤을 보호하기 위해 주변 50보 안에서 풀잎 하나 나뭇가지 하나라도 꺾는 자는 참수형에 처한다고 하였습니다. 그런데 진나라 군대가 제나라에 진격해 들어간 뒤에는 제나라 임금의 머리를 베어 오는 자에게 만호후(萬戶侯)의 벼슬을 내리고 더해서 상금 2만 5천 냥까지 준다고 하였지요. 이로 보건대 살아 있는 임금의 머리가 죽은 선비의 무덤보다 못한 줄 압니다」

제선왕은 안촉이 녹록한 인물이 아님을 알고 높은 벼슬과 부귀영화를 약속하며 그를 유혹해 보았지만, 안촉은 고개를 가로저으면서 이렇게 대답했다.

「식사를 늦게 하여 출출하면 고기를 먹듯 맛날 것이고, 편히 조심해 걸으면 수레를 탄 듯할 것이며, 나쁜 짓을 하지 않고 죄를 짓지 않는다면 귀한 것이 될 것이고, 청렴결백하게 살아가면 스스로 즐거울 것입니다(晩食以當肉 安步以當車 無罪以當貴 淸淨正以自誤)」

이렇게 해서 나온 말이「안보당거」인데, 처음에는 청렴한 생활을 한다는 뜻으로 쓰이다가 나중에는 벼슬아치들이 벼슬자리에서 밀려났을 때 이런 말을 해서 자신을 위로하였다. 그러나 지금은 단순하게 보행을 비유하는 말로도 사용한다.

莫大乎與人爲善
막 대 호 여 인 위 선

남과 더불어 선행(善行)하는 일보다 더 좋은 것은 없다
자기 혼자만이 아니라, 남과 자기와의 차별 없이 타인과 함께 선행을 한다. 이것이 군자의 행위이다.

— 《맹자》 공손추상 —

안 서   雁 書

기러기 雁 글 書

먼 곳에서 소식을 전하는 편지.

— 《한서》 소무전(蘇武傳)

우리가 가장 흔하게 볼 수 있는 철새에 기러기와 제비가 있다. 그런데 제비는 가을에 남쪽으로 갔다가 이듬해 봄에 돌아오고, 기러기는 가을에 왔다가 봄이면 돌아간다. 그래서 제비가 강남에서 박씨를 물어 왔다는 《흥부전》 이야기가 생기고, 기러기가 흉노(匈奴) 땅에서 편지를 전해 왔다고 거짓말이 가능했던 것이다.

「안서」는 기러기가 전해다 준 편지란 뜻에서 먼 곳에서 전해 온 반가운 편지를 가리켜 말하게 되었고, 뒤에는 반가운 편지 또는 편지의 뜻으로 쓰이게 되었다.

이 「안서」란 말은 《한서》 소무전에서 생겨난 말이다.

소무는 한(漢)의 중랑장(中郞將)이었다. 무제의 천한(天漢) 원년(B.C 100), 그는 사절로서 북쪽 흉노의 나라에 왔다. 포로 교환을 위해서였다. 그러나 흉노의 내분에 휩쓸려 사절단은 모두 붙잡혀 흉노에게 항복을 하거나 그렇지 않으면 처형을 당하거나 하는 위협을 받았다. 그러나 소무만은 끝까지 항복을 하지 않았다. 그래서 그를 산 속 동굴에 감금하고 음식도 주지 않았다. 그는 바위 이끼를 씹고 눈을 녹여 마시며 주림을 견디어 냈다.

소무가 며칠이 지나도 죽지 않는 것을 본 흉노는 이것이 신(神)이 아닌가 하고 겁을 집어먹고, 마침내는 북해(北海 : 바이칼호) 기슭, 사람이 살지 않는 곳으로 보내어 양을 치게 했다. 그러나 그에게 주어진 양은 전부 수놈뿐이었다. 그리고 이렇게 말을 했다.

「이 수놈이 새끼를 낳으면 고국으로 돌려 보내주겠다」

그곳에 있는 것은 하늘, 숲, 물 그리고 매서운 추위와 굶주림뿐이었다. 그런데 도적이 양을 다 훔쳐가고 말았다. 그는 들쥐를 잡아 배고픔을 이겨냈다. 그래도 그는 흉노에게 항복을 하려고 하지 않았다. 언젠가는 조국 한(漢)나라로 돌아가리라는 기대에서가 아니다. 그저 항복하기가 죽기보다 싫었던 것이다.

이 황량한 땅 끝으로 유배되어 이미 몇 년이란 세월이 지났는지 그것조차 희미했다. 가혹하고 단조로운 나날. 그러나 넓고 넓은 하늘을 가르는 기러기는 소무에게 고향 생각을 간절하게 했다.

그러는 동안 무제는 죽고 소제(昭帝)가 즉위했다. 소제가 즉위한 몇 해 뒤 한나라와 흉노는 다시 화친을 맺게 되었다. 이때 흉노로 갔던 한나라 사신이 소무를 돌려보내 줄 것을 요구했다.

흉노는 소무는 이미 죽은 지 오래라고 거짓말을 했다. 그런데 마침 과거 소무와 함께 흉노로 가서 그곳에 그대로 머물러 있는 상혜(常惠)란 자가 밤에 찾아와 사신에게 지혜를 알려 주었다. 그래서 사신은 상혜가 시킨 대로 흉노에게 이렇게 말했다.

「우리 천자께서 상림원(上林苑)에서 사냥을 하시다가 기러기를 쏘아 잡았습니다. 그런데 발목에 비단에다 쓴 편지가 매어져 있었는데, 내용인 즉 소무 일행이 어느 늪 속에 있다는 것이었습니다」

깜짝 놀란 흉노 왕은 사신들의 얼굴을 바라보더니 잘못을 사과하고 소무 일행이 살아 있다는 것을 솔직히 시인했다.

이리하여 소무는 19년 만에 고국으로 돌아올 수가 있었다. 그러나 40살에 떠난 당시의 씩씩하던 모습은 볼 수 없고 머리털이 하얗게 센 늙은이가 되어 있었다 한다. 이리하여 편지를 가리켜 안서·안백(雁帛)·안찰(雁札)·안신(雁信)·안편(雁便) 등 문자로 말하게 된 것이다.

안중지정 眼中之釘

눈 眼 가운데 中 의 之 못 釘

눈엣가시.

— 《오대사보(五代史補)》

「안중지정」은「눈 속의 못」이란 말이다. 우리말의「눈엣가시」
란 말과 똑같이 쓰이는 말이다. 나무못이 가시요, 쇠로 된 가시가 못이
니 결국 같은 내용의 표현이라 볼 수 있다.

이 말이 기록에 나온 것은 《오대사보》에 있는 조재례(趙在禮)의
이야기에서부터다.

당나라 말엽은 혼란스럽기 그지없는 시대였다. 조재례는 여룡(盧龍)
절도사로 하북지방에서 용맹을 날린 유인공(劉仁恭)의 부하 장교로서
그 시절 대표적인 탐관오리였다.

그는 백성으로부터 긁어모은 돈으로 권력자들을 매수하여 후양(後
梁)·후당(後唐)·후진(後晉) 3대에 걸쳐 각지의 절도사를 역임한 간
악하고 약삭빠른 사람이었다.

그는 송주(宋州) 절도사로 있을 때, 주민들을 총동원하여 깃발을 휘
두르고 밭으로 나와 일제히 피리를 불고 북을 울림으로써 남쪽에서부
터 휩쓸고 올라오던 황충을 송주로부터 몰아낸 지혜를 보여주기도 했
었다. 그는 이 송주에서 실컷 긁을 대로 긁어낸 다음 영흥(永興) 절도
사로 옮겨가게 되었다. 이 소문을 듣고 기뻐한 것은 송주 백성들이었
다. 그들은,

「놈이 우리 송주를 떠난다니 마치 눈에 박힌 못을 뺀 것처럼 시원하
구나」하고 서로 위로들을 했다.

그러나 화는 입으로부터 나온다고(口是禍之門), 이들 송주 백성들은

미리 좋아한 이 한 마디 때문에 큰 환난을 치러야만 했다. 〔☞ 구시화지문〕

백성들의 이 같은 소문을 들은 조재례는 욕먹은 앙갚음을 할 생각으로 1년간만 송주에 더 있게 해달라고 조정에 청을 올렸다. 조정은 중신들의 독무대였고, 중신들은 조재례의 뇌물에 놀아나고 있었기 때문에 이를 승낙했다.

조재례는 즉시 소임들을 시켜 관내 주민들에게 집집마다 1년 안에 돈 1천 전(錢)을 바치게 하고 이를 발정전(拔釘錢)이라 불렀다.

「눈에 박힌 못을 빼려거든 1천 전을 내라. 그러면 내가 깨끗이 떠나주마」라는 노골적인 행동이었다.

그렇게 지독한 가렴주구(苛斂誅求)를 일삼던 그는 이 1년 동안에 백만 관(貫 : 1관은 천 전)의 돈을 거둬들였다는 것이다.

「안중지정」은 「안중정(眼中釘)」이라고도 하며, 원래는 눈에 박힌 못처럼 자신을 괴롭히는 존재를 말한 것이었는데, 지금은 「눈엣가시 같은 놈」이라고 할 때와 마찬가지로 보기 싫은 사람을 가리켜 말하기도 한다.

聖賢之言不得已也.
성현지언부득이야

성현의 말은 부득이한 발언이다.
성인이나 현인의 말은 세상을 구하고, 자신을 수양하기 위해서만 부득이 발언한 것으로서, 결코 불필요한 말을 늘어놓은 것이 아니다.
── 《근사록(近思錄)》 위학류(爲學類) ──

어두울 暗 가운데 中 더듬을 摸 찾을 索

사태를 파악할 수 없는 상황에서 대충 어림으로 추측하다.

— 유속(劉餗) 《수당가화(隋唐嘉話)》

여황제인 당나라의 측천무후 때 허경종(許敬宗)이란 학자가 있었다. 그는 고종이 황후 왕(王)씨를 폐하고 무씨(武氏, 측천무후)를 황후로 맞이할 때 이 무씨를 옹립한 인물이었으며, 당 태종의 18학사(學士)의 한 사람으로 유명하다.

그는 문장의 대가였으나 성격이 매우 경솔한 데다 건망증이 심해 방금 만났던 사람조차 곧 잊어버리곤 했다.

어떤 사람이 그가 총명하지 못하다고 험담을 늘어놓자, 그는 이렇게 대꾸했다.

왕희지 필법을 배운 측천무후

「흥, 자네 같은 인물이야 기억하기 어렵지만, 하손이나 유효작, 심약, 사조 같은 대가를 만난다면 『어둠 속에서 손으로 더듬어도(暗中摸索)』 알아볼 수 있다네」

하손이나 유효작 등은 모두 뛰어난 문장가로서 유명한 사람들이다. 곧 허경종은 알아줄 만한 사람은 알아본다는 대꾸를 함으로써 자기를 험담한 자들을 도리어 비웃어 준 것이다.

앙급지어 殃及池魚

재앙 殃 미칠 及 못 池 물고기 魚

뜻하지 않은 곳에 재앙이 미침.

— 《여씨춘추》 필기편(必己篇)

《여씨춘추》 필기편에 나오는 말이다.

춘추시대 송나라 때, 사마환(司馬桓)이라는 사람이 훌륭한 보물 구슬을 가지고 있었다. 그런데 이 사마환이 죄를 짓게 되자 그 보물 구슬을 가지고 도망을 쳐버렸다.

사마환이 보물 구슬을 가지고 있다는 말을 진작부터 듣고 있던 왕은 어떻게 하든 그것을 손에 넣으려고 마음먹었다.

그래서 사람들을 풀어 간신히 사마환을 찾아 보물 구슬 숨긴 곳을 말하게 했다. 사마환은 냉정하게 대답했다.

「아, 그 구슬 말인가? 그건 내가 도망을 칠 때 연못 속에 던져버렸다네」

무슨 수단을 쓰든지 보물 구슬을 손에 넣고 싶었던 왕은 곧 신하들에게 명령해서 연못 속을 샅샅이 찾게 했다.

물이 있는 연못 속을 아무리 더듬어 보았지만 없는 구슬이 나올 리 없었다.

마침내 왕은 많은 사람들을 동원하여 연못의 물을 모두 퍼내게 했으나 끝내 구슬은 찾을 수가 없었다.

결국 연못의 물을 잃은 물고기들에게 재앙이 닥쳐 모조리 죽어버리고 말게 된 것이다.

「지어지앙(池魚之殃)」이라고도 한다.

약 관   弱 冠

어릴 弱 갓 冠

남자 나이 20세.

— 《예기(禮記)》 곡례편(曲禮篇)

스무 살을 「약관」이라고 한다. 약년(弱年)이니 약령(弱齡)이니 하는 것도 모두 스무 살을 말한다.

약(弱)은 부드럽다는 뜻인데, 기골이 완전히 성숙하지는 않았지만, 사람 구실을 할 수 있게 되었다는 의미다. 관(冠)은 성년이 되면 관례(冠禮)를 올려 한 사람의 성인으로 대우하는 의식을 갖추었다. 이 두 말이 합쳐서 성구가 된 것이다.

이 말은 오경의 하나인 《예기》 곡례편에 있는 말이다.

사람이 나서 10년을 말하여 유(幼)라 한다. 이때부터 글을 배운다.

스물을 말하여 약(弱)이라 한다. 갓을 쓴다.

서른을 말하여 장(壯)이라 한다. 집(室 : 妻)을 갖는다.

마흔을 말하여 강(强)이라 한다. 벼슬을 한다.

쉰을 말하여 애(艾)라 한다. 관정(官政)을 맡는다.

예순을 말하여 기(耆)라 한다. 가리켜 시킨다.

일흔을 말하여 노(老)라 한다. 전한다(자식에게).

여든, 아흔 살을 말하여 모(耄)라 하고, 일곱 살을 도(悼)라 하는데, 도와 모는 죄가 있어도 형벌을 더하지 않는다.

백 살을 말하여 기(期)라 한다. 기른다.

「약관」이란 말은 약과 관을 합쳐서 된 말인데, 여기에 나오는 표현들은 상당히 과학적인 근거를 가진 느낌을 준다. 즉 열 살은 어리다고 부르는데, 이때부터 공부를 시작하게 된다. 스무 살은 아직 약한 편이지만, 다 자랐으므로 어른으로서 갓을 쓰게 한다.

서른 살은 완전히 여물 대로 여문 장정이 된 나이므로 이때는 아내를 맞아 집을 가지고 자식을 낳게 한다. 마흔 살은 뜻이 굳세어지는 나이다. 올바른 판단을 할 수 있으므로 벼슬을 하게 된다.

쉰 살은 쑥처럼 머리가 희끗해지는 반백의 노인이 되는 시기다. 이때는 많은 경험과 함께 마음이 가라앉는 시기이므로 나라의 큰일을 맡게 된다.

예순 살은 기(耆)라 하여 늙은이의 문턱에 들어서는 나이므로 자기가 할 일을 앉아서 시켜도 된다.

일흔 살은 완전히 늙었으므로 살림은 자식들에게 맡기고 벼슬은 후배들에게 물려준 다음 자신은 은퇴하게 된다. 이 기와 노를 합쳐서「기로(耆老)」라고도 한다.

여든·아흔이 되면 기력이 완전히 소모되고 있기 때문에 모(耄)라 한다.

그리고 일곱 살까지를 가엾다 해서 도(悼)라고 하는데, 여든이 넘은 늙은이와 일곱 살까지의 어린아이는 죄를 범해도 벌을 주지 않는다.

백 살을 기(期·紀)라고 하는데, 남의 부축을 받아가며 먹고 입고 움직이게 된다 하는 내용이다.

태어나서 죽을 때까지의 삶의 주기를 10년 단위로 나누어 이름을 붙여 놓았다. 신체와 정신의 발육 정도와 경험의 축적 정도에 따라서 할 수 있는 일의 범주를 구분한 것이다.

반드시 모든 사람이 여기에 적용될 수 있는 것은 아니겠지만, 한번 되새겨 볼 만한 구분이라고 하겠다.

약법삼장 約法三章

간략할 約 법 法 석 三 나타낼 章

법률은 간략함을 존중한다.

—《사기》고조본기(高祖本紀)

약법(約法)은 약속한 법이란 뜻이다. 그러나 간단한 법이란 어감을 동시에 주는 말이다. 「약법삼장」은 약속한 법이 겨우 세 가지란 뜻으로, 원래는 진(秦)나라 서울 함양을 점령한 패공(沛公) 유방이 진나라 부로들에게 한 약속을 가리킨 것이다. 지금은 법이 복잡하지 않고 간편해야 한다는 뜻으로 쓰이고 있다.

《사기》고조본기에 다음과 같은 이야기가 있다.

한(漢) 원년(B.C 206) 10월, 유방은 진나라 군사를 쳐서 이기고 수도 함양 동쪽에 있는 패상(覇上)으로 진군했다. 이때 진왕(秦王) 자영(子嬰)은 유방을 멀리 나와 맞으며 황제의 인수와 부절(符節)을 상자에 넣어 올리고 항복을 했다.

장수들 중에는 자영을 죽이자는 사람들이 많았지만 유방은 듣지 않고 다만 감시만을 하게 했다.

다시 진군하여 함양에 입성한 유방은 궁궐의 화려한 모습과 아리따운 후궁의 여자들을 보는 순간 조금도 그곳을 뜨고 싶은 생각이 없었다. 그러나 번쾌와 장양(張良)의 권고로 다시 패상으로 돌아왔다.

패상으로 돌아온 유방은 진나라의 많은 호걸들과 부로들을 불러 모아 놓고 이렇게 말했다.

「여러분들은 진나라의 까다로운 법에 고통을 받은 지 오래다. 진나라 법을 비방하는 사람은 가족까지 죽이고 짝을 지어 이야기만 해도 사형에 처했다. 나는 제후들과 약속하기를, 먼저 관중(關中)에 들어가는 사람이 왕이 되기로 했다. 그러므로 내가 관중의 왕이 될 것이다. 나는 여러분들과 약속한다. 법은 3장뿐이다. 즉,

한고조 유방

1. 사람을 죽인 사람은 죽는다 (殺人者死).

2. 사람을 상케 한 사람과 도둑질한 사람은 죄를 받는다 (傷人反盜抵罪).

3. 나머지 진나라의 법은 모두 없애버린다 (餘悉除去秦法).

모든 관리들과 사람들은 다 전과 다름없이 편안히 살기 바란다. 내가 온 것은 여러분을 위해 해독을 제거하려는 것이다. 괴롭히러 온 것은 아니니 조금도 두려워 말라……」

이리하여 사람들은 기뻐하며 유방이 진나라 왕이 되기를 바랐다고 한다. 진나라 궁궐을 불사르고 후궁의 여자와 보화들을 가지고 돌아간 항우와는 대조적이다.

月滿則虧
월 만 즉 휴
달이 차면 곧 기운다.
보름달이 되면 그 다음엔 곧 기울어서 초승달이 된다. 세상사는 극도로 번성하면 반드시 쇠(衰)한다는 비유.
― 《사기》 채택전(蔡澤傳) ―

양두구육 羊頭狗肉

양 羊 머리 頭 개 狗 고기 肉

겉으로는 훌륭하게 내세우나 속은 변변치 않음.

—《항언록(恒言錄)》

양의 머리를 걸어 놓고는 개고기를 판다는 「현양두매구육(懸羊頭賣狗肉)」이란 말이 약해져서 「양두구육」이 되었다. 값싼 개고기를 비싼 양고기로 속여서 판다는 이야기다.

그래서 좋은 물건을 간판으로 내걸어 두고 나쁜 물건을 판다거나, 겉으로 보기에는 훌륭한데 내용이 그만 못한 것을 가리켜 「양두구육」이라고 부르게 되었다.

이 말은 《항언록》에 있는 말인데, 이 밖에도 이와 비슷한 말들이 여러 기록에 나온다. 「양의 머리를 걸어놓고 말고기를 판다」고 한 데도 있고, 말고기가 아닌 말 포(脯)로 말한 곳도 있다.

《안자춘추(晏子春秋)》에는 「소머리를 문에 걸어 놓고 말고기를 안에서 판다」고 나와 있고, 《설원(雪苑)》에는 소의 머리가 아닌 소의 뼈로 되어 있다.

다 같은 내용의 말인데, 현재는 「양두구육」이란 말만이 통용되고 있다. 그런데 위에 말한 여러 예 가운데 《안자춘추》에 나오는 이야기가 재미있으므로 그것을 소개하기로 한다.

춘추시대의 제영공(齊靈公)은 어여쁜 여자에게 남자의 옷을 입혀 놓고 즐기는 별난 취미를 가지고 있었다. 궁중의 이 같은 풍습은 곧 민간에게까지 번져 나가, 제나라에는 남장미인의 수가 날로 늘어가고 있었다.

이 말을 전해들은 영공은 천한 것들이 임금의 흉내를 낸다고 해서 이를 금하라는 영을 내렸다. 그러나 좀처럼 그런 풍조가 없어지지를 않았다.

그 까닭을 이해할 수 없었던 영공은 안자에게 그 이유를 물었다. 그러자 안자는 이렇게 말했다.

「임금께서는 궁중에서는 여자에게 남장을 하게 하시면서 밖으로 백성들에게만 남장을 못하도록 금하고 계십니다. 이것은 소머리를 문에다 걸고 말고기를 안에서 파는 것과 같습니다. 임금께선 어째서 궁중에도 같은 금령을 실시하지 않으십니까. 그러면 밖에서도 감히 남장하는 여자가 없게 될 것입니다」

남장 미인

영공은 곧 궁중에서의 남장을 금했다. 그랬더니 한 달이 채 못돼서 제나라 전체에 남장한 여자가 없어지게 되었다는 것이다.

물은 아래로 흐른다. 윗사람이 즐겨하면 아랫사람들도 따라 즐겨하게 마련인 것이다.

盈而不溢
영 이 불 일

가득 차고도 넘치지 않는다.
물이 가득 차고도 넘치지 않는 것이 천도(天道)의 모습이다.
사람도 이 규범을 따라, 공이 있더라도 그것을 자랑하지 말아야 한다.

― 《국어(國語)》 ―

양상군자 梁上君子

대들보 梁 위 上 임금 君 아들 子

도둑을 일컫는 말 또는 천정의 쥐를 재미있게 표현한 말로도 쓰인다.

— 《후한서(後漢書)》 진식전(陳寔傳)

「양상군자」는 들보 위의 군자란 뜻이다. 도둑을 가리켜 하는 말로 아주 재미있는 말이다. 어째서 도둑을 들보 위의 군자라고 했을까?

후한 말, 진식(陳寔)이란 사람은 학식이 풍부하고 성질이 온화한데다가, 청렴하고 결백해서 모든 사람들로부터 존경을 받았다. 그가 태구현(太丘縣)의 장관으로 있을 때 일이다. 그의 어질고 청렴한 정치로 고을 사람들은 편한 생활을 즐기고 있었다.

그런데 어느 해는 흉년이 들어 많은 사람들이 먹을 것이 없어 고통을 겪고 있었다. 그러던 어느 날 밤, 도둑이 진식의 방으로 들어와 천정 들보 위에 웅크리고 앉아 기회를 엿보고 있었다. 그것을 가만히 보고 있던 진식은 곧 의관을 바로잡고 아들과 손자들을 불러들여 그들을 이렇게 훈계했다.

「대저 사람이란 자기 스스로 노력하지 않으면 안된다. 착하지 못한 일을 하는 사람도 반드시 처음부터 악한 사람은 아니었다. 평소의 잘못된 버릇이 그만 성격으로 변해 나쁜 일을 하게 되는 것이다. 저 들보 위의 군자(梁上君子)가 바로 그러하다」

도둑은 이 말에 깜짝 놀라 얼른 뛰어내려와 이마를 조아리며 죽여 달라고 사죄를 했다. 진식은 조용히 이렇게 타일렀다.

「내 그대의 얼굴을 보아하니, 나쁜 사람 같지는 않아 보인다. 깊이 반성하여 자기 마음을 이겨내면 착한 사람이 될 것이다. 그러나 이것이 다 가난한 탓일 것이다」

그리고는 그 도둑에게 비단 두 필까지 주고 죄를 용서해 돌려보냈다. 이 일이 널리 알려지자, 고을 안에 도둑질하는 사람이 한 사람도 없게 되었다고 한다. 우리가 지금 들어도 감격하지 않을 수 없는 일이다.

그런데 그 후로 어느 짓궂은 사람이 쥐를 가리켜서 「양상군자」라 하게 되었다. 그리고 군자(君子)라는 표현도 다소 풍자적이어서 오히려 그것이 맘에 들었는지 후세에 곧잘 쓰이게 되었다. 진식은 진심으로 말하였는지도 모르지만.

그는 사람의 사정을 잘 이해해주는 사람이었다. 젊어서부터 현(縣)의 관리가 되어 잡역을 하면서도 언제나 책을 손에서 놓지 않았다. 그것을 인정받아 태학(太學)에서의 수학을 허락받았다. 한때는 살인 혐의를 받아 구금당한 적도 있다. 물론 죄가 없어 석방은 되었으나, 그가 나중에 순찰관(巡察官)이 되었을 때 자기를 체포했던 자를 찾아 오히려 그를 채용했다고 한다.

그 무렵은 궁중의 환관이 전횡하여 유교를 신봉하는 관료와 심하게 다투어 이것을 탄압한 소위 「당고(黨錮)의 금(禁)」이 있었던 때였다. 진식도 그 탄압으로 체포되었다. 소식을 듣고 다른 사람들은 다 도망쳤으나, 그는 「나까지 도망치면 백성들은 누구를 믿고 살겠는가」하며 기꺼이 포박되었다고 한다. 후에 당고가 풀렸을 때 대사마(大司馬)인 하진(何進) 등이 중앙에 나와 벼슬하기를 권했으나 끝까지 거절했다.

84세로 그가 죽었을 때 온 나라 안에서 그를 제사지내는 자가 3만이 넘었다고 한다.

양약고구 良藥苦口

좋을 良 약 藥 쓸 苦 입 口

좋은 약은 입에 쓰고 바른 말은 귀에 거슬린다.

— 《공자가어(孔子家語)》 육본편(六本篇)

우리가 격언으로 또는 속담으로 자주 쓰는 말에 「좋은 약은 입에 쓰고 바른 말은 귀에 거슬린다」는 말이 있다. 이것이 바로 「양약고구 충언역이(良藥苦口 忠言逆耳)」를 우리말로 옮겨 놓은 것이다.

이 말은 《공자가어》 육본편과 《설원》의 정간편(正諫篇)에 나온다. 또 같은 내용의 말이 《사기》 유후세가(留侯世家)에도 있다.

《공자가어》에는 공자가 이런 말을 하고 있다.

「좋은 약은 입에 써도 병에 이롭고, 충성된 말은 귀에 거슬려도 행하는 데 이롭다. 탕(湯)임금과 무왕(武王)은 곧은 말 하는 사람으로 일어나고, 걸(桀)과 주(紂)는 순종하는 사람들로 망했다. 임금으로 말리는 신하가 없고, 아비로 말리는 아들이 없고, 형으로 말리는 아우가 없고, 선비로 말리는 친구가 없으면 과오를 범하지 않는 사람이 없다」

원래는 여기 나와 있는 대로 「좋은 약은 입에 써도 병에 이롭다」고 해 오던 것을, 뒷부분은 약해 버리고 앞부분만 쓰게 된 것이다.

「바른 말이 귀에 거슬린다」는 말도 역시 마찬가지다. 그것이 다시 보편화되어 지금은 「좋은 약은 입에 쓰다」는 말만으로 「바른 말이 귀에 거슬린다」는 말까지를 다 포함한 뜻으로 통용되고 있다.

《사기》에도 장양이 유방을 달랠 때 같은 내용의 말을 하고 있다. 무관(武關)을 돌파하여 진(秦)의 근거지인 중원에 제일 먼저 들어간 유방은 패상(覇上)에서 진의 자영(子嬰)이 바친 제왕의 인수(印綬)를 받고, 다시 수도 함양으로 들어갔다. 기원 전 26년의 일이다. 유방은 아직

천하를 통일하지 못했지
만 이것이 한(漢)의 원년이
되었다.

아방궁 유지

　술과 여자를 매우 좋아
하는 유방은 장대한 진의
아방궁으로 들어가자 화
려한 장막, 훌륭한 말, 수
많은 재보, 거기다 몇 천
명이라는 궁녀에 눈이 어
지러워져 나는 여기서 살겠다고 하며, 항복한 자영을 죽이자고 했다.
수행장(隨行將)인 번쾌에게 쓸데없는 살생을 하지 말라고 타이르던 유
방도 그 아방궁의 매력에는 참을 수가 없었던 모양이다. 이번에는 번
쾌가 유방에게 말했다.

　「하여간 이 궁전에서 나가셔야 합니다」

　그러나 유방은 듣지 않았다. 참모인 장양(張良)은 궁전을 보인 것이
잘못이라고 생각하면서 유방에게 말했다.

　「애당초 진(秦)이 도리에 어긋나는 짓만 해서 인심이 떠났기 때문
에 주군께서 이렇듯 진의 영지를 점령할 수가 있게 된 것입니다. 천하
를 위해서 적을 제거한다면 검소한 생활을 해야 합니다. 지금 진의 땅
으로 들어오자마자 환락에 젖는다면 그야말로『저 호화로웠던 하(夏)
의 걸왕(傑王)을 도와 잔혹한 짓을 한다』라는 결과가 됩니다. 게다가
『충언은 귀에 거슬리나 행실에는 이(利)가 되고, 독한 약이 입에는 쓰
나 병에는 잘 든다(忠言逆耳利於行 毒藥苦口利於病)』고 합니다. 부
디 번쾌의 말을 들어주십시오」

　겨우 제 정신으로 돌아간 유방은 진(秦)의 창고를 봉인하고 다시 패
상으로 돌아갔으므로 인망(人望)이 오른 것은 말할 나위도 없다.

　여기에서 말한 독한 약이란 물론 약효가 강하다는 뜻이다.

양약고구 **良藥苦口** 535

어부지리 漁父之利

고기잡을 漁 지아비 夫 의 之 이로울 利

쌍방이 싸우는 틈을 타서 제삼자가 애쓰지 않고 가로챈 이득.

— 《전국책》 연책(燕策)

「어부지리(漁父之利)」란 말의 유래만큼 널리 알려져 있는 이야기도 드물 것이다. 이야기가 통속적이고 비유가 아주 적절하기 때문일 것이다.

전국시대의 연(燕)나라는 중국 북동부에 위치하여, 서쪽은 조(趙)에, 남쪽은 제(齊)와 접하고 있었으므로 끊임없이 이 두 나라의 위협을 받고 있었다. 연의 소왕(昭王)이라 하면 악의(樂毅)를 장군으로 제나라를 공격한 이야기로 유명하지만, 조나라에 대해서는 경계를 게을리 하지 않았다.

《전국책》 연책(燕策)에 있는 이야기다.

어느 때인가 조나라가 연나라의 기근을 기화로 호시탐탐 침략하려고 노리고 있었다. 소왕은 많은 병력을 제나라로 보내 놓은 터라, 조나라와 일을 벌이고 싶지 않았다. 그래서 소대(蘇代)에게 부탁해 조왕을 설득해 보기로 했다.

소대는 합종책으로 유명한 소진(蘇秦)의 동생으로 형이 죽은 후, 그 종횡가(縱橫家)로서의 사업을 잇기 위해 연왕 쾌(噲 : 소왕의 아버지)에게 교묘히 접근해서 소왕의 세상이 된 후까지도 제(齊)에 머물러 있으면서 여러 모로 연(燕)을 위해 힘을 쓴 사나이다. 그는 소진만큼 큰일은 하지 못했으나 그 동생답게 세 치 혀를 놀려 갖은 책략을 꾸며냈다. 이 때도 조나라 혜문왕(惠文王, 재위 B.C 299~266)을 찾아가 왕을 달래서 이렇게 말했다.

「이번에 제가 이리로 올 때 역수(易水)를 건너오게 되었습니다. 때마침 민물조개(蚌)가 물가로 나와 입을 벌리고 햇볕을 쪼이고 있는데, 물새(鷸)란 놈이 지나가다가 조갯살을 보고 쪼아 먹으려 하지 않았겠습니까. 조개란 놈이 깜짝 놀라 입을 오므리자, 물새는 그만 주둥이를 꽉 물리고 말았습니다. 그러자 물새가 말했습니다.

『오늘도 내일도 비만 오지 않으면 그때는 바짝 말라죽은 조개를 보게 될 것이다』

조개는 조개대로 또,

『오늘도 열어 주지 않고, 내일도 열어 주지 않으면 그때는 죽은 물새를 보게 될 것이다』하며 서로 버티고 있었습니다.

그때 마침 지나가던 어부가 이 광경을 보고 새와 조개를 함께 잡아넣고 말았습니다. 지금 조나라가 연나라를 치려하고 있는데, 연나라와 조나라가 서로 오래 버티며 백성들을 지치게 만들면, 저는 강한 진나라가 어부가 될 것을 염려하지 않을 수 없습니다. 그러므로 대왕께서 깊이 생각하신 뒤에 일을 결정하시기 바랍니다」

소대의 비유를 들은 혜문왕은,

「과연 그렇겠소」 하고 고개를 끄덕이고는 곧 연나라를 칠 계획을 그만두고 말았다.

여기에서 두 사람이 맞붙어 싸우는 바람에 엉뚱한 제삼자가 덕을 보는 경우를 「어부지리」 라 하고, 서로 맞붙어 버티며 양보하기 어려운 형편에 있는 것을 가리켜 「방휼지세(蚌鷸之勢)」 라 한다.

엄이도령 掩耳盜鈴

가릴 掩 귀 耳 훔칠 盜 방울 鈴

남들은 모두 자기 잘못을 아는데 그것을 숨기고 남을 속이고자 함.

— 《여씨춘추(呂氏春秋)》자지편(自知篇)

「엄이도령」은 귀를 가리고 방울을 훔친다는 뜻이다. 저만 듣지 않으면 남도 듣지 않는 줄 아는 어리석은 행동을 빗대서 하는 말이다. 「눈 가리고 아옹」과 같은 말이다. 원래는 귀를 가리고 종을 훔친다는 「엄이도종(掩耳盜鍾)」이었는데, 뒤에 종 대신에 방울이란 글자를 쓰게 되었다. 이 귀를 가리고 종을 훔친다는 이야기는 《여씨춘추》불구론(不苟論)의 자지편에 나오는 이야기다.

진(晋)나라 육경(六卿)의 한 사람인 범씨(范氏)는 다른 네 사람에 의해 중행씨(中行氏)와 함께 망하게 된다. 이 범씨가 망하자, 혼란한 틈을 타서 범씨 집 종을 훔친 사람이 있었다. 그러나 종이 지고 가기에는 너무 커서 하는 수 없이 망치로 깨뜨렸다. 그러자 꽝! 하는 요란한 소리가 났다. 도둑은 혹시 딴 사람이 듣고 와서 자기가 훔친 것을 앗아갈까 하는 생각에 얼른 손으로 자기 귀를 가렸다는 것이다.

이 이야기는 임금이 바른말하는 신하를 소중히 여겨야 한다는 비유로 들고 있다. 자기의 잘못을 자기가 듣지 않는다고 남도 모르는 줄 아는 것은 귀를 가리고 종을 깨뜨리는 도둑과 똑같은 어리석은 짓이란 것을 말하기 위해서였다.

남이 들을까 겁이 나면 자기가 먼저 듣고 그 소리가 나지 않게 하는 것이 현명한 일이다. 바른말하는 신하는 임금의 가린 귀를 열어 주는 사람이므로 소중히 해야 한다.

《여씨춘추》에는 또 위문후(魏文侯)의 이야기를 예로 들고 있다.

위문후가 신하들과 술을 마시는 자리에
서 자기에 대한 견해를 기탄없이 들려 달라
며 차례로 물어 나갔다. 그러자 한결같이 임
금의 잘한 점만을 들어 칭찬을 했다. 그러나
임좌(任座)의 차례가 되자, 그는 임금의 약
점을 들어 이렇게 말했다.

여씨춘추

「임금께서는 중산(中山)을 멸한 뒤에 아
우를 그곳에 봉하지 않고 태자를 그곳에 봉
하셨습니다. 그러므로 어두운 임금인 줄로
아옵니다」

문후는 무심중 얼굴을 붉히며 불쾌한 표정을 지었다. 그러자 임좌
는 급히 밖으로 나가버렸다. 다음에 유명한 적황(翟黃)이 말할 차례가
되었다.

「우리 임금은 밝으신 임금입니다. 옛말에 임금이 어질어야 신하가
바른말을 할 수 있다 했습니다. 방금 임좌가 바른말하는 것을 보아 임금
께서 밝으신 것을 알 수 있습니다」

문후는 곧 자기 태도를 반성하고 급히 임좌를 부른 다음 몸소 뜰아래
까지 나가 그를 맞아 상좌에 앉게 했다 한다.

防民之口　甚於防川
방민지구　심어방천

뭇 백성의 입을 막는 것은 강물을 막는 것보다 더 심하다.
백성의 여론을 억압하는 폐해는 강물을 막는 폐해보다 심하다.
강물을 막으면 한 때의 해는 모면할 수 있지만, 머지않아 그것이 터지면
그 해는 헤아릴 수 없이 크다. 그러나 백성의 입을 틀어막는 해는 그 이상
으로 혹심한 것이다.

— 《국어》 —

역린　逆鱗

거스를 逆 비늘 鱗

임금의 노여움.

— 《한비자》 세난편(說難篇)

용(龍)은 불가사의한 힘을 가지고 있는 것으로 알고 있으나, 상상상의 동물이다. 봉(鳳)·인(麟)·구(龜)와 합쳐 사령(四靈)이라고 한다. 비늘이 있는 것의 장(長)으로 능히 구름을 일으키고 비를 부른다고 한다. 그리하여 중국에서는 곧잘 군주를 높여 용에 비유한다. 용안(龍顔)이란 말도 그 하나다. 따라서 용에 관한 격언이나 말도 많은데 이것도 그 하나다.

한비(韓非)는 전국시대의 사람이다. 그리고 현실주의적인 「법가(法家)」의 대표자이기도 했다. 누가 누구하고 결탁해서 누구하고 싸우는지 뚜렷하지 않은 혼란된 전국시대의 모습, 임금과 신하가 서로 의심하고 기회만 있으면 서로 쓰러뜨리는 사회, 그는 그것을 날카로운 눈으로 보고 있었다. 그래서 이와 같은 정세 속에서 국가의 백년대계를 세우는 방법을 생각하고 있었다.

이사

그는 진(秦)에 억류되어 있는 동안에 동문이었던 이사(李斯)의 꾀에 빠져 독을 마시고 자결했다고 하는데, 이 세상에 《한비자》라는 책을 남겼다. 그 글에서는 그와 같은 전국시대의 숨결이 흘러넘치고 있다.

거슬러 난 비늘이 「역린」이다. 용(龍)의 턱 밑에 있는 이 비늘을 건드리기만 하면 사람을 죽이기 때문에 임금의 노염을 사는 것을 「역린에 부산친다」고 했다.

《한비자》 세난편에 나오는 말이다. 세난(說難)은 남을 설득시키기가 어렵다는 뜻으로 한비자는 이 편에서 다음과 같은 말을 하고 있다.

한비

「상대가 좋은 이름과 높은 지조를 동경하고 있는데, 이익이 크다는 것으로 그를 달래려 하면, 상대는 자기를 비루하고 지조가 없는 사람으로 대한다 하여 멀리할 것이 틀림없다. 반대로 상대가 큰 이익을 원하고 있는데, 명예가 어떻고, 지조가 어떻고 하는 말로 이를 달래려 하면, 이쪽을 세상 물정에 어두운 사람이라 하여 상대를 해주지 않을 것이 뻔하다. 상대가 속으로는 큰 이익을 바라고 있으면서 겉으로만 명예와 지조를 대단해 하는 척할 때, 그를 명예와 지조를 가지고 설득하려 하면 겉으로는 이쪽을 대우하는 척하지만 속으로는 멀리하게 될 것이며, 그렇다고 해서 이익을 가지고 이를 달래면 속으로는 이쪽 말만 받아들이고, 겉으로는 나를 버리고 말 것이다……」

한비자는 이렇게 남을 설득시키기 어려운 점을 말하고 나서 맨 끝에 가서 이렇게 말하고 있다.

「용이란 짐승은 잘 친하기만 하면 올라탈 수도 있다. 그러나 그의 목 아래에 붙어 있는 직경 한 자쯤 되는 『역린』을 사람이 건드리기만 하면 반드시 사람을 죽이고 만다. 임금도 또한 역린이 있다. 말하는 사람이 임금의 역린만 능히 건드리지 않을 수 있다면 목적을 달성할 수 있을 것이다」

여기에서 임금의 노여움을 「역린」이라 하게 되었는데, 임금이 아닌 경우라도 절대적인 권한을 가진 사람이면 이 말을 쓸 수 있을 것이다.

여도지죄 餘桃之罪

남을 餘 복숭아 桃 의 之 죄 罪

사랑하는 마음이 식음에 따라 본래는 가상히 여겼던
일이 거꾸로 죄가 되어버린 경우의 비유.

— 《한비자》 세난편(說難篇)

「여도지죄」란「먹다 남은 복숭아를 준 죄」라는 뜻으로, 총애를
받을 때는 용서되던 일이 사랑이 식고 나면 죄가 되는 경우의 비유를
말한다. 《한비자》세난편에 나오는 이야기다.

위(魏)나라에 미자하(彌子瑕)라는 미소년이 있었다. 아름다운 용모 때
문에 임금으로부터 각별한 총애를 받았다.

어느 날, 어머니가 아프다는 소식을 들은 미자하는 급한 김에 임금의
수레를 타고 어머니 병문안을 다녀왔다. 당시 임금의 수레를 무단으로
쓰게 되면 발을 잘리는 형벌을 받아야 했다. 그러나 임금은 죄를 용서해
주며 이렇게 칭찬했다.

「훌륭하다, 미자하여! 어머니가 걱정되어서 발을 잘리는 형벌도 잊
었구나!」

그러다가 세월이 흘러 미자하도 늙어 옛날처럼 고운 자태를 갖지 못
하게 되자 임금의 사랑도 식어 갔다. 어느 날 임금이 미자하를 보더니
소리쳤다.

「네 이놈, 너는 전날 내 수레를 함부로 훔쳐 탔고, 먹다 남은 복숭아
를 내게 주었지. 고연 놈이로구나!」

세상의 일이란 워낙 다양하게 바뀌는 것이어서 대처하기가 참으로
어렵다. 그 한 측면을 보여주는 이야기라고 할 것이다.

542

오리무중 五里霧中

다섯 五 이수 里 안개 霧 가운데 中

짙은 안개 속에서 길을 찾기 어렵듯 무슨 일에 대해서 알 길이 없음.

— 《후한서》 장해전(張楷傳)

「오리무중」이란 말은 너무 흔하게 쓰이는 말이다. 5리나 안개가 끼어 있는 속이니 방향과 위치를 알 까닭이 없다. 그래서 범인의 행방이나 단서를 잡지 못하는 것을 흔히 오리무중이란 말로 표현한다. 이 말은 《후한서》 장해전에 나오는 말이다.

장해는 후한 중엽 사람으로 이름 있는 학자였다. 제자도 많고 귀인과 학자들 중에 친구도 많았지만, 벼슬하는 것이 싫어서 산 속에 숨어 살고 있었다. 장해가 산 속에 숨어 산 뒤에 새로 즉위한 순제(順帝)가 그의 덕행과 지조를 높이 평가하여 하남태수로 부임하라는 칙서를 보냈으나 장해는 병을 핑계로 끝내 벼슬에 오르지 않았다.

장해는 또한 천성이 도술을 좋아해서 능히 오리안개를 일으킬 수 있었다. 그런데 그때 배우(裵優)란 자가 있어서, 그 역시 삼리안개를 일으킬 수가 있었다. 그러나 아무리 해도 장해의 오리무에는 미치지 못하는지라 장해의 제자가 되기를 청했다. 그러나 장해는 자취를 감추고 그를 만나 주지 않았다.

그 뒤 배우는 안개를 일으키며 나쁜 짓을 하고 돌아다니다가 관에 붙들려 취조를 받게 되었다. 이때 배우는 장해가 자기를 만나 주지 않은 데 앙심을 품고, 안개를 일으키는 재주를 장해에게 배웠다고 진술했다.

이로 인해 장해도 감옥에 들어가게 되었는데, 곧 사실무근임이 밝혀져 무사히 풀려나와 일흔 살까지 살다 죽었다고 한다.

역자이식 易子而食

바꿀 易 아들 子 말이을 而 먹을 食

자식을 바꾸어서 먹는다. 곧 대기근으로 심한 굶주림을 말함.

— 《춘추좌씨전》 선공(宣公) 15년

자식을 바꾸어 먹는다는 것이 「역자이식(易子而食)」이다. 중국같이 평야가 끝없이 계속되는 지방에는 한번 큰 흉년이 밀어닥치면 수만 명의 굶주린 백성들이 초근목피를 찾아 헤매다가 급기야는 어린 자식을 서로 바꾸어 어른의 생명을 유지하려는 상상조차 하기 어려운 사태에까지 이른다고 한다.

그런 현상이 흉년이 아닌 전쟁으로 인해서도 가끔 일어나곤 했다. 《춘추좌씨전》 선공(宣公) 15년의 기록에, 송(宋)나라가 초(楚)나라의 포위를 당해 다섯 달을 계속 버티던 끝에 나중에는 먹을 것도 없고 밥 지을 땔감도 없어서 「자식을 바꿔서 먹고 뼈를 쪼개서 밥을 지었다(易子而食 析骸而爨)」는 사실이 적혀 있다.

또 같은 내용을 《사기》 송세가(宋世家)에는 「뼈를 쪼개어 밥을 짓고, 자식을 바꾸어 먹었다(析骸而炊 易子而食)」고 기록하고 있다.

《동주열국지(東周列國志)》에 보면 이때의 사정을 이렇게 말하고 있다.

「……우사(右師) 화원(華元)은 마지막 수단으로 술책을 써서 밤에 초나라 대장 공자 측(側)이 자는 방으로 들어가 칼을 겨누며 포위를 풀어줄 것을 요구했다.

이때 공자 측이 송나라 성중의 상황을 물었을 때, 화원은 이렇게 대답했다.

『자식을 바꾸어서 먹고 뼈를 주워서 밥을 짓고 있습니다……(易子

544

而食 拾骨而爨……)』

그러자 공자 측은 놀라 물었다.

『병법에, 허하면 실한 체하고 실하면 허한 체한다 했는데 당신은 어째서 실정대로 말하십니까?』

『군자는 남의 위태로운 것을 불쌍히 여기고, 소인은 남의 불행을 다행으로 안다고 했습니다. 원수께서 군자이신 줄 알기 때문에 감히 숨기지 않았습니다』

그러자 공자 측은, 초나라 역시 7일 먹을 양식(《사기》에는 사흘)밖에 없다는 것을 말하고 이튿날 포위를 풀어 30리 후퇴할 것을 약속한다. 두 사람은 이것을 계기로 결의형제를 맺고 약속대로 이튿날 초나라 군사가 30리를 후퇴한다. 다음 두 나라는 강화를 하게 된다」

膽欲大而心欲小
담 욕 대 이 심 욕 소

담은 크기를 바라고, 마음은 자상하기를 바란다.

대담함과 동시에 세심하기를 바란다. 만일 담이 크지 않으면 간난(艱難)에 조우(遭遇)하거나, 뜻밖의 재화를 입었을 경우에 곧 좌절되고 만다. 그러나 세심하지 않으면 무슨 일에나 주의가 고루 미치지 못하고 실패하는 일이 많다.

― 《근사록》 위학류 ―

연리지 | 連理枝

이을 連 이치 理 가지 枝

화목한 부부. 또는 남녀 사이를 이름.

— 《후한서》 채옹전(蔡邕傳)

후한 말의 문인 채옹(蔡邕)은 경전의 문자 통일을 꾀하고 비(碑)에 써서 태학문(太學門) 밖에 세운 것으로 알려졌지만, 그 밖에 효자로서도 유명한 사람이었다.

그의 어머니는 병든 몸으로 만년에는 줄곧 병상에 누워 있었다. 옹(邕)은 병간호에 정신을 쏟아 3년 동안 옷을 벗고 편안하게 잠을 자 본 적이 없었다. 특히 어머니의 병이 위중해진 후 백 일 동안은 잠자리에도 들지 않았다. 어머니가 돌아가시자 그는 무덤 곁에 초막을 짓고 거기서 복상(服喪)을 하며, 형식만이 아니라 시종여일하게 예법에 정해진 그대로 실행을 했다.

후에 옹의 방 앞에 두 그루의 나무가 났다. 그것은 차츰 서로 붙어 나뭇결까지 하나가 되고 말았다. 세상 사람들은 그것을 기이하게 생각하여 옹의 효도가 이 진기한 현상을 가져왔다고 떠들며 원근 사람들이 많이 이 나무 구경을 왔다고 한다.

이상은 《후한서》 채옹전에 기록되어 있는 이야기로, 여기서는 가지(枝)에 대해서는 아무런 기재된 것이 없고 그저 「나무가 나서 나뭇결이 이어졌다」고만 있을 뿐이고, 또한 연리(連理)를 효(孝)와 결부시켜 말하고 있다.

그러나 이 이야기는 나중에 뜻이 바뀌어 우애가 두터운 부부를 상징하는 말이 되었다. 특히 포학했던 전국시대 송나라 강왕(康王)에게 굴하지 않고 항거했던 한빙(韓憑)과 그의 처 하씨(何氏)의 부부애의 이야기

로 탈바꿈되어 금슬 좋은 부부애를 표현하
는 말로 굳어지게 되었다.

백거이의 「장한가(長恨歌)」에 보면 현
종황제와 양귀비가 서로의 사랑을 확인하
는 구절에 이 말이 나온다. 작품의 맨 마지
막 여덟 행을 소개하기로 한다.

백거이

떠날 무렵 은근히 거듭 전하노니
거기에 둘만이 아는 맹세 담겼네.
칠월 칠석에 장생전에서
아무도 없는 한밤에 속삭였네.
하늘에 있어서는 원컨대 비익의 새가 되고
땅에 있어서는 원컨대 연리의 가지가 되겠다.
장구한 천지도 끊길 때가 있겠지만
이 슬픔은 면면히 그칠 날이 없겠구나.

臨別慇懃重寄詞	詞中有誓兩心知	임별은근중기사	사중유서양심지
七月七夕長生殿	夜半無人私語時	칠월칠석장생전	야반무인사어시
在天願作比翼鳥	在地願爲連理枝	재천원작비익조	재지원위연리지
天長地久有時盡	此恨綿綿無盡期	천장지구유시진	차한면면무진기

비익조(比翼鳥)는 날개가 하나밖에 없는 새로, 두 마리가 나란히 합쳐
야 비로소 두 날개가 되어 날 수가 있다고 한다.

여기서 「비익조」와 「연리지」 두 성구가 나왔는데, 둘 다 부부의 깊
은 맹세를 비유한 말로 쓰이고 있다.

연목구어 緣木求魚

가장자리 緣 나무 木 구할 求 물고기 魚

도저히 불가능한 일을 굳이 하려 함.

—《맹자》양혜왕(梁惠王)

「연목구어」는 나무에 올라가서 고기를 잡으려 한다는 뜻이다. 고기를 잡으려면 물로 가야 한다. 엉뚱하게도 나무 위에 올라간다면 그것은 목적과는 반대되는 행동이다. 즉 전연 성공할 가능성이 없는 것을 비유해서 하는 말이다.《맹자》양혜왕 상에 있는 맹자와 제선왕(齊宣王)의 문답에 나오는 말이다.

주(周)나라 신정왕(愼靚王) 3년(B.C 318), 맹자는 양(梁)나라를 떠나 제(齊)나라로 갔다. 이미 50 고개를 넘었을 때였다. 동방의 제(齊)는 서방의 진(秦), 남방의 초(楚)와 더불어 전국 제후 중에서도 대국이었다. 선왕도 도량이 넓은 보통내기가 아니었다. 맹자는 그 점에 매력을 느끼고 있었다. 그러나 시대의 요구는 맹자가 말하는 왕도정치가 아니고 부국강병이었으며 외교상의 책모도 원교근공책(遠交近攻策)이나 합종책 또는 연횡책 등이었다.

선왕은 맹자에게 춘추시대의 패자였던 제의 환공(桓公), 진(晋)의 문공(文公)의 패업을 듣고 싶다고 했다. 선왕은 중국의 통일이 관심사였다. 맹자가 물었다.

「도대체 왕께서는 전쟁을 일으켜 신하의 생명을 위태롭게 하고, 이웃나라와 원수를 맺는 것을 좋아하십니까?」

「아니오, 좋아하지는 않소 그걸 부득이 하는 것은 내게 대망(大望)이 있어서지요」

「그럼 왕의 그 대망이란 것이 무엇인지 말씀해 주십시오」

인의(仁義)에 바탕을 둔 왕도정치를 말하는 맹자를 앞에 놓고 선왕은 다소 얼굴이 무색해졌다. 웃음으로 넘겨버릴 뿐 좀처럼 입을 열려고 하지 않았다. 맹자는 유인책을 썼다.

「전쟁의 목적은 의식(衣食)에 있습니까, 인생의 안락에 있습니까?」

「아니오, 나의 욕망은 그런 것이 아니오」

선왕은 맹자의 교묘한 변론술에 말려들었다. 맹자는 맹렬히 추궁했다.

「그렇다면 잘 알겠습니다. 영토를 확장하여 진(晉)이나 초(楚) 같은 대국으로 하여금 조공을 바치게 한 다음, 중국에 군림하여 사방 오랑캐들을 어루만지는 것입니다. 그러나 그런 방법(일방적인 무력)으로 그 같은 소원을 이루려 한다면, 그것은 나무에 올라가 고기를 잡으려는 것과 같습니다(猶緣木而求魚也)」

천하통일을 무력으로 꾀하려는 것은 「나무에서 물고기를 구하는」 것과 같은 것으로 「목적과 수단이 맞지 않으므로 불가능하다」는 말을 듣고 선왕은 놀라며 의외로 생각했다.

「그토록 무리한 일입니까?」

「그보다 더 무리한 일입니다. 나무에서 물고기를 구하는 것은 물고기를 구하지 못할 뿐 뒤따르는 재난은 없습니다. 그러나 왕과 같은 방법(일방적인 무력사용)으로 대망(영토 확장)을 달성하려고 하시면, 심신(心身)을 다하되 결국은 백성을 잃고 나라를 망하게 하는 대재난이 닥칠 뿐, 좋은 결과는 오지 않습니다」

「뒤에 재난이 있게 되는 까닭을 가르쳐 주지 않겠소?」 하고 선왕은 무릎을 내밀며 바짝 다가앉았다.

이렇게 해서 맹자는 교묘하게 대화의 주도권을 쥐고 인의(仁義)를 바탕으로 하는 왕도정치론을 당당히 설파했다.

연작안지홍곡지지 燕雀安知鴻鵠之志

제비 燕 참새 雀 어찌 安 알 知 큰기러기 鴻 백조 鵠 뜻 志

소인들은 큰 인물의 원대한 이상을 알지 못한다.

— 《사기》 진섭세가(陳涉世家)

「제비와 참새 같은 것이 어찌 하늘 높이 날려는 기러기의 마음을 알 수 있겠느냐」 하는 것이 바로 「연작이 안지홍곡지지야!(燕雀安知鴻鵠之志)」 라는 말이다.

멀리 하늘을 날아오를 포부를 가지고 있는 영웅호걸의 큰 뜻을 평범한 사람들이 어떻게 이해할 수 있겠느냐 하는 비유다.

군웅이 할거해서 해마다 수십만의 생명을 전쟁으로 죽게 한 긴 전국시대가 종막을 고하자 통일천하의 위대한 업적을 이룩한 진시황(秦始皇)은 전쟁을 영원히 없애기 위해 무기라는 무기를 다 거두어 불에 녹여 없애는 한편 사상과 이론을 통일할 목적으로 반체제적인 서적을 불사르고 사람들을 구덩이에 묻어 죽이는 이른바 「분서갱유(焚書坑儒)」를 감행했다.

그리고는 북쪽에 있는 이민족들의 침입을 막기 위해 만리장성을 쌓고, 자기 자손이 천만 대나 계속 황제노릇을 하게 된다는 전제 아래, 자기가 첫 황제, 즉 시황제가 되고 그 다음부터는 2세, 3세로 부르게 하는 새 제도를 창립했다.

그러나 시황의 그런 꿈은 그가 죽는 그 순간에 무너지고 겨우 2세 황제로서 진나라 제국은 멸망하고 만다. 이 진나라 제국을 멸망으로 몰고 가는 첫 봉화를 올린 것이 진승(陳勝)이었다. 「연작이 안지홍곡지지아」 하고 탄식을 한 것은 바로 이 진승이다.

《사기》 진섭세가(陳涉世家)에는 그 첫머리에 이렇게 씌어 있다.

진승은 양성(陽城) 사람으로 자를 섭(涉)이라 했다.……진섭은 젊었을 때 사람들과 함께 남의 집 농사일을 도와주고 품삯을 받아 생활을 했다. 어느 날, 동료들끼리 밭을 매고 있을 때, 진승은 갑작스레 괭이를 내던지고 언덕으로 올라가 잠시 동안 창연히

만리장성

하늘을 우러러보았다. 그의 가슴은 진(秦)의 압정에 대한 분통과 자기들의 비참한 환경에 대한 원한으로 가득 차 있었다. 그러나 그의 가슴은 또한 장래에 대한 야망에 불타고 있었던 것이다. 잠시 후, 그는 동료들을 돌아보며 말했다.

「우리 다 같이 이 뒷날 부귀를 하게 되거든 오늘의 이 정리를 잊지 않기로 합시다」 하고 말했다.

그러자 주인이 웃으며 대답했다.

「품팔이하는 신세에 대체 부귀가 무슨 놈의 부귀인가?」

말한 본전도 못 찾게 된 진섭은 크게 한숨을 내쉬며 말했다.

「제비와 참새가 어찌 기러기의 마음을 알겠는가?(燕雀安知鴻鵠之志)」

《사기》의 같은 편에,

「임금과 장군과 재상이 어찌 씨가 따로 있겠는가(王侯將相 寧有種乎)」 하고 말한 것도 이 진승이다.

이것은 그 항목에서 다시 이야기하기로 한다. [☞ 왕후장상 영유종호]

연저지인 吮疽之仁

빨 吮 등창 疽 의 之 어질 仁

순수한 의도에서 우러나온 선행이 아니라
뭔가 목적을 달성하기 위한 가면적인 선행을 뜻함.

— 《사기》 손자오기(孫子吳起)열전

연저(吮疽)는 종기를 입으로 빠는 것을 말한다. 「연저지인」은 남의
종기를 입으로 빠는 것 같은 비정상적인 착한 행동을 말하는 것으로,
그것이 정상적인 성의에 의한 것이 아니고 어떤 목적을 달성하기 위한
가면적인 것을 뜻한다.

《사기》 손자오기열전에 있는 오기(吳起)의 이야기에서 나온 말이다.
오기는 공자의 제자 증자에게 배운 일이 있다. 그러나 그의 어머니가
죽었다는 소식을 듣고도 집에 돌아가지 않자 증자는 그를 쫓아버렸다.

그 뒤로 그는 병법을 공부했다. 그가 노나라에서 벼슬을 하고 있을
때 제나라가 노나라를 침략해 들어왔다. 노나라 대신들 중에는 오기를
대장으로 추천한 사람도 있었으나 그의 아내가 제나라 귀족의 딸이란
점에서 반대하는 편이 더 많았다.

그러자 오기는 자기 손으로 아내의 목을 베어 두 마음이 없다는 것을
보였다. 이리하여 노나라 대장이 된 오기는 제나라와 싸워 교묘한 수법
으로 한번 싸움에 큰 승리를 거두었다.

그러나 그를 모함하는 사람에 의해 노나라를 탈출해야만 했던 그는
다시 위나라 문후(文侯)에게로 가서 벼슬을 하게 되었다.

위나라 장군이 된 오기는, 신분이 가장 낮은 졸병들과 함께 생활을
했다. 말을 타는 일도 없고 양식을 몸소 메고 갔다. 병졸 가운데 종기를
앓는 사람이 있자 오기는 입으로 종기의 고름을 빨아낸 다음 손수 약을

발라 주곤 했다.

그러자 이 소문을 들은 그 병졸의 어머니가 통곡을 하는 것이었다. 사람들이,

「아드님은 병졸에 불과합니다. 장군께서 몸소 종기를 빨아 주었으니 얼마나 영광된 일입니까. 그런데 왜 우십니까?」하고 묻자, 그 어머니는 이렇게 대답했다.

오기

「그런 게 아닙니다. 지나간 해에도 오장군이 그 애 아버지의 종기를 빤 일이 있었는데, 그 애 아버지는 싸움터에서 돌아오지 못하고 마침내 적에게 죽고 말았습니다. 오장군이 이번에 또 그 자식을 빨았으니 나는 그 애가 언제 어디서 죽게 될지 알 수가 없습니다. 그래서 우는 것입니다」

결국 종기를 빨아 준 「연저지인」에 감격한 나머지 병졸들은 목숨을 아끼지 않고 장군을 위해 싸워 죽었다는 이야기다.

天高聽卑
천고청비

하늘은 높으나 낮은 땅 위의 일을 모두 듣는다.
하늘은 높지만 낮은 땅 위의 일도 들어서 익히 알고 있다. 사람이 행한 일은 숨길 수 없다. 언젠가는 반드시 나타나는 법이다.

― 《사기》 송미자세가 ―

양포지구 楊布之狗

버들 楊 베 布 의 之 개 狗

겉이 달라졌다고 해서 속까지 바뀐 걸로 아는 사람을 가리키는 말

— 《한비자》 설림편(說林篇)

「양포지구」는 겉이 달라졌다고 해서 속까지 달라진 걸로 알고 있는 사람을 가리켜 하는 말이다. 「양포의 집 개」라는 뜻이다.

양주(楊朱)의 아우 양포가 아침에 흰 옷을 입고 나갔는데 돌아올 때는 비가 와 검정 옷으로 갈아입고 들어왔다. 그러자 집에서 기르는 개가 낯선 사람으로 알고 마구 짖어댔다. 양포가 화가 나서 지팡이로 개를 때리려 하자 형 양주가 그것을 보고 양포를 이렇게 타일렀다.

「개를 탓하지 마라. 너도 마찬가질 게다. 만일 네 흰 개가 나갔다가 까맣게 해가지고 들어오면 너는 이상하게 생각지 않겠느냐?」

양주는 전국시대 중엽의 사상가로 묵자(墨子)와 대조적인 사상을 주장하고 있었다. 묵자는 온 천하 사람을 친부모 친형제처럼 사랑하라고 외친 데 대해 양주는 남을 위하여 그런 부질없는 짓은 그만두고 저마다 저 하나만을 위해 옳게 살아가면 천하는 자연 무사태평한 법이라고 주장했다. 그래서 맹자는 말하기를,

「양자는 나만을 위하니 아비가 없고, 묵자는 똑같이 사랑하니 임금이 없다. 아비가 없고 임금이 없으면 이는 곧 새 짐승과 다를 것이 없다」고 했다.

양주는 인간의 본능을 전면적으로 긍정하는 낙천주의자로 보고 있으나, 그의 근본 사상은 도가의 「무위자연(無爲自然)」에 있다. 그는 모든 것을 있는 그대로 보려 했기 때문에 「양포의 개」를 긍정적으로 너그럽게 볼 수 있었던 것이다.

예미도중 曳尾塗中

끌 曳 꼬리 尾 진흙 塗 가운데 中

부귀로 속박받기보다는 차라리 가난을 즐기며 자유롭게 사는 편이 낫다.

— 《장자》 추수편(秋水篇)

「예미도중」은 꼬리를 진흙 속에 끌고 다닌다는 뜻이다. 부귀로 인해 속박받는 것보다는 차라리 가난을 즐기며 자유롭게 사는 편이 낫다는 것을 비유해서 쓰는 문자다.

《장자》 추수편에, 장자가 복수(濮水) 가에서 낚시질을 하고 있었다. 그러자 초나라 왕이 두 대신을 보내,

「선생님께 나라의 정치를 맡기고 싶습니다」 라는 뜻을 전하게 했다.

장자는 낚싯대를 잡은 채 돌아보지도 않고 말했다.

「들으니 초나라에는 신구(神龜)라는 3천 년 묵은 죽은 거북을 왕이 비단상자에 넣어 묘당(廟堂) 안에 간직하고 있다더군요. 그 거북이 살았을 때, 죽어서 그같이 소중하게 여기는 뼈가 되기를 원했겠소, 아니면 그보다 살아서 꼬리를 진흙 속에 끌고 다니기를 바랐겠소?」

「그야 물론 살아서 진흙 속에 꼬리를 끌고 다니기를 바랐겠지요」

「그렇다면 그만 돌아가 주시오. 나는 진흙 속에 꼬리를 끌겠으니」

《장자》 열어구(列禦寇)편에도 같은 뜻을 가진 이야기가 나온다.

어느 임금이 장자를 초빙했다. 장자는 사신에게 이렇게 말했다.

「당신들은 제사에 쓰는 소를 보았겠지요. 비단옷을 입히고 풀과 콩을 먹이지만, 끌려 태묘(太廟)에 들어가게 되었을 때 그 소가 외로운 송아지가 되기를 바란들 무슨 소용이 있겠소」

권력투쟁의 제물이 되는 것보다는 차라리 평민의 몸으로 평생을 아무일 없이 보내고 싶다는 장자의 생각이다.

오매불망 寤寐不忘

깰 寤 잘 寐 아니 不 잊을 忘

자나 깨나 잊지 못한다.

—《시경》관저(關雎)

글자 그대로「자나 깨나 잊지 못한다」는 것이「오매불망」이다. 보통 사랑하는 연인이 그리워서 잊지 못하는 경우에 많이 쓴다.《시경》국풍(國風) 맨 첫편인 관저(關雎)에 나오는 말이다.

꽉꽉 우는 물새는
모래톱에 있네.
요조한 숙녀는
군자의 좋은 짝이로다.
들쭉날쭉한 마름 풀을
이리저리 찾는구나.
요조한 숙녀를
자나 깨나 구한다.
구해도 얻을 수 없으니
자나 깨나 생각한다.
생각하고 생각하며
이리 뒤척 저리 뒤척 하네.

關關雎鳩	在河之洲	관관저구	재하지주
窈窕淑女	君子好逑	요조숙녀	군자호구
參差荇菜	左右流之	참차행채	좌우유지
窈窕淑女	寤寐求之	요조숙녀	오매구지

求之不得　寤寐思服
구지부득　오매사복
悠哉悠哉　輾轉反側
유재유재　전전반측

주문왕

　여기서 군자는 문왕(文王)을 가리키고 숙녀는 문왕의 아내인 태사(太姒)를 가리킨다. 이 시에서 얌전하고 조용한 여자라는 뜻의 「요조숙녀(窈窕淑女)」란 말과 자나 깨나 구한다는 「오매구지」, 자나 깨나 생각한다는 「오매사복」이란 성구가 나오고, 또한 「전전반측(輾轉反側)」이란 말도 나오는데, 오매불망과 비슷한 뜻이다.

　공자는 후에 이 시의 아름다움을 극찬하여, 《논어》 팔일편에서,

　「즐거워하되 지나치지 않고, 슬퍼하되 몸을 해치는 데에는 이르지 않는 것이다(樂而不淫 哀而不傷)」라고 하였다.

哲人之愚　亦維斯戾
철인지우　역유사려

　철인(哲人)이 바보 행세를 하는 것은 억울한 죄를 피하기 위함이다.
　철인이라 일컬어지는 인물이 바보처럼 가장하고 살아야 하는 것은 난세의 이유 없는 죄를 모면하기 위해서이다. 명철보신(明哲保身)의 뜻.
　　　　　　　　　　　　　　　　　　　　　─ 《시경》 대아 억(抑) ─

오설상재 吾舌尙在

나 吾 혀 舌 아직 尙 있을 在

몸은 비록 망가졌어도 혀만 있으면 희망이 있다.

— 《동주열국지(東周列國志)》, 《사기》 장의(張儀)열전

「오설상재」란 말은 내 혀가 아직 성하게 남아 있다는 뜻이다.

장의(張儀)가 도둑의 혐의를 입고 매를 맞아 반쯤 죽어서 돌아왔을 때 그의 아내를 보고 「내 혀가 아직 있느냐?」고 물은 데서 비롯된 말이다. 혀만 성하면 그까짓 팔다리쯤 병신이 되어도 그리 걱정될 건 없다는 뜻이다.

그래서 사업에 실패했을 때, 자기가 가장 소중히 아는 한 가지만이라도 남아 있으면 그것에 자기의 희망을 걸고 스스로 위로하는 뜻으로 쓰이곤 한다.

전국(戰國)의 세상도 한창인 기원 전 4세기 말의 일이다. 위(魏)나라에 장의라는 가난한 사람이 있었다. 비록 가난하기는 했으나 남보다 뛰어난 재능과 수완과 완력을 가진 사람이었다. 그 당시는 지혜 있는 사람이면 누구나 출세할 수 있는 기회가 얼마든지 있었다.

그것은 어느 나라고 뛰어난 인물을 등용하여 나라를 부강케 하고 타국을 꺾어버리려 하고 있었기 때문에 이 가난뱅이 장의도 입신출세의 야망을 품고 있었다. 그런 까닭에 귀곡(鬼谷)이라는 권모술수에 능한 선생에게 글을 배웠는데, 장의의 영민함은 다른 제자들의 혀를 말 정도로 뛰어났다.

그의 라이벌 소진(蘇秦)이 막 득세를 했을 당시, 그는 아직 뜻을 얻지 못하고 초나라 재상 소양(昭陽)의 집에서 문객노릇을 하며 지내고 있었다.

그때 소양은 위나라와 싸워 크게 이긴 공로로 위왕(威王)으로부터 유명한 화씨벽(和氏璧)을 하사받았었는데 그는 그 구슬을 언제나 가지고 다녔다.

어느 날, 소양이 적산(赤山) 밑에 있는 연못가의 누대에서 사방에서 찾아온 귀한 손님들과 수행원 등 백 명 가까운 사람을 데리고 술자리를 베푼 일이 있었다. 이때 손님들은 소양에게 화씨벽을 구경시켜 달라고 청했다.

소양은 흥이 한창 나 있는 참이라 구슬상자를 가져오게 해서 구경을 시켰다. 한창 구경들을 하며 칭찬을 하고 있는데, 못에서 큰 고기가 물 위로 높이 뛰어올랐다. 소양과 뭇사람들의 시선이 그리로 쏠리고 있는 순간 어느 누구의 짓인지 구슬이 온데간데없이 사라지고 말았다.

그래서 결국 가장 옷이 허름하고 평소에 남과 잘 어울리지 않는 장의가 누명을 쓰고 죽도록 매를 맞게 되었다.

장의가 거의 죽게 되자, 그제야 하는 수 없이 집으로 돌려보내 주었다. 옷이 피투성이가 되어 업혀 돌아온 장의를 아랫목에 눕힌 아내는 눈물을 흘리며 이렇게 말했다.

「당신이 글을 읽고 유세만 하지 않았던들 이런 욕을 당했겠소?」

그러자 장의는 아내를 보고 말했다.

「내 혀를 보오 아직 그대로 있는가?(視吾舌 尚在下)」

아내가 어이가 없어 웃으며,

「혀야 있지요」 했더니 장의는,

「그럼 됐소」 했다는 것이다.

이 이야기의 앞부분은 《동주열국지》에서 옮긴 것이고, 아내와의 대화는 《사기》 장의열전에 있는 것을 그대로 옮긴 것이다.

이것을 마지막 고비로 장의는 비로소 혀의 위력을 발휘하게 된다.

오십보백보 五十步百步

다섯 五 열 十 걸음 步 일백 百

피차의 차이는 있으나 본질적으로는 같다.

—《맹자》양혜왕(梁惠王)

그거나 이거나 별게 없다든가, 마찬가지란 뜻으로「오십보백보」란 말을 쓴다. 백 보면 50보의 배가 되는데 어떻게 마찬가지일 수 있을까?

원래는 오십보소백보(五十步笑百步)였다. 즉 50보를 도망친 사람이 백 보 도망친 사람을 보고 겁쟁이라고 비웃는다는 비유에서 생겨난 말이다. 결국 도망친 건 마찬가지니까 50보 백 보를 따질 것이 없다는 이야기다.

《맹자》양혜왕 상에 있는 양혜왕과 맹자와의 대화에서 나오는 말이다. 맹자는 기원 전 371년에 탄생했다는 설이 있으나 확실치 않다. 기원 전 5세기에서 3세기에 걸쳐 계속된 전국시대의 극성기, 즉 4세기 중엽에 살고 있던 사람이다.

그 난마와 같이 얽힌 세상에서 인도주의적인 공자의 가르침을 펴고, 인의(仁義)의 도를 역설하며 다니던 맹자는 당시 사람들 눈에는 매우 기이한 존재로 비쳤을 것이다. 더구나 맹자는 철저한 이상주의자로 남에게 자기의 학설을 말할 때의 그의 입과 혀는 대사자후(大獅子吼) 그대로였다. 또 그만큼 기백이 담긴 날카로운 변설을 전개했다.

당시의 사상가나 책략가, 지혜자들은 여러 나라 왕을 상대로 유세하고 다녔는데 맹자도 역시 많은 왕과 만나 유세를 했다. 위(魏)나라의 혜왕(惠王)에게 초청을 받았을 때의 이야기다.

양혜왕은 맹자에게 자기 자랑과 함께 이런 질문을 한다.

「과인은 나라 일에 정성을 다하고 있습니다. 하내(河內)가 흉년이

들면 그곳 백성들을 하동(河東)으로 옮기고, 하동의 곡식을 하내로 옮깁니다. 그리고 하동이 흉년이 들었을 때도 마찬가지로 백성들과 곡식을 서로 옮기곤 합니다. 이웃나라의 정치를 살펴볼 때 과인처럼 마음을 쓰는 사람이 없습니다. 그런데도 이웃나라 백성이 더 줄지도 않고, 과인의 백성이 더 많아지지도 않으니 어찌된 일입니까?」

맹자

맹자는 이렇게 대답했다.

「왕께선 전쟁을 좋아하시니 싸움으로 비유를 하겠습니다. 북을 크게 울려 양쪽 군사가 서로 접전을 한 끝에 갑옷을 버리고 창을 끌며 달아난다고 가정합시다. 이때 혹은 백 보쯤 가서 걸음을 멈추고 혹은 50보쯤 가서 걸음을 멈추는데, 50보에서 걸음을 멈춘 사람이 백 보를 달아난 사람을 보고 웃는다면 이를 어떻게 보시겠습니까?」

「그야 있을 수 없는 일이지요 비록 백 보는 아니더라도 달아난 것은 역시 달아난 것이니까요」

「왕께서 만일 50보로 백 보를 웃는 것이 옳지 못한 줄 아신다면, 백성이 다른 나라보다 많아지기를 바라지 마십시오」

그런 다음 맹자는 근본적인 정치 개혁안을 구체적으로 제시한다.

결국 근본적인 문제 해결을 꾀하지 않고 지엽말단의 임시방편 같은 것으로 효과를 바란다는 것은 50보가 백 보를 웃는 어리석은 짓이라는 것이다. 인간은 거의가 이런 과오를 범하고 있는 것이 아닐까?

오우천월 | 吳牛喘月

오나라 吳 소 牛 숨찰 喘 달 月

간이 작아 공연한 일에 미리 겁부터 집어먹고 허둥거림을 비웃는 말

— 《세설신어》 언어편(言語篇)

「오우천월」은 오나라 소가 달을 보고 헐떡거린다는 말이다. 즉 오나라 같은 남쪽 더운 지방의 소들은 해만 뜨면 더위를 못 이겨 숨을 헐떡거린다. 해가 뜨는 것이 지겹게만 여겨진 이 지방 소들은 해가 아닌 달이 뜨는 것만 보아도 미리 숨이 헐떡거려진다는 이야기다. 우리 속담에 「자라보고 놀란 가슴 솥뚜껑 보고도 놀란다」는 것과 같은 의미이다.

진(晉)의 2대 황제인 혜제 때 상서령을 지낸 적이 있는 만분(滿奮)이, 그보다 앞서 무제 때 있었던 일이다. 무제는 전부터 이미 발명되어 있던 유리를 창문에 이용하고 있었다. 오늘과는 달리 유리는 그 당시는 보석과 같은 귀한 물건이었다.

만분이 편전에서 무제와 마주앉게 되었을 때, 무제가 앉은 뒷 창문이 유리로 되어 있는 것을 그는 휑하니 뚫려 있는 것으로 착각을 했다. 유리 창문을 일찍이 본 일이 없는 그로서는 당연한 일이 아닐 수 없다.

만분은 기질이 약해 평소 바람을 무서워했다. 바람을 조금이라도 쏘인 뒤면 반드시 감기로 며칠을 앓아야만 했던 모양이다. 북쪽 창이 휑하니 뚫린 것을 본 그는 미리 겁을 집어먹고 난처한 표정을 지었다. 무제는 그가 바람을 싫어하는 것을 잘 알고 있었기 때문에 바람이 통하지 않는 유리창이란 것을 설명하며 크게 웃었다.

그러자 만분은 황공한 듯이 말했다.

「오나라 소가 달을 보고 헐떡인다는 말은 바로 신을 두고 한 말 같습니다(臣猶吳牛見月而喘)」

오하아몽 吳下阿蒙

오나라 吳 아래 下 언덕 阿 어릴 蒙

몇 해가 지나도 진취함이 없이 그냥 그 모양으로 있는 사람.

— 《삼국지》 여몽전(呂蒙傳)

삼국시대에 오나라 손권(孫權)의 부하에 여몽(呂蒙)이란 장수가 있었다. 그는 무용은 뛰어났으나 학식은 별로 없었다. 그 여몽이 장군으로 승진이 되었을 때, 손권은 그에게 무인(武人)도 학문이 필요하다는 것을 말했다. 그 뒤로 여몽은 열심히 학문에 힘썼다. 한동안 지난 뒤에 여몽이 노숙(魯肅)을 만났다. 노숙은 손권의 부하 중 가장 학식이 뛰어난 사람으로 여몽과는 오랜 친구 사이였다. 서로 이야기하는 동안 노숙은 여몽의 학식에 놀랐다. 노숙은 한편 놀랍고 한편 반가워 여몽의 등을 어루만지며,

「나는 그대를 무략(武略)만 있는 줄 알았더니, 이제 보니 학식이 어찌나 대단한지 옛날 오나라 시골에 있을 때의 그 여몽은 아니로군(非復吳下阿蒙)」하고 말했다. 그러자 여몽 역시 이렇게 대답했다.

「선비란 것은 헤어진 지 사흘만 되면 곧 다시 눈을 비비고 서로 대할 정도의 진보를 하는 법이거든(士別三日 卽更刮目相待)」

이 이야기는 《삼국지》 오지(吳志) 여몽전 주에 나오는 이야기다.

여기에서 잠시 만나지 못한 사이에 놀라운 발전을 한 것을 보고 「오하아몽이 아니다」라고 하고, 반대로 언제 만나도 늘 그 모양인 것을 가리켜 「오하아몽」이라고 한다. 「아몽」의 아(阿)는 중국 사람들이 흔히 이름 앞에 붙여 부르는 애칭이다. 또 여몽의 그와 같은 말에서 몰라볼 정도의 발전을 한 것을 보고 「괄목상대(刮目相待 : 括目相對)」할 정도라고 말한다.

오월동주 吳越同舟

오나라 吳 월나라 越 같을 同 배 舟

서로 적의를 품은 자들이 같은 처지나 한자리에 놓임.

—《손자(孫子)》구지편(九地篇)

「와신상담(臥薪常膽)」의 이야기에 나와 있듯이, 오나라와 월나라는 오랜 원수 사이였다. 만나기만 하면 누가 죽든 싸워야 하는 원수 사이라도 한배에 타고 있는 한 목적지에 도착할 때까지는 서로 운명을 같이하고 협력하게 된다는 뜻으로 이「오월동주(吳越同舟)」란 말이 쓰인다. 혹「원수는 외나무다리에서 만난다」는 뜻으로 쓰기도 하는데, 해석 여하에 따라 쓸 수 있는 것 같다.

《손자》는 중국의 유명한 병법서로서 춘추시대 오(吳)나라의 손무(孫武)가 쓴 것으로 되어 있다. 손무는 오왕 합려(闔閭)를 섬겨 서로는 초(楚)의 수도를 함락시키고, 북으로는 제(齊)와 진(晋)을 격파했다는 명장이다. 그러나 전국시대 제나라의 손빈(孫臏)이 저자라는 설도 있다. 형을 받아 절름발이가 되고 기구한 운명을 극복하고 마침내는 대장군이 된 유명한 병법가이다.

손자병법

그러나 그것은 어쨌든《손자》가 대병법서임에는 틀림이 없다. 그 내용은 명쾌하고 문장이 간결하고 엄해서 서릿발 같은 느낌이 있다.「그를 알고 나를 알면 백전이 위태롭지 않다(知彼知己 百戰不殆)」는 등 많은 병법 구절이 이 책에서 나왔다. 이「오월동주」도 그 하나다. 「오월동주」는 《손자》의 병법에 나오는 말이다.

《손자》는 12편으로 되어 있는데, 이 중 제10편과 제11편은 지형편(地形篇)과 구지편(九地篇)으로 되어 있다. 구지(九地)는 아홉 가지 상황을 말하는데, 아홉 가지 중 맨 마지막에 나오는 것이 사지(死地)다. 사지는 적과 싸워 이기지 못하는 한 후퇴도 방어도 불가능한 막다른 골목을 말한다.

손자

이른바 「죽을 땅에 빠뜨린 뒤라야 살 길이 생긴다(陷之死地而後生)」는 그 「사지(死地)」다.

한신의 배수진(背水陣)도 이 사지의 원리를 이용한 것임을 한신 자신이 말하고 있다.

《손자》에서는 이렇게 말하고 있다.

「용병을 잘하는 장군은 이를테면 솔연(率然)과 같다. 솔연이란 회계(會稽) 상산(常山)에 있는 큰 뱀이다. 그 머리를 치면 꼬리가 날아오고, 꼬리를 치면 머리가 덤벼든다. 허리를 치면 머리와 꼬리가 함께 덤벼든다. 이처럼 기운을 하나로 뭉치는 것이 필요하다. 대저 오나라 사람들과 월나라 사람은 서로 미워한다. 그러나 그들이 같은 배를 타고 가다가 바람을 만나게 되면 서로 돕기를 좌우의 손이 함께 협력하듯 한다(夫吳人與越人相惡也 當其同舟而濟遇風 其相救也 如左右手)」

그러므로 용기 있는 사람과 겁이 많은 사람, 그 밖의 가지각색의 병사들을 일치 협력해서 싸우게 하는 것은 그때그때의 상황에 의한다. 대개 이런 내용인데, 사이가 좋지 못한 사람들이 같이 있게 된 것을 가리켜 「오월동주」라고 하는 것은 여기에서 비롯된 말이다.

오합지중 烏合之衆

까마귀 烏 모일 合 의 之 무리 衆

갑자기 모인 훈련 없는 군사. 규칙도 없고 통일성도 없는 군중.

— 《사기》 역생육가열전(酈生陸賈列傳)

「오합지중」은 까마귀 떼처럼 모인 통제 없는 무리란 뜻이다. 중(衆)은 군대를 뜻하기 때문에 「졸(卒)」이라고 말하기도 한다.

《사기》 역생육가열전에는 역이기가 한패공 유방이 진나라로 쳐들어가려 했을 때 한 말 가운데 이런 것이 있다.

「귀하께서 규합한 무리들을 일으키고, 흩어진 군사들을 거두어도 만 명이 차지 못하는데, 그것으로 강한 진나라로 곧장 들어가려고 한다면, 이것이야말로 호랑이의 입을 더듬는 것입니다……(足下起糾合之衆 收散亂之兵 不滿萬人 欲以徑入强秦 此所謂探虎口者也……)」

이 「규합지중(糾合之衆)」은 어떤 책에는 「오합지중」으로 나와 있고, 어떤 책에는 「와합지중(瓦合之衆)」으로 나와 있다. 결국 오합이든 규합이든 와합이든 마찬가지 뜻으로 통제가 되지 않는 마구잡이로 끌어 모은 그런 사람이나 군대를 말한 것이다.

분명하게 「오합지중」이라고 씌어 있는 것은 《후한서》 경엄전(耿弇傳)에 나온다. 경엄이 군대를 이끌고 유수(劉秀 : 후한 광무제)에게 달려가고 있을 때, 그의 부하 가운데, 유수의 밑으로 가지 말고 왕랑(王郎)의 밑으로 가자고 권하는 사람이 있었다.

그러자 경엄은 그들을 꾸짖는 가운데 이런 말을 했다.

「우리 돌격대로써 왕랑의 오합지중을 짓밟기란 마른 나뭇가지 꺾는 거나 다를 것이 없다(發突騎以轔烏合之衆 如摧枯柝腐耳)」

옥상가옥 屋上架屋

집 屋 윗 上 시렁 架

있는 위에 무익하게 거듭함.

— 《세설신어(世說新語)》 문학편(文學篇)

「옥상가옥」은 지붕 위에 또 지붕을 얹는다는 말이다. 즉 필요 없는 것을 이중으로 한다는 뜻이다. 《세설신어》 문학편에 있는 이야기다.

동진 유중초(庾仲初)가 수도 건강의 아름다움을 묘사한 「양도부(揚都賦)」를 지었을 때, 그는 먼저 이 글을 친척인 세도재상 유양(庾亮)에게 보였다.

유양은 친척의 정의를 생각해서 과장된 평을 해주었다.

「그의 『양도부』는 좌태충(左太沖)이 지은 삼도부(三都賦)에 비해 조금도 손색이 없다」

그러자 사람들은 서로 다투어 유중초의 양도부를 베껴 가는 바람에 장안의 종이값이 오르는 형편이었다. 그러나 이와 같은 경박한 풍조에 대해 태부(太傅) 사안석(謝安石)은 이렇게 나무라는 말을 했다.

「그건 안될 소리다. 이것은 지붕 밑에 지붕을 걸쳤을 뿐이다……」

결국 남의 것을 모방해서 만든 서투른 문장이란 뜻이다.

훨씬 내려온 남북조시대 북제(北齊)의 안지추(顏之推)가 자손을 위해 써둔 《안씨가훈》에서는 이렇게 말하고 있다.

「위진(魏晉) 이후에 씌어진 모든 책들은 이론과 내용이 중복되고 서로 남의 흉내만을 내고 있어 그야말로 지붕 밑에 지붕을 만들고 평상 위에 평상을 만든 것과 같다(猶屋下架屋 牀上施牀爾)」

「옥하가옥(屋下架屋)」이란 말이 뒤에 와서 「옥상가옥」으로 바뀌었다. 지붕 밑보다는 위가 이해하기 쉬운 때문일지도 모른다.

구슬 玉 돌 石 함께 俱 불사를 焚

선한 사람이나 악한 사람이 다 같이 재앙을 당함.

—《서경》윤정편(胤征篇)

옥과 돌이 함께 타는 것이 「옥석구분」이다. 착한 사람과 악한 사람이 함께 난을 만나는 것을 말한다.

《서경》하서(夏書) 윤정편에 나오는 말이다.

「불이 곤륜산에 붙으면 옥과 돌이 다 함께 타고 만다. 천리(天吏 : 하늘이 명하신 관리란 뜻)가 그 덕을 잃게 되면 그 해독은 사나운 불보다도 무섭다. 그 괴수는 죽일지라도, 마지못해 따라 한 사람은 죄 주지 않는다. 오래 물든 더러운 습성을 버리고 다 함께 새로운 사람이 되어라 (火炎崑崙 玉石俱焚 天吏逸德 烈于猛火 殲厥渠魁 脅從罔治 舊染汚俗 咸與維新)」

「윤정(胤征)」은 윤후(胤侯)가 하왕(夏王)의 명령으로 희화(羲和)를 치러 갈 때 한 선언으로, 희화를 치게 된 이유를 설명한 다음, 위에 나온 말이 계속 된다. 결국 지도자 한 사람의 잘못된 행동 때문에 많은 선량한 사람과 백성들까지 다 그 화를 입게 되는 것을 막기 위해 희화를 일찌감치 쳐 없앤다는 것을 강조하고, 위협에 못 이겨 끌려서 한 사람은 이를 벌하지 않을 터이니, 구습을 버리고 새로운 마음으로 새 사람이 되라는 내용이다. 여기에서 착한 사람과 악한 사람이 함께 화를 입는 것을 「옥석구분」이라 하게 되었다.

우리말의 「모진 놈 옆에 있다가 벼락 맞는다」는 것과 같은 뜻이다. 마지막에 유신(維新)이란 말이 나오는데, 이는 뒤에 「유신」이란 항목에서 설명하기로 한다.

옥석혼효 玉石混淆

구슬 玉 돌 石 섞일 混 어지러울 淆

착한 것과 악한 것이 한데 섞여 있어서 어느 것이 좋고 나쁜지 분간할 수 없음.

— 《포박자(抱朴子)》 상박편(尙博篇)

옥과 돌이 한데 뒤섞여 있는 것이 「옥석혼효」다. 좋은 것과 나쁜 것이 한곳에 같이 있어서, 어느 것이 좋고 어느 것이 나쁜지를 분간할 수 없는 것을 가리켜 하는 말이다.

《포박자》 외편 상박편(尙博篇)에 세상 사람들이 천박한 시나 글을 사랑하고, 뜻이 깊은 옛날 책들을 업신여기며, 자신을 위해 좋은 교훈이 되는 말을 싫어하고, 속이 텅 빈 겉치레뿐인 말들을 좋아하는 풍조를 개탄하여 포박자는 이렇게 말한다.

「참과 거짓이 뒤집히고 옥과 돌이 섞여 있다. 좋은 음악을 천한 음악과 같이 취급하고, 아름다운 옷을 들옷과 같이 보는 것이다(眞僞顚倒 玉石混淆 同廣樂於桑同 鈞龍章於卉服)」

가짜가 진짜 행세를 하고 설쳐대면, 진짜는 어이가 없어 눈을 돌리고 마는 것이 세상이다. 옥은 적고 돌은 많으니 무슨 재주로 가려낼 것인가.

玉居山而不潤
옥거산이불윤

옥이 산에 있으면 그 산에 있는 나무는 윤택하기 마련이다.

옥이 산에 있으면 그 산 초목에는 윤기가 있다. 군자가 있는 곳에는 반드시 훌륭한 영향이 미친다는 비유.

— 《대대례(大戴禮)》 권학 —

옥하 玉瑕

구슬 玉 티 瑕

옥에도 티가 있다. 훌륭한 사람이나 물건에도 흠이 있다.

— 《회남자》 설림훈편(說林訓篇)

「옥에 티」란 말은 「옥하(玉瑕)」란 한문 문자에서 나온 말인데, 「옥하」란 말은 잘 쓰지 않는다.

「옥에도 티가 있다」는 말이 약해져서 「옥에 티」가 된 것인데, 아무리 훌륭한 사람도 결점은 있기 마련이고, 아무리 좋은 물건도 한 가지 흠쯤은 있는 법이란 뜻으로 쓰는 말이다.

《회남자》 설림훈편에 다음과 같은 말이 실려 있다.

「쥐구멍을 고치다가 마음 문을 부수기도 하고 작은 여드름을 짜다가 큰 종기를 만드는 것은, 진주에 주근깨가 있고, 옥에 티가 있는 것을, 그대로 두면 온전할 것을 그것을 없애려다가 깨어버리는 것과 같다 (……若珠之有類 玉之有瑕 置之則全 去之則虧)」

또 같은 편에,

「표범의 가죽옷에 얼룩무늬가 있는 것은 여우의 가죽옷이 순수한 것만 못하다. 흰 구슬에 흠이 있으면 보물이 되기 어렵다. 이것은 완전무결하기가 어려운 것을 말해 주는 것이다(……白璧有考 不得爲寶 言至純之難也)」라고 한 곳이 있다.

조그만 결점은 있는 법이니, 그것을 굳이 없애려 하지 말라는 뜻으로 쓰일 때는 앞의 경우가 되고, 아무리 훌륭한 사람과, 아무리 좋은 물건도 결점과 흠이 있는 법이니, 이 세상에 완전무결이란 있을 수 없다는 뜻으로 쓰일 때는 뒤의 경우가 된다.

온고지신　溫故知新

익힐 溫　오래될 故　알 知　새로울 新

옛것을 연구하여 거기서 새로운 지식이나 도리를 발견하는 일

— 《논어》위정편(爲政篇)

주자의 논어주

「온고지신」은 옛 것을 익히고 새 것을 안다는 말이다. 다시 부연해서 말한다면, 옛 것을 앎으로써 그것을 통해 새로운 것을 발견하게 된다는 뜻이다. 《논어》위정편에 공자의 말씀으로, 「옛 것을 익혀 새 것을 알면 남의 스승이 될 수 있다(溫故而知新 可以爲師矣)」라고 실려 있다.

똑같은 「온고이지신(溫故而知新)」이란 다섯 글자가 《중용》27장에도 나오는데, 이 「온고이지신」의 「온(溫)」에 대해서는 여러 가지 해석들이 나오고 있다. 정현(鄭玄)은 심온(燖溫)을 온(溫)과 같다고 했는데, 심(燖)은 고기를 뜨거운 물 속에 넣어 따뜻하게 하는 것을 말한다. 즉 옛 것을 배워 가슴속에 따뜻하게 품고 있는 것을 말한다. 주자(朱子) 주에는 심역(尋繹)하는 것이라고 했다. 찾아 연구한다는 말이다. 결국 「온고이지신」은 옛 것과 새 것이 불가분의 관계에 있음을 말해 주고 있다. 옛 것에 대한 올바른 지식이 없이는 오늘의 새로운 사태를 정확히 파악할 수 없고, 새로운 사태를 정확히 인식하지 못한다면 장차 올 사태에 대한 올바른 판단이 설 수 없다. 과거와 현재와 그리고 미래에 대한 인과(因果) 법칙적인 원리를 터득하지 못한 사람은 후진들을 올바르게 이끌어 줄 자격이 없음을 말한 것이다.

와신상담 臥薪嘗膽

누울 臥 섶 薪 맛볼 嘗 쓸개 膽

원수를 갚으려고 괴롭고 어려움을 참고 견딤.

— 《십팔사략》, 《사기》 월세가(越世家)

「와신상담」은 섶에 누워 쓸개를 맛본다는 말이다. 원수를 갚을 생각을 잠시도 잊지 않고 있는 것을 뜻한다. 「와신상담」은 붙은문자이긴 하지만, 한 사람의 일이 아니고 각각 다른 두 사람의 이야기가 합쳐져서 생긴 말이다.

주(周)의 경왕(敬王) 24년 오왕 합려(闔閭)는 월왕 구천(勾踐)과 추리의 싸움에서 월의 군략에 걸려 패했다. 합려는 적의 화살에 손가락에 상처를 입었는데, 패주하는 바람에 충분한 치료를 하지 못한 채 겨우 경이라는 곳까지 도망쳤을 때, 갑자기 그 상처가 악화되어 죽었다. 임종 때 그는 반드시 월에 복수를 하여 자기의 분함을 풀어주도록 태자인 부차(夫差)를 불러 유명(遺命)을 했다.

아버지의 뒤를 이어 오왕이 된 부차의 귀에는 언제나 그 아버지의 유명이 들렸다. 눈에는 언제나 분해 하던 임종시의 아버지 형상이 보였

구천의 와신상담

다. 그는 무슨 일이 있어도 아버지의 원한을 풀어 드려야겠다는 굳은 결의로 밤마다 상작 위에 누워(臥薪), 아버지의 유언을 새롭게 하며 복수심을 갈고 갈았다. 뿐더러 그는 자기 방 앞

에 사람을 세워 두고 나고 들 때마다 아버지의 유명을 소리쳐 말하게 했다.

「부차야, 아비 죽인 원수를 잊었느냐!」

「네, 결코 잊지 않겠습니다. 3년 내에 반드시 원수를 갚겠습니다!」

부차는 그럴 때마다 이렇게 대답했다. 그것은 임종 때 그가 아버지에게 대답한 말과 똑같은 말이었다. 이리하여 그는 낮이고 밤이고 복수를 맹세하고, 오로지 군사를 훈련해서 때가 이

강소성 소주에 있는 합려의 묘

르기를 기다렸다. 부차의 이 같은 소식을 들은 월왕 구천은 선수를 써서 오나라를 먼저 쳐들어갔으나 패하고 만다. 싸움에 크게 패한 구천은 겨우 5천 명 남은 군사를 거느리고 회계산(會稽山)에서 농성을 하지만 결국은 견디지 못하고 오나라에 항복을 하고 만다. 구천은 내외가 함께 오나라의 포로가 되어 범려(范蠡)와 함께 갖은 고역과 모욕을 겪은 끝에 영원히 오나라의 속국이 되기를 맹세하고 무사히 귀국하게 된다. 이「와신(臥薪)」의 이야기는《십팔사략》에만 나오고《사기》에는 없다.

구천은 자기 나라로 돌아오자 일부러 몸과 마음을 괴롭히며, 자리 옆에는 항상 쓸개를 달아매어 두고, 앉을 때나 누울 때나 이 쓸개를 씹으며 쓴맛을 되씹었다. 또 음식을 먹을 때도 먼저 쓸개를 씹고 나서,

「너는 회계의 치욕을 잊었느냐」하고 자신에게 타이르곤 했다.

이「상담(嘗膽)」에 대한 이야기는《사기》월세가(越世家)에도 나와 있다. 월왕 구천이 오나라를 쳐서 이기고 오왕 부차로 하여금 자살하게 만든 것은 이로부터 20년 가까운 뒷날의 일이었다.「와신상담」이란 문자는 부차의「와신」과 구천의「상담」이 합쳐져 된 말이다.

와우각상쟁 蝸牛角上爭

달팽이 蝸 소 牛 뿔 角 윗 上 다툴 爭

좁은 세상에서 하찮은 일로 싸우는 일의 비유.

— 《장자》 즉양편(則陽篇)

「와우각상쟁(蝸牛角上爭)」은 달팽이 뿔 위의 싸움이란 말이다. 우주의 광대한 이치에서 지구상의 전쟁을 굽어보았을 때의 비유라고 할 수 있다.

《장자》에 나오는 이야기로, 위혜왕(魏惠王)과 제위왕(齊威王)은 서로 침략을 않기로 맹약을 했는데, 위왕이 먼저 배신을 하자 혜왕은 자객을 보내 위왕을 죽이려 했다.

그러자 혜왕의 신하 공손연은 정정당당하게 군사를 일으켜 제나라를 칠 것을 주장했다.

그러나 계자(季子)라는 신하는 무고한 백성들만 괴롭히게 될 것이라고 이를 말렸다. 혜왕이 어느 쪽 말을 들어야 할지 몰라 망설이고 있는데, 재상 혜자(惠子)가 대진인(戴晉人)이란 사람을 시켜 혜왕을 만나게 했다.

대진인이 혜왕을 보고 말했다.

「왕께서는 달팽이란 것을 알고 계십니까?」

「알고 있소」

「그 달팽이의 왼쪽 뿔에는 촉(觸)씨라는 사람이, 그리고 오른쪽 뿔에는 만(蠻)씨라는 사람이 나라를 세우고 있는데, 언젠가 서로 영토를 놓고 싸워 죽은 사람이 만 명에 달했고, 달아나는 적을 보름이나 추격한 끝에 돌아온 일이 있습니다」

「무슨 그런 거짓말을?」

「그럼, 그 거짓말을 참말로 만들어 보이겠습니다. 왕은 이 우주가 사방과 위 아래로 끝이 있다고 생각하십니까?」

「그야 끝이 없지」

「그러시면 마음을 그 끝없는 세계에 놀게 하시고 사람이 실제로 오고 갈 수 있는 나라들을 생각해 보십시오 아마 그것이 있는 듯 없는 듯 작게 보일 것입니다」

「그야 그렇겠지」

「그들 나라 가운데 위라는 나라가 있고, 위나라 안에 대량(大梁)이란 도성이 있고, 그 도성 안에 임금님이 계십니다. 우주의 끝없는 것에 비교해 볼 때, 임금과 달팽이 뿔 위의 만씨와 서로 다른 것이 있겠습니까?」

「다른 것이 없지」

대진인이 물러가자 혜왕은 넋을 잃고 앉아 있었다. 뒤이어 혜자가 들어오자 혜왕은,「그 손은 정말 위대하다. 성인이라도 그에게는 미치지 못하리라」하고 감탄했다는 것이다.

이 우화에서「와우각상(蝸牛角上)」이니「와각지쟁(蝸角之爭)」이니 하는 말이 나오게 된 것인데, 이「와우각상쟁」이란 말이 그대로 나와 있는 것은 백낙천의 시「대주(對酒)」에서다. 즉,

달팽이 뿔 위에서 무슨 일을 다투리오
석화 빛 가운데 이 몸을 붙이노라.

蝸牛角上爭何事　　와우각상쟁하사
石火光中寄此身　　석화광중기차신

하고 읊은 데서 처음 이 말을 보게 된다.

완 벽　完 璧

온전할 完 구슬 璧

결점이 없이 훌륭함. 완전무결함.

—《사기》인상여(藺相如)열전

「완벽」의 벽(璧)은 고리 모양으로 다듬어 낸 질이 좋은 옥(玉), 따라서 「완벽」이란 티끌만한 흠도 없는 훌륭한 옥의 상태이며, 「벽(璧)을 온전히 함」이라는 뜻으로, 훌륭한 것을 그대로 무사히 보전한다는 뜻이기도 하다. 나아가서 결점이 없는 훌륭한 것을 말하기도 하고 완전무결하다는 형용사로도 쓰인다.

이 완벽이란 말을 처음으로 쓴 사람은 전국시대 말기 조(趙)나라의 인상여(藺相如)란 사람이었다.

《사기》인상여열전에 있는 이야기다.

조나라 혜문왕은 당시 천하의 제일가는 보물로 알려져 있던 화씨벽(和氏璧)을 우연히 손에 넣게 되었다. 그러자 이 소문을 전해들은 진나라 소양왕(昭陽王)이 열다섯 개의 성(城)을 줄 테니 화씨벽과 맞바꾸자고 사신을 보내 청해 왔다. 〔☞ 화씨벽〕

진나라의 속셈은 뻔했다. 구슬을 먼저 받아 쥐고는 성은 주지 않을 작정이었다. 그러나 조나라로서는 그렇다고 이를 거절하면 거절한다고 진나라에서 트집을 잡을 것이 또한 분명했다.

이럴 수도 저럴 수도 없어 중신회의에서도 결론을 내리지 못하고 있을 때, 환자령(宦者令) 유현이 그의 식객으로 있는 인상여를 추천했다. 혜문왕은 인상여를 불러 대책을 물었다. 그러자 그는,

「조나라가 거절하면 책임은 조나라에 있고, 진나라가 속이면 책임은 진나라에 있습니다. 이를 승낙하여 책임을 진나라에 지우는 것이

576

옳을 줄 아옵니다」 하고
대답했다.

「그럼 어떤 사람을
사신으로 보내면 좋을는
지?」

「마땅한 사람이 없으
면 신이 구슬을 가지고
가겠습니다. 성이 조나
라로 들어오면 구슬을
진나라에 두고, 성이 들
어오지 않으면 신은 구
슬을 온전히 하여 조나

인상여의 기지

라로 돌아올 것을 책임지고 말씀드리겠습니다(……城不入 臣請完璧歸
趙)」

　이리하여 상여는 화씨벽을 가지고 진나라로 가게 되었다.

　소양왕은 구슬을 보고 크게 기뻐하며 좌우 시신들과 후궁의 미인들
에게까지 돌려가며 구경을 시켰다. 인상여는 진왕이 성을 줄 생각이
없는 것을 눈치 채자 곧 앞으로 나아가,

　「그 구슬에는 티가 있습니다. 신이 그것을 보여 드리겠습니다」 하
고 속여, 구슬을 받아 드는 순간 뒤로 물러나 기둥을 의지하고 서서
왕에게 말했다.

　「조나라에서는 진나라를 의심하고 구슬을 주지 않으려 했었습니다.
그런 것을 신이 굳이 진나라 같은 대국이 신의를 지키지 않을 리 없다고
말하여 구슬을 가져오게 된 것입니다. 구슬을 보내기에 앞서 우리 임금
께선 닷새를 재계(齋戒)를 했는데, 그것은 대국을 존경하는 뜻에서였습
니다. 그런데 대왕께선 신을 진나라 신하와 같이 대하며 모든 예절이

완벽 完璧 577

정중하지 못했을 뿐만 아니라, 구슬을 받아 미인에게까지 보내 구경을 시키며 신을 희롱하셨습니다. 신이 생각하기에, 대왕께선 조나라에 성을 주실 생각이 없으신 것 같습니다. 그러므로 신은 다시 구슬을 가져가겠습니다. 대왕께서 굳이 구슬을 강요하신다면 신의 머리는 이 구슬과 함께 기둥에 부딪치고 말 것입니다」

머리털이 거꾸로 하늘을 가리키며 인상여는 구슬을 들어 기둥을 향해 던질 기세를 취했다. 구슬이 깨어질까 겁이 난 소양왕은 급히 자신의 경솔했음을 사과하고 담당관을 불러 지도를 가리키며 여기서 여기까지 열다섯 성을 조나라에 넘겨주라고 지시했다.

그러나 모두가 연극이란 것을 알고 있는 인상여는 이번에는,

「대왕께서도 우리 임금과 같이 닷새 동안을 목욕재계한 다음 의식을 갖추어 천하의 보물을 받도록 하십시오. 그렇지 않으면 신은 감히 구슬을 올리지 못하겠습니다」

이리하여 진왕이 닷새를 기다리는 동안 인상여는 구슬을 심복 부하에게 주어 샛길로 조나라로 돌아가도록 했다.

감쪽같이 속은 진왕은 인상여를 죽이고도 싶었지만, 점점 나쁜 소문만 퍼질 것 같아 인상여를 후히 대접해 돌려보내고 말았다.

이리하여 인상여는 일약 대신의 지위에 오르게 되고, 뒤이어 조나라의 재상이 되는데, 그 다음에 오는 이야기는 「문경지교(刎頸之交)」에 자세히 나와 있다.

아무튼 인상여는 그가 약속한 「완벽」을 제대로 이용했고, 이로써 「완벽」이란 말은 그의 전기와 함께 길이 세상에 전해지게 되었다.

요원지화 燎原之火

탈 燎 벌판 原 의 之 불 火

무서운 형세로 타 나가는 벌판의 불. 세력이 대단해서 막을 수 없음.

— 《서경》 반경(盤庚)

무서운 기세로 확대되어 가고 있는 것을 가리켜 「요원의 불길」이니 「요원지화」니 하고 말한다.

「요원(燎原)」을 요원(遼原)으로 알고 있는 사람도 있다. 즉 불타는 벌판이 아닌, 멀리 끝없이 계속되는 넓은 벌판이란 뜻으로 알고 있는 것이다.

이 말은 《서경》 반경에 나오는 말이다.

「너희들은 어찌 내게 알리지도 않고, 서로 어울려 뜬소문을 퍼뜨리며, 민중들을 공포 속으로 몰아넣고 있느냐. 불이 벌판에 타게 되면 가까이 향해 갈 수도 없는데, 어떻게 그것을 꺼 없앨 수 있겠느냐(若火之燎于原 不可嚮邇 其猶可撲滅). 곧 너희 무리가 스스로 불안을 만들어 낸 것으로 내게 허물이 있는 것은 아니다」

이 대목은 은나라 탕임금의 10세 손인 반경(盤庚)이 황하의 수해를 피하기 위해 수도를 옮기며 미리 관직에 있는 사람들을 타이르기 위해 쓴 글인 「반경」 상편에 있는 말이다.

「요원의 불」이란 말이 위에서 본 「불이 벌판을 태운다」는 말에서 나온 것임을 알 수 있다. 따라서 「요원의 불」은 벌판에 타오르는 불길을 가리켜 하는 말이다.

탕임금

임금 王 제후 侯 장수 將 서로 相 어찌 寧 있을 有 씨앗 種 어조사 乎

부귀영화는 실력만 있으면 누구나 차지할 수 있음의 비유.

— 《사기》 진승전(陳勝傳)

「왕후장상이 영유종호아!(王侯將相 寧有種乎)」 하는 문자는 위인전기의 선전 광고 같은 데 흔히 쓰이는 문자다. 「왕이나 제후, 장수나 재상이 어찌 씨가 따로 있을 것인가」 하는 뜻이다. 결국 부귀영화는 실력만 있으면 누구나 차지할 수 있다는 이야기다.

「제비와 참새가 어찌 기러기의 마음을 알겠느냐(燕雀安知鴻鵠之志)」고 한 진승(陳勝)의 말을 같은 제목에서 약간 비친 바 있지만, 그 다음 이야기에 진승의 이 같은 말을 우리는 또 보게 된다.

진시황이 죽고 2세가 천자가 된 것을 알자, 도처에서 반란이 요원의 불길(燎原之火)처럼 번져 가고 있었는데, 그 불을 처음 지른 것이 진승이었다. 2세가 등극을 한 첫 해, 진승은 오광(吳廣)과 함께 징발을 당해 모두 9백 명의 장정이 수비병으로 북쪽으로 끌려가게 되었다. 그러나 마침 장마철을 만나 길이 끊기는 바람에 기한 내에 지정된 장소까지 갈 수 없게 되었다. 날짜를 어기면 진나라 법에는 무조건 사형을 당하게 되어 있다.

진승은 오광과 상의하여 반란을 일으키기로 하고 먼저 인솔 책임자인 두 장교를 죽였다. 그리고 9백 명의 장정들을 한자리로 모은 다음 진승은 한바탕 열변을 토했다.

「여러분은 나와 함께 비를 만나 날짜에 대어 갈 수 없게 되었다. 시기를 놓치면 죽는 것은 누구나가 아는 사실이다 설혹 사형을 면한다 해도 변방을 수비하는 사람들은 열이면 일곱은 죽기 마련이다. 또 장부

가 죽지 않으
면　모르되,
이왕 죽을 바
엔 대의명분
을 위해 죽어
야 할 것이
아닌가. 여러
분! 왕후와
장상이 어떻
게 씨가 따로

진승·오광의 반란(중국 역사박물관 소장)

있을 수 있겠는가?(王侯將相 寧有種乎)」

　그러자 사람들은 일제히 「옳소, 옳소!」 하는 소리를 외치며 시키는 대로 할 것을 맹세했다. 이리하여 진승의 목숨을 건 모험은 성공을 보게 되었다. 가는 곳마다 성과 도시를 쳐서 이를 손아귀에 넣고, 군사를 점점 불려 진(陳)에 도달했을 때는 수레가 6, 7백 대나 되었고, 말이 천 필에 보병이 수만을 헤아리게 되었다.

　진을 함락시킨 진승은 여기에 근거를 정하고 그 자신 왕위에 올라 나라 이름을 장초(張楚)라 불렀다. 마침내 그의 말대로 씨가 따로 없어 왕이 되어 부귀를 얻게 된 것이다.

　진승이 성공했다는 소문이 한번 전해지는 순간, 각지의 호걸들은 진나라 관리들을 죽이고 군사를 일으켜 진승에 호응했다.

　그러나 복잡한 정세 속에 남을 의심한 진승은 사람을 올바로 쓰지 못하고 결국 남의 손에 죽고 만다. 그러나 그가 던진 씨는 마침내 진나라를 멸망시키는 결과로 나타났다.

요동지시 遼東之豕

땅이름 遼 동녘 東 의 之 돼지 豕

견문이 좁고 오만한 자가 하찮은 공을 자랑하는 모습을 비꼬아 이르는 말

— 《문선(文選)》 주부서(朱浮書)

「요동지시」는 요동지방의 돼지라는 뜻이다.

《문선(文選)》 주부서에 있는 이야기다.

후한의 세조 광무제가 위에 오르고 낙양에 도읍한 뒤의 얼마 되지 않아서(A.D 25) 천하는 아직 전화(戰火)의 잔재가 사그라지지 않고 각지에서 제위(帝位)를 참칭하는 자가 할거하고 있을 때다.

대장군 유주(幽州 : 봉천 서북지방)의 목(牧 : 장관)인 주부(朱浮)가 여러 지방에 있는 많은 곡창을 개방해 현사를 모으고 천하를 안정시키고자 한 일이 있다.

그 때 어양(漁陽 : 북경 동쪽 천진 이북)의 태수 팽총(彭寵)은 「천하가 아직 안정치 못하니 군량을 확보하기 위해서」라는 이유로 곡창을 함부로 개방하는 것을 금했다. 그러나 광무제를 도와 공을 세워 교만해질 대로 교만해진 팽총은 은근히 자립해서 난(亂)을 일으키려 하고 있었다. 주부는 총의 금령에 크게 불만을 품고 금령을 무시하며 도리어 총의 불온한 동정을 낙양에 보고했다. 이를 안 총은 크게 노하여 군사를 일으켜 주부를 치고자 했다. 그러자 주부는 총의 그릇됨을 책하는 편지를 보냈다.

「백통(伯通 : 팽총의 자), 그대는 태수의 지위에 있으면서 오로지 군량만을 아끼고 있으나, 나는 조적토멸(朝敵討滅)의 대임을 맡고 있으므로 현사를 필요로 하고 있으며 이것은 바로 국가의 대업이다. 내가 그대를 참언(讒言)했다고 의심하거든 그대가 직접 천자께 주상해 보면

될 것이다. 그대가 경황(耿況 : 상곡태수)과 함께 천자를 도와 다 같이 국은(國恩)을 입고 있거늘 그대만이 자랑을 일삼고 그 공이 천하에 높다고 생각하고 있는가. 그대는 혹시 이런 이야기를 아는가? 옛날 요동 지방에서 흰 머리의 돼지새끼가 나와 희귀한 돼지니 임금께 바치려고 생각한 사람이 있었는데, 그 돼지를 가지고 강동까지 갔을 때, 그곳의 돼지는 모두 머리가 흰 돼지인지라 크게 부끄러워 그냥 돌아갔다고 한다. 만약 그대의 공적을 조당(朝堂)에서 논한다면 그대보다 못지않은 공을 세운 군신(群臣) 속에서 그대는 그야말로 요동시(遼東豕)에 지나지 않는다는 것을 알게 될 것이다」

그리고 다시 조정에 반기를 드는 어리석음을 논하며,

「지금 천하는 몇 리이고, 열군(列郡)은 몇 성인가? 어찌 구구한 어양(漁陽)으로써 천자와 척을 질 것인가」했다.

그러나 교만한 팽총은 스스로 연왕(燕王)이라 칭하며 조정에 반기를 들었다. 그러나 2년 뒤 토벌당하고 말았다. 「요동의 돼지」는 팽총처럼 남이 본다면 별로 이상하거나 대단치도 않은 것을 가지고 자랑하는 어리석음을 가리켜 비웃을 때 쓰이게 되었다.

少則得
소즉득

가진 것이 적으면 오히려 얻는다.

소유물이 적은 사람은 오히려 물건을 얻는 즐거움을 맛볼 수 있다. 너무 많은 것을 가지고 있으면 새로운 것을 갖게 되어도 별로 얻은 기쁨을 느끼지 못한다.

— 《노자》 22장 —

요령부득 　要領不得

종요로울 要 옷깃 領 아니 不 얻을 得

말이나 글의 **요령**을 잡을 수가 없음.

— 《사기》 대원전(大宛傳)

말이나 글이, 목적과 줄거리가 뚜렷하지 못해 무엇을 나타내려는 것인지를 알 수 없을 때 이런 말을 쓴다. 「요령(要領)」은 요긴한 줄거리란 정도의 뜻을 가지고 있다.

그런데 옛날에는 이 「요령부득」이 두 가지 다른 뜻으로 쓰였다. 하나는 「요령(要領)」의 「요(要)」가 허리의 요(腰)와 같은 뜻으로 쓰이는 경우인데, 이때의 「요령부득」은 제 명에 죽지 못함을 말한다. 옛날에는 죄인을 사형에 처할 때, 무거운 죄를 지은 자는 허리를 베고 가벼운 죄를 지은 자는 목을 베었다. 「요」는 허리를 말하고 「령」은 목을 뜻한다. 그러므로 「요령부득」은 허리와 목을 온전히 보존하지 못한다는 뜻이다.

그러나 오늘날 우리가 쓰는 「요령」이란 말은 옷의 허리띠와 깃을 말한다. 옷을 들 때는 반드시 허리띠 있는 곳과 깃이 있는 곳을 들어야만 옷을 얌전히 제대로 들 수 있다. 여기에서 허리띠와 깃이 요긴한 곳을 가리키는 말로 변하게 되었다.

「요령이 좋지 못하다」든가, 「요령을 모른다」든가 하는 뜻의 「요령부득」이란 말이 처음 나온 곳은 《사기》 대원전이다. 한무제(漢武帝)는 흉노를 치기 위해 장건(張騫)을 대월지국으로 보낸 일이 있다. 그러나 월지국은 흉노 땅을 거쳐야만 되기 때문에 장건은 백여 명의 수행원과 함께 곧 흉노의 포로가 된다.

거기서 10년 남짓 억류생활을 하며 흉노의 여자를 아내로 얻어 자식까지 낳는다. 그러나 장건은 흉노가 안심하고 있는 기회를 틈타 대원(大宛)으로 간다. 대원국은 한나라와 무역을 원했기 때문에 장건을 대월지국까지 안내자를 딸려 보낸다. 그때 월지의 왕이 흉노에 의해 죽었기 때문에 태자가 새로 왕으로 앉아 있었다.

한무제

신왕은 대하국(大夏國)을 정복하여 그곳에 살고 있었는데, 땅도 비옥하고 이민족의 침략도 적은 곳이었기 때문에 편안한 생활을 즐기고 있었다.

그래서 흉노에 대한 복수심도 점점 식어지고, 한나라와는 거리가 먼 관계로 새삼 친교를 맺을 생각이 없었다. 그리하여 장건은 월지에서 대하까지 가긴 했으나, 끝내 월지왕의 참뜻이 무엇인지를 모르고 1년 남짓 있다가 돌아오고 말았다.

그러나 돌아오는 길에 다시 흉노에게 붙들려 1년 남짓 억류되어 있다가, 때마침 흉노 왕이 죽고 왕끼리 권력다툼을 하는 혼란한 시기를 틈타 탈출에 성공 무사히 조국 땅으로 돌아올 수 있었다. 한나라 수도 장안을 떠난 지 13년 만에 겨우 흉노에서 장가든 아내와 안내역으로 같이 갔던 감부(甘父)와 셋이서 돌아왔다.

그러나 요령을 얻지 못하고 돌아온 장건은 서역 문명의 소개자로 역사에 남게 되었다.

동서의 교통이 여기서 열린 것이다. 서방 국가로부터는 포도와 명마(名馬)·보석·석류·수박, 악기인 비파 등등. 그리고 한(漢)에서는 금과 비단 등이 운반되었다. 소위「실크로드(Silk Road)」다.

요령부득 要領不得 585

요조숙녀군자호구 **窈窕淑女君子好逑**

얌전할 窈 정숙할 窕 맑을 淑 계집 女 임금 君 아들 子 좋을 好 짝 逑

행실과 품행이 고운 여인은 군자의 좋은 배필이 된다.

— 《시경》 주남편

《시경》 주남편의 제일 첫 시는 이렇게 시작한다.

꽉꽉거리며 우는 물새는
모래톱에 있네.
요조숙녀는
군자의 좋은 짝이로다.

| 關關雎鳩 | 在河之洲 | 관관저구 | 재하지주 |
| 窈窕淑女 | 君子好逑 | 요조숙녀 | 군자호구 |

이 시는 맨 첫 구절을 따서 관저장(關雎章)이라고 한다.

옛 주석에 의하면 여기서의 군자는 주나라의 문왕(文王)을 가리킨다. 또 요조숙녀는 문왕의 비(妃)가 된 태사(太姒)를 가리킨다고 한다. 문왕이 태사를 얻어 배필로 삼았을 때 궁중 사람들이 태사가 그윽하고 조용하며 곧고 고요한 덕이 있음을 보고 이 시를 지어 두 사람의 어울림을 노래했다는 것이다.

뒤에 와서 이 시는 난지 문왕과 태사의 어울림을 형용하는 데 그치지 않고 서로 화락(和樂)하면서도 절도를 잃지 않고 공경하는 남녀의 아름다운 모습을 표현하는 말로 일반적으로 사용되었다.

용두사미 龍頭蛇尾

용 龍 머리 頭 뱀 蛇 꼬리 尾

처음은 왕성하나 끝이 부진함.

— 《벽암집(碧巖集)》

처음 시작할 때는 그럴 듯하게 보였는데, 끝이 시원치 못한 것을 가리켜「용두사미」라고 한다. 이것은 용과 뱀의 생김새가 비슷한 데서 나온 말로 오랜 옛날부터 있었을 법한 말이다. 그러나 이 말이 기록에 나와 있는 것은 《벽암집》에 있는 진존자(陳尊者)의 이야기에서다.

진존자는 목주(睦州) 사람으로 그 곳에 있는 용흥사(龍興寺)란 절에 살고 있었다. 그러나 뒤에 절에서 나와 각지로 돌아다니며, 짚신을 삼아서 길가는 나그네들이 주워 신도록 길바닥에 던져 주곤 했다고 한다.

그 진존자가 늙었을 때의 일이다. 어느 중을 만나 서로 말을 주고받는데, 갑자기 상대가「에잇!」하고 호령을 하는 것이었다. 그래서,「허허, 이거 야단맞았군」하고 상대를 바라보자, 그 중은 또 한번「에잇!」하고 꾸중을 하는 것이었다. 그 중의 재치 빠른 태도와 말재간은 제법 도를 닦은 도승처럼 보이기도 했다.

그러나 진존자는 속으로,

「이 중이 얼핏 그럴 듯하기는 한데, 역시 참으로 도를 깨치지는 못한 것 같다. 모르긴 하지만 한갓 용의 머리에 뱀의 꼬리이기 십상이다」

진존자가 중에게 물었다.

「그대는『에잇! 에잇!』하고 위세는 좋은데, 세 번 네 번 에잇 소리를 외친 뒤에는 무엇으로 어떻게 마무리를 지을 생각인가?」

그러자 중은 그만 자기 속셈이 드러난 것을 알고 뱀의 꼬리를 내보이고 말았다는 것이다.

욕속부달 欲速不達

하고자 할 欲 빠를 速 아니 不 도달할 達

일을 속히 하려고 하면 도리어 이루지 못함.

— 《논어》 자로편(子路篇)

「욕속부달」이니 「욕교반졸(欲巧反拙)」이니 하는 말은 흔히 쓰이는 말이다. 너무 서두르면 도리어 일이 진척되지 않는 것이 「욕속부달」이고, 너무 좋게 만들려다가 오히려 그대로 둔 것만 못한 결과를 가져오게 되는 것이 「욕교반졸」이다.

「욕속부달」이란 말은 《논어》 자로편에 나오는 공자의 말이다. 제자 자하(子夏)가 거보(莒父)라는 고을의 장관이 되자, 공자를 찾아와 정치하는 방법을 물었다. 그러자 공자는 이렇게 말했다.

「빨리 하려 하지 말고 작은 이익을 보지 말라. 빨리 하려 하면 일이 잘 되지 않고, 작은 이익을 보면 큰 일이 이루어지지 않는다(無欲速 無見小利 欲速則不達 見小利則大事不成)」

큰일이든 작은 일이든 마음이 조급하면 제대로 되지 않는다. 「욕속(欲速)」은 빨리 하는 행동을 말하는 것이 아니고, 얼른 성과를 올리려는 성급한 마음을 말한 것이다.

마음은 천근처럼 늘어지고 행동은 빨라야만 좋은 성과를 올릴 수 있다. 특히 정치는 근본 문제를 장기적으로 다뤄야 하기 때문에 단순한 명령이나 법률로써 효과를 보려 하면 혼란만 초래하게 된다.

더디더라도 서서히 한 가지씩 올바르게 고쳐 나가야만 비로소 바라는 성과를 얻게 되는 것이다.

큰일을 하는 사람이 눈앞에 보이는 작은 이익에 눈을 돌리면 큰일을 할 수 없게 된다.

정치하는 사람은 원대한 포부를 가지고 장기적인 투자를 하지 않는 한 좋은 꽃과 열매를 얻지 못한다.

공자는, 자하가 눈앞에 보이는 빠른 효과와 작은 이익에 집착하는 성격을 가지고 있기 때문에 이같이 말하게 된 것인데, 사람은 대부분 이 같은 결점을 지니고 있다.

또 청나라 때 마시방이 쓴 《박려자(朴麗子)》라는 책에는 「욕속부달」과 관련된 재미난 이야기가 있다.

어느 날 해질 무렵, 귤 장수 한 사람이 귤을 한 짐 지고 성안으로 바쁜 걸음을 옮기

자하

고 있었다. 귤 장수는 성문이 닫히기 전에 성에 닿을 수 없을까봐 몹시 서둘렀다. 그는 너무나 마음이 다급해서 지나가던 행인에게 물었다.

「이보시오, 성문이 닫히기 전에 내가 성안에 들어갈 수 있겠소?」

그러자 행인이 말하기를,

「좀 천천히 걸으면 성안에 들어갈 수 있지요」 하고 대답하는 것이었다.

그는 행인이 일부러 자기를 조롱하는 줄 알고 화가 나서 더욱 빨리 걷다가 그만 발을 잘못 디뎌서 넘어지고 말았다. 그 바람에 귤이 땅바닥에 쏟아져 여기저기로 굴러가 버렸다.

그래서 그는 땅거미가 지는 한길에서 귤을 하나하나 줍느라고 결국 성문이 닫히기 전에 성에 닿지 못했다는 것이다.

행인은 귤 장수가 너무 허둥대는 것을 보고 안쓰러워 「욕속부달」을 염려했던 것이다.

우공이산 愚公移山

어리석을 愚 어른 公 옮길 移 뫼 山

어리석은 일 같지만 끝까지 밀고 나가면 목적을 달성한다.

— 《열자》 탕문편(湯問篇)

「우공이산」은 어리석은 영감이 산을 옮겨 놓는다는 말로 남 보기에 미련한 것같이 보이지만, 한 가지 일을 계속 물고 늘어지면 언젠가는 목적을 달성하게 된다는 비유의 이야기다.

《열자》 탕문편에 나오는 널리 알려진 이야기다.

태행산(太行山)은 사방 둘레가 7백 리나 되고, 높이가 만 길이나 되는데, 원래는 기주(冀州 : 하북성) 남쪽, 하양(河陽 : 하남성) 북쪽에 있었다.

그런데 북산(北山)의 우공이란 사람이 나이는 벌써 아흔이 가까운데, 이 두 산을 앞에 놓고 살고 있었기 때문에 산 북쪽이 길을 막고 있어 드나들 때마다 멀리 돌아서 다녀야만 했다. 영감은 그것이 몹시 불편하게 생각되어 하루는 가족들을 모아 놓고 상의를 했다.

「나는 너희들과 함께 힘을 다해 높은 산을 평평하게 만들고 예주(豫州 : 하남성) 남쪽으로 길을 내 한수(漢水) 남쪽까지 갈 수 있게 할까 하는데, 너희들 생각은 어떠냐?」

모두가 찬성을 했다. 그러나 우공의 아내만은 이렇게 반대했다.

「당신 힘으로는 작은 언덕도 허물 수가 없을 텐데, 그런 큰 산을 어떻게 한단 말입니까. 그리고 그 흙과 돌은 어디로 다 치운단 말입니까?」

「발해(勃海) 구석이나 은토(隱土) 북쪽에라도 버리면 되겠지」

모두 이렇게 우공을 두둔하고 나섰다. 그래서 우공은 아들 손자들을 거느리고 산을 허물기 시작했다. 짐을 지는 사람은 세 사람, 돌을 깨고

흙을 파서 그것을 삼태기와 거적에 담아 발해로 운반했다.

우공의 이웃에 사는 경성씨(京城氏) 집 과부에게 이제 겨우 7, 8세밖에 안되는 아들이 하나 있었는데, 이 아이가 또 열심히 우공의 산 파는 일을 도왔다. 그러나 1년에 두 차례 겨우 흙과 돌을 버리고 돌아오는 정도였다. 그러자 하곡(河曲)에 있는 지수(智叟)란 영감이 이 광경을 보고 웃으며 이렇게 말렸다.

「이 사람아, 어쩌면 그렇게도 어리석은가. 다 죽어 가는 자네 힘으로는 풀 한 포기도 제대로 뜯지 못할 터인데, 그 흙과 돌을 어떻게 할 작정인가?」

그러자 우공은 한숨을 내쉬며 이렇게 말했다.

「자네의 그 좁은 소견에는 정말 놀라지 않을 수 없네. 자넨 저 과부의 어린아이 지혜만도 못하지 않은가. 내가 죽더라도 자식이 있지 않은가. 그 자식에 손자가 또 생기고, 그 손자에 또 자식이 생기지 않겠는가. 이렇게 사람은 자자손손 대를 이어 한이 없지만, 산은 불어나는 일이 없지 않은가. 그러니 언젠가는 평평해질 날이 있지 않겠나?」

지수는 말문이 막혀 잠자코 있었다.

두 손에 뱀을 들고 있다는 산신령이 이 말을 듣자, 산을 허무는 인간의 노력이 끝없이 계속될까 겁이 났다. 그래서 옥황상제에게 이를 말려주도록 호소했다.

그러나 옥황상제는 우공의 정성에 감동하여 힘이 세기로 유명한 과아씨(夸娥氏)의 아들을 시켜 두 산을 들어 옮겨, 하나는 삭동(朔東 : 삭북 동쪽)에 두고 하나는 옹남(雍南 : 옹주 남쪽)에 두게 했다. 이리하여 기주 남쪽에서 한수 남쪽에 이르기까지는 산이 없게 되었다.

여기에서, 쉬지 않고 꾸준히 노력해서 성공하는 비유로 「우공이산」이란 문자를 쓰게 되었다.

우화등선 羽化登仙

깃 羽 화할 化 오를 登 신선 仙

사람의 몸에 날개가 돋쳐 신선이 되어 하늘로 올라감.

— 소식(蘇軾)「전적벽부(前赤壁賦)」

「우화(羽化)」는 번데기가 날개 있는 벌레로 변하는 것을 말한다. 그래서 알몸뚱이 사람이 날개가 돋쳐 신선이 되어 하늘로 올라가는 것을「우화등선」이라고 한다.

이 말은 유명한 소동파(소식)의「전적벽부」에 있는 말이다.「전적벽부」는 22세라는 젊은 나이에 구양수(歐陽修, 1007~1112)에 의해 과거에 급제하고 동생 소철(蘇轍), 아버지 소순(蘇洵)과 함께 삼소(三蘇)로 불렸던 소식의 문재(文才)가 유감없이 과시된 작품이다.

송나라 신종(神宗) 원풍(元豊) 5년 7월에 동파는 양자강의 명승지인 적벽에서 놀았다. 그는 3년 전에 천자를 비방했다는 죄로 귀양을 가게 되었는데, 그가 귀양 온 곳이 바로 이 적벽 근처였다.

송대(宋代)는 불교의 사상, 특히 선(禪)의 영향이 컸던 시대다. 동파도 귀양살이를 하는 동안 불교와 도교의 학설을 좋아하게 되었다.

「전적벽부」가 사람들의 절찬을 받고 있는 것은 이 글 속에 불교와 도교의 사상적인 깊이가 깃들어 있기 때문이기도 하다.

이 글의 부분 부분을 소개하면 이런 것들을 들 수 있다.

「임술년 가을 7월 16일, 소자(蘇子 : 소동파 자신을 말한다)는 손과 함께 배를 띄워 적벽 아래서 놀게 되었다. 맑은 바람이 조용히 불어와서 물결마저 일지 않았다. 술을 들어 손을 권하며 명월(明月)의 시를 읊고, 요조(窈窕)의 글을 노래 불렀다. 조금 있으니 달이 동산 위에 떠올라 별 사이를 거쳐 가고 있었다. 흰 이슬이 강에 내린 듯 물빛은 하늘에 닿아 있었다. 갈대 같은 작은 배에 내맡겨 만 이랑 아득한 물 위를 거침없이 떠간다. 훨훨 허공에 떠 바람을 타고 그칠 바를 모르듯, 훌쩍 세상을 버리고 홀몸

삼소(소순, 소식, 소철)의 옛집

이 되어 날개를 달고 신선이 되어 하늘로 오르는 것만 같다(飄飄乎如遺世獨立 羽化而登仙). ……소자가 말했다. 『손님도 저 물과 달을 아시지요. 이렇게 흐르고 있지만 언제나 그대로요. 저렇게 둥글었다 이지러졌다 하지만 끝내 그대로가 아닙니까. 변하는 측면에서 보면 하늘과 땅도 한 순간을 그대로 있지 않고, 변하지 않는 측면에서 보면 만물이나 나나 다할 날이 없는 겁니다. 세상에 부러울 것이 무엇입니까』 ……손이 기뻐 웃으며 잔을 씻어 다시 술을 권했다. 안주와 과일이 이미 없어지자 술잔과 접시들이 마구 흐트러진 채 서로가 서로를 베고 배 안에서 잠이 들어 동쪽 하늘이 훤히 밝아 오는 것도 모르고 있었다」

한 시대를 호령했던 영웅호걸도 결국 죽고 나면 덧없이 사라지는 것을 슬퍼하는 객에게 다함이 없는 자연을 벗 삼아 살아가면 그 즐거움이 어떻겠느냐는 주장을 담고 있는 것이 이 작품의 줄거리다. 인생은 유한하지만 무한한 자연과 일심동체가 된다면 그것이 진정한 기쁨이라고 소식은 다짐하는 것이다. 그가 물아일체(物我一體)의 황홀경 속에서 날아 신선이 된다고 생각하여 적은 글귀가 성구 우화등선으로 남게 되었다.

이 글은 《고문진보》 후집에 나오는데, 이 글 속에 나오는 무수한 문자들이 모두 다 즐겨 사람의 입에 오르내리는 것들이다.

운우지락 雲雨之樂

구름 雲 비 雨 의 之 즐거울 樂

남녀가 육체적으로 어울리는 즐거움.

《문선(文選)》

「운우지락」은 글자대로 풀이하면, 구름과 비의 즐거움이란 말이다. 구름과 비의 즐거움이란 도대체 어떤 즐거움일까?

이 말은 《문선》에 수록되어 있는 송옥(宋玉)의 「고당부」 서문에서 생겨난 말이다. 송옥은 전국 말기 초나라 대부로 굴원의 제자다. 그는 《초사》에 있는 구변(九辯)과 초혼(招魂)의 작자로, 이 「고당부」의 서문은 초회왕(楚懷王)이 운몽에 있는 고당으로 갔을 때 꿈에 무산 신녀(神女)와 만나 즐겼다는 옛이야기를 말한 것이다. 그 내용을 소개하면 다음과 같다.

전국시대 초(楚)의 양왕이 송옥을 데리고 운몽(雲夢)에서 놀고 고당관에 간 적이 있었다. 관(館) 위를 쳐다보니 이상한 구름이 끼고 그것이 뭉게뭉게 피어오르는가 했더니 홀연 여러 가지 모양으로 변화한다. 양왕이 송옥에게,

「이것은 무슨 구름인가?」하고 묻자, 송옥은

「이것은 조운(朝雲)이라고 합니다」

라고 대답한 뒤 이런 이야기를 했다.

옛날 선왕(先王 : 회왕)이 고당에서 노닐 때였다. 향연이 끝나 다소 피로해서 잠시 누워 낮잠을 잤다. 어렴풋이 잠이 들었을 때 비몽사몽간에 요염하게 단장을 한 한 여인이 나타났다.

「아니, 이건 대체 누구일까!」하고 생각하고 있을 때, 그 여인은,

「저는 무산(巫山 : 사천성 몽주부에 있는 산)에서 사는 여자입니다만,

고당에 와 보니 당신께서도 이곳에 계시다는 말을 듣고 이렇게 찾아뵈려고 왔습니다. 부디 모시고 잘 수 있게 해주십시오」하고 왕의 곁으로 다가왔다. 왕은 꿈속에서나마 잠시 동침을 하며 그 여인을 애무했으나, 얼마 후 이별할 때가 되자 그녀는,

「저는 무산 남쪽 험준한 곳에 삽니다만, 아침에는 구름이 되어 산에 걸리고 저녁에는 비가 되어 산을 내려와 아침저녁으로 양대(陽臺) 기슭에 있사옵니다」하고 말을 한 후 어디론가 사라져 버렸다.

이상한 꿈에서 깬 왕이 이튿날 아침 일찍이 무산 쪽을 바라보니 꿈속의 선녀가 말한 대로 무산에는 아름다운 빛을 받은 아침 구름이 두둥실 떠 있었다. 왕은 그 선녀를 생각하고 사당을 세워「조운(朝雲)」이라고 이름 지었다.

이 고사에서 남녀의 밀회나 정교를「무산지몽(巫山之夢)」「운우지락」이라고 하게 되었다. 또 유정지(劉廷之)의「공자행(公子行)」에 「경국경성(傾國傾城)하는 한무제, 구름이 되고 비가 되는 초양왕」이란 구절이 있고, 또 이백이 현종황제의 주석에 초대되어 동석한 양귀비의 아름다움을 찬양한 시에,

한 가지가 무르익게 고와서 이슬엔 향기가 어렸는데,
운남 무산에서 부질없이 창자를 끊노라.

一枝濃艷露凝香 　　일지농염노응향
雲南巫山枉斷腸 　　운남무산왕단장

이란 구가 있다. 다 앞에서 말한 고사를 말한 것이다.

운주유악 運籌帷幄

놀릴 運 산가지 籌 휘장 帷 휘장 幄

계책을 짜다.

―《사기》 고조본기(高祖本紀)

운주(運籌)는 산가지를 놀린다는 뜻이고 유악(帷幄)은 장막이란 뜻이다. 「운주유악」은 장막 안에서 산가지를 놀린다는 뜻이니, 곧 가만히 들어앉아서 계획을 꾸민다는 말이다. 《한서》와 《사기》에 있는 이야기다.

《사기》고조본기에는 이렇게 나와 있다.

항우는 이미 망하고, 천하가 마침내 한왕 유방의 손에 넘어갔고, 통일 천하를 끝낸 한고조 유방은 어느 날 낙양 남궁(南宮)에서 잔치를 베풀었다. 그 자리에서 고조는 말했다.

「경들은 숨김없이 말해 보라. 내가 천하를 얻은 까닭과 항우가 천하를 잃은 까닭이 무엇인가를?」

그러자 고기(高起)와 왕릉(王陵)이 이렇게 대답했다.

「……폐하께선 성을 치고 공략하게 되면 공을 세운 사람에게 그 땅을 주어 천하 사람들과 이익을 함께하셨습니다. 그러나 항우는 의심과 질투가 많아 싸움에 이겨도 성을 주지 않고 땅을 얻어도 나누어 주는 일이 없었습니다. 이것이 폐하께서 천하를 얻고 항우가 천하를 잃은 까닭인 줄 아옵니다」

그러자 고조는 말했다.

「그대는 하나만 알고 둘은 모른다. 대체로 산가지를 장막 안에서 움직여 천 리 밖에 승리를 얻게 하는 것은 내가 자방(子房 : 장양의 자)만 못하고(夫運籌策帷帳之中 決勝於千里之外 吾不如子房), 나라를 편안히 하고 백성을 어루만져 주며, 군대의 보급을 끊어지지 않게 하는 것은 내가 소하(蕭何)만 못하며, 백만의 군사를 거느리고 싸우면 반드시 이기고, 치면 반드시 빼앗는 것은 내가 한신(韓信)만 못하다. 이 세 사람은 모두 뛰어난 인걸들이다. 나는 그들을 제대로 쓸 수가 있었다. 이것이 바로 내가 천하를 차지할 수 있었던 이유다. 항우는 범증(范增) 한 사람이 있을 뿐이었는데, 그 하나도 제대로 쓰지 못했다. 이것이 나에게 패한 이유다」

한왕과 그의 권신들

　이상이 《사기》의 내용인데, 《한서》에 나와 있는 것과는 이 대목의 글자가 몇 자 틀린다. 《한서》에는 「운주유악지중 결승천리지외(運籌帷幄之中 決勝千里之外)」로 되어 있는데, 《사기》에는 주(籌)가 주책(籌策)으로 되어 있고, 유악이 유장(帷帳)으로 되어 있고, 천리(千里) 위에 어(於) 한 자가 더 들어가 있다. 똑같은 뜻인데 보통 《한서》의 것을 쓰고 있다.

　유방이 말한 바와 같이 그가 일개 군도(群盜)의 두목에서 몸을 일으켜 천하를 손에 쥔 것은 사람을 잘 썼기 때문이다. 항우의 경우는 혈연적인 결합이 강한 데 대하여 유방의 집단은 군사집단이기는 하나 오히려 당시의 신흥 세력이었던 호족(豪族)의 생활집단과 같은 형태를 취하고 있었다.

　혈연이 아닌 것도 널리 사람을 흡수할 수 있는 조건이 되는 것이다. 소하는 원래 소관리(小官吏), 한신은 시정(市井)의 무뢰한, 주발(周勃)은 돗자리 짜는 사람, 번쾌는 개백정이었다. 유방은 이런 사람들을 잘 써서 일을 꾸몄던 것이다. 낡은 형태의 항우군보다 확실히 진보적이어서 이길 만하였기에 이긴 것이라고 말할 수 있다.

원교근공 遠交近攻

멀 遠 사귈 交 가까울 近 칠 攻

먼 나라와 친교를 맺고 가까운 나라를 공격함.

— 《사기》 범수채택전(范睢蔡澤傳)

「원교근공」은, 멀리 떨어진 나라와는 친하게 지내고, 가까이 이웃하고 있는 나라는 이를 침략해 들어가는 외교정책을 말한다. 이것은 범수(范睢)가 진나라를 위해 창안한 외교정책이었는데 강대국들이 흔히 사용하는 정책이다.

《사기》 범수채택전에 나와 있는 줄거리를 추려서 이야기하면 대개 이렇다. 범수는 위나라 사람으로 자(字)를 숙(叔)이라 했다. 제후들을 유세(遊說)하고 싶었으나 집이 가난한 탓으로 여비가 없어 길을 떠나지 못하고, 위나라 왕을 섬길 생각이었으나 그마저 통할 길이 없어 우선 중대부(中大夫) 수가(須賈)의 밑에서 일을 보고 있었다.

어느 해, 수가가 위나라 소왕(昭王)의 명령으로 제나라에 사신으로 가는 길에 범수도 함께 따라가게 되었다.

제왕과 회담하는 자리에서 수가가 미처 대답을 못해 당황하면 범수가 대신 대답을 하곤 했다. 제왕은 범수의 재주를 아껴 그를 제나라에 머물러 있게 하고 싶었으나 사신으로 따라온 사람이라 그럴 수도 없고, 뒷날을 약속하는 고기와 술과 금 열 근을 보내 왔다. 범수는 금은 사양하고 술과 고기만을 받았다.

이 사실을 안 수가는 귀국하자 위제(魏齊)에게 범수가 수상하다고 일러바쳤다. 성질이 급한 위제는 당장 범수를 잡아들였다. 무슨 비밀을 제나라에 일러주었느냐고 문초하기 시작했다.

범수는 맞아 이가 부러지고 갈비뼈가 부러졌다. 범수가 죽은 시늉을 하고 있자 거적에 싸서 헛간에 놓아두고 술 취한 손들을 시켜 범수의 시체 위에 오줌을 누게 했다. 범수는 자기를 지키고 있는 사람을 매수해서, 위제의 승낙을 얻어 들판에 갖다 버리게 한 다음, 친구 정안평(鄭安平)의 집으로 가 숨어 있었다. 얼마 후 진나라 사신으로 온 왕계(王稽)의 도움으로 몰래 진나라로 들어온 다음, 마침내 진소왕(秦昭王)을 만나 당면한 문제와 원교근공의 외교정책 등을 말함으로써 일약 현임 재상을 밀어내고 진나라의 재상이 된다.

범수가 「원교근공」을 말한 대목을 소개하면 이렇다.

「……왕께선 멀리 사귀고 가까이 치는 것보다 좋은 방법은 없습니다. 한 치를 얻어도 왕의 한 치 땅이 되고, 한 자를 얻어도 왕의 한 자 땅이 됩니다. 이제 이를 버리고 멀리 공략을 한다면 어찌 틀린 일이 아니겠습니까(……王不如遠郊而近攻 得寸則王之寸也 得尺亦王之尺也. 今釋此而遠攻 不亦繆乎)」

원수는 외나무다리에서 만난다고, 얼마 후 범수는 수가를 만나게 되었는데, 그 이야기가 또 유명하다.

범수는 장록(張祿)이란 가명을 쓰고 있었다. 진나라가 위나라를 치려 한다는 소문을 전해들은 위나라에서는 수가를 사신으로 보내 새로 등장한 장록 재상의 호감을 사도록 술책을 썼다. 범수는 다 떨어진 옷을 입고 수가가 묵고 있는 객관으로 찾아갔다. 수가는 깜짝 놀라 물었다.

「범숙(范叔)이 이제 보니 무사했구려!」

「천명으로 무사했습니다」

「진나라로 유세를 온 건가?」

「천만에요. 도망쳐 온 몸이 유세가 뭡니까?」

「그래 지금 뭘 하고 있지?」

「남의 집 고용살이를 하고 있습니다」

「범숙이 이토록 고생을 하고 있다니!」

수가는 음식을 함께 나눈 뒤 비단옷 한 벌을 내주었다. 그리고는 이야기 끝에,

「혹시 진나라 새 재상 장록을 아는지? 이번 일은 그에게 달려 있는데……」하고 물었다.

「우리 집 주인 영감이 잘 알고 지내기 때문에 가끔 뵙기는 합니다. 그럼 제가 대감을 모시고 장재상을 가 뵙도록 하지요」

「고맙네. 그런데 나는 말이 병들고 수레가 부서져 나갈 수가 없는데, 어떻게 하지?」

「제가 주인 집 큰 수레와 말을 빌려 오겠습니다」

범수가 큰 수레를 몰고 돌아오자, 수가는 그와 함께 상부(相府)로 들어갔다. 바라보니 부중 사람들이 모두 피해 숨곤 했다. 수가는 이상하다 싶었으나, 외국 사신에 대해 경의를 표하는 줄로 적당히 생각하고 말았다. 그런데 어찌된 일인지 먼저 알리고 나오겠다던 범수가 아무리 기다려도 나타나지를 않았다.

나중에야 속은 줄 안 수가는 웃옷을 벗고 무릎으로 기어들어가 사람을 통해 사죄를 했다. 그리하여 온갖 곤욕을 다 치른 끝에 겨우 목숨을 건진 수가는, 위나라 재상 위제의 목을 베어 바치겠다는 약속을 하고 돌아온다.

위제는 겁이 나 조나라로 도망을 쳤으나, 「위제를 보호하고 있는 나라는 곧 나의 원수다」 하는 범수의 위협에 못이겨 위제는 조나라에서 다시 쫓겨났다가 결국은 길거리에서 자살하고 만다. 세도만 믿고 사람의 목숨을 파리 목숨처럼 여긴 그도 자기 목숨이 아까운 것만은 절실하게 느꼈으리라.

「누란지위(累卵之危)」란 말도 범수에게서 나왔다.

원수불구근화 遠水不救近火

멀 遠 물 水 아니 不 구할 救 가까울 近 불 火

먼 데 있으면 급할 때 아무 소용이 없다.

— 《한비자》 설림상(說林上)

노(魯)나라 목공은 제(齊)나라의 침략을 막는 한 방법으로, 제나라의 득세를 싫어하고 있는 초나라와 한·위·조(韓魏趙) 세 나라에 공자를 보내 그들 나라를 섬기게 했다. 그러자 이서(犁鉏)란 사람이 이렇게 간했다.

「멀리 있는 월(越)나라 사람을 불러다가 물에 빠진 아이를 구하려 한다면, 월나라 사람이 아무리 헤엄을 잘 친다 해도 아이는 살지 못할 것입니다. 불이 난 것을 바닷물로 끄려 한다면 바닷물이 아무리 많아도 불을 끌 수는 없을 것입니다. 먼 물은 가까운 불을 구하지 못합니다(遠水不救近火也). 지금 삼진(三晋)과 초나라가 비록 강하다고 해도 제나라가 그들 나라보다 가까이 있기 때문에 노나라의 위급함을 구해 줄 수는 없습니다」

이 이야기는 《한비자》 설림상(說林上)에 있는 우화 가운데 하나다.

먼 물은 가까운 불을 구하지 못한다는 「원수불구근화」는 「너희 집에 있는 금송아지가 무슨 소용이 있느냐」하는 우리말과 같다고 볼 수 있다.

「구슬이 서 말이라도 꿰어야 보배다」

강물이 많으면 무슨 소용이 있고 바닷물이 아무리 많으면 무슨 소용이 있겠는가?

《장자》에 나오는 「철부지급(轍鮒之急)」도 같은 뜻이다.

원한 怨 들 入 뼈 骨 골수 髓

원한이 뼈 속에 사무침.

―《사기》진본기(秦本紀)

「원입골수」는 글자 그대로 원한이 뼈 속까지 들어가 있다는 뜻으로 곧 뼈에 사무친 원한을 말한다.

춘추시대 오패(五覇)의 한 사람인 진목공은 그가 도와 패천하(覇天下)까지 하게 만들었던 진문공이 죽자, 그 기회를 틈타 멀리 정(鄭)나라를 치게 된다. 노 재상인 백리해(百里奚)와 건숙(蹇叔)의 반대를 물리치고 진(晋)나라 국경을 거쳐 감행된 일대 모험이었다.

이 소식을 전해들은 진양공은, 자기를 무시한 행동이라 하여 상복차림으로 군대를 보내 진목공의 군사가 돌아오는 길을 앞뒤로 차단하고, 이에 공격을 가함으로써 적의 군사를 한 사람도 남기지 않고 다 무찌른 다음, 적의 대장 맹명시(孟明視)와 백을병(白乙丙), 서걸술(西乞術) 등 이른바 진나라 삼수(三帥)를 사로잡아 돌아온다.

그리고 이 싸움의 총지휘자는 중군원수 선진(先軫)이었는데, 이런 큰 전과를 올리게 된 것도 다 그의 용의주도한 계획에서였다. 그런데 진문공의 부인 문영(文嬴)은 진목공의 딸로 진양공에 대해서는 어머니뻘이 되는 현철한 여자였다. 문영은 아버지 진목공의 배경에 의해 진문공의 정부인으로 시집을 오기는 했으나, 문공에게 과거에 장가든 아내와 거기서 난 자식이 있다는 것을 알자, 굳이 먼저 아내에게 자리를 양보하는 한편 그 아들까지 태자로 세우게 했다.

그렇게 해서 문공의 뒤를 이어 임금이 된 것이 바로 진양공이었다. 그러므로 양공으로서는 문영이 더없이 고마운 존재였고, 또 그만큼 우러러

보는 처지이기도 했다.

이 문영은 이번 사건으로 마음이 착잡했다. 친정과 시집의 싸움 틈바구니에 낀 자신이 할 일은 뒷날의 원수를 더 깊게 하지 않는 것뿐이었다. 그래서 그녀는 포로로 잡혀 온 세 장군을 어떻게든지 돌려보내고 싶었다. 그리하여 양공에게 이렇게 청했다.

「진(秦)나라 임금은 이 세 사람을 뼛속에 사무치도록 원망하고 있을 터이니, 이 세 사람을 돌려보내 우리 아버지로 하여금 직접 이들을 기름 가마에 넣어 한을 풀게 해 주세요」

진양공은 지난날의 정의를 생각해 볼 때 그런 정도의 아량은 베풀어 보이는 것이 당연할 것만 같았다. 양공은 곧 이들 세 장수를 풀어 본국으로 돌아가게 했다. 그러나 소식을 전해들은 선진은 먹던 밥을 뱉어내고 양공에게로 달려가 사실을 확인하자, 침을 탁 뱉고 격한 나머지 임금을 철이 없다고 꾸중을 했다.

늙은 자신이 천신만고로 이룬 공을 여자의 말 한 마디로 망쳐 버린 것이 너무도 분하고 원망스러웠던 것이다. 양공은 용상에서 급히 내려와 선진에게 사과를 하고 곧 사람을 보내 그들을 다시 잡아오게 했다. 그러나 그들은 이미 대기하고 있던 자기 나라 배를 타고 강 한복판에 떠 있는 뒤였다.

선진이 예측한 대로, 진목공은 이들 세 장수를 성 밖까지 나와 환영을 하고 그들을 본래의 지위에 다시 두어 더욱 후대를 함으로써 마침내는 패자가 될 수 있었다. 진목공은 이 세 사람에 대한 원한이 아니라 자기 자신의 잘못에 대한 후회가 뼈에 사무치도록 깊었기 때문에 마침내 큰 뜻을 이루게 된 것이다.

이 「원입골수」는《사기》진본기(秦本紀)에 있는「목공이 이 세 사람을 원망함이 골수에 들어 있다」는 말에서 나온 것이다.

달 月 아침 旦 평론할 評

인물 평.

—《후한서》허소전(許劭傳)

후한(後漢, 25~220)도 전한처럼 황후의 일족(外戚)과 환관의 세력에 골머리를 앓았다. 제10대 환제 때, 그 환관들이 결속하여 기개와 절조가 있는 선비 2백여 명을 금고(禁錮)에 처한「전당고(前黨錮)의 화(禍)」(166)가 일어났으며, 다음 영제 때도 마찬가지로 7백여 명이 살해되고 다시 그 문하생에서 지인, 친척까지 유형이나 투옥을 당한「후당고(後黨錮)의 화」(176)가 일어났다.

이런 일련의 사건으로 정치는 어지러워지고 한실의 위광(威光)도 쇠퇴하여 천하는 소연해졌다. 그런데 이에 박차를 가하는 사태가 발생했다. 그것은「태평도(太平道)」라는 사교의 유행이었다.

「태평도」는 하북(河北)의 장각(張角)이라는 사나이가 시작한 당시의 신흥종교로, 황제(黃帝 : 삼황오제의 하나로 전설상의 인물)나 노자의 학설에 엉터리 이론을 붙인 것으로 정치가 올바르지 못하면 민중이 이런 것에서까지 구원을 찾게 되는 것은 인지상정이다. 어쨌든 천하가 소연해진 틈을 타 순식간에 수십만의 신도를 모으게 되었다.

이렇게 세력을 얻은 장각은, 이번에는 천하를 자기의 소유물로 만들려는 야망을 품고 영제 17년(184), 종도(宗徒)를 이끌고 군사를 일으켰다. 그 세력이 왕성해서 순식간에 전국으로 퍼졌다. 반란군은 표지(標識)로서 황색 건을 두르고 있었으므로「황건적(黃巾賊)」이라 부르고, 이 난을「황건적의 난」이라고 불렀다.

이렇게 되고 보니 궁정 안에서는, 권모술수로 남을 해치는 재주밖에 없는 환관들로서는 속수무책이었다. 당고의 화로 감금했던 선비들을 허겁지겁 풀어주어 토벌케 함과 동시에 전국의 유력자들에게 수하를 막론하고 토벌을 명했다. 무슨 일이라도 일어났으면 하고 목을 길게 빼고 기다리고 있던 야심만만한 호걸들은 다투어 군사를 일으켰으며, 그 중에서도 지모가 출중한 조조(曹操)는 반란군을 크게 격파하고 천하에 이름을 떨쳤다.

조조

그 밖의 사람들도 용전하여 각지에서 반란군은 각지에서 참패를 당했으며, 수령 장가도 병사하여 그토록 기세를 올리던 대란(大亂)도 거의 진정되었다. 그러나 수그러들지 않는 것은 군사를 일으켰던 호걸들, 추켜올렸던 주먹을 그냥 내려놓을 수는 없었다. 그래서 거병의 명목을 「횡포한 환관을 응징한다」로 변경하고 군사를 풀지 않고 기회를 노리고 있었다.

영제가 재위 20년에 죽자(188) 원소(袁紹)라는 장군이 먼저 일어나 군사를 이끌고 궁중으로 난입하여 환관이라고 이름이 붙은 자 2천여 명을 모조리 죽였으며, 다시 동탁(董卓)이라는 장군도 다음에 즉위한 유제(幼帝)를 쿠데타로 폐위시켜 후한 왕조에 종지부를 찍고 마침내 삼국지 이야기의 발단이 된다.

한편, 황건적을 토벌하여 큰 공을 세운 조조는 젊었을 때부터 가업은 돌보지 않고 호걸들과의 교제를 즐겼다. 그 무렵 하남성 여남(汝南)에 허소(許劭)와 사촌형 허정(許靖)이라는 두 명사가 살고 있었다. 이 두 사람은 매달 초하루에 향당의 인물을 골라서는 비평을 하고 있었다. 그 비평인 매우 적절했기 때문에 「여남의 월단평(月旦評)」이라고 항간에서 평판이 파다해서 그 평을 들으러 가는 사람이 많았다. 이 인물평이 너무나도 유명했으므로 그로부터 인물 비평을 「월단평」 약해서 「월단」이라고 하게 되었다. 즉 「매달 초하루의 평」이란 말인데, 그것은 곧 인물평이란 말로 통하게 되었다는 이야기다.

허소의 이 같은 인물평이 당시는 상당히 높이 평가되고 있었으므로 《삼국지》의 영웅 조조(曹操)가 그를 찾아가 상평을 청한 것은 유명한 이야기로 전해지고 있다. 허소는 조조에게 상평해 줄 것을 거부했다. 그러자 조조는 평을 해주지 않으면 죽이겠다고 위협을 했다. 허소는 조조를 좋지 못한 인간으로 보았기 때문에 평을 거부한 것이었는데, 막상 위협을 받고 보니 뭐라고 말을 하지 않을 수가 없었다.

「그대는 올바르고 태평스런 세상에서는 간사한 도적이 될 것이요, 어지러운 세상에서는 영웅이 될 것이다(君淸平之姦賊 亂世之英雄)」라고 했다.

이 말은 《후한서》 허소전에 나오는데, 조조는 허소의 이같은 평에 몹시 만족해하며 돌아갔다고 한다. 그러나 《십팔사략》에는 허소가,

「그대는 잘 다스려진 세상에서는 능력 있는 신하가 될 것이요, 어지러운 세상에서는 간사한 영웅이 될 것이다(子治世之能臣 亂世之姦雄)」라고 말한 것으로 되어 있다.

아무튼 조조가 기뻐한 것은 「난세의 영웅」이란 말이었던 것 같은데, 보통 《십팔사략》의 말이 널리 알려지고 있다.

「월단평」은 월조평(月朝評)이라고도 한다. 이조시대에는 단(旦)이 태조 이성계(李成桂)의 임금이 된 뒤의 이름이었기 때문에 글자를 본래대로 읽지 않고 조(朝)와 같은 글자로 읽었기 때문이다. 원단(元旦)을 「원조」라고 읽은 것도 역시 같은 이유에서였다. 이른바 촉휘(觸諱)라는 것으로, 임금의 이름을 함부로 부르지 못하는 제도 때문이었다.

월하노인 月下老人

달 月 아래 下 늙을 老 사람 人

남녀의 인연을 맺어 주는 사람. 중매쟁이.

— 《태평광기(太平廣記)》

「월하노인」은 달 아래 늙은이란 말이다. 그러나 이 말은 달빛을 구경하는 노인의 뜻이 아니라, 인간 세계의 부부의 인연을 맺어 주는 저승(冥界)의 노인을 말한다. 그래서 중매를 서는 사람을 「월하노인」이라 부르기도 하고, 이를 약해서 「월노(月老)」라고도 한다. 이 밖에 월하노인의 전설과 「얼음 밑에 있는 사람(氷下人)」의 전설이 합쳐진 「월하빙인(月下氷人)」이란 말도 같은 뜻으로 쓰이고 있다.

「월하노인」은 《태평광기》에 수록된 정혼점(定婚店) 전설에서 나온 문자다. 「정혼점」 전설은 다음과 같다.

장안 근처 두릉(杜陵)이란 곳에 사는 위고(韋固)가 송성(宋城) 남쪽 마을에 묵고 있을 때 일이다. 어떤 사람이 혼담을 청해 와서, 이튿날 새벽 마을 뒤쪽에 있는 용흥사(龍興寺) 문 앞에서 만나 상의하기로 했다. 일찍이 양친을 잃고 장가를 들고 싶어도 말해 주는 사람이 없어 따분했던 위고는 날이 밝기도 전에 미리 절 앞으로 나갔다.

문 앞에 이르자, 약속한 사람은 아직 와 있지 않고 웬 노인이 돌계단에서 베자루(巾囊)에 기대고 앉아 달빛을 빌어 책을 읽고 있었다.

「무슨 책입니까?」하고 묻자 노인은 웃으며,

「이건 이 세상 책이 아니야」하고 대답했다.

「그럼 저 세상 책인가요?」

「그렇지」

「그럼 노인장께서는 저 세상 분이신가요? 그렇다면 어떻게 여기를······」

「저 세상에서 소임을 맡고 있는 사람은 모두 이 세상을 다스려야만 하거든. 그러려면 자연 이 세상으로 나와야 하지 않겠나. 지금 이 시각에 나다니는 사람은 거의 저 세상 사람들이지. 다만 이 세상 사람들이 알아보지 못하는 것뿐이지」

「그럼 노인장께서 맡으신 일은 무엇이온지?」

「나는 이 세상 사람들의 남녀간에 인연을 맺어 주는 사람일세」

「그럼 마침 잘 됐군요. 실은 제가 이리로 나오게 된 것도 혼담 때문인데, 그 일이 잘 될는지요?」

「자네 아내 될 사람은 이제 세 살이니, 아직 15년은 있어야 장가를 들 수 있어」

「네? 그런데, 그 자루 속에 든 것은 무엇인가요?」

「붉은 끈일세. 부부가 될 사람의 발을 서로 붙들어 매기 위한 거지. 사람이 태어나면 이 실로 매어 두는 걸세. 그러면 아무리 상대가 원수지간이든, 신분의 차이가 있든, 몇 천 리를 떨어져 있든 반드시 만나 살게 되는 걸세. 자네도 그 세 살 먹은 여아와 맺어져 있으므로 다른 여자와 결혼을 하려 해도 다 소용이 없는 일일세」

「그럼 그 아이는 지금 어디에?」

「마을 북쪽에서 채소 장사를 하고 있는 진(陳)이란 노파의 딸일세」

「만나 볼 수 있을까요?」

「늘 시장에 안고 나와 있으니까 만나 볼 수 있지. 소원이라면 따라오게. 내가 가르쳐 줄 테니」

그럭저럭 날이 밝았는데, 약속한 사람은 나타나지 않았다. 노인은 자루를 메고 일어나 가려 했다. 급히 노인을 따라가 보았더니, 노인은 한쪽 눈이 먼 늙은 여자 품에 안겨 있는 계집아이를 가리키며 말했다.

「이 애가 자네 배필일세」

「저걸 언제 키워서! 차라리 죽여 없애버리리라」

위고는 무심중 말해 버렸다.

「죽이다니! 그 아이는 장차 아들 덕에 봉록까지 받게 되어 있는데」

노인은 이 말을 남기고는 홀연히 모습을 감추어 버리고 말았다.

「기가 차군. 누가 저런 거지 딸에게 장가를 든담」

위고는 하인에게 비수와 상금을 주고는 그 어린애를 죽이고 오라고 시켰다. 그러나 하인은 가슴을 찌른다는 것이 칼이 빗나가 두 눈썹 사이를 찌르고 말았다고 돌아와 고했다. 그로부터 14년이 지나 위고는 상주(相州)의 관리가 되었다. 영리한 그는 주장관의 신임을 얻어 그의 딸을 아내로 맞게 되었다. 그녀는 열일곱 한창 피어나는 고운 얼굴이었는데, 꽃 모양의 종이를 두 눈썹 사이에 붙이고 있었다.

1년이 훨씬 지난 어느 날, 위고는 문득 옛날 일이 기억에 되살아났다. 혹시나 하고 다그쳐 까닭을 물었더니, 아내는 울며 사실을 말했다.

「저는 실은 장관의 친딸이 아니고 수양딸이었습니다. 제 친아버지는 송성현 원으로 있을 때 돌아가시고, 그 뒤 어머니도 오빠도 죽고 없어 진(陳)이란 노파 손에서 자라났습니다. 제 나이 세 살 때 시장에서 괴한의 칼을 맞았는데, 그때의 상처가 남아 이렇게 가리고 있는 것입니다」

「그 진 노파는 한쪽 눈이 멀지 않았던가?」

「그렇습니다. 그걸 어떻게……」

「그대를 찌르게 한 것은 바로 나였소」 하고 그는 지난 일을 자세히 이야기해 주었다.

그 뒤로 두 부부는 한결 정답게 살게 되었는데, 그들 사이에 태어난 아들이 뒤에 안문군(雁門郡) 태수가 되고, 어머니는 태원군 태부인이란 작호를 받았다. 그래서 이 이야기를 들은 송성현 현령이 그 마을을 「정혼점」이라고 고쳐 부르게 했다는 것이다.

유교무류 有教無類

있을 有 가르칠 敎 없을 無 무리 類

모든 사람을 가르쳐 이끌어 줄 따름으로,
가르치는 상대에게 차별을 두지 않는다.

— 《논어》 위령공편(衛靈公篇)

「유교무류」는 모든 사람을 가르쳐 이끌어 줄 뿐, 가르치는 상대에게 차별을 두는 일이 없음을 말한다.

이 말은 《논어》 위령공편에 있는 공자의 말이다.

좋은 예로, 공자는 호향(互鄕)이란 마을에 사는 아이가 찾아왔을 때, 제자들은 그 아이를 대문 밖에서 돌려보내려 했으나 공자는 그 아이를 들어오라 해서 반갑게 맞아 주고 또 그가 묻는 말에 일일이 대답해 준 일이 있다. 호향이 어떤 곳이었는지는 구체적으로 언급되어 있지 않았으나, 그 지방 사람과는 말도 함께 할 수 없다고 한 것으로 미루어보아 어느 특정 지역에 사는 천한 계급이나 천한 직업에 종사하고 있는 사람들이었던 것 같다.

아무튼 제자들이 그 아이를 만나준 데 대해 공자의 처사를 의심할 정도였는데, 공자는 이 때 제자들을 이렇게 타일렀던 것이다.

「사람이 깨끗한 마음으로 찾아오면 그 깨끗한 마음을 받아들일 뿐 그가 과거에 어떤 일을 한 것까지 따질 것이야 있겠느냐. 그의 과거를 따지는 그런 심한 차별을 할 것까지는 없지 않느냐?」하고 오히려 제자들의 차별의식을 안타까워했다.

석가나 예수나 공자나 인류를 똑같이 사랑으로 대한 데서 우리는 인간의 존엄성과 함께 자기 수양과 회개에 더욱 용감할 필요가 있다고 본다.

유능제강 柔能制剛

부드러울 柔 능할 能 억제할 制 굳셀 剛

부드러운 것이 오히려 강하고 굳센 것을 이김.

— 《황석공소서(黃石公素書)》

부드러운 것이 능히 강한 것을 제압하는 것이 「유능제강」이다. 이 말은 《황석공소서》라는 병서에 나오는, 「부드러운 것이 능히 단단한 것을 이기고, 약한 것이 능히 강한 것을 이긴다」고 한 말에서 나온 말이다. 이 두 말을 합친 말로 《노자》 36장에는 이미, 「부드럽고 약한 것이 능히 단단하고 억센 것을 이긴다(柔弱勝剛强)」고 나와 있다.

부드러운 것이 강한 것을 이긴다는 말은 얼핏 생각하면 맞지 않는 말 같지만, 큰 안목과 먼 안목으로 볼 때 강한 것은 역시 부드러운 것에 의해서만 제압될 수 있는 것이다. 사나이의 거친 성질을 꺾을 수 있는 것은 여자의 부드러운 사랑뿐이다. 우는 어린아이를 달래는 방법은 무서운 호랑이보다도 달콤한 곶감이라고 하지 않는가.

인간의 억센 감정을 억센 것으로 누른다는 것은 일시적이요 표면적인 것일 뿐 영구적이고 근본적인 것은 못된다. 손으로 비비면 깨지고 마는 한 알의 씨앗이 무거운 바위와 단단한 땅을 뚫고 싹을 내밀지 않는가. 정치도 마찬가지다. 무서운 법으로 탄압한다고 사람들이 순종하는 것은 아니다. 강철은 강한 줄로는 갈리지 않지만, 무른 숫돌에는 갈아진다.

가위는 한쪽 쇠가 물러야만 잘 드는 법이다. 무른 것을 끊을 수 있는 것은 강한 것이지만, 강한 것의 강포함을 막는 것 역시 무른 것이다.

정쟁(政爭)에 외교가 필요한 것도, 매수니 미인계니 하는 것도 다 「유능제강」의 원리에서 나온 행동의 일면이라고 볼 수 있다.

위험할 危 급할 急 있을 存 망할 亡 의 之 때 秋

국가의 운명에 관한 중요한 시기.

— 제갈양 『출사표(出師表)』

「위급존망지추(危急存亡之秋)」란 말은, 사느냐 죽느냐 하는 위급한 시기란 뜻이다. 추(秋)는 가을이란 뜻도 되지만, 시기라는 뜻으로도 쓰인다.

이 말은 제갈양의 「출사표(出師表)」에 있는 말이다.

유현덕의 삼고초려의 정성에 감동되어 스물일곱 살 젊은 나이로 세상에 떨치고 나온 제갈양은 현덕을 도와 촉한의 기반을 다지고, 통일천하의 사명감에 있는 힘과 지혜를 다 기울였으나, 촉한은 삼국 중에서도 오히려 열세에 놓인 채 현덕이 일찍 죽고 만다.

이리하여 제갈양은 내정과 더불어 서남방을 평정하여 후방의 염려를 없앤 다음 조조의 위(魏)나라와 결전을 감행하게 된다.

출정에 앞서 용렬한 후주(後主) 유선(劉禪)에게 출정의 동기와 목적을 밝힌 표문이 바로 이 「출사표」다. 그러나 첫번째 출정은 뜻을 이루지 못하고 돌아왔다.

그리하여 이듬해 다시 출정을 하게 되는데, 이때 바친 것이 이른바 「후출사표」다. 그러나 이 출정에서도 제갈양은 목적을 이루지 못하고 병으

출사표

로 진중에서 죽게 된다.

이「출사표」첫머리에 이「위급존망지추」란 말이 나온다.

「선제께서 한실(漢室) 부흥의 사업을 시작하시고, 아직 그 반도 이루지 못한 채 도중에 세상을 떠나시고, 지금 천하가 셋으로 나뉘어져 있는데, 그 중에서도 촉한의

제갈공명 묘

익주(益州) 백성이 가장 지쳐 있으니, 지금이야말로 살아남느냐 망하느냐 하는 위급한 때입니다……」

출사표는 전·후 둘이 있기 때문에「전출사표」「후출사표」로 구분해 부르게 되고, 둘을 합쳐「출사이표(出師二表)」라고도 한다.

《삼국지》촉지 제갈양전에는 물론이고,《문선》《문장궤범》《고문진보 후집》등에 수록되어 있다.

촉한으로 정통을 주장하는 학파가 후세에 한동안 우세했던 이면에는, 제갈양의 이「출사표」에 감명을 받은 학자들 때문이라고 할 정도로 이「출사표」의 내용과 문장은 감명적이다.

十羊九牧
십 양 구 목

열 마리의 양에 양치기가 아홉 명.
백성은 적은데 관리만 많다.

— 《수서(隋書)》 —

가죽 韋 책끈 編 석 三 끊을 絶

가죽으로 맨 책의 끈이 닳아 끊어질 정도로 독서에 힘씀.

— 《사기》 공자세가(孔子世家)

가죽으로 맨 책 끈이 세 번이나 닳아 끊어진 것이 「위편삼절」이다. 이것은 《사기》 공자세가(孔子世家)에 있는 말로, 공자가 만년에 《주역》을 좋아해서 어찌나 여러 번 읽고 또 읽고 했든지, 대쪽을 엮은 가죽 끈이 세 번이나 끊어졌다고 한 데서 나온 말이다. 즉,

「공자가 늦게 《역(易)》을 좋아하여……역을 읽어 가죽 끈이 세 번 끊어졌다」고 했다.

그래서 공자 같은 성인으로서도 학문 연구를 위해서는 피나는 노력을 해야만 했다는 한 예로서 이 말이 인용되기도 하고, 또 후인들의 학문에 대한 열의를 나타내는 말로도 인용되곤 한다.

서양의 명언에도 "There is no royal road to learning." (학문에 왕도란 없다)라고 했다. 또 "Genius is one percent inspiration and ninety-nine percent perspiration." 〔천재는 99퍼센트가 땀(노력)이고 1 퍼센트만이 영감이다〕라는 에디슨의 명언과 같이 공자의 위대한 문화적 업적 가운데는 이 「위편삼절」과 같은 노력이 숨어 있었다는 것을 알 수 있다. 공자는 스스로를 평하기를,

「나는 발분(發憤)하여 밥 먹는 것도 잊고, 즐거움으로 근심마저 잊은 채, 세월이 흘러 몸이 늙어가는 것조차 모른다」고 했다.

공자는 또 음악을 좋아했는데, 제나라로 가서 소(韶)라는 음악을 들었을 때는 석 달 동안 고기 맛을 모를 정도로 열중한 끝에,

「내가 음악을 이렇게까지 좋아하게 될 줄은 미처 몰랐다」고 했다.

유무상생 有無相生

있을 有 없을 無 서로 相 날 生

유(有)는 무(無)에서 생긴다.

— 《노자》 제2장

이와 비슷한 말에, 「유무상통(有無相通)」이라는 것이 있지만, 이 두 말은 서로 관계가 없을 뿐만 아니라, 또한 의미도 다르다. 「유무상통」은 《사기》에서 나온 말로서, 그 의미는 서로 있는 것과 없는 것을 교환하며, 유통해 주고받는 것을 말한다.

「유무상생」은 《노자》제2장에 있는 말이다. 또한 「유생어무(有生於無 : 유는 무에서 생긴다)」라는 같은 의미의 말이 제40장에 보인다. 제2장에는,

「천하의 사람들은 모두 이것이 미(美)라고 인지(認知)하지만, 동시에 타면(他面)에 악이 있다는 것을 알아야 한다. 선과 불선과의 관계도 또한 그렇다. 이와 같이 하나의 존재는 그와 대립하는 다른 존재를 인정함으로써 존재한다. 유는 무가 있음으로 해서 존재하고, 난(難)은 이(易)에 의하여, 장(長)은 단(短)에 의하여 존재한다……(天下皆知 美之爲美 斯惡已 皆知善之爲善 斯不善已 故有無相生 難易相成 長短相較……)」라고 있다.

이 세상은 모두 관계로 인하여 존재한다. 존재는 모두 상대적이며, 모든 가치도 또한 상대적이라는 것을 말한 것이다. 이러한 사고방식은 노자의 인식론(認識論)의 기본을 이루고 있으며, 또한 우주 구성의 원리이기도 하다.

상식의 세계에 있어서 무라는 존재는 없다. 존재하는 것은 유이다. 그러나 노자 식으로 말한다면 무 없이 유는 존재할 수 없다. 무와 유의 이

노자

관계를 방과 창은, 공간 즉 무가 있음으로 해서 방이라든가 창으로서 존재한다는 비유로 나타낸다. 또한 「천지 사이는 그것이 마치 탁약(橐籥 : 풀무) 같은 것일까. 속이 비어 있기 때문에, 굽히지 않고, 움직이면 얼마든지 바람을 낸다」 라는 비유로 나타낸다. 풀무는 무(無)가 있음으로 해서 비로소 풀무로서 존재한다.

이 비유에는 또 하나의 다른 의미를 느낄 수 있다. 풀무는 존재하지만, 활동함에 따라 시시각각으로 모양을 바꾼다. 형태로서 존재하는 것은, 따라서 변화하는 것이다. 생성소멸의 상태를 통하여 계속하는 것이다.

존재가 활동한다는 것은 그러한 것이며, 그 활동을 가능케 하는 것이 무인 것이다. 무는 무한한 힘을 가지고 유를 낳는다. 풀무는 어디까지나 비유이기 때문에, 무와 유는 관계를 완전히 설명할 수는 없다 할지라도 대단히 적절한 비유인 것이다.

제40장에서는 이렇게 말하고 있다.

도(眞理)에서 본다면, 움직인다는 운동은 되돌아간다는 운동이다. 어디론가로 움직이고 있다는 것은 되돌아가고 있다는 것이다. 사물이 어떠한 형태로 되어 가고 있다는 것은, 아무것도 아닌 것으로 되어가고 있다는 것이다. 또한 강한 상태—무엇인가를 이루고사 하는 상태—는 운동이 멎은 약한 상태, 의지가 없어진 정(靜)의 상태로 돌아가고 있는 것으로, 그것이 도(道)의 작용인 것이다. 유는 무에서 생겨 무로 돌아간다. 존재한다는 것은 없어지는 것이다.

이상이 이 장의 의미이다. 「그 근원으로 복귀한다」 라든가, 「무극

(無極)에 복귀한다」라든가 하고 노자가 말하는 것도 이런 의미이다.

《노자》모두(冒頭)의 유명한 말,

「무명천지시 유명만물지모(無名天地始　有名萬物之母)」라고 말하는 것도 유무의 관계를 풀이해 주는 것으로 보아도 좋다. 무가 유인

소 탄 노자

천지를 낳고, 더욱 발전하여 만물을 낳는다. 무가 있은 다음에 유가 있다는 것은 시간적으로 무가 먼저 존재한다는 것은 아니다. 유와 더불어 무가, 무와 더불어 유가 존재한다고 보아야 될 것이다.

따라서 유명의 것도, 무명의 것도 실은 하나라고 말해도 좋다. 절대의 세계에 서면, 유도 무도 하나인 것이다. 이 하나를 체득하는 것을 노자는「포일(抱一)」이라든가,「포박(抱朴)」이라든가 하는 말로 나타냈다.

하나를 품은 인간은 조화를 이룬 통일을 얻을 수가 있다. 하나(一)라고 하는 것은 또한 노자가 말하는 현묘한 도이며, 자연이며, 실재(實在)이다. 그러나 노자는 어느 쪽이냐 하면, 무(無)를 강조한 나머지, 무가 튕겨낸 유(有)와 그 활동을 가치가 없는 것같이 다루었다.

그것은 인간이 유의 세계에만 집착하여, 무의 가치를 전연 몰랐기 때문이다. 무를 보다 본원적인 것으로 생각하여,「유는 무에서 생긴다」라고 말한 것이다.

유비무환 有備無患

있을 有 준비할 備 없을 無 근심 患

준비가 있으면 근심할 것이 없다.

— 《서경》 열명(說命)

준비가 되어 있으면 뒷걱정이 없는 것이 「유비무환」이다.

너무도 당연한 일이요, 평범한 진리다. 그러나 이치는 당연하고 말은 쉬운데도 실천하기란 쉬운 일이 아니다. 쉽지 않기 때문에 이 말의 귀중함을 다시금 절실히 느끼게 된다. 《서경》 열명에 나오는 말이다.

「열명」은 은나라 고종(高宗)이 부열(傅說)이란 어진 재상을 얻게 된 경위와, 그로 하여금 어진 정사에 대한 의견을 말하게 하고, 이를 실천하게 하는 내용을 기록한 글인데, 이 「유비무환」이란 말은 그가 고종 임금에게 올린 글 가운데 있는 말이다. 그 첫 부분을 소개하면,

「생각이 옳으면 이를 행동으로 옮기되 시기에 맞게 하십시오 스스로 그것이 옳다는 생각을 가지고 있으면 그 옳은 것을 잃게 되고, 스스로 그 능한 것을 자랑하게 되면 그 공을 잃게 됩니다. 오직 모든 일은 다 그 갖춘 것이 있는 법이니, 갖춘 것이 있어야만 근심이 없게 될 것입니다(惟事事 乃其有備 有備無患)」

즉 모든 일에는 그것이 갖추고 있어야만 되는 여러 가지 조건이 있으므로, 그 조건이 다 구비되어 있어야만 다른 염려가 없다는 것이다. 농사를 지으려면 먼저 농토가 있어야 하고, 거기에 필요한 연장과 씨앗, 그리고 농사짓는 방법과 비료와 약품과 필요한 경비와 그 밖의 필요한 지식과 준비들을 완전히 갖춘 뒤라야 농사를 아무런 염려 없이 제대로 옳게 지을 수 있는 것이다.

유 신   維 新

발어사 維 새로울 新

모든 것을 고쳐 새롭게 함. 묵은 제도를 아주 새롭게 고침.

— 《시경》 대아(大雅) 문왕편

유(維)는 발어사(發語辭)라고 해서 별 뜻이 없다. 「유신」은 결국 새롭다는 뜻이다. 그러나 이것이 뒤로 전해 오며 「유신」이란 말만이 갖는 독특한 의미를 갖게 되었다.

이 「유신」이란 말이 독특한 뜻을 처음 갖게 된 것은 《시경》 대아(大雅) 문왕편에 의해서다.

대아는 소아와 함께 국풍(國風)과는 달리 자연 발생적인 것이 아니고, 궁중 악사에 의해 만들어진 의식적이고 창작적인 성격을 띤 아악(雅樂)의 가사다.

소아는 손님들이 모인 연회석에 쓰이는 아악으로 그 가사 안에는 성격상 민간의 것이 많이 포함되어 있지만, 대아는 회조(會朝)에 쓰이던 아악으로 공식적인 성격을 띠어 장중한 맛이 있다.

문왕편(文王篇)은 문왕의 덕을 추모하고 찬양한 시로서, 전부 7장으로 되어 있는데, 이 「유신」이란 말이 들어 있는 첫장을 소개하면 다음과 같다.

문왕이 위에 계시니
아아, 하늘에 빛나시도다.
주나라가 비록 옛 나라이나
그 명이 새롭다.
주나라가 빛나지 않으리오
상제의 명이 때가 아니리오

문왕이 오르내리시며
상제의 좌우에 계시도다.

文王在上	於昭于天
문왕재상	어소우천
周雖舊邦	其命維新
주수구방	기명유신
有周不顯	帝命不時
유주불현	제명불시
文王陟降	在帝左右
문왕척강	재제좌우

주문왕 묘

문왕의 덕이 높고 또 높아 해처럼 온 하늘에 빛나고 있다. 주나라가 천 년이나 전통을 지닌 오랜 제후의 나라였지만, 우리 문왕의 높고 높은 덕으로 말미암아, 하느님께서 통일천하의 새로운 사명을 내리셨다. 주나라가 어찌 찬란하게 일어나지 않을 수 있겠는가. 하느님의 명령이 어찌 때에 맞게 내리지 않을 리 있겠는가. 문왕의 혼령은 임의로 하늘과 땅을 오르내리시며 늘 상제의 옆에 계신다는 뜻이다.

우리가 현재 쓰고 있는 「유신」이란 말 가운데는 「주나라가 비록 오랜 나라이나 그 명이 새롭다」고 한 「혁신(革新)」의 뜻이 보다 강하게 들어 있다. 즉 국가적인 차원에서 그것도 근본적인 개혁을 뜻하게 된다.

이 「유신」이란 말이 보다 먼저 쓰인 것은 《서경》 하서(夏書) 윤정편(胤征篇)에서였다. 이 글은 윤후(胤侯)가 하왕(夏王)의 명령으로 희화(羲和)를 치러 갈 때의 선언으로, 희화를 치게 된 까닭을 설명하고 그곳 관리들과 백성들을 안심시키기 위해 만들어진 것이다.

목적은 괴수인 희화 한 사람을 제거함으로써 무고한 백성이 화를 입지 않도록 하기 위한 것이므로 그의 위협에 못 이겨 본의 아닌 과오를 범한 사람은 일체 죄를 묻지 않는다고 선언한 다음, 오래 물들어 있는 더러운 습성을 모두가 함께 씻어내어 새롭게 하자고 당부했다. 즉「다 함께 새롭게 하자」는 말을「함여유신(咸與維新)」이라고 썼다.「유신」이란 말이 널리 알려지게 된 것은 《대학》 신민장(新民章)에,

「시에 말하기를 『주 나라가 비록 옛 나라이나, 그 명이 새롭다』고 했다(詩曰 周雖舊邦 其命維新)」고 인용되어 있기 때문이다.

결국「유신」은 혁명이 아닌 자체의 발전적인 과감한 개혁을 말하는 것이다.「유신」은 우리나라의 정치에도 도입되고 있다. 제3공화국이 1972년 11월 21일「유신헌법」을 국민투표로 제4공화국 헌법으로 확정했다.

여기에는 조국의 평화적인 통일과 한국적 민주주의 토착화를 목적으로 한다고 되어 있다.

爲無爲 則無不治
위무위　　즉무불치

무위(無爲)의 정치를 할 때 비로소 세상은 잘 다스려진다.
무위, 즉 인위적이 아닌 정치를 할 때 비로소 세상은 잘 다스려진다. 요순(堯舜)의 정치는 천자의 위의(威儀)를 갖추고 있을 뿐인데도 천하가 잘 다스려진다고 한다.

— 《노자》 3장 —

유약무실약허 有若無實若虛

있을 有 같을 若 없을 無 찰 實 빌 虛

있어도 없는 것 같고, 차 있어도 텅 빈 것같이 보임.

— 《논어》 태백편

있어도 없는 것 같은 것이 「유약무(有若無)」이고, 차 있어도 텅 빈 것같이 보이는 것이 「실약허(實若虛)」다. 이 말은 《논어》 태백편에 있는 말로, 증자가 죽은 안자의 옛 모습을 회상하며 한 말 가운데 나오는 말이다. 그 전문을 소개하면 다음과 같다.

「능한 것으로 능하지 못한 것에 묻고, 많은 것으로 적은 것에 묻고, 있어도 없는 것 같고, 차도 빈 것 같으며(以能問於不能 以多問於寡 有若無 實若虛), 상대가 나를 침범해 와도 그것을 탓하지 않는 것을 옛날 내 친구가 이렇게 했었다」

여기에는 옛날 내 친구라고만 나와 있지만, 이것은 공자보다 먼저 죽은 안자를 가리켜 말한 것이 틀림없다. 뒷사람들은 여기 나와 있는 것들이 모두 무아(無我)의 경지에 이른 성인이 아니고서는 도저히 될 수 없는 일이므로, 그것은 안자가 틀림없다는 데 의견의 일치를 보고 있다.

안자는 「극기복례(克己復禮)」에서 이미 소개가 되어 있지만, 그가 만일 공자만큼 오래 살았으면 공자 이상의 위대한 업적을 남겼으리라는 평들을 하고 있다. 그러기에 그가 죽었을 때 공자는, 「하늘이 나를 망쳤다, 하늘이 나를 망쳤다」 하고 통곡을 금치 못했다. 그러자 제자들이 위로를 하자, 「내가 너무 슬퍼하느냐? 내가 이 사람을 슬퍼하지 않고 누구를 슬퍼하겠느냐」 고까지 말했다.

공자는 자기가 못 다한 일을 안자가 해줄 것으로 믿고 있었다.

응접불가 應接不暇

응할 應 접할 接 아니 不 겨를 暇

응접에 겨를이 없다. 몹시 바쁨.

— 《세설신어(世說新語)》

진(晉)나라 사람으로 아버지 왕희지(王羲之)와 더불어 2왕(王)으로 일컬어질 만큼 유명한 서예가요 고관이었던 왕헌지(王獻之)라는 인물이 있다.

그는 한때 북쪽지방의 산음(山陰)이라는 곳을 여행한 적이 있었는데, 그 경치의 수려함을 이야기한 가운데 이「응접불가」라는 멋진 말을 남겼다.

세설신어 갑인자본

「산음의 길은 장관이다. 길을 걸으면 높게 솟은 산과 깊은 개울이 연이어 나타난다. 그것들이 서로 그림자를 비치고 빛나며 스스로 아름다움을 다투어 나타내 그 응접에 겨를이 없을 정도다. 단풍이 들고 하늘이 높은 가을과 쓸쓸한 겨울에는 다른 생각조차 모두 잊게 된다」

얼마나 멋진 풍경이 연이어 나타났으면,

「일일이 다 맞이할 겨를이 없다」고까지 말을 하였을까.

오늘날 그저 새로운 사건이 잇닿는 것을 뜻하는 이 말은 원래는 이렇게 아름다운 경치를 표현하는 멋진 찬사였다.

융준용안 隆準龍顏

높을 隆 콧마루 準 용 龍 얼굴 顏

우뚝한 코와 용의 얼굴. 한고조 유방의 얼굴을 일컬음.

— 《사기》 고조본기(高祖本紀)

「융준용안」은 한고조 유방의 얼굴 특색을 말한 것으로, 보통 융준 (隆準)은 콧대가 우뚝 솟은 것을 말하고, 용안(龍顏)은 얼굴 생김새가 용처럼 생겼다는 뜻으로 풀이하고 있다. 그러나 용처럼 이란 말은 좀 막연하다.

그래서 「융준용안」의 해석에는 다른 의견들이 있다.

이 말이 실려 있는 《사기》 고조본기의 주해를 보면 배인(裵駰)이 편 찬한 집해(集解)에는 응소(應劭)의 말을 인용하여,

「융(隆)은 높다는 뜻이다. 준(準)은 뺨이 반듯하고 평편한 것을 말한

진시황

다. 안(顏)은 이마다. 제나라 사람 은 상(顙)이라 하고, 여남(汝南), 회 사(淮泗) 사이에서는 이마를 안(顏) 이라고 한다」하고, 또 동시에 문 영(文穎)의 말이라 하여 준(準)은 코(鼻)다」라고 했다.

그런데 코라고 할 때는 음이 준 (準)이 아니고 절(準)로 읽게 되어 있다. 즉 「융절용안」이라고 해야 할 것을 보통 쓰이는 법(法)과 평 (平)의 뜻을 말할 때와 같은 「준」 이란 음으로 그대로 읽고 있는 것

이다.

또 사마정(司馬貞)이 지은 《색은(索隱)》이란 책에는 이렇게 말하고 있다.

「진시황은 봉목장준(蜂目長準)이었다고 한다. 대개 코가 높이 솟은 것을 말한다. 문영의 말인즉, 고조는 용(龍)을 느끼고 태어났기 때문에 그 얼굴 모양이 용 같아서 목은 길고 코가 높다는 것이다」

한고조 유방

용을 느꼈다는 이 「융준용안」이란 말 앞에 나와 있는 한고조의 태생 전설을 말한 것이다.

고조본기의 첫머리를 소개하면 다음과 같다.

「고조는 패풍읍 중양리 사람으로 성은 유씨(劉氏)고 자(字)는 계(季)다. 아버지는 태공(太公)이라 불렀고, 어머니는 유온(劉媼)이라 했다. 유온이 언젠가 큰 못 가 언덕에서 자고 있는데, 꿈에 귀신과 같이 만나게되었다. 그때 천둥 번개가 요란하고 천지가 캄캄했다. 태공이 가서 자세히 보니 그 위에 교룡(蛟龍)이 나타나 있었다. 그런 다음 태기가 있어 드디어 고조를 낳았다. 고조는 사람 된 것이 융준에 용안이었고, 수염이 아름다우며 왼쪽 다리에 72개의 검은 점이 있었다」

지금도 관상가들은 용안의 안(顔)을 얼굴이 아닌 이마로 보고 있고 용의 특색은 이마가 높은 데 있다는 것이다. 즉 코도 높고 이마도 높은 것이 「융준용안」이라는 것이다.

그런데 지금은 이 말이 얼굴이 남자답게 잘 생겼다는 뜻으로 쓰이기도 한다. 또 용의 눈(龍眼)으로 풀이하는 사람도 있다.

은감불원 殷鑑不遠

은나라 殷 거울 鑑 아니 不 멀 遠

멸망의 선례(先例)는 옛 시대에 찾지 않아도 바로 전대(前代)에 있다는 뜻으로, 다른 사람의 실패를 보고 자신의 경계로 삼음.

— 《시경》 대아(大雅) 탕편

「역사는 되풀이된다」라고 말하지만, 「삼대(三代)」로서 알려진 중국 고대의 3왕조, 즉 하(夏)·은(殷)·주(周)의 흥망의 역사도 또한 그 「되풀이」의 일례이다.

은감(殷鑑)은 은나라의 거울이란 뜻이다. 즉 은나라가 거울삼아 볼 수 있는 것을 말한다. 하(夏)나라가 망함으로써 은나라가 일어났다가 어떻게 해서 망했는가 하는 것을 거울삼아 은나라는 그런 일을 되풀이하지 말아야 할 것이다. 그 하나라가 망한 전례가 지금으로부터 머지않은 과거에 있다. 그것을 은나라의 거울로 삼았다 하는 뜻이 「은감불원」이다.

하나라가 걸왕(桀王)의 포학과 방탕으로 망하고, 탕왕(湯王)이 은나라를 새로 세웠다. 약 6백 년을 내려온 은나라는 28대 왕인 주(紂)대에 망한다. 주는 유소(有蘇)의 나라를 치고 그곳의 미녀 달기(妲己)라는 여자를 사랑하게 되자 「주지육림」의 놀이를 즐기며, 불평과 원망을 하는 사람이 있으면 「포락지형(炮烙之刑)」에 처하는 등 음락(淫樂)과 포학을 자행했다.

이때 서백(西伯) 주왕(周王) 창(昌 : 뒤의 문왕)이 주를 간한 말이라 하여 이 「은감불원」이란 말이 《시경》 대아(大雅) 탕편 제8장에 나와 있다.

문왕이 말하기를 슬프다

슬프다 너 은상아
사람이 또한 말이 있다
넘어지는 일이 일어나면
가지와 잎은 해가 없어도
뿌리는 실상 먼저 끊어진다고
은나라 거울이 멀지 않다
하후의 시대에 있다.

주문왕

文王曰咨　咨汝殷商
　문왕왈자　　자여은상
人亦有言　顚沛之揭
　인역유언　　전패지게
枝葉未有害　本實先撥　지엽미유해　본실선발
不殷鑑遠　在夏后之世　불은감원　재하후지세

글 뜻은 어려울 것이 없다. 은상(殷商)은 주(紂)를 가리킨다. 나무가
넘어질 때는 가지와 잎은 비록 그대로 있다 해도 뿌리는 벌써 끊어지고
없다는 것은 나라의 형태는 아직 갖춰져 있지만 나라의 뿌리인 조정의
기강(紀綱)은 이미 끊어졌음을 말한다.

그러나 실상 이 시는, 주나라 10대 왕인 여왕(厲王)의 포학함을 한탄
한 소목공(召穆公)이 여왕을 간할 목적으로 자기가 하고 싶은 말을 문왕
이 주에게 한 말로 꾸며서 지은 것이라 한다.

지금은 이 말이 실패한 전례가 바로 얼마 전에 있었다는 뜻으로 널리
쓰이고 있다. 또「은감을 삼는다」하면「직접 실패한 것을 보고 교훈
을 삼는다」는 뜻이 된다.

은거방언 隱居放言

숨을 隱 살 居 방자할 放 말씀 言

은거하여 살면서 자기의 생각을 모두 토파(吐破)함.

— 《논어》 미자편(微子篇)

은거(隱居)는 세상에 나아가 활동을 하지 않고 조용히 집에서 사는 것을 말한다. 꼭 숨어서 사는 것이 은거는 아니다. 방언(放言)은 말을 함부로 한다는 뜻이다. 이 말은 《논어》 미자편(微子篇)에 있는 말이다. 그 전문을 소개하면 다음과 같다.

일민(逸民 : 출세를 못한 사람)에 백이·숙제·우중(虞仲)·이일(夷逸)·주장(朱張)·유하혜(柳下惠)·소련(少連) 등이 있었다.

공자는 말씀하셨다.

「그 뜻을 굽히지 않고, 그 몸을 욕되지 않게 한 것은 백이와 숙제다」

또 유하혜와 소련에 대해서는 이렇게 말씀하셨다.

「뜻을 굽히고 몸을 욕되게 했으나, 하는 말이 도리에 맞고 하는 행동이 이치에 맞았다. 그것뿐이다」

또 우중과 이일을 놓고 이렇게 말씀하셨다.

「숨어 살며 말을 함부로 했으나, 몸을 깨끗이 지녔고 버린 것이 권도(權道)에 맞았다(隱居放言 身中淸廢中權)」

공자는 끝으로 말하기를,

「나는 이들과는 다르다. 나는 꼭 옳다는 것도 없고, 옳지 않다는 것도 없다(我則異於是 無可無不可)」

백이와 유하혜에 대해서는 각각 「불념구악(不念舊惡)」이란 제목에서 소개한 바 있으므로 우중에 대한 설명만을 하기로 한다. 우중은 주문왕(周文王)의 중부(仲父)로 아우인 왕계(王季)에게 태자의 자리를 물려

주기 위해, 맏형인 태백(泰伯)과 함께 병들어 누운 아버지 대왕의 약을 구하러 간다면서 멀리 남쪽 바닷가로 피해버린 사람이다. 즉 중옹(仲雍)을 말한다.

그것은 태백의 뜻을 따라 왕계에게 태자의 자리를 물려줌으로써 문왕으로 하여금 임금이 되게 하려는 나라와 천하를 위한 자기희생이었다. 이조시대의 양녕대군(讓寧大君)과 효령대군(孝寧大君)의 이야기를 연상케 하는 일을 한 것이다.

그들은 오(吳)나라로 가서 머리를 짧게 자르고 몸에 먹물로 그림을 그려 토인들과 같은 생활을 즐겼다고 한다. 「버린 것이 권도에 맞았다(廢中權)」는 것은 바로 그들의 그런 자기희생이 대의를 위한 부득이한 처사였다는 이야기다. 그러나 우중과는 달리 장자 같은 사람이나 그 계통의 이른바 죽림칠현(竹林七賢), 도연명 같은 사람들도 「은거방언」의 대표적인 사람으로 들 수 있을 것 같다.

공자가 말한 「옳다는 것도 옳지 않다는 것도 없다」는 것은 이른바 시중(時中)을 말하는 것이다. 어떤 행동의 기준이나 철칙 같은 것이 없고 그 때와 장소에 따라 맞게 하는 것을 말한다. 또 모든 것을 포용하는 하늘과 같은 심경을 말한 것으로도 볼 수 있다.

曲則全
곡 즉 전

굽으면 생명을 보전할 수 있다.

굽은 나무는 쓸모가 없다. 그러나 그 때문에 벌채를 모면하여 오히려 수목으로서의 생명을 다할 수가 있다. 사람도 너무 쓸모가 있으면 혹사를 당한다. 자신의 참된 발달을 하지 못하기 때문이다.

— 《노자》 22장 —

읍참마속 泣斬馬謖

울 泣 벨 斬 말 馬 뛰어날 謖

공정한 일처리를 위하여 사사로운 정을 버리는 일의 비유.

— 《삼국지》 마속전(馬謖傳)

제갈양이 눈물을 흘리며 마속을 사형에 처했다는 기록에서 생겨난 말로, 대중을 이끌어 나가고 법을 집행하는 사람은 사사로운 인정을 떠나 공정한 법 운용을 해야 한다는 말로 흔히 인용되는 말이다.

제갈양이 제1차 북벌(北伐)을 했을 때다. 제갈양은 대군을 이끌고 기산(祁山)으로 출격을 하여, 적의 작전을 혼란시키기 위해 장안 서쪽에 있는 미(郿)를 친다고 선언하고 조운(趙雲 : 자룡)과 등지(鄧芝) 두 장수를 기곡에다 진을 치게 했다.

한편 위(魏)의 명제는 남방의 오(吳)나라와의 국경선에 진치고 있던 장합을 불러올려 급히 기산으로 향하게 했다. 장합은 위수(渭水) 북쪽에 있는 요충지인 가정(街亭)에서 촉나라 선봉과 충돌, 이를 단번에 격파하고 말았다. 이 가정의 지휘 책임자가 바로 마속이었다. 그는 제갈양의 지시를 어기고 자기의 얕은 생각으로 임의로 행동했기 때문에 패한 것이다. 제갈양의 작전은 이 가정이 무너짐으로써 완전 실패로 돌아가고 부득이 전면 철수를 해야만 했다.

제갈양

「한중으로 돌아온 제갈양은 마속을 옥에 가두고 군법에 의해 그를 사형에 처했다. 제갈양은 그를 위해 눈물을 흘렸다. 마속의 나이 그때 서른아홉이었다」고《촉지》마속전에 나와 있다.

또 《촉지》 제갈양전에는 다음과 같이
기록되어 있다.

「마속은 제갈양의 지시를 어기고 자
기 멋대로 행동했기 때문에 장합에게 크
게 패했다. 제갈양은 한중으로 돌아오자
마속을 죽이고 장병에게 사과를 했다」

한편 촉나라 서울 성도에서 한중으로
온 장완(蔣琬)이 제갈양을 보고,

「앞으로 천하를 평정하려 하는 이때에
그런 유능한 인재를 없앴다는 것은 참으로
아까운 일입니다」 하고 말하자, 제갈양은
눈물을 흘리며,

삼국지평화

「손무(孫武)가 항상 싸워 이길 수 있었던 것은 군율을 분명히 했기 때
문이다. 이 같은 어지러운 세상에 전쟁을 시작한 처음부터 군율을 무시하
게 되면 어떻게 적을 평정할 수 있겠는가」 하고 대답했다는 것이다.

이 사건을 《삼국지연의》에서는 보다 재미나게 꾸미면서 한 편 제
96회의 사건 제목을 「공명휘루참마속(孔明揮淚斬馬謖)」이라고 했다.
눈물을 뿌렸다(揮淚)는 말은 울었다(泣)는 말로 바뀌어 「읍참마속」이
란 말이 널리 쓰이게 된 것이다.

金玉滿堂 莫之能守
금옥만당　막지능수

금옥(金玉)이 집에 가득 차면 이를 지킬 수 없다.
재화(財貨)가 집에 가득 차면 마침내 이를 제대로 지킬 수가 없는 법이
다. 욕망을 한껏 채워서는 안된다.

— 《노자》 9장 —

의식족이지예절 衣食足而知禮節

옷 衣 먹을 食 족할 足 어조사 而 알 知 예절 禮 예절 節

입고 먹는 것이 넉넉해야 예의니 체면을 알게 된다.

— 《관자(管子)》 목민편(牧民篇)

입을 것과 먹을 것이 풍족해야 예절을 알게 된다는 말이 「의식족이지예절」이다. 이 말은 《관자》 목민편에 있는,

「……창고가 차 있으면 예절을 알고 의식이 족하면 영욕을 안다(食廩實則知禮節 衣食足則知榮辱)」고 한 말이, 앞뒤 것이 각각 반씩 합쳐져서 생겨난 말이다. 결국 같은 내용의 긴 말을 보다 쉽고 짧게 만들었다는 점에서 이 말이 널리 보급된 것으로 볼 수 있다.

《관자》는 관중(管仲)이 지은 것으로 되어 있지만 실상은 그의 사상적 계통을 이은 사람들에 의해 훨씬 뒤에 된 것으로 보고 있다. 그러나 이 《관자》 속에 나오는 기록들은 그가 실제로 한 말과 행한 일들이 많이 수록되어 있다고 보아 좋을 것이다. 아무튼 모든 정치적 기반을 경제에 둔 관중은 이론가로서 또 실제 정치인으로서 후대에 미친 영향이 컸다. 내 배가 고프면 남의 배고픈 것을 동정할 여지가 없고, 먹고 입는 문제를 해결하지 못하면 명예 같은 것이 그다지 중요하게 느껴질

관자

리가 없다. 《맹자》에도 「떳떳한 생활이 없으면 떳떳한 마음을 가질 수 없다」고 했다. 입고 먹는 것이 넉넉해야 예의니 체면이니 하는 것을 알게 된다고 한 이 말은 참으로 불변의 진리를 잘 나타낸 말이라 할 수 있다. 《사기》에도 똑같은 말이 그대로 인용되고 있다.

의심생암귀 疑心生暗鬼

의심할 疑 마음 心 날 生 어두울 暗 귀신 鬼

의심은 분별력을 흐리게 한다.

— 《열자》 설부편(說符篇)

「의심이 암귀를 낳는다」는 말이다. 암귀(暗鬼)는 어둠을 지배하는 귀신이다. 여기서는 사람의 마음을 어둡게 만드는 마귀란 뜻이다. 즉 의심을 하면 마음도 따라 어두워진다는 것이 「의심생암귀」다.

마음이 어두워지면 결과적으로 판단력이 흐려진다. 《열자》 설부편에 이런 이야기가 있다.

어느 한 사람이 도끼를 잃어버렸다. 혹시 이웃집 아들이 훔쳐간 것이 아닌가 하고 그를 유심히 살펴보았다. 그의 걸음걸이를 보아도 도끼를 훔칠 그런 인간으로 보였고, 그의 얼굴색을 보아도 어딘가 그런 것만 같고, 그의 말하는 것을 보아도 역시 수상한 데가 있었다.

그의 동작이며 태도며 어느 것 하나 도둑놈처럼 보이지 않는 것이 없었다. 그러다가 며칠 후 우연히 골짜기를 파다가 잃어버렸던 도끼를 발견하게 되었다. 거기다 빠뜨리고 온 것이다.

그 뒤 다시 그 이웃집 아들을 보자, 그의 모든 동작과 태도가 어느 모로 보나 도끼를 훔칠 그런 사람으로는 보이지 않았다는 것이다.

이 이야기는, 남을 의심하는 마음 자체가 곧 자기 마음을 어둡게 만든다는 뜻이다. 이것이 바로 「의심이 암귀를 낳는다」는 것인데, 이 말을 직접 쓴 것은 송나라 임희일(林希逸)이 지은 《열자구의(列子口義)》 설부편에,

「속담에 말하기를 의심이 암귀를 낳는다고 했다」가 처음이다.

이도살삼사 二桃殺三士

두 二 복숭아 桃 석 三 죽일 殺 선비 士

교묘한 꾀로 상대방을 자멸시킴.

《동주열국지(東周列國志)》

「이도삼살사」는 글자 그대로 복숭아 두 개로 세 명의 장사를 죽였다는 말이다. 이 말은 《안자춘추》에 있는 이야기에서 나온 말인데 《동주열국지》의 이야기를 소개하면 다음과 같다.

안자, 즉 안영(晏嬰)은 제나라 경공(景公)을 도와 한동안 침체했던 제나라를 다시 살기 좋은 강대국으로 끌어올린 명재상이다. 그의 외교적 수완의 일면은 「남귤북지(南橘北枳)」란 항목에서 이미 보아왔지만, 이 이야기 역시 그의 남다른 지혜를 엿볼 수 있는 유명한 사건이다.

경공의 신변을 호위하고 있는 세 명의 장사가 있었다. 그들은 똑같이 맨주먹으로 범을 쳐서 죽일 수 있는 용사들로 각각 그 나름대로의 공을 세운 사람들이었다. 그러나 그들은 수양이 부족한 탓으로 힘과 공을 자랑하며 법을 무시하고 멋대로 행동하는 버릇이 있었다.

그들 셋으로 인해 조정의 체통이 말이 아니었다. 안영은 경공에게 그들을 쫓아버리라고 권했으나 임금은 말을 듣지 않았다 그들의 용력을 아끼는 생각보다도 후환이 두려웠던 것이다.

안영은 어느 날, 노나라 임금을 초대한 자리에서 「만수금도(萬壽金桃)」로 불리는 크기가 대접만한 복숭아 여섯 개를 가져다가 두 임금과 두 재상들이 각각 하나씩 먹고 두 개를 남긴 다음 경공에게 이렇게 청했다.

「아직 복숭아가 둘이 남았습니다. 임금께서 여러 신하들 중에 가장 공로가 큰 사람을 자진해서 말하게 하여 그 중에서 큰 사람에게 이 복숭아를 상으로 내리시면 어떻겠습니까?」

「그거 참으로 좋은 생각이오」하고 경공은 좌우 시신을 통해,

「뜰아래 있는 모든 신하들 중에 자기가 이 복숭아를 먹을 수 있다고 생각하는 사람은 자진해서 나와 말하라. 상국(相國)이 공을 평하여 복숭아를 나눠주리라」하고 전달했다. 그러자 세 사람 중 한 사람인 공손첩(公孫捷)이 앞으로 나와 연회석에서 서서 말하기를,

「옛날 임금님을 모시고 동산(桐山)에서 사냥을 했을 때, 불의에 습격해 온 사

안영

나운 호랑이를 맨손으로 쳐 죽였습니다. 이 공로가 어떠하옵니까?」

안영이 말했다.

「그 공로는 참으로 큽니다. 술 한 잔과 복숭아 하나를 내리심이 마땅한 줄로 아옵니다」

그러자 또 한 사람인 고야자(古冶子)가 벌떡 일어나 말했다.

「호랑이를 죽인 일쯤은 그리 대단할 것이 없습니다. 나는 일찍이 임금님을 모시고 황하를 건널 때 배 안의 말을 몰고 들어가는 괴물을 10리를 따라가 죽이고 말을 되찾아 왔습니다. 이 공은 어떻습니까?」

안자가 말하기 전에 경공이 입을 열었다.

「그때 장군이 아니었다면 배는 틀림없이 뒤집히고 말았을 것이다. 이것은 세상에 없는 공이다. 술과 복숭아를 경을 안 주고 누굴 주겠는가?」

그러자 안영은 황급히 술과 복숭아를 그에게 건네주었다. 그때 마지막 한 사람 전개강(田開彊)이 옷을 벗어부치고 달려나오듯 하며 말했다.

「나는 일찍이 임금의 명령으로 서(徐)를 쳐서 그의 유명한 장수를 베고, 5백 명 군사를 사로잡음으로써 서군(徐君)이 두려워 뇌물을 바치

이도살삼사 목각도

고 맹약을 빌었으며, 이로 인해 담(郯)과 거(莒)가 겁을 먹고 일시에 다 모여들어 우리 임금으로 맹주가 되게 하였으니 이 공로면 복숭아를 먹을 수 있겠습니까?」

그러자 안영은 공손히 임금에게 아뢰었다.

「개강의 공로는 두 장군에 비해 열 배나 더 크옵니다. 안타깝게도 복숭아가 없으니 술만 한 잔 내리시고 복숭아는 명년으로 미루는 수밖에 없을 줄 아옵니다」

그 말에 경공도,

「경의 공이 가장 큰데, 아깝게도 일찍 말을 하지 않았기 때문에 그런 큰 공을 상주지 못하게 되었으니 참으로 가슴이 아프구려」

그러자 전개강은 칼자루를 어루만지며,

「호랑이를 죽이고 괴물을 죽이는 것은 작은 일이다. 나는 천리 길을 산을 넘고 물을 건너며 피나는 싸움으로 큰 공을 세우고도 오히려 복숭아를 먹지 못하고 두 나라 임금과 신하들이 모인 앞에서 욕을 당하고 만대의 웃음거리가 되었으니 무슨 면목으로 조정에 선단 말인가」 하고 말을 마치자 칼을 휘둘러 자기 목을 쳐서 죽었다.

그러자 공손첩이 크게 놀라 역시 칼을 뽑아들며,

「우리는 공이 적으면서 복숭아를 먹었는데 전군(田君)은 공이 큰데도 도리어 복숭아를 못 먹었다. 복숭아를 받아 사양하지 못했으니 청렴하지가 못했고, 또 남이 죽는 것을 보고도 따라 죽지 못한다면 이는 용기가 없는 것이다」 하고 말을 마치자 역시 제 목을 쳐 죽었다.

그러자 고야자가 분을 못 참고 크게 외치며,

「우리 세 사람은 함께 살고 함께 죽기로 맹세를 했었다. 두 사람이 이미 죽었으니 나 혼자 무슨 낯으로 살아남을 수 있겠는가」하고 역시 자기 목을 쳐 죽었다.

그런데 이 사건이 더욱 유명하게 된 것은 제갈양이 이들 세 사람의 무덤이 있는 탕음리(蕩陰里)를 지나다가 읊었다는 양보음(梁甫吟) 때문이라고 볼 수 있다.

그 시를 소개하면 다음과 같다.

걸어서 제나라 동문을 나가
멀리 탕음리를 바라보니
마을 가운데 세 무덤이 있는데
나란히 겹쳐 서로 똑같다.
이게 뉘 집 무덤이냐고 물었더니
전강과 고야자라고 한다.
힘은 능히 남산을 밀어내고
문은 능히 지기를 끊는다.
하루아침에 음모를 만나
두 복숭아로 세 장사를 죽였다.
누가 능히 이 짓을 했는가
상국인 제나라 안자였다.

제경공의 세 장사 묘

뒤에 이태백(李太白)이 또 같은 양보음을 지어, 그 속에서,

힘이 남산을 밀어내는 세 장사를
제나라 재상이 죽이며 두 복숭아를 썼다.

고 함으로써 이 이야기는 점점 더 유명해졌다. 이 이야기에서 「이도살삼사」는 계략에 의해 상대방을 자멸하게 만드는 말로 쓰이게 되었다.

이심전심 以心傳心

써 以 마음 心 전할 傳

말이나 글에 의하지 않고 마음에서 마음으로 전달됨.

《전등록(傳燈錄)》

「이심전심」은, 말이나 글로가 아니고, 남이 보지도 듣지도 못하는 마음과 마음이 서로 통한다는 뜻이다. 즉 이쪽 마음으로써 상대방 마음에 전해 준다는 말이다. 말을 필요로 하지 않는 서로의 이해 같은 것도 이심전심일 수 있고, 이른바 눈치작전 같은 것도 일종의 이심전심이라 하겠다.

지금은 이 말이 아무렇게나 널리 쓰이고 있지만, 원래 이 말은 불교의 법통 계승에 쓰여 온 말이다.

《전등록》은 송나라 사문(沙門) 도언(道彦)이 석가세존 이래로 내려온 조사(祖師)들의 법맥의 계통을 세우고, 많은 법어들을 기록한 책인데 거기에,

「부처님이 가신 뒤 법을 가섭에게 붙였는데, 마음으로써 마음에 전했다(佛滅後 附法於迦葉 以心傳心)」라고 나와 있다. 즉 석가세존께서 가섭존자(迦葉尊者 : 마가가섭)에게 불교의 진리를 전했는데, 그것은 이심전심으로 행해졌다는 것이다.

「이심전심」을 한 장소는 영산(靈山 : 영취산) 집회였는데, 이 집회에 대해 같은 송나라 사문 보제(普濟)가 지은 《오등회원(五燈會元)》에는 다음과 같이 기록되어 있다.

어느 날, 세존께서 영산에 제자들을 모아 놓고 설교를 했다. 그때 세존은 연꽃을 손에 들고 꽃을 비틀어 보였다. 제자들은 그 뜻을 알 수 없어 잠자코 있었는데, 가섭존자만이 그 뜻을 깨닫고 활짝 미소를 지어

보였다. 그러자 세존은 이렇게 말했다.

「나는 정법안장(正法眼藏)·열반묘심(涅槃妙心)·실상무상(實相無相)·미묘법문(微妙法門)을 글로 기록하지 않고 가르침 밖에 따로 전하는 것이 있다. 그것을 가섭존자에게 전한다」고 했다.

글로 기록하지 않고, 가르침 밖에 따로 전하는 「교외별전(敎外別傳)」 이것이 바로 이심전심인 것이다.

연꽃을 비틀어 보인 것은 역시 일종의 암시다. 완전한 이심전심은 아니라고도 볼 수 있다. 우리들의 이심전심

석가모니 상

도 역시 태도나 눈치 같은 것을 필요로 할 때가 많은 것은 「이심전심」의 한 보조 수단이라 하겠다.

莊周夢爲胡蝶
장주몽위호접

장주는 꿈속에서 나비가 되었다.

장자는 지난날 꿈속에서 나비가 되었다. 그 때는 완전무결한 나비였으며, 자기가 장주라는 사람임을 깨끗이 잊고 있었다. 그러나 꿈이 깨어서 다시 본래의 장주로 돌아오니, 그 때에는 또한 꿈속에서 나비였던 것을 잊고 있다. 그러므로 나비가 진짜 장주인지, 혹은 이 장주가 사실은 나비인지 그 구별을 못하게 되었다.

꿈이 현실인지, 현실이 꿈인지. 즉 인생이란 무엇인가? 아무도 모르는 것이다.

— 《장자》 내편 제물론 —

이란격석　以卵擊石

써 以 알 卵 칠 擊 돌 石

지극히 약한 것으로 지극히 강한 것을 공격하면 반드시 실패한다.

《전등록(傳燈錄)》

　　달걀로 바위 치기란 말로, 강약의 대비가 현저해서 지극히 약한 것으로 지극히 강한 것을 공격하면 반드시 실패한다는 뜻이다.

　　전국시대 조나라 사람 순자(荀子 : 이름은 황況)는 어느 날 초나라 장수 임무군과 군사에 대해 의논하고 있었다.

　　이 때 임무군은 무릇 장수란 「치고 빼앗고 변하고 속이는 것(攻奪變詐)」을 잘만 운용하면 천하무적이라고 하였다. 그러나 침략과 술수를 반대했던 순자는 인인지병(仁人之兵)을 주장하면서 「걸(桀)로써 요임금을 속이는 것은 비유하자면 달걀로 바위를 치는 것과 같고, 손가락으로 뜨거운 물을 휘젓는 것과 같으며, 물이나 불속으로 뛰어드는 것과 같아서 넣자마자 불타고 빠져 죽을 것이다」라고 말했다고 한다.

　　즉 폭군이 불의의 군사로 성왕인 요임금의 의로운 군사들을 교묘한 술수를 부려 공격한다면 그 결과는 달걀로 바위를 치는 것과 같다는 것이다.

　　《묵자(墨子)》귀의편(貴義篇)에도 「이란투석(以卵投石)」이라는 말이 나온다. 전국시대 초기 송나라 사람 묵자가 어느 날 북방의 제나라로 가고 있는데 한 점쟁이가 그의 앞을 막아서면서 말했다.

　　「지금 북녘 하늘에 검은 기운이 서려 있고 당신의 얼굴에 또한 검은 기운이 서려 있으니 이것은 불길한 징조입니다. 북행해서는 안됩니다」

　　그러나 묵자는 그것은 미신이라고 하면서 허튼 소리로 진리를 부정하는 것은 「달걀로 바위를 치는 것과 같다」고 말했다.

이일대로 以佚待勞

써 以 편안할 佚 기다릴 待 피로할 勞

싸움에서 이쪽을 편안히 쉬게 하여 적이 지치기를 기다림.

— 《손자》 군쟁(軍爭)

「이일대로」는, 적과 싸울 때 이쪽을 편안히 쉬게 하여 상대가 지치기를 기다린다는 뜻이다. 군쟁편 원문의 내용을 소개하면 다음과 같다.

「아침은 기운이 왕성하고, 낮은 기운이 누그러지고, 저물면 완전히 기운이 떨어지고 만다. 그러므로 싸움을 잘하는 사람은 상대방의 기운이 왕성한 때를 피하고, 누그러지거나 떨어졌을 때 공격한다. 이것은 적의 사기를 이용하는 방법이다. 질서있는 군대로써 적의 혼란한 시기를 기다리고, 냉정한 태도로써 적의 경솔한 행동을 기다린다. 이것은 적의 심리를 이용하는 방법이다. 우리 군대를 싸움터 가까이 대기시켜 두고 적이 멀리서 쳐들어오기를 기다리며, 이쪽은 편히 쉬게 하여 적이 지치기를 기다리고, 이쪽은 충분한 군량을 확보해 두고 적의 식량 부족으로 굶주리기를 기다린다. 이것은 힘을 이용하는 방법이다. 그러므로 깃발이 질서정연한 적을 맞아 싸우는 일을 피하고, 기세당당한 진을 치고 있는 적을 공격하는 일은 피한다. 이것은 적의 상황 변화를 기다려 승리를 얻는 방법이다」

이상이 「이일대로」가 들어 있는 군쟁편의 내용인데, 이 「이일대로」의 전술을 제6편 허실(虛實)에서는 다음과 같이 말하고 있다.

「무릇 먼저 싸움터에 있으면서 적을 기다리는 사람은 편하고, 뒤에 싸움터에 있어서 싸우러 가는 사람은 괴롭다. 그러므로 싸움을 잘하는 사람은 남을 내게로 끌어들이고, 내가 남에게 끌려 다니지 않는다」

결국 주도권을 장악하는 것이 중요함을 말한 것이다.

이포역포 以暴易暴

써 以 사나울 暴 바꿀 易

정치를 함에 있어 덕으로 하지 않고 힘으로 다스림.

《사기》 백이열전

폭력으로 폭력을 바꾼다는 말로, 정치를 함에 있어 덕으로 하지 않고
힘으로 다스린다는 말이다. 백이와 숙제는 고죽국(孤竹國) 군주의 아들인
데, 그들의 아버지는 셋째 숙제로 하여금 왕위를 잇게 하라는 유언을 남겼
다. 그러나 숙제는 맏아들인 백이가 왕위를 잇는 것이 옳다고 하면서 양보
하려고 했다. 그러자 백이는 아버지의 유언을 어겨서는 안된다고 하면서
역시 사절하였다. 이렇게 두 사람이 서로 사양하다가 나중에는 두 사람
다 고죽국을 떠나버리고 둘째아들이 왕위를 잇게 되었다.

백이와 숙제는 주문왕(周文王)이 노인들을 우대한다는 소식을 듣고 주
나라의 수도인 풍읍으로 갔다. 그러나 주문왕은 얼마 전 세상을 떠났고

숙제

그의 아들 무왕(武王)이 새로 즉위한 터였
다. 그런데 주무왕은 왕위에 오르자마자
포악무도한 은나라의 주(紂)를 토벌할 준
비를 하고 있었다.

이때 백이와 숙제는 주무왕이 제후국
임금으로서 천자인 주를 치는 것과, 아직
아버지의 상중에 군사를 일으키는 것은 불
충불효이며 대역무도(大逆無道)라고 하면
서 이를 제지하였다. 그러나 무왕은 그들
을 물리쳤다.

그들은 무왕의 군사들이 출정하는 날까

지도 전차를 막아서서 군대의 진군을 제지했다. 그러자 무왕의 곁에 있던 신하들이 그들의 목을 베려고 했다. 그때 강태공(姜太公)이 「이들은 의로운 사람이다」해서 말리지 않았다면 목숨을 잃을 뻔했다.

무왕의 군사들은 목야의 일전에서 주의 군사를 격파하고 은나라의 도읍지 조가(朝歌)까지 밀고 들어갔다. 이에 주는 자결하고 상나라는 멸망하게 되었다. 그러나 그때까지도 백이와 숙제는 그들의 주장을 고집하고 무왕의 전쟁을 포악한 행위로 치부하면서 주나라의 도읍지에서 살지 않고 수양산(首陽山)에 들어가 숨어 살았고, 주나라의 곡식을 입에 대지 않으려고 산나물을 캐먹다가 죽었다는 것이다. 〔☞ 채미가(采薇歌)〕

백이와 숙제가 수양산에 숨어 살 때 손수 지은 노래를 「채미가」라고 한다.

주무왕

저 서산에 올라
고사리를 캐도다.
모진 것으로 모진 것을 바꾸고도
그것이 잘못인 줄 모르도다.
신농의 소박함과 우·하 사람이
하루아침에 없어지고 말았으니
나는 어디로 돌아갈 거나?
아아, 슬프다. 이젠 가리라.
운명의 기박함이여.

登彼西山兮　采其薇矣　　등피서산혜　채기미의
以暴易暴兮　不知其非矣　이포이포혜　불지기비의
神農虞夏　忽焉沒兮　　　신농우하　홀언몰혜
我安適歸矣　于嗟徂兮　　아안적귀의　우차조혜
命之衰矣　　　　　　　　명지쇠의

인생감의기 人生感意氣

사람 人 날 生 느낄 感 뜻 意 기운 氣

인생을 살면서 의기(意氣)를 느낀다.

― 《당시선(唐詩選)》 『술회(述懷)』

당(唐)나라 초엽, 아직 천하가 완전히 평정되지 못했을 때의 일이다. 당시 위징(魏徵, 580~648)은 남에게 알려질 만한 인물은 아니었으나, 무슨 일이든 한번 공업(功業)을 세워 보아야겠다고 생각하고 있었다.

후에 위징은 당태종을 보좌하는 명신이 되었고, 정관(貞觀) 17년에 나이 64세로 세상을 떠났을 때, 태종이,

「남을 거울삼으면 자기의 행동의 정당 여부를 알 수 있는데, 나는 진심으로 거울삼을 사람을 잃었다」고 하며 개탄한 이야기는 유명하다. 그러나 당시는 아직 당(唐)에 벼슬한 지 얼마 되지 않아 그리 이름이 알려지지 않았다.

위징은 이미 나이 40 고개를 넘고 있었다. 그는 큰 뜻을 품고 산동(山東)의 적(敵) 서세적을 설복하여 이름을 떨쳐보려고 생각했다. 그래서 그 뜻을 자원하자 고조는 그것을 인정해 주었으므로, 그는 용약 동관(潼關)을 출발했다.

《당시선》의 권두를 장식하는 위징의 「술회」라는 시는 이때의 심정을 노래한 것이다. 자기의 마음을 이해해 준 군은(君恩)에 보답하고, 옛 절의가 있는 사람과 같은 위업을 세우려는 정열에 찬 시이지만 다소 공명욕의 냄새를 풍기지 않는 것도 아니었다.

시는 「중원환축록(中原還逐鹿)」으로 시작되어 이하 다음과 같은 내용을 노래한다.

「수(隋)나라 말기의 천하는 난마(亂麻)와 같이 어지럽고 군웅이 할거하며 중원의 제위를 쟁탈하는 각축전이 벌어지고 있었다. 그리하여 나도 반초(班超)처럼 붓을 내던지고 군진(軍陣) 간에 몸을 내맡겼다. 그동안 나도 소진·장의의 합종연횡 같은 계략을 부리는 등 여러모로 계획을 세웠으나 그 결과는 도저히 뜻대로 되지 않았으나 난세를 구하려는 기개는 마음에 불타고 있다.

후한의 등우(鄧禹)가 광무제를 만나 『공명을 죽백에 드리운다(功名垂竹帛)』라고 결심한 바와 같이 나도 천자를 뵙고 그 허락을 받았다. 이제 산동을 진압시키기 위해 동관을 출발함에 있어 평소의 소회를 말하고자 한다. 전한의 종군(終軍)은 고조에게서 긴 끈(纓)을 받아 남월왕을 결박지어 오겠다던 것과 같이 나도 산동지방을 모두 항복받고 싶으며, 또 역이기(酈食其)가 역시 고조 때 수레에서 내리지 않고 제왕(齊王)을 설득했던 일을 생각하고 나도 그들을 본받아 역사에 이름을 남기고 싶다.

그러나 나의 앞길은 험하다. 구불구불 언덕길 천리의 대평원, 고목에는 으스스하게 새가 울고, 산중에서는 슬픈 듯 한 야원(野猿)의 울부짖음, 이 험난함을 생각하면 정말 겁이 나지만, 감히 발걸음을 내딛는 까닭은 천자가 나를 국사(國士)로서 대우해 주는 그 은혜를 생각하기 때문이다.

계포에 이낙(二諾)이 없고
후영은 일언을 중히 여긴다.
인생을 살면서 의기를 느끼노니
공명을 누가 또 논하랴.

季布無二諾　侯嬴重一言　계포무이낙 후영중일언
人生感意氣　功名誰復論　인생감의기 공명수부론」

한나라 초엽의 초나라 사람으로, 임협(任俠)한 계포(季布)나, 전국 시대 말(B.C 257) 위(魏)의 신릉군(信陵君)이 조(趙)를 구하려고 할 때, 노령으로 종군할 수 없으므로 혼백이 되어 따르겠다고 신릉군과 약속하고 그 한 마디의 약속을 지켜 스스로 목숨을 끊은 절의의 선비 후영(侯嬴)과 같이 폐하께 맹서한 이상, 자기도 산동을 평정하지 않을 수가 없다. 인간은 필경 마음이 통하는 것을 바라고 있는 것으로, 자기도 천하의 지우(知遇)에 감격했다. 이젠 공명 같은 것은 논외다.

작자가 강조하고 있는 것은 「인생을 살면서 의기를 느낀다」로서 「공명 누가 또 논하랴(功名誰復論)」라고는 하지만, 그 근본에 「공명 욕」이 있음을 부정하지 못한다. 여기서는 「공명」을 위해 「생사를 누가 또 논하랴」의 뜻일 것이다.

上善若水
상선약수

최상의 선은 물과 같은 것이다.

물이 최상의 선인 이유는 세 가지가 있다. 첫째, 물은 만물에게 혜택을 준다. 물 없이 존재할 수 있는 것은 이 세상 아무것도 없다. 이처럼 큰 존재이면서 물은 다른 것과 공명을 다투는 일이 없다. 둘째, 높은 지위를 바라지 않고 낮은 곳으로 흐른다. 셋째, 낮은 곳에 있으므로 스스로 커질 수 있다. 실개천이 냇물이 되고 내가 강이 되어 흘러 바다 같은 큰 존재가 된다.

— 《노자》 52장 —

이판사판 理判事判

이치 理 가를 判 일 事

자포자기하는 기분으로 결정을 내림.

이판승(理判僧)과 사판승(事判僧)을 이르는 말이다.

원래 이판과 사판은 불교 교단을 크게 양분해서 부르던 명칭이었다. 즉 이판은 주로 교리(教理)를 연구하고 수행에 주력하면서 득도(得道)의 길을 걸었던 학승(學僧)을 말했다. 반면 사판은 수행(修行)에도 힘쓰지만 아울러 사찰의 행정업무나 살림살이 일체를 돌보던 사람들도 일컫는 말이다.

이렇게 단순히 사찰에서 하는 역할에 따라 두 가지로 나눠지던 것이 차츰 교구가 확정되고 사찰마다 주지가 책임자가 되는 제도가 정착되면서 묘한 문제가 일어났다고 한다.

어떤 사찰에는 이판 출신의 승려가 주지가 되고 어떤 사찰에는 사판 출신의 승려가 주지가 되는 일이 생겼던 것이다. 대개 승려는 운수행각(雲水行脚)을 하면서 고행과 수도를 겸하는 경우가 왕왕 있었는데, 이런 승려들이 정처없이 떠돌다가 찾는 곳이 바로 산사(山寺)였던 것도 당연하다.

산사를 찾아 들어가면 주지가 그들을 맞이하면서 대뜸 물어보는 것이 이판인가 사판인가 하는 것이었다. 물론 세속적인 욕망이나 이윤과는 거리가 먼 승려들이기에 차별이 뒤따르지는 않았지만, 기왕이면 같은 판에 소속된 승려에게 정이 더 갈 것이 자명한 이치다.

때문에 산사를 찾은 운수승(雲水僧)은 그 산사의 주지가 이판승 출신인지 사판승 출신인지를 잘 알아두는 것이 처신에도 유리했던 것이다. 이런 연유로 해서 「이판사판」이란 말이 나오게 되었다. 오늘날에는 원래의 유래와 상관없이 사태가 막다른 지경에 다다라 더 이상 어쩔 수 없게 되었을 때 자포자기하는 기분으로 결정을 내리는 것을 이렇게 부른다.

인비목석 人非木石

사람 人 아닐 非 나무 木 돌 石

사람은 목석이 아니다. 곧 사람은 감정을 가진 동물이다.

— 포조(鮑照) 「의행로난(義行路難)」

「사람은 감정을 가지고 있다」는 뜻으로 쓰이고 있다. 이「인비목석」은《사기》의 저자 사마천의 편지에 있는「신비목석(身非木石)」이란 말과 육조시대의 포조가 지은「의행로난」이란 시에 있는「심비목석(心非木石)」이란 말에서 온 것이라 볼 수 있다.

사마천은 한무제의 노여움을 사 항변할 여지도 없이 궁형(宮刑)이란 치욕의 형벌을 받기 위해 하옥되었을 때의 일을, 임소경(任少卿)에게 보내는 편지 가운데서 이렇게 말하고 있다.

「집이 가난해서 돈으로 죄를 대신할 수도 없고, 사귄 친구들도 구해 주려 하는 사람이 없으며, 좌우에 있는 친근한 사람들도 말 한마디 해주는 사람이 없다. 몸이 목석이 아니거늘, 홀로 옥리들과 짝을 지어 깊이 감옥 속에 갇히게 되었다」

여기에서 말한「몸이 목석이 아닌데」란 말은, 생명이 있는 인간으로서의 견디기 어려운 고통을 말한 것이다. 그러나 보통「목석이 아니다」란 말은 사마천의 경우와는 달리 감정을 말하게 된다. 위에 말한 포조의「의행로난」은 열여덟 수로 되어 있는데, 그 중 한 수에「심비목석」이란 말이 나온다.

물을 쏟아 평지에 두면
각기 스스로 동서남북으로 흐른다.
인생 또한 운명이 있거늘
어찌 능히 다니며 탄식하고 앉아서 수심하리오

술을 부어 스스로 위로하며

잔을 들어 삶의 길이 험하다고 노래를 끊으리라.

마음이 목석이 아닌데, 어찌 느낌이 없으리오

소리를 머금고 우두커니 서서 감히 말을 못하누나.

瀉水置平地	各自東西南北流	사수치평지	각자동서남북류
人生亦有命	安能行歎復坐愁	인생역유명	안능행탄복좌수
酌酒以自寬	擧杯斷絶歌路難	작주이자관	거배단절가로난
心非木石豈無感	呑聲躑躅不敢言	심비목석개무감	탄성척촉불감언

여기서는 분명히「목석이 아닌 마음이 어찌 감정이 없겠느냐(心非木石豈無感)」고 말하고 있다. 우리들이 쓰고 있는「인비목석」이란 말은 이「심비목석」에 가까운 뜻으로 쓰고 있다.

몸과 마음을 합친 것이 사람이므로「인비목석」이란 말이 우리에게 더 정답게 느껴진다.「목석같은 사나이」란 뜻으로「목석인(木石人)」이란 말도 쓰이고 있다.

사마천

百萬買宅 千萬買隣
백 만 매 택　천 만 매 린

백만금으로 집을 사고 천만금으로 이웃을 산다.

집을 사는 데 백만금을 들인다면, 이웃에는 천만금을 들일 마음가짐이 필요하다. 집을 사려면 집의 좋고 나쁨보다 이웃의 좋고 나쁨을 먼저 생각하고 사지 않으면 안된다.

— 《남사(南史)》 여승진전(呂僧珍傳) —

인인성사 因人成事

의지할 因 사람 人 이룰 成 일 事

사회생활을 하는 인간은 혼자 힘으로는 되는 일이 없다.

— 《사기》 모수전(毛遂傳)

「인인성사(因人成事)」는 남을 의지해서 일이 이뤄진다는 뜻이다. 현재에는 사회생활 속에 있는 인간은 혼자 힘으로는 되는 일이 없다는 뜻으로 널리 쓰이고 있다.

그러나 본래의 뜻은 상호 의존적인 그런 의미가 아니고 「원님 덕에 나팔 분다」 식의 가벼운 뜻으로 쓰였다.

「세 치 혀가 백만의 군사보다 강하다(三寸之舌)」고 한 제목에서 언급된 모수(毛遂)의 입을 통해 나온 말이다.

진나라가 조나라 서울 한단(邯鄲)을 포위하자 조나라는 평원군을 초나라로 보내 구원병을 청하게 했다.

평원군은 길을 떠날 때 문무를 겸한 문객 스무 명을 뽑아 데리고 가기로 하고, 인선에 들어갔으나 겨우 열아홉 명밖에 뽑지 못했다. 그래서 자청해서 나선 것이 모수였다. 「모수자천(毛遂自薦)」이란 말이 여기서 생겨난 것이다.

평원군은 20명의 문객을 거느리고 초나라 왕과 초나라 궁정에서 회담을 갖게 되었다. 그러나 마음이 착하기만 한 평원군과 진나라가 두렵기만 한 초왕과의 회담은 아침부터 시작해서 대낮이 기울도록 결정을 못보고 있었다.

보다 못한 문객들은 모수를 보고 올라가라고 했다.

모수는 칼을 한 손으로 어루만지며 성큼성큼 계단을 올라가 평원군에게 말을 건넸다.

「구원병을 보내는 것이 좋으냐 아니냐 하는 것은 두 마디로 결정될 일인데 해가 뜰 때부터 시작된 이야기가 한낮이 되도록 결정을 보지 못하는 것은 무엇 때문입니까?」

그러자 초왕이 평원군을 보고 물었다.

「저 손은 뭐하는 사람입니까?」

「이 사람은 신의 문객입니다」 그러자 초왕은 호통을 쳤다.

「어서 내려가지 못할까. 내가 너의 주인과 말하고 있는데, 네가 무슨 참견이란 말이냐?」

평원군

그러자 모수는 칼을 잡고 앞으로 나아갔다.

「왕께서 이 모수를 꾸짖으시는 것은 초나라 군대가 있기 때문입니다. 그러나 지금은 나와 열 걸음 안에 있으므로 초나라 군대가 아무 소용이 없습니다. 왕의 목숨은 이 모수의 손에 달려 있습니다. 우리 주인이 앞에 있는데 나를 꾸짖는 것은 무엇 때문입니까. 그리고 옛날 탕임금은 70리 땅으로 천하를 통일하고, 문왕은 백 리의 땅으로 제후들을 신하로 만들었습니다. …… 지금 초나라는 땅이 사방 5천 리에 무장한 군대가 백만에 이르고 있습니다. ……그런데 백기(白起)란 어린 것이 수만의 군대를 거느리고 초나라와 싸워, 한 번 싸움에 언영(鄢郢)을 함락시키고 두 번 싸움에 이릉(夷陵)을 불사르고 세 번 싸움에 왕의 선인(先人)을 욕되게 했습니다. 이 백 세의 원한을 조나라도 부끄러워하고 있는데, 왕께서는 미워할 줄을 모르고 계십니다. 두 나라의 연합은 실상 초나라를 위한 것이지 우리 조나라를 위한 것이 아닙니다. 우리 주인이 앞에 있는데 나를 꾸짖는 것은 무엇 때문입니까?」

초왕은 서슬이 시퍼런 모수의 기세에 겁을 먹고, 또 진나라 백기에 당한 지난날의 일을 생각하니 복수의 감정이 치받기도 했다.

「선생의 말을 듣고 보니 과연 그렇소 삼가 나라로써 선생을 따르겠소」

「그럼 출병은 결정된 것이옵니까?」

「그렇소」

그러자 모수는 초왕의 좌우에 있는 사람들을 시켜 맹약에 쓸 피를 가져오게 하고, 피가 담긴 구리쟁반을 자기가 받아 든 다음, 무릎을 꿇고 초왕 앞에 들이밀며 말했다.

「대왕께서 마땅히 먼저 피를 마시고 맹약을 정하십시오 그 다음은 저의 주인이요, 그 다음은 이 모수가 하겠습니다」

이렇게 궁전 위에서 맹약을 끝마치자, 모수는 왼손에 피 쟁반을 들고 오른손으로 열아홉 명을 손짓해 말했다.

「당신들은 함께 이 피를 대청 아래에서 받으시오 당신들은 녹록한 사람들로 이른바 남으로 인해 일을 이룩하는 사람들입니다(公相與歃此血於堂下 公等錄錄 所謂因人成事者也)」

이리하여 초나라로부터 구원병을 얻는 데 성공한 평원군은 모수를 가리켜,

「모선생의 세 치 혀가 백만의 군사보다도 더 강하다(三寸之舌 强于百萬之師)」고 칭찬했다. 〔☞ 삼촌지설〕

여기에 나온 「인인성사」는 녹록한 사람들이 잘난 사람의 덕을 보는 것을 뜻한다. 그러나 지금은 누구나 다 그렇다는 뜻으로 쓰이고 있다. 〔☞ 모수자천〕

일거양득 一擧兩得

한 一 들 擧 둘 兩 얻을 得

한 가지 일로써 두 가지 이익을 얻는다.

—《춘추후어(春秋後語)》

춘추시대 노나라에 용맹과 담력이 남다른 변장자(辯莊子)라는 사람이 있었다. 어느 날 산에 호랑이가 나타났다고 하는 말을 듣고 잡으려 나가려고 했다. 그때 여관 하인이 그를 말리며 말했다.

「그렇게 서두를 필요는 없습니다. 천천히 기다리세요 호랑이 두 마리가 소를 잡아먹으려고 하거든요 조금 있으면 두 마리 호랑이는 서로 소 한 마리를 차지하려고 싸울 겁니다. 둘이 싸우면 힘이 약한 놈은 견디지 못하고 죽을 것이고, 힘센 놈도 상처를 입게 될 것입니다. 그 때 상처 입은 놈을 잡으면 한 번에 두 마리의 호랑이를 잡게 될 것입니다(一擧兩得)」

변장자는 그 하인의 말대로 두 마리의 호랑이가 싸우는 것을 지켜보고 있다가 상처투성이의 이긴 놈을 쉽게 때려잡을 수 있었다. 결국 한 방에 두 마리의 호랑이를 잡았다는 데서 「일거양득」이란 말이 생겨나게 된 것이다.

《전국책》초책(楚策)에 있는 이야기다. 전국시대 때 한(韓)과 위(魏) 두 나라가 1년 이상이나 싸움을 계속하고 있었다. 진혜왕은 그 어느 한쪽을 돕고자 부하들과 의논했으나 좀처럼 의견의 일치를 보지 못했다. 그때 진진(陳軫)이란 사람이 나서서 「일거양득」의 이야기를 했다. 혜왕은 진진의 말을 듣고 두 나라의 싸움이 끝나고 나서 기진맥진한 이긴 쪽을 공격해 어렵지 않게 두 나라를 모두 차지할 수 있었다.

일거수일투족 一擧手一投足

한 一 들 擧 손 手 던질 投 발 足

약간의 수고. 하나하나의 동작이나 행동. 일거일동.

— 한유(韓愈) 『응과목시여인서(應科目時與人書)』

「일거수일투족」은 글자 그대로는 손 한 번 들고, 발 한 번 뻗는다는 뜻이다. 이것이 지금은 「일거일동(一擧一動)」 즉 어떤 사람의 행동을 가리켜 「일거수일투족」이라고 한다.

그러나 애당초 이 문자를 썼을 때의 원래의 뜻은, 겨우 손 한번 까딱하고 발 한번 내딛는 아주 작은 수고라는 뜻이었다.

이 문자를 처음 쓴 사람은 유명한 한유(韓愈)였다.

당송팔대가의 첫손 꼽히는 한유가 과거를 보러 갔을 때, 어느 정부의 높은 관리에게 낸 편지인 「응과목시여인서(應科目時與人書)」 속에 나오는 말이다.

과목(科目)이란 과거시험을 뜻하며, 서(書)는 편지를 말한다. 뜻을 풀어본다면 「과거시험에 응시하면서 사람에게 주는 편지」라고 할 수 있다. 편지의 첫 부분에,

「큰 바다와 강가에는 괴물이 있다. 그것은 흔해빠진 고기나 조개와는 다르다. 그것은 물을 얻게 되면 비바람을 일으키며 하늘을 오르내리는 것도 어렵지가 않다. 그러나 물을 얻기 전에는 그런 힘을 발휘하지 못한다. 그리고 물과의 거리는 겨우 한 발, 두 발, 한 자, 한 치 사이밖에 안된다. 높은 산과 언덕이 가로막고 있는 것도 아니고, 넓은 길과 험한 곳이 가로놓여 있는 것도 아니다. 그러나 그것이 바짝 마른 땅에 있으면서 제 힘으로 물 있는 곳에 가지 못하게 되면 수달피의 웃음거리가 되는 것이 십중팔구다. 만약에 힘이 있는 사람이 그 궁한 모양을 딱하게 여겨

물 있는
곳으로
끌어다
줄 생각
만 한다
면 아마
손 한
번 들고

하북성 동북방에 있는 한유의 고향

발 한 번 내딛는 수고에 지나지 않을 것이다(如有力者 哀其窮而轉之 蓋一擧手一投足之勞也)」라는 비유로써 말하고 있다.

끝에 가서 또 한 번 「일거수일투족의 수고」를 부탁하고, 당신이 들어주고 안 들어주는 것은 운명일 수밖에 없다는 것을 덧붙여 두고 있다.

결국 자신을 뭍에 있는 용(龍)에다 비유하고, 물을 얻는 것을 과거에 급제하는 것에 비유하여, 급제를 시키고 안 시키고 하는 것은 시험관인 당신의 마음 하나에 달려 있을 뿐, 수고라면 손 한번 까닥하고, 발 한번 내딛는 정도로 아주 쉽게 할 수 있는 일이지만, 자신에게는 크나큰 은혜가 된다는 말이었다. 그러던 것이 오늘날에는 이와는 관계없이 사람이 하는 행동 일체를 가리키는 말이 되어버렸다.

오늘날, 소위 공인이라는 사람들, 정치인·학자·연예인·스포츠맨 등등 사회 지도자들은 「일거수일투족」에 각별한 주의를 기울여야 한다. 그들의 행동거지는 사소한 것이라도 모든 사람들이 주시하고 있다. 자칫 한순간의 실수로 천국에서 나락으로 급전직하할 수 있기 때문이다.

일거수일투족 一擧手一投足 655

일견페형백견페성 一犬吠形百犬吠聲

한 一 개 犬 짖을 吠 모양 形 일백 百 소리 聲

한 사람이 헛된 말을 퍼뜨리면 많은 사람이 사실인 양 믿어버린다.

— 《잠부론(潛夫論)》 현난편(賢難篇)

형(形)은 그림자(影)란 뜻이다. 개 한 마리가 헛 그림자를 보고 짖어대면 온 마을 개가 그 소리에 따라 짖는다는 말이다. 즉 한 사람이 있지도 않은 일을 있는 것처럼 퍼뜨리면 수많은 사람들이 그것을 사실인 양 따라 떠들어대는 것을 비유해서 하는 말이다.

이 말은 후한의 왕부(王符)가 지은 《잠부론》에 있는 말이다. 왕부는 당시 유명한 마융·두장·장형·최원과 같은 인물과도 친교가 있었으나, 출세만을 유일한 목적으로 알고 있는 당시의 풍조에 싫증을 느낀 나머지 벼슬에 오를 것을 단념하고 고향에서 숨어 살며 《잠부론》 10권 36편을 지었다.

문벌정치에 분노를 터뜨리며 천자에게 모든 권력을 집중시켜, 무능한 무리들을 내쫓고 덕이 높은 사람을 등용해야 된다는 것을 역설한 것인데, 자기 이름을 밝히고 싶지 않았기 때문에 《잠부론》이라고 제목을 붙인 것이다. 「잠부」란 숨어 사는 사람이란 뜻이다.

「천하가 잘 다스려지지 않는 까닭은 현난(賢難)에 있다. 현난이란 어진 사람이 되기가 어려운 것을 말하는 것이 아니고, 어진 사람을 얻기가 어려운 것을 말한다」라고 붓을 들고 있는 현난편은, 어진 사람의 말과 행동이 속된 사람의 질투를 받게 되고, 그로 인해 바른 말이 용납되지 않는다는 것을 여러 가지 예를 들어 설명하는 한편, 천자가 속된 말에 이끌리지 말고, 어진 사람들을 지혜롭게 가려내야 한다는 것을 강조한 것이다.

왕부는 여기서 이렇게 말하고 있다.

「속담에 말하기를, 한 개가 그림자를 보고 짖으면 모든 개는 소리만 듣고 짖는다고 했다. 세상의 이 같은 병은 참으로 오래된 것이다」

왕부의 문장을 읽으면 유가(儒家)의 입장에서 쓴 것이기는 하나 법가(法家)의 대표적 저작인 《한비자》의 세난편(說難篇)을 연상케 한다. 왕부는 이 《잠부론》을 완성한 뒤로도 끝내 벼슬을 하지 않고 평민으로 생을 마쳤다. 그러나 《후한서》 왕부전에는 그가 당대의 존경을 받고 있었던 예로 다음과 같은 이야기를 덧붙여 두고 있다.

도요장군(度遼將軍) 황보규(皇甫規)가 나이 늙어 벼슬을 그만두고 고향인 안정(安定)에 돌아왔을 때 일이다. 마침 한 고향 사람으로, 일찍이 큰 돈을 바치고 안문(雁門) 태수의 자리를 샀던 자가 역시 벼슬을 그만두고 고향으로 돌아와 황보규에게 인사차 찾아왔다. 황보규는 침대에 누운 채 나가 맞지도 않고, 그가 들어오자 이렇게 야유를 했다.

「어떻게 그쪽에 가서는 맛있는 기러기를 많이 자셨던가?」

안문이란 지명이 「기러기 문」이란 뜻이므로 그곳에 가서 기러기를 많이 잡아서 바친 돈 이상의 재미를 보았더냐 하는 뜻이다.

그리고 조금 있자니 이번엔 왕부가 찾아왔다는 연락이 왔다. 그는 전부터 왕부에 대한 이야기를 듣고 있었으므로, 황급히 일어나 옷도 미처 갈아입지 못하고 버선발로 뛰어나가 왕부의 손을 잡고 맞아들여 자리를 같이하여 환담했다. 그래서 당시 사람들이 말하기를,

「2천 석을 묵살하기를 한 봉액만도 못하게 여겼다」고 했다는 것이다. 2천 석은 태수의 봉록이 2천 석이었기 때문에 태수를 가리켜 2천 석이라고도 불렀다. 봉액은 선비들이 입는 옷의 이름으로 곧 선비란 뜻이다. 태수를 개방귀같이 알던 황보규가 한갓 선비에 불과한 왕부를 친한 친구 이상으로 반갑게 대해 준 것이 화젯거리가 된 모양이다.

왕부의 명성보다도 황보규의 대쪽같은 태도에 사람들은 더 매력을 느꼈던 것 같다.

일망타진 一網打盡

한 一 그물 網 칠 打 다할 盡

한꺼번에 모조리 잡음.

— 위태(魏泰) 《동헌필록(東軒筆錄)》

「일망타진」은 그물을 한 번 던져 있는 고기를 다 잡는다는 뜻이다. 경찰이 범인을 잡거나 적대관계에 있는 어느 한쪽이 상대방을 완전히 소탕했을 경우에 쓰는 말이다.

이 말을 처음 한 사람은 송나라 인종(仁宗) 때 어사중승(御史中丞 : 검찰관)이었던 왕공신(王拱辰)이었다. 반대파들을 모조리 옥에 가둔 다음 그가,

「내가 한 그물로 다 잡아 버렸다(吾一網打去盡矣)」고 한 데서 시작된 말이다.

이 사건의 줄거리를 소개하면 다음과 같다.

오대(五代)의 혼란기에 뒤이어 성립된 송(宋)나라는 문관통치를 국시(國是)로 했고, 건국 후 60여 년 뒤에 즉위한 제4대 인종(仁宗, 재위 1022~1063) 때는 과거제도에 의한 유능한 인재들이 많이 등용된 것으로 유명하다.

특히 인종의 후반기는 경력(慶曆, 1041~1048)이란 연호를 따서 경력지치(慶曆之治)라 부르는데, 이 태평시대가 나타나기까지에는 조정 내부에서의 문관들의 격렬한 대립이 있었다. 기성세력의 대신들과 혁신적인 관료들과의 대립이다.

인종의 명도(明道) 2년(1033년)에 곽황후(郭皇后)의 폐출 문제가 일어났다. 당시 인종은 상미인(尙美人)을 사랑하고 있었는데, 어느 날 인종을 모시고 앉아 있던 상미인이 황후에게 모욕을 가했다. 성난 황후가

그녀의 따귀를 치려했을 때, 인종이 얼른 사이에 끼어들어 말리는 바람에, 황후의 손이 그만 인종의 목을 치고 말았다.

성이 난 인종은 황후를 폐출할 결심을 하고 재상인 여이간(呂夷簡)과 상의를 했다. 천자의 뜻을 받들기에 바빴던 여이간이 동조함으로써 폐출은 곧 단행되었다.

이에 반대한 범중엄(范仲淹) 등 간관(諫官) 열 명은 당파를 만들어

구양수

음모를 꾀하고 있다는 구실로 변방으로 쫓겨났다. 여이간의 농간이었다.

경력 3년, 여이간이 재상에서 물러나자 인종은 기성 정치가인 하송(夏竦)을 추밀사(樞密使 : 군권을 장악하는 재상직)에 임명하고 추밀부사에는 혁신파인 한기(韓琦)를, 참지정사(參知政事)에는 범중엄을 임명했다.

그러자 그때 함께 새로 임명된 간관 구양수(歐陽修) 등이 하송이 적임자가 아니라고 들고 일어났다. 인종은 곧 하송을 해임시키고 청렴강직하기로 이름이 높던 두연(杜衍)을 대신 그 자리에 앉혔다.

혁신파 관료들은 이를 크게 환영했다. 특히 국자감직강(國子監直講)인 석개(石介)는 「대간(大姦)이 물러간 것이 닭의 발톱 빠지듯 했다」는 성덕시(聖德詩)를 지어 발표까지 했다. 대간(大姦)은 하송을 가리켜 한 말이다. 하송은 여기에 분개하여 두연 등 일파를 「당인(黨人)」이라고 공격했다.

하송의 이 같은 모함에 반대하고 나선 구양수는 그의 상소문에서,

「신이 듣건대, 붕당(朋黨)에 대한 말은 예부터 있었습니다. 다만 임금님께서 그들이 군자인가 소인인가를 분별하기를 바랄 뿐입니다. 대개 군자는 군자와 더불어 도를 같이함으로써 벗을 삼고, 소인은 소인과 더불어 이익을 같이함으로써 벗을 삼습니다. 이것은 자연의 이치입니다」하고 주장했다.

이것이 유명한「분당론」이란 것이다.

이리하여 일단 수그러진 하송은 끝내 단념을 못하고 이번에는 범중엄 등 당인들이 황제를 갈아 치우려 한다는 터무니없는 사건을 날조하여 그들을 모함하려 했다. 인종은 일체 불문에 붙이고 말았지만, 두연만은 뜻하지 않은 데서 반대파들에게 말려들고 말았다.

그것은 두연의 사위로 진주원(進奏院)의 감독관으로 있던 소순흠(蘇舜欽)이, 휴지를 판 공금으로 귀신에게 제사를 지내고, 청사로 손님을 초대하여 기생들까지 불러 큰 잔치를 베풀었던 것이다.

하송의 일파로 어사중승이던 왕공신이 앞에서 말한 대로 그를 탄핵하여 소순흠 일당을 모조리 옥에 가두고「일망타진」했다면서 기뻐 어쩔 줄을 몰랐다는 것이다. 두연은 이 사건으로 겨우 70일 만에 그 자리에서 물러나게 되고, 나머지 당인들도 계속해서 벼슬에서 쫓겨나게 되었다.

多則惑
다 즉 감

가진 것이 많으면 망설임이 많다.

물건을 많이 갖는다는 것은 즐거운 일인 것 같지만, 사실은 어느 것을 써야 하나 망설이게 된다. 마찬가지로 지식이나 학문이 많으면 사상(思想)의 망설임이 많아진다.

— 《노자》 22장 —

일시동인 一視同仁

한 一 볼 視 같을 同 어질 仁

모두를 평등하게 보아 똑같이 사랑함.

— 한유(韓愈) 「원인(原人)」

「일시동인」은 모든 사람을 똑같이 보고 한가지로 사랑한다는 말이다. 「一視同仁」을 「一視同人」으로 풀이하는 사람도 있다. 똑같은 사람으로 본다는 뜻이다.

이 「일시동인」이란 말은, 한때 정복자들이 피점령 지역의 민족들을 차별하지 않는다는 표어로 들고 나와 혼자 우쭐댄 일도 있다.

좋은 문자란 항상 악한 사람들의 겉치레로 이용되기 마련이고, 그렇게 되어서 그 문자가 지니고 있는 뜻이 퇴색되었다고 하겠다.

이 말은 당나라의 유명한 문장가 한유가 지은 「원인(原人)」이란 글 가운데 있는 말이다.

즉 성인은 모든 사람을 똑같이 보고 똑같이 사랑하기 때문에 가까운 사람에게도 알뜰히 하고 먼 데 있는 사람들도 다 같이 그 재주에 따라 이를 등용시킨다(一視而同仁 篤近而擧遠)는 뜻이다.

《예기》 예운편(禮運篇)에서 공자는 말하기를,

「큰 도가 행해지면 사람은 자기 부모만을 부모로 생각하지 않고, 자기 자식만을 자식으로 생각하지 않는다」라고 하고, 이것이 곧 대동(大同)이라고 했는데, 「일시동인」은 곧 이 「대동」의 기본 사상이 되는 것이라고도 볼 수 있다.

한 一 도시락 簞 먹일 食(사) 표주박 瓢 마실 飮

간소한 음식. 곧 소박한 생활의 비유.

—《논어》옹야편(雍也篇)

단(簞)은 대나무로 엮어 만든 도시락을 말한다. 표(瓢)는 바가지다. 「일단사일표음」은 한 도시락밥과 한 바가지의 물이란 뜻으로, 굶지 않을 정도의 가난한 식생활을 말하는 것이다.

이 말은《논어》옹야편에서 공자가 안자(顔子 : 안회)를 칭찬한 말 가운데 나온다. 공자의 제자는 3천, 그 중에서도 고제(高弟)는 77명, 흔히 이것을「칠십자(七十子)」라고 하는데, 이 칠십자 가운데서도 공자가「현(賢)」이라 칭하고「인(仁)」이라 칭하여 거의 완벽한 인격을 갖춘 인물로서 가장 신뢰하고 있던 제자가 안회였다.

「어질도다, 회여. 한 도시락밥과 한 바가지 물로 더러운 골목에 사는 것을 사람들은 그 고생을 견디지 못해 하는데, 회는 그 즐거움을 고치지 않으니 어질도다, 회여!(賢哉回也 一簞食一瓢飮 在陋巷 人不堪其憂 回也不改其樂 賢哉回也)」

겨우 목숨을 이어가기 위한 음식물로 더럽고 구석진 뒷골목 오막집에 산다는 것은 누구나가 그 고생을 견디기가 어려운 것이다. 그러나 안자는 그런 가난에 마음이 흔들리는 일이 없이 그가 깨달은 진리 속에 남이 알지 못하는 즐거움을 그대로 간직하고 있었기 때문에 공자는 이 같은 칭찬을 아끼지 않았던 것이다.

즉「일단사일표음」은 인간의 최저 생활을 뜻한 말이었다. 공자는 술이편(述而篇)에서 이렇게 자신의 심경을 말하고 있다.

「거친 밥 먹고, 물마시고 팔을 베고 자도, 즐거움이 또한 그 속에

있다. 옳지 못한 부귀나, 명성 같은
것은 내게 있어서 뜬구름과 같다(飯
疏食飮水曲肱而枕之　樂亦在其中矣
不義而富且貴　於我如浮雲)」

안회

공자의 이런 심경이 바로 안자의
심경이었던 것이다. 공자는 노애공
(魯哀公)이,

「제자들 중에 누가 제일 학문을
좋아합니까?」 하고 물었을 때,

「안회란 사람이 학문을 좋아해서 노여움을 옮기지 않고 같은 잘못
을 두 번 되풀이하는 일이 없더니, 지금은 죽고 없는지라, 아직 학문을
좋아하는 사람이 있는 것을 듣지 못했습니다」 하고 대답했다.

노여움을 옮기지 않는다는 것은 노여움이 그 사람을 위한 한 방편이
었지 절대로 감정에서 나온 것이 아님을 뜻한다. 즉 사물에 의해 마음
이 동요되는 일이 없음을 말한다. 두 번 잘못을 되풀이하지 않는다는
것은, 잘못인 줄만 알면 자연 하지 않게 된다는 뜻으로, 모든 행동이
이성(理性)에 따라 절로 움직여지게 되는 것을 말한다. 공자는 또 그를
칭찬하여,「회는 나를 도와주는 사람이 아니다. 내 말을 좋아하지 않는
것이 없다」라고 했다.

명리세욕(名利世欲)에 집착하지 않고 자기 자신을 하늘에 맡겨「하
늘의 가르침」자체에 귀일(歸一)하는 것을 무상(無上)의 열락(悅樂)으로
삼으며, 있는 그대로의 자신에 대하여 아무런 회의도 저항도 하지 않
는다. 그 유유자적하는 모습이야말로 공자에게서 안회에 대한 둘도 없
는 존중의 마음을 갖게 했던 것이다.「일단사일표음」이란 말도 여기
서 나와, 청빈한 생활을 형용하는 경우에 쓰이게 되었다.

일모도원 日暮途遠

날 日 저물 暮 길 途 멀 遠

날은 저물고 갈 길은 멀다. 곧 할 일은 많은데 시간이 없음의 비유.

— 《사기》 오자서전(伍子胥傳)

「일모도원」은 날은 저물고 갈 길은 멀다는 뜻이다.

《사기》 오자서전에 나오는 이야기다.

춘추시대 말기 오(吳)나라는 초(楚)를 평정하고 급격히 그 세를 불려 한때는 중원의 패권을 넘보기까지에 이르렀다. 오나라가 이렇게 강대해진 것은 초나라에서 망명해 온 오자서 때문이었다.

오자서의 아버지 오사(伍奢)는 초평왕의 태자 건(建)의 태부였다. 평왕 2년 소부(小傅)인 비무기(費無忌)의 참언으로 아버지 오사와 형 오상(伍尙)이 죽음을 당하자 오자서는 초를 도망쳐 나와 아버지의 원수를 갚기 위해 이를 갈고 있었다.

오왕 요(僚)와 공자 광을 알현한 오자서는 공자 광이 왕위를 은근히 탐내며 자객을 구하고 있는 것을 알고, 전제(專諸)라는 자객을 구해서 공자 광에게 보내고 자신은 농사일에 전념하면서 공자 광이 목적을 달성하는 날만을 기다렸다.

오자서

오왕 요의 12년(B.C 512년), 초평왕이 죽고 비무기가 평왕에게 바친 진녀(秦女)의 몸에서 태어난 진(軫 : 소왕)이 위에 올랐다. 당연히 비무기의 전횡은 극에 달했다. 그러나 1년이 못 가서 내분이 일어나 비무기는 살해되었다.

자객 전제가 공자 광의 명에 따라 오왕 요를 암살하려 하고 있다.

　오자서는 자기가 해치워야 할 원수 둘을 계속 잃게 되었다. 하지만 초나라로 쳐들어가 아버지와 형의 원수를 갚겠다는 일념은 조금도 식지 않았다.

　비무기가 살해되던 해, 오왕 요는 초의 내분을 틈타 단숨에 이를 치고자 대군을 초로 출병시켰다. 그런데 또 그 틈을 타서 공자 광은 자객 전제를 시켜 왕 요를 살해하고 스스로 왕위에 올랐다. 그가 바로 오왕 합려(闔閭)이다.

　그로부터 오자서는 손무(孫武 : 손자)와 함께 합려를 도와 여러 차례 초나라로 진격해 마침내 합려왕 9년(B.C 506) 초의 수도 영(郢)을 함락시켰다. 오자서는 아버지와 형의 원수를 갚으려고 소왕(昭王)을 찾았으나 소왕은 이미 운(鄖)으로 도망쳐 목적을 달성하지 못했다. 그래서 평왕의 무덤을 파고 그 시체에 3백 대의 매질을 하여 오랜만에 한을 달랬다. 〔☞ 굴묘편시(掘墓鞭屍)〕

　오자서가 초에 있을 때 친교가 있던 신포서(申包胥)라는 사람은 이때 산속에 피해 있었으나, 오자서의 그런 행태를 전해 듣고 사람을 통해 오자서의 보복이 너무나도 심한 것을 책망하고 그 행위를 천리(天理)에 어긋난다고 말했다. 그에 대해서 오자서가 신포서에게 보낸 답신에 있는 말이 바로 이 성구인 것이다.

오왕 부차의 잔

「나를 대신해서 신포서에게 고맙다는 말을 전해주게. 나는 지금 해는 지고 갈 길은 멀다. 그래서 나는 사리에 어긋나게 복수를 할 수밖에 없었네(爲我謝申包胥 我日暮途遠 我故倒行而逆施之)」

즉 자신은 나이가 들고 늙어가는데 할 일은 많다. 그래서 이치에 따라서 행할 겨를이 없다는 말이다. 여기에서 「차례를 바꾸어서 행한다」는 뜻으로 「도행역시(倒行逆施)」라는 성구도 나왔다.

그 후 신포서는 진(秦)나라의 도움을 받아 초나라를 부흥시켰고, 오자서는 도리어 오왕 부차에게 살해되고 말았다.

多言數窮
다언수궁

다언(多言)이면 자주 궁한 처지에 몰린다.
사람이 너무 많이 지껄이면 여러 가지 난처한 일이 생겨 곤궁한 지경에 이르게 된다.

— 《노자》 5장 —

일양내복 一陽來復

한 一 볕 陽 돌아올 來 돌아올 復

음(陰)이 끝나고 양(陽)이 돌아옴. 음력 11월 또는 동지를 일컫는 말.
겨울이 가고 봄이 돌아옴. 궂은 일이 걷히고 좋은 일이 돌아옴.

― 《역경(易經)》

「일양내복」은 양기(陽氣)가 음기 속에서 다시 움트기 시작하는 것
을 말한다.「양」은 밝고 따뜻하고 뻗어 나가는 힘을 말한다. 길었던
해가 점점 짧아져서 추운 겨울로 접어들었다가 동지(冬至)를 극한으로
하여 다시 길어지기 시작하는 것을 가리켜 「일양내복」이라고 한다.
그래서 음력 동짓달을 복월(復月)이라 한다.

「복」은 《역경》 64괘 중의 한 괘의 이름으로 여섯 효(爻) 중 위의
다섯은 모두 음효(陰爻)로 되어 있고, 맨 아래 효 하나만이 양효(陽爻)로
되어 있다. 즉 복괘의 모양은 ☳ ☷로 되어 있는 것이다.

음력 시월을 곤월(坤月)이라 하는데,「곤(坤)」은 순음(純陰)으로,
괘의 모양이 ☷ ☷로 되어 있는데, 동짓달로 들어와 해가 다시 길어짐
으로써 맨 아래 양효가 하나 들어와 있는 복괘로서 동짓달 이름을 삼
은 것이다.

아무튼 「일양내복」이란 말은 암흑 속에서 새로운 광명을 찾게 되고,
절망 끝에 새로운 희망이 엿보이고, 혼미를 거듭하던 끝에 어떤 해결의
실마리가 보이는 등 밝은 내일이 기대되는 어떤 조짐을 가리켜 하는
말이다. 또 복괘 괘사(卦辭)에,

「……그 길을 되풀이하여 이레로 다시 온다(反復其道 七日來復)」
고 한 말을 따서 일요일을 복일(復日)로 부르자고 주장한 일도 과거에
있었다.

일엽지추 一葉知秋

한 一 나뭇잎 葉 알 知 가을 秋

한 가지 일을 보고 장차 오게 될 사물을 미리 짐작함.

— 《회남자》 설산훈편(說山訓篇)

「일엽지추」는 「일엽낙지천하추(一葉落知天下秋)」에서 온 말이다.
나뭇잎 하나가 떨어지는 것을 보고 온 천하가 가을인 것을 안다는 뜻이
다. 즉 작은 한 가지 일로써 전체가 어떻다는 것을 알 수 있다는 뜻이다.

《회남자》 설산훈편에는,

「나뭇잎 하나 떨어지는 것을 보고 해가 장차 저물려는 것을 알고, 병
속의 얼음을 보고 천하가 찬 것을 안다. 가까운 것으로써 먼 것을 말하는
것이다」 라고 있다.

이것은 분명히 작은 일을 보고 전체를 살필 수 있다는 것을 이렇게
비유해서 말한 것이다. 또 이자경(李子卿)의 「추충부(秋虫賦)」에는,

「나뭇잎 한 잎이 떨어지니 천지가 가을이다(一葉落兮天地秋)」라고
했고, 또 《문록(文錄)》에는, 「당나라 사람의 시를 실어 말하기를 『산의
중이 육갑을 헤아릴 줄 몰라도 나뭇잎 한 잎이 떨어지면 천하가 가을인
것을 안다』고 했다」 라고 했다.

갑자(甲子)는 곧 육갑(六甲)이란 말과 같은 말로 옛날에는 달과 날을
육갑으로 계산했기 때문에 달과 날이 가는 것을 모른다는 것을 갑자를
헤아릴 줄 모른다고 한 것이다.

위에서 말한 모두가 작은 일을 가지고 대세를 알 수 있다는 뜻으로
쓰이고 있다. 그러나 「일양내복(一陽來復)」의 제목에서의 경우와는 반
대로 흥왕하고 있는 가운데 쇠망의 조짐이 보이는 경우 그것을 가리켜서
「일엽낙지천하추」 라고 말한다. 약해서 「일엽지추」 라고 한다.

한 一 날 日 같을 如 석 三 해 秋

하루가 3년 같음. 곧 몹시 애태우며 기다림.

— 《시경》 왕풍(王風) 『채갈(采葛)』

가을은 한 해에 한 번뿐이므로 「삼추(三秋)」란 곧 3년을 뜻한다. 「일일삼추」라고 할 때는 사람을 안타깝게 기다리는 심정을 말하게 된다. 《시경》 왕풍 「채갈(采葛)」 이란 시에 있는 말이다.

남편이 나라 일로 멀리 타국에 나가자, 그 부인이 행여 하는 생각에, 칡뿌리를 캐며 남편이 돌아오는 길목을 지켜보는 심정을 노래한 시다.

하루를 보지 못하는 것이 석 달만 같다.

하루를 보지 못하는 것이 세 가을만 같다.

하루를 보지 못하는 것이 세 해만 같다.

一日不見　如三月兮　　일일불견　여삼월혜

一日不見　如三秋兮　　일일불견　여삼추혜

一日不見　如三歲兮　　일일불견　여삼세혜

하고 끝을 맺고 있다. 삼추(三秋)나 삼세(三歲)나 결국은 같은 뜻이다. 그러나 삼세란 말은 현재는 쓰지 않는다. 이 「일일삼추」에서 「일일천추(一日千秋)」 라는 보다 과장된 문자가 생겨나기도 했다. 또 「일일(一日)」을 「일각(一刻)」 으로 바꾸어 「일각이 여삼추」 란 말도 많이 쓰이고 있다.

일각은 15분을 말하기도 하나, 극히 짧은 시간이란 뜻으로 쓰인다. 결국 모든 개념이 개인의 사정과 형편에 따라 상대적인 것임을 말해 주는 것이라 하겠다. 행복이니 불행이니 하는 것부터가……

일의대수　一衣帶水

한 一 옷 衣 띠 帶 물 水

한 줄기의 띠와 같이 좁은 냇물이나 강.

— 《진서(陳書)》

「일의대수」란 띠처럼 가로지른 강물을 말한다. 강물이 흐르는 것을 멀리서 바라보면 마치 허리에 두른 띠처럼 들판을 가로지르고 있다. 배를 잎에다 비유하여 일엽편주(一葉片舟)라고 하는 것과 같은 말이다.

진(晋)이 동으로 옮겨가 동진으로 불리게 된 뒤로, 남북으로 나뉘어져 있던 중국을 오랜만에 다시 통일한 것이 수(隋)나라 문제 양견(楊堅, 재위 599~604)이었다. 양견은 북주(北周)의 무장으로 차츰 세력을 키워 선양(禪讓)의 형식을 밟아 북주를 빼앗아 수나라를 세웠다.

그는 즉위 초부터 통일천하의 웅대한 계획을 품고, 우선 남조인 진(陳)과는 평화 공존의 정책을 취하는 한편, 북방의 돌궐(突厥)에 대한 방비를 튼튼히 하며 내정에 보다 많은 힘을 기울였다.

그러다가 후량(後梁)의 후주 소종(簫琮)을 장안으로 부른 사이에, 혹시 후량의 수도인 강릉을 그 남쪽에 있는 진(陳)이 불의에 기습해 올까 염려가 되어 최홍도(崔弘度)를 보내 이를 지키게 했다. 그러자 강릉을 지키고 있던 소종의 숙부인 소암(簫岩)과 형주자사 소의흥(簫義興) 등이 최홍도가 강릉을 앗으러 오는 줄로 알고 양자강을 건너가 진에 항복하고 말았다. 이에 화가 난 수문제는 후량을 병합하는 한편, 진나라를 공략할 것을 선언했다.

「나는 지금까지 진나라와 평화를 유지하려 했었다. 그런데 지금 진나라 임금은 횡포와 방탕을 일삼고 백성들은 도탄에 빠져 있다. 내가

백성의 부모로서 어
찌 좁은 한 가닥 강물
로 인해(我爲民父母
豈可限一衣帶水) 이
를 구하지 않을 수 있
겠는가」 라고 했다.

양자강

이리하여 문제는
50만 대군으로 일제
히 양자강을 건너 진
나라로 쳐들어가게 했다. 진나라 후주(後主)는 궁중의 우물 속에 숨어
있다가 군사들에게 붙들리고 진나라는 이렇게 해서 33년 만에 망하고
말았다.

589년, 드디어 중국 전체를 통일한 대제국이 나타나게 된다.

여기에 말한「일의대수」는 양자강을 두고 한 말이다. 아무튼 그것
은 좁다는 뜻이다.

希言自然
희 언 자 연

희언(希言)은 자연이다.

소리가 나는 것은 물체가 서로 부딪치거나, 혹은 마찰할 때만 일어난다.
무성(無聲)이야말로 자연 그대로의 상태이다.

무리를 하지 말라는 훈계이며, 무리를 할 때는 마찰이 생겨 사람은 자연
을 배반하게 된다는 것이다. 희(希)는 가장 희미한 소리. 희언(希言)은 무
성(無聲)을 말한다.

— 《노자》 23장 —

일이관지 一以貫之

한 一 써 以 뚫을 貫 갈 之

한 가지 이치로 만 가지 일을 꿰고 있음.

—《논어》이인편(里仁篇)

하나로 주르르 꿰었다는 말이다. 공자가 한 말인데, 《논어》에 보면 공자는 똑같은 말을 증자(曾子)와 자공(子貢) 두 사람에게 하고 있다. 이 인편에는 이렇게 기록되어 있다. 공자가 말했다.

「삼(參)아, 내 도는 하나로서 꿰었다(參乎吾道 一以貫之)」

삼은 증자의 이름이다. 그러자 증자는 「네」 하고 대답했다. 공자가 나가자 증자의 제자들이 증자에게 물었다.

「무슨 말씀이십니까?」

「선생님의 도는 충과 서뿐이다」 충(忠)은 지성(至誠)이란 뜻이다. 《중용》에 보면 「지성」은 하늘과 통해 있다고 했다. 서(恕)는 지성

자공

그대로를 실천에 옮기는 것을 말한다. 즉 진리에 따라 그대로 행하는 것이 「일이관지」인 것이다. 또 위령공편에서 공자가 이렇게 말했다.

「사(賜)야, 너는 나를 많이 배워서 알고 있는 사람으로 알고 있느냐?」

「그렇습니다. 아닙니까?」

「아니다. 나는 하나로써 꿰었다(非也 予 一以貫之)」

사는 자공의 이름이다. 공자는 당시 많은 사람들로부터 아는 것이 많다는 이유

북경을 위시해서 중국의 오랜 도시에는 어디에나 공자묘 성전이 있다.

로 성인이라 불리는 일이 종종 있었다. 그런 점에서는 자공도 마찬가지
였다. 자공은 남과 말하기를 좋아했기 때문에 사람들은 자공이 공자보
다 더 박식한 줄로 알고 있었고, 그 점에서 자공이 공자보다 낫다고
말하는 사람도 많았다.

증자는 둔한 사람으로 실천 위주의 수양에 힘쓴 것으로 전해지고 있다.
그 증자에게 공자는 「일이관지」란 말로 일깨워 주었고, 증자는 즉시 그
말에 의해 진리를 깨달았다.

자공은 재주가 너무 많은 사람으로 당시는 공자보다도 더 위대한 사람
으로 온 천하에 이름이 알려진 사람이다. 그 자공에게 공자는 많이 배우
고 아는 것이 소중한 것이 아니라, 오직 하나뿐인 진리를 깨닫는 것이
보다 중하다는 것을 일깨워 준 것이다.

공자는 상대방이 깨닫지 못할 말은 하지 않았다. 그것을 교육의 철칙
으로 삼고 있었다. 그러므로 공자의 이 한 마디에 자공은 진리를 깨달았
을 것으로 생각된다.

「일이관지」는 불교의 선문답(禪問答)과도 흡사한 점이 있는데, 역시 공자는 그런 뜻에서 이 말을 한 것이 틀림없다. 그 하나가 무엇이라는 것을 증자는 충과 서라고 했다. 공자는 하나라고 한 것을 증자는 두 말로 표현한 것이다. 《중용》 첫머리에 이렇게 말했다.

「하늘이 주신 것이 성품이요 성품대로 하는 것이 도요, 도를 닦는 것이 가르침이다(天命之謂性 率性之謂道 修道之謂敎)」

성품대로 하는 것이 도다. 도를 깨쳤다는 것은 하늘이 주신 본성을 깨닫는 것이다. 불교에서는 도를 깨치는 것을 견성(見性)이라고 한다. 유교에서는 도를 얻는 것을 솔성(率性)이라고 했다.

충은 하느님을 보는 것이요, 도는 사람을 사랑하는 것이다. 하느님은 곧 성품(性品)이다. 참으로 하느님을 본 사람은 사람을 사랑하게 되는 것이다.

이 「일이관지」가 현재는 본래의 뜻과는 달리 쓰이고 있다. 처음부터 끝까지 변함이 없다는 뜻으로 쓰이기도 하고, 그것만 해결하면 그 다음부터는 일사천리로 밀고 나가게 된다는 뜻으로도 쓰인다.

즉 일관(一貫)이란 뜻과 일사(一瀉)란 뜻으로 쓰이고 있는 것이다. 물론 약간 해학적인 것을 살리기 위한 말이다.

鶴鳴于九皐　聲聞于天
　학 명 우 구 고　성 문 우 천

학은 구고(九皐)에서 울어도 그 소리가 하늘에까지 다다른다.
　학은 아무리 깊숙한 습지(九皐) 안에서 울더라도 그 울음소리는 높은 하늘에까지 들린다. 곧 현자(賢者)는 아무리 세상을 숨어 살아도 그 평판은 저절로 세상에 퍼진다. 그 현자를 불러내어 기용하는 것을 잊어서는 안된다.

　　　　　　　　　　　　　　　　─ 《시경》 소아 「학명(鶴鳴)」 ─

일자천금 一字千金

한 一 글자 字 일천 千 돈 金

아주 훌륭한 글씨나 문장의 비유.

— 《사기》 여불위전(呂不韋傳)

전국시대의 말엽, 천하의 제패를 노리는 열국(列國)의 제후들은 일예일능(一藝一能)에 뛰어난 자들을 객(客)으로서 다투어 불러 모았다. 이것이 소위 식객인 것이다.

그 중에서도 제(齊)나라의 맹상군은 수천, 초(楚)나라의 춘신군은 3천, 조(趙)나라의 평원군은 수천, 위(魏)나라의 신릉군은 3천이라 하여 서로 식객 수를 자랑했던 것이다.

그러나 이 식객들은 누구나 한 가지 심상치 않은 재주와 고집을 지니고 있는 인간으로 제후들도 그들을 자기 곁에 잡아두기 위해 적지 않은 신경을 써야 했다.

예를 들어 가산(家産)을 탕진하면서 식객을 슬하에 모아 놓고「천하의 선비를 동나게」했다는 말까지 듣던 맹상군은 귀천의 구별 없이 전부 자기와 동등하게 대우하고, 또 그들과 이야기를 할 때는 언제나 서기를 병풍 뒤에 숨겨, 그들과 이야기하는 동안에 알려지는 그들 친척들의 거처를 적게 한 다음 나중에 사람을 시켜 선물을 보내 주었다고 한다.

또 이런 이야기도 있다.

조(趙)의 평원군이 식객을 외교사절로서 초(楚)의 춘신군에게 보냈다. 평원군의 식객은 자기가 초나라에서 얼마나 우대를 받고 있는지를 자랑하고자 일부러 대모잠(玳瑁簪 : 거북이 등껍질로 만든 비녀)을 만들고, 패도(佩刀)에는 주옥을 상감(象嵌 : 무늬를 파서 그 속에 금·

여불위의 묘

은·주옥 같은 것을 넣어 채우는 것)케 하여 화려한 옷차림으로 춘신군의 식객에게 대면을 청했다. 그런데 나타난 상대를 한번 본 순간 그는 앗! 소리와 함께 얼굴이 홍당무가 되고 말았다. 그 까닭은 춘신군의 식객들은 하나같이 주옥으로 상감한 신을 신고 있었던 것이다.

그런데 그 무렵, 제후에게 질세라 열을 올려가며 식객을 끌어 모은 또 하나의 사나이가 있었다. 한낱 상인으로서 몸을 일으켜 이제는 강국 진(秦)의 상국(相國 : 총리대신)이 되어 어린 왕인 정(政 : 뒤의 시황제)을 조종하여 정권을 손아귀에 쥐고 위세를 떨치고 있는 여불위(呂不韋 : 실은 시황제의 친아버지다)가 바로 그 사람이었다.

시황제의 아버지 장양왕(莊襄王)이 첩의 소생인 탓에 조(趙)나라에 볼모로 붙잡혀 있었기 때문에 용돈에 궁한 생활을 하고 있는 것을 보고, 「진기한 보물이다. 차지해야 한다(此奇貨 可居)」하고 눈독을 들여 막대한 투자를 하고 마침내 오늘의 영화를 획득한 여불위다. 〔☞ 기화가거(奇貨可居)〕

신릉군·춘신군·평원군·맹상군이 부지런히 식객을 모아들여 그 수효를 자랑하고 있는 것을 듣고서야 가만히 보고만 있을 수가 없었다.

「강대국인 우리 진(秦)나라가 이런 일에서 그놈들에게 얕보여서야 될 말인가?」

원래가 상인이라 돈을 물 쓰듯 해서 식객을 모았으므로 각처에서 모여든 자의 수가 3천에 달했다. 이쯤 되면 그의 욕심은 더욱더 부푼다.

이 무렵 각국에서 현자들이 저서를 내었는데, 특히 제(齊)·초(楚)에 벼슬을 한 유학자 순경(荀卿 : 순자) 등이 탁세(濁世)를 한탄하여 수만 어의 책을 발간했다는 말을 듣자「어디 두고 보자. 나도 한번 해보고 말겠다」하는 생각이 들었다. 그래서 식객들에게 명하여 만든 것이 20여만 어로 된 대작이다.

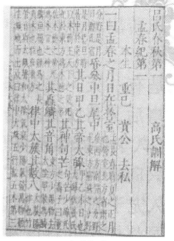
여씨춘추

「어떠냐? 천지만물 고금의 일은 전부 이 안에 들어 있다. 이런 큰 사업을 내가 아니고 누가 할 수 있겠는가!」하고 기고만장한 그는 이 대작을 자기가 편집한 것으로 하여 《여씨춘추(呂氏春秋)》라 이름 붙였다.

더욱 흥미를 끄는 것은 그 후의 그의 처사였다. 여불위는 이 《여씨춘추》를 수도 함양의 성문 앞에 진열시켜 놓고 그 위에 천금을 걸어두고서는 다음과 같은 광고판을 세웠다.

「능히 한 글자라도 이것을 보태고 빼고 하는 사람이 있으면 천금을 준다(有能增損一字者 予千金)」

즉 이 책의 문장을 첨삭(添削)할 수 있는 자에게는 한 자에 대해 천금의 상금을 주겠다는 것이다. 그야말로 사람을 무시해도 이만저만이 아니지만, 이것도 실은 상술에 밝은 여불위의 식객 유인책이었던 것은 말할 나위도 없다.

여기서 한 가지 대조적으로 여불위의 실제 아들인 진시황의 행패를 들지 않을 수 없다. 그것은 그 후 승상 이사(李斯)의 말만을 듣고 의약·복서(卜筮)·농경에 관한 책을 제외하고는 모두 불살라 버렸다는 사실이다. 참으로 아이러니컬한 일이라 하겠다.

일장공성만골고 一將功成萬骨枯

한 一 장수 將 공 功 이룰 成 일만 萬 뼈 骨 마를 枯

한 사람 장군의 공은 무수한 병사의 희생 끝에 이루어진다.

— 《삼체시(三體詩)》 『기해세(己亥歲)』

한 장수가 공을 세우면 만 명의 군사가 뼈를 들판에 버리게 된다는 것이 「일장공성만골고」다. 다음은 《삼체시》 안에 수록되어 있는 조송(曹松)의 칠언절구 「기해세」의 마지막 글귀다.

못의 나라 강과 산이 싸움의 판도에 들었으니
산 백성이 어찌 나무를 하고 풀 뜯는 것을 즐길 생각을 하리오
그대에게 부탁하노니 후를 봉하는 일을 말하지 말라
한 장수가 공이 이뤄지면 만 명의 뼈가 마른다.

澤國江山入戰圖　生民何計樂樵蘇　　택국강산입전도　생민하계낙초소
憑君莫話封侯事　一將功成萬骨枯　　빙군막화봉후사　일장공성만골고

이 시는 황소의 난이 한창이던 당희종 건부(乾符) 6년(879년)에 해당한 기해년에 지은 것으로 보인다. 황소는 마침내 양자강을 건너 북상했다가 정부군에 크게 패해 강동(江東)으로 달아나게 되었다. 이때 정부군이 만일 계속해서 추격만 했으면 난은 완전히 평정될 수 있었다. 그러나 이 때 정부군을 지휘하던 장군은,

「국가는 일단 위급한 때에는 장병들을 사랑하고 상주기를 아끼지 않지만, 일단 태평한 세월이 오면 장병들은 헌신짝처럼 버림을 당하고 심하면 없는 죄까지 받게 된다. 그러므로 전쟁이 끝나지 않도록 적을 살려두어야만 한다」하고 황소의 군사를 완전 섬멸하는 것을 고의로 회피하고 있었다. 이 때가 바로 기해년이다.

황소 봉기군의 장안 입성도(중국 역사박물관)

조송의 시는 어쩌면 이 장군의 그런 이기적인 태도에 분개해서 지은 것일지는 모른다. 그러나 보통 알고 있는 이 글귀의 뜻은 무수한 생명의 숨은 희생 위에 한 사람의 영웅이 탄생하게 되는 전쟁의 잔학성과 모순성을 말한 것이다.

못의 나라(澤國)는 비습한 땅이란 뜻으로 황소가 달아난 양자강 하류지방을 말한 것이리라. 싸움의 판도(戰圖)는 전쟁 지역을 말한다. 나무하고 풀 뜯는 것을 즐길 생각을 하지 못한다는 것은 생업에 종사할 수 없는 전쟁의 시달림을 말한 것이다. 후(侯)를 봉하는 일은 곧 공을 세우는 일을 말한다.

그 결과 황소는 다시 세력을 회복하여 이듬해에는 수도 장안을 함락시키고 황제라 일컫게 된다. 다시 3년 뒤에는 정부군에 패해 동쪽으로 달아났다가 그 이듬해 패해 죽는다. 당나라도 이 난으로 20년쯤 지나 망한다. 이 시 말고도 전쟁터를 지나가다가 읊은 고시(古詩)에,

바라건대 그대는 영웅의 일을 묻지 말라.
한 장수가 공이 이뤄지면 만 명이 죽는다

願君莫問莫雄事　一將功成萬名亡　　원군막문막웅사　일장공성만명망

라고 한 글귀가 있었다.

일패도지 一敗塗地

한 一 패할 敗 바를 塗 땅 地

여지없이 패하여 다시 일어날 수 없게 됨.

―《사기》 고조본기(高祖本紀)

《사기》 고조본기에 있는 한고조 유방의 말로, 진시황 말년 「동남방에 천자의 기운이 있다」고 말하는 사람이 있자, 시황은 동쪽으로 순행을 나가 이 기운을 찾아 후환을 막을 생각이었다.

유방은 혹시 자기에게 어떤 화가 미치지 않을까 하고 산중으로 숨었다. 그러자 유방이 있는 패읍(沛邑) 사람들도 그를 따랐다.

이윽고 시황이 죽고 2세가 즉위하자, 진승(陳勝)이 반란을 일으켰다. 그러자 각 고을마다 호걸들이 일어나 수령을 죽이고 반기를 들어 진승에게 호응했다.

패읍의 수령도 반란민에게 죽게 될까 겁이 났다. 그래서 자진해서 고을 백성들을 이끌고 진승에게 호응할 생각으로 부하인 소하(蕭何)와 조참(曹參)을 불러 상의했다. 그러자 소하와 조참은,

「진나라 관리인 사도께서 반란을 일으키려 하면 사람들이 말을 듣지 않을 것입니다. 사또께서 먼저 밖으로 도망쳐 나가 있는 사람들을 불러들이십시오 아마 수백 명에 달할 것입니다. 그들의 힘을 빌어 대중을 위협하면 감히 거역할 사람이 없을 것입니다」 하고 권했다.

그리하여 번쾌를 보내 유방을 불렀다. 그때 유방을 따른 사람들은 벌써 수백 명에 달하고 있었다. 수백 명이 떼지어 오는 것을 보자 현령은 후회막급이었다. 얼른 성문을 닫고 소하와 조참을 죽이려 했다. 두 사람은 성을 넘어 유방에게로 가서 몸을 의지했다.

유방은 비단 폭에 글을 써서 성 위로 쏘아 보냈다. 그 글의 지시에

따라 고을 사람들은 현령을 죽이고 성
문을 열었다. 유방을 맞이한 부로들은
그를 현령에 추대하려 했다. 그러자 유
방은「일패도지」란 말을 썼다.

조참

「천하가 한창 시끄러워 제후들이
사방에서 함께 일어나고 있는데 지금
장수를 한번 잘못 두게 되면 일패도지
하고 만다」하고 현령되기를 사양했다.

그러나 결국은 자청하는 사람도 할
만한 사람도 없어 유방이 패현의 현령
이 된다. 그리하여 패령이 패공이 되
고, 패공이 한왕(漢王)이 되고, 한왕이
다시 한고조가 되는 것이다.

「일패도지」의 뜻을 주해에는 이렇게 말하고 있다.「하루아침에 깨
어져 패하게 되면, 간과 골로 땅을 바르게 된다는 것을 말한다(言一朝破
敗 使肝腦塗地)」즉 골이고 창자고 온통 흙과 한 덩어리가 되고 만다는
얘기다. 여기서「간뇌도지(肝腦塗地)」란 말이 나왔다.

飄風不終朝　驟雨不終日
　표 풍 부 종 조　　취 우 부 종 일

표풍(飄風)은 아침 내내 불지 않고, 취우(驟雨)는 하루 종일 오지 않는
다.

심한 바람은 아침 내내 계속해서 불 수가 없다. 소낙비도 하루 종일 계
속해서 퍼붓지 못한다. 그것은 자연에 반하여 무리를 하고 있기 때문이다.
― 《노자》 22장 ―

입립신고 粒粒辛苦

낱알 粒 매울 辛 괴로울 苦

곡식의 소중함을 이르는 말. 고심하여 일의 성취에 노력함.

— 《고문진보(古文眞寶)》 「민농(憫農)」

「입립개신고(粒粒皆辛苦)」라고 한다. 우리들이 먹는 쌀 하나하나
가 모두 피와 땀으로 이룩된 것이라는 말이다. 입립(粒粒)은 한 알 한
알이란 뜻이다. 신고(辛苦)는 맵고 쓰다는 말인데, 힘들고 어려운 것을
말한다. 우리말의 「피땀」이란 말이 가장 적합할 것 같다.

《고문진보》 전집에 있는 이신(李紳)의 오언고풍 「민농(憫農)」에
있는 글귀다.

벼를 호미질하여 해가 낮이 되니
땀이 벼 밑의 흙으로 방울져 떨어진다.
뉘 알리요 상 위의 밥이
알알이 다 피땀인 것을.

鋤禾日當午　汗滴禾下土　　서화일당오　한적화하토
誰知盤中殘　粒粒皆辛苦　　수지반중손　입립개신고

「민농」은 농부를 딱하게 생각한다는 뜻도 되고, 농사일이 힘든 것
을 민망하게 여긴다는 뜻도 된다.

미국 같은 대규모의 기업농을 하는 경우는 이 말이 적용되지 않을지
모르지만, 삼복더위에 벼 포기를 헤치며 머리를 들이밀고 화끈 치미는
지열과 내려쬐는 폭염에 숨이 콱콱 막히는 가운데 흙을 파 뒤집고 엎어
온통 피부와 눈을 찔려 가며 비 오듯 하는 땀을 주체 못하는 농부들의
고생을 생각하면 정말 쌀 한 톨이 금쪽보다도 더 귀하게 보이고, 가만히

앉아 얻어먹고 있는 신세가 죄스럽기만
하다.

더구나 그렇게 애써 지은 쌀을 자기
들이 먹을 것까지 팔아 돈과 바꾸어 대
신 값싼 곡식으로 배를 채워야 하는 농
민들의 처지를 생각할 때 그저 황송하
고 두려운 생각밖에 날 것이 없다.

지금은 다른 모든 생산품에도 널리
이 말이 쓰이고 있다. 기술자와 직공들
의 피땀으로 이루어진 것은 마찬가지니
까.

고문진보

道法自然
도 법 자 연

모든 도(道)는 자연을 따른다.
　모든 것은 자연을 따르고 있다. 초목(草木)이 돋아나는 것도 자연이며,
춘하추동이 바뀌는 것도 자연이다. 인간이 행해야 할 도(道)는 역시 이 자
연을 따르는 것이 바람직하다.

— 《노자》 25장 —

입향순속 入鄕循俗

들 入 마을 鄕 좇을 循 풍속 俗

다른 지방에 들어가서는 그 지방의 풍속을 좇음.

— 《회남자》 제속편(齊俗篇), 《장자》 산목(山木)

그 고장에 가서는 그 고장 풍속에 따르는 것이 「입향순속」이다. 「눈치가 빨라야 절에 가서도 새우젓을 얻어먹는다」는 말이 있지만, 그런 눈치 빠른 처세술은 「입향순속」과는 반대되는 방향이다. 모든 것을 대중들과 함께 따라 행하는 것이 입향순속이다.

설사 잘못된 풍속을 시정할 경우라도 함께 그 속에 들어가 따라 한 뒤라야만 서서히 그것을 고쳐 나갈 수 있는 것이다. 세상을 둥글게 살아 가려는 사람이나, 세상을 올바로 이끌어 보겠다는 지도자나 다 이 「입향순속」의 교훈이 필요할 것 같다.

《회남자》 제속편(齊俗篇)에는,

「그 나라에 들어가는 사람은 그 고장의 풍속을 따른다(入其國者 從其俗)」고 했는데, 이와 같은 말이 《장자》 외편 산목(山木)에도 나와 있다.

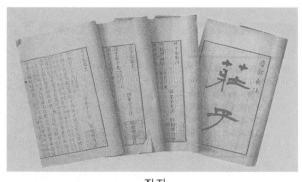

장자

즉 「그 풍속에 들어가서는 그 풍속에 따른다(入其俗 從其俗)」고 했다. 결국 자연에 내 맡긴 순리로운 생활을 하는 것이 현명하게 사는 길이란 뜻이다.

　서양 격언에도「로마에 가서는 로마법을 따르라」고 한 말이 있다. 생활을 통해서 얻은 같은 세계관, 같은 인생관일 수 있을 것 같다.

　「입향순속」은 위에 말한 《장자》와 《회남자》의 말이 합쳐져 생겨난 말로 지금은 이 말이 널리 쓰이고 있다.

　어떤 단체나 직장이나 다 그 나름대로의 전통이나 관습 같은 것이 있기 마련이다. 새로 부임한 중역이나 다른 데서 전입해 온 사원은 일단 선임자에게 그런 것들을 묻거나 듣고 보고 하며 보조를 맞춰 나가도록 노력하는 것이 순서일 것이다. 개선과 시정은 그 다음의 일이다.

歲月人間促　煙霞此地多
세월인간촉　　연하차지다

　세월은 인간을 재촉하듯 흐르는데, 가볼 만한 산수(山水)와 땅은 너무 많구나.

　안개가 연기처럼 흐르는 아름다운 산수의 경치가 이 땅에는 너무나 많은데, 야속한 세월은 재촉하듯 흘러만 가는구나. 어차피 앞으로 자주 찾아올 수는 없을 것이니, 이 죽림사(竹林寺)를 실컷 구경이나 하다 가련다.

　　　　　　　　　　　— 주방(朱放)『제죽림사(題竹林寺)』—

일폭십한 | 一暴十寒

한 一 햇볕쪼일 暴 열 十 찰 寒

노력함이 적고 게으름이 많음을 이르는 말.

―《맹자》고자상(告子上)

「일폭십한」은 하루는 양지가 따뜻하게 났다가 열흘이나 계속 날씨가 차갑다는 말이다. 아무리 잘 나는 씨앗이라도 날씨가 이런 상태라면 제대로 싹이 터서 자랄 수가 없는 것을 뜻한다.

맹자는 제선왕이 그의 타고난 어진 성품과 총명을 제대로 발휘하지 못하고 잠시 희망이 엿보이다가는 다시 제자리걸음을 치는 것이 안타까워 이런 말을 한다.

「왕의 지혜롭지 못한 것을 이상하게 생각할 것이 없다. 아무리 세상에 쉽게 자라는 물건이 있다 하더라도 하루 따뜻하고 열흘 동안 추우면 (一日暴之 十日寒之) 능히 자랄 물건이 없다. 내가 왕을 만나는 일이 드문데다가 내가 물러나면 차게 하는 사람들이 모여들게 되니, 비록 싹이 있은들 내가 어떻게 자라게 할 수 있겠는가?」

즉 「일일폭지 십일한지」가 약해져서 「일폭십한」이 된 것이다. 착한 말을 해주는 사람은 적고, 아첨과 유혹을 일삼는 사람들이 주위에 많으면 본바탕이 현명하고 선량한 사람도 어리석은 짓과 악한 일을 자연히 하게 된다는 뜻으로 쓰인다. 맹자는 또 이 말 다음에 바둑 배우는 것을 예를 들어 말한다. 즉 한 사람은 열심히 선생의 하는 말에 귀를 기울이며 수를 기억하고 있는데, 다른 한 사람은 손으로는 바둑알을 놓으면서도 생각은 활을 당겨 기러기 잡는 데 가 있으면, 앞에 말한 사람과 같은 바둑의 향상을 볼 수 없다. 그것은 지혜의 문제가 아니고 꾸준한 노력을 하고 못하는 문제라고 했다.

자

자구다복　　　징갱취재

自求多福▶懲羹吹虀

자구다복 自求多福

스스로 自 구할 求 많을 多 복 福

많은 복은 하늘이 주는 것이 아니라 자기 스스로 구하는 것이다.

— 《시경》 대아 문왕편(文王篇)

많은 복은 하늘이 주어서가 아니라 자기가 구해서라는 것이 「자구다복」이다. 즉 「하늘은 스스로 돕는 자를 돕는다(天助自助)」는 말이다.

이 말은 《맹자》 공손추상에 인용됨으로써 널리 알려지게 된 말이다.

맹자는 노력에 따라 결과가 나타난다는 것을 강조하고, 모든 화와 복이 다 자기 스스로 구해야 한다는 것을 이렇게 말하고 있다.

「어질면 영화가 오고 어질지 못하면 욕이 온다. 지금 욕된 것을 싫어하면서 어질지 못한 생활을 하는 것은 마치 축축한 것을 싫어하면서 낮은 땅에 살고 있는 것과 같다. 욕된 것을 싫어하면 덕을 소중히 알고 선비를 높이 받드는 길밖에 없다. 어진 사람이 높은 지위에 있고, 능력 있는 사람이 일을 담당하여 남는 여가를 헛되이 하지 말고 열심히 정치와 법령을 바르게 하는 데 힘을 기울이면 아무리 큰 나라라 할지라도 이쪽을 업신여기지 못한다. 지금 나라가 평화로우면 마음껏 즐기며 게으름을 피우고 거만을 부린다. 이것은 스스로 화를 부르는 것이다. 화와 복은 스스로 구하지 않는 것이 없다(禍福無不自己求之者). 《시》에 말하기를 『길이 명(命 : 천명)에 맞게 하기를 생각하는 것이 스스로 많은 복을 구하는 것이다』라고 했다(詩云永言配命 自求多福)」고 했다.

「구하라, 그러면 얻으리라」고 한 예수의 말씀도 노력하면 하늘은 그 노력한 대가를 주신다는 뜻일 것이다. 게으름을 피우고 가만히 앉아 있어도 기도만 하면 된다는 뜻은 절대로 아닐 것이다.

자승자강 自勝者强

스스로 自 이길 勝 사람 者 강할 强

자신을 이기는 사람이 가장 강한 사람이다.

— 《노자(老子)》 33장

이 세상에서 가장 강한 사람은 자기 자신을 이기는 사람이다. 이것을 「자승자강」이라고 한다. 《노자》 33장에 있는 말이다. 즉,

「남을 아는 것은 지혜로운 일이다. 그러나 자신을 아는 사람이 참으로 밝은 사람이다. 남을 이기는 것은 힘이 있는 일이다. 그러나 자기를 이기는 것이 가장 강하다(勝人者有力 自勝者强)」고 했다. 소크라테스도 「너 자신을 알라」고 했다. 왕양명도 「산 속의 도적을 깨뜨리기는 쉬워도 마음속의 도적을 깨뜨리기는 어렵다」고 했다. 공자도 「나를 이기고 자연으로 돌아가는 것이 인이다(克己復禮爲仁)」라고 했다.

자기를 이긴다는 것은 인간의 육신으로 인한 동물적인 충동과 욕망을 이긴다는 뜻이다. 어떤 외부적인 구속 없이 자기 이성으로 부당한 생각과 유혹을 물리치고 후회 없는 생활을 해나가는 것이 자기를 이기는 것이다.

나폴레옹의 이야기에 이런 것이 있다. 적군의 비밀을 탐색하는 임무를 무사히 마치고 돌아온 두 장교에게 약속한 상금을 준 그는, 그 중 한 사람에게 약속 이외의 상금을 또 주었다. 그리고는 이렇게 말했다.

「그대는 보아하니 겁이 많은 사람이다. 그런데도 불구하고 위험을 무릅쓰고 임무를 수행했다. 자기의 겁 많은 성격을 능히 이겨낸 참다운 용사이므로 그대는 어떤 어려운 일이라도 해낼 수 있는 사람이다」

역시 스스로를 이겨 낸 사람이 가장 강하다는 노자의 말씀과 공통되는 점이 있다. 스스로를 이겨라. 그러면 세상에 두려울 것이 없다.

자포자기 自暴自棄

스스로 自 사나울 暴(포) 버릴 棄

마음에 불만이 있어 행동을 되는 대로 마구 취하고
스스로 자신을 돌아보지 아니함.

— 《맹자》이루상(離婁上)

「자포자기」란 말을 우리는 될 대로 돼라 하는 그런 뜻으로 쓰고
있다. 글자대로 새기면 스스로 자신을 학대하고 스스로 자신을 내던져
버리는 것이 자포자기다.

이 말은 《맹자》이루 상에 나오는 말이다.

「자포(自暴)하는 사람과는 함께 말을 할 수가 없고, 자기(自棄)하는
사람과는 함께 일을 할 수가 없다. 예의에 벗어나는 말을 하는 사람을
자포한다 말하고, 자기 자신이 능히 어진 일을 할 수 없고, 옳은 길로
갈 수 없다고 하는 것을 『자기』라고 말한다. 어짊(仁)은 사람의 편안
한 집이요, 옳음은 사람의 바른 길이다. 편안한 집을 비워 두고 살지
않으며, 바른 길을 버리고 그곳으로 가지 않으니 슬픈 일이다」라고
했다.

맹자의 말대로 하면 말을 함부로 하는 것이 「자포」고, 행동을 되는
대로 하는 것이 「자기」다. 말을 함부로 하는 것은, 어질고 바른 것을
적대시하는 적극적인 태도로 볼 수 있고, 행동을 되는 대로 하는 것은
희망을 잃은 소극적인 태도로 볼 수 있다.

아무튼 「자포자기」는 착하고 바른 일하는 것을 거부하려는 태도를
말하는 것이다. 「될 대로 돼라」하는 말 자체가, 자제력을 상실한 감정
의 노예가 되기를 자청하는 말이기도 하다.

작심삼일 作心三日

지을 作 마음 心 석 三 날 日

결심이 사흘을 가지 못함. 결심이 굳지 못함을 이름.

— 《맹자》 등문공하(藤文公下)

작심(作心)은 마음을 단단히 먹는다는 뜻이다. 「작심삼일」은 두 가지 뜻으로 쓰인다. 사흘을 두고 생각하고 생각한 끝에 비로소 결정을 보았다는 신중성을 의미하기도 하고, 마음을 단단히 먹기는 했지만, 사흘만 지나면 그 결심이 흐지부지되고 만다는 뜻으로도 쓰인다. 즉 앞의 경우는 사흘을 두고 작심했다는 뜻이고, 뒤의 경우는 작심한 것이 사흘밖에 못 간다는 뜻이다.

그러나 어떤 일을 결정하는 데 있어 사흘씩이나 두고두고 생각을 한다면 그 일이 어렵고 실현 가능성이 적은 것임을 알 수 있다. 사흘을 두고 작심한 것이 사흘이 못 가서 그 작심이 헛것이 될 수도 있는 일이니, 결국 옹졸한 사람의 자신 없는 태도로 볼 수 있다. 「작심(作心)」이란 말은 《맹자》 등문공 하(下)에 있는 이른바 「호변장(好辯章)」에 나오는 말이다.

「……그 마음에 일어나서 그 일을 해치고, 그 일에 일어나서 그 정치를 해친다(……作於其心 害於其事 作於其事 害於其政)」

「작심」은 마음을 일으킨다는 뜻이다. 억지로 하기 싫은 것을 의식적으로 일깨운다는 말이 된다. 「고작 작심삼일이야……」하는 말들을 한다. 자신도 의욕도 없는 경우를 말한다. 「작심삼일이지 뭐……」이렇게 말할 때도 있다. 결심이 오래 가야 사흘 간다는 뜻으로 못 믿겠다는 말이다.

잠룡물용 潛龍勿用

잠길 潛 용 龍 말 勿 쓸 用

아무리 천하를 통일할 역량과 포부를 간직한 영웅이라도
아직은 시기가 아니므로 가만히 숨어 있고 나오지 말라는 뜻

— 《역경(易經)》 효사(爻辭)

《역경》 건괘 초효(初爻)의 효사(爻辭)에 있는 말이다. 잠룡(潛龍)은
땅 속 깊이 또는 물속에 깊이 숨어 있는 용이란 뜻이다. 물용(勿用)은
쓰지 말라는 말이다. 「잠룡물용」곧 잠겨 있어 승천을 준비하는 용은
쓰지 않는다는 말이다.

웅지를 감추고 도약을 위해 준비하고 있는 사람을 쓰지 말라는 것은
무엇을 말하는 것인지 분명치가 않다. 다만 잠룡일 때는 아직 모든 능력
을 완전히 발휘할 때가 아니니 좀더 두어서 완전히 터득할 때까지 두라
는 의미로 볼 수도 있지 않을까 여겨진다.

원래 잠룡이라 하면 임금이 아직 왕위에 오르기 전을 뜻하는 말이었
다.

건(乾)은 하늘을 말하고 순양(純陽)을 뜻한다. 양(陽)은 맑고 따뜻하고
뻗어 오르는 기운을 말한다. 그래서 하늘에 날아오르는 용으로서 이를
상징한다.

초효(初爻)는 여섯 개 효 가운데 맨 아래 있는 효를 말한다. 맨 아래
있는 양기는 아직 땅 속 깊숙이 들어 있는 양기로 얼음이 풀릴 시기가
되어야만 비로소 움직이게 된다. 그것은 장차 하늘을 날아오를 용이
아직 때가 되지 않아 땅속 깊숙이 숨어 있는 것과 같다. 봄에 싹이 틀
씨앗이 꽁꽁 얼어붙은 땅 속 깊숙이 묻혀 있는 것과도 같다.

아무리 천하를 통일할 역량과 포부를 간직한 영웅이라도 아직은 시

기가 아니므로 가만히 숨어 있고 나
오지 말라는 뜻으로 풀이된다. 어떤
일을 놓고 점을 쳤을 때 이 건괘 초효
가 나오면 그것은 더 좀 시기를 기다
리라는 경고가 된다.

주역괘

다음 효인 이효(二爻)에는,

「나타난 용이 밭에 있으니 대인
을 보는 것이 유리하다(見龍在田 利
見大人)」고 했다. 움직이기 시작하
란 뜻이다.

또 넷째 효에는,

「혹 뛰어서 못에 있어도 허물이
없다(或躍在淵 無咎)」고 했다. 일을
착수해도 상관없다는 말이다.

그래서 다섯 번째 효에 가서는,

「나는 용이 하늘에 있으니 대인을 보는 것이 유리하다(飛龍在天 利
見大人)」고 했다. 활동하라는 뜻이다.

그리고 마지막 효에 가서는 「높이 오른 용이니 뉘우침이 있다(亢龍
有悔)」고 했다. 적당한 정도에서 그치지 못하고 너무 지나친 행동으로
나가면 반드시 실패를 보게 된다는 뜻이다.

이렇게 《주역》은 자연의 이치를 끌어다가 사람의 일을 비유하고 있
다. 그것은 막연한 신비적인 예언이 아니고 사리를 따라 판단하는 과학
적인 예언이다. 우리들이 흔히 쓰는 말은 이 「잠룡물용」과 「항룡유회
(亢龍有悔)」란 말이다.

《회남자》에도 「잠겨 있는 용을 쓰지 말라는 말은 시기가 행해질
만하지 않다는 것이다」라고 한 말이 있다. 〔☞ 항룡유회〕

잠룡물용 潛龍勿用 693

장경오훼 長頸烏喙

길 長 목 頸 까마귀 鳥 부리 喙

환난은 같이할 수 있으나 안락은 같이 누릴 수 없는 사람.

— 《사기》 월세가(越世家)

「장경오훼」는 긴 목과 뾰족 나온 입을 말한다. 범려(范蠡)가 월왕 구천(句踐)을 평한 말이다. 인물됨이 편협하고 의심이 많아서 성취하고자 하는 일을 이루고 나면 협력자나 동지에게 등을 돌릴 사람됨을 일컫는다. 《사기》 월세가에 있는 이야기다. 범려는 춘추시대 월(越)나라의 명신이었다. 그가 활약한 때는 오나라와 월나라 간의 숙명의 대결이 벌어지던 혼란한 시대였다. 「와신상담(臥薪嘗膽)」이니 「오월동주(吳越同舟)」니 하는 고사들이 다 이런 배경 속에서 나온 것이다.

오자서(伍子胥)의 활약으로 바야흐로 패자가 되기 위해 세력을 확장하려는 합려는 오랫동안 눈엣가시였던 월나라부터 평정하려 했던 것이다. 그러나 이 싸움에서 오히려 패해 합려도 이때 입은 부상으로 죽고 말았다. 그의 아들 부차(夫差)는 아버지의 원수를 갚기 위해 장작더미 위에서 자면서(臥薪) 복수의 칼을 갈았고, 마침내 3년 만에 월나라와의 싸움에서 이겨 월왕 구천을 회계산(會稽山)에 몰아넣었다. 부차는 오자서의 반대에도 불구하고 항복을 청해오는 구천을 용서해 주었다.

싸움에 크게 패한 구천은 겨우 5천 명 남은 군사를 거느리고 회계산에서 농성을 하지만 결국은 견디지 못하고 오나라에 항복을 하고 만다. 구천은 내외가 함께 오나라의 포로가 되어 범려와 함께 갖은 고역과 모욕을 겪은 끝에 영원히 오나라의 속국이 되기를 맹세하고 무사히 귀국한다.

구천은 자기 나라로 돌아오자 일부러 몸과 마음을 괴롭히며, 자리 옆에는 항상 쓸개를 달아매어 두고, 앉을 때나 누울 때나 이 쓸개를 씹으며 쓴맛을 되씹었다. 또 음식을 먹을 때도 먼저 쓸개를 씹고 나서, 「넌 회계의 치욕(會稽之恥)을 잊었느냐」 하고 자신을 타이르곤 했다.

범려

월왕 구천이 오나라를 쳐서 이기고 오왕 부차로 하여금 자살하게 만든 것은 이로부터 20년 가까운 뒷날의 일이었다. 월왕 구천이 패자가 되고 나자, 그의 곁에서 충실히 보좌했던 범려는 월나라를 떠날 채비를 차렸다. 「큰 위세 밑에서는 오래 무사하기 힘들다」는 말을 남긴 범려는 제(齊)나라로 갔다. 제나라에 있게 된 범려는 월나라의 대부 종(種)에게 편지를 보냈는데, 그 내용 가운데 이런 말이 있다.

「나는 새가 다하면 좋은 활이 들어가고, 날랜 토끼가 죽으면 달리는 개가 삶긴다(蜚鳥盡 良弓藏狡兔死 走狗烹). 월나라 임금의 사람됨이, 목이 길고 입이 까마귀처럼 생겼다(長頸烏喙). 환난은 같이할 수 있어도 즐거움은 같이 할 수가 없다. 그대는 어찌하여 떠나가지 않는가?」

이를 읽은 대부 종은 병을 핑계로 조회에 나가지 않았다. 그러자 어떤 이가 그를 참소했다. 이에 대노한 월왕 구천은 종에게 검(劍)을 내려 주면서 이 같은 말을 덧붙였다.

「그대는 과인에게 오나라를 치는 방법 7가지를 가르쳐 주었고, 나는 그 중 셋을 써서 오를 이겼다. 나머지 넷은 그대에게 있으니 어디 선왕(先王)을 위해서 써보라」

이는 죽어 선왕이 계신 지하에나 가서 써보라는 말로서, 곧 보내준 검으로 자결하라는 뜻이었다. 결국 대부 종은 범려의 말을 듣지 않아 월왕 구천에게 죽고 말았다.

담 牆 있을 有 귀 耳 엎드릴 伏 도둑 寇 있을 在 곁 側

담벼락에도 귀가 있고, 숨은 도적은 바로 옆에 있다.

— 《관자(管子)》 군신편(君臣篇)

담벼락에 귀가 있다는 말은 사람이 없는 집안에서나 방안에서 한 말이 금방 밖으로 새어나가게 된다는 뜻이다. 「낮말은 새가 듣고 밤 말은 쥐가 듣는다」는 우리말 속담과 같은 말이다.

숨은 도적이 옆에 있다는 말은 가장 심복으로 알고 있는 사람이 어떤 복병(伏兵)과 같은 일을 하게 될지 모른다는 뜻이다. 결국 말과 행동을 조심하라는 뜻이다. 이 말은 《관자》 군신편에 있는 말이다.

「옛날에 두 가지 말이 있으니, 담벼락에도 귀가 있고 숨은 도적이 곁에 있다고 하였다(古者有二言 牆有耳 伏寇在側)」

또 《북제서(北齊書)》 침중편(枕中篇)에는,

「문가에 재앙이 기대 있을 수 있으니 사안을 은밀히 하지 않을 수 없다. 담장에 숨은 도적이 있을 수 있으니 실언을 해서는 안된다(門有倚禍 事不可不密 牆有伏寇 言不可而失)」는 구절이 있다.

一年之計 莫如樹穀 十年之計 莫如樹木 終身之計 莫如樹人
일년지계 막여수곡 십년지계 막여수목 종신지계 막여수인

1년의 계획은 곡물(穀物)을 심는 것보다 나은 것이 없고, 10년 계획은 나무를 심는 것보다 좋은 것이 없으며, 그리고 종신(終身)의 계획은 사람을 키우는 것보다 훌륭한 것이 없다.

— 《관자》 권수(權修) —

장협귀래호 長鋏歸來乎

길 長 칼 鋏 돌아올 歸 올 來 인가 乎

유능한 인재가 의외의 박대를 당함.

— 《사기》 맹상군전(孟嘗君傳)

「장협귀래호」는 「장검아 돌아갈거냐?」라는 뜻이다. 《사기》 맹상군전에 있는 이야기다. 전국시대 제(齊)나라의 재상 맹상군이 식객(食客)을 좋아하여 천하의 선비들이 모여들었는데, 그 중에는 죄가 있는 자, 도망 중인 자까지 섞여 있었다.

어느 날, 멀리서 맹상군을 찾아온 풍환(馮驩)이라는 사나이가 있었다. 짚신을 신고 남루한 옷차림이었다. 맹상군은 그를 전사(傳舍)라는 3등 숙사에 머무르게 하였다. 열흘쯤 지나 풍환이 어떻게 지내는지 궁금해 숙사의 사감에게 넌지시 물어보았더니 풍환은 그가 가지고 있는 단 하나인 장검(長劍)의 칼집을 두드리면서,

장검아, 돌아갈거나   長鋏歸來乎   장협귀래호
이곳 식사엔 고기도 없구나.   食無魚   식무어

하고 노래하고 있다는 것이다. 이 말을 들은 맹상군은 풍환을 한층 격이 높은 행사(幸舍)라는 숙사에 바꾸어 들게 하였다. 이곳 밥상에는 고기가 딸려 나왔다. 그것으로서 만족하고 있는 줄 알았더니, 닷새쯤 지나서 풍환은 또다시 장검의 칼집을 두드리면서 노래하고 있다는 것이었다.

장검아, 돌아갈거나   長鋏歸來乎   장협귀래호
바깥에 나가려도 마차가 없구나. 出無車   출무거

그래서 맹상군은 풍환을 최상급인 대사(代舍)라는 숙사로 옮겨 주었

다. 이곳은 외출하는 데 탈것이 딸려 있으므로 이번에야 풍환도 만족하겠지 하고 생각하였는데, 그렇지가 않아 닷새가 지나자 또다시 풍환은 장검을 두드리며

맹상군

장검아, 돌아갈거나
長鋏歸來乎   장협귀래호
처자(妻子)도 없고 집도 없구나.
無以爲家   무이위가

라고 노래하였다는 보고였다.

식객의 신분으로서는 이는 다소 분에 넘치는 태도였을 것이다. 맹상군도 이에는 불유쾌한 얼굴을 하고 그대로 내버려두었다 (이 이야기를 「차어지탄(車魚之嘆)」이라 한다).

그건 그렇고, 식객삼천(食客三千)이라 일컫는 맹상군인지라, 그 비용을 염출하는 데만도 큰일이었다. 그 때문에 채읍(采邑)인 설(薛)의 영민(領民)에게 돈을 대부하여 그 이자로 치다꺼리하려 했으나, 1년이 지나도 이자는 고사하고 원금도 제대로 돌아오지 않았다. 그래서 사감의 추천으로 앞서 말한 풍환이 그 돈의 징수원이 되어 떠나게 되었다.

설(薛)로 떠난 풍환은 차용주를 모조리 초대하여 모아들인 10만 전(錢)의 이자로 술을 사고 살찐 소를 잡아 잔치를 베풀었다. 잔치가 한창일 무렵, 한 사람 한 사람 차용증서와 대조하고 나서 지불에 대한 기일과 방법을 절충해 나갔다. 절충이 잘 되어가는 축도 있었으나 그 중에는 갚을 길이 막연한 자도 많았다.

풍환은 이자를 치를 수 있는 자와는 기일을 약정하고, 아무래도 치르지 못할 자에게서는 차용증서를 곁에 있는 화롯불에 던져 태워버렸

다. 한자리에 있던 사람들이 모두들 깜짝 놀라고 있을 때 풍환은 일어서서,

맹상군의 채읍인 설성(薛城)의 유적

「맹상군이 여러분에게 돈을 대부한 것은 생업(生業)의 밑천으로 여러분의 생활의 안정을 도모코자 한 것이며, 또 이자를 받는 것은 식객의 뒤치다꺼리를 할 비용에 쓰기 위해서였습니다. 지금 여유가 있는 사람들한테서는 지불 기일을 약속받았고, 곤궁한 사람들에 대해서는 그 증서를 불태워버렸습니다. 이것이 우리 주군의 참뜻에 이바지하는 방법입니다. 아무쪼록 이 점을 이해하시고 오늘은 마음껏 드신 다음 내일부터는 한층 더 생업에 힘써 주시기를 바랍니다」라고 설명을 가했다.

맹상군이 이 말을 듣고 불끈 화를 내며 풍환을 불러들였으나 풍환은,

「받을 수 없는 자에게서는 10년을 기다려도 한푼도 받을 수 없습니다. 그런 쓸데없는 증서는 태워버리고 돈 대신 주군의 의도하시는 바를 영민들에게 납득시켜 주군의 명예나마 높이고자 한 것이옵니다. 이것이 어째서 나쁘다 하겠습니까」

그 말을 듣고 맹상군은 당장에 노여움을 거두고는 도리어 풍환에게 감사의 치사를 했다는 것이다. 훗날 재상의 지위를 물러나게 된 맹상군이 실의에 빠져 설(薛)로 돌아갔더니 영민들은 경계에까지 마중을 나와 맹상군을 위로해 주었다. 3천 명이나 되는 식객들은 모두 그곳을 떠났지만 풍환 한 사람만은 마지막까지 머물러 있었으며, 후에 제왕(齊王)을 설득하여 맹상군은 또다시 재상의 지위에 오르게 되었다.

적선 積善

쌓을 積 착할 善

착한 일을 많이 함. 동냥질에 응하는 행위를 미화하여 이르는 말

— 《역경》 문언전(文言傳)

「적선지가에 필유여경(積善之家 必有餘慶)」에서 나온 말이다. 「선을 쌓은 집에는 반드시 남은 경사가 있다」는 말이다.

흔히 구걸하는 사람들이 「적선하십시오!」하고 머리를 숙이며 손을 내미는 것을 볼 수 있다. 좋은 일 하라는 뜻이다. 많은 착한 일 가운데 특히 딱한 사람과 불쌍한 사람을 동정하는 것을 「적선」이라고 하는 것은 여기 나오는 여경(餘慶)이라는 말과 관련이 있다.

「여경」은 남은 경사란 뜻이다. 남은 경사는 뒤에 올 복된 일을 말한다. 결국 「적선하십시오」하는 말은 「이 다음날의 행복을 위해 내게 투자를 하십시오」하는 권유의 뜻을 동시에 지니고 있는 말이다.

이 「적선지가에 필유여경」이란 말은 거의 우리말처럼 널리 보급되어 있는 말이다. 이 말은 「좋은 일을 많이 하면 뒷날 자손들이 반드시 그 보답으로 복을 누리게 된다」는 뜻이다.

이 말은 《역경》 곤괘(坤卦) 문언전에 있는 말이다. 이 말이 있는 부분만을 소개하면 다음과 같다.

「선을 쌓은 집은 반드시 남은 경사가 있고, 불선(不善)을 쌓은 집에는 반드시 남은 재앙이 있다(積善之家 必有餘慶 積不善之家 必有餘殃). 신하가 그 임금을 죽이고, 자식이 그 아비를 죽이는 것이 하루아침 하루저녁의 까닭이 아니고, 그것이 싹튼 지는 오래다」

착한 일이든 악한 일이든 오래 쌓은 뒤라야 복을 받고 화를 입게 된다는 뜻이다. 나무를 심어 과일을 따듯이 꾸준한 노력이 계속되지 않으면 그 성과를 볼 수가 없는 것이다. 나무에서 과일을 따지만, 그 관리를 소홀히 한다고 해서 금방 나무가 죽어 없어지는 것은 아니다. 몇 해를 거듭 게을리 하게 되면 비로소 그 과일밭은 완전히 버리게 된다. 그러나 노력을 쌓아 좋은 결과를 얻기는 어렵고, 게으름을 피워 얻은 결과를 망치기는 쉽다. 복과 화의 경우도 마찬가지다.

한나라 유향이 편찬한 《설원》이란 책에는 불선(不善)을 악(惡)이란 글자로 바꾸어 「적악지가 필유여앙(積惡之家 必有餘殃)」이라고 했다. 또 이 말이 너무 길기 때문에 「적선유여경(積善有餘慶) 적악유여앙(積惡有餘殃)」이라고도 하고, 적(積)을 약하고 「선유여경, 악유여앙」이라고도 한다.

그리고 《사기》에는 「착한 일을 한 사람에게는 하늘이 복으로써 보답하고, 그릇된 일을 한 사람에게는 하늘이 재앙으로써 보답한다」라는 말이 있으며, 또 《안자(晏子)》에는 「착한 일을 한 사람에게는 하늘이 상을 내리고, 착하지 못한 일을 한 사람에게는 하늘이 재앙을 내린다」는 말도 있다. 그리고 《명심보감》에도 같은 내용의 말이 수록되어 있다.

이런 여러 예문들이 주는 교훈은 악이든 선이든 참된 보상은 그것을 거듭 행함으로써 효과가 나타난다는 것이다. 악행은 차치하고 선행의 경우에도 한번 실천했다고 해서 보답이 오지 않는다고 원망한다면 어리석은 욕심이 될 뿐이다. 한 번의 선행이 그 사람의 인격의 모든 것을 대변하는 것은 아니다.

오히려 선을 쌓는 것 중에는 남이 아는 그런 선보다는 남이 알지 못하는 음덕(陰德)과 같은 선을 쌓는 것이 참복을 받게 된다는 것을 알아야 한다. 남이 몰라주는 노력과 봉사가 다 음덕에 속하는 일이다.

전거복철 前車覆轍

앞 前 수레 車 뒤집을 覆 수레바퀴자국 轍

실패의 전례(前例)를 교훈삼아 같은 실패를 거듭하지 않음.

— 《한서》 가의전(賈誼傳)

앞의 수레가 엎어진 바퀴자국이 「전거복철」이다. 「앞 수레가 엎어진 바퀴자국은 곧 뒤 수레의 경계가 된다(前車覆轍 後車之戒)」는 말에서 나온 것이다. 이 말은 먼저 사람들의 실패를 보게 되면 뒤의 사람들은 똑같은 실패를 거듭하지 않게 된다는 뜻이다.

이 말은 《한서》 가의전에 있는 가의의 상소문 중에 나오는 말이다. 이 말이 나오는 부분을 소개하면 다음과 같다.

「속담에 말하기를 『관리노릇하기가 익숙지 못하거든 이미 이뤄진 일을 보라』 했고, 또 말하기를 『앞 수레가 넘어진 것이 뒷 수레의 경계가 된다』고 했습니다(鄙諺曰 不習爲吏 視已成事 又曰 前車覆 後車戒). ……진나라 세상이 갑자기 끊어진 것은 그 바퀴자국을 볼 수 있습니다. 그런데도 이를 피하지 않으면 뒷 수레가 또 넘어지게 될 것입니다」

가의

처음 하는 일이 익숙지 못하면 앞 사람의 한 일을 보고 실수가 없도록 할 것이며, 앞차가 넘어진 것을 보았으면 그 차가 지나간 바퀴자국을 피해 가야만 넘어지지 않는다는 뜻이다. 결국 남의 실패를 거울삼아 똑같은 실수를 범하지 않는 것이 현명한 길이니 과거의 역사와 남이 실패한 일들을 주의해서 같은 과오를 범하지 말라는 뜻이다. 「전거지감(前車之鑑)」이라고도 한다.

전화위복 轉禍爲福

구를 轉 재화 禍 될 爲 복 福

화(禍)가 바뀌어 복(福)이 됨.

—《사기》소진열전(蘇秦列傳)

「화가 바뀌어 복이 되고, 실패한 것이 오히려 공이 된다(轉禍爲福 因敗爲功)」고 한 말에서 나왔다.

《사기》소진열전에 나오는 말이다.

전국시대 때 가장 활약이 뛰어난 종횡가(縱橫家)로는 장의와 소진을 꼽는다. 장의는 연횡책(連橫策＝連衡策)으로, 소진은 합종책(合縱策)으로 유명하다. 그 중 소진은 이런 말을 한 적이 있다.

「옛날에 일을 잘 처리했던 사람은『화를 바꾸어 복을 만들고, 실패를 바꾸어 공으로 만들었다』고 한다」

전화위복이란 실패했다고 포기하고 마는 것이 아니라 그것을 새로운 성공의 계기로 삼아 분연히 일어날 것을 당부할 때 흔히 쓰이는 말이다. 즉 어떤 사람이 한때의 실패로 의기소침해 있을 때 그의 어깨를 두드리며,

「인생만사 새옹지마(塞翁之馬)라고 하지 않던가. 이번 일을 전화위복의 계기로 삼아 용기를 내보게」라고 하는 식으로 말한다.

善行無轍迹
선 행 무 철 적

선행(善行)은 발자국을 남기지 않는다.

가장 좋은 걸음걸이는 걸어간 발자국을 남기지 않는 것이다. 인생에 있어서도 행적을 후세에 남기지 않는 것이 참다운 인간의 모습이다.

—《노자》27장—

전문지호후문지랑 前門之虎後門之狼

앞 前 문 門 의 之 범 虎 뒤 後 늑대 狼

앞뒤로 위험이 가로놓여 있음.

— 조설항(趙雪航) 『역사평(歷史評)』

「전문지호」는 앞문의 호랑이, 「후문지랑」은 뒷문의 늑대란 말이다. 앞뒤로 위험이 가로놓여 있음을 비유해서 쓰기도 하고, 또 앞문의 호랑이를 쫓아내기 위해 뒷문으로 늑대를 끌어들인 결과가 된 것을 비유해서 말하기도 한다.

그러나 보통 이 말은, 하나의 큰 어려움을 겪고 나면 또 하나의 어려움이 기다리고 있다는 뜻으로 많이 쓰인다.

즉 「일난거 일난래(一難去一難來)」란 뜻이다.

후한은 외척(外戚)과 환관에 의해 망했다고 한다. 후한 화제(和帝)가 열 살로 즉위하자 두태후(竇太后)가 수렴청정을 하게 되었다. 태후의 오빠인 두헌(竇憲)이 머리를 쳐들게 된다. 외척 문제가 일기 시작한 것이다.

두헌은 흉노의 침입을 물리친 하찮은 공로로 대장군에 임명되고, 뒤이어 그들 부자 형제가 대신과 장군의 요직을 다 차지하게 된다.

화제는 어린 마음에도 태후와 외척에 대한 반발을 느꼈다. 그래서 두헌과 잘 어울리지 않는 환관 출신의 정중(鄭衆)을 불러들여 비밀 계획을 짠 끝에 마침내 정중의 힘을 빌려 두헌의 비행을 폭로하고 그로부터 대장군의 직책을 빼앗은 다음 자살을 하도록 만들었다.

이리하여 외척문제가 일단락되자, 정중을 중심으로 한 환관들이 머리를 들기 시작했다. 환관은 남자로서 남자의 구실을 못하는 불구자들이다. 그들의 권력에 대한 욕망과 집착은 보통 사람보다 몇 배나 더하다. 그들이 정치의 표면에 나서는 순간 조정은 다시금 혼미를 거듭했다.

결국 화제는 앞문의 호랑이인 외척을 몰아내기 위해 뒷문의 늑대인 환관을 끌어들인 셈이 되고 말았다. 그래서 조설항(趙雪航)은 그의 역사평에서 이렇게 썼다.

「두씨들은 비록 제거되었지만, 내시들의 권력이 이때부터 성하게 되었다. 속담에『앞문에서 호랑이를 막으며 뒷문으로 늑대를 끌어들인다(前門拒虎 後門進狼)』고 했는데 바로 이것을 두고 한 말이다」

善閉無關鍵 而不可開
선 폐 무 관 건   이 불 가 개

최상의 문단속은 자물쇠를 채우지 않고도 열 수 없는 것이다.
최상의 문단속이란 빗장이나 자물쇠를 채우지 않고도 열 수가 없는 것을 말한다. 만일 사람과 사람 사이에 이 약속은 남에게 말하지 않으리라는 확고한 합심이 되어 있다면 서약서 같은 것이 없더라도 말이 누설되지 않을 것이다.

— 《노자》 27장 —

전전긍긍 戰戰兢兢

두려워 떨 戰 조심할 兢

매우 두려워하여 조심함.

—《시경》소아 소민편(小旻篇)

「전전(戰戰)」은 무서워 떠는 모양,「긍긍(兢兢)」은 조심해 몸을 움츠리는 모습, 합해서 두려워하고 조심함을 말한다.《시경》소아 소민편에 나오는 글귀다.

　감히 범을 맨손으로 잡지 않고
　감히 하수를 배 없이 건너지 않으나
　사람은 그 하나만 알고
　그 밖의 것은 알지 못한다.
　두려워서 조심조심하며
　깊은 못에 다다른 듯하고
　엷은 얼음을 밟듯 한다.

不敢暴虎	不敢馮河	불감포호	불감빙하
人知其一	莫知其他	인지기일	막지기타
戰戰兢兢	如臨深淵	전전긍긍	여림심연
如履薄氷		여리박빙	

　이 시는 포학한 정치를 한탄해서 지은 시다. 범을 맨주먹으로 잡거나 황하를 배 없이 헤엄쳐 건너는 일은 하지 않지만, 눈앞의 이해에만 눈이 어두워 그것이 다음날 큰 환난이 되는 것을 알지 못한다. 사람들은 그 무서운 정치 속에서 마치 깊은 못가에 서 있는 듯, 엷은 얼음을 걸어가는 듯 불안에 떨며 몸을 움츠리고 있다는 뜻이다.

「정치란 이런 것일까?」

일찍이 도의가 표면에 나와 있던 시대를 회상하고, 현실인 힘의 정치에 깊은 회의를 품는 자가 나타나는 것도 당연한 일이다. 「힘이 정의」가 아니라, 「정의가 힘」이기를 바라는 것이 권력을 갖지 못한 자들의 윤리 감정이기 때문이다. 이 「소민(小旻)」이라는 시도 이런 윤리 감정에 의해 읊어진 것이다.

이 시에서 「전전긍긍」이란 말이 나오고, 「포호빙하(暴虎馮河)」라는 말이, 그리고 「지기일(知其一)이요 부지기타(不知其他)」란 말이 나왔다. 또 「여리박빙(如履薄氷)」이라는 말도 위기감에 절박해진 심정을 형용하는 경우에 쓰이고 있다.

또 이 대목은 《논어》 태백편에 증자(曾子)가 인용한 말로 나와 있어 더욱 널리 알려지게 되었다. 증자가 임종시에 제자들을 불러 이렇게 말했다.〔☞ 포호빙하〕

「내 발을 열어 보고 내 손을 열어 보라.《시경》에 말하기를『전전하고 긍긍하여 깊은 못에 다다른 듯하고 엷은 얼음을 밟듯 한다』고 했다. 지금에서야 나는 마음을 놓는다. 너희들은 알겠느냐」

증자는 공자의 제자들 중에서도 효도로 이름이 높았다. 13경(經) 중의 하나인 《효경(孝經)》은 공자가 증자에게 효도에 대해 한때 이야기한 것을 기록한 짤막한 글이다.

그 《효경》에 공자는 말하기를,

「몸뚱이와 털과 피부는 부모에게서 받은 것이므로 감히 상하게 못하는 것이 효도의 처음이요, 몸을 세우고 도를 행하여 이름을 후세에 빛나게 함으로써 부모를 나타나게 하는 것이 효도의 마지막이다(身體髮膚 受之父母 不敢毀傷 孝之始也 立身行道 揚名於後世 以顯父母 孝之終也)」라고 했다.

전전반측 輾轉反側

돌아누울 輾 구를 轉 뒤집을 反 기울 測

누워서 이리저리 뒤척거리며 잠을 못 이룸.

— 《시경》 관저(關雎)

「전전반측」은 잠을 이루지 못하고 누워서 몸을 이리 뒤척 저리 뒤척 하는 것을 말한다.

전(輾)은 반쯤 돌아 몸을 모로 세우는 것을 말하고 전(轉)은 뒹군다는 뜻이다. 반(反)은 뒤집는다는 뜻이고, 측(測)은 옆으로 세운다는 뜻이다. 결국 전전과 반측은 동사와 형용동사가 겹쳐져 같은 뜻을 나타내고 있는 것이다. 원래 이 말은 착하고 아름다운 여인을 그리워하며 잠을 이루지 못하는 것을 묘사한 것이었는데, 지금은 걱정과 많은 생각으로 잠을 이루지 못하는 모든 경우에 다 같이 쓰이고 있다. 실상 이성관계로 쓰이는 경우는 적다.

이것은 《시경》 맨 첫편인 관저(關雎)에 나오는 말이다.

꽉꽉 우는 물새는
모래톱에 있네.
요조한 숙녀는
군자의 좋은 짝이로다.
들쭉날쭉한 마름풀을
이리저리 찾는구나.
요조한 숙녀를
자나 깨나 구한다.
구해도 얻을 수 없으니
자나 깨나 생각한다.

생각하고 생각하며
이리 뒤척 저리 뒤척 하네.

關關雎鳩	在河之洲	관관저구	재하지주
窈窕淑女	君子好逑	요조숙녀	군자호구
參差荇菜	左右流之	참차행채	좌우유지
窈窕淑女	寤寐求之	요조숙녀	오매구지
求之不得	寤寐思服	구지부득	오매사복
悠哉悠哉	輾轉反側	유재유재	전전반측

이것은 남녀의 순수한 애정을 노래한 것이라 하여 높이 평가되고 있는 시다. 과거 같으면 남녀가 마음껏 서로 만나 즐길 수 있었던 것을 문왕(文王)의 교화(敎化)를 입어 처녀들이 다 정숙해졌기 때문에 남자들이 함부로 유혹하지 못하는 데서 나온 시라고 해서 이를 정풍(正風)이라고 한다.

그래서 관저의 시를 평하여 공자는, 「관저는 즐거우면서도 음탕하지 않고, 슬퍼도 마음을 상하지 않는다」고 했다.

시의 말미에서 만약 아가씨를 얻을 수 있다면 금슬(琴瑟)과 종고(鐘鼓)를 켜고 사랑해주고 기쁘게 해주겠다고 노래하며 끝을 맺고 있다. 전전반측한 고대의 남자의 연정은 3천 년이 지난 오늘날에도 우리가 충분히 이해 할 수 있다. 그리고 현대인도 곧잘 전전반측하는데, 현대인의 경우는 연정 때문만은 아닌 것 같다. 21세기는 노이로제의 시대라고 한다. 노이로제의 현저한 증세의 하나인 「전전반측하는 불면증」은 아름다운 아가씨를 얻었다고 하여 좀처럼 나을 것 같지도 않다.

절차탁마 切磋琢磨

자를 切 갈 磋 쪼을 琢 갈 磨

옥·돌 따위를 갈고 깎음. 학문과 덕행을 닦음.

— 《시경》 위풍 기욱편(淇燠篇)

「절차탁마」는 톱으로 자르고(切), 줄로 슬고(磋), 끌로 쪼며(琢), 숫돌에 간다(磨)는 뜻이다. 뼈나 상아나 옥돌로 물건을 만들 때, 순서를 밟아 다듬고 또 다듬어 완전무결한 물건으로 만들어 내는 것을 말한다.

학문을 닦고 수양을 쌓는 데도 이와 같은 과정을 거쳐야만 비로소 성공을 할 수 있다는 점에서 비유로 이 「절차탁마」란 말을 쓰게 된다. 굳이 학문이나 수양에 국한된 것이 아니고 모든 기술이나 사업 면에도 이 말이 인용될 수 있다.

이 말은 《시경》 위풍 기욱편(淇燠篇)에 있는 말이다. 이 시는 학문과 덕을 쌓은 군자를 찬양해서 부른 것인데, 《대학》에는 이 시의 제1장을 그대로 다 인용한 다음 설명까지 붙이고 있다. 「절차탁마」에 대한 것만을 소개하면 이렇다.

칼로 자르듯 줄로 슨 듯
끌로 쪼은 듯 숫돌로 간 듯
묵직하며 위엄 있네
환하고 의젓하네.

如切如磋　如琢如磨　　여절여차　여탁여마
瑟兮僩兮　赫兮咺兮　　슬혜한혜　혁혜훤혜

자르듯 하고 슨 듯하다는 것은 공부하는 것을 말한 것이고, 쪼은 듯하고 간 듯하다는 것은 스스로 닦는 것이다. 이 해석대로면 「절차」는 학문

710

을, 「탁마」는 수양을 말하는 것이 된다. 이 시는 위나라 무공(武公)의 덕을 찬양하는 노래라고 한다. 절차탁마는 군

제자들을 가르치는 공자

자가 스스로 수양하기 위해 힘쓰는 모양을 비유한 말로 원래는 옥이나 구슬을 다듬는 과정을 설명하는 말이다. 이 「절차탁마」가 더욱 유명해진 것은 《논어》 학이편에 나왔기 때문이다. 자공이 공자에게 물었다.

「가난해도 아첨하는 일이 없고, 부해도 교만하는 일이 없으면 어떻습니까?」

「옳은 일이긴 하나, 가난해도 도를 즐기고, 부해도 예를 좋아하는 것만 같지 못하다」

「《시》에 이르기를 『여절여차, 여탁여마』라고 했는데 바로 이런 것을 두고 한 말이군요」 그러자 공자는 자못 흐뭇한 표정으로,

「너야말로 참으로 함께 시를 말할 수 있다. 이미 들은 것으로 장차 있을 것까지를 아니 말이다」 하고 칭찬을 했다.

이것은 두 말이 다 수양의 뜻으로 쓰인 예가 되겠다. 즉 아첨이 없는 것에서 도를 즐기기에 이르고, 교만하지 않은 것에서 예를 좋아하기에 이르는 것은 처음은 대충 형체만을 만들고, 그 다음 슬고 또 갈아 아름답게 만드는 것과 같다는 뜻이다.

이 「여절여차 여탁여마(如切如磋 如琢如磨)」의 여덟 글자에서 여(如)란 글자를 빼고 동사만을 합친 것이 「절차탁마」다. 꾸준히 노력을 하되 순서 있게 하는 것이 절차탁마인 것이다.

절함 折檻

끊을 折 난간 檻

진심에서 우러난 충고

─《한서》주운전(朱雲傳)

「절함」은 난간을 부러뜨린다는 뜻이다.《한서》주운전(朱雲傳)에
있는 이야기다.

전한 제 9대 효성제(孝成帝, B.C 55~30) 때부터 환관과 외척들이 득
세하여 정치에까지 손을 뻗치게 되었다. 효성제 때의 외척은 왕(王)씨
일족으로 모두 입신출세하여 정치를 농단하고 있었다. 이런 꼴을 보다
못해 분개한 것은 남창(南昌 : 강서성))의 장관인 매복(梅福)이라는 기골
이 장대한 사나이로서, 임금에게 상소를 올렸다.

「이제 외척의 권력이 날로 심해 그로 인해 한실의 위광은 땅에 떨어
지고 말았습니다. 선대 이래의 충신 석현(石顯)을 추방시킨 이후 일식
(日蝕)과 지진이 많고 수해에 이르러서는 그 예를 이루 헤아릴 수조차
없습니다. 저 천하가 어지러웠던 춘추시대에도 볼 수 없을 정도의 천변
지이(天變地異)가 일어나고 있는 것은 정치가 제대로 행해지고 있지 않
은 증거입니다」

하지만 임금은 반성하는 빛이 없고 더욱 더 왕씨 일족을 중용하여
안창후(安昌侯)인 장우(張禹)조차도 임금의 스승이라는 것만으로 추기
(樞機)에 참획(參劃)하게 되었다. 지금까지 말이 없던 관리나 백성들도
마침내는 비난을 하는 소리가 빗발치고 왕씨의 전횡을 분개하는 상소
가 쇄도했다.

이렇게 되자 성제도 다소 당황하여 스승인 장우를 몰래 찾아가 대책
을 하문했다. 그러나 이 장우 선생, 그 이름은 옛날 황하를 다스려 성인

이라 칭송되고 천자가 된 하(夏)의 우왕(禹王)과 같았으나 그 생각은 하늘과 땅처럼 아무런 재주도 없는 사이비 학자로 왕씨 일족의 원한이라도 사면 어쩔까 하는 걱정에서,

「황공하오나 천지이변의 뜻은 심원해서 도저히 미루어 알 수가 없습니다. 그러므로 성인 공자도 이런 점에 대해서는 그런 언급을 하지 않았으며, 성(性)과 천도(天道)에 대해서는 애제자인 자공(子貢)도 배우지 못했을 정도입니다. 그것을 제대로 학문도 모르는 소인배들이

대우치수상(大禹治水像)

이러니저러니 하고 사람을 현혹시키는 것은 정말 옳지 못합니다. 그런 자들이 하는 말을 가지고 심려하실 필요는 조금도 없습니다」

하고 그럴싸하게 대답했다.

미혹한 성제 역시 지당한 말이라 여기고 한층 더 왕씨 일족과 우(禹)를 신임했다. 이에 참다못한 괴리(槐里)의 지사 주운(朱雲)이 성제 앞에 나아가,

「원컨대, 폐하께서는 비장하고 계신 참마의 검(斬馬之劍)을 받아, 악인들의 목을 쳐 다른 자의 본보기로 하겠습니다. 부디 허락해 주시기를……」 하고 머리를 조아렸다. 그러자 성제가 물었다.

「그게 대체 누구인가?」

「안창후 장우이옵니다」

성제는 대로했다.

「닥쳐라, 무례한 놈! 천한 신분으로 짐의 스승을 만좌 중에서 모욕을 하다니 절대로 용서할 수 없다. 이놈을 끌어내 목을 쳐라!」

어사(御史)는 주운을 전상에서 끌어내리려고 했다. 주운은 필사적으로 난간에 매달리며 외쳤다.

「폐하, 잠깐만 더 신의 말을 들어 주시옵소서」

어사도 있는 힘껏 주운을 끌어내리려고 한다. 그러나 주운 역시 난간을 놓지 않는다. 끝내 난간이 부러져 두 사람은 부러진 난간과 함께 쾅 하고 땅으로 나동그라졌다.

「신의 이 몸은 어찌 되든 상관이 없습니다. 오직 폐하의 성대(聖代)가 걱정이 될 뿐이옵니다. 부디 명찰해 주시옵소서」

주운은 피눈물을 흘리면서 목이 메어 계속 호소했다.

이 광경을 바라보고 있던 장군 신경기(辛慶忌)는 주운의 태도에 감동되었는지 훌쩍 주운의 곁으로 뛰어내리더니 머리를 땅에 부딪쳐 이마에서 피를 줄줄 흘리며 주운의 목을 베는 것에 대한 잘못을 간했다.

처음에는 발끈했던 성제도 두 사람의 나라를 생각하는 진심에 감동되어,

「과인이 잘못했소 공연히 충신을 잃을 뻔했구려」 하고 말하면서 내실로 들어갔다.

그 후 가신이 부러진 난간을 고치려고 하자 성제는,

「아니다. 고치지 말라. 저것은 내게 직간(直諫)해 준 충신의 기념이다. 저걸 볼 때마다 주운을 생각하고 정치를 바로잡을 거울로 삼겠다」

그래서 성제 제위 중에는 부서진 난간을 그대로 두었다고 한다. 그러나 그런 일쯤으로 왕씨 일족의 전횡이 그칠 리가 없었다. 나라는 갈수록 쇠해져 성제 사후 얼마 되지 않아 역신(逆臣) 왕망(王莽)에게 제위를 빼앗기고 전한은 망하게 된다.

그리하여 「절함」과 같은 뜻으로 「절간(切諫 : 엄중한 간언)」이란 말도 쓰이고 있으나, 이것은 《사기》 주부언전(主父偃傳)에 있다. 「명주(明主)는 절간을 미워하지 않는다」 라는 말에서 온 것이다.

정곡　正鵠

바를 正 과녁 鵠

과녁의 한가운데 되는 점(點). 목표 또는 핵심.

— 《예기(禮記)》 사의편(射義篇)

활을 쏠 때 과녁의 중심점을 가리켜 말하는 것으로, 정확한 목표 또는 이론의 핵심 같은 것을 비유해서 말한다. 즉「정곡을 찌른 이론」이라고 하면 핵심점을 파헤쳤다는 뜻이 된다. 원래는 궁술의 전문용어로, 《주례(周禮)》 천관(天官) 사구(司裘)의 주에 따르면, 과녁에 있어서,

「사방 열 자 되는 것을 후(侯)라 하고, 넉 자 되는 것을 곡(鵠)이라 하고, 두 자 되는 것을 정(正)이라 하고, 네 치 되는 것을 질(質)이라 한다」고 했다. 즉 과녁의 크기에 따라 이름이 각각 달랐던 모양이다. 아마 기술이 향상되는 데 따라 과녁의 크기를 차츰 줄여 갔던 것 같다. 그래서 아주 초보자의「후」와, 명사수의「질」을 예외로 하고, 두 자인「정」과 넉 자인「곡」이 과녁의 목표점으로 사용되었던 모양이다.

또 《중용》 14장에 나오는 공자의 말에,「활 쏘는 것은 군자의 태도와 같은 점이 있다. 정곡을 잃으면 자기 자신에게 돌이켜 구한다」고 한 말이 있는데, 주해에 말하기를,「베에다 그린 것이『정』이고, 가죽에다 그린 것이『곡』이다. 모두『후』의 중심으로 활 쏘는 과녁이다」라고 했다. 곧「정곡」은 활을 쏘는 목표물로 과녁의 중심점이라고 풀이하면 좋을 것이다.

「정곡」은「정곡을 잃지 않는다(不失正鵠)」라는 말에서 온 것으로 이 말은 《예기》 사의편에 있는 공자의 말이다.

「……쏘아 정곡을 잃지 않는 것은 그 오직 어진 사람일 것이다……」라고 했다.

정신 精 정신 神 한 一 이를 到

한 가지 일에 온 정력을 쏟으면 세상에 안되는 일이 없다.

— 《주자어록(朱子語錄)》

「정신일도 하사불성(精神一到 何事不成)」이라고 한다. 도를 깨닫고 진리를 탐구하는 일에서부터 기술을 연마하고 놀이를 즐기는 일에 이르기까지, 남이 볼 때 미친 듯한 그런 무엇이 없이 크게 성공한 예는 없다.

작은 예지만, 맨발로 칼날을 딛고, 이빨로 수십 톤의 자동차를 끄는 차력술 같은 것도 정신이 집중되지 않으면 안된다. 예수도 말하기를 「겨자씨만한 정성만 있으면 산도 옮길 수 있다」고 했다.

우리가 말하는, 눈으로 볼 수 있는 이적 같은 것은 실상 그리 대단한 것이 아니다. 《유마경》에 보면, 유마거사는 하늘나라를 좁은 방안으로 삽시간에 끌어내린 일까지 있다고 한다.

다음은 주자의 말이다.

「양기가 발하는 곳에는 쇠와 돌도 또한 뚫어진다. 정신이 한번 이르면 무슨 일이 이뤄지지 않겠는가(陽氣發處 金石亦透 精神一到 何事不成)」라고 했다.

양기는 여러 가지로 해석될 수 있다. 한 마디로 해와 같은 기운이 양기다. 태양처럼 뜨겁고 밝고 사방으로 뻗어나가는 기운이 양기인 것이다. 그것은 살아 움직이고, 점점 커나가고 자라나는 기운이다. 어린 생명이 점점 자라나는 것은 양기가 커 가는 결과다. 차츰 늙어 죽게 되는 것은 양기가 쇠해 없어지기 때문이다.

손톱으로 누르면 터져 없어지는 작은 씨앗도 그것이 따뜻한 양기를 받아 움이 트기 시작하면 위를 누르고 있는 큰 바위를 밀고 돌고 하며 끝내는 밖으로 싹을 내밀게 된다. 확 불면 꺼져 버리는 불도 그것이 힘을 발휘할 때는 돌도 녹

주자상과 그의 편지

고 쇠도 녹는다. 이것이 모두 양기가 발하는 곳이면 쇠도 돌도 또한 뚫어지고 마는 것이다.

그러나 그것은 잠시도 쉬지 않는 한결같은 정성에 의해서 이루어지는 것이다. 그것이 정신이다. 정신이란 원래 우리가 현재 쓰고 있는 그런 뜻이 아니다. 잡된 것이 섞이지 않은 순수성과 속된 것이 전혀 없는 초인간적인 힘을 가진 것이다. 그것이 바로 인간이 날 때부터 지니고 있는 본성이다.

육체로 인한 물욕에 사로잡히지 않은 순수한 마음, 그것이 정신이다. 그것은 위대한 사랑과 지혜와 용기를 가진 것이다. 그 정신으로 올바른 일을 해 나가는데 무엇이 이를 방해할 것이 있겠는가 하는 뜻이다.

양심의 명령에 따라 희생을 돌보지 않고 어떤 사명감에서 일을 하게 되면 없던 지혜와 용기가 솟아나게 되고 남이 느끼지 못하는 즐거움과 보람을 느끼게 된다. 신명이 돕고 하늘이 돕는데 무슨 일인들 이룩되지 않겠는가.

정중지와 井中之蛙

우물 井 가운데 中 의 之 개구리 蛙

우물 안 개구리. 곧 생각하는 것이 좁은 사람.

— 《장자》 추수편(秋水篇)

우물 안 개구리가 「정중지와」다.

좁은 우물 속에 들어앉아 그것이 세상의 전부인 줄 믿고 있는 개구리처럼, 보고 생각하는 것이 좁은 사람을 가리켜 말한다.

이 말의 유래는 《장자》에서 나왔다고 볼 수 있다. 그러나 비유로서는 누구나가 생각할 수 있는 일이다.

《장자》 추수편에 다음과 같은 이야기가 있다.

황하의 신(神)인 하백(河伯)이 물을 따라 처음으로 바다까지 내려와 보았다. 끝없이 뻗어 있는 동쪽 바다를 바라보며 북해의 신(神)인 약(若)에게 말했다.

「나는 지금까지 이 세상에서는 황하가 가장 넓은 줄로 알고 있었는데, 지금 이 바다를 보고서야 넓은 것 위에 보다 넓은 것이 있다는 것을 깨달았소 내가 여기를 와 보지 않았던들 영영 식자들의 웃음거리가 될 뻔했소」

장자

그러자 북해의 신이 말했다.

「우물 안 개구리에게 바다에 대해 말할 수 없는 것은 그들이 사는 곳에만 사로잡혀 있기 때문이다. 여름 벌레에게 얼음에 관한 이야기를 할 수 없는

것은 그들이 사는 철
만을 굳게 믿기 때문
이다. 식견이 없는 선
비에게 도를 말할 수
없는 것은, 그들이 배
운 상식에만 묶여 있
기 때문이다. 그런데
그대는 강 언덕에서

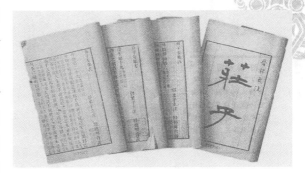
장자

나와 큰 바다를 구경하고 자기의 부족함을 알았으니 함께 진리를 말할
수 있을 것 같다」

《장자》에는 정와(井蛙)라고만 나와 있는 것을 우리나라에서는 「정
중지와」란 문자로 표시하고 있다.

《후한서》 마원전(馬援傳)에는 정저와(井底蛙)라고 나와 있다. 우물
바닥의 개구리라는 뜻이다.

우리는 누구나 자신이 우물 안 개구리가 아닌 줄로 알고 있지만, 과연
어떤는지 다 같이 생각해 볼 일이다.

師之所處 荊棘生焉
사 지 소 처 형 극 생 언

전쟁이 있는 곳에는 가시덤불이 생기게 마련이다.
전쟁이 오래 계속되면 논밭은 황폐해져서 잡초에 뒤덮인다. 한창 일할
수 있는 남자들이 모두 군대에 끌려가서 없기 때문이다.

— 《노자》 30장 —

뜰 庭 가르칠 訓

가정교훈.

《논어》계씨편(季氏篇)

　　가정교훈을 「정훈(庭訓)」이라고 한다. 특히 아버지가 그 아들에 대해 준 교훈을 말한다. 가정교훈이란 말이 약해져서 「정훈」이 되었다고 생각해도 틀릴 것은 없다. 그러나 이 말은 정(庭)이 가정이란 말이 약해진 것이 아니고 글자 그대로 마당이니 뜰이니 하는 뜻으로 쓰인 것이다.

　　위대한 스승인 공자는 자기 아들 백어(伯魚)에게 어떠한 교육을 하고 있었을까? 성인이며 군자로서 도(道)를 역설해 온 공자일지라도 자기 아들에 대해서만은 일반 제자와는 구별하여 특별한 교육을 가르치고 있지나 않은지, 하고 생각한 진항(陳亢)이라는 공자의 제자가 있었다.

　　《논어》계씨편(季氏篇)에 있는 공자와 그 아들 백어와의 사이에 있었던 이야기에서 생긴 말로 거기에는 다만 백어가 빠른 걸음으로 뜰을 지나갔다고만 나와 있을 뿐이다. 그 이야기는 다음과 같다.

　　진항이란 공자의 제자가 공자의 아들 백어에게 물었다.

　　「당신은 아버님으로부터 뭔가 특별한 가르침을 받은 일이 있습니까?」

　　「그런 건 없습니다. 언젠가 혼자 서 계시기에 빠른 걸음으로 뜰을 지나고 있는데 『시(詩)를 배웠느냐?』고 물으셨습니다. 그래 아직 배우지 못했다고 했더니, 『시를 배우지 않으면 남과 말을 할 수 없다』고 하시더군요. 그래서 돌아와 시를 공부했지요. 또 언젠가 혼자 계실 때

빠른 걸음으
로 뜰을 지
나가고 있는
데, 『예를
배 웠 느
냐?』고 물
으시더군요.
그래 배우

공자와 그 가족묘

지 못했다고 했더니, 『예를 배우지 못하면 세상을 올바로 살아갈 수
없다』고 하셨습니다. 그래서 돌아와 예를 배웠지요. 이 두 가지 가르
침을 들은 것뿐 아무것도 없습니다」

　시와 예는 공자가 가장 중시한 수학(修學)의 토대였지만, 그 시와
예에 대하여 자기 아들이라 할지라도 뜰에서 만났을 때 이상으로 특별
교육을 하지는 않았다.

　그러자 진항은 물러나와 사람들을 보고 기뻐하며 말했다.

　「나는 한 가지를 물어서 세 가지를 얻었다. 『시(詩)』에 대해서 듣
고, 『예(禮)』에 대해서 듣고, 그리고 군자가 그 아들을 멀리하는 것을
알았다」

　옛날에는 아버지가 직접 자식을 가르치는 것을 피했다. 이른바 「역
자이교지(易子而敎之)」 라는 것이다. 백어도 다른 곳에서 공부하고 있
었음을 이로써 알 수 있다. 그러나 뜰을 지나가는 아들을 불러 세워놓
고 그에게 시를 배우라 하고 예를 배우라 한 것은 간접적인 가르침을
내리고 있는 예다. 즉 자식을 뜰에서 가르친 것이 된다.

　하여간 「정훈」이란 말은 이런 이야기로부터 나와, 가정교육의 뜻으
로 쓰이게 된 것이다.

조강지처 糟糠之妻

지게미 糟 겨 糠 의 之 아내 妻

구차하고 천할 때에 고생을 같이하던 아내.

— 《후한서》 송홍전(宋弘傳)

일찍 장가들어 여러 해 같이 살아 온 아내란 뜻으로 쓰인다. 즉 처녀로 시집온 아내면 다 조강지처로 통할 수 있다. 조(糟)는 지게미, 강(糠)은 쌀겨다. 지게미와 쌀겨로 끼니를 이어가며 가난한 살림을 해 온 아내가 「조강지처」인 것이다.

이 말은 후한의 송홍(宋弘)에게서 나온 말이다. 후한 광무황제의 누이인 호양(湖陽) 공주가 과부가 되었다. 광무제는 공주를 마땅한 사람에게 다시 시집을 보낼 생각으로 그녀의 의향을 물어 보았다. 그랬더니 그녀는,

「송홍 같은 사람이라면 남편으로 우러러보고 살 수 있겠지만, 그 밖에는 별로……」 하고 송홍이 아니면 시집가지 않을 뜻을 밝혔다.

송홍은 후중하고 정직하기로 당시 널리 알려진 사람으로, 광무제가 즉위하던 이듬해인 건무 2년에는 대사공(大司空)이란 대신의 지위에 있었다.

「누님의 의사는 잘 알겠습니다. 그럼 어디 한번 힘써 보지요」 하고 약속을 한 광무는, 송홍이 마침 공무로 편전에 들어오자, 공주를 병풍 뒤에 숨겨두고 송홍과의 대화를 듣게 했다. 이런 저런 이야기 끝에 광무는 송홍에게 별다른 뜻이 없는 것처럼 이렇게 물었다.

「속담에 말하기를 『지위가 높아지면 친구를 바꾸고, 집이 부해지면 아내를 바꾼다』 하는데 그럴 수 있는 일인지?」

그러자 송홍은 서슴지 않고 대답했다.

「신은『가난하고 천했을 때의 친구는 잊어서는 안되고, 지게미와 쌀겨를 먹으며 고생한 아내는 집에서 내보내지 않는다』고 들었습니다」

이 말을 듣자 광무는 조용히 공주를 돌아보며,

「일이 틀린 것 같습니다」하고 말했다는 것이다.

광무제

부마도위가 되면 공주가 정실부인으로 들어앉게 되므로 원 부인은 물러나지 않으면 안된다. 광무는 자기 누님을 시집보내기 위해 송홍의 의사를 무시하고 그의 본부인을 내치게 할 수는 없었던 것이다.

그러나 그런 훌륭한 사람이 아내를 내치고 자기를 맞아 줄 것으로 기대했다면, 공주의 욕심이 너무 자기 위주였던 것 같다. 광무가 그녀를 병풍 뒤에 숨게 한 것도 그녀의 그런 마음을 달래기 위한 방법이었던 것 같다.

이 이야기는《후한서》송홍전에 나와 있다.

知止所以不殆
지지소이불태

욕망을 억제할 수가 있으면 결코 위태롭지가 않다.
자기의 욕망에 대한 한도를 깨닫고 만족할 줄을 아는 것이 안전하게 처신하는 길이다.

— 《노자》 32장 —

조령모개 朝令暮改

아침 朝 법 令 저녁 暮 고칠 改

법령을 자주 고쳐서 갈피를 잡기가 어려움.

— 《사기》 평준서(平準書)

아침에 내린 명령이나 법령이 저녁에는 다시 바뀐다는 뜻이다. 현실을 무시하거나 원칙이 서 있지 않고 갈팡질팡하는 처사를 말한다. 꼭 정부의 처사에 한한 것이 아니고, 모든 경우의 일관성 없는 지시 따위를 이렇게 말할 수 있다.

《사기》 평준서에 보면 한문제(漢文帝) 때 일이라 하여,

「흉노가 자주 북방을 침범해 들어와 약탈을 자행하기 때문에 수비하는 군대들이 직접 농사를 짓는 둔병(屯兵) 제도를 실시했다. 그러나 그것만으로는 부족했기 때문에 그 부족량을 충당하기 위한 방법으로, 곡식을 나라에 바칠 사람과 그것을 현지까지 운송할 사람을 공모하여 그 수량과 성적에 따라 벼슬을 주기로 했다」는 기록이 있다.

이러한 조치를 취하게 된 것은, 문제와 경제(景帝) 두 조정에 걸쳐 어사대부라는 부총리 벼슬에까지 올랐던 조조(鼂錯)의 헌책에 의해서였다. 그는 이 같은 정책을 실시해야 한다고 주장한 상소문 가운데서 「조령모개(朝令暮改)」란 말을 쓰고 있다. 이 말이 나오는 대목을 소개하면 다음과 같다.

「지금 다섯 명 가족의 농가에서는 부역이 너무 무겁기 때문에 여기에 매어 사는 사람이 둘 이상에 이르고, 밭갈이할 수 있는 경우에도 겨우 백 묘를 넘지 못하며, 백 묘의 수확은 백 석을 넘지 못한다. ……관청을 수리하고 부역에 불려 나가는 등…… 사시사철 쉴 날이 없다. ……이렇게 살기 힘든 형편에 다시 홍수와 가뭄의 재난이 밀어닥치고, 뜻하지 않은

조세와 부역에 응하지 않으면 안된다. 조세와 부역은 일정한 시기도 없이 아침에 명령이 내려오면 저녁에는 또 다른 명령이 고쳐 내려온다(朝令而暮改). 전답 잡힐 것이 있는 사람은 반값에 팔아 없애고, 그것도 없는 사람은 돈을 빌려 원금과 같은 이자를 물게 된다. 이리하여 논밭과 집을 팔고 자식과 손자를 팔아 빚을 갚는 사람까지 생겨나게 된다」

한문제

즉 지나친 세금과 부역은 장사꾼과 빚쟁이를 배불리는 결과를 가져오게 되고, 농민들은 농토를 잃게 되므로 세금과 부역을 줄이고, 힘이 있고 재물이 있는 사람에게 곡식을 바치고 벼슬을 사도록 하라는 내용이다.

조조는 부국강병책으로 중앙집권을 꾀한 나머지 제후들 중에 조금만 잘못이 있으면 트집을 잡아 땅을 깎아 직속 군(郡)으로 만들었기 때문에 그것이 화근이 되어 오초칠국(吳楚七國)의 반란을 불러일으키고, 그 자신 그 죄로 인해 죽게 된다.

道之出口 淡乎其無味
도지출구　담호기무미

도덕이란 말로 표현하면 담담(淡淡)하고 무미(無味)한 것이다.

진정한 도덕이란 말로 나타내 보면 평범하고 오히려 담백하며 무미한 것이다. 마치 쌀밥과 맹물의 맛이 다르지 않은 것과 같은 것이다.

— 《노자》 35장 —

조맹지소귀조맹능천지 趙孟之所貴趙孟能賤之

조나라 趙 맏 孟 갈 之 바 所 귀할 貴 능할 能 천할 賤

남의 힘을 빌려 성공한 사람은 그의 힘에 의해 실패할 수도 있다.

— 《맹자》 고자상(告子上)

조맹(趙孟)은 진(晉)나라 육경(六卿) 중 가장 권력을 쥐고 흔들던 사람이다. 그 조맹의 힘에 의해서 출세를 한 사람은 또 그 조맹에 의해 몰락될 수도 있는 일이다. 즉 남의 힘에 의해서 어떤 목적을 달성한 사람은 또 그의 힘에 의해 그것을 잃게도 되므로 그것은 그리 바람직한 것이 못된다는 뜻이다. 《맹자》 고자상에 있는 맹자의 말이다.

「귀하고 싶은 것은 사람의 똑같은 마음이다. 사람은 누구나 귀한 것을 자기 자신에게 지니고 있다. 그것을 사람들은 얻어내려고 애쓰지 않을 뿐이다. 자기에게 있는 것이 아닌, 남이 귀하게 만들어 주는 것은 양귀(良貴)가 아니다. 조맹이 귀하게 한 것은 조맹이 또 천하게 만들 수 있는 것이다」

여기서 맹자는 「양귀」란 말을 썼다. 양심(良心)이란 말과 같이 양귀는 본래부터 우리가 가지고 있는 귀한 것이란 말이다. 그것은 맹자가 바로 앞장에서 말한 천작(天爵)을 말한다.

맹자는 이렇게 말하고 있다.

「하늘이 준 벼슬이 있고, 사람이 주는 벼슬이 있다. 인의(仁義)와 충신(忠信)과 선(善)을 좋아하여 게을리 하지 않는 것은 하늘이 준 벼슬이다. 공경과 대부는 사람이 주는 벼슬이다……」 라고

결국 사람이 준 벼슬은 믿을 수 없는 뜬구름과 같은 것인데도 사람들은 그것을 얻기에 바빠 자기 자신에게 있는 하늘이 준 벼슬을 얻으려 하지 않으니 어리석기 비할 데 없다는 것이다.

조명시리 朝名市利

아침, 조정 朝 이름 名 저자 市 이로울 利

무슨 일이든 때와 장소를 가려서 하라.

— 《전국책》진책(秦策)

「명성은 조정에서, 이익은 시장에서 다투라」라는 말이다. 전국시대 때 소진의 합종책에 대항해서 장의의 연횡책을 들고 나온 진나라는 결국 6국을 평정하고 전국을 통일하게 된다.

그 진나라가 한창 위세를 떨치던 혜문왕 때의 일이다. 조정에서는 촉(蜀)을 먼저 쳐야 한다는 사마착(司馬錯)과, 한(韓)을 치고 나가 중원으로 진출해야 한다는 장의의 의견이 갈려 한창 뜨거운 논쟁을 벌이고 있었다. 재상 장의가 말했다.

「먼저 초(楚)와 위(魏) 양국과는 국교를 맺은 다음 서쪽으로 한(韓)의 삼천(三川)으로 출병하여야 합니다. 그런 뒤 천자국인 이주(二周 : 동주와 서주)의 외곽을 들이치면 주나라는 스스로 구정(九鼎 : 천자를 상징하는 보물. 우임금 때 九州의 구리를 모아 만든 솥)을 내놓을 수밖에 없을 겁니다. 이때 천자를 끼고 천하를 호령한다면 누가 감히 우리에게 반기를 들 수 있겠습니까? 이것이 패왕의 공업입니다. 이제 촉은 서쪽의 먼 나라이며 오랑캐에 지나지 않으니 정벌해 보았자 패왕의 이름을 빛내기도 부족하고 국익에도 또한 도움이 되지 못합니다. 명예는 조정에서 다투고 이익은 시장에서 따진다(爭名者於朝 爭利者於市)고 들었습니다. 지금 삼천지방은 천하의 시장이고, 주나라는 천하의 조정입니다. 이런 요충지를 두고 촉을 공격한다는 것은 어리석은 일이라 생각합니다」

그러나 장의의 건의는 받아들여지지 않았고, 진나라는 촉을 공격해 영토를 넓히는 일에 진력하였다.

조문도석사가의 | 朝聞道夕死可矣

아침 朝 들을 聞 길 道 저녁 夕 죽을 死 옳을 可 어조사 矣

아침에 도를 들으면 저녁에 죽어도 좋다.

— 《논어》 안연편(顔淵篇)

제(齊)나라 경공이 공자에게 정치의 요체(要諦)를 물었을 때, 《논어》 안연편에서 공자는, 「임금은 임금다워야 하고 신하는 신하다워야 하고 아비는 아비다워야 하고 자식은 자식다워야 한다(君君 臣臣 父父 子子)」라고 대답했다.

임금은 인애와 위엄으로써 신하를 대하고, 신하는 임금에게 충절을 다하고, 아비는 자애와 위엄으로써 자식을 대하고, 자식은 어버이에게 효를 다한다. 공자는 이것이 「도(道)」 즉 인간의 의지를 초월한 「하늘의 가르침」이라 생각하고 있다. 서주(西周, B.C 1122~771)의 씨족제 봉건사회를 천부(天賦)의 이상적 사회로 생각하고 있었기 때문이다.

《논어》 이인편에 있는 유명한 공자의 말이다.

「아침에 도를 들으면 저녁에 죽어도 좋다」 하는 것이 「조문도 석사가의(朝聞道 夕死可矣)」의 뜻이다.

그러나 이 말에 대해서는 여러 가지 해석이 행해지고 있다. 쉬운 말인데도 그 말이 지니고 있는 참 뜻이 애매한 것이다.

혹자는 말하기를, 죽게 된 친구를 앞에 놓고 한 말이라고 한다. 즉 육체적인 생명이 끝나는 것보다도 진리를 깨치는 것이 더욱 중요하다는 것을 강조하여,

「그대는 이미 진리를 깨친 사람이니 이제 죽은들 무슨 안타까움이 있겠느냐」 하는 뜻으로 말했을 거라는 것이다.

제경공이 공자에게 정치의 요체를 묻고 있다

그러나 일반적으로 진리를 탐구하는 공자의 애절한 염원을 나타낸 말로 풀이되고 있다.

다음에는 도(道)가 무슨 뜻이냐 하는 해석이다. 위(魏)나라 하안(何晏)과 왕숙(王肅)은 「공자가 머지않아 죽을 나이에 이르러, 세상에 도가 행해지고 있다는 소리를 듣지 못한 것을 한탄해서 한 말이다」라고 했다. 그러나 이것은 도덕이 땅에 떨어진 당시를 개탄하는 자신들의 심경을 여기에 반영시킨 해석으로 보고 있다.

또 혹자는 「가의(可矣)」를 좋다고 해석할 것이 아니라 괜찮다고 읽어야 옳다고 주장한다. 어감은 다르지만 근본적인 해석에 차이가 있는 것은 아니다.

또 혹자는 이렇게 말하고 있다.

「참다운 도를 깨닫는 순간 사람은 영혼의 불멸을 알게 된다. 영혼의 불멸을 깨달은 사람에게 죽음이 아무런 의미를 갖지 못하는 것이다. 공자가 말한 도는 불교에서 말하는 극락왕생(極樂往生)의 진리를 말한 것이다」라고.

조삼모사 朝三暮四

아침 朝 석 三 저녁 暮 넉 四

눈앞에 당장 나타나는 차별만을 알고 그 결과가 같음을 모름의 비유.
간사한 꾀로 사람을 속여 희롱함.

— 《열자》황제(黃帝), 《장자》제물론(齊物論)

「조삼모사」는 간사한 꾀로 사람을 속여 희롱함을 이르는 말이다.
눈앞에 당장 나타나는 차별이나 득실만을 알고 그 결과가 같음은 모름
을 비유할 때 쓰이는 말이다.

송나라에 저공(狙公)이라는 사람이 있었다. 저(狙)는 원숭이란 말이
다. 그 이름대로 원숭이를 좋아해서 많은 원숭이를 사육하고 있었다.
그러다 보니 원숭이 사료에 들어가는 비용이 만만치 않았다. 그래서
저공은 원숭이에게 주는 먹이를 줄이기로 했다. 그래서 저공이 원숭이
들에게 말했다.

「지금부터는 먹이를 아침에는 세 개, 저녁에는 네 개로 한다」

그러자 원숭이들은,

「그러면 배가 고프다」라고 하면서 화를 냈다.

저공이 다시 말했다.

「그러면 아침에는 네 개, 저녁에는 세 개로 하면 어떻겠나?」

그러자 원숭이들은 좋아했다.

이 우화는 《열자》황제(黃帝)에 있는 말이다. 《장자》의 제물론에도
나와 있다. 그러나 비유한 의미는 다소 다르다.

《열자》의 경우는,

「『조삼모사』나 『조사모삼』이 실질적으로는 같으면서 원숭이들
은 조삼을 싫어하고 조사를 좋아하였다. 지자(知者)가 우자(愚者)를 농

락하고 성인이 중인(衆人)을 농락하는 것도 저공이 지혜로써 원숭이들을 농락한 것과 같다」 라고 맺고 있다.

《장자》 의 경우는 농락당하는 자들의 입장에서,

「공을 들여 같은 하나를 이루고도 그것이 같다는 것을 모르는 것을 조삼이라고 한다」 라고 말하고, 그 뒤에 이 「조삼모사」 의 고사를 들어 시

장자

비선악(是非善惡)에 집착하는 자가, 달관(達觀)을 하면 하나라는 것을 모르고, 쓸데없는 편견을 갖게 된다는 비유로 삼고 있다.

그러나 현재 쓰이고 있는 「조삼모사」 는 저공이 원숭이를 농락했다는 데서부터 「사람을 농락하여 그 수작 속에 빠뜨리는 것」 이라든가, 「사술로써 사람을 속이는 것」 이라든가 하는 의미로 쓰이고 있다.

速亡愈於久生
속 망 유 어 구 생

빨리 죽는 것은 오래 사는 것보다 낫다.

빨리 죽는 것은 경우에 따라서는 오래 사는 것보다 나을 수도 있다. 공명(功名)이나 충절(忠節)을 위하여 깨끗이 죽는 것은 아무런 보람 없이 삶을 이어가는 것보다 월등하게 낫다는 말.

— 《열자(列子)》 양주(楊朱) —

새 鳥 길짐승 獸 아니 不 가할 可 더불어 與 같을 同 무리 群

생각이 서로 다른 사람과는 함께 일을 도모할 수 없다.

―《논어》미자편(微子篇)

「새와 짐승을 같이 벗하고 살 수는 없다」하는 것이 「조수 불가여 동군」이다. 이 말은《논어》미자편에 있는 공자의 말이다. 공자가 이 말을 하게 된 데는 그만한 사연이 있다.

공자가 초나라에서 채(蔡)나라로 돌아올 때의 일이다. 장저(長沮)와 걸익(桀溺) 두 은사가 함께 밭갈이하고 있는 곳을 지나게 된 공자는 자로(子路)를 시켜 그들에게 나루터로 가는 길을 물어보고 오라고 시켰다. 자로는 먼저 장저에게 길을 물었다. 그러자 장저는 묻는 말에는 대답하지 않고 자로에게 물었다.

「저 고삐를 잡고 수레에 앉아 있는 사람은 누군가?」

「공구(孔丘 : 구는 공자의 이름) 올시다」

「그럼 바로 노나라의 공구인가?」

「그렇습니다」

「그 사람이라면 나루터를 알고 있을 것이 틀림없다」하고 더는 상대를 해주지 않았다.

그래서 자로는 걸익에게 물었다. 그러자 걸익은,

「자네는 누군가?」하고 물었다.

「중유(仲由 : 자로의 성과 이름)올시다」

「그럼 공구의 제자인가?」

「그렇습니다」

「걷잡을 수 없이 흘러가는 것이 세상인데 누가 이를 바꿔 놓을 수 있겠는가. 그리고 자네도 사람을 피해 천하를 두루 돌고 있는 공구를 따라다니는 것보다는, 세상을 피해 조용히 살고 있는 우리를 따르는 것이 좋지 않겠는가」 하고는 뿌린 씨앗을 덮기에 바빴다.

자로 문진도(問津圖)

자로는 돌아와 두 사람들과의 대화를 그대로 공자에게 보고했다. 그러자 공자는 서글픈 표정을 지으며 말했다.

「새와 짐승은 함께 무리를 같이 할 수 없다. 내가 이 사람의 무리와 함께 하지 않고 누구와 함께 하겠는가. 천하에 도가 있다면 내가 바로잡을 필요도 없지 않겠는가(鳥獸不可與同群 吾非斯人之徒與 而誰與 天下有道 丘不與易也)」

장저와 걸익이 자로에게 한 말은 물론 이미 개혁의 여지가 없는 세상을 두고 고심하는 공자에 대한 연민에서 비롯되었을 것이다. 이런 사실을 누구보다도 공자가 가장 잘 알고 있었다. 천하에 도가 미만해서 실천되는 날이 가까운 장래에 오지 않는다고 해도 그런 세상이 오도록 힘쓰는 노력까지 포기할 수는 없다는 것이다. 이 때문에 공자는 늘 외로운 선지자로 자리할 수밖에 없었다.

세상을 건지려는 성자의 안타까움을 엿볼 수 있다.

여기서 「나루터를 묻는다」는 뜻의 「문진(問津)」은 이후 진리의 소재를 묻는 일을 비유하는 말이 되었다. 그리고 그 물음에 대한 답변을 들은 것을 「문명(問命)」이라고 한다.

조이불강　釣而不綱

낚시질 釣 말이을 而 아니 不 버리 綱

낚시질은 해도 그물질은 하지 않는다.

— 《논어》 술이편(述而篇)

공자가 젊어서 가난하게 지냈기 때문에 제사에 쓸 고기와 손님을 대접하기 위해 때로는 고기를 잡는 일이 있었지만, 낚시로 필요한 양만 잡을 뿐, 많은 고기를 잡기 위해 그물을 치는 일은 없었다는 것이다.

《논어》 술이편에, 「공자는 낚시질은 해도 그물은 치지 않았다. 주살질을 해도 자는 새를 쏘지 않았다(子釣而不綱 弋不射宿)」고 했다.

공자 자신이 그렇게 하라든가 한다든가 하는 말이 아니고, 제자들이 공자의 지난 일을 듣고 기록한 것이므로 이것은 어디까지나 공자의 개인적인 생활 태도라고 볼 수 있다. 후세 사람들은 이 점을 들어, 성인의 짐승에 대한 사랑의 표현이라고 말하고 있다.

그물질을 하면 어린 고기까지 다 잡게 되므로 차마 그러지를 못했고, 잠든 새를 쏘지 않는 것은 평화롭게 자는 것을 차마 놀라 깨우고 싶지 않은 마음 때문이었으리라.

강(綱)은 굵은 줄에 그물을 달아 냇물을 가로질러 고기를 잡는 것이라고 주석을 하기도 하고, 혹은 「주낙」을 말한다고도 한다.

또 「조이불강」을 「조이불망(釣而不網)」이라고도 하는데, 오히려 알기가 쉽다. 익(弋)은 주살로, 화살에 명주실을 매어 쏘는 것을 말하고, 사(射)는 쏜다는 뜻이다. 살생을 하지 않는 것이 좋겠지만, 부득이한 경우라도 그것을 아끼는 마음과 택하는 마음이 필요할 것 같다. 이른바 마구잡이로 씨를 말리는 그런 행위는 도의적인 문제를 떠나 앞날을 생각지 않는 하루살이 생활과도 같은 지각없는 행동이 아닐 수 없다.

좌 단　左 祖

왼 左　웃통 벗을 袒

편을 가르다. 두 쪽으로 갈라지다.

— 《사기》 여후본기(呂后本紀)

「좌단」은 왼쪽 소매를 벗어 어깨를 드러내는 것을 말한다. 현대로 말하면 왼쪽 손을 들어 자기 의사를 표시하는 그런 것이다. 그런데 이 말은 어느 한쪽 의견에 동의하거나 그쪽 편이 되는 것을 뜻하게 된다. 그래서 「좌단고사(左袒故事)」란 말까지 생기게 되었는데, 이 「좌단」의 뜻은 「좌단고사」에서 온 것이다.

《사기》 여후본기에 있는 이야기다.

한고조의 아들 혜제가 즉위한 지 7년 만에 죽자, 그의 어머니며 고조의 황후였던 여후(呂后)는 소리를 내어 울기는 했으나 눈물 한 방울 흘리지 않았다.

장양(張良)의 아들인 장벽강(張辟彊)은 이때 열다섯 살 어린 나이로 시중이란 벼슬에 올라 측근에 모시고 있었다. 그는 좌승상인 진평(陳平)을 보고,

「태후가 눈물을 흘리지 않는 이유를 아십니까?」 하고 물었다.

「글쎄, 어째서일까?」

「돌아가신 황제에게 장성한 아들이 없기 때문입니다. 승상을 비롯해 고조의 옛 신하들이 실권을 잡게 될 것이므로 스스로 불안한 생각에서 그런 겁니다. 승상께서 태후에게 친정 사람들로 근위(近衛)장군을 시키고, 궁중의 요직에 임명토록 권하십시오 그러면 태후도 안심을 하고 중신들도 화를 면하게 될 것입니다」

진평은 벽강의 꾀에 따랐다. 여후는 몹시 기뻐했다. 그제야 눈물을

여후

흘리며 통곡을 했다. 슬픔을 누르고 있던 불안이 가시자, 그제야 눈물이 쏟아져 나온 것이다.

그 뒤로 모든 정치와 명령은 여후 한 사람으로부터 나오게 되었다. 여후는 다시 여씨들을 왕에 봉하려 했다.

왕릉(王陵)은 「유씨(劉氏)가 아니면 왕을 봉할 수 없다」고 한 고조의 유지에 위배된다고 이를 반대했다. 그러나 진평과 주발(周勃)은 이에 찬성했다. 태후가 기뻐하며 조정을 나가자,

왕발은 두 사람을 책망했다. 그러자 두 사람은,

「대의를 끝까지 주장하는 용기는 우리가 당신을 미칠 수 없지만, 나라를 편안히 하고 유씨의 천하를 지키는 데는 당신이 우리만 못할 거요」 하고 대답했다.

왕발은 곧 물러나고 진평이 우승상으로 승진했다. 진평은 정치에는 관심이 없어 매일 주색에만 빠져 있었다. 가장 여후가 두려워하고 있는 진평이 타락하게 된 것은 여후에게는 매우 다행한 일이었다.

고조의 일족인 유씨의 왕들은 차례로 쫓겨나고 혹은 피살되거나 자살을 강요당했다. 그 뒷자리에는 여씨들이 대신 들어가 앉았다.

그러나 여후는 집권 8년 만에 병으로 눕게 되었다. 다시 일어나지 못할 것을 짐작한 여후는 조왕 여록(呂祿)과 여왕(呂王), 여산(呂産)을 상장군에 임명하여 근위 북군과 남군을 각각 장악하게 한 다음, 두 사람을 불러 유언을 남겼다.

「너희들이 왕이 된 것을 대신들은 못마땅해 하고 있다. 내가 죽으면 난을 일으키게 될 것이다. 너희들은 군대를 이끌고 궁중을 지키고 있어

야 하며 내 출상(出喪) 때에도 허술한
점이 없어야 한다」

여후는 곧 죽었다. 장례식이 끝나자,
그때까지 넋이 빠진 사람처럼 하고 있
던 진평이 갑자기 활동을 개시했다. 그
는 태위(太尉)인 주발과 여씨 타도의
계획을 짰다. 먼저 여록과 여산에게서
군권을 빼앗지 않으면 안된다. 진평은
여록과 친하게 지나는 역기(酈寄)를
여록에게로 보내 이렇게 달랬다.

「대신들은 당신들이 왕으로 있으면

주발

서 봉지로 가지 않고 군권을 쥐고 있기
때문에 무슨 음모라도 꾸미지 않나 하고 불안해하고 있습니다. 그러니
군권을 태위에게 돌려주고 봉지로 돌아가십시오 그러면 대신들도 안심
을 하게 되고 당신들도 왕의 지위를 편안히 누리게 될 것입니다」

무능한 여록은 과연 그렇겠다 싶어 상장군의 직인을 반납하고 북군
의 군권을 태위인 주발에게 넘기고 말았다. 그러자 주발은 즉시 북군
군문으로 들어가 장병들에게 영을 내렸다.

「여씨를 위하는 사람은 오른쪽 소매를 벗고, 유씨를 위하는 사람은
왼쪽 소매를 벗어라(爲呂氏右袒 爲劉氏左袒)」

장병들은 모두 왼쪽 소매를 벗어 유씨의 편을 드는 의사를 보였다.
이리하여 혁명은 성공을 보게 되었고 여씨들은 어른 아이 할 것 없이
모조리 잡혀 죽고 말았다. 여자의 얕은 지혜는 결국 자멸을 가져오는
어리석음과 다를 것이 없었다. 이 고사에서 「좌단」은 어느 한쪽에 편
든다는 뜻으로 쓰이게 되었다.

조 장 | 助 長

도울 助 길 長

도와서 더 자라게 함.

— 《맹자》 공손추상(公孫丑上)

「조장(助長)」은 글자가 나타내고 있는 것과는 다른 뜻을 지니고 있다. 흔히 「조장시킨다」는 말을 쓰곤 하지만, 대개의 경우 좋지 못한 결과를 가져오게 만든다든가, 혹은 그 자체가 옳지 못한 것을 부추기거나 눈감아 주는 따위를 말하게 된다. 아무튼 조장이란 말을 좋은 경우에 쓰지 않는 것은, 그 글자가 지니고 있는 뜻 이외에 다른 뜻이 있기 때문이다. 이 말은 《맹자》 공손추 상에 있는 유명한 호연장(浩然章)에 나오는 말이다. 공손추가 맹자에게 물었다.

「선생께서 만약 제나라의 경상(卿相)이 되어 정치적으로 성공한다면, 그 때도 선생께서는 마음을 움직이시지 않겠습니까?」

「나는 40이 넘어서부터는 더 마음이 움직이지 않는다. 유혹에도 넘어가지 않는다」

여기서 맹자는 부동심(不動心)을 설명했다.

「선생님의 부동심은 어떠한 장점을 가지고 계십니까?」

「말을 알아듣는 일과 호연지기(浩然之氣)를 기르는 데 있다」

여기서 맹자는 호연지기에 대해 설명하고 이 기풍을 기르는 방법에 대하여 명쾌하게 대답했다. 물이 흐르는 듯한 일문일답이었다. 맹자는 계속했다.

「호연지기를 기르는 데 있어서는 그 행하는 바가 다 도의(道義)에 어긋나지 않아야 하지만, 정기(正氣), 즉 기(氣)만을 목적으로 길러서는 안된다. 그렇다고 해서 양기(養氣)의 방법을 전혀 무시해서도 물론 안된다. 송(宋)나라 사람처럼 서둘러서 억지로 돕는 일을 해서도 안된다(心勿忘 勿助長也)」(마음의 도의가 생장함에 따라 서서히 길러 갈 필요가 있다.)

맹자묘

맹자는 송나라 사람의 예를 들어「조장」이란 말을 설명하게 된다. 송나라에 어떤 사람이, 자기 집 곡식이 무럭무럭 자라나지 않는 것이 안타까워, 대궁을 하나하나 뽑아 올려 길게 만들고 집으로 돌아와 자기 집 식구들을 보고 이렇게 말했다.

「오늘은 정말 피로하다. 곡식이 자라는 것을 내가 도와주었거든」

아들이 듣고 깜짝 놀라 밭으로 달려가 보았더니 곡식은 벌써 다 말라 있었다는 것이다. 맹자는 이 이야기 끝에,

「천하에 곡식이 자라나는 것을 억지로 돕는 것 같은 일을 하지 않는 사람이 드물다. 돕는 것이 아무 소용이 없다 해서 버려두는 사람은 김을 매 주지 않는 사람이고, 자라는 것을 돕는 사람은 싹을 뽑아 올리는 사람이다. 유익함이 없을 뿐만 아니라 도리어 해를 끼치게 된다」하고 조장이 게으름을 피우는 이상의 나쁜 결과를 가져오는 것을 다시 한 번 강조하고 있다.

이 세상의 모든 시끄러운 일들을 가만히 분석해 보면 어느 것 하나 이 조장의 결과가 아닌 것이 없을 것 같다. 그래서 차라리 내버려두라는 「무위자연(無爲自然)」의 사상이 대두되는 것이리라.

존심양성 存心養性

있을 存 마음 心 기를 養 성품 性

양심을 잃지 않고 그대로 간직하여 하늘이 주신 본성을 키워 나가는 것

— 《맹자》 진심상(盡心上)

「존심양성」은「존기심양기성(存其心養其性)」이란 맹자의 말에서 온 것으로, 그 마음, 즉 양심을 잃지 말고 그대로 간직하여, 그 성품, 즉 하늘이 주신 본성을 키워 나간다는 뜻이다.

《맹자》 진심 상 맨 첫 장에 맹자는 이렇게 말하고 있다.

「그 마음을 다하는 사람은 그 성품을 알게 되고, 그 성품을 알면 곧 하늘을 안다(盡其心者 知其性也 知其性則知天矣)」

「그 마음을 간직하고 그 성품을 기르는 것은 그것이 하늘을 섬기는 것이 된다. 일찍 죽고 오래 사는 것에 상관없이 몸을 닦아 기다리는 것은, 그것이 곧 명을 세우는 것이다」

맹자가 말한 이 대목은 《중용》의 첫 장을 읽는 것 같은 느낌을 준다.

《중용》에는「하늘이 주신 것이 성품이다(天命之謂性)」라고 했는데, 맹자는,

「마음을 간직하고 성품을 기르는 것이 곧 하늘을 섬기는 것이다」라고 했다.

신동(神童) 강희장(江希張)은 아홉 살 때에 한 그의 주석에서 이렇게 말하고 있다.

「성품은 사람이 하늘로부터 받은 것이다.…… 그것은 얼굴도 없고 빛깔도 없다. 보통 사람은 기질(氣質)과 물욕(物欲)의 가린 바가 되어 이를 알지 못한다. ……마음은 성품의 중심점이다. 그것은 지각(知覺)을 맡고 있다. 사람이 하늘이 주신 성품을 가지고 기운을 받고 얼굴을 이루

게 된 뒤로는 마음이 곧 성품을 대신해서 일을 하게 된다. 하늘이 주신 성품으로 흘러나오는 정각(正覺)이 곧 도심(道心)이다」

즉 사람이 양심의 명령대로만 하게 되면 곧 천성을 알게 되고, 천성을 안다는 것은 곧 하늘을 아는 것이다. 그러므로 양심을 잃지 말고 간직하여 하늘이 주신 타고난 성품을 올바로 키워 나가는 것이 곧 하늘을 섬기는 길이란 것이다.

맹자 묘

일요일만 교회에 나가 하늘을 섬기는 형식적인 신앙보다 이 얼마나 절실한 참다운 신앙이 되겠는가. 그의 일거일동이 다 양심에 따른 것이라면, 그것은 곧 하늘을 함께 하고 하늘에 순종하는 길이니, 행동 자체가 곧 기도의 자세인 것이다.

知命者不怨天 知己者不怨人
지명자불원천   지기자불원인

천명을 아는 자는 하늘을 원망치 않으며, 자신을 아는 자는 남을 원망치 않는다.

천명(天命)을 아는 사람은 결코 하늘을 원망하지 않는다. 또한 스스로를 아는 사람은 자기에게 대한 사람의 태도가 어떻든 그것을 원망하지 않는다.

— 《설원(說苑)》 담총(談叢) —

주내백약지장 酒乃百藥之長

술 酒 곧 乃 일백 百 약 藥 의 之 으뜸 長

술은 곧 백 가지 약 중에 으뜸이다.

— 《한서》 식화지(食貨志)

「술은 백 가지 약 중에 으뜸가는 것이다」라는 말이다. 술을 「백약지장」이라고 하는 것은 바로 여기서 나온 말이다. 전한과 후한 사이에 15년 동안의 명맥을 지니고 있던 나라가 신(新)이란 나라며 황제는 왕망(王莽)이다. 이 왕망이 소금(鹽)과 술(酒)과 쇠(鐵)를 정부의 전매품으로 정하고, 이 사실을 천하에 공포한 조서 가운데, 「술은 백약의 어른이다」라는 말이 들어 있다. 조서에는 이렇게 나와 있다.

「대저 소금은 먹는 반찬 가운데 장수요, 술은 백 가지 약 중에 어른으로 모임을 좋게 하며, 쇠는 밭갈이하는 농사의 근본이다(夫鹽 飲肴之將 酒百藥之長 嘉會之好 鐵田農之本)」

이렇듯이 술은 사람의 일상생활에 잠시도 없어서는 안될 물건 속에 술을 넣어두고 이를 예찬하고 있다. 술을 좋아하는 술꾼에게는 가장 비위에 당기는 문자다. 사실 또 이 말은 술꾼들이 즐겨 쓰는 말이기도 하다.

술이 약으로 쓰이지 않는 것은 아니다. 또 약을 조제하는 데 술이 없어서는 안되는 경우도 있다. 그러나 여기에 말한 백 가지 약 중의 어른이란 뜻은 사람의 기분을 상쾌하게 만들고 근심을 잊게 하고, 용기를 나게 하는 그런 특효를 가진 약이란 뜻일 것이다.

이 말은 《한서》 식화지(食貨志)에 기록되어 있다. 또 같은 식화지에는 다른 조서 가운데, 「술은 하늘의 아름다운 녹(酒者天之美祿)이다……」라고 한 구절이 나온다.

준조절충 樽俎折衝

술통 樽 도마 俎 꺾을 折 부딪칠 衝

평화롭게 교섭으로 유리하게 일을 처리함.

— 《안자춘추(晏子春秋)》

《안자춘추》에 나오는 말이다. 준조(樽俎)라고 하면 술자리를 뜻한다. 곧 「술자리에 앉아서 나가지 않고도 천리 밖의 일을 절충해 냈다」고 한 데서 나온 말이다.

춘추시대 제장공(齊莊公)이 가신 최저(崔杼)에게 살해당하는 사건이 일어났다. 장공이 무도해서 최저의 처와 간통을 했기 때문에 의(義)를 바로잡기 위해 죽였다는 것이었다. 일의 진위는 어쨌건 장공이 살해된 것은 사실이었다.

그래서 장공의 동생이 위에 올라 경공(景公)이 되었다. 그러나 그 때는 이미 최저와 그의 한패인 경봉(慶封) 등의 힘이 강하여 누를 수가 없었다. 그뿐 아니라 경공은 최저를 우상에, 경봉을 좌상에 임명하고 이 두 사람에게 반대하는 자는 죽인다는 맹서를 하게 되었다. 군신은 다 그 기세를 좇아 차례차례로 맹서를 했다.

그런데 단 한 사람 맹서를 하지 않는 자가 있었다. 안영(晏嬰)이 바로 그 사람이었다. 영공(靈公)·장공(莊公) 2대에 걸쳐 섬기고 인망도 있었다.

안영은 하늘을 우러러보며 이렇게 탄식할 뿐이었다.

「임금에게 충성되고 나라에 이익이 되는 일이라면 따르겠다」

경봉은 그를 죽이자고 했으나 최저는 듣지 않았다.

제나라의 내분은 계속되었다. 마침내 최저가 살해되고 이어 경봉도 겁을 집어먹고 오나라로 도망해 버렸다. 그래서 안영이 상국(相國)이

안영

되어 국정을 맡게 되었다. 이것이 춘추시대 이름 높은 외상(外相) 안상국(晏相國)이다.

춘추시대에는 대국만 해도 12국이 있었고, 소국들까지 치면 백 나라가 넘었다. 안영은 국내에서는 얽히고설킨 파벌싸움을 진정시키고 국제적으로는 안태(安泰)하게 만들고자 애를 썼다.

안영은 온화하고 생활은 검소했다. 한 벌의 옷을 30년이나 입었다는 얘기도 전해지고 있다. 경공이 넓은 토지를 주려고 했을 때, 그는,

「욕심이 차면 망하는 날이 가까워집니다」 하고 고사했다.

안영은 때로 외국에 사신으로 나갔다. 또 제후의 사신이 오면 그와 응대하여 훌륭한 외교수완을 발휘했다. 안영이 경공과 함께 강대함을 자랑하는 진(晋)으로 갔을 때의 일이다.

여흥으로 화살을 던져 항아리에 넣는 놀이인 투호(投壺)놀이를 하게 되었다. 진의 가신이 나와,

「만약 우리 주군께서 넣으시면 제후의 사(師)가 되실 징조다」 라고 찬사를 말했다.

진평공(晋平公)은 던져서 넣었다. 와! 하는 박수소리가 났다. 이때 안영이 나아가,

「만약 우리 주군께서 넣으시면 제는 진을 대신하여 흥할 것입니다」 하고 말했다.

경공은 던져 넣었다. 진의 평공은 화를 내고 가신들도 긴장하며 일어섰다. 그러나 안영은,

「투호는 하나의 놀이일 뿐, 찬사는 희롱하는 말이지 맹서는 아닙니다」라고 둘러대고 경공과 함께 조용히 퇴출했다.

이것은 안영의 외교를 칭찬하기 위해 하나의 지어낸 이야기인지도 모른다. 안영이 외교에 대해 마음을 쓴 것은 더 복잡하며 대규모인 힘의 관계를 조정하는 데 있었으리라.

하지만 어쨌든 안영은 제나라라는 배의 키(舵)를 단단히 잡고, 서로 얽히고설킨 제국 사이를 걸어갔던 것이다. 그것을 안영의 언동을 기록한 《안자춘추》는 이렇게 쓰고 있다.

「술자리에 앉아서 나오지 않고 천리 밖의 일을 절충해 낸다는 것은 곧 안자를 가리켜 하는 말이다(不出樽俎之間 而折衝千里之外 晏子之謂也)」

이렇듯 연석(宴席)에서 담소하며 적의 예봉을 피하고 유리하게 담판을 짓는, 말하자면 천리 밖에서 적의 공격(衝)을 꺾어버린다는 것은 바로 안자를 가리켜 말하는 것이다.

주석에서 평화스럽게 외교교섭을 하여 유리하게 일을 결말짓는 것을 「준조절충」이라 한다. 그것이 전(轉)해서 담판이나 거래, 국제상의 회견 등을 이 말을 빌려 쓰게 되었다.

富在知足
부 재 지 족

부(富)는 만족을 아는 데 있다.
만족할 줄 알면 마음은 풍부해진다. 그것이 참된 부(富)이다.

― 《설원》 담총 ―

주지육림 酒池肉林

술 酒 연못 池 고기 肉 수풀 林

호사를 극한 굉장한 술잔치.

─《사기》은본기(殷本紀)

　폭군의 대명사처럼 불리는 걸·주(桀紂)의 음란 무도한 생활을 단적으로 표현한 말로서, 술로 못을 만들고 고기로 숲을 이뤘다는 말이다. 하(夏)의 걸, 은(殷)의 주 두 왕은 고대 중국에 있어서 폭군음왕의 전형이었다. 그들은 다 같이 보통 이상으로 재능과 무용(武勇)을 지녔음에도 불구하고, 그 최후는 말희(妺嬉)와 달기(妲己)라는 음부에게 마음을 빼앗겨 이성을 잃고 주색의 향락에 탐닉해서 몸을 망치고 나라를 잃었던 것이다. 그들은 총애하는 여성의 환심을 사기 위해 제왕으로서 자기들에게 주어진 권력과 부를 사치와 음일(淫佚)로 일삼았다.

　「주지육림」의 놀이라는 것도 이 제왕의 절대적인 권력과 부(富)의 배경 없이는 도저히 생각할 수 없는 호사한 「유희」의 하나였다.

　《십팔사략》에 걸에 대해서 다음과 같은 이야기가 있다.

　걸은 탐욕스럽고 포학했으며, 힘은 구부러진 쇠고리를 펼 정도였다. 유시(有施)씨의 딸 말희를 사랑해서 그녀의 말이라면 다 들어주었다.

　옥과 구슬로 꾸민 궁전을 만들어 백성들의 재물을 고갈시켰다. 고기는 산처럼 쌓이고(肉山), 포는 숲처럼 걸려 있었으며(脯林), 술로 만든 못에는 배를 띄울 수가 있었고, 술지게미가 쌓여서 된 둑은 십리까지 뻗어 있었다. 한 번 북을 울리면 소가 물마시듯 술을 마시는 사람이 3천 명이나 되었다. 그것을 보고 말희는 좋아했다는 것이다.

　또《사기》에는 걸에 대해서는 그다지 구체적인 예를 들지 않고 있으나 주에 대해서는 자세히 말하고 있다. 그는 구변이 좋고 몸이 날랬다.

보는 눈과 듣는 귀는 남보다 빨랐다. 힘이 장사여서 손으로 맹수를 쳐 죽였다. 그의 지혜는 간하는 말을 충분히 물리칠 수 있었고, 그의 구변은 자기의 그릇된 행동을 정당화시킬 수 있었다. 그래서 신하들에게 자기의 훌륭함을 자랑하고 자기의 위대한 이름이 천하에 널리 알려진 데 우쭐대고 있었다.

그는 술을 좋아하고 또 여자를 좋아했다. 특히 달기라는 여자를 사랑해서 그녀의 말이라면 들어 주지 않는 것이 없었다. ……그는 사구(沙丘)에다 큰 유원지와 별궁을 지어 두고, 많은 들짐승과 새들을 거기에 놓아길렀다. ……술로 못을 만들고 고기를 달아 숲을 만든 다음(以酒爲池 懸肉爲林) 남녀가 벌거벗고 그 사이를 서로 쫓고 쫓기고 하며 밤낮 없이 계속 술을 퍼마시고 즐겼다.

백성들의 원성이 높아지고 제후들 중에 배반하는 사람이 생겼다. 그러자 주는 형벌을 무섭게 함으로써 이를 막을 생각으로 포락지형(炮烙之刑)이란 것을 창안해 냈다는 것이다. 〔☞ 포락지형〕

「주지육림」이란 말은 여기 나오는 「이주위지 현육위림(以酒爲池 懸肉爲林)」이 줄어서 된 말이다. 술과 고기를 진탕 마시고 먹고 하며 멋대로 놀아나는 것을 가리켜 「주지육림」이라고 하는 것도, 여기 나오는 장면을 방불케 하는 그런 뜻으로 쓰인다고 볼 수 있다. 이와 같은 사치한 생활의 연속은 곧 국고를 바닥나게 했으며, 인심의 이탈을 불러일으켜 하왕조의 멸망을 가져오게 한 것도 필연적인 것이었다.

「은감불원, 재하후지세(殷鑑不遠 在夏后之世)」 즉 하의 왕 걸의 전례를 거울삼아 여자의 색향에 눈이 어두워서는 안된다. 사치일락을 삼가는 서백(西伯)을 비롯한 충의지사들의 간언을 듣기는커녕 오히려 걸왕의 행동을 몽땅 내 거울로 삼고 은의 주왕 또한 사치일락을 일삼았던 것이다. 〔☞ 은감불원〕

죽마고우 竹馬故友

대나무 竹 말 馬 옛 故 벗 友

죽마를 타고 놀던 벗 곧 어릴 때부터 같이 놀며 자란 벗

— 《후한서》 곽급전(郭伋傳)

「죽마(竹馬)」는 대나무로 만든 말이란 뜻이다. 「죽마」니 「대말」
이니 하는 것은 시대에 따라 각각 달랐던 모양인데, 하여간 어린아이들
이 긴 대나무를 말처럼 머리와 꼬리를 붙이고 앞머리를 손에 잡고 가랑
이 밑에 넣어 말 탄 흉내를 내며 끌고 돌아다니는 그런 장난감이었던
것 같다. 이 죽마란 말은 《후한서》 곽급전에 나와 있다.

곽급은 후한 광무제 때 병주(幷州) 자사였던 사람으로 그가 부임하자,
「수백 명 아이들이 저마다 대말을 타고 길가에 나와 절을 하며 맞이했
다」고 한다. 이 죽마를 어릴 때 친구란 뜻으로 쓴 것은 진무제(晋武帝)
사마염이었다.

제갈정은, 삼국시대 때 위(魏)나라 고관이었던 아버지 제갈탄(諸葛誕)
이 진무제의 아버지인 사마소(司馬昭)에게 반기를 들었다가 피살되었
기 때문에 인질로 가 있던 오나라에서 대사마란 재상의 지위에 올라
있었다. 그런데 오나라가 망하고 그가 진나라로 돌아오게 되자, 진무제
는 그를 또 진나라 대사마에 임명했다.

그러나 그는 불러도 가지 않았다. 아버지를 죽인 원수의 나라에 벼슬
을 할 수 없다는 생각에서였다. 그것만이 아니고 그는 진나라 서울 닉양
이 있는 쪽을 항상 등을 돌리고 앉아 있었다.

무제가 그와의 옛 정을 못 잊어 만나보고 싶어 했으나 끝내 만나 주지
않았다. 그래서 무제는 제갈명의 누님이 되고 자기의 숙모가 되는 낭야
왕(琅耶王) 사마주의 부인인 제갈비(諸葛妃)에게 부탁해 그를 부르게 했

조양자를 살해하려고 다리 밑에 엎드려 기다리는 예양

다. 무제는 누님을 찾아와 이야기하고 있는 방에 갑자기 나타나 기쁨의
인사를 나누었다. 그리고 술자리가 베풀어져 술이 얼근했을 때 무제는
정답게 말을 건넸다.

「경도 설마 죽마의 옛 정을 잊은 것은 아니겠지?」

그러자 제갈정은,

「신은 숯을 머금고 몸에 옻칠을 할 수 없어, 오늘 다시 폐하를 뵙게
되었습니다」하고 눈물이 비 오듯 했다.

숯을 머금고 몸에 옻칠을 한다(漆身呑炭)는 것은, 전국시대 지백(智
伯)의 신하였던 예양(豫讓)이 옛 주인의 원수를 갚기 위해 했던 일을
가리켜 한 말이다. 무제는 그의 심정을 이해하는 한편, 그런 줄도 모르
고 억지로 만나려고 한 자신을 후회하며 방을 나갔다는 것이다. 〔☞
칠신탄탄(漆身呑炭)〕

이 무제가 말한 죽마지호(竹馬之好)에서 「죽마지우」니 「죽마고우」
니 하는 말이 생겨났다.

제갈정의 아버지에 대한 복수심도 놀랍지만, 그보다도 천자로서 옛정
을 잊지 못해 그토록 그를 만나고 싶어 한 진무제야말로 과연 죽마고우의
옛정을 잊지 못한 전형적인 인물이라 하겠다.

중과부적 衆寡不敵

무리 衆 적을 寡 아니 不 대적할 敵

적은 수효로는 많은 수효를 대적하지 못한다.
역량의 차이로 싸움의 상대가 되지 못함.

— 《맹자》 양혜왕편(梁惠王篇)

「적은 숫자로는 많은 숫자를 대적할 수 없다」는 것이 「중과부적」
이다. 처음부터 역량의 차이가 커서 싸움의 상대가 못된다는 말이다.
《맹자》 양혜왕편에 나오는 말이다.

전국시대 때 왕도정치(王道政治)의 이상을 설파하기 위해 여러 나라
를 방문하던 길에 맹자는 제나라에 와서 선왕(宣王)을 만나게 되었다.
선왕은 맹자에게 패왕이 되는 길을 묻고자 했는데, 이에 대해 맹자는
오직 왕도정치만이 옳은 길이라고 하면서 다음과 같이 대화를 풀어나
갔다.

「군대를 일으켜 무력으로써 나라를 부강하게 만들고 천하의 패자가
되고자 하는 것은 마치 『나무에 올라가 물고기를 구하는 것(緣木求
魚)』과 같습니다」

그러자 선왕이 물었다.

「아니 그것이 그토록 어리석은 일이란 말이오?」

「어리석은 정도가 아닙니다. 그보다도 더욱 심합니다. 나무에 올라
가 물고기를 구하는 일이야 실패해도 큰 해가 없겠지만, 임금의 징책은
실패하면 나라를 망치고 맙니다」〔☞ 연목구어〕

맹자는 이렇게 단호하게 말하고 나서 차근차근 설명해 나갔다.

「가령 작은 나라인 추(鄒)와 큰 나라인 초(楚)가 싸운다면 어느 쪽이
이길 거라고 생각하십니까?」

「그야 당연히 초나라가 이기겠지요」

「자, 그렇다면 수가 적은 편은 많은 편을 이길 수 없으며(寡固不可以敵衆), 약소국은 강대국을 이길 수 없으며(弱固不可以敵强), 약자는 강자에게 패하게 마련입니다. 지금 천하에 사방 일천 리 되는 땅을 가진 나라가 아홉이 있는데, 제나라도 땅을 모두 합치면 일천리쯤 되므로 그 중 하나가 되는 셈입니다. 하나를 가지고 여덟을 복종시키려는 것은 작은 추나라가 거대한 초나라에 대적하려는 것과 무엇이 다르겠습니까?」

「그러면 어떻게 해야 합니까?」

「어진 덕으로 나라를 다스린다면 천하의 백성들 중 누가 임금을 우러러보지 않겠으며, 누가 자신들을 다스려 주기를 바라지 않겠습니까? 그러면 저절로 천하는 폐하의 것이 될 것입니다. 왕도를 따르는 자만이 천하를 지배할 수 있습니다」

그러나 제선왕은 이를 수긍하면서도 맹자의 건의를 받아들이지는 않았다.

賞罰不信 故士民不死也
상벌 불신 고사민 불사야

상벌(賞罰)이 공정치 않다. 그러므로 사민(士民)이 임금을 위해 목숨을 내던지지 않는다.

올바른 자는 상을 주고, 바르지 않은 자는 벌을 준다. 이 점에 신의(信義)를 두지 않는다면, 선비나 백성이나 임금을 위해 목숨을 바치지 않을 것이다.

— 《한비자》 초견진(初見秦) —

중구난방 衆口難防

무리 衆 입 口 어려울 難 막을 防

뭇 사람의 말을 이루 다 막기가 어려움. 제멋대로.

— 《십팔사략》, 《국어(國語)》

「중구난방」은 많은 사람들이 마구 떠드는 소리를 감당할 수 없다는 뜻이다. 그러나 지금은 이 말을 부사로 사용하는 경우가 많다. 즉 여러 사람이 질서 없이 마구 떠들어댈 때,

「중구난방으로 이렇게 떠들 것이 아니라, 우리 차근차근 이야기합시다」 하는 경우를 예로 들 수 있다. 이 경우 「중구난방」은 「제멋대로」 라는 뜻이 된다. 말하자면 명사가 부사로 바뀐 것뿐 본래의 뜻에 별 차이는 없다.

이 말을 직접 쓴 것은 춘추시대 송나라 사마(司馬) 화원(華元)이다. 그가 성을 쌓는 일을 독려하기 위해 나와 있을 때, 군중들이 그가 적국의 포로가 되었다가 돌아온 것을 비웃어 노래를 불렀다.

그러나 마음이 너그러운 그는 군중들을 꾸짖는 일이 없이 「뭇 입은 막기 어렵다(衆口難防)」 라고 그만 나타나지 않았다. 그의 그러한 태도가 대중에게 좋은 반향을 일으켜 그는 국민들의 존경을 받게 되었다는 것이다.

그러나 이 말은 그가 처음 쓴 말이 아니고, 옛날에 이미 있었던 말을 짤막하게 표현한 것이라 볼 수 있다.

《십팔사략》에 보면 소공(召公)이 주려왕(周厲王)의 언론 탄압 정책을 간하여 이렇게 말하고 있다.

「백성의 입을 막는 것은 내를 막는 것보다 더한 바가 있습니다(防民之口 甚於防川). 내가 막혔다가 터지면 사람을 많이 상하게 됩니다. 백

성들도 역시 마찬가지입니다. 그러므로
내를 다스리는 사람은 물이 흘러내리도
록 하고, 백성을 다스리는 사람은 생각
하는 대로 말을 하게 해야 합니다」

그러나 여왕은 소공의 말을 듣지 않고
함구령(緘口令)을 계속 밀고 나갔다. 그
로 인해 폭동을 만나 도망친 곳에서 평
생을 갇혀 사는 결과를 가져왔고, 그가
갇혀 있는 동안 대신들의 합의에 의해
정치를 한다 해서 이것을 공화(共和)라
불렀다. 이것이 공화정치의 가장 오랜
역사라 볼 수 있다.

자산

또 《국어》정어(鄭語)에는 재상 자산(子産)의 말이라 하여,「백성의
입을 막는 것은 내를 막는 것보다 더 심한 것이 있다」고 해서 같은
말이 나와 있다.

결국 「중구난방」은 이 「심어방천(甚於防川)」이란 말에서 나온 것
같다.

중석몰족 中石沒鏃

가운데 中 돌 石 잠길 沒 살촉 鏃

명궁(名弓)을 비유하여 이르는 말.

— 《사기》 이장군전(李將軍傳)

명장에도 장(將)의 장(將)이 될 그릇과, 무용에 뛰어나 부장(部將)으로서 이름나는 두 종류가 있다. 한나라의 이광(李廣)과 그 손자 이능(李陵)과 같은 자는 후자에 속한다. 천하에 용명을 떨친 장군이 계속 배출되는 것도 그럴싸한 일, 농서(隴西 : 감숙성) 이장군의 집은 선조 대대로 무인의 혈통을 자랑하고 있었다. 농서는 오랑캐 땅에 가깝다. 북쪽에 접해 있는 사막 땅은 흉노(匈奴)의 전진기지가 되어 있었으며, 도시 주변에는 육반(六盤)산맥의 지맥이 뻗어 있다.

국경 도시다운 거친 분위기 속에서 유년시절을 보낸 이광이 얼마 안 가서 정식으로 훈련을 받게 되자, 급속도로 두각을 나타내기 시작하였다. 무장의 아들로서 부끄럽지 않을 만한 풍격은 자연 몸에 지니고 있었지만, 특히 활을 잡으면 누구에게든지 뒤떨어지지 않을 만한 자신이 있었다.

문제 14년(B.C. 166), 흉노가 대거 숙관(肅關)을 침범하였을 때 얼마 안되는, 그러나 톡톡히 단련받은 수병(手兵)을 이끌고 흉노에게 뒤떨어지지 않는 훌륭한 기병전술과 활재주를 보여주었다. 수십 년간 흉노에게 고배를 계속 마셔 온 문제는 자기 일같이 기뻐했다. 그래서 이광을 가까이 두고 싶어 시종무관에 임명하였던 것이다. 호랑이와 맞붙어 졸라 죽인 것은, 문제의 사냥에 수행하였을 때의 일이었다. 위기일발 난(難)을 면한 문제는 이제 새삼 놀라고, 「너는 참 아깝게 되었다. 고조시대에 태어났더라면 큰 나라의 후군(侯君)으로 출세하였을 텐데」

「아니옵니다. 후군이 되고 싶지는 않습니다. 다만 국경의 수비대장이 신의 소원입니다」

이리하여 이광은 전부터 바라던 변경의 수비대장을 전전하게 되었다. 이 사이에 세운 공로는 헤아릴 수 없을 정도로 많았다. 그러나 처세술이 시원치 않아 벼슬이 올라가기는커녕 때로는 면직될 뻔도 하였다. 장군의 실력을 알고 있던 것은, 오히려 적인 흉노 쪽이었을는지 모른다. 한(漢)의 비장군(飛將軍)의 이름을 숭앙하

이광 사석도(射石圖)

고, 감히 장군의 요새를 엿보려 하지 않았다. 우북평(右北平)의 흉노만이 안전하지 못하였을 뿐 아니라, 산야를 횡행하는 호랑이도 편안치 못하였다. 한번은 초원의 바위를 호랑이로 잘 못 보고 쏘았는데, 살촉이 푹 파묻힐 정도로 깊이 돌에 들어 박혔다. 돌에 화살이 꽂힌 것이다. 가까이 가 보고서야 돌인 줄 알고 새로 활을 쏘았더니 이번에는 꽂히지 않았다는 것이다.

이것이 「중석몰족」의 고사다. 이광 장군의 활 솜씨를 칭찬하여 만들어낸 이야기인지도 모른다. 여하튼간에 그가 활에 뛰어났다는 것은 틀림없는 일이다. 더욱이 그것은 수련에 의하여 얻은 기술의 영역을 벗어난 것 같다. 그 활솜씨가 발군(拔群)이었던 것은 그가 원비(猿臂)였기 때문이라고 한다. 사마천은 《사기》 이장군전에 이렇게 쓰고 있다.

「이광은 키가 크고 원비였다. 그가 활을 잘 쏜 것도 또한 천성이다」

라고. 원비라 하면 원숭이처럼 팔이 긴 것을 말한다. 원숭이처럼 팔이 길면 활을 당기는 데도 편리할 것이다.

중용지도 中庸之道

가운데 中 떳떳할 庸 어조사 之 길 道

중용의 도리. 극단에 치우치지 않고 평범한 속에서의 진실한 도리.

— 《중용(中庸)》

「중용지도」란 말을 우리는 흔히 쓰곤 한다. 그러나 그것이 풍기는 의미는 일정하지가 않다. 듣는 사람도, 말하는 사람도 자기 마음대로 풀이할 수 있는 막연한 내용의 말이다.

「그건 중용지도가 못되지」

뭔가 좀 지나쳤다는 뜻이다. 어느 점이 어떻다고 지적할 수는 없어도 어딘가 좀 반성할 점이 있다는 막연한 개평(槪評)이다. 듣는 사람도 과히 기분 나쁘지 않고, 말하는 사람도 그리 거북하지 않은, 적당히 듣고 적당히 쓸 수 있는 말이다.

「중용(中庸)」이란 말은 《논어》에도 나온다. 그러나 《중용》이란 책이 「사서(四書)」중의 하나라는 것은 누구나가 다 알고 있다. 그 《중용》 첫머리에 주자(朱子)는 정자(程子)의 말을 인용하여 「중용」을 이렇게 풀이하고 있다.

「편벽되지 않은 것을 『中』이라 말하고, 바뀌지 않은 것을 『庸』이라 말한다. 『中』이란 것은 천하의 바른 길이요, 『庸』이란 것은 천하의 정해진 이치다」

「中」은 중간이니 중심이니 하는 뜻이다. 좌우로 치우치지 않은 것이 중간이고, 어느 쪽에도 더 가깝지도 멀지도 않은 것이 중심이다. 「庸」은 떳떳하다는 뜻이다. 떳떳하다는 말은 정당하다, 당연하다, 항상 그대로다 하는 뜻을 가지고 있다. 즉 중용은 어느 한쪽으로도 치우치지 않은 떳떳한 것이란 말이다. 또 지나치지도 않고 부족하지도 않은 꼭 정도에 맞는,

더 바랄 수 없는 그런 원리 원칙이 「중용」인 것이다.

지구가 항상 제 궤도를 돌고 있는 것도 그것이 중용지도를 걷고 있기 때문이다. 인공위성으로 우주여행을 무사히 끝마치려면 처음에서 끝까지 이 중용지도를 지키지 않으면 그만 사고를 일으키고 만다. 그와 마찬가지로 우리 인간이 일생을 사는 동안도 이 중용지도를 지키지 못하면 예기치 못한 불행과 마찰을 가져오게 되는 것이다.

그러나 그 중용지도란 정해져 있는 것은 아니다. 인공위성이 궤도 수정을 하지 않으면 안되듯이, 그때그때의 사정에 따라 적당히 수정될 수 없는 원리 원칙은 궤도 수정이 불가능한 인공위성과도 같은 것이다.

《중용》첫머리에 공자는 말하기를,

「군자의 중용이란 것은 군자로서 때에 맞게 하는 것이다」라고 했다. 때에 맞게 한다는 것이 바로 원리 원칙에 입각한 궤도 수정의 가능성을 말하는 것이다. 덮어놓고 좌우 양파의 중간에 서 있는 무사주의나 타협주의나 기회주의가 중용지도는 아니다. 팔 사람이 부르는 값과 살 사람이 주겠다는 값을 반으로 딱 잘라 흥정을 붙이는 거간꾼의 처사가 반드시 정당한 것은 아니다. 공자는 말했다.

「천하와 국가도 다스릴 수 있고, 벼슬도 사양할 수 있고, 칼날도 밟을 수 있지만, 중용만은 할 수 없다」

그때그때에 맞는 처리와 행동을 한다는 것은 용기나 지조의 문제가 아니라, 성인(聖人)의 지혜가 없이는 안된다는 말이다.

「중용지도」즉「중용의 길」은 가장 올바른 길이요, 오직 하나뿐인 길이다. 그 길을 제대로 걸어가기 위한 지혜와 행동력을 가진 사람이 아니면 대중을 지도할 자격은 물론, 그 자신이 세상을 올바로 살아갈 수가 없다.

중원축록 | 中原逐鹿

가운데 中 근원 原 쫓을 逐 사슴 鹿

정권을 다툼.

—《사기》회음후(淮陰侯)열전

「중원축록」은 사슴을 쫓는다는 말이다. 「각축(角逐)」도 같은 말이다. 여기서 중원이라 함은 정권을 다투는 무대를 말한다. 녹(鹿)은 사슴, 곧 정권·권력을 일컫는 말로 쓰인다.

《사기》회음후열전에 나오는 이야기다.

한고조 때 조(趙)나라 재상 진희(陳晞)가 대(代) 땅에서 반란을 일으키자 고조가 군사를 이끌고 진압에 나섰다. 그 틈에 진희와 내통하고 있던 회음후 한신이 한나라의 도읍인 장안에서 다시 반란을 일으키려 했으나, 사전에 기밀이 누설되어 잡혀 죽고 말았다.

진희의 반란군을 평정하고 돌아온 고조는, 한신이 「괴통(蒯通)의 말을 듣지 않은 것이 분하다」라고 말하고 죽었다는 말을 듣고는 당장 괴통을 잡아들이라고 명했다. 괴통은 앞서 고조 유방이 항우와 천하를 다투고 있을 때 제왕(齊王)이었던 한신에게 독립할 것을 권했던 인물이다. 이윽고 고조 앞에 끌려온 괴통은 고조의 문초에 당당히 말했다.

「그 때 한신이 저의 책략에 따랐다면 오늘 폐하의 힘으로도 그를 당해내지 못했을 것입니다」

고조는 대로해서 그를 당장에 끓는 물에 집어넣으라고 명령했다. 그러자 괴통은 굴하지 않고 대꾸했다.

「폐하, 저는 죽을 만한 죄를 짓지 않았습니다. 진(秦)나라의 기강이 무너지자 산동(山東)이 소란스러워지고 각지에서 영웅호걸들이 무리를 지어 일어났습니다. 진나라가 사슴(鹿 : 제위)을 잃었기 때문에 천하가 모두 이를 쫓았던 것입니다. 그런데 그 중 가장 뛰어난 폐하께서 이를 잡으셨던 것입니다. 옛날 도척(盜跖)의 개가 요(堯)임금을 보고 짖었다(跖之狗吠堯)고 했거니와, 요임금이 악인이라 짖은 것이 아니요, 원래 주인이 아니면 누구라도 짖는 것이 개이기 때문입니다. 말하자면 당시 신은 오직 한신

한신 상

만 알고 폐하를 알지 못했기 때문에 한신 편에 서서 짖었던 것입니다. 천하가 어지러워지면 이를 통일하여 왕이 되고자 하는 영웅호걸은 수없이 많지만, 힘이 모자라 폐하께서 하신 일을 이룩할 수 없었을 따름입니다. 천하가 평정된 지금 앞서 난세에 폐하와 마찬가지로 천하를 도모했다고 해서 일일이 삶아 죽이려 하십니까?」〔☞ 걸견폐요(桀犬吠堯)〕

이 거침없고 사리에 맞는 항변에 고조는 벌린 입을 닫지 못하고 괴통을 그대로 놓아줄 수밖에 없었다. 제위를 「사슴(鹿)」에 비긴 것이다. 같은 용법이 《당시선》에도 있다. 위징(魏徵)의 「술회(述懷)」라는 오언고시(五言古詩)의 첫머리에 있는 「중원에서 또 다시 사슴을 쫓다(中原還逐鹿)」라는 구가 그것이다. 「축록」이란 말은 큰 이익을 얻으려는 의미로도 쓰인다. 《회남자》 설림훈(說林訓)편에,

「사슴을 쫓는 사람은 토끼를 돌아보지 않고, 천금의 물건을 흥정하는 사람은 몇 돈 몇 냥의 값을 놓고 다투지 않는다(逐鹿者不顧兎 決千金之貨者不爭銖兩之價)」라고 했는데, 결국 큰 것에 뜻이 있는 사람은 사소한 일에 구애되지 않는다는 뜻이다. 여기서 「축록자 불고토(逐鹿者 不顧兎)」란 말이 나왔다.

알 知 그 其 한 一 아닐 未 두 二

이면(裏面)의 사리나 내면(內面)의 이치를 모름을 이르는 말.

— 《사기》 고조본기(高祖本紀)

상대 의견에 찬성하면서 아직 부족한 점이 있다는 뜻으로 쓰이기도 하고, 상대가 어떤 문제를 놓고 지나친 고집을 하거나 엉뚱한 속단을 내릴 때 이 말을 쓰기도 한다.

《사기》 고조본기에 나오는 말로, 한고조 유방이 군신들에게,

「내가 천하를 얻고, 항우가 천하를 잃은 이유가 무엇인지 말해 보라」고 하자, 신하들은 두 사람의 성격을 들어서 대답했다. 이때 고조는,

「경들은 그 하나는 알고 그 둘은 모른다(公知其一 未知其二)」라고 하며, 자기는 장양과 소하(蕭何), 한신 같은 인재들을 썼기 때문이고, 항우는 하나밖에 없는 범증(范增)마저 제대로 쓰지 못했기 때문에 망한 것이라고 말했다.

여기서 말한 「그 둘」은 꼭 두 가지란 뜻은 아니다. 첫째 것에 대한 둘째 것이란 뜻도 될 수 있고, 하나 이외의 또 다른 것이란 뜻도 된다. 그러나 보통 「하나만 알지 둘은 모른다」는 우리말은 이 말을 번역해 쓰고 있다. 우리가 쓰고 있는 「둘」이란 말 역시 그 밖의 다른 것이란 뜻을 가지고 있다. 하나도 상관없고 셋도 넷도 될 수 있다.

이 「지기일 미지기이」란 말과 같은 말을 《시경》 소아 소민(小旻)편에서도 볼 수 있다.

감히 범을 맨 손으로 잡지도 않고
감히 강을 맨 몸으로 건너지도 않으나

사람은 그 하나만을 알고
그 밖의 것을 알지 못한다.
……

| 不敢暴虎 | 不敢馮河 | 불감포호 | 불감빙하 |
| 人知其一 | 莫知其他 | 인지기일 | 막지기타 |

……

이 시는 포학한 정치를 개탄해서 부른 시다. 맨주먹으로 범을 치고 알몸으로 강물을 건너는 그런 무모한 짓은 하지 않지만, 눈앞의 이해에만 눈이 어두워 장차 올 보다 큰 재난이 밀어닥칠 것을 모르고 있는 위정자들을 가리켜서 한 말이다.

한고조 입관도(入關圖)

하나만 알고 그 밖의 것을 모르는 것이 인간의 공통된 약점이요 결점이다. 항상 살피고 반성해도 이 약점과 이 결점을 보충하기가 힘들다. 더구나 그런 노력마저 없는 경우야 말해 무엇 하겠는가.

以人之長補其短
이인지장보기단

남의 장점으로 내 단점을 보충한다.
남의 장점을 본받아 실행해서 나의 단점을 보충한다.

— 《설원(說苑)》 군도(君道) —

지락무락 至樂無樂

이를 至 즐거울 樂 없을 無

지극한 즐거움이란 그것이 즐거움인지 모르는 평온무사함이다.

— 《장자》 지락편(至樂篇)

이 세상에서 가장 즐거운 것은 그것이 즐거운 줄을 모르는 평온무사한 것이란 뜻이다. 보통 우리가 즐겁다고 하는 것은 괴로움을 전제로 하고 있다. 괴로운 일이 있기 때문에 즐겁다는 감정이 생기는 것이다. 즐겁다고 느꼈을 때는 벌써 지금까지 괴로웠다는 것과 곧 이어서 괴로운 일이 온다는 것을 뜻한다고 볼 수 있다. 그러므로 즐겁다고 느끼는 즐거움은 상대적인 것인 동시에 괴로움에서 나와 다시 괴로움으로 돌아가는 한 과정에 불과한 것이다. 그러므로 그것은 참 즐거움이 될 수 없다. 철학자들도 말하기를,「쾌락은 낙이 아니다」라고 했다.

장자가 말한 본래의 뜻은, 진리를 깨닫는 사람의 즐거움은 즐겁다는 자각이 없는, 언제나 그대로인 것임을 말하려 한 것이다. 그것은 죽고 사는 영광도 굴욕도 슬픔도 기쁨도 다 초월한 자기만의 즐거움이란 뜻이다. 장자는「모름지기 남면(南面)을 한 임금의 즐거움도 이에서 더 즐거울 수는 없다」고 했다. 그는 또 세상 사람들이 생각하는 즐거움과 뜻이 높은 사람이 가지고 있는 즐거움이 서로 다른 것을 비유하여 이런 예를 들고 있다. 나라 임금이 들로 날아든 바닷새를 붙들어다가 좋은 음악을 들려주고 사람이 먹는 귀한 음식을 주었다. 그러나 새는 조금도 반기지 않고 사흘을 굶은 끝에 죽고 말았다. 새에게는 역시 새들의 계가 있다. 뜻이 높은 사람에게는 속인들의 영광이나 쾌락이 한갓 고통에 불과한 것이다. 환난을 겪어 본 사람이 아니면 이「지락무락」의 의미가 얼른 이해되지 않을 것이다.

지우책인명 至愚責人明

지극할 至 어리석을 愚 꾸짖을 責 사람 人 밝을 明

지극히 어리석은 사람도 남을 꾸짖는 데는 밝다.

— 《송명신언행록(宋名臣言行錄)》

「똥 묻은 개가 겨 묻은 개 나무란다」는 우리 속담도 다 이런 진리를 비유해 말한 것이다.

이 말은 《송명신언행록》에 있는 범순인(范純仁)의 말이다. 그는 제자들에게 말하고 있다.

「사람이 아무리 어리석어도 남을 꾸짖는 데는 밝고, 아무리 총명이 있어도 자기를 용서할 때는 어둡다(雖至愚 責人則明 雖有聰明 恕己則昏)」

그러므로 남을 꾸짖는 마음으로 자기 자신을 꾸짖고, 자기를 용서하는 마음으로 남을 용서하면 저절로 성현의 지위에 이르게 된다는 것이다. 그는 또 말하기를,

「내가 평생을 통해 배운 것은 『충(忠)』과 『서(恕)』 두 글자뿐이다. 이것은 평생을 두고 써도 부족함이 없다」고 했다.

「충」은 거짓 없는 마음을 말하고, 「서」는 그 거짓 없는 마음을 그대로 행하는 것이다.

남을 꾸짖는 데만 밝고, 자기의 잘못은 무조건 눈감아 버리려는 인간의 공통된 병폐는 모두가 거짓된 마음에서 생겨나는 것이다.

지록위마 指鹿爲馬

가리킬 指 사슴 鹿 할 爲 말 馬

억지를 써서 남을 궁지로 몰아넣다. 윗사람을 농락하여 권세를 휘두름.

— 《사기》 진시황본기

누구나 아는 사실을 옳다거나 아니라고 고집을 하며 남을 궁지로 몰아넣는 것을 말한다. 또 이 말이 처음 생겨나게 된 고사에 따라 윗사람을 농락하여 권세를 마구 휘두르는 방자한 행동을 가리켜 말하기도 한다.

《사기》 진시황 본기에 조고(趙高)에 대한 이야기가 이렇게 나와 있다.

진시황 37년 7월, 시황제는 순행 도중 사구(沙丘)의 평대(平臺)에서 죽는다. 시황은 죽기에 앞서 만리장성에 가 있는 태자 부소(扶蘇)를 급히 서울로 불러올려 장례식을 치르라는 조서를 남겼었다. 그러나 이 조서를 맡은 내시 조고가 시황을 따라온 후궁 소생 호해(胡亥)를 설득시키고 승상 이사(李斯)를 협박하여 시황의 죽음을 비밀에 붙이고 서울 함양으로 들어오자, 거짓 조서를 발표하여 부소를 죽이고 호해를 보위에 앉힌다. 이것이 2세 황제다. 2세 황제 밑에서 순식간에 출세하여 진의 실권을 잡은 것이 조고이다. 사람들로부터 천대받는 거세자(去勢者)인 환관이었다. 호해는 즉위하자마자, 「짐은 천하의 모든 쾌락을 다하면서 일생을 보내고 싶다」라고 말한 인물이다. 조고는 이 말에 만족한 웃음을 띠면서 대답했다.

「참으로 훌륭한 말씀이십니다. 그러기 위해서는 먼저 법을 엄하게 하고 형벌을 가혹하게 하여 법의 무서움을 알리는 것이 첫째입니다. 다음에는 선왕 이래의 구신(舊臣)을 모두 제거하고 폐하의 마음에 드는 새 사람을 등용하시면 그들은 폐하를 위해 분골쇄신 정치에 힘을 쓸 것입니다. 그렇게 되면 폐하께서는 마음 놓고 즐기실 수 있을 것입니다」

「옳거니, 그렇겠구려」 하고 호해는 대답했다. 이렇게 해서 조고는 라

이벌 이사를 죽이고 선제 이래의 대신, 장군, 그리고 왕자까지도 살육하고 승상자리에 올라 실권을 잡았다. 그리하여 마침내는 호해를 폐하고 제위에까지 오르려는 음모를 꾸몄다. 그러나 그렇게 하려면, 궁정에 있는 자들이 아직도 호해를 따르고 있는지, 아니면 자기를 따르고 있는지 확인을 해볼 필요가 있었다. 그리고 만약 자기를 따르지 않으면 좋지 않다는 것을 보일 필요가 있었다. 이 목적을 위해 조고는 실로 괴상야릇한 시위 방법을 생각해 낸 것이다.

조고

「이것이 말이옵니다」 라고 했다. 그러자 2세는 웃으며,

「승상이 실수를 하는구려. 사슴을 보고 말이라고 하니」

「아닙니다. 말이옵니다」

2세는 좌우에 있는 시신들에게 물었다. 어떤 사람은 잠자코 있고, 어떤 사람은 조고의 편을 들어 말이라고 하고, 혹은 정직하게 사슴이라고 대답하기도 했다. 그러자 조고는 사슴이라고 말한 사람은 모조리 법률로 얽어 감옥에 넣고 말았다. 그 뒤로 모든 신하들은 조고가 무서워 그가 하는 일에 다른 의견을 말하지 못했다는 것이다.

그러나 이때는 이미 온 천하가 반란 속에 물 끓듯 하고 있을 때였다. 조고는 2세를 더는 숨길 수 없게 되자, 그를 죽이고 부소의 아들 자영(子嬰)을 임시 황제 자리에 앉혔다. 그러나 조고는 자영에게 죽고 만다.

불에 싸인 집안에서 권력다툼을 하는 소인의 좁은 생각은 그것이 남을 해칠 뿐만 아니라 자신을 해치는 것인 줄을 알 리가 없었다. 이래서 억지소리로 남을 몰아세우는 것을 「지록위마」 라고 하게 된 것이다.

지어지선 至於至善

지극할 至 어조사 於 착할 善

최선을 다하다, 완전무결하다.

— 《대학(大學)》

지선(至善)은 더 이상 바랄 것이 없는 최고의 선이란 뜻이다. 「善」은 착하다는 뜻도 되고 좋다는 뜻도 된다. 최고로 착한 것이 곧 최고로 좋은 것이 될 수 있고, 최고로 좋은 것이 곧 최고로 착한 것이 될 수 있으므로 결국 같은 뜻이다.

「지선」이란 말은 《대학》 첫머리에 있는 말이다. 이른바 삼강령은 명덕(明德)과 신민(新民)과 이 지선을 가리켜 뒷사람들이 붙인 이름이다. 《대학》 원문에는, 「대학의 길은 밝은 덕을 밝히는 데 있고, 백성을 새롭게 하는 데 있고, 지극히 착한 데 이르는 데 있다(大學之道 在明明德 在親民 在至於至善)」 라고 나와 있다.

친(親)은 신(新)이란 글자를 잘못 쓴 것으로 보고 신으로 읽는다. 「지어지선(止於至善)」은 지극히 착한 곳에 머무른다는 뜻이다. 그러나 보통 「지어지선(至於至善)」 이란 말이 널리 쓰인다. 머무른다는 말보다는 노력해서 거기까지 도달한다는 데에 보다 수양의 실감을 느낄 수 있기 때문인지도 모른다.

「지어지선」을 주자는 주석에서 말하기를,

「하늘 이치는 극진함을 다하여 한 털끝만한 사람의 욕심의 사사로움도 없다」 라고 했다. 그러나 우리가 보통 쓰는 말뜻은 보다 가벼운 것이다. 즉 「지어지선」 이란 말을 「최선을 다한다」 든가 혹은 「완전무결하다」 든가 하는 정도의 뜻으로 쓰고 있는 것이다. 도덕이나 철학을 떠난 모든 면에 쓰이고 있다.

지 음 　知 音

알 知 소리 音

음악의 곡조, 소리를 잘 앎. 마음이 서로 통하는 친한 벗

—《열자》탕문편(湯問篇)

「지음」은 소리를 안다는 말이다. 이 말은 자기를 알아주는 지기지우(知己之友)라는 말과 같은 뜻으로 쓰인다. 상대방이 타는 거문고 소리만 듣고도 그 사람의 속마음까지 알 수 있을 정도로 서로가 마음이 통했다는 백아(伯牙)와 종자기(鍾子期)의 고사에서 생긴 말이다.

이 이야기는《열자》탕문편에 나온다.

백아는 거문고를 잘 타고, 종자기는 타는 소리의 뜻을 잘 알았다. 백아가 거문고를 들고 높은 산에 오르고 싶은 마음으로 타고 있으면, 종자기는 옆에서 이렇게 말했다.

「기가 막히다. 하늘을 찌를 듯한 높은 산이 눈앞에 나타나 있구나」

또 백아가 흐르는 강물을 생각하며 거문고를 타면 종자기는,

「참으로 좋다. 도도히 흐르는 강물이 눈앞을 지나고 있는 것 같다」

하고 감탄했다. 이렇듯 백아의 속마음을 꼭꼭 알아주는 것이 항상 이런 정도였다. 또《여씨춘추》에도 같은 이야기가 실려 있는데, 다음과 같은 이야기를 덧붙이고 있다.

「종자기가 죽자, 백아는 거문고를 부수고 줄을 끊고는 평생 거문고를 타지 않았다. 이 세상에 다시 자기 거문고 소리를 들려 줄만 한 사람이 없었기 때문이다」

그래서 자기 속마음을 알아주는 지기지우를「지음」이라고 부르게 되었다. 여기서「백아절현(伯牙絕絃)」이란 성구가 나왔다.〔☞ 백아절현〕

지족자부 知足者富

알 知 족할 足 사람 者 부유할 富

만족할 줄 아는 사람이 부자다.

— 《노자》 33장

부(富)란 여유가 있다는 뜻이다. 먹고 입고 쓰고 남는 것이 부자다. 그러나 사람은 먹고 입고 쓰는 것이 한이 없다. 한 끼에 한 홉 밥으로 만족한 사람이 있는가 하면, 남이 잘 먹어 보지 못한 요리를 먹기 위해 남이 알까 무서울 정도의 엄청난 돈을 들이는 사람도 있다.

한두 벌 옷으로 몸을 가리는 것으로 족한 사람이 있는가 하면, 유행을 따르다 못해 창조를 해가며 매일같이 값비싼 새 옷을 사들이는 여인들도 있다.

「아흔 아홉 섬 가진 사람이 한 섬 가진 사람보고 백 섬 채우자」고 한다는 말이 있다. 아흔 아홉 섬 가진 사람이 한 섬 가진 사람보다 마음이 가난하기 때문인 것이다. 만일 그가 그 한 섬 가진 사람을 보고 마흔 아홉 섬을 주어 똑같이 50석씩 가졌으면 하는 마음이 생겼다면 그는 천 석 가진 부자 이상으로 풍족함을 느끼는 사람일 것이다.

부는 마음에 있다. 먹을 것을 걱정하지 않는 성자는 천하의 모든 식량이 다 자신을 위한 것으로 느껴지는 것이다. 하느님은 일용할 양식을 우리에게 준비하고 계시니까.

《설원(說苑)》 담총(談叢)에는, 「부는 만족할 줄 아는 데 있고(富在知足), 귀는 물러가기를 구하는 데 있다(貴在求退)」고 했다.

과장자리에 있는 사람이 국장이 되기를 바라면 그는 항상 천한 상태에 있다. 그러나 과장도 과해서 계장으로 물러앉으면 하는 사람은 마음이 항상 귀한 사람이란 뜻이다.

지자요수인자요산 智者樂水仁者樂山

슬기 智 사람 者 좋아할 樂(요) 물 水 어질 仁 뫼 山

지자는 사리(事理)에 통달하여 막힘이 없음이 물과 같아서 물을 좋아하고, 인자는 의리에 밝고 중후하여 변치 않음이 산과 같아서 산을 좋아한다.

— 《논어》 옹야편(雍也篇)

지혜로운 사람은 물을 좋아하고, 어진 사람은 산을 좋아한다는 말이다. 「樂」은 음악이라는 명사일 때는 「악」으로 읽고, 즐겁다는 형용사일 때에는 「낙」이라 읽고, 좋아한다는 동사일 때는 「요」라고 읽는다. 원문을 소개하면, 「지혜로운 사람은 물을 좋아하고, 어진 사람은 산을 좋아한다. 지혜로운 자는 움직이고, 어진 사람은 고요하다(知者動 仁者靜). 지혜로운 이는 즐겁고, 어진 이는 수한다(知者樂 仁者壽)」

지혜로운 사람은 변화에 대해 민감한 사람이다. 만물을 변화하는 측면에서 관찰하는 것이 지자의 태도다. 마음이 어진 사람은 언제나 한 마음 그대로를 간직하고 있다. 만물을 변하지 않는 측면에서 생각하는 것이 인자의 태도다. 물처럼 시시각각으로 변화하는 모습을 나타내는 것은 없다. 그러므로 변화를 좋아하는 사람은 물을 좋아하게 된다. 산처럼 언제 보아도 그 모습 그대로 보이는 것은 없다. 그러므로 변하지 않는 것을 좋아하는 사람은 산을 좋아하게 된다. 즉 물은 움직이고 산은 고요하다. 그것이 지자(知者)와 인자(仁者)의 대조적인 상태다. 물의 흐름은 즐겁고 산의 위치는 영원불변 그대로다. 이것이 지자와 인자의 생활 태도란 뜻이다. 공자는 냇가에 서서 탄식한 일이 있다.

「가는 것이 이 같구려. 낮과 밤은 쉬지 않는도다」

공자는 냇물의 흐름을 보고 우주의 쉬지 않는 운행을 피부로 느끼게 되었던 것이다. 그것이 지자가 물을 좋아하는 모습이었으리라.

지자막여부 知子莫如父

알 知 아들 子 없을 莫 같을 如 아비 父

아비만큼 그 자식의 됨됨이를 아는 사람은 없다.

— 《관자(管子)》 대광편(大匡篇)

　낳아서 기르며 하나하나 보고 느끼고 한 아버지 이상으로 자식의 속마음까지 잘 알 사람이 없다는 데는 이견이 있을 수 없다. 이 말은 속담으로 예부터 내려온 말이다. 그러나 이 말이 기록에서 처음 인용된 것은 관중(管仲)에 의해서였다. 《관자》 대광편, 《한비자》 십과편에 나온다.

　《관자》와 《한비자》의 원문은 모두 「지자막여부(知子莫如父)」가 아닌 「知子莫若(약)父」로 되어 있다. 같은 뜻일 바엔 「막약」 보다는 「막여」가 듣기에 부드럽기 때문에 「막여」로 변한 것 같다.

　《한비자》 십과편은 임금의 열 가지 허물을 들어 말한 것인데, 그 중 여덟 번째에 가서 충신의 말을 듣지 않은 예를 들고 있다. 옛날 제환공이 제후들을 규합하여 천하를 바로잡고 오패(五覇)의 으뜸이 된 것은 관중의 도움 때문이었다. 관중이 늙은 뒤 일을 보지 못하고 집에서 쉬고 있을 때였다. 환공이 찾아가 물었다.

　「중보(仲父 : 관중의 존호)가 집에서 병으로 누워 있으니, 불행히 일어나지 못한다면 정치를 누구에게 맡겨야 하겠소?」

　「늙은 신에게 물을 것이 있겠습니까. 신이 듣건대 신하를 아는 것은 임금만한 사람이 없고, 자식을 아는 것은 아비만한 사람이 없다고 하였습니다. 임금께서 생각하여 결정하십시오(臣聞之 知臣莫若君 知子莫若父 君其試以心決之)」

　그러자 환공은 포숙아(鮑叔牙)가 어떠냐고 물었다. 관중은 그가 패자의 재상될 자격이 없다고 반대했다. 그러자 환공은 수조(豎刁)를 물었다. 관

제환공과 관중

중은 그를 소인이라 하여 반대했다. 환공은 또 개방(開方)과 역아(易牙)가 어떠냐고 물었다. 관중은 그들이 다 위험한 인물들이니 멀리하라고 간곡히 부탁했다.

그런 일이 있은 뒤 1년쯤 지나 관중이 죽자, 환공은 관중이 천거한 습붕(濕朋)을 쓰지 않고 자기가 신임하는 내시 출신인 수조를 썼다. 수조가 재상이 된 지 3년이 되던 해, 환공이 남쪽 당부(堂阜)로 가서 즐기고 있는 동안 수조는 개방, 역아 등과 공모하여 난을 일으키고 환공을 남문에 있는 침전 수위의 방에서 굶어죽게 만들었다.

환공의 자식들은 서로 뒤를 이으려고 싸우는 바람에 환공의 시체를 석 달이나 그대로 두었다. 그래서 시체에서 생긴 벌레가 문 밖까지 기어나왔다.

천하를 호령하던 환공이 마침내 신하에게 죽고 만 것은 무엇 때문일까. 관중의 말을 듣지 않은 잘못 때문이다. 이상이 《한비자》에 있는 내용인데, 결국 「지신막여군」이란 말은 절대적인 것이 아니란 것을 보여 준 셈이다.

알 知 사람 者 아니 不 말씀 言

아는 사람은 말을 잘 하지 않고, 말이 많은 사람은 참으로 알지 못한다.

— 《노자》 56장

《노자》 56장에 있는 말이다.

「지자불언(知者不言)」은 아는 사람은 말을 잘 하지 않는다는 뜻이다. 자연 말이 많은 사람은 참으로 알지 못하는 것이 된다. 그것이 「언자부지(言者不知)」다.

공자의 제자 자공(子貢)은 당시 공자보다도 더 훌륭하다는 평을 듣던 사람이다. 그는 위대한 외교관이었고 또 경제인이기도 했다.

공자도 그를 말 잘하는 사람이라고 평한 일이 있다. 그러나 공자는 항상 그가 말이 앞서는 것을 경고했다.

안자(顔子)는 공자가 가장 사랑하고 가장 아끼던 제자다. 공자의 제자 중에 안자와 자공이 가장 재주가 뛰어났다. 그러나 세상 사람들은 아무도 안자의 재주를 알아주지 않았다. 그것은 안자가 통 말이 없고 사회에 나가 활동하는 일이 없었기 때문이다.

공자는 안자를 평하여 이렇게 말한 적이 있다.

「내가 안회(顔回)와 더불어 종일 말을 해도, 그는 바보처럼 듣고만 있다. 그러나 나가서 행동하는 것을 보면 역시 바보는 아니다」

안자야말로 노자가 말한 「지자불언」의 경지에 이른 사람이었다.

공자가 자공에게 물은 일이 있다.

「네가 안회와 누가 더 낫다고 생각하느냐」

당시 모든 사람들은 자공을 안자 이상으로 알고 있었고, 자공도 그 자신이 가장 뛰어난 걸로 알고 있는 것 같아서 물은 것이다.

그러나 자공은,

「제가 어떻게 안회를 바랄 수 있겠
습니까. 회는 하나를 들으면 열을 알고,
저는 하나를 들으면 둘을 알 뿐입니다
(賜也何敢望回 回也聞一知十, 賜也聞
一以知二)」 하고 대답했다.

안회

여기서 「문일지십(聞一知十)」 이란
말이 나오는데,「문일지십」 이란 제목
에서 언급하고 있다. 역시 참으로 아는
사람은 말이 없는 증거다.「대현여우(大賢如愚)」 란 말도 같은 말이다.

지피지기백전불태 知彼知己百戰不殆

알 知 저 彼 자기 己 일백 百 싸울 戰 위태로울 殆

적을 알고 나를 알면 백 번 싸워도 위태롭지 않다.

— 《손자》 모공편(謀攻篇)

손무

손무(孫武)는 춘추시대 오왕 합려의 패업(覇業)을 도운 불세출의 병법가로서 오늘날 《손자병법》을 만든 유명한 인물이다.

그는 초(楚)나라의 병법가로서 전국시대에 활약한 오기(吳起 : 오자)와 함께 병법의 시조로 일컬어진다. 그의 저서 《손자》에 아래와 같은 글이 있다.

「적의 실정을 알고 아군의 실정도 안 다음 싸운다면 백 번을 싸워도 결코 위태롭지 않다. 적의 실정은 모르고 아군의 실정만 알고 싸운다면 승패는 반반이다. 적의 실정을 모르고 아군의 실정까지 모르면 싸울 때마다 모두 질 것이다」

지금은 그저 「지피지기(知彼知己)면 백전백승(百戰百勝)」이라고 흔히 쓴다.

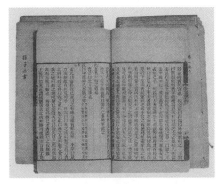

손자병법서

진선진미 盡善盡美

다할 盡 착할 善 아름다울 美

착함과 아름다움을 다함. 더할 나위 없이 잘 됨.

— 《논어》 팔일편(八佾篇)

「진선진미」는 착함을 다하고 아름다움을 다했다는 말로 더 이상 바랄 것이 없을 만큼 잘 되어 있다는 뜻으로 많이 쓰인다.

이 말은 《논어》 팔일편에 있는 공자의 말에서 비롯된다.

그러나 원문에는 「진미진선(盡美盡善)」으로 나와 있다. 즉 공자가 순임금의 악곡인 소(韶)와 무왕의 악곡인 무(武)를 감상한 말로 다음과 같이 실려 있다. 공자께서 소를 일러 말하기를,

「아름다움을 다하고 또 착함을 다했다 하시고(子謂韶 盡美矣 又盡善也), 무를 일러 말씀하시기를, 아름다움을 다하고 착함을 다하지 못했다고 하셨다(謂武 盡美矣 未盡善也)」

순임금은 요임금에게서 천하를 물려받아, 다시 이것을 우임금에게 물려주었다. 순임금의 그러한 일생을 음악에 실어 나타낸 것이 「소」라는 악곡이었다. 순임금이 이룬 공은 아름다웠고 그의 생애는 착한 것의 연속이었다. 그러므로 그 이상 아름다울 수도 착할 수도 없는 일이었다. 공자는 이 악곡을 들으며 석 달 동안 고기 맛을 몰랐다고 한다.

무왕은 은의 주(紂)를 무찌르고 주나라를 창건한 사람이다. 그가 세운 공은 찬란하지만, 혁명이란 방법을 택하지 않으면 안되었던 그 과정은 완전히 착한 일은 될 수 없었다. 그러므로 공은 아름다워도 동기와 과정만은 착한 것이 될 수 없었다. 결국 미는 이룬 결과를 말하고, 선은 그 동기와 과정을 말하는 것이다. 그러나 오늘날 우리가 쓰고 있는 「진선진미」는 그런 구별 없이 아무런 결점도 없는 완전무결한 것을 말한다.

진신서불여무서 盡信書不如無書

다할 盡 믿을 信 책 書 아니 不 같을 如 없을 無

책에 씌어 있다고 해서 다 사실이 아니다. 그것을 보는 사람이
미루어서 믿을 것은 믿고 믿지 않을 것은 믿지 말아야 한다.

— 《맹자》 진심하(盡心下)

책에 씌어 있는 것이라고 해서 모든 것이 사실이라고 할 수는 없다. 따라
서 그것을 보는 사람이 미루어 헤아려야 할 것이다. 만일 그것을 덮어놓고
다 믿는다면 책이 미치는 결과는 차라리 없는 것만도 못하다. 이러한 뜻의
말을 맹자는 「진신서 불여무서」라고 했다. 《맹자》 진심하에 보면,

「글(역사)을 다 믿는다면 글이 없는 것만 같지 못하다(盡信書則 不如無
書). 나는 무성(武成 : 《서경》 주서(周書)의 편 이름)에서 두세 쪽(策)만
을 받아들일 뿐이다. 어진 사람은 천하에 대적하는 사람이 없다. 지극히
어진 사람이 지극히 어질지 못한 사람을 치는데, 그 피가 절구공이를 뜨게
하겠는가」 하고, 역사 기록의 지나친 과장을 가혹하게 평하고 있다.

내용인 즉, 무왕이 주(紂)를 치는데, 주의 앞에 있는 군대가 무왕의 편을
들어 뒤로 돌아 후방에 있는 군대와 충돌함으로써 피가 냇물처럼 흘러
절구공이가 떠내려갔다는 기록이다. 맹자가 이 같은 말을 한 데는 또 다른
의도가 있었겠지만, 오늘처럼 너무 많은 기록들이 우리의 마음을 어지럽
히는 것에 가장 알맞은 말이 될 수 있을 것 같다.

청대의 유명한 평론가 김성탄은 진시황의 분서갱유 사건을 위대한 업
적이라 칭찬하고, 또 한번 진시황 같은 영웅이 나타나 쓰레기만도 못한
책들을 모조리 불살라 주었으면 하고 바랬다. 한 권의 좋은 책이 없어지는
것은 안타까운 일이지만, 천 권의 유해무익한 책들을 없애기 위해서는 부
득이한 일이라는 것이다.

잡을 執 소 牛 귀 耳

실권을 한손에 쥐다.

— 《춘추좌씨전》 애공(哀公)

「집우이」는 소의 귀를 잡는다는 뜻이다. 《좌전》 애공(哀公) 17년
에 이런 이야기가 있다.

「나의 꿈은 이루어졌다!」

오왕 부차는 이렇게 생각하고 있었다. 그렇게 생각할 만한 이유가 있
었다. 아버지의 원수이고 오랜 숙적 월(越)을 쳐부수고 속국으로 만들어
버렸다. 월왕 구천은 쓸개를 씹으며(嘗膽) 원수를 갚고자 애를 쓰고 있
지만, 주제에 무슨 일을 할 수 있겠는가.

……남방의 초(楚), 북방의 제(齊)도 격파했다. 가로막는 것은 아무것
도 없다. 그리하여 지금, 이 황지(黃池)에 중원의 제후들을 모으고 있다.
여기서 인정만 받으면 명실공히 광대한 중원에서 패(覇)를 외치게 되는
것이다.

그런데 오직 하나 문제가 있었다. 그것은 「소의 귀(牛耳)」다. 맹약을
할 때 쇠귀를 잡는 순서에 관해 부차는 맹주로서 자기가 먼저 잡고 피를
빨려고 했으나, 진(晉)의 정공(定公)이 반대하며 자기가 먼저 해야 한다
고 버틴다. 따라서 황지의 모임은 헛된 나날만 보내고 맹약을 성립시키
지 못하고 있었다.

부차는, 안타깝지만 결코 오래 걸리지는 않을 것이라 생각하며, 거느
리고 온 오(吳)의 대군이 위력을 발휘하겠지 하고 자못 기대하고 있었
다. 한데 하필이면 바로 그런 때였다. 본국에서 급한 전령이 왔다. 월이
마침내 군사를 일으킨 것이었다. 오의 주력 군사가 비어 있는 이때야말

구천의 와신상담

로 월로서는 절호의 기회였던 것이다. 명신 범려(范蠡)의 군대는 바다를 끼고 회하(淮河)를 거슬러 올라와 부차의 태자를 격파하고 사로잡았다. 월왕 구천은 훈련에 훈련을 거듭한 정병을 이끌고서 강을 올라와 오의 수도에 돌입하고 있었다. 부차로서는 바로 발밑의 땅이 꺼지는 듯한 순간이었다. 이제야말로 패자가 된다고 꿈에 부풀어 있던 바로 그 순간에…….

부차는 양미간을 찡그리고 생각에 잠겼다. 마침내 결심이 섰다. 그날 밤 부차는 군사들에게 전투 준비 명령을 내렸다. 말의 혀를 잡아매고 방울을 싸맨 다음 깃발을 휘날리며 오나라 군 3만은 고요하게 진군하여 진(晋)나라 군사 가까이 진을 쳤다. 날이 희미하게 밝아오자 부차는 명령을 내렸다. 곧 북과 징이 울려 퍼지고 함성은 천지를 진동시켰다. 진나라의 진이 우왕좌왕했다. 얼마 뒤 진공(晋公)의 사신이 달려 나와 전했다.

「오늘 낮을 기하여 맹약을 맺읍시다」

강공책은 성공했다. 그 날 진의 정공은 부차가 먼저 소의 귀를 잡는 것을 마침내 인정했다. 오공 부차(吳公夫差)라는 조건이 붙긴 했으나 지금의 부차로서는 그런 것을 따질 때가 아니었다. 한시가 급하게 일을 마무리 짓고 본국으로 돌아가야 했다.

부차는 쇠귀를 잡고 그것을 칼로 잘라 그 피를 먼저 마셨다. 이것이 패자를 인정하는 징표이기 때문에 고심해 온 것이다. 부차는 감개무량했다. ……하지만 부차는 알고 있었을까, 그것은 그에게 있어 서산에 지는 해의 마지막 빛이었다는 것을? 그는 그 뒤 월에게 연전연패를 당한다. 그리하여 6년 후 월의 대군에 포위되어 쓸쓸히 자결하게 된다.

하지만 부차가 그토록 집착한 「소의 귀를 잡는다」란 도대체 무엇인가? 그것은 고대 중국에서 제후가 모여 맹약을 할 때의 한 의식이다. 쇠귀를 떼어 그것을 째고 피를 서로 마신다. 이렇게 해서 신 앞에 맹세를 하는 것이다. 쇠귀에는 구멍이 없는 것처럼 보인다. 신 앞

오왕 부차의 잔

에서 맹서를 하는 사람들은 이렇게 쇠귀를 잡고 자기는 틀림없이 귓구멍을 뚫겠다, 신의 말을 듣겠다고 스스로를 경계했다고 전해온다.

그 옛날 쇠귀를 잡는 것은 지위가 낮은 자이고, 지위가 높은 맹주는 그저 입회만 했을 뿐이었다고 한다. 그것이 어느 사이엔가 가장 높은 자, 즉 맹주가 먼저 쇠귀를 잡게 되었다. 그러므로「쇠귀를 잡는다」는 것이 그 회합에서 맹주로 인정되는 것을 뜻하게 되었다. 그래서 부차만이 아니고 중국의 제후는「쇠귀를 잡는」데 열중하고 있었던 것이다.

제후는 망하고 의식은 없어져 버렸으나 이 말만은 남았다. 그리하여 동맹의 맹주가 되는 것, 단체나 모임의 우두머리가 되는 것을 이 말로 나타내게 되었다.「한번 쇠귀를 잡아볼까」하는 말도 이 말에서 유래한 것이다. 쇠귀, 그것을 먼저 잡기 위해 눈빛마저 달라진다. 다소 우스꽝스럽지만, 웃을 수도 없는 일이다.

황지의 모임에서 오왕(吳王)과 진공(晉公)의 누가 먼저 쇠귀를 잡았는지에 대해서는 《사기》에서도 《좌전》에서도 두 가지 설이 있어서 결정하기 어렵다. 여기서는 춘추외전(春秋外傳)이라고 일컬어지는 《국어》의 서술에 따랐다.

징갱취제 懲羹吹菹

혼날 懲 국 羹 불 吹 냉채 菹

한번 실패한 일에 혼이 나서 도를 지나친 조심을 하는 것.

— 《초사(楚辭)》「석송(惜誦)」

초(楚)의 굴원(屈原)은 고대 중국이 낳은 정열적인 시인으로 그의 시는 오늘날에도 《초사》에 그 비분의 감정을 전하고 있으나, 사실 그는 시인이라기보다는 나라를 사랑하고 정의를 사랑하는 인간으로 살았던 것이다. 전국시대 말엽인 이 시대는 진(秦)이 위세를 떨치고 있어 이에 대항할 수 있었던 것은 초와 제 두 나라 정도였으므로, 진은 초·제가 결탁하지나 않나 하고 언제나 신경을 쓰고 있었다.

굴원은 친제파의 영수로서 초·제 동맹을 강화하도록 진언했으며, 초의 회왕(懷王)도 처음에는 그런 입장을 취하고 있었다. 그런데 회왕의 총희 정수(鄭袖)나 영신(佞臣 : 아첨하는 신하)인 근상(靳尙) 등은 전부

굴원

터 삼려대부(三閭大夫 : 초나라의 왕족인 昭씨, 屈씨, 景씨의 족장)인 굴원을 눈엣가시처럼 생각하고 있었다. 그것을 노린 것이 당시 진의 재상인 장의(張儀)였다. 그는 정수 등을 매수하여 친진파(親秦派)로 만들고, 그 결과 근상 등이 계획대로 참언을 하여 굴원을 국정에서 손을 떼게 하였다. 굴원이 31세 때 일이었다. 비극은 여기서부터 시작되었다.

이 때 회왕은 제(齊)와 절교를 하면 그 대가로서 진의 6백 리에 걸친 땅을

떼어 주겠다는 장의의 말만 듣고 그대로 제와 절교를 했으나, 이것은 장의의 새빨간 거짓말로 크게 노한 회왕은 곧 진을 공격했다. 그런데 도리어 진에게 패하여 땅을 빼앗기고 그 때문에 후회한 회왕은 다시 굴원을 등용하여 친선사절로서 제나라에 보냈다.

굴원과 어부

그 후 10여 년의 세월이 흘렀다. 주(周)의 난왕(赧王) 16년(B.C 299)의 일이었다. 진(秦)은 양국의 친선을 위해서라고 하면서 진나라 땅으로 회왕을 초대했으나, 굴원이 진나라의 행동은 믿을 수가 없다고 하면서 이를 말리려고 했다. 그러나 회왕은 왕자 자란(子蘭)이 강권에 못 이겨 진으로 떠났다가 과연 진의 포로가 되어 그 이듬해 진에서 객사하고 말았다.

초(楚)에서는 태자가 양왕(襄王)이 되고, 동생 자란이 영윤(令尹)이 되었다. 굴원은 회왕을 죽게 만든 자란의 책임을 물었으나, 그것은 오히려 참언을 받게 되는 결과가 되어, 이번에야말로 추방을 당하고 말았다. 그에게 있어 비극은 결정적이었다. 46세 때였다.

그리하여 10여 년 동안 조국애로 불타는 굴원은 국외로 망명하지도 않고 동정호(洞庭湖) 근처를 방황하다 마침내는 울분에 못 이겨 먹라(汨羅 : 동정호 남쪽, 상수湘水로 흐르는 내)에서 물에 빠져 죽을 때까지 우수에 찬 방랑을 계속했다. 《초사》에 있는 그의 작품 대부분은 이 방랑생활의 소산이라고 해도 좋다.

그는 언제나 위기에 처해 있는 초(楚)를 걱정하여 조국을 그르치는 간신들을 미워했고 그가 견지해 오던 고고(孤高)한 심정을 열정적으로 노래했다. 혹은 그의 시의 배경에는 문인들이 즐겨 묘사하는 사극「굴원」과 같이「괴로워하고 한탄하는 백성」의 모습이 있었는지도 모른다. 그 높은 절조를 지닌 굴원의 편린은 다음 시에서도 엿볼 수 있다.

굴원의 대표작 「이소」

> 뜨거운 국에 놀라 냉채를 부는 것은
> 세상 사람의 약한 마음이다.
> 사다리를 놓아두고 하늘을 오르려는 것은
> 변절한 사람의 모습이나 마찬가질세.

懲熱羹而吹虀兮　　何不變此志也
징열갱이취제혜　　하불변차지야

欲釋階而登天兮　　猶有曩之態也　욕석계이등천혜　　유유낭지태야

이것은 《초사》 9장 중 「석송(惜誦)」이라는 시의 한 구절이다. 「석송」은 굴원이 자기 이상으로 임금을 생각하고 충성을 맹서하는 사람이 없음을 읊었고, 그럼에도 불구하고 중인(衆人)으로부터 소원당한 것을 분개하며 어찌할 수 없는 고독을 한탄하면서도 그 절조만은 바꾸지 않겠다는 강개(慷慨)한 마음을 토로한 시다. 그의 대표작에는 「이소(離騷)」와 「천문(天問)」이 있다.

「징갱취제」는 「뜨거운 국에 놀라 냉채를 분다」에서 나온 것으로, 갱(羹)은 뜨거운 국, 제(虀)는 초나 간장으로 버무린 잘게 썬 야채, 즉 냉채를 말한다. 따라서 한번 실패한 일에 혼이 나서 도를 지나친 조심을 하는 것을 뜻한다.

차

창업이수성난 | 創業易守成難

시작할 創 업 業 쉬울 易 지킬 守 이룰 成 어려울 難

나라나 사업이나 처음 세우기는 쉬워도 그것을 지켜 나가는 일은 어렵다.

— 《정관정요(貞觀政要)》

초당(初唐)의 태평성세를 형용하여 흔히 「당초 3대의 치(治)」라고 한다. 정관의 치(貞觀之治 : 태종 627~649), 영휘의 치(永徽之治 :고종 650~655), 개원의 치(開元之治 : 현종 713~734)를 말한다.

이들 시대에는 황제가 사치를 경계하고 현신을 잘 써서 천하가 잘 다스려졌기 때문이다. 특히 태종의 정관의 치는 후세의 거울이 되었는데 백성은 「길에 떨어진 물건을 주워 갖지를 않고(道不拾遺), 도둑이 없어서 장사꾼이나 여행자들은 안심하고 야숙(野宿)한다」할 정도로 태평한 세상이었다. 태종이 군신들과 함께 정사를 논한 말을 모은 《정관정요》는 우리나라에서도 정치의 참고로 했었다.

정관의 치가 이룩된 원인의 하나는 전술한 바와 같이 사치를 태종이 경계하고 많은 현신을 얻었기 때문이다. 정관 초에 결단력이 뛰어난 두여회(杜如晦)와 계략을 꾸미는 데 뛰어난 방현령(房玄齡)의 명콤비가 좌우의 복야(僕射 : 대신)를, 강직한 위징(魏徵)이 비서감장(秘書監長)을, 청렴한 왕규(王珪)가 시중을 맡아 태종의 정치를 잘 보필했기 때문이다. 어느 날 태종이 왕규에게,

「그대는 현령 이하 제신들과 비교해서 어떤가?」라고 하문했을 때 왕규는 이렇게 대답했다.

「부지런히 나라를 받들며 알고 말하지 않는 점에서는 신이 방현령에 미치지 못합니다. 재질이 문무를 겸비하여 안에서는 재상, 나아가서는 대장노릇 할 수 있는 점에서는 신은 이정(李靖)을 당하지 못합니다.

군주가 요순과 같지 않음을 부끄러이 여겨 간
쟁(諫諍)을 자기의 임무로 삼는 점에서는 신은
위징을 따르지 못합니다……」

또 태종은 전에 근신들에게 이렇게 하문한
적이 있었다.

「제왕의 사업은 초창(草創)이 어려운가, 수
성(守成)이 어려운가?」

상서좌복야(尙書左僕射 : 부총리)인 방현령
이 대답했다.

당태종 이세민

「어지러운 세상에 많은 영웅들이 다투어 일
어나, 이를 쳐서 깨뜨린 뒤라야 항복을 받고, 싸워 이겨야만 승리를 얻
게 되므로 초창이 어려운 줄로 아옵니다」 그러자 위징이 말했다.

「제왕이 처음 일어날 때는 반드시 먼저 있던 조정이 부패해 있고
천하가 혼란에 빠져 있기 때문에 백성들은 무도한 임금을 넘어뜨리고
새로운 천자를 기뻐 받들게 됩니다. 이것은 하늘이 주시고 백성들이
따르는 것이므로 어려울 것이 없습니다. 그러나 이미 천하를 얻고 나면
마음이 교만해지고 편해져서 정사에 게으른 나머지 백성은 조용하기를
원하는데, 부역이 쉴 사이 없고, 백성은 피폐할 대로 피폐되어 있는데,
나라에서는 사치를 위한 필요 없는 공사를 일으켜 세금을 거두고 부역
을 시키고 합니다. 나라가 기울게 되는 것은 언제나 여기서부터 시작됩
니다. 이로 미루어 볼 때 수성이 더 어려운 줄 압니다」

결국 창업이 쉽고 수성이 어렵다는 말은 위징의 입에서 나온 말이다.
당태종은 두 사람의 말을 다 옳다고 한 다음,

「그러나 남은 것은 수성뿐이니 우리 다 같이 조심하자」고 말했다.

수성이 어려운 것이 어찌 나라뿐이겠는가. 크고 작은 단체들이 다 같
은 원리에서 망하고 흥하고 하는 것이다.

캘 彩 국화 菊 동녘 東 울타리 籬 아래 下

숨어 사는 은둔자의 고즈넉한 심경의 비유.

— 도연명(陶淵明) 『음주(飮酒)』

가난 속에 자연과 술을 즐기는 도연명의 유명한 시구(詩句)다. 「채국동리하 유연견남산(彩菊東籬下 悠然見南山)」이란 구절이다. 「동쪽 울타리 밑에 있는 국화꽃을 따면서 유연한 남산을 본다」는 말은 국화꽃을 안주로 남산의 아름다운 자연을 즐기며 혼자 술잔을 기울이겠다는 뜻이다.

이 말은 「음주(飮酒)」라는 제목을 붙인 연작 20수 가운데 있는 한 수 중에 나오는 글귀다.

집을 사람 사는 이웃에 지었는데
그래도 수레와 말의 시끄러움이 없다.
묻노니 그대는 어찌 능히 그러한가?
마음이 멀면 땅이 절로 구석지다.
국화를 동쪽 울타리 밑에 따며
유연히 남산을 바라본다.
산 기운이 해저녁이 좋아
나는 새들이 서로 함께 돌아온다.
이 가운데 참뜻이 있어
말하고 싶으나 이미 말을 잊었노라.

結廬在人境　而無事馬喧　　결려재인경　이무사마훤
問君何能爾　心遠地自偏　　문군하능이　심원지자편

彩菊東籬下　悠然見南山	채국동리하　유연견남산
山氣日夕佳　飛鳥相與還	산기일석가　비조상여환
此中有眞意　欲辯己志言	차중유진의　욕변기지언

쉽게 풀어보면, 사람이 많이 사는 마을 가까이 초막을 짓고 사는데도 관리들이 찾아오는 수레와 말의 시끄러운 소리가 들리지 않는다.

「어떻게 그럴 수가 있느냐」고 내 스스로 물어보면,

「마음이 속된 세상을 멀리 떠나 있으면 어느 곳에 살든 자연 그곳이 조용한 구석진 땅이 되는 것이다」 라는 대답이 나온다. 안주 대신 술에 띄워 먹을 국화꽃을 동쪽 울타리 밑에서 따며 남쪽으로 바라보이는 여산(廬山)을 한가로운 마음으로 바라다보고 있다.

여산의 조용한 풍경은 해질 무렵이 더욱 좋아서 새들이 잇달아 잘 집으로 돌아오고 있다. 이런 자연 속에 참다운 진리가 있는 것을 깨닫고 뭐라고 말로 표현해 보려고 하지만 그때는 벌써 마땅한 말을 잊어버린 뒤다.

도연명 은거도

쌀 닷 말 봉급 때문에 허리를 꺾기가 싫어, 고을 원을 헌신짝 버리듯 던지고 돌아온 심경을 노래한 「귀거래사(歸去來辭)」와 함께 사람들의 애송을 받고 있는 시의 한 구절이다. 대개 일 없이 한가롭게 지내는 것을 스스로 말할 때 이 말을 인용하곤 한다.

채미가 | 采薇歌

캘 采 고비 薇 노래 歌

고사리를 캐는 노래.

—《사기》 백이열전(伯夷列傳)

백이(伯夷)와 숙제(叔齊) 두 형제가, 불의로 천하를 얻은 무왕의 주(周)나라 곡식을 먹을 수 없다 하여, 수양산에 숨어 고사리를 캐먹다가 굶어 죽었다는 이야기는 너무도 유명하다.《사기》 백이열전에서 사마천은 이렇게 쓰고 있다. 공자는 말하기를,

「백이와 숙제는 지나간 잘못을 생각에 두지 않았다(不念舊惡). 그래서 사람들이 그들을 원망하는 일이 적었다」 라고 하고, 또 말하기를, 「어진 것을 바라고 어진 일을 했으니(求仁得仁) 무슨 원망이 있었겠는가」 라고 했다. 〔☞ 불념구악〕

그러나 나는 백이 숙제가 겪은 일들을 슬퍼하고 있으며, 기록에 없이 전해 오고 있는 그의 시를 읽어 보고 공자가 한 말에 의심을 품지 않을 수 없다. 그들의 전기에 보면 이렇게 말했다.

백이와 숙제는 고죽(孤竹) 임금의 두 아들이었다. 아버지는 숙제에게 나라를 물려주려 했다. 아버지가 죽자, 숙제는 형인 백이에게 뒤를 이으라고 했다. 백이는 아버지의 명령이라면서 피해 숨어버렸다. 숙제도 임금 자리에 앉기가 달갑지 않아 피해 숨었다. 그래서 신하들은 가운데 아들로 임금을 세웠다.

그러자 백이와 숙제는 서백(西伯 : 뒷날의 文王)이 늙은이 대우를 잘한다는 말을 듣고 주나라로 갔다. 그런데 서백이 죽자, 그의 아들 무왕이 주(紂)를 쳤다. 두 형제는 무왕의 말고삐를 잡고 옳지 못하다는 것을 말했다. 좌우의 시신들이 그들을 죽이려고 했으나, 총대장인 태공(太公)

이 「이들은 의로운 사람이다」 하고 붙들어 돌려보냈다.

　무왕이 주를 무찌르자, 온 천하가 주나라를 종주국으로 떠받들었다. 백이와 숙제는 반역과 살육으로 천하를 차지한 무왕의 지배 아래 사는 것이 부끄러운 생각이 들었다. 그래서 도의상 주나라의 곡식을 먹을 수 없다 하고, 수양산에 숨어 고사리를 캐먹었다.

　그들이 굶주려 죽을 무렵 노래를 지었는데, 그 가사에 말하기를,

저 서산에 올라
고사리를 캐도다.
모진 것으로 모진 것을 바꾸고도
그것이 잘못인 줄 모르도다.
신농의 소박함과 우·하 사람이
하루아침에 없어지고 말았으니
나는 어디로 돌아갈 거냐?
아아, 슬프다. 이젠 가리라.
운명의 기박함이여.

수양산 백이숙제 묘

登彼西山兮　采其薇矣　　등피서산혜　채기미의
以暴易暴兮　不知其非矣　　이포이포혜　불지기비의
神農虞夏　　忽焉沒兮　　　신농우하　　홀언몰혜
我安適歸矣　于嗟徂兮　　　아안적귀의　우차조혜
命之衰矣　　　　　　　　　명지쇠의

라고 했다. 그리고 마침내 수양산에서 굶어 죽었다. 이 시로 미루어 볼 때 과연 원망이 없었다고 볼 수 있겠는가. 혹은 또 말하기를,

　「하늘은 항상 착한 사람의 편을 든다」고 한다.

　그렇다면 백이 숙제는 과연 착한 사람일 수 있겠는가.

　이상이 사마천의 백이 숙제에 대한 비평이다. 여기에는 사마천 자신의

사육신묘 내의 성삼문묘

세상에 대한 울분이 깃들어 있다.

우리나라에선 또 이런 시화(詩話)가 전해지고 있다. 성삼문(成三問)이 중국에 갔던 길에 백이 숙제의 무덤 앞에 찬양의 비문이 새겨진 빗돌에다 다음과 같은 시를 지어 불렀다.

대의는 당당히 해와 달처럼 밝아
말을 잡던 당년에 감히 잘못을 말했다.
풀과 나무도 또한 주나라 비와 이슬을 먹고 자란다.
당신들이 여전히 수양산 고사리를
먹은 것을 나는 부끄러워한다.

大義堂堂日月明　叩馬當年敢言非　대의당당일월명　고마당년감언비
草木亦沾周雨露　愧君猶食首陽薇　초목역첨주우로　괴군유식수양미

그랬더니 빗돌에서 땀이 비 오듯 흘렀다는 것이다. 따지고 보면 곡식이나 고사리나 별 차이가 없는 물건이다. 형식에 불과한 공연한 좁은 생각이요, 위선이기도 하다. 그래서 백이 숙제의 영혼이 바로 죽지 못하고 고사리로 연명을 한 자신들의 소행이 너무도 안타까워 땀을 흘렸다는 이야기가 되었다. 사육신(死六臣)의 주동 인물인 성삼문이니만큼 가히 있음직한 이야기다.

그러나 청대(淸代)의 유명한 고증학자 고염무(顧炎武)의 고증에 의하면, 무왕이 주를 치러 갔을 때는 백이 숙제는 이미 죽고 세상에 없었다 한다. 결국 후세 사람들이 만들어 붙인 이야기에 불과하다고 주장했다.

천고마비 天高馬肥

하늘 天 높을 高 말 馬 살찔 肥

하늘이 높고 말이 살찜. 곧 가을이 썩 좋은 절기임을 일컬음.

— 두심언(杜審言)의 시(詩)

「천고마비」는 가을을 상징하는 글귀다. 가을은 하늘이 맑아 높아져 보이고, 날씨가 맑고 시원해서 말이 살찌는 시기이기 때문이다. 원래는 「추고마비(秋高馬肥)」이던 것이 천고마비로 변했다. 가을이 높다는 말은 가을 하늘이 높다는 뜻이기 때문이다.

이 말은 당나라 시인 두보의 할아버지인 두심언이 참군(參軍)으로 북쪽 변방에 가 있는 친구 소미도(蘇味道)에게 보낸 시 가운데 나오는 글귀다.

구름은 맑고 요성도 사라져
가을은 높고 요새의 말도 살찐다.
안장을 기대면 영웅의 칼이 움직이고
붓을 휘두르면 깃 꽂은 글이 난다.

雲淨妖星落　秋高塞馬肥　　운정요성락　추고새마비
據鞍雄劍動　搖筆羽書飛　　거안웅검동　요필우서비

구름이 맑다는 것은 정세가 조용해졌다는 뜻이다. 요성(妖星)은 전란이 있을 때면 나타난다는 혜성(慧星)을 말한다.

그 별이 사라졌다는 것은 이제 변방이 조용해질 것이란 뜻이다. 깃을 꽂은 글, 즉 우서(羽書)는 전쟁의 승리를 알리거나 격문을 보낼 때 빨리 날아가라는 뜻으로 닭의 깃을 꽂아 보낸 데서 생긴 말이다.

이 시는 소미도가 어서 개선해 돌아오기를 염원하는 뜻을 담은 시다.

천금매소　千金買笑

일천 千 금 金 살 買 웃음 笑

비싼 대가를 치르고 웃음을 짓게 하다.

— 《동주열국지(東周列國志)》

「천금매소(千金買笑)」는 천금을 주고 사랑하는 여자의 웃음을 산
다는 말이다. 못된 임금의 대명사 가운데 걸·주·유·여(桀紂幽厲)란
말이 있다. 걸은 하나라를 망친 마지막 임금, 주는 은나라를 망친 마지
막 임금, 그리고 유는 서주(西周)의 마지막 임금 유왕(幽王)으로 견융
(犬戎)으로 불리는 오랑캐의 칼에 맞아 죽었고, 여는 유왕의 할아버지
인 여왕(厲王)으로 백성들의 폭동에 밀려나 연금생활로 일생을 마친
임금이다.

「천금매소」란 말은 유왕의 고사에서 비롯된 말이다. 이 말에 관계
되는 부분만을 간단히 소개하면 다음과 같다.

유왕은 요희인 포사(褒姒)에게 빠져, 왕후 신씨와 태자 의구(宜臼)를
폐한 다음, 포사를 왕후로 세우고 그녀가 낳은 백복(伯服)을 태자로 세
웠다.

그런데 돈에 팔려 남의 속죄의 대가로 궁중에 들어오게 된 그녀가,
불과 몇 해 사이에 여자로서 더 바랄 것이 없는 영광된 위치에 오르게
되었건만 그녀는 일찍이 한번도 입술을 열어 웃는 일이 없었다.

유왕은 그녀의 환심을 사기 위해 악공을 불러 음악을 들려주고 궁녀
들을 시켜 춤을 추어 보였으나 전혀 기뻐하는 기색이 없었다. 유왕이
하도 답답해서,

「그대는 노래도 춤도 싫어하니 도대체 좋아하는 것이 무엇인가?」
하고 묻자 그녀는,

「첩은 좋아하는 것이 없습니다. 언젠가 손으로 비단을 찢은 일이 있는데 그 소리가 듣기에 매우 좋았사옵니다」 하는 것이었다.

「그럼 왜 진작 말하지 않고서」

유왕은 즉시 창고를 맡은 소임에게 매일 비단 백 필씩을 들여보내게 하고, 궁녀 중 팔 힘이 센 여자를 시켜 비단을 포사의 옆에서 번갈아 찢게 했다.

그러나 포사는 그저 좋아할 뿐 여전히 웃는 모습을 보이지 않았다.

「그대는 어째서 웃지 않는가?」

왕이 이렇게 묻자, 그녀는 또,

「첩은 평생 웃어 본 적이 없습니다」 하고 대답했다. 그러자 유왕은,

「그래, 내 기어이 그대가 입을 열어 웃는 모습을 보고 말리라」 하고 즉시 영을 내려,

「궁 안과 궁 밖을 묻지 않고, 왕후로 하여금 한번 웃게 하는 사람은 천금의 상을 내리리라」 하고 선포했다.

그러자 지금껏 안팎으로 포사와 손발이 척척 맞아온 괵석보(虢石父)가 웃게 할 수 있는 방법을 제의했다.

그것은 봉화를 올려 기내(畿內)에 있는 제후들로 하여금 군대를 동원해 밤을 새워 달려오게 한 다음, 적이 침입해 온 일이 없는 것을 알고 어이없어 뿔뿔이 흩어져 돌아가는 것을 보면 웃지 않을 수 없을 것이라는 것이었다.

그 신하에 그 임금이라, 유왕은 많은 지각 있는 신하들의 간하는 말도 듣지 않고 괵석보의 생각대로 포사와 함께 여산(驪山) 별궁으로 가 놀며 저녁에 봉화를 올렸다.

가까운 제후들은 예정된 약속대로 도성에 도적이 침입해 온 줄 알고, 저마다 군대를 거느리고 밤을 새워 즉시 여산으로 달려왔다.

여산 별궁에서 음악이 울리고 술을 마시며 포사와 함께 즐기고 있던

유왕은 사람을 보내 제후들에게 이렇게 말을 전했다.

「다행히 밖의 도둑은 없으니 멀리서 수고할 것까지는 없는 걸 그랬소」

제후들은 어이가 없어 서로 얼굴만 바라보다가 깃발을 둘둘 말아 수레에 싣고 부랴부랴 돌아갔다.

봉화 불에 속아 하릴없이 달려왔다가 허탕을 치고 돌아가는 제후들의 뒷모습을 누각 위에서 바라보던 포사는 저도 모르게 손바닥을 치며 깔깔대고 웃었다.

그녀의 그런 웃는 모습을 바라보던 유왕은,

「사랑하는 그대가 한번 웃으니 백 가지 아름다움이 솟아나는구려. 이 모두가 괵석보의 공이다」하고 그에게 약속대로 천금 상을 내렸다.

《동주열국지》에는 이렇게 이야기를 마치고 나서, 「지금까지 속담으로 전해 내려오는 「천금으로 웃음을 산다」는 말은 대개 여기에서 나온 것이다」라고 덧붙이고 있다.

그 뒤 얼마 안 가서, 폐비 신씨의 친정아버지 신후(申侯)가 끌어들인 견융주(犬戎主)의 칼에 유왕이 개죽음을 당한 것은, 여산에 아무리 봉화를 올려보았자 또다시 속는 줄 알고 제후들이 달려오지 않은 때문이었다.

이솝 이야기에 나오는 양치기 소년과 같은 짓을 명색이 천자와 대신이란 사람들이 하고 있었으니, 그의 지배 밑에 사는 백성들이 어찌 되었겠는가.

交絶不出惡聲
교 절 불 출 악 성

절교(絶交)를 해도 험담을 하지 않는다.
군자는 절교했다고 해서 상대방의 험담을 하지는 않는다.

— 《사기》 악의전(樂毅傳) —

천망회회 天網恢恢

하늘 天 그물 網 넓을 恢

하늘의 그물은 굉장히 넓어서 눈이 성기지만 선한 자에게는
선을 주고 악한 자에게는 악을 주는 일은 조금도 빠뜨리지 않는다.

— 《노자》 73장

「천망회회 소이불루(疎而不漏)」에서 나온 말이다. 이 말은 하늘이 친
그물은 하도 커서 얼른 보기에는 엉성해 보이지만, 이 그물에서 빠져나가
지 못한다는 뜻이다. 즉 악한 사람이 악한 일을 해도 금방 벌을 받고 화를
입는 일은 없지만, 결국 언젠가는 자기가 저지른 죄의 값을 치르게 된다는
말이다.

이 말은 《노자》 73장에 나오는 말인데, 원문에는 「소이불루」가 아닌
「소이불실(疎而不失)」로 되어 있다. 즉,

「……하늘이 미워하는 바를 누가 그 까닭을 알리요 이러므로 성인도
오히려 어려워한다. 하늘의 도는 다투지 않고도 잘 이기며, 말하지 않고도
잘 대답하며, 부르지 않고도 스스로 오게 하며, 느직하면서도 잘 꾀한다.
하늘의 그물은 크고 커서 성긴 듯하지만 빠뜨리지 않는다(疎而不失)」라
고 되어 있다. 이 「소이불실」이란 말이 「소이불루」로 된 것은 《위서
(魏書)》 임성왕전에서 볼 수 있다. 즉, 「노담이 말하기를 『그 정치가 찰찰
(察察)하면 그 백성이 결결(決決)하다고 하고, 또 말하기를, 하늘 그물이
크고 커서 성기어도 새지 않는다』고 했다」라고 했다.

찰찰은 너무 세밀하게 살피는 것을 말하고, 결결은 다칠까봐 조마조마
한 것을 말한다. 결국 악한 사람들이 악한 일로 한때 세도를 부리고 영화
를 누리는 것처럼 보이지만, 결국 언젠가 하늘이 그물을 끌어올리는 날은
도망치지 못하고 잡힌다는 뜻이다.

천금지자불사어시 千金之子不死於市

일천 千 돈 金 의 之 아들 子 아니 不 죽을 死 어조사 於 저자 市

돈만 있으면 죽을 목숨도 건진다.

—《사기》월세가(越世家)

천금을 가진 사람의 아들은 죽을죄를 지어도 시장바닥에 끌려 나가 사형을 당하지 않는다는 말이다. 돈의 위력을 말한 속담이다.

요즈음 우리 사회에서 흔히 듣는 말 가운데「유전무죄 무전유죄(有錢無罪 無錢有罪)」란 자조적인 말이 있다. 돈만 있으면 있는 죄도 면할 수 있고, 돈이 없으면 없는 죄도 뒤집어쓴다는 말이다.

「돈만 있으면 귀신도 부린다(有錢使鬼神)」고 한 위진(魏晉) 시대의 유행어도 이와 같은 뜻이다.

이 속담은 일찍부터 있었던 모양으로 《사기》월세가의 범려(范蠡)의 이야기에도 이 말이 나온다. 범려에 대한 이야기는 다른 곳에서 여러 번 언급된 일이 있으므로 여기서는 이 말에 관한 이야기만을 하기로 한다.

범려가 도주공(陶朱公)이란 이름으로 억만장자가 된 뒤의 이야기다. 범려가 도(陶)란 곳으로 와서 늦게 작은아들을 보았는데, 그 아들이 장성했을 때 범려의 둘째아들이 사람을 죽이고 초나라에 갇혀 있었다. 범려는 소식을 듣자,

「사람을 죽였으면 죽는 것이 당연한 일이다. 그러나 내가 들으니 『천금을 가진 집안의 자식은 시장바닥에서 죽지 않는다』고 했다」하니, 어디 돈으로 한번 해결해 보자 하고 작은아들을 시켜 가 보라고 했다.

범려가 순금 천 일(溢)을 한 자루 속에 숨겨 소가 끄는 수레에 실어

작은아들을 떠나보내려고 하는데, 큰아들이 제가 가겠다고 야단이었다.

범려

범려가 듣지 않자,

「집에 큰 자식이 있는데도 굳이 어린 동생을 보내시려 하니, 이것은 저를 못난 놈으로 생각하시기 때문입니다. 아버지에게 못난 자식 취급을 받을 바엔 차라리 죽고 말겠습니다」 하고 설쳐댔다.

그러자 범려의 부인이 보다 못해,

「여보 영감, 지금 작은 자식을 보낸다고 해서 둘째 녀석이 꼭 살아오는 것이 아니잖습니까. 죽을 자식 살리기 전에 산 자식 먼저 죽이게 생겼으니 이를 어쩌면 좋습니까」 하고 사정을 했다.

범려는 하는 수 없이 큰아들을 보내기로 하고 그에게 밀봉한 편지 한 통을 주며,

「이것은 나와 아주 친한 장(莊)선생에게 보내는 편지다. 초나라에 도착하는 즉시 편지와 함께 천금을 장선생께 드리고 그 분이 시키는 대로 해라. 절대로 네 의견을 말해서는 안된다」 하고 타일렀다.

큰아들이 초나라에 가서 장생(莊生)의 집을 찾아가니 가난하기가 이루 말할 수가 없었다. 그러나 아버지 분부대로 편지와 돈 천금을 주었다. 편지를 본 장생은,

「알았네. 급히 집으로 돌아가게. 절대로 머물러 있어서는 안되네. 동생이 곧 나오게 될 걸세. 어떻게 나오게 되는지 까닭은 묻지 말게」 하고 타일렀다.

그러나 큰아들은 여관에 묵으면서 자기 나름대로 세도 쓰는 귀인을

찾아 교제를 하곤 했다.

장생은 비록 가난하나 청렴한 학자로서 초왕 이하 모든 대신들이 스승처럼 존경하고 있었다. 범려가 준 돈 천금은 받을 의도가 아니고, 일이 끝나면 도로 돌려보내 줄 작정이었다. 처음부터 받지 않으면 친구의 부탁을 거절하는 뜻이 되기 때문이다.

장생은 한가한 틈을 타서 초왕을 뵙고 이렇게 천연스럽게 말했다.

「이러이러한 별이 지금 이러이러한 곳에 나타나 있으니, 이것은 초나라에 불길한 징조입니다」

초왕은 장생을 믿는 터라, 어떻게 하면 그것을 미리 막을 수 있겠느냐고 물었다.

「오직 착한 덕만이 이를 없앨 수 있습니다」

「알겠소 내 곧 전국에 대사령을 내리겠소」하고 왕은 곧 각 창고의 문을 봉하고 물자의 출납을 일체 금지시켰다.

범려 큰아들의 교제를 받은 귀인이 이 소식을 듣자 즉시 그에게 머지 않아 특사가 있을 거라고 전했다. 그러자 까닭을 알지 못하는 범려의 큰아들은 공연히 천금을 장생에게 던져 준 것이 속이 쓰려 견딜 수가 없었다.

그는 생각다 못해 다시 장생을 찾아갔다. 장생은 깜짝 놀라며 어째서 아직 가지 않았느냐고 물었다.

「아우 일로 왔는데, 아우가 절로 풀려났으니 인사나 하고 가려고 왔습니다」

장생은 내심 그가 주고 간 천금을 다시 찾으려 온 것임을 알아차리고,

「방에 자네가 가져온 돈이 그대로 있으니, 들어가 가지고 가게」하고 말했다. 아들은 서슴지 않고 방으로 들어가 돈을 들고 나오며 속으로 좋아 어쩔 줄을 몰랐다. 철없는 놈에게 팔린 꼴이 된 것이 장생은 괘씸했다. 그는 다시 초왕을 만났다.

「그런데 도중에 들리는 소리가, 이번 특사는 대왕께서 백성들을 불쌍히 생각해서가 아니라 도주공의 아들이 사람을 죽이고 갇혀 있어 왕의 좌우에게 뇌물을 바친 때문에 내려진 특사라고들 하옵니다」

이 말을 들은 초왕은 노한 끝에 먼저 도주공의 아들을 처형시킨 뒤 이튿날 대사령을 내렸다. 큰아들은 죽은 아우의 시체를 싣고 집으로 돌아왔다. 그 어머니와 고을 사람들이 다 슬퍼했다. 그러나 범려만은 혼자 쓴웃음을 지으며 이렇게 말했다.

「보낼 때부터 제 아우를 기어코 죽여서 돌아올 줄 알았다. 제 아우를 사랑하지 않아서가 아니다. 놈은 이 아비와 함께 돈벌기가 얼마나 어려운지를 체험해 왔기 때문에 천금을 차마 버리고 올 수 없었던 것이다. 내가 작은 자식을 보내려 했던 것은 놈이 돈 아까운 줄을 모르고 자라났기 때문이다. 나는 매일같이 시체가 돌아오기만을 기다리고 있었다. 죽게 되어 죽은 자식을 슬퍼할 것이 무엇 있겠는가?」

자수성가한 사람들은 깊이 한 번씩 생각해 볼 이야기다.

基本亂而末治者否矣
기 본 난 이 말 치 자 부 의

근본이 흔들리는데, 말(末)이 잘 다스려질 리가 없다.

무슨 일이건 근본이 흔들리고서 말(末)이 잘 다스려질 리가 없다. 그 사람 자신도, 가정(家庭)도, 국가(國家)도, 그 밖의 어떤 사소한 것도 모두 그렇다.

— 《대학》 경(經) 2장 —

천도시비 天道是非

하늘 天 길 道 옳을 是 아닐 非

하늘이 가진 공명정대함을 한편으로 의심하면서 한편으로
확신하는 심정 사이의 갈등을 드러내는 말.

— 《사기》 백이숙제열전

하늘의 뜻이 과연 옳으냐, 그르냐. 이는 곧 옳은 사람이 고난을 겪고,
그른 자가 벌을 받지 않는 것을 보면서 과연 하늘의 뜻이 옳은가, 그른가
하고 의심해 보는 말이다.

《노자》 제70장에, 「하늘의 도는 친함이 없어서 항상 선한 사람의 편
을 든다(天道無親 常與善人)」는 말이 있다. 이 말은 아무리 악당과 악행
이 판을 치는 세상이라 해도 진정한 승리는 하늘이 항상 선한 사람의
손을 들어 준다는 뜻이다. 물론 이것은 일정 정도 정당한 논리이지만,
현실 속에서는 그렇지 못한 것을 우리는 비일비재하게 보아 왔다.

《사기》를 쓴 사마천은 한나라 무제 때 인물이다. 그는 태사령으로 있
던 당시 장수 이능(李陵)을 홀로 변호했다가 화를 입어 궁형(宮刑 : 거세당
하는 형벌)에 처해졌다. 「이능의 화(禍)」라고 하는데, 전말은 이렇다.

이능은 용감한 장군으로, 5천 명의 병력을 이끌고 흉노족을 정벌하다
가 중과부적(衆寡不敵)으로 부대는 전멸하고 자신은 포로가 되었다. 그러
자 조정의 중신들은 황제를 위시해서 너나없이 이능을 배반자라며 비난
했다. 그때 사마천은 이능의 억울함을 알고 분연히 일어나 그를 변호하였
다. 이 일로 해서 사마천은 투옥되고 사내로서는 가장 치욕적인 형벌인
궁형을 당했던 것이다. 그러나 사마천은 여기에 좌절하지 않고 치욕을
씹어가며 스스로 올바른 역사서를 쓰리라고 결심하였다. 그리하여 마침
내 완성한 130권에 달하는 방대한 역사서가 《사기》이다.

그는 《사기》 속에서, 옳은 일을 주장하다가 억울하게 형을 받게 된 자신의 울분을 호소해 놓았는데, 이것이 바로 백이숙제열전에 보이는 유명한 명제 곧 「천도

이능과 흉노추장 선우의 싸움

는 과연 옳은가, 그른가(天道是耶非耶)」이다. 그는 이렇게 말한다.

「흔히 『하늘은 정실(情實)이 없으며 착한 사람의 편이다』라고 말한다. 그러나 이는 인간이 부질없이 하늘에 기대를 거는 이야기에 지나지 않는다. 이 말대로 진정 하늘이 착한 사람의 편이라면 이 세상에서 선인은 항상 영화를 누려야 할 것이다. 그러나 실상은 그렇지가 않으니 어쩐 일인가?」이렇게 말한 그는 다음과 같은 예를 들었다.

「백이 숙제가 어질며 곧은 행실을 했던 인물임은 세상이 다 아는 일이다. 그런데 그들은 수양산에 들어가 먹을 것이 없어 끝내는 굶어죽고 말았다. 공자의 70제자 중에서 공자가 가장 아꼈던 안연(顔淵)은 항상 가난에 쪼들려 쌀겨조차 배불리 먹지 못하다가 결국 젊은 나이에 죽고 말았다. 이런데도 하늘이 선인의 편이었다고 할 수 있는가. 한편 도척은 무고한 백성을 죽이고 온갖 잔인한 짓을 저질렀건만, 풍족하게 살면서 장수하고 편안하게 죽었다. 그가 무슨 덕을 쌓았기에 이런 복을 누린 것인가」

이렇게 역사 속에서 억울하게 죽어간 사람들의 이야기를 하고 나서 사마천은 그 처절한 마지막 질문을 던진다.

「과연 천도(天道)는 시(是)인가, 비(非)인가?」

과연 인과응보(因果應報)란 있는 것인가? 사마천이 궁형을 당한 덕택에 결국 《사기》라는 대저술을 남기게 됨으로써 역사에 이름을 남기게 되었으니, 그것이 하늘이 그에게 보답을 한 것이라고 말할 수 있을까?

천려일실 千慮一失

일천 千 생각할 慮 한 一 잘못할 失

지혜로운 사람도 많은 생각 가운데는 혹간 실책이 있을 수 있다.

— 《사기》 회음후열전(淮陰侯列傳)

「천려일실」은 천 번 생각에 한 번 실수란 말인데, 「지자천려 필유일실(知者千慮 必有一失)」이 약해진 말이다. 즉 아무리 지혜가 있는 사람이라도 여러 가지 생각을 하다 보면 한두 가지 미처 생각지 못하는 점이 있다는 말이다. 「원숭이도 나무에서 떨어질 때가 있다」는 우리 속담과 비슷한 뜻이다.

이것과 반대되는 말에 「천려일득(千慮一得)」이 있다. 여러 번 생각을 하다 보면 한 번쯤 맞는 수도 있다. 이 말 역시 「우자천려 필유일득(愚者千慮 必有一得)」이란 말이 약해져서 된 말이다. 즉 아무리 어리석은 사람도 이 생각 저 생각 하다 보면 한두 번쯤 맞는 수가 있다는 이야기다.

《사기》 회음후열전에 나오는 말이다. 회음후 한신이 조나라를 치게 되었을 때, 광무군 이좌거(李左車)는 성안군(城安君)에게 3만의 군대를 자기에게 주어 한신이 오게 될 좁은 길목을 끊게 해달라고 요구했다. 그러나 성안군은 이좌거의 말을 듣지 않고, 한신의 군대가 다 지나오기만을 기다리고 있다가 패해 죽고 말았다.

이좌거의 말대로 했으면 한신은 감히 조나라를 칠 엄두조차 낼 수 없었다. 한신은 간첩을 보내 이좌거의 계획이 뜻대로 이뤄지지 않은 것을 알고 비로소 군대를 전진시켰던 것이다. 한신은 조나라를 쳐서 이기자 장병에게 영을 내려 광무군 이좌거를 죽이지 말 것과, 그를 산 채로 잡아오는 사람에게 천금 상을 줄 것을 약속했다.

이리하여 이좌거가 포박을 당해 한신 앞에 나타나자, 한신은 손수 그를 풀어 상좌에 앉히고 스승으로 받들었다. 그리고 그가 사양하는 것도 불구하고, 굳이 앞으로 어떻게 하면 좋겠는가를 물었다. 그러자 그는,

한신

「나는 들으니 지혜로운 사람이 천 번 생각하면 반드시 한 번 잃는 일이 있고, 어리석은 사람이 천 번 생각하면 반드시 한 번 얻는 것이 있다고 했습니다(智者 千慮必有一失 愚者千慮必有一得). 그러기에 말하기를, 미친 사람의 말도 성인이 택한다고 했습니다. 생각에 내 꾀가 반드시 쓸 수 있는 것이 못되겠지만, 다만 어리석은 충성을 다할 뿐입니다」 하고 한신으로 하여금 연나라와 제나라를 칠 생각을 말고 장병들을 쉬게 하라고 권했다.

결국 한신은 이 이좌거의 도움으로 크게 성공을 하게 된다.

「천려일실」은 너무 안다고 자신하지 말라는 교훈도 되고, 또 실수에 대한 변명이나 위로의 말로 쓰이기도 한다.

上德不德 是以有德
상덕부덕　시이유덕

상덕(上德)은 덕이 아니다. 그 덕을 쌓고도 이를 의식하지 않는 것이 참된 덕이다.

사소한 덕행(德行)을 하고 덕을 행하였다고 생각하는 것은 참된 덕이 아니다. 최상의 덕이란, 덕을 실행했어도 스스로는 그것을 의식하지 않는 것이 진정한 덕인 것이다.

— 《노자》 38장 —

천리안　千里眼

일천 千 이수 里 눈 眼

먼 데서 일어난 일을 직각적으로 감지하는 능력.

―《위서(魏書)》양일전(楊逸傳)

「천리안」은 불교에서 말하는 「안통(眼通)」으로, 가만히 앉아서 천리 밖을 내다볼 수 있다는 데서 나온 말이다.

《위서》양일전에 나오는 말이다.

남북조 시대의 북위 장제(莊帝) 때, 광주(光州) 자사로 부임해 온 양일(楊逸)은 당시 겨우 나이 스물아홉이었고, 또 명문 출신의 귀공자였지만, 조금도 교만한 데가 없고 백성들을 위해 그야말로 침식을 잊는 정도였다.

군대들이 전쟁에 나갈 때면 아무리 비바람이 불고 눈보라가 치는 속이라도 꼭꼭 몸소 나와 그들을 위로하고 격려하여 보내 주었다. 그런 다정한 성격을 지닌 그는, 또 한편 법을 엄정하게 지켜, 범법자는 지위와 귀천을 묻지 않고 이를 용서 없이 시행했기 때문에 죄를 범하는 사람이 없었다.

그가 있는 동안 흉년이 계속되어 굶어 죽는 사람이 많이 생겼다. 그는 구제할 방법이 없는지라, 나라의 승낙 없이는 열지 못하는 창고를 열어 백성에게 나눠 줄 생각을 했다. 책임자가 문책을 겁내 이를 반대하자,

「나라의 근본은 사람이다. 사람은 먹지 않고는 살지 못한다. 백성들이 굶주리고 있는데 임금만이 배불리 먹을 수 있겠는가. 만일 이것이 잘못된 일이라면 내가 죄를 달게 받겠다」하고 독단으로 창고를 헐어 죽을 끓여 굶주린 백성들에게 나눠주고, 그 사실을 나라에 보고했다.

조정에서는 물론 죄를 물어야 한다고 주장하는 신하들도 있었다. 그

러나 장제는 그 같은 용단으로 인해 수만의 굶주린 백성이 목숨을 건질 수 있었다는 말을 듣고 오히려 그런 긴급 조처를 가상한 일이라고 칭찬까지 했다 한다.

양일이 부임한 이래 광주 사람들이 이상하게 생각한 일이 있었다. 전에는 위의 관리나 군인이 오면 반드시 연회가 따라다녔고, 심지어는 뇌물까지 강요당했던 것이다. 그런데 그것이 모두 없어지고, 뿐만 아니라 이번에는 도시락을 싸들고 오는 것이었다. 잘 보이려고 「이런 곳이면 상관없겠지」 하고 음침한 방에서 음식을 대접하려 해도 절대로 응하지 않는 것이었다. 모두들 그 까닭을 물어 보았다. 그러자 한결같이 입을 모아 이렇게 대답했다.

「양장관은 천리를 내다보는 눈을 가지고 계시다. 도저히 속일 수가 없다」

양일은 백성을 가장 중히 생각했다. 그래서 부하 관리들의 행패를 어떻게든 막아보려고 애를 썼다. 그래서 그는 주내에 널리 부하들을 배치하여 관리나 군인의 움직임을 낱낱이 보고시키고 있었던 것이다. 그들이 꼼짝 못하고 떨었던 것은 그 때문이었다.

이것이 「천리안」의 출처다. 그러므로 먼 곳의 일까지 내다보는 힘이 있다는 뜻으로 쓰인다. 비이장목(飛耳張目 : 밀정)을 두어 탐지한다는 뜻이 이젠 그리 남아 있지 않다. ㄲ나풀을 두어 탐지한다는 것은, 잘 이용하면 좋지만 악용을 하면 선량한 시민이 크게 폐를 입기 때문이다.

양일은 군벌(軍閥)들의 싸움에 휘말려 광주에서 살해되었다. 그 때 나이 서른둘. 그 밑에 있던 관리는 물론이고 그보다도 시민이나 농민은 그의 죽음을 슬퍼했다. 거리나 마을에서는 그의 영(靈)을 위로하는 공물과 헌화가 끊이지 않았다고 한다.

천시 지리 인화 ｜天時 地利 人和

하늘 天 때 時 땅 地 이로울 利 사람 人 화목할 和

**사람이 서로 기쁜 마음으로 협력하지 않으면 아무리
천시와 지리적 조건이 좋아도 그 힘을 발휘하기 어렵다.**

— 《맹자》 공손추하(公孫丑下)

「천시(天時)」는 봄·여름·가을·겨울의 4시와 밤과 낮, 추위와 더위, 비와 바람, 개고 흐린 것 등 기후와 같은 자연 조건을 말한다. 그러나 이 밖에 사람이 직접 보고 느끼지 못하는 신명의 도움이라든가 운수 같은 것을 말하는 경우도 많다.

곡식이 제 철을 만나지 못하면 자라지 못하듯, 사람도 그가 타고난 재질과 그가 살고 있는 시대가 서로 맞지 않으면 그 재질을 제대로 발휘하지 못하고 병들거나 말라죽거나 하고 만다. 즉 초목이 때를 타듯 사람도 때를 타기 때문이다.

「지리(地利)」는 지리적 조건이 유리한 것을 말한다.

「인화(人和)」는 사람과 사람 사이의 정신적인 협력을 말한다.

사람의 생활에는 이 세 가지 요소가 절대적인 역할을 한다. 북극과 남극지대에서 초목이 자라지 못하는 것은 「천시」와 「지리」 때문이다. 온대지방에서 겨울에 곡식이 마음대로 자라지 못하는 것도 「천시」 때문이다.

똑같은 기후 조건에서도 어느 지방은 살기 좋고 어느 지방은 살기 나쁜 것은 지리적 조건이 틀리기 때문이다. 똑같은 천시와 지리 속에서도 잘 살고 못 사는 나라가 있고 마을이 있고 집이 있는 것은 인화의 차이 때문이다.

맹자는 이 세 가지를 놓고 이렇게 말하고 있다. 즉 《맹자》 공손추 하에 보면 맨 첫머리에,

「천시는 지리만 못하고, 지리는 인화만 못하다」고 전제한 다음, 그 까닭에 대해서 다음과 같이 말하고 있다.

「3리 둘레의 성과 7리 둘레의 바깥 성을 포위하여 공격을 해도 쉽사리 이기지 못한다. 포위하여 공격할 때에는 반드시 천시를 택해서 하게 된다. 그런데도 이기지 못하는 것은 천시가 지리만 못하다는 증거다. 성이 결코 높지 않은 것도 아니고, 못이 그리 깊지 않은 것도 아니며, 군장비가 튼튼하지 않은 것도 아니고, 또 곡식이 많지 않은 것도 아닌데 성을 버리고 도망치는 일이 있다. 이것은 지리가 인화만 못한 증거다」

결국 사람이 서로 기쁜 마음으로 협력하지 않으면 아무리 천시와 지리적 조건이 좋아도 그 힘을 발휘하기 어렵다는 것을 맹자는 강조하고 있는 것이다. 뒤이어 맹자는 이에 따른 인화의 중요성을 길게 설명하고 있는데, 그 인화를 이룩하는 근본적인 조건은 위정자가 백성을 사랑할 줄 알고, 도리에 벗어나지 않는 올바른 정치를 하는 것이라고 결론을 내리고 있다.

인화단결(人和團結)이란 말은 인화를 바탕으로 한 단결의 중요성을 강조하는 뜻에서 생긴 말이라 볼 수 있다.

言顧行 行顧言
언고행　행고언

언(言)은 행(行)을 돌이켜보고, 행은 언을 돌이켜본다.

말을 할 때에는 그 말이 평소의 행동과 불일치하지 않는지를 반성하고, 또한 자기의 행동이 평소의 말과 모순되지 않았는지를 반성한다. 이것이 군자(君子)의 인생 태도이다.

— 《중용(中庸)》 13장 —

천의무봉 天衣無縫

하늘 天 옷 衣 없을 無 기울 縫

시문 등이 매우 자연스러워 조금도 꾸밈이 없음. 완전무결하여 흠이 없음.

— 《태평광기(太平廣記)》

「천의무봉(天衣無縫)」은 하늘에 있는 선녀들이 입는 옷으로, 바늘이나 실로 꿰매 만드는 것이 아니고, 전체가 처음부터 생긴 그대로 만들어져 있다는 전설에서 나온 말이다.

보통 시나 글이나 혹은 예술품 같은 것이, 전혀 사람의 기교가 주어지지 않은 자연 그대로의 극치를 이루었다는 뜻으로 인용되곤 하는데, 때로는 타고난 재질이 극히 아름답다는 뜻으로도 쓰인다.

이 말은 《태평광기》에 있는 이야기다.

여름이 한창인 때였다. 곽한(郭翰)이라는 사나이가 방에서 뜰로 내려가 납량(納凉)을 하면서 자고 있었는데, 하늘 일각에서 뭔가 둥실둥실 날아오는 것이었다. 점점 가까이 다가오는 것을 보니, 그것은 아름다운 여인이었다. 곽한은 망연히 홀려서 바라보고 있다가,

「당신은 대체 누구십니까?」라고 묻자, 그 아름다운 여자는,

「저는 천상에 있는 직녀(織女)이온데, 남편과 오래 떨어져 있어 울화병이 생긴지라 상제의 허락을 받아 요양차 내려왔습니다」하면서 여자는 곽한에게 잠자리를 같이할 것을 요구했다.

비몽사몽간에 곽한은 여자와 하룻밤을 보냈다. 그리고 새벽 일찍 구름을 타고 하늘로 올라간 그녀는 매일 밤 찾아왔다. 이윽고 7월 칠석이 돌아오자, 그날 밤부터 나타나지 않더니 며칠이 지나서 다시 나타났다.

「남편과 재미가 좋았소?」

곽한이 여자에게 빈정거리듯 물었다. 그러자 여자는,

「천상에서의 사랑은 지상과는 다르옵니다. 마음과 마음이 서로 통할 뿐 다른 일은 없습니다. 그렇게 질투까지 할 것은 없습니다」하고 대답했다.

「하지만 꽤 여러 날 되지 않았소?」

「원래 하늘 위의 하룻밤은 땅에서의 닷새에 해당하니까요」

그리고 조용히 그녀의 옷을 살펴보니 바느질한 곳이 전연 없었다. 곽한이 이상해서 물었더니,

「하늘의 옷은 원래 바늘이나 실로 꿰매는 것이 아닙니다」하고 대답했다. 그리고 그녀가 벗은 옷은 그녀가 돌아갈 때면 저절로 가서 그녀의 몸을 덮는 것이었다.

1년쯤 되던 어느 날 밤, 그녀는 곽한의 손을 잡고, 상제가 허락한 기한이 오늘로 끝난다면서 흐느껴 울었다. 그 뒤 1년쯤 지나 그녀를 따라다니던 시녀가 소식을 전해

이백 행음도(行吟圖)

왔을 뿐 다시는 영영 소식이 없었다. 그 뒤로 곽한은 세상 그 어느 여자를 보아도 마음이 동하지 않았다. 자식을 낳기 위해 장가를 들었으나 도무지 사랑을 느낄 수 없었고, 그로 인해 자식도 얻지 못한 채 일생을 마쳤다는 것이다.

이 천녀(天女)의 옷에 바느질 자국이 없다는 점에서 시문(詩文)이나, 그림에서 잔재주를 피우지 않고 자연스럽고 훌륭하게 된 것을 「천의무봉」이라고 말하게 되었다. 하늘에서 유배된 선인(仙人)이라고 하는 당(唐)의 이백(李白) 등은 천의무봉의 시재(詩才)라고 할 수 있다.

비행접시를 목격하고 그 내부를 정확히 묘사해서 화제가 되었던 미국의 아담스키는 그의 저서 《비행접시의 정체》에서 별나라 사람의 옷도 역시 「천의무봉」이었다고 쓰고 있다.

천장지제궤자의혈 千丈之堤潰自蟻穴

일천 千 길이 丈 의 之 방죽 堤 무너질 潰 스스로 自 개미 蟻 구멍 穴

아무리 큰일도 아주 작은 일에서부터 시작된다.
호미로 막을 일을 가래로 막는 일이 없도록 하라.

― 《한비자》 유로편(喩老篇)

「천장지제 궤자의혈」은 천 길 둑도 개미구멍으로 인해 무너진다
는 말이다.

《한비자》 유로편에 있는 말이다. 유로는 노자를 비유로 들어 해석
한다는 뜻이다. 다음은 《노자(老子)》 제63장 속에 있는 말을 비유로 해
서 풀이한 것이다.

「천하의 어려운 일은 반드시 쉬운 데서부터 시작되고, 천하의 큰
일은 반드시 작은 일에서부터 시작된다. ……그러므로 어려운 것을
쉬울 때 미리 대책을 세우고, 큰 것을 작을 때 처리를 해야 한다. 천
길 높은 둑도 땅강아지와 개미구멍에 의해 무너지고, 백 척이나 되는
높은 집도 굴뚝 사이로 새는 연기로 인해 타게 된다(千丈之堤 以螻蟻
之穴潰 百尺之室 以突隙之烟焚). 그러므로 치수(治水)에 공이 있었던
위(魏)나라 재상 백규(白圭)는 둑을 돌아볼 때는 그 구멍을 미리 살펴
서 막고, 노인들이 불을 조심할 때는 굴뚝 틈부터 바른다. 그러므로
백규에게는 물의 피해가 없었고, 노인이 있는 집에는 화재의 염려가
없다」고 했다.

「천장지제 궤자의혈」이란 말은 「천장지제 이루의지혈궤(千丈之堤
以螻蟻之穴潰)」란 말이 약해져서 된 말이다. 호미로 막을 것을 가래로
막는 일이 없도록 하라는 교훈이다.

천재일우 千載一遇

일천 千 해 載 한 一 만날 遇

좀처럼 만나기 어려운 기회.

— 《삼국명신서찬(三國名臣序贊)》

천재(千載)는 천 년(千年)과 같은 말이다. 천 년 만에 한 번 만나게 되는 것이 「천재일우」다. 천 년은 물론 과장된 말이다. 평생을 두고 한 번 있을까 말까 한 그런 좋은 기회를 가리켜 흔히 쓰는 문자다.

이 말은 동진의 원굉(袁宏)이 쓴《삼국명신서찬(三國名臣序贊)》에 나오는 말이다.

원굉이 삼국 시절의 건국 공신 스무 명을 골라 그들 한 사람 한 사람의 행장을 칭찬하는 찬(贊)을 짓고, 거기에 서문을 붙인 것이《삼국명신서찬》이다. 그는 이 서문에서,

「백낙(伯樂)을 만나지 못하면 천 년을 가도 천리마 하나 생겨나지 않는다」고, 훌륭한 임금과 신하가 서로 만나기 어렵다는 것을 비유한 다음,

「대저 만 년에 한 번 기회가 온다는 것은 사람이 살고 있는 세상의 공통된 원칙이요, 천 년에 한 번 만나게 된다는 것은 어진 사람과 지혜로운 사람이 용케 만나는 것이다. 이런 기회를 만나면 그 누가 기뻐하지 않으며, 이를 놓치면 그 누가 한탄하지 않겠는가」라고 했다.

여기서 백낙은 유명한 명마 감별사의 이름이다. 「백낙일고(伯樂一顧)」 항목에서 자세히 설명하고 있다.

특히 「천재일우」는 사업을 하는 사람들에게 있어서 아주 중요한 말이다.

하늘 天 땅 地 놈 者 일만 萬　물건 物 갈 之 뒤집을 逆 나그네 旅

세상이란 만물이 잠시 머물렀다 가는 여관과 같다.

— 이백(李白) 『춘야연도리원서(春夜宴桃李園序)』

이태백(李太白)의 「춘야연도리원서」에 나오는 글귀다.

「대개 하늘과 땅이란 것은 모든 것이 와서 묵어가는 여관과 같은 것이고, 세월이란 것은 끝없이 뒤를 이어 지나가는 나그네와 같은 것이다(夫天地者 萬物之逆旅 光陰者 百代之過客)」

역려의 역(逆)은 맞이한다는 뜻이다. 나그네를 맞이한다는 뜻에서 손님을 재워 보내는 여관을 「역려」라고도 말한다. 하늘과 땅은 공간을 말한다. 공간 속에서 모든 것은 나타났다 사라졌다 하고 있다. 그것은 마치 나그네가 와서 묵어가고 또 와서 묵어가는 것과 마찬가지다. 빛과 그늘, 즉 광음(光陰)이란, 날이 밝았다 밤이 어두웠다 하는 시간의 연속이다. 그것은 한이 없이 되풀이된다.

백 대, 천 대, 만 대로 영원히 쉬지 않고 지나가기만 하는 나그네처럼 다시 돌아올 줄을 모르는 것이다. 그래서 이태백은 아름다운 봄경치가 그의 시흥을 불러 일으키는 대로 우주가 빌려준 문장을 마음껏 휘두르기도 하고, 꽃자리에 앉아 달빛을 바라보며 술잔을 기울인다는 것이다.

춘야연도리원서

우주를 여관으로 자연과 호흡을 같이하는 이태백의 탈속된 모습을 이 글귀에서 찾아볼 수 있을 것 같다.

천편일률 千篇一律

일천 千 책 篇 한 一 법 律

여러 시문의 격조가 변화가 없이 비슷비슷함.
많은 사물이 색다른 데가 없이 모두 비슷함의 비유.

— 소식(蘇軾) 「답왕상서(答王庠書)」

「천편일률」은 천 편이나 되는 많은 글이 모두 한 가지 운율로 짜여져 있다는 뜻이다. 작품이나 상황이 전에 비해 별반 발전이 없거나, 시문의 글귀가 단조로워 변화가 적은 경우를 비유하여 일컫는 말이다.

해남도에 있는 소식의 묘

소식(蘇軾, 동파. 1037~1101)의 「답왕상서」에서 「지금 과거시험에서 내는 답안들은 천 사람이 쓴 글이 같은 격조에 묶여 있는 듯해서 채점을 하는 관리들마저 역겨워한다(今程試文字: 千人一律 考官亦厭之)」는 말이 나온다.

또한 왕세정(王世貞, 1526~1590)의 「전당시설(全唐詩說)」에 보면 백거이는,

「소년시절에 원진과 함께 화려하고 힘차며 박식함을 다투었는데, 뜻은 경계를 통쾌하게 펼치는 데 두었다. 나이가 들어서 다시 만족할 줄 알라는 글을 썼는데, 모든 작품이 한결같았다(少年與元稹角靡逞博 晚更作知足語 千篇一律)」라고 하였다.

천하언재 天何言哉

하늘 天 어찌 何 말씀 言 어조사 哉

하늘이 무슨 말을 하겠느냐.

―《논어》 양화편(陽貨篇)

「천하언재」는「하늘이 무슨 말을 하겠느냐」라는 뜻이다. 이 말은 여러 가지 의미로 쓰일 수 있다.

「하늘이 어떻게 말을 할 수 있겠느냐. 귀로 들으려 하지 말고 마음으로 생각해서 알아라」하는 뜻도 될 수 있고,

「하늘이 무슨 말을 하더냐. 그래도 다 할 일을 하고 있다」라는 뜻도 될 수 있으며, 또 그 밖에도 달리 해석될 수 있다.

이것은 공자가 한 말이다.《논어》양화편에 보면 공자가 하루는 자공이 듣는 앞에서,

「나는 이제 말을 하지 말았으면 한다(予欲無言)」하고 혼잣말처럼 했다.

자공이 가만있을 리 만무했다.

「선생님께서 말씀을 하지 않으시면 저희들이 무엇을 배울 수 있습니까?」하고 묻자 공자는,

「하늘이 어디 말을 하더냐. 사시(四時)가 제대로 운행되고 온갖 물건들이 다 생겨나지만, 하늘이 어디 말을 하더냐(天何言哉 四時行焉 百物生焉 天何言哉)」하고 대답했다.

자공의 공부가 이제 말 없는 가운데 진리를 깨달아야 할 단계에 이르렀기 때문에 공자는 이 같은 말을 했을 것이다.

그러나 한편 공자의 이 말은 하늘과 같은 경지에 있는 자신의 심경을 말한 것으로도 볼 수 있다.

철부지급 轍鮒之急

수레바퀴 자국 轍 붕어 鮒 의 之 급할 急

곤궁한 처지나 아주 다급한 위기.

― 《장자》 외물편(外物篇)

수레가 지나간 바퀴자국 속에 있는 붕어처럼 곧 물이 말라 죽게 생긴 그런 다급한 경우란 뜻이다. 장주(莊周)가 집이 가난해서 감하후(監河侯)란 사람에게 양식을 꾸러 갔다.

그러자 감하후는,「좋아요 내 고을에서 세금이 들어오는 대로 삼백 금을 빌려드리겠소 그만하면 되겠지요?」하는 것이었다. 장주는 화가 치밀이 정색을 하며 말했다.

「어제 이리로 오는데 도중에 누가 나를 부르더군요 그래 돌아보았더니 수레바퀴 지나간 자리에 붕어가 있지 않겠소 어찌된 일이냐고 물었더니 『나는 동해의 파신(波臣 : 물고기란 뜻)인데, 어떻게 한두 바가지 물로 나를 살려줄 수 없겠소?』하는 것이었습니다. 그래 내가 『알았네. 내가 곧 오나라, 월나라 임금을 만나게 될 테니 그때 서강(西江)의 물을 끌어다가 그대를 맞이하겠네. 괜찮겠지?』하고 대답했더니 붕어가 화를 내며 이렇게 말합디다. 『나는 잠시도 없어서는 안될 것을 잃고 당장 곤란에 빠져 있는 중이오 한두 바가지 물만 있으면 나는 살 수 있소 그런데 당신은 그런 태평스런 소리만 하고 있으니 차라리 일찌감치 건어물 가게로 가서 나를 찾으시오』하고」

장자의 이 이야기는 크고 작은 거라든가, 많고 적은 것이 문제가 되지 않고, 그것을 어떻게 적절하게 쓰느냐 하는 것이 더욱 중요하다는 것을 말한 것이다. 우리 속담에「저 돈 칠백 냥」이란 말과「너희 집 금송아지가 무슨 소용이 있느냐」고 하는 말이 있다. 다 같은 뜻에서 온 말이다.

철면피 鐵面皮

쇠 鐵 낯 面 가죽 皮

부끄러운 줄 모르는 뻔뻔스러운 사람.

— 《북몽쇄언(北夢瑣言)》

우리말에 「쇠가죽을 무릅쓰고……」라는 말이 있다. 쇠가죽은 쇠로 만든 가죽이란 뜻이다. 「철면피」는 바로 그 쇠가죽을 무릅쓴 것이다. 면피는 낯가죽을 말한다. 우리가 염치없이 뻔뻔스럽게 구는 사람을 보고 낯가죽이 두껍다고 한다. 그 낯가죽이 쇠로 되었다면 두꺼운 정도가 아니다. 그러므로 「철면피」란 말은 세상에 다시없이 낯가죽이 두꺼운 파렴치한 사람을 보고 하는 말이다.

그런데 이 「철면피」란 말의 어원인 철면(鐵面)이란 말은 좋은 뜻으로 쓰이기도 했다.

송대의 손광헌이 지은 《북몽쇄언》에 있는 이야기다.

왕광원(王光遠)이란 사람이 있었다. 학문도 재능도 상당히 있어 진사(進士) 시험에도 합격했다. 그런데 이 사나이는 지독한 출세주의자로 상관은 말할 것도 없고 권세가 있는 사람에게는 어떻게라도 연줄을 얻어 부리나케 출입했다. 더구나 그것이 사람들 앞을 가리지 않고 남의 밑까지 닦아줄 정도의 행동을 예사로 했다.

「아니, 이건 대단합니다. 이렇게 훌륭한 시는 열 번 죽었다 살아나도 저 같은 것은 어림도 없습니다. 아주 후하신 인품이 엿보여 신운표묘(神韻縹渺)하다고나 할까요. 이태백도 멀리 미치지 못할 것입니다」

이렇듯 낯간지러운 소리를 천연스럽게 지껄인다. 곁의 사람이 어떻게 생각하거나 조금도 안중에 없다. 상대가 술에 취해 아무리 무례한 짓을 해도 화를 내기는커녕 너털웃음을 웃는다.

언젠가도 술에 취한 상대가 취중에 채찍을 집어들고,

「그대를 때릴 텐데 괜찮은가?」하자,

「각하의 채찍이라면 기꺼이……」하고 등을 돌려댔다.

「좋아 그럼」

주정뱅이는 진짜로 광원을 때렸다. 그는 그래도 화를 내지 않고 여전히 달라붙어 기분을 맞춘다. 동석하고 있던 친구가,

「자넨 부끄러움도 모르나? 사람들이 보는 앞에서 그런 꼴을 당하고도 잠자코 있다니!」라고 말하자 광원은 조금도 개의치 않고,

「하지만 자네, 그 사람한테 잘 보여서 나쁠 게 없잖은가」라고 말을 하여 친구도 기가 막혔다. 그래서 그 때 사람들은 그를 가리켜「광원의 얼굴의 두께는 열 겹의 철갑(鐵甲) 같다」고 말했다.

이것은 철갑이 부끄러운 줄 모르는 파렴치의 뜻으로 쓰인 예다.

그러나 철갑이 아닌「철면」의 경우는 정정당당한 굳센 태도를 칭찬하는 뜻으로 쓰인 예가 많은 것 같다.

「송나라 조선의(趙善誼)는 숭안현 지사가 되어, 현의 정치를 하는데 법률을 하도 엄격하게 지켰기 때문에 사람들은 그를 조철면(趙鐵面)이라고 불렀다」고 한 이야기는 사정이 없었다는 뜻으로 철면이 쓰인 예다.

또《송사》조변전(趙卞傳)에 보면,

「조변이 전중시어사(殿中侍御史 : 감찰관)가 되자, 권력자가 됐든, 천자가 좋아하는 사람이 됐든 용서 없이 적발했기 때문에 서울에서는 그를 철면어사라고 불렀다」라고 했다.

이것은「철면」이란 말이 권력에 굴하지 않는 강직한 뜻으로 쓰인 예다.

철저마침 鐵杵磨針

쇠 鐵 쇠공이 杵 갈 磨 바늘 針

일을 성취하기 위해 모든 정성을 다 기울이는 성실한 모습의 비유.

이백이 만년에 자주 들렀던 채석기

위대한 시인 이백(李白)이 어렸을 때의 이야기다. 이백은 어렸을 때 공부를 열심히 하지 않고 매일 밖에 나가 친구들과 어울려 노는 게 일과였다. 그러던 어느 날, 이백이 미주(眉州) 상이산(象耳山)에서 공부를 하다가 힘이 들어 중도에 포기하고 집으로 돌아오게 되었다. 마침 작은 시냇물을 건너던 중에 한 노파가 쇠를 숫돌에 갈고 있는 것을 보고 물었다.

「할머니, 그걸 갈아 무엇 하시렵니까?」

그러자 그 노파가 대답했다.

「바늘을 만들려고 그러는 거지」

노파의 말에 이백은 어이가 없어 웃으며 말했다.

「할머니, 그게 어디 될 법이나 한 일인가요? 헛수고하지 마세요」

그러자 노파는 정색을 하며 말했다.

「쉬지 않고 꾸준히 갈다 보면 왜 성공하지 못하겠느냐」

노파의 말에 이백은 크게 깨달아 그 후부터 마음을 다잡아 공부를 열심히 했으며, 어려운 일에 부딪칠 때마다 그 노파의 말을 되새겨 보면서 꾸준히 노력하여 마침내 위대한 시인이 되었던 것이다. 이 이야기는 민간에 널리 전해지는 이야기로「철저마침」이라고 하는데,「열 번 찍어 안 넘어가는 나무 없다」라는「십벌지목(十伐之木)」과 비슷한 말이다. 즉 어떤 일이든지 꾸준히 노력하여 해나가면 언젠가는 반드시 성공한다는 말이다.

철 주 　 掣 肘

당길 掣(철) 팔꿈치 肘

남의 일에 훼방을 놓음.

— 《여씨춘추(呂氏春秋)》 구비편(具備篇)

「철주(掣肘)」는 팔꿈치를 잡아당긴다는 말이다. 남이 일을 하고 있
는데 옆에서 팔을 잡아당기며 이래라 저래라 간섭한다는 뜻이 될 수
있다. 보통 불필요한 간섭, 방해되는 간섭을 가리켜 「철주를 가한다」
고 한다.

이 말은 공자의 제자 복자천(宓子賤)의 고사에서 나온 말이다.

복자천은 공자보다 마흔 아홉 살이나 적은 제자였는데, 공자는 그를
군자라고 칭찬한 일이 있다. 그가 노애공(魯哀公) 때 단보(亶父)란 지방
의 장관으로 부임한 일이 있었다. 일흔세 살로 죽은 공자가 살아 있을
때 일이었으니, 그의 나이에 대한 기록이 사실과 다름이 없다면 많아도
스물 남짓밖에 안되었을 때다.

복자천은 부임에 앞서, 임금이 간신들의 말에 의해 자기 하는 일에 간
섭하게 될 것이 두려워 꾀를 썼다. 임금 가까이에 있는 두 관원을 청해
함께 단보로 부임한 것이다. 그가 부임하자 고을 관원들이 모두 신임 장
관에게 인사를 드리기 위해 모였다. 복자천은 많은 사람들의 인사를 받으
며 데리고 온 두 관원에게 그들의 이름을 기록하도록 시켰다.

그런데 그들이 정성들여 이름을 한창 적고 있노라면 복자천은 이따
금 옆에서 그들의 팔을 잡아 흔들었다(宓子賤 從旁時掣搖其肘).

글씨가 제대로 될 리가 만무했다. 그러면 복자천은 글씨가 그게 뭐냐
고 성을 내며 야단을 쳤다. 두 관원은 하도 속이 상해서 돌아가게 해달
라고 사정을 했다. 그러자 복자천은,

청(靑) 강희제의 공자를 받드는 만세사표 석각

「자네들은 글씨가 원체 서툴러서 안되겠네. 부디 앞으로 조심해서 잘 하게」하고 즉시 돌아가게 했다. 두 관원은 조정으로 돌아와 임금에게, 「복장관 밑에서는 일을 할 수가 없어 돌아오고 말았습니다」하고 보고를 드렸다.

「어째서냐?」하고 임금은 물었다.

「복장관은 저희들에게 기록을 하라고 시키고는 옆에서 팔을 흔들어 글씨를 바로 쓸 수 없게 만듭니다. 그리고는 저희를 보고 글씨가 그게 뭐냐고 화를 내며 꾸중을 하는 통에 보고 있던 아전들까지 모두 웃고 있었습니다. 저희들은 더 참을 수 없어 돌아온 것입니다」

임금 애공은 그들의 말을 듣고 크게 한숨을 지으며 말했다.

「자천은 그것으로 과인의 부족함을 간하고 있는 것이다. 나는 지금까지 그가 하는 일에 필요 없는 간섭을 해 온 것이리라. 너희들이 아니었던들 과인은 또 같은 실수를 하게 되었을 것이다」

애공은 즉시 심복을 단보로 보내 자천에게 이렇게 전하게 했다.

「이제부터 단보는 과인의 것이 아니고 경의 것이다. 단보를 위한 일이라면 무슨 일이든 과감히 행하라. 그리고 그 결과는 5년 뒤에 보고하면 된다」

이리하여 복자천은 자기 생각대로 단보를 다스릴 수 있었다. 단보의 백성들이 살기 좋게 되었다는 소문이 공자의 귀에 들려왔다. 3년 되던 해 공자는 무마기(巫馬期)란 제자를 단보로 보내 복자천의 정치가 어떤 것인가를 보고 오게 했다.

무마기는 평민의 옷차림을 하고
단보로 들어갔다. 어느 날 밤, 강변
의 한 고기잡이가 그물에 걸린 고기
를 도로 강물에 던지는 것을 본 그
는 이상해서 물었다.,

「애써 잡은 고기를 왜 도로 물에
넣소?」

그러자 고기잡이가 대답했다.

「어린 고기는 잡지 말라는 복장
관의 지시가 있기 때문이지요 지금
물에 넣은 것은 어린 고기들뿐입니
다」

공문십철(孔門十哲)

더 볼 것이 없다고 생각한 무마기는 그 길로 돌아와 공자에게 이렇게
보고했다.

「자천의 덕은 단보의 구석구석까지 다 보급되어 있었습니다. 백성
들은 아무도 보는 사람이 없는 어둠 속에서도, 마치 무서운 법령이 옆에
지켜보고 있는 것처럼 행동을 조심하고 있었습니다」

《논어》 공야장편에,

「군자로다, 이 사람이여, 노나라에 군자가 없으면 이 사람이 어찌
이런 덕을 가질 수 있으리오」 하고 공자가 감탄한 것도 이 이야기를
들은 뒤의 일이 아닌지 알 수 없다.

간섭하기 좋아하는 윗사람들은 다 같이 한번 생각해 볼 일이다.

「철주」는 이 이야기에서 보듯이 사람의 팔꿈치를 제약하여 그 움
직임을 속박하는 것, 즉 타인의 자유를 구속하는 뜻으로 쓰인다.

쇠 鐵 가운데 中 쇳소리 錚

같은 동아리 가운데 가장 뛰어난 사람.

— 《후한서》 유분자전(劉盆子傳)

「쟁쟁(錚錚)」은 쇠가 울리는 소리다. 쇠는 좋은 것일수록 쟁쟁하고 소리가 맑게 울린다. 「철중쟁쟁」은 쇠 중에서도 쟁쟁 하고 울리는 것이란 뜻으로 같은 종류 가운데 특히 뛰어난 것의 비유로 쓰이는 말이다.

「쟁쟁한 인사(人士)들」이란 말을 우리는 가끔 쓴다. 바로 이 「쟁쟁」의 뜻이다. 세상에서 손꼽히는 유명한 사람들이란 말이다.

후한 광무제의 통일 천하에 있어 가장 강한 적은 적미(赤眉)였다. 전한을 없애고 왕망이 신(新)이란 나라를 새로 세웠을 당시에 일어났던 대규모의 농민 반란군으로 처음은 번숭(樊崇)을 수령으로 낭야에서 일어나 뒤에 봉안(逢安)·서선(徐宣)·사녹(謝祿) 등이 이끄는 군대까지 이에 합류되어, 산동성을 중심으로 유분자(劉盆子)를 왕으로 받들고 그 위세가 하늘을 찌를 듯했다.

그들은 한나라 왕실의 상징인 붉은색으로 눈썹을 그려 표를 하고 다녔기 때문에 적미라는 이름을 듣게 된 것이다.

적미는 한때 수도 장안으로 쳐들어와, 이미 왕망을 넘어뜨리고 황제의 위에 올라 있던 갱시제 유현(劉玄)을 쳐 없애고 광무제 유수(劉秀)와 대결하게 되었다.

그러나 천하를 주름잡던 그들도 광무제에게 패해 궤멸하고 말았다. 포로로 잡힌 번숭과 서선 등을 보고 광무제는 이렇게 말했다.

「그대들은 항복한 것을 후회하지 않는가? 원한다면 지금이라도 다시 한 번 실력으로 승부를 결정해도 좋다. 짐은 항복을 강요하고 싶지는 않다」

그러자 그들은 머리를 조아리며,

「아닙니다. 저희들의 항복을 받아 주시니 그저 호랑이 입을 벗어나 따뜻한 어머니 품에 돌아온 것과 같습니다. 저희들이 어찌 다른 생각을 가질 수 있겠습니까」하면서 아무런 후회도 없다고 대답했다.

이 같은 대답에 광무제는,

「경들이야말로 철중쟁쟁이요 용중교교로다(卿所謂鐵中錚錚 傭中佼佼者也)」하고 칭찬을 했다.

광무제

《후한서》 유분자전에 있는 말로서, 「용중교교」는 똑같은 물건 가운데 뛰어난 것이란 말로 「철중쟁쟁」과 같은 뜻이다.

智猶水也 不流則腐
지 유 수 야 불 류 즉 부

지(智)는 물과 같아 흐르지 않으면 썩는다.

흐르지 않는 물은 썩는다. 사람의 지식도 마찬가지다. 이를 운용치 않으면 효능이 없어진다.

— 《송명신언행록》 장영(張詠) —

청 담 | 清 談

맑을 淸 말씀 談

세속적인 명리(名利)를 달관한 맑고 고상한 이야기.

— 《안씨가훈(顏氏家訓)》

「청담」은 위진(魏晉)시대에 유행한 청정무위(淸淨無爲)의 공리공담(公理空談)을 말한다. 《안씨가훈》 등에 나오는 말이다. 이 말이 나오게 된 것은 중국이 한창 격동기에 접어들어 연일 전쟁과 살육으로 하루도 바람 잘 날이 없었던 위진남북조시대에 형성된 일군의 선비 집단인 죽림칠현(竹林七賢)과 밀접한 관련이 있다.

자고 나면 왕조가 바뀌고 그럴 때마다 숙청과 살육이 자행되던 시기에 이런 현실에 염증을 느낀 뜻있는 사람들이 모였다. 그들은 세간의 이런 정황을 깨끗이 잊어버리고 보다 고상하고 운치 있는 대화만 나누며 술에 취해 세상의 시름을 잊고자 노력하였다. 특히 그 가운데 일곱 사람이 당시 크게 알려졌다.

산도(山濤, 자는 거원巨源) · 완적(阮籍, 자는 사종嗣宗) · 혜강(嵇康, 자는 숙야叔夜) · 완함(阮咸, 자는 중용仲容) · 유영(劉伶, 자는 백륜伯倫) · 상수(向秀, 자는 자기子期) · 왕융(王戎, 자는 준중濬中) 7명이다.

이들이 술을 마시면서 시를 짓고 노닐 때 나누었던 이야기를 일러 후세 사람들이 「청담」이라고 한 것이다. 이들에게 있어서 술은 그 무엇과도 바꿀 수 없는 친근한 벗이라 할 수 있다.. 그래서 유영과 같은 사람은 술을 찬양하는 「주덕송(酒德頌)」이라는 글까지 남겼을 정도였다.

시속(時俗)의 득실에 빠져 그들을 비방하던 세속지사(世俗之士)를 한낱 잠자리나 나나니벌로 격하시킨 풍류와 호방함은 가히 이들 칠현들의 정신세계를 한 마디로 대신한 것이라고 하겠다.

청백리　清白吏

맑을 淸 흴 白 벼슬아치 吏

맑고 깨끗한 마음으로 재물을 탐하지 않는 벼슬아치.

— 《장자》 어부편(漁父篇)

《장자》 어부편에 이런 말이 나온다.

「행실이 맑고 결백하지 않으면 아래 관리들이 거칠고 게을러지니 이것이 대부의 근심이다(行不淸白 群下荒息 大夫之憂也)」

여기서 청백(淸白)은 품행이 순수하고 깨끗한 것을 말한다.

중국에서는 청백리란 말보다는 청백재상(淸白宰相)이란 말이 더 많이 쓰였다. 청렴하고 결백한 재상이란 말인데, 이것은 일반명사가 아니고 실제로 송(宋)나라 때의 관리인 두연(杜衍, 978~1057)을 일컫는 말이다.

《연감유함》 재상편에 다음과 같은 말이 나온다.

「송나라 경력(慶曆) 연간에 두연이란 사람이 재상이 되었는데, 예물로 주는 물품이 있어도 절대로 집안으로 가져오지 않았다. 그래서 당시 사람들이 그를 일러 청백재상이라고 하였다」

우리나라에서는 의정부·육조(六曹)·경조(京兆)의 정종(正從) 2품 이상의 당상관과 사헌부·사간원의 수직(首職)들이 추천하여 선정한 청렴한 벼슬아치를 일컫는다. 녹선(綠選)이 되면 만민의 추앙을 받았으며, 자손들에게도 음보(蔭補)의 혜택이 있었다.

「청백리 똥구멍은 송곳부리 같다」 라는 말이 있다.

이 말은 청렴한 까닭으로 재물을 모으지 못하고 찢어지게 가난함을 가리키는 말이다.

청운지지 靑雲之志

푸를 靑 구름 雲 의 之 뜻 志

높은 지위에 올라가고자 하는 뜻.

―《사기》 백이열전(伯夷列傳)

「청운(靑雲)」은 푸른 구름을 말한다. 푸른 구름과 같은 뜻이 「청운지지」다. 푸른 구름은 사람들이 잘 볼 수 없는 귀한 구름이다. 신선이 있는 곳이나 천자가 될 사람이 있는 곳에는 푸른 구름과 오색구름이 떠 있었다고 한다.

그래서 「청운에 뜻을 둔다」 하면 남보다 훌륭하게 출세할 뜻을 가지고 있다는 말이 된다. 이제 막 일을 시작하려는 사람이 원대한 이상을 품고 이를 이루어 나가겠다는 의지를 비유하는 말이다.

장구령(張九齡)의 시를 소개한다.

그 옛날 청운의 뜻이
이루지 못한 백발의 나이에
뉘가 알리오, 밝은 거울 속
얼굴과 그림자가 절로 서로 안타까워함을.

| 宿昔靑雲志 | 蹉跎白髮年 | 숙석청운지 | 차타백발년 |
| 唯知明鏡裏 | 形影自相憐 | 유지명경리 | 형영자상련 |

장구령은 현종 때 어진 재상으로 이임보(李林甫)의 모략에 밀려나 초야에서 여생을 보낸 사람이다. 이 시는 재상의 자리를 물러났을 때의 감회를 읊은 것이다.

「그 옛날 푸른 꿈을 안고 재상이 되어 나라를 위해 있는 힘을 다했으나 뜻대로 되지 못하고 늙은 나이에 미끄러져 물러나고 말았다. 거울

속에 비친 그림자와 서로 마주보며 서글퍼하는 마음을 그 누가 알아줄 사람이 있으리오」하는 내용이다.

그러나 옛날에는 「청운」이란 말이 꼭 출세의 뜻으로만 쓰인 것은 아니었다.

등왕각

《사기》백이열전에서 태사공(太史公)은 이렇게 말하고 있다.

「민간에 있는 사람들이 덕을 닦아 이름을 세우고자 청운의 선비(靑雲之士)의 힘을 빌지 않으면 어떻게 후세에 그 이름을 전할 수 있겠는가」

즉 백이 숙제 같은 사람도 공자 같은 성인이 그를 위대하게 평해 주지 않았으면 그 이름이 세상에 전해질 수 없었다는 것을 개탄한 것으로 여기서는 공자가 청운지사로 지적된 것이다.

주석에는 청운지사를 귀하고 위대한 사람이라고 풀이하고, 또 「청운지사」에는 세 가지 뜻이 있어서, 덕이 높은 사람, 지위가 높은 사람, 뜻이 높은 사람에게 두루 쓰인다고 했다. 결국 푸른 뜻이니, 푸른 꿈이니 하는 것은 무엇이 됐든 높고 크게 한번 되어 보겠다는 원대한 포부의 뜻으로 풀이될 수 있을 것 같다.

왕발(王勃)의 「등왕각서(滕王閣序)」에도 청운지지란 말이 장구령의 시에 나오는 것과 같은 출세의 뜻으로 쓰고 있다. 왕발도 같은 시대의 사람이다. 당시는 「청운」의 뜻이 지금과 같이 출세의 뜻으로 쓰이고 있었던 것 같다.

청천백일 青天白日

푸를 青 하늘 天 흴 白 날 日

맑게 갠 날 뒤가 깨끗한 일 억울하게 뒤집어쓴 죄가 판명되어 무죄가 됨.

— 한유(韓愈) 『여최군서(與崔群書)』

「청천백일」은 맑게 갠 하늘에서 밝게 비치는 해라는 뜻이고, 하는 일이 뒤가 깨끗하다든가, 억울한 것이 판명되어 죄에서 풀려 누명을 벗게 된다든가 하는 따위를 「청천백일」에 비유해 말한다. 즉 깨끗하다는 뜻과 세상이 다 안다는 두 가지 뜻으로 많이 쓰인다.

한유(韓愈)는 그의 친우인 최군(崔群)에게 보낸 편지 가운데서, 「……청천백일은 노예들도 또한 그것이 맑고 밝은 것을 안다」고 했다.

이것은 최군의 뛰어난 인품을 모르는 사람이 없다는 것을 비유해 쓴 말이다. 즉 최군이 하늘처럼 맑고 태양처럼 밝다는 것을 말한 것이 아니고, 누구나 다 알고 있다는 뜻으로 쓰인 말이다.

그러나 우리들이 흔히 말하는 「청천백일하(淸天白日下)에 드러났다」고 할 때의 그 「청(淸)천백일」과는 약간 뜻이 다르다.

《주자전서》에는 주자가 맹자를 평하여 「청천백일과 같이 씻어 낼 때도 없고, 찾아 낼 흠도 없다」고 했다. 이것은 순결무구(純潔無垢)의 뜻으로 쓰인 것이다.

우리들이 쓰는 사심이 없다는 그런 뜻의 청천백일과는 다소 거리가 있다. 우리들이 많이 쓰는 「청천백일하에 드러났다」든가, 「청천백일하에 그런 짓을 할 수 있느냐」든가 하는 말은 훤히 밝다는 뜻 그대로 쓰이는 것이다.

청출어람 靑出於藍

푸를 靑 나올 出 어조사 於 쪽 藍

제자가 스승보다 나음을 일컬음.

— 《순자》 권학편(勸學篇)

「청출어람」은 제자가 스승보다 낫다는 평을 듣는 것을 말한다. 남(藍)은 「쪽」이라는 풀이름이다. 쪽에서 나온 푸른 색깔이 쪽보다 더 푸르다는 말에서 온 말이다.

《순자》 권학편 맨 첫머리에 이렇게 말하고 있다.

「학문은 잠시도 쉬어서는 안된다. 푸른 색깔은 쪽에서 나오지만 쪽보다 더 푸르고, 얼음은 물이 만들지만 물보다 차다(學不可以已 靑出於藍而靑於藍 氷水爲之而寒於水)」

학문에 뜻을 둔 사람은 잠시도 게을리 해서는 안된다. 그 예로 쪽이란 풀로 푸른색을 내지만, 사람의 노력이 가해짐으로 해서 그 쪽 자체보다 더 깨끗하고 아름답고 진한 색깔을 낼 수 있다. 얼음은 물이 얼어서 된 것이지만 물에서 얼음이 되는 과정을 거치기 때문에 물보다 더 차가운 성질의 것이 된다. 그러므로 스승에게서 배우기는 하지만, 그것을 더욱 익히고 정진함으로써 스승보다 더 훌륭한 사람이 될 수 있고, 더 깊고 높은 학문과 덕을 갖게 된다는 뜻이다.

이 「청출어람이청어람(靑出於藍而靑於藍)」이란 말이 약해져서 「출람(出藍)」이 된 것으로, 그것은 곧 푸른색이란 뜻이 된다. 푸른색은 쪽에서 나와 쪽보다 푸른 것이므로 그것은 먼저 것보다 뒤의 것이 더 훌륭하다는 뜻이 된다. 즉 스승보다 제자가 나은 것을 말한다.

「출람지예(出藍之譽)」라고도 한다.

청천벽력 靑天霹靂

푸를 靑 하늘 天 벼락 霹 벼락 靂

맑게 갠 하늘의 벼락. 뜻밖에 일어난 큰 변동. 갑자기 생긴 큰 사건

— 육유(陸遊) 『구월사일계미명기작(九月四日鷄未鳴起作)』

「청천벽력(靑天霹靂)」은 맑게 갠 하늘에 난데없는 벼락이란 뜻이다. 전연 예상조차 할 수 없었던 재난이나 변고 같은 것을 비유해서 쓰는 말이다.

너무도 뜻밖의 불길한 소식을 듣든가 당하든가 했을 때 흔히 「청천벽력도 유분수(有分數)지」 하는 말을 쓴다.

이것은 청천벽력이 사람을 놀라게 하는 돌발사건이란 뜻으로 쓰인 것이다. 「유분수지」 하는 말은 「정도가 있지」 하는 뜻이다.

우리말의 「날벼락」이란 말은 이 「청천벽력」이란 말과 비슷하기는 하나 쓰는 데 다소 차이가 있다. 날벼락은 죄 없이 받는 재난이란 뜻이다. 뜻밖에 당한다는 점에서는 같지만, 그 내용에 있어서는 다르다.

「그 소식은 내게 있어서 청천벽력이었다」 하면 너무도 뜻밖의 놀라운 일이란 것을 뜻한다. 이때 「날벼락」이란 말은 쓸 수 없다.

「모진 놈 옆에 섰다가 날벼락 맞는다」는 말이 있다.

악한 사람에게 하늘이 벼락을 내리는 바람에 그 옆에 있던 착한 사람까지 희생을 당한다는 뜻이다. 이때는 「청천벽력」을 대신 쓸 수 없다.

그러나 「이거야 원 날벼락이지」 하고 말할 때는 「이거야 원 청천벽력이지」 하고 말할 수 있다. 너무나도 뜻밖에 당하는 일이라는 뜻이다.

남송의 시인 육유(陸遊, 1125~1209)는 시 「구월사일계미명기작(九月四日鷄未鳴起作)」에서 자신의 뛰어난 필치를 가리켜 「푸른 하늘에 벼락을 날리듯 한다(靑天飛霹靂)」고 했다.

방옹이 병들어 가을을 지내다가
홀연히 일어나 취한 듯 붓을 옮긴다.
참으로 오랜 세월 웅크린 용과 같이
푸른 하늘에 벼락을 날리는 듯하구나.
비록 남들은 괴기에 빠졌다 하겠지만
이기고자 항상 괴롭게 침묵했었네.
하루아침에 이 몸이 죽는다면
천금을 주고도 못 살 것이네.

放翁病過秋	忽起作醉墨	방옹병과추	홀기작취묵
正如久蟄龍	靑天飛霹靂	정여구칩룡	청천비벽력
雖云墮怪奇	要勝常憫默	수운타괴기	요승상민묵
一朝此翁死	千金求不得	일조차옹사	천금구부득

　진지한 기운보다는 해학적이고 경계하는 시상(詩想)이 잘 반영된 작품이다.

　방옹은 육유가 스스로 붙인 호다. 그는 금(金)나라의 위협에 전전긍긍하다가 결국 도읍을 옮긴 북송 말에 태어나 남송시대를 살았다. 때문에 그는 나라의 불행을 목도하는 시인의 울분과 서정적인 감정이 뒤섞인 작품을 많이 남겼다.

　「청천벽력」은 역시 세상을 놀라게 한다는 뜻으로 쓰인 것이기는 하지만, 좋은 의미를 지니고 있다. 「청천벽력」과 같은 뜻밖의 소식 중에는 기쁜 일 좋은 일도 있을 수 있다. 그러나 좋은 경우에는 이 문자를 쓰지 않는 것이 보통이다. 그러나 다른 문자로 표현 못할 경천동지할 대사건이라면 경우에 따라서는 쓸 수도 있을 것이다.

초목개병　草木皆兵

풀 草 나무 木 모두 皆 군사 兵

적이 우세한 데 겁을 먹어 초목이 모두 군사로 보임.

— 《진서(晋書)》 부견재기(符堅載記)

「초목개병」은 서 있는 수풀이 다 적의 군사로 보인다는 뜻으로, 어떤 일에 크게 놀란 나머지 신경이 날카로워진 것을 비유한 말이다.

《진서》 부견재기(符堅載記) 하편에 이런 이야기가 있다.

진(晋)나라 말년에 정치가 부패하자 서북과 북방의 몇 개 민족들이 진나라의 지배에서 벗어나 전후 16개 나라를 세웠는데, 이것이 바로 오호십육국(五胡十六國)이다.

그 중에서 가장 강대한 나라는 저족(氐族)에 의해 세워진 진(秦)나라였다. 역사에서는 이를 전진이라고 하며 당시의 진나라는 동남쪽에 위치해 있었기 때문에 동진이라고 한다.

어느 날, 전진의 국왕 부견(符堅)이 80만 대군을 이끌고 남침해서 중원지방을 차지하려고 하였다. 이때 진무제는 8만의 군사를 동원해서 저항했는데, 수적인 열세가 너무나 현저해서 도저히 승산이 없어 보였다.

이 때문에 많은 관원들은 지레 겁을 먹고 떨고 있었다. 그러나 선봉도독이었던 사현(謝玄)은 정예군 5천을 인솔하고 낙간(洛澗) 일대에서 부견의 군사 1만 5천 명을 일거에 섬멸한 다음 승승장구로 진격하였다.

이에 진왕 부견과 선봉장 부융(符融)은 기세가 꺾여 주춤하였다. 그들의 수양성루에 올라가 진군의 군세를 살펴보니 그 기세는 하늘을 찌를 듯했고, 다시 서북쪽의 팔공산을 보니 산에 서 있는 초목들이 모두 적군의 병사처럼 보였다고 한다.

동진 군사들은 다시 비수(肥水)를 건너 용감하게 진격을 거듭해서 적장 부융을 사살하는 등 커다란 전과를 올렸다. 그 바람에 부견의 군사들은 일대 혼란에 빠지고 말았다. 그들은 밤에 바람소리가 나거나 학이 우는 소리(風聲鶴唳)만 들려와도 적병이 추격하는 줄 알고 벌벌 떨었다고 한다.

지칠 대로 지친 부견의 군사들은 이 싸움에서 거의 열의 일곱 여덟이 전사하였다. 이 싸움이 바로 적은 군사로 적의 대군을 물리친 것으로 역사상 유명한 비수대전(肥水大戰)이다.

자치통감

「초목개병」은 바로 《자치통감》과 《진서》에서 부견이 「팔공산의 초목과 바람소리와 학의 울음소리를 모두 적병인 줄 알았다(八公山 草木 風聲鶴唳 皆以爲晉兵)」라고 한 말에서 유래한 것인데, 다른 성구인 「풍성학려(風聲鶴唳)」도 여기서 나온 말이다. 〔☞ 풍성학려〕

兵聞拙速 不聞工遲
병문졸속　불문공지

군대는 교지(巧遲)보다는 졸속(拙速)을 더 중히 여긴다.
군사상의 일은 능숙하며 속도가 느린 것보다는 서투르나 빨리 해치우는 쪽을 오히려 더 쳐 준다.

— 《진서(晉書)》 민왕승전(閔王承傳) —

초미지급 焦眉之急

태울 焦 눈썹 眉 의 之 급할 急

눈썹에 불이 붙은 것과 같이 매우 위급함.

—《오등회원(五燈會元)》

우리말에 「발등에 떨어진 불」이란 말이 있다. 발등에 떨어진 불은 곧 몸 전체를 태우게 된다는 뜻과 아울러, 당장 뜨거우니까 손이 절로 그리로 가고 발이 절로 불을 차 던지게 된다는 뜻이다. 초미는 눈썹을 태운다는 뜻이다.

「초미지급」은 눈썹이 타고 곧 얼굴이 타게 될 그런 위급한 일이란 뜻이다. 발등에 떨어진 불보다 더 위급한 표현이다. 금릉 장산(蔣山)의 법천불혜선사(法泉佛慧禪師)는 만년에 어명으로 대상국지해선사(大相國智海禪寺)의 주지로 임명되었을 때, 중들을 보고 물었다.

「주지로 가는 것이 옳은가, 이곳 장산에 머물러 있는 것이 옳은가?」

이 같은 물음에 아무도 대답하는 사람이 없었다. 도를 닦아야 하느냐, 출세를 해야 하느냐 하고 망설인 것이다. 그러자 선사는 붓을 들어 명리(名利)를 초탈한 경지를 게(偈)로 쓴 다음, 앉은 채 그대로 세상을 떠났다고 한다. 이 법천불혜선사가 수주(隨州)에 있을 때, 그 곳 중들로부터 여러 가지 질문을 받고 대답한 말 가운데 이런 것이 있다.

「어느 것이 가장 급박한 글귀가 될 수 있습니까(如何是急切一句)」

「불이 눈썹을 태우는 것이다(火燒眉毛)」라고 대답했다는 것이다.

이 이야기는《오등회원》에 있는 이야기인데, 이 「화소미모」란 말에서 「소미지급(燒眉之急)」이란 말이 생기고, 「소미지급」이 변해서 「초미지급」으로 된 것 같다. 「눈썹에 불이 붙었다」는 말을 쓰는 사람이 있는데, 그것은 「초미」란 말을 그대로 옮긴 말이다.

834

초순건설 焦脣乾舌

태울 焦 입술 脣 마를 乾 혀 舌

말을 많이 함. 생각을 많이 하며 잠을 이루지 못함.

— 《사기》 중니제자열전(仲尼弟子列傳)

「초순건설」은 입술이 타고 혀가 마른다는 뜻이다. 입술이 타고 혀가 마르도록 말을 많이 하는 것을 말한다. 그러나 생각을 많이 하여 잠을 이루지 못해 입술이 타고 혀가 마를 경우에도 이 말을 쓴다. 무슨 특별한 다른 뜻이 있는 것이 아니고 단지 사실 그대로의 현상을 과장해서 말한 것에 불과하다.

자공(子貢)이 공자의 부탁을 받아 노나라를 침략해 오는 제나라 군사를 물리치기 위해서, 제·오·월·진(晉)나라 등 각 국을 돌아다닌 일이 있다. 그가 오나라를 거쳐 월나라로 갔을 때의 일이다.

월왕 구천(句踐)이 자공을 뜰 밖에까지 나와 맞으며 원로에 찾아와 준 것을 치하하자, 자공은 월왕의 심중에 있는 말을 지적해 내며 그의 마음을 격동시켜 주었다.

그러자 월왕 구천은 머리를 조아려 절을 하며,

「내 일찍이 힘을 헤아리지 못하고 오나라와 싸워 회계(會稽)에서 패하고 이로 인한 굴욕과 고통이 골수에까지 사무쳐 낮이나 밤이나 입술을 타게 하고 혀를 마르게 하며, 그저 오왕과 함께 죽기가 소원입니다(孤嘗不料力 乃與吳戰 因於會稽 痛入於骨髓 月夜焦脣乾舌 徒欲與吳王接踵而死 孤之願也)」하고 말했다.

여기 나와 있는 「초순건설」이란 말은 「노심초사(勞心焦思)」와 같은 뜻으로 풀이될 수 있다. 그러나 「입술이 타고 혀가 마르도록 타일러도 말을 듣지 않는다」고 할 때와 같은 뜻으로 많이 쓰이고 있다.

초인유궁초인득지 楚人遺弓楚人得之

초나라 楚 사람 人 잃을 遺 활 弓 얻을 得 갈 之

소견이 좁은 사람의 행동을 빗대어 말함.

— 《설원(說苑)》 지공편(至公篇)

관복을 입은 공자상

초나라 사람이 잃은 활을 초나라 사람이 얻는다는 것이 「초인유궁 초인득지」다. 《설원(說苑)》 등 여러 책에서 볼 수 있는 공자에 대한 이야기 가운데 나오는 말이다. 《설원》 지공편(至公篇)의 기록을 들자면 다음과 같다. 초공왕(楚共王)이 사냥을 나갔다가 그가 아끼던 활을 그만 놓아둔 채 잊고 왔다. 늦게야 알고 좌우 시신들이 다시 가서 찾아오기를 청했으나 공은,

「초나라 사람이 흘린 활을 초나라 사람이 주울 텐데 굳이 찾으러 갈 것까지야 없지 않으냐(楚人遺弓 楚人得之 又何求焉)」하고 그만두게 했다.

공왕의 이야기를 들은 공자는 이렇게 말했다.

「애석한 일이다. 공왕의 말이 옳기는 한데 왜 좀더 생각이 크지 못했을까. 이왕 말을 할 바엔 사람이 흘린 활을 사람이 줍는다고 하지 못하고, 하필 초나라라고 했단 말인가?」

《설원》의 저자인 전한의 유향(劉向)은 공자와 같은 생각이야말로 대공(大公)이라 말할 수 있다고 했다. 내 것과 네 것이 없는 대동(大同)이 즉 「대공」인 것이다.

추선　秋扇

가을 秋 부채 扇

필요할 때는 대접을 받다가 쓸모가 없어지면 경시되는 상황이나
사람을 일컬음. 특히 남자의 사랑을 잃은 여인의 처지.

— 《한서》 『원가행(怨歌行)』

「추선」은 글자 그대로 가을 부채를 말한다. 즉 가을이 되어 쓸모가 없게 된 부채를 가리킨다. 이에 비유하여 사랑을 잃은 처지를 뜻하는 말로 쓰인다.

《한서》 속에 반첩여(班倢伃)「원가행(怨歌行)」이라는 시에 나오는 말이다.

한나라 성제(成帝)의 홍가(鴻嘉) 3년(B.C 18년)의 어느 날, 후궁 증성사(增成舍)는 여느 때와는 다른 황망함을 보이고 있었다. 이곳의 주인인 반첩여가 허황후(許皇后)와 공모하여 총애를 받고 있는 사람들을 저주하고 황제에 대하여 불손한 언사를 했다는 혐의로 잡혀가고 있는 것이었다.

소문에 의하면 조비연(趙飛燕) 자매가 이 두 사람을 황제에게 참주(譖奏)했다고 한다. 조자매란 얼마 전에 궁비(宮婢)로서 채용된 데 불과했지만, 그 경신세요(輕身細腰)가 황제의 눈에 들어 후궁에 들어오고, 곧이어 언니는 첩여, 동생은 소의(昭儀)의 지위를 하사받으며 후궁의 총애를 한 몸에 모으고 그 정도가 전대미문이라고 일컬어지고 있었다.

사실을 규명했으나 무죄라는 것이 밝혀졌다. 그러나 불쌍하게도 허황후는 건시(建始)·하평(河平) 연간에 총애를 뽐냈던 것이 화근이 되어 폐위되고 미인이란 지위로 떨어지고 말았다. 반첩여는,

한고조와 여태후 합장묘

「『생사에는 명이 있고 부귀는 하늘에 있다(死生有命 富貴在天)(《논어》 안연편)』고 듣고 있습니다. 행실을 바르게 하여도 아직 복이 없는데, 사악한 짓을 한들 무슨 소용이 있겠습니까. 하늘이 이 신하로서 바라서는 안될 소원을 아셨다 하더라도 받아들이지 않을 것입니다. 모르고 계신다면 아무리 바라고 바라도 무익한 일이 아니겠습니까」라고 아뢰었다.

황제는 반첩여의 성실에 감동되어 그녀를 용서하고 또다시 백 근의 황금을 하사했다. 그리하여 다시 증성사로 돌아오긴 했으나 이미 총애를 잃은 몸, 별수가 있을 리 없다. 있는 것은 공허뿐, 아니 여자의 질투다. 이번에는 다행히 용서를 받기는 했으나 어떻게 저 조비연 자매를 그냥 둘 수 있겠는가.

고조황제의 애첩 척희(戚姬)는 고조황제의 비 여태후에게 두 눈이 뽑히고 혀가 잘리고 다음에는 수족까지 절단당하지 않았는가. 무서운 것은 여자의 질투다. 현량정숙(賢良貞淑)한 반첩여는 어찌했으면 좋을지를 몰랐다. 어떻게 이 질투의 소용돌이치는 후궁에서 도망칠 방법은 없을까 하고 고뇌했다.

그래서 장신궁(長信宮)에 계신 황태후인 왕씨에게 부탁을 해보기로 했다. 황태후는 자기가 옛날에 첩여가 되었을 때 자신의 겸손함을 칭찬하고 언제나 다정하게 대해 주었다. 이젠 황태후에게 의지하는 길밖에 없다고 생각하자 반첩여는 지체하지 않고 장신궁으로 가서 황태후를 모시게 해달라고 자원을 했다.

장신궁에서는 평온한 나날이 흘렀다. 왕씨의 말벗을 해주는 일 이외에는 방안에 들어박혀 시서를 읽고 악기를 벗 삼고 있었다. 그러나 간혹 나는 새의 모습이 수면에 비치듯, 그 예전 증성사에서 보내던 생활의 추억이 마음속에 오가는 수도 없지 않았다.

새로 찢는 제나라의 흰 비단
깨끗하기 서리와 눈과 같구나.
이리저리 잘라서 만든 합환선
둥글기가 명월과 같구나.
그대의 품속으로 드나들면서
움직여 미풍을 일으킨다.
언제고 두려운 가을이 되어
찬 바람이 더위를 쫓으니
장 속으로 버림을 받아
은정이 중도에서 끊어질까 싶구나

新裂齊紈素	皎潔如霜雪	신렬제환소	교결여상설
裁爲合歡扇	團團似明月	재위합환선	단단사명월
出入君懷袖	動搖微風發	출입군회수	동요미풍발
常恐秋節至	凉風奪炎熱	상공추절지	양풍탈염열
棄損篋笥中	恩情中道絶	기손협사중	은정중도절

  세월은 장신궁에도 흘러 수화(綏和) 2년(B.C 7년) 성제가 죽은 뒤 곧 반첩여도 40세 남짓한 생애를 마감했다.
  「추풍선(秋風扇)」이란 말이 사나이의 사랑을 잃은 여자에게 비유되어 「추풍선으로서 버림을 받아」 하고 곧잘 쓰이는 것도 앞에서 보인 「원가행」에서 나왔다.

촌철살인 寸鐵殺人

마디 寸 쇠 鐵 죽일 殺 사람 人

간단한 경구로 어떤 일의 급소를 찔러 사람을 감동시킴의 비유.

― 《학림옥로(鶴林玉露)》

「촌철」은 한 치밖에 안되는 쇠란 말로, 주머니칼 같은 작은 것을 가리켜서 하는 말이다. 「촌철도 몸에 지니지 않았다(身無寸鐵)」든가, 「촌철살인」이라고 할 때는 극히 작은 무기를 뜻한다. 이 「촌철살인」의 어원이 된 것은 남동(南東)의 나대경(羅大經)이 지은 《학림옥로》에서 볼 수 있다. 이 책은 그가 찾아오는 손들과 주고받은 재미있는 말들을 기록한 것으로, 천·지·인 3부로 나뉘어져 있는 전체 18권으로 된 책이다. 지부의 제7권 「살인 수단」이란 제목 아래 다음과 같이 씌어 있다.

「종고선사(宗皐禪師)가 선(禪)에 대해서 말했다. 『비유하면 사람이 수레에 무기를 싣고 와서, 이것도 꺼내 써 보고, 저것도 꺼내 써 보는 것은 올바른 살인 수단이 되지 못한다. 나는 오직 촌철이 있을 뿐, 그것으로 사람을 당장 죽일 수 있다(我則只有寸鐵 便可殺人)』」

종고는 북송 임제종의 선승(禪僧)으로 대혜선사라 불렀다. 그가 여기서 말한 살인은 사람의 마음속을 점령하고 있는 속된 생각을 완전히 쫓아 없애는 것을 말한 것이다. 그 속된 생각을 성급하게 없애려 하여 이런 방법 저런 방법을 쓰는 것은 모두 서툰 수작이다. 내게는 오직 한 가지만을 깊이 생각하여 번쩍 하고 깨치는 순간 모든 잡념이 달아나게 된다는 뜻이다.

간단한 한 마디 말과 글로써 상대방을 당황하게 만드는 그런 경우를 가리켜 「촌철살인」이라고 한다. 따라서 신문의 사설 따위의 한 구절 글이 사회에 끼치는 영향은 실로 상당하다 할 것이다.

축록자불견산 逐鹿者不見山

쫓을 逐 사슴 鹿 사람 者 아니 不 볼 見 뫼 山

큰 것에 뜻이 있는 사람은 사소한 일에 구애되지 않는다.

— 《회남자》 설림훈편(說林訓篇)

「짐승을 쫓는 사람은 눈이 태산을 보지 못한다. 왜냐하면 욕심이 밖에 있으면 밝은 것이 가려지기 때문이다(逐獸者不見太山 嗜欲在外 則明所蔽矣)」라고 했다. 짐승을 잡으려고 산에 들어간 사람은 짐승에만 생각이 가 있어서 산이 눈에 보이지 않는다. 욕심에 눈이 어두워 있기 때문이다. 또 이와는 반대로 같은 《회남자》 설림훈편에,

「사슴을 쫓는 사람은 토끼를 돌아보지 않고, 천금의 물건을 흥정하는 사람은 몇 돈 몇 냥의 값을 놓고 다투지 않는다(逐鹿者不顧兎 決千金之貨者不爭銖兩之價)」라고 했는데, 결국 큰 것에 뜻이 있는 사람은 사소한 일에 구애되지 않는다는 뜻이다. 여기서 「축록자 불고토(逐鹿者不顧兎)」란 말이 나왔다. 또 《허당록(虛堂錄)》에는,

「사슴을 쫓는 사람은 산을 보지 못하고, 돈을 덮치는 사람은 사람을 보지 못한다」고 했다. 또 이권, 특히 황제의 자리를 다투는 것을 가리켜 축록이라고 하는 것은 《사기》 회음후열전에서 괴통이, 「……진나라가 그 사슴을 잃은지라 천하가 함께 쫓았다……」라고 했는데, 여기 말한 사슴은 곧 황제의 자리란 뜻이다.

당나라 위징(魏徵)의 시에도, 「중원이 아직 사슴을 쫓아 붓을 던지고 융헌을 일삼는다」라고 한 구절이 있다.

중원은 천하를, 융헌은 병사(兵事)를 뜻한다. 천하가 어지러워 전쟁을 일삼고 있다는 뜻이다. 여기서 정권을 다툰다는 뜻으로 쓰이는 「중원축록」이란 성구도 나왔다.

춘래불사춘 春來不似春

봄 春 올 來 아니 不 같을 似

봄이 와도 봄 같지가 않다.

「춘래불사춘」은 봄이 와도 봄답지 않다는 말이다.

이 말은 왕소군(王昭君)을 두고 지은 시 가운데 있는 글귀다. 왕소군은 전한 원제(元帝)의 궁녀로 이름은 장이고, 소군은 자(字)다.

그녀는 절세의 미인이었으나, 흉노와의 화친정책에 의해 흉노 왕에게 시집을 가게 된 불운한 여자였다.

그러한 그녀의 불운한 정경을 노래한 글귀 가운데,

이 땅에 꽃과 풀이 없으니
봄이 와도 봄 같지 않다.

胡地無花草　春來不似春　　호지무화초　춘래불사춘

라는 말이 나온다. 살풍경한 북녘 땅을 그대로 표현한 말이었는데, 이 시가 유명해지자 다른 비슷한 경우에도 이 말을 많이 인용하게 되었다. 예를 들어, 연말이 되어도 상여금을 타지 못하는 사람은 그것을 비유해서 「춘래불사춘」이라고 한다. 또 연초에 남들은 떡이야 술이야 즐겁게 먹고 있는데, 혼자 그런 기분을 느끼지 못하면 역시 「춘래불사춘」이다.

그러나 우리나라에서는 가끔 태풍이 찾아와 농작물에 막대한 피해를 입히기도 한다. 이럴 때 농부들은 가을이 되어도 추수할 곡식이 물에 잠기거나 해서 농사를 망치는 경우가 있었다. 이럴 때 「추래불사추(秋來不似秋)」라는 말이 농촌에서 유행되기도 했고, 따뜻한 겨울을 가리켜 「동래불사동(冬來不似冬)」이라 말하기도 한다.

춘면불각효 春眠不覺曉

봄 春 잠잘 眠 아니 不 깰 覺 새벽 曉

봄잠에 새벽이 된 것도 깨닫지 못한다.

— 맹호연(孟浩然) 『춘효(春曉)』

「춘효(春曉)」라는 맹호연의 유명한 시의 첫 구절에 나오는 말이다. 한가한 봄날 새벽이 된 줄도 모르고 늦게까지 깊은 잠에 빠져 있었다는 뜻이다.

오언절구로 된 이 시의 전부를 소개하면 다음과 같다.

봄잠이 새벽을 깨닫지 못하니
곳곳에 우는 새소리를 듣는다.
밤에 온 비바람 소리에
꽃이 얼마나 떨어졌을까를 안다.

春眠不覺曉　處處聞啼鳥　　춘면불각효　처처문제조
夜來風雨聲　花落知多少　　야래풍우성　화락지다소

이 시는 봄의 한가함을 나타낸 시로 알려져 있지만, 실상 그 속에는 봄을 시샘하는 비바람과 덧없이 지고 만 꽃의 허무함을 무감각하게 현실로 바라보는 서글픔과 달관(達觀)이 함께 깃들어 있다. 우리나라 시조에 있는,

간밤에 부던 바람에 만정도화(滿庭桃花) 다 졌겠다.
아이는 비를 들고 쓸려고 하는구나.
낙환들 꽃이 아니랴, 쓸어 무엇 하리오

라고 한 내용의 시상(詩想)도 같은 것이 아닐는지……

춘소일각치천금 | 春宵一刻値千金

봄 春 밤 宵 한 一 새길 刻 값 値 일천 千 돈 金

봄날 밤의 경치는 비교할 수 없을 만큼 빼어남의 비유.

— 소식(蘇軾) 『춘야(春夜)』

소동파(蘇軾)가 지은 「춘야(春夜)」라는 칠언절구에 나오는 첫 글귀다. 「춘소일각치천금」은 「봄날 밤 한 시각은 천금을 주고 살 만한 그런 가치가 있다」는 뜻이다.

소동파는 선비이면서 도교와 불교에 조예가 깊은 시인이었다. 특히 자연을 사랑하는 가운데 인생의 허무를 내다보는 그의 시는 말이 지닌 이상의 깊은 뜻과 맑은 향기를 풍기고 있다.

봄밤의 한 시각은 값이 천금
꽃에는 맑은 향기가 있고 달에는 그늘이 있다.
노래와 피리의 누대는 소리가 가늘고 또 가늘어
그네 뛰던 안뜰에는 밤이 깊고 또 깊다.

春宵一刻値千金　花有淸香月有陰　　춘소일각치천금　화유청향월유음
歌管樓臺聲細細　鞦韆園落夜沈沈　　가관루대성세세　추천원락야침침

봄밤은 한 시각이 천금을 주어도 아깝지 않은 즐거운 시간이다. 꽃은 그윽한 향기를 풍기고, 달은 얼굴을 발 사이로 몽롱하게 지켜보고 있다. 누각에서 피리소리와 노랫소리가 멀리 가느다랗게 들려오고, 그네를 뛰며 즐기던 안마당에는 소리 없이 밤만 자꾸 깊어간다는 내용이다. 시가 유명해지자 「춘소일각치천금」은 마침 얻게 된 즐거운 시간을 아끼는 뜻으로도 쓰이고, 시간을 보람있게 즐겁게 보내자는 말로도 쓰인다.

844

춘재지두이십분 春在枝頭已十分

봄 春 있을 在 가지 枝 머리 頭 이미 已 열 十 나눌 分

진리는 가까운 데 있다.

— 대익(戴盎) 『탐춘시(探春詩)』

「춘재지두이십분」은 사람이 알지 못하는 사이에 어느덧 봄은 벌써 나뭇가지 끝에 와 있었다는 뜻이다. 대익의 「탐춘시(探春詩)」에 있는 맨 끝 글귀인데, 사람이 찾는 것은 대개 멀리 있는 것이 아니고 바로 자기 주변에 있다는 뜻으로 쓰이는 말이다.

온종일 봄을 찾아 봄을 보지 못하고
아득한 좁은 길로 언덕 위 구름 있는 곳까지 두루 헤맨 끝에
돌아와 마침 매화나무 밑을 지나노라니
봄은 가지 머리에 벌써 와 있은 지 오래였다.

盡日尋春不見春　芒蹊踏遍隴頭雲　　진일심춘불견춘　망혜답편농두운
歸來適過梅花下　春在枝頭已十分　　귀래적과매화하　춘재지두이십분

울 안에 있는 매화 가지에 벌써 꽃망울이 져 있는 것도 모르고, 하루 종일 밖에 나가 들로 산으로 봄소식을 찾아 헤맨 어리석음과, 그런 헛수고 끝에 비로소 눈에 들어온 내 집 울 안에 있는 매화 가지의 꽃망울을 발견하고 놀라서 반기는 시인의 천진난만스런 모습이 잘 나타나 있다.

진리는 가까운 데 있다 하는 뜻으로 많이 인용되는 말이다. 사람은 주변을 떠나 먼 데 것을 찾는 어리석음을 누구나 가지고 있다는 뜻도 된다.

날 出 인가 乎 너 爾 도리어 反

자신의 허물을 반성할 일이지 남의 잘못을 꾸짖을 일이 못된다.

—《맹자》양혜왕하(梁惠王下)

「네게서 나온 것이 네게로 되돌아간다」는 뜻이다.「가는 말이 고와야 오는 말도 곱다」는 말과 같은 성질의 말이다.《맹자》양혜왕하에서 맹자가 인용한 증자(曾子)의 말이다.

추목공이 맹자에게 물었다.

「우리나라가 노나라와의 충돌에 있어서, 지휘자들이 서른세 명이나 죽었는데 그 밑에 있는 백성들은 한 사람도 죽지 않았습니다. 상관이 죽는 것을 바라보고만 있는 그들을 모조리 처벌하려니 수가 너무 많아 손을 댈 수가 없고, 그냥 버려두면 앞으로도 윗사람 죽는 것을 미운 놈 바라보듯 하고 있을 터이니, 이를 어찌하면 좋겠습니까?」

임금의 이와 같은 물음에 맹자는,

「흉년이나 재난이 든 해에 임금님의 백성이 늙은이와 어린아이들은 굶주려 죽고, 장정들은 사방으로 살길을 찾아 헤어진 수가 몇 천이나 됩니다. 그때 임금님의 창고에는 곡식과 재물들이 가득 차 있었습니다. 그런데도 관리들은 이를 보고하여 구제할 대책을 세우지 않고 보고만 있었습니다. 이것은 윗사람이 직무에 태만하여 아랫사람들을 죽게 만든 것입니다. 옛날 증자가 말하기를『네게서 나온 것이 네게로 돌아간다』고 하였습니다. 백성들은 그들이 받은 푸대접을 지금에 와서 돌려준 것뿐입니다. 임금께서 백성들을 허물하지 마십시오 임금께서 어진 정치를 하시면, 지금 그 백성들이 그들 상관의 고마움에 보답하기 위해 앞장서서 죽게 될 것입니다」라고 대답했다.

충신불사이군 忠臣不事二君

충성 忠 신하 臣 아니 不 섬길 事 두 二 임금 君

충신은 두 임금을 섬기지 않는다.

— 《사기》 전단전(田單傳)

「충성된 신하는 두 임금을 섬기지 않고 절개가 있는 여자는 두 남편을 섬기지 않는다(忠臣 不事二君 烈女 不更二夫)」라는 말은 너무도 잘 알려져 있는 말이다.

이 말은 전국시대 제나라 충신 왕촉(王蠋)이 옛날부터 전해 내려온 말을 인용해서 자기의 뜻을 밝힌 것인데, 이것이 뒷날 왕권과 남자의 지배권이 확립되면서 신하들과 여자들을 두고 강조된 나머지 마침내는 꼭 지켜야 할 가장 중요한 신조(信條)처럼 되고 말았다. 실상 공자나 맹자의 말씀에는 이 같은 도덕률이 지적되어 있는 곳이 전혀 없는 것에 주목해야 한다.

공자는 반란을 일으킨 사람과 손을 잡아 세상을 바로잡아 보려 한 일도 있었고, 맹자는 제선왕이 묻는 말에, 임금이 바른 말로 간해도 듣지 않으면, 버리고 갈 수 없는 사람의 경우라면 임금을 갈아 치울 수도 있다는 말을 해서 선왕의 노여움을 산 내용이 《맹자》에 나와 있다. 권력을 쥔 지배자들이 자기들에게 유리한 도덕률이면 무조건 공자 맹자가 가르친 것으로 내세운 탓으로 공자 맹자에 대한 생각이 달라진 경우도 적지 않다.

그러나 왕촉의 경우는 조금 달랐다. 제나라를 침략한 연나라 장군 악의(樂毅)가 그를 포섭하여 정치적으로 이용하려 했기 때문에 그것을 모면하기 위해 이 말을 인용했고, 결국은 자살에까지 이르고 말았던 것이다.

취모멱자 吹毛覓疵

불 吹 터럭 毛 찾을 覓 흠 疵

억지로 남의 작은 허물을 들추어 냄.

— 《한비자》 대체편(大體篇)

「취모멱자」는 털을 입으로 불어 가며 털 속에 혹시 보이지 않는 작은 흉터라도 없나 하고 살피는 그런 야박하고 가혹한 행동을 가리켜 하는 말이다.

우리말에「털어서 먼지 안 날 사람이 어디 있느냐」하는 말이 있다. 그런데「취모멱자」는 없는 먼지를 일부러 털어 가며 일으키는 그런 행위다.

이「취모멱자」란 말은《한비자》대체편에 있는「털을 불어 작은 흉터를 찾는다(吹毛而求小疵)」고 한 말에서 나온 것 같다.

같은 찾는다는 뜻이지만 구(求)보다는 멱(覓)이 더 강하다. 보이지 않는 것을 찾아내는 것이「멱」이고, 없는 것을 있기를 바라는 것이「구」다.

작은 허물은 누구나 있는 법이다. 우리들이 말하는 이른바「사생활」같은 것이다. 그런 것까지를 일일이 살펴가며 완전무결하기를 바란다는 것은 바라는 사람 자체가 어리석은 것이다.

큰 일 하는 사람은 대체만을 바로잡아 나갈 뿐 그런 사소한 일에까지 세심한 주의를 기울여, 마치 보이지 않는 흉터를 털을 불어가며 찾아내듯 해서는 안된다는 것이다.

오히려 작은 흉을 가려 주고 못 본 체하는 것이 부하를 거느리는 도리요 남을 대하는 대도(大道)인 것이다.

치주안족사 卮酒安足辭

술잔 卮 술 酒 어찌 安 만족할 足 사양할 辭

**죽음도 사양하지 않을 터인데, 그깟 한 잔
술쯤은 사양하고 말고 할 것조차 없다.**

— 《십팔사략(十八史略)》

「치주(卮酒)」는 큰 잔에 찬 한잔 술이란 뜻이다. 「치주안족사」는
한 잔 술쯤은 사양하고 말 것조차 없다는 뜻이다.

이 말은 《십팔사략》 서한(西漢) 고조에 나오는 이야기로 이른바 홍
문연(鴻門宴) 잔치에서 번쾌가 항우를 보고 한 말이다.

「죽음도 사양하지 않을 터인데 한 잔 술쯤 사양하고 말고 할 게 무엇
있겠느냐」고 기염을 토한 다음, 항우가 패공(沛公)을 죽이려고 하는
생각이 잘못된 것임을 위압적으로 지적하는 극적인 장면을 연출하게
된다. 홍문연을 그린 소설과 연극에서 가장 극적인 장면이 이 「치주안
족사」의 앞 뒤 장면이다.

말이 큰 잔이지 아마 몇 대접이 들어갈 만한 큰 잔이었던 것 같다.
장양(張良)에게 패공의 신변이 위급하다는 말을 들은 번쾌가 들어가지
못하게 가로막는 수위장교들을 한 팔로 밀어붙이고 장막을 들고 항우
앞에 썩 나타나자, 항우는 그를 장사라고 칭찬한 다음 큰 잔의 술과
돼지 한쪽 어깨를 주게 했다. 잔을 쭉 들이켠 번쾌는 칼을 쑥 뽑아 고기
를 썰어 다 먹어치운다. 그러자 항우가, 「더 마실 수 있겠는가」 하고
묻자, 번쾌는 앞에 말한 그 같은 대답을 하고, 항우의 그릇된 생각을
타이르듯 지적하는 것이다.

이 말은 술꾼들이 억지로 권하는 잔을 받아 마실 때나 혹은 권할 때
흔히 쓰는 문자다.

치인설몽 痴人說夢

어리석을 痴 사람 人 말할 說 꿈 夢

종작없이 아무렇게나 지껄임.

— 《냉제야화(冷齊夜話)》

「치인설몽」은 어리석은 사람이 꿈 이야기를 한다는 뜻으로, 대중 없이 아무렇게나 지껄이는 것을 말한다.

그런데 이 말이 처음 쓰였을 때는 어리석은 사람이 꿈 이야기를 한다는 뜻이 아니고, 어리석은 사람에게 꿈 이야기를 해준다는 뜻이었다. 즉 꿈에 본 이야기를 하면 어리석은 사람은 그것을 사실인 줄 알고 엉뚱하게 전한다는 것이다.

치인(痴人)은 어리석어도 보통 어리석은 것이 아니고 천치니 백치니 하는 바보를 말하는 것이다. 그러나 글자 그대로의 해석 여부에 관계없이, 말하는 사람의 어리석음을 비웃는다는 뜻이 아니고, 듣는 사람의 어리석음을 풍자하는 것이다.

남송의 중 혜홍(慧洪)이 지은 《냉제야화》에 다음과 같은 이야기가 있다.

당나라 고종 용삭(龍朔) 연간(661～663), 서역의 고승 승가(僧伽)가 지금의 안휘성 근처를 여행했을 때다. 그의 모습과 행동거지가 남다른 것이 많았기 때문에 어떤 사람이,

「당신은 성(姓)이 무엇(何)이오?」 하고 묻자,

「내 성은 무엇이오」 하고 대답했다.

「어느 나라 사람이오(何國人)」 하고 묻자,

「어느 나라 사람입니다(何國人)」 하고 대답했다.

즉 상대편이 「하성(何姓)이오?」 하고 물으면, 묻는 말을 그대로 받아 대

답하고, 「한국인이오?」 하고 물으면, 그대로 받아 「한국인이오」 하고 대답한 것이다.

뒷날 당나라의 문인 이옹(李邕)이 승가를 위해 비문을 썼을 때, 그는 승가가 농담으로 받아넘긴 대답인 줄을 모르고 비문에 쓰기를,

「대사의 성은 하(何)고, 하국 사람이었다(大師姓何 何國人)」고 했다는 것이다.

이상과 같은 이야기를 쓴 다음, 혜홍은 이옹에 대해 이렇게 평을 내리고 있다.

「이것이 바로, 이른바 어리석은 사람을 대해 꿈 이야기를 한다는 것이다(此正所謂對痴人說夢耳). 이옹은 마침내 꿈을 참인 줄로 생각하고 있었으니, 참으로 그보다 더 바보일 수가 없다」

여기서는 사실이 아닌 것을 사실인 양 아는 것을 「치인설몽」이라 말하고 있다. 그러나 보통 우리가 쓰고 있는 것은 바보가 꿈 이야기를 하고 있다는 뜻으로 쓰고 있다.

우리가 흔히 종잡을 수 없는 말을 들었을 때 「이 사람이 꿈을 꾸고 있나」 하는 말을 한다. 보통 사람도 꿈 이야기는 상식으로 판단하기 어렵다. 바보의 꿈 이야기는 몇 배로 더할 것이 아닌가. 그래서 생긴 문자일지도 모른다.

特立而獨行
특립이독행

자기주장대로 꿋꿋이 밀고 나간다.
세상 풍조에 좌우되지 않고, 자기의 주관과 주장대로 행동을 한다.

― 《문장궤범》 ―

칠거지악 七去之惡

일곱 七 버릴 去 어조사 之 나쁠 惡

아내를 내쫓는 이유가 되는 7가지 사항.

《대대례기(大戴禮記)》본명편(本命篇)

「칠거지악」은 아내를 내쫓을 수 있는 일곱 가지 죄악이란 뜻이다. 「삼종지도(三從之道)」와 함께 여성들을 일방적으로 학대해 온 고대 사회의 대표적인 윤리관이다.

그 일곱 가지 죄악이란 다음과 같은 것이다.

첫째는 시부모의 말에 순종하지 않는 것이다.

즉 「불순부모거(不順父母去)」라는 것이다. 거(去)는 「버린다」「보낸다」「쫓는다」하는 뜻이다. 이것은 아마 지금도 법률적으로 이혼 조건이 될 수 있을 것이다. 물론 그 정도의 차는 있지만.

다음은 「무자거(無子去)」다. 자식을 낳지 못하면 보낸다는 것이다.

불효 가운데 뒤를 이을 자식이 없는 것을 가장 큰 것으로 알던 고대 사회에서는 너무도 당연한 일이었을지 모른다.

지금도 아직 그 잔재가 남아 있어 첩을 얻는 사유가 가끔 본부인이 아들을 낳지 못하는 것이 이유가 될 때가 있다.

다음은 「음거(淫去)」다. 부정한 행동이 있으면 보내는 것이다.

지금도 이것만은 이혼의 절대적인 조건이 되어 있으니 옛날이야 말할 것도 없는 일이다. 다만 여성에 한한 일방적이라는 것에 차이가 있을 뿐이다.

다음은 「유악질거(有惡疾去)」다. 전염될 염려가 있는 불치의 병 같은 것을 말한다.

지금도 이것만은 그대로 적용되고 있다고 볼 수 있다. 지금은 서로가 동등한 위치에서 할 수 있는 점이 다르지만.

다음은 「투거(妬去)」다. 첩 꼴을 보려고 하지 않는다든가, 공연히 남편의 하는 일에 강짜를 부리는 그런 여자는 돌려보내도 좋다는 것이다.

이것이 아마 여성들에게는 가장 가혹한 일방적인 고역이었을 것이다. 쌍벌죄가 여성들을 보호하고 있는 오늘을 사는 여성들로서는 생각만 해도 남성들의 지난날의 횡포가 치가 떨리도록 미울 것이다.

다음은 「다언거(多言去)」다. 말이 많은 여자는 보내도 좋다는 것이다. 말이 많다는 표준을 어디에 두었는지는 알 수 없지만, 아마 말을 옮기기를 좋아해서 동기·친척들을 불화하게 만드는 그런 경우를 말할 수 있을 것이다.

끝으로 「도거(盜去)」다. 손이 거친 여자는 보낸다는 것이다.

그런데 여기에도 보내지 못하는 세 가지 조건이 있다. 이른바 삼불거(三不去)라는 것이다.

첫째, 부모들이 그 며느리를 사랑하는 경우, 부모의 3년상을 치른 아내는 보내지 않는다. 다시 말해 부모에게 효도가 극진한 아내는 보내지 않는다는 것이다.

둘째, 그런 경우는 드물겠지만, 자식을 낳지 못하는 여자들 중에 효부가 많이 있는지도 모른다. 처음 시집와서 몹시 가난하고 어렵게 살다가 뒤에 부자가 되고 지위가 높아졌을 경우는 비록 잘못이 있어도 보내서는 안된다는 것이다.

이 말은 돈이 많고 출세를 하게 되면 공연히 아내가 보기 싫어지는 폐단을 막기 위한 것일지도 모른다. 잘못은 잘못이요 공은 공이라는 생각에서 나온 것이긴 하지만.

셋째, 돌아갈 곳이 없는 여자는 내보내서는 안된다고 했다.

법에도 눈물이 있다는 말과 같이 자기와 같이 살던 여자를 길거리로 내쫓을 수는 없다는 점에서일 것이다.

칠보재 七步才

일곱 七 걸음 步 재주 才

아주 뛰어난 재주. 특히 시재·문재를 일컬음.

— 《세설신어(世說新語)》 문학편

위문제 조비(曹丕)가 아우 동아왕 조식(曹植)이 반역음모 혐의를 받았을 때, 그를 차마 죽일 수도 없고, 그렇다고 용서할 수도 없어 자기가 일곱 걸음을 걷는 동안에 시를 지으면 죄를 사해 주겠다고 했다. 그러자 운(韻)자가 떨어지기가 무섭게 시를 지어 보였다고 한다.

「칠보재」란 바로 조식과 같은 그런 시재(詩才)를 말하는 것이다. 조조와 그의 큰아들인 조비와 셋째아들인 조식은 다 같이 문장이 뛰어났기 때문에 당시 이들 3부자를 가리켜 「삼조(三曹)」라고 했다.

그 가운데서도 조식이 시재에 있어서 가장 뛰어났다. 큰아들 조비는 조식의 시재를 시기하고 있었다. 또 부모들이 아우를 자기보다 더 사랑하는 것을 미워하여 혹시 태자의 자리를 가로채지나 않을까 늘 경계를 하고 있었다.

그가 천자가 된 뒤에도 조식에 대한 시기는 변하지 않았다. 조식은 늘 형 문제의 감시를 받으며 살았다. 이 시를 짓게 되었을 때도 조식이 반역음모를 꾀하고 있다는 보고를 듣고 부른 것이다. 다음은 조식이 지었다는 이른바 칠보시(七步詩)다.

콩깍지로 콩을 볶으니
콩은 솥 안에서 우는구나.
본래 한 뿌리에서 태어났건만
서로 볶는 것이 어찌 이다지 급한고

煮豆燃豆萁　豆在釜中泣　　자두연두기　두재부중읍
本是同根生　相煎何太急　　본시동근생　상전하태급

　　자신을 콩에다 비유하고, 자신을
괴롭히는 형을 콩깍지에다 비유했
다. 농촌에서 흔히 있는 일로, 솥
안에 콩을 넣고 콩깍지를 지펴 콩
을 볶으면 콩은 솥 안에서 뜨거워
톡톡 소리를 내며 죽어간다. 콩과
콩깍지는 원래 한 뿌리에서 생긴
것이다. 그런데 서로 사랑하고 아
껴야 할 처지에 콩깍지는 자신을
불태워 가며 솥 안에 든 콩을 볶고
있다. 형제간에 이럴 수가 있느냐
하는 뜻이다.

　　이 정도의 짧은 글이라면 일곱
걸음 걷는 동안에 아무라도 지을

위문제 조비

수 있다고 생각할지 모르지만, 그것은 자유시(自由詩)의 경우에 가능한
일이다. 문제를 제시한 쪽에서 운자(韻字)를 부르고, 그 운자를 끝에 붙
여 말이 되게 만들어야 하기 때문에 어려운 것이다. 즉 조비가 읍(泣)이
란 글자와 급(急)이란 글자를 부르면 조식은 그 글자를 붙여 말을 만들
어야 하는 것이다.

　　시를 짓는 것은 고사하고 그저 말만 되게 만들기도 힘든 일인데, 이렇
게 그 내용까지를 기막히게 만든다는 것은 참으로 어려운 일이 아닐
수 없다.

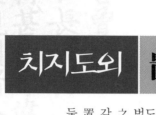

치지도외 置之度外

둘 置 갈 之 법도 度 바깥 外

염두에 두지 않다.

―《후한서》외효전(隗囂傳)

「치지도외」는 법도 바깥에 둔다는 뜻으로, 염두에 두지 않는다는 말이다. 《후한서》외효전에 이런 이야기가 있다.

서한 말 유수(劉秀)가 왕망(王莽) 정권을 타도하고 동한을 세운 뒤의 일이다. 광무제 유수가 새 나라를 세웠지만 아직도 군웅들이 할거하고 있었다. 그들 제후들은 겉으로는 동한을 섬기는 듯했지만, 속마음은 그렇지가 않았다.

게다가 왕망의 실정(失政)으로 인한 사회적 혼란으로 일어난 농민 반란군인 적미군(赤眉軍)이 그때까지도 횡행하고 있어서 광무제는 5년이란 세월을 허비하고 나서야 가까스로 통일을 이룩할 수 있었다. 그러나 감숙성의 외효와 사천성의 공손술은 여전히 강력한 세력으로 남아 있었다.

이때 외효는 자기 아들을 낙양으로 보내 벼슬을 하게 하는 등 유수에게 신하의 도리를 하는 척했지만, 속내는 그렇지 않았다. 또한 공손술은 스스로 촉왕이라 하면서 대군을 거느린 채 사천에 버티고 있었다.

당시 광무제는 이들을 제압할 힘이나 교통이 여의치 않게 되자, 「이 둘은 잠시 밀어 두자(且當置此兩者于度外耳)」라고 말했다고 하는데, 유수가 그들을 평정한 것은 상당한 세월이 흐른 뒤의 일이었다. 「치지도외」는 유수의 이 말에서 나온 것이다.

이 이야기는 「득롱망촉(得隴望蜀)」이란 항목에서 자세히 이야기하고 있다.

칠신탄탄 漆身吞炭

옻칠할 漆 몸 身 삼킬 吞 숯 炭

은인을 위해서 아무리 어려운 일도 서슴지 않고 감행하는 충정

— 《사기》 자객열전(刺客列傳)

「칠신탄탄」은 몸에 옻칠을 하고 숯덩이를 삼킨다는 말이다. 은인을 위해서는 아무리 어려운 일이라도 서슴없이 강행하는 충정을 비유하는 말이다.

《사기》 자객열전에 나오는 이야기다.

춘추시대 말기 진(晋)의 왕실은 왕년의 패자의 면목을 완전히 잃고 나라의 실권은 지백(知伯)·조(趙)·한(韓)·위(魏) 등의 공경에게로 옮아갔다. 그리하여 공경들은 세력다툼에 정신이 없었다. 그 중에서도 가장 강력한 것은 지백씨, 한·위 양가와 손을 잡고 조가(趙家)를 멸망시키고자 전쟁을 일으켰다.

그때 조가의 주인이었던 양자(襄子)는 진양(晋陽)에 웅거하여 항복하지 않았다. 마침내 지백은 진양성을 수공(水攻)으로 괴롭혔으나, 함락 직전에 한·위 양군이 반기를 들어 오히려 주멸되고 말았다. 이때의 싸움은 수많은 춘추시대의 전쟁 중에서도 이상한 것으로서 유명하다.

그런데 지백의 신하로 예양(豫讓)이란 자가 있어 주가(主家)의 멸망 후 원수를 갚으려고 조양자의 목숨을 노렸다. 처음 예양은 죄수로 몸을 떨어뜨려 궁전의 미장이로 섞여 들어갔으며 양자가 변소로 들어갔을 때 찌르려고 하다가 잡히고 말았다. 그런 폭거를 감행한 이유를 묻자 예양은,

「지백은 나를 국사(國士)로서 대해 주었다. 그래서 나도 국사로서 보답하는 것이다」라고 대답했다.

조양자를 살해하려고 다리 밑에 엎드려 기다리는 예양

양자는 충신의사라고 용서했으나, 예양은 그 후에도 복수의 화신이 되어 양자를 계속 노렸다.

예양은 상대가 자기를 알아보지 못하도록 하기 위해서 몸에 옻칠을 하여 문둥이가 되고 숯을 삼켜 벙어리가 되었는데(몸에 옻칠을 하면 옻이 올라 문둥병환자처럼 되고 숯을 삼키면 목소리가 나오지 않아 벙어리같이 된다), 거리에서 구걸을 하며 상대의 동정을 살피고 있었다. 그의 처까지도 그 모습을 알아차리지 못했다고 한다.

오직 한 사람, 옛날 친구가 그것을 알아보고는 예양을 불러서 이르기를,

「원수를 갚으려면 달리 더 좋은 방법도 있지 않은가. 예를 들어 양자(襄子)의 신하로 들어가 좋은 기회를 노릴 수도 있지 않은가?」

하고 권하자 예양은,

「그것은 두 마음을 갖는 것이 된다. 자기가 하려고 하는 일이 아무리 어렵더라도 후세 사람들에게 두 마음을 갖지 않는다는 것이 어떤 것인가를 보이고 싶다」

라고 하며, 계속 그 기회를 노리고 있었다.

어느 날, 다리 밑에 엎드려 그 곳을 지나치게 될 양자를 기다리고 있었다. 양자가 다리에 이르자 타고 있던 말이 걸음을 멈추고 가지 않았

다. 수상쩍게 생각하고 수행원에게 주위를 살펴보게 한 즉 거기에는 거지꼴을 한 예양이 있었다. 양자는,

「그대는 이미 구주(舊主)에 대하여 할 일을 다 했다. 또 나도 그대에게 충분히 예를 다했다. 그런데 아직도 나를 노리는 것은 용서할 수 없다」

라고 하면서 부하를 시켜 죽이라고 명하자, 예양은 최후의 소원이라고 하면서 양자에게 그 입고 있던 옷을 빌려 들고 자기 품안에서 비수를 빼들자 그 옷을 향해 덤벼들기 세 번,

「지백님이시여, 이제 복수를 했습니다!」

하고 외치고 나서 비수로 자기 배를 찌르고 엎드려 죽었다.

天下不患無財 患無人以分之
천하불환무재　환무인이분지

천하는 재물(財物)의 부족을 걱정하지 말고, 이것을 어떻게 분배하느냐를 걱정하라.

나라에 재산이 부족하다는 것은 그다지 염려할 바가 아니다. 현재 있는 재물을 어떻게 하면 공평하게 나누어 주느냐에 마음을 써야 하는 것이다. 《논어》에도 「부족함을 걱정하지 말고, 고르지 않음을 걱정하라(不患寡而患不均)」고 말하고 있다.

― 《관자(管子)》 목민(牧民) ―

침어낙안 沈魚落雁

가라앉을 沈 물고기 魚 떨어질 落 기러기 雁

아름다운 여자의 얼굴을 형용하여 이르는 말.

— 《장자》 제물론(齊物論)

「침어낙안」은 여자의 아름다움을 나타내는 말이다.

물고기를 물 속으로 깊이 가라앉게 하고, 기러기가 놀라 땅으로 떨어지게 할 정도로 아름답다는 뜻이 되는데, 얼핏 이해하기 어려운 말이다.

《장자》 제물론에 다음과 같은 이야기가 있다. 이 부분은 설결(齧缺)과 왕예(王倪)가 주고받은 문답이 중심을 이루고 있는데, 다음은 왕예의 말이다.

「사람은 소와 돼지를 먹고, 사슴은 풀을 먹으며, 지네는 뱀을 맛있어 하고, 솔개와 까마귀는 쥐를 즐겨 먹는다. 이것은 타고난 천성으로 어느 쪽이 과연 올바른 맛을 알고 있는지는 모른다.

원숭이는 편저(猵狙)라는 보기 싫은 다른 종류의 원숭이를 암컷으로 삼고, 큰 사슴은 작은 사슴 종류와 교미를 하며, 미꾸라지는 다른 물고기와 함께 논다.

모장(毛嬙)과 여희(麗姬)는 사람들이 다 좋아하는 절세미인이다. 그런데 고기는 그녀들을 보면 물 속 깊이 숨어버리고, 새들은 높이 날아가버리며 사슴들은 뛰어 달아난다.

이들 네 가지 중에 과연 어느 쪽이 천하의 올바른 미를 안다고 하겠는가. 내가 볼 때 인의(仁義)니 시비니 하는 것도 그 방법과 한계라는 것이 서로 뒤섞여 있어 도저히 분별해 낼 수가 없다」

이 이야기 가운데,「고기가 보면 깊이 들어가고(魚見之深入), 새가 보면 높이 난다(鳥見之高飛)」고 한 말에서「침어낙안」이「모장」과

「여희」같은 절세미인이란 뜻으로 쓰이게 된 모양인데, 이것은 분명 잘못 쓰고 있는 말이다. 고기가 물 속으로 들어가고 새가 높이 나는 것은 그것이 사람이기 때문에 피해 달아나는 것이지, 미인이라서 그런 것도 아니고 미인이 아니라서 그런 것도 아니다. 그런데 절세미인이기 때문에 고기가 물속으로 가라앉고 새가 피한 것으로 속단한 나머지 「어심입(魚深入)」「조고비(鳥高飛)」란 말을 「침어낙안」이란 말로 바꾸어서, 뒷날 소설 같은 데서 미인의 형용사로 많이 쓰고 있다.

한편 이 「침어낙안」이란 말의 대구(對句)로 「폐월수화(閉月羞花)」란 말이 생겨났다. 달을 구름 속에 숨게 하고 꽃을 부끄럽게 만든다는 뜻이다. 이 이야기의 골자는 아름다움이란 것도 상대적인 것이지 절대적인 것은 못된다는 말이다. 즉 인간의 눈으로 보면 더할 나위 없이 맛있는 음식도 다른 짐승에게는 구정물만도 못하며, 나라를 뒤흔들 만한 미인도 짐승들의 눈에는 위험한 존재일 뿐이다.

때문에 인의니 시비니 하는 것도 그것을 좋다고 여기는 사람에게는 소중하겠지만, 반대로 그렇지 않은 사람에게는 전혀 무의미한 것이 된다. 여기서 나오는 「침어낙안」은 미인을 형용할 아무런 근거도 없는데, 이후 이 말은 미인을 비유하기 시작했다.

用兵之法 全國爲上 破國次之
용병지법　전국위상　파국차지

전쟁은 적국(敵國)을 존속시킴을 최상으로 치고 멸망시키는 것을 그 다음으로 친다.

전쟁은 적국을 멸망시키지 않고 승리를 거두는 것이 최상이다. 적국을 파멸시키는 것은 매우 부득이한 경우에 한해서이다.

— 《손자》 모공편 —

침윤지참 沈潤之譖

가라앉을 沈 젖을 潤 갈 之 무고할 譖

차차 젖어서 번지는 것과 같이 조금씩 오래 두고 하는 참소의 말

—《논어》안연편(顔淵篇)

「침윤지참」은, 물이 서서히 표 안 나게 스며들 듯 어떤 상대를 중상 모략하는 것을 말한다.

이 말은《논어》안연편에 있는 공자의 말이다.

공자의 제자 자장(子張)이 공자에게「어떤 것을 가리켜 밝다고 합니 까?」하고 물었다. 그러자 공자는,

「물이 스며들 듯한 참소와 피부로 직접 느끼는 호소가 행해지지 않 으면 마음이 밝다고 말할 수 있고, 또 생각이 멀다고 말할 수 있다(沈潤 之譖 膚受之愬 不行焉 可謂明也已矣……可謂遠也已矣)」했다.

예상하지 못했던 말을 들으면 사람은 누구나 선입감이란 것이 있어 서, 설사 그것이 사실일지라도 잘 믿으려 하지 않는다. 하지만 태산같이 믿었던 사람도 오랜 기간을 두고 그 사람에 대한 좋지 못한 평을 여러 번 듣게 되면 차츰 먼저 있었던 선입감이 사라지고 새로운 선입감이 대신 그 자리를 차지하게 된다. 만일 그것이 사실이 아니라면 이것이 바로「침윤지참」이란 것이다.

간신들이 임금이 신임하는 착한 사람들을 해치는 방법에는 이「침윤 지참」이 가장 많이 행해지고 있다. 그것을 재빨리 알아차리고 다시는 그런 일이 없도록 한다면 마음이 밝다고 할 수 있다는 것이다.

「부수지소(膚受之愬)」는 듣는 사람이 피부를 송곳으로 찌르듯 이 성을 잃게 만드는 그런 충격적인 호소를 말한다.

예를 들어 누가 이웃집 여자와 놀아났다고 하면,「그럴 리가 없는

공자와 제자들

데?」하고 의심을 한번 해보는 것이 보통이다. 그러나「그놈이 당신 부인과 대낮에 호텔에서 나오는 것을 내가 똑똑히 보았소」하면 미처 생각할 여유도 없이 칼을 들고 달려가는 소동이 벌어질 수도 있는 것이다. 이런 것이「부수지소」란 것이다.

이런「침윤지참」과「부수지소」로 인해 착하고 정직한 사람들이 얼마나 기막힌 꼴을 당했는가를 역사는 잘 말해주고 있다. 현명하다는 사람들도 그런 실수를 곧잘 범해 왔다. 하물며 범인들이야.

强梁者 不得其死
강 량 자   부 득 기 사

힘을 믿고 날뛰는 자는 온전한 죽음을 맞지 못한다.
제 강한 힘만 믿고 멋대로 날뛰는 자는 자연스런 죽음을 얻지 못하고 반드시 비명(非命)에 쓰러진다.

— 《노자》 42장 —

칠전팔기 七顚八起

일곱 七 넘어질 顚 여덟 八 일어설 起

여러 번 실패하여도 재기하여 분투함.

「칠전팔기」는 일곱 번 넘어지고 여덟 번 일어난다는 뜻이다. 아무리 실패를 거듭해도 절망하거나 체념하지 않고 끝까지 분투노력하는 것을 말한다.

七이니 八이니 하는 숫자는 많다는 뜻이다. 넘어졌다가 일어나는 것을 이치대로 따진다면 일곱 번 넘어졌으면 일곱 번 일어나는 것으로 끝난다. 한 번 넘어진 사람이 두 번 일어날 수는 없기 때문이다.

결국 몇 번을 넘어지든 다시 일어나고 또 일어난다는 뜻이다.

「칠전팔도(七顚八倒)」란 말이 있다. 일곱 번 넘어지고 여덟 번 거꾸러진다는 말이다. 역시 칠과 팔을 많다는 형용사로 쓴 것이다.

또 「십전구도(十顚九倒)」란 말도 있다. 같은 말이다.

열 번 넘어졌다면 아홉 번까지 일어났다는 뜻도 된다.

일어나지 않았으면 넘어질 수 없으니까, 문제는 넘어진 숫자에 있는 것이 아니고 일어난 숫자에 있는 것이다.

아니 다시는 넘어지지 않을 때까지 일어나는 것에 뜻이 있는 것이다.

和而不流
화이불류

조화(調和)는 이루되 휩쓸리지는 않는다.

모든 사람들과 조화는 이루고 있으나, 그렇다고 해서 세상의 일반적 풍조(風潮)에 휩쓸리는 일은 없다.

— 《중용》 10장 공자의 말 —

카,타

쾌도난마　　퇴　고
快刀亂麻 ▶推 敲

쾌도난마 快刀亂麻

통쾌할 快 칼 刀 어지러울 亂 삼 麻

복잡하게 얽힌 일을 명쾌하게 정리하고 분석함의 비유.

— 《북제서(北齊書)》 문선기(文宣紀)

「쾌도난마」는 잘 드는 칼로 어지럽게 뒤얽힌 삼(麻)의 가닥을 일거에 베어 정리한다는 뜻이다.

《북제서》 문선기에 이런 이야기가 있다.

남북조시대 북조 동위(東魏) 효정황제의 승상 고환(高歡)은 하루는 자기 자식들이 얼마나 총명한지 한번 시험을 해 보려고 흐트러져 얽혀 있는 삼을 한 줌씩 나누어주면서 누가 가장 빨리 추리는지 보겠다고 했다. 그러자 다른 아들들은 모두 한 올 한 올 뽑아서 추리는데, 고양(高洋)이라는 아들만은 잘 드는 칼을 가져다가 얽혀져 있는 삼들을 단칼에 베어버리고 가장 먼저 추려내는 것이었다.

아버지 고환이 왜 그렇게 했느냐고 물었다. 그러자 고양은,

「어지러운 것은 베어버려야 합니다(亂者必斬)」라고 대답했다.

이 말을 들은 고환은 이 아이야말로 장차 큰일을 해낼 놈이로구나 하고 생각하면서 기뻐했다.

그 후 고양은 효정황제의 제위를 찬탈하고 북제의 문선제(文宣帝)가 되었다. 이에 소년시절 그가 삼을 추린 이야기가 《북제서》에 오르게 되었는데, 그 뒤부터 위정자들이 백성들을 가혹하게 탄압하는 것을 가리켜 쾌도난마라고 하게 되었다.

「쾌도난마」는 고양의 소년시절 이야기에서 유래한 것인데, 지금 우리는, 복잡하게 얽힌 문제를 과감하고 신속하게 처리하거나, 일처리가 매우 명쾌한 것을 비유해서 쾌도난마와 같다고 한다.

타초경사 打草驚蛇

칠 打 풀 草 놀랄 驚 뱀 蛇

일처리가 굼뜨거나 행동이 진중하지 못해서 남들의 경계심을
자아내는 행동. 또는 한쪽을 징벌해서 다른 쪽을 경계함.

— 《남당근사(南唐近事)》

「타초경사」는 풀을 쳐서 뱀을 놀라게 한다는 뜻으로, 일처리가 재
빠르지 못하고 행동이 신중하지 못해서 남의 경계심을 일으키게 하는
행동을 비유해서 하는 말이다. 또는 한쪽을 징벌해서 다른 한쪽을 경계
함을 뜻하기도 한다. 송나라 때 문인 정문보(鄭文寶)의 《남당근사(南唐
近事)》에 있는 이야기다.

왕노(王魯)라는 사람이 당도령(안휘성 부근)의 현관(縣官)으로 있을
때 왕의 명령을 어기고 많은 재물을 횡령한 일이 있었다.

하루는 왕노가 문건들을 검사하던 중 한 백성의 공소장을 읽다가 그
의 측근 주부가 법을 어기고 남의 재물을 횡령한 일이 있었다는 사실을
알게 되었다. 그러나 횡령은 사실 왕노 자신도 적지 않게 저질렀던 터이
므로 주부의 횡령 역시 그 대부분이 왕노가 연루되어 있었다.

왕노는 주부를 불러, 「너는 비록 숲을 건드렸지만, 나는 이미 놀란
뱀이 되어버렸다(汝雖打草 我已蛇驚)」라고 말했다고 한다.

敎使之然也
교 사 지 연 야

교육이 그를 그렇게 만들었다.

그 사람의 현재의 모습은 교육이 그렇게 만든 것이다. 세상의 옳고 그름
도 모두 교육의 결과이다.

— 《순자(荀子)》 권학편 —

타산지석 他山之石

다를 他 뫼 山 의 之 돌 石

다른 사람의 하찮은 언행일지라도 자기의
지식과 덕성을 연마하는 데 도움이 됨.

— 《시경》 소아 『학명(鶴鳴)』

「타산지석」은 다른 산의 돌이란 말이다. 옥돌을 곱게 갈려면 같은
옥돌로는 잘 갈리지 않는다. 강도(強度)가 서로 다른 곳의 돌로 갈지
않으면 안된다.

이러한 사실을 인용하여 《시경》 소아 「학명(鶴鳴)」이란 시에, 초야
에 있는 어진 사람들을 데려다가 임금의 덕을 더욱 아름답게 만드는
재료로 삼으라는 뜻으로,

다른 산의 돌은
그로써 옥을 갈 수 있다.

他山之石　可以攻玉　　　타산지석　가이공옥

고 끝을 맺고 있다.

이 시에서 자기만 못한 다른 사람의 말이나 행동이 자신의 학문과
덕을 닦는 좋은 참고가 될 수 있다는 뜻으로 「타산지석」이란 말을 쓰
게 된다. 예를 들어 어떤 사람이,

「비록 부족한 사람의 말이지만, 이것이 타산지석이 되었으면 다행
이겠습니다」하고 말했다면,

그것은 자신을 낮추고 상대방을 높이면서, 좋은 참고로 알고 보람 있
게 받아들여 실천에 옮겨 달라는 여러 가지 내용의 말을 한 것이 된다.

가위는 반드시 한쪽은 강하고 한쪽은 무른 쇠로 되어 있다. 그래야만

미끄럽지가 않고 물건을 잘 자를 수가 있다. 타산지석이 아닌 「타산지철」인 것이다.

자기 의견과 똑같은 사람이 되기를 바라는 지도자처럼 어리석은 지도자는 없다. 똑같은 돌, 똑같은 쇠끼리는 서로 상대를 갈 수 없다는 진리를 모르는 사람이다.

의견이 서로 다른 사람끼리 정답게 지내는 가운데 더욱 빛이 나고 날이 서게 되는 것이다.

文質彬彬　然後君子
문 질 빈 빈　연 후 군 자

문(文)과 질(質)이 겸비되어 빛을 발해야만 군자이다.

학문은 배워서 익힌 것, 즉 후천적인 수양이며, 질(質)은 천성(天性)의 것으로서 소박하고 성실하여 꾸밈이 없는 것이다. 이 두 가지가 똑같이 겸비되어 있어야만 훌륭한 군자라고 말할 수가 있다.

— 《논어》 옹야 —

클 泰 별이름 斗

태산과 북두성. 세상 사람으로부터 가장 존경을 받는 사람.

— 《당서(唐書)》 한유전(韓愈傳)

「태두」는 「태산북두(泰山北斗)」의 준말이다. 태산은 중국 문화의 중심지인 황하 유역에서 멀리 동쪽으로 어디서나 우러러보게 되는 높은 산이다. 북두는 북두칠성(北斗七星)으로 가장 알기 쉬운 북쪽 하늘에 위치하여 모든 사람들이 누구나 우러러보는 별이다.

「태산북두」란 말은, 태산처럼 북두칠성처럼 사람들이 우러러보는 그런 존재란 뜻이다. 지금은 어떤 계통의 권위자를 가리켜 「태두」라는 말을 쓴다.

한유(韓愈)는 당송 8대 문장가 가운데 첫손 꼽히는 사람이기도 하지만, 그는 도교와 불교를 배척하고 유교를 높이 떠받든 것으로도 유명하다. 이 한유에 대해 《당서(唐書)》 한유전의 찬(贊)은, 그가 육경(六經 : 역경易經·시경詩經·서경書經·춘추·예기·악기)의 문장으로 모든 학자들의 스승이 되어, 노장의 도와 불교를 배척하고 유교를 높이 앙양시킨 점을 말하고 나서,

「한유가 죽은 뒤로, 그의 학설이 크게 세상에 행해지고 있어, 학자들이 그를 우러러보기를 태산북두처럼 했다고 한다(自愈沒 其言大行 學者仰之 如泰山北斗云)」고 했다.

「태두」란 말은 여기 있는 「태산북두」가 약해진 말로, 위를 우러러본다는 뜻과 벗들에게 존경받고 숭앙받는 사람이란 뜻으로 굳어지게 된 것이다.

토사구팽 兎死狗烹

토끼 兎 죽을 死 개 狗 삶을 烹

필요할 때 요긴하게 쓰던 사람이나 물건이 필요 없어지면 버려짐의 비유.

— 《사기》 회음후열전(淮陰侯列傳)

「날랜 토끼가 죽으면 좋은 개가 삶기고, 높이 나는 새가 없어지면 좋은 활이 들어간다(狡兎死 良狗烹 高鳥盡 良弓藏)」는 한신의 말에서 나온 성구다. 「물을 건너면 지팡이를 버린다」는 말이 있다. 필요할 그 때만 지나면 고마운 줄을 모르는 사람의 척박한 심정을 단적으로 나타내는 말이다. 같은 뜻으로 중국에서는 옛날부터, 「날랜 토끼가 죽으면 사냥개는 삶긴다」는 말이 전해 오고 있다.

《사기》 회음후열전에 보면 이렇게 나와 있다. 회음후는 한신을 말한다.

유방과 항우의 이른바 초한전(楚漢戰)에서, 한고조 유방이 항우를 무찌르고 천하를 차지하는 데 가장 큰 무공을 세운 것은 한신이었다.

이미 항우가 죽고 난 뒤의 한신은 한고조에게는 둘도 없는 무서운 존재였다. 그 무서운 항우를 능히 쳐서 이긴 한신이 한번 딴 마음을 먹게 되면 천하는 다시 유씨의 손에서 다른 사람의 손으로 넘어가게 될 가능성이 크다.

한신의 공로도 공로지만, 그의 비위를 건드릴 수가 없어 우선 초왕(楚王)이라는 엄청난 자리로 멀리 보내 두었다. 하지만, 언제 반기를 들고 일어날지 잠시도 마음이 놓이지 않는 한고조였다.

그런 판에, 지난 날 항우의 부하로서 한고조를 몹시 괴롭힌 바 있는 종리매(鍾離昧)란 장수가, 옛날 친구인 한신에게 몸을 의탁하고 있었다. 그 소식을 전해들은 고조는 즉시 한신에게 종리매를 체포하라는 명령을 내렸다. 한신은 차마 옛 친구를 배반할 수 없어 명령에 따르지 않았다.

고조의 속마음을 잘 알고 있는 사람들은 이것을 구실로 한신이 반란을 꾀하고 있다는 고변상소를 올렸다. 고조가 이 문제를 놓고 어전회의를 열었을 때, 장군들은 군대를 거느리고 내려가 한신을 잡아오겠다고 했다. 그러나 진평(陳平)은,

「초나라는 군사가 날랠 뿐만 아니라, 아무도 한신을 당해 낼 수는 없습니다. 섣불리 손을 쓰면 도리어 큰일을 저지르게 됩니다. 그보다도 폐하께서 운몽(雲夢)으로 행차를 하시어 제후들을 초나라 서쪽 국경인 진(陳)으로 모이도록 명령을 하십시오 그러면 한신도 자연 그리로 나오게 될 것입니다. 나라를 벗어나 있는 한신을 잡기란 별 어려움이 없을 것입니다」

모이라는 명령을 전해 받은 한신은 일이 심상치 않다는 것을 직감했다. 그래서 군대를 일으켜 반란을 꾀해 볼까도 했지만, 죄를 저지른 일이 없으니 고조를 만나 보는 것이 좋을 것도 같았다.

이렇게 망설이며 고민하고 있는데, 한 사람이,

「종리매를 체포하지 않은 것 때문이니, 그의 목을 베어 폐하를 뵈오면 반드시 기뻐하실 것입니다」하고 권했다.

한신이 종리매를 불러 직접 그런 이야기를 꺼내자, 종리매는,

「한나라가 초나라를 습격하지 못하는 것은 내가 그대 밑에 있기 때문이다. 그대가 나를 잡아 한나라의 환심을 사고 싶다면 당장이라도 죽어 주겠다. 그러나 그렇게 되면 그대도 끝장이 나고 말 것이다」

한신이 여전히 망설이자, 종리매는 한신을 꾸짖어,

「그대는 장자(長者 : 덕이 있는 사람)가 아니다」하고 스스로 목을 쳤다.

한신은 그 목을 가지고 한고조를 배알했다. 고조는 곧 군에 명령을 내려 한신을 포박해 수레에 싣게 했다. 이 때 한신이 말했다.

「과연 사람의 말과 같다. 날랜 토끼가 죽으면 좋은 개가 삶기고, 높이 나는 새가 없어지면 좋은 활이 들어가고(狡兎死 良狗烹 高鳥盡 良弓藏), 적국이 파하면 모신(謀臣)이 죽는다고 했다. 천하가 이미 정해졌으니, 나도 삶기는 것이 원래 당연한 일이다」

한신

여기서는 주구(走狗) 대신 양구(良狗)라고 했다. 달리는 개보다는 좋은 개라는 말이 더 적절한 것 같기도 하다. 「교토사이주구팽(狡兎死而走狗烹)」을 줄여서 「토사구팽」이라고 말한다.

그런데 「과연 사람의 말과 같다」고 한 것은 옛날부터 전해 내려오는 말을 뜻하는 것이다. 훨씬 연대를 거슬러 올라가, 춘추 말기 월(越)나라 범려가 대부 종(鍾)에게 보낸 편지에 이런 말이 있다.

「나는 새가 다하면 좋은 활이 들어가고, 날랜 토끼가 죽으면 달리는 개가 삶긴다(飛鳥盡 良弓藏狡兎死 走狗烹). 월나라 임금의 사람됨이, 목이 길고 입이 까마귀처럼 생겼다(長頸烏喙). 환난은 같이할 수 있어도 즐거움은 같이 할 수가 없다. 그대는 어찌하여 떠나가지 않는가?」〔☞ 장경오훼〕

범려는 월왕 구천(句踐)을 도와 오나라를 멸한 남방의 패자 소리를 듣게 되자, 즉시 사표를 내고 제나라로 가서 살고 있었다. 거기서 그는 대부 종에게 이런 편지를 보낸 것이다. 대부 종은 설마 하고 있다가 결국 월왕 구천에 의해 억울한 죽음을 당하고 말았다.

최근의 우리나라의 모 정치인이 새로운 정권에 밀려나면서 이 말을 인용하면서 인구에 회자되기도 했다.

퇴고   推敲

밀 推(퇴) 두드릴 敲

시문을 지을 때 자구를 여러 번 생각하여 고치는 일.

— 《당서(唐書)》 가도전(賈島傳)

「퇴고(推敲)」는 「추고」라고 흔히들 발음하고 있다. 「推」는 가린다고 할 때는 「추」라고 읽고, 민다고 할 때는 「퇴」라고 읽는다. 여기서는 민다는 뜻이므로 「퇴고」로 읽는 것이 한자 본래의 뜻으로 보아 옳을 것 같다. 그러나 간조(乾燥)하다는 말이 「건조」로 변한 것처럼, 실상 「퇴고」보다는 「추고」라고 하는 사람이 더 많은 편이다.

「퇴고」는 문장을 다듬고 또 다듬어 비슷한 말이라도 어느 것이 더 적절한가를 살피고 생각하는 것을 말한다.

이 말의 유래에 대해 다음과 같은 이야기가 전해오고 있다.

당나라 때의 시인 가도(賈島, 779~843)는 한때 중이 되기도 했으나 뒤에 작은 벼슬까지 한 사람이었다. 그가 서울로 과거를 보러 갔을 때다. 어느 날, 나귀를 타고 길을 가는데 문득 옛날에 있었던 일이 생각나며 시상이 떠올랐다. 첫째 구절을 마치고 둘째 구절을 지었다. 그것이 바로 유명한,

새는 못 가 나무에 자고
중은 달 아래 문을 두드린다.

鳥宿池邊樹　僧敲月下門　　조숙지변수　승고월하문

라는 것이었다.

그런데 「중은 달 아래 문을 두드린다(敲)」고 하는 것보다 민다(推)고 하는 것이 어떨까 하는 생각이 들었다. 그래서 그는 이 두 글자를 놓고

어느 것이 좋을지를 몰라 혼자 생각에 잠기고 말았다. 그는 시를 지을 때면 시간도 장소도 잊고, 눈으로 보이는 것도 귀로 듣는 것도 없는 그런 상태에 빠지는 버릇이 있었다.

한유

나귀를 탄 채 두 글자를 놓고「밀었다 두들겼다」하며 가던 도중 귀인의 행차에 걸리고 말았다. 행차는 공교롭게도 경조윤(京兆尹 : 수도의 장관) 한유(韓愈)의 행차였다. 행차 길을 침범한 혐의로 한유 앞으로 끌려 나간 그는 사실대로 이야기를 했다. 그러자 한유는 노여워하는 기색도 없이 말을 멈추고 한참 생각하더니,

「역시 민다는 퇴(推)보다는 두들긴다는 고(敲)가 좋겠군」하며 가도와 나란히 행차를 계속했다. 그 뒤로 두 사람은 문학 친구가 되었다고 한다. 그래서「퇴고」란 말이 문장을 다듬는다는 뜻으로 쓰이게 된 것이다.

心地上無風濤　隨在皆靑山綠樹
심지 상 무 풍 도　수 재 개 청 산 녹 수

마음에 풍파가 없으면 어디나 모두 청산(靑山)이요, 녹수(綠樹)다.

마음이 안온하여 풍파가 없으면 인간은 어디를 가나 모두 청산에 녹수가 무성하듯 아름답게 보인다.

― 《채근담》 ―

토포악발 吐哺握髮

토할 吐 먹을 哺 잡을 握 머리카락 髮

민심을 수람(收攬)하고 정무를 보살피기에 잠시도 편할 날이
없음의 비유. 또 훌륭한 인물을 잃는 것을 두려워함의 비유.

― 《한시외전(韓詩外傳)》

은나라의 포악한 주(紂)왕을 폐하고 주(周)왕조를 연 무왕은 나라를 잘
다스리기 위해 밤낮없이 고심하다가 건강을 해쳐 병상에 눕더니 상(商)나
라를 토벌한 지 몇 년 만에 세상을 떠나고 말았다. 그의 뒤를 이어 태자
송(誦)이 제위에 올랐으니, 이가 곧 성왕(成王)이다. 그러나 성왕은 아직
어렸고 천하는 여전히 불안한 상태였기 때문에 무왕의 아우이며 성왕의
삼촌인 주공이 섭정을 하였다.

그런데 주공의 동생 관숙과 채숙이 주왕의 아들 무경(武庚)과 손잡고
반란을 일으켰다. 주공은 난을 평정하고 나서 성왕의 친정을 선포하고 자
신은 성왕의 신하이며 스승으로서 관제를 제정하고 예악을 일으켜 나라
의 기반을 다졌다. 성왕은 주공의 아들 백금(伯禽)을 노(魯)지방의 제후로
봉해서 다스리게 했다.

백금이 임지로 떠나는 날, 아버지를 뵙고 작별인사를 하자, 주공은 아들
에게 백성들을 아끼고 잘 다스리라는 당부의 말을 하면서 남긴 훈계 가운
데 오늘날 우리에게 널리 알려진 성구가 바로 「토포악발」이다.

「한번 머리를 감을 때 세 번 머리카락을 감싸 쥐고 나가 손님을 맞이하
고, 한번 식사를 할 때 손님이 오면 세 번 음식을 뱉어내면서까지 나가
맞이하라(一沐三握髮 一飯三吐哺)」

주공은 이렇게 손님이나 현자를 정성으로 맞이하면서도 혹시 자신의
정성에 부족한 것이 있어 그들의 신의를 잃을까 염려했다고 한다.

파 경 　　　 필야사무송
破 鏡 ▶ 必也使無訟

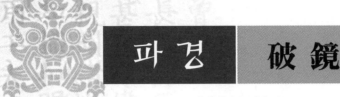

파 경 | 破 鏡

깨어질 破 거울 鏡

부부의 금슬이 좋지 않아 이별하게 되는 일.

—《태평광기(太平廣記)》

「파경(破鏡)」은 깨진 거울이란 뜻이다. 옛날에는 거울이 대개 둥글었기 때문에 달을 거울에 비유하기도 했다. 그래서 한쪽이 이지러진 달을 가리켜 파경이라고 하기도 한다.

그러나 보통은 부부가 영영 다시 합칠 수 없게 된 것을 가리켜 파경이라고 한다. 다시 말해 이혼과 같은 경우다.

이 파경이란 말은, 둥글었던 것이 깨어짐으로써 한쪽이 떨어져 없어지거나 금이 가서 다시 옛날처럼 원만한 모습과 밝은 거울의 구실을 못하게 된다는 데서 원만하던 가정에 파탄이 생기고 금이 간 것을 깨진 거울에 비유한 것으로도 볼 수 있다.

그러나 이것은 비유가 아니라 실화에서 유래된 것이다.

남북조시대 남조(南朝)의 마지막 왕조인 진(陳)이 망하게 되었을 때, 태자사인(太子舍人 : 시종)이었던 서덕언(徐德言)은 수(隋)나라 대군이 양자강 북쪽 기슭에 도착하자 만일의 경우를 생각해서 아내를 불러 말했다.

「사태는 예측을 불허하오 이 나라가 망하게 되면 그대는 얼굴과 재주가 남달리 뛰어나므로 반드시 적의 수중으로 넘어가 어느 귀한 집으로 들어가게 될 거요. 그렇게 되면 다시 만날 수 없겠지. 그러나 혹시 다시 만날 기회가 있을지 누가 알겠소 그럴 경우를 위해……」하고 그는 옆에 있던 거울을 둘로 딱 쪼개어 한쪽을 아내에게 주며 다시 이렇게 말했다.

「이것을 소중히 간직하고 계시오 그리고 정월 보름날 시장바닥에서 살피고 계시오 만일 살아 있게 되면 그 날은 내가 서울로 찾아갈 테니」

두 사람은 깨진 거울 반쪽씩을 각각 품속 깊숙이 간직하고 있었다.

얼마 안 있어 수나라 대군이 강을 건너자 진나라는 곧 망하고 예상한 대로 서덕언의 아내는 적에게 붙잡혀 수나라 서울로 가게 되었다.

그녀는 진나라 마지막 황제였던 후주(後主)의 누이동생으로 낙창공주(樂昌公主)에 봉해져 있었다.

그녀는 수문제 양견(楊堅)의 오른팔로 건국 제일공신인 월국공(越國公) 양소(楊素)의 집으로 들어가게 되었다.

한편 서덕언은 난리 속에 겨우 몸만 살아남아 밥을 얻어먹으며 1년이 걸려 서울 장안으로 올라왔다.

약속한 정월 보름날 시장으로 가 보았다. 깨진 반쪽 거울을 들고 소리 높이 외치는 사나이가 있었다.

「자아, 거울을 사시오 단돈 십금(十金)이오 누구 살 사람 없소?」

거져 주어도 싫다고 할 깨진 반쪽 거울을 10금이나 주고 살 사람이 어디 있겠는가. 지나가는 사람들은 미친놈이라면서 웃기만 했다. 그런데 이때,

「내가 사겠소」하고 나서는 사람이 있었다.

서덕언은 사나이를 자기 숙소로 데리고 가서 거울에 얽힌 사연을 죽 이야기한 끝에 품속에 간직하고 있던 다른 한쪽을 꺼내 맞붙여 보았다.

거울은 감쪽같이 하나로 둥글게 변했다. 서덕언은 다시 하나로 합쳐진 거울 뒤에 다음과 같은 시를 한 수 적었다.

거울은 사람과 더불어 가더니
거울만 돌아오고 사람은 돌아오지 않누나.
다시 항아(姮娥)의 그림자는 없이

헛되이 밝은 달빛만 멈추누나.

鏡與人俱去　鏡歸人不歸　　경여인구거　경귀인불귀
無復姮娥影　空留明月輝　　무부항아영　공류명월휘

심부름 갔던 사나이가 가지고 돌아온 거울을 본 덕언의 아내는 그 뒤로 먹지도 않고 울기만 했다.

이 사실을 알게 된 양소는 두 사람의 굳은 사랑에 감동되어 즉시 덕언을 불러 그녀와 함께 고향으로 돌아가게 해주었다.

《태평광기》166권 의기(義氣)라는 항목에 있는 이야기다.

이 이야기에서 생이별한 부부가 다시 만나게 되는 것을 「파경중원(破鏡重圓)」이라고 부르게 되었다. 깨진 거울이 거듭 둥글게 되었다는 뜻이다.

우리나라 신라시대 때 있었던 설처녀(薛處女)와 가실(嘉實)의 이야기에도 거울에 대한 비슷한 이야기가 나온다. 이 이야기로는 파경이란 말이 생이별을 뜻하게 되는데, 지금은 이혼의 경우만을 가리켜 말하게 된다. 하긴 이혼도 생이별임에는 틀림이 없지만.

文以拙進　道以拙成
　문이졸진　도이졸성

　글은 서투른 자가 향상하고, 도(道)는 우둔한 자가 이룩한다.
　참다운 문학을 배우는 데는 공연히 문장의 기교를 자랑하는 사람보다도 치졸한 사람이 더 향상하며, 또한 도덕을 닦는 데도 약삭빠른 사람보다 우둔한 사람 쪽이 성공한다.

― 《채근담》―

파천황　破天荒

깨뜨릴 破 하늘 天 거칠 荒

이전에 아무도 한 적이 없는 일을 하는 일 미증유(未曾有). 전대미문.

― 《북몽쇄언(北夢瑣言)》

「천황」이란 천지가 아직 열리지 않은 때의 혼돈한 상태이며, 「파천황」은 이것을 깨뜨리고 새로운 세상을 만든다는 뜻이다. 중국 당대(唐代)의 형주에서 과거의 합격자가 나오지 않자, 「천황」이라 일컬었는데, 대중연간(大中年間)에 유세(劉蛻)가 처음으로 급제하여 천황을 깨뜨렸다고하는 고서의 기사(記事)에서, 이전에 아무도 한 적이 없는 일을 하는 것을 「파천황」이라고 일컬었다. 과거제도는 수(隋)나라에서 시작하여 청조 말기에 제도가 폐지될 때까지 천 3백여 년간 실시되었다.

과거제도는 유교의 경전에 대한 교양과 시문에 대한 재능, 정치에 대한 식견 등을 출제하였으며, 공개경쟁 시험에 의하여 전국의 인재를 널리 등용하기 위한 제도로서 이전의 문벌이나 족벌 위주의 폐단을 타파하기 위한 획기적인 인재등용 제도였다. 더욱이 지방으로부터 중앙에 이르기까지 수차례의 시험에 응시하는 난관을 거쳐야 했다.

당대(唐代)에는 진사과라는 시험과목이 있었는데, 응시자격은 각 지방에 설치한 향교의 성적 우수자와 지방장관이 시행하는 선발시험에 합격하여 장관이 중앙에 추천하는 자의 두 종류가 있었다. 그런데 이 후자의 선발시험 합격자는 「해(該)」라고 불렸는데, 모든 일에 통달한 사람이란 뜻이다. 당시 유세의 급제는 큰 화제가 되어 형남군 절도사인 최현이 파천황전(破天荒錢)이라고 해서 상금으로 70만 전을 유세에게 보냈다. 어마어마한 액수의 상금으로 보아도 과거급제가 얼마나 어려웠는지 가히 짐작할 수 있다.

파과지년 破瓜之年

깨어질 破 외 瓜 의 之 해 年

여자가 경도를 처음 시작하는 16세 되는 시기.

— 손작(孫綽) 『정인벽옥가(情人碧玉歌)』

「파과지년」은 글자 그대로는 참외를 깨는 나이란 뜻이다. 이 말은 여자의 열여섯 살을 가리키기도 하고, 첫 경도(經度)가 있게 되는 나이란 뜻도 된다.

과(瓜)란 글자를 파자(破字)하면 팔(八)이 둘로 된다. 여덟이 둘이면 열여섯이 된다. 그래서 여자를 참외에다 비유하고, 또 그것을 깨면 열여섯이 되기 때문에 「파과지년」은 여자의 열여섯을 가리키게 된 것이라고 한다.

여자의 자궁을 참외와 같이 생긴 것으로 보고 경도가 처음 있어 피가 나오게 되는 것을 「파과」라고 하고, 또 여자가 육체적으로 처녀를 잃게 되는 것을 파과라고 한다.

이 말은 진(晋)나라 손작(孫綽)의 「정인벽옥가(情人碧玉歌)」란 시에 보인다.

푸른 구슬 참외를 깰 때에
임은 사랑을 못 견디어 넘어져 궁굴었네.
임에게 감격하여 부끄러워 붉히지도 않고
몸을 돌려 임의 품에 안겼네.

碧玉破瓜時　郎爲情顚倒　　벽옥파과시　낭위정전도
感君不羞赧　廻身就郎抱　　감군불수난　회신취랑포

이 시에 나오는 파과시(破瓜時)는 처녀를 바치던 때라고도 풀이될 수

882

있고, 또 사랑을 알게 된 열여섯 살 때라고도 풀이될 수 있다. 넘어져 궁군다는 전도(顚倒)란 말은 전란도봉(顚鸞倒鳳)의 뜻으로 남녀가 정을 나누는 것을 말한다.

한편 청나라 원매(袁枚)의 《수원시화(隨園詩話)》에는, 파과를 혹은 풀이하여,

「월경이 처음 있을 때, 참외가 깨지면 홍조(紅潮)를 보는 것과 같다고 하는데, 그것은 잘못이다」라고 말하고 있고, 또 청나라 적호(翟灝)의 《통속편》에는,

「사람들이 여자가 몸을 깨뜨리는 것을 가지고 파과라고 하는데, 그것은 잘못이다」라고 했다. 이것으로 미루어 보면, 첫 경도가 있을 때와 처녀를 잃는 것을 파과라고 해 온 것을 알 수 있다. 또 남자의 나이 예순 넷을 가리켜 「파과」라고 말하는 경우도 있다. 그것은 팔(八)이 둘이니까 여덟을 여덟으로 곱하면 예순 넷이 되기 때문이다.

송나라 축목(祝穆)이 만든 《사문유취(事文類聚)》란 책에 당나라 여동빈(呂東賓)이 장계에게 보낸 시 가운데 「공이 이뤄지는 것은 마땅히 파과의 해에 있으리라(功成當在破瓜年)」고 한 것을 들어, 파과가 예순 네 살의 뜻이란 것을 밝히고 있다.

天下神器 不可爲也
천 하 신 기   불 가 위 야

천하는 신기(神器)여서 인간의 힘으로는 어찌할 수 없다.
천하는 하나의 불가사의(不可思議)한 그릇으로서, 인간의 생각으로는 도저히 어찌할 수 없는 것이다.

— 《노자》 29장 —

깨어질 破 대나무 竹 의 之 기세 勢

세력이 강대하여 적을 거침없이 물리치고 쳐들어가는 기세.

― 《진서(晋書)》 두예전(杜預傳)

「파죽지세」는 대나무를 칼로 쪼개듯 무서운 힘을 가지고 거침없이 쳐들어가는 기세를 말한다. 대지(大地)에서 때 묻지 않고 쑥 뻗어 나온 푸른 대(靑竹)는 보기만 해도 싱싱하고, 또 대를 쪼개는 소리도 상쾌하게 귀를 때린다. 「대를 쪼갠 듯한」 기질이라는 말이 많이 쓰이고 이 「파죽지세」라는 말도 흔히 쓰인다.

《진서》 두예전에 나오는 말이다.

진(晋)의 무제 감녕(感寧) 5년(279), 진의 대군은 남하하여 오(吳)에 육박했다. 진남대장군 두예(杜預)는 중앙군을 이끌고 호북의 양양에서 강능으로 쳐들어왔고, 서쪽 사천에서는 왕준(王濬)의 수군이 양자강을 쳐내려 왔으며, 또 왕혼(王渾)의 군사는 동쪽에서 다가오고 있었다.

이 무렵 삼국 중 촉한은 이미 망하고 천하는 위(魏)의 뒤를 이은 진과 남방의 오와의 대립상태에 있었다. 진은 그 최후의 결전을 오에게 건 것이었다. 이듬해인 태강(太康) 원년 2월 두예는 왕준의 군과 합류하여 무창을 빼앗고 여기서 제장을 모아 작전을 짰다. 한 사람이 의견을 말했다.

「지금 당장 완전 승리를 거두기는 어렵습니다. 더구나 봄철이라 비가 잦고 전염병까지 발생하기 쉬우니, 일단 작전을 중지하고 다음 겨울이 올 때까지 기다리는 것이 어떻겠습니까?」

그러자 두예는,

「……지금 군사의 위엄은 이미 떨쳐져 있다. 그것은 마치 대나무를 쪼개는 것과 같다. 몇 마디 뒤까지 칼날을 맞아 벌어지므로 다시 손댈 곳이 없다(今兵威已振 臂如破竹 數節之後 迎刃而解 無復着手處也)」고 했다.

이리하여 그는 곧장 오나라 수도를 향해 진군할 것을 명령했다. 진나라 군대가 이르는 곳마다 오나라 군대는 싸우지 않고 항복을 했다.

「파죽지세」란 「파죽(破竹)」에서 나온 말인데, 이 말은 이전부터 있었을 것으로 생각된다.

한편 두예는 학문을 좋아하는 학자이기도 해서, 그가 좋아하는 《춘추좌씨전》은 거의 잠시도 손에서 떠나는 일이 없었다고 한다.

현재 남아 있는 가장 오래된 《좌전》 주석서인 《춘추좌씨전 집해》와 《춘추석례(春秋釋例)》는 그가 남긴 것이다. 그 당시 말을 좋아하는 왕제(王濟)란 대신과 큰 부자이면서 인색하기로 유명한 화교(和嶠)란 사람이 있었는데, 두예는 그들을 평하여,

「왕제는 마벽(馬癖)이 있고 화교는 전벽(錢癖)이 있다」고 했다.

이 말을 들은 무제가, 「경은 무슨 벽이 있는가?」하고 묻자,

「신은 좌전벽(左傳癖)이 있습니다」하고 대답했다는 것이다.

人生福境禍區　皆念想造成
　인 생 복 경 화 구　　개 념 상 조 성

　인생의 복(福)과 화(禍)는 모두 스스로의 마음속에서 조성된다.
　인생의 행복이라든가 재화는 모두 자기 자신의 마음속에서 우러나는 것이며, 결코 환경에 좌우되는 것이 아니다.

― 《채근담》 ―

패할 敗 군사 軍 의 之 장수 將 아니 不 말씀 言 날랠 勇

아무리 용기가 있다 해도 싸움에 진 이상 자랑할 조건이 되지 못한다.

— 《사기》 회음후열전(淮陰侯列傳)

「패군지장 불언용」이란 말은 싸움에 패한 장수는 용기에 관한 이야기를 해서는 안된다는 뜻이다.

아무리 용기가 있어도 싸움에 진 이상 자랑할 조건이 되지 못한다. 「종로에서 뺨 맞고 한강에 가서 눈 흘긴다」는 식이 되고 말기 때문이다.

이 말은 《사기》 회음후열전에 있는 광무군 이좌거(李左車)가 인용한 말이다.

한신(韓信)이 조나라를 쳐서 이긴 뒤 조나라의 뛰어난 모사였던 이좌거를 스승으로 모시고 그에게 앞으로 취해야 할 방법을 가르쳐 달라고 청하자, 이좌거는 이를 사양하여 이렇게 말했다.

「나는 싸움에 패한 장수는 용맹을 말해서는 안되며(臣聞 敗軍之將 不可以言勇), 나라를 망친 대신은 나라를 보존하는 일을 꾀해서는 안된다고 들었습니다. 지금 나는 싸움에 패하고 나라를 망하게 한 포로가 아닙니까. 어떻게 나 같은 사람이 큰일을 꾀할 수 있겠습니까?」

「패군지장은 불언용」이란 말은 이좌거의 이 말에서 나온 것인데, 이 말은 이좌거가 만들어 낸 것이 아니고 옛날부터 내려오는 교훈을 인용해서 자기의 처지를 밝힌 것이다.

그러나 결국 그는 한신을 도와 좋은 꾀를 일러주게 된다.〔☞ 천려일실(千慮一失)〕

포류지질 蒲柳之質

부들 蒲 버들 柳 의 之 바탕 質

갯버들 같은 모습, 곧 허약한 몸.

— 《세설신어(世說新語)》언어편

포류(蒲柳)는 시냇가에 나는 갯버들을 말한다. 「포류지질」 혹은 포류질은 땅버들처럼 연약한 체질이란 뜻이다.

이 땅버들을 항상 푸른 모습으로 꿋꿋이 서 있는 소나무와 비교해서 잎이 일찍 떨어지는 연약한 나무란 뜻으로 인용해 쓴 사람은 동진의 고열지(顧悅之)였다.

고열지는 간문제(簡文帝)와 동갑이었는데도 일찍 머리가 하얗게 세어 있었다. 그래서 간문제가, 「경은 어째서 나보다 먼저 머리털이 세고 말았는가」 하고 물었다. 그러자 그는,

「땅버들의 형상은 가을이 오기 전에 먼저 잎이 떨어지고, 소나무 잣나무의 바탕은 서리를 지나 더욱 무성하옵니다(蒲柳之姿 望秋而落 松柏之質 經霜彌茂)」 하고 대답했다. 자신을 포류에 비유하고 간문제를 송백에 비유한 것이다.

여기에 나오는 포류지자(蒲柳之姿)가 다음에 있는 송백지질(松柏之質)의 질(質)을 따서 「포류지질」로 바뀐 것인데, 그의 간문제에 대한 이 대답은 멋이 있는 대답으로 당시 평판이 되고 있었던 것 같다.

고열지는 몸은 허약해서 일찍부터 머리가 세었는지 모르지만, 마음은 송백같이 곧아 권세에 아부하는 일이 없었다. 그래서 그의 벼슬은 상서우승(尙書右丞)이란 중앙청 국장급에 그치고 말았다 한다.

문인화(文人畵)의 시조로 알려진 유명한 고개지(顧愷之)는 바로 고열지의 아들이다.

평지풍파 | 平地風波

평평할 平 땅 地 바람 風 물결 波

뜻밖에 분쟁을 일으켜 일을 난처하게 만듦.

— 유우석(劉禹錫) 『죽지사(竹枝詞)』

까닭 없이 일을 시끄럽게 만드는 것을 일러 흔히「평지풍파」라고한다. 그대로 두면 아무렇지도 않을 것을 일부러 일을 꾸며 더욱 소란을피운다는 뜻이다.

당나라 시인 유우석(劉禹錫, 772~843)의「죽지사(竹枝詞)」아홉 수중에 다음과 같은 시 한 수가 있다.

구당의 시끄러운 열두 여울
사람들은 말한다, 길이 예부터 어렵다고.
못내 안타까워하노라, 인심이 물만도 못하여
함부로 평지에 풍파를 일으키는 것을.

瞿塘嘈嘈十二灘　人言道路古來難　구당조조십이탄　인언도로고래난
長恨人心不如水　等閑平地起風波　장한인심불여수　등한평지기풍파

「죽지사」는 당시의 민요를 바탕으로 지은 것인데, 작자가 기주(夔州) 자사로 부임해 갔을 때그 곳 민요를 듣고 그 곡에맞추어 지은 것이라 한다.

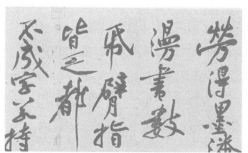

황산곡이 쓴 유우석의 시

「구당」은 산이 험하기로유명한 삼협(三峽)의 하나로배가 다니기 아주 힘든 곳이다.

《악부시집
(樂府詩集)》의
설명에 의하면,
그가 이곳에 머
무르고 있는 동
안「죽지사」
의 가사 내용이
너무 저속하기
때문에 이것으
로 대신하기 위

시에 많이 등장하는 삼협의 하나인 구당협의 험난한 물살

해 지은 것이라고 한다. 아마 양자강 상류를 오르내리는 뱃사람들의 뱃
노래에「죽지사」란 것이 있었던 모양이다.

시의 뜻은,

구당에는 열둘이나 되는 여울이 있어서 옛날부터 이 길을 지나다니
기가 어렵다고 전해 오고 있다. 그거야 산이 가파르고 길이 험하니 자연
여울이 질 수밖에 없는 일이다.

물은 바닥이 가파른 곳에서나 여울을 짓지만 사람은 아무렇지도 않
은 평지에서도 아무 생각도 없이 함부로 풍파를 일으킨다. 그것이 한심
스러울 뿐이라는 것이다.

마지막 글귀인「등한평지기풍파(等閑平地起風波)」란 말이 바로 우
리가 현재 쓰고 있는 그대로의 뜻을 지닌 말이다. 등한(等閑)은 생각이
모자란다는 뜻이다. 평지풍파를 일으키게 되는 가장 큰 원인은 역시
생각이 부족한 것이 될 것이다.

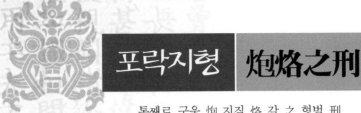

포락지형 炮烙之刑

통째로 구울 炮 지질 烙 갈 之 형벌 刑

가혹한 형벌의 비유.

— 《사기》 은본기(殷本紀)

「포락지형」은 말 그대로 산 사람을 통째로 굽거나 불로 지지는 형벌로 가혹한 형벌을 비유하는 말이다.

어느 해, 은나라 주왕(紂王)은 유소씨(有蘇氏)의 나라를 정벌했는데, 그때 유소씨는 복종하는 표시로 달기라는 미녀를 헌상했다. 달기가 어느 정도로 아름다웠는지는 모른다. 그저 요염한 미인으로 세상에서도 드물게 보는 독부였었다고 적혀 있을 뿐이다. 어쨌든 그녀의 요염한 아름다움은 곧 주왕의 마음을 사로잡아, 그녀의 말은 그대로 주왕의 정령(政令)이 되었다.

정치는 달기의 마음을 사기 위한 도구가 되어버리고 말았다. 그 결과 주왕은 달기와의 음락(淫樂)을 유지하기 위해 새로운 세법을 계속 제정했다. 거교(鉅橋)의 창고는 징수한 미속(米粟)으로 가득 차고, 훌륭한 견마(犬馬), 진기한 보물류는 속속 궁중으로 모여들었다. 그렇지 않아도 광대한 사구(沙丘)의 이궁(離宮)은 더욱더 확대되고 수많은 조수(鳥獸)가 그 안에 놓여 길러졌다. 이런 상황 아래서 주지육림의 음락이 펼쳐진 것이다. 당연히 중세(重稅)에 허덕이는 백성들로부터 원망하는 소리가 높았다. 그 소리를 배경으로 반기를 드는 제후도 생기게 되었다. 〔☞ 주지육림(酒池肉林)〕

그러자 주왕은 형벌을 가중시켜 「포락지형」이라는 새로운 형벌을 제정했다. 이궁 뜰에 구리 기둥이 가로놓이고, 음락의 비방자들이 그 앞으로 끌려나와 기둥을 건너라는 명령을 받는다. 그런데 이 기둥에는 미리 기름이 칠해져 있어 발이 미끄러지고 도저히 건너갈 수가 없다. 사고팔고(四苦八苦 : 온갖 고통)를 겪은 끝에 미끄러지며 떨어져 버린다. 떨어지기가 무섭게 그 밑에는 이글이글 타오르는 숯불더미가 있다. 글자 그대로 살아서 타죽는 것이다. 이 단말마(斷末魔)의 울부짖는 소리를 듣고 주왕과 달기는 박장대소를 하며 즐거워했다고 한다.

주문왕

그 후 서백(西伯 : 뒷날 주의 문왕)이 하찮은 일로 주왕의 노여움을 사서 유리(羑里)의 옥에 감금당한 적이 있었다. 그러나 서백의 신하인 굉요(閎夭)와 산의생(散宜生) 들이 미녀·귀물·선마(善馬) 등을 푸짐하게 헌납하여 주왕의 노여움을 풀게 하고 겨우 형벌을 면할 수가 있었다.

다시 양광(陽光)을 보게 된 서백은 그가 소유하는 낙서(洛西)의 땅을 헌상하고 하다못해 「포락지형」만이라도 폐지할 것을 주상했다. 낙서 땅의 매력으로 주왕은 그것을 허락하여 이 잔혹한 형벌은 중지되었다고 한다.

이 이야기는 《사기》 은본기(殷本紀)에 나오는데, 형벌에서 숯불더미(炭火)에 타죽는다고 했는데, 이 시대에 과연 현재와 같은 숯이 있었는지는 의문이다.

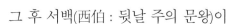

貧者士之宜
빈 자 사 지 의

가난은 선비 된 자로서 의당한 것이다.
가난한 생활은 선비에게 적합한 것이지, 부끄러워할 일이 아니다.
— 《후한서》 범식전(范式傳) —

포벽유죄 抱璧有罪

품을 抱 구슬 璧 있을 有 허물 罪

값비싼 보물을 가지고 있으면 죄가 없어도 화를 입게 된다.

— 《춘추좌씨전(春秋左氏傳)》

「포벽유죄」는, 값비싼 보물을 가지고 있으면 죄가 없어도 화를 입게 된다는 말이다. 즉 구슬을 가지고 있는 것이 죄가 된다는 뜻이다.

《춘추좌씨전》 환공(桓公) 10년에 다음과 같은 이야기가 있다.

우(虞)나라 임금의 아우인 우숙(虞叔)이 옥(玉)을 가지고 있었다. 형인 우공이 그 옥이 탐이 나서 달라고 하자 우숙은 이를 거절했다. 그러나 곧 후회하여 말하기를,

「주나라 속담에 이르기를, 필부는 비록 죄가 없어도 구슬을 가지고 있으면 그것이 곧 죄가 된다고 했다. 내가 공연히 이런 걸 가지고 있다가 화를 부를 필요는 없다」하고 자진해서 그 구슬을 바쳤다.

그러자 얼마 후에 또 그가 가지고 있는 보검을 달라고 요구했다. 이때 우숙은,

「형은 만족이란 것을 모른다. 만족을 모르면 머지않아 내 목숨까지 달라고 할 것이다」하고 반란을 일으켜 우공을 쳤다. 그로 인해 우공은 홍지(洪池)로 도망을 치게 되었다는 것이다. 이 「회벽기죄(懷璧其罪)」란 말이 「표벽유죄」란 말로 바뀌어 같이 쓰이고 있다.

세계에서 가장 값비싼 청색 금강석 반지는 그것을 가진 사람이 제 명에 죽은 사람이 없다고 한다. 보물이 아니더라도 필요 이상의 재물로 인해 아까운 생명을 바친 사람이 얼마나 많은지를 우리는 잘 알고 있다. 그러면서도 같은 과오를 되풀이하는 까닭은 만족할 줄을 모르는 인간의 타고난 어쩔 수 없는 숙명 때문일까?

풍마우불상급 風馬牛不相及

바람 風 말 馬 소 牛 아니 不 서로 相 미칠 及

멀리 떨어져 있음. 아무 상관이 없음.

— 《춘추좌씨전(春秋左氏傳)》

「풍마우(風馬牛)」는 바람난 말이나 소란 뜻이다. 발정기의 짐승은 몇 십리 밖에까지 서로 찾아다니게 된다. 암내난 말이나 소가 서로 오고 갈 수 없는 것이 「풍마우불상급(風馬牛不相及)」이다. 멀리 떨어져 있다는 뜻과 아무 상관이 없다는 뜻으로 쓰인다. 사람은 고사하고 암내난 마소까지도 서로 오고 가는 일이 없다는 뜻이다.

춘추시대 오패(五覇)의 한 사람인 제환공이 여러 나라 군대들을 거느리고 초(楚)나라로 향하자 이에 놀란 초성왕(楚成王)은 사신을 연합군 진영으로 보내 제환공에게 이유를 묻게 했다.

「임금은 북쪽 바다에 있고 과인은 남쪽 바다에 살고 있어서, 바람난 말과 소도 서로 미치지 못하는데, 뜻밖에 임금께서 우리 땅에 오시게 된 것은 무슨 까닭이오(君處北海 寡人處南海 唯是風馬牛不相及也 不處君之涉吾地也 何故)」

그러자 관중(管仲)이 환공을 대신해서, 천자에게 조공을 바치지 않은 까닭을 묻기 위해 왔다고 대답했다.

이리하여 초성왕은 굴완(屈完)을 특사로 보내 화평조약을 맺게 함으로써 충돌을 피하게 되고, 환공은 이로 인해 명실상부한 패자가 된다. 그래서 「풍마우불상급」이란 말이 전연 상관이 없다는 뜻으로 쓰이게 되었다.

포호빙하 暴虎馮河

맨손으로 칠 暴(포) 범 虎 걸어건널 馮(빙) 강 河

무모한 용기.

— 《시경》 소아 소민편(小旻篇)

포호(暴虎)는 맨주먹으로 범을 잡는 것을 말하고 빙하(馮河)는 헤엄쳐 강을 건너는 것을 말한다. 즉 무모한 용기를 말한다.

이「포호빙하」란 말은 《시경》 소아 소민편(小旻篇)에 나오는 말이다.

감히 맨손으로 범을 때려잡지 않고
감히 맨몸으로 강을 헤엄쳐 건너지 않지만
사람은 그 하나만을 알고
그 밖의 것은 알지 못한다.

不敢暴虎　不敢馮河　　불감포호　불감빙하
人知其一　莫知其他　　인지기일　막지기타

이 시는 악정(惡政)을 개탄해서 지은 시인데, 그런 엄청나게 무모한 짓은 하지 않지만, 눈앞의 이해에만 정신이 팔려 앞으로 어떤 결과가 온다는 것을 생각지 못하는 위정자(爲政者)의 안타까운 태도를 말한 것이다.

「포호빙하」는 《논어》 술이편에도 나온다.

어느 날, 공자가 제자 안자(顔子 : 안회)에게 이렇게 말했다.

「왕후에게 등용되어 도를 행함에 있어, 만약 받아들여지지 않았다고 한다면, 그대로 잠자코 가슴 속 깊이 간직해 둔다는 것은 매우 어려운 일이다. 이것을 할 수 있는 것은 회(回)와 나 둘뿐일 것이다」

894

옆에 있던 자로(子路)가 공자의
이 말을 들었다. 자로는 성심성의껏
공자를 받들었고, 또한 과단성 있고
무용(武勇)을 즐기는 인물이어서
공자도 그 점을 잘 알고 사랑하고
있었으나 거친 점도 있어서 때때로
훈계를 하곤 했다.

자로

이 때도 공자가 안자를 크게 칭
찬하자 자로는 다소 질투심이 나서
공자에게 이렇게 물었다.

「선생님께서 삼군(三軍)을 움직여 전쟁을 하게 되면 누구와 함께 하
시겠습니까?」하고 물었다. 안자만을 칭찬하는 것이 속으로 불만이었
던 것이다. 용기와 결단성이 있기로 알려진 자로는 전쟁만은 자기만큼
해낼 사람이 없다고 자부하고 있었던 것이다. 그러나 공자는 자로의
그 같은 경솔한 태도를 항상 꾸짖어 오곤 했다. 이번에도 역시 공자는
이렇게 말했다.

「맨손으로 범을 잡고, 헤엄쳐 황하를 건너 죽어도 후회가 없는 사람
을 나는 함께 하지 않는다. 반드시 일을 하는 데 있어서 두려운 생각을
갖고 꾀를 쓰기를 좋아하여 일을 성공시키는 사람과 함께 할 것이다.(暴
虎馮河 死而無悔者 吾不與也 必也臨事而懼 好謀而成者也)」

이렇게 모든 일은 용기만으로 되는 것이 아니고, 용기 이전에 신중한
검토와 그에 대한 대책이 앞서야 한다는 것을 타일렀다.

「포호빙하」와 「호모이성(好謀而成)」은 좋은 대조가 되는 말이다.

자로는 결국 포호빙하하는 성질로 인해 뒷날 자진 난(亂)에 뛰어들어
죽고 만다.

표범 豹 변할 變

마음이나 행동이 분명히 달라지는 일.

― 《역경(易經)》

태도나 행동이 갑자기 싹 달라지는 것을 가리켜 「표변(豹變)」이라
고 한다. 자기의 이해만을 위주로 하고 신의라든가 약속 같은 것은 전혀
무시하는 좋지 못한 태도를 말한다.

그러나 본래의 뜻은 그런 것이 아니다. 표범의 털 무늬가 가을이 되면
아름다워지듯, 지난날의 잘못을 벗고 새로 훌륭한 사람이 되는 것을
가리켜 말한 것이었다. 말하자면 좋게 변하는 데 쓰이던 문자가 나쁘게
반대로 쓰이게 된 것이다.

이 말은 《역경》 64괘 중의 하나인 혁(革)이란 괘(卦)에 나온다.
「혁」은 변혁(變革)이니 혁명이니 하는 「혁」으로, 달라지는 것을 말
한다.

한 괘는 여섯 효(爻)로 되어 있고, 각 「효」마다 효사(爻辭)라는 것이
있는데, 혁괘의 다섯 번째 효와 맨 위에 있는 여섯 번째 효의 효사는
다음과 같다.

「다섯 번째 양효(陽爻)는 큰 사람이 호랑이처럼 변하는 것이니, 점을
하지 않아도 믿음이 있다. 맨 위의 음효는, 군자는 표범처럼 변하고,
소인은 얼굴을 바꾼다. 계속 밀고 나가면 나쁘고, 가만히 있으면 바르고
좋다(上六 君子豹變 小人革面 征凶 居貞吉)」

「혁」은 바꾼다는 뜻이다. 호랑이가 여름에서부터 가을에 걸쳐 털
을 갈고 가죽이 더 아름답고 빛나 보이듯 위대한 사람도 그렇게 찬란하
게 달라지므로 점을 칠 것도 없이 백성들이 믿고 따른다는 것이 오효(五

爻)의 뜻이다.

육효(六爻)의 「군자표변(君子
豹變)」은, 지위가 높고 덕이 있
는 군자는 표범의 털이 가을에
이르러 완전히 아름답게 변하듯
공로와 업적이 찬란하게 빛나고,
지위도 덕도 없는 작은 사람들
은 태도를 바꾸어 임금에게 충
성을 하게 된다.

그러나 너무 지나친 개혁을
오래 계속하게 되면 도리어 나
쁜 결과를 빚게 된다. 개혁을 중
단하고 이제까지의 업적을 그대
로 지키고만 있으면 편안하고
좋다는 뜻이다.

군자표변(君子豹變)

호변(虎變)이든 표변이든 모두 좋게 달라진다는 뜻이었는데, 지금은
「표변」이란 말만이 본래의 뜻과는 반대로 쓰이고 있다.

疑人勿使　使人勿疑
　의인물사　　사인물의

의심이 가는 자는 쓰지 마라. 남을 쓴 이상은 의심하지 마라.
의심스러워 보이는 자는 처음부터 채용하지 말 것이며, 사람을 쓴 이상
은 의심하지 말아야 한다.

—《금사(金史)》 희종기(熙宗紀) —

표사유피 豹死留皮

표범 豹 죽을 死 남길 留 가죽 皮

표범은 죽어서 모피를 남긴다는 뜻에서,
사람은 죽어서 명예를 남겨야 함의 비유.

— 《신오대사(新五代史)》

구양수(歐陽修, 1007~1073)는 그가 쓴 《신오대사》 열전 사절전(死節傳)에서 세 사람의 충절을 기록하고 있는데, 이 중에서 특히 왕언장(王彦章)을 높이 평가하고 있다.

당나라 애제 4년(907), 선무군(宣武軍) 절도사 주전충(朱全忠)은 황제를 협박하여 제위를 양도받고 스스로 황제가 되어 국호를 양(梁 : 보통 후량後梁이라 한다)이라 칭했다.

그 후 약 반 세기는 그야말로 《수호전》이 말하는 「분분(紛紛)한 오대난리(五代亂離)의 세상」이었다. 군웅은 각지에 웅거하며 서로 싸웠고 왕조는 눈이 어지럽게 일어났다가는 또 망하고 하였으며, 골육상잔이 계속되었다. 그 오대(五代)시대에서 살아남은 사람의 이야기다.

양(梁)의 용장으로 왕언장이라는 사람이 있었다. 젊어서부터 주전충의 부하가 되어 주전충이 각지로 전전할 때에는 언제나 그 곁에 있었다. 전장에는 한 쌍의 철창(鐵槍)을 가지고 간다. 무게는 각각 백 근, 그 하나는 안장에다 걸고 나머지 하나를 휘두르며 적진에 뛰어들면 그 앞을 막는 자가 없었다고 한다. 사람들은 그를 왕철창이라 불렀다.

후량이 멸망했을 때, 그는 겨우 오백의 기병을 거느리고 수도를 지키며 싸우다가 무거운 상처를 입고 적의 포로가 되었다.

후당의 장종(莊宗) 이존욱(李存勗 : 독안룡 이극용의 아들)은 그의 무

용을 가상히 여겨 그를 자기 부하에 두려 했다. 그러나 그는, 〔☞ 독안룡(獨眼龍)〕

구양수

「신은 폐하와 더불어 피나는 싸움을 10여 년이나 계속한 나머지 이제 힘이 다해 패하고 말았습니다. 죽음 외에 또 무엇을 바라겠습니까. 또 신은 양(梁)나라의 은혜를 입은 몸으로 죽음이 아니면 무엇으로 그 은혜를 갚겠습니까. 또 아침에 양나라를 섬기던 몸이 저녁에 진(晉 : 후당)나라를 섬길 수 있겠습니까. 이제 살아서 무슨 면목으로 세상 사람들을 대하겠습니까?」하고 죽음의 길을 택했다.

그는 글을 배우지 못해 책을 읽지 못했다. 글을 아는 사람이 책에 있는 문자를 쓰는 것을 그는 민간에 전해 오는 속담으로 대신 바꿔 쓰곤 했다. 그런데 그가 입버릇처럼 잘 쓰는 말은,

「표범이 죽으면 가죽을 남기고 사람이 죽으면 이름을 남긴다(豹死留皮 人死留名)」는 속담이었다.

「표사유피」란 말은「인사유명」이란 말을 하기 위한 전제다. 그래서 보통「표사유피」란 말 하나로「인사유명」이란 뜻까지 겸하게 된다. 누구나 한번 죽는 몸이니 구차하게 살다가 추한 이름을 남기기보다는 깨끗하게 죽어 좋은 이름을 남기라는 뜻이다. 특히 표범의 가죽을 든 것은 표범의 가죽이 가장 귀중히 여겨진 때문이다.

그런데 우리나라에서는「호사유피(虎死留皮)」란 말을 쓰기도 한다. 뜻에 차이가 있는 것은 아니다.

풍성학려 風聲鶴唳

바람 風 소리 聲 학 鶴 울 唳

겁을 집어먹은 사람이 하찮은 일에도 놀라는 것을 가리킴.

— 《진서》 사현전(謝玄傳)

「풍성학려」는 바람소리와 학의 울음이란 말이다.

우리 속담에 「자라보고 놀란 가슴 솥뚜껑 보고 놀란다」라는 말이 있다. 이 「풍성학려」도 이와 같은 뜻이다.

《진서》 사현전에 있는 이야기다.

동진 효무제(孝武帝)의 태원 8년(383), 진제(秦帝) 부견(符堅)은 스스로 병 60만, 기마 27만의 대군을 이끌고 장안을 출발하여 밀물처럼 진(晉)으로 육박했다. 진(秦)은 현상(賢相) 왕맹(王猛)을 등용하여 부견 일대(一代) 사이에 진(晉)의 몇 배나 되는 판도를 자랑하는 제일의 강국으로 올려놓았다. 그런데 그 왕맹은 죽음에 앞서,

「진(晉)나라만은 건드리지 마시도록……」하고 유언을 했다.

부견이 진(晉)을 공격한 것은 그 후 8년이 지나서였다.

진(晉)은 재상 사안(謝安)의 동생 사석(謝石)을 정토대도독(征討大都督)으로 삼고 조카인 사현을 선봉도독으로 삼아 8만의 군세로서 진(秦)의 대군을 맞이했다. 먼저 현(玄)의 참모 유뇌지(劉牢之)는 정병 5천을 이끌고 낙간에서 진의 선봉을 격파했으며 그 장수를 목 베었다. 사현 등도 용약 전진했다.

부견이 수양성에 올라 진군(晉軍)을 내려다보니 그 진용이 정연했다. 문득 팔공산 쪽으로 눈을 돌리니 산은 진(晉)의 병사들로 뒤덮여 있었다. 놀라서 다시 자세히 보니, 그것은 풀과 나무였다. 그것을 깨닫자, 그는 불안을 느꼈다. 가슴 속에서 겁이 꿈틀거리고 있는 것만 같은 생각이 들

었다.

　진군(秦軍)은 비수(淝水)에 진을 치고 있어서 진군(晋軍)은 건널 수가 없었다. 사현은 군사를 보내 진(秦)의 진지를 조금 후방으로 퇴각시켜 진군을 건너게 한 다음 거기서 승부를 결정하자고 청했다.

　「귀하의 군대를 조금만 뒤로 후퇴시켜 주시오 그러면 우리가 물을 건너가 한 번 싸움으로 승부를 하겠습니다.」

　상대를 무시하고 있던 부견과 부융은 얼마 안되는 적이 물을 반쯤 건너왔을 때 기습작전으로 간단히 이를 해치울 생각이었다.

　부견의 군이 후퇴를 개시하고 사현의 군이 강을 건너기 시작했을 때, 부견의 군대에서 뜻하지 않은 혼란이 일어났다. 물러나라는 명령을 받은 부견의 군은 사현의 군이 강을 건너오는 것을 보자 싸움에 패해 물러나는 것으로 오인하고 앞을 다투어 달아나기 시작했다.

　뒤쪽에 있던 군사들은 앞의 군사가 허둥지둥 도망쳐 오는 것을 보자 덩달아 겁을 먹고 정신없이 달아나기 시작했다. 이리하여 부견의 군사들은 자기 군사가 모두 적군으로 보이는 혼란 속에 서로 짓밟으며 달아나다 물에 빠져 죽는 자가 부지기수였다.

　남은 군사들은 갑옷을 벗어 던지고 밤을 새워 달아나는데, 바람 소리와 학의 울음소리만(風聲鶴唳) 들어도 진(晋)나라 군사가 뒤쫓아 오는 줄로 알고 가시밭길을 걸으며 들판에서 밤을 보냈다. 게다가 굶주림과 추위까지 겹쳐 죽은 사람이 열에 일곱 여덟은 되었다는 것이다.

　이「풍성학려」라는 청각적인 착각과 아울러, 산천의 풀과 나무까지 다 적의 군사로 보였다는「초목개병(草木皆兵)」이란 시각적인 착각도 이 고사에서 온 말이다.〔☞ 초목개병〕

피일시차일시 彼一時此一時

저 彼 한 一 때 時 이 此

그때는 그때고 지금은 지금. 곧 그때 한 일과
이때 한 일은 서로 사정이 다르다.

― 《맹자》 공손추하(公孫丑下)

「피일시 차일시」는 「그때는 그때고 지금은 지금이다」라는 말로
쓰인다.

자기모순에 빠진 일관성 없는 처사에 대한 자기변명으로 흔히 쓰이
는 말이다. 물론 답변에 궁한 상대방을 변호하거나 위로하기 위한 말로
쓰일 수도 있다.

《맹자》 공손추 하에 나오는 말이다.

맹자가 가장 희망을 걸고 있던 제선왕(齊宣王)을 단념하고 제나라를
떠나게 되었을 때다. 충우(充虞)라는 제자가 맹자를 모시고 함께 오다가
노상에서 이렇게 물었다.

「선생님께서 매우 언짢으신 기색이십니다. 전에 선생님께서는 말씀
하시기를, 군자는 하늘도 원망하지 않고 사람도 허물하지 않는다고 하
시지 않았습니까?」

그러자 맹자는,

「그것도 한때요, 이것도 한때라(彼一時 此一時)」 하고 다음과 같이
언짢은 기색을 하지 않을 수 없는 이유를 말했다.

「5백 년마다 통일천하하는 왕자가 일어난 것이 지금까지의 역사였
다. 그 왕자가 일어나면 반드시 세상에 이름을 남기는 사람이 있기 마련
이다. 주나라가 일어난 지 지금 7백 년이 지났다. 5백이란 수도 훨씬
지났지만, 세상 형편으로 보아서는 지금이 그 시기다. 하늘이 천하를
바로잡으려 하지 않는다. 바로잡기로 한다면 지금 세상에 나를 버리고

또 누가 있겠는가. 내가 어떻게 마음이 좋을 수 있겠느냐?」

옛날에 수양하는 사람의 마음가짐을 원칙 면에서 말한 것이다.

그러나 이토록 어지러운 세상을 바로잡으려 하지 않는 하늘이 어찌 원망스럽지 않을 수 있겠느냐 하는 뜻이다.

맹자 묘 입구

맹자의 이 같은 원망은 백성을 건지려는 성자의 지극한 사랑에서였다. 그러나 지금은 이 말이 인간의 약점을 변호하는 선례로 전락하고 말았다.

一年之計在于春 一日之計在于晨
일 년 지 계 재 우 춘   일 일 지 계 재 우 신

일년지계(一年之計)는 봄에 있고, 일일지계(一日之計)는 아침에 있다.
일년의 계획은 새 봄에 세우고, 하루의 계획은 그날 아침에 세워라.

— 《양원제찬요(梁元帝纂要)》 —

필부지용 匹夫之勇

짝 匹 지아비 夫 갈 之 용기 勇

지략도 없이 혈기만 믿고 내보이는 용기.

— 《맹자》 양혜왕하(梁惠王下)

「선생, 이웃나라와의 국교는 어떻게 해야 한다고 생각하십니까?」

양혜왕(梁惠王)이 맹자에게 물었다. 맹자가 제국 유세를 시작한 후 맨 먼저 양(梁)나라를 찾아갔을 때의 일이다. 때는 전국시대, 약육강식의 세상이라 조금이라도 빈틈을 보이면 타국에게 침공을 당하고 만다. 그래서 혜왕은 이 고명한 학자의 의견을 구했던 것이다.

「대국은 소국을 섬긴다는 기분으로, 겸허한 태도로 사귀지 않으면 안됩니다. 이것은 인자(仁者)로서 비로소 가능한 극히 어려운 일이나, 은(殷)의 탕왕(湯王)이나 주(周)의 문왕은 그것을 해냈습니다. 또 소국은 대국을 섬기지 않으면 안됩니다. 이것도 쉬운 일이 아니어서 지자(智者)이어야 비로소 가능한 일입니다. 그러나 문왕의 조부 대왕은 그것을 실행했기에 주(周)가 뒷날 대국이 될 수 있었던 것입니다. 또 월왕 구천은 최후에 숙적인 오(吳)나라에 승리를 얻을 수가 있었던 것입니다.

소가 대를 섬긴다는 것은 하늘의 도리로서 당연한 일입니다. 그것을 인식하면서 대국의 입장으로서 소국을 섬긴다는 것은 『하늘을 즐긴다』고도 할 수 있겠습니다. 또 이 하늘의 도리에 거스르지 않도록 대국을 섬기는 소국은 『하늘을 두려워하는』 것입니다. 하늘을 즐기는 자는 천하를 보전할 수가 있고, 하늘을 두려워하는 자는 나라를 보전할 수가 있습니다. 그래서 《시경》에도 『하늘의 위세를 두려워하여, 여기 이것을 보지한다』라는 말이 있는 것입니다」

「과연 훌륭한 말씀입니다!」

혜왕은 맹자의 대답을 듣고 자신도 모르게 외쳤다. 도리로서는 참으로 훌륭하다. 그러나 내 자신의 일로서 생각하면, 그래서는 어떤 나라에 대해서도 섬기고만 있어야 한다.

혜왕으로서는 그것이 너무나도 체면이 서지 않는 일이라 느껴져 도저히 참을 수가 없을 것 같은 생각이 들었다.

맹자

「훌륭한 말씀임에는 틀림없으나」 하고 혜왕은 말을 계속했다. 「저로서는 좋지 않은 일인지는 모르지만 용(勇)을 좋아하는 성질이 있어서……」

맹자는 대답했다.

「왕이시여, 소용(小勇)을 좋아해서는 안됩니다. 검(劍)을 어루만지며 눈을 부릅뜨고 네놈 같은 것은 내 적이 될 수 없다, 라고 하는 것 등은 『필부의 용기(匹夫之勇)』로서 기껏해야 한 사람을 상대할 뿐입니다. 왕이시여, 부디 좀더 커다란 용기를 갖도록 하십시오」

이것은 《맹자》 양혜왕 하에 있는 대화다. 또 《사기》 회음후열전에도 한신이 항우를 평해,

「항왕(項王)이 대성질타(大聲叱咤)하면 천인이 다 겁을 먹고 주저앉아 버립니다. 그러나 그로선 현장(賢將)에게 맡겨버리지를 못합니다. 결국 이것은 『필부의 용기』에 지나지 않습니다」 라는 말이 기록되어 있다.

필야사무송 必也使無訟

반드시 必 어조사 也 하여금 使 없을 無 송사 訟

송사를 제기하는 사람이 없도록 하지 않으면
참으로 정치를 잘한다고 볼 수 없다.

— 《논어》 안연편(顔淵篇)

기필코 송사가 없도록 만든다는 말이다. 송사가 제기되어 왔을 때 그것을 올바로 판결하고 처리하는 것은 자랑할 일이 못된다. 송사를 제기하는 사람이 없도록 하지 않으면 참으로 정치를 잘한다고 볼 수 없다는 뜻이다.

도둑을 잘 잡는 것이 치안의 목적이 아니고 도둑이 없도록 만드는 것이 치안의 근본 목표가 된다는 것과 같은 말이다.

《논어》 안연편과 《대학》 제4장에 나와 있는 공자의 말씀이다.

「송사를 듣는 것은 나도 남과 같다. 반드시 송사가 없게 만들리라(聽訟吾猶人也 必也使無訟乎)」

죄인을 옳게 다스리고, 시비를 올바로 가려내는 것은 성인이라고 특별히 뛰어나게 잘할 수 없는 일이다. 죄를 짓는 사람이 적고 시비를 제기해 오는 사람이 적도록 만드는 것이 정치하는 사람의 목표가 아니면 안된다. 내가 만일 정치를 한다면 한 명의 죄인도 없고, 시비를 하는 사람도 없는 그런 사회를 만들고 말겠다는 뜻이다.

공자는 이런 말을 한갓 이상으로 말한 것이 아니었다. 공자가 노나라 재상이 된 석 달 만에 죄인은 물론이요, 시장바닥의 장사꾼들이 에누리를 하는 일이 없었고, 소나 염소를 팔러 가는 사람이 물을 먹여 크게 보이려 하는 일도 없었다 한다. 소에 물을 먹여 팔고, 잡은 쇠고기에 물을 넣어 파는 현상은 뭔가 분명 잘못된 원인이 있을 것 같다.

하

하면목견지 何面目見之

어찌 何 낯 面 눈 目 볼 見 이 之

볼 면목이 없다.

— 《사기》 항우본기(項羽本紀)

「하면목견지」는 「어찌 이를 대할 낯이 있겠는가」라는 뜻이다. 《사기》 항우본기에 있는 이야기다. 한고조 5년(B.C 202) 한·초(漢楚)의 싸움은 막판으로 접어들었다. 항우는 해하(垓下)로 몰려 「사면초가(四面楚歌)」를 듣고 마침내 유방 앞에 힘이 다했다.

우미인(虞美人)과 이별한 뒤 애마 추(騅)에 올라타고 겨우 8백여 기로 포위를 돌파한 항우는 이윽고 28기가 된 것을 보자 최후의 결의를 굳혔지만, 임회(臨淮)에서 한바탕 한군을 짓밟고 나서는 어느 틈엔가 남으로 남으로 향하고 있는 자신을 발견했다.

얼마 후 장강(長江 : 양자강)의 북안으로 나왔다. 오강(烏江)을 동으로 건너려고 했던 것이다. 건너기만 하면 그곳은 자기가 거병한 강동 땅이다. 그 때 오강의 정장(亭長)이 배를 대고 그를 기다리고 있는 것이 보였다. 그 정장은 항우를 보자 이렇게 말했다.

「강동은 천하로서 보면 비록 작으나 지방이 천 리, 백성이 수십만으로 아직도 왕이 될 만한 곳입니다. 부디 대왕께서는 급히 건너십시오 다른 배가 없으니 한군이 쫓아온다 해도 건너지 못합니다」

그러자 항우는 보기 드물게도 웃고서는 그것을 거절했다.

「이미 하늘이 나를 버렸다. 나는 건너지 않겠다. 그뿐 아니다. 8년 전 나는 강동의 자제 8천 명과 함께 이 강을 건너 서쪽으로 향했으나 지금 나와 돌아가는 자는 한 사람도 없다. 가령 강동의 부형이 불쌍히 여겨 왕으로 앉혀 주더라도 어찌 대할 낯이 있겠는가(何面目見之)」

항우는 한군의 맹렬한 추격을 받아
가며 고전 끝에 그래도 마음이 강동에
끌려 거기까지 온 자기를 부끄럽게 생
각했으리라. 수년 전 함양을 함락시켰
을 때 「비단옷을 입고 밤길을 간다(錦
衣夜行)」고 하며 고향으로 돌아간 자
기가 이제는 단기(單騎)에다 전진(戰
塵)투성이의 날개 떨어진 새 꼴이 되
어 도망쳐 다니는 것이 뼈에 사무쳤을
것이다.

항우

「무슨 면목으로 이를 대하겠는가
(何面目見之)」 그것은 자못 전국의 패
왕이 자신에게 들려주기 알맞은 최후
의 말이었다. 항우는 애마를 정장에게 주고는 아무 미련 없이 떼지어 덤
비는 한군 속으로 돌진했다. 수백 명을 죽인 다음, 한군 속에 있는 옛
친구를 발견하고,

「내 목을 잘라 공을 세우라.」 하고 말하고는 스스로 목을 쳐 죽었다.
아직 31세의 젊음이었다. 그 목에는 천금과 만호의 읍이 상으로 걸려 있
었다. 떼지어 덤비는 한나라 병사들 때문에 항우의 몸은 산산조각이 났
다. 서로 빼앗기 위해 수십 명이 죽이고 죽고 했다. 조각난 시체는 다시
맞추어져 항우의 시체임이 확인되었다.

그 광경은 「무슨 면목으로 이를 대하겠느냐」고 말한 항우의 말과
현저하게 대조적이었다. 창자가 꿰어져 나오고 아무렇게나 뒹굴려 놓
은 토막토막이 뜯어 맞추어진 이상한 시체는 12월 한풍에 불려 덧없는
인간세계를 비웃고 있는 것처럼 보였다.

하필왈리 何必曰利

어찌 何 반드시 必 이를 曰 이로울 利

하필이면 어째서 이익이 되는 것만을 말하는가.

— 《맹자》양혜왕상(梁惠王上)

「하필이면 왜 이익이 되는 것만을 말하느냐」라는 뜻이다. 하필이란 말도 이 말에서 나온 말인데, 「하필」의 원뜻인 「어찌 반드시」란 이상의 실감을 주는 우리말이 되었다. 이 말은 《맹자》맨 첫 장에 나오는 말로 맹자의 모든 사상이 이 네 글자에서부터 출발된다고 해도 과언이 아니다.

맹자가 양혜왕의 초청을 받아 처음 혜왕을 만났을 때다. 혜왕은 인사말 겸, 「천 리를 멀다 하지 않고 와 주셨으니 장차 우리나라를 이롭게 해주시겠습니까?」 하고 물었다.

그러자 맹자는, 「왕께서는 하필 이(利)를 말씀하십니까? 다만 인의가 있을 뿐입니다」 하고 전제한 다음, 「……만 승(乘)의 나라에서 그 임금을 죽이는 사람은 언제나 천 승의 녹을 받는 대신 집이요, 천 승 나라에서 그 임금을 죽이는 사람은 언제나 백 승의 녹을 받는 대신 집입니다. 만에서 천을 받고, 천에서 백을 받는 것이 많지 않은 것이 아니지만, 참으로 의(義)를 뒤로 하고 이(利)를 먼저 하면 빼앗지 않고서는 만족하지 못하는 법입니다」

이익만을 추구해서는 나라가 올바로 될 수 없는 이치를 말한 것이다. 그리고 끝에 가서 다시 한 번, 「왕께서는 역시 인의를 말씀하셔야 할 터인데 하필 이를 말씀하십니까」 하고 거듭 강조하고 있다.

지금은 이 말이 꼭 이익에 관한 것이 아니라도 「더 좋은 말이 있을 텐데 왜 하필 그런 말을 하느냐」 하는 뜻으로 널리 쓰이고 있다. 「하필」이란 말에 보다 강한 뜻이 풍기기 때문일 것이다.

한단지몽 邯鄲之夢

땅이름 邯(한) 땅이름 鄲 의 之 꿈 夢

인생과 영화의 덧없음의 비유.

─《침중기(沈中紀)》

인생의 덧없음을 가리켜「한단지몽」이라고 한다.「한단」은 하북성에 있는 전국시대 조나라의 서울이었던 곳이다. 이 말은 당나라 심기제(沈旣濟)가 쓴《침중기(沈中紀)》라는 전기소설 가운데 나오는 말이다.

당 현종 개원(開元) 연간에 있었던 일이다. 도사인 여옹(呂翁)이「한단」으로 가는 도중 주막에서 쉬고 있었다. 거기에 노생(盧生)이란 젊은이가 남루한 차림으로 검은 망아지를 타고 가다가 역시 쉬게 되었다.

젊은이는 여옹과 이야기를 주고받다가 문득 생각난 듯이,

「사나이가 세상에 태어나서 부귀를 누리지 못하고 이런 시골구석에 처박혀 있다니……」하고 한숨을 지었다.

「보아하니, 나이도 젊고 얼굴도 잘생긴데다가 매우 패기가 있어 보이는데, 왜 그런 실망에 찬 소리를 하는 거지?」하고 여옹이 묻자 노생은 이렇게 대답했다.

「마지못해 살고 있을 뿐, 즐거움이란 것이 전연 없습니다」

「어떻게 살면 즐겁게 사는 건가?」하고 묻자, 노생은 출장입상(出將入相)에 부귀영화를 누리는 것이 가장 소원이라고 대답했다.

그때 노생은 갑자기 졸음이 왔다. 그때 마침 움막집 주인은 메조(黃粱)를 씻어 솥에다 밥을 짓고 있었다.

여옹이 행랑에서 베개를 꺼내 노생에게 주며 말했다.

「이걸 베고 눕지. 모든 것이 소원대로 이루어질 테니까」

청자로 된 베개였는데 양쪽에 구멍이 뚫려 있었다. 노생이 베개를 베고 눕는 순간 잠이 어슴푸레 들며 베개 구멍이 열리더니 속이 훤히 밝아왔다. 노생은 일어나 그리로 들어가 어느 부잣집에 이르렀다.

그리하여 마침내 그는 당대 제일가는 부잣집인 최씨(崔氏)집 딸과 결혼하게 된다. 노생은 날로 살림이 불어나며 다시 과거에 급제까지 하게 된다. 고을의 원이 되어 크게 업적을 올린 끝에 3년 후에는 수도 장관으로 승진되어 장안으로 부임해 오게 된다.

다시 그는 오랑캐를 무찌르기 위해 절도사(節度使)로 부임하여 큰 공을 세우고 약간의 파란이 있기는 했으나 꾸준히 승진을 거듭하여 마침내 재상에까지 오르게 된다.

한때 간신의 모함을 받아, 포리들이 집을 둘러싸고 그를 역모 혐의로 잡아가려 했다. 그는 아내를 보고,

「내가 고향에서 농사나 짓고 있었으면 배고픔과 추위를 겪지 않고 편안히 살 수 있었을 것을 무엇이 부족해서 애써 벼슬을 하려 했던가……」하며 칼을 뽑아 들고 자살하려 했다.

그러나 아내가 말리는 바람에 미수에 그쳤는데, 다행히 사형은 면하고 멀리 남방으로 좌천이 되었다. 그러나 몇 해 후 모함을 받은 사실이 밝혀져 다시 재상으로 들어앉게 된다.

다섯 아들에 손자가 열이었고, 며느리들도 다 명문가 딸이었다. 이렇게 50년의 부귀를 누린 끝에 현직 재상의 몸으로 고요히 세상을 뜬다.

노생은 기지개를 켜며 하품을 하는 순간 잠이 깨었다. 살펴보니 주막집에 누운 그대로였고, 옆에는 여옹이 앉아 있었다. 주인은 아직도 밥이 다 되지 않았는지 불을 때고 있다. 노생은 깜짝 놀라 일어나며,

「아니 꿈이었던가!」하고 소리쳤다.

그러자 여옹이 옆에서,

「이 세상이란 원래 그런 걸세」하고 웃었다.

노생은 과연 그 여옹의 말이 그렇다 싶었다. 노생은 잠시 후,

「총욕(寵辱)과 득실과 생사가 어떤 것인지를 다 알게 되었습니다. ……선생님의 가르치심은 절대로 잊지 않겠습니다」하고 두 번 절한 다음 떠나갔다는 것이다.

이상이 《침중기》의 줄거리다. 비슷한 설화인데 간단한 것으로는, 이미 육조시대의 간보(干寶)의 《수신기(搜神記)》에도 보인다. 《침중기》보다 나중의 것으로는 당나라 이공좌의 소설 《남가태수전》, 명나라 탕현조(湯顯祖)의 희곡 《남가기(南柯記)》가 있는데 같은 구상의 것이다.

이 이야기에서 덧없는 일생을 비유하여 「한단지몽」 혹은 「한단몽」이라고 하며, 또는 「황량지몽」 「황량몽」이라고도 하고, 「여옹침(呂翁枕)」이니 「황량일취지몽(黃粱一炊之夢)」이니 하는 말도 쓴다. 또 「노생지몽」이라고도 한다. 〔☞ 남가일몽〕

夢之中又占其夢
몽 지 중 우 점 기 몽

꿈속에서 그 꿈을 점친다.

꿈을 꾸면서도 꿈이라고 느끼지 못하고, 그 꿈속에서 지금 꾼 꿈의 길흉(吉凶)을 점치고 있다. 인생은 결국 꿈의 연속이다. 사람은 좋은 꿈을 꾸면 기뻐하고, 나쁜 꿈을 꾸면 기분이 좋지 않다. 그러나 그것도 결국은 꿈속의 일이라고 깨달아야 하는 것이다.

— 《장자》 내편 제물론(齊物論) —

하학이상달 下學而上達

아래 下 배울 學 말이을 而 윗 上 도달할 達

밑에서부터 차츰 배워 올라가서 위에까지 도달한다.

— 《논어》 헌문편(憲問篇)

학(學)은 지식을 배우는 글공부 같은 것을 말하는 것이 아니다. 자기가 옳다고 생각하는 것을 실천하는 공부를 말한다. 《논어》 학이편에서 공자의 제자 자하(子夏)는 이렇게 말하고 있다.

「남의 착한 것을 보고 이성(異性·色)을 어여쁘게 생각하듯 하며, 부모를 정성껏 섬기고, 임금을 몸을 바쳐 섬기며, 친구와 사귀어 진실 됨이 있으면 비록 배우지 못했다 하더라도 나는 반드시 배웠다고 말한다」

즉 세상 사람들이 말하는 공부보다도 실천을 통한 수양이 참다운 배움이란 것을 강조한 것이다. 또 같은 편에서 공자도, 「먹는 데 배부른 것을 찾지 않고, 거처하는 데 편한 것을 찾지 않으며, 일에 민첩하고 말에 조심하여 도(道) 있는 사람에게 나아가 옳고 그름을 바로잡으면 배움을 좋아한다고 말할 수 있다」고 했다.

모두가 생활을 통한 향상을 배움으로 하고 있는 것이다. 즉 유교는 행동을 통해 하늘을 아는 종교다. 불교와 같은 사색을 위주로 진리를 깨치는 것이 아니다. 행동을 위주로 하는 관계로 유교는 속세적인 현실주의로 타락하는 경향을 띤다. 즉 하학이 주가 되고 상달이 무시되는 것이다. 그래서 공자는 자신을 가리켜,

「하늘을 원망하지 않고 사람을 허물하지 않으며, 밑으로 배워 위로 통달하니 나를 아는 사람은 하늘뿐이다」라고 했다. 이 말은 《논어》 헌문편에 있는 말이다. 공자는 진리를 스스로 깨달아 알게 할 뿐, 알지 못하는 사람에게 이를 굳이 알리려 하는 일은 없었다.

배울 學 아니 不 싫을 厭 말이을 而 가르칠 教 게으를 倦

남에게 배우기를 싫어하는 일이 없고 배우려 하는
사람에게 가르쳐주는 것을 게을리 하지 않는다.

— 《맹자》 공손추상(公孫丑上)

「학불염이교불권」은 남에게 배우기를 싫어하는 일이 없고 배우려 하는 사람에게 가르쳐 주는 것을 게을리 하지 않는다는 뜻이다.

이 말은 《맹자》 공손추 상에 있는 맹자의 말 가운데 나오는 공자에 대한 이야기다. 공손추가 이야기 끝에 맹자에게,

「그러시면 선생님은 벌써 성인이십니다」하고 말하자, 맹자는 이를 사양하여, 「옛날에 자공(子貢)이 공자에게 『선생님은 성인이십니다』하고 말하자, 공자께서 말씀하시기를 『성인은 내가 되지 못하지만, 나는 배우기를 싫어하지 않고 가르치기를 게을리 하지 않는다』고 하셨다 ……성인은 공자 같은 성인도 자처하신 일이 없는데, 그게 무슨 소리냐……」하고 부인도 시인도 아닌 알쏭달쏭한 대답을 했다.

《논어》 술이편에서 공자가 자신을 가리켜, 「말이 없이 마음속으로 깨닫고, 배우기를 싫어하지 아니하며, 남을 가르치기를 게을리 하지 않는 것이, 무엇이 내게 있으리오」하고 말했다. 「무엇이 내게 있으리오」는 겸사의 뜻으로도 풀이되고, 그것은 내게 있어서 별로 문제될 것이 없다고 자부하는 말로도 풀이된다. 맹자는 앞에서 공자가 말한 이 「학불염이교불권」을 자공의 말을 빌려 이렇게 말하고 있다. 「배우기를 싫어하지 않는다는 것은 지(智)요, 가르치기를 게을리 하지 않는 것은 인(仁)입니다. 인과 지를 겸하셨으니 선생님은 성인이십니다」

역시 성인이 아니면 그렇게 되기 어려운 일이다.

학이시습 學而時習

배울 學 말이을 而 때 時 익힐 習

배우고 때로 익힌다.

—《논어》학이편(學而篇)

「학이시습」은 《논어》 맨 첫머리에 나와 있는 말이다. 「배우고 때로 익힌다」라고 새겨 읽는다. 맨 첫머리에 이 말을 특히 쓰고 있는 것은 그만한 이유가 있어서인 것으로 풀이된다. 배운다는 것은 새로 알고 깨닫고 느끼고 하는 모두가 포함되어 있는 말이다.

때로 익힌다는 뜻으로 풀이되지만 실상은 그것이 아니다. 듣고 보고 알고 깨닫고 느끼고 한 것을 기회 있을 때마다 실제로 그것을 행해보고 실험해 본다는 뜻이다. 그렇게 함으로써 배우고 듣고 느끼고 한 것이 올바른 내 지식이 될 수 있으며 내 수양이 될 수 있고, 나아가서는 내 믿음과 인격을 이루게 되는 것이다.

공자는 이렇게 말하고 있다.

「배우고 때로 익히면 또한 기쁘지 아니하냐(學而時習之 不亦說乎)」

이 「기쁘지 아니하냐」고 한 말은, 배우고 그 배운 것을 생활을 통해 차츰 내가 타고난 천성처럼 익숙해 가는 기쁨을 말한다. 그것은 마치 자전거를 처음 배우고 자동차를 처음 운전할 때, 조금씩 나아져 가는 자기 기술에 도취되는 그런 것에 비유될 수도 있을 것이다. 계속해서,

「벗이 있어 먼 곳으로부터 오면 또한 즐겁지 아니하냐(有朋自遠方來 不亦樂乎)」하고 학문과 덕이 점점 깊고 높아져서 뜻을 같이하는 사람들이 먼 곳에서 소문을 듣고 찾아오게 되면 그 속에서 참다운 즐거움을 얻게 된다는 뜻이다. 그러나 학문이 깊고 덕이 높아도 세상이 이를

몰라줄 경우도 있다. 그러나 그런 것에
관심을 둘 필요는 없다.

공자묘 대제

그래서 공자는 끝으로,

「사람이 몰라도 노여워하지 않으면
또한 군자가 아니겠느냐(人不知而不慍
不亦君子乎)」고 말하고 있다.

이 기쁨과 즐거움을 느끼게 되고, 또 세
상이 알든 모르든 내가 가야 할 길로 꾸준
히 나아가는 것이 인간의 인생을 통한 참
다운 삶의 길임을 말한 것이다. 그래서 이
말을 맨 첫머리에 두게 된 것이라고 후세 사람들은 풀이하고 있다.

知之爲知之　不知爲不知　是知也
　지지위지지　　부지위부지　　시지야

아는 것을 안다고 하고 모르는 것을 모른다고 하는 것, 이것이 아는 것이
다.

알고 있는 것과 모르는 것을 분명히 구별하여, 알지도 못하면서 아는 체
해서는 안된다고 경계한 말. 「참으로 안다」는 것은 모른다는 것을 인정하는
것이다. 공자가 약간 독단적인 경향의 성격을 가진 제자 자로(子路)에게 타
이른 말이다.

이 말에는 또 이런 재미있는 에피소드가 있다. 조선시대 문인 유몽인(柳
夢寅)이, 조선인은 어떤 경서(經書)를 읽느냐고 묻는 중국 사람에게 농담
삼아, 「우리나라에서는 새들도 경서 하나쯤은 읽을 줄 압니다. 『지지위지지
부지위부지 시지야』라고 하지 않습니까?」

새가 《논어》를 읽었을 리 없건만 이 구절을 빨리 읽다 보면 새의 지저귀
는 소리와 비슷하게 들리기 때문에 이런 얘기가 나온 것 같다.

— 《논어》 위정편 —

한단지보 邯鄲之步

땅이름 邯 땅이름 鄲 의 之 걸을 步

자기 분수를 잊고 공연히 남의 흉내를 냄을 빗댄 말.

— 《장자》추수편(秋水篇)

제 본분을 잊고 공연히 남의 흉내를 내다 보면 이것도 저것도 아닌 얼치기 병신이 되고 만다는 것을 비유해서「한단지보」라고 한다.

《장자》추수편에 나오는 이야기다.

장자의 선배인 위모(魏牟 : 공자모)와 명가(名家 :논리학자)인 공손용 (公孫龍)과의 문답 형식으로 된 이야기 가운데, 위모가 공손용을 보고 이렇게 말했다.

「당신은 수릉(壽陵 : 연나라 수도)의 젊은 사람이 조나라 서울 한단 으로 걸음걸이를 배우러 갔던 이야기를 알고 계시겠지. 그 젊은 사람은 아직 조나라 걸음걸이를 다 배우기도 전에 원래 걷고 있던 걸음걸이마 저 잊고 설설 기며 겨우 고향으로 돌아갔다지 않는가?」

조나라는 큰 나라, 연나라는 작은 나라다. 한단은 대도시, 수릉은 시 골도시다. 그 시골 도시 청년이 대도시를 동경한 나머지 격에 맞지 않는 걸음걸이를 배우려다가, 자기가 걷던 걸음걸이마저 잊고 엉금엉금 기 는 시늉을 하며 돌아왔다는 이야기다.

미국에 잠시 갔다 와서 우리말을 할 때에 일부러 한국에 와 있는 미국 선교사 같은 말투를 쓰는 사람을 종종 보게 된다.

무조건 남의 것만 동경하는 주체성 없는 사람이 아마 수릉의 그 젊은 이였던 것 같다.

한우충동 汗牛充棟

땀 汗 소 牛 채울 充 들보 棟

썩 많은 장서의 비유.

— 유종원(柳宗元) 『육문통선생묘표(陸文通先生墓表)』

「한우충동」은 책이 아주 많은 것을 형용해서 이르는 말이다. 수레로 실어 가면 소가 무거워 땀을 흘릴 지경이고, 집에 쌓으면 대들보까지 닿게 된다는 뜻이다.

지금은 이 말이 좋은 뜻으로 쓰이고 있는데, 원래 이 말을 썼을 때는 좋지 못한 무익한 책이 너무 많다는 것을 지적한 말이었다.

당나라 양대 문장가인 유종원(柳宗元)이 「육문통신생묘표」라는 글 가운데 다음과 같이 쓰고 있다.

「공자가 《춘추》를 지은 지 천 5백 년이 된다. 춘추전(春秋傳)을 지은 사람이 다섯 사람이었는데, 지금 그 셋이 통용되고 있다. ……온갖 주석을 하는 학자들이 백 명, 천 명에 달한다. ……그들이 지은 책이 집에 두면 대들보까지 꽉 차고, 바깥으로 내보내면 소와 말이 땀을 낸다(其爲書 處則充棟宇 出則汗牛馬)……」

육문통 선생은 보통 학자가 아니고 공자가 지은 본래의 뜻을 알고 있는 훌륭한 춘추학자라는 것을 강조하기 위해, 그 밖의 많은 학자들의 무익한 《춘추》에 관한 저서들이 너무 많다는 것을 과장하여 「충동우(充棟宇) 한우마(汗牛馬)」라고 쓴 것이 순서가 바뀌고 말이 약해져서 「한우충동」으로 굳어지게 된 것이다.

나눌 割 닭 鷄 어찌 焉 쓸 用 소 牛 칼 刀

작은 일을 처리하는 데 큰 힘을 빌릴 필요가 없음의 비유.

— 《논어》 양화편(陽貨篇)

「할계(割鷄)에 언용우도(焉用牛刀)리오」라고 해서 「닭을 잡는 데 어떻게 소 잡는 칼을 쓸 수 있겠느냐」하는 말이다. 작은 일을 처리하는 데 위대한 사람의 힘을 빌릴 필요는 없다는 비유로 쓰인 말이다.

《논어》 양화편에 있는 공자와 공자의 제자 자유(子遊)와의 사이에 오고 간 말 가운데 나오는 말이다.

자유가 무성(武城) 원으로 있을 때다. 공자는 몇몇 제자들과 함께 무성으로 간 일이 있다. 고을로 들어서자 여기저기서 음악소리가 들려왔다. 그 음악소리가 아주 공자의 마음을 흡족하게 해주었던 모양이다. 자유는 공자에게 무위자연(無爲自然)의 정치사상을 배운 사람이기도 했다. 《예기》 예운편에 나오는 공자의 대동사상(大同思想)도 공자가 자유에게 전한 말이다.

예(禮)는 자연의 질서를 말한다. 인간사회의 질서를 법으로 강요하지 않고, 자연의 도덕률에 의해 이끌어 나가는 것이 예운(禮運)이다. 자유는 음악으로 사람의 마음을 순화시켜 자발적으로 착한 일에 힘쓰게 만드는 그런 정책을 쓰고 있었던 것 같다. 공자는 그 음악소리에 만족스런 미소를 띠며,

「닭을 잡는 데 어찌 소 잡는 칼을 쓰리오(割鷄焉用牛刀)」하고 제자들을 돌아보았다.

이 말은, 조그만 고을 하나를 다스리는 데 나라와 천하를 다스리기에도 충분한 예악(禮樂)을 쓸 것까지야 없지 않느냐는 뜻으로 재주를 아까

위하는 한편,
그를 못내 자
랑스럽게 생각
한 데서 나온
말이다.

자유가 공자
의 이 말이 농
담인 줄을 몰

타악기를 치는 공자

랐을 리는 없다. 그러나 스승의 말씀을 농담으로만 받아넘길 수도 없는
일이다. 그래서 자유는,

「선생님께서 일찍이 말씀하시기를, 『군자는 도를 배우면 사람을 사
랑하게 되고, 소인은 도를 배우면 부리기가 쉽다』고 하셨습니다」하
고 비록 작은 고을이나마 최선을 다하는 것이 도리일 줄 안다는 뜻을
말했다.

군자나 소인에게나 다 같이 도가 필요하듯이, 큰 나라나 작은 지방이
나 다 그 나름대로 예악이 필요하지 않겠습니까 하는 대답이다. 공자도
자유가 그렇게 나오자, 농담이었다는 것을 말하지 않을 수 없었다. 그래
서 제자들을 다시 돌아보며,

「자유의 말이 옳다. 아까 한 말은 농담이었느니라」하고 밝혔다.

學者如牛毛 成者如麟角
학 자 여 우 모   성 자 여 인 각

학자는 우모(牛毛)처럼 많으나, 성공하는 자는 인각(麟角)보다 드물다.
학문에 뜻을 둔 사람은 쇠털처럼 많으나 성업(成業)하는 사람은 기린의
뿔처럼 매우 드물다.

— 《북사(北史)》 문원전서(文苑傳序) —

합할 合 세로 縱 이을 連 가로 衡(횡)

소진의 합종책과 장의의 연횡책, 일종의 공수동맹(攻守同盟).

— 《사기》 소진장의전(蘇秦張儀傳)

소진은 장의와 더불어 전국시대 중엽의 중국 전토를 세 치의 혀(舌)와 두 다리를 가지고 뒤흔든 큰 책사이며, 큰 사기사(詐欺士)이다. 세 치의 혀라 함은 말할 수 없을 정도의 능변(能辯), 두 다리라 함은 주름잡고 돌아다닌 나라가 소위 당시의 7국(연·제·조·한·위·초·진)에 걸 친 것을 뜻한다.

《사기》 소진장의전에 실려 있는 이야기다.

이 두 사람은 귀곡선생(鬼谷先生 : 백반百般의 지식에 통하며, 점복占 卜도 하고, 《귀곡자》라는 책을 남긴 수수께끼의 인물)에게 배운 동문 이다. 귀곡선생이 살고 있던 곳은 낙양에서 150리 정도 동남의 귀곡이 라는 산중이었다.

소진은 이곳에서 오랜 수업을 쌓고 산에서 내려왔다. 여기서 무엇을 배우고 내려와, 어디로 가서 무엇을 하였는지 후세의 우리들에게는 전 연 알 도리가 없으나, 하여튼 소진은 이곳저곳 방랑한 끝에, 어느 날 낙양에 있는 자기 집에 불쑥 나타났다. 역사서는 여기서부터의 소진의 행동에 대하여 자세하게 쓰고 있다.

비렁뱅이 꼴을 하고 문간에 선 소진에 대하여, 아내는 짜고 있던 베틀 에서 내려오지도 않았고, 형수는 밥도 내다 주지 않았다. 그리고 팔리지 도 않는 말(言語)재주를 팔고 다니니, 고생하는 것도 당연하다고 상대도 해주지 않았다.

집에 머물러 있기를 약 1년. 소진은 또다시 집을 뛰쳐나와, 주(周)나라를 찾았으나 상대도 해주지 않았다. 다음으로 진(秦)나라를 찾았으나 역시 상대를 해주지 않았다. 조(趙)나라에도 가 보았으나 거기서도 허탕, 그래서 멀리 북쪽에 있는 연(燕)나라로 갔다. 여기서는 그의 변설이 주효하여, 거마와 금백(金帛)의 선물을 받았다.

소진이 연왕에게 진언한 정책을 「합종(合縱)」이라 한다. 「세로로 합한다」라는 뜻으로, 연나라·조나라·제나라·위나라·한나라·초

소진의 묘

나라가 세로(縱)로, 즉 남북으로 손을 잡고, 강국 진나라에 대항하자는 것이다.

이 6국은 당시 급격히 강대해지는 진을 극도로 두려워하고 있었다. 소진은 이 공포심을 잘 이용하여, 만약 차제에 6국이 손을 잡지 않고 고립한다면, 각각 진에 먹히고 말 것이다. 기필코 합종하여 공동방위를 취하지 않으면 안된다. 그 주선 역할을 자기가 맡겠다고 나선 것이다.

연왕으로부터 합종의 성취를 위임받자, 다음으로 조나라를 찾아 이번에는 대성공. 거마 백승(百乘)에 백벽(白璧)·금수(錦繡)를 합종의 준비 비용으로 받았다. 한·위·제·초의 순으로 돌아다닌 소진은 교묘하게 왕들을 설득하여 6국의 재상 직을 한 몸에 겸하고, 자신은 종약장(從約長)이 되어 6국의 왕들이 모인 자리에서 합종의 맹주로서 행세하게 되었다.

남쪽 초에서 조로 돌아가는 도중 소진은 낙양을 지났다. 그 때, 그의 행렬, 거마 치중(輜重)은 족히 왕후에 필적했고, 낙양에 자리잡은 주왕

(周王)도 칙사로 하여금 영접케 할 정도로 호화스러웠다. 형제도 아내도 형수도 이제는 소진을 정면으로 마주보지를 못했다. 식사 시중을 들 때도 얼굴을 숙인 채였다.

소진은 형수에게 물었다.

「이전에 제가 돌아왔을 때에는 밥도 내다 주시지 않으시더니 이건 대체 어찌된 일입니까?」

그러자 형수는 머리를 조아리며,

「서방님의 벼슬이 높아지시고, 이렇게 큰 부자가 되신 것을 보면 누 구든지 저절로 이렇게 되지요」

소진은 벼슬과 돈이 이렇게도 인간을 달라지게 하고, 또한 자기에게 만약 얼마 안되는 전답이라도 있었더라면, 일생 그것으로 만족하고, 오 늘과 같은 부귀를 누릴 수 없었으리라는 것을 개탄하여 친족 붕우(朋友) 들에게 천금을 헐어 주었던 것이다.

소진이 조나라에 체류 중 장의가 갑자기 찾아왔다. 동문인 소진이 재 상이 되었다는 것을 듣고 천거를 부탁하러 온 것이었다. 소진은 엿새째 에 가서야 겨우 면회를 허락하였을 뿐 아니라, 자기는 당상에 장의는 당하에 앉게 하고 하인에게나 먹일 정도의 식사를 대접하여 쫓아버렸 다.

장의는 이를 갈며 분에 못 이겼다. 그리고는 두고 보자는 듯이 그 길 로 진나라를 향해 떠났다.

그런데 그 여행에 같이 따라가며 장의를 돌보아준 인물이 있다. 여인 숙 비용은 물론, 진에 벼슬하자면 의복도 필요하리라 하고 시중을 들어 주며 진나라에까지 같이 따라왔다. 당시로 말하면, 장차 큰 인물이 되리 라고 촉망되는 야인(野人)에게 친절을 베풀어 장래 이용해 먹으려는 상 인이 드물지 않았기 때문에 아마 그런 따위일 것이라고 장의는 생각하 고 있었다.

그 상인은 장의가 진에 입경(入京)하여 객경(客卿)에 오르는 것을 보자, 장의에게 작별인사를 하러 왔다. 장의는 자기로부터 아무 보상도 요구하지 않는 상인을 이상하게 여기고 그 이유를 물은 즉, 상인은,

「이것은 모두 소진님께서 주선하여 주신 일입니다. 당신을 발분시켜 진으로 가게 하여, 진에 벼슬토록 하시려는 심산에서였습니다. 진은 소진님의 합종책에는 방해자입니다. 그 방해자의 손발을 묶어 놓는 구실을 당신께서 해주셨으면 하는 것입니다」

그러자 장의는,

「나는 소진의 술수 중에 있으면서도 그것을 깨닫지 못한 어리석은 자요 이 어리석은 자가 어찌 소진의 방해를 하겠소 소진에게 일러주시오 소진이 살아 있을 동안에는 이 장의가 어찌 큰 소리를 칠 수가 있겠는가, 라고 말이오」

장의는 진에 머무르면서 재완(才腕)을 인정받고, 객경(客卿)에서 재상으로 출세하였다. 그는 「연횡책」을 획책하였다. 다시 말해서 6국의 어느 한 나라와 동맹을 맺어 합종을 깨뜨리고, 6국을 산산조각으로 고립시켜, 고립된 나라들을 개별적으로 격파 혹은 위압하고, 진에 대하여 신하의 예를 취하도록 하게 하며, 그리고 나서 병탄(倂呑)해 버리자는 책략이다.

진과 다른 나라와 동맹을 맺는 것은, 「가로(衡＝橫:동서)로 연합하는」 형태가 되기 때문에 「합종」에 대하여 「연횡」이라고 하는 것이다. 장의는 후에 소진이 성취한 「합종」을 완전히 붕괴시키고 말았다.

전국(戰國) 백 년의 역사는 이 합종과 연횡이 되풀이된 역사라고 해도 좋을 정도로 두고두고 말썽이 되어 왔다. 그래서 제자백가(諸子百家) 중 외교무대에서 세 치 혀로 활약하는 사람들을 가리켜 종횡가(縱橫家)라고 한 것도 이 「합종연횡」이란 말에서 나온 이름이었다.

항룡유회 亢龍有悔

높아질 亢 용 龍 있을 有 뉘우칠 悔

적정한 선에서 만족할 줄 모르고 무작정 밀고
나가다가 오히려 실패를 가져오게 됨의 비유.

—《주역(周易)》효사(爻辭)

「항룡유회(亢龍有悔)」는, 적당한 선에서 만족할 줄 모르고 무작정
밀고 나가다가 도리어 실패를 가져오게 되는 것을 비유해서 하는 말이
다. 「항룡」은 하늘 끝까지 올라간 용이란 뜻이다.

너무 자꾸만 올라가다가 하늘 끝에 가 닿아서 후회를 하게 된다는
것이 「항룡유회」다.

《주역》건괘 맨 위에 있는 육효(六爻)의 효사(爻辭)에 있는 말이다.
주역의 64괘는 각각 여섯 개의 효(爻)로 되어 있는데, 괘 전체에 대한
괘사(卦辭)가 있고, 각 효마다 「효사」가 있다. 맨 아래 있는 효는 지위
가 가장 낮다든가, 일을 처음 시작한다든가 하는 뜻이고, 맨 위에 있는
효는 극도에까지 미친 것을 말한다.

그러므로 건괘 첫 효에는 효사가 「잠룡물용(潛龍勿龍)」이라고 나와
있다. 땅 속 깊숙이 들어 있는 용이니 꼼짝하지 말고 가만히 있으라는
뜻이다.

「항룡유회」는 「잠룡물용」과는 달리 도에 지나친 감이 있으니, 더
이상 전진하지 말고 겸손 자중하라는 뜻이다.

예를 들어 국장쯤으로 만족하지 못하고 굳이 차관이나 장관이 되려
고 하면, 설사 된다 해도 해임되는 그 날로 영영 벼슬길이 막히고 마는
그런 것이다. 〔☞ 잠룡물용〕

다닐 行 일백 百 마을 里 사람 者 반 半 어조사 於 아홉 九 열 十

> 백 리를 가는 사람은 90리가 반이다.
> 곧 시작은 쉽지만 그것을 완성하기는 어렵다.

— 《전국책》 진책(秦策)

「시작이 반」 이란 말이 있다. 이 말과 대조적인 것이 이 「행백리자 반어구십」 이란 말이다. 백 리를 가는 사람은 90리가 반이 된다는 말이다. 시작은 쉽지만 그것을 완성하기는 어렵다는 뜻이다. 「이제 10리밖에 남지 않았다」 하고 게으름을 피우다가는, 해가 저물어 고생을 하게도 되고, 지친 나머지 목적지까지 가지 못할 염려도 있는 것이다.

진무왕(秦武王, 재위 B.C 311∼307)에게 어떤 사람이 말했다.

「신은 마음속으로, 임금께서 제나라를 가볍게 알고 초나라를 업신여기며, 한나라를 속국 취급하는 것을 염려하고 있습니다. 신이 듣건대, 『왕자의 군사는 싸워 이겨도 교만하지 않고, 패자는 궁지에 빠져 있어도 노여워하지 않는다』고 합니다. ……임금께서 만일 여기서 좋은 결과를 맺게 되면 고금을 통해 가장 위대한 임금이 되실 수 있지만, 만일 그렇지 못하면 제후들과 제·송나라의 인재들이 임금님을 궁지로 몰아넣지 않을까 걱정되옵니다」

그는 다시 계속해서,

「《시(詩)》에 말하기를, 『백 리를 가는 사람은 90리를 반으로 한다』했습니다. 이것은 마지막 길이 어렵다는 것을 말한 것입니다(行百里者 半於九十 此言末路之難)」 하고 거듭 충고를 했다.

성공 직전에 방심으로 인해 실패하는 경우를 우리는 종종 보게 된다. 방심보다 더 무서운 적은 없다.

함께 偕 늙을 老 같을 同 구멍 穴

생사를 같이하는 부부의 사랑의 맹세를 가리킴.

— 《시경(詩經)》

「해로동혈」은 살아서는 같이 늙고 죽어서는 한 무덤에 묻힌다는 뜻으로 생사를 같이하는 부부의 사랑의 맹세를 가리키는 말이다. 출처는 《시경》인데, 「해로」란 말은 패풍의 「격고(擊鼓)」와 용풍의 「군자해로(君子偕老)」와, 위풍의 「맹(氓)」에서 볼 수 있고, 「동혈」이란 말은 왕풍 「대거(大車)」에 나온다.

위풍의 「맹」에 있는 「해로」를 소개하면, 「맹」이란 시는, 행상 온 남자를 따라가 그의 아내가 되었으나 고생살이 끝에 결국은 버림을 받는 여자의 한탄으로 된 시다. 다음은 여섯 장으로 된 마지막 장이다.

그대와 함께 늙자 했더니
늙어서는 나를 원망하게 만드누나.
강에도 언덕이 있고
못에도 둔덕이 있는데
총각 시절의 즐거움은
말과 웃음이 평화로웠네.
마음 놓고 믿고 맹세하여
이렇게 뒤집힐 줄은 생각지 못했네.
뒤집히리라 생각지 않았으면
역시 하는 수 없네.

及爾偕老 老使我怨   급이해로 노사아원

淇則有岸　濕則有泮	기즉유안　습즉유반
總角之宴　言笑宴宴	총각지연　언소연연
信誓旦旦　不思其反	신서단단　불사기반
反是不思　亦己焉哉	반시불사　역기언재

왕풍 「대거」란 시는 이루기 어려운 사랑 속에서 여자가 진정을 맹세하는 노래로 보아서 좋은 시다. 3장으로 된 마지막 장에 「동혈」이란 말이 나온다.

살아서는 방을 달리해도
죽으면 무덤을 같이하리라.
나를 참되지 않다지만
저 해를 두고 맹세하리.

| 毅則異室　死則同穴 | 의즉이실　사즉동혈 |
| 謂予不信　有如皦日 | 위여불신　유여교일 |

「유여교일(有如皦日)」은 자기 마음이 맑은 해처럼 분명하다고 해석되는데, 해를 두고 맹세할 때도 흔히 쓰는 말로, 만일 거짓이 있으면 저 해처럼 없어지고 만다는 뜻으로 풀이되기도 한다. 하여간 거짓이 없다는 뜻임에는 틀림이 없다.

未知生　焉知死
미지생　언지사

아직 삶도 모르면서 어찌 죽음을 알 수 있겠는가.

아직 살아 있는 인간의 길조차 깨닫지 못하는 자가 어찌 인간의 죽음에 대해서 알 수 있겠는가. 죽음을 알려고 하기 전에 우선 삶에 대해서 먼저 알아라.

— 《논어》 선진(先進) —

해어화　解語花

헤아릴 解　말씀 語　꽃 花

미인을 가리킴.

— 《개원천보유사(開元天寶遺事)》

「해어화」는 말을 알아듣는 꽃이란 뜻으로, 미인을 비유하는 말로 쓰인다. 또는 화류계(花柳界)의 여인을 일컫기도 한다.

왕인유(王仁裕)의 《개원천보유사》에 나오는 말이다. 당나라 수도 장안은 지금 화창한 봄을 보내고 바람도 훈훈한 여름을 맞이하려 하고 있었다. 현종황제는 양귀비와 궁녀들을 거느리고 태액지(太液池)라는 연못가로 나갔다. 연못은 온통 연잎으로 뒤덮여 있었고 만개한 꽃들은 그 아름다운 자태를 한껏 뽐내고 있었다. 연못가의 모든 사람들은 저마다 감탄의 소리가 터져나왔다.

그때 연꽃을 흐뭇하게 바라보던 현종이 주위 사람들에게 말했다.

「어떠냐, 이 꽃들의 아름다움이 내 말을 알아듣는 꽃과 비길 만하지 아니한가?(爭如我解語花)」

여기서 말을 알아듣는 꽃이란 물론 양귀비를 두고 한 말이다.

현종은 치세(治世)의 전반에 훌륭한 업적을 쌓았지만, 후반에 가서는 양귀비와의 사랑에 푹 빠져 정사를 제대로 돌보지 않았다.

현종은 양귀비를 기쁘게 해주기 위해 여지(荔枝)라는 과일을 멀고 먼 영남지방에서 가져오라 명했다. 맛이 변하기 쉬운 여지를 싱싱한 채로 가져오기 위하여 역마를 탄 사람이 말을 갈아타 가면서 주야로 달렸다. 말이 쓰러지고 또 도랑에 빠져 죽는 자도 많았다.

모든 일이 이런 식이었다. 양귀비의 친척이란 점 하나로 양가(楊家)의 일족은 높은 자리에 올랐다. 그것은 이윽고 안녹산(安祿山)의 난이 일어나

는 계기
가 되었
고, 양귀
비는 노
한 병사
들의 요
구로 교
살 되었

모란꽃을 구경하는 현종과 양귀비

다. 저 마외(馬嵬)의 비극에 이어지는 것이다. 그리고 퇴위하여 상황(上皇)
이 된 현종은 죽을 때까지 양귀비를 그리워했다고 한다.

그 치세의 전반 20 수년을 「개원(開元)의 치(治)」 라고 불릴 정도로
잘 다스려서 명군이란 이름을 얻었던 현종은 이렇게 뒤끝을 좋게 여미
지 못했다. 양귀비를 얻은 때부터 일전(一轉)해서 어지러워졌다. 폭군은
아니었으나, 정녕 주책망나니가 되었다.

명상(名相)이나 간신(諫臣)에게 엄격히 둘러싸여 명군으로 행세하기
20여 년, 그의 속에 들어 있던 범인(凡人)이 도저히 견딜 수가 없게 되었
던 것이 아닐까. 아무튼 여러 가지 요소를 지닌 생애였다. 그것은 비극
인지 희극인지, 현종과 양귀비 사이를 아름다운 비련(悲戀)으로 보는
사람도 있을 것이다.

또 「어쩌냐, 이 아름다움은……」 하고 좋아하는 얼빠진 모습을 비웃
는 것도 후인들의 자유라고 하겠다. 그러나 여지를 나르고 전란을 입은
사람들에게는 그것이 틀림없는 비극이었을 것이다.

그렇다고는 하나 현종과 양귀비가 빚어낸 갖가지 이야기나 말 중에
서 이 「헤어화(解語花)」 도 살아남았다. 말을 하는 꽃, 즉 미인을 가리
킨다. 이 꽃은 계절을 불문하고 일년 내내 존재한다. 언제 눈앞에 나타
나 어떤 결과를 낳을지도 모른다.

행불유경 行不由徑

다닐 行 아니 不 말미암을 由 지름길 徑

지름길로 가지 않는다.

—《논어》옹야편(雍也篇)

「행불유경」은 길을 가는데 지름길로 가지 않는다는 말이다. 지름길은 거리로는 가깝지만 여러 가지 문제가 따를 수 있는 올바르지 못한 길이다.

경(徑)은 작은 길, 지름길, 샛길, 뒷길을 뜻하는 글자다. 떳떳한 사람은 남에게 부끄러워할 일이 없으니 얼굴을 들고 당당한 자세로 천하의 공로(公路)를 걸어간다. 이 세상을 깨끗하게 살아가는 사람은 구태여 샛길이나 뒷골목 따위를 숨어서 다니지 않으며, 더욱이 길 아닌 길을 걷지 않는다. 우리가 흔히 말하는 「군자 대로행(君子大路行)」과 같은 말이다.

우리가 무슨 일을 할 때도 정당한 방법을 쓰지 않고 우선 급한 대로 임시 편법을 쓰게 되면 항상 뒷말이 따르기 마련이다. 설사 그런 일이 없다 하더라도 그것은 정당한 일이 될 수 없다.

곡예사 같은 수완가를 세상에서는 박수갈채로 환영하는 버릇이 있다. 열 번 쾌감을 맛본다 해도 한 번 실수하면 그만 끝장인 것이다. 교통사고의 거의가 이 「행불유경」을 지키지 못한 때문이다. 모든 범법행위도 이 「행불유경」의 교훈을 지키지 않기 때문이다.

이 말은《논어》옹야편에 있는 자유(子游)의 말이다.

자유가 무성(武城) 고을 장관이 되었을 때, 공자는 무성으로 가서 자유를 보고,

「네가 훌륭한 일꾼을 얻었느냐?」 하고 물었다.

그러자 자유는,

「담대멸명(譚臺滅明)이란 사람이 있는데, 다닐 때 지름길로 가지 않고 (行不由徑), 공사가 아니면 일찍이 제 방에 들어온 일이 없습니다」 하고 대답했다.

지름길로 가지 않는 그는 공적인 사무가 아니면 장관의 방에도 가지 않았다. 그것은 그가 얼마나 자기 맡은 일에 충실했는지를 말해 주고 있는 것이다.

사사로운 청을 하거나 남이 알지 못하는 비밀을 속삭일 필요가 없는 그였기 때문이다. 이 두 가지 일로 보아 그가 훌륭하다고 말한 자유도 그가 하는 일이 공명정대했기 때문이다.

공자와 구택

공자는 담대멸명을 제자로 삼았다. 그는 공자의 제자 가운데 얼굴이 가장 못생긴 사람이었다. 얼굴을 보고 사람을 택할 수 없다는 것을 공자는 담대멸명을 예로 들어 말한 일이 있다.

爲人由己 而由人乎哉
위인유기　이유인호재

인(仁)을 행하는 것은 나 자신이지, 남의 도움은 필요 없다.
인도(仁道)는 그것을 행하려고 생각하면 언제든지 행할 수 있다. 인(仁)을 행하는 것은 어디까지나 내 자신이지 남의 힘에 의지하는 것이 아니다.
— 《논어》 안연(顏淵) —

혈구지도 絜矩之道

헤아릴 絜 곱자 矩 의 之 방법 道

내 처지를 생각해서 남의 처지를 헤아림.

— 《대학(大學)》

「혈구지도」는 《대학》 마지막 장에 나오는 말이다.

「혈(絜)」은 잰다는 뜻이고 「구(矩)」는 곡척(曲尺)을 말한다. 자는 물건을 재듯이 내 마음을 「자」로 삼아 남의 마음을 재고, 내 처지를 생각해서 남의 처지를 헤아리는 것이 「혈구지도」 즉 「자를 재는 방법」이다.

공자는 《논어》에서 이렇게 말했다.

「내가 원하지 않는 것을 남에게 베풀지 않으면 그것이 어진 일을 하는 방법이라고 말할 수 있다」

또 자공(子貢)이,

「남이 내게 하지 말았으면 하는 것을 나도 남에게 하지 않겠습니다」하고 말했을 때, 공자는,

「네가 할 수 없는 일이다」라고 했다.

「혈구지도」는 바로 그것을 말하는 것이다.

《대학》에는 「혈구지도」를 이렇게 설명하고 있다.

「윗사람이 내게 해서 싫은 것을 아랫사람에게 하지 말고, 아랫사람이 내게 해서 싫은 것을 윗사람에게 하지 말며, 앞사람이 내게 해서 싫은 것을 뒷사람에게 하지 말고, 뒷사람이 내게 해서 싫은 것을 앞사람에게 하지 말며, 오른쪽에 있는 사람이 내게 해서 싫은 것을 왼쪽 사람에게 하지 말고, 왼쪽 사람이 내게 해서 싫은 것을 오른쪽 사람에게 하지 않는 것이 바로 혈구지도라고 하는 것이라고 했다」

너무 자세할 정도로, 내 마음을 미루어 내가 싫었던 일을 남에게 베풀지 않는 것이 「혈구지도」란 것을 설명하고 있다. 「인간은 만물의 척도」란 말이 있듯이 「마음은 인간의 척도」일 것이다.

공자 묘

천만 사람의 교훈보다도, 내 마음을 살펴 남의 마음을 헤아리는 공부가 보다 소중한 것이다.

내가 원하는 것을 남과 같이 하고, 내가 싫어하는 것을 남에게 가르치지 않는 공부, 이것이 천하를 태평하게 만드는 평천하(平天下)의 길이란 것이다.

恩宜自淡而濃 先濃後淡者 人忘其惠
은의자담이농　　선농후담자　　인망기혜

은혜는 마땅히 담백하게 시작해서 점차 농후하게 베풀도록 하라. 농후(濃厚)를 먼저하고 담백(淡白)을 나중에 하면 사람은 그 은혜를 잊어버린다.

남에게 은혜를 베풀 경우, 처음은 담백하게 시작해서 점점 후하게 하는 것이 좋다. 만약 애초부터 후하게 베풀다가 나중에 담백하게 베풀면 받는 쪽에서 은혜를 받으면서도 그 고마움을 잊게 되는 것이다.

— 《채근담》 —

형설지공 | 螢雪之功

반딧불 螢 눈 雪 의 之 공 功

갖은 고생을 하며 학문을 닦아서 얻은 보람.

— 《몽구(蒙求)》

형설(螢雪)은 반딧불과 눈을 말한다. 반딧불의 불빛과 눈 내린 밤의 눈빛으로 쉬지 않고 공부해서 이룩한 성공. 어려운 여건을 이겨내면서 열심히 학업에 정진해서 입신양명(立身揚名)한 것을 비유하여 「형설지공을 쌓는다」고 한다.

후진의 이한(李瀚)이 지은 《몽구》라는 책에 나오는 이야기다.

진나라의 손강(孫康)은 공부하기를 좋아했지만 집이 가난해서 등불을 밝힐 기름조차 살 돈이 없었다. 그래서 겨울이면 그는 항상 눈(雪)빛으로 글을 읽었다. 그는 젊었을 때부터 마음이 맑고 지조가 굳었다. 때문에 친구도 함부로 사귀는 일이 없었다. 뒤에 관직에 나아가 벼슬이 어사대부(御史大夫 : 감찰원장)에까지 올랐다.

《진서》차윤전에, 「진(晋)나라 차윤(車胤)은 집이 가난해서 기름을 구할 수 없었다. 여름이면 비단 주머니에 수십 마리의 반딧불이를 담아 글을 비추어 밤을 새우며 공부를 계속했다. 그는 마침내 이부상서(吏部尙書 : 내무장관)에까지 벼슬이 올랐다」라는 이야기가 실려 있다.

이 이야기에서 고학하는 것을 「형설(螢雪)」이니 「형설지공」이니 말하고, 공부하는 서재를 가리켜 「형창설안(螢窓雪案)」이라고 한다. 반딧불 창에 눈 책상이란 뜻이다.

눈빛과 반딧불로 글자를 볼 수 있었다는 것은, 글자가 굵은 것도 이유가 되겠지만, 그들이 그만큼 눈(眼)의 정기를 남달리 좋게 타고났기 때문이기도 했을 것이다.

호시탐탐　虎視眈眈

범 虎 볼 視 노려볼 眈

범이 먹이를 노려보듯 기회를 노리고 가만히 정세를 관망함.

— 《주역(周易)》

「탐탐(眈眈)」은 노려본다는 말이다. 범이 먹이를 탐내어 눈을 부릅뜨고 노려보는 것을 「호시탐탐」이라고 한다. 욕망을 채우기 위해 기회를 노리며 정세를 관망하고 있는 것을 비유해서 쓰는 말이다.

이 말은 《주역》 이괘(頤卦) 사효(四爻)의 효사(爻辭)에 나오는 말이다. 이(頤)는 아래턱(下顎)이란 뜻인데, 기른다(養)는 뜻도 된다.

괘의 모양을 보면 위는 간(艮 : ☶)이고 아래는 진(震 : ☳) 이다. 「간」은 산(山)이란 뜻이고 「진」은 우레를 말한다. 괘의 전체의 모양(☶ ☳)은 위아래는 막혀 있고 복판이 열려 있어 사람의 입 속을 상징하고 있다. 산은 움직이지 않고 우레는 움직이는 성질을 가지고 있다. 위는 가만히 있고 아래만 움직이는 것이 사람이 음식을 먹을 때의 입의 모양이다. 그러므로 「이괘」는 음식을 먹고 생명을 보존하는 뜻이 된다.

그러나 음식을 먹고 몸을 기르는 데도 여러 가지 방법이 있고 처지가 다르다. 그래서 각 효마다 뜻이 다른 말로써 이를 나타내고 있는 것이다. 4효에는, 「거꾸로 길러져도 좋다. 범처럼 노려보고 그 욕심이 한이 없더라도 상관이 없다(顚頤吉 虎視眈眈 其欲逐逐 无咎)」고 했다.

거꾸로 길러진다는 것은 아랫사람에게 봉양받는 것을 말한다. 부모가 자식을 기르는 것이 도리이고, 임금이 백성의 생활을 보장하는 것이 정치다. 그러나 자식이 다 큰 뒤에는 범의 위엄을 갖추고 자식들의 봉양을 계속 받아도 좋은 것이다.

호가호위 狐假虎威

여우 狐 거짓 假 범 虎 위엄 威

남의 권세를 빌어 위세를 부림.

— 《전국책》 초책(楚策)

「호가호위」는 여우가 호랑이의 위엄을 빌어 제 위엄으로 삼는다는 말이다. 아무 실력도 없으면서 배경을 믿고 세도를 부리는 사람을 비유해서 이르는 말이다.

위나라 출신인 강을(江乙)이란 변사가 초선왕 밑에서 벼슬을 하게 되었다. 그런데 초나라에는 삼려(三閭)로 불리는 세 세도집안이 실권을 쥐고 있어 다른 사람은 역량을 발휘할 수가 없었다. 이때는 소씨집 우두머리인 소해휼(昭奚恤)이 정권과 군권을 모두 쥐고 있었다. 강을은 소해휼을 넘어뜨리기 위해 기회만 있으면 그를 헐뜯었다. 하루는 초선왕이 여러 신하들이 있는 데서 이렇게 물었다.

「초나라 북쪽에 있는 모든 나라들이 소해휼을 퍽 두려워하고 있다는데, 그 말이 사실인가?」

소해휼이 두려워 아무 대답하는 사람이 없었다. 그때 강을이 일어나 대답했다.

「호랑이는 모든 짐승을 찾아 잡아먹습니다. 한번은 여우를 붙들었는데, 여우가 호랑이를 보고 이렇게 말했습니다.

『그대는 감히 나를 잡아먹지 못하리라. 옥황상제께서는 나를 백수(百獸)의 어른으로 만들었다. 만일 그대가 나를 잡아먹으면 이것은 하늘을 거역하는 것이 된다. 만일 내 말이 믿어지지 않거든, 내가 그대를 위해 앞장서서 갈 터이니 그대는 내 뒤를 따라오며 보라. 모든 짐승들이 나를 보고 감히 달아나지 않는 놈이 있는가를』

그러자 호랑이는 과연 그렇겠다 싶어 여우를 앞세우고 같이 가게 되었습니다. 모든 짐승들은 보기가 무섭게 달아났습니다. 호랑이는 자기가 무서워서 달아나는 줄을 모르고 정말 여우가 무서워서 달아나는 줄로 알았습니다. 지금 대왕께서는 5천 리나 되는 땅과 완전무장을 한 백만 명의 군대를 소해휼 한 사람에게 완전히 맡겨 두고 계십니다. 그러므로 모든 나라들이 소해휼을 두려워하는 것은, 사실은 대왕의 무장한 군대를 무서워하고 있는 것입니다. 마치 모든 짐승들이 호랑이를 무서워하듯 말입니다」

재미있고 묘한 비유였다. 소해휼은 임금님을 등에 업고 임금 이상의 위세를 부리는 여우같은 약은 놈이 되고 선왕은 자기가 어떤 위치에 있는지를 자각하지 못한 채 소해휼이 훌륭해서 제후들이 초나라를 두려워하는 줄로 알고 있는 어리석은 호랑이가 되고 만 것이다.

이 세상에는 이런 「호가호위」의 부조리가 너무도 공공연하게 행해지고 있다.

標節義者 必以節義受謗
표 절 의 자　　필 이 절 의 수 방

절의(節義)를 내세우는 자는 반드시 그 절로 인해 비방(誹謗)을 받는다.

절의는 존귀한 것이지만, 그 절의를 간판처럼 내세우고 처세하는 사람은 언젠가는 반드시 그 절의 때문에 비방을 받게 된다.

— 《채근담》 —

범 虎 시내 溪 석 三 웃을 笑 그림 圖

> 도의 깊은 이치를 이야기하다가
> 평소의 규칙을 어겼을 때 쓰는 말.
>
> ─《여산기(廬山記)》

「호계삼소(虎溪三笑)」는 호계라는 시냇가에서 세 사람이 웃는다는 뜻이다. 이것은 유(儒)·불(佛)·도(道)의 진리가 그 근본에 있어 하나라는 것을 상징한 이야기였는데, 이「호계삼소」를 그린 그림을「호계삼소도」라 하여 많은 화가들에 의해 그려지곤 했다.

송나라 진성유(陳聖兪)가 지은《여산기》에 있는 이야기다.

동진의 고승 혜원(慧遠)은 중국 정토교(淨土敎)의 개조(開祖)로 알려져 있는데, 그를 북주의「혜원」과 구별하기 위해 보통「여산(廬山)의 혜원」이라 부르고 있다.

그는 처음에는 유학을 배웠고, 이어 도교(道敎)에 심취했었는데, 스무살이 지난 뒤에 중이 되어 여산에 동림정사(東林精舍)를 지어 불경 번역에 종사하는 한편 원흥 원년에는 이 정사에 동지들을 모아 백련사를 차렸다.

여산의 호계

혜원이 있던 이「동림정사」밑에는「호계」라 불리는 시내가 흐르고 있었다. 혜원은 찾아온 손을 보낼 때는 이 호계까지 와서 작별하도록 정해져 있어 절대로 내를 건너는 일이 없었다.

그런데 어느 때인가 유학자요 시인인 도연명과 도사인 육수정(陸修靜)을 보내며 서로 이야기를 나누는 가운데 무심코 이 호계를 지나고 말았다. 문득 생각이 나 이 사실을 안 세 사람은 마주보며 껄껄 웃음을 터뜨렸다.

종자에게 부축을 받고 비틀거리며 걸음을 옮기는 도연명

이 이야기를 놓고 송나라 화가 석각(石恪)이 그린 것이 바로 「호계삼소도」였는데 뒤에 많은 화가들이 이 그림을 그렸다.

그러나 실상 이 이야기는 후세 사람이 만들어낸 이야기라고 한다. 그 이유로는 육수정이 「예산」으로 들어간 것은 혜원이 죽은 30여 년 뒤였고, 도연명도 이미 20여 년 전에 세상을 떴기 때문에 만날 수가 없었다는 것이다.

세상에는 사실과 다른 이야기들이 글하는 사람들의 손에 의해 사실인 것처럼 전해지고 있는 일이 수없이 많다. 그러나 이 「호계삼소도」는 학파니 종파니 하고 세력 다툼을 하는 엉터리 열성인들에게 좋은 교훈이 될 것 같다.

責人者 原無過於有過之中 則情平
책인자　　원무과어유과지중　즉정평

남을 책망할 때 그 과오 속에 잘못되지 않은 점도 일깨워 준다면 문책을 받는 쪽도 마음이 편할 것이다.

사람을 꾸짖을 경우, 꾸지람을 받는 사람의 과오 속에 잘못되지 않은 점을 일깨워 주는 아량이 있다면 책망을 듣는 쪽도 다소곳이 문책의 말을 받아들일 것이다.

— 《채근담》 —

호연지기 浩然之氣

넓을 浩 그럴 然 의 之 기운 氣

하늘과 땅 사이에 넘치게 가득 찬 넓고도 큰 원기.

— 《맹자》 공손추상(公孫丑上)

호(浩)는 넓고 크다는 뜻이다. 넓고 큰 기운이 「호연지기」다. 넓고 큰 기운이 과연 어떤 것일까. 이 말을 처음 쓴 맹자의 설명을 《맹자》에서 찾아보기로 한다. 공손추 상에 보면 맹자의 제자 공손추가 부동심(不動心)에 대한 긴 이야기 끝에,

「선생님께서 제나라의 대신이 되어 도(道)를 행하신다면, 제를 천하의 패자로 만드신다 해도 이상하지는 않습니다. 그런 점을 생각하면 역시 선생님께서도 마음이 움직이실 게 아닙니까(如此則動心否乎)?」

「아니, 나는 40이 넘어서부터는 이미 마음이 움직이는 일이 없게 되었다. 마음을 움직이지 않는다는 것은 그리 어렵지 않다. 저 고자(告子 : 맹자의 논적論敵, 맹자의 성선설에 대하여 사람의 본성은 선도 악도 아니라는 설)마저도 나보다 먼저 마음을 움직이지 않게 됐을 정도다」

「마음을 움직이지 않을 수 있는 방법이라도 있습니까?」

「있지」

맹자는 그렇게 말하고 마음을 움직이지 않는 용(勇)을 기르는 여러 가지 방법에 대해서 실례를 들어 말하기 시작했다. 용자 북궁유(北宮黝)는 무엇이든 물리치는 기개를 가지고 용기를 길렀다. 같은 용자로서 유명한 맹시사(孟施舍)는 겁내지 않는다는 것을 첫째로 삼았다.

공자의 고제자인 증자(曾子)는 스승에게서 배운 말 「스스로 되돌아봐서 바른 일이라면 천만인이 막는다 할지라도 나는 가리라」를 명심하고 있었다. 자기 마음속에 꺼림칙한 점이 없으면 그 무엇이라도 두려

위하지 않는다. 이것이야말로 참된 대용(大勇)으로서 마음을 동요시키지 않는 최상의 수단이다.

「그럼 선생님의 부동심(不動心)과 고자의 부동심의 차이를 말씀해 주십시오」

「고자는『납득이 가지 않는 말을 억지로 이해하려고 해서는 안된다. 이해가 가지 않는 일이 있어도 기개(氣槪)로써 해결하려고 해서는 안된다』고 마음을 쓰지 않음으로써 부동심을 얻으려고 했다. 그러나 기개를 누르는 것은 좋으나 납득할 수 없는 말을 이해하려고 하지 않는다는 것은 지나치게 소극적이다.」

「선생님은 어떤 점에 특히 뛰어나십니까?」하고 묻자 맹자는,

「나는 나의 호연지기를 잘 기르고 있다(善養吾浩然之氣)」고 대답했다. 그러자 공손추는 다시,

「감히 무엇을 가리켜 호연지기라고 하는지 듣고 싶습니다」하고 물었다. 맹자는 말로 표현하기 어렵다고 전제하고 나서 다음과 같이 설명하고 있다.

「그 기운 됨이 지극히 크고 지극히 강해서 그것을 올바로 길러 상하게 하는 일이 없으면 하늘과 땅 사이에 꽉 차게 된다. 그 기운 됨이 의(義)와 도(道)를 함께 짝하게 되어 있다. 의와 도가 없으면 그 기운은 그대로 시들어 없어져 버리게 된다. 이것은 의(義)를 쌓고 쌓아 생겨나는 것으로, 하루아침에 의를 한다고 해서 얻어지는 것이 아니다. 일상생활에 있어 조금이라도 양심에 개운치 못한 것이 있으면 그 기운은 곧 시들어 버리고 만다」

그리고 이어서 그 기운을 기르는 방법을 길게 설명하고 있다.

호접몽 胡蝶夢

늙은이 胡 나비 蝶 꿈 夢

인생의 덧없음의 비유.

—《장자》제물론(齊物論)

전국시대 송나라에서 태어난 장자(이름은 주周)는 고금독보의 철인이었다. 그 고매하고 변환(變幻)의 유취(幽趣)를 높이 평가받은 철학의 전모를 이야기한다는 것은 용이한 일은 아니지만, 요약해서 말하면, 그것은 절대 자유의 정신세계—도(道)에의 귀일(歸一)을 목표로 하고, 모든 상대적 가치관념의 부정·초극을 요청한다.

비록 현신(現身)은 이 오탁(汚濁)에 찬 세속 속에 있더라도 그 정신에 있어서 생사·물아(物我)·시비·선악·진위(眞僞)·미추(美醜)·빈부·귀천 등 시간 공간의 모든 대립과 차별을 지양해 버렸을 때 영롱한 도(道)의 세계가 나타날 것이다. 그래서 장자는 제물론(齊物論), 즉 일체의 것을 똑같은(齊) 것으로 보고, 만물즉일(萬物卽一)의 절대적 궁극적인 세계에 마음을 소요(逍遙)시켜야 한다는 생각을 수많은 우화로 표현하는데, 그 중에서도 이 호접지몽은 적절하고 향기 그윽한 특색 있는 이야기다.《장자》제물론에서 장자는 말하고 있다.

「언제였는지 나는 깜박 잠든 꿈속에서 나비가 되었다. 훨훨 날개에 맡겨 허공을 나는 즐거움, 나는 내가 나라는 것도 잊고 그 즐거움에 빠졌다. 이윽고 무심코 눈을 떴다. 나는 역시 현세에 있는 그대로의 나였다. 그러면 이 세상에 있는 내가 꿈속에서 저 나비가 된 것일까? 아니면 저 훨훨 자유롭게 날고 있던 나비가 꿈속에서 나라는 인간이 되어 있는 것일까? 내가 나비인지 나비가 나인지, 꿈이 현실인지 현실이 꿈인지……」

944

외람된 인간적 분별로 보면 장주(莊周)와 호접(胡蝶) 사이에는 뚜렷한 구별이 있고 꿈과 현실도 역시 뚜렷하게 다르다. 장주는 장주이며, 호접이 장주일 수는 없고 현실은 어디까지나 현실로서 꿈이 현실일 수는 없다. 그러나 이런 구별을 지어 그것에 구애되는 것, 그 자체가 실은 인간의 외람됨이며, 또 어리석음이기도 하다.

장자

「도(道)」의 세계, 본체의 세계에서 내려다보면 모든 것은 생멸유전(生滅流轉), 끊임없는 변화—「물화(物化)」 가운데 있으며 그 하나하나의 것 전부가 각기 진(眞)이고 실(實)이라고도 할 수 있다. 현재의 모습(相)에 집착함으로써 장주는 장주이고 호접은 호접이라고 하지만, 실재의 세계에 있어서는 장주도 또한 호접이고 호접 또한 장주일 것이다. 현실도 꿈이고 꿈도 또한 현실일 것이다. 그리하여 이 철인(哲人)은 생각한다. 「도(道)」의 세계에 살고 있는 자로서는, 그 어느 것이나 똑같이 보고, 있는 그대로 있는 것, 깨면 장주로서 살고, 꿈을 꾸면 호접으로서 춤추며 주어진 지금의 모습으로서 지금을 즐기는 것, 다시 말하여 현재의 긍정, 그것이 진정한 「자유(自由)」에 산다는 의미가 아닐까 하고.

死時不動心 須生時事物看得破
　　사시부동심　　수생시사물간득파

　죽을 때 마음이 동요되지 않으려면 마땅히 생시에 사물을 잘 간파(看破)하도록 하라.

　죽음에 임했을 때 마음이 동요되지 않기를 바란다면 평소부터 사물의 진리와 진상을 잘 간파하여 부동의 마음을 지니도록 힘써야 한다.

　　　　　　　　　　　　　　　　　　　— 《채근담》 —

홍익인간 弘益人間

넓을 弘 이로울 益 사람 人 사이 間

널리 인간세계를 이롭게 함.

— 《삼국유사(三國遺事)》

「홍익인간」은 널리 인간세계를 이롭게 한다는 뜻이다. 국조(國祖) 단군의 건국이념으로, 고조선의 개국 이래 우리나라 정치 교육의 기본 정신이 되어 왔다. 이 말은 《삼국유사》 기이제일(紀異第一) 고조선 건국 전설에 나오는 말이다.

「《위서(魏書)》에 말하기를, 지금으로부터 2천 년 전에 단군 왕검(王儉)이란 사람이 있어서 도읍을 아사달에 세우고, 나라를 처음 만들어 이름을 조선이라 불렀다(乃往二千載 有檀君王儉 立都阿斯達 開國號朝鮮……)」라고 했다.

「고기(古記)에는 말하기를, 옛날 환인(桓因 : 하느님이란 뜻)의 서자 환웅(桓雄)이 자주 천하에 뜻을 두고 인간세상을 탐내어 찾았다. 아버지가 아들의 뜻을 알고, 아래로 삼위태백(三危太伯)을 굽어보니 인간을 널리 유익하게 할 수 있었다(昔有桓因庶子桓雄 數意天下 貪求人世 父知子意 下視三危太伯 可以弘益人間). 그래서 천부인(天符印) 세 개를 주어 그리로 보내 가서 다스리게 했다. 환웅은 부하 3천 명을 거느리고 태백산 꼭대기의 신단나무 아래로 내려와 이름하여 신시(神市)라 했다. 이를 일러 환웅천왕(桓雄天王)이라 한다고 했다」고 나와 있다.

아사달(阿斯達)이 어디고, 삼위태백이 어디며, 또 태백산(太伯山)은 어떤 산을 말한 것인지에 대해서는 학자들 사이에 많은 다른 의견들을 보이고 있다.

《삼국유사》의 편찬자인 일연선사(一然禪師)는, 아사달이 백주(白

州)에 있는 백악(白岳)이
라고도 하고, 또 개성 동
쪽이라고도 한다고 다른
책에 있는 기록을 인용하
고 있다.

또 태백산에 대해서는
지금의 묘향산(妙香山)을
말한다고 했다.

이 환웅천왕과 곰(熊)의
딸과의 결혼에 의해 태어

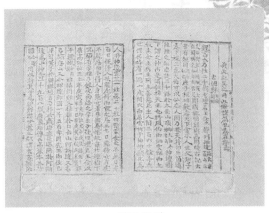

삼국유사

난 아들이 「단군」이었다고 하는 전설도 같은 항목에 나오는 이야기인
데, 신(神)과 동물과의 결합에 의해 생겨난 것이 인간이었다고 하는 인
간 창조설은 퍽 흥미있는 이야기가 아닐 수 없다.

知足者仙境　不知足者凡境
지 족 자 선 경　　부 지 족 자 범 경

만족할 줄 아는 자에게는 선경(仙境)이요, 만족을 모르는 자에게는 범경
(凡境)이다.

마음에 만족을 느낄 수 있는 자에게는 어떤 환경이건 선경처럼 즐거우
며, 만족을 모르는 자에게는 아무리 좋은 환경일지라도 시시한 환경이라고
밖에 느껴지지 않는다. 인간의 행·불행은 결국 만족을 아느냐 모르느냐에
달려 있는 것이다.

— 《채근담》 —

홍일점 | 紅一點

붉을 紅 한 一 점 點

많은 남자들 사이에 끼어 있는 한 사람의 여자.
여럿 가운데 오직 하나 이채를 띠는 것

— 왕안석(王安石) 「석류시(石榴詩)」

많은 남자들 속에 여자 하나가 끼어 있는 것을 가리켜 흔히 「홍일점」이라고 말한다. 불타는 것은 꽃을 뜻하기 때문에 그것은 곧 아름다운 여인을 말하게 된다.

이 홍일점이란 말은 원래 「만록총중홍일점(萬綠叢中紅一點)」이란 말의 끝 부분만을 딴 말이다.

온통 새파란 덤불 속에 빨간 꽃이 한 송이 피어 있다는 뜻이다.

이것은 왕안석(王安石)의 「석류시(石榴詩)」에 나오는,

만록총중의 붉은 한 점은
사람을 움직이는 봄빛이 많음을 필요치 않게 한다.

왕안석

萬綠叢中紅一點　動人春色不須多
만록총중홍일점　　동인춘색불수다

라는 시에서 따온 것이다.

혹자는 이 시가 왕안석의 자작시가 아니고 작자 미상의 당나라 때 시를 왕안석이 그의 부채에 자필로 써두었기 때문에 사람들이 왕안석의 시인 줄로 알게 되었다고 하기도 한다.

그야 어떻든 글 뜻은 분명하다. 온통 새파랗기만 한 푸른 잎 속에 한 송이 붉은 꽃이 방긋 웃고 있다.

사람의 마음을 들뜨게 하는 봄의 색깔이 굳이 많은 꽃을 필요로 하지 않는다. 복숭아나 오얏처럼 수없이 많은 꽃이 어지러울 정도로 한꺼번에 활짝 피어 있는 것보다도, 무성한 푸른 나뭇잎 사이에 어쩌다 한 송이 빨갛게 내밀어 보이는 석류꽃이 사람의 마음을 더 이끈다는 뜻이다.

이것을 굳이 비유로서 말한다면,

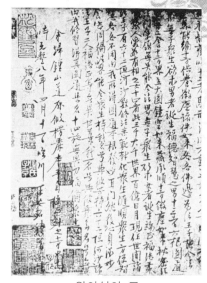

왕안석의 글

청루에 우글거리는 많은 여자들보다도, 양가의 높은 담 너머로 조용히 밖을 내다보는 여인에게서 한층 남자의 마음을 이끄는 무엇을 찾는 그런 것이 될 수도 있을 것이다.

爭先的徑路窄 退後一步 自寬平一步
쟁선적경로착　퇴후일보　자관평일보

앞을 다투면 길은 매우 좁다. 한 걸음 물러나 남을 앞세우면 절로 편히 걸을 수 있다.

남과 앞을 다투게 되면 그 길은 매우 좁아진다. 이에 반해서 남보다 한 걸음 늦게 갈 생각만 갖는다면 고생하지 않고 넓게 유유히 걸어갈 수 있다. 남에게 양보하는 마음이 있으면 무슨 일이건 편히 해나갈 수 있는 것이다.

— 《채근담》 —

호행소혜 好行小慧

좋을 好 갈 行 작을 小 슬기로울 慧

얄팍한 꾀를 쓰기 좋아함.

― 《논어》 위령공편(衛靈公篇)

「호행소혜(好行小慧)」는 얄팍한 옳지 못한 꾀를 쓰기를 좋아한다는 뜻이다.《논어》위령공편에 있는 공자의 말씀 가운데 나오는 말이다.

「뭇사람이 함께 어울려 있으면서, 하루 종일 옳은 일에 대해서는 한 마디 언급도 없이 사리사욕을 위한 얄팍한 꾀를 쓰기만을 좋아한다면, 이보다 더 위험한 일이 없다(羣居終日 言不及義 好行小慧 難矣哉)」

이 세상 사람 치고 이 「호행소혜」를 하지 않는 사람이 거의 없을 것이다. 이른바 성공했다는 사람들은 거의가 이 「호행소혜」의 명수들인 것이다. 그러나 그들의 성공이란 것이 과연 그들에게 무엇을 가져다 주는 것일까. 일시적인 성공이 결과에 가서는 파멸을 가져오고 마는 것이다.

知足不辱
지 족 불 욕

만족을 알면 모욕을 당하지 않는다.

만족할 줄 알면 결코 잘못을 범하는 일이 없어 자연히 세상 사람들로부터 치욕(恥辱)을 받는 일도 없다.

― 《노자》 44장 ―

화광동진 和光同塵

순할 和 빛 光 같을 同 티끌 塵

자기의 지덕(智德)의 빛을 싸 감추고 밖에 드러내지 않음.
(불교에서) 부처·보살이 중생을 제도하기 위하여
자기 본색을 감추고 인간계에 섞여 몸을 나타내는 일

— 《노자(老子)》

「화광(和光)」은 빛을 부드럽게 한다는 뜻이고,「동진(同塵)」은 세상 사람들과 함께 하는 것을 말한다. 빛을 감추고 속진(俗塵)에 섞인다는 말이다. 즉 자기가 가지고 있는 지혜 같은 것을 자랑하는 일이 없이 오히려 그것을 흐리고 보이지 않게 하여 속세 사람들 속에 묻혀버리는 것을 말한다.

《노자》 제4장과 제56장에 똑같은 구절이 나오는데, 제4장의 것은 제56장의 것이 잘못 끼어든 것으로 보는 학자들이 많다.

「아는 사람은 말하지 않고, 말하는 사람은 알지 못한다. 그 감정의 구멍(귀·눈·코·입)을 막고, 그 욕정의 문을 닫으며, 그 날카로움을 무디게 하고, 그 얽힘을 풀며, 그 빛을 흐리게 하고, 그 티끌을 같이한다. 이것을 현동(玄同)이라고 한다(知者不言 言者不知 塞其兌 閉其門 挫其銳 鮮其紛 和其光 同其塵是謂玄同). 그러므로 이는 친할 수도 없고, 멀리할 수도 없으며, 이로울 수도 없고, 해로울 수도 없으며, 귀할 수도 없고, 천할 수도 없다. 그러기 때문에 오로지 하늘 아래 귀하게 되는 것이다」

「현동(玄同)」은 현묘(玄妙)하게 같은 것이란 뜻이다. 불교에서 부처가 중생을 제도(濟度)하기 위해 부처의 본색을 감추고 속세에 나타나는 것을 「화광동진」이라고 하는데, 그것은 불교가 중국에 전해진 뒤부터 이 노자의 말을 받아들여 쓴 것이다.

빛날 華 서로 胥 의 之 꿈 夢

좋은 꿈.

— 《열자》 황제편(黃帝篇)

　화서(華胥)는 나라 이름이다. 황제(黃帝)가 꿈에 화서씨의 나라로 가서 진리를 깨닫게 되었다는 고사에서 좋은 꿈을 가리켜 「화서지몽」이라고도 하고, 낮잠을 자다가 이 꿈을 꾸었다 해서 낮잠 자는 것을 가리켜 화서의 꿈을 꾼다고 한다.

　《열자》 황제편 첫머리에 나오는 이야기다. 황제는 15년 동안 천하가 자기를 떠받드는 것을 기뻐하며 이제 좀 몸을 편안히 하려고 오관의 즐거움을 좇아 생활을 했다. 그러나 몸은 점점 여위어 가고 정신은 자꾸만 흐려져 갔다.

　그래서 다음 15년 동안은 천하를 잘 다스리기 위해 지혜와 노력을 아끼지 않았다. 그러나 몸과 정신은 더욱 파리해져 갈 뿐이었다. 그래서 황제는 생각을 달리하여 정치에서 완전히 손을 떼고 대궐에서 물러나와, 시신들과 가무(歌舞) 같은 것도 다 물리치고 음식도 검소하게 하며, 태고시절의 무위(無爲)의 제왕(帝王)인 대정씨(大庭氏)가 있던 집에 들어앉아 마음을 깨끗이 하고 몸을 가다듬어 석 달 동안 가만히 있었다.

　그때였다. 황제는 낮잠을 자는 동안 꿈에 태고시절 무위의 제왕인 화서씨의 나라로 가서 놀게 되었다. 화서의 나라는 중국에서 서북쪽으로 몇 만 리나 떨어져 있어 배나 수레로는 갈 수 없고 다만 정신에 의해서만 갈 수 있었다.

　그 나라에는 지배자가 없이 자연 그대로였다. 사람들은 욕심이란 것을 모르고 자연 그대로였다. 삶을 즐기는 일도 죽음을 싫어하는 일도 없기 때문에 일찍 죽는 일도 없었다. 자기를 위하는 일도 남을 멀리하는 일도 없기 때문에 사랑이니 미움이니 하는 것이 없었다.

황제(黃帝)

거역이니 순종이니 하는 것이 없기 때문에 이익이니 손해니 하는 것이 없었다. 물에 들어가도 빠지는 일이 없고 불에 들어가도 타는 일이 없었다. 칼로 쳐도 상처가 나거나 아프거나 하는 일이 없고 손으로 긁어도 가렵지가 않다. 공중을 나는 것이 육지를 밟는 것 같고, 허공에 누워 있어도 침대에 누운 것 같았다. 구름과 안개가 보는 것을 가리지 않고, 우레가 듣는 것을 어지럽게 하지 않았다. 아름답고 추한 것이 마음을 흔들지 않고, 산과 골짜기가 걸음을 방해하는 일이 없이 정신에 의해 자유롭게 행동할 수 있었다.

황제는 꿈에서 깨어나자 맑은 정신으로 진리를 훤히 깨달을 수 있었다. 황제는 세 명의 재상을 불러, 꿈에서 참 도를 깨친 것을 말하고, 그것을 말로 뭐라고 표현할 수 없다고 덧붙였다. 이리하여 다시 28년 동안 천하가 크게 잘 다스려져 거의 화서씨의 나라와 같은 상태에 이르게끔 되었다.

황제가 죽자 백성들은 슬피 울부짖기를 2백 년 동안이나 계속했다. 이 화서의 나라는 도가(道家)의 이상사회를 그린 것으로 무심무위(無心無爲)가 도의 극치라는 것을 주장하고 있는 것이다.

화목할 和 성 氏 구슬 璧

화씨가 발견한 구슬이라는 뜻으로, 천하제일의 보옥(寶玉).

— 《한비자》 화씨편(和氏篇)

화씨(和氏)가 발견한 구슬이라고 해서 「화씨벽」으로 부르게 된 것이다.

춘추전국 시대를 통해서 가장 값비싼 보물로 인정되어 왔고, 한때 이 화씨벽을 성 열 다섯과 바꾸자고 한 일도 있어, 이것을 둘러싼 국제적인 분쟁이 있었고, 이로 인해 벼락출세를 하게 된 인상여(藺相如)의 이야기 또한 너무도 유명하다. 〔☞ 완벽〕

또 장의(張儀)가 이 화씨벽으로 인해 도둑의 누명을 쓰고 매를 맞은 일도 유명하다. 그러나 이 화씨벽이 세상에 나오기까지에는 보다 기막힌 사연이 얽혀 있었다. 〔☞ 오설상재〕

초나라 화씨(和氏 : 변화卞和)가 산 속에서 돌로밖에는 보이지 않는 옥돌 원석을 주워 와서 초나라 여왕(厲王)에게 바쳤다.

여왕이 옥공에게 감정을 시킨바, 옥이 아닌 돌이라고 했다. 왕은 임금을 속인 죄를 물어 왼쪽 다리를 자르게 했다.

여왕이 죽고 무왕(武王)이 즉위하자 화씨는 다시 그 원석을 바쳤다. 역시 옥공에게 감정시킨 결과 옥이 아닌 돌이라는 판정이 내려졌다. 이번에는 그의 오른발을 자르게 했다.

무왕이 죽고 문왕이 즉위했다. 그러자 화씨는 그 원석을 품에 안고 밤낮 사흘을 소리 내어 울었다. 눈물이 마르자 피가 잇달아 흘렀다.

문왕은 이 소문을 듣고 사람을 시켜 그 까닭을 물었다.

「세상에 발을 잘린 죄인이 많은데, 그대만 유독 슬프게 우는 까닭은 무엇인가?」

그러자 화씨는, 「다리가 잘린 것이 슬퍼 우는 이유가 아닙니다. 보배 구슬이 돌로 불리고, 곧은 선비가 속이는 사람이 된 것이 슬퍼 우는 까닭입니다」 하고 대답했다.

아름다운 옥이 나온다는 전설의 곤륜산

이리하여 문왕은 옥공에게 그 원석을 다듬고 갈게 하여, 천하에 다시 없는 보물을 얻게 되었다. 그리고 그 구슬을 「화씨벽」이라 이름을 붙였다. 이 이야기는 《한비자》 화씨편에 인용된 이야기다.

한편 인상여에 관한 이야기는 이미 「완벽(完璧)」이란 제목에서 자세히 언급되어 있다.

衆口鑠金
중구삭금

뭇 사람의 입은 쇠도 녹인다.
대중의 입은 쇠를 녹일 수 있을 만큼 위대한 힘으로 인심을 움직인다.

— 《국어》 —

화우계 | 火牛計

불 火 소 牛 꾀 計

쇠꼬리에 불을 붙여 적을 공격한 계책.

— 《사기》 전단열전(田單列傳)

전국시대 말기 제나라 전단(田單)이 쓴 전법에 「화우계」란 것이 있었다. 쇠꼬리에 불을 붙여 어두운 밤중에 잠들어 있는 적의 진지를 습격해 들어가 적을 혼란에 빠뜨림으로써 멸망 직전에 있던 제나라를 구출한 전무후무한 전법이었다.

《사기》 전단열전에 있는 이야기다.

연소왕(燕昭王)은 악의(樂毅)를 총대장으로 이웃나라의 도움을 빌어 제나라 70여 성을 다 함락시키고 망명간 제민왕(齊湣王)을 죽게 만든 다음, 오직 즉묵(卽墨)과 거(莒) 두 성을 남겨둔 채 항복하기만을 기다리고 있었다. 그러자 소왕이 죽고, 즉묵에는 새 지도자로 민중들의 추대를 받아 전단이 등장하게 된다.

전단은 연나라를 이길 방법은 계략을 써서 악의를 제거하지 않으면 안된다고 생각하고, 먼저 간첩을 보내 새로 즉위한 연혜왕(燕惠王)으로 하여금 악의를 해임시키고 기겁(騎劫)이란 장수를 총대장으로 임명하게 한다.

전단은 다시 간첩 공작에 의해 기겁으로 하여금 제나라 민중들을 흥분 단결시키는 무모한 짓을 하게 만든다. 그런 다음 곧 항복한다는 헛소문을 퍼뜨리며 성 안에 있는 부자들을 시켜 입성한 뒤에 잘 봐달라는 뇌물을 기겁에게 바치게 한다.

포위군은 총대장서부터 전 장병이 승리감에 도취되어, 즉묵의 부자들이 보낸 소와 술로 마냥 마시며 밤늦게까지 즐겼다. 전단이 최후 돌격을 감행할 시간이 온 것이다.

전단은 미리 성 밑을 파서 적의 진지로 돌격할 수 있는 지하도를 여러 곳에 만들어 두고 있었다. 천여 마리의 소를 붉은 비단으로 옷을 만들어 입히고, 거기에 오색 용(龍) 그림을 그린 다음, 양쪽 뿔에 칼을 붙들어 매고 꼬리에는 기름이 묻은 갈대를 매달았다.

적이 술에 취해 깊은 잠에 빠졌을 한밤중에, 신장(神將)처럼 꾸민 장사 5천 명이 칼을 들고 소의 뒤를 따랐다. 성 밑 지하도를 통해 적의 진지 가까이로 가자 일제히 쇠꼬리에 불을 붙였다. 소는 꼬리가 뜨거워지자 성이 나서 미친 듯이 연나라 진지로 향해 달렸다.

요란한 소리에 겨우 잠이 깬 연나라 군사는 넋을 잃고 말았다. 쇠꼬리의 횃불이 눈이 부시게 빛나며 평생 듣도 보도 못한 용처럼 생긴 괴물이 칼 달린 뿔을 휘두르며 들이닥치는 것이다.

대항할 생각도 못하고 뿔에 스치기만 하면 죽거나 상하거나 했다. 신장처럼 생긴 5천 명 장사들은 입에 물나무를 문 채 허둥지둥 달아나는 적의 뒤를 치고 들어갔다.

성 안에서는 북소리와 함성이 요란하게 울려오고 늙은이와 아이들은 징과 꽹과리와 구리 그릇들을 들고 나와 두들겨대며 소리를 질렀다. 온통 천지가 뒤집히는 것만 같았다.

이리하여 연나라 총대장인 기겁은 제나라 군사에 의해 죽고 말았다.

이렇게 되자 적에게 항복했던 70여 성읍들이 일제히 전단에 가담하여 적군을 내몰았다. 이 이야기는 《사기》와 그 밖의 여러 역사적 기록에 나와 있는 유명한 대사건이요, 기적 같은 성공담이기도 하다.

한 장수로 인해 하루아침에 크게 거두었던 성공이 한 장수로 인해 하루아침에 허물어지고 만 좋은 예이기도 하다.

화호유구 畫虎類狗

그릴 畫 범 虎 무리 類 개 狗

소양 없는 사람이 호걸의 풍모를
모방하다 도리어 경박하게 됨의 비유.

— 《후한서》 마원전(馬援傳)

후한 광무제 때 용맹을 날렸던 복파장군(伏波將軍) 마원(馬援)이, 그가 싸우고 있던 교지(交阯 : 지금의 월남)에서 그의 조카 마엄과 마돈에게 편지로써 타이른 말 가운데 나오는 문자다.

두 조카들은 남을 비평하기를 좋아하고 협객(俠客)으로 자처하며 철 없는 건달들과 어울리기를 좋아했다. 그래서 마원은 그들이 걱정이 되어 전쟁터에서 여가를 빌어 교훈의 편지를 썼던 것이다.

「나는 너희들이 남의 잘못을 들었을 때는 부모의 이름을 들었을 때처럼 귀로 들을지라도 입으로 말하지 않기를 바란다. 남의 장단점을 즐겨 비평하거나 나라의 정사를 함부로 비판하는 것은 내가 가장 싫어하는 바다. ……용백고(龍伯高)는 착실하고 신중하여 필요 없는 말을 입 밖에 내지 않으며, 겸손하고 청렴 공정하여 위엄이 있는 사람이다. ……너희들이 이 사람을 본받기를 나는 바란다. 두계량(杜季良)은 호협하여 남의 걱정을 내 걱정으로 하고 남의 즐거움을 내 즐거움으로 하고 있어……그의 부친 초상에는 몇 고을 사람들이 다 모였었다. 나는 이 사람을 사랑하고 존경한다. 그러나 너희들이 이 사람을 배우는 것을 원치 않는다. 용백고를 배우면 비록 그와 같이 되지 못하더라도 근신하고 정직한 사람이 될 수 있다. 이른바 기러기를 새기다가 제대로 못되면 그대로 집오리처럼은 된다는 것이다. 그러나 만일 두계량을 배우다가 그처럼 되지 못하면 천하의 각박한 인간이 되고

958

만다. 이른바 범을 그리다가 이루지 못하면 도리어 개처럼 되고 만다(畵虎不成 反類狗者也)」

광무제

이 이야기는 《소학》에도 인용되어 있는데, 《후한서》마원전에 있는 이야기다.

「화호유구」는 이 마원의 편지에서 나온 말인데, 원래는 바탕이 없는 사람이 호걸 흉내를 내면 도리어 경박한 사람이 되고 만다는 뜻이었지만, 너무 큰 것을 욕심내다가 실패하면 망신만 당하고 만다는 그런 뜻으로 널리 쓰이고 있다.

刻鵠不成 尚類鶩者也
각 곡 불 성   상 류 목 자 야

두루미를 조각하려다 잘못되어도 따오기와 비슷하게는 된다.
근신하고 정직한 사람을 본받으려 하면 못되어도 선인(善人)은 될 수가 있다는 말

— 《후한서》 마원전 —

환골탈태 換骨奪胎

바꿀 換 뼈 骨 빼앗을 奪 태 胎

딴 사람이 된 듯이 용모가 환하게 트여 아름다워짐.
고인(古人)이 지은 시문(詩文)의 취지와 의도를 취하여 어구나
결구(結構)만을 바꾸어 새로운 뜻과 미를 지니게 되는 것

— 《냉제야화(冷劑夜話)》

「환골탈태」는, 뼈를 바꿔 넣고 태(胎)를 달리 쓴다는 뜻으로, 몸과
얼굴이 전연 몰라볼 정도로 좋게 변한 것을 말한다. 또 시나 문장이
다른 사람의 손을 거침으로써 완전히 새로운 뜻과 미를 지니게 되는
것을 말하기도 한다.

원래는 이 말은 선가(仙家)에서 나온 말로, 연단법(鍊丹法)에 의해 새
로운 사람이 되는 것을 말한다.

황정견(黃庭堅 : 호는 산곡)은 소식(蘇軾 : 호는 동파)과 함께 북송을
대표하는 시인이었다.

황정견은 박식으로 알려져 있지만, 박식을 자랑하여 함부로 인용하
는 일이 없고, 그것을 완전히 소화시켜 내 것처럼 자유롭게 씀으로써
독자적인 세계를 이루었던 것이다. 그가 그 같은 수법을 도가(道家)의
용어를 빌어 표현한
것이 「환골탈태」다.

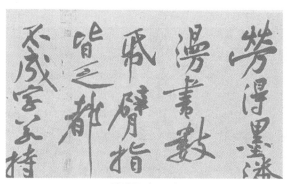

황산곡의 글씨

남송의 중 혜홍(惠
洪)이 쓴 《냉제야화》
에 있는 이야기다.

「황산곡이 말했다.
시의 뜻은 무궁한데,
사람의 재주는 한이

있다. 한이 있는 재주로 무궁한 뜻을 좇는다는 것은 도연명이나 두자미(杜子美)라 할지라도 잘 될 수 없을 것이다.

그러나 그 뜻을 바꾸지 않고 그 말을 만드는 것을 일러 환골법(換骨法)이라 하고, 그 뜻을 본받아 형용하는 것을 일러 탈태법(奪胎法)이라고 한다」

소식이 쓴 이백의 시

환골탈태의 문장법은 남이 애써 지은 글을 표절(剽竊)하는 것과는 다르다. 그것을 이용하여 보다 뜻이 살고, 보다 절실한 표현을 얻게 되는 것을 말한다. 마치 같은 사람이 탈바꿈을 한 것처럼.

筆頭生花
필두생화

붓끝에 꽃이 피다.
문장이 아름다움을 가리켜 이르는 말.
당(唐)나라 이백(李白)은 어렸을 때 붓끝에 꽃이 핀 꿈을 꾼 다음부터 문재(文才)가 크게 좋아졌다고 한다.

― 《운선잡기(雲仙雜記)》 ―

화룡점정 畵龍點睛

그릴 畵 용 龍 점찍을 點 눈알 睛

사물의 가장 요긴한 곳 일의 가장 요긴한 부분을 끝내어 완성시킴.

―《수형기(水衡記)》

「화룡점정」은 용을 그리고 마지막으로 눈동자를 그린다는 뜻이다. 무슨 일을 할 때, 가장 중요한 부분을 끝내므로 일을 완성시키는 것을 가리켜 말한다.

남북조시대의 양(梁)나라 장승요(張僧繇)는 우군장군과 오흥(吳興) 태수 등을 역임한 사람이었지만, 일반적으로는 화가로 알려져 있을 정도로 그림에 대한 일화들이 많다.

그가 언젠가 벽에다 울창한 숲을 그려 두었더니, 이튿날 많은 새들이 그 벽 밑에 와 죽어 있었다. 새들은 그것이 정말 숲인 줄 알고 날아들다가 벽에 부딪쳐 죽은 것이다. 우리나라 신라 진흥왕 때 솔거(率居)가 그린 황룡사(皇龍寺) 노송도(老松圖) 벽화에 참새들이 날아와 머리를 부딪쳐 떨어져 죽었다는 얘기와 비슷한 이야기다.

그러나 그의 그림에 대한 이야기로는 「화룡점정」의 유래가 된 이야기가 가장 유명하다. 그가 언젠가 서울인 금릉(金陵 : 남경)에 있는 안락사(安樂寺) 벽에다가 네 마리의 용을 그렸는데, 눈동자를 그리지 않았다. 그래서 사람들이 그 까닭을 묻자,

「눈동자를 그리면 날아가 버리기 때문이야」하고 대답했다.

그러나 사람들은 그의 말을 믿지 않았다. 그래서 그는 용 한 마리에 눈동자를 그려 넣었다. 그러자 갑자기 천둥이 울리고 번개가 치더니 그 용이 벽을 차고 뛰쳐나가 하늘로 올라가 버리고 말았다. 나중에 보니 눈동자를 그리지 않은 용은 그대로 남아 있었다는 것이다.

날고기 膾 구운고기 炙 사람 人 입 口

널리 사람들에게 이야기되다.

―《맹자》진심하(盡心下)

「회자인구」는 보통「인구(人口)에 회자(膾炙)된다」라는 식으로 쓰인다. 사람의 입에 오르내린다는 뜻이다. 여기에서 회자란 잘게 썬 고기를 구운 요리를 말한다.

《맹자》진심장 하편에 나오는 이야기다.

증삼(曾參)과 그의 부친 증석(曾晳)은 다 같이 공자의 제자로서 증석은 양조(羊棗)라는 산열매를 매우 즐겨 먹었다. 나중에 증석이 세상을 떠난 뒤 효자인 증삼은 양조를 아예 입에도 대지 않았다.

전국시대에 이르러 맹자의 제자 공손추(公孫丑)가 이 일에 대해서 맹자에게 회자(膾炙)와 양조 중 어느 것이 더 맛이 좋은가 하고 물었다. 그러자 맹자는 당연히 회자라고 하면서 회자는 즐겨하지 않는 사람이 없다고 했다. 그러자 공손추가 다시 물었다.

「그렇다면 증석 부자도 다 회자를 즐겨했을 텐데 부친이 돌아간 뒤 증삼은 왜 양조만 먹지 않았습니까?」

맹자가 대답했다.

「회자는 누구나 다 즐겨하지만, 양조는 증석의 특별한 별식이었기 때문에 증삼은 양조를 먹지 않은 것이다. 마찬가지로 이름은 피하고 성을 피하지 않는 것도 성은 함께 쓰는 것이고, 이름은 한 사람만 쓰는 것이기 때문이다(膾炙所同也 羊棗所獨也 諱名不諱姓 姓所同也 名所獨也)」

「회자소동」이란 말에서「회자인구」란 말이 나오게 되었는데, 지금은 전(轉)하여「널리 사람의 입에 오르내리다」라는 뜻으로 쓰인다.

효시 嚆矢

울 嚆 화살 矢

사물의 시초

―《장자》 재유편(在宥篇)

「효시(嚆矢)」는 소리 나는 화살을 말한다. 향전(響箭)이라고도 한다. 옛날 중국에서는 이 우는 화살을 적진에 쏘아 보냄으로써 개전(開戰)의 신호로 삼았다고 한다. 그래서 모든 것의 시초나 선례를 가리켜 「효시」라 말하게 되었다. 비슷한 성구로 「남상(濫觴)」과 「비조(鼻祖)」가 있다.

이 말이 가장 먼저 쓰인 예는 《장자》 재유편에서 볼 수 있다.

「지금 세상은 처형당한 사람의 시체가 서로 베개를 하고, 차꼬를 찬 사람이 서로를 밀며, 형벌을 받아 죽음을 당할 사람이 서로를 바라보고 있다.

그런데도 유가(儒家)와 묵가(墨家)의 사람들은 이런 차꼬를 찬 사람들 사이를 오가면서 발가락이 빠지도록 팔을 걷어붙이고 있다.

오호라 심하구나! 부끄럼도 없고, 부끄러운 줄도 모른다. 심하구나! 나는 성인의 지혜가 죄인의 목에 거는 큰 칼과 발에 거는 차꼬가 되지 않고, 또 이른바 인(仁)이니 의(義)니 하는 것이 차꼬와 수갑의 빗장이 되지 않은 예를 알지 못한다.

효도로 유명한 증삼(曾參)과 강직하기로 유명한 사유가 폭군인 걸(桀)과 가장 큰 도둑인 척(跖)의 효시가 아니란 것을 어떻게 알 수 있겠는가. 그러므로 성(聖)을 끊고, 지(知)를 버려야 천하가 크게 다스려진다고 말하는 것이다」〔☞ 남상〕

후목분장 朽木糞墻

썩을 朽 나무 木 똥 糞 담 墻

이미 자질이나 바탕이 그릇되었다면 그 위에 가르침을 베풀 수 없다.

— 《논어》 공야장편(公冶長篇)

「후목분장」은 썩은 나무는 새기기가 어렵고, 분토로 쌓은 담은 흙 손질을 할 수 없다는 말이다.

《논어》 공야장편에 나오는 이야기다.

일찍이 공자는 제자인 재여(宰予)를 썩은 나무에 비유하면서 책망한 일이 있었다. 어느 날, 재여가 낮잠을 자고 있는 것을 본 공자는 역정을 내면서 이렇게 말했다.

「썩은 나무로는 조각을 할 수가 없고 분토로 쌓은 담벼락은 흙손질을 할 수가 없다. 재여에 대해서는 뭐라 꾸짖을 나위도 없지 않겠느냐? (朽木不可雕也 糞土之墻 不可杇也 于予與何誅)」

후목(朽木)은 썩은 나무, 분토지장(糞土之墻)은 거름흙으로 쌓은 담장 이란 뜻이다. 이렇게 썩은 나무니 거름흙 담이니 하는 심한 말로 재여를 꾸짖은 것은 공자가 평소 성실하지 못한 재여의 행실을 매우 싫어했다는 것을 알 수 있게 하는 일화다.

공자는 이어서 또 이렇게 말했다.

「전에 나는 그 사람의 말만 듣고 그의 사람됨을 믿었지만, 지금 그의 말도 듣거니와 그의 행동도 보고 있다. 나의 이 같은 태도는 재여 자신 때문에 바뀐 것이다」

재여가 평소 말은 잘했으나 행실이 따르지 못하였기 때문에 공자가 이런 말을 한 것이다.

「후목불가조(朽木不可雕)」라고도 한다.

후생가외 後生可畏

뒤 後 날 生 옳을 可 두려울 畏

젊은 세대들이 무한한 잠재력을 가지고 발전해 옴의 비유.

— 《논어》자한편(子罕篇)

후생(後生)은 뒤에 난 사람. 즉 자기보다 나이가 어린 사람을 말한다. 「후생이 가외(可畏)」는 이제 자라나는 어린 사람이나, 수양과정에 있는 젊은 사람들이 두렵다는 말이다. 《논어》 자한편에 있는 공자의 말씀이다. 두렵다는 것은 무섭다는 뜻이 아니고 존경한다는 뜻이 있다.

「뒤에 난 사람이 두렵다. 어떻게 앞으로 오는 사람들이 지금만 못할 줄을 알 수 있겠는가. 나이 4, 50이 되었는데도 이렇다 할 이름이 알려져 있지 않는 사람은 별로 두려워할 것이 못된다(後生可畏 焉知來者之不如今也 四十五十而無聞焉 斯亦不足畏也已)」

공자의 이 말은 공자보다 서른 살이 아래인 안자(顏子)의 재주와 덕을 칭찬해서 한 말이라고도 한다. 그러나 역시 이것은 하나의 진리가 아닐 수 없다. 미지수란 항상 커나가는 사람, 커나가는 세력에 있는 것이다. 하찮게 여겼던 사람이 커서 자기보다 더 훌륭하게 된 예는 너무도 많다.

天運之寒暑易避　人世之炎凉難除
천 운 지 한 서 이 피　　인 세 지 염 량 난 제

천운(天運)의 한서(寒暑)는 피할 수 있으나, 인세(人世)의 염량(炎凉)은 제거하기 어렵다.

하늘의 운행에 의한 추위나 더위는 피할 방도가 있지만, 세상의 인정이 더워졌다 식었다 하는 그 변화는 좀처럼 제거하기 힘든 것이다.

— 《후한서》 마원전 —

출전 약해

출전약해 出典略解

고문진보(古文眞寶) : 13세기 무렵 편찬된 한나라 때부터 송(宋)나라에 이르는 고시(古詩)·고문(古文)의 주옥편을 모아 엮은 시문집이다. 전집 10권, 후집 10권으로 되어 있으며, 전집은 주로 시(詩)를, 후집은 주로 문(文)을 수록하고 있다. 편자인 황견(黃堅)과 편찬 경위 등에 대해서는 분명치 않으나, 송나라 말기에서 원(元)나라 초기에 걸친 시기의 편저임은 확실하다. 전집에는 송(宋) 진종황제의 권학문과 오언고풍

고문진보

단편(五言古風短篇) 등 217편의 시가 실려 있고, 후집에는 사(辭)·부(賦) 등 17체 67편의 문장을 수록하였고, 끝에는 제갈양의 「출사표(出師表)」 이밀(李密)의 진정표(陳情表) 등이 실려 있다. 도연명의 「귀거래사」, 소동파(소식)의 「적벽부(赤壁賦)」 등 시나 문 등이 모두 빼어난 것들이 수록되어 우리나라에서도 예부터 중히 여겨 왔으며, 한시문을 배울 때의 텍스트로서 애용되어 왔다.

*

공자가어(孔子家語) : 공자와 그 제자의 언행 및 에피소드를 수록한 책으로, 전 10권. 원본은 한나라 때에는 존재했으나, 그 후 산일되었으며,

《한서》「예문지(藝文誌)」에는「공자가어 27권」이라고 되어 있으나, 이것은 이미 실전(失傳)되어 저자의 이름도 기록되어 있지 않다. 현재 전하는 것은 위(魏)의 왕숙(王肅)이 공안국(孔安國)의 이름을 빌려 《춘추좌씨전》《국어(國語)》《맹자》《순자》《대대례(大戴禮)》《예기》《사기》《설원(說苑)》《안자(晏子)》《열자》《한비자》《여람(呂覽)》등에서 공자에 관한 기록을 모아 수록한 위서(僞書)인데, 44편으로 되어 있다. 이 속에는 공자의 유문(遺文)과 일화가 섞여 있어 폐기되지 않고 오늘날까지 전해지고 있다.

*

관자(管子) : 춘추시대 제(齊)나라의 사상가이며 정치가인 관중(管仲, ?~B.C 645)이 지은 것으로 되어 있으나, 그 내용으로 보아 제나라의 국민적 영웅으로 칭송되던 현상(賢相) 관중의 업적을 중심으로 하여 후대의 사람들이 썼고, 전국시대에서 한대(漢代)에 걸쳐서 성립된 것으로 여겨진다. 관중은 가난했던 소년시절부터 평생토록 변함이 없었던 포숙아(鮑叔牙)와의 깊은 우정은 「관포지교(管鮑之交)」라 하여 유명

관중

하다. 《관자》는 전한의 학자 유향(劉向)의 머리말에는 86편이라고 되어 있는데, 현재 보존되어 있는 것에는 10편과 1도(圖)가 빠져 있다. 내용은 법가적(法家的) 색채가 농후하고, 때로는 도가적(道家的)인 요소가 섞여 있기 때문에 《한서》에서는 도가에, 《수서(隋書)》에서는 법가에 넣고 있다. 정치의 요체는 백성을 부유하게 하고, 백성을 가르

치며, 신명(神明)을 공경하도록 하는 세 가지 일이 있는데, 그 중에서도 백성을 부유하게 하는 일이 으뜸이라고 하였다.

*

국어(國語) : 주(周)나라 좌구명(左丘明)이 《춘추좌씨전》을 쓰기 위하여 각국의 역사를 모아 찬술한 것으로, 춘추시대 주(周)·노(魯)·제(齊)·진(晋)·정(鄭)·초(楚)·오(吳)·월(越)나라의 형편을 기록한 책. 좌구명은 산동성 출생으로 공자와 같은 무렵의 노(魯)나라 사람이다. 일설에 의하면 성이 좌구, 이름이 명이라고도 한다. 《좌씨전(左氏傳)》 《국어(國語)》의 저자로 일컬어진다. 《논어》 공야장편에 「원망을 숨기고서 그 사람과 친구로 지내는 것을 좌구명이 부끄럽게 여기더니, 나도 또한 부끄러워하노라」라는 공자의 말이 기록되어 있는데, 그것이 《좌씨전》 좌씨에 결합되어 《좌씨전》의 저자라고 하게된 것 같다. 《국어》는 허신(許愼)의 《설문(說文)》에서는 「춘추국어」라 적혀 있고, 또 주로 노나라에 대하여 기술한 《좌전》을 내전(內傳)이라 하는 데 대해서 이를 외전이라 하며, 사마천이 좌구명을 무식쟁이로 비하했다고 해서 《맹사(盲史)》라고도 한다. 중국의 고대사를 연구하는 데 필요한 귀중한 책이다.

*

근사록(近思錄) : 1175년 송(宋)의 주자가 여조겸(呂祖謙)과 공동으로, 주돈이(周敦頤)·정호(程顥)·정이(程頤)·장재(張載) 등 네 학자의 글에서 학문의 중심 문제들과 일상생활의 요긴한 부분들을 뽑아 편집하였다. 근사록이라는 제명은 《논어》 자장(子張)편의 「널리 배우고 뜻을 돈독히 하며, 절실하게 묻고 가까이 생각하면 인(仁)은 그 가운데 있다(切問而近思 仁在其中矣)」는 구절에서 빌려 온 것이다. 14권 622

항목으로 분류되었는데, 각권의 편명은
후대의 학자들이 붙인 것으로, 수신(修
身)·제가(齊家)·치국(治國)·평천하
(平天下)의 교훈을 목적으로 한 것이다.
《소학》과 함께 중종 대 사림파의 상징
적인 서적으로 인식되어 기묘사화 후에
는 한때 엄격히 금지되기도 하였지만, 이
이(李珥)의 《격몽요결(擊蒙要訣)》 단계
에 와서는 학자가 《소학》과 사서삼경

주희

및 역사서 등을 읽은 다음에 탐구해야 할 성리서(性理書)의 하나로
제시되었다. 그 후 조선 후기까지 학자의 필수 문헌으로 인식되어 수
많은 판본이 간행되었다.

*

냉재야화(冷齋夜話) : 송나라 석혜홍(釋惠洪)의 작으로, 잡다한 견문록
인데, 그 대부분은 소식과 황정견의 시파(詩派)에 관한 시론(詩論)이
다. 냉재시화라고도 한다. 여기 실린 「치인설몽(痴人說夢)」은 어리
석은 사람을 상대로 하여 꿈을 이야기해도, 상대편에게 통하지 않는
다는 것으로, 바보를 상대로 하여 어떤 말을 하더라도 처음부터 아무
소용이 없다고 하는 유명한 성구다 전 10권.

*

노자(老子) : 도가(道家)의 조(祖)인 춘추시대 말기의 노자의 자저(自著)로
알려지고 있다. 이름은 이이(李耳), 자는 담(聃), 노담(老聃)이라고도
한다. 초(楚)나라 고현(苦縣 : 하남성 녹읍현) 출생으로 춘추시대 말기
주(周)나라의 수장실사(守藏室史 : 장서실 관리인)였다. 공자(B.C

552~B.C 479)가 젊었을 때 낙양으로 노자를 찾아가 예(禮)에 관한 가르침을 한 것으로 알려졌다. 또 주나라의 쇠퇴를 한탄하고 은퇴할 것을 결심한 후 서방(西方)으로 떠났다. 그 도중 관문지기의 요청으로 상하(上下) 2편의 책을 써 주었다고 한다. 이것을 《노자》라고 하며 《도덕경(道德經)》(2권)이라고도 하는데, 도가사상의 효시로 일컬어진다. 그러나 이 전기

노자

에는 의문이 많아, 노자의 생존을 공자보다 100년 후로 보는 설이 있는가 하면, 「아는 자는 말하지 않고, 말하는 자는 알지 못한다」고 말한 노자가 과연 5,000어의 글을 썼는지, 또한 노자라는 인물이 시대상으로도 의문이 많아 그 실존 자체를 부정하는 설도 있다. 《노자》는 인위(人爲)에 의하지 않고 우주의 원리인 「도(道)」에 의해서 살아갈 것을 주장하는 책으로, 약 5,000자, 상하 2편으로 되어 있는데, 상편을 도경(道經), 하편을 덕경(德經)으로 나누기도 한다. 노자 사상의 특색은 형이상적인 도(道)의 존재를 설파하는 데 있다. 「무위(無爲)함이 무위함이 아니다」라는 도가의 근본교의, 겸퇴(謙退)의 실제적 교훈, 포화적(飽和的) 자연관조 등 도가사상의 강령이 거의 담겨 있어 후세에 끼친 영향이 크다.

*

논어(論語) : 《논어》는 공자(孔子, B.C 552~B.C 479)의 언행을 기록한 것으로, 「논(論)」에는 논의(論議), 「어(語)」에는 답술(答述)이라는 원뜻이 있다. 즉, 《논어》는 공자가 논의하고 답술한 말을 편집한 것이다. 편집은 문하생인 증자나 유자(有子)에 이어 학통을 계승한 사람

들에 의해서 이루어졌다.《논어》는 유가(儒家)의 성전(聖典)이라고도 할 수 있다. 4서의 하나로, 중국 최초의 어록이기도 하다. 고대 중국의 사상가가 공자의 가르침을 전하는 가장 확실한 옛 문헌이다. 공자와 그 제자와의 문답을 주로 하고, 공자의 발언과 행적, 그리고 고제(高弟)의 발언 등 인생의 교훈이 되는 말들이 간결하고도 함축성 있게 기재되

공자

었다. 현존본은 「학이편(學而篇)」에서 「요왈편(堯曰篇)」에 이르는 20편으로 이루어졌으며, 각기 편 중의 말을 따서 그 편명을 붙였다. 「학이편」은 인간의 종신(終身)의 업(業)인 학문과 덕행을, 「요왈편」은 역대 성인의 정치 이상을 주제로 하였다.《논어》의 문장은 간결하면서도 수사(修辭)의 묘를 얻어 함축성이 깊다. 또한 문장간의 연계가 없는 듯하면서도 깊이 생각해 보면, 공자의 인격으로 귀일(歸一)되어 있다. 유교의 경서는 많지만, 그 중에서 논어는 《효경(孝經)》과 더불어 한나라 이후에 지식인의 필수 서책이 되고 있다. 우리나라에도 일찍부터 도래되어 한학(漢學)의 성행으로 널리 보급되고, 국민의 도덕사상 형성의 기본이 되었다. 구미 각국에도 연구서나 번역서가 많이 나와 있다.

*

당시선(唐詩選) : 명나라 말기(16세기)에 나온 당나라 시선집. 전 7권. 편찬자 미상. 당대(唐代)는 중국 역사상 가장 시가 융성했던 시기이며, 시인의 수도 많고 또한 우수한 시도 매우 많다. 그리고 그 수많은 시작

품은 작풍에 따라 초당·성당(盛唐)·중당·만당(晚唐)으로 나눠진다. 권1은 오언고시(五言古詩), 권2는 칠언고시(七言古詩), 권3은 오언율시(五言律詩), 권4는 오언배율(五言排律), 권5는 칠언율시, 권6은 오언절구, 권7은 칠언절구로, 모두 128명의 시 465수로 이루어져 있다. 성당 때의 시를 이상으로 삼은 이반룡(李攀龍) 일파의 시론을 구체적으로 나타낸 것으로, 성당 때의 시가 많고 중당·만당(晚唐) 때의 것은 적다. 이백·두보와 함께 이두한백(李杜韓白)이라 일컫는 중당 때의 한유(韓愈)의 시는 한 수뿐이고, 백거이의 시는 전무하기 때문에 선택이 치우친 것으로 평가되었다

*

대학(大學) : 유교 경전에서 공자의 가르침을 정통으로 나타내는 4서 중 중요한 경서이다. 본래 《예기》의 제42편이었던 것을 송나라의 사마광(司馬光)이 처음으로 따로 떼어서 《대학광의(大學廣義)》를 만들었다. 그 후 주자가 《대학장구》를 만들어 경(經) 1장, 전(傳) 10장으로 구별하여 주석을 가하고 이를 존숭(尊崇)하면서부터 널리 세상에 퍼졌다. 주자는, 이 책을 경(經)은 공자의 말을 증자(曾子)가 기술한 것이고, 전(傳)은 증자의 뜻을 그 제자가 기술한 것이라고 단정하였다. 경에서는 명명덕(明明德 : 명덕을 밝히는 일)·신민(新民 : 백성을 새롭게 하는 일)·지지선(止至善 : 지선에 머무는 일)을 대학의 3강령이라 하고, 격물·치지·성의(誠意)·정심(正心)·수신·제가·치국·평천하의 8조목으로 정리하여 유교의 윤곽을 제시하였다. 실천과정으로서는 8조목에 3강령이 포함되고, 격물 즉 사물의 이치를 구명하는 것이 그 첫걸음이라고 하였다. 이것이 평천하의 궁극 목적과 연결된다는 것이 《대학》의 논리이다.

등왕각서(滕王閣序) : 당의 왕발(王勃, 649~676)이 지은 사륙변려문(四六騈儷文). 원 제목은 「추일등홍부등왕각전별서(秋日登洪符滕王閣餞別序)」「등왕각시서」라고도 한다. 등왕각은 그 옛터가 지금의 강서성 남창(南昌) 시에 있다. 초당(初唐) 4걸(傑) 중의 한 사람인 왕발은 명문가 출신으로 재능이 뛰어나 성년이 되기도 전에 벼슬을 하였다. 하지만 곧 남들의 시기를 사게 되어 일찍 관직에서 물러났으며, 그로부터 사방으로 떠돌아다니며 도처를 유랑하기 시작하였다. 당 고종 때인 676년 중양절(9월 9일)에 홍주도독 염공(閻公)이 등왕각에서 주연을 열고 손님들을 청했는데 마침 왕발이 아버지를 뵈러 가는 길에 남창을 지나다가 이 연회에 참석하여 즉석에서 이 시와 서를 지었다. 전반부는 홍주 일대의 「번화하고 풍요로우며 인물은 뛰어나고 지세는 신령스러운」 형세와 등왕각의 수려하고 웅장한 아름다움 및 연회의 성황을 그렸다. 후반부에서는 타향에서 객으로 지내며 품은 뜻을 펼쳐 볼 수 없음을 탄식한다. 경치 묘사와 서정적 묘사를 결합시켜 단숨에 지어내어 흠잡을 데 없이 매끄럽다. 형식은 사륙변려체이며, 대구(對句)가 뛰어나고 음운도 잘 맞는다. 사조가 화려하고 우아하며, 전고(典故)를 많이 인용하였다. 풍격은 소탈하면서도 원숙하고 힘이 있으며, 「지는 노을은 외로운 기러기와 함께 날아가고, 가을 강물은 아득한 하늘과 일색이구나」 등과 같이 사람들 입에 회자되는 명구도 있어 오래도록 널리 전해지는 명작이 되었다.

*

맹자(孟子) : 전국시대의 사상가 맹가(孟軻, B.C 372?~B.C 289?)의 저술로서, 맹가의 자는 자여(子輿) 또는 자거(子車)라고 하지만 확실하지 않다. 지금의 산동성 추현에 있었던 추(趨)에서 출생하였다. 공자의 유교사상을 공자의 손자인 자사(子思)의 문하생에게서 배웠다. 어릴 때 현모(賢母)의 손에서 자라났으며 「맹모삼천지교(孟母三遷之敎)」는 유명한 고사이다. 제후가 유능한 인재들을 찾는 전국시대에 배출된 제자백가(諸子百家)의 한 사람으로서 맹자도 B.C 320년경부터 약 15

맹자

년 동안 각국을 유세하고 돌아다녔으나, 자기의 주장이 채택되지 않자 고향에 은거하였다. 제후가 찾는 것은 부국강병(富國强兵)이나 외교적 책모(策謀)였으나, 맹자가 내세우는 것은 도덕정치인 왕도(王道)였으며, 따라서 이는 현실과 동떨어진 지나치게 이상적인 주장이라고 생각되었다. 만년에는 제자 교육에 전념하였고, 저술도 하였다고 한다. 《맹자》는 《논어》《대학》《중용》과 더불어 소위 「4서」의 하나이다. 공자의 학통은 증자에게 전해지고, 증자의 학통은 다시 공자의 손자인 자사(子思)에게 전해졌으며, 그 자사의 문인에게 가르침을 받은 것이 맹자다. 공자에게 《논어》가 있고, 증자에게 《대학》이 있으며, 자사에게 《중용》이 있고, 맹자에게 《맹자》가 있으므로, 공(孔)·증(曾)·사(思)·맹(孟)의 학통과 「4서」의 서(書)와는 매우 관계가 깊다. 《맹자》는 그의 문인들이 스승이 죽은 후에 정리한 것이라는 견해들도 있으나, 수미일관(首尾一貫)된 체제 등을 들어 일반적으로 맹자의 직접 저술로 인정하고 있다. 민주주의와 자본주의의 현대사회에서는 그 전체적인 사회·정치 이론을 받아들일 수 없게 되었지만, 크게는 「성선설」로부터 구체적으로 「호연지기론(浩然之氣論)」에 이르는 견해들은 시대를 뛰어넘어 인간생활의 한 지침이 되고 있다. 빈틈없는 구성과 논리, 박력 있는 논변으로 인해 《장자》 및 《좌씨전(左氏傳)》과 더불어 중국 진(秦) 이전의 3대 문장으로 꼽히는 등 문장 교범으로서도 높은 평가를 받아왔으며 한문 수련의 필수적인 교재이다. 또 「오십보백보」 「조장(助長)」 등의 절묘한 비유를 통해 독자의 흥미를 돋우고 논지를 철저히 이해시켜 준다.

*

묵자(墨子) : 전국시대 초기의 사상가 묵자(이름은 적翟)가 지은 것으로, 묵자의 행적은 분명하지 않다. 묵자 및 그의 후학인 묵가(墨家)의 설을 모은 《묵자》가

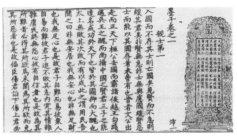

묵자

현존한다. 《묵자》는 53편이라고 하나, 《한서》 지(志)에는 71편으로 되었다. 최종적으로 성립된 것은 한나라 초기까지 내려간다고 추정된다. 유가의 인(仁)이 똑같이 사랑(愛)을 주의로 삼으면서도 존비친소(尊卑親疎)의 구별이 있음을 전제로 하는 데 반하여, 묵자의 겸애(兼愛)는 무차별의 사랑인 점이 다르고, 또한 사랑은 남을 이롭게 하는 것이지만, 그것은 이윽고 자신도 이롭게 한다는 「겸애교리(兼愛交利)」를 풀이한 것이었다. 요컨대 《묵자》는 유가가 봉건제도를 이상으로 하고 예악을 기조로 하는 혈연사회의 윤리임에 대하여, 오히려 중앙집권적인 체제를 지향하여 실리적인 지역사회의 단결을 주장한 것이다.

*

문선(文選) : 남조 양(梁)나라의 소명태자 소통(蕭統, 501~531)이 주(周)나

라 시대부터 육조시대의 남조 양나라까지 대략 1천 년 동안의 대표적인 시문을 모아 엮은 책으로, 전 30권. 소통은 양(梁) 무제 소연(蕭衍)의 장남으로 황태자가 되었으나, 즉위하기 전에 죽었다. 《문선》에 엮은 작품들의 선택 기준은 내용에 있지 않고 형식의 아름다움에 있었으나, 작품의 전아함을 요구하고 있는 것으로 보아 내용을 소홀히 하지 않았다. 그는 「문장은 화려하면서도 부박하지 말아야 하며, 전아하면서도 거칠지 않아야 하므로 문과 질이 서로 어울릴 때 군자의 극치를 지니게 된다」라고 주장하였다. 《문선》에 나타난 소통의 문학관은 후대 문학 발전에 큰 영향을 주었다. 여기에 실린 문장가는 130여 명으로, 이 중에는 무명작가의 고시(古詩)와 고악부(古樂府)도 포함되어 있다. 송나라의 대중상부(大中祥府) 9년(1016), 처음으로 문선이 교각(校刻)되면서부터 이를 전문으로 배우는 이른바 선학(選學)이 생기게 되었는데, 한유·두보 등도 문선을 존중하였다는 기록이 있다. 특히 당나라 때에는 사부(詞賦)로써 선비를 등용하였으므로, 문선학이 아주 성행하여, 마침내 6경(六經)에 견주게까지 되었다. 우리나라에서는 신라 독서삼품과의 상품(上品) 시험과목으로 《논어》《효경》《예기》《춘추좌씨전》 등과 함께 부과되었는데, 이후 우리나라 한문학에 큰 영향을 끼쳤다.

*

문장궤범(文章軌範) : 남송의 사방득(謝枋得, 1226~1289)이 편찬한 과거를 위한 참고서로서, 사방득의 자는 군직(君直), 호는 첩산(疊山). 강서성 사람. 문절(文節)선생이라고도 한다. 기개가 있고 직언으로 알려져, 보유(寶裕) 연간(1253~1258)에 진사로 추대되었으나 사퇴하였다. 《문장궤범》은 산문선집으로 초학자가 모범으로 삼아야 할 문장 69

편이 수록되어 있다. 내용은 주로 당나라의 한유 31편, 유종원 5편, 원결(元結)·두목(杜牧) 각 1편, 송나라의 소동파 12편, 구양수 5편, 소순(蘇洵) 4편, 범중엄·이구(李覯)·이격비(李格非)·신기질(辛棄疾) 각 1편으로, 당·송의 고문파(古文派) 작가에 한정하였다. 그 밖에 삼국시대 제갈공명의 《전출사표》와 진(晋)나라 도연명의 《귀거래사》를 포함시킨 것은 편자인 사방득이 송나라의 충신인데다 송나라가 멸망한 후에 이 책을 편집했기 때문에, 이 두 편의 글을 통해 자신의 우국(憂國)과 은일(隱逸)의 심사를 나타내려고 한 것이다. 이 책은 원·명 이후에 인기가 높아 왕양명이 그 서문을 쓰기까지 하였다.

*

사기(史記) : 전한의 사마천(司馬遷, B.C 145? ~B.C 86?)이 신화(神話), 전설시대인 삼황(三皇), 오제(五帝)로부터 한나라 무제 태초 연간(B.C 104~101년)에 이르기까지 중국과 그 주변 민족의 역사를 포괄하여 저술한 세계사적인 통사이다. 사마천의 자는 자장(子長), 용문(龍門 : 현재 한성현) 출생으로 사마담(司馬談)의 아들. 7세 때 아버지가

사마천

천문 역법과 도서를 관장하는 태사령(太史令)이 된 이후 무릉(武陵)에 거주하며 고문을 독서하던 중, 20세경 낭중(郞中)이 되어 무제를 수행하여 여러 지방을 여행하면서 크게 견문을 넓혔고, 《사기》를 저술하는 데 필요한 귀중한 자료를 수집하였다. B.C 110년 사마담이 죽으면서 자신이 시작한 《사기》의 완성을 부탁하였고, 그 유지를 받들어 B.C 108년 태사령이 되면서 황실 도서에서 자료 수집을 시작하였다.

B.C 104년(무제 태초 원년) 천문 역법의 전문가로서 태초력(太初曆)의
제정에 참여한 직후 《사기》 저술에 본격적으로 착수하였다. 그러나
저술에 몰두한 그는 흉노의 포위 속에서 부득이 투항하지 않을 수 없
었던 벗 이능(李陵) 장군을 변호하다 황제의 노여움을 사서, B.C 99년
남자로서 가장 치욕스러운 궁형(宮刑)을 받았다. 「보임안서(報任安
書)」라는 명문에서 당시 《사기》의 완성을 위하여 죽음을 선택할 수
없었던 심정을 술회하였는데, 옥중에서도 저술을 계속하여 B.C 95년
황제의 신임을 회복하여 환관의 최고 직인 중서령(中書令)이 되었으
며, B.C 90년에는 마침내 《사기》를 완성하였다. 사마천은 저술의 동
기를, 가문의 전통인 사관의 소명의식에 따라 《춘추》를 계승하고 아
울러 궁형의 치욕에 발분하여 입신양명으로 대효를 이루기 위한 것으
로, 저술의 목표는 「인간과 하늘의 관계를 구명하고 고금의 변화에
통관하여 일가의 주장을 이루려는 것」으로 각각 설명하는데, 전체적
구성과 서술에 이 입장이 잘 견지되었다. 이 책의 가장 큰 특색은 역대
중국 정사의 모범이 된 기전체(紀傳體)의 효시로서, 열전에 가장 많은
비중을 할애하였고, 신비하고 괴이한 전설과 신화에 속하는 자료는
모두 배제하고, 주로 유가 경전을 기준으로 합리적으로 믿을 수 있다
고 판단된 자료만 취록하였다. 또 열전의 첫 머리에 이념과 원칙에
순사한 백이(伯夷)·숙제(叔齊)의 열전을, 마지막에 이(利)를 좇는 상
인의 열전 화식열전(貨殖列傳)을 두어, 위대한 성현뿐 아니라 시정잡
배가 도덕적 당위의 실천과 이욕적 본능 사이에서 방황하고 고뇌하는
생생한 모습을 제시함으로써 「살아 숨쉬는 인간」에 의해서 역사가
창조된다는 점을 극명하게 보여준다. 이 점은 시와 산문의 이상적인
결합으로 평가되기도 하는 문장을 통하여 더욱 정채를 발하고 있다.
실제로 구성은 물론 글자 하나하나까지도 의도된 효과를 위하여 사용

되어 그 생동감은 독자를 무한한 감흥으로 이끌고 간다. 이 때문에 사전문학의 극치로 평가하는 사람도 있지만, 이것은 단순한 문장의 기교에서 나온 것이 아니라 역사에 대한 이성적 통찰과 감성적인 이해를 통한 추체험의 발로였고, 이 책의 충만한 비판정신을 궁형을 당한 사마천의 울분에서 비롯된 무제의 비방으로 해석하여 「비방(誹謗)의 서」로 부르는 사람도 있다. 그러나 인간의 위대함과 어리석음, 이욕 및 폭력과 도덕적 이상의 갈등에서 발전하는 역사를 준엄하게 지적할 뿐, 울분적인 비방의 차원은 결코 아니었다.

*

삼국지(三國志) : 진(晉)나라의 학자 진수(陳壽, 233~297)가 편찬한 위(魏)·촉(蜀)·오(吳) 삼국의 역사를 기록한 사서. 진수의 자는 승조(承祚), 사천성 파서 출생. 진(陳)씨는 바시의 호족으로서, 그의 아버지와 그는 촉한에서 벼슬하였다. 진나라의 학자 장화(張華)가 그의 재능을 인정하여 치서시어사(治書侍御史)의 관직에까지 올랐다. 《삼국지》는 《사기》 《한서》 《후한서》와 함께 중국 전사사(前四史)로 불린다. 위서(魏書) 30권, 촉서(蜀書) 15권, 오서(吳書) 20권, 합계 65권으로 되어 있으나 표(表)나 지(志)는 포함되지 않았다. 위나라를 정통 왕조로 보고 위서에만 「제기(帝紀)」를 세우고, 촉서와 오서는 「열전」의 체제를 취했으므로 후세의 사가들로부터 많은 비판의 대상이 되었다. 그러나 저자는 촉한에서 벼슬을 하다가 촉한이 멸망한 뒤 위나라의 조(祚)를 이은 진나라로 가서 저작랑(著作郞)이 되었으므로 자연 위나라의 역사를 중시한 것으로 여겨진다. 《위서》 동이전(東夷傳)에는 부여·고구려·동옥저(東沃沮)·읍루(挹婁)·예(濊)·마한·진한·변한·왜인(倭人) 등의 전(傳)이 있어, 동방 민족에 관한 최고의 기록으로 동방의 고대사를 연구하는 데 유일한 사료가 된다.

*

삼국지연의(三國志演義) : 중국 4대 기서(奇書)의 하나로, 송나라 때부터 역사서인 《삼국지》에 바탕을 둔 이야기책이 나돌고 있었는데, 그것을 나관중(羅貫中)이 소설화했다고 전해진다. 나관중에 대해서는 전해지는 것은 별로 없다. 자는 관중, 호는 호해산인(湖海散人), 본명은 본(本). 산서성 여릉(廬陵) 사람으로 1364년에 살았다는 기록 외에 전기(傳記)는 밝혀져 있지 않으나 최하급의 관리였던 것으로 생각된다. 《삼국지연의》의 원명은 《삼국지통속연의(三國志通俗演義)》라 하며, 또한 삼국의 정사를 알기 쉬운 말로 이야기한 책이라는 뜻에서 《삼국지 평화(平話)》라고도 부른다. 진수의 《삼국지》에 서술된 위·촉·오 3국의 역사에서 취재한 것으로, 3국이 정립하여 싸우는 이야기는 그 전투의 규모가 웅장하고, 인간의 온갖 지혜와 힘을 총동원하여 치열한 공방전이 되풀이되는 만큼, 옛날부터 중국인들 사이에 흥미있는 이야기로 전하여 오다가 9세기(당나라 말기) 경에는 이미 연극으로 꾸며진 흔적이 있고, 송대(11~13세기)에는 직업적인 배우까지 나왔다. 이야기의 내용은 대략 전·후반으로 나누어지며, 전반에서는 유비·관우·장비 3인의 결의형제를 중심으로 나중에 제갈공명이 가담하게 되는데, 절정은 유비와 손권(孫權)의 연합군이 조조의 대군을 화공(火攻)으로 무찌르는 적벽(赤壁)의 대전이며, 이것이 위(魏 : 조조)·오(吳 : 손권)·촉(蜀 : 유비)의 3국이 분립하게 되는 원인이 된다. 후반에서는 제갈공명의 독무대가 되고, 공명이 6차에 걸친 북정(北征)에서 병사하는 「추풍오장원(秋風五丈原)」의 1절이 절정을 이루게 된다. 소설의 주요 인물은 유비 등 3인과 공명이지만, 조조의 성격도 잘 묘사되어 있다.

*

서경(書經) : 고대의 제왕 및 군신(群臣)의
언행록. 요(堯)・순(舜)・우(禹)에서 은
(殷)・주(周)까지를 기록하고 있다. 한대
(漢代) 이전까지는 「서(書)」라고 불렸
는데, 이후 유가사상의 지위가 상승됨에
따라 소중한 경전이라는 뜻을 포함시켜
한대에는 《상서(尙書)》라   하였으며,
송대에 와서 《서경》이라 부르게 되었
다. 현재는 《상서》와 《서경》 두 명칭
이 혼용되고 있다. 상서가 분서갱유로
소실되자 한 문제 때 진(秦)에서 박사를

공자와 구택

지낸 복생(伏生)이 상서에 정통하다는 말을 듣고 한 왕실에서 유학을
진흥시키기 위해 조조(晁錯)를 보내 배워오게 했다. 복생은 조조에게
29편의 상서를 전해 주었고, 조조는 상서를 당시의 문자체, 즉 금문으
로 받아썼는데, 이것이 바로 금문상서이다. 고문상서는 경제(景帝) 때
노(魯) 공왕(恭王)이 공자의 옛 집을 헐다가 벽 속에서 《예기》《논
어》《효경》 등과 함께 발견했다는 상서의 고본(古本)을 말한다. 이
고본은 한의 문자체와는 다른 춘추시대의 문자체로 씌어 있었기 때문
에 금문이라는 말과 대비되는 고문이라고 한다. 중국 고대의 역사를
아는 데 있어 유가 최고 경전의 하나로서 권위와 그 의의가 인정된다.

*

설원(說苑) : 전한 말에 유향(劉向, B.C 77?~B.C 6?)이 편집한 군주가 알

아두어야 할 일을 여러 책에서 초출(抄出)한 교훈적인 설화집이다. 유향의 자는 자정(子政), 처음 이름이 경생(更生), 한나라 고조의 배다른 동생 유교(劉交 : 楚元王)의 4세손이다. 젊었을 때부터 재능을 인정받아 선제(宣帝, 재위 B.C 74~B.C 49)에게 기용되어 간대부(諫大夫)가 되었으며, 수십 편의 부송(賦頌)을 지었다. 신선방술(神仙方術)에도 관심이 많았으며, 황금 주조를 진언하고 이를 추진하다가 실패하여 투옥되었으나, 부모형제의 도움으로 죽음을 면하였다. 재차 선제에게 기용되어 석거각(石渠閣 : 궁중도서관)에서 오경을 강의하였다.《한서》에 그의 전기가 수록되어 있다.「군도(君道)」「신술(臣術)」등 20편으로 구성되었다. 같은 저자의《신서(新序)》와 그 체재가 비슷하며, 내용도 중복된 것이 있다. 고대의 제후나 선현들의 행적이나 일화·우화 등을 수록한 것이며, 위정자를 설득하기 위한 훈계독본으로 이용하였다.

*

세설신어(世說新語) : 송나라의 유의경(劉義慶, 403~444)이 편집한 후한 말부터 동진까지의 명사들의 일화집이다.《유의경세설》《세설신서》라 불렀으나, 북송 이후로 현재의 명칭이 되었으며, 덕행(德行)·언행부터 혹닉(惑溺)·구극(仇隙)까지의 36문(門)으로 나눈 3권본으로 정해졌다. 편자인 유의경은 강소성 팽성(彭城 : 지금의 서주) 출신으로, 송나라 무제 유유(劉裕)의 조카이고 장사(長沙) 경왕(景王) 유도련(劉道憐)의 둘째아들이다. 상서좌복야·중서령·형주자사(荊州刺史) 등을 지냈다.《세설신어》는 후한 말부터 동진(東晉)까지의 정치가·문인·사대부·승려·서인 등 600명에 이르는 인물의 이야기를 담고 있는 일화집으로 중국문학사상 중요한 위치를 차지하는 작품이다.

당시 지식인과 중세 호족(豪族)의 생활 태도를 생기발랄한 콩트 식으로 묘사하였으며, 한말부터 위·진 무렵의 귀족계급 주변의 사상과 풍조를 후세에 상세히 전하고 있다. 세부묘사도 뛰어나고 개성화한 언어로 인물들의 특색을 잘 그려내어 지인소설이라는 독특한 장르를 개척하였으며, 후대 필기소설의 발전에 영향을 끼친 것으로 평가된다.

*

소학(小學) : 《소학(小學)》은 이름이 가리키듯이, 동몽(童蒙 ; 어린이)의 교육용으로 만들어진 것이다. 송나라 주자의 찬으로 되어 있으나, 실은 문인(門人) 유자징(劉子澄)이 주자의 지원에 의하여 편찬한 것이다. 내외 2편으로 나뉘어 내편은 입교(立敎)·명륜(明倫)·경신(敬身)·계고(稽古)의 4개 항목을 기본으로 하여 유교사상의 요강을 기술하고 있다. 외편은 가언(嘉言)·선행(善行) 두 개의 항목 밑에 한대(漢代) 이후 송대까지의 현인과 철인의 언행을 기록하여 내편과 대조시켰다. 일상생활의 세세한 예의범절을 비롯하여 수양을 위한 수신(修身)·제가(齊家)·치국(治國)·평천하(平天下)에   이르기까지 격언·충신·효자의 사적들을 모아서 개인의 도덕 수양서로서 기술한 책이다. 《예기》 사서(四書) 등 여러 책에서 인용한 구절이 많아서, 《근사록》은 사서의 사다리가 되고 《소학》은 《근사록》의 사다리가 된다고 할 정도다. 우리나라에서도 어린이들의 초학 교과서로 많이 읽히고 있다.

*

손자(孫子) : 저자는 춘추시대 오나라의 명장 손무(孫武, B.C 6세기경)로서, 낙안(樂安 : 산동성) 출생. 제(齊)나라 사람. B.C 6세기경 오왕(吳王)

합려(闔閭)를 섬겨 절제·규율 있는 군대를 조직하게 하였다고 하며, 초(楚)·제(齊)·진(晋) 등을 굴복시켜 합려로 하여금 패자가 되게 하였다고 한다. 《오자(吳子)》와 병칭되는 병법 칠서(七書) 중에서 가장 뛰어난 병서로 흔히 《손오병법(孫吳兵法)》이라고 한다. 현재 전해지는 것은 13편으로 이것은 당초의 것이 아니고, 삼국시대 위(魏)의 조조가 82편 중에서 번잡

손자

한 것은 삭제하고 정수만을 추려 13편 2책으로 만들었다고 한다. 「병(兵)은 국가의 대사(大事), 사생(死生)의 땅, 존망(存亡)의 길」이라는 입장에서 국책의 결정, 장군의 선임을 비롯하여 작전·전투 전반에 걸쳐 격조 높은 문장으로 간결하게 요점을 설명하고 있다. 그 뜻하는 바는 항상 주동적 위치를 점하여 싸우지 않고 승리하는 것을 주로 하고, 또 사상적인 뒷받침도 설하고 있어 병서로서는 모순을 느낄 만큼 비호전적(非好戰的)인 것이 특징이다. 예로부터 작전의 성전(聖典)으로서 많은 무장들에게 존중되었을 뿐만 아니라, 국가경영의 요지와 인사의 성패 등에도 비범한 견해를 보이고 있어 인생문제 전반에 적용되는 지혜의 글이라 할 수 있다. 「적을 알고 나를 알면 백번 싸워도 위태롭지 않다(知彼知己百戰不殆)」는 등의 명구들을 담고 있다.

*

수호지(水滸誌) : 원말, 명초의 시내암(施耐庵 : 생몰 미상)이 쓰고, 나관중이 손질한 것으로 4대 기서(奇書) 중의 하나이다. 시내암은 이름은 자안(子安)이고 내암은 그의 자다. 중국 강소성 회안(淮安)에서 태어났

다.《삼수평요전(三遂平妖傳)》《지여(志餘)》등을 지었다고 한다. 35세에 진사가 되어 2년간 관직에 있었지만 상급관리와 사이가 좋지 않아 관직을 버리고 소주(蘇州)에 칩거하여 문학창작에 전념했다고 전해지고, 원말(元末) 군웅(群雄)의 한 사람인 장사성(張士城)의 난(1321~1367)에 가담했던 것으로 알려져 있을 뿐이며 자세한 경력에 대해서는 거의 알려지지 않았다. 책의 내용은 수령인 송강(宋江)을 중심으로 108명의 유협(遊俠)들이 양산(梁山 : 산동성 수장현 남동) 산록 호숫가에 산채를 만들어 양산박(梁山泊)이라 일컬었으며, 조정의 부패를 통탄하고 관료의 비행에 반항하여 민중의 갈채를 받는 이야기다. 창조된 인물들의 이미지와 묘사된 성격이 매우 다채로우며,《서유기》가 신마(神魔)를,《유림외사(儒林外史)》가 지식계층을,《홍루몽》이 명문의 자녀를 묘사한 것과는 달리《수호지》에서는 신분이 낮은 정의한이나, 지주 출신자 또는 봉건정권을 섬긴 적이 있는 활발하고 용감한 사나이들이 중심인물이다. 필치는 거칠지만, 풍부한 색채와 어휘, 발랄한 표현으로 계급과 유형이 상이한 인물들을 그려내고, 이들 인물의 생활발전을 통하여 봉건통치 집단의 암흑성과 서민의 비참한 생활, 용감한 투쟁 사상·감정 등을 나타내었다.《수호지》가 후일의 문학에 끼친 영향은 매우 크다. 명·청의 희곡 중에는 《수호지》에서 취재한 것이 많고,《금병매》는 부분적으로 확대하여 창조를 더했다.

*

순자(荀子) : 전국시대의 사상가 순황(荀況, B.C 298?~B.C 238?)의 저술로, 처음에는《손경신서(孫卿新書)》라고 하였다. 조(趙)나라 사람으로 순경(荀卿)·손경자(孫卿子) 등으로 존칭된다.《사기》에 전하는 그의 전기는 정확성이 없으나, 50세(일설에는 15세) 무렵에 제(齊)나라에 유학하고, 진(秦)나라와 조나라에 유세(遊說)하였다. 원래 12권 322편이던 것을 한나라의 유향이 중복을 정리하여 32편으로 만들고, 다시 당나라 때 양량(楊倞)이 20권 32편으로 개편, 주(注)를 달고 서명을 《손경자》라 개칭하였다가 후에 《순자》라고 간략히 불리게 되었다. 인간의 수양은 맹자와 같이 인간의 심성을 선(善)으로 보아 그

순자

선을 발전시키는 방향이 아니며, 예의 형식에 의하여 외부로부터 후천적으로 쌓아 올리는 것이라 하였다. 즉,「인성(人性)은 악(惡)」이며「날 때부터 이(利)를 좋아하고」「질투하고 증오하는」것이므로 그대로 방치하면 쟁탈과 살육이 발생하기 때문에 악이라는 본성을 교정하는「사법(師法)의 가르침과 예의의 길」인 위(僞:人爲)에 의해서만 치세(治世)를 실현할 수 있다 하여, 여기에서 맹자의 성선설에 반대하는 성악설(性惡說)이 태어났다. 송대 이후 이 성악설과 천(天)·인(人) 분리설로 인하여 이단시되어 왔으나 그 논리학이나 인식론을 포함한 사상의 과학적 성격은 한대 유교에 크게 기여한 역사적 의의와 함께 높이 평가되어야 한다.

*

습유기(拾遺記) : 오호십육국 전진(前秦) 왕가(王嘉)의 저작으로, 육조시대의 이른바 지괴소설(志怪小說)을 모은 것으로, 신선에 관한 설화가 많이 수록되어 있다. 전 10권. 삼황오제(三皇五帝)부터 서진(西晉) 말, 석호(石虎)의 이야기까지인데, 원본은 없어졌고, 현재 《한위총서(漢

《魏叢書》》등에 수록되어 있는 것은 양나라 소기(蕭綺)가 재편한 것이다. 문장은 깨끗하지만, 내용은 기괴·음란한 것이 많으며, 모두 사실이 아니라 한다. 제10권은 곤륜산·봉래산을 비롯한 명산기(名山記)이다.

*

시경(詩經) : 중국 최고(最古)의 시집. 《서경》《역경》《예기》《춘추》와 더불어 「5경」으로 일컬어진다. 황하 중류 중원지방의 시로서, 시대적으로는 주초(周初)부터 춘추 초기까지 305편을 수록하고 있다. 국풍(國風)·소아(小雅)·대아·송(頌)의 4부로 구성되며, 국풍은 여러 나라의 민요, 아(雅)는 공식 연회에서 쓰는 의식가(儀式歌), 송은 종묘의 제사에서 쓰는 악시(樂詩)이다. 그러므로 작자는 왕후로부터 서민에 이르기까지 각계각층에 걸쳐 있다. 각부를 통하여 상고인(上古人)의 유유한 생활을 구가하는 시, 현실의 정치를 풍자하고 학정을 원망하는 시들이 많은데, 내용이 풍부하고, 문학사적 평가도 높으며, 상고의 사료로서도 귀중하다. 원래는 사가소전(四家所傳)의 것이 있었으나 정현(鄭玄)이 주해를 붙인 후부터 「모전(毛傳)」만이 남았으며, 그 때부터 《모시(毛詩)》라고도 불렀다. 당대에는 《오경정의(五經正義)》의 하나가 되어 경전화하였다. 《시경》의 시는 또한 교묘하게 비유를 인용하여 언외(言外)에 사람을 풍자한다. 그러므로 춘추시대 같은 때에는 복잡한 국제관계를 원활하게 수습하기 위해서도 인용되었다. 그런 경우에는 전편의 의미와는 관계없이 알맞은 1구만을 떼어내서 사용하는 일도 많았다. 그것이 소위 시의 단장취의(斷章取義)인 것이다. 이렇게 되어 많은 격언이 《시경》으로부터 제공된 것이다.

*

십팔사략(十八史略) : 남송 말에서 원(元) 초에 걸쳐 활약했던 증선지(曾先之)가 편찬한 역사서로서, 원명은 《고금역대 십팔사략》이다. 《사기》《한서》에서 시작하여 《신오대사(新五代史)》에 이르는 17종의 정사와 송대의 역사를 첨가한 사료 중에서, 태고 때부터 송나라 말까지의 사실(史實)을 발서(拔書)하여 초학자를 위한 초보적 역사교과서로 편찬하였다. 원서는 2권이었으나 명나라 초기에 진은(陳殷)이 음과 해석을 달아 7권으로 하고 유염(劉剡)이 보주(補注)를 가하여 간행한 것이 현행본이다. 사실의 취사선택이 부정확하였기 때문에, 중국에서는 평판이 좋지 않았고, 사료적 가치가 없는 통속본이지만, 중국 왕조의 흥망을 알 수 있고, 많은 인물의 약전(略傳)·고사·금언 등이 포함되어 있다.

*

안자춘추(晏子春秋) : 춘추시대 말기 제(齊)나라의 명재상 안영(?~B.C 500)의 언행을 후대인이 기록했다는 책으로, 현행 4부 총간본 등에서는 내편(內編)은 간(諫) 상하, 문(問) 상하, 잡(雜) 상하의 6편, 외편은 2편으로 되어 있다. 이 책은 《묵자》등에도 언급하고 있으므로 제나라의 경공(景公) 기타를 도(道)와 예(禮)로써 이끌고 또 정(鄭)나라의 자산(子産), 진(晋)나라의 숙향(叔向) 등과 더불어 공자

에게 영향을 준 안영의 언행만을 수록한 것이라고는 보위어렵다. 안영의 시호는 평중(平仲), 통칭 안자(晏子)라고 한다. 제나라의 영(靈)·장(莊)·경(景) 3대를 섬기면서 근면한 정치가로 국민의 신망이 두터

웠고, 관중(管仲)과 비견되는 훌륭한 재상이었다. 기억력이 뛰어난 독서가였으며, 합리주의적 경향이 강하였다고 한다.

*

여씨춘추(呂氏春秋) : 진(秦)나라 때의 사론서(史論書)로서, 전 26권. 《여람(呂覽)》이라고도 한다. 진나라의 정치가 여불위(呂不韋, ?~B.C 235)가 빈객 3,000명을 모아서 찬술하였다. 여불위는 원래 양책(하남성)의 대상인(大商人)으로 조(趙)나라의 한단으로 갔을 때, 진나라의 서공자(庶公子)로 볼모로 잡혀 있는 자초(子楚)를 도왔다. 그의 도움으로 귀국한 자초는 왕위

여불위

에 올라 장양왕(莊襄王)이 되었고, 그 공로에 의해 그는 승상이 되어 문신후(文信侯)에 봉하여졌다. 장양왕이 죽은 뒤 《사기(史記)》에 여불위의 친자식이라고 기록된 태자 정(政 : 시황제)이 왕위에 올랐다. 최고의 상국(相國)이 되어 중부(仲父)라는 칭호로 불리며 중용되었으나, 태후(太后 : 진시황의 모후)의 밀통사건에 연루되어 상국에서 파면, 압박에 못이겨 마침내 자살하였다. 전국 말기의 귀중한 사료인 《여씨춘추》는 그가 식객들을 시켜 편찬한 것이다. 도가(道家)사상이 중요한 부분을 차지하나, 유가(儒家) 등의 설(說)도 볼 수 있다. 또한 춘추전국시대의 시사(時事)에 관한 것도 수록되어 있어 그 시대를 알 수 있는 중요한 사론서이다. 이것이 완성되자 여불위는 함양(咸陽)의 시문(市門)에 걸어놓고, 「이 책의 내용을 한 자라도 고칠 수 있는 사람이 있으면 천금을 주겠다」라고 한 「일자천금(一字千金)」의 성구로 완벽한 내용을 과시하였다.

역경(易經) : 3경(三經)의 하나로 들어가는
유교의 경전(經典)으로서, 《주역》이라
고도, 단순히 《역(易)》이라고도 한다.
이 책은 원래 복서(卜筮)에 쓰였던 것이
나, 《역경》이라는 전적(典籍)이 되고서
부터는 복서 이외에 인간 처세상의 지침
교훈으로 간주하게 되었으며, 나아가서
는 우주론적 철학이기도 하다. 주역이란
글자 그대로 주(周)나라 시대의 역(易)이
란 말이며, 주역이 나오기 전에도 하(夏)

문왕주역

나라 때의 연산역(連山易), 은(殷)나라 때의 귀장역(歸藏易)이라는 역
서가 있었다고 한다. 역이란 말은 변역(變易), 즉 「바뀐다」 「변한
다」는 뜻이며 천지만물이 끊임없이 변화하는 자연현상의 원리를 설
명하고 풀이한 것이다. 이 역에는 간역(簡易)·변역(變易)·불역(不易)
의 세 가지 뜻이 있다. 간역이란 천지의 자연현상은 끊임없이 변하나
간단하고 평이하다는 뜻이며, 이것은 단순하고 간편한 변화가 천지의
공덕임을 말한다. 변역이란 천지만물은 멈추어 있는 것 같으나 항상
변하고 바뀐다는 뜻으로, 양과 음의 기운(氣運)이 변화하는 현상을 말
한다. 불역이란 변하지 않는다는 뜻이다. 모든 것은 변하고 있으나 그
변하는 것은 일정한 항구불변(恒久不變)의 법칙을 따라서 변하기 때
문에 법칙 그 자체는 영원히 변하지 않는다는 뜻이다. 《주역》은 8괘
(卦)와 64괘, 그리고 괘사(卦辭)·효사(爻辭)·십익(十翼)으로 되어 있
다. 작자에 관하여는 여러 가지 설이 있는데, 왕필(王弼)은 복희씨가

황하에서 나온 용마(龍馬)의 등에 있는 도형(圖形)을 보고 계시를 얻어 천문지리를 살피고 만물의 변화를 고찰하여 처음 8괘를 만들고, 8괘만 가지고는 천지자연의 현상을 다 표현할 수 없어 이것을 변형하여 64괘를 만들고 거기에 괘사와 효사를 붙여 설명한 것이 바로 주역의 경문(經文)이다. 그러나 사마천은 복희씨가 8괘를 만들고 문왕(文王)이 64괘와 괘사·효사를 만들었다 하여 그 정확한 작자를 밝혀낼 수가 없다.

*

열녀전(烈女傳) : 부녀의 교양을 위하여 만들어진 부인들의 전기로 두 종류가 있다. 하나는 유향(劉向)이 지은 《열녀전》 8편 15권으로, 나중에 송나라 방회(方回)가 7권으로 간추린 것. 부인의 유형을 모의(母儀)·현명(賢明)·인지(仁智)·정신(貞愼)·절의(節義)·변통(辯通)·폐얼(嬖孼)의 7항목으로 나누어, 항목마다 15명가량을 수록하였다. 유명한 현모·양처·열녀·투부(妬婦)의 이야기는 모두 다 나와 있다. 또 하나는 명나라 해진(解縉) 등이 칙명으로 지은 것. 상권은 고대부터의 후비(后妃), 중권은 제후(諸侯)·대부(大夫)의 처, 하권은 사인(士人)·서인(庶人)의 처의 전기이며, 모두 《고(古) 열녀전》 이나 역사책 등에서 가져온 것들이다. 역대 사서(史書)의 한 편으로서 수록된 부인전기도 열녀전이라 하며, 열녀라는 말이 정녀(貞女)·열부(烈婦)의 뜻으로 사용된 경우도 있다.

*

열자(列子) : 도가(道家)의 사상가 열자는 전설적으로 전하는 인물로서 이름은 어구(禦寇), B.C 400년경 정(鄭)나라에 살았다고 전하나 《사기》 에는 그 전기가 보이지 않고 《장자》 「소요유편」 에 「열자는 바람을 타고 하늘을 날았다」고 한 것으로 미루어 보아, 장자가 허구로 가정한 인물로 추정된다. 이 책《열자》에 대해서도 한(漢)나라 때에 그 원형이 만들어졌다고 한다. 많은 우화가 수록되어 있으며, 사상적으로도 다양한 내용을 지닌다. 《충허지덕진경(沖虛至德眞經)》이라고도 한다. 8권.

*

예기(禮記) : 중국 고대 유가(儒家)의 경전으로, 49편. 5경의 하나로, 《주례(周禮)》《의례(儀禮)》와 함께 삼례라고 하며, 《의례》가 예의 경문이라면《예기》는 그 설명서에 해당한다. 그 성립에 관해서는 분명치 않으나, 한나라 때 이미 편술되어 있던 고례(古禮) 214편을 대덕(戴德)이 정리해서 만든 것이《대대례(大戴禮)》85편이고, 대덕의 조카 대성(戴聖)이 공자의 제자를 비롯하여 많은 사람들과 함께 정리해서 《소대례》49편을 만들었다. 오늘의 예기는 소대례를 말하는 것이다. 4서의 하나인《대학》《중용》도 이 중 한 편이다.

*

오등회원(五燈會元) : 송대에 혜명(慧明) 등이 편찬한 불교서적. 《경덕전등록(景德傳燈錄)》등 송대에 발간된 다섯 가지 선종사서(禪宗史書)를 압축한 선종의 통사(通史)이다. 책명은「다섯 가지의 등사(燈史)를 회통(會通)하여 하나로 엮었다」는 뜻이다. 다섯 가지 책은 ① 도원(道原)이 지은《경덕전등록》(전30권), ② 이준욱(李遵勖)의《천성광등록(天聖廣燈錄)》(전30권), ③ 불국유백(佛國惟白)의《건중정국속등록(建重靖國續燈錄)》(전30권), ④ 오명(悟明)의《연등회요(聯燈會要)》(전30권), ⑤ 정수(正受)가 간행한《가태보등록(嘉泰普燈錄)》(전30권)을 말한다. 이를 모두 합치면 150권이 되는데, 20권으로 축약하여 선

(禪)의 대의를 밝힌 입문서로 평가된다. 특히 선종의 법맥을 중심으로 다루지 않고 선종의 오가칠종(五家七宗)을 권별로 분류한 점이 특색이다. 오가칠종의 사상체계를 알기 쉽게 분류하고, 화제(話題)가 뛰어난 까닭에 선종 승려들뿐만 아니라 사대부와 문인들에게 선을 이해하는 데 좋은 지침서가 되었다.

*

오자(吳子) : 전국시대의 무장(武將) 오기(吳起)의 사상을 후세의 사람들이 정리한 것으로 여겨지고 있다. 오기는 위(衛)나라에서 태어났으며, 뜻을 세워 노(魯)나라로 가 증자(曾子)의 문하에서 유학(儒學)을 배웠는데, 출세하기 전에는 고향으로 돌아가지 않겠다는 결심 하에 전친상(殿親喪)에도 참여하지 않았다. 그

때문에 효(孝)를 으뜸으로 여기는 증자에게 파문을 당했으나, 병법을 연구하여 노왕(魯王)에게 중용되었다. 노나라가 제(齊)나라와 싸우게 되자, 제나라 여성을 아내로 삼고 있던 오기는 내통의 혐의를 받는 것을 피하기 위하여 자기 아내를 죽여서 노나라에 대한 충성을 입증했다고 한다. 출세를 위해서는 이처럼 냉혹할 수 있었던 인물이다. 그러나 군(軍)의 장수로서는 부하를 사랑하고, 부하의 부스럼의 독을 없애기 위해 그 고름을 직접 빨아서 제거해 줄 정도였다고 해서「연저지인(吮疽之仁)」이라는 성구가 나오기도 했다. 후에 노나라를 떠나 위(魏)나라 문후(文侯)를 섬기면서「안으로는 문덕(文德), 밖으로는 무비(武備)」의 필요를 역설하여 중용되고, 수많은 무공을 세웠으나, 무

후(武侯) 때 인간관계가 악화되어 위나라를 떠났다. 그 후 초(楚)나라 도왕(悼王)의 신임을 얻어 부정 무능한 관리를 숙정하여 내정을 개혁하였으나, 이것이 다수의 원한을 사게 되어 마침내는 비명에 횡사하고 만다. 1권 6편.《손자》와 함께 일컬어지는 명저이다. 그 저자에 관하여는 오기 자신의 찬이라는 설, 그의 문인들이 찬하였다는 설, 전혀 위찬(僞撰)이라는 설 등이 있어 일정하지 않으나, 통상 오기와 그 문인들에 의하여 이루어진 것으로 간주되고 있다. 도국(圖國)·요적(料敵)·치병(治兵)·논장(論將)·응변(應變)·여사(勵士)의 6편으로 나누어 서술하였다.《손자》에 비하여 그 정채(精彩)가 뒤진다 하겠으나 지론이 곧고, 예의를 존숭하여 교훈을 밝힌 점은 유교를 곁들인 병법서라 할 수 있으며 예로부터 널리 읽히고 있다.

*

육도삼략(六韜三略) : 중국의 병서(兵書)《육도》와 《삼략》을 아울러 이르는 말이며, 중국 고대 병학(兵學)의 최고봉인「무경칠서(武經七書)」중의 2서(書)이다.《육도》의 도(韜)는 화살을 넣는 주머니, 싸는 것, 수장(收藏)하는 것을 말하며, 변하여 깊이 감추고 나타내지 않는 뜻에서 병법의 비결을 의미한다. 주(周)나라 태공망(太公望)의 저서라고 전하나 후세의 가탁(假託)이 분명하다. 또

태공망 여상

《한서》「예문지(藝文志)」에 《주사육도(周史六弢)》라는 책이름이 있어 이것을《육도》와 동일시하는 설도 있으나, 지금까지 연구된 바로는 위진(魏晉)·남북조시대에 이루어진 것으로 보는 견해가 가장

유력하다. 무경칠서 중에서 다른 병서들은 전법·병기·지형 등 군사 부문에 국한하고 있으나 《육도》는 치세의 대도(大道)에서부터 인간학·조직학에 미치고, 정전(政戰)과 인륜을 논한 데 특색이 있다. 《삼략》의 략(略)은 기략(機略)을 뜻하며 상략·중략·하략 3편으로 이루어졌다. 무경칠서 중 가장 간결한 병서로 사상적으로는 노자의 영향이 강하나 유가·법가의 설도 다분히 섞여 있다.

*

자치통감(資治通鑑) : 북송의 사마광(司馬光, 1019~1086)이 1065년부터 20년에 걸쳐 편찬한 편년체(編年體) 역사서로서 전 294권. 《통감》이라고도 한다. 주(周)나라 위열왕(威烈王)이 진(晋)나라 3경(卿 : 韓·魏·趙씨)을 제후로 인정한 B.C 403년부터 5대 후주(後周)의 세종 때인 960년에 이르기까지 1362년간의

사마광

역사를 1년씩 묶어서 편찬한 것이다. 정사는 물론 실록·야사·소설·묘지류(墓誌類) 등 322종의 각종 자료를 참고로 하여 《춘추좌씨전》의 서법에 따라 완성하여 신종(神宗)이 《자치통감》이라 이름을 붙이고 자서(自序)를 지었다. 자치통감이라 함은 치도(治道)에 자료가 되고 역대를 통하여 거울이 된다는 뜻으로, 곧 역대 사실(史實)을 밝혀 정치의 규범으로 삼으며, 또한 왕조 흥망의 원인과 대의명분을 밝히려 한 데 그 뜻이 있었다. 따라서 사실을 있는 그대로 기술하지 않고 독특한 사관에 의하여 기사를 선택하고, 정치나 인물의 득실을 평론하여 감계(鑑戒)가 될 만한 사적을 많이 습록하였다. 저자인 사마광의

자는 군실(君實), 호는 우부(迂夫)·우수(迂叟), 시호는 문정(文正), 산서성 출생이다. 20세에 진사가 되고, 1067년 신종(神宗)이 즉위한 해에 한림학사, 이어서 어사중승이 되어 출세가도를 달렸다. 그러나 신종이 왕안석을 발탁하여 신법(新法 : 혁신정책)을 단행하게 하자, 이에 반대하여 새로 임명된 추밀부사(樞密副使)를 사퇴하고, 1070년에 지방으로 나갔다.

*

장자(莊子) : 전국시대 초(楚)나라의 사상가 장주(莊周)의 저서로서, 인위적·작위적인 행위를 배척하고 자연을 존중하며, 그 무엇에도 얽매이지 않는 삶을 역설한다. 저자인 장자는 송(宋)의 몽읍(蒙邑 : 하남성 상구현 근처) 출생으로, 정확한 생몰연대는 미상이나 맹자와 거의 비슷한 시대에 활약한 것으로 전한다. 관영

장자

(官營)인 칠원(漆園)에서 일한 적도 있었으나, 그 이후는 평생 벼슬길에 들지 않았으며, 10여만 자에 이르는 저술을 완성하였다. 초(楚)나라의 위왕(威王)이 그를 재상으로 맞아들이려 하였으나 사양하였다. 저서인 《장자》는 당나라 현종에게 남화진경(南華眞經)이라는 존칭을 받아 《남화진경》이라고도 한다. 내편 7, 외편 15, 잡편 11로 모두 33편이다. 그 중 내편이 비교적 오래되었고 그 근본사상이 실려 있어 장자의 저서로, 외편과 잡편은 후학(後學)에 의해 저술된 것으로 추측된다. 장자는 노자의 학문을 깊이 연구하였으며, 그의 사상의 밑바탕에 동일한 흐름을 엿볼 수 있다. 진(秦)의 시황제 때 분서(焚書)의 화를 입기

도 하고, 한나라 때 분합(分合)·재편성되기도 하다가 진(晉)의 곽상(郭象) 이후 오늘의 33권으로 정해졌다. 이 곽상 주(註)가 완본으로 현존하는 가장 오래된 기본 자료이다. 《장자》의 문학적인 발상은 우언우화(寓言寓話)로 엮어졌는데, 종횡무진한 상상과 표현으로 우주본체·근원·물화현상(物化現象)을 설명하였고, 현실세계의 약삭빠른 지자(知者)를 경멸하기도 하였다. 심현한 철학사상서이자 우수한 문학서인 이 《장자》는 위(魏)·진(晉) 때에 널리 읽히고 육조시대까지 그 사상이 유행하였다.

*

전등록(傳燈錄) : 송나라의 도원(道源)이 1004년에 지은 불서(佛書)로서, 30권. 과거칠불(過去七佛)에서 석가모니불을 거쳐 달마에 이르는 인도 선종(禪宗)의 조사들과, 달마 이후 법안(法眼)의 법제자들에 이르기까지의 중국의 전등법계(傳燈法系)를 밝혔다. 저자로 알려진 도원은 생몰연대·경력 등이 모두 미상이지만, 여러 방면에서 문헌을 찾아 대단히 상세한 승전(僧傳)을 기술하고 있어 선종 승전으로 매우 높은 평가를 받고 있다. 권1에서 권3까지는 과거칠불로부터 인도·중국의 33조사를 서술했고, 권4에서 권26까지는 육조(六祖) 혜능(慧能)에서 분파된 5가(家) 52세(世)에 관하여 서술하였다. 이상에서 1,712명을 기록하였는데, 이 중 954명은 어록이 있고, 다른 758명은 이름만 남아 있다. 권 29에는 찬(讚)·송(頌)·시(詩)를, 권 30에는 명(銘)·기(記)·잠(箴)·가(歌)를 실었다. 본서가 완성되어 송나라의 진종(眞宗)에게 봉정되었는데, 칙명에 따라 양억(楊億) 등이 간삭(刊削)을 가한 후 대장경에 편입시켜 간행하였다.

*

주자어류(朱子語類) : 남송의 주자학자 여정덕(黎靖德)이 편찬한 주자의 어록을 집대성한 책으로 정식 명칭은 《주자어류대전》이다. 140권. 1270년 간행되었다. 주희(朱熹)가 제자와의 문답을 모은 것. 주희의 어록은 그가 죽은 후에 제자들에 의해 제각기 편찬되었는데, 이 책은 그와 같은 개개의 어록을 집대성하여 항목별로 분류되어 있다. 같은 이름의 책이 몇 종류 있으나 여정덕의 편찬으로 된 이 책이 가장 많이 알려졌다. 내용은 주자와 문인 사이에 행하여진 문답의 기록을 분류·편찬한 것으로 100명이 넘는 기록을 모았다. 주자의 사상을 아는 데 중요한 문헌이나 주자의 설과 모순되는 대목도 적지 않다.

*

중용(中庸) : 공자의 손자인 자사(子思, B.C 483~B.C 402)의 저술로 알려져 있다. 자사의 이름은 급(伋). 자사는 자(字)로서 전 생애를 주로 고향인 노나라에 살면서 증자(曾子)의 학(學)을 배워 유학의 전승에 힘썼다. 맹자는 그의 제자의 제자이며, 공자—증자—자사—맹자로 이어지는 이 학통은 송학(宋學)에서 특히 존중된다. 과불급(過不及)이 없는 중용을 지향하는 실천적인 일상 윤리가 그의 사상의 중심이다. 《중용》은 군자의 치우치지 않는 행동을 역설한 책이다. 오늘날 전해지는 것은 오경(五經)의 하나인 《예기》에 있는 「중용편」이 송나라 때 단행본이 된 것으로, 남송의 주희(주자)에 의해 《대학》 《논어》 《맹자》와 함께 4서로 불리고 있으며, 송학의 중요한 교재가 되었다. 여기서 「中」이란 어느 한쪽으로 치우치지 않는다는 것, 「庸」이란 평상(平常)을 뜻한다. 인간의 본성은 천부적인 것이기 때문에 인간은 그 본성을 좇아 행동하는 것이 인간의 도(道)이며, 도를 닦기 위해서는 궁리(窮理)가 필요하다. 이 궁리를 교(敎)라고 한다. 《중용》은 요컨대

이 궁리를 연구한 책이다. 자사가 이 책을 쓴 것은, 도학(道學)의 전달이 끊어질 것을 걱정하였기 때문이라는 것은 주자의 설이지만, 어떤 논자는 《중용》은 《노자》에 대항하기 위해서 만든 것이라고 말하고 있다.

*

진서(晉書) : 당나라 태종의 지시로 방현령(房玄齡, 578~648) 등이 찬한 진(晉)왕조의 정사로서, 후에 안사고(顔師古)와 공영달(孔穎達) 등 당나라 시대의 학자에 의해 증보되었다. 130권. 644년 편찬. 제기(帝紀) 10권, 지(志) 20권, 열전 70권 외에 재기(載記) 30권이 있다. 처음으로 재기라는 양식이 정사에 나타난 것이며, 오호십육국에 관한 기록으로서 진나라 시대를 이해하는 데 도움이 된다. 주로 장영서(臧榮緒)의 《진서(晉書)》에 의존하였고, 기타 진나라 시대사도 참고로 하여 많은 사관(史官)이 집필하였다. 현존하는 유일한 진대의 사서라는 점에서 귀중하다.

*

춘추좌씨전(春秋左氏傳) : 공자의 《춘추》를 노(魯)나라 좌구명(左丘明 ; 《국어(國語)》 참조)이 해석한 책으로, 《좌씨춘추》, 《좌전》이라고도 한다. 노나라 은공(隱公) 원년(B.C 722)부터 애공(哀公) 14년(B.C 481)까지의 기록으로서, 당시의 복잡한 국제관계에서 활약하고 있던 현인 명사들의 훈언(訓言)이 많이 실려 있어, 《국어》와 자매편이다. 《춘추》는 오경의 하나로 B.C 8세기~B.C 5세기까지의 노(魯)나라의 역사를 연대기로 엮은 것으로, 그 주석을 「전(傳)」이라 일컫는데, 《춘추》는 이 「전」과 함께 읽혀 왔다. 《춘추》와는 성질이 다른 별개의 저서로서, 《공양전》 《곡량전》과 함께 3전(三傳)의 하나이다. 다른 2전(二傳)이 경문(經文)의 사구(辭句)에 대한 필법을 설명한 것에 비하여 이 책은 경문에서 독립된 역사적인 이야기와 문장의 교묘함 및 인물묘사의 정확이라는 점 등에서 문학작품으로도 뛰어나 고전문의 모범이 된다.

*

출사표(出師表) : 삼국시대 촉(蜀)의 제상 제갈공명의 상주문(上奏文). 위(魏)나라 토벌을 위한 출진 때, 촉제(蜀帝) 유선(劉禪)에게 바친 글로서, 전·후 두 편인데, 전편은 227년 작이고 후편은 228년(?) 작이다. 《삼국지(三國志)》「제갈량전」, 《문선(文選)》 등에 수록되어 있다.「선제(先帝)의 창업이 아직 반(半)에 이르지 못하고 중도에 붕조(崩殂 : 붕어)하다」라는 서두로 시작된다. 서책은 아니지만, 국가의 장래를 우려한 전문(全文은 제갈공명의 진정을 토로한 정열적인 고금의 명문이므로 소개했다.

제갈양

*

한비자(韓非子) : 전국시대 말기 한(韓)나라의 공자(公子)로 법치주의를 주창한 한비(韓非, B.C 280?~B.C 233)와 그 일파의 논저(論著)로서, 55편 20책에 이르는 대 저작으로, 원래 《한자(韓子)》 라 불리던 것을 후에 당나라의 한유(韓愈)도 그렇게 불렀기 때문에 혼동을 막기 위하여 지금의 책이름으로 통용되어 왔다. 이 책은 한비가 죽은 다음 전한 중기(B.C 2세기 말) 이전에 지금의 형태로 정리된 것으로 추정된다. 진의 시황제는 한비의 「고분(孤憤)」「오두(五蠹)」의 논문을 보고

「이 사람과 교유할 수 있다면 죽어도 한이 없겠다」고까지 감탄하였다 한다. 한비와 그 학파의 사상은 일반적으로 편견적인 인간관 위에 성립된 것으로 지적되며, 특히 유가로 부터는 애정을 무시하는 냉혹하고도 잔인한 술책이라는 비난을 받았다. 확실히 급소를 찌르는 적평(適評)이라 하겠으나, 그들이 유 가·법가·명가(名家)·도가 등의 설을 집대

한비자

성하여, 법을 독립된 고찰대상으로 삼고 일종의 유물론과 실증주의에 의하여 독자적인 사상체계를 수립함으로써 진·한의 법형제도(法刑制度)에 강력한 영향을 끼친 점, 또 감상(感傷)을 뿌리친 그들의 간결 한 산문이나 인간의 이면을 그린 설화가 고대문학의 한 전형을 이룬 점에 있어 커다란 문화적 사명을 다하고 있는 점은 부정할 수 없다.

*

한서(漢書) : 후한의 역사가 반고(班固, 32~92)가 저술한 한(漢)나라 시대의 역사를 기록한 사서. 120권으로 되어 있다.《사기》의 기전체를 계 승하여 1시대 1왕조만을 대상으로 하는 단대사 (斷代史)이다. 이후 이른바 정사라 일컬어지는 사서는 이 형식을 답습하고 있다.《전한서》또 는《서한서(西漢書)》라고도 한다.《사기》와 더불어 중국 사학사상 대표적인 저작이며, 정

반고

사 제2위를 차지한다. 처음 반고의 아버지 반표(班彪)가《사기》에 부 족한 점을 느꼈고, 또 무제 이후의 일은 사기에 기록되지 않았으므로

스스로 사서를 편집코자 《후전(後傳)》 65편을 편집하였으나 완성을 보지 못하고 사망하였다. 반고는 아버지의 뜻을 이어 수사(修史)의 일을 시작하였으나, 국사를 마음대로 한다는 모함을 받아 한때 투옥되기도 하였다. 그러나 명제(明帝)의 명으로 《한서》 저작에 종사하였다. 그리하여 장제(章帝) 건초(建初) 연간에 일단 완성을 보았으나 「팔표(八表)」와 「천문지(天文志)」가 미완성인 채 그가 죽자, 누이동생 반소(班昭)가 화제(和帝)의 명으로 계승하였고, 다시 마속(馬續)의 보완으로 완성되었다. 《사기》가 상고시대부터 무제까지의 통사(通史)인데 비하여 《한서》는 전한만을 다룬 단대사로, 한고조 유방부터 왕망(王莽)의 난까지 12대 230년간의 기록이라는 점에 특징이 있다. 반고의 자는 맹견(孟堅), 산서성 함양 출생으로 화제 때 두헌(竇憲)의 중호군(中護軍)이 되어 흉노 원정에 수행하고, 92년 두헌의 반란사건에 연좌되어 옥사하였다. 문학 작품에 《양도부(兩都賦)》 등이 있다.

*

형초세시기(荊楚歲時記) : 양(梁)나라의 종름(宗懍)이 6세기경에 지은 《형초기(荊楚記)》를 7세기 초 수(隋)나라의 두공섬(杜公瞻)이 증보 가주(加註)하여 《형초세시기》라 하였다. 중국의 양자강 중류 유역을 중심으로 한 형초지방의 연중세시기. 원래는 10권이었으나 명대에 현재의 1권으로 종합되었다. 원본은 일찍이 일실되었고, 현존하는 책은 명나라 때 많은 책에 인용되어 있는 것을 정리한 것이다. 현존하는 중국 세시기 중에서 가장 오래된 것으로 초나라 특유의 세시뿐만 아니라 일반적인 풍습도 기술되어 있다.

*

회남자(淮南子) : 한나라 고조의 손자, 전한의 회남왕(淮南王) 유안(劉安,

B.C 179~B.C 122)이 저술한 일종의 백과전서. 전 21권. 유안이 빈객과 방술가(方術家) 수천을 모아서 편찬한 것으로, 원래 내・외편과 잡록이 있었으나 내편 21권만이 전한다. 도가(道家)의 사상을 기초로 하여 천문과 지리・정치・신화・전설 등 온갖 분야를 망라하여 한(漢)나라 시대의 민속에 대한 중요한 자료가 된다. 처음에 원도편(原道編)이라는 형이상학이 있으며, 그 뒤 천문・지리・시령(時令) 등 자연과학에 가까운 것도 포함하고, 일반 정치학에서 병학(兵學), 개인의 처세훈까지 열기하고, 끝으로 요략으로 총정리한 1편을 붙여서 복잡한 내용의 통일을 기하였다. 그 사상적 성격은 노장도가(老莊道家)와 음양오행가・유가・법가 등의 혼합으로 매우 복잡하며, 그 인식론은 정신・물질의 이원론(二元論)에서 관념적 도(道)의 일원론에 귀착한다는 복잡한 양상을 나타내고, 중세의 재이미신(災異迷信) 사상의 계보에 이어져 있다. 또, 그 정치론은 봉건통치를 위해 법을 절대화하고 군주를 통치권의 최고 독재자로 하는 극도의 중앙집권체제를 반영하고 있다.

*

효경(孝經) : 공자의 저작이라는 것이 통설이었으나, 현재에 와서는 공자가 제자 증자(曾子)에게 전한 효도에 관한 논설 내용을 훗날 제자들이 편저한 것이라는 설이 유력하다. 연대는 미상이다. 천자・제후・대부・사(士)・서인(庶人)의 효를 나누어 논술하고, 효가 덕(德)의 근본임을 밝혔다. 효를 인격 수양의 중심에 놓고, 이에 의하여 천하도 다스려야 함을 역설한다. 공자가 제자에게 설명하는 체재를 취해서 씌어져 있으나, 공자보다 상당히 후세의 작으로 생각된다.《금문효경(今文孝敬)》18장,《고문효경(古文孝經)》22장과 경과 전으로 나눈 주자의《효경》이 있는데, 진(秦)의 분서(焚書)를 거쳐서 한 초기 문제 때에 세상에 나온 것을 《고문효경》이라 하고, 무제 때 공자의 구택(舊宅) 벽 속에서 나온 것을 《금문효경》이라 일컫는다. 일반적으로 많이 읽히는 것은 《금문효경》이다. 우리나라에 전래한 시기는 확실치 않으나 신라시대에 독서삼품과(讀書三品科)를 설치하였을 때 그 시험과목의 하나로 쓰인 기록이 있다.

*

후한서(後漢書) : 120권. 남북조시대에 송나라의 범엽(范曄, 398~445)이 저술한 책으로, 후한의 13대 196년간의 사실(史實)을 기록하였다. 기(紀) 10권, 지(志) 30권, 열전 80권으로 되어 있는데, 이 중에서 지(志) 30권은 진(晋)의 사마표(司馬彪)가 저술한 것이다. 후한의 역사서로는 범엽 이전에 이미 《동관한기(東觀漢紀)》를 비롯하여 사승(謝承)·설형(薛瑩)·화교(華嶠)·사침(謝沈)·애산송(哀山松)·장번(張璠)·사마표 등의 후한서가 있었는데, 범엽은 이 저술들을 바탕으로 하여 독자적 견해로 이 책을 쓴 것이다. 또한 범엽 이전의 저술들은 모두 일실되고 없는 형편이어서 이 책이 후한서의 정사로 되어 있다. 특히 이 책의 「동이전(東夷傳)」에는 부여·읍루·고구려·동옥저·예·한(韓) 및 왜(倭)의 전(傳)이 있어서 《삼국지》의 「위지(魏志)」 다음의 고전으로 알려져 있다.

소설보다 재미있는
이야기 고사성어

초판 인쇄일 / 2005년 6월 25일
8쇄 발행일 / 2023년 2월 20일
☆
감수 / 장기근
펴낸이 / 김동구
펴낸데 / ㉿明文堂
(창립 1923년 10월 1일)
서울특별시 종로구 윤보선길 61(안국동)
우체국 010579-01-000682
☎ (영업) 733-3039, 734-4798
(편집) 733-4748
FAX. 734-9209
e-mail : mmdbook1@hanmail.net
등록 1977. 11. 19. 제 1-148호
☆
ISBN 89-7270-778-3   03820
낙장이나 파본은 구입하신 서점에서 교환해 드립니다.
☆
값 28,000 원